*Über dieses Buch* Stefan Heym hat auf die Frage, wann er denn beginnen werde, über sein Leben zu schreiben, einmal geantwortet: »Ich bin, bittesehr, ein abergläubischer Mensch, und Memoiren, siehe Collin, sind ein gefährliches Unterfangen.« (Wie erinnerlich, stirbt Heyms gleichnamiger Romanheld bei der Abfassung seiner Lebenserinnerungen.)
Trotz aller Bedenken hat sich Stefan Heym darauf eingelassen, sein von der Zeitgeschichte reichlich markiertes Leben aufzuzeichnen. Sein ›Nachruf‹ quillt über von den schönsten Anekdoten. Kostprobe: Als Heym sechzig wurde, gratulierte ihm der damalige stellvertretende Kulturminister. Er wünschte dem Jubilar alles Gute und sich selbst, daß dieser künftig die Gesetze der DDR einhalten möge. Und Heym erwiderte: »Herr Höpcke, ich war schon ein Weltautor, da gab es die DDR noch gar nicht.« Diese fulminante Autobiographie schlägt den großen Bogen vom jüdischen Elternhaus in Chemnitz mit den antisemitischen Anpöbeleien bereits in der Vor-Nazi-Zeit bis zum Beginn der Gorbatschow-Ära in der UdSSR. Heym: »Wie konnte es sein, daß aus diesem Apparat ein Mensch kam, der ihn umzustülpen antritt? Gibt es ihn doch den Weltgeist, dessen vertracktes Wirken uns alle bewegt?«

*Der Autor* Stefan Heym, 1913 in Chemnitz geboren, studierte Philosophie und Germanistik in Berlin, emigrierte 1933, nach einem Zwischenaufenthalt in der Tschechoslowakei, in die USA, setzte sein Studium in Chicago fort und erwarb mit einer Arbeit über Heinrich Heine das Masters Diplom; 1937–1939 Chefredakteur der Wochenzeitung ›Deutsches Volksecho‹ in New York; seit 1939 Soldat, nahm an der Invasion der Normandie teil. Die ersten Nachkriegsjahre verbrachte Heym in München; Mitbegründer der ›Neuen Zeitung‹; wurde wegen prokommunistischer Haltung in die USA zurückversetzt und aus der Armee entlassen; aus Protest gab er Offizierspatent, Kriegsauszeichnungen und US-Staatsbürgerschaft zurück und übersiedelte nach Berlin/DDR. Die Werke Stefan Heyms sind im Fischer Taschenbuch Programm lieferbar.

Stefan Heym

# Nachruf

Fischer Taschenbuch Verlag

Ungekürzte Ausgabe
Veröffentlicht im Fischer Taschenbuch Verlag GmbH,
Frankfurt am Main, Juli 1990

Lizenzausgabe mit freundlicher Genehmigung
des Bertelsmann Verlages GmbH, München

Umschlaggestaltung: Buchholz / Hinsch / Hensinger
Umschlagfoto: Isolde Ohlbaum
Druck und Bindung: Clausen & Bosse, Leck
Printed in Germany
ISBN 3-596-29549-1

# 1

Natürlich gibt es das nicht, ich weiß. Kein Neugeborenes ist, kaum daß es den ersten Schrei ausgestoßen, bewußter Beobachtung fähig. Es mag Bewegungen in seiner Umgebung bemerken, Licht, Schatten. Aber Gestalten unterscheiden, Stimmen, Worte?

Dennoch findet sich in seinem Gedächtnis, als erstes Bild des Films, den ein jeder mit sich herumträgt: wie er der jungen Mutter in den Arm gelegt wird, und die Wärme des Arms, der ihn nun umfängt, die Geborgenheit – das Gefühl, das er immer wieder suchen wird sein Leben lang. Und dazu die freudig trompetende Stimme des Arztes, des Dr. Götz: »Ein Jungchen! Ein sehr schönes Jungchen!« Der Dr. Götz hat Lachfältchen im Gesicht, die lose Haut unterm Kinn ist gleichsam aufgespießt auf den Ecken des gestärkten Hemdkragens, die wulstigen Lippen sind in die Breite gezogen.

Es war eine Erstgeburt, vorgenommen im Schlafzimmer der Wohnung im zweiten Stock des Hauses Kaiserplatz 13 in der sächsischen Industriestadt Chemnitz; vom Fenster aus hat man die Sicht auf das Frühlingsgrün der Bäume auf dem Kaiserplatz. Der Arzt mag Komplikationen erwartet haben, die junge Frau ist eher zierlich gebaut, aber die Geburt verlief normal: ein schönes Jungchen, ein braves Jungchen, nur ein Mädchen hätte es werden sollen, wie das Jungchen später erfuhr, sogar den Namen hatte es schon, Helene, nach der verstorbenen Mutter des Vaters, des Kaufmanns Daniel Flieg aus der kleinen Stadt Schrimm in der Provinz Posen; nun wird notgedrungen aus Helene ein Helmut, und wenige Tage später wird er, wie sich's gehört, beschnitten, vom Lehrer Sommerfeld und mit dem Daumennagel, knips, ab.

Das Haus Kaiserplatz 13 existiert nicht mehr. In meinem Besitz befindet sich ein Photo von S. H., darauf steht er, in amerikanischer Uniform, vor den Resten seines Geburtshauses, der Vorderwand mit den hohlen Fenstern und den schwärzlich angesengten, ehemals roten Ziegeln. Er steht da breitbeinig, die Hände hinter dem Rücken verschränkt, die Kappe schief auf dem Schädel. Ein Sieger?

Ich weiß noch, was ihm durch den Kopf ging. Daß alles ganz anders war als erwartet, und war dies wirklich die Rückkehr, die Rückkehr zu den Wurzeln? Da war nicht nur der Krieg gewesen, der die Bäume auf dem Platz geknickt und das Haus zertrümmert hatte bis hinein in das Souterrain vorn rechts, wo der Schuhmacher Bernhardt immer gesessen hatte unter seiner weißen Glaskugel, die Holzstifte zwischen den Lippen; auch die Proportionen hatten sich verändert, waren geschrumpft. Aber wenn er die Augen schloß, waren sie alle wieder da, die Bilder der Kindheit, die aus ihm unerfindlichen Gründen stets in Sonnenlicht getaucht waren. Also ein glückliches Kind?

Der amerikanische Soldat vor der übriggebliebenen Vorderwand des Hauses Kaiserplatz 13 schüttelt den Kopf, zuckt die Schultern und geht.

Wie groß die Freude des Kaufmanns Daniel Flieg über die Geburt des Stammhalters gewesen ist, läßt sich schwer sagen; er war ein Mensch, der seine Emotionen selten zeigte, und seinen Kindern gegenüber fast nie. Er muß vieles in sich hineingeschluckt haben, verdrängt, wie man heutzutage sagt, und wenn er des Abends stundenlang in der Sofaecke saß, den Brockhaus auf dem Knie, doch ohne die Seite zu wenden, spürte der kleine Sohn plötzlich die Fremdheit des Mannes, die nicht zuließ, daß man ihm auf den Schoß kroch und sich anschmiegte an ihn. Daniel Flieg war ein Pflichtmensch, mit preußisch-gerader Haltung; auf Sonntagsspaziergängen wurde Helmut durch die nach hinten gedrehten Ellbogen der Spazierstock geschoben; der Stock, waagerecht gegen das Rückgrat gepreßt, zwang zu aufrechtem Gang, Kopf hoch, Junge, Brust heraus. Das war dem Jungen nicht einmal unangenehm, und er hatte ja auch nichts einzuwenden gegen eine gute körperliche Haltung; untergründig lag darin, daß man rechtzeitig etwas tun mußte gegen den krummen jüdischen Rücken.

Aber die Pflicht, die zu erfüllen war, war nicht nur eine preußische; sie war jüdisch ebenso, denn sie war Pflicht vor allem der Familie gegenüber. Früh schon war dem Kaufmannslehrling Daniel Flieg durch den Tod seines Vaters, Abraham hatte er geheißen, und den bald darauf folgenden Tod der Mutter die Sorge um die Geschwister auferlegt worden, ihrer sieben an Zahl, darunter fünf Mädchen, die alle der Reihe nach unter die Haube gebracht werden mußten: Recha (vergast), Linka (vergast), Dora (emigriert), Regina (vergast), Liesel (emigriert). Ohne eigenes Verschulden war der Kaufmannslehrling Daniel Flieg also in die Rolle des Milchmanns Tewje aus Anatevka geraten, in eine Rolle, der er sich nicht entzog, das wäre undenkbar gewesen, und um deretwillen er die Verse verkümmern ließ, die sich in seinem Kopfe bildeten, und seine Phantasie abschnürte, der nachzuhängen ihm gegeben war. Oh nein, die Mädchen wurden verheiratet, eine nach der anderen, und je jünger die Schwester, desto höher stand der Erkorene im bürgerlichen Leben: die Älteste bekam einen, der nicht viel mehr als ein Schnorrer war, ein seelensguter Mensch und später besonders geliebt von dem Knaben Helmut; die jüngeren wurden Rechtsanwälten und Notaren gegeben, der reicheren Mitgift entsprechend. Im tiefsten Innern muß Daniel Flieg die Familie gehaßt haben, deren Patriarch er schon in jungen Jahren war; der Knabe Helmut hatte ein Gespür dafür, auch wenn ihm nicht sofort bewußt wurde, was der Blick bedeutete, die Handbewegung, mit der sein Vater die Tanten empfing, die nun ihrerseits den Kronprinzen mit bewunderndem Jauchzen begrüßten: Ach, was für ein hübsches und begabtes Kind!

Schrimm lag in der Provinz Posen, die Provinz Posen war preußisch, ihre Juden daher deutsche Juden. Aber die russische Grenze lag doch sehr nahe, so nahe, daß der Schatten der Deklassierung auch auf die Schrimmer Juden fallen konnte: waren sie nicht doch vielleicht ostjüdisch eingefärbt? Ostjude aber hieß speckiger Kaftan, Singsang-Stimme, mit den Händen reden, Körpergeruch, faule Geschäfte, hieß verachtet werden von den Goyim, den Ariern, wie sie sich bald nennen sollten. Wollte man das abschütteln, dieses Stigma, wollte man anerkannt werden als Deutscher und als Patriot, so mußte man fort aus dem Posenschen; je weiter nach Westen man ginge, desto besser würde man die Schwestern versorgen, den jüngeren Brüdern die Bahn brechen können für eine solide Zukunft.

Also kam Daniel Flieg, der inzwischen ausgelernt und sich als kaufmännischer Vertreter etabliert hatte, nach Chemnitz in Sachsen, welches mit seiner aufstrebenden Industrie – Textil, Maschinenbau – weit genug von den östlichen Einflüssen entfernt lag, um Fragen bezüglich der Schrimmer Herkunft nicht aufkommen zu lassen, und welches ihm Gelegenheit bot, Fuß zu fassen, sich zu entwickeln, den Schwestern und Brüdern zu helfen, solange sie seine Hilfe brauchten, um dann, endlich, sich selber leben zu können. Die Gelegenheit war eine Einheirat.

Ich weiß nicht, wer sie zusammenführte, den jungen Kaufmann

Daniel Flieg und das Mädchen Elsa, einzige Tochter des Harry Primo, des Junior-Chefs der Firma B. Eisenberg & Sohn, Strumpf- und Wirkwaren, ob es der Zufall war, oder gemeinsame Bekannte, oder gar ein Heiratsvermittler; ihr Sohn Helmut hatte eine merkwürdige Scheu vor derart Fragen an die Eltern; und auch in späterer Zeit, da S. H., Verfasser mehrerer erfolgreicher Romane bereits, schon aus professioneller Neugier hätte nachforschen müssen, vermied er das Thema in seinen Gesprächen mit der Mutter. Aus welchen Gründen auch immer, das Liebesleben der Eltern war ihm tabu; er hat sich, mit einer Ausnahme, über die zu berichten sein wird, stets abgewandt, wenn ein Stück nacktes Fleisch von Vater oder Mutter ihm ins Blickfeld geriet.

Das Mädchen Elsa, oder Else, wie sie sich dann nannte, war von ganz eigenartiger Schönheit. Das mag, vom Sohne geschrieben, übertrieben klingen, aber die Rötelzeichnung, die der Maler Weinheimer von ihr angefertigt hat und die dann von den Nazis fortgeschleppt und wahrscheinlich vernichtet wurde, beweist es. Das Bild zeigte ihre sanften Augen, ihre weichen Züge, eine mittelhohe, leicht geschrägte Stirn über gerundeten Brauen, Lippen und Mund wohl proportioniert, ein kleines Kinn mit Grübchen, gutgeformte Ohren, deren eines ein wenig abstand, und dunkles, gewelltes Haar. Und dann, S. H. unvergeßlich, war da die Stimme, die weder zu tief noch zu hoch lag und die er nie, hier ist seine Erinnerung zuverlässig, in schrillem Ton oder überlaut gehört hat. In seinem Film sieht er den Kleinen – sechs wird er gerade geworden sein und trägt den Schulranzen auf dem Rücken – wie er die Treppe zur zweiten Etage hinaufeilt, sieht in der Wohnungstür oben, vom Licht angestrahlt wie ein Engel, die Mutter, die ihn erwartet, und wie sie die Arme breitet und ihn zu sich nimmt und er sich an ihren Leib preßt.

Als der Kaufmann Daniel Flieg, zweiunddreißig Jahre alt, die zwanzigjährige Elsa Primo heiratet, ist der alte Eisenberg noch am Leben, der Gründer der Firma, die ihre bescheidenen Büroräume in einem Eckhaus der Moritzstraße hat, ein paar Schritte außerhalb des früheren Befestigungsrings der Stadt. Urgroßvater Eisenberg trug, an schwarzem Band, einen Klemmer auf der Nase; auch besaß er eine laut tickende Taschenuhr, die an zwei über den Bauch geschwungenen Teilen einer goldenen Kette hing und deren Deckel, auf einen Druck des Daumens hin, schnalzend aufsprang und den Blick auf das Zifferblatt und die beiden verschnörkelten Zeiger freigab. Außerdem roch der Urgroßvater immer so angenehm – nach

Alter, dachte der Kleine, aber es dürfte wohl ein Eau de Cologne gewesen sein – und hatte in seiner Westentasche eine silberne Schnupftabaksdose, die aber keinen Tabak enthielt, sondern eine Auswahl von Honigbonbons. Der Urgroßvater saß in einem Lehnstuhl aus Rohrgeflecht auf dem Balkon der Wohnung seiner Tochter Jenny, der Frau Primo, und lachte, wenn er den Urenkel aufs Knie nahm. Eigentlich lachte er immer, was der Kleine als sehr lustig empfand und als ebenso angenehm wie den Altmännerduft und die Stimme, die etwas heiser war und, soweit er es beurteilen konnte, voller Güte. In den Balkonkästen der Großmutter wuchsen rote Pelargonien, die einen rosigen Schein auf das Gesicht des Urgroßvaters warfen. Sie blühten dort auch noch, als der alte Mann nicht mehr auf dem Balkon saß und die Schnupftabakdose und die Taschenuhr im Schrank hinter Glas lagen. Und dann blühten sie nicht mehr, denn die Großmutter Jenny war tot: der erste Fall von Selbstmord in der an Selbstmördern reichen Familie des S. H.

Das Haus Kaiserplatz 13, das im Film des S. H. als Kulisse seiner ersten Jahre dient, hatte ein Parterre mit zwei Wohnungen, eine davon die des Hausbesitzers, des Schuhmachers Bernhardt, und drei Etagen mit je einer größeren Wohnung, und ein viertes oder Mansardengeschoß mit mehreren kleinen Wohnungen für die ärmeren Leute. Aber auch bei den drei Hauptetagen war die Miete gestaffelt, und zwar von unten nach oben billiger werdend; die der Fliegs, im zweiten Stock, lag also genau in der Mitte. Der kleine Helmut jedoch beneidete die Jungen aus dem Mansardengeschoß, denn diese durften barfuß durchs Treppenhaus und über den Hof patschen, während er allzeit Schuhe anhaben mußte; schmutzige Füße mit breit gefächerten Zehen galten ihm als Inbegriff erstrebenswerter Männlichkeit, und das kurzgeschorene, stachlige Haar dieser Jungen zog er der eigenen, vom Friseur Peters geschnittenen Pony-Frisur, einer frühen Version der Brechtschen Haartracht, bei weitem vor. Mädchen gab es, soweit ich mich entsinnen kann, im Hause Kaiserplatz 13 keine; sollten doch welche dort gelebt haben, so galten sie Helmut jedenfalls noch nicht als Wesen einer anderen Gattung. Doch nicht nur Schuhe und Frisur erzeugten ihm Unbehagen, die ganze Kleidung jener Zeit war dazu angetan: die an den Schultern zerrende, Leibchen genannte Baumwollweste, an der die Strumpfbänder aus Gummi befestigt waren, die wiederum die Strümpfe hochhielten; die kurzen Hosen, deren Saum im Sommer, wenn man statt der langen Strümpfe Söckchen trug, in den Kniekehlen kratzte; der viereckige Kragen der Matrosenbluse, der einem um die Ohren flappte, dieweil die Bluse selbst, mit schwarzem Bändchen festgezurrt am Bauch, sich bauschte – um wieviel besser hatten es da die Proletariersöhne, die anziehen durften, was ihre älteren Brüder abgelegt hatten oder was sonst so anfiel, und die auf ihre Lappen keine Rücksicht zu nehmen brauchten.

Vor den Matrosenblusen, den blauen oder weißen, war der feldgraue Kittel gewesen, gefertigt aus einem frottéeartigen Stoff und versehen mit drei kugelrunden Knöpfen über der linken Schulter, die, Kokarden ähnlich, in konzentrischen Kreisen die kaiserlichen Farben Schwarz-Weiß-Rot zeigten. So, patriotisch kostümiert, hockte er in der Sandkiste in dem Hintergärtchen, von denen jeder der Mieter des Hauses eines besaß. Säuberlich voneinander abgezäunt, reihten sich diese längs eines schmalen Wegs hinter dem Hof des Hauses aneinander, mit Beeten, auf denen Gemüse und Kartoffeln angebaut wurden und Stachel- und Johannisbeeren; es wurde alles gebraucht, denn es war Krieg, der Erste Weltkrieg, und von diesem Krieg ist nicht nur das Bild von dem Kind in dem feldgrauen Kittel geblieben, sondern auch eines, da der Kleine, halb hinter einer Litfaßsäule an der Ecke von Marschall- und Weststraße verborgen, weit aufgerissenen Auges den Vorbeimarsch eines mit Gewehr und Tornister ausgerüsteten Trupps Soldaten erlebt; die Pickelhauben sind bereits mit einem grauen Futteral überzogen, was die Szene etwa ins Jahr 1916 verlegen würde: da ist er drei Jahre alt. Der Onkel Karl steht im Felde, der Onkel David ist gleichfalls eingezogen; der Vater allerdings ist unabkömmlich, als Direktor eines Unternehmens, das kriegswichtige Güter für das Heer liefert, nämlich Socken und ersatzwollene Unterhosen. Der Vater sitzt an der Schmalseite des Frühstückstisches und köpft ein Ei; er ist der einzige, dem noch ein Ei serviert wird, denn er ist der Vater; kurze Zeit später ist auch dieses Ei nicht mehr erhältlich. Nach Jahrzehnten noch wird S. H. sein Brot viel zu dick mit Butter bestreichen und, von seiner Frau deswegen getadelt, nach einigem Nachdenken ihr erklären, daß seine Unmäßigkeit wahrscheinlich eine verspätete Reaktion auf die Mangeljahre der Kindheit ist; dabei dürfte der Mangel bei anderen Leuten viel schlimmer gewesen sein; bei Fliegs »gab es immer noch zu essen«, die Redensart prägte sich ihm ein, und selbst wenn Kohlrüben auf den Tisch kamen, war doch noch etwas Fett dabei.

Im letzten Jahr des Krieges dann, im Frühling 1918, kam der

kleine Bruder. Da ist Helmut schon beinahe fünf und durchaus fähig, Geschehnisse bewußt zu erleben und bis zu einem gewissen Grad auch zu verarbeiten, und ich wünschte, ich könnte berichten: dies hat er empfunden, und das sich gedacht. Man könnte natürlich, aus dem Wissen der Psychiater um das Verhältnis von älteren zu jüngeren Söhnen, rekonstruieren, was in dem Kinde vorgegangen sein mag, das nun plötzlich nicht mehr einziges Objekt mütterlicher Liebe und väterlicher Aufmerksamkeit war; aber das wäre eben rekonstruiert, und ich halte es für besser, ich beschreibe das Bild, das sich in meinem Gedächtnis erhalten hat. Da steht er, anderthalb oder zwei kurze Jahre später, vor dem kleinen Bruder, der rücklings auf dem Teppich liegt und brüllt und mit den Füßen nach ihm stößt, ein Bündelchen Haß. Was der Ältere dem Jüngeren zuvor angetan hat, bleibt offen, etwas Liebenswürdiges wird es wohl kaum gewesen sein; vielleicht aber war Helmut auch gar nicht schuld an dem Ausbruch, und es handelte sich um eine cholerische Laune Werners – dies der Vorname, den die Eltern dem Bruder gaben –, wie denn der Größere später immer von dem Kleineren behauptet hat, der sei uneinsichtig und verbockt und es sei nicht mit ihm auszukommen. Aber selbst wenn vieles von seiten des Jüngeren kam, wird es wohl Gründe für dessen Trotz und Jähzorn gegeben haben, und einer dieser Gründe mag im Verhalten des großen Bruders gelegen haben.

Auf jeden Fall besteht ein Zusammenhang zwischen den Gefühlen des Älteren seinem Brüderchen gegenüber, was immer diese auch gewesen sein mögen, und jenem Erlebnis auf dem Theaterplatz zu Chemnitz, das, rückblickend betrachtet, das künftige Leben des Helmut Flieg ganz entscheidend beeinflußte: seine erste Begegnung nämlich mit der dunklen Masse, deren Teil er nicht war und nicht werden konnte und die dennoch eine Faszination auf ihn ausübte wie kein anderes Phänomen seiner Zeit.

Der Vater mußte wohl gespürt haben, daß seinem älteren Kind ein Pflaster gebührte für die Wunde, die er und die Mutter ihm geschlagen, und hatte angekündigt, er werde sich die Zeit nehmen, mit Helmut ins Theater zu gehen, zur Weihnachtsvorstellung im Opernhaus – war es Schneewittchen? – Dornröschen? – Peterchens Mondfahrt? – er und der Junge ganz allein, Vater und Sohn. Und nun schritten sie beide, Hand in Hand, die Königstraße entlang, vorbei an dem versteinerten Wald, der rechts neben dem Städtischen Museum steht, bis hin zu der Balustrade, die das Trottoir der Königstraße von dem tiefer gelegenen Theaterplatz trennt. Dieser Platz aber ist schwarz von Menschen, dort kommt niemand durch, und von der Fassade des Opernhauses her redet einer zu der Masse, und eine Stimme dicht neben dem Kinde, vielleicht die des Vaters, spricht: »Da wird die Vorstellung wahrscheinlich ausfallen.«

So tritt die Revolution in das Bewußtsein des Kindes. Der Knabe spürt, daß da etwas im Gange ist, wogegen die Macht selbst des Vaters bedeutungslos wird, und die Reden, die heiseren Rufe und Sprechchöre, das Rot der Fahnen und Transparente vereinen sich zu etwas Beängstigendem und zugleich Verlockendem; dies ist spannender als alle Tagträume, die er hat von Räubern und Hexen und heimlichen Verstecken, und er möchte wissen, wie es weitergeht.

Nur es geht nicht weiter. Die Demonstration ist vorbei und die Massen verlaufen sich und der Theaterplatz ist wieder leer. Aber die Kindervorstellung findet trotzdem nicht statt; es ist zu spät dafür geworden, sagt der Vater, schade.

Er ist ein eigenbrötlerisches Kind, das seinen Gedanken nachhängt und seinen Träumereien; stundenlang kann er sitzen und auf das rotblaue Netzwerk des Wäschebeutels an der Tür zur Wäschekammer starren; in seinem Kopf folgen die Phantasiebilder aufeinander von Seereisen und Bergen und Ungeheuern. Empfindlich wie er ist, zieht er sich zurück, wenn die Jungen aus den oberen Etagen, zumeist älter und kräftiger als er, ihm abweisend oder höhnisch begegnen; da steigt er lieber hinab ins Souterrain, in die Werkstatt des Schuhmachers Bernhardt und hockt dort im weißen Licht auf dem blankgesessenen Gesellenschemel – der Geselle ist im Krieg – und blickt auf die Holzstifte zwischen den Lippen des Meisters, die auf und ab wippen, wenn der sein schwer verständliches Gemümmel von sich gibt über das Leben im allgemeinen, und wie die Leute ihre Stiefel bis zum Geht-nicht-mehr abtragen, bevor sie damit zum Schuster kommen, und wie die Mieter so säumig sind, nicht der Herr Flieg, der zahlt pünktlich; aber auch höchst erstaunliche Geschichten, die der Junge nie glauben würde, kämen sie nicht von dem Schuhmacher Bernhardt, diesem Born von Weisheit und Erfahrung. Zeitweilig hat er auch ein Kinderfräulein, das sich mit ihm beschäftigt, ohne allerdings in seinem Gemüt irgendwelche Spuren zu hinterlassen.

Dabei ist es gar nicht sein Wunsch, sich abzusondern. Er sehnt sich danach, akzeptiert zu werden, mitspielen, mitlaufen, mitschreien, mitlachen zu dürfen: kurz, hinzuzugehören. Aber die Art und Weise, wie man mit ihm umgeht, vergrößert seine natürliche Unsicherheit, und unter den Größeren ist keiner, der sich seiner annähme, ihn schützte, auch der Erhard aus dem Mansardengeschoß nicht, demzuliebe er das Tabu bricht und seine Schuhe und Strümpfe auszieht und barfuß durch die Pfützen patscht. Er glaubt, daß er zu dicklich ist und zu schwach und ungelenk, um bei den Prügeleien mithalten zu können, die sich im Hof des Hauses und auf den verschlungenen Wegen des Kaiserplatzes wiederholt entwickeln; du hast ihn zu sehr verwöhnt, hört er den Vater zur Mutter sagen; zu sehr verwöhnt ist er also, nicht genügend hart, ein Muttersöhnchen, was soll aus ihm werden, wie soll er sich durchsetzen, wird er immer benachteiligt bleiben und von Glück reden können, wenn die andern ihn dulden?

Vielleicht wird er sich ändern, wenn man ihn mit aller Rücksicht und Schonung einführt in die Gemeinschaft, über die Familie etwa. Ob dieser schöne pädagogische Gedanke nun dem Aufenthalt in Bad Kösen zugrunde lag, der zu einem denkwürdigen Horror im Leben des Kindes Helmut werden wird, oder ob sein Vater meinte, nach so viel Mühe und Geld, investiert in das Eheglück seiner Schwestern, könnten diese sich auch einmal nützlich erweisen, oder ob gar eine der Tanten selber das Unding sich ausdachte: der Plan war, alle Kinder des Clans, die gesamte dem Samen des Schrimmer Urvaters Abraham entsprossene jüngste Generation, unter Aufsicht natürlich, in der herrlichen Umgebung eines kleinen Badeorts mehrere Wochen gemeinsam verleben zu lassen; und da das Ganze, wie üblich, von dem treusorgenden ältesten Bruder Daniel bezahlt werden würde, ergäbe sich als besonderer Bonus ein kostenloser Landaufenthalt für die Schwestern Dora, Regina und Liesel. Ein ganzes Haus wurde am Orte gemietet, und zusammen mit den genannten Tanten reisten an die Berliner Cousins und Cousinen Lutz, Hans und Gerda (emigriert), Alfred und Kurtchen (verstorben, vergast), und Evchen (emigriert), und in deren Gefolge eine Schar anderer Kinder unklaren Verwandtschaftsgrades und mit Namen, die austauschbar waren, und mutterseelenallein aus Chemnitz der Helmut. Kein Wunder, daß er sich erdrückt fühlte und, den besonderen erzieherischen Bemühungen der Tanten ausgesetzt, die Flucht in die Krankheit antrat. Er bekam Ziegenpeter. Er mußte um das geschwollene Gesicht eine weiße Binde tragen, deren säuberlich geknüpfte Knotenenden, Hasenohren gleich, von seinem Kranium in die Höhe standen, und wurde, um die von ihm ausgehende Anstekkungsgefahr zu vermindern, auf Entfernung gehalten; der herzlose Spott, der sich sonst aus kindlichen Mündern über ihn ergossen hätte, wurde von den Tanten, die schließlich wußten, wessen Sohn der arme Kranke war, in lärmendes Mitleid konvertiert. Bis dann die Mutter endlich kam und ihn nach Hause zurückholte, hatte sich in Helmut eine Abneigung gegen alles, was mit Familie zu tun hatte, gebildet, eine Abneigung vergleichbar der seines Vaters und die Jahre überdauernd, bis er, nach dem Kriege, den wenigen Überlebenden jener unschuldigen Kösener Truppe wiederbegegnete und mit dem einen oder anderen von ihnen tatsächlich Freundschaft schloß.

Im Alter von sechs Jahren wird er eingeschult.

An Erinnerungen ist geblieben, daß die Mutter mitkam an diesem Tag und nicht der Vater, der mußte ins Geschäft, und daß der frischgebackene ABC-Schütze aufatmete, als sie das Klassenzimmer verließ, um vor der Schule auf ihn zu warten; wohl hatte er Angst vor der neuen Umgebung, spürte aber, daß die zärtliche Hand der Mutter ihn hier nicht mehr schützen konnte; im Gegenteil, ihre Anwesenheit stellte eher eine Belastung dar. Dann der Schulweg: quer über den Kaiserplatz, der nun, die Republik war gekommen, Gerhart-Hauptmann-Platz genannt wurde, die Kaiserstraße entlang, die, so eine Republik war das, auch weiterhin Kaiserstraße hieß, und links um die Ecke in die Heinrich-Beck-Straße zur Heinrich-Beck-Schule, einer achtklassigen Volksschule für Knaben, in der die Kinder von Reich und Arm nebeneinander saßen. Dann das Häusliche: das Pult, mit schräger Platte, das ihm ins Kinderzimmer gestellt wurde und auf dem er seine Arbeiten schrieb; die ersten Klavierstunden, neben ihm am Instrument Frau Holl, die, ihre Brille schief auf der Nase, mit dem Bleistift den Takt schlug.

Und dann der erste Schulausflug, bei dem der Klassenlehrer, Herr Weber, vornan schritt und das Kind Helmut sich so dicht wie möglich an ihn zu halten suchte, um nur ja keine seiner Erläuterungen zu versäumen über die Natur und andere lehrreiche Gegenstände – und aus Bedürfnis nach Schutz. Schutz vor wem, gegen was? Woher die Bedrohung? Und wieso sollte dieser Mann mit dem kurzgeschnittenen grauen Haar und der goldgerahmten Brille auf der Nase gerade ihn beschützen wollen? Nahm er denn überhaupt Notiz von ihm?

Das Erschreckende, das den kleinen Jungen Schutz suchen ließ bei dem einzigen, von dem er Schutz erhalten zu können glaubte, dem Lehrer, war die Erfahrung totaler Vereinsamung in der Menge, die um ihn herum quirlte; dies war anders als im Klassenzimmer in der Schule, dort gab es eine gewisse Ordnung und man wußte, hier gehörte man hin und dort nicht. Doch statt nun Verbindung herzustellen zu den Gleichaltrigen, saß er auch im Wirtshausgarten, wo gerastet wurde, abseits, nippte an der rosa Brause, die er mit den Groschen bezahlt hatte, die ihm die Mutter vor dem Abmarsch sorglich zugesteckt, und hätte auch sein Frühstücksbrot alleine verzehrt, wenn nicht welche gekommen wären, die es so begehrlich betrachteten, daß er es mit ihnen teilte.

Denn dies war die Hungerzeit nach dem Kriege. Er wußte Bescheid; oft schon war er in den Lebensmittelladen in der Germaniastraße zum Einholen geschickt worden und hatte gesagt bekommen, was es alles nicht gab, und war vom Vater aufs Land mitgenommen worden, nach Niederdorf im Erzgebirge, wo die Firma B. Eisenberg & Sohn, mit Herrn Oertel als Verwalter, in einem schuppenartigen Bau, der den Namen Fabrik nicht verdiente, aus irgendwelchen minderwertigen Garnen Socken herstellte. Herr Oertel, ein kleiner Mann mit fülligem Bauch und einem Schlapphut auf dem Kopf, wie Bismarck ihn in seinen letzten Jahren getragen hatte, und hellen großen Augen wie Bismarck und einem Schnauzbart wie der Fürst, hatte seinen rechten Zeigefinger in einer Wirkmaschine verloren, was Helmut erschauern ließ, wenn er ihm die Hand drücken mußte; dafür aber hatte Herr Oertel alle möglichen Dinge auf Lager, die man sonst nirgendwo mehr sah. Seine Frau verpackte eine Auswahl davon sorgfältig in Körbe zum Mitnehmen, während Herr Oertel dem kleinen Sohn seines Chefs die Anatomie des Schweins erklärte, von dem all die Schätze stammten, und ihm schließlich mit einem »Da hast du!« ein Stück Wurst in den Mund schob. In der Schule versuchte man, dem Hunger mit Hilfe der Amerikaner zu steuern, die im Krieg Feinde gewesen waren und die nun Semmeln und heißen Kakao für deutsche Kinder über das Meer schickten. Das Unternehmen hieß Quäkerspeisung, niemand wußte warum und wer diese Quäker waren, und in der großen Pause früh mußte man sich dafür anstellen. Auch Helmut erhielt seine Semmel und seinen Kakao, und S. H. hat, als er in späteren Jahren wirklichen und leibhaftigen Quäkern begegnete, stets nur die freundlichsten Gefühle für sie gehabt.

Er war, obwohl oft in sich gekehrt und scheinbar geistesabwesend, so daß die zwischen den Reihen der Schulbänke patrouillierenden Lehrer ihn grob anstießen, ein wissbegieriges und aufnahmefähiges Kind, das ohne Schwierigkeiten rechnen und lesen und schreiben lernte, in Sütterlin-Schrift, mit dem zweigestrichenen kleinen *e* und dem langen und dem runden *s*, und dem das richtige Buchstabieren kein Problem war. Mit dem Rohrstock bekam er nur dann eines über die gestreckten Finger, wenn er mit Spucke gefestigte Papierkügelchen verschoß, was er nicht etwa tat, um seine Treffsicherheit zu zeigen, die besaß er in höchst geringem Maße, sondern eher um zu beweisen, was für ein tolles Kerlchen er war und wie er doch verdiente, von den andern als einer der ihren betrachtet zu werden. Doch er war und blieb in einer Ausnahmestellung, die er vielleicht stärker empfand, als seine Mitschüler es taten. Die machten sich seinetwegen kaum irgendwelche Sorgen, sondern schoben ihn, wenn er sich zu auffällig unter sie zu mischen suchte, einfach beiseite.

Der Gedanke, dies könnte der Andersartigkeit seiner Eltern wegen sein, also weil er jüdisch war, kam ihm schon im zweiten oder dritten Jahr seiner Volksschulzeit; er konnte sein Judentum auch nicht verbergen, weil er vom allgemeinen Religionsunterricht, der früh am Morgen stattfand, befreit war und dafür an zwei Nachmittagen zur Schule zurückkehren und beim Rabbiner Fuchs jüdische Geschichte und beim Lehrer Sommerfeld Hebräisch lernen mußte, und weil er an den hohen jüdischen Feiertagen überhaupt nicht zur Schule kam und dafür vor der Synagoge, die am Ende der Heinrich-Beck-Straße stand, zusammen mit lauter Herren in Gehrock und Zylinder gesichtet wurde. Gewiss, die Erzählungen des Rabbiners Fuchs von den Makkabäern und anderen Helden, zu denen er, Helmut Flieg, nun eine persönliche Beziehung haben sollte, entschädigten zeitweilig für diese Nachteile und zeigten, daß eine Position als Außenseiter mitunter auch Anlaß zu Stolz geben konnte; doch wurde der kindliche Stolz auf das Jüdische erheblich abgebaut durch den Lehrer Sommerfeld, der mit dem breiten Ende seines Zahnstochers im Ohr zu polken pflegte und mit demselben Zahnstocher dann im Siddur, dem hebräischen Lehrbuch, seinem Schüler die Stelle wies, an der er mit lauter Stimme weiterzulesen hatte, auf diese Weise die Hieroglyphen des Textes mit kleinen fettigen Flecken versehend.

Aber wieso galt das alles nicht für den Schüler Gattl, der das gleiche religiöse Handicap zu überwinden hatte wie er und der, mit seinen dicken roten Fäusten und seiner durch einen Unfall plattgedrückten Nase und seinem ordinären Wortschatz, sogar als einer der Rädelsführer der Klasse anerkannt war? Demnach lag es nicht nur daran, daß er ein jüdisches Kind war; es mußte da noch etwas sein bei ihm, etwas schwer Definierbares, von dem er nicht einmal der Mutter erzählen konnte, sie wäre zu traurig gewesen und wäre vielleicht sogar, schrecklicher Gedanke, zu den Lehrern gelaufen, um sie um Hilfe zu bitten oder, schlimmer noch, sich bei ihnen zu beschweren; der Vater kam als Vertrauensperson sowieso nicht in Frage, der hatte, wie der Sohn immer wieder hörte, geschäftliche Sorgen. Was aber tun? Er, den es so sehr danach verlangte, Teil zu werden der Gemeinschaft, die allein Sicherheit verhieß, ging noch mehr auf Distanz, schwieg, wenn er hätte mitlärmen sollen, und lärmte, wenn Stille angebracht war. Zum ersten Male damals vernahm er das Wort Arroganz, das ihm Jahre hindurch anhaften sollte, ein arroganter Bengel, ein arroganter jüdischer Bengel.

In diese Zeit fällt der Umzug.

Das Haus am Kaiserplatz war Mittelklasse gewesen, untere Mittelklasse; Personen aber, die es sich leisten konnten, in die Hoffmannstraße zu ziehen, in das noch einzeln stehende Doppelhaus Nr. 58/60 mit den zwei dekorativen Eingängen und den beiden halbrunden Türmen oberhalb der Fassade, nicht mehr Jugendstil und noch nicht Neue Sachlichkeit, durften sich zur oberen Mittelklasse zählen; die Bourgeoisie, die echte, hauste in eigenen Villen. Wieso dieser Umzug plötzlich möglich war, wurde dem jungen Sohne nicht erklärt; ein paar Jahre später, nachdem er etwas vom Geschäft mitbekommen hatte, rechnete er sich aus: Strümpfe und Untertrikotagen waren Sachwerte; Sachwerte überdauerten die Inflation, durch die anderer Leute Vermögen vernichtet wurde. Von der Inflation selbst wußte er schon, als sie vor sich ging, durch die in die Höhe schnellenden Summen seines Taschengeldes und den rasch kletternden Preis der Zeitschrift Heiterer Fridolin, die er abonnieren durfte; dann, plötzlich, erhielt er als Taschengeld einen kleinen grauen Schein, auf dem stand als Wertangabe *Eine Rentenmark*; mit dem alten Geld, mit den hohen Zahlen darauf, so wurde ihm gesagt, ließe sich eine hübsche Sammlung anlegen.

In der neuen Wohnung, im Parterre des Hauses in der Hoffmannstraße, um deren Fenster sich bereits die ersten Schößlinge wilden Weins rankten, gab es ein Herrenzimmer, holzgetäfelt, einen Salon mit kostbarer blau-silberner Tapete, in dem der Flügel stand und, neben dem Bild der schönen Mutter, Weinheimers Porträts der Kinder Helmut und Werner hingen, ferner das Speisezimmer und, durch eine Schiebetür erreichbar, das eigene Zimmer des älteren Sohns, der bald anstelle des Schülerpults einen richtigen Schreibtisch erhielt. Dann war da ein Wintergarten mit weißen Korbmöbeln und vielerlei Pflanzen, durch den man auf die mit Steinplatten belegte Terrasse gelangte und von dort aus, ein paar breite Stufen hinunter, in den zu dem Ganzen gehörenden Garten mit Laubenkolonnade. An dem zweiten Trakt der Wohnung, der von der vorderen, der herrschaftlichen Toilette in rechtem Winkel abging, lagen Küche und Kammern, eine zweite Toilette, das Dienstmädchenzimmer, und ganz am Ende, wiederum mit Ausblick auf den Garten, das eheliche Schlafzimmer mit Bad und das Kinderzimmer für Klein-Werner. Ein Schloß also, nur daß der Vater es eher mürrisch in Besitz nahm; er sah die Familientreffen voraus, die Schwestern herbeischwirrend zu den unpassendsten Zeiten, und was sonst noch auf ihn zukommen würde an neuen gesellschaftlichen Verpflichtungen, die ihn abhielten von seinem Brockhaus; und tatsächlich hinterließ auch sehr bald der stellvertretende Staatsanwalt Kurt Cohn (KZ, dann emigriert, später hoch angesiedelt im Justizwesen der DDR), als er seine Glatze an die Tapete im Salon lehnte, auf dem blau-silbernen Muster einen weithin sichtbaren Schweißfleck, den zu beseitigen dem Vater selbst mit Hilfe von Löschpapier und Bügeleisen nicht gelang. Und von der Hoffmannstraße aus, die Weststraße hinunter, vorbei an dem Vorgarten der Konditorei Freund und der Villa derer von Graisowsky, deren Tochter Jutta einen so aufreizenden Gang hatte, ging auch bald, nachdem er das vierte Jahr der Volksschule mit sehr zufriedenstellenden Noten abgeschlossen hatte, der Sextaner Flieg in das an der Hohen Straße gelegene Staatsgymnasium.

Von jetzt an werden die Erinnerungen vielfältiger, zu den Empfindungen des Kindes treten Beobachtungen hinzu und Reflexionen; Meinungen bilden sich heraus und gewisse Haltungen, aus noch zu untersuchenden Gründen zumeist gegen die der Eltern und Lehrer und anderen Autoritäten gerichtet; eine kleine, durchaus nicht immer angenehme Persönlichkeit entsteht. Es muß nicht leicht gewesen sein, mit ihm auszukommen, und ich wäre nur ungern sein kleiner Bruder gewesen; wie oft war er hochfahrend und stets suchte er, war nicht ein Stärkerer da als er, seinen Willen durchzusetzen; dabei war er voller Selbstzweifel, die er durch Leistung zu überspielen strebte oder durch Vortäuschung einer Überlegenheit, die er in

Wahrheit oft gar nicht besaß; ging die Sache dann schief und kam die unvermeidliche Depression, lernte er diese zu überwinden, indem er seine Phantasie um sich zog wie eine Regenhaut und ein neues Rollenspiel erdachte, in welchem er am Ende dennoch siegreich blieb. Trotzdem muß er etwas wie Charme besessen haben, denn immer wieder stellen sich jetzt Menschen ein, ältere zumeist, die sich für ihn interessieren und ihm zu helfen suchen und deren Geduld und Zuneigung er oft genug belohnt, indem er sie vor den Kopf stößt. Eine Zeitlang hat sich in den Papieren seiner Mutter ein Aufsatzheft erhalten, in das der Lehrer, welcher es war, weiß ich nicht, unter die Zensur die Bemerkung schrieb: Der Flieg will anscheinend die Welt verändern!

Und der Turnlehrer Scharsich, dies ist überliefert, sagte, als er 1945 erfuhr, daß ein amerikanischer Soldat in das sowjetisch besetzte Chemnitz gekommen sei und dort das Staatsgymnasium aufgesucht habe, wo er schnurstracks durch das Gebäude hindurch, über den Schulhof und in die Turnhalle ging, dort eine hölzerne Keule entwendete und wieder verschwand: »Das kann nur der Flieg gewesen sein.«

# 2

Die Schüler höherer Lehranstalten trugen damals noch, ein Rudiment der Zöglingsuniformen fürstlicher Kadettenschulen, Schildmützen; am Staatsgymnasium waren diese himmelblau, und der Sextaner Flieg setzte die seine mit großem Stolz auf; an der städtischen Oberrealschule, die als weniger fein galt und an der man vorbeikam, wenn man nicht die Weststraße hinauf nach Hause ging, sondern am Gericht vorbei und über die Wielandstraße, waren sie dunkelbraun. An diesem Tag aber gab es vor der Oberrealschule keine Braunbemützten, sondern es waren da Wachposten aufgezogen mit Stahlhelm und Gewehr. In der Oberrealschule hatte sich die Reichswehr einquartiert, die der sozialdemokratische Reichspräsident nach Sachsen beordert hatte, um die dortige Koalitionsregierung aus Sozialdemokraten und Kommunisten, die Regierung Zeigner, abzusetzen. Die vom Staatsgymnasium, die keine Einquartierung und daher auch nicht schulfrei hatten, standen nun auf dem Nachhauseweg vor der anderen Schule und begafften die Posten und die aufgereihten Munitionswagen und die Panzerfahrzeuge und lachten pflichtschuldig, wenn die Soldaten, bestiefelt, aus dem Tor traten und sich herabließen, ihnen etwas zuzurufen; einer, mit silbernen Litzen am Kragen, hatte ein viereckiges Brot unterm Arm, und nun wurde eine Idee geboren in den Kommißköpfen: Jugendertüchtigung. Sollten sie um die Wette laufen, die Jungens, Hundert-Meter-Strecke, flink wie die Windhunde, das wurde gebraucht für Deutschlands Wiederaufstieg, der Sieger bekäme einen Kanten echten dunklen Soldatenbrots.

Es war nicht nur das Brot, es war die Ehre. Und, wie man heute sagen würde, sein gespaltenes Verhältnis zum Militär. Wieder war da die Gruppe, die bewaffnete noch dazu, die Stärke ausstrahlte und Sicherheit verhieß; wer hier in irgendeiner Form hinzugehörte oder auch nur mitmachen durfte, war geschützt; andererseits, das fühlte er deutlich, waren das Leute, die nichts gemein hatten mit ihm, aus einer Welt, die nicht die seine war; der Onkel Karl und der Onkel

David waren aus dem Krieg gekommen, wie viele Menschen hatten sie totgeschlagen, sie sprachen nicht darüber; und außerdem war er kein guter Läufer, er war nicht mehr so pummelig wie früher, aber von Windhund konnte keine Rede sein. Doch er lief, und natürlich war er der letzte, und sie sagten ihm, ist gut, versuch's noch mal, und wieder lief er und war wieder der letzte, und diesmal lachten sie bereits über ihn, und beim dritten Mal, da pochte ihm das Herz schon im Halse und in der Lunge war ein Stechen, lachten sie erst recht, und als er davonschleichen wollte, rief einer der Soldaten, komm her, und bot ihm ein Stück von dem Brot, und er nahm es, denn bedeutete das Geschenk nicht, daß sie gesehen hatten, wie sehr er sich mühte, und daß sie ihn darum leben ließen; aber das Brot schmeckte wie Sand.

Wer dieser Lehrer gewesen war, ist mir nicht mehr erinnerlich; nur die Stimme ist geblieben, schneidend, siegesgewiß: »Hel – mut, eh? Heller Mut, eh? Na, wir werden ja sehen! Und Flieg, Fliege, auf Latein Musca, vielleicht sollten wir dich Musca nennen, eh?«

Dieser verfluchte Name. Helmut, eigentlich Helene, war schon schlimm genug, in der ganzen Klasse gab es keinen anderen Helmut, an dessen Brust man sich hätte trösten können, und dann noch Flieg! Wie konnte einer einen Imperativ zum Namen haben, dazu einen, der sich nicht erfüllen ließ; auch Ikarus war abgestürzt, als er in Sonnennähe geriet; höchstens herausfliegen konnte man, woraus heraus, aus der Gruppe natürlich, der Gemeinschaft.

Diese Gemeinschaft, die ihm nächstliegende, war die Klasse – Sexta, Quinta, Quarta, Untertertia – mit ihrer festgefügten Ordnung: die besten Schüler durften hinten sitzen, relativ fern dem mißtrauischen Blick des Lehrers; da sie für gewöhnlich ihr Pensum gelernt hatten, nahm man an, daß sie nicht allzu sehr schummeln würden und daß ihr fleißiges Streben sie auch von anderen Dummheiten abhalten mochte. Eine strafweise Versetzung wurde jedoch gelegentlich vorgenommen, nach vorn, unter die Unbegabten, Faulen oder Aufmüpfigen und, nachdem das Staatsgymnasium zunächst versuchsweise in eine geschlechtsgemischte Schule umgewandelt worden war, auch neben die Mädchen. Da bemühte sich sogar der sehr gute Schüler Flieg, von seinem Platz an der Seite des Klassenprimus Döge loszukommen, eines von Polypen in der Nase geplagten Knaben, und zog erfolgreich um in die vorderste Reihe.

Natürlich war der kleine Gymnasiast mit seinen zehn oder elf

Jahren noch nicht in der Lage, eine soziale Analyse seiner Schulklasse oder gar seines Lehrerkollegiums vorzunehmen; doch wurden die Gegensätze, die sich da zeigten, und die Konflikte, die daraus erwuchsen, ihm schon bewußt und erzeugten Furcht und Unbehagen.

Wer konnte sich eine humanistische Bildung mit Griechisch und Latein, Vorbedingung für das Studium jeglicher Geisteswissenschaft und von Jus und Medizin, denn leisten? Doch nur die Oberschicht, deren Kinder nicht so bald wie möglich zum Familienunterhalt beitragen mußten. Die Republik aber, das wenigstens war den Sozialdemokraten geglückt, hatte das Bildungsprivileg der Reichen und Vornehmen angeknackst, und wenn auch an Proletenkindern nur die wenigsten die höheren Schulen besuchten, so kamen doch nun die Sprößlinge von Handwerksmeistern, Ladenbesitzern, Postunterinspektoren und Polizeisergeanten in den Genuß feinerer Bildung, Kinder jener Strata also, die nach Revolution und Inflation und anderen Turbulenzen sich in die Herrlichkeit des alten Reichs zurückwünschten, wo Schwarz-Weiß-Rot die Farben und das Geld, das bescheidene, wenigstens sicher gewesen waren. Der Primus Döge kam aus einer Akademikerfamilie, die Graisowsky trug ein *von* vor ihrem Namen, Fürstenbergs Vater (ermordet) war Generaldirektor und Großaktionär des Warenhauses Hermann Tietz, heute heißt der Konzern Hertie; die Müllers aber, gleich zwei des Namens, und Köhlers und Uhligs kamen aus den weniger vornehmen Vierteln der Stadt oder gar aus den Dörfern der Umgegend in die Schule, trugen ererbte Anzüge und stanken unterm Arm; ihr Körperbau ermöglichte es ihnen jedoch, in Sekundenschnelle das Tau in der Turnhalle bis obenhin zu erklimmen und Schwünge am Reck zu vollführen, von denen der arme Helmut nicht einmal träumen konnte.

Und die Lehrerschaft, zum großen Teil ehemalige Reserveoffiziere, die ihre frühere Befehlsgewalt über ausgewachsene Männer vermißten und es als schmerzlich empfanden, daß der Titel Studienrat auch nicht mehr galt, was er einmal gegolten hatte, sehnte sich gleichfalls nach den alten Verhältnissen zurück; die Nachkriegsereignisse hatten auf ihrer Haut Kerben hinterlassen, die nie ganz abheilten, und das Wetterleuchten aus dem Osten – je weniger man wußte, was dort wirklich vor sich ging, desto bedrohlicher erschien es – verängstigte sie noch mehr. Also klammerten sie sich an das Überkommene, was in Latein und Griechisch noch hingehen mochte, *Andra moi ennepe, Mousa, polytropon*, die Odyssee, deren erste hundert Verse der junge Flieg strafweise auswendig lernen mußte, behielt ihre Gültigkeit; aber im Deutschen und in Geschichte, die im Unterricht weiterhin nur aus Kriegen und Fürsten und Führern bestand, war diese Einstellung doch recht fragwürdig.

Der Junge begann zu zweifeln, meldete sich zu Wort, und wurde abgewiesen und für vorlaut erklärt, wie sein Verhalten wohl auch war. Unterstützung von seiten der Klasse erhielt er wenig; die waren zu dröge oder hatten ganz andre Interessen; außerdem stimmte ihre Welt mit dem, was da gelehrt wurde, im großen und ganzen überein, ob sie nun aus den sogenannten besseren Familien kamen oder aus Kleinbürgerhäusern. So begann er, auf eigene Faust zu forschen, schlug nach, was Schiller wirklich geschrieben hatte, entdeckte Heine, stellte fest, daß die vielgerühmten Freiheitskriege auch ihre dunkle Seite hatten und daß überhaupt in den Lehrbüchern einiges fehlte, was zur Geschichte der Deutschen gehörte, deren Siege, wie es vom Katheder tönte, allesamt der gerechten Sache dienten und durch Tapferkeit erkämpft waren, deren Niederlagen hingegen der feindlichen Übermacht beziehungsweise dem hinterhältigsten Verrat zugeschrieben werden mußten.

Er hatte früh begonnen, sich selbständig Lektüre zu verschaffen. Auf dem Querbalken des Holzzauns vis à vis dem Haus in der Hoffmannstraße verhandelte er mit zwei Burschen, die deutlich aus niederen Kreisen stammten, aber Zugang zu einer unerschöpflichen Reihe von Groschenheften hatten, deren Held ein Gentleman namens Percy Stuart war; diese Hefte überließen sie in bereits abgegriffenem Zustand, für eine Leihgebühr, die dem Neupreis entsprach, ihrem lieben jungen Freund Helmut. Der Vater entdeckte mehrere solcher Hefte unter dem Kopfkissen des Sohnes und verbrannte sie, trotz dessen Protest, diese Hefte seien Leihgut.

Von Percy Stuart war der Sprung zu Karl May nicht weit, und obwohl der junge Flieg das Gefühl hatte, daß sich bei May vieles wiederholte und ihm dessen Frömmelei zuwider war – da war Cooper schon echter, und um wieviel spannender waren erst Poe und Stevenson! –, wurden Mays Werke angeschafft und blieben erhalten, bis irgendein dankbarer Nazi sie an sich nahm. Und dann, nachdem May auch den letzten Reiz verloren hatte, bot sich der große Bücherschrank im Herrenzimmer an, hinter dessen Glas nicht nur die üblichen Klassiker standen; auch die Mutter las gern und war durch das Berliner Tageblatt, das seit den Kriegsjahren schon per Abonnement ins Haus kam, über Neuerscheinungen informiert; zu ihren Lieblingsautoren zählten Stefan Zweig und Romain Rolland, ebenso fanden sich Arnold Zweig und Wassermann auf den Regalen und Werfel und Max Brod und der komplette Eulenberg in vier Bänden, der Kornett Rilke ritt, und dem Jungen tat sich etwas auf, das weit über die Lesebuchliteratur in der Schule hinausreichte und Ehrgeize erweckte; er war noch keine dreizehn, da wußte er, was er werden wollte: ein Schiller.

Und schließlich war da, versteckt hinter Gottfried Kellers Werken, ein Buch verfaßt in jener populärwissenschaftlichen Sprache, die sich so umständlich las und durch die man sich erst hindurchfressen mußte, wollte man zu den wirklich interessanten Stellen gelangen; dazu enthielt es einschlägige Photos, eines darunter von einer nackten Frau mit angehobenen Ellbogen, wodurch ihre Brüste hervortraten, und mit ihren Händen verschränkt hinter einer Frisur, wie man sie etwa 1913 trug, zur Zeit seiner Geburt. Aus dem Buch erfuhr er nun in detailliertem Zusammenhang, was er bisher nur aus den schmutzigen Reden der Jungen aus dem Mansardengeschoß am Kaiserplatz und den Hinweisen seiner grinsenden Mitschüler wußte und was ihm das Dienstmädchen Paula, die mit dem großen Blusenausschnitt, mit entsprechend lasziven Bewegungen ihres Unterleibs bestätigt hatte, und er schlußfolgerte: wenn das bißchen Berührung zweier bei Mann und Frau unterschiedlich angelegter Körperteile dazu führte, daß man in so jungen Jahren schon Vater werden konnte, dann war man verpflichtet, sich höllisch in Acht zu nehmen – wer sollte zahlen für das Kind? Er etwa von seinem geringen Taschengeld? Den Gedanken, daß er selbst das Produkt einer solchen Schweinigelei sein sollte, vollführt von seinem Vater mit seiner Mutter, suchte er zu unterdrücken, obwohl seine Vernunft ihm sagte, daß er doch kaum durch unbefleckte Empfängnis zustandegekommen sein dürfte wie jener Jesus, von dem die anderen in ihrem Religionsunterricht lernen mußten.

Der Klassenlehrer der Sexta war der Studienrat Becker, ein stiller Mensch, der die lateinischen Deklinationen in leicht zu begreifende Systeme zu bringen suchte und auch sonst trachtete, seinen Schülern wo immer möglich zu helfen. Der junge Flieg, der sich auf der neuen Schule, mit neuen Fächern, neuen Bräuchen, neuen Klassenkameraden, sofort wieder unsicher fühlte, hoffte, bei diesem Manne Halt finden zu können, und wie bei Herrn Weber in der ersten Klasse der Volksschule waren seine Bemühungen auch diesmal vergebens. Sein Eifer blieb unbelohnt, sein Werben wurde zurückgewiesen, und dies nicht einmal in einer Form, die ihm vor der Klasse geschadet hätte: ein leichtes Kopfschütteln, ein Abwinken; der Studienrat Becker schien sich auszukennen mit solchen Fällen. Für den jungen Flieg aber war, auf neuem Boden, die alte Situation wiederhergestellt, und das würde, über seine Jahre im Gymnasium hin sich vertiefend, Folgen haben; immer mehr trieb er ab in eine ungewollte Sonderstellung und mußte, ob es ihm gefiel oder nicht, sich darin einrichten.

Im Lauf der Zeit spürten auch andere Lehrer, weniger verständnisvoll als der Studienrat Becker, die Schwäche des Jungen, die in seiner Isolierung lag. Sie fingen an, ironische Bemerkungen fallen zu lassen, die seine Liebe zum deutschen Vaterland in Frage stellten, die Festigkeit seines Charakters, seine Aufrichtigkeit, seinen guten Willen, und die den für jede Intonation geschärften Ohren seiner Mitschüler bedeuteten, daß hier einer freigegeben war zur allgemeinen Hatz. Und obwohl seine Begabung gut, seine Leistungen hervorragend waren, wurde dafür gesorgt, daß er den Platz mit Döge nie tauschen, nie Primus werden durfte: das hätte uns noch gefehlt, einer wie der! Daß ihm nichts Schlimmeres geschah – selten rotteten sich welche zusammen gegen ihn auf dem Schulhof, selten wurde ihm aufgelauert nach der Schule – lag daran, daß die Konflikte noch nicht so scharf waren, die wenig später zu blutigen Straßenschlachten und entsprechenden Ausbrüchen in den Schulen führen sollten, und daß er selber es lernte, aufziehendem Unheil möglichst aus dem Wege zu gehen.

Seine Position verschlimmerte sich noch durch sein totales Versagen in dem einzigen Lehrfach, das nicht von der grauen Materie im Schädel abhing: im Turnunterricht; zwar hing auch der Primus Döge hilflos an Barren und Reck, aber dem wurde das nicht so verargt. Der Turnlehrer Scharsich, der nach Berichten späterer Absolventen des Staatsgymnasiums sich während der Nazi-Zeit sehr anständig verhielt, mühte sich redlich; er konnte nicht begreifen, wie ein völlig normal gebauter junger Mensch nicht nachturnen konnte, was er, ein Mann mit bereits ergrauendem Schnauzbart, ihm vorturnte, und mit großer Geduld demonstrierte er ihm wieder und wieder die Riesenwelle und die Grätsche und den Überkopfhandstand am Barren und belehrte ihn, wie man danach, elegant federnd, auf beiden Füßen landete; aber der junge Flieg hob nur traurig die Schultern und sagte: »Es geht eben nicht, Herr Scharsich«, und am Ende war Herr Scharsich froh, daß der Dr. Götz ihm ein Attest zukommen ließ, das seinen Problemschüler vom Turnunterricht dispensierte – nicht aber von den Nachmittagen auf dem Sportplatz, wo der junge Flieg jedoch auch keine gute Figur machte und seine jeweilige Mannschaft, statt ihr zum Siege zu verhelfen, eher belastete.

Die nunmehr turnfreie Turnstunde mußte er in der Turnhalle verbringen. Meistens hockte er gelangweilt auf jenem lederbezogenen Marterinstrument, das seiner länglichen Form und vier Beine wegen Pferd genannt wird, neben dem einzigen anderen Mitschüler, der auch vom Turnen befreit war, dem aus unerfindlichem Grunde Abba genannten Sohn des Herrn Schneckenburger, Besitzers des führenden Hotels von Chemnitz, des Stadt Gotha. Abba Schnekkenburger litt an Fettsucht; außerdem war er etwa zwei Jahre älter als der Rest der Klasse und trug sich wie ein Erwachsener, mit weißem Hemd und gemusterter Krawatte und Anzug mit langen Hosen. Da er mit seinen Eltern im Stadt Gotha auch wohnte, wußte er alles, was von Sex zu wissen war, und teilte seine Kenntnisse mit der Herablassung, die ihm als dem weitaus Älteren und Erfahreneren zustand, mit Flieg. Von den Empfehlungen und Verhaltensregeln, die dieser so erhielt, habe ich besonders eine im Gedächtnis behalten: was nämlich zu tun sei, wenn eine Dame, im Paroxysmus ihrer Leidenschaft, den Penis des Mannes zwischen die Lippen nimmt und mit Zunge und Zähnen zu bearbeiten beginnt. Ohrfeigen, riet Abba, rechts und links das Weib ohrfeigen; nur so könne man sich retten.

Nun gab es ja, um die eigene Neugier zu befriedigen und möglicherweise auch Abbas Theorien zu testen, seit neuestem die Mädchen in der Klasse. Es waren ihrer drei: die Jutta von Graisowsky mit dem aufreizenden Gang, der auf die Struktur ihres Beckens und die leicht o-förmige Verkrümmung ihrer Beine zurückzuführen war; Ilse Heymann, die in frühen Jahren schon einen prächtig entwickelten Busen vor sich hertrug; und Edith Schreiber, die in der Hoffmannstraße wohnte wie er und ebenfalls jüdisch war, die aber so gut wie keine erotische Ausstrahlung hatte. Anknüpfungspunkte gab es genügend, besonders nach seiner Strafversetzung auf eine Bank, von der aus die Reize der Mädchen gut zu observieren waren; dennoch wagte er keine wirkliche Annäherung, aus Furcht, meine ich heute, zurückgewiesen zu werden; Abba gegenüber erklärte er, daß man so etwas in der eigenen Klasse besser vermied, da es nur zu Skandalen führen würde.

An seinen schulfreien Nachmittagen geschah es mitunter, daß der Vater, der mittags nach Hause fuhr und nach dem Essen eine halbe Stunde zu ruhen pflegte, ihn einlud, mit ins Büro zu kommen, eine Aufforderung, die sehr zwiespältige Gefühle in dem Sohn auslöste: er mochte es nicht, als Sproß des Chefs auftreten zu müssen, andererseits wollte er den durchaus liebenswerten Versuch des Vaters, ihm auf diese Weise näherzukommen, nicht abweisen.

Im Chefbüro in der Moritzstraße regierte der Vater von einem breiten Schreibtisch aus, während der Senior der Firma, der Großvater Primo, Zigarre zwischen Zeige- und Mittelfinger geklemmt, in einem tiefen, lederbezogenen Klubsessel saß; auch Harry Primo, aus dem Städtchen Thum im Erzgebirge kommend, hatte einst in das Haus eingeheiratet und war so Nachfolger des Urgroßvaters Eisenberg und der im Firmenschild genannte Sohn geworden. Vom Chefbüro aus gelangte man durch die Tür zur linken in das wesentlich kleinere Zimmer von Onkel Karl, des Vaters jüngstem Bruder, der den Export, wenn es welchen gab, unter sich hatte; der mittlere Bruder, David, war mit Unterstützung des Ältesten mit einem Herrn Karmann als Partner in einem Konfektionsgeschäft am Neumarkt etabliert worden. Beide Brüder heirateten übrigens in die Aristokratie, die jüdische: David eine Friedeberger, von den Breslauer Friedebergers, die nur einen einzigen Schandfleck in der Familie hatten, den Sohn Axel, welcher Kommunist geworden war (emigriert, nach der Rückkehr stellvertretender Minister für Gesundheitswesen der DDR); und Karl bekam die schöne Eva Schafer, von den Schafers in Görlitz; Evas Bruder, Artur, war Badearzt in Hirschberg, er war im Kriege verschüttet gewesen und hatte davon einen Tick zurückbehalten, alle paar Minuten schnellte sein Kopf nach oben, aber das schien ihn nicht weiter zu inkommodieren, er machte lärmende Scherze mit Helmut, wenn der ihn besuchen kam – im Hause Flieg war man der Meinung, wenn man schon Verwandte in Kurorten hat, soll man's auch nutzen –, und unternahm Ausflüge mit ihm bis hinauf zum Kamm des Riesengebirges, zur Spindlerbaude. Die frühere Eva Schafer hatte etwas Madonnenhaftes, und Helmut verehrte sie, sehr im Gegensatz zu seinen Tanten von der Fliegschen Seite; längere Zeit verwahrte er ein Kunstphoto von ihr, auf dem der Photograph sie mit schräg gesenktem Haupt aufgenommen hatte, ihren kleinen Sohn Stefan im Arm wie die heilige Maria ihr Jesulein; Helmut beneidete den Kleinen, nicht nur weil er in Tante Evas Arm ruhen durfte, sondern auch seines Namens wegen: wenn man schon das Pech hatte, Flieg zu heißen, dann wenigstens mit einem so eleganten, aus dem Griechischen stammenden Vornamen.

Durch die andere Tür des Chefbüros ging es in die Buchhaltung, wo, an brusthohen Stehpulten, der hochgewachsene, blonde Herr Bauer, der Prokurist und Oberbuchhalter, zusammen mit seinen Unterbuchhaltern und Schreibern in den großen Kontobüchern herumkratzte; die Korrespondenz wurde seit ein paar Jahren schon auf der Schreibmaschine geschrieben; diese Revolution im Bürowesen fand aber in einem entfernteren Raum statt, damit ihr Geklapper die Gedanken der Chefs nicht störe. Herr Bauer war dem jungen Flieg gegenüber stets von großer Höflichkeit, vermied aber jede unterwürfige Geste; er machte kein Hehl daraus, daß er in dem Jungen den künftigen Chef von B. Eisenberg & Sohn sah, wie es denn wohl auch des Vaters Absicht war, wenn er ihn mit ins Büro nahm, ihn allmählich in diese Rolle hineinwachsen zu lassen.

Der Großvater Primo, nach dem Tod seiner Frau, über den man nicht sprach, von Schwermut gezeichnet, war noch nicht aufs Altenteil geschoben; man konsultierte ihn noch, aber jeder im Haus wußte, wer die Entscheidungen traf: die Brüder Flieg. Beide betrachteten mit schlecht verhohlener Mißbilligung die graue Zigarrenasche, die der Seniorchef zu faul war abzustreifen und die ihm auf Weste und Hosenlatz bröckelte; Sohn Helmut dagegen war fasziniert von der nach oben verbogenen Spitze des Mittelfingers, Resultat eines schlecht geheilten Bruchs, und ihrer bräunlichen, vom Tabak verfärbten Haut, und entdeckte in den Augen des alten Herrn, deren Ausdruck dem der Augen seiner Mutter so sehr glich, Zeichen einer Zuneigung, die ihn jedesmal fröhlich stimmte; heute noch, wenn ich mich im Spiegel betrachte, erkenne ich Ähnlichkeiten mit Großvater Primo, in der Form der Stirn, in den Zügen um Lippen und Kinn, in der skeptischen Art des Blicks. Im übrigen schlug der Alte der Fliegschen Seite der Familie ein herrliches Schnippchen: er heiratete wieder, und nicht irgendeine, sondern die Tochter der reichen Elkischs aus Berlin, auch wenn diese schon in den Jahren und keine Schönheit war, und zeugte in beinahe biblischem Alter mit ihr einen Sohn, Bernhard (emigriert, vor Shanghai im Meer ertrunken), der nun gleichfalls einen Anspruch auf das Erbe des Urgroßvaters B. Eisenberg erheben konnte, nach dem er genannt worden war. Der Enkel Helmut aber hatte nun einen Onkel bekommen, der erheblich jünger war als er, ein fettes, träges Baby in vornehmer, von den Elkischs beigesteuerter Wäsche, das bei den Fliegs als Produkt einer irgendwie unpassenden Alters-Mesalliance nie ganz als legitim galt; Elsa Primo, verheiratete Flieg, muß geteilte Gefühle gehabt haben bezüglich des neuen Halbbrüderchens, doch sprach sie darüber nie mit ihrem Sohn Helmut: zu groß war die Gefahr, daß ein solches Gespräch zu Fragen über ihre Mutter geführt hätte, die erste Gattin des frischgebackenen Vaters, die Selbstmörderin.

Daß der Sohn, wenn er schon einmal ins Büro kam, so wenig Neigung zeigte, sich mit den gestreiften Socken und den hellgrauen oder beige-farbenen Unterhosen auf dem Mustertisch zu beschäftigen, und lieber um den vertrottelten Großvater herumstrich, enttäuschte den Kaufmann Daniel Flieg; da hatte man auf so vieles verzichtet, was seiner Begabung entsprach und was einen zu tun gereizt hätte, um statt dessen den heruntergekommenen Laden hier hochzubringen, und der Erbe zeigte sich nur gelangweilt. Wofür interessierte er sich eigentlich – die Wissenschaften? Jura? Kunst? Jetzt sollte er, für teures Geld, auch noch Geigenunterricht bekommen; es schadete ja nichts, wenn man auch als Geschäftsmann ein musischer Mensch war. Aber was dachte der Junge wirklich? Was ging vor in seinem Kopf?

Ich versuche mich in die Lage des Kaufmanns Daniel Flieg zu versetzen. Was wußte er im Grunde von seinem ältesten Sohne? Einmal hatte er ihn beim Onanieren ertappt; da lag er auf der Ecke der Couch in seinem Zimmer und wackelte hitzig mit dem Steiß; aber das taten sie alle in dem Alter, kein Grund zu Besorgnis, auch wenn die Schwester Regina, die er mit dem Rechtsanwalt Hartmann verheiratet hatte, dem Vorsitzenden des Centralvereins deutscher Staatsbürger jüdischen Glaubens in Chemnitz, die Hände über dem Kopf zusammenschlug, als sie davon erfuhr. Nun würde sein Helmut auch bald Bar Mizwah werden, was die hebräischen Worte waren für Sohn des Gesetzes, und nach jüdischem Recht großjährig sein; im Orient, wo jene Regeln kodifiziert worden waren, reiften die Kinder schneller heran als in dieser kalten Gegend.

Was blieb? Ihn nach Niederdorf mitnehmen vielleicht; sollte er mal sehen, wie das produziert wurde, was der Vater unter größter Anstrengung, gegen die übermächtige Konkurrenz, gegen Louis

Bahner in Oberlungwitz und all die anderen, zu Schleuderpreisen an die Warenhäuser abzusetzen suchte; mochte sein, daß der Junge auf diesem Wege besser an die Sache heranzuführen war.

Zu der Zeit besaß die Firma B. Eisenberg & Sohn ein Automobil, Marke Benz, gekauft in einem reputierlichen Hause und chauffiert von Herrn Herzig, der zu dem Zweck fest angestellt war; mit der einen Hand bediente dieser Gangschaltung und Handbremse, die beide rechts außen an dem grau lackierten Wagen montiert waren, mit der anderen hielt er das Steuerrad, und hatte doch irgendwie eine Hand übrig, um die Richtung anzuzeigen, wenn er abzubiegen plante.

Herr Herzig war auch gerne bereit, dem Sohn des Chefs beizubringen, wie und warum so ein Wagen lief und was zu tun war, um ihn anfahren zu lassen und in Fahrt zu halten, aber der junge Flieg besaß kein Talent für technische Dinge und gefährdete nur, sobald er am Steuer saß, seinen Lehrer und sich selbst, ganz zu schweigen von dem teuren Auto; noch in der amerikanischen Armee wird der Soldat S. H. Kupplung, Gashebel und Bremspedal des ihm anvertrauten Jeeps durcheinanderbringen, ein höchst unamerikanisches Verhalten.

In Niederdorf herrschte immer noch Herr Oertel; der Betrieb war durch einen Anbau vergrößert und mit zusätzlichen Maschinen ausgestattet worden, an denen die Arbeiter hin- und herliefen und bald hier, bald dort hantierten. Dabei warfen sie gelegentlich einen Blick auf den Sohn des Chefs, dem Herr Oertel Erklärungen und Hinweise zu geben suchte: der Junge schien nicht sehr aufmerksam hinzuhören, warum sollte er auch, der würde nie mit seiner Hände Arbeit sein Brot zu verdienen haben.

In Wirklichkeit war dessen Kopf voll wirrer Gefühle und Gedanken, die sich wenigstens teilweise nachvollziehen lassen, denn sie waren die Keimzellen von einigem, was in den Büchern des S. H. zutage treten sollte.

Da war zunächst etwas wie schlechtes Gewissen: diese also schufen die Werte, dachte der Junge, an denen er, ohne ein überzeugenderes Recht zu besitzen als das seiner Geburt, teilhaben durfte; aus ihrer Haut, ihren Knochen kam alles. Dabei sahen sie blaß aus und die meisten auch abgehärmt und gestatteten sich keine überflüssige Bewegung, keine Verschnaufpause; sie stünden, erwähnte Herr Oertel, im Akkord, und nahm an, sein junger Begleiter werde schon wissen, was das sei; und der ahnte es zumindest. Dann fügte Herr

Oertel hinzu, so schlecht ginge es den Leuten gar nicht, fast jeder von ihnen hätte sein Stückchen Land, oder einen Garten, auf dem er ein gut Teil dessen anbaute, was auf den Tisch kam, und Karnickel züchteten sie alle. Der Lohn, den der Vater zahlte, schloß der Sohn, reichte also nicht hin zum Leben, und suchte auf den Gesichtern dieser Menschen zu lesen, was in ihnen vorging. Die Gesichter waren in der Mehrzahl stumpf, schicksalsergeben, beinahe gelangweilt; aber einige hatten etwas in sich Ruhendes, das von einer inneren Kraft zu zeugen schien, deren Quelle ihm fremd war. Mit diesen Leuten hätte er sich gerne unterhalten und ihnen erzählt, wie es um ihn bestellt war; aber Herr Oertel tippte ihm auf die Schulter: weiter, junger Herr.

Man wird, das Erlebnis aus der Perspektive späterer Jahre betrachtend, achselzuckend feststellen: Romantik. Ein junger Mensch, fast noch ein Kind und nach Kräften der Eltern behütet, entdeckt die untere Seite der Welt, idealisiert sie sofort, und es entsteht in ihm, vage zunächst, der Gedanke, daß er hier finden könnte, was ihm fehlt – Verbündete. Und einmal in diese Richtung gestoßen, einmal das Auge geöffnet dafür, findet er sich in Chemnitz am rechten Ort. Er wird sich aufmachen und durch die Straßen gehen, die er vorher gemieden hat, Hartmannstraße, Zwickauer Straße, wo die großen Werke stehen mit ihren verrußten Fenstern, Maschinenfabriken, Lokomotivfabriken, Motorenfabriken, und wird beobachten, was da bei Schichtwechsel hervorquillt und die Art, wie sich das bewegt und wohin, und wird Vergleiche anstellen mit dem, was ihn da in seinem Gymnasium umgibt, und wird, mehrmals, Gespräche suchen, die nicht zustandekommen – zu deutlich scheiden ihn Tracht und Manier von diesen Menschen; auch hat er Angst vor den düsteren, sauer riechenden Kneipen, in die er sich hineindrängen müßte.

Der entscheidende Schub kommt anderswoher: aus der Jugendbewegung, die seit ihren großen Anfängen degeneriert ist zu Formkram, militärischem oft, mit Wimpeln und Halstüchern und Insignia, in deren Reihen sich aber noch immer Gelegenheit findet zu lernen, wie man ein Lagerfeuer entfacht und Suppe kocht und ein Zelt aufschlägt – und Fragen aufwirft.

Ach Gott, woher sollen die zwei Siebzehnjährigen, die Führer der Jugendgruppe, der er mit elterlicher Billigung beitritt – einer jüdischen, welch andere hätte ihm offen gestanden –, die Antworten haben für das, was ihn bewegt? Martin Seligmann und Leo Bauer wissen nur eines, Zion: in Palästina, wo man als Jude unter Juden leben wird, dort wird Gerechtigkeit herrschen, denn keiner wird mehr besitzen dürfen als der andere, und alles wird sich klären. Und wenn der junge Flieg dagegenhält, daß man aber nun einmal in Deutschland beheimatet sei und das Wohl und Wehe der Menschen hier einen mindestens so sehr beträfe wie das der Kibbutzniks in Erez, erwidern sie, daß bei aller Sympathie für die Unterdrückten überall in der Welt sie sich am meisten sorgten um die unterdrückten Juden; und deren Zukunft, wie die von ihnen beiden, liege in den Bergen von Galiläa. Immerhin aber bestätigen sie den Fakt der Ausbeutung des Menschen durch den Menschen, eine Formulierung, die der junge Flieg für sehr schlagkräftig und überzeugend hält, und, was ihm das Wichtigste ist, sie stoßen ihn nicht zurück; und als man sich schließlich voneinander trennt, ist er es, der die Bindung löst, nicht sie.

Denn Schiller ruft. Irgendwie, so glaubt der junge Flieg, müßten sich seine neuen Erkenntnisse von der Notwendigkeit des Kampfs der Unterdrückten gegen die Unterdrücker mit seinen künstlerischen Ehrgeizen, die sich um diese Zeit immer stärker bemerkbar machen, verknüpfen lassen; und mit Hilfe der Saxonia-Loge der B'nai Brith, des Vereins der Söhne des Bundes, dem auch der Kaufmann Daniel Flieg und seine Frau Else angehören, gelingt ihm jene Theateraufführung, die seinen Namen zum ersten Mal einem, wenn auch nur begrenzten, Publikum zur Kenntnis bringt. Einen Teil der Jugendgruppe mit sich reißend und den Rest der Komparserie in der jüdischen Religionsklasse anwerbend, überredet er erst diese Schar und dann die Herren vom Vorstand der Loge, die nämlich im ersten Stock eines Hauses in der Theaterstraße, mit Ausblick nach hinten auf den Chemnitz-Fluß, einen geeigneten Saal besitzt, wie großartig und dem deutsch-jüdischen Kulturleben von Chemnitz nützlich es doch wäre, in diesem Raum ein Drama über den Aufstand der unterdrückten Sklaven gegen die römische Herrschaft aufzuführen, ein Drama, das er selber geschrieben habe.

Es hat sich von diesem Stück kein Manuskript erhalten, auch keines der Programme, die mit der Maschine geschrieben waren. Das einzige, was blieb, ist eine schemenhafte Erinnerung in meinem Kopf an goldpapierbeklebte Papp-Panzer, die dauernd verrutschten, an Auftritte zur unrechten Zeit, an Texte, die im falschen Moment oder gar nicht kamen, an einen römischen General, der von der Bühne floh, weil er glaubte, sich blamiert zu haben, und an Geläch ter, das stes an unpassender Stelle einsetzte, weil es in dem ganzen Stück nämlich kein Wort gab, das Anlaß zum Lachen hätte geben können. Und an die merkwürdige Stimmung unter den nicht sehr zahlreichen Zuschauern, meist Angehörigen der Akteure, als sie ihre Sprößlinge auf recht realistische Art ausgepeitscht und an hölzerne Kreuze geheftet sahen, und an zwei trauernde, aber außerordentlich kurz berockte Sklavinnen, die den Vorhang zuzogen über all dem Leid: hatte da nicht doch einer ein Kuckucksei in das mit solcher Sorglichkeit saubergehaltene, gutbürgerliche Nest der B'nai Brith gelegt?

Der liebe Gott, über dessen Existenz er schon am Lagerfeuer mit Martin Seligmann und Leo Bauer debattiert hatte und der bei der Vorbereitung seiner Bar Mizwah durch den Rabbiner Fuchs eine so grundlegende Rolle spielte, war für den jungen Flieg keine sehr überzeugende Figur; zu offensichtlich waren die Widersprüche der biblischen Gebote zu der Praxis des Lebens und der vom Rabbi selber vorgetragenen Geschichte des Judentums zu der Haupttugend, die Gott besitzen sollte: Gottes Güte. Auch befand sich der Rabbi, ein Liberaler, selber in der Zwickmühle. Wäre er ein Orthodoxer gewesen mit Schläfenlocken und schwarzem flachen Hut, für den nur Ritus und Überlieferung zählten, er hätte alles, was nicht in den Kram paßte, einfach von sich weisen können; so aber, um des Zusammenhalts seiner Gemeinde willen, war er gezwungen, aus den verschiedenen Mustern jüdischen Denkens und Verhaltens in einer deutschen Industriestadt der Vor-Hitlerzeit ein einheitliches Dessin zu weben, in dem jedoch nichts miteinander harmonierte. Der Vater, zu dem der Junge über seine ketzerischen Gedanken sprach, erklärte, das Ganze sei tatsächlich sehr schwer auf einen Nenner zu bringen; natürlich suche ein jeder nach Gott, aber wo fände man ihn schon und wie könne man sich ihm wirklich nähern? Im übrigen unterscheide sich eine jüdische Bar Mizwah im Prinzip nur sehr wenig von der Konfirmation bei den Christen; beide seien eben der Markstein eines Lebensabschnitts, nur daß bei den Juden der Knabe allein vor die Gemeinde zu treten und zu zeigen habe, wie brav er aus der Torah, den fünf Büchern des Moses, vorlesen könne, während die Mädchen, die jüdischen, ein solches Vorrecht nicht besäßen. Dann ließ er sich in der Ecke des Sofas nieder, schlug die Beine übereinander, starrte eine Weile vor sich hin und griff schließlich zum Brockhaus.

Es kam aber dann doch der Moment, wo der Junge ergriffen war wie von der Anwesenheit eines Unsichtbaren, als er auf dem Podest stand im Tempel, im Licht der Kerzen, vor ihm die pergamentne Rolle und neben ihm der Lehrer Sommerfeld, die Schultern weißverhüllt, der ihm mit dem gestreckten Zeigefinger des silbernen Händchens am silbernen Stab die Worte wies, die er laut und klar zu lesen hatte, und als darauf, in feierlichem Ornat, der Rabbiner Fuchs die Arme hob und mit gespreizten Fingern den Priestersegen sprach: »Der Herr segne dich und behüte dich...«

Am Abend fand eine jener Familienfeiern statt, die zu veranstalten keine Gelegenheit ausgelassen werden durfte. Lange Zeit befand sich im Besitz der Mutter ein Gruppenphoto, die Onkels im Smoking mit schwarzer Fliege am Halse, die Tanten in großer Toilette, ihrer aller Augen einheitlich ausgerichtet, und mitten unter ihnen, anscheinend peinlich berührt, der Dreizehnjährige, dessen soeben erreichte männliche Reife der Anlaß zur Festlichkeit war. Nach dem Abgang des Photographen mußte Helmut ans Piano und vorspielen: Begabt, der Junge, und Theaterstücke schrieb er auch, an dem würden die Eltern viel Freude haben.

Musikunterricht erhielt er nun – Frau Holls Fähigkeiten waren längst schon als ungenügend erachtet worden – bei Kapellmeister Steffen. Herr Willi Steffen war ein wirklicher Künstler, mit blonden Künstlerlocken über durchgeistigtem Gesicht und einer ihn weit überragenden Gattin, die weltliches Ungemach von ihm abhielt. An der Städtischen Oper dirigierte er nicht, was dem jungen Flieg als ein Unrecht erschien, ein so verdienstvoller Mann; an der Oper war neben dem Generalmusikdirektor als zweiter Kapellmeister der stets heitere Kitzinger, durch den Helmut später an sehr verdienstvolle Berliner Damen empfohlen wurde; aber alle zwei oder drei Monate leitete Herr Steffen im Saal des Kaufmännischen Vereinshauses das Chemnitzer Symphonie-Orchester, mit Chor, wenn die Komposition dies erforderte. Aber auch Herr Steffen war nicht imstande, seinen Schüler über die üblichen Sonaten und Sonatinen hinaus zu entwickeln; Helmut haßte Tonleitern und Fingerübungen, und die wenigen Stücke, die er zu spielen erlernte, ließen Ausdruck vermissen. Schließlich kamen Eltern und Lehrer überein, daß das Klavier nicht das rechte Instrument für den Jungen sein möchte, und es wurde eine Violine angeschafft, schon um Herrn Steffen auch weiter beschäftigen zu können; doch die Töne, die Helmut, unter Herrn Steffens Anleitung, dieser Violine entlockte, müssen so unerträglich gewesen sein, daß der Musikunterricht dann doch in gemeinsamem Einverständnis abgebrochen wurde, für immer. Was aus der Violine geworden ist, weiß ich nicht; sie tauchte im Leben des S. H. nie mehr auf. Musik war für ihn etwas, das man zuhörend, nicht ausübend, genoß, und früh schon baute der junge Flieg sich ein Detektor-Radio, indem er eine Papprolle mit Draht umwickelte und eine Metallklammer darauf hin- und herschob, bis dann im Kopfhörer, über allem Geknack und Gerausche, der Sender Dresden zu vernehmen war, Parsifal, welch Glück.

Sommers in den großen Ferien fuhr man, solange die Konjunktur noch einigermaßen andauerte, an die See, nach Kolberg, oder später nach Binz auf Rügen oder nach Norderney, seltener in die Berge; das Bild des Watzmann mit den daneben aufgereihten minderen Gipfeln ist geblieben und das der Strände mit den Häufungen von Strandkörben, denn die wirklich feinen Kurorte, wo man sich vornehm abseits halten konnte, suchten die Fliegs nicht auf, so begütert war man nun auch wieder nicht. Geblieben ist auch der hellrosa Bademantel der Dame im Strandkorb nebenan, die dem Jungen ihre geheimen Reize darbot und ihm dabei geheimnisvoll zulächelte, bis der kleine Bruder vom Wasser her angelaufen kam mit seinem ewigen Gezeter; geblieben der Anblick der quergestreiften, fast bis zum Knie reichenden Badekostüme der Männer, die, einmal naß geworden, faltig am Körper klebten. Auch Helmut trug einen solchen Badeanzug, genau wie sein Vater, wenn der, meist nur auf eine Woche oder zehn Tage, die Familie am Ferienort besuchte; das Geschäft ging, wie immer, vor. Mitunter aber blieb der Vater während der Ferien auch ganz fort; da fuhr er anderswohin, wurde gesagt, auf den Weißen Hirsch, ins Sanatorium. Der Sohn konnte sich unter dem Namen Weißer Hirsch nicht viel vorstellen, und Sanatorium war ihm auch zu unbestimmt – welche Art Sanatorium, was wollte der Vater dort geheilt haben? Erst nach Jahren, in Prag, bei seinem letzten Wiedersehen mit ihm, und dann in Chicago, im Phi-Sigma-Delta-Haus, als Arnold Shure zu ihm kam mit der Nachricht, reimte sich alles auf schreckliche Weise zusammen: der Weiße Hirsch, der Brockhaus, die stummen Abende – der Kaufmann Daniel Flieg muß immer wieder versucht haben, sich von seinen Depressionen zu befreien; aber woher diese rührten und warum sie ihn befielen, habe ich nie erfahren können. Seine Papiere, wenn er welche hinterließ, sind verlorengegangen, und auf die Fragen an die Mutter kurz vor ihrem Tode hat sie keine schlüssige Antwort gegeben; vielleicht wußte sie selber nicht, oder wußte nicht in Worte zu kleiden, was ihren Mann Mal um Mal dazu trieb, sich selbst vernichten zu wollen. Sie hat ihn geliebt, auf ihre stille, ergebene Art, und er hat sie wohl ebenfalls geliebt, aber ob er sich ihr je offenbarte, und wenn ja, wieviel davon sie begriff, bleibt fraglich. Nur eines versicherte sie ihrem Sohn mit aller ihr verbliebenen Kraft: daß nichts, was er je tat oder unterließ, den Tod seines Vaters veranlaßt hat.

Die Badestrände an Ost- und Nordsee boten das erste weithin sichtbare Zeugnis der Erstarkung der nationalsozialistischen Bewegung, deren lärmender Judenhaß, mit dem Appell an alles, was primitiv war im Menschen, im Hause Flieg zunächst nicht recht ernst genommen wurde; oder tat man es geringschätzig ab, gerade weil man sich bereits zu fürchten begann? Redete sich gar ein, daß das bösartige Geschimpf gegen die andern gerichtet war, die Ostjuden, nicht aber gegen sie, die doch ebenso gute Deutsche waren wie die nichtjüdische Bevölkerung, wenn nicht sogar bessere, denn hatte man nicht, über lange Jahrzehnte hinweg, seine Zugehörigkeit zum deutschen Volke gegen alle Widerwärtigkeiten ertrotzt?

An den Stränden standen, dreidimensionaler Beweis für den Hang der Deutschen zu Grundstückserwerb und Eigenbesitz, die Burgen, meist kreisförmig aufgeworfene Sandwälle verschiedener Höhe, die den Strandkorb tief in ihrer Mitte abschirmten und die mit Hilfe von Muscheln oder Holzstückchen beschriftet wurden – Trautes Heim, Villa Germania, Haus Wilhelmine und dergleichen. Hoch auf der Zinne des Walls, oder aufragend vom Dach des Strandkorbs, flatterte dann die Flagge, die die Gesinnung des Besitzers von Burg und Strandkorb kundtat: schwarz-weiß-rot in der Mehrzahl, Zeichen der Treue zum angestammten Herrscherhaus und der Sehnsucht nach Rückkehr zu den vergangenen Zeiten; hier und da auch das trotzige Schwarz-Rot-Gold eines bessergestellten Sozialdemokraten, der das Risiko auf sich nahm, daß ihm seine Burg über Nacht zertrampelt, sein Strandkorb bepißt wurde; und immer häufiger werdend die rote Fahne mit dem schräggestellten Hakenkreuz in weißem Kreise. Ein farbenfrohes Bild, dieser Strand, das die Spannungen der Zeit offenlegte und Böses für die Zukunft verhieß; die Fliegs zogen es vor, Flagge nicht zu zeigen; schon das war eine Demonstration und erregte Mißbilligung bei den Nachbarn.

Die letzte Badereise fand dann ohne Vater, Mutter und kleinen

Bruder statt, aus finanziellen Gründen. Er wurde einer jüdischen Dame in mittleren Jahren anvertraut, die in Wustrow am Darss, zwischen Ostsee und Bodden, eine Art Sommerheim für Jugendliche zwischen sieben und siebzehn Jahren betrieb: zu mäßigem Preis, die Menge machte es. Ob koscher gegessen wurde oder nicht, ist mir entfallen, ebenso wie der Name der Frau, die vernünftig genug war, ihren Schützlingen eine Menge Freiheit zu lassen. Täglich nach dem Mittagessen, mit Madeleine am Arm, schlug der junge Flieg den Weg hinter den Dünen ein, hin zu einem schattigen Hain, wo man den Blicken streunender Badegäste und deren lästiger Brut möglichst entzogen war und wo, zwischen dichtem Strächerwuchs, die um drei Jahre Ältere ihn zu Boden zog und ihn hastig atmend aufforderte, ihr die Lippen, den Hals, die Brüste zu küssen; zu mehr als dem ließ er sich, eingedenk der Warnungen in dem Buch hinter der Gottfried-Keller-Ausgabe, nicht hinreißen.

Wieder zu Hause in Chemnitz, seine Madeleine, die Leidenschaftliche, im Sinn und Pläne schmiedend für eine Zukunft mit ihr, sobald er die Schule hinter sich hätte, erfuhr er, daß der Benz mitsamt Herrn Herzig abgeschafft worden war und daß man zurückziehen werde zum Kaiserplatz 13, in die alte Wohnung, daß er aber, alt genug sei er ja nun, unabhängig vom Rest der Familie in einem turmartigen Vorbau der Mansarde wohnen werde, mit schönem Ausblick über die Stadt. Eine Verbesserung also für ihn durch die geschäftlichen Schwierigkeiten von B. Eisenberg & Sohn, und als er sein Turmzimmer betrat, das auch schon mit seinen Möbeln aus der Hoffmannstraße eingerichtet war, fiel ihm sofort ein: Dichterklause, und, naheliegende Gedankenassoziation, der arme Hölderlin in seinem Gehäuse in Tübingen, und er setzte sich hin, um Madeleine zu schreiben, und nahm sich vor, dies nun jeden Tag zu tun, mit eingefügten Kurzversen und Aphorismen; zweimal antwortete Madeleine, dann schienen andere Interessen sie in Anspruch zu nehmen.

Die Klause erlaubte nicht nur Entwürfe von großen Werken, die sämtlich verlorengegangen sind; in ihr entstanden auch die ersten seiner frühen Gedichte, gleichfalls lange verloren geglaubt, bis sie, die das Wanderleben des S. H. doch irgendwie überdauert hatten, in einem Schränkchen im Keller seines Hauses in Grünau sich wieder fanden. Das zeitlich früheste der Gedichte in diesem Manuskriptband trägt den Vermerk »6. V. 31«, ist also mehrere Monate vor dem skandalumwitterten *Exportgeschäft* geschrieben worden, das er selber in späteren Jahren – sonderbarer Fall von Amnesie – als sein erstes Gedicht bezeichnet hat. Genannt *Ballade vom Sucher nach Gerechtigkeit*, erscheint dieses Gedicht durchaus nicht wie der typische Erstling eines soeben der Pubertät entschlüpften jungen Lyrikers: kein geliebtes Mädchen kommt darin vor, nichts Sentimentalisches ist darin enthalten; es handelt von einem gewissen August Klatte, der von einem Kai in San Francisco ins Wasser springt, weil er, ein moderner Polykrates, das Glück, das ihn verfolgt, im Spiel, bei den Weibern, sogar bei Diebstahl und Mord, als eine Ungerechtigkeit Gottes empfindet, die er nicht dulden zu dürfen glaubt; außerdem findet sich da, wie auch bei den Gedichten, die unmittelbar auf die August-Klatte-Ballade folgen, ein bereits recht gut entwikkelter Sinn für Formen und Rhythmen. Möglich aber, daß auch die vom 6. Mai 1931 datierte Ballade noch Vorgänger hatte: in einer Anthologie Um uns die Stadt, deren Vorwort von den Herausgebern mit dem Datum »September 1931« versehen ist, steht ein Gedicht von Helmut Flieg, das *Melancholie vom 5. Stock* heißt, in düsterer Stimmung schwelgt und darin gipfelt, daß einer vom 5. Stock in den Lichtschacht hinunterspuckt; das Ganze in freiem Rhythmus.

In Kombination mit einem eigenen Hausschlüssel gestattete die Klause nächtliche Besuche und ein für Chemnitzer Verhältnisse bohemienhaftes Treiben, das dem jungen Flieg neue Freundschaften brachte, die ersten wirklichen seines Lebens. Ihn zog es zu den Künsten. Vielleicht sogar seitens der Eltern planvoll auf ihn angesetzt, taucht Theo Fuchs auf, der Sohn des Rabbiners, (emigriert, verstorben in Buenos Aires), und übernimmt eine Zeitlang die Rolle des geistigen Mentors. Theo, erheblich älter als der junge Flieg – das Muster der Freundschaft mit Älteren ist S. H. geblieben, bis die Älteren ihm wegstarben –, war einen Kopf kleiner als er, ein quirliges Kerlchen mit eindringlicher Stimme und leicht hervortretenden kohlschwarzen Augen; er stand kurz vor dem Abschluß seines Musikstudiums und suchte eine Korrepetitorstelle oder hatte sie bereits. Doch sprach man, bei Tee und Keksen, weniger von Musik als über literarische und philosophische Probleme, Politik eingeschlossen; Theo gestand, daß Gott ihm zur Zeit eher als der große Sinn in der Schöpfung erscheine und nicht als der persönliche, abwechselnd rächende und vergebende Gott, den sein Vater, der Rabbi, an Festtagen in der Synagoge predigte; von Zionismus hielt Theo nicht viel, das Judenproblem würde nicht durch Ansiedlung in Palästina gelöst werden, sondern durch die Erledigung der sozialen Frage: sobald die Menschen endlich in Frieden und Gerechtigkeit lebten, ein jeder unter seinem Weinstock, wie die Bibel es beschrieb, und in seiner Hütte, werde es auch keinen Grund mehr zu Feindschaft gegen die Juden geben; dabei berief er sich unter anderen auf Marx und Engels, ohne sie allerdings genauer zu zitieren. Am meisten begeisterte er sich jedoch an rechten Tiefsinn erfordernden Themen, die auch dem jungen Flieg höchst wesentlich zu sein schienen, zum Beispiel, ob eine echte Unvereinbarkeit bestehe zwischen fleischlicher und seelischer Liebe, oder ob Frau beziehungsweise Weib der idealischere Begriff wäre für das Hehre und Großartige, nach welchem sie beide, er und sein Freund Helmut, strebten.

Durch Theo Fuchs – möglich aber auch, daß es durch eigene Initiative geschah, Kunst mußte man vor Ort suchen und Geld konnte man immer gebrauchen – geriet er ans Theater, zunächst unter die Komparsen am Städtischen Schauspielhaus, und jeden Abend, an dem, unter Heinz Wolfgang Littens Regie, die Zuckmayersche Bearbeitung von Maxwell Andersons What Price Glory aufgeführt wurde, stand er in amerikanischer Uniform auf der Bühne, in vorteilhafter Nähe des Tisches, auf den sich Fräulein Änne Markgraf, die jugendliche Salondame, aus dramaturgischen Gründen werfen mußte, und begeisterte sich an ihren üppigen Formen. Die zwei oder drei anderen Stücke, in denen der junge Flieg gleichfalls als stumme Figur auftrat, sind mir nicht im Gedächtnis geblieben, wohl weil es darin nicht so sexy zuging.

Wichtiger noch als die aktive Mitwirkung am Bühnengeschehen war der Mittagstisch in der Markthalle, in der Schenke dort, in der in aller Herrgottsfrühe die Anlieferer aus der Umgegend ihr Schnapsfrühstück verzehrten und dann um die Mittagszeit die Schauspieler und anderes Theaterpersonal sich einfanden, da das Essen herzhaft und billig und der Weg vom Schauspielhaus zur Markthalle kurz war; auch vom Staatsgymnasium aus brauchte man nur die Kassbergauffahrt hinunterzugehen und war angelangt. An diesem Stammtisch, an dem der junge Flieg zunächst nur recht zaghaft Platz nahm, lernte er den Kapellmeister Kitzinger kennen, den bereits erwähnten Regisseur Litten (emigriert, nach Ostberlin zurückgekehrt, dort Suizid), den Schauspieler Hans Söhnker, und Käthchen Itter, die jugendliche Naive des Theaters.

Käthchen, mit ihrem zwitschernden Stimmchen und ihren wasserklaren hellblauen Augen, fing den jungen Flieg, ohne sich je bemüht zu haben, eins ihrer Netze nach ihm auszuwerfen; er pries sich glücklich, wenn es ihm gelang, am Kneipentisch in ihrer Nähe zu sitzen, und wenn ihr Blick auf ihn fiel, durchlief es ihn heiß. Ich glaube nicht, jedenfalls kann ich mich nicht entsinnen, daß er wieder Pläne für eine gemeinsame Zukunft machte: eine so große Künstlerin gehörte zu dem auf Erden Unerreichbaren. Ihm genügte es, wenn sie ihn nicht von sich stieß, sondern ihm gestattete, sie ein Stück Wegs bis zu dem Haus in der Weststraße zu geleiten, wo sie ein Zimmer in Untermiete bewohnte, und wenn sie ihn, seltener Höhepunkt von Glück, als Repetitor benutzte; es fiel ihr nicht leicht, ihre Texte zu lernen, und immer wieder hörte er dieselben stockenden Sätze ab und half ihr geduldig weiter, wenn sie, stets an den gleichen Stellen, ins Schwimmen geriet.

Der erhoffte Lohn blieb nicht aus. Eines Abends, als die Szene nach stundenlangem Lernen endlich saß und er, erschöpft, die blaue Schülermütze sich aufs Haar stülpte und nach seiner Mappe griff, schlug sie vor, wenn er wolle, könne er ja bleiben und bei ihr schlafen – auf der Couch natürlich, sie werde ihm Decken und Kissen richten. Er hätte sich gern vor ihr auf die Knie geworfen in Dankbarkeit, aber sie war schon dabei, das Bettzeug zu holen; dann zog sie sich, unbekümmert, Pullover und Rock aus, Strümpfe und Schuh, das Unterhemdchen, und wusch sich, nur mit dem Höschen bekleidet, am Waschtisch in der Ecke die im Mondlicht tatsächlich schimmernde Haut. Ihre Zähne putzte sie auch, während Helmut erschauerte; danach schlüpfte sie in ihr Bett, warf ihm mit einem freundlichen »Gute Nacht!« ein Handküßchen zu und drehte sich zur Wand.

Ein- oder zweimal habe ich darüber nachgedacht, was wohl geschehen wäre, hätte der junge Flieg in jener Nacht sich aufgerafft, zu Käthchen unter die Bettdecke zu kriechen, und wie es sein Leben beeinflußt hätte. Tatsächlich war er, während er beseligt und in Qualen zugleich wachlag und ihren regelmäßigen Atemzügen lauschte, sehr versucht, es zu probieren, und jedesmal, wenn sie sich im Schlaf bewegte, entflammte neu die Hoffnung, sie möchte nun endlich zu ihm kommen, ihn berühren, ihn zu sich ziehen, sich ihm öffnen. Er hatte die Kosenamen parat, mit denen er sie benennen, die süßen Worte, die er ihr zuflüstern würde; das weitere wagte er nicht, sich vorzustellen; er verließ sich darauf, daß sie ihm schon bedeuten würde, was er und auf welche Weise er's ihr tun solle. Aber Käthchen schlief. Die kostbaren Minuten verrannen und verflossen zu Stunden, die unwiederbringlich waren. Käthchen schlief ruhig, im Vertrauen auf seine Ritterlichkeit, was ihm seelisch eine gewisse Genugtuung bereitete, ihn aber auch den Verdacht schöpfen ließ, sie möchte ihn nicht ganz für voll nehmen. Dann zeigte sich das erste Grau des Morgens in den Fenstern, und was in der Nacht poetischer Traum gewesen, schrumpfte zu nüchternem Alltag zusammen; die Frage erhob sich, was seine Eltern sagen, wie sie sich sorgen würden, wenn er nicht zum Frühstück erschiene; er mußte trotz seiner gerä- derten Knochen aufstehen, sich möglichst geräuschlos waschen und anziehen und ebenso leise verschwinden, wollte er rechtzeitig in der Schule sein.

Da, plötzlich, das zwitschernde Stimmchen: »Nein, nicht dieses Handtuch, nimm das andere. Das da ist mein Untenrum's-Handtuch.«

Käthchen Itters Untenrum's-Handtuch. Wie gern hätte er sein Gesicht hineingepreßt, den Duft ihres Körpers, den verlockenden, eingesogen, wie gern das Handtuch entführt und aufbewahrt für immer, als Andenken an sie und als Signum und Symbol seiner selbstlosen Liebe.

Käthchen war aufgestanden. Sie nahm ihr Untenrum's-Handtuch ihm aus der Hand und warf es in die Ecke; dann gab sie ihm einen Kuß auf den Mund und einen Klaps auf den Hintern und schickte ihn fort.

Schiller verblaßte. An seine Stelle trat Erich Kästner, der mit seinen herben, verführerisch einfachen Versen das muffige Jahrhundert in die Schranken rief, das mit Schiller nicht zu bewältigen war.

Natürlich war es Kästner nicht allein, der auf den jungen Flieg Einfluß nahm; auch andere, die in der Schule ebenso wenig Erwähnung fanden, bestätigten ihm, daß er mit seiner Art, die Umwelt zu interpretieren, auf dem richtigen Wege war: Tucholsky, Brecht, Mehring – Stimmen, die gerade durch ihre Nüchternheit, ihre freche, oft brutale Aussage wirkten. Hier und da suchte er, den einen oder anderen dieser Namen im Deutschunterricht ins Gespräch zu bringen, stieß aber auf dumpfes Unverständnis oder, wo doch ein Lehrer merkte, was ihm da aufgetischt wurde, Feindseligkeit; das Wort Kulturbolschewismus fiel, von Zersetzung war die Rede und vom deutschen Geist, der gegen die Angriffe solcher Leute zu verteidigen wäre; und da um etwa die Zeit im Schauspielhaus auch noch die Dreigroschenoper lief, dieses Musterbeispiel von Negation aller höheren Werte, mußte sich in den deutschnationalen Lehrerköpfen das Bild einer linken Verschwörung runden; eine Anzahl der Herren sah es daher gar nicht ungern, daß an ihrer Schule eine Organisation wie die Hitlerjugend in Erscheinung trat, einzelne ihrer Mitglieder auch gleich in Uniform.

Was lag in einer solchen Situation näher, als den Disput aus dem Klassenzimmer in eine andere, größere Arena zu übertragen und sich auf diese Art den Rücken zu stärken. Vielleicht war es möglich, Kästner unter die Chemnitzer Philister zu holen, damit er diese aufs Haupt schlage, und ihn die immer wieder gestellte Frage, was denn das Positive sei und wo es bei ihm bliebe, öffentlich beantworten zu lassen; zugleich, mutmaßte der junge Flieg, mochte eine persönliche Verbindung zu dem großen Dichter das eigene, sich bereits ankündigende poetische Werk befruchten. Leider nur war die einzige Arena, die sich bot, wiederum die Saxonia-Loge, deren tolerantes, zum größten Teil jüdisches Publikum die Kästnerschen Provokationen achselzuckend hinnehmen oder, schlimmer noch, mit Beifall quittieren würde: nicht die erwünschte Wirkung.

Die Korrespondenz des jungen Flieg mit Erich Kästner über dessen Dichterlesung in Chemnitz hat sich bei keinem von beiden erhalten; doch müssen ihr Ton und Inhalt sachlich und das gebotene Honorar angemessen gewesen sein, denn Kästner kam, und wenn er über die Jugend seines örtlichen Veranstalters erstaunt war, so war er jedenfalls verständig genug, seine Überraschung und wohl auch sein Amüsement über dessen schwärmerische Verehrung seiner Person nicht zu zeigen.

Der Erfolg des Unternehmens Kästner, der eindeutig auf Konto des jungen Flieg ging, hielt nicht lange vor; größere Sorgen ließen das Ereignis bald in Vergessenheit geraten. Zu Hause mußte man sich finanziell immer mehr einschränken; Helmut besaß nun zwar ein Fahrrad, aber anderes Wünschenswerte, eine Schreibmaschine etwa, wurde verweigert; Anzüge, Hemden, Bücher, Theaterbillets wurden, wenn überhaupt, nur zögernd bewilligt. Auch bei den Mitschülern, besonders denen von außerhalb der Stadt, fiel auf, daß sie immer schäbiger wirkten; ein paar verschwanden überhaupt aus der Klasse; ihre Eltern, hieß die Redensart, konnten sich die Schule nicht mehr leisten, obwohl doch Schulgeld in der Weimarer Republik nicht gezahlt wurde. Auf den Straßen, durch die der junge Flieg, wenn er Zeit fand, immer noch streunte, lungerten die Arbeitslosen, vor den Toren der Werke standen sie Stunde um Stunde, in der

Hoffnung, einer von ihnen möchte vielleicht doch gebraucht werden, an den Türen der Läden hingen Pappschilder, Total-Ausverkauf, bevor diese Türen für immer sich schlossen; schuld sind die Warenhäuser, wurde gesagt, mit ihren Billigpreisen, die die kleinen Geschäftsleute ruinierten und den Menschen das letzte Geld noch aus der Tasche lockten; die Warenhäuser aber waren in jüdischen Händen und die Banken ebenso, stand in den Blättern der Rechten zu lesen, besonders der Nationalsozialisten, also waren die Juden schuld: Weg mit den Juden! Die Kommunisten dagegen sprachen von Klassenkampf und verwiesen auf die Sowjetunion, wo es keine Arbeitslosigkeit gab; dafür aber Hungersnot und blutige Diktatur, sagten die Sozialdemokraten, hatten aber auch kein Rezept gegen die Krise, die aus Amerika gekommen war und nun die ganze Welt in ihren Strudel zog. Der junge Flieg debattierte mit seinem Vater: Ihr Unternehmer entlaßt die Leute und denen, die noch in Lohn stehen, beschneidet ihr das Geld; ihr zerstört euch doch den eigenen Markt, seht ihr das denn nicht, das Gegenteil müßtet ihr tun, investieren. Mit welchem Geld, sagte der Vater, er hätte genug Sorgen, die Verbindlichkeiten von B. Eisenberg & Sohn zu decken. Der Kapitalismus ist am Ende, sagte der junge Flieg, und er hätte hinzugefügt, Recht geschieht euch, wenn er nicht den todtraurigen Ausdruck auf dem Gesicht des Vaters bemerkt hätte.

Da kam Hitler nach Chemnitz.

Seit Tagen schon war getrommelt worden, in der Schule war von kaum etwas anderem die Rede, die Schlägertrupps und die Hitlerjugend waren mobilisiert, seitens des Polizeipräsidiums war angekündigt worden, man werde unparteiisch für Ordnung sorgen. Der junge Flieg beschloß, hinzugehen auf den Markt, selbst auf die Gefahr hin, von einem seiner inzwischen braunbehemdeten Mitschüler erkannt und mit dem Geschrei, »Ein Jud! Ein Jud!« gehetzt zu werden. Hitler in Aktion, das mußte man gesehen haben; zum ersten Mal rührte sich in ihm der Zeitzeuge, der ihn später immer wieder dazu trieb, sich zu exponieren.

Hitler stand auf dem Dach seiner Limousine, breitbeinig, in etwa gleicher Höhe mit Kaiser Wilhelm I. und Bismarck und Moltke auf ihren Denkmalssockeln, und blickte bedeutungsvoll hin über das Volk, das dichtgedrängte. Alles an ihm war schlecht proportioniert, Kopf, Schultern, Gesäß, dazu das eiförmige Gesicht mit der schmierigen Tolle über der Stirn, dem ordinären Mund, dem schwarzen Bürstchen unter der irgendwie unfertigen Nase, und weder das braune Hemd noch die Breeches-Hosen wollten ihm richtig sitzen. Der junge Flieg sah das alles aus dreieinhalb Meter Entfernung, nicht mehr, und fand den Mann, seine Aufmachung, seine Gesten, lächerlich; was war es dann aber, was das versammelte Volk mit solcher Andacht zu ihm aufblicken ließ? Doch nicht die Stimme, dieses Geblaff, als er zu reden anhub, oder der Inhalt seiner Worte, die ohne rechten Reim und Verstand waren, es sei denn, man akzeptierte die seinem Denken zugrunde liegenden falschen Prämissen. Oder zeigte sich hier eine neue Art von Charisma, das nur auf einen bestimmten Typ von Menschen wirkte, und unter bestimmten Bedingungen, so wie gewisse Düfte nur eine bestimmte Art von Insekten anlockten, und zu bestimmten Jahreszeiten? War das aber der Fall, dann schien, nach der Zahl der Menge und dem frenetischen Beifall auf dem Chemnitzer Marktplatz zu schließen, der Typ, der auf so etwas ansprang, unter den Deutschen beängstigend häufig zu sein.

Dem jungen Flieg wurde es bange. Dann aber, Hitler hatte geendet und das Heil-Gebrüll der Masse vermengte sich mit dem Echo, das von den Bauten ringsum widerhallte, hob Hitler den Arm zu dem nach ihm benannten Gruß, und der junge Flieg sah plötzlich den dunklen, feuchten Fleck in der Achselhöhle des Mannes und dachte: Nein, der nicht, der ist kein Prophet und kein Held, der schafft's nicht.

Noch heute ist mir nicht ganz erklärlich, wieso dieser unappetitliche Fleck, dem ein anderer kaum Beachtung geschenkt hätte, den jungen Flieg so erleichterte, daß er die Gefahr, die auch auf ihn zukam, für gebannt hielt. Vielleicht hatte auch er sich, trotz seiner Skepsis, zunächst überreden lassen, zu glauben, daß da an Hitler etwas Unwiderstehliches sei, etwas Mystisches, das die Menschen mit sich fortriß, und das nun durch die Tatsache, daß der Kerl sich sein Hemd unterm Arm durchgeschwitzt hatte, ad absurdum geführt war.

Flieg sollte sich getäuscht haben.

# 3

Je älter ich werde, desto öfter denke ich über die verworrenen Wege nach, die der Mensch geht, und wie es wohl kommen mag, daß er diesen einschlägt und jenen nicht. Was die Amerikaner als Background bezeichnen – soziale Herkunft, Veranlagung, elterliches Vorbild – dürfte die generelle Richtung dieser Wege bestimmen; aber immer wieder stößt er dabei auf neue Wegscheiden, und wer will sagen, ob es ganz und gar der eigene Wille ist, der ihn veranlaßt, sich hierhin zu wenden oder dorthin, oder ob da nicht doch der Finger eines Anderen ihm sacht auf die Schulter tippte? Und einmal gesetzt den Fall, daß der Mensch tatsächlich sein Schicksal mit eigenen Händen lenkt, inwieweit tut er es durchaus mit Vorbedacht? Und welche Momente sind es, die ihn im Augenblick der Entscheidung bewegen? War es ein Impuls, fehlgelenkt oder auch völlig richtig gesteuert, von einer Hirnzelle zur nächsten? Oder ein Blick, eine plötzliche Sympathie, ein Einfall aus unbekannter Quelle? Oder wieder nur der pure Zufall, den die Gottgläubigen so gerne begreifen als Willen eines Höheren?

Hätte sich, um ein Beispiel zu nehmen, der junge Flieg an diesem Morgen entschieden, beim Frühstück nicht die Zeitung zu studieren, sondern sein Schulbuch, er wäre nie auf die Nachricht gestoßen, daß die Generalität der Reichswehr eine Anzahl ihrer Offiziere als Instrukteure der Kuomintang-Armee nach China zu entsenden beabsichtige; und wäre ihm, nachdem er während der ersten Schulstunde des weiteren über die Sache nachgedacht hatte, in der zweiten nicht der ziemlich banale Reim »exportieren – Offizieren« eingefallen, so hätte er sich wohl kaum entschlossen, ein ganzes Gedicht zu dem Thema unter der Schulbank zu schreiben und hätte dies Gedicht auch nicht während des protestantischen Religionsunterrichts in der dritten Stunde, von dem er dispensiert war, zur Redaktion der Chemnitzer Volksstimme getragen und wäre somit auch nicht der Mittelpunkt eines politischen Provinzskandals geworden, in dessen Folge er gezwungen war, Deutschland bereits im

März 1933 zu verlassen; vielmehr wäre er im Lande geblieben wie andere seinesgleichen und hätte mit großer Wahrscheinlichkeit als Wölkchen über Auschwitz geendet.

So aber schreibt er dieses Gedicht, staunend, wie leicht es ihm von der Hand geht:

> Wir exportieren!
> Wir exportieren!
> Wir machen Export in Offizieren!

Im Ohr die eintönige Stimme des Lehrers und das Flüstern und Gähnen und Räkeln und Kratzen und Rücken und Rutschen und Schnaufen und Schniefen von dreißig oder mehr gelangweilten jungen Menschen, notiert er:

> Die Herren exportieren deutsche Wesen
> zu den Chinesen!
> Zu den Chinesen!

Ab und zu blickt er auf, aber der Herr Studienrat ist auf seinen Vortrag fixiert und die Mitschüler hängen ihren eigenen Gedanken nach, oder sie denken überhaupt nicht, und keiner fragt ihn, was er denn da unter der Bank schreibe, und so dichtet er weiter:

> Sie haben uns einen Krieg verloren.
> Satt haben sie ihn noch nicht...

Und dann läutet es. Die Schulstunde ist zu Ende, das Gedicht fertig; bei der Einfachheit von Grundgedanken und Struktur sind Korrekturen kaum nötig. Die Verse, stellt er fest, sind nicht sehr regelmäßig, es fehlt die Kästnersche Glätte der Form; aber im Augenblick kümmert ihn das nicht, er hat sich seinen Zorn vom Herzen geschrieben und hat etwas aufgespießt, was ihn lange schon bedrängt und bedrückt hat. Außerdem bezweifelt er stark, daß irgendeine Redaktion ihm sein Gedicht abnehmen werde, wer ist er schon und was kann er denn; trotzdem plant er, sollte er bei der Volksstimme kein Glück haben, sein Werk zum Kämpfer zu bringen, der Kommunistenzeitung, der es mehr auf kräftige Töne als auf künstlerische Vollkommenheit ankommt.

Vom Staatsgymnasium bis zur Redaktion der Volksstimme in der

Dresdner Straße ist es ziemlich weit und die Haltestellen der Straßenbahn liegen ungünstig; er hat aber nur eine knappe Stunde Zeit, nicht mehr. Sagen wir, zwanzig Minuten für den Hinweg und zwanzig, um zur Schule zurückzukommen, bleiben fünfzehn für das Gespräch mit dem Redakteur, vorausgesetzt, der läßt ihn sofort vor, und lesen muß der Mann das Manuskript ja auch noch. Doch wieder fügt sich alles, ihn weiterzustoßen auf dem einmal eingeschlagenen Weg: der Kulturredakteur, der Genosse Carl Meyer, befindet sich bereits im Hause und öffnet ihm persönlich die Tür zu seinem Büro.

Es gibt, das ist meine Erfahrung, nur eine bestimmte Anzahl von Gesichtern, typische, sozusagen; wie viele es sein mögen, wäre sicher lohnend, einmal festzustellen. Immer wieder trifft man auf sie im Leben; daher das häufige Gefühl von déjà vu bei der Begegnung auch mit Menschen, bei denen man weiß, daß man sie noch nie gesehen hat. Dem Genossen Carl Meyer, mittelhohe Stirn, schmale, prüfende, aber nicht ungütige Augen, kleiner Mund über graumeliertem, sorgfältig getrimmten Spitzbart, wird S. H. wiederbegegnen in der Gestalt des Genossen Otto Sattler, Herausgeber der Monatsschrift der deutsch-amerikanischen Arbeiter-Krankenkassen und deren einziger Ideologe, und des Genossen Kurt Rosenfeld, ehemals preußischer Justizminister und dann, in Amerika, S. H.'s väterlicher Berater, als der, vierundzwanzigjährig, die Verantwortung übernimmt für eine sehr umkämpfte Wochenzeitung – alle drei linke Sozialdemokraten und geprägt noch nach dem Bilde August Bebels. Carl Meyer also liest das Blatt, das ihm der junge Flieg überreicht hat; einmal skandiert er dabei:

Was tun wir denn Böses?
Wir vertreten doch nur
die deutsche Kultur –

und wiegt den Kopf und sagt, mehr zu sich selber als zu seinem Besucher, das ist böse, das werden sie uns übelnehmen, aber wir werden's trotzdem drucken; und greift in die blecherne Schatulle auf seinem Schreibtisch und entnimmt ihr fünfunddreißig Reichsmark und drückt dem Dichter die Scheine in die Hand: sein Honorar. Der sagt kein Wort. Er ist erschüttert und von Glück erfüllt zugleich, und denkt: kann denn das wahr sein? Wirklich und wahrhaftig wahr? Gedruckt! In Tausenden von Exemplaren, auf dem Tisch von Tausenden von Lesern! Meine Verse! Mit meinem Namen!

Und macht damit die Entscheidung endgültig – die erste, die sein Leben umformen wird – und schreibt, als der Genosse Meyer, fragenden Blicks, ihm das Blatt zuschiebt, unter das Gedicht mit dem Titel Exportgeschäft den Namen: Helmut Flieg.

Zu Hause verschweigt er die große Neuigkeit; er möchte das gedruckte Werk auf den Tisch legen und die freudige Überraschung der Eltern erleben. Aber am Nachmittag geht er und kauft, sein Honorar sofort nützlich anlegend, die ersehnte Schreibmaschine, eine Continental Portable, die ihn ins Prager Exil begleiten wird und nach Amerika, und die der Sergeant S. H. mit sich schleppt bei seiner Landung in der Normandie, die Schiffswand hinab an schwankendem Netz, und quer durch Europa nach Deutschland zurück, und wieder hin und her über den Atlantik, und auf der er noch allerlei Gedichte schreiben wird und Zeitungsartikel und Flugblätter und Radioscripts und Reportagen und Romane, in deutscher und in englischer Sprache, bis er sie endlich zur Ruhe abstellt im Schrank neben seinem Arbeitszimmer in Grünau; dort steht sie jetzt, sauber und geölt und immer noch schreibbereit.

In den nun folgenden Tagen und Wochen überstürzen sich die Ereignisse. Unklar ist, ob am Morgen nach der Veröffentlichung des Gedichts zuerst die Konfrontation kam mit dem bleichen Gesicht der Mutter und ihren zitternden Lippen und mit dem schweren Schweigen und strafenden Blick des Vaters und schließlich dessen Frage, habe er, Helmut, sich denn nicht vorstellen können, was die Folgen sein würden in einer Zeit wie dieser, für ihn, für die Familie, für das Geschäft, für die Juden; oder ob dieser Szene vorherging die Rotte, die sich zwischen den Bänken des Schulzimmers hindurch auf ihn zuschiebt. Deutlich ist das Bild ihres Anführers, eines Burschen größer und breitschultriger als er, mit bepickeltem Kinn und Knollennase zwischen zu eng gesetzten stechenden Augen, und wie der die Faust hebt und zuschlägt, und andere zuschlagen, ihm auf den Kopf, die Schultern, die Brust und in die Magengrube; und dabei der Lärm, das Geschimpf, der heisere Haß; und dann ein Lehrer, der eingreift, endlich, oder waren es doch Mitschüler, die zur Besinnung mahnten – jedenfalls zieht sich die Rotte um ein oder zwei Schritte zurück, und er steht da, schwer atmend, schweißbedeckt, verschmutzt, und da ist die Stimme des Lehrers, vielleicht auch des Rektors, der inzwischen gekommen ist: »Gehen Sie, Flieg, verlassen Sie die Schule.«

Man mag den Zwischenfall belächeln: ein bestenfalls mittelmäßiges, dilettantisches Gedicht über eine sehr nebensächliche Episode in der blutigen Geschichte der deutschen Armee; eine Schülerprügelei, obwohl sicher außerhalb der Schule organisiert, denn welcher Chemnitzer Gymnasiast las schon ein Arbeiterblatt wie die Volksstimme; dazu die Reaktion verängstigter Eltern: ein Sturm im Wasserglas. Aber für den damals Achtzehnjährigen eine traumatische Erfahrung, aus der ihm der Trieb erwuchs, *Nur ja nicht diesen noch einmal in die Hände fallen!*, und daraus resultierend dessen Umkehrung, der Zwang, sich selbst immer wieder beweisen zu müssen, daß er sehr wohl imstande ist, einer feindseligen Masse gegenüberzutreten, einer Übermacht Paroli zu bieten. Auch bedenke man den Zeitabschnitt, in dem sich das abspielt, September 1931, da die Menschen in Deutschland an ihrer Zukunft und an den Grundsätzen, nach denen sie gelebt haben, zu verzweifeln beginnen und nach Schuldigen suchen für die Misere, ihre äußere und innere: da kam dieser Bengel gewissen Leuten höchst gelegen, der das einzige, woran sich noch glauben läßt, in den Dreck zieht, den deutschen Offizier, die deutsche Ehre; und ein Jud ist er auch noch.

Die Nationalsozialisten nehmen sich also der Sache an, in der Schule und sehr bald auch außerhalb ihrer Mauern. Die Schulleitung gerät unter zweifachen Druck, denn andererseits haben die Sozialdemokraten in der Landesregierung in Dresden und im Kultusministerium, dem das Gymnasium untersteht, immer noch einflußreiche Positionen, und das Gedicht des Flieg ist in einem sozialdemokratischen Blatt gedruckt worden und der Vater des Flieg ist nach Dresden gefahren, um sich zu beschweren, und das Ministerium hat einen Bericht angefordert. Man fällt also ein mehr oder weniger salomonisches Urteil: das Lehrerkollegium des Staatsgymnasiums zu Chemnitz erteilt dem Primaner Flieg das *consilium abeundi*, den Rat, die Schule zu verlassen, obzwar sein Vergehen, wenn es denn eines war, mit schulischen Angelegenheiten in keinerlei Zusammenhang steht, und gibt den Mitschülern, die ihn mißhandelten, einen formellen Verweis; das tut denen nicht weh, und den Dichter der anstößigen Verse ist man los.

An diesem Punkt erweist sich der Kaufmann Daniel Flieg als Mann von Charakter, als Held sogar, zieht man seine seelische Labilität in Betracht. Er akzeptiert das nicht. Er hält das Gedicht seines Sohnes für vorwitzig und wenig überzeugend und hätte, wäre das Sujet von irgendwelcher Bedeutung für ihn gewesen, leicht ein besseres schreiben können, aber er ist gegen Ungerechtigkeit und er weiß, daß man jetzt nicht nachgeben darf, sonst ist man beim nächsten Mal völlig verloren; und so fährt er, gegen den Rat von Brüdern und Schwägern, die ihn vor dem Risiko warnen, das er eingeht, ein zweites Mal nach Dresden und fordert, daß man von dort aus endlich energisch eingreife: der Sohn mag sich falsch verhalten haben, aber er hat in eine Eiterbeule gestochen, die man ausbrennen muß.

Als er zurückkehrt nach Chemnitz, deprimiert, denn er hat nur halbe Versprechungen erhalten, erfährt er, daß die Nationalsozialisten eine Massenversammlung angekündigt haben im Saal der Gaststätte Meistereck, Thema: Der Fall Flieg, und seine Frau teilt ihm voller Sorge mit, Helmut habe geäußert, daß er hingehen wolle, um, wie er's ausdrückte, »sich zu stellen«.

Das Gespräch, das nun folgt, und dessen ich mich nur bruchstückweise erinnere, gipfelt in einer Frage, die in Anbetracht künftiger Ereignisse einen grausigen Unterton enthält: »Willst du denn auch Selbstmord begehen, Junge?«

Das Gesicht des Vaters, mit den Schatten um die Augen und in den Höhlen unter den Backenknochen, ist geblieben, Teil des Films, ebenso wie der Befehl: »Ich verbiete dir das!« Der junge Flieg hockt also zu Haus an dem Abend; er kommt sich vor wie ein Feigling und ist doch insgeheim froh, daß ihm durch des Vaters Verbot der Kelch, den er sich selber gefüllt hat, von den Lippen genommen ist. Wahrscheinlich würde er Chemnitz verlassen müssen; aber war nicht auch Schiller geflohen vor dem Zorn des Herzogs? Und welch größere Wirkung seiner Verse hätte er sich wünschen können? Das Gesindel hatte aufgejault, das er hatte treffen wollen.

Er öffnet das Fenster seiner Mansardenstube, eine milde Herbstnacht draußen, das Laub fängt gerade an, sich zu verfärben, auf dem Kaiser-, jetzt Gerhart-Hauptmann-Platz ist alles still. Dann geht er hinunter in die zweite Etage, die Mutter zu trösten. Bruder Werner ist bei ihr; hat er, der Ältere, sich seinetwegen je Gedanken gemacht, auch der Kleine trägt schließlich den Namen Flieg und muß zur Schule gehen und geradestehen für seines großen Bruders große Worte. Der Vater liest den Brockhaus. Die Mutter seufzt und sagt: »Es fällt eben alles auf die Eltern zurück.« Das wird sie sagen auch in kommenden Jahren, ein geflügeltes Wort, von ihr selbst geprägt und voller Resignation, und wird ihr Teil Leid und Sorge tragen an dem, was ihr Helmut – immer bleibt er für sie ihr Helmut – auf sich und damit auch auf sie lädt.

Das ist nun mehr als ein halbes Jahrhundert her. Die Redner an jenem Abend im Meistereck sind tot, und von den Teilnehmern an der Versammlung werden auch nicht mehr viele am Leben sein, obwohl der Besuch so zahlreich war, daß noch ein zweiter Saal gefüllt wurde und, wie verlautbarte, »die Säle schließlich polizeilich geschlossen wurden und infolgedessen Hunderte vor den geschlossenen Türen wieder umkehren mußten«. Dennoch wird es mir heute noch eisig ums Herz, wenn ich die Berichte der bürgerlichen Chemnitzer Blätter aus der Zeit lese, wie es auch dem jungen Flieg damals kalt über den Rücken gelaufen sein muß angesichts des Kesseltreibens, das sich da gegen ihn entwickelte.

Der Hauptredner, ein Professor Staemmler, trug zunächst einmal das Gedicht vor (»unter stürmischer Entrüstung der Versammlung«) und erklärte (»unter lautem Beifall«), daß der Verfasser es nicht verdiene, eine deutsche Schule zu besuchen. Der ihm von der Schulleitung erteilte Rat, die Schule zu verlassen, das consilium abeundi, sei eine leere Geste (»Zuruf: Ohrfeigen wären richtiger!«); ob die Versammelten vielleicht glaubten, der Gemaßregelte werde den Rat befolgen und die Anstalt verlassen? (»Schallendes Gelächter.«) Nein, wenn er sich bis Ostern nichts Gleichartiges zuschulden kommen lasse, werde Flieg das Abitur machen, eine deutsche Hochschule beziehen, vielleicht sogar Richter über deutsche Volksgenossen werden oder Beamter. (»Zuruf: Minister!«) Aber eine Sitzung des Elternrats werde einberufen werden und entscheiden, ob ein solcher Mensch einer deutschen Schule überhaupt aufgezwungen werden könne. (»Lebhafte Zustimmung.«) Wenn aber der Vater eines solchen Schülers auch noch den Mut aufbringe, sich beim Ministerium zu beschweren, so beweise das, daß er wisse, was in Deutschland noch möglich sei. (»Zuruf: Frechheit!«) Das Ziel müsse sein, dafür zu sorgen, daß Flieg von der Schule verschwinde und daß er überhaupt kein deutsches Abitur machen könne. (»Zuruf: Sehr richtig!«) Man werde die Angelegenheit zur weiteren Verfolgung der nationalsozialistischen Landtagsfraktion übergeben. (»Langanhaltender Beifall.«) Nachdem noch zwei andere Redner, der Stadtverordnete Hänig und der Führer des Schülerbundes, Hörig, erklärt hatten, daß der marxistische Geist aus allen deutschen Schulen vertrieben werden müsse und daß die deutsche Jugend nicht dulden werde, daß ihre Väter, die das Vaterland so heldenhaft verteidigt hätten, besudelt würden, nahm die Versammlung eine Entschließung an, auch im Namen der deutschen Schüler des Chemnitzer Staatsgymnasiums und ihrer Eltern, die Landtagsfraktion der Nationalsozialistischen Deutschen Arbeiterpartei möge dafür eintreten, daß der Primaner Flieg von der Schule entfernt und verhindert wird, an einer deutschen Schule ein Abiturientenexamen abzulegen. Von sich aus fügte die Redaktion des Chemnitzer Tageblatts hinzu, sie hoffe, daß durch diesen Abend der Staatsanwalt auf den Fall Flieg aufmerksam geworden sei; es gäbe da ja das Republikschutzgesetz, und die Besudelung des deutschen Offiziers müsse auch den Reichspräsidenten treffen, dessen Person untrennbar sei von seiner Offiziersehre. Dann teilte das Blatt als eigene Information mit, daß auch die Deutschnationale Landtagsfraktion und verschiedene Offiziersverbände sich mit der Angelegenheit befassen würden.

Es gibt, ein jeder wird das bei sich selber bestätigt finden, weiße Flecke auf der Landkarte des Gedächtnisses: da wird etwas gnädig verdeckt, was sonst kaum erträglich wäre. Und da sich auch keine Aufzeichnungen des jungen Flieg aus der Zeit erhalten haben und Zeugen nicht mehr existieren, ist nicht festzustellen, ob er in den Wochen zwischen der gewalttätigen Auseinandersetzung seiner Mitschüler mit ihm und der Versammlung im Meistereck noch einmal zur Schule ging; wenn ja, muß es eine Selbstüberwindung und einen Mut erfordert haben, die einer besseren Sache wert gewesen wären – oder er verstand es schon damals sehr gut, sein Innenleben vor der Umwelt abzukapseln. Ich bezweifle jedoch, daß sein Vater, gewarnt durch die bedrückenden Erfahrungen mit der Dresdner Ministerialbürokratie, ihn dieser Tortur ausgesetzt haben würde. Sicher ist, daß der junge Flieg in den Tagen nach der Versammlung, als die Hetze gegen ihn über die Grenzen von Chemnitz hinausschwappte und die Schulleitung ihr consilium abeundi in eine direkte Relegierung verwandelte, zu Hause blieb. Zu den Familienberatungen, an denen sämtliche in Chemnitz lebenden Onkels und Tanten, auch die angeheirateten, teilnahmen, wurde er nicht hinzugezogen; es interessierte ihn auch nicht mehr, mochten sie beschließen, was ihnen gut schien; er war, so dachte er, durch die Hand des Schicksals in einen Strudel hineinkatapultiert worden, der noch vieles mit sich reißen mochte, und er würde nun versuchen müssen zu schwimmen, so gut er konnte.

Die Mutter war bei ihm, die sanfte Mutter, die ihren Sohn immer verteidigte, ganz gleich was er tat, auch in späteren Jahren. Da ist das

Direktionszimmer einer Schule irgendwo in Berlin-Neukölln: vor dem Schreibtisch sitzend Frau Flieg aus Chemnitz und ihr Sohn, der Sohn irgendwie peinlich berührt, daß er, der Urheber nicht nur des Gedichts, sondern auch von dessen politischen Folgen, sich immer noch ans mütterliche Schürzenband klammern muß. Vielleicht sollte er statt der Mutter dem Mann hinter dem Schreibtisch, dem großen Schulreformer Fritz Karsen, Vortrag halten darüber, wie alles gekommen war, und was er beabsichtigt hatte, und wieso er sich darüber erregt hatte, daß diese Offiziere nach China geschickt wurden: nicht nur um der armen kleinen Chinesen willen, nein, mehr noch wegen der Deutschen, schließlich war ein Weltkrieg genug, aber sie gierten schon wieder nach Revanche. Der Professor Karsen jedoch nickte und tat, als wisse er das alles längst, und wahrscheinlich wußte er es auch. Am Ende erklärte er seine Sympathie für die Lage des jungen Flieg, nur unternehmen könne er leider nichts für ihn, aus verschiedenen guten Gründen, so gerne er es auch täte. Also gut, dachte der junge Flieg, dann ohne Abitur; zum Dichten brauchte man keine Reifeprüfung.

Aber die Mutter gab nicht auf. Wenn er, sagte sie, der berühmte Professor Karsen, auf den sie so fest gebaut habe, an seiner eigenen weltbekannten Institution keine Möglichkeit für ihren Sohn sah, vielleicht gab es dann eine andere in Frage kommende Schule, deren Direktor bewogen werden könnte, über ein paar törichte Verse hinwegzusehen?

Professor Karsen, damals noch keine fünfzig, ein Sitzriese mit breitflächigem Gesicht und sparsamen Gesten, saß da und schien nachzudenken. Dann griff er tatsächlich zum Telephon.

So kam denn der junge Flieg an den Professor Paul Hildebrandt, Doktor der Philosophie, Leiter der Heinrich-Schliemann-Schule im Norden Berlins (Gymnasium und Realgymnasium) und Redakteur für Pädagogik im Hause Ullstein (Vossische Zeitung, Berliner Morgenpost, Uhu, etc.). Hildebrandt, graues, borstiges Haar über quergefurchter hoher Stirn, übergroße graue Augen, plattgedrückte Nase, wulstige Lippen, hatte ein herrliches, fast bellendes, alle Widersacher entwaffnendes Lachen; ich sehe ihn noch vor mir, wie er, irgendwelcher Schwierigkeiten mit seinen Füßen wegen, mit trippelnden Schrittchen durch den Korridor seiner Schule eilt oder, seine hübsche Sekretärin, Fräulein Schuchhardt, zur Seite, durch die Gänge des Ullstein-Hauses; Fräulein Schuchhardt aber hatte Augen nicht für den jungen Flieg, sondern nur für ihren Professor, den sie, unter Vertrauten, als Ihmchen bezeichnete, warum, wußte niemand – Ihmchen hat das gesagt, Ihmchen hat jenes getan –, was der junge Flieg nun wieder höchst manieriert fand.

Hildebrandt nahm ihn auf in die Heinrich-Schliemann-Schule, ohne Bedingungen, ohne bürokratische Sperenzchen, Hildebrandt haßte den Papierkrieg; und hier erlebte der junge Flieg einen Unterricht ganz anderer Art als den ihm vertrauten: es ging eher zu wie in einem Seminar als in einer Schulklasse, da gab es keine Paukerei, keinen Formelkram, die Lehrer, offenbar ausgesuchte Leute, waren frei von Unsicherheit und gewillt, ihr Wissen zu teilen und ihre Fakten zur Debatte zu stellen, besonders die zwei Brüder Warschauer, die Deutsch und Geschichte lehrten, Frank, der übrigens ein ganz bekannter Schriftsteller war, und der rothaarige Martin; Hildebrandts Fach war Latein. Auch waren die Schüler, obwohl sozial ganz ähnlich geschichtet wie die in Chemnitz, anders: gelassen, weltoffen, bereit, Meinungen gelten zu lassen; keine Rüpel unter ihnen und, wie es schien, auch keine Nazis, dafür aber einige ältere Jahrgänge; Herr Winterspecke, mit dem der junge Flieg sich anfreundete, war sechsundzwanzig und ging noch einmal zur Schule, um sein Abitur nachzuholen und dann zu studieren, Handelswissenschaft wohl.

Untergebracht war der junge Flieg, wie denn anders, bei der Verwandtschaft. In dem großen Mietshaus Ecke Hasenheide und Südstern – im Erdgeschoß befand sich zu der Zeit ein Aschinger-Restaurant, wo man Brötchen umsonst zu essen bekam – unterhielten im vierten Stock zwei der Schwestern des Vaters, Linka und Liesel, mit ihren Männern, dem Kneipier Max Jonas und dem kaufmännischen Vertreter Max Rosenberg, genannt Atze, eine vielräumige Etagenwohnung, von der zwei Zimmer weitervermietet wurden, des Geldes wegen: eines an den gemeinsamen Neffen Helmut, das andere, größere, an das Ehepaar Arvid und Mildred Harnack (hingerichtet als Mitglieder der Untergrund-Organisation Rote Kapelle), Akademiker, die Frau Amerikanerin, stille, blasse Leute, die stets freundlich und ein bißchen geistesabwesend lächelten; der junge Flieg ist ihnen mehrmals begegnet.

Liesel war jene Tante, die ihm in Bad Kösen das weiße Tuch um das vom Ziegenpeter geschwollene Gesicht geknotet hatte und die ihm darum in unguter Erinnerung war; auch jetzt, ob im Auftrag seiner Eltern oder nicht, kümmerte sich die Tante in penetranter Weise um ihn, fragte ihn aus, erteilte Ratschläge, bis er sie darauf hinwies, daß sie eigene Kinder habe, denen sie sich widmen könne; Onkel Atze, ein kleiner Mann, sehr stramm, sehr aufrecht, mit einem Schnurrbärtchen um einige Millimeter breiter als das Hitlers, stellte ihn des Abends empört zur Rede und drohte, ihm das Zimmer zu kündigen; doch machte er seine Drohung nicht wahr.

Da war Onkel Max Jonas bei weitem vorzuziehen; ein ruhiger, untersetzter Mensch mit rundem roten Gesicht, hatte der ihn eingeladen, ihn jederzeit und nach Belieben in seiner Kneipe zu besuchen, doch vorzugsweise nachmittags, wo man sich noch unterhalten könnte; die Kneipe, in der Nähe der Hasenheide, hatte zwei große Fenster zur Straße hinaus, durch die das Licht drang, das sich so angenehm auf der Holztäfelung der Wand und dem Chrom der Theke widerspiegelte und dem Onkel, der da vor den Regalen mit den bunten Flaschen stand, geradezu Rembrandtschen Schatten verlieh; der Onkel pflegte ihm einen bräunlichen Schnaps einzuschenken, der nach Lakritze schmeckte und, wie er erläuterte, den Magen beruhigte. Dann sprachen sie über das Leben, das nie einfach gewesen war für den Onkel und immer schwieriger wurde, denn die Kundschaft verringerte sich ständig, und manchmal fanden sich, unter die Tür geschoben, hakenkreuzbemalte Zettel an, auf denen stand, daß man ihm den Laden in Klump schlagen werde, wenn er nicht von sich aus zumache, verdammter Jud.

Auch den Onkel Arnold Namm schätzte der junge Flieg sehr, den Mann der ältesten Schwester des Vaters, Recha. Die Namms wohnten mit ihren Kindern Lutz, Hans und Gerda in der Wallner-Theater-Straße, dem Theater direkt gegenüber, und erhielten ihrer künstlerischen Interessen wegen verbilligte Eintrittskarten; dies verlieh ihnen auch selbst etwas von der theatralischen Aura, die den jungen Flieg so anzog. Außerdem hatte der Onkel ihn, da war er kaum vierzehn gewesen und durfte zu einem Kurzbesuch nach Berlin kommen, mit der sündhaften Seite des hauptstädtischen Lebens bekannt gemacht, indem er ihn in eine Revue mitnahm; dort, von der hintersten Balkonreihe aus, zu besseren Sitzen reichte das Geld des Onkels nicht, hatte er das Lied von den Mägdelein, die untern Linden, untern Linden spazieren gehen, taufrisch zu hören bekommen und zuschauen dürfen, wie die Girls auf der Bühne unten ihre nackten Beine in die Luft warfen. Vetter Hans suchte ihn zu überreden, dem jüdischen Ruderklub beizutreten; körperliche Ertüchtigung, sagte Hans, der vor Eifer leicht ins Stottern geriet, sei gerade für Juden von größter Wichtigkeit, und es gäbe da auch ein sehr schönes Klubhaus; der junge Flieg jedoch war der Ansicht, daß sportliche Betätigung, Schach ausgenommen, eher den anderen Bevölkerungsteilen angemessen wäre, und lehnte ab.

Blieb noch der Onkel im vornehmen Westen, um die Ecke vom Kurfürstendamm, Gatte der zweitjüngsten Schwester des Vaters, Dora; Onkel Alfred, nicht nur Rechtsanwalt, sondern auch Notar, trug eine Hindenburg-Frisur, und seine Stimme war ebenso markig wie die des Feldmarschalls in ihren besten Zeiten. Der junge Flieg vermied es tunlichst, Onkel Alfred und Tante Dora zu besuchen, obwohl deren älteste Tochter, Evchen, sich ihm bei jenem ersten Kurzbesuch durch einen Auftritt im Flatterhemdchen empfohlen hatte; Evchen hatte jedoch ihrer Mutter geschraubte Redeweise und ihr vornehmes Gehabe, man war schließlich wer, und selbst der wohlgerundete, feste Hintern der Cousine konnte dafür nicht entschädigen.

In den Monaten zwischen Oktober 1931, als er nach Berlin übersiedeln muß, und dem Frühjahr 1932, da er sein Abitur macht, reift sein Entschluß, Journalist zu werden. Lyrik gut und schön, aber wenn man nicht gerade Kästner war, der ja nebenher auch noch manch anderes schrieb, ließ sich davon nicht leben – siehe Rilke und wie viele noch, die sich hatten durchschnorren müssen; und selbst Herr Walther von der Vogelweide hatte erleichtert aufgejubelt, als er endlich sein Lehen erhielt.

Daß er schreiben kann, wird dem jungen Flieg immer wieder bestätigt, auch und gerade von seinen neuen Lehrern, und daß er ein scharfes, kritisches Auge hat, wie ein Journalist es braucht, weiß er – zu scharf, zu kritisch oft, ist ihm mehr als einmal gesagt worden. Professor Hildebrandt hat ihm angedeutet, daß er neben seinem Studium an der Universität vielleicht bei Ullstein wird volontieren dürfen; nicht länger isoliert wie in seiner Chemnitzer Schulklasse, gewinnt er an innerer Sicherheit, wird ruhiger und damit sympathischer und kann sein Leben planen, auch wenn auf den Straßen Berlins bereits Schlachten stattfinden und es unklar ist, ob überhaupt noch eine Regierung der Staatskrise Herr werden kann, die sich anbahnt.

Und es gibt Nächte, da schläft er schlecht. Er ist ein gebranntes Kind: was würde geschehen, wenn diese Nazis, die ihn von Chemnitz her auf der schwarzen Liste haben, tatsächlich an die Macht kämen? Was würde aus Vater und Mutter und Bruder werden, aus der

Firma B. Eisenberg & Sohn? Aus den Juden? Aus diesem ganzen Deutschland, dessen Bürger in ständig wachsender Zahl jegliche Urteilskraft zu verlieren scheinen und in Scharen irgendwelchen Hellsehern und Wunderdoktoren und falschen Propheten nachlaufen, und in dessen Städten, allen sichtbar, sich ganze Bürgerkriegsarmeen formieren?

Er nimmt Partei: links natürlich, obwohl es nicht leicht ist zu entscheiden, welcher der linken Gruppierungen ein einigermaßen denkfähiger junger Mensch sich anschließen soll. Den Sozialdemokraten, die das Schicksal der Republik einem offenbar bereits senilen kaiserlichen Feldmarschall anvertraut haben, der für Demokratie oder gar Sozialismus kaum viel übrig haben kann? Den Kommunisten, die zwar eine Art Zukunftsvision haben und erkennen, daß der Feind rechts steht, in der Praxis aber ihr lautestes Geschimpf gegen ihre sozialdemokratischen Klassenbrüder richten und gelegentlich sogar mit den Nazis gemeinsame Sache machen gegen die von allen Seiten bedrängte sozialdemokratische preußische Staatsregierung, welche ihrerseits wieder ihre Polizei lieber auf die kommunistischen Rotfrontkämpfer-Verbände einprügeln läßt als auf die Schlägertrupps des Dr. Joseph Goebbels? Oder einem der linken Splittergrüppchen, die im Streit der Brüder ihr dünnes Stimmchen zu erheben suchen, ohne Gehör zu finden, und ins Theoretisieren, wenn nicht gar Spintisieren geraten?

So deutlich und klar mag er die Frage zu der Zeit nicht durchdacht haben; überhaupt wird er mehr aus dem Gefühl heraus gehandelt haben als nach kühler Analyse, und Aufzeichnungen von seiner Hand, die da Hinweise geben könnten, sind nicht vorhanden. Aber die politische Einstellung der Zeitungen und Zeitschriften, denen der noch nicht Zwanzigjährige seine Verse gab oder für die er im Auftrag schrieb, ist bekannt, und es lassen sich Rückschlüsse auf seine Haltung aus ihren Namen ziehen: der Weltbühne Carl von Ossietzkys, Leopold Schwarzschilds Tagebuch, der SAZ, dem Blatt der kurz SAP genannten Sozialistischen Arbeiterpartei, und der Welt am Abend sowie dem Berlin am Morgen des Genossen Willy Münzenberg. Schule und – nach der Abiturprüfung, bei der ihm die schriftlichen Arbeiten erlassen werden – die Universität werden immer mehr zur Nebenbeschäftigung; er will leben, miterleben, er findet diese Zeit und dieses Berlin aufregend, und wenn er, an gelegentlichen Wochenenden oder während der Ferien, von Berlin nach Chemnitz zurückkehrt, stellt er mit einem Anflug von Dankbarkeit fest, daß seine Relegation vom Staatsgymnasium auch ihre guten Seiten gehabt haben könnte.

Auf diesen Reisen, man brauchte damals gute dreieinhalb Stunden für die Fahrt, trifft er des öfteren mit dem Regisseur Heinz Wolfgang Litten und dem Kapellmeister Kitzinger zusammen, den Stammtischfreunden aus der Schenke in der Chemnitzer Markthalle, die es häufig nach Berlin zieht. Kitzinger, ein hilfsbereiter Mensch, glaubte zu erkennen, was dem jungen Flieg in Berlin fehlte, und empfahl ihn an zwei seiner abgelegten Freundinnen dort, Frau Trude und Frau Setta. Frau Trude lud ihn zu Kaffee und Kuchen ein und gestattete ihm, ihren Leib lange und heiß zu umfangen; Frau Setta schwärmte von den besonderen Fähigkeiten ihres früheren Freundes und verlangt oralen Sex, aber eingedenk der Warnungen Abba Schneckenburgers während jener Chemnitzer Turnstunde verweigerte der junge Flieg sich und verdarb so das ganze Tête-à-tête.

Erst Jahre später erfuhr S. H. von seiner Mutter: sie war damals, in ihrer Seelennot, tatsächlich nach Berlin gefahren und hatte bei Carl von Ossietzky in der Redaktion der Weltbühne vorgesprochen; ob ihr Junge denn auch wirklich begabt sei, hatte sie ihn gefragt, und ob er, Ossietzky, den Eltern zuraten könne, ihn Dichter und Schriftsteller werden zu lassen. Die Szene muß etwas Rührendes gehabt haben: die kleine, immer noch schöne Frau, die ihre Augen ängstlich besorgt auf den berühmten Mann richtet, und dieser, wohl etwas erstaunt zunächst, dann mit verständnisvollem Lächeln ein paar von seinen roten Heften durchblätternd, in denen er Verse des jungen Flieg gedruckt hat, und ihr versichernd: Aber ja, gnädige Frau, begabt ist er schon, und sicher wird etwas aus ihm werden, da seien Sie ganz beruhigt.

Was der junge Flieg selbst mit Ossietzky gesprochen hat während des einzigen Besuchs, den er ihm abstattete, habe ich mir vergeblich ins Gedächtnis zu rufen versucht: er übergab ihm eins seiner Gedichte bei der Gelegenheit. Vor das Bild des Chefredakteurs am Schreibtisch hat sich ein anderes Bild geschoben, das des Konzentrationslagerhäftlings in lumpiger Jacke, den Kopf mit dem markanten Kinn zwischen die Schultern gezogen, als erwarte er den nächsten Hieb. Viel werden sie nicht miteinander geredet haben, und von großer Bedeutung wird es kaum gewesen sein, sonst hätte es sich dem jungen Flieg wohl stärker eingeprägt; beim nächsten Besuch in der Redaktion war Ossietzky dann nicht mehr da; er ging ja schon ins Gefängnis, bevor Hitler an die Macht kam.

Mit der Redaktion des Tagebuchs gab es nur Korrespondenz; anders war es bei der SAZ, da ging der junge Flieg des öfteren hin und führte in den kahlen, noch kaum möblierten Redaktionsräumen lange Gespräche mit dem Genossen Will Schaber, dem Kulturredakteur, einem hochgewachsenen, hageren Mann, der gerne lächelte und eine Art Schwäbisch sprach. Meist redeten sie über die Frage, wie man der ständig steigenden braunen Flut – Schabers Terminologie oder die des jungen Flieg? – Einhalt gebieten könne. Die beiden großen Parteien der Linken, darüber war man sich einig, müßten sich zusammentun zu einer alles umfassenden Abwehrfront, Sozialdemokraten und Kommunisten müßten endlich gemeinsam handeln. Aber die Chancen dafür waren gering, und Schaber suchte die deprimierte Stimmung, in der die Gespräche zu enden drohten, durch eine optimistische Bemerkung zu brechen: Irgendwann würde es schon dazu kommen, irgendwie fände sich schon eine Lösung, man müsse nur die Arbeiterklasse mobilisieren. Als Beitrag dazu schreibt der junge Flieg wieder politische Verse, doch jetzt, da er klüger geworden durch Schaden, unter dem romantischen Pseudonym Melchior Douglas, und Schaber druckt sie.

Bruno Frei, Chefredakteur von Berlin am Morgen, der sich im Hause Münzenberg des jungen Flieg annahm, war in vielem das Gegenteil von Will Schaber. Nicht, daß er die Dinge in einem rosigeren Licht gesehen hätte als der; aber er neigte nicht zu philosophischen Unterhaltungen mit seinen Mitarbeitern: Münzenberg wollte populäre Blätter gemacht haben, Boulevard-Stil, und wie S. H. in seiner späteren Arbeit selbst erfahren sollte, kostete es mehr Zeit, kurz und prägnant zu schreiben als wortreich und verschwommen, und noch mehr, anderer wortreiche Prosa auf ein lesbares Maß zu trimmen. Dazu kam, daß Frei in erster Linie nicht Funktionär war, sondern Journalist, Berufsjournalist sogar, und Österreicher; die österreichische Presse aber zog sich Leute heran, die eine leichte Hand hatten und im allgemeinen auch mehr Phantasie als ihre deutschen Kollegen; jedenfalls lasen sich die deutschen Lügen immer viel schwerfälliger. Zusammen mit Frei nun entstand die Idee einer neuartigen Reportage über ein altes Problem, die Arbeitslosigkeit; und eines Morgens begab sich der junge Flieg, seine Kollegs an der Universität schwänzend, zu einem Treff mit drei Arbeitslosen, die durch die Proletarierviertel von Berlin ziehen würden, um in den Hinterhöfen zu singen. »Ich wollte«, so schreibt er in seinem Artikel *Berliner Hofmusik*, »an der untersten, ausgestoßensten Schicht des gesellschaftlichen Gebäudes nachprüfen, wie lange es wohl noch festbleiben würde.« Die Metaphern mögen zu kühn sein, aber der Vorsatz war lobenswert, und des jungen Autors mit F-g gezeichnetes erstes Feature, wie man es heute nennen würde, nimmt eine gute halbe Seite des Blattes ein, inklusive Illustration.

Eigenartig mutet es an, daß in keinem der Blätter des Hauses Ullstein etwas von dem jungen Flieg erscheint, trotz des Interesses, das Professor Hildebrandt immer noch an ihm nimmt. Ich glaube nicht, daß einem so mutigen Manne wie dem Professor bange geworden sein sollte vor dem, was er da an seinem Schliemann-Gymnasium ausgebrütet hatte, und daß er es vorzog, lieber etwas Distanz zu seinem Schüler zu halten; eher ist zu vermuten, daß man bei Ullsteins angesichts der Dinge, die man kommen sah, bereits zur Vorsicht neigte, im Gegensatz zum regierungsamtlichen Rundfunk, wo Edlef Koeppen, der literarische Leiter der Funkstunde Berlin, mehrmals Gedichte des jungen Flieg lesen ließ.

Mit Kästner gestaltete sich der Kontakt insofern etwas schwierig, als der Dichter den größten Teil des Tages durchschlief und erst abends lebendig wurde, wenn die Theater und Kabaretts ihre Tore öffneten und die besseren Restaurants sich zu füllen begannen; das war die Zeit, wo er sich mit Leuten traf, und erst, wenn die dann nach Hause torkelten, begann er zu schreiben – meist in einem Café am Kurfürstendamm, ziemlich weit draußen in Richtung Halensee; dort konnte man dann, wenn er's nach getaner Arbeit gestattete, im zarten Grau des anbrechenden Tages sich zu ihm an den Tisch setzen.

Auch damals schon, erinnere ich mich, hatte Kästner den spöttisch geschürzten Mund und den zweifelnden Blick und die etwas nasal klingende Stimme, Eigenheiten, die es ihm erschwerten, die Wärme auszustrahlen, derer er durchaus fähig war; so hat der junge Flieg die Verse, die er jedesmal in der Tasche trug, wenn er ihn aufsuchte, ihm nie gezeigt. Einmal sprach er zu Kästner davon, wie dezeptiv einfach dessen Gedichte doch klängen und welche Unmenge Arbeit in Wahrheit darin stecken müsse, wozu Kästner nickte und der junge Flieg wiederum ihm mitteilte, wie er sich bemühe, dem verführerischen Einfluß des Kästnerschen Duktus nicht zu verfallen. So sehr er das Gespräch mit Kästner auch suchte, seine Gefühle dabei waren höchst gemischter Natur; einerseits wollte er den Eindruck vermeiden, als suche er Belehrung von dem Meister oder gar Anerkennung, andererseits sehnte er sich nach einem Wort des Zuspruchs, der Ermutigung, und hätte heißen Herzens dafür in der einzigen Währung gezahlt, die ihm zur Verfügung stand: Anhänglichkeit. Und vielleicht wäre auch Kästner bereit gewesen, gerade dies zu akzeptieren; so aber verlor sich die Scheu, die anscheinend beide, S. H. und er, voreinander gehabt hatten, erst viele Jahre später, kurz vor Kästners Tod, und da war nur noch die offene, herzliche Freundschaft.

Die drei oder vier frühmorgendlichen Gespräche auf dem Kurfürstendamm blieben also mehr oder weniger unpersönlich und werden, da die Morgenblätter bereits auf dem Stuhl neben Kästner lagen, in der Hauptsache von den Ereignissen des Tages gehandelt haben und davon, wie sie Kästner betrafen, dessen bitterböse Verse ihn bei der Rechten so verhaßt gemacht hatten. Ob Kästner Angst gehabt hat, weiß ich nicht; dem jungen Flieg gegenüber deutete er jedenfalls nichts davon an; aber daß er keine freudige Zukunft für sich und andere erwartete, war klar.

Schließlich verabschiedeten sie sich, und Kästner sagte, Sie wissen ja, wo Sie mich finden können, und der junge Flieg ging zur U-Bahn und fuhr zur Universität.

Für das, was der junge Flieg als sein Fach betrachtet, hat die Universität keinen fertigen Studienplan. Philosophie studiert er, weil er die Gedanken sucht, nach denen die Welt in ein geordnetes System zu bringen wäre; Geschichte, weil aus ihren Fakten erhellen sollte, wo die Zusammenhänge liegen; Literatur, weil die Widerspiegelung des Lebens in ihr, so verzerrt sie auch sein mag, Rückschlüsse zulassen wird auf das Leben selbst; und Zeitungswissenschaft, weil man schließlich wissen muß, wie man das einmal Erkannte an die Leute bringt.

Da die Grundlage der Philosophie bekanntlich die Logik ist, die allem Denken erst Gültigkeit verleiht, belegt er »Logik« bei Heinrich Maier. Jeden Dienstag und Freitag liest der gelehrte Professor zwei Stunden lang über das Thema, zum zeitigen Nachmittag, in einem der größten Auditoria der Universität. Es ist warm, und der Saal ist von einem Summen erfüllt, das kaum übertönt wird von der monotonen Stimme des alten Herrn, der Jahr um Jahr den gleichen Text vor sich hinspricht, und der junge Flieg hat gerade zu Mittag gegessen, drüben in der Kantine der Dresdner Bank in der Behrenstraße, wo es für das gleiche Geld besser und reichlicher zu essen gibt als in der Mensa, und der Verdauungsvorgang fördert seine Schläfrigkeit und er nickt ein; und so kommt es, daß die Logik in den späteren Schriften des S. H., was auch davon in ihnen enthalten sein mag, strikt seine eigene ist und nicht die klassische Maiersche.

Weiter hört er, bei Professor Dovifat, Allgemeine Zeitungslehre, eine Anhäufung von Selbstverständlichkeiten, doch vorgetragen mit großer Gestik, und bei Max Herrmann dessen kluge Vorlesungen über die deutsche Romantik, den jungen Goethe, Lessing; bei Jastrow belegt er Philosophische Grundlagen der Nationalökonomie, bei Hübner Walther von der Vogelweide und bei Rosenberg Übungen zur materialistischen Geschichtsauffassung; dazu Gotisch, Geschichte der französischen Revolution, und manch anderes noch: ein Sammelsurium, aber man darf nicht vergessen, daß sein Studium noch in die Ära fiel, da man an deutschen Hochschulen studieren konnte, bei wem und wie lange man wollte, Hauptsache man bestand irgendwann irgendwelche Prüfungen; außerdem war ihm in jenen Monaten, den letzten der Republik, wichtiger als der Vorlesungsbetrieb die Beobachtung des Geschehens um ihn herum.

Dies ist schon an der Universität aufregend genug; da sind die politischen Versammlungen, rechte, linke; Schlägertrupps haben sich gebildet ganz analog zu jenen in der Stadt; ein beliebtes Schlachtfeld ist das Karree zwischen Mittelbau und Seitenflügel des Hauptbaus Unter den Linden, dem die beiden steinernen Brüder Humboldt am Tor den Rücken zukehren.

Dabei hat er noch Glück; er gerät in keine größere Schlägerei. Aber er hört Bedrohliches aus Chemnitz; dort sei er nicht vergessen worden, heißt es, und er täte besser daran, in der nächsten Zeit auf Besuche zu Haus zu verzichten. Der Schluß liegt nahe: wenn es so steht in Chemnitz, dann ist er auch in Berlin nicht sicher, und diesmal wird es nicht bei ein paar Faustschlägen bleiben, diesmal werden sie Gummiknüppel haben und Stahlringe und ihre Dolche, und er beschließt, wenn denn schon Blut fließen solle, dann nicht nur seines, und er beschafft sich für teures Geld, von Onkel Max, dem Kneipier, geborgt, eine Pistole samt zugehöriger Munition und lernt sie zu handhaben – laden, entsichern, abdrücken, und beim Säubern die Mündung nie auf die eigene Person gerichtet.

Aber es kommt nicht zu der bewaffneten Begegnung, für die er sich gerüstet hat. Statt dessen wird er beinahe verhaftet – auf einem ziemlich wilden Kostümball in den Sälen am Zoo, bei dem um Mitternacht die Polizei auftaucht, die in der Sache ein kommunistisches Unternehmen vermutet; Vermummte haben seit je die Hüter der Ordnung beunruhigt. Die Veranstaltung wird für aufgelöst erklärt. Der junge Flieg, der es sich gerade in einer Ecke bequem gemacht hat, Händchen haltend mit einer Bajadere, oder war's eine Zigeunerin, weigert sich, zu weichen, rät dem Mann mit dem Tschako vielmehr, sich lieber mit den Nazis zu befassen, die eine wirkliche Gefährdung des Staates darstellen, und wird gepackt, hochgezerrt und soll abgeführt werden; doch gelingt es ihm, sich dem polizeilichen Zugriff zu entreißen und über irgendwelche Hintertreppen auf die Straße zu gelangen. Die Zigeunerin, oder war's nicht doch eine Bajadere, sah er nie wieder.

Folgt jene düstere Nacht im Januar des Jahres 1933, in welcher der junge Flieg auf der Wilhelmstraße steht, schräg gegenüber der Reichskanzlei, und, eingepfercht in die Menge, den Vorbeimarsch der braunen Kolonnen beobachtet, die flackernden, qualmenden Fackeln, die flatternden Fahnen, und das Gebrüll hört, mit dem die neue Zeit begrüßt wird, das heisere »Heil!«, das dem Mann da oben am Fenster entgegenschwillt, demselben, den er aus Chemnitz noch kennt, mit demselben amorphen Gesicht, das jetzt zu glühen scheint vor innerer Erregung: Triumph!

Und die Gesichter derer, die da vorbeiziehen: die Kinne, auch wo nur als Stummel vorhanden, sieghaft vorgereckt, die Augen stier in irgendwelche Zukunft blickend und dann, wie auf Kommando, dem Führer zugekehrt, auf dessen Ruf hin dieses Deutschland erwachte. Und die Gesichter um ihn herum: die Ergriffenheit, die Hoffnung, der Glaube, die sich da widerspiegeln, aber auch dieser lüsterne Ausdruck, als ob es nun losginge, der große Aufbruch, die Nacht der Messer, die Rache der ewig zu kurz Gekommenen.

Der junge Flieg wird, wie er da steht, geschüttelt von den widersprüchlichsten Emotionen. Wenn sich das da gegen ihn kehrte, und es wird sich gegen ihn kehren, wohin dann, wo kann man sich verkriechen vor dem Tier mit den sieben Köpfen und den zehn Hörnern? Und dann das Gefühl, daß das Ganze vielleicht nur ein Traum ist, der verfliegen wird, und alles wird wieder normal sein, Sinn und Vernunft zurückgekehrt ins Licht der lieben Sonne, anstatt dieses Höllenzugs mit dem Tschingdarassassa und dem gelben und roten Flammengezüngel und dem heißen, stinkenden Atem vorbei an dem Kerl mit dem gereckten Arm und dem Glotzauge.

Wie er dann nach Hause gelangt ist und in sein Zimmer in der vierten Etage über Aschingers Restaurant und in sein Bett, all das liegt im Grau des Vergessens. Irgend jemand am Morgen darauf, einer der Onkels wohl, erklärt tröstend, daß nichts so heiß gegessen werde, wie es gekocht wird, und schließlich gäbe es ja auch noch andere Parteien, und die Reichswehr, und den greisen Präsidenten, der die Hitzköpfe schon zu bremsen wissen werde, und überhaupt seien die Nazis nur an die Macht gelassen worden, damit sie sich rasch abnützten, man würde schon sehen, wie sie sich herumzuplagen haben würden mit der Regierungsverantwortung, und das mit den Juden, das sei doch wohl hauptsächlich Propaganda gewesen; Stimmenfang, ja, obwohl manche Ostjuden wirklich eine rechte Last seien, aber auch die Juden würden jetzt gebraucht, die deutschen Juden, versteht sich.

# 4

Soviel ich auch überlege, es will mir nicht gelingen, die genaue Reihenfolge der Erlebnisse des junge Flieg in den Tagen zwischen jenem legendären Fackelzug durch die Wilhelmstraße und seiner Flucht über die Berge zu rekonstruieren, der verschiedenen Schritte, die er unternahm, der Gespräche, die er führte. Zwei Daten nur stehen fest: das seiner Begegnung mit Professor Hildebrandt am Abend des Reichstagsbrandes, und der 12. März, der Geburtstag seines Bruders Werner, an dem dieser in Berlin eintrifft und die sofortige Abreise des Älteren veranlaßt. Alles andere wird ohne besondere Ordnung erzählt werden müssen, so wie es aus dem Gedächtnis hervortritt.

Es haftet seinen Unternehmungen in den nicht ganz sechs Wochen, um die es hier geht, etwas Hektisches an. Er ist auf der Suche, auf der Suche nach Erklärungen für das, was da um ihn herum vorgeht, nach Ratschlägen, nach glaubhaften Voraussagen, was sich entwickeln wird in diesem Lande und wie es wohl enden mag und wann. Doch ist seine Suche nicht sehr systematisch. Woher soll ihm auch System kommen? Wer mehr erfahren will als die plattesten Allgemeinsätze, der muß schon ein paar Voraussetzungen mitbringen, der muß einiges wissen, über Hintergründe, Motive; und was weiß er denn, was wissen die, an die er sich wendet? Spürbar ist das Schwanken, der Sog; aber wohin die Strömung fließt und mit welchen Turbulenzen, welchen Untiefen, wo findet sich einer, der das auszuloten imstande wäre?

Es ist die Zeit der Magier und Hellseher. Im Admiralspalast tritt ein gewisser Hanussen auf, der enthüllt das innerste Wesen der Menschen, die zu ihm auf die Bühne zu steigen wagen, und sagt die Zukunft voraus, die Größe, die Deutschland erringen wird, jetzt, da es einen Führer hat, und was dieser Hanussen verkündet, ist stets noch eingetroffen, dafür gibt es zahllose Zeugen und amtliche Bestätigungen. Und ist nicht auch an Hitler etwas Übernatürliches; woher sonst der rasante Erfolg, der allen Regeln der Politik, so wie man sie kennt, Hohn spricht? Sagen die Leute, und wo sie's nicht sagen, empfinden sie es doch, und sie beeilen sich, Anschluß zu finden an die Bewegung; Bewegung ist das neue Wort in aller Munde; Bewegung ist mehr als Partei, ist etwas Unwiderstehliches.

Der junge Flieg glaubt nicht an Wunder, weder an die Hitlerschen noch an die des Hellsehers Hanussen. Trotzdem plant er, sich diesen Hanussen einmal anzusehen, wie er sich auch Hitler damals in Chemnitz angesehen hat. Aber irgend etwas kommt immer dazwischen, und dann, da hat der Reichstag schon gebrannt, steht in den bereits recht einheitlich gewordenen Zeitungen, Hanussen sei plötzlich verschwunden, ermordet augenscheinlich. Der junge Flieg glaubt, alles auf dieser Welt gehe ganz natürlich vor sich und nach feststehenden Gesetzen; nur wie diese Gesetze entstehen, und wie und warum sie wirken, und wer unter sie fällt und wer nicht, bleibt im Dunkel. Angesichts der Geschehnisse um ihn herum ein beunruhigender Gedanke: sind die Gesetze, die gestatten, was hier vorgeht, nicht höchst mangelhaft, beruhen sie überhaupt auf Logik?

Da kommt der Schauspieler Hans Söhnker aus Chemnitz und klingelt an der Tür und wünscht den jungen Flieg zu sprechen. Dem klopft das Herz – ein Bote von der Tischrunde aus der Markthalle. Aber nein, Söhnker hat keine neuen Schreckensmeldungen zu überbringen, auch nichts über die Eltern, nur das bereits Alltägliche: der Regisseur Litten und der Kapellmeister Kitzinger rechnen mit ihrer Entlassung, und der Spielplan des Schauspielhauses wurde von linkslastigen Stücken gesäubert. Söhnker hat jedoch eine Idee, bei der er sich eine Beteiligung des jungen Flieg vorstellen könnte; darum ist er ja nach Berlin gekommen. Notwendig sei es jetzt, fährt er fort, zu überwintern, und zwar mit Anstand; ewig könne dieser braune Unfug ja nicht dauern, schließlich seien die Deutschen eine Kulturnation. Als Künstler müsse man sich also Themen vornehmen, die einerseits menschlich vertretbar sind, vielleicht sogar einen Hauch von Revolution mit sich trügen, und andererseits den neuen Herren akzeptabel erscheinen – Kuckuckseier, sozusagen, getarnt wie diese. Er, Söhnker, habe nun ein solches Thema: Klaus Störtebecker nämlich, den Seeräuber, mit seinen Likedeelern, die alles gleich verteilten, die Lasten der Arbeit und des Krieges, aber auch die Beute; in Störtebecker verbinde sich eine Art sozialistischer Gedanke mit einer deutschen Heldengestalt, hier sei ein wahres Vorbild für die Jugend, und eine Rolle für ihn, Hans Söhnker; ob der junge Flieg sich zutraue, einen Film dieses Inhalts zu schreiben, oder auch ein Theaterstück, das sich dann verfilmen ließe; natürlich werde er kaum mit seinem Namen in Erscheinung treten können nach dem Gedicht, über das in Chemnitzer Nazikreisen noch immer geredet werde; doch gäbe es Pseudonyme in Menge, und notfalls könne auch er, Hans Söhnker, als Autor zeichnen.

Dem jungen Flieg erscheint das Projekt erfolgverheißend, und er fügt hinzu, wie sehr er sich freue, daß ein so bekannter Schauspieler wie Söhnker dabei gerade an ihn gedacht habe, der auf dem Gebiet schriftstellerischen Schaffens noch kaum nennenswerte Erfahrungen aufzuweisen hat. Über den Punkt jedoch, der ihn bei Söhnkers mit Verve vorgetragenen Ausführungen doch recht stutzig gemacht hat, schweigt er: das Überwintern. Dies also ist die Perspektive, die Söhnker sieht, eine tröstliche einerseits, denn überwintern heißt zugleich auch überleben, überleben bis der Frühling da ist, der auf den Winter folgen muß, andererseits aber auch bedenklich, denn wie lange, so fragt man sich doch, wird dieser Winter dauern?

Man verabredet, sich baldtunlichst wieder zu treffen, um die Handlung des Werks, in großen Zügen zunächst einmal, festzulegen; inzwischen, so meint der junge Flieg, wird er sich um das Material kümmern, das der Geschichte vom aufrechten Seeräuber Störtebecker die nötige Farbe verleihen soll.

Diese Verabredung konnte der junge Flieg nicht einhalten; in der Tat hat er den Schauspieler Söhnker persönlich nie wiedergesehen. Der hat jedoch, allen Berichten zufolge, ohne größere Schäden an Leib und Seele überwintert.

Von der Existenz eines Bundes proletarisch-revolutionärer Schriftsteller wußte er schon seit geraumer Zeit. Wieso er sich nun, nach der Machtergreifung – auch eines jener Wörter, die über Nacht in den täglichen Sprachgebrauch übernommen worden sind – zu einer Sitzung dieses Bundes aufmacht, ist nicht schwer zu erklären: hier, so hofft er, wird er Antwort finden auf wenigstens einige seiner Fragen, hier wird er auf ähnlich Gesinnte stoßen, Ältere und Erfahrenere dazu, mit Namen, die auch außerhalb der äußersten Linken Klang und Gewicht haben und die, wie mancher befürchtet, bald auf den Proskriptionslisten der neuen Machthaber stehen werden. Männer und Frauen wie diese, glaubt er, werden die Lage besser einzuschätzen wissen als er, werden wohl auch bessere Informationen haben, aus denen sich klügere Schlüsse ziehen lassen; vor allem aber, eingebunden seit langem in ihre Organisation und gewöhnt an kollektive Beratungen, werden sie jene innere Sicherheit haben, an der es ihm mangelt.

Er wird, obwohl nur ganz wenigen unter den Anwesenden bekannt, freundlich begrüßt und darf Platz nehmen; man ist noch vertrauensselig und stellte nicht einmal die Frage, woher er denn von dieser Sitzung wisse und die Adresse kenne, eine Mietswohnung in der Nähe der U-Bahn-Station Onkel Toms Hütte. Den einen oder anderen der Teilnehmer erkennt er von Bildern, die in literarischen Zeitungen erschienen sind oder auf Buchumschlägen geprangt haben: Egon Erwin Kisch, Johannes R. Becher, die junge Anna Seghers mit den nachdenklichen Augen und der merkwürdig rhythmischen Sprache; Menschen sind das, deren Worten man schon Glauben schenken kann, besonders da diese auch nicht einen Schimmer von Selbstzweifel durchscheinen lassen: da ist die Rede von den Sozialdemokraten, die die Hauptschuld tragen an dem Debakel, das aber eigentlich gar keines ist, denn durch die Nazis, die Deutschland zugrunde richten werden, wird die Revolution, die proletarische, ganz und gar unvermeidlich, und von der Arbeiterklasse, die erkennen wird, Hitler ist der Krieg, und die sich erheben wird, um unter der Führung der Kommunistischen Partei den ganzen braunen Spuk hinwegzufegen.

So ungefähr. Dabei wird wichtig Erscheinendes mehrmals wiederholt, weniger Wichtiges beiseite geschoben, auch schüchterne Fragen, mit welchen Argumenten man dem Chauvinismus entgegentreten solle, der da seine Blüten treibt, und inwieweit der proletarische Internationalismus und die Liebe zur Sowjetunion dabei zu betonen wären – nur kein opportunistisches Zurückweichen, lautet die Antwort, gerade jetzt nicht! Alles in allem, empfindet der junge Flieg, ist die Perspektive auch in diesem Kreis positiv, wobei man die Schwierigkeiten durchaus nicht verhehlt; allerdings erwähnt keiner auch nur die Möglichkeit, daß plötzlich, hier in der feinen Gegend von Onkel Toms Hütte oder auch in Neukölln, in der Hasenheide, eine rohe Horde von Braunbehemdeten vor der Wohnungstür stehen und verlangen könnte: Mitkommen, Herr oder Frau oder Fräulein proletarischer Schriftsteller! – und niemand gibt Auskunft darüber, wie man sich in dem Fall zu verhalten hätte. Einzig Egon Erwin Kisch erwähnt in einem à propos, er werde wohl in den nächsten Tagen nach Prag abreisen, aber keiner äußert sich zu seiner Ankündigung; weshalb auch, Kisch ist bekanntlich Prager, und die alte Frau Kisch, die Mutter, lebt noch immer in dem Haus mit den zwei Bären über der Tür, im Ledergäßchen, das von der Melantrichgasse abzweigt, die wiederum vom Altstädter Ring abgeht.

Keinerlei Beschlüsse, soweit ich mich erinnere, wurden in dieser Sitzung gefaßt, in denen das Verhalten der Führung der Kommunistischen Partei in den Monaten vor der Machtergreifung, oder in der Zeit unmittelbar danach, gebilligt oder mißbilligt worden wäre; vielleicht gehörte es auch nicht zu den Aufgaben des Bundes, sich zu derart Fragen zu äußern. Recht gut jedoch entsinne ich mich der sonderbar zwiespältigen Stimmung des jungen Flieg, als er die Zusammenkunft verließ: wohl fühlte er sich innerlich gestärkt durch die Tatsache, daß er Menschen gefunden hatte, die die Lage mit solcher Ruhe betrachteten und ohne irgendwelch dringendes Bedürfnis, frühere Anschauungen zu revidieren; dennoch beunruhigte es ihn, daß er so wenig Konkretes erfahren hatte, daß keine Stelle genannt worden war, an die man sich hätte wenden, niemand, den man hätte benachrichtigen können im Falle plötzlicher Not; aber auch das mochte mit Vorbedacht so getan worden sein, überlegte er, man wollte einfach keine Panik schaffen.

Auch dies ein Bild, das geblieben ist: das verrauchte Kaffeehaus, der Kellner, der die Stühle bereits auf die Tische stellt, und draußen auf dem Kurfürstendamm der Morgen, der sich, bläulich getönt, von der Gedächtniskirche her ankündigt, und er und Kästner, wie sie da auf und ab gehen, einmal auf Kästners Wohnung zu, dann wieder in umgekehrter Richtung, zur U-Bahn hin, dazu die Kälte, die dem jungen Flieg durch den Mantel dringt, oder sind es die Nerven, die ihn zittern lassen?

Dabei vermeiden beide, Kästner und er, den Punkt zu berühren, um den es dem Jüngeren geht und auf den das Gespräch sich immer wieder zutastet, ganz gleich, ob sie von Hitler reden oder von den Verhaftungen überall, von den Wahlen, die da kommen sollen, und den Bedingungen, unter denen sie, wenn überhaupt, stattfinden werden, oder von Ossietzky, den die Nazis, kaum daß er durch die Weihnachtsamnestie der sterbenden Republik freigekommen war, gleich wieder verhaftet haben – ach hätte er doch, wie die Freunde ihm rieten, in dieser Gnadenfrist sich irgendwohin abgesetzt, er, dessen Wort heute nötiger gebraucht wird denn je.

Die Minuten vergehen, die viertel, die halbe Stunde. Auch Kästner, denkt der Jüngere, scheint an diesem Morgen das Alleinsein zu scheuen, sonst hätte er ihn wohl längst schon entlassen. Insgeheim ist er stolz, daß er dem anderen, dem großen, von den Rechten so angefeindeten Dichter für kurze Zeit wenigstens eine Stütze sein kann. Und so wagt er endlich die Frage: Wird Kästner weggehen, wird er das Land verlassen, zumindest bis die Verhältnisse sich einigermaßen geklärt haben, bis man weiß, ob die Faschisten ihre Drohungen gegen ihn auch wahrzumachen gedenken?

Nein, er will bleiben, sagt Kästner.

Der Jüngere hat eine andere Antwort erwartet. Er, der unter eigenem Namen nur ein einziges Gedicht veröffentlicht hat, das den Nazis mißfiel, und das auch nur in einem Provinzblatt, lebt in dieser großen Angst, während Kästner, von dem es kaum einen Vers gibt, der den gerade an die Macht gekommenen Deutschtümlern und Maulhelden nicht wie ein Widerhaken im Fleisch stäke, ruhig erklärt, er wolle bleiben. Macht Kästner sich etwas vor? Sieht er nicht, was da auf ihn zukommt? Glaubt er, man wird ihn verschonen, weil er zufällig kein Jude ist? Oder will er die Mutter nicht allein lassen, die nichtsahnend in Dresden lebt, beglückt vom Ruhm ihres Sohnes? Oder – und hier denkt der junge Flieg bereits ganz als Schriftsteller – sieht Kästner in dem, was sich hier anbahnt in Deutschland, das Thema seines Lebens, das sich nur schreiben lassen wird, wenn man es von Anfang bis Ende miterlebt? Oder, häßlicher Gedanke, den man besser von sich weist, meint Kästner etwa, auch er könne mit einem bißchen Kulanz, einem bißchen Anpassung, überwintern? Spielt nicht er selber, Flieg aus Chemnitz, mit der Idee, gedeckt von den wohlgestalteten Schultern des Schauspielers Söhnker und dessen Störtebecker-Fabel nutzend, sich irgendwie durchzuschlängeln?

Welch letzte Worte beide zueinander sprachen an jenem Morgen auf dem Kurfürstendamm, weiß ich nicht mehr. Das Gedächtnis arbeitet selektiv, und es hat seine eigenen Gründe, wenn es einmal Verdrängtes nicht mehr berührt. Das Wahrscheinlichste ist, daß Kästner ganz simpel sagte, vielleicht gehen Sie jetzt lieber nach Hause, Flieg.

Erst 1945 sollte der Lieutenant S. H. dem Dichter Erich Kästner wieder begegnen, in einer veränderten Welt.

Sein mitunter vorschnelles Urteil hat S. H. so manche Unannehmlichkeit gebracht. Oft auch hat aber gerade dieses übereilte, mehr auf Intuition denn auf Überlegung beruhende Urteil sich als das genau richtige erwiesen.

Der Reichstag brannte also. Und es war kein zufälliger Brand, keine Zigarette, die erst eine Weile in einem Papierkorb schwelte, bis das erste Flämmchen hervorzüngelte und die Gardine entzündete, von der aus das Feuer den Teppich und die Möbel erfaßte und sich dann ausbreitete von Raum zu Raum und die Gänge entlang bis hin zum großen Sitzungssaal – oh nein, es war Brandstiftung, und die Kommunisten hatten das Feuer gelegt; Hermann Göring, der Reichstagspräsident, der neue, von dessen Amtssitz aus ein unterirdischer Gang hinüberführte in den Reichstag, gab Erklärungen ab, in amtlicher Sprache, doch war des Mannes innere Erregung am Radio hörbar, so sehr er sich auch mühte, seinen Haß gegen die Verbrecher zu zügeln, die Deutschland in einen Bürgerkrieg stürzen wollten: der Brand war ein Fanal, aber man würde die Pläne der jüdisch-marxistischen Verschwörer zu vereiteln wissen.

Den jungen Flieg hielt es nicht im Hause. Ein Fanal, sicher, aber von wem entzündet und für wen bestimmt, für was? Schlimmes war schon geschehen, noch Schlimmeres ahnte er jetzt. Wann hatte es das je gegeben in Mitteleuropa: staatlich organisierter Terror, Massenverhaftungen, Schutzhaft, Mißhandlungen in Kellern und Verliesen? Selbst 1918, Liebknecht, Luxemburg, die Toten in München und sonstwo – doch war das immer noch nicht offizielle Regierungspolitik gewesen, sondern die Schwarze Reichswehr. In diesen Stunden, dachte er, lieber nicht im Haus bleiben, in einer Wohnung, die nur einen Ausgang besaß; im Gewühl der Straßen war man sicherer, außerdem würde man dort mehr erfahren, Gerüchte, aber auch Fakten, und man würde die Stimmung mitbekommen, wer was wem glaubte und gegen wen der Zorn des Volkes sich richtete, falls es Göring gelungen war, diesen Zorn zu erzeugen.

Vom Reichstag hielt er sich fern: dort würde die Polizei in Rudeln auftreten, dazu die SA und anderes Gelichter. Er fuhr zum Wittenbergplatz; von da aus, über die Tauentzien, wo die Menschen an den erleuchteten Läden vorbeiflanierten, würde er zum Kurfürstendamm gelangen; vielleicht war Kästner zu finden am gewohnten Ort, oder er konnte ins Romanische Café hineinschauen, wo um diese Zeit des Tages sich alle möglichen Künstler und Zeitungsleute versammelten, von denen sich etwas erfahren ließ; dann jedoch dachte er, wer sich heute ins Romanische setzte, war gewiß kein sehr analytischer Kopf; wenn die Nazis, inspiriert von den Flammen des Reichstags, nach Opfern suchten, hierher würden sie zu allererst kommen.

Und noch auf der Tauentzien erblickt er plötzlich den markanten Kopf des Professor Hildebrandt. Hier hat ihm der Zufall den Berater zugeführt, den er wirklich gesucht hat, reif an Jahren und reich an Menschenkenntnis und politisch erfahren; er winkt seinem alten Lehrer heftig zu, und der grüßt zurück, und neben ihm das Fräulein Schuchhardt, das liebe, treuergebene, grüßt gleichfalls freundlich. Der junge Flieg ergreift die Hand, die ihm schon einmal aus böser Lage herausgeholfen hat: Was der Professor denn von der neuen Situation halte, fragt er hastig, dem Feuer im Reichstag, den Reden und Erklärungen Görings, dies sei doch eine ungemeine Verschärfung der Lage, oder etwa nicht, und was werde nun folgen?

Ein Prozeß, meint der Professor nach kurzem Nachdenken, gegen die Brandstifter. Nach letzten Meldungen, die im Ullsteinhaus eingegangen sind, sei einer der Täter bereits gefaßt, ein Kommunist aus dem Ausland, ein Holländer, der auch schon gestanden habe; seinen Genossen sei man auf der Spur.

Der junge Flieg sucht Fräulein Schuchhardts Auge; doch die blickt gläubig auf zu ihrem väterlichen Freund. Dann wendet er sich wieder dem Professor zu und fragte ihn, ob er das wirklich glaube.

Der Professor bleibt ruhig. Überhaupt scheint er der Sache nicht das Gewicht beizumessen, das sein ehemaliger Schüler ihr gibt. Wer denn soll den Brand gelegt haben, wenn nicht die Kommunisten, will er wissen, die Nazis selber etwa?

Genau, sagt der junge Flieg, die Nazis selber.

Reden Sie nicht so unvorsichtig, sagt der Professor, und nicht so laut.

Der junge Flieg senkt seine Stimme. Ihm ist auf einmal alles klar. Das Ganze ist eine einzige große Provokation, erklärt er. Auch wenn bei dem Notverordnungsregime, durch das jetzt die Gewalt im Staate ausgeübt wird, von Demokratie keine Rede mehr sein kann, so hat der Reichstag doch noch Symbolwert, und wenn man den Kommunisten anhängen kann, sie hätten ihn angezündet, und das Volk, leicht verführbar, wie es ist, den Schwindel glaubt, wird man die Partei verbieten und der Rechten die Mehrheit zuschanzen können, die Hitler zur totalen Macht verhilft. Cui bono, Herr Professor! Welchen Nutzen, welchen politischen, hätten die Kommunisten denn von dem Brand? Nein, die Nazis haben den Reichstag angesteckt, kein anderer.

Bis zu diesem Punkt ist der Dialog auf der Tauentzienstraße, den ich hier zitiere, eine Rekonstruktion, dem Sinne getreu, doch nicht dem Wort. Der folgende Satz jedoch ist so gesprochen worden, wie ich ihn niederschreibe; es gibt Momente im Leben, da bleibt jede Geste, jeder Ton, jede Silbe haften. »So etwas tut keine deutsche Partei«, sagte Professor Hildebrandt.

Das war am 27. Februar gewesen, im Jahre 1933. Von dem Tag an überstürzt sich alles. Regierungsverordnungen jagen einander, alle angeblich zum Schutz des Reiches gegen die kommunistische Weltverschwörung; die Gerüchte von den Massenverhaftungen und den Mißhandlungen in irgendwelchen Kellern werden ständig konkreter, Menschen verschwinden plötzlich und werden nach Tagen erst tot aufgefunden; an der Universität treten die nationalsozialistischen Studenten, viele jetzt in Uniform, immer herrischer auf. Und nirgends zeigt sich Widerstand, wenigstens kein offener, dem jungen Flieg bemerkbarer. Die beiden mächtigen Arbeiterparteien, wo bleibt ihre Stimme? Wird irgendwo gestreikt? Demonstriert? Nur die Massenversammlungen der Nazis und ihre Aufmärsche sieht man, überall, Tag um Tag. Der alte Trost, daß nichts so heiß gegessen werde, wie es gekocht wird, scheint seine Geltung zu verlieren; an dieser Mahlzeit, so sieht es aus, wird sich noch mancher den Schlund verbrennen.

Schützen kann da nur eines: nicht gesehen und nicht gehört werden. Wie oft hatte man dem jungen Flieg zu Hause gepredigt, die besorgte Mutter öfter noch als der Vater: Nicht auffallen, besonders als Jude nicht! Als ob nicht schon die Eigenschaft Jude, in Deutschland und anderenorts auch, ihren Träger auffällig machte. Dennoch, oder gerade deshalb, ich gestehe es, ist in dem Manne, zu dem sich der junge Flieg entwickelte, der Wunsch nach der schützenden Anonymität, nach dem Untertauchen im Grau des Durchschnitts, nach der Tarnkappe oder der Decke, die sich über den Kopf ziehen ließe, fast übermächtig gewesen, obwohl dieser Wunsch so unerfüllbar war und immer unerfüllbarer wurde, je häufiger das Leben den Mann zwang, Stellung zu beziehen.

Nein, es gibt keinen Schutz für ihn; er hat sich selber gekennzeichnet durch sein verfluchtes Gedicht, sein Exportgeschäft; selbst wenn er zu flüchten versuchte, sich irgendwo im Land versteckte, bis das Schlimmste vorüber wäre, die paar mehr schlecht als recht zusammengezimmerten Verse würden sich an ihn heften wie die Schweißspur an das verwundete Wild und verhindern, daß es der Meute sich entzog. Wie lange würde es noch dauern, bis die entsprechenden Apparate in Chemnitz und Berlin sich gleichschalteten und die Suche einsetzte?

Der Zufall will es, daß er im Vorsaal der Wohnung in der Hasenheide den Harnacks begegnet, Arvid und Mildred, die ja gleichfalls dort zur Untermiete wohnen, und sie miteinander zu reden beginnen und er sich ihnen so weit eröffnet, daß er ihnen von seinen Befürchtungen spricht. Aber auch diese beiden, die später so lange und so erfolgreich in der als Rote Kapelle bekannten Gruppe des Grand Chef arbeiten sollten, wissen im Moment keinen Rat: noch sind sie nicht viel mehr als ein sympathisches junges Akademiker-Ehepaar mit entschiedenen Ansichten über das Gesindel, das jetzt in Deutschland zur Macht gekommen ist.

Rat, dringlichen sogar, erteilt dagegen sein Cousin Hans Namm, der Hypernervöse mit der hastigen Sprache und den fahrigen Gebärden, dem sich der junge Flieg bei einem Besuch in der Wallner-Theaterstraße anvertraut. Was, ruft Hans aus, eine Pistole hast du? Bist du denn total verrückt?

Wenn es denn schon dazu käme, daß sie ihn abholten, entgegnet der junge Flieg, dann wolle er nicht mitgehen müssen wie ein wehrloses Lamm.

Hans erregt sich. Eine Schießerei veranstalten! Und in der Wohnung der Onkel und Tanten! Die dann wohl auch mit verhaftet werden würden, als Mitwisser, Mitverschwörer, Mittäter! Habe er, Helmut, noch nicht genug Unglück gebracht über die Familie, durch sein Gedicht? Und selbst wenn er sich bezähmte und die Pistole im Schrank ließe, unter seiner Wäsche, sei denn nicht anzunehmen, daß die Kerle, wenn sie schon ihn abzuholen kämen, auch sein Zimmer durchsuchen würden? Mit welchen Folgen, bitte? Nein, das Ding müsse weg, unter allen Umständen weg.

So reisen denn beide, die Pistole in Hans Namms Rocktasche, von Bahnhof Jannowitzbrücke mit der S-Bahn über Treptow und Baumschulenweg nach Grünau, wo der Jüdische Ruderclub Blau-Weiß, dessen Mitglied Hans ist, zur Zeit noch sein Klubhaus hat, bald wird es beschlagnahmt werden, und spazieren die Dahme entlang bis zum Sportlerdenkmal, einer stark verkleinerten Version des berühmten Völkerschlachtdenkmals zu Leipzig, errichtet aus Steinblöcken, von denen ein jeder den Namen des Sportvereins trägt, der ihn gestiftet hat, Kaiserlicher Yachtclub Kiel und Kaiserlicher dies und Kaiserlicher das; und hier, wo um diese Tageszeit kein Mensch sich aufhält, versenkt Cousin Hans die mit solcher Mühe beschaffte

Pistole auf dem Grund der Dahme, die sich an der Stelle zum sogenannten Langen See erweitert. Ein paar Kilometer flußabwärts, an der Köpenicker Brücke, waren da schon die Leichen der kommunistischen Arbeiter angetrieben; aber davon weiß der junge Flieg noch nichts, das erfährt S. H. erst später, viel später, wenn er sich in Grünau ansiedeln und den Fleischermeister Schültke kennenlernen wird, der zu der Stunde, als die Pistole im See versinkt, einen der schrecklich zugerichteten Leiber aus dem Wasser gefischt hat.

Ich habe mich manchmal gefragt, ob ich eine Schuld mittrage am Tod meines Vaters. Im Lauf der Jahre stellte sich mir die Frage jedoch immer seltener; ein Fall erfolgreicher Verdrängung, könnte man sagen. Doch jetzt, da ich darüber schreibe, erhebt sich die Frage wieder, dunkel, bedrückend: Was wäre geschehen, hätte ich an jenem Vormittag des 12. März 1933 mich anders entschieden, wie wäre mein Leben verlaufen, wie das meines Vaters, wie, wo und wann hätten wir beide geendet?

Am besten wohl, ich schildere den Verlauf.

In der Wohnungstür, in der vierten Etage des Hauses in der Hasenheide, die der junge Flieg auf das Klingelzeichen hin öffnet, steht an dem Sonntag ganz überraschend sein Bruder Werner. Der Junge hat sich verändert, ist größer geworden, breitschultriger, ein Mann bereits mit einem Anflug von Bart; ist es nicht auch Werners Geburtstag heute, erinnert sich der Ältere, und murmelt hastig etwas von Glückwünschen zum Fünfzehnten, ja, fünfzehn ist der Bruder bereits geworden, aber wieso taucht er da gerade heute in Berlin auf?

Werner schiebt sich hinein in die Wohnung. Noch im Vorsaal sagt er: »Gestern nacht sind sie dagewesen. Sie haben dich gesucht. Wie sie dich nicht gefunden haben, haben sie den Vater mitgenommen. An deiner Statt. Als Geisel, haben sie gesagt.«

So oder ungefähr so muß Werner gesprochen haben. Genau erinnern kann ich mich nur an das Gefühl der Schwäche, das sich des jungen Flieg bemächtigte und sich besonders in seinen Knien bemerkbar machte. Und des Durcheinanders in seinem Kopf, und um ihn und seinen Bruder herum, denn im Vorsaal sind die Tanten hinzugekommen, dazu die Kinderchen der Tante Liesel. Fragen: Um Gottes willen, was ist passiert, erzähl doch. Das kleine Mädchen, Steffi heißt sie, plärrt. Der junge Flieg greift seinen Bruder beim Handgelenk, flieht mit ihm in sein Zimmer. Also werde ich, sagt er, mit dir zusammen zurückfahren nach Chemnitz, und mich stellen.

Die Mutter läßt dir ausrichten, sagt der Jüngere, daß du wegmußt. Weg aus Deutschland. Sofort.

Und der Vater? denkt der Ältere. Der Schock beginnt zu wirken, obwohl er doch, seit dem Reichstagsbrand schon, eigentlich erwartet hat, daß es ihm an den Kragen gehen wird, wir exportieren, wir exportieren, aber das hat er doch nicht vorausgesehen, daß sie den Vater holen würden, und als Geisel; aber Geiseln werden ja freigelassen, sobald der eigentlich Schuldige sich stellt, und der eigentlich Schuldige ist er, Helmut Flieg, der Name unter dem Gedicht.

Also gebe es keinen anderen Weg, erklärt er dem Jüngeren, er müsse zurückfahren mit ihm nach Chemnitz.

Aber es ist ihm höchst unwohl dabei. Und der Bruder bleibt so merkwürdig ruhig. Der junge Flieg glaubte sogar, erinnere ich mich, so etwas wie Antagonismus auf seiten des Jüngeren zu erkennen; und kein Wunder, wenn man sich vorstellt, was dem durch den Kopf gehen mußte: der Vater verschleppt von einem Trupp wildgewordener Nazis, die Mutter in heller Aufregung, ihr Ältester, ihr Helmut, muß unter allen Umständen gerettet werden, nimm den Nachtzug nach Berlin, Werner, sag ihm Bescheid, sag ihm, er muß weg. Also sagt Werner, was die Mutter ihm aufgetragen, und fügt hinzu, sie läßt dir ausrichten, sie hat mit dem Rechtsanwalt gesprochen. Der Rechtsanwalt sagt, es besteht begründete Hoffnung, daß der Vater freikommt.

Ja, sagt der Ältere, wenn ich mich stelle.

Nein, du mußt weg, läßt die Mutter dir sagen, widerspricht der Jüngere. Weg aus Deutschland.

Weg aus Deutschland, denkt der Ältere jetzt, heißt weg aus der Gefahr. Und hat die Mutter ihm nicht ausdrücklich mitteilen lassen, der Rechtsanwalt habe gesagt, es bestehe begründete Hoffnung, daß der Vater... Dennoch wendet er wieder ein: Aber der Vater! Und denkt weiter: Kann es nicht sein, daß dieser Rechtsanwalt Unrecht hat, und der Vater kommt doch nicht frei? Und selbst wenn sie ihn schließlich freiließen, was würden sie ihm angetan haben in der Zeit seiner Geiselhaft?

Der Bruder beginnt nun doch, die Geduld zu verlieren. Wenn sie ihn erwischten, den Autor des verdammten Gedichts, das schon so viel Unheil angerichtet hat, sagt er, sie schlügen ihn tot. Und wiederholt, die Mutter hat gesagt, du mußt weg. Sofort und auf der Stelle.

Der Ältere ist erfüllt von Angst. Er weiß nicht, um wen er mehr Angst hat: um den Vater, von dem der Rechtsanwalt sagt, daß er freikommen wird, oder um das eigene Leben. Der Gedanke, daß er schließlich aus dem Ausland zurückkehren könnte, sollte das Wort des Anwalts sich als falsch erweisen, dieser Gedanke kommt ihm nicht. Überhaupt denkt er im Moment wenig systematisch; er ist, der Bruder hat es wohl auch bemerkt, in Panik.

Der Bruder besteht darauf, er müsse jetzt zurück, er wolle die Mutter nicht zu lange allein lassen in diesem Chemnitz. Ob er ihr mitteilen könne, daß Helmut noch heute fahren werde?

Die Antwort auf diese präzise Frage war Ja, soviel steht fest. Aber in welchem Ton die Antwort kam, ob zögernd, oder unwirsch, oder mit halb erstickter Stimme, und wie der Abschied der beiden Brüder aussah, ob sie einander die Hand drückten oder sich umarmten, dies alles ist meinem Gedächtnis entfallen.

Wie flieht man aus Berlin?

Bemerkenswert ist, daß der junge Flieg, nachdem die Entscheidung einmal getroffen ist, durchaus wieder die Fähigkeit besitzt, rationell und folgerichtig zu denken. Daß er sich auf einen Auslandsaufenthalt von längerer Dauer oder gar eine Art von Emigration einzurichten haben wird, kommt ihm an jenem Märztag des Jahres 1933 noch nicht in den Sinn; es geht zunächst einfach darum, sich auf ein paar Wochen, ein paar Monate höchstens, dem möglichen Zugriff der Nazis zu entziehen; danach wird man sehen; ewig können doch in einem Staat wie Deutschland die willkürlichen Verhaftungen und der Bandenterror nicht weitergehen. So wenigstens tröstet er sich, obwohl irgendwo in seinem Bewußtsein ein Stimmchen ihn warnt, daß er in diesem Punkt sich auch täuschen könnte.

Die Frage ist: sucht man ihn bereits auch außerhalb von Chemnitz? Wenn ja, werden irgendwelche Polizisten oder Braununiformierte bald genug in der Wohnung in der Hasenheide auftauchen, zum Entsetzen der bereits durch den Besuch des Bruders aufgeschreckten Tanten. Also hat er nur wenig Zeit zum Packen, und ebenso wenig, um sich innerlich vorzubereiten auf den Sprung ins Ungewisse. Einen Rucksack findet er, stopft Unterwäsche, Hemd, Pyjamas hastig hinein; einen Paß besitzt er noch von einem kurzen Besuch in Marienbad her beim Großvater, der dort im Vorjahr zur Kur war; den Paß steckt er ein, sonst keine Papiere, nichts was bei einer möglichen Kontrolle von Person oder Gepäck darauf hinweisen könnte, daß hier einer die Absicht hat, zu verschwinden, bis wieder bessere Zeiten kommen.

Denn Kontrollen sind wahrscheinlich. Wenn die Polizei, oder die Nazis, ihn in der Hasenheide nicht vorfinden, wird wohl nach ihm gefahndet werden; anzunehmen ist, daß auf den großen Bahnhöfen, in den Hotels, den Kneipen Streifen umherziehen werden, in allen Lokalitäten überhaupt, wo Menschen versuchen könnten, unterzutauchen. Daher der nächste Gedanke: nicht von einem der Kopfbahnhöfe im Zentrum Berlins abfahren, sondern von einem Vorortbahnhof, auf dem die Züge noch einmal halten, bevor sie Berlin verlassen, und der sich per S-Bahn unauffällig erreichen läßt.

Aber welchen dieser Vorortbahnhöfe wählt man? Das wird davon abhängen, in welchem der an Deutschland angrenzenden Länder man Zuflucht zu suchen beabsichtigt. Frankreich? Holland? Dänemark? Nirgendwo dort kennt er einen Menschen, und die fremde Sprache ist ein zusätzliches Problem. Österreich? Aber auch dort haben die Faschisten Oberwasser, seit die Nazis in Deutschland an die Macht gekommen sind; in Wien wird schon von Anschluß gesprochen; es hat wenig Sinn, sich aus dem Regen in die Traufe zu begeben. Polen, mit seinem Generalsregime, steht außer Frage. Bleibt eigentlich nur die Tschechoslowakei, fürs erste zumindest: in Prag kommt man zur Not auch mit Deutsch durch, es gibt dort deutschsprachige Zeitungen, und in Prag kennt er wenigstens jemanden, an den er sich wenden kann – Egon Erwin Kisch.

Nur wie hinkommen, ohne geschnappt zu werden? Im Zug über Dresden nach Prag steigen in Bodenbach-Tetschen die Grenzer ein, jeder mit einem Fahndungsbuch in der Hand, und wenn die Nazis in Chemnitz gut und gründlich gearbeitet haben, Zeit genug dazu hatten sie seit jenem 30. Januar, wird sich auch der Name des jungen Mannes darin finden, der das fatale Gedicht mit dem Titel Exportgeschäft schrieb und dessen Vater als Geisel für ihn inhaftiert ist. Aber natürlich gibt es auch andere Möglichkeiten, über die Grenze zu gehen. Von Hirschberg in Schlesien aus, wo der Dr. Artur Schafer, der Bruder der Tante Eva, Badearzt ist – Hirschberg liegt an der Bahnstrecke nach Breslau – führt ein Wanderweg hinauf zum Gebirgskamm, zur Spindlerbaude; die Spindlerbaude aber ist halb deutsch, halb tschechisch; der Gang zum Pissoir ist de facto grenzüberschreitender Verkehr.

Der junge Flieg, in Hut und Frühjahrsmantel, gewöhnliche Straßenschuhe an den Füßen, überm Arm sein Rucksäckchen, schließt die Tür der Wohnung in der Hasenheide hinter sich, leise. Nur kein großes Abschiednehmen, je weniger die Tanten erfahren, desto besser; er müsse kurz verreisen, hat er ihnen gesagt. Tante Linka weint ein bißchen; Tante Liesels Mund ist verkniffen, sie hat immer gewußt, es wird kein gutes Ende nehmen mit diesem Neffen. Ein stummer Gruß auch nur den anderen Untermietern, Arvid und Mildred Harnack; von ihnen wird S. H. erst Jahre später wieder hören: da hat der Volksgerichtshof die beiden zum Tode verurteilt und sie werden hingerichtet in Plötzensee. Und der Schauspieler Söhnker wird sich seinen Störtebecker-Film selber schreiben müssen.

Per U- und S-Bahn gelangt er zum Bahnhof von Köpenick, desselben Köpenick, dessen SA-Sturm so brutal unter den örtlichen Kommunisten gewütet hat; aber der Bahnsteig, auf dem der Fernzug Richtung Schlesien einlaufen soll, ist leer, kein Uniformierter zeigt sich, auch keine Zivilperson, die aussähe wie ein verkleideter Polizist; der Zug läuft ein; der junge Flieg besteigt ein Abteil dritter Klasse, zwei Frauen sitzen darin, die sich leise unterhalten; ein fast unmerklicher Ruck, die Welt vorm Fenster gerät ins Gleiten; irgendwann kommt ein Schaffner vorbei, der sich die Fahrkarte zeigen läßt; sonst passiert nichts.

Und jetzt, wie auch auf den späteren Fahrten S. H.'s ins Ungewisse, kommt jener schwierige Moment, wo nichts mehr zu tun ist, wo man nur noch dasitzen kann und abwarten, und nachdenken. Dann überlegt man sich, wie alles gelaufen wäre, wenn man nicht dies getan hätte und das gesagt; und was notwendig gewesen war und unumgänglich und was nicht; und wo die Fehler lagen, die sich hätten vermeiden lassen; und was sich ergeben wird, wenn man das unternimmt und dies unterläßt, oder umgekehrt. Und eine nach der anderen führt man sich die Möglichkeiten vor Augen und die Wahrscheinlichkeiten, und sieht sich agieren in seiner jedesmal anders gearteten Rolle; doch das alles beruht, wie man von vornherein weiß, aber nur ungern wahrhaben will, auf höchst unstabilen, oft auch nur eingebildeten Voraussetzungen – ein Spiel, ein selbsterfundenes, das die Zweifel im Herzen und oft auch die pure Verzweiflung übertönen soll, und im konkreten Fall des jungen Mannes, der sich da in seinem Winkel in dem Dritter-Klasse-Abteil verkriecht, die Frage: Müßte ich nicht doch auf der nächsten Station aussteigen und umkehren und nach Chemnitz fahren und dort erklären, hier bin ich, macht mit mir, was ihr wollt, aber laßt den Kaufmann Daniel Flieg frei, den ihr als Geisel genommen habt an meiner Statt?

Die Frage peinigt ihn, bis der Zug in Hirschberg anhält und er aussteigt und dem Bahnhofsausgang zustrebt, wo bereits die Straßenbahn wartet, die ins Gebirge hinauf fährt. Er überlegt: soll er doch noch den Dr. Schafer aufsuchen und ihm die Frage vorlegen; der Mann gehört nicht direkt zum Flieg'schen Familienclan, hat andere Lebenserfahrungen, andere Bindungen, könnte daher besser in der Lage sein, ein ausgewogenes Urteil zu fällen. Aber es ist bereits Nachmittag, hält er dagegen, und will er die Baude noch vor Dunkelheit erreichen, muß er sich sofort auf den Weg machen, und die Straßenbahn, ein altertümliches, zumeist nur von der örtlichen Bevölkerung benutztes Vehikel, doch nützlich, da sie ihm ein paar Kilometer Fußmarsch ersparen wird, wartet nicht.

Seine Mitpassagiere beäugen ihn; er sieht nicht aus wie ein Einheimischer, aber ebensowenig wie ein Winterkurgast; und er fühlt sich erst leichter, als das klappernde Fahrzeug endlich die letzte Station erreicht hat und die Fahrgäste sich verlaufen haben, ohne daß einer von ihnen auf ihn zugekommen wäre: Ihre Papiere, bitte. Doch auch, als er nun sich den Hut in die Stirn zieht und den Rucksack fester schnallt und losmarschiert auf dem Wanderpfad, der direkt zum Kamm führt und der all seine Kraft und Ausdauer erfordern wird, verläßt ihn die Frage nicht, die ihn während der ganzen Reise von Köpenick her belastet hat; es wird die ungemütlichste Fußwanderung seines Lebens, und es ist niemand da, mit dem er sich beraten könnte, über die Richtung seines Wegs, der immer dunkler wird und immer steiler und sich zeitweilig zu verlieren scheint zwischen Bäumen und Gestrüpp, und über die Richtung seines Tuns. Dazu kommt der Schnee, in den man um so tiefer einsinkt, je höher man steigt; die Straßenschuhe, für Berliner Pflaster gerade noch tauglich, sind durchnäßt, er spürt die Blasen, die das feuchte Leder ihm reibt; an den Knöcheln dringt der Schnee ein. Er keucht; er weiß jetzt, er läuft mit der Zeit um die Wette, mit dem Dunkel, das immer stärker einsetzt; und er ist nicht warm genug gekleidet, um auf der Höhe des Riesengebirges eine Nacht im Schnee gesund zu überstehen.

Aber er hat Glück. Plötzlich schimmern Lichter durch die Bäume, zwischen denen der Nebel sich schon zu verdichten beginnt; er stapft auf das Stückchen Helligkeit zu, und da ist auch schon wieder die Angst, die ihm die Knie schwächt: was sollte die SA oder irgendwelche anderen Nazis daran hindern, sich's gerade an so einem Sonntag hier oben gemütlich zu machen, und welch schöne Krönung eines bierseligen Festes wäre es doch, einen so offensichtlichen Feind des gerade erwachten Deutschland hier noch zu schnappen, bevor er sich über die Grenze davonmachen konnte!

In der großen Gaststube ist es angenehm warm und voller Rauch und Stimmengewirr. Der junge Flieg spürt seine Erschöpfung. Er stolpert. Er möchte sich auf eine Bank sinken lassen, irgendwo abseits, etwas Warmes trinken, eine Suppe essen, ein Brot. Aber er sieht die Blicke, die sich auf ihn richten: Wo kommt der her, um diese Zeit und in diesem Aufzug, und warum? So schiebt er sich vorbei an der Theke, zur Toilette hin, hinter der sich der rückwärtige Ausgang der Gaststube befindet, und hinaus auf den Hof und zu dem kahlen Feld hin, auf dem die Prager Autobusse geparkt stehen, die am Morgen die tschechischen Skifahrer zu ihren Abfahrtshängen gebracht haben und jetzt ihre Passagiere einsammeln zur Heimfahrt.

Er geht auf den ersten besten Bus zu, fragt den Fahrer, ob der ihn mitnehmen kann nach Prag, er würde auch gerne zahlen. Der Mann mustert ihn, dann scheint er sich seinen Reim gemacht zu haben auf die Erscheinung. Brauchst nichts zu zahlen, sagt er. Steig ein.

In diesem Bus, unter den erhitzten, buntbekleideten Sportlern, die in einer ihm unverständlichen Sprache daherreden, fühlt er sich zum ersten Mal seit langer Zeit wieder sicher, und bald schläft er auf dem Klappsitz, den man ihm zugewiesen hat, ein. Als er aufwacht, holpert der Bus bereits durch die Straßen von Prag; dann ein mäßig beleuchteter Platz irgendwo in der Nähe des Zentrums, die Skifahrer drängen hinaus, sammeln ihr Zeug zusammen, verschwinden lärmend; auch er steht nun da mit seinem Rucksäckchen und seinen nassen, wunden Füßen, um ihn zum ersten Mal die Fremde, kalt, unwirtlich.

Ob er nicht wisse, wohin, fragt der Fahrer, der seinen Bus in die Garage bringen muß.

Doch, doch, sagt er, aber die Antwort klingt nicht sehr überzeugend. Es gäbe da einen Schriftsteller, Kisch, Egon Erwin, der werde ihm vielleicht weiterhelfen.

Und nun, gleichfalls zum ersten Mal, erfährt der junge Flieg, was es bedeuten kann, ein Schriftsteller zu sein, der im Volk seine Leser hat: Ja, den Kisch, den kennt er, sagt der Fahrer, der wohnt gleich beim Altstädter Ring, in dem Haus mit den Bären über der Tür; wenn Kisch in Prag ist, heißt das, was selten genug der Fall, denn der Mann reist überall herum in der Welt, und schreibt auf, was er sieht und erlebt.

Dann erklärt er, wiederholt und ausführlich, wie man zu dem Haus gelangt, denn in dem Gassengewirr verläuft sich ein Fremder leicht, besonders des Nachts, und entläßt seinen Passagier, der sich, den Instruktionen folgend, auf den Weg macht und das Haus mit den Bären über der Tür in den mittelalterlich engen Sträßchen tatsächlich findet und die Glocke am Tor läutet.

Zunächst geschieht nichts auf das Geschepper hin. Ist ja auch kein Wunder, denkt der junge Flieg, zu solch nachtschlafender Zeit, und überlegt sich: ein Hotel? In seinem Aufzug? Und wieviel Geld hat er denn, und schon gar keines in der Landeswährung... Aber da schnarrt es, und das Tor öffnet sich, und er tritt ein in den dunklen Hausflur und findet eine Treppe, die zum Obergeschoß führt, zu einer Tür, in der eine kleine alte Frau steht in einem Schürzenkleid, das Haar streng gescheitelt, und ihn mustert, mißtrauisch und abwehrend zunächst und dann, als er ihr auseinanderzusetzen beginnt, Berlin, und Egon Erwin, und die Schriftstellerzusammenkunft, allmählich Güte ausstrahlend: das also, denkt der junge Flieg, ist die Mutter, vor der sämtliche Kisch-Söhne, einschließlich Egon Erwins, sich fürchten und die selbst schon eine Gestalt der Literatur geworden ist; es gibt da die Geschichte, wie Egon Erwin im Jahre 1918, als Soldat, zusammen mit einem Trupp revolutionärer Kameraden das Gebäude der Wiener Neuen Freien Presse besetzt, um die Zeitung zu übernehmen, und in das Büro des Chefredakteurs kommt, der gleichfalls Kisch heißt und sein ältester Bruder ist, und wie dieser sich hinter seinem Schreibtisch erhebt und mit erhobenem Finger droht: »Egonek, ich sag's der Mama!«, und wie Egon kehrtmacht und mitsamt seiner Mannschaft abzieht.

Wie dem auch gewesen sein mag, sie holt den Ankömmling in die warme Stube und setzt ihm eine Tasse Tee vor und Brot und ein Stück kaltes Fleisch: der Egonek, erfährt er, ist leider nicht da, ist irgendwohin gefahren, aber Sohn Kaspar ist im Hause, der Dr. Kisch, der Arzt, und wird sich um ihn kümmern. Alsbald ergehen die entsprechenden Befehle, und Dr. Kisch erscheint und hört sich den Bericht des jungen Flieg an und betrachtet ihn prüfend; dann bittet er ihn in eine Art Behandlungsraum und setzt ihn auf einen Stuhl, der auf einer kleinen hölzernen Plattform steht, und zieht ihm die Schuhe und Socken aus und beginnt, mit Skalpell und Wattebausch und irgendwelchen Salben, ihm die wunden Füße zu behandeln. Das Bild ist S. H. geblieben: der bereits ergraute Kopf des Arztes, über seine Füße gebeugt; und die Erinnerung an die Hände, die ihm den Schmerz lindern und ihn spüren lassen, daß er nicht allein ist und nicht verloren.

Nach einer Weile, es ist nach Mitternacht schon, klingelt es; ein Mädchen, etwa zwanzig, doch mit mütterlichem Gehabe, ist gekommen, den Fremdling abzuholen; in der Wohnung ihrer Familie, im Stadtteil Holeschowitz, wird er übernachten und, wenn er will, auch ein paar Tage bleiben können, bis er ein eigenes Quartier gefunden hat; sie und ihre Eltern und Geschwister und ihr Verlobter seien gleichfalls Emigranten wie er, erfährt er, allerdings aus Ungarn, und sie wissen daher, wie es ist, wenn einer plötzlich aus der Heimat fort muß.

Emigrant – natürlich kennt er das Wort; aber nie hat er geglaubt, es eines Tages auf sich beziehen zu müssen; und hier wird es nun auf ihn angewandt; und er mag das Wort nicht, es stempelt den Menschen ab als ein Individuum mit minderen Rechten, der Willkür eines jeden Beamten ausgesetzt, und wo er auch immer sein wird in seinem späteren Leben, als Helmut Flieg oder als S. H., wird er versuchen, den Titel loszuwerden.

Ob es, so fragt er das Mädchen, in Prag ein Nachtpostamt gebe und ob man, auf dem Weg nach Holeschowitz, dort vielleicht vorbeigehen könne; er müsse die Mutter in Deutschland irgendwie benachrichtigen, daß er in Sicherheit sei und wo sie ihn erreichen könne.

Das Hauptpostamt in Prag, um zwei Uhr in der Nacht: die große, düstere Halle mit der langen Reihe von Schaltern, sämtlich geschlossen bis auf einen; die schrägen, tintenbekleckten Schreibpulte, in einer Rille die Halter mit den verbogenen Stahlfedern und die Glasfäßchen mit der halb vertrockneten Tinte darin; und der junge Flieg, der, seine stille Begleiterin in diskreter Entfernung, eine Postkarte schreibt, des Inhalts, daß er gut angekommen sei und sich einigermaßen wohl befinde, aber dringend Nachricht erwarte, Poste Restante, Prag. Nur der Name des Absenders fehlt – welchen Namen soll er angeben um Gottes willen, der eigene kommt nicht in Frage, der würde Mutter und Bruder nur noch mehr gefährden, und ihn selbst auch, und würde verhängnisvoll sein für den Vater.

Und so schreibt er hin: Stefan Heym.

Wieso gerade diesen Namen, ist er später mehr als einmal gefragt worden, und nie hat er eine rechte Antwort parat gehabt. Gott weiß, was für Assoziationen nach einem solchen Tag in dem müden Hirn sich formten und durch welch unterbewußte Anklänge die Idee entstand – gewiß ist nur, daß ein Pseudonym gefunden werden mußte, das ihm und seinen Angehörigen Schutz bot, soweit ein falscher Name das tun kann, und daß er die erstbeste, irgendwie akzeptabel klingende Kombination von Vor- und Familienname wählte, die ihm in den Kopf kam.

Derart prosaisch, und aus der Not heraus, wurde S. H. geboren.

# 5

Prag, das Prag von damals, mit seinen Menschen – Tschechen, Juden, Emigranten – ist heute wie ein Traum. Da war noch der Golem, der in einem verborgenen Gemach unter dem Dach der Altneuschul liegen sollte, da hausten die Wahrsagerinnen noch in dem Alchemistengäßchen auf dem Hradschin, und in den alten Häusern mit ihren Passagen, durch die man in stille Höfe gelangte mit geraniengeschmückten Galerien und zu ganz überraschenden Welten, und in den holzgetäfelten Cafés, wo ältere Herren bei einer Schale Schwarzem und einem Glas Wasser saßen, stundenlang, und die Zeitungen lasen, war noch ein Hauch von k. und k. Waren Mittelalter und Renaissance und Barock und Fin de Siècle, neben- und durcheinander, war aber auch jener Geist von Zweifel an jeder Autorität und von vertrackter Aufmüpfigkeit, der Gestalt annahm in der Figur des braven Soldaten Schwejk und an dem das k. und k. Österreich zerbrochen war.

Diesen Traum, S. H. hat immer wieder versucht, ihn nachzuträumen; aber er war zerschellt in den Jahren des Kriegs und der Besetzung durch die Nazis.

In der Mala Stepanska, der Kleinen Stefansgasse, die bei der Stefanskirche von der Großen Stefansgasse abgeht und in einer jener Passagen endet – diese führt nach ein paar Metern Dunkelheit auf den Karlsplatz – findet der junge S. H., im Hause Nr. 6 a, wohl auf eine Zeitungsannonce hin, bei Frau Grossova ein Zimmer. Frau Grossova, deren Gesicht aus lauter Fältchen besteht, besserte ihre magere Witwenrente auf, indem sie ihr Wohnzimmer an alleinstehende Herren vermietet; die Herren, obwohl sie mitunter auch Damenbesuch mitbringen, sind ihr lieber als alleinstehende Damen, bei denen man nie genau weiß, was sie wirklich sind; sie selbst schläft in der Küche auf enger Liege. Das Wohnzimmer ist möbliert mit Bett und Sofa, so daß der Mieter auch während des Tages ein wenig ruhen kann; in der Mitte der Stube steht ein wachstuchbedeckter Tisch mit zwei Stühlen, ein dritter läßt sich, wenn nötig, aus der Küche herbeischaffen; die Lampe über dem Tisch kann man herunterziehen, damit sie als Arbeitslampe diene, und neben dem grünen Kachelofen in der Ecke steht ein weißes Gestell mit eingehängter Waschschüssel, darunter der Wasserkrug; die Toilette, wie Frau Grossova mit Stolz bemerkt, befindet sich innerhalb der Wohnung. Sie selbst, erwähnt sie ferner, wird das Zimmer sauberhalten, frische Bettwäsche und Handtücher regelmäßig zur Verfügung stellen, und dem Mieter, wenn er will, morgens Kaffee und Buttersemmeln bringen. Das Ganze zu durchaus mäßigem Preis; aber auch dieser Preis ist unerschwinglich für einen, der bei der Flucht nur wenig über zweihundert Mark mit sich genommen hat; von den Eltern wird er nichts erhalten können, denn jede offene Verbindung zwischen ihnen und ihm verbietet sich; er muß anfangen zu arbeiten, Geld zu verdienen, und arbeiten heißt für ihn schreiben; aber wie soll er schreiben, Geschichten erfinden, Reime suchen mit dem Gedanken an den Vater dauernd im Kopf. Alle drei, vier Stunden läuft er zum Hauptpostamt, das in zehn Minuten von der Mala Stepanska aus zu erreichen ist, Poste Restante, für Stefan Heym, um dann sinkenden Herzens zu erfahren, daß immer noch nichts für ihn eingetroffen ist, weder Karte noch Brief, und erst recht kein Telegramm.

Dann aber, inzwischen ist mehr als eine Woche verstrichen seit seiner Abreise von Berlin und er weiß nicht, soll er weiter in Prag bleiben oder nicht doch lieber zurückkehren nach Chemnitz, schiebt ihm der Mann hinter dem Schalter einen Brief zu mit der vertrauten Handschrift der Mutter auf dem Kuvert: Der Vater ist wieder zu Hause und es geht ihm den Umständen entsprechend. Sogar ein P. S. von des Vaters Hand findet sich am Ende des Bogens, herzliche Grüße und alles Gute, steht da. Was mag er wirklich empfunden haben, als er das schrieb, denkt der Sohn und schämt sich – wie wenig Zuneigung hat er dem Vater gezeigt in all den Jahren, und der hat das auf sich genommen, hat seine Haut hingehalten für ihn, größere Liebe hat kein Mensch.

Man muß sich das vorstellen: einen Raum, nicht sehr groß, mit Schreibtisch in der einen Ecke und ein paar Regalen, vor der gegenüberliegenden Wand ein schäbiges Ledersofa, und durchs Fenster, über den Hof hinweg, der Ausblick auf die Druckerei; und in diesem Zimmer eine Anzahl von Stammgästen, weniger als ein halbes Dutzend sind es selten, meistens mehr, und dazu ein dauerndes

Kommen und Gehen von Kollegen des Mannes hinter dem Schreibtisch, und von Metteuren und Sekretärinnen und Kassenboten, und der Andrang von neuen Besuchern, die irgendwelche Manuskripte aus der Tasche ziehen und dem Manne vorlegen und dann ein Plätzchen suchen für ihren müden Hintern, auf dem Sofa, auf einer Stuhlecke, dem Fensterbrett, dem Heizkörper; und das alles qualmt und redet durcheinander, persönlichen Klatsch und politischen, wer dieser Tage noch aus Deutschland weggegangen ist und wohin, und was wird England tun und was Frankreich, und welch ein Blödsinn von Ossietzky, sich selber diesen Leuten auszuliefern, dabei hat man ihm doch geraten, tun Sie's nicht; und in dem ganzen Hin und Her der Mann dort, der ungerührt seine Arbeit tut, irgendwelche Texte liest und korrigiert und darin herumstreicht und sie für den Setzer zurechtmacht, obwohl ihm durchaus bewußt ist, daß immer wieder, von der Seite und jener, sich Blicke auf ihn richten, unruhig fragende – hier wird kein Gesellschaftsspiel getrieben, und es geht nicht nur um achtzig oder hundert Tschechenkronen, obwohl die auch nicht zu verachten sind, selbst wenn man früher ganz andere Honorare beanspruchte; hier geht es um die Bestätigung, daß man noch jemand ist, daß man wenigstens in diesem Blatt noch gedruckt wird, nachdem alles andere zusammenbrach.

Der Mann hinter dem Schreibtisch ist Dr. Rudolf Thomas, der Feuilletonchef des Prager Tagblatt, ein gescheiter Mensch mit Sinn für Humor und reichlich Lebenserfahrung, der den geruhsamen Posten, den er bis Januar dieses Jahres innehatte, zu schätzen wußte: es war ja nicht allzu schwer, sich seine Seite aus den reichsdeutschen Zeitungen und irgendwelchen Pressediensten zusammenzuschneiden, wenn man den Geschmack der Prager Juden einigermaßen kannte, die, so sonderbar spielt die Weltgeschichte, den Großteil des deutschen Elements in Prag bilden. Jetzt jedoch ist er auf einmal nicht mehr der kleine Provinzredakteur; sein Blatt ist, neben der langweiligen Neuen Zürcher und ein oder zwei österreichischen Journalen, zu einer der führenden deutschsprachigen Zeitungen geworden, denn das Zeug, das die Nazis herausbringen, kann kulturell wohl kaum noch ernstgenommen werden; und die Leute, die da aus dem Reich geflüchtet sind und nun hier in seinem Zimmer auf sein Urteil warten und auf eine lächerliche Honoraranweisung an den Kassierer, haben Rang und Ruf in Presse und Literatur. Aber schreiben sie ihm, was er braucht? Nein, sie verwechseln immer noch das hochgestochene intellektuelle Niveau und den supersmarten Ton der einstigen Berliner Großblätter mit dem, was er seinen Lesern zumuten kann; da ist der Junge schon brauchbarer, der vor ein paar Tagen mit einer genau auf die richtige Länge zugeschnittenen, ziemlich flüssig geschriebenen Kurzerzählung aufgetaucht ist und der seither alle zwei oder drei Tage wiederkommt mit Betrachtungen oder mit Stories, ganz unpolitisch die meisten, die sich schlecht ablehnen lassen, weil sie so ganz den Notwendigkeiten des Blattes entsprechen. Natürlich ärgert das die anderen, und einige der großen Herren, die da im Zimmer herumsitzen, rümpfen die Nase; nicht ganz die richtige Haltung in einer Welt, in der plötzlich nichts mehr sicher ist; erst kürzlich hat sein Chefredakteur, der Dr. Blau, der die klugen Leitartikel schreibt, die nur leider keiner beherzigt, ihm, dem Rudi Thomas, angedeutet, daß auch sie beide eines nicht zu fernen Tages in dem Boot sitzen möchten, das da heimatlos auf den Wassern treibt: nein, er nicht, denkt er, nie wird er die jämmerliche Rolle spielen, die ihm Tag um Tag in seinem Arbeitszimmer vorgeführt wird, lieber macht er Schluß.

Ich füge ein, daß Dr. Rudolf Thomas konsequent geblieben ist. Er hat nicht versucht zu fliehen, als die Zeit kam, er hat sich das Emigrantenschicksal, das er so oft um sich herum zu sehen bekam, erspart und an dem Tag, da die Wehrmacht in Prag einzog, das Leben genommen. Doch vorläufig hält er, was S. H. mit Rührung registriert, seine Hand über den Jungen, druckt ihn, so oft er kann, zahlt ihm das für eine Zeitung mit doch recht beschränkter Auflage höchstmögliche Honorar und gibt ihm, wo ein Beitrag gar zu naiv oder gekünstelt ist, gelegentlich sogar einen Tip, wie die Sache besser zu machen wäre.

S. H. liegen die düsteren Gedanken des Mannes hinter dem Schreibtisch fern. Ihm ist es ein erhebendes Gefühl, wenn er in dem erlauchten Kreis, der sich bei Rudi Thomas versammelt, anwesend sein darf; und wenn er gar auf der Panska Ulice, vor der Redaktion des Tagblatt, dem mit wehenden Rockschößen einhereilenden Franz Werfel begegnet, oder dem fast immer lächelnden, puckligen Max Brod, grüßt er sie hingebungsvoll in der Hoffnung, daß auch sie ihn bemerken möchten.

Wie denn überhaupt diese Prager Zeit für ihn voll höchst gemischter Emotionen ist. Natürlich ist das Emigrantendasein kein Zuckerschlecken, natürlich verfällt er in Depressionen, wenn er an Deutschland nicht nur in der Nacht denkt und an Vater, Mutter, Bruder und an die eigne Zukunft, die doch sehr perspektivlos sein wird, wenn sich nicht bald etwas ändert. Andererseits aber ist er gerade zwanzig geworden, die Welt ist für ihn wie eine frisch geöffnete Auster – nicht, daß er sich Austern leisten kann – alles ist neu und interessant, und irgendwie akzeptieren ihn die Menschen, denen er begegnet, nehmen ihn vielleicht nicht immer für voll, hören ihn aber doch an und antworten ihm als einem ihresgleichen. Dazu kommen die Frauen, die er zwar längst, in Deutschland schon, entdeckt hat, die aber hier, wie es scheint, viel häufiger von ihm Notiz nehmen, ob aus Mitleid mit dem armen Emigranten, den man doch nicht so von sich stoßen kann, oder weil er gereifter, selbständiger geworden ist. Und dann ist da eben Prag, und immer hat er das Gefühl, daß er auf der Spur von etwas Geheimnisvollem, Verlockendem ist, auch wenn sich's am Ende nur als eine Illusion herausstellt.

Er rechnet sich aus, wieviel er brauchen wird, um existieren zu können. Er weiß, daß es Komitees gibt, daß Gelder gesammelt werden zur Unterstützung von Emigranten, jüdischen und anderen, und daß die verschiedenen politischen Parteien, Sozialdemokraten, Kommunisten, Zionisten, ihre Leute in Gruppen zusammenfassen, die zum Teil auch gemeinsam wohnen und Unterstützung erhalten, bescheidene Summen, gewiß, aber immerhin; nur, so fragt er sich, gehört er zu denen, die ein Anrecht auf so etwas haben, und wenn ja, soll er es in Anspruch nehmen, und was für Verpflichtungen erwüchsen ihm daraus? Besser, sagt er sich, er versucht, vom Schreiben zu leben; es gibt ja noch andere Zeitungen in Prag und Zeitschriften, die in deutscher Sprache erscheinen und bei denen er etwas anbieten kann: da ist die Bohemia, konservativ und politisch etwas beschränkt, aber doch nicht den sudetendeutschen Nazis hörig, ihr Kulturredakteur ist der grundanständige Ludwig Winder, selbst auch Schriftsteller; da ist der Sozialdemokrat, Organ der deutschsprachigen Sektionen innerhalb der tschechischen sozialdemokratischen Partei; sogar eine wöchentlich erscheinende Prager Illustrierte existiert, für die man Reportagen schreiben könnte und die von einem Herrn Lössl gemacht wird, Schwiegersohn des Bankiers Selig am Graben, bei dem S. H. einmal die Woche zu Mittag essen darf; nur der Dr. Pick von der Prager Presse bleibt unzugänglich, aber die Prager Presse wird, wie jeder weiß, von der Regierung bezahlt und ist daher Emigranten gegenüber sehr zurückhaltend.

Klar ist, daß er so gut wie täglich etwas Neues produzieren muß, will er so häufig gedruckt werden, daß er davon leben kann, und ebenso ist klar, daß er diese seine Produkte unter mehr als einem

Namen zu verhökern haben wird – der Prager Leser wegen, und ebenso wegen der eifersüchtigen Kollegen und wegen der Redakteure, die eine plötzliche S. H.-Schwemme in ihren Blättern doch wohl mißbilligen würden. Und so tauchen in den Spalten der Prager deutschen Zeitungen, und bald auch in Übersetzung, in tschechischen, Namen wie Elias Kemp und Gregor Holm auf und andere bis dahin unbekannte Autoren, die aber alle etwas mehr oder weniger Amüsantes zu berichten haben, nicht besonders anspruchsvoll, aber doch anregend; das erste der Pseudonyme, Stefan Heym, – inzwischen ist über die Firma Klaus, Krawatten und Herrenartikel, gleich neben der Redaktion des Prager Tagblatt, eine bessere, weil diskretere Postverbindung mit zu Hause hergestellt worden – das Pseudonym Stefan Heym also wird reserviert für ernstzunehmende Literatur, oder was er dafür hält: Gedichte und Balladen, kleine Erzählungen, kritische Artikel, fast stets mit politischer Note und veröffentlicht in den verschiedenen Heften und Heftchen der Emigrantenpresse, die, nachdem der erste durch die Machtübernahme der Nazis ausgelöste Schock überwunden zu sein scheint, von linken, häufig miteinander zerstrittenen Gruppen in Prag oder Paris herausgegeben werden.

Trotz all des Fleißes und trotz seines Geschicks und seiner Hartnäckigkeit beim Vertrieb seiner Arbeiten sammelt er damit keine Reichtümer, und auch der Lohn für die Songtexte, die er einer überaus hochgewachsenen und wohlgestalteten Sängerin in einem Nachtklub am Wenzelsplatz auf den Leib schreibt, werden ihm vorzugsweise in Drinks ausgezahlt. Er ist froh, wenn er genug zusammenscharren kann, um seine Frau Grossova zufriedenzustellen und um für die drei, manchmal auch nur zwei Mahlzeiten am Tag und für den Kaffee des Abends im Continental und für die mit Knoblauch in Fett gerösteten Topinky im Koruna-Automaten um Mitternacht aufzukommen.

Es sind Lehrjahre, die da zusammenfallen mit den Jahren seiner Emigration, und er besteht sie, weil einige der Menschen, mit denen er, zufällig oder durch irgendwelche Hinweise, zusammenkommt, ihn nicht nur tolerieren, sondern ihm oft genug auch helfen, wenn er ins Straucheln gerät.

Lange Zeit nach den Erlebnissen, die ich hier beschreibe, erhielt ich von Frau Lenka Reinerova in Prag einen Brief, dem die Photokopie eines Schreibens des Generals Josef Janiček, Kommandeurs des Stabes der Landesmilitärkommandantur Prag und Befehlshaber der 1. Division der Tschechoslowakischen Armee, an den Polizeidirektor der Stadt Prag beigefügt war. Frau Reinerova war bei ihren Recherchen in Prager Vorkriegsarchiven auf dieses Schreiben gestoßen, das vom 28. März 1935 datiert ist und den Vermerk »Betr.: Verdächtige Tätigkeit – Fahndung nach Personen« trägt. In dem Schreiben erkundigt sich General Janiček nach insgesamt neun Männern und Frauen, gefährlichen deutschen Kommunisten sämtlich, die sich in Prag oder in der Umgebung der Stadt aufhalten und über die er Einzelheiten, besonders ihre Wohnadressen, zu erfahren wünscht. Nummer Drei auf der Liste ist ein gewisser Stephan Heym oder Heim, Schriftsteller und Mitarbeiter von Neue Deutsche Blätter; Betreffender sei Mitglied der Internationalen Roten Hilfe. Nummer Sieben auf der Liste ist Ulbrich (!) Walter, ehem. Reichsdeutscher kommunistischer Abgeordneter und jetzt kommun. Kurier zwischen Paris und Prag, der auf den Reisepaß Hans Heimann reise.

Es hat mir immer eine stille Freude bereitet, daß S. H. in der Wertschätzung des Generals vier Plätze über Walter Ulbricht rangierte. Aber wie kommt er dazu? Ich kann beeiden, daß er zu der Zeit Mitglied weder der deutschen noch der tschechischen Kommunistischen Partei war, auch der Internationalen Roten Hilfe, einer Truppe des später von mysteriöser Hand ermordeten Kommunisten Willy Münzenberg, gehörte er nicht an; seine einzige politische Verbindung war der Kaffeehaustisch in der Ecke rechts neben der Tür der vorderen Stube des Café Continental am Graben, wo sich, in immer gleicher Sitzordnung, allabendlich eine Anzahl exilierter deutscher Schriftsteller traf, diese allerdings in der Mehrheit Kommunisten oder Sympathisanten der Partei. S. H. war eher zufällig in den Kreis geraten, über den Verleger Wieland Herzfelde, der jenem letzten Berliner Treffen des Bundes proletarisch-revolutionärer Schriftsteller, wo auch der junge Flieg gewesen war, gleichfalls beigewohnt hatte, und nun hockte man eben zusammen, denn die Abende, die einsamen, an denen einem die schwarzen Gedanken kamen, waren am schwierigsten zu ertragen.

An der Stirnseite des Tisches, den Bauch gegen die bräunlich gemaserte marmorne Tischplatte gestemmt, präsidierte Ernst Ottwalt (als antisowjetischer Agent denunziert, umgekommen in Sibirien) und strahlte Autorität aus, besonders wenn er politische Erklärungen abgab. Ottwalt, Autor des Romans Denn sie wissen, was sie tun, war Leiter der Gruppe kommunistischer deutscher Schriftsteller in Prag; aber das erfuhr S. H. erst Jahre später; zu der Zeit glaubte er, es sei ausschließlich Ottwalts Persönlichkeit, die die andern veranlaßte, ihm mit solchem Respekt zuzuhören und seine Meinung fast immer ohne Widerspruch hinzunehmen.

Auf der hartgepolsterten Bank an der einen Seite des Tisches saß F. C. Weiskopf, den bleichen Kopf stets etwas seitlich geneigt, um die dünnen Lippen ein permanentes Halblächeln; Weiskopf war ein stilistisch hervorragender, wenn auch nicht immer sehr phantasievoller Schriftsteller, von dem sich viel lernen ließ. Tschechoslowakischer Bürger, hatte er nicht die Probleme mit Amtsstellen, unter denen andere Emigranten in Prag litten; aber anpumpen konnte man ihn auch nicht. In dieser Beziehung war sein Schwager Herzfelde, ihm gegenüber placiert, nützlicher – die beiden hatten Schwestern geheiratet, die einander haßten, der Franz Weiskopf die rundliche Grete, Wieland die spitznasige, scharfzüngige Trudi. Wieland gab mit Geldern, die teilweise wohl noch seinem Berliner Malik-Verlag entstammten, die Neuen Deutschen Blätter heraus, die niveauvollste und klarsichtigste literarische Zeitschrift der Emigration, aber ein Verlustgeschäft, und ließ sich gelegentlich einen nicht sehr hohen Vorschuß aus der Tasche ziehen. Ihnen gesellte sich häufig der längst vergessene Albin Stübs hinzu, ein vermuffelter Mensch, der den Proleten herauskehrte und spitze Bemerkungen über S. H. machte, weil der überall gedruckt wurde und er nicht. Im Gegensatz zu ihm hatte der Genosse Konrad – darüber, ob das sein Familien- oder sein Vorname war und was er eigentlich tat, schwieg er sich aus – die liebenswürdigsten Manieren, und er schien für den Jungen, der da am unteren Ende des Tischs saß und den Rest seines Kaffees umrührte, wirkliche Sympathie zu haben: er führte tiefsinnige Gespräche mit ihm und belehrte ihn über Fragen, deren wahren Sinn S. H. erst Jahre später zu verstehen begann. Zusammen mit Konrad erschien des öfteren ein konservativ gekleideter, schweigsamer Herr, der teure Zigaretten rauchte und überhaupt den Eindruck eines Besitzbürgers machte; angeblich finanzierte er Filme, aber so weit, daß er für die Gäste an dem Ecktisch zahlte, ging der Mann nie.

Der Farbigste und zugleich Lärmendste in der Runde war jedoch John Heartfield, Wielands Bruder. Johnnie, der Erfinder und Meister der Kunst der Photomontage, der einem Konterfei Hitlers ein Rückgrat aus Goldstücken einzauberte oder einem riesigen Dimitroff einen aufgeplusterten Zwerg Göring gegenüberstellte, hatte seinen Taufnamen im ersten Weltkrieg anglisiert, aus Antipathie gegen den Kaiser und gegen den deutschen Hurra-Patriotismus. Er war, S. H. spürte das sofort und stellte sich darauf ein, ein Genie. Zierlich von Figur, trug er den schmalen Kopf mit dem kurzgeschnittenen, rötlichen Haar trotzig hochgereckt, schob das energische Kinn vor und ließ den intensiven Blick seiner großen, grauen Augen auf Freund wie Gegner wirken. Man war dann schon entsprechend verschreckt, bevor Johnnie mit seiner stets leicht krähenden Stimme anhub, seine Argumente zu entwickeln, die so originell waren wie die Ideen für seine Montagen und oft genug noch leicht verrückt dazu. S. H., so groß sein Respekt für John Heartfield auch war und so sehr er ihn gerade wegen seiner Eigenheiten liebte, ließ sich von ihm dauernd in Streitereien verwickeln, und nicht selten kam es vor, daß sie beide nach Mitternacht noch, nachdem das Continental längst geschlossen hatte und der Imbiß im Koruna-Automaten verspeist war, auf dem Graben hin und her liefen und heftig aufeinander einredeten, sehr zur Überraschung und wohl auch zum Gaudi der tschechischen Passanten.

S. H. war in diesem Kreis, zu dem häufig noch andere stießen, die jedoch nach kurzer Zeit wieder verschwanden, bei weitem der Jüngste. Das Muster, das sich hier – rechnet man die Theaterkneipe in der Chemnitzer Markthalle nicht mit – zum ersten Mal zeigte, hat eine lange Zeit seine Einstellung und sein Verhalten geprägt; in Redaktionen und Organisationen, in der Armee, in politischen Gruppen, immer waren da Ältere, die die Autorität repräsentierten und für ihn oft auch Autorität waren, immer war er gezwungen, sich durchzusetzen; und selbst heute, da er in die Jahre gekommen ist, fühlt er sich manchmal noch jung und unsicher wie damals – ich beobachte es mit Mißvergnügen – und verfällt wieder in die längst ausgespielte Rolle, obwohl die Menschen um ihn herum ihn ganz anders betrachten und Ruhe, Rat und Altersweisheit von ihm erwarten.

Nun stand dieser Kreis natürlich unter Beobachtung. Das System der k. und k. Geheimpolizei, deren Wirken Hašek so schön im Schwejk beschrieben hat, hatte die Tschechoslowakei, die von fast ebenso vielen sozialen und nationalen Widersprüchen geplagt war wie der alte habsburgische Vielvölkerstaat, übernommen. Der Oberkellner Gustav, der S. H. die Tasse Kaffee mehr als einmal stundete und der die exilierten Schriftsteller an ihrem Tisch überhaupt mit besonderer Zuvorkommenheit bediente, pflegte dann Ernst Ottwalt oder auch Herzfelde zuzuraunen: »Passen's auf, Herr Doktor, da ist wieder einer!« – Herr Doktor deshalb, weil in der ehemaligen Doppelmonarchie die Oberkellner allen ihren Gästen, die nicht wie ausgesprochene Analphabeten aussahen, den Doktortitel verliehen – und S. H. erschauerte vor Hochachtung, denn natürlich, so dachte er, war nicht er es, auf den die Spitzel ihr Augenmerk hatten, sondern die prominenten älteren Genossen, deren Stimmen sich auch sofort zu einem konspirativen Flüsterton senkten. Nach dem Kriege dann, bei einem Nostalgie-Besuch im Continental, das sich inzwischen in ein Lokal für Buchmacher und andere Enthusiasten des Pferderennsports gemausert hatte, hörte er, daß auch der Oberkellner Gustav einen geheimen Auftraggeber gehabt hatte: die Gestapo.

Es wurde an dem Tisch, wie hätte es auch anders sein sollen, viel über Politik geredet. Auch wenn man sich ins Hinterzimmer des Cafés begab, um dort eine Partie Billard zu spielen oder Schach, wurden die Gespräche fortgeführt, und wenn er in die Redaktionen der Emigrantenpresse kam, der Neuen Deutschen Blätter, oder zu Budzislawski in die Weltbühne, oder zum Genossen Erpenbeck in die Arbeiter-Illustrierte, oder zu Heinz Pol in den Simpl, das Nachfolgeblatt des alten Münchner Simplizissimus, war das Thema das gleiche, nur wandelte es sich inhaltlich, fast ohne daß man's bemerkte, im Lauf der Monate.

War es in den Anfängen der Exilzeit von der heimlichen Frage getragen, wann denn die Dinge in Deutschland sich so gestalten würden, daß man wieder heimkehren könnte, so gestand man sich allmählich ein, ohne es je laut auszusprechen, daß es damit so bald nichts werden würde; irgendwie hatten die Nazis es geschafft, den Widerstand zu brechen, von dem immer noch behauptet wurde, daß er bald allen sichtbar zutage treten müsse, irgendwie waren sie in der Lage gewesen, die Millionen Menschen, die kurz vor der Machtergreifung noch für die Sozialdemokraten und Kommunisten gestimmt hatten, zu neutralisieren oder gar auf ihre Seite zu ziehen. Wie das geschehen sein konnte, wußte keiner so richtig zu beantworten, unter anderem, weil niemand wagte, das Problem offen zu berühren. Die leitenden Genossen der beiden einst so mächtigen deutschen Arbeiterparteien, die sich längst außerhalb der Grenzen des Reiches etabliert hatten, verbreiteten weiter die Fiktion, daß dort eigentlich alles nach Gesetzen, die Marx und Engels entdeckt und formuliert hatten, sich erwartungsgemäß entwickelte. Und der Röhmputsch, der wie die Spitze eines Eisbergs aussah, schien zu bestätigen, daß in Deutschland unter der Oberfläche einiges vorging. Erst später stellte sich heraus, daß Hitler, indem er die Führung seiner SA-Truppen entmachtete und physisch vernichtete, jede Möglichkeit einer Opposition in den eigenen Reihen unterbunden hatte.

Der junge S. H., ließ er sich diese Dinge durch den Kopf gehen, war hin- und hergerissen zwischen seinem Wunschdenken und dem dumpfen, ihm widerstrebenden Gefühl, daß die Realität den stets wohlbegründeten Erläuterungen seiner politischen Freunde und den durch sichere Berichte belegten Behauptungen der Emigrantenpresse nicht ganz entsprach. Dabei brauchte er für seine Verse den Glauben an eine bessere Zukunft, denn diese handelten von Deutschland und den Menschen dort, und vom Kampf gegen Unterdrückung und Grausamkeit und gegen den so offensichtlichen geistigen Kretinismus der Nazis; er brauchte die Überzeugung, daß sogar die Deutschen zu den richtigen Einsichten kommen und entsprechend, nämlich revolutionär, handeln würden. Es gibt da ein unveröffentlichtes Gedicht von ihm, nicht sehr formvollendet, aber mit viel Herz geschrieben, in dem er sich auf einem Panzerzug, wie weiland die russischen Bolschewiki, nach Berlin heimkehrend darstellt. War er also ein Kommunist, wie jener tschechische General vermutete?

Er gehörte keiner Partei an, weder der kommunistischen noch der sozialdemokratischen, noch einer der Splitterparteien, und wurde aus Gründen, die er nicht kannte, die aber auf irgendwelchen durch die Arbeit im Exil bedingten Beschlüssen der verschiedenen leitenden Gremien beruhten, von keiner zum Beitritt aufgefordert. Aber was war er dann?

Die Flucht nach Prag, entscheidender Einschnitt in seinem Leben, stülpte die einmal begonnene Entwicklung ja nicht um, sondern beschleunigte sie höchstens und radikalisierte sein Denken. Da waren in ihm, die Wurzeln müssen in seiner Kindheit liegen, ein Sinn für Recht und Unrecht, und eine Abneigung gegen Macht, die unterdrückt. Das Spiel vom Spartakus, das der kindliche Autor und Produzent auf die Bühne der Saxonia-Loge in Chemnitz brachte, mag als Anzeichen betrachtet werden für das, was da in ihm vor sich ging, und dafür, wie er die brutalen Gegensätze, die in der Umwelt außerhalb des Elternhauses zu beobachten waren, verarbeitete. Das Elend der Massen, die ohne Arbeit und Brot waren, der Zynismus, mit dem Reich Arm begegnete, die Willkür, mit der das Ganze zusammengehalten wurde, ließen die Gerüchte von einem Land im

Osten, in dem das Proletariat die Herrschaft übernommen hatte und, wenn auch unter großen Schwierigkeiten, eine bessere, gerechtere Ordnung zu errichten suchte, verlockend erscheinen. Und wenn es eine Diktatur war! Wer wollte verlangen, daß die Medizin gegen das, was da jetzt in Deutschland vor sich ging, auch noch wohlschmeckend sei! Die Sozialdemokraten jedenfalls, lau und lasch, wie sie waren, hatten ihre Chance verspielt und nichts in die Zukunft Weisendes zu offerieren. Und verkündeten die Nazis nicht selbst bei jeder Gelegenheit, der jüdische Weltbolschewismus wäre ihr schlimmster und gefährlichster Feind; da er, H. S., aber vor den Nazis hatte flüchten müssen und seine Familie immer stärker von ihnen bedrückt und entrechtet wurde, waren die Feinde der Nazis notwendigerweise seine Freunde.

So einfach war das, und so einfach empfanden das wohl auch die Genossen. Ich weiß nicht, ob es in Prag damals je irgendwelche Besprechungen und Entscheidungen gegeben hat bezüglich seiner Person und wie er zu behandeln wäre und wer sich mit ihm zu beschäftigen hätte. Feststeht, daß man ihn nicht vereinsamen ließ, daß er einbezogen wurde in eine Art Gruppenleben, ohne daß von ihm je die Disziplin gefordert worden wäre, mit der Parteimitglieder Anordnungen und Beschlüsse zu befolgen haben. Aber er schrieb, und mit großem Stolz, Beiträge für Büchlein, die, mit irreführendem Einband, über die Grenze nach Deutschland geschmuggelt werden sollten. Ob diese Heftchen je ihre Adressaten erreichten und welche Wirkung sie hatten, oder ob sie ihren Urhebern nicht eher als Rechtfertigung der eigenen politischen Existenz und höheren Stellen gegenüber als Beweis wichtiger Aktivität dienen sollten, wer will das heute noch sagen.

Das war die eine Seite seiner Prager Zeit. Die andere war noch bunter, noch widersprüchlicher.

Es beginnt mit so einfachen Dingen wie einem Mittagsmahl. Bei Frau Grossova kann er nicht kochen; es hätte die alte Frau gestört, und er ist auch kein Koch. Aber dem Hause Mala Stepanska 6 a gegenüber befindet sich ein kleines Restaurant; die Tafel neben der Eingangstür zeigt: Russische Spezialitäten, und zu spottbilligen Preisen. Erkundigungen ergeben, ein Emigrantenrestaurant; nur sind dies Emigranten von völlig anderer Couleur als er und seine Freunde, sie sind aus ihrem Land vertrieben worden von denselben Kommunisten, zu denen er sich hingezogen fühlt und die seine Verbündeten sein sollen bei der Austreibung der Nazis aus seinem Lande; also, wie ist es vertretbar, sich in Einrichtungen zu begeben, die diese Konterrevolutionäre sich geschaffen haben, und teilzuhaben an ihrer Borschtsch, ihrem Stroganoff?

Da ist es schon problemloser, und ethisch weniger strapaziös, man ißt bei der einheimischen Bourgeoisie, und umsonst. Der alte Herr Klaus, Krawatten und Herrenartikel, ein jüdischer Gentleman feinster Art, der vor wenigen Jahren noch zusammen mit dem alten Herrn Primo, S. H.'s Großvater, genußreiche Stunden in Marienbad verbrachte, hat ihm gesagt: Jeden Morgen um elf eß ich mein Gabelfrühstück, junger Mann; ich kann auch zwei Portionen bestellen, warum kommen Sie nicht vorbei? Und so, auf dem Weg zur Redaktion des Prager Tagblatt nebenan, kommt er vorbei und kriegt ein Paar der delikatesten Würstchen vorgesetzt, mit süßem Senf und Brötchen, und Herr Klaus erkundigt sich, wie geht's dem Großvater, und den Eltern, hat der Vater die Sache damals einigermaßen überstanden, und warum machen sie keine Anstalten, das Land zu verlassen, es ist keine Zukunft dort für sie, aber möglichst nicht nach Prag sollen sie kommen, Prag ist schon überfüllt mit deutschen Juden, die Gemeinde stöhnt, und außerdem hat die Regierung Bedenken, sie fürchtet sich vor dem Herrn Hitler, ein skrupelloser Mann, hat den Professor Lessing, auch einen deutschen Emigranten, umbringen lassen auf tschechischem Territorium, wo wird er Halt machen, und all die Nazis, die wir haben in Nordböhmen und entlang der Grenze.

Und abwechselnd hat er auch einen Mittagstisch beim Bankier Selig, der in der ersten Etage über seinem gleichnamigen Privatbankhaus am Graben wohnt und ein sehr kultiviertes Haus führt, und bei der Familie Freund in Smichov. Arme Studenten, möglichst fromme und eifrige, regelmäßig zum Essen einzuladen, ist ein alter jüdischer Brauch; außerdem ist die Wohltätigkeit billiger, wenn sowieso gekocht werden muß. Herr Selig, der ein Geschäftsfreund des Vaters ist, wenn auch jetzt kein Geld mehr von Chemnitz nach Prag fließt, spricht nicht von Politik. Er spricht überhaupt wenig; man merkt, daß er sich einer Pflicht entledigt, wenn er den armen jungen Emigranten jeden Mittwoch abfüttert, und seine Frau, die übrigens der Tante Dora verblüffend ähnelt, achtet darauf, daß das zarteste Stück Fleisch ihrem Gatten, und nicht dem Gast, auf den Teller kommt. Dennoch ist das Wenige, was Herr Selig da sagt, von Wichtigkeit; so erfährt S. H. ein paar ökonomische Fakten, zum Beispiel, daß die internationalen Großbanken durchaus bereit sind, Deutschland mit Krediten auszuhelfen, und daß Hitler keineswegs am Rande des Bankrotts steht, wie beim abendlichen Kaffee im Continental erklärt wurde.

Im Hause Freund geht es nicht so vornehm zu. Dort wird laut geredet, die Kinder streiten sich, und auch Herr Freund, von Beruf Steuerberater und zur Sparsamkeit gezwungen, streitet sich mitunter mit seiner gutmütigen, zu Korpulenz neigenden Frau. Aber bei all dem Gestreit ist spürbar, daß diese Menschen eine tiefe Zuneigung zueinander haben; müssen sie auch, denn sie planen, zusammen auszuwandern, nach Palästina; sie sind Zionisten, sie wollen den Judenstaat aufbauen, der Judenstaat ist die einzige Lösung, denn den Juden in der Tschechoslowakei und in den andern Ländern Europas wird es genauso gehen wie den Juden in Deutschland, sie werden ihre Rechte verlieren und dann ihr Vermögen und am Ende ihr Leben, und je eher man weggeht, desto besser, und er, Ernst Freund, der übrigens ein Prager tschechischer Jude ist und nicht ein deutscher, wie die meisten hier, und lieber tschechisch spricht als deutsch, am liebsten aber Iwrit, welches die Familie seit zwei Jahren schon studiert, er also kann nicht verstehen, warum S. H. sich nicht gleichfalls entschließt, nach Palästina zu gehen, selbst wenn die Engländer ein paar Schwierigkeiten machen; was ist das im Vergleich zu dem, was hier kommen wird; aber die Juden sind wie mit Blindheit geschlagen, was muß denn noch passieren, bis sie einsehen, wo sie hingehören, und wäre es denn nicht schön, wenn ihr Mittagsgast mitführe zusammen mit ihnen nach Erez Israel, es ließe sich gewiß einrichten, und Mutter und Vater und Bruder könne er schließlich nachkommen lassen. S. H. argumentiert, er sehe in Palästina keine Lösung der Judenfrage, man könne nicht alle Juden der Welt dort ansiedeln, und im übrigen sei das mit dem Antisemitismus ein soziales Problem, das sich lösen werde, sobald die Frage der Unterdrückung gewisser Klassen gelöst sei; aber das läßt Herr Freund nicht gelten: wie lange denn warte man schon auf die Lösung der Klassenfrage, inzwischen aber verschlimmere sich die Verfolgung der Juden überall.

Dann, von einem Tag auf den anderen, sind die Freunds abgereist, und auch die Einladungen zum Bankier Selig bleiben aus. Wenige Jahre nach dem Kriege, als S. H. nach Prag zurückkommt, um dort für einen Roman zu recherchieren, und den Laden in der Panska Ulice besucht, in dessen Fenster nun nur noch ein paar armselige, verstaubte Krawatten hängen, sagt ihm die Verkäuferin, ja, sie habe den alten Herrn Klaus noch gekannt, und auch den jungen; beide seien, kurz nach dem Einmarsch der Nazis, abgeholt worden und nicht zurückgekehrt; der Laden werde wohl bald verstaatlicht werden.

In Erinnerung geblieben ist der erste, aufregende Besuch in einem Bordell.

Das spielte sich so ab: Eines Abends, auf dem Weg ins Café, begegnet er dem Dr. Thomas vom Tagblatt und Egon Erwin Kisch, der übrigens das Continental nie aufsuchte; die zwei sind sichtlich guter Laune und laden S. H. ein, sie ins Bordell zu begleiten. S. H., durch den Vorschlag geschmeichelt, zugleich aber auch ein wenig erschüttert durch die offensichtliche Unmoral eines von ihm so hoch eingeschätzten Kollegen wie Kisch, eines Kommunisten noch dazu, erklärt, ein solcher Besuch, so verlockend er auch sei, da beide Herren zu den besten Kennern der Prager Szene gehörten, übersteige seine finanziellen Verhältnisse; worauf Kisch ihm versichert, nur keine Sorge, die Kosten trüge das Tagblatt.

Dies Bordell ist keineswegs ein glorifizierter Massagesalon, wie sie in vielen Straßen Prags ihre gesundheitsfördernden Behandlungen offerieren; es befindet sich vielmehr in einer der besseren Straßen nahe dem Altstädter Ring, im ersten Stock eines Jugendstilhauses, und der Plüsch im Salon ist semi-modern und die Bilder an der Wand zeigen heitere Landschaften; auch ist die Begrüßung der Gäste eher gesetzt-freundlich als familiär. Die Madame bietet Kaffee an und ein Schnäpschen; man nimmt am Tisch Platz, auf dem ein gehäkeltes Tischtuch liegt, und die Mädchen, es sind ihrer fünf, schlendern herbei, man kennt einander, da ist die Paula, die Mitzi, Fräulein Paula und Fräulein Mitzi, bittesehr, der neue Gast wird vorgestellt, und die Mitzi setzt sich neben ihn, sie trägt ein Dunkelrotes, Elegantes, mit Ausschnitt, und ihr Schenkel streift den seinen, aber das ist eher ein Zeichen von Vertraulichkeit als eine Einladung zum Beischlaf; wo er denn wohne und was er denn so treibe, will sie wissen, er schreibt, ah, so, daher die Bekanntschaft mit den beiden anderen Herren.

Angeregt und zugleich besorgt, wie wird er sich bewähren, Kisch und der Dr. Thomas sind offensichtlich Routiniers, aber für ihn ist das alles doch irgendwie beängstigend, wartet S. H. darauf, daß die Hauptsache nun losgehe; aus Filmen und Romanen weiß er ungefähr, wie sich das abspielen wird, die Tür zu den Zimmerchen, und das Mädchen, das ihm vorangeht, und der Geldschein, der auf der Kommode deponiert wird; nun, er wird nicht der erste sein, der dort hineinmuß, Männer wie Kisch und Rudi Thomas werden wohl Vortritt vor ihm haben; aber nichts geschieht, die zwei trinken ihren Kaffee und genießen ihren Schnaps und reden mit der Madame und den Mädchen, gelöst und gelassen, über das Leben, und über ein paar politisch Prominente, deren Namen S. H. aus den Zeitungen kennt, Kisch lacht verhältnismäßig viel, was mag ihn wohl so belustigen, und dann stehen sie auf und der Dr. Thomas zahlt, auch für ihn mit, und dann sagt er zu ihm, er könne ja noch bleiben, wenn er Lust habe, aber S. H. meint, nein, er ginge auch lieber.

Ein paar Tage später klingelt Fräulein Mitzi in der Mala Stepanska. Sie ist ein liebes Mädchen; sie hätte so großes Mitleid mit ihm gehabt, sagt sie, er hätte so arm und verloren ausgesehen und als ob er's notwendig bräuchte.

Ich weiß nicht, und fürchte mich auch, die Frage des näheren zu untersuchen, wie weit es sein Wesen beeinflußt und seine Verhaltensweisen geformt hat, daß die erste Frau, die sich ihm hingab, voll und ganz, bedingungslos, und wissend, daß er sie ausnutzen und immer wieder verlassen würde, eine Hure war.

Nein, es war nicht die Mitzi. Sie hieß anders, und sie war anders; sie lachte gern und hatte das, was die Leute so schön als ein sonniges Gemüt bezeichnen, und sie betrachtete den Jungen, der da auf sie zugekommen war an dem Tisch, an dem sie mit ihren zwei Freundinnen saß, als eine Art höheres Wesen, denn er war gebildet, ein Student, und er stammte irgendwo aus der Ferne, und er redete mit ihr wie mit einer Frau seines Standes, obwohl sie vieles, was er sagte, nicht oder nur halb verstand, und er versuchte, ihr nicht weh zu tun; außerdem war er herrlich im Bett, siebenmal hintereinander tat er es ihr, sie hatte mitgezählt.

Das Hotel, in dem sich das Kaffeehaus befand, wo sie Bekanntschaft schlossen, war ein historisches; schon Bismarck war dort abgestiegen, wurde erzählt, als er am Ende des Kriegs gegen Österreich, 1866, nach Prag kam, und schon damals gab es dort die Damen; Bismarck habe sich, so hieß es weiter, mit mehreren von ihnen zurückgezogen und sei erst nach übermenschlich langer Zeit zu seinem Stab zurückgekehrt, und auf diese Weise habe er sich seinen Ehrennamen, der eiserne Kanzler, erworben. Die eine Freundin,

Wally, war so fett, daß sie ihren Bauch auf ihren gespreizten Schenkeln parkte, wenn sie auf ihrem Stühlchen saß, aber gerade das fanden die Männer, manche zumindest, attraktiv an ihr; Resi dagegen hatte nur wenig Fleisch auf den Knochen und eingefallene Wangen und dunkle Ringe um die Augen und sie hustete viel; am Morgen nach der ersten Nacht mit dem Jungen kam Resi, die in dem Zimmer nebenan zur Miete wohnte und ihren Herrn schon nach Hause geschickt hatte, zu ihnen und kroch mit unter die Decke und sagte, sie wollten es zu dritt machen, und sie, Andrea, hätte auch nichts dagegen gehabt – wenn es dem Jungen Spaß machte! – aber der weigerte sich; sie blieb also die einzige und war ihm dankbar dafür.

Sie war auch da für ihn an dem Weihnachtsabend, als seine Mutter aus Deutschland zu Besuch kam; sie hatte den Baum gerichtet und schöne Geschenke parat, teure, für ihn und für seine Mutter auch; aber dann rief er bei Wally an, die Telephon hatte, und ließ ihr ausrichten, nein, das ginge wohl doch nicht mit dem Weihnachtsabend sozusagen im Familienkreis und Andrea müsse Verständnis haben. Er verbrachte also den Weihnachtsabend mit seiner Mutter in der Mala Stepanska, und erst nach Mitternacht, als er glaubte, die Mutter schliefe schon auf dem Sofa, schlich er sich hinaus und kam zu ihr, und sie ließ ihn zu sich.

Und dann, da hatte er sie schon lange nicht mehr gesehen, kam er doch wieder zu ihr und sagte, er führe nach Amerika, und das wäre nun wohl endgültig das Ende, und sie ging und kaufte ihm einen Anzugstoff, dunkelblau, mit einem grünlichen Ton in der Farbe, und er mußte ihr versprechen, daß er den Stoff auch mitnehmen und sich einen hübschen Anzug daraus machen lassen würde; sie meinte es so gut; sie wußte ja nicht, daß in Amerika die Maßschneiderarbeit teurer sein würde als ein ganzer neuer Anzug.

Die Mutter war ganz überraschend gekommen. Sie weinte ein bißchen, als sie ihren Sohn sah, nannte ihn Helmutel wie früher, als er noch ein Kind war, und trennte die großen Knöpfe in ihrem Pelzmantel auf; in jedem hatte sie eine Geldnote versteckt, sie habe richtiggehend gezittert an der Grenze, sagte sie, als die Zöllner sie durchsuchten, aber an die Knöpfe hätten die nicht gedacht.

Natürlich war sie wachgeworden, als er sich von ihr fortschlich zu Andrea, aber sie erwähnte es nicht am Morgen. Sie hätte die Frau gern kennengelernt, zu der er gegangen war, ihre Schwiegertochter, sozusagen, aber wenn er sie ihr nicht vorstellen wollte, würde er schon seine Gründe haben, vielleicht war sie verheiratet; er war ja nun groß und in der Fremde, ein Emigrant, wie die Nazis es nannten. Sie redete mit Frau Grossova über ihn, und Frau Grossova war voll des Lobes: ein pünktlicher Zahler, saß viel und arbeitete an seiner Schreibmaschine, und nie machte er irgendwelchen Lärm; ja natürlich, sie paßte schon auf ihn auf, und wenn er krank würde, was Gott verhüten möge, würde sie sich auch um ihn kümmern, da müsse die Mutter sich gar keine Sorgen machen. Er zeigte der Mutter ein paar von den Sachen, die er geschrieben hatte, und das Gedruckte, alles unter anderem Namen; sie sah die Armut, in der er lebte, das Wohnzimmer der Frau Grossova, obwohl es ja ordentlich und sauber war, und sie seufzte. Er zeigte ihr Prag, die schönen Kirchen in der Stadt und auf dem Hradschin, und den alten jüdischen Friedhof mit dem Grab des Rabbi Löw, der aus einem Erdkloß den Golem geformt und zum Leben erweckt hatte, welcher wiederkommen sollte, wenn die Not der Juden unerträglich werden würde, und sie retten; und wieder seufzte sie: war es nicht an der Zeit? Sie sprachen vom Vater, und der Sohn fragte, ob es nicht besser wäre für die Eltern und Bruder Werner, ihre paar Sachen zu packen und Deutschland zu verlassen; der Vater zögere, sagte sie, alles, was sie besäßen, steckte im Geschäft, das allerdings immer schlechter ginge, aus politischen Gründen, und wovon solle man leben im Ausland, der Vater habe es nie verstanden, sich irgendwo Konten anzulegen, als das noch möglich war, und vielleicht würde es doch nicht ganz so schlimm werden; und er, wie stelle er sich denn vor, daß es weitergehen solle, von ihr und dem Vater habe er nichts zu erwarten, und sei das wirklich ein Beruf, was er da tue, ernähre es seinen Mann?

Was sollte er antworten? Sie war zu ihm gekommen, trotz des Risikos, und sie hatte sich überzeugt, daß er lebte und gesund war, und nun erhoffte sie wohl von ihm, daß er sie aufrichte und ihr Trost gebe und ihr eine Zukunft ausmale, die, wenn auch nicht in rosigen Farben gehalten, so doch erträglich erscheinen würde. Doch was konnte er ihr da bieten? Er sagte etwas von Widerstand in Deutschland, und von der Weltfront, die sich bilde gegen Hitler, und wahrscheinlich glaubte er das alles sogar, während er davon sprach.

Sie blickte ihn nur an, stumm. Dann fuhr sie ab, zurück über die Grenze.

# 6

Dann kam Busche. Busche war sie als Kind genannt worden, ein Kosewort, wie eines, mit dem man ein Hundchen ruft, und der Name war ihr geblieben; sie stammte aus Breslau und war nach Prag gekommen, weil es in Breslau unerträglich geworden war. Sie hätte gern weiterstudiert, aber an der Prager Universität wollte man sie nicht aufnehmen, eine jüdische Emigrantin, es gab schon genug Juden in den geheiligten Hallen; aber so sagte man ihr das nicht, man vertröstete sie, vielleicht sähe sie sich zunächst mal nach einer Arbeit um, bis die Frage geklärt wäre. Doch Arbeit war auch nicht zu finden, wenigstens keine, die ihr entsprach und die sie zu ihrer eigenen und zur Befriedigung eines potentiellen Arbeitgebers hätte tun können.

Busche war der sportliche Typ. Sie war kräftig gebaut, mit breiten Schultern und strammen Schenkeln, und wenn sie ihren Dauerlauf gemacht oder andere körperliche Übungen getrieben oder gar die Moldau durchschwommen hatte, die dort, wo Busche wohnte, vom Stadtdreck noch nicht so angereichert war, wurde sie heiter und ausgeglichen und gestand S. H., der ihrer Gymnastik eher gelangweilt und mit Augen für ganz anderes zusah, er sei ihr eigentlich doch recht sympathisch.

Natürlich suchte sie ihn zu ebensolchen sportlichen Leistungen zu animieren, und wenn er Ermüdung vorschützte oder Unfähigkeit, es ihr gleichzutun, schürzte sie ihre vollen Lippen spöttisch, und die Sommersprossen auf ihrer etwas zu breit geratenen Nase bildeten ein komisches Muster und sie meinte, er sei einfach zu faul, und er könne schon, wenn er wolle, und gab ihm zu verstehen, daß einer, dessen Tugenden ausschließlich auf geistigem Gebiet lägen, ihr nicht als eine gerundete Persönlichkeit erscheine; eine gerundete Persönlichkeit aber, so folgerte er, sei, was Busche in ihre Arme zu schließen gedenke.

Ich kann nicht sagen, wie breit die Moldau an der Stelle ist und wie stark die Strömung, wo er Hand in Hand mit Busche ins Wasser stieg und vorsichtig immer tiefer hineinwatete, bis ihm der Grund unter den Füßen schwand. Ihm jedenfalls erschien der Fluß ungeheuer breit, und die Strömung reißend, als er, nach Luft japsend und immer wieder in Versuchung, umzukehren, das gegenüberliegende Ufer zu erreichen sich mühte; und sicher hätte er auch den ungleichen Kampf, S. H. gegen die Elemente, aufgegeben, wenn er nicht die Lächerlichkeit befürchtet hätte, in die ihn solcher Kleinmut bringen mußte; dann schon lieber absaufen. Und das Schlimmste war, daß Busche, kaum daß sie das andere Ufer gewonnen hatten, nach kurzem Atemholen wieder ins Wasser zurückstieg zur zweiten Hälfte der fürchterlichen Prüfung, die er, wie er nun einsah, sich selber auferlegt hatte: wieso nur, fragte er sich, hatte er nicht die Courage gehabt, ihr Nein zu sagen, sie schwimmen zu lassen, allein, wenn sie schon so versessen darauf war?

Auf diesem Rückweg, mitten im Fluß, versagte ihm plötzlich die Kraft und er dachte, das Herz würde ihm bersten. Er hatte genug Geistesgegenwart, sich treiben zu lassen, bis er wieder Atem bekam, und als er das Ufer erreichte, weit stromabwärts, und erschöpft auf die Steine sank, und als sie angelaufen kam, bleich, und den Zitternden in ihr Badetuch hüllte, fühlte er sich miserabel und haßte sie; und die Liebe hinterher, in ihrem Zimmer, hatte einen Beigeschmack von Notzucht, obwohl Busche ihm nicht widerstand.

Es war keine Sache von Dauer; man trennte sich; ohne Schmerz, wenigstens zeigte sie keinen. Ein halbes oder dreiviertel Jahr später hörte er, sie habe sich das Leben genommen, irgendwo außerhalb von Prag, wo man sie auch begrub.

Mit Edna gibt es keine solchen Probleme.

Denn Edna ist Amerikanerin, und sie ist verheiratet, und sie lebt auch nicht in Prag, sondern in Pilsen. In Pilsen lebt sie, weil ihr Vater, ursprünglich Besitzer einer mittleren Bierbrauerei in New York, durch die Prohibition in den Staaten ruiniert wurde und mit dem Rest seines Geldes in seine Heimat, die Tschechoslowakei, zurückgegangen ist, wo sich's auch mit geringen Dollarbeträgen noch relativ gut leben läßt; außerdem ist man in Pilsen dem gewohnten Bierdunst nahe, und dieses oder jenes nicht immer ganz legale Geschäft läßt sich mit Amerika organisieren. Nun aber, da Franklin Delano Roosevelt Präsident geworden ist, und der Beschluß feststeht, die Prohibition in den USA abzuschaffen, steigt der Stern der Familie von neuem, die alte Brauerei wird aufgemöbelt, und man bereitet sich vor, nach drüben zurückzukehren und das echte New Yorker Pilsner, das man einst herstellte, wieder auf den Markt zu bringen.

Vielleicht, schlägt Edna, die sehr verliebt ist, vor, möchte er mitkommen, und deutet Eheschließung an; Amerika ist wesentlich weiter entfernt von Hitler als Prag und daher entsprechend sicherer, und für Eltern und Bruder des prospektiven Gatten lasse sich, bei dem sicher zu erwartenden guten Geschäftsgang, sicher auch etwas finden. Den Einwand, es existiere ja bereits ein Gatte, tut sie ab: der sei ein netter, ruhiger, bescheidener Mensch ohne Arg, und werde aus den echt New Yorker Pilsner-Profiten abgefunden werden. Inzwischen, eine Art vorweggenommener Hochzeitsreise, könne man zu zweit an die Sazava fahren, ein Flüßchen in Böhmen, sehr schöne, romantische Landschaft, wo sie ein Ferienhäuschen kenne, in dem sich's ungestört bleiben lasse.

Die Tage an der Sazava gehören zu den freundlichsten Erinnerungen des S. H. Es schien da immer die Sonne, und Edna, die ein ganz klein wenig zu Fett neigte, war auf eine lässige Art unersättlich; sie liebte es, geistige Gespräche zu führen, wenn sich nichts Besseres anbot, bestand aber nicht auf eigenen Meinungen, so sie welche hatte, sondern ließ S. H. ihre Bewunderung spüren, indem sie das, was er von sich gab, kopfnickend und lächelnd akzeptierte und sogar seine Theorien über die Unvermeidlichkeit der Revolution und die historische Notwendigkeit des Sozialismus bejahte.

Irgendwie kommt dann die Familie auf sie zu; ein jüngerer Bruder stellt sich ein in einem Automobil und will Edna von der Sazava abholen; all dies geht freundlich zu und ohne die geringste Aufregung, der Bruder ist gleichfalls voller Anerkennung für den klugen und künstlerisch so begabten Freund seiner Schwester, aber die Schiffstickets nach New York seien bereits gebucht und man könne nicht länger warten; und S. H. sieht sich plötzlich an Ednas Seite, mit einem Anteil an der Brauerei als solider Basis, fürs Leben. Da küßt er Edna und nimmt sie zärtlich beim Arm und geleitet sie zu dem Automobil: er wird den Bus zum Bahnhof nehmen, sagt er, und mit dem Zug zurückfahren nach Prag.

Seine Begegnung mit Hans Burger, die in diese Zeit fällt, erweckt die Lust zu dramatischer Arbeit wieder. Burger, gebürtiger Prager, und nur zwei Jahre älter als S. H., ist Dramaturg am Deutschen Theater der Stadt; er hat also, beneidenswert, nicht nur eine Stellung mit festem Gehalt, sondern er dürfte auch Einfluß nehmen können auf diese und andere Bühnen; was liegt daher näher als der Gedanke, ein Stück für ihn zu schreiben, unter Umständen sogar zusammen mit ihm, denn es ist doch wohl anzunehmen, daß so einer, schon von Berufs wegen, die technische Seite der Sache beherrscht.

Jahre später, als das Produkt dieser gemeinsamen Arbeit zum ersten Mal gedruckt werden soll, in Halle, in der Deutschen Demokratischen Republik, schreibt S. H. allerdings in einem Nachwort: »Weder Burger noch ich verstanden allzuviel von der Technik des Dramas, vom Aufbau von Stücken, den Fragen des Konflikts, der Steigerung zum Hochpunkt, von all jenen Begriffen, mit denen der Dramatiker sich herumschlagen muß; wir waren wie der Reiter über den Bodensee, wir gelangten über das Eis ans andere Ufer und wußten gar nicht wie.« Dafür, das läßt sich im Nachhinein sagen, ist das Produkt dieser gemeinsamen Arbeit, ein Jugendstück mit dem ziemlich langwierigen Titel *Tom Sawyers großes Abenteuer*, doch recht gekonnt; es arbeitet mit einfachen Mitteln, aber es baut eine Spannung auf, die die jungen Zuschauer, und nicht nur die jungen, von ihren Sitzen reißt, wenn am Ende die Guten siegen und die Bösen, die Rassisten von der Brüderschaft vom nie versagenden Pfeil, durch die schiere Courage von Tom Sawyer und Huckleberry Finn entlarvt werden; nein, nicht nur Courage, durch eine ethische Entscheidung vielmehr, die Huck am Schluß des Stücks, zu den Kindern im Publikum und auf der Bühne gewandt, so ausdrückt: »Und wenn's wieder um so was geht – unsern Mund halten wir dann nicht wieder – nie – und wenn Tod und Teufel gegen uns sind. Nicht wahr?«

Die Idee, Mark Twains Tom Sawyer-Stoff zu bearbeiten, stammt, wenn ich mich recht erinnere, von S. H.; aber Burger, stets rasch begeistert für Pläne und Projekte, sieht hier ganz nüchtern und mit dem Blick des Theatermanns die Möglichkeiten, die in den beiden einander ergänzenden Romanen, im Tom Sawyer und im Huckleberry Finn, stecken; man mußte nur, wie S. H. in seinem Nachwort zu dem Stück weiter ausführt, »richtig auswählen und richtig zusammenstellen; man mußte auslassen, was für die Gegenwart bedeutungslos war; man mußte mit dem tiefsten Respekt für das Werk des großen Schriftstellers Mark Twain diejenigen seiner Gedanken, die für die Gegenwart besondere Bedeutung hatten, stärker herausarbeiten und die Romanstruktur der von uns benutzten Episoden des Buches in eine dramatische Struktur verwandeln.«

Das ist, 1952, leichter geschrieben als 1934, in der Wohnstube der Frau Grossova, getan. Man sitzt zusammen an dem wachstuchbezogenen Tisch; S. H. hat seine Schreibmaschine vor sich und ein Glas Wasser, und tippt, Satz um Satz, worauf man sich, nach vieler Rede und Widerrede, geeinigt hat; die andere Methode, der eine schreibt dies, der andere das, und dann stückelt man das Ganze zusammen, war verworfen worden; besser, man blickt zu zweit durch das Kaleidoskop und sieht, was da und wie es entsteht. Und tatsächlich entsteht da etwas. Sobald einmal die Grundfabel, alles aus Mark Twainschen Story-Elementen und mit Mark Twainschen Charakteren, ausgearbeitet ist, fügen Farben und Formen sich zueinander und das Ding beginnt sich zu entwickeln, und zwar, wie es scheint, nach eigenen Gesetzen; hier, und in Gesellschaft Burgers, macht S. H. zum ersten Mal die Erfahrung, die sich ihm bei der Arbeit an jedem seiner Bücher aufdrängen wird: wie eines das zweite bedingt, wie ein Punkt der Story einen anderen, und zwar nicht irgendeinen, sondern einen ganz bestimmten, nach sich zieht, und wie ein gewisser Charakterzug einer handelnden Person nicht nur gewisse Handlungen erfordert und andere ausschließt, sondern sogar die Gesten des Betreffenden beeinflußt und seine Gesichtszüge formt.

Was mir an dem Stück heute wichtig erscheint, ist, daß darin gezeigt wird, mit welcher Leichtigkeit ganze große Gruppen von Menschen manipuliert werden können, und welchen Mut es erfordert, sich dem entgegenzustellen mit nichts als der nackten Wahrheit bei der Hand. Das ist die Lehre von 1933, die das Team Burger–S. H. damals in Prag mit dem Stoff des Mark Twain verknüpft und durch Mark Twains Menschen demonstriert hat – mit einem in erster Linie jugendlichen Publikum im Auge, gewiß; aber die Kinder von heute würden die Erwachsenen von morgen sein.

Der Tom Sawyer erweist sich, zunächst, als Fehlinvestition; es gibt in Prag kein Kinder- oder Jugendtheater; Burger verhandelt zwar mit dem Divadlo Osvobozeni, dem Befreiten Theater der beiden berühmten Schauspieler Voskovec und Werich, mit dem Gedanken, dort solle das Stück abwechselnd in tschechischer und deutscher Sprache aufgeführt werden, aber eine Schwierigkeit nach der andern türmt sich auf; Tom, scheint's, ist gestorben.

S. H. hat keine Zeit zu trauern; er braucht seine zweihundert, dreihundert Tschechenkronen in der Woche, für die Miete, fürs Essen, und für alle die Kleinigkeiten des täglichen Lebens, die, unbedeutend im einzelnen, doch unentbehrlich sind und im Aggregat ins Geld gehen. Zwar lernt er einen Genossen Jacobsen kennen, wenigstens nennt er sich so, der wie ein Seemann aussieht und häufig, und mit Sehnsucht, von Hamburg spricht, und der behauptet, Einfluß zu haben in einem jener Hilfskomitees, von denen auch S. H. eine Unterstützung beziehen könnte; aber S. H. glaubt immer noch, auch ohne das durchkommen zu können. Er schreibt wieder seine Feuilletons; er schreibt, für die Prager Illustrierte des Herrn Lössl, eine lange Reportage, über Prag natürlich, Prag mit den Augen eines Fremden gesehen, und nimmt auf seine Gänge eine junge Zeichnerin mit, Hella heißt sie, die er durch jene ungarische Emigrantenfamilie kennengelernt hat, bei der er seine ersten Prager Nächte verbrachte. Hella wird, so hat man sich mit Herrn Lössl geeinigt, die Sache illustrieren, und wie sie so neben ihm hergeht, ihr Gang ähnelt dem der Jutta von Graisowsky aus seiner Chemnitzer Gymnasialzeit und ihre Stimme ist vielversprechend heiser, denkt er weniger an die Gassen und Winkel, die für das Blatt zu beschreiben wären, als an die Aussichten, die sich ihm eröffnen könnten, fände er nur den richtigen Zugang zu ihr; doch sie weist seine Avancen zurück; er möge sich nicht so juvenil verhalten, sagt sie. Erst als alles besichtigt ist, der letzte gemeinsame Ausflug zu Ende, legt sie sich hin für ihn; da ist er so kopflos, daß er versagt. Sie klopft ihm auf den Rücken: das mache nichts, das könne jedem passieren, tröstet sie. Aber die Angst vor der Blamage bleibt ihm, eine Erinnerung fürs Leben.

Die tschechische Presse ist anders. Dort gibt es keine solch cleveren und zugleich trostlosen Versammlungen wie im Arbeitszimmer des Dr. Thomas vom Tagblatt; selten, daß einer der Emigranten sich in ihre Redaktionen verirrt; da ist das Sprachenproblem, bei den Leuten aus dem Reich bestehen Vorurteile, instinktive, gegen diese schwer verständliche, harte, unmelodiöse Sprache, die das Volk dennoch in einem sonderbaren Singsang vorträgt. Außerdem gilt die Tschechoslowakei eher als ein Zwischenaufenthalt; so gut wie keiner der Exilierten möchte sich hier wirklich niederlassen; auf drei Seiten eingeschlossen von deutschem Territorium, und mit einer starken Nazi-Organisation unter den Bewohnern der Sudeten, erzeugt das Land Unbehagen bei den Flüchtigen – warum also erst Tschechisch lernen. Dabei gibt der Professor Siebenschein von der Universität Prag Sprachkurse für Emigranten, an denen auch S. H. gelegentlich teilnimmt; überhaupt entwickelt er ein Faible für die

Tschechen, bei denen selbst den Intellektuellen noch ein Zug von Herzlichkeit und Bescheidenheit zueigen; der deutsche Kulturhochmut, bei Nazis wie bei Emigranten gleichermaßen im Schwange, ist ihm zuwider.

Möglich, daß es diese Haltung ist, die Karel Čapek veranlaßt, ihn zu akzeptieren, der weithin Berühmte den blutigen Anfänger. Čapek arbeitet, trotz der Reihe von Werken, die er veröffentlicht hat, in vielen Ländern der Welt, immer noch als Kulturredakteur der Zeitung Lidove Noviny; den Rücken leicht gekrümmt, die traurigen Augen auf einen Punkt irgendwo vor seinen Füßen gerichtet, betritt er den Raum, schlurft hastig hin zu seinem Schreibtisch, schiebt sich den Stuhl zurecht, streckt die Hand aus und sagt: »Nun, was haben Sie Neues?«

Dann liest er, langsam und nachdenklich, das Manuskript des Besuchers; hier ist, denkt der, einer, der auch das Wort des anderen, und sei dieser noch so unerfahren, ernst nimmt, und er ist Čapek dankbar dafür. Als Čapek dann nickt, auf diese Weise andeutend, daß er den Artikel bringen wird, spricht S. H. von der Übersetzung; er kenne keinen Übersetzer, wenigstens keinen qualifizierten, ob Herr Čapek denn in den Kreisen seiner Redaktion nicht einen hätte, den man beauftragen könne; das Honorar für den Mann, oder die Frau, müsse dann gegen seines verrechnet werden.

»Da machen Sie sich mal keine Sorgen, das erledige ich schon selber«, sagt Čapek.

»Sie wollen das Übersetzungshonorar doch nicht etwa aus Ihrer Tasche zahlen«, sagt S. H. und erwartet zu hören, die Redaktion werde die Kosten übernehmen, selbstverständlich.

»Nein«, sagt Čapek, »ich werde es übersetzen.«

»Aber das ist doch –«

S. H. unterbricht sich. Absurd, wollte er sagen. Und es war ja auch irgendwie absurd. Čapek, der große Karel Čapek, als Übersetzer des völlig unbedeutenden S. H. War dieses noble Anerbieten gedacht als eine Aktion praktischer Hilfe? Oder tat Čapek das, weil es ihn mehr Zeit gekostet hätte, einen kompetenten Übersetzer zu finden, als er brauchte, um die paar Seiten auf tschechisch herunterzudiktieren? Oder sah er, auf diesen paar Seiten, die Spuren eines Talents, das es zu behüten und zu fördern galt?

Bei späteren Besuchen stellt Čapek den jungen S. H. seinem Bruder Josef vor, dem Maler, der für die Lidove Noviny Karikaturen zeichnet, und als S. H. nach einiger Zeit auch politische Betrachtungen vorlegt, die nicht mehr ins Feuilleton passen wollen und die recht neuartige Gedanken und, was der politischen Redaktion noch wichtiger zu sein scheint, neue Informationen enthalten, führt er ihn eines Tages ins Allerheiligste, zum Chefredakteur, dem dicken Dr. Edvard Bass.

Der betrachtet sich den jungen Mann und schüttelt den Kopf, als mißtraue er seinen Augen. Dann teilt er ihm freundlich mit, daß seine Beiträge das Interesse gewisser Stellen erregt hätten, und deutet an, diese seien sowohl ziviler als auch militärischer Art und recht hoch angesiedelt, und man würde doch gerne noch weitere Informationen haben, wie in den Artikeln gegeben, auch ohne sie notwendigerweise erst publiziert zu sehen – im Gegenteil, je vertraulicher, desto besser – und ob S. H. bereit wäre, solche Informationen, so ihm erhältlich, zur Verfügung zu stellen, gegen entsprechende Entschädigung versteht sich.

Ein verlockendes Angebot. Aber S. H. war damals noch zu jung, und nicht genügend abgebrüht, um die Sache in großer Manier zu spielen; und vielleicht hatte er, in seiner unsicheren Situation, sogar recht, wenn er, leicht errötend, dem guten Dr. Bass gestand, er habe die kostbaren Informationen der sogenannten Imprekorr entnommen, der Internationalen Pressekorrespondenz, einem in Moskau auf Dünndruckpapier gedrucktem Informationsheft zu internationalen Fragen, das, obwohl in der Hauptsache für Funktionäre und derart Interessenten bestimmt, am Prager Wilsonbahnhof und in anderen größeren Zeitungskiosks käuflich zu erhalten sei.

Herr Peschel von der Zeitung Narodni Osvobozeni, zu Deutsch, Befreite Nation, ist ein liberaler Mann, obwohl sein Blatt das Organ des tschechischen Legionärsverbandes ist, in dem die Veteranen jener tschechischen Legion zusammengeschlossen sind, die nach der russischen Revolution quer durch die Weiten Rußlands heimwärts zogen und auf dem Weg die Rote Armee nicht nur bekämpften, sondern auch schlugen, wo sie nur konnten. Aber das ist schon eine lange Zeit her; heute, angesichts der nationalsozialistischen Herrschaft in Deutschland, bahnen sich, zaghaft noch, Bindungen an zwischen Prag und Moskau, und Herr Peschel zeigt seine politischen Sympathien, indem er in Narodni Osvobozeni, wenn auch vorsichtig dosiert, Beiträge aus der Feder deutscher Emigranten druckt, darunter auch solche von S. H.

Und wieder ist da das Problem der Übersetzung. Herr Peschel jedoch hat einen Vorschlag bereit, den S. H. akzeptieren kann, ohne erst die Hemmungen überwinden zu müssen, die die Čapeksche Lösung immer wieder in ihm hervorruft; Herr Peschel stellt ihm ein junges Mädchen vor, zwanzig wird sie etwa sein, Vera, Studentin der Germanistik und, wie Herr Peschel hinzufügt, Tochter eines prominenten Kollegen, der an einflußreicher Stelle in einem anderen, allerdings sehr rechtsgerichteten Prager tschechischen Blatte sitzt. Vera hat sich bereit erklärt, S. H.'s Beiträge ins Tschechiche zu übertragen; über das Finanzielle, meint Herr Peschel, werden die beiden jungen Leute sich rasch genug einigen können.

Mit dieser Begegnung beginnt eine Reihe von schicksalhaften Verwicklungen, beginnt der Leidensweg einer jungen Frau und eines kleinen Kindes, das in Auschwitz enden wird, eine Geschichte, die ich jedoch nicht vorwegnehmen möchte, da auch S. H. sie nur stückweise, und viel später erst, erfahren wird. Für jetzt dies: Vera ist nicht im eigentlichen Sinne eine Schönheit, aber sie hat das, was man mit dem so sehr in Mißkredit geratenen Wort Liebreiz bezeichnet. Der Schnitt ihres Gesichts, mit den hohen Wangenknochen und den ein wenig zu weit auseinanderstehenden blaugrauen Augen ist slawisch, der Mund feingeschnitten, das kleine Kinn wohlgeformt, die Ohrmuscheln zierlich; das hellblonde Haar trägt sie gescheitelt und glatt an den Kopf angelegt, mit einem Knoten im Nacken. Die zarte helle Haut und ihre Figur erwecken den Eindruck von etwas Seltenem, das mit Vorsicht und Schonung zu behandeln ist; dabei ist sie keine von denen, die mit preziösem Gehabe einhergehen; eher steht sie fest auf der Erde und versucht, sich durchzusetzen.

Auch gegen ihren Vater, der, sobald er von ihrer Freundschaft mit dem windigen Kerl erfährt, dem jüdischen Emigranten und halbgebackenen Schreiber, alle Hebel in Bewegung setzt, um das Verhältnis zu lösen; nie werde der Bursche sie heiraten, und um Gottes willen nicht ins Bett gehen mit ihm, du bist doch nicht etwa schon, studier erst mal fertig, laß ihn laufen, ich hab Erkundigungen eingezogen über ihn, ein Mensch ohne Moral, bewegt sich in nicht nur politisch übel beleumundeten Kreisen.

Tatsächlich denkt S. H. auch nicht ans Heiraten oder gar ans Kinderkriegen; mit einer so ungewissen Zukunft, wie es die seine ist, mit dieser Hand-in-den-Mund-Existenz, wie kann man es da verantworten, eine Familie zu gründen; wenn eine Frau ihn liebt, gut, soll sie, aber von ihm zu erwarten hat sie nichts; und als Vera ihm anvertraut, daß noch keiner sie gehabt hat, wirklich und wahrhaftig keiner, ist er sonderbar berührt, um nicht zu sagen schockiert, und berät sich mit dem Medicinae Universae Doctor Hauer, mit dem er gleichfalls durch die ungarische Emigrantenfamilie in Holeschowitz bekanntgeworden ist. Dr. Hauer sieht Komplikationen, wenn das Mädchen ihn wirklich liebt. Liebe er sie denn? Er sorge sich sehr um sie, sagt S. H., sie sei so leicht zu verletzen, und alles, nur nicht ihr wehtun, wolle er; er betrachte dies Gefühl als eine Indikation von Liebe. Er sei auch bereit, sich zurückzuhalten; sie aber verlange von ihm, daß er's ihr tue; sich ihm zu geben, ihm als dem ersten, das wolle sie, eine Art Ritualhandlung, glaube sie vielleicht, mit Bedeutung fürs Leben; das sei es ja wohl auch, sagt er nachdenklich, nicht umsonst fordere die jüdische Religion die Virginität der Braut. Der MUDr Hauer hält ihm einen kurzen Aufklärungsvortrag über die Konstruktion jenes Teils der weiblichen Anatomie; man könne, sagt er, eine Frau auch durchaus zufriedenstellen, ohne sie zu perforieren. S. H., zurück in seiner Stube bei der Frau Grossova, in dem knarrenden Bett, versucht dem Rat des Arztes zu folgen; aber die Hingabe, mit der das Mädchen ihn zu sich nimmt, überwältigt ihn, und als sie sich voneinander lösen, ist da der Fleck auf dem Laken, Spur des Verlusts jener Blüte, die so viele Poeten schon inspiriert hat, und er ist nun doch stärker beunruhigt, als er sich's zugestehen möchte.

Vera aber ist glücklich.

Der Graben in Prag ist eine relativ breite Straße, mit Läden, Geschäftshäusern, Restaurants und Cafés zu beiden Seiten; sie mündet in den Wenzelsplatz, das eigentliche Zentrum der Stadt, und entspricht zusammen mit diesem etwa dem Rialto in Venedig, von dem schon Shakespeare spricht; wenn man sich irgendwo begegnet, dann auf diesem Gerüchtemarkt.

Hier auch, als er irgendeiner Verabredung zustrebt, erblickt S. H. den Genossen Jacobsen, der ihm heftig zuwinkt. Kaum daß sie einander begrüßt haben, platzt Jacobsen mit seiner Neuigkeit, einem Angebot, heraus: Ob er Lust hätte, nach Amerika zu gehen. Er, Jacobsen, könne ihm dazu verhelfen.

Zunächst klingt das viel zu phantastisch, als daß man es ernst nehmen könnte. Andererseits jedoch hängt der Genosse Jacobsen mit einem oder mehreren dieser Hilfskomitees zusammen, die in Prag bestehen und auf verschiedene Weise, mit Geld oder durch ihre Verbindungen, deutschen Emigranten weiterhelfen, und S. H. hat sich auch schon selber Gedanken gemacht über ein in größerer Ferne liegendes, mächtigeres und daher mehr Sicherheit und zugleich mehr Möglichkeiten bietendes Exilland, Rußland etwa, das aber nur ganz bestimmte Emigranten, und in bestimmten Fällen, aufnimmt – oder eben Amerika. Anhören sollte man den Genossen Jacobsen jedenfalls.

Also hinein in das nächste Café. Er, S. H., habe doch studiert in Berlin, geht Jacobsen direkt in medias res. Ja, Germanistik und Journalismus. Und habe er nicht, Hitlers wegen, sein Studium abbrechen müssen? Auch das, ja. Besitze er Zeugnisse, Studienbescheinigungen, oder andere Papiere der Art? Sie ließen sich wahrscheinlich beschaffen. Nun, erklärt Jacobsen, es gebe da in Amerika eine Studentenvereinigung, eine jüdische natürlich, aber mit einem griechischen Namen, die irgendwie Geld aufgebracht habe, um deutschen jüdischen Studenten eine Fortsetzung ihres durch den Machtantritt der Nazis unterbrochenen Studiums in Amerika zu ermöglichen; ein entsprechendes Universitätsstipendium stünde zur Verfügung, Wohnung und Essen wären frei in Studentenheimen, welche diese Vereinigung unterhalte, sogar ein Taschengeld sei vorgesehen; warum sollte man eine so liebenswürdige Offerte nicht akzeptieren? Habe er, S. H., zur Zeit etwa ein besseres Projekt im Auge?

Amerika. Natürlich hat er ein Bild von Amerika im Kopf, welcher Europäer hat das nicht, Cowboys, Indianer, unbegrenzte Möglichkeiten, Freiheitsstatue, die Quäkerspeisungen damals; aber seines wird wohl doch um ein geringes weniger klischeehaft gewesen sein als das der anderen, auch kritischer, er hat Dreiser gelesen und Upton Sinclair, und er weiß, Amerika ist der Hauptsitz des Kapitals, mit den größten Gegensätzen zwischen Arm und Reich. Und dennoch ist da, unterschwellig, auch in ihm wirksam der große Mythos, vom Land der Wunder, seiner Grenzenlosigkeit, seinen ungebundenen, in größeren Proportionen denkenden Menschen. Und dort soll er nun hin dürfen, alles gratis und frei bis auf die Reise; die Kosten dafür, sagt der Genosse Jacobsen, wird er selber aufbringen müssen.

Nur, es ist sehr weit fort, Amerika. Und hier in Prag hat er immerhin ein paar Bindungen, gewachsen in diesen nicht ganz zwei Jahren Emigration, Bindungen, die ihm so etwas wie Sicherheit geben; und Vater und Mutter leben nur ein paar Kilometer entfernt jenseits der Grenze, er ist erreichbar für sie. Amerika wäre, sagt die eine innere Stimme, wieder ein Sprung ins Ungewisse.

Sprung, bitte sehr, sagt die andere, aber doch ein recht gut gesicherter, mit dem Stipendium an einer amerikanischen Universität; und wer hier in Prag wäre bereit, ihm für sein Bett und drei Mahlzeiten am Tag zu zahlen? Und was könnte er besseres tun, um die Zeit zu überleben, bis sich in Deutschland etwas Entscheidendes ändert? Bis dahin kann es, wie er inzwischen ahnt, Jahre dauern, und mit dem Studium in Amerika wären zwei oder drei davon auf nützliche Art verbracht.

Dieser Gedanke gibt den Ausschlag. Und Vera sagt, nein, sie wolle ihm nicht im Weg stehen, dazu liebe sie ihn zu sehr; und was wären schon zwei oder drei Jahre, sie werde warten auf ihn, bis er zurückkehre mit dem amerikanischen Doktorhut, oder, wenn er es so wünsche, würde sie auch nachkommen und sein Leben mit ihm teilen, möge es noch so schwer sein; nur schreiben solle er ihr.

Es beginnt nun der Weg durch die Amtsstuben, die amerikanischen, die tschechischen – und die deutschen, die der Vater für ihn übernimmt, denn die amerikanische Botschaft in Prag verlangt nicht nur eine notariell beglaubigte Bestätigung seitens des Hauptbüros der Phi Sigma Delta Fraternity, daß diese tatsächlich beabsichtigt, dem Antragsteller ein Stipendium an einer amerikanischen Universität zur Verfügung zu stellen und ihn während der Zeit seines Studiums zu beherbergen und zu beköstigen, die Botschaft fordert auch ein Führungszeugnis, ausgestellt von der Prager Polizei, und einen für die Zeit bis zum Abschluß des Studiums in Amerika gültigen deutschen Reisepaß, und die deutsche Botschaft in Prag will den Paß des Helmut Flieg aus Chemnitz nicht verlängern ohne entsprechenden Bescheid der zuständigen Chemnitzer Behörde.

Letzterer, glaubt S. H., wird nie kommen; es wird nichts werden mit Reise und Studium. Und er beginnt, ein erstes Ressentiment zu entwickeln gegen diese Amerikaner, die, wo sie nur können, bürokratische Wälle aufwerfen gegen die Emigranten aus Deutschland, sie, die sich brüsten, die Beladenen und Bedrückten der ganzen Welt willkommen zu heißen an ihren Ufern. Denn jedesmal, wenn er die amerikanische Botschaft aufsucht, sieht er die Warteschlangen geduckter Juden aus Deutschland und hört von Affidavits, von eidesstattlichen Versicherungen, in denen beschworen wird, daß der Flüchtling, nachdem er das rettende Ufer Amerikas erreicht hat, dem Staat nicht zur Last fallen, sondern vom Unterzeichner des Affidavits versorgt werden wird, und erfährt von dem Quotasystem, jenem lange vor der Hitlerzeit festgesetzten Gewirr von Zahlen, durch das die Einwanderung aus den einzelnen Ländern nach den USA willkürlich begrenzt wird und in dessen Folge Tausende und Abertausende von Menschen, die sich hätten retten können, in die Hände der Erbauer von Auschwitz geraten werden. Oh, ihn betrifft das nicht, versichert ihm der Konsularbeamte, er fällt nicht unter die Quota, er will ja nicht einwandern, er will nur studieren in Amerika, und studieren kann dort jeder, der will; aber nach seinem Studium wird er die Staaten wieder verlassen müssen, deshalb ja braucht er den verlängert gültigen Paß.

Dann hört er vom Vater. Das fast unmöglich Scheinende sei erreicht, ein Schreiben vom Polizeipräsidium in Chemnitz unterwegs an die deutsche Botschaft in Prag mit der Genehmigung, den Paß zu verlängern; ein Jude, so habe man ihm im Präsidium angedeutet, möge hingehen, wo man ihn aufnimmt; ein sehr menschlich denkender Beamter, offenbar. Und er, der Vater, würde gern kommen, den Sohn noch einmal zu sehen; von seiten der Polizei habe man keine Einwände erhoben gegen seine Reise nach Prag.

Neben den Laufereien zu den Behörden, die er erledigen muß, und zu der Schiffahrtslinie – er kann, für einen angeblich sehr mäßigen Preis, denn das Geschäft geht schlecht und die Konkurrenz ist groß, ein Ticket dritter Klasse von Le Havre nach New York auf dem Flaggschiff der French Line, der Ile de France, erhalten – ist er jetzt eifrig beschäftigt, bei dem Genossen Mirsky, wiederum einem Bekannten jener Holeschowitzer Ungarn, wenigstens soviel Englisch zu lernen, daß er bei der Ankunft in der neuen Welt nicht ganz und gar verloren ist. Es soll ein intensiver Sprachkurs sein, denn ihm bleibt nicht viel Zeit, will er zu Beginn des Frühjahrs-Terms, so heißt der Fachausdruck, in Chicago sein, und der Genosse Mirsky ist ein intensiver Mensch mit eindringlicher Stimme, der an intensive, eindringliche Methoden glaubt; was in den Schulen gelehrt wird, sei graue Theorie, meint er, im praktischen Leben erlerne sich die Sprache, im Alltagsdialog, und so heißen seine Lektionen: Auf dem Bahnhof, In der Speisegaststätte, Eine Wanderung, Ein Besuch im Museum. Er hat nicht so ganz unrecht gehabt; und auch wenn seine Aussprache etwas merkwürdig, seine Grammatik fehlerhaft, sein Vokabular ungenügend waren, so hat er seinem Schüler doch genügend Selbstvertrauen gegeben, daß der sich, als die Zeit dafür kam, ohne große Scheu in die Sprache hineinstürzte.

Und dann die Reisekosten. Zwar versichert man S. H. im Büro

der French Line immer wieder, wie preiswert ihr Ticket sei und wie glücklich er sich schätzen möge, eine so einmalige Gelegenheit wahrnehmen zu können, aber es sind dennoch Tausende von Kronen, ein Vermögen in seinen Augen, die da beschafft werden müssen, von der Bahnfahrt nach Le Havre gar nicht zu reden, die auch bezahlt sein will.

Ihm bietet sich nur eine Quelle: die Redaktionen. Er teilt die Summe, die er ungefähr brauchen wird, eingerechnet ein paar Groschen für Nebenkosten unterwegs, in Anteile proportionell zu den Auflagenhöhen der Blätter auf, für die er gearbeitet hat, und macht sich auf den Weg, diese Anteile zu erbitten. Er will ja keine mildtätigen Gaben, er will nur Vorschüsse, und er wird alles zurückzahlen, auf Heller und Krone, sagt er, in Form von Artikeln, Artikeln über Amerika. Amerika sei groß und das wirkliche Leben dort so gut wie unbekannt, aber er werde es für die Prager Leser entdecken. Nicht über die offizielle Politik wolle er berichten, das erführen sie ja von den Korrespondenten der Nachrichtenbüros, sondern über das andere, viel Interessantere: den Alltag – Auf dem Bahnhof, In der Speisegaststätte, Eine Wanderung, Ein Besuch im Museum. Und das Überraschende ist, der Dr. Thomas vom Tagblatt, Ludwig Winder von der Bohemia, Herr Peschel von Narodni Osvobozeni, und Karel Čapek greifen die Idee nicht nur sofort auf, sondern schenken ihm auch genügend Vertrauen, ihm die nötigen Summen ohne Vertrag, ohne Schuldverschreibung, nur gegen sein Wort auszahlen zu lassen.

Oder ahnte der eine oder andere von ihnen schon, was kommen würde und was ihnen drohte in ihrem Lande, und war darum bereit, das Geld à fonds perdu zu geben, um wenigstens diesem jungen Emigranten weiterzuhelfen? Als Čapek ihm zum Abschied die Hand gibt, lächelt er so melancholisch, daß S. H. ihn fragt, ob er etwa krank sei; aber Čapek schüttelt den Kopf; seine Schmerzen, sagt er, seien anderer Art.

Diese Handgelenke! Diese Innenseiten der Handgelenke mit dem weißen Muster der vernarbten Schnitte, das er an dem Morgen erblickt, als der Vater mit nacktem Oberkörper an das Waschbecken im Zimmer der Frau Grossova tritt!

Der Vater sieht, daß der Sohn seine Narben gesehen hat, und hält einen Moment inne beim Rasieren; doch gibt er ihm keine Erklärung. Der Sohn, der seit gestern nacht, seit sie beide in der armseligen Wohnstube der Frau Grossova zusammen schlafen gegangen sind, ein beinahe brüderliches Gefühl für den Vater hat, erkennt auf einmal Zusammenhänge: die stummen Abende des Mannes in der Ecke des Sofas, die Aufenthalte im Sanatorium und nun dies; aber dieses ist doch wohl neueren Datums, stammt aus der Zeit nach der Geiselnahme, und er tritt auf den Vater zu und will ihn in die Arme schließen und scheut dann doch davor zurück, da der durch nichts auch nur andeutet, durch keinen Blick, kein Zucken des Mundes, keine Bewegung der Hand, daß er empfänglich wäre für solche Zärtlichkeit.

Statt dessen, auf ihren Spaziergängen durch Prag, gibt der Vater ihm Ratschläge: Zurückhaltung üben, nicht immer der erste sein wollen, keine raschen Urteile fällen, lieber zunächst einmal sich still umtun in dem neuen Lande; er kennt die Schwächen des Sohnes. Der Sohn, neben ihm einhergehend, beobachtet: da sind noch immer die aufrechte Haltung und der feste Schritt, die volle Stimme mit dem Klang der Autorität; aber die Haut des Gesichts ist erschlafft und das Haar ist fast weiß geworden, trotz der erst vierundfünfzig Jahre des Vaters, und der Ausdruck um die Augenpartie, diese Müdigkeit, diese Trauer, greifen einem ans Herz.

Das Geschäft? Ja, das Geschäft, noch lebt man davon, dank wohl auch des Herrn Bauer, des Prokuristen, der sich sehr einsetzt, doch auf die Dauer wird es kaum so weitergehen können, sie würgen einen ab. Der Onkel Karl plant schon, das Land zu verlassen; der Großvater – ein Achselzucken. Aber er und die Mutter und Werner, man muß eben versuchen. Vielleicht kann der Sohn in der Hinsicht doch etwas tun. Er habe da einen Mann kennengelernt in einem Dorf im Erzgebirge, einen Erfinder, mit einem Patent, an dem er auf eine Art beteiligt sei, eine Anti-Fußschweiß-Socke, eigentlich eine Erlösung der Menschheit; und nun stelle man sich vor, Amerika, welche Mengen solcher Socken der Markt dort aufnehmen könnte, oder eine Textilfirma, ein Konzern, kauften das Patent und stiegen mit in das Geschäft ein, das wäre dann wohl eine Basis, ein neues Leben darauf zu gründen, ja, und der Sohn, natürlich, zuerst müsse für ihn die Universität kommen, das Studium, aber irgendwelche Verbindungen ließen sich doch eventuell herstellen durch ihn, er habe von diesen Socken welche mitgebracht, der Sohn möge selber probieren, eine Möglichkeit jedenfalls sei es.

Der Sohn spielt das mit; warum auch nicht, Gott weiß, wieviel noch fadenscheinigere Ideen schon Geld gebracht haben, und der

Vater tut ihm so leid, er möchte ihn bei der Hand nehmen und festhalten, er möchte in diesen wenigen Stunden ganze Jahre von Abschottung wiedergutmachen, aber das geht nicht, es ist zum Heulen. Ja, verspricht er, er wird, sobald er eingetroffen ist in Amerika, mit den Leuten dort sprechen, über den einen wird man zum anderen kommen, bis doch einer Interesse zeigt, die Amerikaner sind ja keine Narren, sondern Geschäftsleute, die ein Geschäft auch wahrnehmen, wenn sie eins wittern, und er wird den Vater sofort informieren, sollte sich etwas ergeben. Aber auch ohne das: einmal drüben, selbst wenn er nur als Student hingekommen ist, hat er doch einen Fuß in der Tür, und mit etwas Glück und Energie müßte sich erreichen lassen, daß Eltern und Bruder...

Nein, das nicht. Das hätte noch gefehlt, protestiert der Vater, dem Sohn auf der Tasche liegen. Er ist schon getröstet, daß er sehen konnte, mit eigenen Augen, wie gut es dem Sohn geht, und wie sich eine Zukunft ihm auftut; nun kann er erleichterten Herzens nach Chemnitz zurückfahren. Und tatsächlich sieht er besser aus als bei seiner Ankunft, gestraffter, gelassener, heiterer, wie er da am Coupéfenster steht und sich hinausbeugt, um noch einmal die Hände des Sohnes zu ergreifen, der plötzlich wieder die Narben an den Handgelenken vor Augen hat und aufschluchzt.

Sowieso, scheint ihm, beginnt alles sich aufzulösen. Die Runde im Redaktionszimmer des Dr. Thomas ist immer kleiner geworden, der eine, hört man, ist nach London gegangen, der andere nach Paris; und an dem Stammtisch im Continental sind gleichfalls bemerkbare Lücken entstanden, selbst der Mann, der alles zusammenhielt, Ernst Ottwalt, ist von einem Abend auf den anderen mit seiner Frau Traute verschwunden, nach Moskau, wie es heißt. Da fällt denn der Abschied nicht gar so schwer, besonders da Wieland Herzfelde ihn bittet, für die Neuen Deutschen Blätter zu schreiben, denn deutlich formiere sich auch in Amerika bereits eine antifaschistische Front; zahlen könne er allerdings nicht.

Die Nacht auf dem Bahnhof dann, das hat sich eingeprägt, die Nebelschwaden, die gedämpften Stimmen. Diesmal ist er es, der sich aus dem Coupéfenster lehnt, und unten auf dem Bahnsteig steht Vera, bleich, doch tapfer lächelnd, und spricht ihm, und sich, Mut zu: alles werde gut werden, so wie sie beide sich's wünschten; natürlich werde viel Neues einstürmen auf ihn, aber er sei ja nicht einer, der Menschen vergißt, die ihn lieben; und sicher werde er seinen

Aufenthalt in Amerika gut nutzen, und Amerika, so weit weg es auch sei, liege ja nicht außerhalb der Welt, das würde sie sich stets vor Augen halten; denn es werde doch sehr einsam für sie werden, mit wem könne sie denn reden über ihn, mit dem Herrn Peschel vielleicht; ihr Vater, und unter dessen Einfluß auch die Mutter, seien so sehr gegen ihrer beider Liebe, bei ihnen fände sie kein Verständnis; richtig aussprechen könne sie sich eigentlich nur mit ihrer Freundin Eva Löwenbach.

Er werde ihr nicht erst aus Amerika schreiben, sondern schon aus Paris, sagt er, also übermorgen; morgen ist er noch unterwegs, weil er die direkte Route, via Deutschland, ja nicht nehmen kann; aber das hätten sie ja längst besprochen; das sei so beim Abschiednehmen, man wiederhole sich, wohl um nur keine Pause im Gespräch eintreten zu lassen, und wahrscheinlich versäume man dabei, das wahrhaft Wichtige einander zu sagen, aber dieses wahrhaft Wichtige lasse sich doch kaum in Worte kleiden, es sei eher eine Sache des Gefühls, und man müsse es spüren.

Also schweigen sie, und der Zeiger auf der trübe schimmernden Bahnhofsuhr ruckt vorwärts, und der Zug fährt an. Vera läuft noch ein paar Schritte nebenher, dann bleibt sie zurück und er sieht, wie ihre Figur sich auflöst im Dunst.

Er schließt das Fenster, setzt sich in die Ecke des leeren Coupés auf die abgewetzte Holzbank. America, denkt er, sich einer der Lektionen des Genossen Mirsky erinnernd, America, here I come. Aber es ist kein so freudiger Gedanke.

# 7

Die Ängste des Menschen sind eingeprägt in Schichten des Bewußtseins, die sich nicht kontrollieren lassen. Man mag versuchen, sie zu vergessen oder zu unterdrücken; doch stellen sie sich stets wieder ein, oft in den sonderbarsten Formen. So habe ich noch heute, nach so vielen Jahren, einen Block im Hirn gegen das Wort *Avalanche*, ich muß jedesmal danach suchen, wenn ich es gebrauchen möchte, und erst nach wiederholtem, angestrengten Nachdenken kommt es mir in den Sinn.

Avalanche, zu Deutsch Lawine, schwer lastend am Hang hoch über ihm, jeden Augenblick bereit, sich zu lösen und, herabstürzend, ihn unter sich zu begraben, wurde S. H. zum Inbegriff aller Bedrohung in jener winterlichen Nacht, als er seine Reise antrat von Prag nach Paris. In beiden Hauptstädten lebten damals Leute, die gezwungen waren, reichsdeutsches Territorium zu vermeiden; die tschechische Eisenbahnverwaltung ließ darum einen Kurswagen laufen, der nicht direkt, via Nürnberg, nach Frankreich fuhr, sondern über Linz und quer durch Österreich und die Schweiz, in vorsichtigem Bogen um Deutschland herum. Diese Route, diesen Wagen wählte er.

Und nun sitzt der künftige Student an der Universität Chicago, das Herz noch schwer vom Abschiednehmen in Prag, auf der harten Bank eines Dritter-Klasse-Abteils in diesem besonderen Wagen, und schreckt plötzlich auf, als die Räder kreischen und der Zug mit einem Ruck anhält, auf offener Strecke. Ein Haltesignal, denkt er sich, gleich wird es weitergehen; aber es geht nicht weiter, die Minuten reihen sich aneinander zur Viertel-, zur halben Stunde, er reißt das Fenster auf, doch draußen sind nur die Schatten, gestaltlos, und ein paar Funken, die himmelwärts stieben, und das Keuchen der Lokomotive; und dann verbreitet sich, unklar woher, das Gerücht, der Zug müsse umgeleitet werden über deutsches Gebiet, Lawinen, die Strecke sei bedroht durch Lawinen. Der österreichische Schaffner, der durch den Gang eilt, knurrt auf die besorgten Fragen hin nur

Unverständliches; der künftige Student – ist er es noch? – spürt die Kälte, die ins Coupé dringt; aus ist das Märchen, die Reise beendet, der amerikanische Traum; er zittert und sucht sich zu überlegen, wie das sein wird und wie er sich verhalten soll, wenn auf einmal die deutschen Grenzer an der Abteiltür stehen und hinter ihnen, mit dem Fahndungsbuch, die Gestapo.

Schließlich rollt der Zug an und nimmt die Fahrt wieder auf, langsam, als müsse die Lokomotive sich ihren Weg ertasten, allmählich dann schneller, und schneller, immer tiefer hinein in die Dunkelheit; und dann ist da die Grenze, aber der Beamte, der die Tür des Abteils zur Seite schiebt, trägt schweizerische Montur und interessiert sich nur flüchtig für den bleichen jungen Mann in der Ecke und seinen Paß mit dem amerikanischen Studentenvisum darin.

Von dem Paris des Jahres 1935 sind Eindrücke nicht geblieben. Sein Aufenthalt dort kann nur Stunden gedauert haben, kaum mehr als nötig für den Übergang, mit dem schweren alten Koffer in der Hand, von Bahnhof zu Bahnhof. Er war auch nicht in der Stimmung, die Stadt zu erkunden und zu genießen, die ihn sonst wohl in ihren Bann gezogen hätte; er stand unter Druck; sein einziger Schatz war ein Ticket, das billigste, das sich hatte beschaffen lassen, für eine Passage auf der SS Ile de France, die ihre Abfahrt kaum verschieben würde, bis er Paris ausgekostet hätte; ebenso würden die Herren vom International Student Service in Amerika und von der Phi Sigma Delta Fraternity, die ihn in New York erwarteten, es wenig schätzen, wenn er erst mit einem späteren Schiff einträfe, weil er das Erlebnis von Paris nicht hatte missen wollen.

Das nächste Bild ist daher der Speisesaal tief im Bauch des Dampfers Ile de France, die weißgestrichene schräge Wand mit dem messingnen Fassungen der dicht verschlossenen Luken; das Klatschen der Wellen gegen den Bug, wenn das riesige Schiff auf sie hinabprallt, ist deutlich hörbar. Der Speisesaal ist zu drei Vierteln leer, selbst in der untersten Klasse sind die Passagiere nicht zahlreich, wer kann sich eine Seereise schon leisten mitten in der Krise; und dann ist da das Wetter, viele sind seekrank. S. H. hat sich nach kurzem Zögern zu einem Neger an den Tisch gesetzt; der blickt auf, lächelt dann aber freundlich und beobachtet, wie sein Tischgenosse stirnrunzelnd die Speisekarte, ein Dokument von beträchtlicher Länge, studiert und endlich dem ungeduldig wartenden Steward mit spitzem Zeigefinger die oberste Zeile weist.

So kommt es, daß sein erstes Frühstück an Bord mit Zwiebelsuppe beginnt; c'est la cuisine française, tröstet der Neger. Über die cuisine wendet sich das Gespräch, mit einigen Verständigungsschwierigkeiten zu Anfang, persönlicheren Dingen zu; der Mann berichtet, nicht ohne Stolz, er sei amerikanischer Regierungsbeamter, im Zolldienst, yes, sir, das sei in den USA möglich, auch für einen seiner Hautfarbe; er kehre gerade vom Besuch bei seiner Familie zurück, seine Frau und die Kinder lebten in Paris, er habe nämlich eine Französin geheiratet, während des Krieges 1918; sie hätten es dann in Amerika versucht, aber die Frau habe es auf die Dauer nicht ertragen. Sie wissen ja, oder wissen Sie es nicht, das Ghetto, das Problem schwarzer Mann weiße Frau; in Frankreich haben sie eine ganz andere Haltung zu Mischehen. Wohin sein Tischnachbar denn unterwegs sei? Nach Chicago? In Chicago habe er Verwandte, Cousin und Cousine, auf der Southside der Stadt, südlich der 63rd Street, unweit der Universität, aber trotzdem schon eine schwarze Gegend natürlich; wenn sein junger Freund es wünsche, könne er ja die Adresse haben und einen Einführungsbrief an die zwei; es könne nur nützen, Bekannte zu haben in einer fremden Stadt; andererseits aber sei es vielleicht doch nicht so ratsam, dort hinzugehen; bei aller Vorurteilsfreiheit seines jungen Freundes, auch in Amerika werde mit den Wölfen geheult, was bleibt einem übrig.

Der Zollbeamte ist während der ganzen Überfahrt sein einziger Reisegefährte; die anderen im Speisesaal halten sich fern, und seine Kabine, drei Betten stehen darin, hat er für sich allein. Er genießt das große graue Meer mit der weiß-sprühenden Gischt, obwohl den Passagieren der dritten Klasse ein wirkliches Promenadendeck nicht zur Verfügung steht und seine Sicht behindert ist durch das Drahtmaschennetz, welches verhüten soll, daß einer über Bord gespült wird von den Brechern. Er klammert sich fest und träumt; als Kind, an der See, auf der Mole von Kolberg oder Norderney, hat er sich immer gewünscht, auf einem der Schiffe zu sein, die am Horizont vorüberglitten; nun hat sich der Wunsch erfüllt, die alte Welt ist versunken, die neue noch nicht aufgetaucht, ein ungeheurer Raum wölbt sich, in dem das Schiff nur ein Punkt ist und er ein Punkt auf dem Punkt; was gestern war, und was morgen sein wird, liegt beides in gleicher Ferne.

Auf dem Dock in New York: Edna.

Hatte er ihr denn geschrieben? Eine beiläufige Karte irgendwann, eine Möglichkeit habe sich ergeben, durch ein Stipendium, in den Staaten; aber nichts Bestimmtes, festgelegt hatte er sich in keiner Weise. Dennoch, da ist sie, die Arme gebreitet, leuchtenden Auges: die Brauerei floriert, der Bruder hilft tüchtig mit, der Gatte, eine Handbewegung.

Ich versuche, den Ankömmling zu verstehen. Ein Mensch ist da auf dem unerforschten Ufer, eine Stimme, die vertraut klingt, eine Hand, die sich ihm bietet; natürlich ergreift er sie. Ja, ein Zimmer sei gebucht, hört er von Edna, in einem kleinen Hotel, nahe dem Times Square; nichts Prunkvolles, aber das erwarte er wohl auch nicht, die Leute, die das alles zahlen, müssen sparsam wirtschaften, auch andere sollen noch kommen und hier studieren können, ist ihr gesagt worden; jedenfalls wird sie ihn begleiten auf seinem ersten Weg durch New York.

New York ist beängstigend, droht, ihn zu erschlagen. Er verschließt sich den Eindrücken, später, später wird Zeit sein dafür, überläßt sich blind seiner Führerin, bis er das Zimmer erreicht. Es ist wahrhaft winzig, und der Blick durchs Fenster fällt auf kahle Ziegelwände, die nur deshalb nicht kahl erscheinen, weil sie mit riesigen Reklame-Schriften bemalt sind, neuen, grellbunt glänzenden, aufgetragen über schon verblichenen älteren, und diese wieder auf großenteils abgeblätterten uralten: amerikanische Palimpseste.

Aber wie lange wird er hier denn zu bleiben haben, bevor es weitergeht nach Chicago, und das Bett auf dem abgetretenen Teppich ist breit und weich und in der Mitte durchgelegen, und Ednas Blick ist voller Hingabe.

Jetzt endlich, in einem Büro in Manhattan, erfährt er Näheres über das Märchen, in das er geraten ist, und wie es zustande kam. Zwei Männer sitzen da, und beide heißen sie Joe – Cadden der eine, weltmännisch trotz seiner Jugend, Typ angehender Diplomat; der andere, Kruger, wirkt leutseliger, ist es wohl auch. Er sucht den Besucher, der etwas befangen wirkt, zu ermutigen: ein neues Land, mit neuen Menschen, neuen Lebensbedingungen, gewiß, *but he will soon learn his way around*, bald wird er mitbekommen haben, wie die Dinge laufen, und alles wird *very much all right* sein.

Cadden ist der amerikanische Sekretär des International Student Service, einer Organisation zur Hilfeleistung an vertriebene Studenten, beigeordnet dem Amt des Mr. McDonald, des Hohen Kommissars für Deutsche Flüchtlinge, beim Völkerbund; nachdem, so erklärt Cadden, die hier durch ihren Exekutivsekretär Joe Kruger vertretene Phi Sigma Delta Fraternity, in deutscher Sprache wohl Bruderschaft, auf die hervorragende Idee gekommen war, Geld für diesen schönen Zweck zu sammeln, habe der International Student Service entscheidend mitgewirkt bei der Auswahl der aus Deutschland geflüchteten jüdischen Studenten, denen das Privileg zuteil werden soll, ihre durch Hitlers Machtergreifung unterbrochenen Studien an amerikanischen Hochschulen fortzusetzen und zu beenden; er, Helmut Flieg – offiziell heißt er noch immer so und wird in den Matrikeln der Universität und den Akten der amerikanischen Immigrationsbehörde weiterhin unter diesem Namen geführt werden – sei auf Grund seiner Vergangenheit und seiner akademischen Leistungen einer der Erwählten und, zusammen mit zwei weiteren Schicksalsgenossen, der Universität Chicago zugeteilt worden, einer der führenden Hochschulen des Landes; vielleicht möchte Joe, der andere nämlich, Kruger, noch ein paar Worte hinzufügen?

Joe Kruger möchte. Eine amerikanische Fraternity sei in mancher Hinsicht wie eine Studentenverbindung in Deutschland; allerdings hießen sie hier nicht nach irgendwelchen germanischen Stämmen, sondern bezeichneten sich, klassischen Traditionen folgend, mit griechischen Buchstaben: daher Phi Sigma Delta. Auch trügen sie keine bunten Mützchen, söffen nicht auf Kommando und schlügen sich nicht mit Säbeln die Gesichter ein; sie hätten aber im Lauf der Zeit andere sonderbare Gebräuche entwickelt, mit denen man, soweit möglich, die Gäste aus Europa verschonen wolle: es werde Helmut zum Beispiel erspart bleiben, wie andere Pledges oder Frischlinge der Fraternity 5-Cent-Nickelmünzen mit der Nasenspitze über den Teppich schieben zu müssen. Anders auch als bei den deutschen Verbindungen wohnte, äße und arbeitete ein Teil der Mitglieder in Fraternity Houses, in Häusern also, die der Verbindung gehörten und von den jungen Leuten kollektiv verwaltet würden, all das unter der wohlwollenden, aus diskreter Distanz ausgeübten Aufsicht von Alten Herren oder Alumni, wie sie in Amerika hießen, die ihr Interesse an der Fraternity über ihre Studienzeit hinaus bewahrt hätten; aber auch hier, ganz ähnlich wie in Deutschland bis hin zum Jahre 1933, seien die Verbindungen getrennt in nichtjüdische und jüdische; das habe seine historischen, religiösen und praktischen Gründe; jedenfalls sei das Studentenhilfsprogramm ausschließlich ein jüdisches, so sehr man sich auch bemüht habe, nichtjüdische Fraternities zu interessieren. Ob er irgendwelche Fragen habe?

Natürlich hat er. Aber er weiß nicht, wo beginnen, und außerdem hat er das Gefühl, daß die beiden Joes im Grunde meinen, sämtliche Fragen würden sich nach und nach ganz von allein regeln, und daß sie eigentlich wünschen, endlich zu ihrem Mittagessen zu kommen, zu dem sie ihn netterweise eingeladen haben. So bleibt ihm nur Zeit, ein paar Worte des Dankes zu stammeln für alles, was sie getan, und für die Möglichkeit, die sie ihm gegeben, und seinerseits zu versichern, daß er sein bestes versuchen werde, sich ihres Vertrauens und ihrer Mühen um ihn würdig zu erweisen.

*Never mind*, sagen sie. Nicht der Erwähnung wert.

Man zeigte sich großzügig. Er brauchte nicht, um nach Chicago zu gelangen, einen Tag und eine Nacht und noch einen Tag aufrecht in der Coach-Klasse zu sitzen oder gar im Überland-Bus – obwohl er auch das getan hätte. Er durfte im Luxus eines jener fabelhaften Pullman-Wagen, die er aus amerikanischen Filmen kannte, über das endlos sich vor ihm ausbreitende Land fahren, und in einem der oberen Betten schlafen, in denen man sich teils kauernd, teils seitlich liegend ent- und wieder ankleiden mußte; obere wie untere Betten, tagsüber ließen sie sich in Polstersitze umwandeln, waren in Fahrtrichtung eingebaut, zu beiden Seiten des Waggons, und Herren wie Damen, zwanglos gemischt, waren nur durch einen Filzvorhang von dem Mittelgang getrennt, den jeder passieren mußte, der von einem Wagen zum andern oder auch nur zur Toilette gelangen wollte. Den Weg zur Toilette zu finden erwies sich als Problem; S. H. erkundigte sich bei dem weißbejackten Pullman-Porter, wie er's in Prag bei dem Genossen Mirsky gelernt hatte, »Plihss, währ iss ze Dabbl-juh Ssih?«, und der Mann, ein Neger, alle Pullman-Porter waren Neger, starrte ihn verständnislos an, bis er endlich an den Gesten seines Fahrgasts erkannte, daß der zum Rest Room, oder Wash Room, oder Men's Room, oder Lavatory wollte, wo, auf ledergepolsterten Bänken, um diese Nachtzeit bereits ein halbes Dutzend Männer in Pyjamas saßen, ihre Zigaretten rauchten und einen Flachmann kreisen ließen.

Oh, Chicago! Windgepeitschte Michigan Avenue mit den Skyscrapers, an deren Spitzen die Wolken sich wundreißen! State Street mit der kreischenden Hochbahn, den schmierigen Läden, den Peep-

Shows! Die Illinois Central, die am Ufer des Lake entlangrast zu den südlichen Vorstädten bis hin nach Indiana, dieser Lake Michigan, der wie ein Meer ist und voller Gefahr für Schwimmer und Boot! Und an dem auch der breite Park liegt mit der riesigen Orchestermuschel, vor der S. H. des Abends im Sommer, auf zertretenem Rasen gelagert, zusammen mit Tausenden anderer aus den staubigen Straßen der Stadt Dvořaks Neue Welt-Symphonie hörte, die E-moll, die von der Prärie singt und den Wäldern und den unendlichen Weiten und dem mühseligen Marsch der Menschen auf der Suche nach Freiheit, und deren Tonfolgen, dahinströmend voller Sehnsucht und unbändiger Kraft, ihm auf einmal dies Land begreiflich machten und diese Menschen, und ihm ein Gefühl gaben für sie, so daß er plötzlich kein Fremder mehr war unter ihnen.

Chicago war aber auch das Haus Nummer 5625 Woodlawn Avenue, zweistöckig, mit Säulenvorbau und offenem Garten zum Trottoir hin, Besitztum der Phi Sigma Delta Fraternity und eingereiht unter Dutzenden ähnlich stiller, vornehmer Häuser in Woodlawn und in den angrenzenden Straßen, in denen andere Fraternities ihre Studenten unterbrachten oder Professoren wohnten oder wohlhabende Bürger, und die sich bis hin zur 63rd Street zogen, dem sogenannten Midway, um den herum, komplett mit Butzenscheiben und Spitzbogen und Wasserspeiern und aufragenden Türmchen, die pseudogotischen Bauten der Universität sich erhoben, abgesetzt voneinander durch weitläufige Rasenflächen mit gepflegten Wegen und gelegentlichen Gruppen von Bäumen und Sträuchern: das Ganze, Campus genannt, nach dem Muster von Oxford und Cambridge im englischen Mutterlande, die S. H. zu jener Zeit jedoch nicht kannte, weshalb er diesen Stil der Gebäude dem Geschmack John D. Rockefellers und seiner Mit-Millionäre zuschrieb, den Stiftern all jener Kathedralen der Gelehrsamkeit, welche denn auch zur ewigen Erinnerung an die edlen Spender deren Namen trugen, eingemeißelt über oder neben den Toren.

Das Leben des Mannes, über den ich schreibe, mein Leben, ist nicht gerade reich gewesen an Momenten, in denen ein Gefühl der Sicherheit das Herz erfüllte. Die Zeiten waren nicht danach.

Aber hier, während der ersten Wochen, die S. H. im Hause 5625 Woodlawn Avenue verbrachte, verspürte er etwas derart. Man quartierte ihn im zweiten, dem Dachgeschoß, ein in einem holzgetäfelten, nicht zu großen, aber auch nicht eben kleinen Zimmer, das in dem nach dem Zentrum der amerikanischen Möbelindustrie, der Stadt Grand Rapids, benannten USA-Durchschnittsstil möbliert war; die moderne Sachlichkeit hatte den Mittelwesten damals noch nicht durchdrungen und ein bißchen wirkten beide, die Kolonialzeit und die der Queen Victoria, noch in der Form der Bettgestelle nach und auch bei den Schreibtischen, von denen zwei vorhanden waren, einer für ihn und der andere für Hans Rosenhaupt.

Hans Rosenhaupt, der Zimmergenosse, war Germanist mit mehreren Semestern Studienerfahrung; er war gleichfalls von der Fraternity adoptiert worden, obwohl er nicht aussah und sich auch nicht gerierte, als hätte er je irgendwelcher Hilfe bedurft: schon daß er nicht Rosenberg oder -thal oder -baum oder -blum hieß, sondern -haupt, deutete auf das Aristokratische in seiner Natur, ebenso wie seine langen, aufs beste proportionierten Gliedmaßen, sein schmaler Schädel mit den prägnanten, in sich ruhenden Gesichtszügen und dem distanzierten, abwägenden Blick der hellen Augen; dazu kamen die trotz der etwas nasalen Note wohltönende Stimme und die Tatsache, daß er Reitstiefel und die zugehörigen Breeches besaß, die er des Sonntags antat, um mit irgendwelchen alsbald gefundenen Upper-Class-Freunden auszureiten. All das stand sehr im Gegensatz zu S. H.s im Vergleich zu ihm recht linkischer Art und ließ ahnen, daß Rosenhaupts Status als armer, im Studentenheim hausender Stipendiat nicht lange dauern würde; in der Tat fand der weltgewandte junge Mann bald Mittel und Wege, eine eigene Wohnung zu beziehen, und S. H. durfte das ganze Dachzimmer für sich behalten, wie denn auch der dritte von den Phi Sigma Delta-Leuten nach Chicago geholte Student, der im dicksten Frankfurterisch sprechende, ein wenig scheue, aber eminent fleißige und stets zu Gefälligkeiten bereite Chemiker Henry Weinberg, in einem separaten Raum untergebracht war.

Das Fraternity-Haus, mit dem unvermeidlichen engen Kontakt zu den meist jüngeren Phi Sigma Delta-Studenten, war Teil des Amerikanisierungsprozesses des S. H., welcher begonnen hatte, als er den Fuß auf den Pier an der Westseite von Manhattan setzte. Dieser Prozeß entwickelte sich, eigentlich ohne sein Zutun, in dem raschen Tempo, das ihm der Alltag vorschrieb.

Nicht für ihn das Herumtappen in einem Einwandererghetto, in dem die Menschen sich festklammern an die Sprache der alten Heimat und höchstens ein paar Brocken halbverstandenen Slangs aus der neuen Welt akzeptieren; nicht für ihn die mühevoll nachgebildete Atmosphäre der altväterischen Kneipen, der Gesangs- und Turnvereine, Kulturbünde, Kirchen, Tempel, mit deren Hilfe die verschreckten Neueinwanderer in dem beunruhigenden Gewirr der amerikanischen Städte ein paar Fußbreit festen Bodens sich zu erhalten suchen. Es ist sein Glück, wie sich herausstellen wird, daß er kopfüber hineingestürzt worden ist in das neue Leben, das so ganz anders ist als das ihm vertraute, mit anderen Verhaltensweisen, anderen Auffassungen, mit Vokabeln, die anderes bedeuten, als er gelernt hat, mit neuen Erfahrungen und Erlebnissen täglich, von sirup-getränkten Waffeln zum Frühstück bis zu der lärmenden Herzlichkeit um ihn herum, die nun wieder ihre Nuancen hat, welche alle erfühlt und erlernt werden wollen. Er muß die Sprache erfassen, binnen Wochen, Monaten höchstens, mit Begriffen, die sich in keinem Dictionnaire finden und die ihren Sinn immerzu ändern, eine Sprache, durch Presse, Film, Technik, Sport, Jazz in ständigem Wandel begriffen, eine Sprache, die ihn durch ihre ganz eigene Logik reizt, da diese ein klareres Denken erfordert als das wolkige Deutsch. Er muß diese Sprache sprechen und verstehen, sonst wird man ihn nicht verstehen, und er muß verstanden werden, will er eine Zukunft hier haben; da können ihm weder Rosenhaupt helfen noch Henry Weinberg, die haben ihre eigenen Probleme, nur die Jungen im Hause können das, die amerikanischen, die mit überlauter Stimme, denn so glauben sie, wird er sie besser hören, auf ihn einreden, immer wieder, geduldig, beinahe liebevoll.

Also ergibt er sich, auch aus einer Art Dankbarkeit, in dieser ersten Chicagoer Zeit dem Fraternity-Betrieb, über dessen Interna er von Charley und Linda instruiert wird, dem Neger-Ehepaar, das Haus und Küche versorgt und um das sich in Wirklichkeit alles in 5625 Woodlawn dreht: er ein Hüne von Mann mit tief aus dem Brustkorb tönendem Lachen, sie genau, wie man sich eine Mammy aus dem Süden vorstellt, vollbusig, dunkelbraun glänzende Haut über prall gerundetem Fleisch; doch ist sie gewaschen mit allen Wassern der nördlichen Industriegesellschaft. Gefördert und beraten von diesen zweien tastet er sich vor auf das ihm fremde Gebiet; er fährt mit den Boys nach Downtown in die Stadt, lernt ihre Mädchen kennen, mit denen sie lange Stunden im Auto verbringen, in andächtiger Umarmung; geht mit zu ihren Dances, obwohl er nicht das Geld hat, ein Girl auszuführen und der Welt ungeschicktester Tänzer ist; läßt sich mitschleppen zum großen Wettsingen der Fraternities auf dem Quadrangle, dem zentralen Platz des Campus, und erlebt die totale Blamage der Phi Sigma Delta, deren Hymne weder Klang hat noch Rhythmus; und er zieht auch mit ihnen hin zum Football-Feld, um das Team der Universität, die Maroons, als einer im lautstarken Chor anzufeuern – vergebens: eine derart vernichtende Niederlage der eigenen Mannschaft, erfährt er, sei einzigartig in den Annalen des mittelwestlichen Football-Sports, in denen Chicago sowieso kein Ruhmesblatt einnehme.

Auch an der Universität ist er gezwungen, Amerikanisch zu hören, Amerikanisch zu sprechen, Amerikanisch zu denken, und nicht nur in den Vorlesungen über amerikanische Literatur des überaus gescheiten Robert Morss Lovett, der, blinzelnd und mit zitternder Oberlippe, S. H. die Autoren empfiehlt, die seine Bücher einst beeinflussen werden. Zwar ist er jetzt Germanist pur und simpel – das Fach hat er gewählt, weil er meint, sein Deutsch da am besten nutzen zu können – aber auch im Germanics Department sind die Professoren sämtlich Amerikaner, die Vorlesungssprache ist amerikanisch, amerikanisch sind Konversation und Bräuche bis hin zu den Teestunden im Social Room der Fakultät im ersten Stock von Wieboldt Hall, zu dem er Zutritt hat, da er auf Grund seines Abiturs und seiner anderthalb Berliner Semester als Graduate Student gilt, mit sozusagen administrativ erworbenem Baccalaureat.

Chef des Departments ist Archer Taylor, ein farbloser Mensch mit farblosen Augen hinter dicken Gläsern, und offenbar leicht verärgert über S. H.s Mangel an Interesse für deutsche Barockdichtung und mittelhochdeutsche Lautverschiebung. Um so farbiger ist Phil Allen, bei dem nie ganz klar ist, worüber er eigentlich liest; »Philallenologie«, sagen die Studenten, wenn der alte Mann mit dem kurzgeschnittenen weißen Haar, den Blick zur Decke des Hörsaals gerichtet, von Thema zu Thema gleitet, weithin abschweifend, Gedankenbauten errichtend, die er sofort wieder einreißt, um neue, noch kühnere, an ihre Stelle zu setzen, und schließlich mit leisem Lachen endet, so als wolle er sagen, daß alle Erkenntnis doch nichts sein könne als Stückwerk; manchmal des Abends dann, wenn er S.H. zu sich einlädt und, den Kopf zurückgelehnt im Sorgenstuhl, die dickgeäderten, geschwollenen Füße auf das lederne Polster des türkischen Hockers gebettet, den mäandernden Fluß seiner Rede fortsetzt, wird die Erinnerung an Professor Hildebrandt übermächtig, wie denn S. H. überhaupt im Begriff zu sein scheint, ein Faible für weise alte Männer zu entwickeln, Vaterersatzfiguren, bis er, Jahre später, mit plötzlichem Schrecken gewahr werden wird, daß andere in ihm nun den Vater suchen. Einstweilen jedoch bemüht er sich, mit Phil Allen Schritt zu halten, der eine geleerte Bierflasche nach der anderen neben sich aufreiht; aber der Professor trinkt ihn allemal in die Bewußtlosigkeit und bettet ihn dann, zwischen Stößen verstaubter Bücher und Zeitschriften, auf das Sofa in der Ecke.

Die dritte germanistische Koryphäe in Chicago zu der Zeit war einer der wahrhaft Großen des Faches: Leonard Bloomfield; sein Name prangt heute noch auf der Titelseite von Cassell's Englisch-Deutschem Wörterbuch. Bloomfield war wie ein Kind; Wörter, ihre Bedeutungen, ihre Wandlungen waren sein Spielzeug, glitzernde Bälle, und er freute sich wie ein Kind, wenn er jemanden fand, der sie zusammen mit ihm in die Luft warf und wieder auffing. Ein kleiner, verwachsener Mann mit schütterem, über die Jahre verblichenen roten Haar, war er die Güte in Person und wies seine ebenso kleine, hutzlige Frau an, die schönsten jüdischen Speisen zuzubereiten, die süßesten Weine hinzustellen für den Flüchtling aus Deutschland, von dem er doch kaum erwarten konnte, daß der ihm folgen würde auf seinen komplizierten linguistischen Wegen. Bloomfield war es auch, der als erster, und mit Besorgnis, von dem bösen Dilemma sprach, in dem S. H. sich befand: Je eifriger er arbeitete, um so früher würde er seinen akademischen Grad erhalten, und desto eher würde er das Land wieder verlassen müssen, das ihm Schutz und Asyl bot – aber eben Schutz und Asyl auf Zeit nur, auf die Zeit seines Studiums.

Sinnbild dieses Schutzes, dieses Asyls, war das warme Eckchen, das man ihm zuwies in der Bibliothek der Germanistischen Abteilung, hinter Reihen und Reihen von Büchern, zu welch allen er Zutritt hatte: unter schmalem Fenster ein Tisch, ein Stuhl, eine grünbeschirmte Lampe. Da mochten die Stürme einherbrausen vom Lake Michigan, die Wolken einander jagen den Midway entlang, der Lärm der Welt draußen seine Wellen schlagen, hier war alles still, hier konnte er sich festlesen am Atta Troll des Heinrich Heine, über dessen journalistisches Werk er ursprünglich hatte schreiben wollen und wohl auch geschrieben hätte, wäre das Projekt ihm nicht über den Kopf gewachsen: ach, dabei hätte es ja eigentlich nichts besseres für ihn geben können, ein Manuskript von ein- oder zweitausend Seiten, als Dissertation vorgestellt, aber weit über die Grenzen einer solchen hinaus konzipiert; drei, vier Jahre beschaulicher Arbeit eines neuen Hieronymus im Gehäuse, und während der ganzen Zeit, Studien, Studien, Studien, das kostbare Visum in Kraft!

Aber wie würden die Alumni von Phi Sigma Delta, die das Geld dafür aufzubringen hätten, sich zu so einer Extravaganz stellen?

Die drei Männer in Chicago, die dort für die Durchführung des doch recht ungewöhnlichen Flüchtlingswerks der Fraternity und für die finanzielle Sicherung und das Wohlverhalten von Hans Rosenhaupt, Henry Weinberg und Helmut Flieg verantwortlich zeichnen, sind selbst nicht viel älter als ihre Schützlinge. Zwei von ihnen, Alan Altheimer und Arnold Shure, sind junge Anwälte, für ein Salär irgendwelchen großen Anwaltspraxen zugeordnet; der dritte, Hyman Wine, hat eine Großwäscherei geerbt, und von ihm erhält S. H. seine erste Lektion über das amerikanische Gewerkschaftswesen.

Der Mensch gibt seine Illusionen nur ungern auf. Die Gewerkschaft, als einzige allumfassende Organisation der unterdrückten Arbeiterklasse, hat etwas Großartiges, fast Mystisches an sich; von wem, wenn nicht von ihr, soll der Impuls kommen für ein besseres Leben der Massen, für eine gerechtere Ordnung? Etwas von dem Gefühl steckt noch in dem Roman über den 17. Juni 1953 in Berlin, und erst recht in seinem Goldsborough, obwohl eine der ersten großen Enttäuschungen des jungen S. H. gewesen war, daß gerade die deutschen Gewerkschaften ohne mehr als ein schwächliches Wimmern vor Hitler in die Knie gingen. Aber dies hier war Amerika mit seiner viel tiefer gehenden gewerkschaftlichen Tradition; hier in Chicago, am Haymarket, fanden die ersten Demonstrationen der Unions statt, hier floß Arbeiterblut, hier begann der 1. Mai. Und nun sitzt Hy, wie Mr. Wine sich gerne nennen läßt, vor ihm, ein jugendlich heiterer, sympathischer jüdischer Geschäftsmann, ihm durchaus wohlgesinnt, das hat er bewiesen, und erklärt: »Gewerkschaften? Gangster.«

Wenn einer so redet, hat er eben Klassenvorurteile, ganz klar. Doch Hy Wine bietet ihm an: wenn er so eingenommen sei von der Gewerkschaftsidee, könne er ja einmal mitkommen zu einer Verhandlung mit ihren Vertretern und sie kennenlernen: rauhe Burschen mit rauhen Sitten, die oft nicht nur ihre Füße, sondern auch ihre Kanonen auf dem Tisch parken, denn vor gar nicht langer Zeit seien sie noch in den Speakeasies tätig gewesen und beim Anlanden der Schnapskisten am Ufer des Michigansees; und plaudern werde man weniger über Arbeitsbedingungen und Löhne und derlei Freundlichkeiten als über *Protection*, was heiße, wieviel er, Hy, zu zahlen bereit wäre dafür, daß die Gewerkschaft Gebäude, Maschinen und Mitarbeiter der Firma H. B. Wine, Laundry, sowie Lieferwagen und im Haus befindliche Wäsche schütze gegen Unbill und Gefahr, die ja bekanntlich immer und von vielen Seiten drohten.

Altheimer und Shure reden kaum von ihren Berufsproblemen; eher von Politik: sie haben etwas unklare liberale Anschauungen, sind bewußte Juden, aber keine Zionisten, Hitler ist ihnen selbstverständlich ein Greuel, die Sowjetunion unbehaglich, Amerika aber der Menschheit beste Hoffnung, mit Franklin Delano Roosevelt an der Spitze mehr denn je. Zu Altheimers geht er mitunter sonntags zum Mittagessen, das schöne Silber bewundernd und das edle Porzellan und die schlanke, pfirsichhäutige Annette mit den wohlerzogenen, stets wie aus dem Ei gepellten Kinderchen; Shure, als einziger der drei Alumni an S. H.s literarischer Produktion wirklich interessiert, erscheint nicht bei Altheimers, er gehört offenbar zu einer anderen gesellschaftlichen Schicht; obwohl man immer davon spricht, wie doch alle hierzulande gleich seien, sind solche Scheidungen in Amerika mindestens ebenso strikt wie im alten Europa, und zwar bei den Juden ebenso wie bei den Nichtjuden, die hier Gentiles heißen; er, S. H., als Wohltätigkeitsfall, gilt als Outsider ohne festen sozialen Status und hat daher, wenigstens zur Zeit noch, überall Zutritt.

Dennoch bleibt die erstaunliche Tatsache, daß es über derart Scheidungen hinweg in diesem Land Menschen gibt, und es sind ja nicht nur die drei Alumni, die tief in ihre Taschen greifen, um einer Anzahl wildfremder junger Männer einen Aufenthalt in Amerika und ein womöglich jahrelanges Studium zu ermöglichen. Und vorausgesetzt schon die dafür nötige Großmut, woher kam ihnen das Einfühlungsvermögen, das sie begreifen ließ, was das bedeutet: der plötzliche Abbruch einer Lebensbahn, die Vereinsamung des Emigranten, der Seelenzustand vis-à-vis dem Nichts? Und woher der Impetus, der dem Begreifen die Aktion folgen läßt? Was sind das für edle Wesen, mit denen er es da zu tun hat, und sollte er nicht reumütig in sich gehen, da er das ihm Zuteilgewordene, wenigstens bisher, mit rechter Selbstverständlichkeit akzeptiert hat, dem Schnorrer ähnlich, der dem Groschen von der Hand des Reichen keinen zweiten Gedanken widmet, sondern sich umwendet und in der nächsten Kneipe dafür einen Schnaps ersteht?

Entschlossen, seinen Dankesgefühlen Ausdruck zu verleihen, beginnt er bei Arnold Shure; doch der wehrt bald ab: gewiß, man habe sich Mühe gegeben mit der Sache; schon der Einfall selbst sei ja kein alltäglicher gewesen, und organisatorisch, welche Arbeit! Dafür habe man aber auch eine Menge Publicity erhalten für Phi Sigma Delta und großes Prestige, innerhalb wie außerhalb der Universität, und einen entsprechenden Zustrom neuer Mitglieder. Und was das Finanzielle beträfe – ob er nicht wisse, daß barmherzige Spenden, zwar nicht für arme Verwandte oder vorbeistreunende Landstreicher, wohl aber für staatlich anerkannte caritative und gemeinnützige Institutionen wie Universitäten, Kirchen, Irrenanstalten, Vereine zur Beschaffung von Trockenmilch für sudanesische Säuglinge, oder eben für eine Organisation wie den International Student Service, sich in den USA vom Einkommen abschreiben ließen, in dieser Beziehung normalen Geschäftsunkosten gleich; mit einigem Geschick berechnet, versetzten größere Spenden den mildtätigen Bürger also in die nächst- oder sogar übernächstniedere Steuerklasse, so daß er dann erheblich weniger an den Fiskus zu zahlen brauche als seinem eigentlichen Verdienst gemäß und, mit der Hilfe eines geschickten Fachmanns, an Steuern mindestens soviel, wenn nicht noch mehr, ersparen könne als er für wohltätige Zwecke gestiftet, und auf diese Weise oft einen hübschen Gewinn erziele.

Welch große, wunderbare Idee, durch welche der allgemeine Hang zur Menschenfreundlichkeit auf Kosten des Staates Erfüllung finden kann! Und plötzlich sieht S. H. die pseudogotischen Prachtbauten zu beiden Seiten des Midway, die von den Rockefellers und Wieboldts und wie sie alle heißen der Universität übereignet wurden, in einem ganz anderen Glanz; und auch die Alumni der Phi Sigma Delta, die ihm sein tägliches Brot geben und sein Stipendium stifteten, erscheinen in neuem Licht, und in sich selber erkennt er den Schnorrer, dessen Funktion es ist, dem Reichen, der ihm den Groschen schenkte, die Gelegenheit zu verschaffen zur gottgefälligen Tat.

Ich neige, wie man aus dem soeben Gesagten ersehen kann, zu einer gewissen Genugtuung jedesmal, wenn ich die niederen Motive feststelle, aus denen heraus der Mensch mitunter auch Gutes und Richtiges unternimmt: wieder hat sich bestätigt, mit welch unedlem, egoistischem Geschöpf wir es zu tun haben.

Aber das ist nicht das ganze Bild. Zumindest ist es das nicht im Falle des kleinen Anwalts Arnold Shure in Chicago, den S. H. seit jenem aufschlußreichen Gespräch Arnie nennen darf. Wie sonst wäre die Sensibilität zu erklären, die menschliche Wärme, das Mitgefühl dieses ihm im Grunde fremden Mannes, der die Aufgabe übernommen hat, ihm die Nachricht vom Tod seines Vaters zu überbringen?

In der Erinnerung: er hat es sofort gewußt. Da war, erkennbar in der Tür schon, der gebeugte Rücken, da waren die hilflos gehobenen Hände, die Mundwinkel verzogen wie in eigenem Schmerz. Und weiter in der Erinnerung: er selber, quer über das Bett geworfen, den Kopf ins Kissen vergraben, und neben ihm, auf der Bettkante, Arnold Shure, irgend etwas murmelnd, das tröstend klingen soll: Du bist nicht allein, Junge; wir werden dir helfen; du wirst es durchstehen.

Dann, schwer zu sagen nach wie langer Zeit, sitzen sie einander gegenüber. Charley, stumm, hat ein paar Aspirin gebracht und Linda den Kaffee, und neben der Tasse liegt das Telegramm der Mutter, und Arnie redet leise auf ihn ein, versichert ihm, zum wievielten Male: nein, da ist nichts, was du hättest tun können, deinem Vater zu helfen, auch in Sachen der fatalen Socken nicht, hast's ja versucht; und auch jetzt kannst du nichts tun, nichts Unmittelbares jedenfalls; zurück nach Deutschland steht außer Frage, sie würden dich in eins ihrer Konzentrationslager stecken, und was wolltest du auch drüben, den Vater begraben, den deckt längst die Erde, und der Mutter und dem Bruder helfen, das kannst du besser von hier aus, nur von hier, von Chicago, und darüber müssen wir nachdenken, was sich unternehmen läßt, und wie es in die Wege zu leiten wäre.

So oder ähnlich, die Erinnerung.

Und währenddessen, im Kopf des Sohnes, Erinnerung innerhalb der Erinnerung: das plötzlich aufwallende Gefühl für den Vater, da sie Seite an Seite die Mala Stepanska in Prag hinabgingen, Mitleid, Liebe, Todesahnung oder die drei in einem, und, Lächerliches wie immer nahe dem Tragischen, der Plan, an den auch der Vater nicht wirklich geglaubt haben konnte, von den besonders präparierten Socken, und die weißen, federstrichartigen Narben an der Innenseite der Handgelenke: diesmal hatte er's zu Ende gebracht.

# 8

Das Zauberwort hieß Citizenship. Citizenship, Bürgerschaft, oder wenigstens die behördlich verbriefte Anerkennung der Absicht, diese zu erwerben, das sogenannte First Paper, war der erste Schritt zur Hilfeleistung für Mutter und Bruder, war die Voraussetzung für die berühmten Affidavits, die der Sohn ihnen schicken müßte, damit sie bei einem Konsulat der USA einen Antrag auf Erteilung von Einwanderungsvisa innerhalb der vom Kongreß der Vereinigten Staaten den Deutschen zugebilligten jährlichen Quota überhaupt stellen könnten; ein solches Affidavit wiederum, die eidesstattliche Erklärung, daß der Sohn mit Leichtigkeit in der Lage sei, die finanzielle Verantwortung für Mutter und Bruder zu tragen, bis diese selbst ihre Citizenships erhalten hätten, erforderte die Bescheinigung einer amerikanischen Bank, daß er dort ein Konto in ansehnlicher Höhe unterhalte, und zwar nicht erst seit gestern, sondern bereits seit beträchtlicher Zeit, in anderen Worten, daß er die Art von Bürger oder prospektivem Bürger sei, ehrlich, fleißig und sparsam, auf den jede Regierung, sogar die in Washington, stolz sein könnte.

S. H.s Schwierigkeit war nur, daß er nicht einmal jenes First Paper besaß, in welchem amtlich bestätigt wurde, daß seine Absicht, ein Citizen der USA zu werden, zur Kenntnis genommen worden sei und daß er Chancen habe, in gegebener Frist, fünf Jahre waren es mindestens, auch wirklich naturalisiert zu werden. Er konnte dieses Dokument auch nicht haben, da ihm in Prag ja nur ein Studentenvisum erteilt worden war, welches ihm zu dauerndem Aufenthalt in den USA und zum Antrag auf ein First Paper nicht nur kein Recht gab, sondern im Gegenteil mit dem Tag ablief, an dem er die Universität verließ: Goodbye, Young Man.

Der erste Schritt zum ersten Schritt war also die Umwandlung seines Studentenvisums in eines jener Immigration Visa, nach denen vor den Toren der amerikanischen Konsulate in Europa Tausende von Menschen, in ebenso verzweifelter Situation wie seine Mutter, sein Bruder, seit langem schon Schlange standen. Und solche Visa konnte es, das lag in der Natur der Dinge, nicht in Chicago und nicht einmal in Washington geben, sondern nur außerhalb der Grenzen der USA: einem im Lande Anwesenden, ganz gleich wie er hineingekommen war und welches die Bedingungen seines Aufenthalts, ließ sich die amtliche Genehmigung zur Einreise nicht erteilen, da er sich bereits im Lande befand.

Du mußt, erklärte ihm Arnold Shure, erst einmal heraus, damit du wieder hereinkannst.

Das klang logisch, aber es war eine recht krause Logik; doch wer jene Jahre erlebt hat, weiß, daß die Menschen damals es lernten, auch die schlimmste Schizophrenie im behördlichen Denken zu akzeptieren; wie sonst wäre der tragische Ablauf zu erklären, den die Weltgeschichte dann nahm? Was seinen eigenen kleinen Fall betraf, so hatte S. H. seine Zweifel: um herauszukommen aus den USA, selbst zum Zwecke der Rückwanderung, mußte er zunächst in irgendein anderes Land gelangen, und welches er auch wählte, sie würden dort ebenso ihre Einreisebestimmungen haben, Visa verlangen, Geldmittel sehen wollen; und wer garantierte, daß er das kostbare amerikanische Quotavisum auch wirklich da draußen erhalten würde und so wieder zurück dürfte über die Grenze?

Arnie winkt ab. Das sei doch sehr deutsch gedacht, meint er; nicht umsonst heiße Amerika das Land der unbegrenzten Möglichkeiten, und der amerikanische Konsul in Windsor, in der kanadischen Provinz Ontario, quer über den Fluß von Detroit, sei ein ausgesprochen liebenswürdiger und gefälliger junger Mann, no problem. Problematisch sei nur der kanadische Grenzbeamte am anderen Ende des Tunnels, der unter dem Fluß hindurch Detroit mit Windsor verbinde; gewöhnlich winke der die Leute einfach durch, aber Helmut habe nun einmal gewisse Charakteristika, die ihn von dem Ordinary Joe unterscheiden, von dem gewöhnlichen Passanten, und gerade dafür hätten die Grenzer ein Auge; er möge also, neben seinem Paß, irgendeine Bescheinigung der Universität bei sich haben, die ihn als Studenten ausweise, und sollte er angehalten werden, dem Mann sagen, er wolle nur zum Pferderennen in Windsor, er schreibe an einer Arbeit über Massenpsychologie, oder irgend etwas in der Art, und da Windsor so berühmt sei seiner Pferderennen wegen, erhoffe er sich allerlei für seine Recherchen dort an Ort und Stelle.

Heute, zurückdenkend an dies Intermezzo, das immerhin eins von den entscheidenden war für den Lebenslauf des S. H., kann ich die Kühnheit des Vorschlags nur bewundern; wahrscheinlich jedoch empfand Arnold Shure die Lage als ebenso desperat, wie sein Schützling es tat, und dachte sich, je ausgefallener eine Idee, desto schockierender wird sie wirken und darum um so glaubhafter. Oder war der Trick bei anderen schon durchexerziert worden und hatte sich als probat erwiesen?

Wie auch, was blieb S. H. denn, als den Versuch zu unternehmen, wollte er nicht nur die Zukunft von Mutter und Bruder in einigermaßen gesicherte Bahnen lenken, sondern auch die eigene? Aber die Knie sind ihm doch weich, als er, am kanadischen Ende des Detroit Tunnels, den Bus verläßt und auf den Grenzbeamten zumarschiert. Der bedeutet ihm, mit stummer Frage im Blick: den Paß.

Die blätternden Finger, das Visum, das jedem auch nur ein wenig in diesen Dingen Bewanderten die Situation des Paßinhabers preisgibt. German, eh? Student, eh? Darauf die Story, auf die Arnie ihn getrimmt hat: The race course. The horses, the people. A scientific paper. Psychology.

Wissen Sie, sagt der Mann, es finden zur Zeit gar keine Rennen statt in Windsor, heute nicht, und morgen nicht, und in den nächsten zwei Wochen auch nicht.

In solchen Momenten, das habe ich immer wieder erlebt, wirkt die Panik, die mich packt, nicht betäubend auf mich, sondern eher kreativ. Etwas in mir, das weder Bewußtsein noch Unterbewußtsein ist, sondern ein Drittes, übernimmt, und denkt und handelt.

Pferde oder nicht, sagt S. H. dem Grenzbeamten, das sei ihm nicht das Wesentliche. Für seine Recherchen genüge es, die Rennbahn zu inspizieren, sich die Maßstäbe zu verschaffen, die Lage der Tribünen und deren Höhe festzustellen, und was dergleichen mehr.

Is that so, sagt der Mann, ach nein, wirklich? Und dann ist da ein Ausdruck um die Augen, der auf eine Art Mitwissen oder sogar geheimes Einverständnis deutet, und seine Hand bewegt sich kurz: Los, gehen Sie schon.

Am Abend dann, morgen früh wird er den amerikanischen Konsul aufsuchen, geht er in Windsor ins Kino. Bevor der Hauptfilm beginnt, spielen sie God Save the King. Alles erhebt sich, auch S. H., er mit einem Gefühl feierlicher Dankbarkeit.

Tatsächlich führt er, dort in Chicago, ein Doppel-, wenn nicht gar Tripel- oder Quadrupelleben. Er ist ja auch noch Korrespondent, liefert, unter verschiedenen Namen, für die verschiedenen Prager Zeitungen, denen er das Geld für seine Überfahrt schuldet, Berichte über Amerika, Betrachtungen, Glossen; an Stoff mangelt es nicht, was geschieht nicht alles, Tag für Tag, in diesem Lande, Gangster jagen einander unweit der Straße, in der er wohnt, Tote erscheinen in Wahllokalen, ihre Stimme abzugeben, ein Diktator, kometenhaft aufgestiegen im Staate Louisiana, wird ermordet, ein Priester in Detroit unternimmt es, mit Hilfe einer Kette mächtiger Radiostationen ein amerikanischer Hitler zu werden, eine extrem vollbusige Filmdiva mit heiserer Contralto-Stimme macht die verlockenden Worte C'm'up and see me some time zum klassischen Zitat, und selbst der Alltag ist so bunt und neuartig, daß es schwerfällt, einzelnes auszuwählen; was läßt sich allein schon über eine neue amerikanische Erfindung wie die Cafeteria schreiben!

Dabei wäre die Erforschung des Alltags, für sich genommen, bereits eine Vollzeitbeschäftigung. S. H. läßt keine Gelegenheit aus, die sich ihm bietet, streunt durch die Straßen, Northside, Southside, Westside, steckt seine Nase in Kneipen, wo auf der Theke die Teller stehen mit dem Free Lunch, von dem jeder sich gratis bedienen kann, durchstreift die Warenhäuser, die Spezialitätengeschäfte, chinesische, russische, mexikanische, deutsche, jüdische, litauische; Chicago ist eine Nationalitätenstadt, ein Melting Pot, ein Schmelztiegel, in dem die Masse doch nicht so richtig zusammenschmelzen will; die Ghettos, die hier schamhaft Neighborhoods heißen, erhalten sich hartnäckig; sogar die Deutschen, die sich anderswo so gern assimilieren, kleben zusammen, und unter ihnen hört er denn auch die altvertrauten Töne wieder und begegnet, nicht überall, doch häufig genug, der erhobenen Hand, dem braunen Hemd.

Und noch immer hat er den Brief, den der Zollbeamte auf der Ile de France ihm mitgab. Der Brief ist schon ein wenig zerknittert, und es ist der Sache kein Gewicht beizumessen, was würde es ausmachen, wenn er das Ganze vergäße, nichts, wahrscheinlich wissen die beiden nicht einmal von ihm, der schwarze Cousin und die schwarze Cousine, warum sollte der Zöllner ihnen mitgeteilt haben: junger Mann aus Deutschland, wird in Chicago studieren. Aber irgendwie kommt er sich schäbig vor, ein Auftrag blieb unerledigt, Vertrauen wurde enttäuscht, und just bei solchen Leuten, doch wieso das Schuldgefühl gerade in diesem Falle, wenn sich's um Weiße handelte bei dem Ehepaar südlich der 63rd Street, würde er dergleichen kaum empfinden; wie lange ist er im Lande hier, noch kein Jahr, läuft auch er schon in der bekannten Spur, auch er bereits ein Rassist, wenn auch ein invertierter?

Der Besuch selbst, von Arnold Shure, dem er davon sprach, kopfschüttelnd mißbilligt und selbst von Charley und Linda, die er wegen des Weges dorthin befragte, mit Besorgnis betrachtet, verläuft peinlich normal; S. H., mit sorgfältig geknoteter Krawatte, wird in dem kleinen, holzverschalten Haus mit allem Dekorum begrüßt. Er wird gebeten, abzulegen, sodann in ein peinlich sauberes, ärmlich aber ausreichend möbliertes Wohnzimmer geführt und an einen mit peinlich weißem Tuch bedeckten Tisch gesetzt, wo er, neben dem obligaten Kaffee und Pie mit Icecream, einen Whisky ihm unbekannter Marke erhält; Cousin und Cousine, dieser heller gefärbt als jene und wohl auch um mehrere Jahre jünger, nippen nur an ihren Getränken und berühren Kuchen und Icecream so gut wie gar nicht, ermahnen S. H. jedoch immer wieder, zuzulangen, es sei alles reichlich vorhanden; geredet wird von der Reise auf dem Dampfer Ile de France, von dem Zollbeamten und dessen Familie, von Paris, das sie beide wohl gern einmal besuchen würden, doch kaum je zu sehen erwarten, von der Neighborhood, in der sie leben, und von deren Vorteilen – ausreichende Einkaufsmöglichkeiten und gute Verbindungen zu ihren jeweiligen Arbeitsstellen – ein normales Gespräch also, wie es in jedem anderen Haus in jeder anderen Gegend Chicagos ganz genauso hätte geführt werden können, und eben deshalb unreal, gespenstisch fast, wie es S. H. scheint, denn er wie auch seine Gastgeber haben es peinlich vermieden, das Thema zu berühren, das im Raum stand, seit er ins Zimmer getreten ist: Was hat er, ein Weißer, bei ihnen zu suchen?

Charley, in der erleuchteten Tür von 5625 Woodlawn, ist sichtlich erleichtert bei seiner Rückkehr. Well, will er wissen, wirst du wieder hingehen?

S. H. schüttelt den Kopf: nein, das glaube er nicht.

Sei auch besser so, sagt Charley. Weiße gingen zu Negern ins Haus, wenn sie Miete kassieren wollten oder ihnen etwas zu verkaufen hätten, einen Staubsauger, ein Lexikon, eine Lebensversicherung, nur dann. Sonst schüfen sie nur Schwierigkeiten, für alle Beteiligten. Klar?

Und er ist Schriftsteller, oder er fühlt sich wenigstens als einer, und zwar als ein engagierter. Selbst wenn er jetzt in Chicago sitzt, weit vom Schuß: der Feind ist immer noch der gleiche, die Nazis, die Faschisten. Er schreibt Gedichte, die er nach Prag schickt, an Wieland Herzfelde, mit dem er in Prag im Café Continental am Tisch saß und der nun allmonatlich die Neuen Deutschen Blätter herausgibt, oder nach Moskau, wo jetzt auch eine deutsche Monatszeitschrift erscheinen soll, Das Wort, die Beiträge haben möchte, Lyrik, literarische Berichte; er versucht sich an Short Stories, auch mit amerikanischen Themen und nach amerikanischem Muster, mit Pointen am Ende, die überraschend wirken und dennoch vorsichtig geplant sind; die ersten Anfänge zu Romanen entstehen, Berlin heißt einer, Prag ein anderer, provisorische Titel, die Texte Fingerübungen eher, obwohl nicht als solche gedacht, sondern in vollem Ernst unternommen; noch hat er keine Ahnung von der Konzeption, die einer Sache zugrunde liegen muß, von Handlungslinien, von Charakteren und ihrer Entwicklung, er beginnt einfach, schreibt drauf los, bis die erste Klippe, die ja kommen muß, kommt, und er scheitert; aber überall findet sich, meist viel zu direkt, die Botschaft, die Moral von der Geschicht', die revolutionäre; er wird noch zu lernen haben, daß man am meisten aussagt, indem man die Dinge erzählt.

Irgendwie, die Umstände sind nicht mehr zu rekonstruieren, gerät er an den Dr. Eric von Schrötter. Dieser, ein Privatgelehrter, auf welchem Gebiet wird nicht genau definiert bei den zahlreichen Gesprächen, die sie miteinander führen, will ein Blatt herausbringen, in deutscher Sprache, das sich an die zahlreichen Deutschen in Chicago richten soll, die ja eigentlich nicht Deutsche im Sinne des Wortes mehr sind, sondern Deutschamerikaner, trotzdem aber in ihrem politischen Denken sehr stark von Berlin her und von den Nazis beeinflußt werden, und das es unternimmt, diese Chicagoer Deutschen in demokratisch-antifaschistischem Sinne zu beeinflussen. Der Dr. von Schrötter, von Geburt und Erziehung Österreicher, rollt die volltönenden Silben auf der Zunge. Es gäbe da, führt er aus, ein paar kleine Organisationen, Arbeiterkrankenkassen, Arbeitergesangvereine, sowie Gruppen ähnlicher Art, die beim Vertrieb helfen könnten; Geld, glaubt er, ließe sich auftreiben, fürs erste wenigstens, einen bescheidenen Anfang, einmal im Monat, acht Seiten, Briefbogen-Format, damit man's auch im Kuvert verschicken kann: ob er, Stefan Heym, dessen schriftstellerische Fähigkeiten ja bewiesen seien, mitarbeiten wolle.

Ob! Acht Seiten! Zum ersten Mal aus vollen Rohren schießen dürfen, und hier in Chicago, auf neu eröffneter Front!

So entsteht die *Volksfront*. Erst später kommt ihm der Verdacht, daß der Titel des kleinen Blattes, die genaue Auflagenhöhe erfährt er nie, sehr beträchtlich kann sie nicht gewesen sein, etwas zu tun haben möchte mit der neuen politischen Linie, die jener Dimitroff, der bei dem Leipziger Reichstagsbrandprozeß dem Hermann Göring eine so glorreiche Abfuhr erteilte, auf einer Tagung der Kommunistischen Internationale verkündet hat. Aber der Gedanke stört S. H. nicht, hat er doch immer geglaubt, daß alles, was irgendwie links ist und demokratisch gesinnt, zusammengehöre im Kampf gegen die Nazis, zusammen in eine Front, eine Volksfront.

Und in diesem Sinne berichtet und kommentiert er nun: die örtlichen Auseinandersetzungen unter den Deutschen Chicagos und der umliegenden Gebiete, die doch einiges widerspiegeln von den Konflikten in der Welt draußen; die Verhältnisse in Deutschland und die amerikanische Politik, soweit diese Bezug hat zu den Ereignissen drüben, wobei er nicht selten gegen die Berichterstattung der etablierten deutschamerikanischen Presse, der Staatszeitung in New York und der verschiedenen Wochen- und Vereinsblätter in Milwaukee und anderenorts, polemisiert. Dr. von Schrötter beschränkt sich immer mehr auf die Verkündung der großen politischen Leitgedanken, denen das Blatt zu folgen habe, und auf die Beschaffung der Gelder für Druck- und andere Kosten, hauptsächlich von der Anti-Defamation League, einer jüdischen Organisation, deren erklärter Zweck die Bekämpfung des Antisemitismus in Amerika ist; gewöhnlich sitzt der gute Doktor, härterer Arbeit abhold, an seinem Tisch, nimmt S. H.s Beiträge entgegen und gibt, die wulstige Stirn von tiefen Runzeln durchzogen, seine Meinungen kund, um ein wenig später mit zufriedenem Lächeln zuzusehen, wie sein jugendlicher Mitarbeiter die Gugelhupfe und Palatschinken verspeist, die seine Frau so gut zu bereiten weiß.

Durch seine Tätigkeit für die Volksfront ist S. H. in Verbindung mit einigen der aktiveren Leute in den deutschamerikanischen Arbeiterorganisationen gekommen. Dort plant man eine Großveranstaltung; will damit der Goebbels-Propaganda entgegentreten und Kräfte mobilisieren gegen den sich immer mehr ausbreitenden Amerikadeutschen Bund, die Filiale der Nazi-Partei in den USA. Kann er ihnen etwas dafür schreiben, ein Festgedicht vielleicht, das sich aufsagen ließe, aber mit einer starken Aussage, oder – man hat von Agitprop gehört – etwas mit Sprechchören?

Die da mit ihm sprechen, sind Arbeiter, qualifizierte Leute, die trotz der Krise in den Betrieben gesucht sind und nicht schlecht verdienen, und die einen Hunger haben nach Bildung und dem Höheren im Leben: mit ihnen lässt sich etwas anfangen. Eine Idee kommt ihm, die dem eigenen Streben entspricht und zugleich der politischen Aufgabe, die er für sich sieht.

Wie wär's mit einem Theaterstück?

Und wer soll das spielen?

Sie.

Sie schütteln die Köpfe: das wäre doch wohl kaum möglich; sie wären keine Schauspieler, und brauchte man nicht auch jemanden, der Regie führt, und Kulissen, und Beleuchter, und vor allem eine Menge Geld?

Er werde ihnen ein Stück schreiben, dann könne man immer noch sehen, sagt er.

Weiß der Teufel, was ihn trieb. Unter alten Papieren habe ich das Urmanuskript gefunden, in einer hastigen, schrägen Schrift, die meiner heutigen in graphologischen Details ähnelt und dennoch einem anderen Menschen zu gehören scheint; aber es befanden sich keinerlei Notizen dabei, aus denen man auf seine Gedanken und Motive schließen könnte. Ich nehme an, es reizte ihn das Neue, Unerprobte, die Gelegenheit, wohl auch die politischen Möglichkeiten, obzwar eine Amateurbühne in irgendeinem Arbeiterlokal in Chicago keine Plattform war, von der aus sich die Welt erschüttern ließ.

Das Stück, das er dann verfaßte, *Hinrichtung* genannt, hatte eine denkbar einfache Konstruktion: Zwei Gefangene in der Zelle eines Nazi-Gefängnissess, Klopfzeichen; durch diese Klopfzeichen erfahren sie, daß ein Genosse, Bergmann heißt er, am Morgen hingerichtet werden wird, und was er angeblich verbrochen hat, und wie er verhaftet und verhört und gefoltert wurde, und wie er sich verhielt bei seinem Prozeß; all dies wird in Rückblenden gezeigt, und dann verkünden die Klopfzeichen, daß eine Demonstration der Gefangenen stattfinden soll während der Hinrichtung, und dann beobachten die beiden, durch das vergitterte Zellenfenster hindurch, auf dem Hof des Gefängnisses die Hinrichtung, und mächtig ertönt, von allen Seiten her, das alte »Wacht auf, Verdammte dieser Erde...«

Dem Manuskript lagen ein paar vergilbte Photos bei von Momenten der Aufführung; darauf läßt sich erkennen, mit welch primitiven Mitteln das Bühnenbild hergestellt wurde, wie einfach die Kostümierung war, wie steif die Haltung der Akteure, wie pathetisch ihre Gestik. Und dennoch ist da nichts Komisches; ich entsinne mich des Schweigens im Saal, der Ergriffenheit, bevor der Beifall losbrach, und die Gesichter auf den Photos erscheinen mir noch heute, nach so vielen Jahren, vertraut; nur die Namen sind verschollen, kein Programmzettel hat sich erhalten, mit dessen Hilfe sich feststellen ließe, wer welche Rolle gespielt hat.

Die Brust von solchen Erfolgen geschwellt, läßt er sich in diplomatischer Mission nach New York schicken, zur Redaktion des großen, alt-etablierten sozialdemokratischen Wochenblattes dort, der Volkszeitung, deren Leiter nun der ehemalige Reichstagsabgeordnete Gerhart Seger ist. Was nütze die ganze schöne Idee von der Volksfront, meinte der Dr. von Schrötter, wenn die Sozialdemokraten nicht mitspielten; in Europa beteiligten sie sich wenigstens an gewissen gemeinsamen Aktionen, aber hier in Amerika hielten sie sich strikte separat und hemmten dadurch jedes gemeinsame Unternehmen gegen die Nazis; vielleicht, wenn man ihnen das Chicagoer Blatt, so klein es auch sei, als Partner offerierte, ließe sich etwas erreichen; in New York würden sie glauben, sie könnten uns schlucken, aber es habe schon mancher Schwanz seinen Hund gewedelt. Reden Sie mal mit dem Seger, hören Sie, was er denkt, nachfragen kostet nichts, und Sie haben so etwas Überzeugendes an sich, junger Freund, in Ihrem Idealismus.

Es wird seine erste Begegnung sein mit einem Politiker von Beruf, einem Mann, der in wer weiß wie vielen Verhandlungen schon gesessen und es gelernt hat, seine Kontrahenten einzuschätzen. Auf der ermüdenden Busfahrt quer durch das Land, zu etwas Komfortablerem langt sein Fonds nicht, so hat ihm der Dr. von Schrötter gesagt, plant S. H. sein Auftreten vor dem Mann in New York: als Student der Universität Chicago? – unmöglich; als Stefan Heym? – da ist er in zu vielen Publikationen gedruckt worden, die dem Genossen Ex-Abgeordneten suspekt sein werden; nein, er wird wiederum als eine neue Person erscheinen müssen, als etwas Einfaches, Biederes am besten, ein gewisser Hans Weber wird sich melden, dem nur eines am Herzen liegt, der Kampf gegen den Faschismus – und die Einheit der Kämpfer.

Gerhart Seger, mit den bebrillten Augen in dem flachen, fahlen, ausdruckslosen Gesicht, läßt ihn reden; sein Schreibtisch ist eine Festung, die er zu halten gedenkt, und gegen so einen hergelaufenen Burschen allemal. Die Beredsamkeit des Besuchers hat sich bald erschöpft; er spürt, wie wenig er zu bieten hat gegen die Solidität dieses Büros, in dem sein Gegenüber herrscht, und gegen dessen acht schön aufgemachte, großformatige Seiten, manchmal sind es auch zehn oder zwölf, auf denen die Markenfirmen der Tabakindustrie und andere Großunternehmen ihre Anzeigen erscheinen lassen und so dem Blatt eine feste finanzielle Basis garantieren. Und dann beginnt Gerhart Seger ihn zu befragen: wer ihn denn delegiert habe und wen er repräsentiere, und wer er eigentlich sei und was sein Beruf, und welcher Gruppe er angehöre, welchem Verein, und wo er in dieser Frage stehe und in jener, und, und, und. Des Hans Weber Antworten bleiben, wie gar nicht anders möglich, doch sehr im Nebelhaften; zwar spricht er, und in den höchsten Tönen, von seinem Freunde, dem Dr. Eric von Schrötter, aber was weiß er mehr über den, als daß er ein Privatgelehrter von Rang und Namen ist, und ein in Chicago sehr prominenter Hitlergegner, und Alleinherausgeber eben jener Volksfront, mit welcher, in Anbetracht der sich immer mehr ausbreitenden Nazi-Pest, es auch und gerade für den Genossen Seger ratsam und angebracht sei zusammenzuarbeiten. Der Ex-Abgeordnete streicht sich über das strähnige Haar: er werde sich die Anregungen des Herrn Weber durch den Kopf gehen lassen, und nun bitte er, ihn nicht weiter von seiner Arbeit abzuhalten. Der Ton, in dem er das sagt, klingt wenig freundlich.

Schon damals in Chicago war er bestrebt, Anschluß zu finden an die Literatur, die um ihn herum entstand und lebte, die amerikanische. Und er hatte Glück: er begegnete Larry Lipton. Wo und unter welchen Umständen die Begegnung stattfand, weiß ich nicht mehr, ob bei einem Vortrag oder bei einer der seltenen Parties, die er besuchte, oder ob er sich einfach ein Herz faßte und den Mann anrief und um ein Gespräch bat.

Lawrence Lipton, damals etwa fünfunddreißigjährig, hatte Short Stories und Essays veröffentlicht, schrieb auch Kritiken und galt als einer der Prominentesten unter den Chicagoer Schriftstellern, eine Art Literaturpapst sogar, der den Ton angab zumindest bei den Linken. Ein untersetzter, rundschädeliger Mann mit scharf geprägten Zügen, sprach er in wohlgesetzten Worten und mit autoritativer Stimme und paßte auch seine sparsamen Gesten der Rolle an, die er sich zugeteilt hatte; er war jedoch, wie S. H. bald erfahren sollte, ein im Grunde gutherziger Mensch mit einem Gefühl auch für die persönlichen Nöte anderer. Lipton also empfing ihn und hörte sich an, was S. H. ihm zu berichten hatte: Jawohl, er sei Schriftsteller, aus Deutschland, von den Nazis verfolgt und vertrieben, und jetzt im Germanics Department der Universität tätig; zwar habe er noch kein Buch veröffentlicht, wohl aber Lyrik und kürzere Prosa; leider liege kaum etwas in englischer Übersetzung vor, doch sei erst kürzlich ein Stück von ihm aufgeführt worden, hier in Chicago; und nun suche er Verbindung zu den amerikanischen Kollegen, suche Anregungen, auch Hilfe, denn noch seien ihm Land und Volk hier nicht so vertraut, wie er sich's wünsche.

Lipton dürfte die Unsicherheit, die hinter der Suada steckte, gespürt haben. Er sagte, es kämen bei ihm, wenn auch nicht regelmäßig, ein paar Leute zusammen, deren Bekanntschaft auch für den jungen deutschen Kollegen sich lohnen könnte, und ja, selbstverständlich sei auch er in dem Kreise willkommen, und man werde ihn rechtzeitig informieren.

Und die bei Lipton sich trafen, waren in der Tat eine recht erlesene Truppe; Lipton hatte eine Nase für zukünftige Größe. Um den Küchentisch in seiner Junggesellenwohnung herum saßen da Nelson Algren, sehr blaß, sehr sensibel, der einmal den Mann mit dem goldenen Arm schreiben würde, der düstere Ire James T. Farrell mit seinen harschen Ansichten, der sich wohl zu der Zeit schon mit den Ideen zu seiner Studs Lonigan-Trilogie trug, und Richard Wright, der künftige Autor von Native Son, einem der ersten von einem Schwarzen geschriebenen Romane über den Werdegang eines jungen Negers, erzählerisch gekonnt und sehr erfolgreich. Damals waren sie alle, außer Lipton, in ihren Anfängen, doch nahmen sie seine pontifikalen Urteile durchaus nicht immer widerspruchslos hin; Dick Wright, dessen eigene Hautfarbe übrigens beinahe weiß war, hatte sehr dezidierte Meinungen, besonders in der Rassenfrage, und Jim Farrells Rede, auch wo sie Humor zeigte, war von Galle durchtränkt; nur Algren blieb meistens zurückhaltend, doch sah man, daß er sich seine Gedanken machte, und wenn er sprach, leise, in Sätzen, die für S. H. schwierig zu verstehen waren, schien er Bedeutendes auszusagen. Gemeinsam war ihnen, das war unzweifelhaft, das Streben nach Realität; die Wirklichkeit, mit ihren vielfältigen Konflikten, erschien ihnen reich genug, um bei ihrer Gestaltung auf Schnörkel und Künstlichkeiten verzichten zu können; was nicht hieß Verzicht auf Darstellung des Innenlebens des Einzelnen, denn der Mensch war zugleich Einzelner und gesellschaftliches Wesen; notwendig aber war immer, daß man verstanden wurde, auch von einfachen Leuten.

So wenigstens begriff S. H. die Hauptpunkte dessen, was während der vier oder fünf Zusammenkünfte bei Lipton gesagt wurde; er selbst trug nicht viel zu den Debatten bei, er war glücklich, daß er akzeptiert worden war in einer solchen Runde und teilnehmen durfte an so gewichtigen Gesprächen; im übrigen galt er als der Experte für Deutschland und den Nationalsozialismus, und wenn er sich dazu äußerte, stimmte man ihm stets bei.

Dann fanden keine Zusammenkünfte mehr statt; ob es nun zu Zerwürfnissen gekommen war unter den Mitgliedern der Gruppe, oder ob die Sache sich einfach totgelaufen hatte, erfuhr S. H. nie. Nur Lipton blieb, und Lipton glaubte, seine Pflicht erfüllt zu haben, indem er ihm Nicki zuführte.

Nicki war Österreicherin; sie war auf sozusagen normale Weise nach Amerika eingewandert, bereits vor 1933, war also kein Refugee, und ihre Erlebniswelt und ihre Erwartungen waren ganz anderer Art als die seinen. Vielleicht deshalb nahm sie sich des armen S. H. mit einer Selbstverständlichkeit an, die ihn, wie er glaubte, zu nichts verpflichtete, die aber auch echte Liebe sein mochte; nur daß er aus Gründen, die ihm selbst unklar blieben, das nicht wahrhaben wollte. Er stellte bei Nicki, obwohl sie älter war und weniger naiv als Vera und längere Beine hatte und schmalere Hüften, eine gewisse Ähnlichkeit mit ihr fest: in der Farbe von Haar und Gesicht, in Gesten und Bewegungen, in der Stimme, in ihrem ganzen Wesen. Nun betrachtete er zwar das Verhältnis zu Vera als beendet, er hatte ihr sofort nach seiner Ankunft in Chicago mehrmals geschrieben, ohne je eine Zeile Antwort zu erhalten; aber etwas war geblieben, ein Nachhall, und vielleicht war es dies, was ihn abhielt, sich fester gerade an Nicki zu binden. Oder war das alles Einbildung und lagen die Dinge viel einfacher? War es nicht doch so, wie es Nicki ihm sagte, als sie das letzte Mal sich geliebt hatten und Arm in Arm auf der dunkelgrünen Matratze lagen, die in dem kleinen Zimmer Bett, Couch und Sitzgelegenheit in einem war: er habe ja recht, sagte sie, in seiner Situation, sich nicht mit einer Frau belasten zu wollen. Aber auch sie, fügte sie hinzu, müsse ihr Leben und ihre Zukunft bedenken, und da sei einer, der bereit wäre, für sie dazusein, in jeder Hinsicht, und mit dem werde sie nun fortgehen, weit fort, nach Honolulu auf der Insel Hawaii, wo der Mann Besitz habe.

Er sah die Palmen vor sich und den weißen Strand, und diese schöne Frau mit dem Körper eines Modells, sonnengebräunt einherschreitend vor dem tiefen Blau des Himmels: ein Hollywood-Bild; und ihm war elend zumute.

Und wieder sitzt er in seiner Ecke in der Bibliothek von Wieboldt Hall, und es ist Stille um ihn, und er schlägt sich herum, bis in die Nächte hinein, mit den Widersprüchen in der deutschen Romantik und mit den Symbolismen in der Figur des Atta Troll, und auf den Spuren von Heines Denken wird ihm deutlich, wie doch in Deutschland der Revolutionär und der Philister so häufig in eines verschmelzen und daß ein brauner Faden sich zieht von den deutschtümelnden Maulhelden, die Heine verspottete, zu den Nazis von heute, und ein Gefühl brüderlicher Verbundenheit mit dem Dichter und tiefen Verständnisses für dessen böse Ironie bemächtigt sich seiner, dem er Ausdruck zu geben sucht in seiner Magister-Arbeit.

Dann ist es soweit. Der letzte Absatz von *Atta Troll, Versuch einer Analyse* beginnt mit den Worten, »Heine glaubte an die soziale Revolution und hat sie prophezeit«, und dies, hineingeschrieben von S. H. in eine Periode tiefster wirtschaftlicher Krise und politischer Verwahrlosung, ist Bekenntnis und Programm zugleich. Doch was nützt ihm das? Er darf, gekleidet in Cap and Gown, in schwarzem Talar und mit dem bebommelten Flachdeckelhut auf dem Kopf, in feierlichem Zug über den Campus zur Aula wandeln, um seine mit schöner Akribie verfertigte Urkunde in Empfang zu nehmen, aber die Bewerbungsschreiben, schon vor Verleihung des Titels Master of Arts hinausgesandt an zwei oder drei Dutzend Universitäten und Hochschulen, erbringen, wenn überhaupt etwas, dann nur bedauernde Absagen; nirgends auch nur die Spur eines verfügbaren Lehrstuhls, und er hat es versäumt, den Mahnungen des Freundes Rosenhaupt zu folgen und Beziehungen zu knüpfen und zu pflegen zu den richtigen Leuten in der Germanistik; der Magister Rosenhaupt kommt auch an einem winzigen College unter, dem Magister S. H. aber rät einer der Assistant Professors im Department, durchaus kein Zyniker der Mann, über einer Tasse Tee: »Wissen Sie, ich kann Ihnen ein paar Adressen auf der Northside geben; da kommen die Damen hin, garantiert aus der besten Gesellschaft alle, und es ist sichere Arbeit, sobald Sie einmal im Geschäft sind, und nicht schlecht bezahlt.«

Professor Taylor, dem als Chef des Departments daran liegt, Leute vom Fach an seiner Abteilung zu halten, schlägt vor, er möge doch bleiben und seinen PhD machen; zwei, drei Jahre, und er wird es geschafft haben; inzwischen wird sich schon etwas finden. Das große Heine-Buch zu Ende bringen, als Dissertation, das wäre schon verlockend; aber die Fraternity, wird ihm mitgeteilt, hat für so lange Fristen kein Geld mehr zur Verfügung, und außerdem hat die Fakultät vor die Vergabe des Doktorgrads das Studium auch von Gotisch und Alt- und Mittelhochdeutsch gesetzt, eine unvorstellbare Mühsal, in dieser Zeit. Es bleibt ihm nichts anderes, er muß Arbeit finden, unbedingt, Arbeit ganz gleich welcher Art; er muß Geld verdienen, damit er schreiben kann – und aus einem zweiten Grund noch: stets ist da in seinem Hinterkopf, bohrend und beunruhigend, der Gedanke an die Bedrohung, unter der Mutter und Bruder leben, drüben in Deutschland, ihre Briefe sind immer vorsichtiger geworden, doch er liest zwischen den Zeilen – und er ist der einzige, der ihnen helfen kann.

Ja, irgendwelche Arbeit, sagt er den drei Alumni, er sei da nicht zimperlich, habe keine akademische Scheu, in dem Punkt habe er sich völlig amerikanisiert. Und hat er das nicht auch längst schon bewiesen, fragt er, wie sie wohl wüßten: hat er nicht, während des vorlesungsfreien Sommerquartals, als Kellner in der Mensa gearbeitet, um wenigstens sein Essen zu verdienen, er, immerhin ein mehrfach gedruckter Autor von Versen und essayistischer und erzählender Prosa, und hat er nicht in den Wochen darauf, zu etwa gleich niedrigem Lohn, als Hilfskraft hinter dem Tresen der Cafeteria in der 63rd Street gestanden und Messer, Gabel und Löffel in Servietten gewikkelt, für jeden Gast, der das Lokal betritt, Messer, Gabel und Löffel in sauberer Serviette, viele hunderte Mal mittags und abends, damit der Gast sich bedienen möge, bevor er sein Tablett weiterschiebt zu Säften und Suppen und Speisen; und immer wenn er, der mehrfach gedruckte Autor, zum Abwaschtisch in der Küche laufen mußte, um einen frischen Vorrat von Messern, Gabeln und Löffeln herbeizuholen, war die mühselig angehäufte Reserve von bereits eingewickelten auf beinahe nichts zusammengeschmolzen: ein wahrer Sisyphus-Job, der sein Ende fand, als der Manager von ferne beobachtete, wie er, von Durst geplagt, sich ein Glas von dem Grapefruitsaft nebenan griff und es in einem Zug aussoff; aber da war auch das Sommer-Quartal gerade vorbei und er durfte zurückkehren zu den Fleischtöpfen in 5625 Woodlawn.

Schließlich hat er doch Glück. In einer den Berlitz-Instituten ähnlichen Sprachenschule im Geschäftsviertel Chicagos ist die Deutschlehrerin ausgefallen; der Assistant Professor, der ihm jenes andere Institut empfohlen hatte, erfuhr davon und hat bei dem Besitzer angerufen: junger Germanist, begabt, soeben Magister geworden, und billig zu haben; tags darauf steht er auf dem Katheder. Aber ach, die meisten seiner Studenten sind minderbegabt; sie haben's auf anderen Schulen nicht geschafft und erwarten von ihm nun, daß er sie binnen Wochen aufs Examen drillt, und wahrscheinlich ist er auch gar kein guter Lehrer, er wird ungeduldig, wird nervös, schüchtert die Leute, statt sie zu ermuntern, unnötig ein, und als nicht nur einer, sondern mehrere seiner Schüler die Prüfung, für die er sie vorbereiten sollte, nicht bestehen, gibt man ihm die Schuld; er verliert den Job.

Da springt Arnold Shure ein. Arnie kennt jemanden im Management des großen Warenhauses Carson, Pirie, Scott, und dort braucht man, in der Buchabteilung, für die Vorweihnachtswochen eine Aushilfskraft, mit der Chance einer festen Anstellung, falls nach Neujahr das Geschäft nicht völlig erstirbt. Bei Carson, Pirie, Scott wirft man einen Blick auf ihn und sagt: Rare Books. Am Verkaufsstand für Rare Books, für Seltene Bücher, wird er gut aufgehoben sein, dort herrscht kein Andrang, die Sache ist überschaubar, und meist wissen die Kunden auch ungefähr, was sie haben möchten. So steht er denn und wartet hinter seinem Ladentisch, vor den Regalen, auf denen die teueren Bände fein aufgereiht sind, Sonderausgaben, sorgfältig gedruckt auf exquisitem Papier, oft auch numeriert, von Hand gebunden, mit Goldschnitt, in Halb- oder Ganzleder oder Pergament, manche auch vom Autor signiert oder vom Illustrator, etwas für Leute mit Geschmack, die anderen Leuten von Geschmack etwas Geschmackvolles schenken möchten; es macht Freude, ein solches Buch anzufassen, zu halten, es ist ein fast sinnliches Vergnügen, aber Vorsicht, jeder Fingerabdruck bleibt sichtbar; besser, man blickt sich um im Laden, beobachtet die Menschen, die eines Tages vielleicht auch seine Leser sein werden: woran denken sie, was sind ihre Träume?

»Sie haben wohl nichts zu tun, Young Man?«

Das ist der Abteilungsmanager. Der neue Verkäufer stammelt: Seit ein, zwei Minuten nur, eine momentane Pause, gleich wird es wieder losgehen.

»Ich werde Ihnen helfen, sich zu beschäftigen.«

Am nächsten Morgen findet er auf seinem Verkaufstisch Stöße von Büchern, dicken Büchern mit äußerst farbenfreudigem Schutzumschlag, alle mit dem gleichen Titel, Gone With the Wind. Und vor dem Tisch zieht eine nicht abreißende Kette von Kunden vorbei, Damen in der Mehrzahl, die sich ein oder auch zwei oder drei Gone

With the Wind greifen; die Rare Books sind vergessen, er ist voll beschäftigt, mit Einpacken und Rechnungschreiben und Aufpassen, daß auch keiner das Buch einfach mitgehen läßt, und dazu muß er noch laufen, um Nachschub heranzuschaffen, es ist fast wie in der Cafeteria in der 63rd Street, und so erfährt er in der Praxis, bekanntlich die beste Schule, was ein Bestseller ist, und seine Gefühle für Margaret Mitchell sind recht zwiespältig, aber die Bewunderung überwiegt.

Am Nachmittag des 24. Dezember erhält er seinen Lohnscheck. Und als er zu fragen wagt, wann er wieder zur Arbeit kommen soll, sagt man ihm höflich, Carson, Pirie, Scott bedauerten sehr, aber es sei nicht zu erwarten, daß der Geschäftsverlauf nach Weihnachten seine Dienste notwendig machen werde.

Am ersten Weihnachtsfeiertag ist er zu Gast bei den von Schrötters; der Doktor hat einen anständigen Wein beschafft, die Frau eine Gans gebraten, hinterher gibt es Strudel, echten Wiener Strudel. Da sei übrigens auch ein Brief für ihn, erwähnt der Dr. von Schrötter, ein Brief aus New York, Absender Dr. Kurt Rosenfeld; wohl der ehemalige preußische Justizminister, nehme er an.

# 9

Vor mir liegen drei Bände, Größe 28 mal 44 Zentimeter, in solides schwarzes Leinen gebunden, die Jahrgänge 1937 bis 1939 der Wochenzeitung *Deutsches Volksecho*, Erscheinungsort New York, Editor, laut Vermerk links oben auf Seite 4 der Nummer 1 vom 20. Februar 1937, St. Heym. Es gibt, außer diesen Bänden in meinem Besitz, nur noch ein anderes Exemplar, das sich erhalten hat: in der New Yorker Stadtbibliothek an der 42nd Street in Manhattan; aber das wird dem interessierten Leser nicht mehr ausgehändigt, zu fragil ist das Papier im Lauf der Jahrzehnte geworden. Auch bei meinen Bänden bröckelt das Papier an den Rändern, und ein merkwürdiges Gefühl der Rührung beschleicht mich, da ich vorsichtig die Seiten wende und die Worte des jungen Mannes wiederfinde, der damals, noch nicht ganz vierundzwanzig Jahre alt, sein Herz und seine ganze Leidenschaft in dieses Unternehmen investierte.

Irgendwie war alles schon vorbereitet für ihn, als er, immer noch den alten Koffer in der Hand und seine Schreibmaschine, mit dem Überland-Bus aus Chicago in New York eintraf und im Village, in der Wohnung eines gewissen George Lohr, der eigentlich Ohlwerther hieß und Organisator der deutschen Gruppe der kommunistischen Partei der USA für den Bezirk New York war, zeitweilig Unterschlupf fand. Der Dr. Kurt Rosenfeld und der bekannte Wirtschaftswissenschaftler Professor Alfons Goldschmidt, Respektspersonen beide mit ruhmreicher Vergangenheit in Deutschland, begrüßten ihn und gaben ihm alsbald die näheren Erläuterungen zu dem so verlockenden Angebot, das ihr Brief nach Chicago enthalten hatte. Jawohl, er sollte, trotz seiner Jugend, Chefredakteur eines neu zu gründenden antifaschistischen Wochenblattes werden, das, in voller Unabhängigkeit von irgendwelchen Parteien und Parteiungen, das deutschamerikanische Publikum und die deutschen Emigranten in Amerika im Kampf gegen Hitler und gegen die immer aufdringlicher werdenden Nazis am Orte vereinen sollte; für einen ersten Abonnentenstamm sei gesorgt, da die deutschsprachige Wochenzeitung der Kommunisten hier, *Der Arbeiter*, ihr Erscheinen einstellen werde, sobald das neue Blatt herauskäme, mit der Empfehlung an ihre Leser, dieses, das sicherlich reichhaltiger im Inhalt und politisch viel breiter gefächert sein würde, zu dem ihren zu machen; im übrigen hoffe man, daß die Neue Volkszeitung, das Organ der Sozialdemokraten, dem Beispiel des Arbeiter über kurz oder lang folgen werde; dann könnte man, mit vereinten Kräften, endlich dazu übergehen, in New York eine deutsche Tageszeitung herauszugeben, die mit mächtiger Stimme gegen das Blutregime in Deutschland zu sprechen und zugleich alle fortschrittlichen, demokratischen Gruppierungen in Amerika zu stärken in der Lage sein würde. Was nun seinen Mangel an redaktioneller Erfahrung betreffe, den er geltend gemacht habe, so möge er sich da keine zu großen Sorgen machen; es würden Leute da sein, ihn zu beraten; die Hauptsache sei seine talentierte Feder, deren Wirkung er bereits bewiesen; alles andere lasse sich erlernen. Doch zweifellos habe er sich, nach dem Empfang von Dr. Rosenfelds Brief und bevor er den Bus bestieg, auch bereits eigene Gedanken gemacht, die man nur zu gern hören möchte.

Ach, er brauchte nicht verführt zu werden. Was hatte er denn besseres vor: ein arbeitsloser Germanist, ein Schriftsteller ohne Werk – hier war seine Chance, zu wirken, politisch und literarisch, und anderen die Möglichkeit zu geben, gedruckt zu werden. Was tat es da, wie der Professor Goldschmidt mit seinem trompetenstoßartigen Lachen ohne weiteres zugab, daß das ihm gebotene Salär von zwanzig Dollar die Woche nicht eben fürstlich war; der junge Chefredakteur in spe tröstete sich, daß er das Blatt bald auf eine Auflagenhöhe gebracht haben würde, die ihm den Bezug eines doppelt und dreifach so hohen Gehalts wohl gestatten sollte.

Er habe, erklärte er, was Gestaltung wie Inhalt des Blattes betreffe, recht revolutionäre Ideen. Wolle man die Massen erreichen, auch die deutschamerikanischen, so müsse man sich die amerikanische Massenpresse zum Vorbild nehmen und nicht die langweilig aufgemachten, zutiefst provinziellen, eher an Vereinsorgane denn an wirkliche Zeitungen gemahnenden deutschsprachigen Blättchen im Lande: also, bei aller Seriosität der Beiträge natürlich, schon im Format anders, Tabloid, ähnlich der Daily News mit ihrer Millionenauflage; das war, besonders in der gedrängt vollen Subway oder Straßenbahn, leichter zu lesen als die großformatigen Blätter; dazu Blickfang durch Balkenüberschriften und Photos, vor allem auf der

Frontseite; aber auch im Innern das Seitenbild aufgelockert, was hieß, so wenig wie möglich lange theoretische Riemen, sondern Nachrichten, Nachrichten, Nachrichten, die objektiv sein oder zumindest so erscheinen mußten, redaktionelle Meinungen gehörten auf die Leitartikelseite, nur so wirkte man glaubhaft; ferner Sport, amerikanischen, auch die Deutschamerikaner liefen zum Baseball, saßen am Boxring; und Bücher, deutsche wie amerikanische, und Theater und Film; und Interviews, das menschliche Wort war es, das die Zeitung lebendig machte, das prominenter Zeitgenossen insbesondere; auch sei ein Fortsetzungsroman in Betracht zu ziehen und ein Comic Strip oder mehrere, die Leute hier, sogar die deutscher Herkunft, seien gewöhnt an ihre Bildgeschichten, und wer die verfolge, kaufe auch die nächste Nummer des Blattes; man stelle sich nur vor, ein Streifen mit Hitler und Goebbels, nichts töte so gründlich wie Lächerlichkeit.

Man sieht, er hat gelernt in den nicht ganz zwei Jahren in Chicago; der Kontakt mit dem amerikanischen Leben, die ständige Lektüre der amerikanischen Presse hat Früchte gezeitigt; fragt sich nur, ob sein Programm so ganz richtig zugeschnitten ist auf die, für die er seine Zeitung machen wird, oder ob die gesetzten älteren Herren, die die New Yorker Staatszeitung und die deutschsprachigen Blätter in Milwaukee und St. Louis und anderenorts auf althergebrachte Weise redigieren, die deutschamerikanischen Leser nicht besser kennen als er. Wie dem auch sei, der Dr. Rosenfeld und der Professor Goldschmidt sind beeindruckt, und als man sich auch bald auf den Namen des neuen Wochenblattes einigt, Deutsch muß darin vorkommen und Volk, das ist klar, und in dem Wort Echo klingt etwas mit von dem Widerhall, den die neue Stimme finden soll, da ist das Einverständnis vollkommen und die Arbeit kann beginnen.

Denn es ist auch bereits ein Büro gemietet, wie er erfährt, in 5 Beekman Street, ziemlich weit Downtown, im alten Zeitungsviertel von New York, was ihm schmeichelt, wenn auch die meisten großen Tageszeitungen ihre Redaktionen längst anderswo haben. 5 Beekman Street ist ein uralter Ziegelbau, nicht besonders hoch für New York, sieben oder acht Stockwerke nur, mit einem Schacht in der Mitte, in den das Tageslicht nur trübe einfällt; um den Schacht herum führen Gänge, einladend zum Selbstmord, ein rascher Sprung übers Geländer und fertig. Von diesen Gängen aus sind die Büros zu erreichen, finstere Zellen, ausgestattet mit Möbeln aus zweiter Hand. Sein Schreibtisch ist der zur linken, nahe dem Fenster, das Ausblick bietet auf eine vom Ruß der Jahrzehnte geschwärzte Mauer; direkt vor sich hat er eine Partition, wie man das hier nennt, eine Art Rabitzwand aus graugestrichenen Latten und schmutzigem Milchglas, die seine Zelle von dem ebenso engen Raum der Geschäftsleitung trennt. An dem Schreibtisch zur rechten sitzt Martin Hall.

Martin Hall, auch dies ein nom de guerre, kein Wunder angesichts der ewigen Bedrohung aufrechter Antifaschisten durch die Nazis und oft auch durch die amerikanischen Immigrationsbehörden, ist der versprochene Berater; obwohl älter als S. H., erheblich älter, hat er ein frisches, rosiges Gesicht, in das er, wann immer er es sich leisten kann, eine dicke Zigarre steckt; seine Frau, die aussieht wie eine Pfarrerstochter und sich auch so gibt, schreibt gleichfalls, etwas zu gefühlvoll, aber man muß auch etwas für weibliche Leser bringen. Viel erfährt der neugebackene Chefredakteur nicht über Martin Hall: nur daß er leitender Mitarbeiter gewesen an einer kommunistischen Zeitung irgendwo im Rheinland. Aber er sieht, daß der Mann in großen Zusammenhängen zu denken versteht und eine gewandte, vielleicht etwas zu gewandte Schreibweise hat; außerdem ist Hall mit der technischen Seite des Handwerks vertraut, mit Drucktypen und Umbruch, da kann man von ihm lernen; und so begegnet er ihm dankbar und mit offenem Herzen.

Doch steht da hinter diesem Berater noch ein anderer, mysteriöserer, der zunächst nur gelegentlich erscheint, zwinkernden Auges, den Kopf mit dem blondgewellten Schopf über faltenreicher Stirn ein wenig nach links geneigt; etwas ist nicht in Ordnung mit der Halsmuskulatur. Der nun gibt die wirklichen Analysen der Lage und macht Voraussagen, die wunderbarerweise fast immer eintreffen: mehr als ein Schlaumeier, dieser Hans, oder auch Otto, wie er sich abwechselnd nennen läßt, mit austauschbaren Familiennamen, meist nach irgendwelchen Gewerben gewählt, Fleischer, Schröter, Gerber – Hans oder Otto ist ein politisches Genie. Es heißt, daß er einmal Reichstagsabgeordneter war, ein kommunistischer, und daß er illegal in Amerika ist und hier zahllose Verbindungen unterhält, bis hin nach Hollywood, und vorzugsweise zu sehr reichen Leuten, denn er verdient sich sein Geld als Investitionsberater, und seine Tips, kaufen Sie diese Aktien oder jene, der Kurs wird steigen, oder stoßen Sie das lieber ab, bewähren sich angeblich in neun von zehn Fällen; im übrigen soll er, durch eben diese Verbindungen, ganz respektable Sümmchen aufgebracht haben für das zu gründende Volksecho. Hans oder Otto also läßt stets durchblicken, daß er mehr weiß als er sagt, und daß das, was er sagt, auf Quellen beruht, zu denen nur er Zugang hat; doch nie gibt er irgendwelche Ordres; das hat er nicht nötig, durch ihn spricht, in leicht sächsischem Tonfall, eine höhere Autorität, nicht in Frage zu stellen von einem, der sich seinen Weg erst ertasten muß.

Aber das ist nur ein Teil der neuen Welt, die sich ihm erschließt. Der andere, das sind die Arbeiter. Und wenn er, trotz Abkunft und Erziehung, in späteren Jahren diese merkwürdige Bindung spürt zu dem, was man unter Brüdern als »die Klasse« bezeichnet, diese Achtung vor den einfachen Menschen, die so einfach in Wirklichkeit gar nicht sind, und diese tiefe, jedoch nicht unkritische Zuneigung zu ihnen, aus der heraus seine Arbeiterromane entstehen werden, sein Goldsborough, seine Fünf Tage im Juni – hier, mehr noch als in den flüchtigen Chemnitzer Eindrücken, liegen die Ursprünge.

*Der Arbeiter*, dessen Leser nun die seinen werden sollen, war ein Sektenblatt gewesen, mit all den reflexhaften Haltungen und der Formelsprache, die Sekten eigen sind, welche ihren Stolz darin sehen, sich von dem Rest der Menschheit abzukapseln, und dazu die Eigenheit haben, die Sektenanhänger in ihrer Loyalität der Sekte gegenüber ständig zu bestärken. Rückblickend auf jene Zeit und auf die Bedingungen in der deutschamerikanischen Arbeiterbewegung damals, vermute ich, daß Der Arbeiter nicht bankrott gegangen wäre, wie es dem armen Volksecho knapp drei Jahre später geschah; irgendwie hätten diese Leute ihr Blättchen durchgeschleppt, ganz gleich, was und wogegen es schrieb und wie widersprüchlich die Linie, die es verfolgte. Aber Der Arbeiter strebte auch nicht so hoch hinaus wie S. H. mit seiner Zeitung; angeregt von so geachteten Männern, wie der Dr. Rosenfeld und der Professor Goldschmidt es waren, und sanft gelenkt von seinen mit so ziemlich allen Wassern gewaschenen Beratern, aber ebensosehr dem eigenen Ehrgeiz folgend, wollte S. H. die Sektengrenzen durchbrechen und Einfluß nehmen auf Zehntausende, auf Hunderttausende, ja auf Millionen; und wenn er, in der ersten Ausgabe seines Blattes, in einen Kasten neben dem Titel Deutsches Volksecho hineinsetzen ließ: *35 000 Leser*, so war das nicht so sehr schlecht gelogen als schön geträumt.

Im Gedächtnis geblieben sind mir von diesen Arbeitern besonders vier, weil sie immer wieder auftauchten, und jedesmal mit ein paar Dollar in der Hand, die sie in ihren Arbeiterklubs oder in der Gewerkschaft oder im Turnverein aufgetrieben hatten und nun in der Geschäftsleitung ablieferten: Erich Sänger, bedächtig, gelegentlich auch sarkastisch werdend, der sich in den deutschamerikanischen Organisationen auskannte wie selten einer; Fritz Merkel, ein stiller Mensch, in einer der vorzugsweise von Deutschen bewohnten Ecken von Brooklyn zu Hause und dort, wie es schien, eine Menge Vertrauen unter seinesgleichen genießend; der stolze Max Schiffbauer von drüben aus New Jersey, stolz auf sein Handwerk als Maschinenschlosser, nie werde er ohne Arbeit sein, verkündete er mit sonorer Stimme, tüchtige Fachleute würden in Amerika stets gebraucht; und Chris Blohm, auf seinen Stock gestützt, bei einem Arbeitsunfall war ihm das Bein verletzt worden: Chris Blohm hatte Verbindungen bis hin nach Philadelphia. Der eine oder andere von ihnen legte schon mal seinen Arm um die Schulter des Chefredakteurs, wenn den die Ungunst der Entwicklung an den Rand der Verzweiflung brachte; dann murmelten sie etwas von Solidarität, und daß ihrer doch so viele seien und die Sache, für die sie kämpften, so gut und, historisch gesehen, unschlagbar. Und wenn er, wie er es mehrmals tun mußte, an der 86. Straße in Yorkville, mitten im Deutschenviertel von Manhattan, wo die Nazis ihre Hochburg hatten, einen umgestülpten Holzkasten bestieg, eine Soap Box, wie man das nannte, und vor den rasch sich sammelnden Passanten eine Rede gegen Hitler hielt und gegen dessen örtliche Gefolgschaft, den berüchtigten Nazi-Bund, da waren sie da, um ihn, wenn's not tat, mit ihren Fäusten zu schützen.

Seinen Einstand beim Eintritt in die Welt dieser Arbeiterorganisationen zahlte er mit einem rasch verfaßten Skript, *Gestern – Heute – Morgen* betitelt, Untertitel *Deutschamerikanisches Festspiel*. Es ist abgedruckt in der Ausgabe vom März 1937 der von Brecht, Feuchtwanger und Bredel in Moskau editierten literarischen Monatsschrift Das Wort; rechnet man den Postweg und die Minimumzeit für den langsamen Druckvorgang in der Sowjetunion, so dürfte das Werkchen im Dezember 1936 oder, spätestens im Januar 1937 entstanden sein, kurz vor oder kurz nach S. H.s Übersiedlung nach New York und mitten während der Vorbereitungen für die Herausgabe des Volksecho; da sich jedoch in den ersten Nummern des Blattes kein Bericht über eine Aufführung des Stücks befindet – und so bescheiden war der neue Chefredakteur nicht, daß er etwas derart Bemerkenswertes, das noch dazu die eigene Person betraf, übergangen hätte –, ich mich aber, wenn auch nicht in den Einzelheiten, an eine Aufführung durchaus erinnere, ist anzunehmen, daß diese Ende Januar oder Anfang Februar 1937, wahrscheinlich in einer Veranstaltung des Deutschamerikanischen Kulturverbandes, erfolgte.

Das Spiel beginnt mit einem Gespräch zwischen dem Autor und dem Regisseur, wobei der Autor mitteilt, man habe gewollt, daß er ein Festspiel schreibe für einen antifaschistischen Deutschen Tag; er aber finde Festspiele übertrieben feierlich und meistens auch verlogen, also langweilig; doch der Regisseur erläutert, das Festkomitee wünsche gerade, daß Leben und Geschichte des Deutschtums in Amerika so geschildert werden, wie sie sind: »Keine leeren Phrasen, kein dummes Theater – die Wahrheit! Das Lügen überlassen wir den Nazis«, die, wie wir aus dem Gespräch weiter erfahren, aus dem General Steuben eine Art Göring gemacht und den großen Liberalen Karl Schurz, der zu allem Überfluß auch noch mit einer Jüdin verheiratet war, in einen deutschamerikanischen Goebbels umgefälscht haben. Regisseur: »Pfui Teufel!«

Folgt eine längere Szene zwischen General Washington und dem Baron Steuben, der nach Amerika gekommen ist, um – dieser Text ist authentisch, aus einem Brief des Exerziermeisters der amerikanischen Armee – »einer Nation zu dienen, die in dem edlen Unternehmen begriffen ist, ihre Rechte und Freiheiten zu verteidigen«; die Szene schließt mit Steubens Versicherung: »Von jetzt an, Exzellenz, bin ich Amerikaner, und Amerikaner für den ganzen Rest meines Lebens. Mit Ihnen ist mir Ihr Volk so teuer geworden, wie die Sache der Freiheit es mir schon längst war.«

Darauf die Nutzanwendung, in einem erneuten Gespräch zwischen Autor und Regisseur, denen sich jetzt ein Arbeiter hinzugesellt, der vom Autor direkt erfährt: »Was wollen die Faschisten? Daß der Arbeiter keinen selbständigen Gedanken in seinen Kopf kriegt! Daß das Volk nicht auf die Idee kommt, Freiheit und Demokratie seien Dinge, die das Leben erst lebenswert machen und für die es sich zu kämpfen lohnt!« Und der Regisseur fügt hinzu: »Steuben hat für die Freiheit eines unterdrückten Volkes gekämpft – Schurz kämpfte für die Freiheit einer unterdrückten Rasse, der Neger, die von den Nazis als Untermenschen bezeichnet werden, der Neger, denen Hitler die Hand zu drücken sich geweigert hat...«

Wonach sich der Vorhang heben kann für einen Dialog zwischen Abraham Lincoln und Karl Schurz, bei dem auch Schurzens Worte, wie vorher die des Baron Steuben, zum großen Teil authentisch sind: Schurz liest dem Präsidenten aus dem Manuskript der Rede vor, die er am 6. März 1863 in der Cooper Union in New York halten wird, und setzt Lincoln, indem er dessen Meinung zu suchen vorgibt, realiter unter Druck: »Und wenn Sie mich fragen, Mr. President, was ich unter diesen Umständen zu tun vorschlage, würde ich sagen: Die Sklaverei soll im Distrikt von Columbia und überall da, wo die Bundesregierung unmittelbar Autorität ist, abgeschafft werden. Sklaven der Aufständischen sollen von der Bundesregierung konfisziert und sofort freigelassen werden.« Also endlich die lang erhoffte Erklärung zur Sklavenbefreiung! Und diese, dem Festspiel zufolge, ein deutschamerikanisches Produkt. Aber warum auch nicht? Waren die Deutschen, die nach Amerika kamen, nicht verunglückte Revolutionäre gewesen? Sagt Schurz nicht, in dem Festspiel, zu Lincoln: »Ich bin vielleicht zu ungeduldig, Mr. President... Aber ich habe die Revolution von 1848 in Deutschland erlebt. Die ist auch daran kaputtgegangen, daß niemand Mut genug und Entschußfähigkeit hatte.« Und da Lincoln einwendet, die Sklavenbefreiungserklärung widerspräche der Verfassung, antwortet er: »Ist es nicht einigermaßen überraschend, daß die Konstitution am meisten und am beharrlichsten zugunsten jener herangezogen wird, die diese selbe Konstitution einfach über Bord geworfen haben? Ist unsere Verfassung so, daß sie einer der gefährlichsten Nachahmungen der Praxis despotischer Regierungen Vorschub leistet, daß sie uns aber abhalten kann von der Durchführung einer notwendigen großen Reform, die der aufgeklärte Geist des neunzehnten Jahrhunderts schon so lange verlangt und nicht aufhören wird zu verlangen?«

Damit aber hat S. H., auf dem Umweg über die Bühne eines Versammlungssaals in New York, sich eingeschaltet in die große Verfassungsdebatte jener Jahre in den USA, wo Präsident Roosevelt, unter dem Haßgeschrei angeblicher Verteidiger der Verfassung, den Supreme Court zu reformieren und eine längst fällige Sozialgesetzgebung durchzubringen bemüht ist und zugleich versucht, wenn auch nicht sehr energisch und wenig erfolgreich, sich freie Hand für eine Politik der kollektiven Abwehr gegen das heftig expandierende Nazi-Regime zu verschaffen. Doch wo war der Karl Schurz von 1937, bereit und imstande, dem Präsidenten das Rückgrat zu stärken? In einem unbequemen, mangelhaft beleuchteten Büro, 5 Beekman Street, New York, mit einem Bäckerdutzend von zumeist freiwilligen Helfern zur Seite und festen Willens, die deutschamerikanische Öffentlichkeit für sich und seine Ansichten zu gewinnen.

Wer, oder was, waren nun eigentlich diese Deutschamerikaner, mit denen er es zu tun hatte? Waren sie noch Deutsche oder schon Amerikaner, oder eine Mischform, Produkt des berühmten Schmelztiegels, hyphenated Americans, wie der bevölkerungspolitische Fachausdruck lautete, Bindestrich-Amerikaner? Bildeten sie, wie die Nazis behaupteten, eine Volksgruppe, in der von Berlin geprägten Terminologie als »Amerikadeutsche« bezeichnet, deren Sinn sich auf Deutschland richtete, oder lief ihr Denken und Fühlen, beeinflußt von der neuen Welt, in der sie arbeiteten und lebten, bereits in neuen, amerikanischen Bahnen, und waren Wurst, Bier, Turnen, Gesang und der ganze landsmannschaftliche Rummel nur Attrappe, aufrechterhalten, um der Unsicherheit abzuhelfen, die von der ersten Zeit nach der Ankunft her noch in ihnen steckte? Wohnten sie, Schutz im vertrauten Milieu suchend, in geschlossenen Gebieten, in Neighborhoods oder Ghettos, was deutlicher war? Sprachen sie überhaupt noch Deutsch, und wenn ja, wo: zu Haus, im Betrieb, auf der Straße? Und wie verhielt sich das bei ihren Söhnen und Töchtern? Und schließlich: hatte sich in all dem etwas geändert, seit Hitler in Deutschland an die Macht gekommen war?

Ich glaube nicht, daß S. H. sich diese Fragen so systematisch je vorgelegt hat; aber sie traten an ihn heran in der täglichen Praxis und er mußte sie, von Fall zu Fall, zu beantworten suchen; der eigene Standpunkt, die redaktionelle Haltung, die Identität des Blattes hingen davon ab: sprach man von sich als »Wir Deutsche« oder »Wir Deutsch-Amerikaner« oder »Wir Amerikaner«? Nur gab es keine einheitlichen, für alle gültigen Antworten, denn das Land selbst, Amerika, war ja nichts Einheitliches, war in sich verschieden und in dauerndem Wandel begriffen. Und so findet sich in den drei Jahrgängen des Volksecho das editorielle »Wir Deutsche« kaum, dagegen »Wir Deutsch-Amerikaner« häufiger und, besonders gegen Ende hin, auch »Wir Amerikaner«, zugleich, ohne daß er sich's bewußt gewesen wäre, die innere Entwicklung des Chefredakteurs widerspiegelnd. Und es finden sich, seltener am Anfang, später jedoch regelmäßig, eine oder zwei Seiten in englischer Sprache, der Söhne und Töchter wegen, die des Deutschen schon nicht mehr mächtig sind, und um auch amerikanische Leser anzulocken, die so manche

Information, die das Volksecho bringt, anderswo nicht erhalten werden.

Fest stand, daß es Leute gab, die noch Deutsch lasen, entweder weil sie sich im Englischen nicht genügend heimisch fühlten oder die Bindung zur Muttersprache noch als stark genug empfanden, um sie auch weiter halten zu wollen. Diese Leute hatten sich aus den verschiedensten Gründen nach Amerika begeben, aus politischen, wirtschaftlichen, familiären, oder aus Lust am Abenteuer in der Fremde; sie assimilierten sich, langsamer oder schneller und mehr oder weniger spontan, sie sprachen Deutsch mit amerikanischen Einsprengseln oder amerikanisches Englisch mit deutscher Wortstellung, sie blieben Arbeiter, mit dem Klassenbewußtsein von Arbeitern, oder sie stiegen auf in die Geschäftswelt und dachten dann genauso wie ihre amerikanischen Partner. Fest stand ferner, daß die Zahl dieser deutschen Leser sich stetig verminderte, es sei denn, sie erhielt laufend Zuwachs. Dieser Zuwachs stellte sich ein, war aber jetzt andersgeartet: die nun eintrafen, kamen auf der Flucht, verfolgt ihres Glaubens oder, wenn man will, ihrer Rasse wegen, so wie er selber ja auch gekommen war, nur daß es bei ihm noch das fatale Gedicht gegeben hatte, und sie bildeten eine eigene Gemeinde, mit ganz eigenen Schichtungen und einer ganz eigenen Geisteshaltung. Es gab also, mit dem Scheidejahr 1933, eine alte und eine neue deutsche Immigration, die außer der Sprache nur wenig miteinander gemein hatten; er aber mußte versuchen, ein Blatt zu machen, das den Interessen des jüdischen Flüchtlings in Washington Heights entsprach, der sich mit irgendwelchen Aushilfsjobs durchzubringen suchte, und zugleich denen des alteingesessenen deutschen Bäckermeisters in Brooklyn, der seine Stammkundschaft hatte für seine Semmeln und sein gutes Schwarzbrot, und er mußte dazu noch eine Weltsicht geben, die das Niveau beider wahrscheinlich überstieg.

Worauf beruhte sie denn, die deutsche Sprache, hier in dem neuen Land, in dem alles Wichtige auf Englisch verhandelt wurde und ein Mann, der vorwärtskommen wollte, sich so rasch wie er nur konnte, am besten gleich am Morgen nach seiner Ankunft, amerikanisierte? Auf dem kleinbürgerlichen, dem beharrenden Element, den Schwerfälligen, den Sentimentalen, die sich nach der alten Gemütlichkeit sehnten, den Vereinsmeiern; so kommt es, daß bis zum Ende des Volksecho mindestens eine der kostbaren Seiten angefüllt ist mit dem »Organisationskalender« und mit Berichten über Versammlungen und Veranstaltungen der verschiedenen Ortsgruppen der Arbeiter-Kranken- und Sterbekassen, der Naturfreunde, der Arbeiterklubs und Arbeiter-Sport- oder Arbeiter-Gesangvereine: all das fast zur Gänze vom Chefredakteur selber geschrieben, denn da ist ja kein Geld für einen, der ihm die langweilige Arbeit abnimmt; außerdem ist ihm bald klargemacht worden, daß diese Vereine, pfleglich behandelt, irgendwann auch eine kleine Anzeige ins Blatt setzen werden, Preis fünf Doller oder, dann zwei Zoll hoch, zehn, mit der Ankündigung einer Jahrestagsfeier oder eines künstlerischen Abends mit Bier und Wurst und nachfolgendem Tanz. So ist das deutschamerikanische Leben, in Yorkville und in der Bronx, und drüben in New Jersey und in Philadelphia, und weiter westlich etwa in St. Louis, Missouri, dessen Deutsche einst ein ganzes Regiment aufstellten für die Nordarmee im Bürgerkrieg, und in Wisconsin und Illinois und bis hinüber nach California; so ist es auf der Linken und erst recht bei den Bürgerlichen, bei denen die Nazis, wie anders denn mit ihren Märschen und Uniformen und dem Geschmetter und Getön in ihren Camps, immer mehr Anhang gewinnen.

Welch undankbarer Boden für eine Zeitung, wie sie S. H. vorschwebt! Und welche Schwierigkeiten, beginnend mit Nummer 1, Jahrgang 1937, und sich häufend bis Nummer 37 des Jahrgangs 1939, die eine Woche nach dem Einmarsch der Nazis in Polen erscheint, dem Beginn des großen Verhängnisses, und auf deren Frontseite er ein letztes Mal seine Leser um ein paar Dollar anfleht, mit der Begründung: »Das Volksecho ist heute die einzige deutschsprachige Zeitung in der Welt, die Hitler konsequent bekämpft und für die Einheit aller fortschrittlichen, antifaschistischen Menschen deutscher Zunge eintritt! Die einzige!«

Zunächst aber: Fanfaren! Von überallher wird das neue Blatt begrüßt. Aus New York senden der Bürgermeister LaGuardia und der Kongreßabgeordnete Marcantonio und die Bäckergewerkschaft und die Gewerkschaft der Färbereiarbeiter und der Universal Christian Council ihre Glückwünsche; aus Prag, Paris, Zürich, Moskau schreiben oder drahten John Heartfield und Egon Erwin Kisch, Georg Bernhard, der Chefredakteur der Pariser Tageszeitung, Hermann Budzislawski von der Neuen Weltbühne, der Dichter Ludwig Winder, Kulturchef der Prager Bohemia, der Sozialdemokrat Rudolf Breitscheid, der Kommunist Bruno Frei, der einst die Arbeitslosenreportage des Helmut Flieg in seinem Berliner Blatte druckte, der Historiker Konrad Heiden, und Rudolf Breda alias Otto Katz, der Herausgeber des berühmten Braunbuchs über den Reichstagsbrand (nach dem Krieg wird er, da heißt er dann André Simone, von den eigenen Genossen zum Tode verurteilt und hingerichtet werden); dazu die Namhaftesten unter den Schriftstellern – Lion Feuchtwanger, Max Brod, Heinrich Mann, Willi Bredel, Oskar Maria Graf, und Thomas Mann, der aus Küsnacht verlautbaren läßt: »Ich kann nur sagen, daß ich nach allem, was Sie mir von dem Zweck und der Gesinnung der neuen deutsch-amerikanischen Zeitschrift mitteilen, diese Gründung aufrichtig begrüße und ihr das beste Gedeihen wünsche. Sehr gern ermächtige ich Sie auch, meinen Namen auf Ihre Mitarbeiterliste zu setzen. Dies bedeutet eine grundsätzliche Zusage, die bald einmal praktisch erfüllen zu können ich aufrichtig hoffe. Zwar entschließe ich mich selten zu journalistischen Äußerungen, aber von Zeit zu Zeit stellt sich dergleichen doch her, und die Existenz Ihres Blattes ist mir zu wichtig und zu erfreulich, als daß ich mich bei solcher Gelegenheit nicht Ihrer freundlichen Aufforderung erinnern sollte. Ihr sehr ergebener.«

Wer sollte, derartig abgesegnet, nicht hoffnungsfroh in die Zukunft blicken? Und hoffnungsfroh stürzte S. H. sich in die Arbeit. Und hatte sofort Glück. Aus Yorkville kam der heiße Tip: in der 85. Straße, in der Redaktion des Weckruf, des Wochenblatts der örtlichen Nazis, hatte es eine Prügelei gegeben; Fritz Kuhn, der Führer des Nazi-Bundes, war dort mit seinen Schlägertrupps eingedrungen und hatte die Redakteure Walter Kappe und Kurt Klinge ihres Amtes enthoben und an die Luft gesetzt; in dem Blatt stand dazu: »Wir betonen an dieser Stelle, daß durchaus keine ehrenrührige Handlung der genannten Herren vorliegt.«

S. H. ließ auf die Frontseite in vier Zentimeter hohen Blocklettern setzen:

ÜBERFALL AUF DIE
WECKRUF-REDAKTION

und druckte einen Bericht dazu, in dem es hieß, daß der Sache natürlich politische Differenzen zugrunde lägen: Herr Kappe hatte bei den Präsidentschaftswahlen 1936 den Bund auf die Unterstützung eines weithin unbekannten Mannes namens Lemke festgelegt, der eine dritte, deutlich faschistoide Partei gegründet hatte; Fritz Kuhn aber, der im August des Jahres, rechtzeitig vor den Wahlen noch, in Berlin gewesen war, hatte von dort Anweisung erhalten, die Stimmen seiner Amerikadeutschen Alf Landon zuzuführen, der damals, als Kandidat der Republikanischen Partei, gegen Roosevelt antrat. Also eine echte Spaltung, und die Prügelei in der 85. Straße sei, wie das Volksecho boshaft bemerkte, Fritz Kuhns 30. Juni gewesen, nur daß eben, anders als der arme Röhm nach Hitlers persönlichem Eingreifen, die Herren Kappe und Klinge es überlebten.

Kaum war die Nummer mit der Riesenschlagzeile auf der Straße, klingelte das Telephon in 5 Beekman Street: Nein, sagte der Anrufer, seinen Namen könne er nicht nennen, aber er sei schon einer aus Kuhns innerem Kreis, das möge man ihm glauben; außerdem verlange er auch nicht viel, er schlage nur vor, Herr Heym möge sich den Völkischen Beobachter vom 4. August und den Weckruf vom 13. August 1936 beschaffen; alles weitere ergebe sich aus einem Vergleich.

Die Investition war geringfügig genug. Dann lagen die zwei Zeitungen vor ihm auf dem Schreibtisch, beide im Titel den gleichen breitgeflügelten Adler, der das Hakenkreuz in den Klauen trägt, und beide mit der gleichen Meldung: Eine Abordnung des Amerika-Deutschen Volksbundes unter Führung ihres Bundesführers Friedrich Kuhn habe anläßlich der Olympischen Spiele in der Reichshauptstadt geweilt und sei vom Führer persönlich empfangen worden; diesem habe man ein Goldenes Buch übergeben, enthaltend rund 6000 Unterschriften mit den Grüßen des erwachten Amerika-Deutschtums, und dazu eine Spende für das kommende Winterhilfswerk, worauf der Führer den Amerikadeutschen aufs herzlichste für die schönen Geschenke gedankt habe. Nur einen Unterschied gab es: im Völkischen Beobachter, der in Berlin erschien, war die Höhe der Spende mit 2300 Dollar angegeben, im Weckruf, Erscheinungsort New York, mit 3000.

Warum wohl? fragte das Volksecho. Ganz einfach, weil die Redaktion des Weckruf und die New Yorker Nazis in ihrem Bund genau wußten, wieviel Geld gesammelt und Kuhn mit auf den Weg gegeben worden war, während die Empfänger in der für Olympia geschmückten Hauptstadt des Reiches in ihrem Völkischen Beobachter nur quittieren konnten, was sie erhalten hatten. Logische zweite Frage, Zwischentitel, fettgedruckt: KUHN, WO SIND DIE 700 DOLLAR? Und nun werde klar, schreibt das Echo, worum es bei der Auseinandersetzung zwischen den Herren Kappe und Kuhn wirklich gegangen sei: »Der unmittelbare Anlaß für die Amtsenthebung Kappes war nämlich, daß Kappe den Bundesführer in sehr energischer Weise zur Rechenschaft zog über den Verbleib der von Deutschen in Amerika für die Nazi-Winterhilfe gesammelten Gelder.«

Damit war, wie man auch in Amerika sagt, das Fett im Feuer, und es schmorte dort gute zweieinhalb Jahre. Dann aber, kurz vor dem Ende seines Blattes, durfte der nun schon um einige Illusionen ärmere Chefredakteur des Volksecho noch erleben, daß der von ihm enthüllte Fleck auf der Weste des Fritz Kuhn es war, der, zusammen mit einer Reihe ganz ähnlicher Flecke auf diesem Kleidungsstück, den amerikadeutschen Führer endlich vor seinen Richter brachte: Generalstaatsanwalt Dewey von New York erhob Anklage gegen Kuhn nicht etwa wegen politischer Vergehen, das war nach der Verfassung der USA unmöglich, sondern wegen gemeiner Unterschlagung, plus Steuerhinterziehung.

Ein Sieg, sicher; aber wie selten waren die Siege. Die Bände mit den gesammelten Ausgaben des Volksecho sind eine bedrückende Lektüre, sie lesen sich wie eine Liste von verlorenen Gefechten; und nach jedem Rückzug der Versuch, die Linien neu zu ordnen, Abrechnung zu halten, Fehler zu analysieren, Mut zuzusprechen dem immer kleiner werdenden Haufen: bald wird das Schicksal sich wenden, nur einig müssen wir sein, einig und entschlossen, eine große Front, eine Volksfront, der Feind ist schlagbar.

Als das Volksecho anfängt zu publizieren, ist Hitlers Herrschaftsbereich noch beschränkt auf die Grenzen, die Deutschland in Versailles gesetzt worden waren, und es wäre möglich gewesen, die Gefahr zu zernieren, den Angreifer, wie Roosevelt es formulierte, in Quarantäne zu halten. Die Jahre 1937 bis 1939, genau die Periode, in der S. H. seine Zeitung herausgibt, sind die entscheidenden für die Zukunft Europas, der Welt.

In diesen Jahren besetzt Hitler Österreich – S. H. schreibt: »Nur eine Tatsache war es, die Hitler ausnutzen konnte, um Österreichs Volk zu vergewaltigen: die mangelnde Einheit. Es gab keine Einheitsfront der demokratischen, friedliebenden Staaten. Es gab keine Einheitsfront der fortschrittlichen, der Arbeiterbewegung.«

In diesen Jahren geschieht München – S. H. zieht Bilanz: »Was das Gerede betrifft, in München wäre der Friede gerettet worden – wir haben Krieg im fernen Osten, Krieg in Spanien. Aber eines hat sich geändert: es gibt kaum noch eine Möglichkeit, das Dritte Reich vor eine Mächtekombination zu stellen, die es zwingen könnte,

Frieden zu halten, einen Frieden, der letzten Endes den deutschen Faschismus gestürzt hätte. Die Schlüsselstellung für die Erhaltung des Friedens hat von jetzt an das deutsche Volk selber.«

In diesen Jahren fällt Madrid – S. H. läßt im Volksecho drucken: »Der Kampf der spanischen Republik war und ist nicht umsonst. Er hat der ganzen Welt gezeigt, wie man sich gegen den Faschismus wehrt. Hat die spanische Volksfront versagt? Tausendmal nein! Mit allen Schwächen, die ihr noch anhafteten, hat sie mehr als anderthalb Jahre lang geholfen, den Frieden zu verteidigen und die Hitlerschen Welteroberungspläne aufzuhalten.«

Und in diesen Jahren klirren die Schaufensterscheiben an den jüdischen Geschäften, brennen die Synagogen, werden die Juden bespien und ihnen die Bärte gerauft; der große Pogrom wird veranstaltet in Deutschland, die Kristallnacht, die Ouvertüre zu Auschwitz – S. H. macht die ganze Frontseite des Volksecho in englischer Sprache, mit der Überschrift:

POGROMS AND TERROR RULE GERMANY

und der Ankündigung, über dem Titel des Blattes, einer Protestversammlung am folgenden Montag um 8 Uhr abends in New Yorks Madison Square Garden. Dazu schreibt er – ich übersetze: »Ein Pistolenschuß wurde von den Nazis als Auslöser für einen der schlimmsten Pogrome der Geschichte benutzt – schlimmer als die Pogrome gegen die russischen Juden unter dem Zaren – schlimmer und systematischer noch als die Verfolgungen unter der Inquisition des Torquemada in Spanien... Doch geschah dies gegen den Willen der Mehrheit des Volkes. Überall in Deutschland standen die Menschen schweigend und entsetzt. Ihr Schweigen war ein sehr hörbarer Protest... Jetzt sollen die Juden in Ghettos gesperrt werden, um dort allmählich zugrunde zu gehen, zum sadistischen Vergnügen der Nazi-Herren, und ihnen leicht verfügbar für neue Schändlichkeiten... Aber warum hat die Nazi-Regierung ihre brutalsten Schläger gerade jetzt losgelassen? Dieser Terror ist die direkte Folge des Verrats von München. Die Nazis waren sich klar darüber, daß die Weltöffentlichkeit aufschreien würde. Aber sie wissen, daß Chamberlain und Daladier nicht protestieren werden, sie spüren, daß sie sich alles leisten können, solange sie die Unterstützung der Reaktion in Frankreich und England, und in den USA, genießen... Deutschland wurde erniedrigt durch Hitler. Nur der Sturz des blutigen Hitler-Regimes kann diese Schande wegwaschen. Das Regime ist reif zum Sturz. Aber wie sollen die Deutschen es stürzen, wenn immer wieder im entscheidenden Moment Leute wie Chamberlain auftreten und Hitler stützen...? Der Pogrom gegen die Juden ist ein Stück Krieg so wie die Bomben auf unschuldige spanische oder chinesische Kinder... Der amerikanische Präsident hat das Recht, nicht nur ein Embargo zu verhängen gegen die Nazis, sondern überhaupt alle Handelsbeziehungen zu ihnen abzubrechen. Theodore Roosevelt, der große Vorgänger Franklin Delano Roosevelts, tat dies im Falle des zaristischen Rußlands, nachdem dessen Behörden ein Pogrom gegen die jüdische Bevölkerung der Stadt Kischinew angeordnet hatten. Diesmal handelt es sich nicht nur um eine Stadt, sondern um ein ganzes Land. Wir Deutschamerikaner fordern eine solche Maßnahme im Interesse des Landes unsrer Geburt. Wir kennen und lieben dieses Land wie unsere Mutter. Aber unsere Mutter befindet sich in den Händen sadistischer Irrer, die sie quälen. Das Nazi-Regime kann nicht als eine deutsche Regierung betrachtet werden, ebensowenig wie Al Capone, übernähme er das Weiße Haus, als legitime Regierung der USA gelten könnte. Mord ist Mord, Gangster sind Gangster. Wir Deutschamerikaner beugen unser Haupt in Scham, daß Mörder und Gangster heute in Berlin herrschen. Wir werden unser Bestes tun, um die Demokratie in unserm neuen Lande zu verteidigen und dem deutschen Volke zu helfen, Demokratie, Kultur und Menschlichkeit in unsere alte Heimat zurückzubringen.«

Und in diesen Jahren finden in Moskau die großen Prozesse statt, gegen Radek, gegen Bucharin, gegen den Marschall Tuchatschewski und wie sie alle hießen, sämtlich angeklagt wegen Verrats und Zusammenarbeit mit dem Klassenfeind, der auch der äußere Feind ist, und wegen Verschwörung gegen die neue, revolutionäre Sowjetordnung, und sämtlich geständig.

Ich kann die Sache nicht unter den Tisch fallen lassen und verschweigen, was S. H. dazu im Volksecho veröffentlichte, so bequem das auch wäre. Ich kann es nicht, weil es sich hier auch um ein persönliches Problem handelt, mit dem jeder, der glaubt, ein Sozialist zu sein, sich immer wieder herumschlägt: seine Stellung zur Sowjetunion. Es geht auch nicht an, im Falle S. H.s auf Unwissenheit zu plädieren; in Amerika gab es genug Quellen, die auf die Unwahrscheinlichkeit der Anklage hinwiesen, auf die Lückenhaftigkeit der

Beweisführung, auf Widersprüche in den Angaben der Zeugen und auf die sichtliche Unfairness der Moskauer Prozeßführung. Aber derartige Einwände wurden als trotzkistische Propaganda abgetan, und wie sollte man Trotzki, dem großen Verlierer, dem Hinausgeworfenen, ein objektives Urteil zutrauen; und wenn gar noch die Nazis, die Urheber des Reichstagsbrand-Prozesses, in das gleiche Horn stießen und hohnlachend die sowjetische Justiz als willfähriges Werkzeug eines Stalin bezeichneten, so schien der Beweis erbracht, daß es höchste Zeit war, dem Treiben jener irregeleiteten ehemaligen Revolutionäre, die nun in Moskau auf der Anklagebank hockten, ein Ende zu setzen. Denn war nicht die kommunistische Sowjetunion, angefeindet von den Nazis wie sonst nur die Juden, der einzige wirkliche Fels in der braunen Brandung, der einzig prinzipienfeste, einzig ernstzunehmende und unter allen Umständen verläßliche Gegner des Hitler-Regimes? Sie durfte, auch nach S. H.s Gefühl, nicht in Zweifel gestellt werden, bei Strafe des Zusammenbruchs der letzten verbliebenen Hoffnung auf bessere Zeiten.

Und so läßt er schon in der ersten Nummer des Volksecho den Generalstaatsanwalt der Sowjetunion, Wyschinskij, zur Frage der Geständnisse lächelnd erklären: »Aber sehen Sie, die Angeklagten selber haben mehr als einmal bestätigt, daß die Untersuchungen in absolut korrekter Form geführt wurden, und daß weder von direkter noch von indirekter Gewaltanwendung die Rede sein könne.« Im übrigen hätten die Angeklagten auch keineswegs gleich nach der Verhaftung gestanden, Radek zum Beispiel habe drei Monate lang gezögert, auszusagen, und erst angesichts der vorliegenden Beweismaterialien und der klaren Zeugnisse ihrer Mitverschworenen hätten sie sich entschlossen, zuzugeben, was bereits durch die Untersuchungsbehörden des Volkskommissariats aufgedeckt worden war.

Im Juni 1937 dann, nach dem Tuchatschewski-Prozeß, stellt S. H. auf der Leitartikelseite die Frage, wie denn die deutschen und japanischen Geheimdienste derart engen Kontakt zu höchsten Offizieren der Sowjetarmee herstellen konnten, und wie der Verrat der Angeklagten eigentlich zu erklären sei, und was die innen- und außenpolitischen Folgen dieser Vorgänge für die Sowjetunion sein würden. Und er meint, daß es sich bei den verurteilten Generalen in der Mehrheit nicht um alte Revolutionäre, sondern um Militärspezialisten gehandelt habe, und daß da auch noch andere, trotzkistische Einflüsse eine Rolle gespielt haben möchten; jedenfalls habe diesen Offizieren der Glaube an die Kraft des sowjetischen Volkes gefehlt, in einem möglichen Zweifrontenkrieg gegen Deutschland und Japan zu bestehen, und so hätten sie Verbindung aufgenommen zu den Feinden des Landes, um Sicherheit im Tausch gegen sowjetische Gebiete zu erkaufen. Und zitiert dazu die einer pro-sowjetischen Haltung gewiß nicht verdächtige New York Times, die festgestellt hat, daß die rasche und rücksichtslose Liquidierung der Verschwörung in der Armee als ein unleugbares Zeichen der Stärke des Sowjetregimes zu beurteilen sei.

Doch die Angriffe auf die Sowjetunion werden immer heftiger und zahlreicher, und nicht nur, wie selbstverständlich, im Weckruf der Nazis, sondern auch, was viel schmerzlicher, in der sozialdemokratischen Neuen Volkszeitung, deren Chef Gerhart Seger das Regime in Berlin hartnäckig mit dem in Moskau gleichsetzt. Also veröffentlicht S. H. in zwei Fortsetzungen Auszüge aus der bekannten Polemik Lion Feuchtwangers gegen André Gides bittere Kritik an der Sowjetunion, worin Feuchtwanger zwar ein paar Schwächen des ersten proletarischen Staates auf Erden zugibt, sonst aber nur Schönes und Positives dort erkennen will. Die Verteidigung der Sowjetunion gegen ihre Verleumder zieht sich wie ein Faden durch die sukzessiven Nummern des Volksecho, und es fiel S. H. in jener Zeit ja nicht schwer, Gewährsleute zu finden, wie etwa Thomas Mann, der bei der Eröffnung des Sowjet-Pavillons auf der New Yorker Weltausstellung verkündete: »Es kann nicht fraglich sein, daß die Sowjetunion ein friedliebendes Land ist, das sich unerschütterlich für den Frieden einsetzt, und daß sie in die Weltfriedensfront gehört. Man muß gar nicht mit allen Punkten ihrer Innenpolitik übereinstimmen, um das zu sehen. Für mich ist das der große und entscheidende Unterschied zwischen der Sowjetunion und den faschistischen Staaten. Gerade weil ich dies so stark empfinde, sehe ich die Notwendigkeit, alle Kräfte des Friedens und der Demokratie zu stärken und zu einen.«

Voilà.

Aber diese Stellung zur Sowjetunion und zur Dritten Internationale ist es gerade, die der Genosse Seger als Argument benutzt, um jede Annäherung abzulehnen, jeden Versuch, über eine gemeinsame Abwehrfront gegen die Nazis zu verhandeln oder gar über einen Zusammenschluß der zwei linken deutschamerikanischen Wochenblätter zwecks Gründung einer demokratischen, antifaschistischen New Yorker Tageszeitung in deutscher Sprache. Da kann S. H.

noch so lautstark versichern, er habe keine Berührungsangst vor dieser Internationale, und er glaube zu wissen, daß die Kommunisten »ehrlich, hundertprozentig ehrlich« bereit seien, unsere Demokratie zu verteidigen: Gerhart Seger hat solche Ängste. Da kann S. H. noch so empört die Behauptung zurückweisen, daß Volksecho sei nichts als ein getarntes kommunistisches Blatt; seine Herkunft vom »Arbeiter« hängt ihm am Bein, und der Genosse Seger, der gar nicht daran denkt, sein geschäftlich gut abgesichertes Unternehmen wegen eines Bündnisses mit solch fragwürdigen Partnern aufs Spiel zu setzen, wird nicht müde, darauf anzuspielen. Anfang Dezember 1937 geht er sogar so weit, in einem Leitartikel von dem Besuch eines jungen Mannes in seinem Büro zu berichten, der sich Hans Weber nannte und eigentlich Hellmuth Fliegel geheißen habe, und der identisch sei mit eben dem Stefan Heym, der jetzt als Chefredakteur des Volksecho auftrete. Dies nun ist schon nicht mehr Journalismus, dies ist Denunziation, und zwar eine, die sich tödlich auswirken kann, da Mutter und Bruder des Volksecho-Redakteurs noch immer in Deutschland sind, den Nazis jederzeit greifbar.

Es ist ein Wunder Gottes, mir unbegreiflich, daß die Gestapo es versäumte, den so naheliegenden Schluß von Hellmuth Fliegel auf Helmut Flieg zu ziehen. Denn ihr Interesse an S. H. reichte bereits weiter zurück. Schon am 26. Juni 1937 wendet sich das Geheime Staatspolizeiamt, Berlin SW 11, Prinz-Albrecht-Straße 8, unter Nr. II B 3 – 1896 E. an das Auswärtige Amt, Betrifft: Den Emigranten Stefan Heym, Bezug: Das nach dort gerichtete Schreiben des Deutschen Generalkonsulats in New York vom 5. 3. 1937 – II 5b: »Der Schriftsteller Stefan Heym ist hier wiederholt wegen seiner schriftstellerischen deutschfeindlichen Tätigkeit in Erscheinung getreten, ohne daß seine näheren Personalien festgestellt werden konnten. Ich bitte daher, durch das Deutsche Generalkonsulat in New York in dieser Richtung Ermittlungen einleiten zu lassen und mir von deren Ergebnissen Kenntnis zu geben. Stefan Heym soll Herausgeber der in deutscher Sprache erscheinenden Zeitschrift ›Deutsches Volksecho‹ Publishing Co., Inc. 5 Beekman Street, New York, sein. Im Ermittlungsfalle wäre ich weiterhin für eine Mitteilung dankbar, ob Heym verheiratet ist und Kinder aus der Ehe hervorgegangen sind. Nach Möglichkeit bitte ich, mir die Personalien, Staats- und Rassezugehörigkeit des Stefan Heym und seiner Familienangehörigen mitzuteilen. Im Auftrage: Gez. Lischka.« Im Oktober kann das Generalkonsulat der Gestapo noch nichts Zweckdienliches mitteilen.

Am 15. des Monats berichtet es unter Tgb. Nr. II, 5b, Auf den Erlaß vom 10. Juli ds. Js. – Nr. 83–75 26/6. Heym: »Die Versuche, etwas Näheres über die Personalien, Familienverhältnisse und Staats- und Rassezugehörigkeit des Herausgebers der Zeitung ›Deutsches Volksecho‹, Stefan Heym, in Erfahrung zu bringen, sind bisher leider ohne Erfolg gewesen. Die Bemühungen werden fortgesetzt. Gez. Borchers, Generalkonsul.« Jetzt aber, nach der Denunziation des Genossen Seger, schreibt Generalkonsul Johannes Borchers am 19. Januar 1938, Tbg. Nr. II, 5b, Im Anschluß an den Bericht vom 15. Oktober v. Js. (eingegangen in Berlin am 31. Jan. 1938): »Das ›Deutsche Volksecho‹, das als Nachfolger der nicht mehr erscheinenden Zeitung ›Der Arbeiter‹ angesehen werden kann, ist – wie letztgenannte Zeitung es war – kommunistisch eingestellt. Zwischen diesem Blatt und der sozialistischen ›Neuen Volkszeitung‹ ist, obwohl sie beide in ihrem Kampf gegen das Neue Deutschland einig sind, ein erheblicher Streit ausgebrochen. Vor kurzem brachte die ›Neue Volkszeitung‹ in ihrer Ausgabe vom 4. Dezember v. Js. einen längeren Leitartikel, der gegen das ›Deutsche Volksecho‹ gerichtet war. In diesem Artikel wird Stefan Heym als Mitglied der kommunistischen Partei bezeichnet, und gleichzeitig ist erwähnt, daß dieser Name gar nicht sein richtiger Name sei, er heiße vielmehr Wilhelm Weber. Das Generalkonsulat wird versuchen, auf Grundlage dieser neuen Wendung weitere Ermittlungen über die Personalien, Familienverhältnisse, sowie Staats- und Rassezugehörigkeit dieses Mannes festzustellen und, falls diese ein Ergebnis haben sollten, auf die Sache zurückkommen. Gez: Borchers.«

Der Artikel, in dem S. H. auf das Bubenstück des Genossen Seger eingeht, schließt mit den Worten: »Denunzianten haben in der Arbeiterbewegung nichts zu suchen. Mit Denunzianten verkehrt man nicht. Denunzianten stößt man aus.«

So gedruckt im Volksecho vom 11. Dezember 1937. Drei Tage später steht der Denunziant ihm gegenüber, in einem verrauchten Versammlungssaal auf der Ostseite New Yorks, bleich und mit verquollenem Gesicht, und bringt ihm eine politische Niederlage bei, die ihm ein Alptraum sein wird auf Jahre hinaus. Der ehemalige Reichstagsabgeordnete Seger, SPD, war ja nicht ohne Grund erzürnt auf S. H. gewesen; er befand sich mit dem Rücken zur Wand, in die Enge getrieben durch eine Kampagne, die quer durch die deutschamerikanischen Arbeiterorganisationen des ganzen Landes gegangen war; von überallher kamen die Resolutionen und Entschließungen ihm auf den Tisch, die Arbeiterkrankenkasse fordert Sie auf, der Ortsverein der Naturfreunde, der Kulturverband, der Arbeiter-Sportverein, die Bäckergewerkschaft, die Gewerkschaft der Maler und Anstreicher: Einheit, auch und gerade hier in Amerika, verhandeln Sie mit dem Volksecho, wir brauchen eine große deutschsprachige Tageszeitung gegen die Nazis. Und als auch noch auf dem Konvent der Arbeitersänger Amerikas in Cleveland, in Segers Anwesenheit und gegen seinen Widerspruch, die Vereinigung der beiden im deutschamerikanischen Feld bestehenden antifaschistischen Wochenzeitungen zu einem großen deutschen Blatt und die Aufnahme von Verhandlungen zu diesem Zweck einstimmig verlangt wurde, und als die Leute ums Volksecho zu einer Konferenz im Czechoslovakian Home in der 72. Straße aufriefen, auf der Delegierte aller New Yorker deutschamerikanischen Arbeiterorganisationen entsprechende Beschlüsse fassen sollten, wußte er, daß er handeln mußte.

Dem jungen Chefredakteur des Volksecho, dessen erinnere ich mich, war unbehaglich zumute, als er zur 72. Straße fuhr. Er sollte das Referat halten an dem Abend, das Übliche: Einheit das Gebot der Stunde angesichts des gemeinsamen Feinds; Sozialdemokraten, Kommunisten, alle Linken, alle anständigen Menschen in eins nun die Hände; in eins nun endlich auch die beiden Zeitungen. Alle werden wir da sein, war ihm versprochen worden von den Genossen, mach dir keine Sorgen, die Sache wird glatt gehen. Aber es war Vorweihnachtszeit, und die meisten Arbeiter, auch die deutschamerikanischen, hatten anderes im Sinn, als sich um die Querelen ihrer zwei verfeindeten Blätter zu kümmern. Und weder würde Hans oder Otto ihm ermutigend zuzwinkern können, noch würde Martin Hall anwesend sein, ihn zu stützen; Hans oder Otto durfte sich nicht blicken lassen in der Öffentlichkeit, und der Genosse Hall, der in Cleveland bei den Sängern noch wortgewaltig aufgetreten war, schien gleichfalls einen Wink bekommen zu haben, sich zurückzuhalten. Mit seinen noch nicht fünfundzwanzig Jahren, mit seiner doch sehr beschränkten Erfahrung im politischen Schlammringen, würde er, S. H., es mit einem Gegner zu tun haben, der jeden parlamentarischen und außerparlamentarischen Kniff kannte und der, wie er gerade bewiesen hatte, auch die verwerflichsten Mittel nutzen würde.

Und kaum hatte das Meeting begonnen, knappe zwei Dutzend

Delegierte von sympathisierenden Organisationen waren anwesend, marschierte Gerhart Seger mit sage und schreibe siebenunddreißig auf ihn eingeschworenen Anhängern ein. Die etwas stockenden Ausführungen von S. H. hörten sie sich, obwohl fußscharrend und mitunter auch hustend oder laut herauslachend, noch an; dann aber erhob sich Seger und erklärte, der Vorsitz der Versammlung entspreche offenbar nicht den Mehrheitsverhältnissen, und stellte den Antrag, den Vorsitzenden, S. H. also selbst, abzulösen und durch einen anderen, er nannte irgendeinen Namen, zu ersetzen. S. H. lehnte das ab; Seger jedoch forderte Abstimmung, forderte Demokratie, war nicht im Volksecho, bitteschön, immer von Demokratie die Rede? Hier hätte S. H., würde ich heute sagen, die Sache abbrechen und mit seinen Leuten hinausmarschieren sollen aus dem Czechoslovakian Home, die Bezahlung der Saalmiete dem Genossen Seger überlassend; doch da fehlte ihm die politische Praxis, und ein wenig war er wohl auch in Panik geraten, und die Abstimmungsmaschine, dirigiert von den anderen diesmal, rollte: gegen ihn. Und nun nahm Seger das Wort, kühl, seiner Sache sicher, ein kleines Lächeln um die dünnen Lippen. Prinzipielle Differenzen in der Stellung zur Sowjetunion, konstatierte er, und das völlige Fehlen eines gemeinsamen politischen Ziels machten ein Zusammengehen seines Blattes mit dem Volksecho unmöglich; noch dazu sei die deutschsprechende Bevölkerung hier in ihrer Masse derart indifferent, daß auch mit der sogenannten Volksfront bei ihnen wenig zu holen sei. Darauf ließ er den der Versammlung vorliegenden ursprünglichen Antrag, man möge sich gemeinsam an die deutschamerikanischen Organisationen um Unterstützung zur Schaffung einer großen antifaschistischen Zeitung wenden, niederstimmen und paukte einen eigenen Antrag durch, demzufolge die von der Zeitung Deutsches Volksecho einberufene Konferenz eine Vereinigung mit der Neuen Volkszeitung strikte ablehne.

Und das Schlimmste war, dachte S. H., daß alles so plump und durchsichtig gewesen war, und daß man es hätte voraussehen und mit etwas besserer Organisation auch vermeiden können; und wenn sein Selbstvertrauen damals Schaden nahm, das Vertrauen zu seinen Beratern wurde an dem Abend noch stärker erschüttert.

Es ging ums Überleben. Im November 1937 bereits mußte der Umfang des Volksecho auf zwölf Seiten verringert werden, im März 1938 auf magere acht; dabei blieb es mit wenigen Ausnahmen; am 1.

Mai oder zu anderen festlichen Gelegenheiten, wenn die Vereine und Organisationen Anzeigen mit brüderlichen Kampfesgrüßen ins Blatt setzten, konnte man noch einmal im alten Umfang prangen.

Was half es da, daß das Volksecho den mit Abstand besten Kulturteil der deutschamerikanischen Presse hatte, daß in seinen Spalten Ernst Toller, der sich das Leben genommen hatte, seinen schönsten Nachruf erhielt, voll Trauer aber auch voller Verständnis, und daß hier der große Heinrich Mann gedruckt wurde, und Max Brod und Ferdinand Bruckner und Ernst Bloch, und Ludwig Renn, Oskar Maria Graf, Arnold Zweig, Bertolt Brecht, und daß das Volksecho, ein Scoop, als erste amerikanische Zeitung ein Interview brachte mit Thomas Mann, als der auf dem Weg nach New York war: S. H. fuhr mit dem Zollkutter hinaus zur Ile de France und ging mit den Immigration Inspectors an Bord des Schiffs, das auch ihn, allerdings in der Dritten Klasse, nach Amerika gebracht hatte, und welch ein Eindruck war das, der Herr mit der Patriziermanier, der, kerzengerade, die breite Treppe vom Kabinendeck zum Speisesaal heruntergeschritten kam, huldvoll grüßte, und sich dann tatsächlich herabließ, die Fragen des vor Ehrfurcht ganz heiseren jungen Mannes eine nach der anderen zu beantworten.

Man zog um nach 20 Vesey Street, in ein billigeres Büro, dafür aber mit Ausblick auf die alte Kirche dort und den kleinen Friedhof, Überbleibsel eines New York, das einmal war; in der Etage über dem Volksecho hatte die Nation ihre Redaktionsräume, die, neben der New Republic, die Prestige-Zeitschrift der unabhängigen Linken im Lande war; gelegentlich begegnete S. H. Freda Kirchway, der Herausgeberin, und sie half ihm wohl auch, wenn es um Verbindungen zur amerikanischen Presse ging. Martin Hall verschwand, nachdem er eine Zeitlang zusammen mit S. H. in der Heilsarmee hatte speisen müssen; er hatte eine Marktlücke entdeckt und reiste als Vortragsredner durch die großen Städte, bis er sich irgendwo an der Westküste seßhaft machte und das Geschäft von dort aus betrieb; hier und da schickte er noch einen Beitrag mit Analysen, die so tiefsinnig waren wie je, obwohl er es klug vermied, sich allzusehr festzulegen.

Hans oder Otto dagegen ließ sich in 20 Vesey Street häuslich nieder. Er richtete sich im hintersten der durch die üblichen Partitions voneinander getrennten Räume ein; von dort aus erteilte er seine Ratschläge, spann er seine Fäden, ging er, stets dezent im dunklen Anzug, zu irgendwelchen Treffs, über deren Zweck und Art er sich ausschwieg. Ein einziges Mal nur in den beinahe drei Jahren ihrer Bekanntschaft lud er S. H. zu sich ein; er hatte eine sehr hübsche, ziemlich große, gut eingerichtete Wohnung in der Bronx, und seine Frau, die Reni Begun hieß und Ärztin war, brachte ein Dinner auf den Tisch, das ebenso gutbürgerlich wie schmackhaft war; S. H. war beeindruckt und stellte im stillen Vergleiche an zwischen dieser Behausung und seinem ärmlichen möblierten Zimmer in der 73. Straße nahe der 7. Avenue, das er inzwischen bezogen hatte und dessen Miete einen beträchtlichen Teil seines geringen Einkommens beanspruchte.

Dieses Einkommen, das zu keiner Zeit auch nur annähernd die versprochenen zwanzig Dollar erreichte, wurde ihm häppchenweise von dem Genossen Curt Loewe gezahlt, dem Business Manager; Loewe, eine Seele von Mensch, zweigte von den paar Dollar, welche mit der Tagespost einkamen oder von irgendwelchen freundlichen Proleten angebracht wurden, zunächst einmal das Notwendigste für den Drucker ab; den kärglichen Rest übergab er dann je nach Bedürftigkeit den Mitarbeitern: dem Zeitungspacker, der zugleich der Redaktionsbote war, dem Anzeigenacquisiteur, der Sekretärin, dem Chefredakteur und, wenn noch etwas blieb, sich selbst. Loewe war der Redakteur des Arbeiter gewesen, er hatte seine Pflicht getan, hatte seine pedantischen, linientreuen Artikel in der einzigen Sprache geschrieben, die ihm vertraut war, der Sprache der Partei, und hatte schließlich, gutmütig wie er war, die Herabstufung zum Geschäftsleiter des Volksecho ohne Murren akzeptiert; verlegen hüstelnd, häufig sich über das schüttere, die Glatze schon kaum noch kaschierende Haar streichend, lief er mit kleinen Schrittchen von einem zum anderen im Büro, als müsse er sich permanent für den miserablen Gang der Geschäfte entschuldigen.

Dazu kamen die freiwilligen Helfer: ein paar Emigranten und zwei oder drei junge Amerikaner, die, voll guten Willens, ihre dilettantischen Texte beitrugen, bis S. H. sich zutraute, auch den englischsprachigen Teil des Blattes selber zu machen. Diese Helfer waren total selbstlos; sie erhielten keinen Cent, nicht einmal das Fahrgeld, und besonders der kleine Dr. Geismayr aus München, der S. H. in den Umbruchnächten beistand, arbeitete bis zur Erschöpfung. Da saßen sie beide auf niedrigen Schemeln in einem Verschlag, um sie das Klappern der Linotype-Maschinen und von weiter weg das Dröhnen der Druckpressen, tranken lauwarmen Kaffee aus Pappbechern und lasen und verglichen die Fahnen, die der Herr

Uthgenannt, der Setzer, ihnen brachte, und klebten den korrigierten Text auf große Bogen, nach denen der Metteur dann, der Genosse Henry Meyer, mit dem Bleisatz aus den Schiffen die Seiten am Stein zusammenbaute und trotz seiner mangelhaften Deutschkenntnisse mit prächtigen handgesetzten Überschriften versah. Unvergeßlich dieser Herr Uthgenannt, ein älterer Mann schon mit Inselchen weißen Haars im Kranz um den kahlen Schädel, der, wenn man ihm seine fast fehlerfreien Fahnen zurückbrachte, von seiner Tastatur aufblickte, als überreichte man ihm ein Geschenk. Der Metteur Meyer machte sich nicht selten über die betuliche Art des Kollegen Uthgenannt lustig, arbeitete aber ebenso loyal und aufopfernd für das Volksecho wie dieser; gebürtiger Amerikaner, war er Kommunist und Jude; das motivierte ihn, und zusammen erreichten die beiden es trotz finanzieller Misere und technischer Schwierigkeiten, gegen zwei oder drei Uhr morgens die letzten Bürstenabzüge der fertigen Seiten S. H. auf den Tisch zu legen, damit er sie, mit Hilfe des Dr. Geismayr, noch einmal überlese und abzeichne.

Als, nach getaner Arbeit in jener Nacht, der Dr. Geismayr glücklich lächelnd sich erhob, bemerkte S. H. das Blut auf dem Schemel: Darmkrebs. Dr. Geismayr hatte nie geklagt. Und ohne zu klagen sei er auch gestorben, teilte seine Frau dann mit, auf einer schwarzumrandeten Karte, wie man sie damals für ein paar Cents in jedem Papiergeschäft bekam.

Auch Hans, oder Otto, wußte keinen Rat.

Es war die Zeit, da in den USA mit den Geldern der Bergarbeiter die großen Industriegewerkschaften organisiert wurden, Riesenstreiks fanden statt, die Stahlbosse setzten sich zur Wehr, es wurde geschossen, gelyncht, gemordet, im Staate Indiana, südlich von Chicago, kam es zu bürgerkriegsähnlichen Gefechten; quer über die zwei Mittelseiten des Volksecho druckte S. H. eine reich bebilderte Reportage nach einem Film, der da mitgedreht worden war, dessen Vorführung die Zensur aber verboten hatte, und in jeder Nummer des Blattes fanden sich Meldungen, Berichte, Leitartikel, alle in Sympathie mit dem CIO, dem Congress of Industrial Organizations des John L. Lewis, während die Neue Volkszeitung kaum Kenntnis nahm von den Kämpfen, die New Yorker Staatszeitung die Trusts unterstützte und Kuhns Weckruf und sein Bund ganz offen gemeinsame Sache machten mit Pelleys Silver Shirts und anderen faschistischen Gruppen, die sich als Schlägertrupps an die Industrie verdingten. Sollten die neuen Gewerkschaften, sollten die Leute um John L. Lewis da nicht die Notwendigkeit sehen, dem Volksecho unter die Arme zu greifen? Was bedeuteten ihnen ein paar tausend Dollar, und gab es in ihren Reihen nicht auch massenhaft deutschsprechende Kollegen, an die das Volksecho hätte verteilt werden können?

Aber den Gewerkschaftsorganisatoren lagen wohl ganz andere Dinge auf der Seele, oder vielleicht störte auch sie der Ruch des Kommunismus, der dem Blatt anhaftete und der ihnen, in Anbetracht der eher konservativen Denkweise der amerikanischen Arbeiter, als ihrer Sache wenig nützlich erschien; jedenfalls hielten sie sich zurück, und die dünnen Fäden, die über Hans oder Otto geknüpft worden waren, rissen ab.

So fuhr denn S. H., im Überlandbus wieder einmal, billig, billig, nach Washington. Zwischen den Meilen von Autowracks und Zivilisationsmüll, die den Pulaski Highway in New Jersey zu beiden Seiten säumten, legte er sich seine Argumente zurecht, die bei näherer Betrachtung so schlecht gar nicht waren: Deutschland, das mußte auch denen in Washington klar sein, steuerte, es sei denn, Hitler wurde vorher gestürzt, auf einen Krieg zu, und in diesen Krieg würde Amerika, trotz Roosevelts Versicherungen, hineingezogen werden; da war es doch wohl angebracht, schon um sich der Loyalität der deutschamerikanischen Bevölkerungsteile zu versichern, man nahm rechtzeitig Einfluß auf diese; die vorhandene deutschsprachige Presse aber war für den Zweck ganz und gar ungeeignet, da sie, mit geringen Ausnahmen, das Hitler-Regime offen oder verhüllt unterstützte; das Volksecho jedoch, zur Tageszeitung umgewandelt und mit Kopfblättern im Mittelwesten und an der Westküste, würde imstande sein, die Aufgabe zu erfüllen; ein Budget fürs erste Jahr würde man vorlegen, sobald die Regierung das grüne Licht gäbe; sollte das Projekt zur Zeit nicht machbar sein, genügten schon ein paar tausend Dollar jährlich, um wenigstens die vorhandene Wochenzeitung als kleines Gegengewicht gegen die Nazistimmen im Lande zu erhalten.

Roosevelts Mann für Pressefragen war Lowell Mellett, damals wohl mit dem Titel Executive Secretary. Lowell Mellett, höflich und zuvorkommend, möglicherweise ein bißchen erstaunt über die Jugend seines Besuchers, hörte sich dessen Ausführungen an und betrachtete flüchtig die Exemplare des Volksecho, die der ihm mitgebracht hatte; ob er vor der Audienz Erkundigungen über die Geschichte der Zeitung und Status und Vergangenheit ihres Chefredakteurs eingezogen hatte, ließ er im unklaren. Nachdem S. H. geendet hatte, schwieg er eine halbe Minute; dann verzog sich das schmale Gesicht und die Fältchen vermehrten sich plötzlich, und seine gepflegte Stimme belehrte den Bittsteller, daß die Regierung der Vereinigten Staaten, der Presse- und Meinungsfreiheit im Lande verpflichtet, es nicht unternehmen könne, irgendwelche Subsidien an Zeitungen zu zahlen, selbst wenn diese, wie das Volksecho, zweifellos ihre Verdienste hätten und höchst wünschenswerte Ziele verfolgten.

Was blieb? Noch weniger ausgeben, noch billiger drucken. Oh, diese Druckereien, durch die S. H. mit dem Herrn Uthgenannt und dem Genossen Meyer zog! Bald war es so weit, daß man in der einen setzte und in der anderen druckte, weil man sich danach richten mußte, wann die Maschinen nicht für besser zahlende Kunden gebraucht wurden. Zum Schluß wurde das Volksecho auf der Presse einer armseligen kleinen armenischen Bude gedruckt, einer Flachbettpresse, die längst schon ausgedient hatte, und direkt vom Satz. Und da der Mann an der Presse, nachdem alles fertig und die Seitenkorrekturen gelesen waren, den Satz zu gleichmäßiger Höhe bringen, also Papier unter die Klischees kleben mußte, und er kein Deutsch verstand und überhaupt unlustig war, stellte er das Klischee des Bildes auf der Frontseite verkehrt herum zurück in die Form, und so kam es, daß im Volksecho die Wehrmacht auf dem Kopf stehend nach Polen einmarschierte.

Und es blieben die Appelle an die Leser. Oh, diese Appelle, diese Hilferufe, diese Sammellisten, die in Umlauf gesetzt wurden! In den Nummern des dritten und letzten Jahrgangs sind einige abgedruckt, man mußte ja öffentlich quittieren, und da steht, wer einen Dollar gab und wer zwei Dollar spendete, fünf oder zehn Dollar hatten Seltenheitswert und stammten meist von Gruppen oder Vereinen, und wenn man's zusammenzählte, war es nicht einmal die Hälfte des Benötigten. Immer dringlicher werden die Bitten. Im Juli 1939, auf der Frontseite, steht in englischer Sprache, damit auch die Amerikaner es lesen können: »In dieser Woche befindet sich das Volksecho in einer noch übleren Lage als in der vergangenen, und wir wissen nicht, ob wir in der nächsten noch erscheinen können. Jeder kann sich vorstellen, welch schlimmer Schlag es für die Anti-Nazi-Bewegung im Lande wäre, wenn das Volksecho eingestellt werden müßte. Kannst du nicht wenigstens einen Tageslohn für das Volksecho aufbringen?« Und im August, wieder auf Englisch: »Das Volksecho appelliert noch einmal an alle Organisationen und Freunde. Viele Leser haben uns geschrieben; sie sehen die Gefahr, in der wir uns befinden, und haben ihr Bestes getan, uns zu helfen. Kannst nicht auch du dich ihnen anschließen, und uns deinen Beitrag senden?« Und im September, in der letzten Ausgabe des Blattes, unter der Überschrift »Jetzt ist es noch Zeit...!« schreibt S. H.: »Tausend Exemplare mehr! Jawohl. Tausend Volksecho-Exemplare mehr als sonst wurden letzte Woche auf den Straßen und an den Zeitungsständen von Groß-New York verkauft! Doch trotz des gesteigerten Interesses für das Volksecho ist unser Geldeingang zurückgegangen. Unsere Leser kennen den harten Kampf, den das Volksecho um seine Existenz führen muß. Unsere Leser waren es, die uns bis hierher geholfen haben – nicht die großen Geschäftsunternehmen, die sich weigern, dem Volksecho Anzeigen zu geben. Leser und Freunde! Unterstützt eure Zeitung durch sofortige Spenden! Wir vertrauen auf die Hilfe jedes einzelnen! Jetzt ist es noch Zeit!«

Die Kräfte waren zu ungleich. Noch 1939, obwohl Führer Kuhn bereits unter Anklage stand, waren die Nazis imstande, New Yorks größte Versammlungshalle, den Madison Square Garden, mit fünfzehntausend Anhängern zu füllen; das Volksecho pries sich glücklich, wenn es bei einer Veranstaltung in dem viel kleineren Hunts Point Palace in der Bronx fünfzehnhundert Menschen zusammenbrachte.

Und dann kam der Pakt.

Es war ein Gefühl, ich spüre es heute noch, wenn ich an jene Zeit denke, als wären einem die Beine unterm Leib weggeschlagen worden. Dabei hatte es sich angekündigt. Zwar fanden in Moskau Besprechungen statt zwischen englischen, französischen und russischen Militärs, und das Volksecho versicherte, ein zweites München, diesmal mit Danzig und Polen als Opfer, könne verhindert werden; aber die Verhandlungen kamen nicht recht vom Fleck; es tauchten Gerüchte auf von Kontaktaufnahmen zwischen Berlin und Moskau zum Zweck eines Handels- und Kreditvertrages, und in der Neuen Volkszeitung triumphierte Gerhart Seger: habe er's nicht immer schon gesagt, endlich gesellte sich Gleich zu Gleich.

United Press bestätigte, ja, nun sei es offiziell, Moskau habe gemeldet, daß nach Abschluß eines Handels- und Kreditvertrags zwischen Deutschland und der Sowjetunion sich das Problem einer allgemeinen Verbesserung der politischen Beziehung zwischen beiden ergeben habe, und daß man nach einem Austausch von Ansichten darüber übereingekommen sei, daß beide Partner die Spannung in ihren politischen Beziehungen abzubauen, die Kriegsdrohung auszuschalten und einen Nichtangriffspakt abzuschließen wünschten, weshalb in einigen Tagen der deutsche Außenminister Ribbentrop in Moskau zu entsprechenden Verhandlungen eintreffen werde.

Im Volksecho steht in einem mit Alfred Langer gezeichneten Beitrag, den Hans oder Otto geliefert hat, zu lesen: »Man weiß, daß alles, was die Sowjetunion tut, den Interessen des Friedens und der endgültigen Niederlage der faschistischen Aggressoren dient.« Der Leitgedanke Chamberlains in München sei es gewesen, Hitler durch Zugeständnisse zu stärken und ihn zu veranlassen, nach Osten, gegen die Sowjetunion zu marschieren; Hitler aber habe knapp ein Jahr nach München zugeben müssen, daß die Sowjetunion zu stark für ihn geworden sei und er sie nicht anzugreifen wage, und daß er die Gendarmenrolle daher nicht übernehmen könne.

Eine Woche darauf, der Pakt ist noch nicht unterzeichnet, nimmt S. H. selber das Wort. Sein Leitartikel, überschrieben »Nichtangriffspakt und Frieden«, beginnt auf der Frontseite und läuft über auf die zweite. Das europäische Schachfeld, so wird darin festgestellt, habe sich durch den diplomatischen Schlag aus Moskau grundlegend verändert; der französische und englische Imperialismus hätten endlich Stellung beziehen und den Nazi-Aspirationen auf Polen entgegentreten müssen.

Und zugleich mit dem Leitartikel bringt er auf der dritten Seite eine groß aufgemachte Meldung, »Deutsche Kommunisten kämpfen für die Verteidigung Polens«, mit Auszügen aus einem in Deutschland erschienenen Flugblatt der Partei, und daneben, betitelt »Polen und Deutsche im gemeinsamen Freiheitskampf«, eine Betrachtung des Historikers Kurt Kersten, in der dieser gegen die Behauptung der Nazis polemisiert, schon beim ersten Kanonenschuß werde die Geschichte Polens zu Ende sein. Nachdem er die lange Geschichte der gemeinsamen demokratischen Bestrebungen von Polen und Deutschen behandelt hat, schließt Kersten seinen Essay mit dem Wort von Engels, daß die »nationale Existenz Polens für niemanden notwendiger ist als gerade für uns Deutsche«.

Und in der nächstfolgenden Nummer bringt S. H. die wichtigsten Teile der berühmten Molotow-Rede, in der dieser, in seiner Funktion als Außenminister, die Erklärung abgab, daß der Nichtangriffspakt mit Deutschland erst abgeschlossen worden sei, nachdem die Verhandlungen mit den Franzosen und Engländern in eine Sackgasse gerieten. Wohl kaum ohne Rückendeckung von Paris und London habe Polen, das gemeinsam von England, Frankreich und der Sowjetunion garantiert werden sollte, jede militärische Hilfe von seiten der Sowjetunion abgelehnt, und die britischen und französischen Militärmissionen seien ohne definitive Vollmachten nach Moskau gekommen; die britische habe nicht einmal ein gültiges Mandat vorweisen können. Die Sowjetunion, hätten die Engländer sich gedacht, sollte sich in einen Krieg gegen Deutschland verwikkeln; die Sowjetunion verfolge aber ihre eigene unabhängige Politik; und wenn, fügte Molotow hinzu, diese Herrschaften einen so unbezähmbaren Wunsch zu kämpfen hätten, so sollten sie doch kämpfen – aber ohne die Sowjetunion.

S. H. läßt die Rede stehen, wie sie ist; er gibt keinen Kommentar. Aber er füllt den ganzen Rest der Nummer mit den denkbar schärfsten Angriffen auf die plötzlichen Bündnispartner der Russen, die Nazis, die den Krieg begonnen haben; er preist den heroischen Widerstand der Polen, veröffentlicht, in englischer Sprache, eine Treueerklärung des deutschamerikanischen Kulturverbandes zu Amerika, die Präsident Roosevelt übersandt wurde, und druckt, unter dem Titel: »Das deutsche Volk gegen den Krieg«, die letzten Untergrundnachrichten aus Deutschland, die die Redaktion noch erreichten.

Die letzte Ausgabe des Volksecho ist wie ein Aufschrei: Hitler ist nicht Deutschland! Dreispaltig ein Aufruf der Delegiertentagung des Kulturverbandes an das deutsche Volk: »Im Namen von mehr als hunderttausend Deutschamerikanern unserer Organisation, im Sinne von Millionen Menschen deutscher Abstammung, die hier in Amerika leben – nur der beschleunigte Sturz Hitlers kann eine Niederlage von unerhörtem Ausmaß und vielleicht die Vernichtung der deutschen Nation verhindern!« Und dazu, ebenfalls dreispaltig, ein Appell der German-American Writers League, des Deutschamerikanischen Schriftstellerverbandes: »Hitler hat seine Herrschaft mit der Verbrennung der deutschen Literatur begonnen, jetzt hat er die Welt in Brand gesetzt.« Aber die Schriftsteller, einig mit allen Gleichgesinnten der ganzen friedlichen Welt, verpflichten sich zu kämpfen »bis zur Vernichtung des Hitler-Regimes und der Errichtung eines freien Deutschland unter freien Völkern«.

Es gibt keine Erinnerung an das Ende. Versammelte man sich noch einmal in 20 Vesey Street, um Abschied zu nehmen voneinander? Wer teilte mit, daß es vorbei war, kein Geld mehr in der Kasse, die Einkünfte versiegt? Hatte der Genosse Loewe noch eine Flasche irgendwo, für einen letzten Toast? Verteilte er die letzten paar Dollar noch, oder gab es auch das nicht? Und wie fühlte sich der Chefredakteur, bedrückt, enttäuscht, zornig, oder vielleicht auch ein wenig erleichtert?

All das ist versunken in einem gnädigen Grau, das der Blick zurück nicht mehr durchdringt.

Und es war Krieg.

# 10

Es war Krieg, aber ein Krieg mit verkehrten Fronten.

Und alles war Illusion gewesen. Was man gedacht, geschrieben, gepredigt hatte, Jahr um Jahr, auf einmal stimmte es nicht mehr: zerflattert der Traum von der großen internationalen Front gegen den Faschismus; und der einzig prinzipienfeste, einzig ernstzunehmende und unter allen Umständen verläßliche Gegner des Hitler-Regimes hatte sich mit eben diesem Regime verbündet. Schaudernd sah man die neue Realität – zwei Wölfe, in schöner Eintracht sich stürzend auf ihre Beute und sie zerfleischend.

Nun, es gab Stimmen, die da beschwichtigten: nicht Moskau sei schuld an der Entwicklung, sondern die zynischen Imperialisten; und besser Ostpolen, mit all seinen Juden, in sowjetischer Hand als den Nazis ausgeliefert; und im übrigen sei das Ganze doch wohl eine Hinhalte-Aktion des listigen Stalin, der Zeit gewinnen wolle, um sich zu rüsten für den kommenden tödlichen Schlag gegen Hitler.

Das mochte ja alles sein, aber inzwischen häufte die Wehrmacht Sieg auf Sieg. S. H. verkroch sich in sich selber. Es gab ja auch niemanden, mit dem zusammen es sich hätte trauern lassen; Hans, oder Otto, war wie vom Erdboden verschluckt, Curt Loewe hatte sich irgendwohin verkrochen, die anderen am Volksecho, die gelegentlichen Helfer, die Arbeiter aus den Organisationen, sie alle waren geflüchtet, ein jeder in seine Höhle, um sich im Schutz des Dunkels die Wunden zu lecken; und Lisa, die liebe, die immer am Morgen nach seinen Umbruchnächten zu ihm gekommen war und ihn geweckt hatte mit ihrer tiefen, sinnlichen Stimme und wiederbelebt mit ihrem gierigen Schoß, Lisa war zurückgekehrt zu ihrem Ehemann.

Nur daß er sich den Luxus stiller Zurückgezogenheit nicht leisten konnte. Fast drei Jahre lang hatte er, dabei die Arbeit von mehreren verrichtend, unter dem Existenzminimum gelebt, hatte sich weder Hemd noch Hose kaufen können, weder Schuhe noch Mantel; und nun stand er ohne Job da, und keine helfende Hand streckte sich ihm entgegen, kein soziales Netz fing ihn auf und, dies war das Bedrohlichste, noch immer waren sein Bruder und seine Mutter in Deutschland und warteten auf die rettenden Affidavits.

Er muß alles auf einmal betreiben, die Suche nach dem Job, und die Maskerade als junger Mann in guten Verhältnissen, der es sich leisten kann, zwei hilflose Neuankömmlinge in Amerika über Wasser zu halten. Er schreibt, in hektischer Folge, Short Stories für irgendwelche billigen Magazine und ernstzunehmende Artikel für ernstzunehmende Zeitschriften wie die New Republic, die Nation und Common Sense; das meiste wird ihm mit einem freundlichen Begleitbrief, früher hat er selbst solche Briefe versandt, zurückgeschickt. Den Gründern der neuen New Yorker Nachmittagszeitung PM offeriert er, mit Hinweis auf seine Tätigkeit am Volksecho, eine außenpolitische Kolumne; die Redaktion vertröstet ihn: vielleicht später einmal. Unter Bezugnahme auf sein bis dato einziges gedruckt vorliegendes Werk, die Broschüre *Nazis in USA*, die das Committee for Anti-Nazi Literature im Dezember des Vorjahrs herausgebracht hat, beantragt er, mit der Bitte an Erwin Piscator und Thomas Mann, ihn dort zu empfehlen, bei der American Guild for Cultural Freedom ein bescheidenes Stipendium, zweihundert Dollar will er nur, um ein Theaterstück schreiben zu können, das »Deadline« heißen und unter Journalisten spielen soll; die American Guild teilt ihm nach einigen Wochen mit, man fände die Grundidee zu seinem geplanten Bühnenwerk recht interessant und vielversprechend, doch seien, bedauerlicherweise, die vorhandenen Fonds der Guild derart zusammengeschmolzen, daß man ihn bitten müsse, zu gegebener Zeit, Mitte nächsten Jahres etwa, seinen Antrag zu wiederholen. Er bewirbt sich bei Time um eine Stellung als Rechercheur; man läßt ihn, aus den Schriften deutscher Militärs, eine Dokumentation zusammenstellen über deren Vorstellungen von Treue und Gehorsam der Truppe und wie selbige zu erhalten wären, und man zahlt ihm für seine Arbeit fünfzehn Dollar auf die Hand; aber die Stellung, nein, leider, für die haben wir inzwischen einen anderen Herrn gewonnen.

Er ist versucht, die eiserne Reserve anzutasten, die zweiunddreißig Dollar, die er bei der kleinen Bank mit dem großspurigen Namen Pan American Trust Company liegen hat, seit er nach New York kam, damit er eines Tages in Affidavits für Mutter und Bruder belegen könne, was für ein solider und sparsamer Mensch er doch sei; aber sich an diesem Konto zu vergreifen hieße die Vernichtung aller Hoffnungen für Mutter und Bruder. Statt dessen stattet er Mr. Alfred K. Stern einen Besuch ab.

Der Name Alfred K. Stern ist die einzige Hinterlassenschaft, die ihm von Hans, oder Otto, geblieben ist. Irgendwann war der Name erwähnt worden, in einem eher zufälligen Gespräch über eines von Hans oder Ottos großen Projekten: ein Hochseekutter mit einem Kurzwellensender an Bord, der von einer Position außerhalb der amerikanischen Hoheitsgewässer ins Dritte Reich hinüberfunken sollte; Alfred K. Stern, ein leibhaftiger Millionär, so versicherte Hans oder Otto lächelnd, werde die Sache finanzieren; Alfred K. Stern habe die kleine Martha Dodd geheiratet, die Tochter des ehemaligen US-Botschafters in Berlin, die das interessante und nützliche Buch Through Embassy Eyes geschrieben hatte, Mit den Augen der Botschaft gesehen, so ließe der Titel sich wohl übersetzen, und Martha habe ihren gesunden Haß auf die Nazis und ihr Verständnis für die politischen Notwendigkeiten ihrem Gatten vermittelt, der übrigens, selber Jude, gar nicht so schwer zu überzeugen gewesen sei.

Aus dem Hochseekutter wurde nichts: der Tonabspieler, man kannte damals noch kein Band und mußte mit Platten arbeiten, konnte mit den zur Verfügung stehenden technischen Mitteln nicht gegen den Seegang abgeschirmt werden. Aber der Name Alfred K. Stern war S. H. im Gedächtnis geblieben, und in seiner Verzweiflung wandte er sich an den Mann. Mr. Stern empfing ihn auch; er konnte nicht viel älter sein als sein Besucher, wirkte aber durch den strengen Ausdruck, den er auf seinem tief gebräunten, hageren Gesicht erstarren ließ, ein wenig mumienhaft; die Strenge, vermutete S. H., signalisierte innere Unsicherheit, sie war aber wohl auch als Abwehr gedacht gegen die täglichen Schnorrer und Geschäftemacher, die an das viele Geld heranwollten. Nein, erläuterte er dem Mr. Stern, der nach einigen Begrüßungsworten in Schweigen verfallen war, er wolle nichts geschenkt haben, beabsichtigte auch nicht, irgendwelche Investitionen vorzuschlagen, die in kürzester Zeit gewaltige Profite hecken würden; er bitte nur um bescheidene tausend Dollar, und auch die nur für eine Frist von nicht mehr als drei Tagen, nämlich bis Mr. Lefko, der Manager des Pan American Trust Company in der Fourth Avenue nahe der Cooper Union, ihm eine notariell beglaubigte Bestätigung ausgestellt haben würde, des Inhalts, daß er dort seit 1937, also über zwei Jahre schon, ein Konto unterhalte, welches nun die ansehnliche Höhe von eintausendundzweiunddreißig Dollar erreicht hätte; diese Bestätigung solle als Unterlage dienen für ein Affidavit für seinen Bruder, der, da der Krieg nun bereits begonnen habe, eiligst aus Hitler-Deutschland herausgeholt werden müsse; nach Empfang dieser Bestätigung seitens der Bank werde er die geliehenen tausend Dollar prompt retournieren; er hoffe jedoch, sobald sein Bruder in New York angelangt sei, sich mit dem gleichen Anliegen wieder an Mr. Stern wenden zu dürfen, denn auch seine Mutter befinde sich noch in Berlin, eingepfercht in eine der Ghettostraßen, und auch in ihrem Fall sei Eile geboten, wolle man nicht, daß die Dinge eine noch üblere Wendung für die alte Frau nähmen.

Da er zufällig aufblickte, sah er das kaum merkliche Kopfnicken der kleinen Martha; sie hatte sehr blaue Augen, die ein bißchen hervorstanden, und eine für ihre zierliche Figur überraschend energische Stimme; er behielt eine Schwäche für Martha, sein Leben lang.

Dann wurde er krank. Es war nicht etwa, wie man hätte erwarten können, eine psychosomatische Krankheit; es war eine Trichinose, die er sich in einem drittrangigen italienischen Restaurant auf der 14th Street beim Verzehr einer Portion Spaghetti geholt hatte; in den paar Brocken billigen Schweinefleisches, die der Sauce beigefügt waren, hatten die gefährlichen Tierchen, die Trichinen, gelauert. Er erbleichte, als der Augenarzt der Arbeiter-Kranken- und Sterbekasse, deren Mitglied er noch von der Volksecho-Zeit her war, nach kurzem Blick in seine böse geschwollenen Augen die Diagnose stellte – Trichinose war bekanntlich tödlich. Aber der Doktor tröstete ihn: tödlich ja, aber nur in Europa; hier in Amerika, wo die Fleischbeschau auch entsprechend lax war, starb man nicht an Trichinose, man bekam nur Fieber und Gliederschmerzen und eine allgemeine Schwäche; nach einer Weile verloren die amerikanischen Trichinen ihre Virulenz, kapselten sich in den Muskeln des Patienten ab und verblieben dort, bis, möglich war schließlich alles, nach dessen seligem Tode irgendein Schwein des Wegs kam und den Leichnam anfraß; dann allerdings würden die Trichinen, in dem Schweinekörper, Auferstehung feiern, und der Kreislauf Schwein-Mensch-Schwein der winzigen Schmarotzer begänne aufs neue. Inzwischen aber, sagte der Doktor, werde er S. H. in das Vertrags-Krankenhaus der Arbeiter-Kranken- und Sterbekasse überweisen, das Beth David Hospital in Manhattan.

S. H. war's zufrieden. Zwei oder drei Wochen Ruhe und Pflege, auf Kosten der Krankenkasse – was konnte es Besseres für ihn geben in seiner Lage? Nur war Beth David, wie der Name schon sagte, ein jüdisches Krankenhaus, streng rituell geführt, und dort ausgerechnet mit einer Krankheit einzureiten, die man nur durch den Genuß von Schweinefleisch bekommen konnte, entbehrte nicht einer gewissen Pikanterie. Aber man behandelte ihn großzügig; nachdem das Erstaunen der beiden jungen Ärzte in der Aufnahme sich gelegt hatte, steckte man ihn in einen großen Saal, zusammen mit etwa fünfunddreißig oder vierzig anderen Patienten, die alle möglichen Leiden hatten, über die sie sich ausgiebig unterhielten; es war ein dauerndes Stimmengewirr im Raum, ein ewiges Hin und Her, das besonders zu Besuchszeiten sich steigerte; dann wurde gejammert und geseufzt und klagend aufgeblickt zu Gott dem Allmächtigen, und Delikatessen wurden ausgepackt, die gegen jede Diät verstießen, Pastrami und zartes Brisket of Beef und Gefillte Fish und Cream Cheese mit Räucherlachs, und Bouillon mit Fleischtäschchen darin, und Küchlein mit Rosinen- und Mandelfüllung; nur er bekam weder Besuch noch Delikatessen und galt überhaupt als ein halber Goj mit seiner Trichinose, die ihm nur ein Privileg einbrachte: eines Morgens kamen die Pfleger und legten ihn auf eine Bahre und fuhren ihn mit dem Aufzug ins oberste Geschoß, wo unter dem Himmelslicht, das hell durch das gläserne Dach drang und eine Reihe von Topfpalmen grünen ließ, der Professor mit seinen Ärzten und mit Besuchern vom Fach die interessantesten Fälle, die ihm in Beth David unterkamen, am Objekt besprach: S. H. mit seiner Trichinose war einer von diesen, und er fühlte sich entsprechend geehrt.

Sonst kam der Professor alle zwei oder drei Tage zur Chefvisite; an diesem Tag beschäftigte er sich des längeren mit dem alten Mann in der Ecke am Fenster; er auskultierte ihn, betastete ihm den Unterleib und preßte mit der Faust darauf, bis der Arme aufstöhnte und, zum kichernden Vergnügen der in der Nähe liegenden Patienten, gewaltig einen fahren ließ, dem Professor in die Nase; aber auf einmal rollten die Schwestern den weißen Paravent heran, der Bett und Patient und Professor jeglicher Sicht entzog. Nach einer langen Minute absoluter Stille trat der Professor hinter dem Schirm hervor und sagte etwas Lateinisches zu dem Stationsarzt, und alle wußten: es war des Alten letzter Furz gewesen.

Der Genosse Cohen rettete ihn vorm Verhungern.

Nicht daß Genosse Cohen ein Wohltäter gewesen wäre, aber er hatte genügend Vertrauen in die Geschäftstüchtigkeit des ehemaligen Volksecho-Chefredakteurs, um ihm einen wöchentlichen Vorschuß von zwanzig Dollar zu zahlen, abzugelten durch die Provisionen, die er als Acquisiteur von Aufträgen für die Druckerei verdienen würde, welche der Genosse Cohen leitete. Die Druckerei hieß Prompt Press, befand sich zwei Blocks südlich des Union Square, in einer Gegend von Manhattan, wo Konfektionsindustrie, Kleinmöbelhersteller und andere handwerksähnliche Betriebe sich in sogenannten Lofts eingemietet hatten; in der Prompt Press, deren Besitzverhältnisse unklar waren, die aber dem Gerücht nach zu großen Teilen der Kommunistischen Partei der USA gehörte, war das Volksecho eine Zeitlang gesetzt worden; daher die Bekanntschaft S. H.s mit dem Genossen Cohen. Weil nun aber eine Druckerei, umrankt von derlei Gerüchten, nur unter großen Schwierigkeiten kommerzielle Druckaufträge von reputierlichen Firmen und Organisationen erhalten konnte, hatte der Genosse Cohen ein Tochterunternehmen gegründet, dem, zu der Zeit wenigstens, der Ruch des Kommunismus noch nicht anhaftete: die New Union Press, die aus nichts als einem länglichen Raum direkt neben der Prompt Press bestand, in dem sich eine als Tisch dienende Bretterstellage mit zwei Telephonen darauf und mehrere Klappstühle befanden. Die New Union Press besaß jedoch, und das war das Wichtige, ein eigenes Union Label mit der Nummer 412, ein eigenes Gewerkschafts-Insignium also, anzubringen auf allen Drucksachen als Beweis, daß sie von gewerkschaftlich organisierten amerikanischen Arbeitern produziert worden waren; durch dieses Label unterschied sich die New Union Press wohltuend von der Prompt Press, die Label Nummer 209 hatte, auch wenn New Union's sämtliche Druckaufträge von den Prompt-Leuten durchgeführt wurden.

Ein hartes Brot, mit einer schweren Mappe voller Muster, die die breite Fächerung der von der New Union Press hergestellten Druckarbeiten und deren Qualität beweisen sollten, bei einer Firma nach der anderen vorzusprechen, meist »cold«, wie man das nannte, das heißt, ohne Empfehlung von irgendeiner Seite und ohne bei dem prospektiven Kunden eingeführt worden zu sein, und immer wieder hören zu müssen: Sorry, Mister, aber wir haben lange schon eine feste Verbindung mit einer anderen Druckerei und sind auch ganz zufrieden mit dem Service dort und den Preisen; und da waren Wochen, in denen seine zehn Prozent Provision die zwanzig Dollar nicht aufwogen, die der Genosse Cohen ihm achselzuckend auszahlte. Doch manchmal brachte er auch einen größeren Auftrag ins Haus, einmal sogar einen Dauerauftrag, das Mitteilungsblatt der American Federation of Radio Artists, der Gewerkschaft der künstlerischen Mitarbeiter des amerikanischen Rundfunks, welches von der sanften, etwas verträumten Miss Anita Grannis redigiert wurde, die, nachdem sie herausfand, ihr Druckerei-Acquisiteur sei ein veritabler Dichter, ihn im stillen verehrte; ich besitze noch den Brief, den sie schrieb, nachdem *Hostages* erschienen war: eine liebenswürdigere Anerkennung hat selten ein Autor erhalten.

Der Genosse Cohen war ein Mensch scheinbar ohne Emotionen; nur wenn schlampige Arbeit geliefert wurde und ein Kunde sich noch dazu beschwerte, lief sein Gesicht rot an, so rot, wie sein widerspenstiges Haar war, und seine Stimme wurde schneidend; sonst hörte man ihn nie, er sprach leise und ging auf leisen Sohlen, mit federnden Knien, seine Haltung irgendwie der des Groucho Marx ähnelnd, des ältesten der Marx Brothers. Wenn er witterte, daß ein Auftrag, den S. H. ihm brachte, sich für die Druckerei lohnen würde, zeigte er auf seine Art auch Güte; diese bestand darin, daß er sich zu einer, meist politischen, Unterhaltung herabließ; einmal suchte er dem zweifelnden S. H. auseinanderzusetzen, welch ein Schlag gegen den internationalen Imperialismus die Versenkung des britischen Schlachtschiffs Hood doch wäre, und schüttelte enttäuscht den Kopf, als S. H. die Möglichkeit einer Mächtekonstellation andeutete, die vielleicht etwas anders aussehen würde als die gegenwärtige und die ihn, Cohen, veranlassen könnte, den Verlust der Hood noch zu bedauern.

Daß er unter diesen Umständen sich überhaupt wieder an eine literarische Arbeit machte, läßt auf die erstaunliche seelische Widerstandskraft schließen, die damals in ihm steckte. Noch schrieb er Deutsch, stellte sofort aber auch eine englische Fassung des Textes her. Und, weiterer Beweis seiner Bemühungen, sich zu amerikanisieren: er wählte ein amerikanisches Sujet.

Schon einmal, in Chicago, hatte er etwas der Art unternommen, einen Roman, von dem kein Stück Manuskript sich erhalten hat und dessen Fabel und Charaktere ich so gründlich aus meinem Gedächtnis getilgt habe, daß nichts davon geblieben ist als die Erinnerung an die Absicht, eben ein Thema aus dem amerikanischen Leben zu behandeln: kein Wunder, diese Verdrängung, denn zu blamabel, dessen entsinne ich mich um so genauer, war das Fiasko bei der Lesung des ersten Kapitels gewesen, die im Kreise höchst gutwilliger und aufnahmebereiter Alumni der Phi Sigma Delta Fraternity und anderer dem jungen Dichter und Refugee durchaus freundlich gesonnener Menschen stattgefunden hatte.

Befeuert jedoch durch seine im Verhältnis zu jenem Mißerfolg mit erheblich größerem Beifall aufgenommenen dramatischen Versuche, die Hinrichtung und Gestern – Heute – Morgen, und moralisch sich stützend auf sein Nazis in USA, das immerhin gedruckt worden war, obwohl es nur eine bunte Aufreihung der Informationen darstellte, die ihm in der Volksecho-Redaktion zugekommen waren, begann er, abends und an Wochenenden, *Deadline* zu schreiben.

Deadline, zu Deutsch Redaktionsschluß, lag eine relativ einfache Idee zugrunde. In einem Vorspiel – die Bühne zeigt den halb abgedunkelten nächtlichen City Room, die Redaktion also, in der achten Etage des Gebäudes der großen Tageszeitung Daily Sentinel – erschießt der Business Manager McSorley den Besitzer des Blattes, den Mr. H. B. Randolph. Unbemerkt von beiden war aber Babette Wilson, eine Lokalreporterin, im City Room anwesend; sie wollte noch eine Story zu Ende schreiben, und sie wird zur Tatzeugin, der einzigen. Schreiend und in Panik, so daß der erschreckte McSorley seine Pistole fallen läßt, läuft sie von der Bühne; auch McSorley geht eilig ab. Doch der Schuß, der den Unterleib Randolphs durchdrang, ist nicht tödlich gewesen: der Kerl rührt sich noch. Da betritt ein Unbekannter die Bühne; der Unbekannte hebt die Pistole auf, vorsichtig, er benutzt ein Taschentuch, um Fingerabdrücke zu vermeiden, und er feuert den zweiten, den Fangschuß, H. B. Randolph mitten ins Herz. Vorhang.

Der Rest des Stücks, achtzehn Szenen insgesamt, läuft hintereinander ab, mit derselben Dekoration wie im Vorspiel; es wäre keine kostspielige Produktion geworden, der Autor hat das sehr wohl in Betracht gezogen. In diesen Szenen, die etwa zwei Monate nach dem Mord spielen, und zwar zur gleichen Zeit, in der in einem Gerichtssaal irgendwo in der Stadt die Jury im Prozeß gegen McSorley ihre Entscheidung über Schuld und Nichtschuld des Angeklagten trifft, sind sämtliche Personen anwesend, die sich in der Tatnacht ebenfalls in der achten Etage des Sentinel-Gebäudes, wenn auch nicht im City Room, aufhielten, darunter vor allem James Hogart, der City Editor, Babette Wilson selbstverständlich, der Gerichtsreporter Louis Cohen, und vier andere noch, allesamt zum Redaktionsstab gehörig; unten in der Druckerei ist alles bereit zum Andruck, man hat zwei Frontseiten vorbereitet, Seite A für den Fall, daß die Jury McSorley schuldig spricht, die andere, Seite B, sollte er freigesprochen werden; jetzt hockt man zusammen und wartet auf den Anruf aus dem Gericht; sobald der kommt, ist Deadline, und die Pressen werden anfangen zu laufen.

Und nun beginnt der Konflikt sich zu entwickeln. Lou Cohen weist auf die Widersprüche hin, die wohl auch im Prozeß zu Tage traten, dort jedoch durch das Geständnis McSorleys und durch Babettes Zeugenaussage nur wenig zur Geltung kamen: Babette hatte nur einen Schuß gehört und, nachdem sie aufschrie, den Aufprall der Pistole auf den Boden; H. B. Randolphs Leib aber wies zwei Einschüsse auf, und die Pistole wurde nicht auf dem Fußboden, sondern auf einem der Schreibtische liegend gefunden. Gab es folglich einen zweiten, den eigentlichen Mörder? Einen Mörder, den keiner kennt und der einer von ihnen sein muß, wie sie hier auf der Bühne stehen, denn nach Aussage von Nachtportier wie Liftboy befand sich in der Tatnacht niemand außer den jetzt im Raum Anwesenden in der achten Etage.

Man konstituiert sich also, gegen den Widerstand von Hogart und auch von Babette, als eine Art Gegenjury und beginnt zu verhandeln, wobei vorgesehen ist, daß jeder reihum die Rolle des Angeklagten übernehmen wird. Und tatsächlich wird zweifelsfrei befunden, daß es einen zweiten Mörder, den Schützen, der ins Herz des H. B. Randolph traf, gegeben haben muß, und schließlich bekennt sich City Editor Hogart zu seiner Tat: er war der Unbekannte; die Gelegenheit, H. B. Randolph zu erledigen, den elenden Ausbeuter, der sie alle zu Verfälschern der Wahrheit gemacht hat, war zu günstig, um sie nicht zu nutzen. Alle, bis auf Hogart, gehen ab – sie wollen beraten, was zu tun sei mit ihm, ihn ausliefern oder nicht? – und bis auf Babette, die sich erboten hat, zu bleiben und notfalls einen Fluchtversuch Hogarts zu verhindern. Während die zwei nun allein auf der Bühne sind und das Publikum erfährt, was es längst vermutet hat, nämlich daß der City Editor und die Lokalreporterin einander zugetan sind, kommt der Anruf aus dem Gericht: die Jury hat McSorley für schuldig erklärt. Hogart, die Pflicht des Journalisten ist ihm oberstes Gesetz, greift zum Telephon und gibt der Druckerei Anweisung: Frontseite A. Deadline. Dann das liebende Paar ab nach links. Kurz darauf hört man, wie die Pressen anlaufen. Von rechts Cohen und die anderen, lebhafte Überraschung zeigend über das ihnen nur allzu bekannte Geräusch; sie können nur noch feststellen, daß die Liebenden das Weite gesucht haben.

Die Copyright-Karte für das Stück, ausgestellt von der Library of Congress in Washington, hat sich erhalten; sie ist datiert vom 18. Mai 1940.

Ein paar Tage zuvor, am 10. Mai, hat Hitler den Feldzug im Westen eröffnet; am 14. Mai ist das neutrale Holland überrannt; kurze zwei Wochen später, am 28. Mai, wird Belgien sich ergeben und die Engländer werden beginnen, mit allem, was sie an Schiffen haben, die Reste ihrer Armee aus Dünkirchen zu evakuieren. Frankreichs Schicksal ist besiegelt.

Welch fürchterliche Quittung für München, denkt S. H. Doch fruchtet es wenig, recht gehabt zu haben damals, als man im Volksecho die Folgen des Verrats an der Tschechoslowakei voraussagte. Trotz aller Mahnungen und allen Protestgeschreis ist Hitler der Herr fast ganz Europas geworden, dank auch der freundlichen Unterstützung aus Moskau; und hier in den USA mehren sich die Stimmen, unter den Deutschamerikanern besonders, die fordern, daß die Regierung in Washington sich mit den Nazis arrangiere. Der einzige Lichtblick in dem Dunkel ist die Nachricht aus Berlin, ein Brief, lange unterwegs, daß Bruder Werner von dem amerikanischen Konsul dort das rettende Visum erhalten hat und mit dem nächstmöglichen Schiff kommen werde. Und nun nur keine Zeit mehr verlieren, was weiß einer, wie morgen die internationale Lage sein wird und welch neuen Tort die Nazis sich ausdenken werden für die Juden, die sie in ihrer Gewalt haben: also noch ein Besuch bei Mr. Stern, noch einmal die tausend Dollar geliehen, noch einmal die Formulare beschafft, die Beglaubigungen, die Stempel und Unterschriften, diesmal für Frau Else Flieg, 48 Jahre alt, jetzt wohnhaft in einer Kammer einer Judenwohnung in Berlin, in welcher auch, Spiel des Schicksals, der Dr. Götz einquartiert ist, der ihn einst zur Welt brachte und der niemanden in Amerika hat, der ihm ein Affidavit schicken könnte.

In all dem Stress überwirft er sich mit dem Genossen Cohen. Es geht ums Geld. Wenn Werner kommt, wird er ihn tatsächlich unterstützen müssen, bis der Junge Boden unter die eigenen Füße bekommt, und er wird ihn unterbringen müssen bei sich – eine Unmöglichkeit in dem möblierten Zimmer in der 73. Straße. Irgendwo muß er eine Wohnung finden, sei sie noch so bescheiden; seine Lebenskosten werden steigen, und sie werden mit den Prozenten, die Cohen ihm zahlt, nicht zu bestreiten sein. Außerdem hat er gelernt, der Genosse Cohen ist ein guter Lehrmeister, wie man Voranschläge macht und wie man berechnet, was eine Drucksache wirklich kostet, wieviel für Material und wieviel für Arbeit und wieviel für Allgemeinkosten und was sich dabei aufschlagen läßt, und hat herausgefunden, wo der Profit liegt und wie hoch der in Wahrheit ist, und so sagt er Cohen auf den Kopf zu, daß der ihm gut und gern das Doppelte zahlen könnte, ohne es in seiner Bilanz zu spüren. Damit aber hat er den Nerv des Genossen Cohen berührt, denn natürlich weiß der, daß er ein Ausbeuter ist, wenn auch zu Nutz und Frommen der Partei, und gerät dadurch in dauernden Widerspruch zu seinem Arbeitergewissen. Nur kann er das weder sich selbst noch seinem Acquisiteur gegenüber zugeben, und wird daher unwirsch und erklärt S. H., wenn ihm Lohn und Arbeitsbedingungen nicht paßten, könne er ja gehen; dabei hat Genosse Cohen jedoch nicht bedacht, daß Leute, die sich in diesem Geschäft auskennen und Kontakt mit Kunden haben, auch von anderen Druckereien gesucht werden. In der Tat ist S. H. vor kurzem erst beim Besuch irgendeiner Firma dem jungen Herrn Monsky von der Herald Square Press begegnet – der eine kam, der andere ging –, und der junge Herr Monsky deutete ihm an, falls er sich einmal zu verändern wünsche, bei Herald Square würde man ihn jederzeit gerne begrüßen.

Der Abschied vom Genossen Cohen geht trotzdem nicht so kühl vor sich, wie zu erwarten gewesen wäre; es war doch mehr als nur eine Arbeitsbeziehung gewesen, S. H. vergaß nie, daß der Mann ihm in schwieriger Stunde half, und Cohen hatte, auch wenn er es sich kaum je anmerken ließ, beinahe etwas wie ein väterliches Gefühl für ihn entwickelt, welches seinem Geschäftssinn unterzuordnen er allerdings nie vergaß. So schütteln sie einander denn die Hände und wünschen, jeder von ihnen soll gesund bleiben bis ins hundertzwanzigste Jahr, und die Augen werden ihnen feucht dabei; Cohen klärt die Situation schließlich, indem er beiläufig wissen läßt, ihm sei sehr wohl hinterbracht worden, wie S. H. seine Kundenkartei in seine Aktentasche gepackt habe, aber in Gottes Namen, von irgendwas müsse der Mensch ja leben.

Bei Herald Square Press in der Spring Street ist alles anders. Nicht nur ist die Gegend besser; die Setzerei und der Maschinenraum sind auch erheblich größer, und der alte Jacob Monsky, klein, beleibt und mit kugelrundem Glatzkopf, achtet darauf, daß beide saubergehalten werden; da liegen keine Papierfetzen herum, beschmutzt und zertreten, und der Fußboden wird gescheuert und die Fenster sind geputzt, und S. H. erhält einen wirklichen Schreibtisch und kann seine Kunden endlich empfangen, ohne sich entschuldigen zu müssen für den Zustand des Büros. Aber es fehlt die Kameraderie, die leichte Art des Umgangs miteinander; dies sind eben, auch die Arbeiter, keine linken Leute; wenn es wenig Arbeit gibt, werden Setzer, Drucker, Buchbinder nicht mit durchgeschleppt, wie es bei Prompt üblich war, sondern Monsky junior sagt ihnen: Sorry, schaut mal in der nächsten Woche vorbei; und auch S. H. steht unter Leistungsdruck.

Dafür aber bekommt er nun ein Fixum von dreißig Dollar wöchentlich und erhält, wenn er Glück hat und seine Provisionen diese Summe übersteigen, mitunter auch mehr als das. Endlich kann er sich eine eigene Wohnung leisten, eine winzige, ein kleines Zimmer nur mit Kochnische und separatem Bad, und an der Grenze der Slums der Lower Eastside, der unteren Ostseite von Manhattan, noch jenseits der Ersten Avenue, wo die Metropolitan Life ein paar kurze Jahre später die Wohnsilos von Stuyvesant Town hinstellen wird; aber dafür verkauft ihm der Mr. Orza, der das fast schon baufällige Haus 425 Ost 17. Straße neben zahlreichen anderen Häusern und Grundstücken verwaltet und jeden Monat die Miete kassiert, für geringes Entgelt auch gleich Möbel und Geschirr seines Vormieters, der leider exmittiert werden mußte, weil er nicht zahlen konnte: ein warnendes Beispiel. S. H. hat kein gutes Gefühl bei dem Gedanken an den armen Kerl, oder war's gar ein Mädchen, dessen oder deren bißchen Habe er nun sein eigen nennt; aber nicht er hat das System geschaffen in diesem Land, das kein Erbarmen kennt, und morgen kann es ihm selber wie seinem Vorgänger ergehen, und dann wird irgendein Dritter das Mobiliar übernehmen.

Das Mobiliar besteht aus einem Klappstuhl und drei grünbezogenen, bereits abgewetzten Stühlen, deren einer Armlehnen hat, und der Couch in der Ecke, die sich ausziehen läßt, so daß, verlockende Aussicht, notfalls auch zwei darauf schlafen können. Der Gasbrenner, der winzige Kühlschrank und das Abwaschbecken, wie auch das elektrische Heizöfchen in dem viereckigen Loch in der Wand, das man mit viel gutem Willen als Kamin bezeichnen könnte, gehören zur Ausstattung des Apartments und sind Eigentum des anonymen Hausbesitzers, wahrscheinlich einer Bank oder einer Lebensversicherungsgesellschaft.

Inmitten dieses Luxus, in seinem trauten Heim, wo er geschützt ist vor all den Mißhelligkeiten, denen Untermieter in anderer Leute Wohnung nun einmal ausgesetzt sind, wird er sich besser auf seine schriftstellerische Tätigkeit konzentrieren können, so hofft er. Deadline liegt da, sauber abgetippt; aber er ist unsicher: taugt das Stück etwas oder nicht, und wem soll er es anbieten, man kann nicht »cold« zu einem Broadway-Producer gehen wie zu irgendeinem Kunden für Drucksachen, und die Producer halten sich zurück, bei Neulingen allemal, denn ein Theaterstück in New York auf die Bühne zu bringen kostet Hunderttausende, und Piscator, an den er seinerzeit wegen des Stipendiums schrieb und der es vielleicht billiger machen könnte, in deutscher Sprache und auf irgendeiner Vorstadtbühne, hatte damals zwar kurz geantwortet, dann jedoch nie wieder von sich hören lassen. Auf den Gedanken, aus Deadline ein sicherlich leichter verkäufliches Hörspiel zu machen, was bei der Anlage des Stücks gar nicht so schwer gewesen wäre, kommt er nicht; der amerikanische Rundfunk mit seinen auf unterstes Hausfrauenniveau zugeschnittenen Soap Operas und den ewigen Unterbrechungen für Reklame-Spots ist ihm suspekt.

Eine neues Bühnenwerk drum: *Hanussen.* Hanussen hat ihn lange schon fasziniert wie alles, was mit Magie zu tun hat und mit Hellseherei und den mysteriösen Strömen, die vom menschlichen Hirn ausgehen und die Seele des anderen beeinflussen; da ist ein Zwiespalt bei ihm, denn wie kann einer, der sich für einen Sozialisten hält, sich selber eingestehen, daß es mehr Dinge zwischen Himmel und Erde geben soll, als die Klassiker des Marxismus gutgeheißen haben? Bei diesem Hanussen aber, der drei Tage vor dem Reichstagsbrand in Gegenwart von mehreren Dutzend prominenter Zeugen die böse Tat vorausgesagt hat, ist erwiesen, daß alles sehr wohl mit rechten Dingen zuging und daß der Mann nichts war als ein Schwindler. Hatte er nicht, obwohl Jude, zum Freundeskreis des Grafen Helldorf gehört, des Polizeipräsidenten von Berlin im Februar 1933 und höheren SA-Führers, und war Helldorf, Mitwisser wenn nicht gar Mittäter der wirklichen Brandstifter, nicht präsent gewesen bei der Séance, da Hanussen die flackernden Flammen und die menschlichen Schatten an den Fenstern eines großen Gebäudes im Zentrum Berlins prophezeite, hatte er ihm nicht sogar den Zettel hingereicht mit dem Datum darauf, auf welches der Hellseher sein inneres Auge richten sollte? War die Angelegenheit mit Hanussen, einschließlich seiner Ermordung, nicht auch in dem berühmten Braunbuch über den Reichstagsbrand abgehandelt worden, hatte sie nicht als einer der Beweise gegen die wahren Brandstifter gedient?

Und dennoch war etwas an dem Manne Hanussen, das ihn über die Norm solcher Scharlatane herausragen ließ: der böse Zauber, den er auf das Volk ausübte, das Abend für Abend ins Theater lief, um, gebannt von seiner Persönlichkeit, ihn wahrsagen zu hören. In dieser Beziehung war er, einstmals der Hersch Steinschneider aus Proßnitz in Böhmen, eine Parallelfigur zu Adolf Hitler, und es war auch ganz natürlich, daß es ihn zu den Halbgebildeten hintrieb, den Gewaltmenschen, die bei all ihrer Brutalität nach innerer Sicherheit suchten und so auch ihm, Erik Jan Hanussen, Publikumsheld und Magier in einer Person, sich gerne zuneigten.

Es wird ein Spiel über das alte Thema: Hybris. Der Mann Hanussen glaubt, daß er alles vermag und alles sich leisten kann; in seinem großen neuen Haus, speziell eingerichtet nach seinen Wünschen, seinem Geschmack, trifft sich, was in den letzten Tagen der Weimarer Republik und den ersten des Dritten Reiches nach oben geschwemmt worden ist, Reichswehrchefs und Wirtschaftsbosse, die höchsten Chargen von SA und SS, Theater- und Presseleute, und schöne Frauen, und in dem weißen Salon mit der kreisrunden, von innen erleuchteten Bar, die die Zeichen des Zodiak trägt, thront er inmitten all der Pracht und verkündet für seine ganz privaten Gäste deren ganz private Zukunft.

Das ist schon fast die Macht. Und die Macht soll man nicht nur genießen, man soll sie auch ummünzen in das, was wirklich zählt: in- und ausländische Konten. Er, der Schutzjude des Grafen Helldorf, macht sich auf, seinen Schutz weiterzuverkaufen, an die jüdischen Zeitungsverlage zunächst – nichts wird ihnen passieren, keineswegs wird man sie beschlagnahmen, wenn er das regeln wird mit den hohen Pgs, gegen sechs- oder siebenstellige Beträge bar auf die Hand. Nur bei der Berliner Tageszeitung versagt sich ihm seine zweite Sicht, da gerät er an den Falschen, da sitzt nämlich schon, im Büro neben dem des gerade noch amtierenden jüdischen Chefredakteurs, ein Herr Terboven als kommissarischer Leiter; und der schwarzuniformierte Herr Terboven ist der Meinung, daß jüdisches Vermögen, besonders das der großen Pressehäuser, in arische Taschen gehört, und nicht in die eines aus Böhmen hergelaufenen jüdischen Schaustellers. Und da es sich, zum Ärger aller Beteiligten, inzwischen auch herumgesprochen hat, daß Hanussen den Reichstagsbrand voraussagte – woher, wenn nicht aus höchsten Nazi-Quellen konnten seine Kenntnisse stammen? – und da Leute, die zuviel wissen, gefährlich sind, und noch dazu ein Reporter der Tageszeitung, ausgerechnet, sich Hanussens Girlfriend aufgetan hat und gemeinsam mit ihr die heiße Spur zu den Quellen verfolgt, beschließt man höherenorts, mit Hanussen Schluß zu machen; dies wird von einem Trupp SS in einer einsamen Gegend außerhalb Berlins besorgt, in Gegenwart von Graf Helldorf und von Kommissar Terboven, die nicht ganz zufällig des Wegs geritten kommen.

In Amerika, das war eine frühe Erfahrung, muß der Schriftsteller einen literarischen Agenten haben, jemanden, der sich nicht nur auf dem Markt auskennt, sondern auch einen mehr oder weniger großen »Stall«, wie sich das nennt, von Autoren vertritt und der, wenn er Redaktionen oder Verlage aufsucht oder Theater- und Film-Produzenten, nicht von irgendwelchen Sekretärinnen abgewiesen wird.

Für S. H. wirkte eine Zeitlang eine Dame mit dem romantischen Namen Henriette Herz, die mit wenig Glück eine solche Agentur betrieb und die auch, trotz rührender Bemühungen, kaum je einen von S. H.'s zumeist politischen Artikeln unterbringen konnte: entweder ließen diese, so wurde ihr erklärt, Aktualität vermissen, oder sie waren nicht genügend originell oder nur von begrenztem Leserinteresse. Aber gerade, als er die Arbeit an Hanussen abschloß, trat der rührige Max Pfeffer in sein Leben, und es begann eine literarisch-geschäftliche Symbiose, die, bei allem Ärger, auch ihre komischen Seiten hatte.

Max Pfeffer war, wie er sagte, in Wien ein bekannter Theateragent gewesen; nun aber, in Amerika, war er nichts als ein armer, mit Familie behafteter Refugee und bemühte sich, irgendwie wieder in das Geschäft des Vermittlers zwischen Autor und Verwerter des Werks zu kommen, das in der Regel zehn Prozent abwarf. Nun hatten aber die amerikanischen Autoren von Ruf alle schon ihre Agenten, und die deutschen oder österreichischen Emigrantenschriftsteller im Lande, denen Max sich hätte andienen können, selbst die namhafteren unter ihnen, produzierten leider kaum etwas für den amerikanischen Film oder die amerikanische Bühne Brauchbares. Da war dieser S. H., obwohl blutiger Anfänger und als Dramatiker völlig unbekannt, schon nützlicher, denn sein Hanussen-Stück lag wenigstens in englischer Sprache vor, lesbar für die Theatermacher am Broadway und deren finanzielle Hintermänner.

Max Pfeffer nahm also Platz an dem Klapptisch in der 17. Straße, zurrte die Hose hoch über seinem Falstaff-Bauch und entnahm seiner abgegriffenen Aktentasche, die nach eigenem Geständnis sein ganzes Büro enthielt, einen unterschriftsfertigen Vertrag und legte diesen seinem neuen Autor vor. S. H., beeindruckt von solch geschäftlichem Ernst – bei Henriette Herz war alles viel formloser zugegangen – besah sich den Vertrag nur flüchtig, sonst wäre ihm kaum entgangen, daß er sich damit für alle Zeit und für alle seine Werke, auch die künftigen, Max Pfeffer sowie dessen Erben verschrieb, und zwar nicht mit den üblichen zehn, sondern mit fünfzehn Prozent Agentenprovision. Vielleicht hätte er aber auch nach gründlicherer Lektüre des Kontrakts unterzeichnet, so glücklich war er, daß hier einer saß, der so sehr an ihn und sein Stück glaubte, daß er damit hausieren zu gehen bereit war. Und wirklich kam Max nach kurzen zwei Wochen bereits mit der hervorragenden Nachricht zurück, der große Schauspieler Joseph Schildkraut habe das Stück gelesen und sei davon so begeistert, daß er persönlich bei den wichtigsten Leuten am Broadway vorsprechen wolle, um zu erreichen, daß es dort aufgeführt werde, natürlich mit ihm, Schildkraut, in der Hauptrolle.

Ein Silberstreifen endlich. Und dazu, nach langem Warten, die Ankunft des Bruders.

Seit sieben Jahren haben sie sich nicht gesehen, seit jenem Tag im März 1933, da der Jüngere nach Berlin kam, um die Nachricht von der Verhaftung des Vaters zu überbringen und den dringenden Rat der Mutter an ihren Helmut, nur ja um Gottes willen zu fliehen. Doch in dem Moment, da sie einander von neuem gegenüberstehen, der Jüngere zum Mann geworden, das Gesicht gezeichnet von Erfahrungen, über die er trotz der Fragen des Älteren nicht spricht, tritt in diesem der lange verschüttete alte Gewissenskonflikt wieder zu Tage: der Tod des Vaters steht zwischen ihnen; trägt er, S. H., nicht doch ein Teil Schuld an dem, was geschehen ist und was der Bruder daheim aus nächster Nähe miterleiden mußte?

Auch daß sie nun zusammen hausen, auf engstem Raum, schafft Reibungen, ebenso daß Werner ihm dankbar zu sein hat für den ersten Job – der alte Herr Monsky hat ihn aufgenommen als Reinigungskraft in der Herald Square Press, für wenig mehr als ein Taschengeld. Die Bruderliebe, die denn doch aufgeflammt war, als sie einander erblickten am Dock und die Arme breiteten, kühlt ab, und das Gefühl der Minderwertigkeit, das Werner als Kind schon dem Älteren gegenüber empfand und das der durch sein Verhalten stets noch verstärkt hatte, lebt auf und schlägt alsbald um in Ressentiment. So sind beide erleichtert, als Werner mitteilen kann, er habe ein Mädchen getroffen, Tochter einer polnisch-jüdischen Familie, nicht gerade reich, aber betucht genug, und daß die Leute ihm vorgeschlagen hätten, bei ihnen einzuziehen; auch hätten sie ihm versprochen, ihm eine zukunftsträchtigere Arbeit zu verschaffen, in einer kleinen Fabrik für Maschinenteile, und dazu die Chance, binnen kurzem ein Abendstudium zu beginnen.

S. H. lernt das Mädchen auch kennen; Bertha ist, so findet er, ein Glücksfall für den Jüngeren; sie hat Gemüt und ist mütterlich besorgt um dessen leibliches und seelisches Wohl; sie scheint auch zu spüren, da sie einfühlsam ist, welche Probleme der Junge hat im Verhältnis zu seinem großen Bruder; sie beobachtet darum jede Geste des Älteren, lauscht dem Ton eines jeden seiner Worte, und ist ständig auf dem Sprung, ihren Werner in Schutz zu nehmen.

Kein solches Glück für S. H. Ich zögere, die Sache mit Mona zu berichten: wie soll man glaubhaft machen, daß ein nun doch schon nicht mehr ganz junger Mann, vom Leben kräftig gebeutelt und keineswegs im Rufe stehend, den Frauen gegenüber sentimental zu sein, seine Nächte auf kalter, dunkler Straße verbringt, vorm Fenster der Geliebten, und auf das Schattenspiel auf weißer Gardine wartet, das ihre Silhouette zeigen wird in der Umarmung des Mannes, mit dem sie lebt und den zu verlassen, so hat sie mehr als einmal erklärt, sie nie imstande sein wird.

Und dennoch tut er genau das, ein Werther, der sich im Jahrhundert geirrt hat. Und so wie das Lottchen, genauer betrachtet, der ganzen Aufregung nicht wert war, so erscheint auch Mona, in der Distanz der Jahre, in weniger glühendem Licht. Gewiß, sie war höchst reizvoll mit ihren katzenhaften Bewegungen, ihrer weißen Haut, ihrem blonden, dichtgekräuselten Haar, das wie ein römischer Helm ihren schönen Kopf umschloß, und nie noch hatte er so geliebt; dazu kommt, daß sie ein Starlet ist, ein Sternchen am Himmel des Films; sie hat zwei- oder dreimal kleinere Rollen gespielt in Hollywood, und ihre Photos, mit Unterschrift, werden von Sammlern gehandelt, allerdings noch nicht zu hoch im Werte. Ob sie auch klug war? Ich weiß nicht; soweit ich mich erinnere, geriet S. H. nie in eine Situation mit Mona, die echte Beweise von Klugheit von ihr erfordert hätte, und zu Gesprächen philosophischer Art blieb ihnen zu wenig Zeit. Doch war sie nicht ungebildet, keineswegs; sie stammte aus einer der alteingesessenen, um nicht zu sagen aristokratischen Familien Philadelphias, deren Stammbaum bis in die Kolonialzeit zurückreichte, und selbstverständlich hatte sie eines der führenden Mädchen-Colleges im Osten des Landes besucht, bevor es ihr einfiel, zum Film zu gehen.

Der Mann, mit dem sie lebt, dieser Mann ist, wie anders denn, Schauspieler; über seinen Ruf, seine Rollen, frühere, jetzige, spricht Mona nicht; vielleicht ist er auch arbeitslos; für S. H. jedenfalls, der ihn haßt, obwohl er ihn nie anders gesehen hat denn als Schatten im Fenster des ersten Stocks in dem alten Haus nahe dem Astor Place, ist er ein Schmierenkomödiant, ein miserabler; wieso aber, wenn dem so ist, er eine solche Faszination auf Mona ausübt, daß sie sich nicht von ihm trennen kann – die Frage wird dann um so rätselhafter und quälender.

Das alles zieht sich mehrere Monate lang hin. Mona kommt zu ihm, stets unangemeldet; plötzlich steht sie in der Tür, mit dem mysteriösen Lächeln, das sie hat, wenn sie nicht befragt werden will, und ihm ist, als stünden die tristen Möbel des Mr. Orza in einen neuen Lichtschein getaucht, der von ihr ausgeht. Ihre Stimme ist leise, zärtlich; was braucht er denn, denkt er, als diese Stimme, diese weichen, gelösten Bewegungen; ja, Tanz hat sie auch studiert, mitunter setzt sie ihre Füße nach Art der Damen beim Ballett. Weiß denn der Mann nicht, denkt er, daß sie zu ihm kommt und sich lieben läßt von ihm; ist der Kerl so unsensibel, oder ist er so abgebrüht, daß es ihm nichts ausmacht, oder beherrscht Mona auch ihn zu einem solchen Grad, daß er, hierin dem armen S. H. gleich, schon selig ist mit einem Teil von ihr?

Dann, eines späten Nachmittags, draußen ist Frühling und von der anderen Straßenseite her dringt Radiomusik herüber, sagt sie ihm, nun müsse es ein Ende haben. Er erschrickt. Das Verhältnis mit ihr, bei aller Verworrenheit, war dennoch Teil seiner Existenz geworden, und in den Stunden, da sie beieinander waren, Mona und er, war das Glück fast vollkommen gewesen. Er verlangt zu wissen, weshalb die Trennung: weshalb jetzt, und weshalb überhaupt. Sie schüttelt den Kopf. Er verlegt sich aufs Bitten; er sei ja bescheiden, es werde ihm genügen, sie einmal die Woche zu sehen, einmal alle zwei Wochen, einmal im Monat. Aber doch nicht nie, nicht nie im Leben mehr?

Nie mehr.

Wegen dieses Menschen, dieses...

Nein, ihretwegen. Auch für sie sei das ja nicht leicht gewesen. Aber wenn er das Verständnis aufbringen könne für ihren Entschluß: noch einmal, ein letztes Mal, würde sie ihn lieben wollen, sie ihn.

Das Dreieck Prokosch-Mara-Lobkowitz in dem Roman Hostages widerspiegelt, wenn auch vergröbert, diese Geschichte. Denn natürlich folgte S. H. nicht dem Beispiel Werthers, sondern dem des jungen Goethe, der auch wußte, wie man seelischen Aufruhr literarisch verwertet.

# 11

Im Mai 1941 hatte der Selective Service Board sich gerührt. Die allgemeine Wehrdienstpflicht war eingeführt worden, etwas sehr Ungewohntes für Amerika, dessen Bürger in ihrer Mehrzahl eine Abneigung gegen alles Militärische hatten; die mit dem neuen Gesetz zusammenhängenden Maßnahmen wurden daher auch auf höchst zivile Art gehandhabt, von Zivilisten, nicht von Beamten oder gar Soldaten: eine Gruppe von Nachbarn, die sich ehrenhalber als eine Art Musterungskommission zur Verfügung stellten, eben jener Selective Service Board, bat den zukünftigen Rekruten, an einem festgesetzten Abend vorbeizuschauen, um sich registrieren zu lassen.

Daß S. H. immer noch kein Bürger war, wurde mit einer Handbewegung abgetan; er hatte seine Absicht erklärt, Bürger zu werden, das genügte. Man fand ihn körperlich tauglich, Class I war die Bezeichnung dafür, und befragte ihn nach seinen Lebensumständen: War er verheiratet? Hatte er Kinder? Weder das eine noch das andere? Well, Junggesellen ohne Familienanhang waren als erste dran, aber auch da, tröstete man, entscheide das Los über die Reihenfolge. Irgendwer finanziell von ihm abhängig? Die Mutter werde er zu ernähren haben? Wo wohne sie denn? Ach, sie sei noch gar nicht im Lande und er erwarte sie noch? Wann denn? Bald schon? Ein Telegramm? Das Telegramm habe er wohl nicht zufällig bei sich? Doch? Wonderful, thanks. Well, mit der SS Marques de Comillas werde Mrs. Else Flieg voraussichtlich also eintreffen, etwa am 12. Juni. Nun, das sei ja in wenigen Wochen schon! Und er, der Sohn, habe sich laut Affidavit den Behörden gegenüber eidlich verpflichtet, für Mrs. Flieg's Unterhalt in den USA aufzukommen? Dann sei der Fall ja klar: wohl sei er Junggeselle und eingestuft als Class I, doch mit Dependents, mit unterstützungsberechtigten Angehörigen ersten Grades: somit sei seine Einberufung aufgeschoben bis auf weiteres, genauer, bis seine Frau Mutter ein eigenes ausreichendes Einkommen auswies oder sein Vermögen es gestattete, ihr ein solches mühelos zur Verfügung zu stellen, oder bis, auch der Fall könne ja eintreten, die Rekrutierungsvorschriften sich verschärften; man ersuche ihn deshalb, den Board zu informieren, falls sein Status oder das Abhängigkeitsverhältnis seiner Mutter zu ihm sich verändere. Goodbye, und haben Sie einen angenehmen Abend.

Die SS Marques de Comillas, von Bilbao kommend, ein bejahrter spanischer Dampfer, das Weiß der Aufbauten ist lange schon degeneriert zu schmutzigem Grau und der Rost zeigt sich unter dem Anstrich der Flanken, wird von zwei ebenso unansehnlichen Schleppern ans Dock heranbugsiert. Ein paar Taue fliegen zum Kai herüber, eine Gangway wird herabgelassen, die ersten Passagiere zeigen sich. Es sind ihrer nicht sehr viele, wer darf schon noch heraus, wenn er Jude ist, aus dem Reich, das sich im Luftkrieg mit England verzettelt.

Dann sieht er die Mutter. Klein und verloren steht sie da oben an Deck, als befürchte sie, das schwankende Fallreep zu betreten; er möchte hineilen zu ihr, aber das darf er nicht; einer von der Besatzung klopft ihr ermunternd auf die Schulter, sie schrickt zusammen; endlich, Tasche und Köfferchen in der einen Hand, die andere an das Sicherungsseil geklammert, beginnt sie den Abstieg.

Und immer noch kann er sie nicht in die Arme nehmen; da sind die Immigration Inspectors, die ihre Papiere befingern müssen, die Leute vom Zoll, die den Inhalt ihres Koffers begutachten werden: die paar Kleider, die man ihr gelassen hat, die Photoalben, die Briefe, zwei oder drei Teller, den Messingleuchter, alles ohne realen Wert, Erinnerungen an eine für immer zertrümmerte Welt, dazu Musterstücke von handgearbeitetem Schmuck, aus buntem Draht geflochtene Schmetterlinge und Blumen. Sie wird, erklärt sie, nachdem die Taxe sie beide vom Dock am Hudson-Fluß quer durch Manhattan zu dem Apartment in der 17. Straße gebracht hat und sie zusammen sitzen bei Kaffee und Kuchen, auch Werner ist gekommen mit seiner Bertha, nein, sie wird keinem der Söhne zur Last fallen, sie hat gelernt, solche Blumen und Schmetterlinge herzustellen, alle haben sie irgend etwas Handwerkliches gelernt, die in den Ghettostraßen lebten, stets hat man nur an die Zukunft gedacht, hat Erkundigungen eingezogen, was den Leuten in Amerika wohl gefallen würde, man hat sich vorbereitet auf die Emigration, auf das neue Leben, und hat nur gewartet, zum Konsul gerufen zu werden; natürlich liefen jetzt keine Schiffe mehr aus von Bremerhaven oder Hamburg, aber sie hat Glück gehabt, daß die Passage über Bilbao sich fand, ein alter Herr, der sie gebucht hatte, war plötzlich gestorben, gewiß, eine beschwerliche Reise, aber nun sei ja alles gut, nun seien sie alle wieder beisammen, und Werner habe so ein liebes Mädchen gefunden und sogar Familienanschluß, und ihr Helmut, in dieser schönen, eigenen Wohnung! Das Grab? Ja, das Grab, das habe sie abdekken lassen mit einem schweren Stein, wer sollte es denn noch pflegen, nachdem sie Chemnitz verlassen mußte, Chemnitz sei wohl jetzt judenrein...

Die SS Marques de Comillas traf am 10. Juni 1941 im Hafen von New York ein. Sie war das letzte Schiff auf Jahre hinaus, das Juden, die aus Deutschland kamen, nach Amerika brachte.

Zwölf Tage später, mit 152 Divisionen und vier Luftflotten, attakkierte Hitler die Sowjetunion.

So grauenhaft, so bedrückend der Fakt auch war in Anbetracht der Opfer, die das Unternehmen kosten würde – S. H. atmete auf. Vorbei die Zeit des unnatürlichen Bundes; die Welt, um eine Reihe böser Erfahrungen reicher, lief wieder in Bahnen der Logik, die Fronten waren wiederhergestellt nach historisch notwendigem Verlauf, und man konnte wieder aufblicken, ohne sich schämen zu müssen, die russische Revolution einmal für eine edle Tat gehalten zu haben. Und es war Hitlers Werk: er war zurückverfallen in sein Verhaltensmuster; seine Ängste, sein Haß hatten sich als stärker erwiesen als alle realpolitischen Überlegungen, das trübe Gedankengewirr seiner Ideologie, in welcher Jud und Bolschewik zu einem Alptraum verschmolzen, hatte sich doch wieder durchgesetzt, und er war hineingetappt in die alte Falle, vor der schon Bismarck gewarnt hatte und die einmal bereits, wie konnte es einer vergessen, zugeschnappt war – in den Zweifrontenkrieg. Der Angriff auf die Sowjetunion, so glaubte S. H., dieser Angriff, mit einem unbesiegten England im Rücken und einem Amerika, das die Waffen nachschob, bedeutete die endliche Niederlage dieses verderbten, mit dem Blut der Völker besudelten Reichs.

Daß er da nicht passiv bleiben will, ein Druckereivertreter tagsüber, der abends seine Betrachtungen anstellt über das Zeitgeschehen, ist zu erwarten. Er wendet sich an die Organisation Donovan, die später als Office of Strategic Services, kurz OSS, Berühmtheit erlangen wird, und bietet seine Mitarbeit an für Kurzwellensendungen in deutscher Sprache oder bei der Analyse von Berichten aus Deutschland, und schlägt, im Gedenken an sein Volksecho, ein eigenes Projekt vor: einen Pressedienst in deutscher Sprache für die immer noch zahlreichen deutsch-amerikanischen Zeitungen; sein neuer Pressedienst soll den Platz der nun endlich eingestellten Transocean Press einnehmen, die, von Berlin aus finanziert und mit Text beliefert, diese Blätter bisher mit einem Großteil ihrer Nachrichten und ihres Feuilletons versorgte. Das Angebot erreicht Washington in den Wochen kurz nach dem Überfall der Japaner auf Pearl Harbor, als die Kriegserklärungen rasch hintereinander erfolgen und in der Hauptstadt alles drunter und drüber geht; jedenfalls scheint im Amt Donovan kein Mensch ein Interesse an einem deutschamerikanischen Pressedienst oder an seinen übrigen Vorschlägen gefunden zu haben: er erhält keine Antwort.

Anders bei NBC, der großen Rundfunkgesellschaft. Er geht einfach hin und verlangt Louis Lochner zu sprechen, ehemals Korrespondent der Associated Press in Berlin und nun Leiter von NBC's Abteilung für deutschsprachige Kurzwellensendungen. Lochner, der fähige Leute braucht, hört sich S. H.s kurzgefaßte Lebensgeschichte an und setzt ihn noch in der gleichen Nacht ans Mikrophon – welche Genugtuung, endlich sprechen zu können zu den Deutschen, auch wenn die Worte nicht die eigenen sind, sondern nur eine mittelmäßige Übersetzung von irgendwo zusammengeschusterten Nachrichten. Und Lochner urteilt, er sei okay und genau der Mann für den Job; doch ein Mr. English, wohl von der Personalabteilung, erhebt Einwände: dieser Heym oder Flieg, wie er wohl richtig heißt, ist kein Bürger, er ist sogar, das Wort taucht jetzt, nach Pearl Harbor, immer öfter auf, ein Enemy Alien, ein feindlicher Ausländer, nicht verwendbar an so verantwortlicher Stelle.

Noch einmal versucht er es mit der Idee des Pressedienstes. Im Januar 1942 schreibt er an den Dichter Archibald MacLeish, den Leiter der Library of Congress, der nun auch Direktor des Office of Facts and Figures ist, des Büros für Tatsachen und Zahlen, eines der zahlreichen Ämter, die mit dem Eintritt Amerikas in den Krieg in Washington aus dem Boden schießen und deren Kompetenzen eigentlich niemandem ganz klar sind. Er legt Zahlen vor: es existieren in den USA zirka 110 deutschsprachige Blätter, einige täglich, andere wöchentlich erscheinend, mit insgesamt etwa zwei Millionen Lesern; die meisten von ihnen hätten unter Nazi-Einfluß gestanden, der durch organisatorischen Druck und eine von Berlin aus gesteuerte Anzeigenpolitik, vor allem aber durch den Transocean-Pressedienst ausgeübt wurde. Wie dem auch sei, jetzt, nachdem Transocean gestoppt war, säßen ihre Redakteure da und kauten an ihren Federhaltern.

Und dann sein Hauptargument, das die Beamten in Washington überzeugen soll: »Viele Leser dieser Zeitungen, ob Bürger der USA oder nicht, sind geschulte Arbeiter und just in den Industrien beschäftigt, die Waffen und anderes Kriegsmaterial herstellen. Es ist wichtig, Einfluß zu nehmen auf diese Männer und ihre Familien und in ihnen ein Zugehörigkeitsgefühl zu diesem Lande und seiner Demokratie und zu allen unseren hohen Grundsätzen zu erzeugen und zu stärken.«

Löbliche Gedanken, nur leider vergebens. Gewiß, ein wertvoller Vorschlag, läßt Mr. MacLeish ihm mitteilen, doch sei weder das Büro für Tatsachen und Zahlen noch irgendeine andere Regierungsstelle berechtigt, Enemy Aliens eine Anstellung zu geben.

Die Mutter hat in Washington Heights, wo die deutsch-jüdischen Refugees sich vorzugsweise ansiedeln, ein Zimmer gefunden und begonnen, ihre Blumen herzustellen und ihre Schmetterlinge; couragiert wie sie ist, vertreibt sie ihre Ware auch selber, und dazu ein Sortiment ähnlicher Sachen von der Hand anderer Emigranten, die sie bald kennengelernt hat, und sie schleppt ihre Kollektion durch ganz Manhattan bis hin nach Chinatown, wo die kleinen Ladenbesitzer, abgeschnitten von der billigen Bijouterie aus Shanghai und Hongkong, sich freuen, etwas so Hübsches und Eigenartiges ins Schaufenster legen zu können.

Es ist ihm nicht recht, daß die Mutter, wie er selber auch, mit Musterköfferchen umherzieht um der paar Cent willen, mehr ist es nicht, die sie damit verdient; er ist geprägt von der fest umrissenen Ordnung im Vaterhause, und es dauert lange, bis er begreift, daß diese Frau sich völlig verändert hat in den Jahren, da sie allein war mit ihrem Leid und ihren Sorgen und sich durchschlagen mußte in einer im wahrsten Sinne des Wortes feindlichen Welt, ja, daß sie diese Tätigkeit sogar braucht, die ihr das Gefühl gibt, unabhängig zu sein; und tatsächlich wird die Mutter, auch nachdem er seinen Bestseller und seinen Filmvertrag hat und es ihm nicht mehr schwerfällt, sie zu unterstützen, ihr Geschäft immer noch betreiben, beliebt als »Elsie« in einem Kreis treuer Kunden.

Jedenfalls ist er nun wieder allein in seiner Stube und kann abends schreiben: noch ein Theaterstück, und zwar eines, dessen Grundidee er seit Jahren mit sich herumträgt, seit sie den Vater verhafteten an seiner Statt. Was geht vor in einem Menschen, der da als Geisel in der Zelle sitzt? Oder in einer Gruppe solcher Menschen? Was empfinden sie, vor allem für diejenigen, an deren Stelle sie geopfert werden sollen? Wie ist das, wenn die Hoffnung sinkt, daß sie je freikommen werden? Wie verhalten sie sich? Untereinander? Den Gewalthabern gegenüber? Welches Gewicht hat da die Vergangenheit des einzelnen? Welche Emotionen sind die beherrschenden: Angst, Ungewißheit, Verzweiflung, Haß? Und Haß auf wen? Und worin sucht so einer seine Zuflucht? Im Glauben? Glauben an wen, an was?

Vielleicht auch, so meint er, könne er eine Art Schuld abtragen an den Vater, wenn er sich jetzt an das Stück setzt; aber das ist ihm selber nur halb bewußt und nie spricht er darüber, auch nicht zur Mutter, die jedesmal, wenn sie vorbeikommt, sich liebevoll erkundigt, woran ihr Helmut denn so arbeite, literarisch; und selbstverständlich schweigt er Max Pfeffer gegenüber, der ihn dauernd bedrängt, er solle weiterschreiben, etwas Neues, in diesem Lande müsse man stets Neues anzubieten haben. Dem Agenten entwickelt er nur die Idee, in großen Zügen: eine Gruppe von Geiseln, eingesperrt auf engem Raum, der Konflikt, die Krise, das Ende.

Pfeffer, der für Stoffe eine Nase besitzt, hat aufgehorcht; er sähe da, sagt er, eine Möglichkeit, doch warum wieder ein Stück? Habe man nicht Schwierigkeiten genug mit dem Hanussen? Ein Stück am Broadway unterzubringen sei eine Sisyphus-Arbeit schlimmster Sorte; habe man endlich einen Produzenten interessiert, sprängen die Angels, die Geldgeber, sowieso sämtlich Analphabeten, ab, und habe man mit großer Mühe einen Geldgeber gewonnen, entwickle der Produzent so viele Zweifel, daß wieder nichts daraus werde. Warum nicht statt dessen einen Roman? Die Publikation eines Buches sei erheblich weniger kostspielig als die Produktion eines Theaterstücks auf der Bühne, die Investition sei also geringer und damit das Risiko, und der Verleger arbeite, im Unterschied zum Broadway-Producer, mit eigenem Kapital.

»Ich habe aber«, sagt S. H., seiner frühen Versuche schmerzlich eingedenk, »noch nie einen Roman geschrieben.«

»Und ich«, erwiderte Pfeffer, »habe noch nie einen Roman verkauft.«

Der Dialog hat so stattgefunden, wörtlich. Es gibt Sentenzen, die den Menschen schon in dem Moment, da er sie hört, ahnen lassen, daß sie sein Leben beeinflussen werden, und die sich ihm daher für immer einprägen. Max Pfeffers Replik, ein Äquivalent in gewisser Hinsicht zu dem »Merde!« des Generals Cambronne, stieß S. H. in die Laufbahn des Romanciers.

»Janoschik! Janoschi-i-i-k!« So beginnt er: mitten hinein in den Vorgang, ohne Einleitung, ohne Szenenschilderung oder Personenbeschreibung; all das wird sich in der Handlung zeigen lassen, im Dialog, in Gestik und Verhaltensweisen der Charaktere. Erweist sich hier der Dramatiker? Oder hat er das von den Amerikanern gelernt? Oder ist es symptomatisch für die Ungeduld in ihm, die, erzeugt durch den Druck, unter dem er lebt, Stil und Erzählart bestimmt? Und, das ist der große Entschluß: alles gleich auf englisch.

Welch ein Wagnis das sein wird, ist ihm klar. Eine Sprache ist mehr als Grammatik und Wortschatz, sie ist ein Wesen, das atmet und wächst und sich verändert, spröde und biegsam zugleich, und der Liebe zugänglich. Es gibt ein Englisch, das sich erlernen läßt, mit Wörtern und Regeln; und es gibt idiomatisches Englisch: für dieses muß man ein Ohr haben, man muß es ertasten, erschmecken, erleben – und diese Art von Englisch wird er schreiben müssen, wenn er will, daß man ihn liest.

Die Frage ist, was ihn trieb, mit dem Genre zugleich auch die Sprache zu wechseln. Er war nie Narr genug gewesen, von einer Sprache sich abzuwenden, nur weil auch Verbrecher sich ihrer bedienten und sie entstellten. Eher schon war es sein, und Pfeffers, Sinn für Realitäten, der ihn bewegte: die paar deutschen Verlage, die es noch gab, in Rußland, in England, waren bedeutungslos, ihre wenigen Leser zerstreut über die Welt; die amerikanischen Verleger aber würden eine Übersetzung fordern, und die kostete Geld – Geld, das aus seiner Tasche zu kommen haben würde. Das Hauptmotiv aber war: der Wunsch, zu wirken. Er wollte nicht für den Schreibtisch arbeiten, er wollte wirken, literarisch und politisch. Hatte er nicht oft genug beobachtet, wie frustriert sie alle waren, die da noch deutsch schrieben? Wer galt denn noch etwas außer den großen Drei, Thomas Mann und Feuchtwanger und Werfel, wer erreichte denn noch ein Publikum? Das Schweigen breitete sich um Dichter von hohem Rang, um Schriftsteller, die einst von vielen Tausenden gelesen wurden, und mehr als einer von ihnen hatte, vereinsamt, ohne Hoffnung, den Weg in den Tod gewählt.

Und außerdem ist da der Reiz, den die neue Sprache für ihn hat. In ihr gibt es die ewigen Verschachtelungen nicht, durch die dem Schreiber wie dem Leser der Faden dauernd verlorengeht; in ihr fordert die Syntax logisches Denken und sträubt sich gegen die Willkür, die stets danach strebt, hier noch ein Tupferchen aufzusetzen und dort noch ein Mätzchen einzufügen; in ihr ist eine Miss tatsächlich feminin und nicht, wie ein Fräulein, ein Neutrum, ein table ist ein geschlechtsloses it und nicht, wie ein Tisch, ein von Männlichkeit strotzender Er; sogar das Dickicht der Hilfszeitwörter und ihrer Anwendung ist weniger undurchdringlich im Englischen als im Deutschen. Für einen, der zu erzählen vorhatte, Geschehnisse, Entwicklungen, Konflikte, und nicht, verträumt, Blümchen pflücken wollte am Wege, erschien diese, die Sprache, in die das Leben ihn hineingezwungen hatte, in der Tat verlockend, und bald wird er beim Schreiben spüren, wie seine Gedanken im Kopf schon sich den Erfordernissen des Englischen anpassen.

So nüchtern wie seine Erwägungen über die Sprache sind auch seine Überlegungen zu der eigentlichen Story von Hostages. Bereits nach dem ersten Kapitel des Buches, das er in einem Wurf schrieb, merkt er, daß er ohne Plan nicht weiterkommen wird, nicht, ohne zumindest die Richtung zu kennen, in der er und seine Charaktere sich zu bewegen haben werden, die Stellen, wo die Fäden ihrer Schicksale sich verknoten müssen, die Tiefpunkte und Höhepunkte und den Ausgang. Begonnen hatte alles mit der psychologischen Situation; aber war die Psyche von ein paar Leuten, die sich dahinquälten unter unmenschlichem Druck, Stoff genug, und vor allem der geeignete Stoff, für ein Buch, das Leser wie die amerikanischen interessieren soll? Mußte da nicht einiges hinzukommen: Ursache der Geiselnahme, Haltung der Geiselnehmer, Wirkungen und Gegenwirkungen? Was war es denn, was diese Leser immer wieder fesselte, neben der Liebe, die sich am Ende stets durchsetzen muß gegen die schlimmstdenkbaren Widerstände? Crime. Crime, Verbrechen, wobei der bewährte Held, der Detektiv, trotz und alledem zu triumphieren hat. Aber wird das wirklich Menschen vom Stuhl reißen, fragt er sich, die solche Kost seit Jahren konsumieren? Und denkt, nach Ansätzen suchend auf den ersten Seiten seines Manuskripts, wie es denn wäre mit einem Detektiv, der das Spiel verliert, es verlieren muß, weil die Verbrecher, die er verfolgt, die Guten sind und besagter Detektiv, statt Recht und Ordnung zu vertreten, im Namen von Unrecht und Tyrannei handelt? Was für eine Art Detektiv würde das zu sein haben? Nach Lage der Dinge, ein Nazi-Detektiv.

Und damit erhält Janoschik, der positive Held im Fall des aus einem Prager Kaffeehaus verschwundenen Leutnants Glasenapp, seinen Gegenspieler, den Kommissar Reinhardt, und zu dem Geschehen in der Zelle, wo die Geiseln auf ihr Ende warten, kommt die gewünschte zweite Erzählebene.

Irgendwie, ich weiß nicht mehr bei welcher Gelegenheit, hat er Emery Gondor kennengelernt, einen ungarischen Emigranten, Kunsthistoriker wohl, der ein Faible für ihn entwickelt, unklar weshalb. Gondor sucht S. H.s Interesse an abstrakter Kunst zu fördern, das dieser bis dahin wenig Zeit hatte zu kultivieren; gegen S. H.s Einwand, er glaube, die meisten der Abstrakten könnten einfach nicht richtig malen, gibt Gondor zu bedenken, daß auch in dem scheinbar Sinnlosen und Mißgestalteten künstlerische Intentionen stecken möchten, die man allerdings lernen müsse, nachzuempfinden, und schenkt ihm eine sehr gute Reproduktion eines Miro, die bei einem der Umzüge S. H.s leider verloren gehen wird; außerdem führt Gondor ihn ein in das, was man heute als Szene bezeichnen würde, in die Bohème des Village, und schleppt ihn mit zu einer Party in der Wohnung eines hageren Mädchens namens Ysobel Gundy. Miss Gundy, Comrade Gundy, wie sich bald herausstellen wird, denn die Party bei ihr findet zu Nutz und Frommen des Russian War Relief statt, einer der Organisationen, die nun, da die Sowjetunion wieder auf der richtigen Seite steht, in großer Zahl gegründet werden, um größere Sympathie für den neuen Verbündeten zu schaffen und Geld oder Kleidungsstücke oder irgendwelche anderen Güter für das russische Volk und die Rote Armee zu sammeln. Miss Gundy also, wie auch Emery Gondor, werden in seinem Leben keine bleibende Bedeutung haben; beide erhalten Gewicht nur als Verbindungspersonen zu Gertrude Gelbin, der S. H. auf eben dieser Party begegnet.

Nach der unglücklichen Affäre mit Mona war er reif für eine bleibende Bindung. Das läßt sich aus heutiger Sicht durchaus sagen; damals, als er die Unbekannte in Miss Gundys Apartment erblickte und durch das Gedränge der Gäste hindurch sich den Weg zu ihr bahnte, lag ihm ein solcher Gedanke mit Sicherheit fern.

Sie war attraktiv. Das Wort ist zum Klischee geworden, war Klischee, glaube ich, auch schon in jenen Jahren; gebraucht man es aber in seiner ursprünglichen, noch nicht durch viel zu häufige Benutzung abgestumpften Bedeutung, nämlich im Sinne von anziehend, magnetisch, fesselnd, so ist es der einzige Begriff, der mir einfallen will, um nicht nur das Äußere, sondern das ganze Wesen dieser Frau zu charakterisieren. Sie hatte dunkle, ausdrucksvolle Augen, denen zu

Zeiten ein Leuchten innewohnte, eine breite, schön geformte Stirn, und der Mund mit den geschwungenen Lippen konnte sehr sinnlich wirken; das Ensemble dieses Gesichts beeindruckte um so stärker, da es abgesetzt war gegen das sorgfältig gepflegte, bereits ergraute wellige Haar. Sie saß da, gegen das Rückkissen von Ysobel Gundys dunkelblauer Couch gelehnt, und da waren ihre Beine, bis zum Knie zwar nur, aber das genügte, und er dachte sich, wenn die Stimme, die zu alldem gehört, so ist, wie ich sie mir vorstelle, dann muß ich diese Frau haben, selbst wenn sie wahrscheinlich älter ist als ich.

Er setzt sich neben sie. So recht weiß er nicht, wie er beginnen soll, doch enthebt Ysobel Gundy ihn der Notwendigkeit, eine möglichst intelligente Konversation mit der Unbekannten in Gang zu bringen. Comrade Gundy, die sämtliche Anwesenden sorgfältig unter Beobachtung hält, hat nur darauf gewartet, daß einer der Männer sich den Fängen einer der von ihr strategisch im Raum placierten Sympathisantinnen der guten Sache nähert, um ihm, der nun nicht mehr zurückkann und der Dame an seiner Seite seinen großzügigen Charakter zeigen muß, von dem heldenhaften Kampf zu sprechen, der da vor Moskau oder Leningrad oder Rostow stattfindet, die Ortsnamen sind auswechselbar, während er, im Dunstkreis einer schönen Frau, einen Scotch in der Hand, sich's wohlsein läßt.

So auch geschieht es S. H. Er bemerkt Emery Gondor, der aus der Entfernung belustigt zu ihm herüberblickt, er bemerkt ferner, ernüchtert, daß die Frau an seiner Seite sich eine Zigarette ansteckt, als sei sie an dem Vorgang völlig unbeteiligt, und er zieht sein abgegriffenes Portemonnaie aus der hinteren Hosentasche, öffnet es, zählt die geringe Barschaft darin und teilt sie in zwei Hälften, die eine für die heldenhaft kämpfenden Rotarmisten und das bedrängte russische Volk, die andere für später, denn nun erst recht wird er Miss Gundys Party nicht ohne die schöne Unbekannte verlassen.

Inzwischen, Comrade Gundy hat sich mit seinen dreieinhalb Dollar davongemacht, hat sie ihn gefragt, wie er denn heiße, und er hat festgestellt, wie perfekt ihre dunkel getönte, warme, von innerem Leben erfüllte Stimme zu all dem anderen paßt.

»Stefan«, antwortet er.

Sie heiße Gertrude, sagt sie.

»Ah, wie germanisch«, sagt er.

Nein, weist sie ihn zurecht, ihre arme, halbgebildete, polnisch-jüdische Mutter habe eine Schwäche gehabt für hochtrabende Namen; daher. Aber was er denn so tue, beruflich?

Vertreter in Drucksachen klingt wenig eindrucksvoll. Also erklärt er, er schreibe zur Zeit einen Roman.

»Ach ja?« sagt sie. »Wer schreibt keinen.«

Das hat er nicht erwartet, dieses Achselzucken. Er ist bereit gewesen, ihr zu berichten: über die Story des Buches, soweit er sie bereits kennt, über die Tschechoslowakei und die Verhältnisse dort, soweit er sie erlebt hat, über sein Volksecho; eines würde zum anderen führen, er ist ja, glaubt er, als Person nicht ganz uninteressant. Aber das läßt sich jetzt nicht mehr machen, mit dieser einen Bemerkung hat sie ihn abgeschmettert; wahrscheinlich will sie ihn nun auch loswerden, für sie hat der Fall sich erledigt, sie hat ihre Pflicht erfüllt, hat auf diskrete Weise dazu beigetragen, daß seine paar Dollar dem Russian War Relief zufließen; vielleicht ist es wirklich besser, er entfernt sich: soll sie den nächsten Kerl in ihr Netz locken.

Doch läßt er sie nicht aus dem Auge, den ganzen Rest des Abends nicht. Nein, sie treibt das Spiel, das sie mit ihm gespielt, nicht weiter; statt dessen mischt sie sich unter die Gäste, redet wohl auch mit dem oder jenem, ist charmant, lächelt, doch ist sie, so scheint ihm, im Grunde gelangweilt, und bald macht sie wirklich Anstalten zum Gehen, holt sich den Mantel aus dem Wandschrank und ihr Pillbox-Hütchen, das ihr dann, einem kreisrunden Pillendöschen in der Tat ähnlich, schief auf dem Kopf sitzt, und klettert die lange, schmale Stiege hinunter, die von der oberen Etage, wo Miss Gundy ihr Apartment hat, zur Haustür hinabführt.

Dort holt er sie ein, ergreift ihren Arm.

Sie blickt ihn an, erstaunt eher als indigniert, und weist ihn zurecht: »I don't make love that readily.«

»I can wait«, sagt er. Er könne warten.

Da muß sie doch lachen. Und dann ziehen sie, Arm in Arm, heiter, gelöst, als kennten sie einander seit Jahren schon, durch die hell erleuchteten, bunten Straßen von Chinatown; er kauft ihr irgendein Figürchen, aus Speckstein geschnitzt, schließlich finden sie Platz in einem der zahllosen billigen Restaurants, essen Wan-tan-Suppe und Fisch mit Mandeln und süß-saures Schweinefleisch; zwischendurch erfährt er, daß sie für MGM arbeitet, die große Film-Company, als Redakteurin; zum Nachtisch bringt der Kellner Fortune-Cookies, die man aufbricht, bevor man sie ißt, um ihnen ein Papierschnitzel zu entnehmen mit dem Orakelspruch darauf; Gertrudes habe ich vergessen, das Zettelchen in seinem Cookie spricht von nahem Glück.

Ein paar Tage darauf findet er sich bei ihr ein, als Gast zum Abendessen; statt Blumen bringt er, in jeder seiner äußeren Jackentaschen eines, Manuskripte. Mit am Tisch sitzt ihr Sohn, David, damals sechzehnjährig; David ist sehr zurückhaltend, offenbar macht er sich seine eigenen Gedanken über diesen deutschen Refugee, den seine Mutter da ins Haus gebracht hat und der sich die Butter so dick aufs Brot schmiert; nach dem Essen entschuldigt sich der Junge, er habe zu arbeiten, sagt er, die Schule.

Gertrude serviert den Kaffee. S. H. zieht, aus der linken Tasche, seinen Hanussen hervor und legt ihn ihr hin, eine Art Demonstration: ich bin nicht irgendwer, es wird dir noch leid tun, dein schnippisches Wer schreibt keinen.

Sie beginnt zu lesen. Aus ihren Gesichtszügen sucht er zu erkennen, was sie von seinem Opus hält, aber da ist nur, während sie Seite um Seite wendet, ein Ausdruck von Konzentration. Dann klappt sie den Deckel zu. »Das ist kein Theaterstück.«

Er ist schockiert. Auf Einwände war er gefaßt gewesen, nicht auf totale Verdammung. »Aber Joseph Schildkraut hat gesagt... Joseph Schildkraut will den Hanussen sogar selber spielen!«

»Joseph Schildkraut sieht nur, daß dein Hanussen von Anfang bis Ende vorn Mitte auf der Bühne steht«, sagt sie. »Nur das interessiert ihn.«

Da greift er in seine rechte Tasche und wirft ihr das andere Manuskript hin, das er mitgebracht hat: das erste Kapitel von Hostages und Teile des zweiten. »Das taugt vielleicht auch nichts?«

Geduldig schlägt sie den Hefter auf, überfliegt einen Abschnitt, dann die ganze Seite, blättert um: sie hat sich festgelesen, sieht er, und sie blickt nicht mehr auf von seinem Text bis hin zur letzten Zeile, die er gestern nacht erst schrieb.

»Nun?«

»Würdest du mir gestatten« – im Englischen gibt es kein Du und kein Sie, aber das *You* in ihrem »Would you permit me« klingt wie ein Du –, »würdest du mir gestatten, den Blaustift zu benutzen?«

Eine unwillkürliche Handbewegung in Richtung seines Manuskripts, als müsse er es schützen.

»Ein Wort nur hier oder dort«, sagt sie, »eine kleine Umstellung, ein kleiner Strich. Nichts Wesentliches.«

»All right«, sagt er schließlich; jedoch verfolgt er mißtrauischen Auges jede Bewegung des Stifts. Dann zeigt sie ihm ihre ersten paar Änderungen, und er hat Sprach- und Stilgefühl genug, um zu erkennen, daß da plötzlich etwas zu glänzen begonnen hat, was vorher stumpf war, daß ein Gedanke, eine Metapher, sein Gedanke, seine Metapher, durch einen scheinbar winzigen Hammerschlag befreit wurden von hemmender Schlacke, und er ahnt, daß er hier nicht nur eine Frau gefunden hat, die er lieben könnte und die ihn zu lieben bereit ist – weshalb sonst der Blaustift? – sondern dazu noch eine Beraterin, eine kritisch verständnisvolle, auf dem Weg, den er eingeschlagen hat. Was tut es da, daß sie einundvierzig ist und er achtundzwanzig; hat er nicht immer sich älter gefühlt als seine Jahre, und ist sie nicht, in ihrem ganzen Wesen, und in Gesicht und Figur, so jugendlich, wie sich's nur wünschen läßt?

In dieser Nacht bleibt er bei ihr.

Max Pfeffer berichtet von seinem Besuch bei Little, Brown, dem großen, renommierten Verlagshaus: Cheflektor Angus Cameron habe die Anfänge von Hostages mit Interesse gelesen, doch habe er es abgelehnt, den Verlag in diesem Stadium der Arbeit an das Buch zu binden. Kein Grund zu irgendwelcher Depression, tröstet Pfeffer; er habe bereits bei Putnam's vorgesprochen, auch kein schlechtes Haus, und dort sei man auf die Kombination junger Refugee-Autor-besetztes Land-Geiseln-Untergrundbewegung angesprungen: so etwas, habe man gemeint, könnte jetzt bei dem Publikum in Amerika einschlagen. Aber auch bei Putnam's wolle man natürlich wissen, wie die Story sich weiter entwickeln werde; unbedingt brauche er, Pfeffer, jetzt den Handlungsplan, der längst schon hätte vorliegen sollen.

Diesen Plan, im amerikanischen Verlagsjargon die Outline, schreibt S. H. in zwei Abenden; genügend nachgesonnen hat er ja darüber, und nun fügt sich alles, wie in einem Puzzlespiel, zusammen – die Handlungsstränge, die Situationen, die Charaktere und ihre Entwicklung. Selbst Gertrude, mit ihrem durch ihre Filmarbeit geschulten Auge, kann keine Löcher darin entdecken, nichts, was der Eigengesetzlichkeit der Fabel widerspräche.

Und dann läutet Pfeffer bei ihm an der Tür und tritt ein in all seiner Glorie und ruft, auf seine schäbige Mappe weisend, die nun schon sein Wahrzeichen ist, »Rate, was hier drin ist! Na? Ein Vertrag! Über Hostages! Hab ich es nicht gesagt? Nicht für Broadway schreiben, für einen Verlag! Nicht ein Stück, einen Roman! Hab ich recht gehabt oder nicht? Ein Vertrag, ein richtiggehender Vertrag, mit Vorschuß und allem!«

Der Vorschuß war sehr bescheiden. Acht Wochen lang würde S. H. $ 25,00 per Woche von Putnam's erhalten, insgesamt $ 200,00, davon 15 Prozent ab für Max Pfeffer, bleiben ihm $ 21,25 wöchentlich: gerade genug, um – eingerechnet die Unterstützung für die Mutter und des alten Herrn Monsky Einverständnis vorausgesetzt – nur noch halbtags für die Herald Square Press arbeiten zu müssen: zum halben Gehalt selbstverständlich, Mr. Monsky. Dieser, angesichts der Geschäftslage im Druckereigewerbe dem Vorschlag nicht abgeneigt, erhebt sich hinter seinem Schreibtisch, schüttelt S. H. die Hand und versichert ihm, er habe immer gewußt, daß sein Acquisiteur zu Höherem bestimmt sei als zu gewöhnlicher Kundenwerbung, und er werde nicht versäumen, sein Buch – wie soll es heißen? Hostages? – zu kaufen und es sich von ihm eigenhändig signieren zu lassen.

Von zwei Uhr nachmittags an, und an Wochenenden, gehört seine Zeit nun dem Buch, und er nutzt diese Zeit, kaum daß er sich die dreiviertel Stunde gönnt, um in den kleinen Läden der Avenue A etwas einzukaufen und auf dem Kocher zu wärmen zum Abendessen; oft auch, wenn er die Cents nicht haargenau einteilt, geht ihm das Geld aus bis zum nächsten Scheck von Putnam's, den Pfeffer, minus seiner Agentenprovision natürlich, ihm jeden Freitag mit Gönnermiene überreicht, im Austausch gegen die neu entstandenen Kapitel. Wenn S. H. zögert und andeutet, er hätte diese Kapitel gern noch der Frau Gelbin gezeigt, bockt Max; er hat sofort eine Antipathie gegen Gertrude entwickelt: wer, wenn nicht er, so glaubt er, hätte ein Recht und Anspruch auf den hoffnungsvollen jungen Autor – sie aber schien ihm seinen Besitz streitig zu machen.

Der Sommer 1942 war einer der heißesten in New York. Man muß das erlebt haben: der Asphalt schmilzt, die Leute sitzen auf den Feuerleitern der Häuser und fächeln sich Luft ins Gesicht, die Kinder versuchen, die Straßenhydranten aufzudrehen und schwarze Bäche den Rinnstein hinabfließen zu lassen, in denen der Unrat schwimmt. Da hockt er auf seiner Couch, die Schreibmaschine auf dem Schoß, das Hemd klebt ihm am Rücken, von draußen dringen gereizte Stimmen durchs offene Fenster; die Gedanken im Hirn wollen zerflattern, er versucht, sie zu halten, wenigstens bis er sie zu Papier gebracht hat: der Kommissar Reinhardt, belastet von all den Unannehmlichkeiten der Geiselaffäre, die er sich selber eingebrockt hat, fährt in den deutschen Offizierspuff in Prag – was geht vor in dem Mann? Toter Punkt. Vielleicht erst mal eine Pause machen. Er stellt die Maschine beiseite, steckt das Hemd in die Hose, schließt die Wohnungstür hinter sich. In dem Obstladen an der Ecke kauft er ein paar Äpfel. Als er zurückkommt, sieht er vor der Haustür den weißen Wagen, ein Kabriolett, das Verdeck ist zurückgeschlagen; neben dem Fahrer – Gertrude. Sie steigt aus. Sie trägt eine weiße Bluse zum dunklen Jäckchen, alles an ihr ist frisch und gebügelt; die Hitze scheint ihr nichts anhaben zu können. Was denn da in seiner Tüte sei?

»Mein Abendbrot«, sagt er.

Sie nimmt ihm die Tüte aus der Hand, öffnet sie. »Sehr gesund.« Und winkt dem Fahrer.

Der kommt gemächlich herbei. S. H. ist sich nicht im klaren, soll er eifersüchtig sein oder nicht; der Mann ist ausgesprochen häßlich, die fliehende Stirn umrahmt von gelblichem Kraushaar, zwischen den zu eng stehenden Augen eine fast gurkenförmige Nase, darunter äußerst bewegliche Lippen, die den Mund bald so, bald so verformen; und dennoch geht ein Charme aus von ihm, der nach einer halben Minute jeden für ihn einnimmt.

»Jack«, sagt sie, »willst du unsern Freund nicht auch einladen?«

Der häßliche Mann wirft einen Blick auf die noch immer offene Tüte in ihrer Hand. »Gertrude hat mir von Ihnen erzählt«, erwähnt er. »Sie erwartet sehr viel von Ihnen, und ich freue mich ehrlich, Sie kennenzulernen.«

Zu der Zeit war Jack Gilford noch nicht so prominent, wie er später wurde, als er in dem Film »Es geschah auf dem Weg zum Forum« eine der Hauptrollen hatte. Damals, 1942, trat er zumeist am Jiddischen Theater der Familie Adler auf, große Tragöden alle, wie Gertrude wußte, die Weltruhm errungen hätten, wären sie nicht behindert gewesen durch ihre Sprache; gelegentlich spielte er auch am Broadway, in der Hauptsache aber bereist er den sogenannten Borscht Circuit, den Zirkel jüdischer Feriencamps, die sich wie dicke Perlenschnüre um die Stadt New York herum reihten. Seine herrlichste Nummer, zumindest nach S. H.s Begriffen, war, wenn er einen alten Juden mimte, der in der Subway sitzt, mitten in der Hauptverkehrszeit, die schwitzende Menge dicht um ihn herum, und einen Dialog beginnt mit seinem Gott. »Du heerst, Gott?«, beginnt er, die Augen in dem seitlich geneigten Kopf nach oben verdrehend, wo, jenseits des Waggondachs und der Gesteinsschichten ein höheres Wesen irgendwo existieren muß; und wie er da gestoßen wird und durchgerüttelt und doch immer wieder dem da im Himmel sein Leid klagt, kommt einen der ganze Jammer des Judentums an, Elend, Armut, Unterdrückung, gefiltert jedoch durch eine merkwürdige Ironie, auch diese wieder jüdisch, wodurch das Ganze eine zusätzliche Dimension zu erhalten scheint.

Die Wehrmacht hat die Wolga erreicht. In den nächsten Tagen, verkündet Hitler, wird Stalingrad genommen sein, werden die russischen Ölfelder, mit ihren unerschöpflichen Vorräten, der deutschen Industrie zur Verfügung stehen. Der Bolschewismus, der jüdische, ist in die Knie gezwungen, trotz amerikanischer Waffenhilfe; die Welt wird sich an die Herrschaft der Herrenmenschen zu gewöhnen haben.

Und die der Japaner, die MacArthur zurückgedrängt haben und, bis auf wenige Provinzen, China beherrschen und Singapore und die Philippinen und fast die ganze pazifische Inselwelt, alles was einst britisch war oder holländisch oder französisch; und es mehren sich in Amerika die Stimmen, die, hinter vorgehaltener Hand noch, davon sprechen, daß man sich wohl zu arrangieren haben werde zumindest mit Berlin.

An diesem Sonntag ist er allein; Gertrude muß irgend etwas für MGM schreiben. Zu deprimiert und nervös um zu arbeiten, hat er die Mutter in Washington Heights besucht. Sie ist beglückt gewesen von seinem Bericht: ein Buch von ihm, das erscheinen wird hier in Amerika, ein Buch von ihrem Sohn; aber hat sie nicht immer an ihn geglaubt, an seine Begabung, und daß er sich durchsetzen wird; und welch kluge, schöne, einfühlsame Frau er gefunden hat, mag sie auch ein wenig älter sein als er, das kann nur gut sein für ihn. Dann ist er weitergegangen, hinüber zum Fort Tryon Park – das Fort sollte New York schützen im Revolutionskrieg gegen die Engländer – und hinauf zu den Cloisters. Es droht zu regnen, nur wenige Menschen sind unterwegs, ein Dampfer kriecht den Hudson River entlang, der bleiern dahinfließt, New Jersey drüben verschwimmt im Dunst.

Er grübelt. Wie konnte es kommen, daß die Armee der Arbeiter und Bauern, die einst die Interventionsheere der ganzen Welt zurückschlug, so überrannt werden konnte? Taugte sie nichts mehr? Der revolutionäre Elan, das Bewußtsein der historischen Mission, sollte sich das so ganz und gar verflüchtigt haben? Es konnte doch nicht Taktik sein, daß man den Feind so weit ins Land hineinließ, so viele Städte, so viel Industrie aufgab, die besten Weizengebiete?

Oder war es möglich, daß dieser Stalin wirklich an Hitlers friedliche Absichten geglaubt und es versäumt hatte, die Zeit zur Rüstung zu nutzen, die ihm gegeben war durch den perversen Pakt? Oder – doch dagegen sträubte sich das Denken – all die Marschälle und Generale, die da als Verräter hingerichtet wurden, waren sie einer falschen Justiz zum Opfer gefallen und fehlten sie nun?

Er richtet sich auf. Nein, die Russen werden halten, müssen halten. Es gibt eine historische Logik, nach der die Klassen und Völker sich bewegen und die Kräfte sich auswirken, die durch die Mühe der Menschen geschaffen und entwickelt wurden. Es gibt eine Weltgerechtigkeit, einen Weltgeist meinetwegen, der verhindern wird, daß etwas so Dummes und Bösartiges wie dieser Gesell mit dem Bärtchen im Kartoffelgesicht, der damals in Chemnitz, für alle sichtbar, unterm Arm schwitzte, im Bund mit dem ganzen frustrierten deutschen Kleinbürgerpack die Herrschaft über den Globus erringt.

War das Idealismus? Glaube an das Rechtsgefühl eines wie immer gearteten Gottes? Sehr möglich ... Jedenfalls brauchte S. H. damals etwas der Art, wollte er weiterarbeiten an seinem Roman, in dem am Ende das Gute zu siegen haben würde.

Dieser Tag, der auf gewisse Weise eine Wende darstellt in seinem Leben, brachte ein Nachspiel, possenhaft, wie Nachspiele es oft sind. Auf dem Heimweg von der Subway, im Village, blieb er vor einem Hause stehen, dessen Tür sich gerade öffnete. Eine hochgewachsene Dame trat heraus, einen zerknautschten Hut auf dem Kopf, den Mantel offenbar falsch geknöpft, eilte, sobald sie ihn erblickte, mit ausgestreckter Hand auf ihn zu und rief mit etwas heiserer, doch nicht unangenehmer Stimme: »Verzeihen Sie mir, ich habe Sie nicht gleich erkannt.«

»Kein Wunder, Mrs. Roosevelt«, sagte er, »Sie kennen mich ja auch gar nicht.«

»Ah, well.«

Dann lächelte sie, und ging. Wenn sie lächelte, wirkte ihr Mund, trotz der dicken Lippen und der hervorstehenden Zähne, durchaus reizvoll. Hinterher ärgerte er sich über sich selbst; statt seine Schlagfertigkeit zu zeigen, hätte er ihr sagen sollen, wie sehr er sie verehrte, sie und ihren Mann.

Der Vorschuß war verbraucht.

Aber Hostages war noch nicht fertig; zwei Monate, mit nur einem halben Tag Zeit zum Schreiben, hatten nicht genügt. Dabei macht das Buch sichtlich Fortschritte; er kommt voran, auch wenn er immer wieder abweichen muß von seiner Outline; die Charaktere entwickeln ein Eigenleben, mit eigenen Forderungen, denen die Story eben angepaßt werden muß. Das tut er, ohne sich viel Gedanken zu machen, seinem Instinkt folgend eher als irgendwelchen erzähltechnischen Erwägungen.

Und der Verlag drängt. Es ist Ende Juni, im Oktober schon möchte man mit Hostages herauskommen, das kriegsbedingte Interesse nutzend; die potentiellen Käufer von Büchern in Amerika, denen das Wort Czechoslovakia bis vor kurzem nichts als ein Zungenbrecher war, wissen jetzt wenigstens, wo diese Tschechoslowakei liegt und wer in dem Lande herrscht, und daß den Menschen dort ein Unrecht geschieht. Etwa ein Drittel des Romans bleibt noch zu schreiben, darunter des Dr. Wallerstein psychologische Beobachtungen über sein und seiner Mitgeisel Verhalten in der Zelle, und auch das vertrackte vierte Kapitel, die Geschichte zwischen dem Mädchen Milada und Breda, dem Leiter der Untergrundgruppe, ist nicht perfekt und muß endlich in Ordnung gebracht werden.

Gertrude schlägt vor, nach Merriewoode zu fahren und sich dort vier Wochen zusammen hinzusetzen; in der Abgeschiedenheit der Berge von New Hampshire, versorgt mit allem Notwendigen, werde er das noch Fehlende bald geschrieben haben, und sie könne, falls etwas zu überarbeiten sei, mit ihm au courant bleiben; sie kenne die Leute von Merriewoode, besonders Hattie, die Besitzerin des Camps, die ihr den günstigstmöglichen Preis machen werde; nur finanzieren könne sie seinen Aufenthalt leider nicht, dafür reiche ihr Geld nicht in Anbetracht ihrer Verpflichtungen ihrem Sohn und ihrer Mutter gegenüber.

Pfeffer muß wieder mit Putnam's verhandeln. Und der Verlag zeigt sich großzügig. Ein weiterer Vorschuß von $ 200.00 stünde ihm zur Verfügung, zahlbar in vier Wochenraten von je $ 50.00, damit er das Werk rechtzeitig beende; nur wünsche man dafür eine minimale Änderung im Vertrag. Es gehe dem Verlag, referiert Max, um den Punkt 14 des Vertrags, betreffend Subsidiary Rights, welcher in Abschnitt (a) das besondere Nebenrecht der Verfilmung behandle. Gegenwärtig spreche Punkt 14 (a) Putnam's einen Anteil von 10 Prozent an der Verkaufssumme zu, sollten die Filmrechte an dem Werk angekauft werden, bevor es in Satz gehe; sei das Werk jedoch einmal gesetzt und in Druckfahnen vorhanden, erhöhe sich der Verlagsanteil auf 20 Prozent – dieser erhöhte Anspruch, so die mündliche Erläuterung des Mr. Minton, Mehrheitseigner von Putnam's, erkläre sich dadurch, daß das abgesetzte Buch ja bereits eine Investition des Verlags darstelle, die den Filmleuten die Ernsthaftigkeit des Projekts vor Augen führe und sie daher veranlassen würde, einen besseren Preis zu bieten; der Verlag sei ja wohl berechtigt, aus seinen Bemühungen um das Buch Nutzen zu ziehen.

S. H., der nicht einmal zu träumen wagt, daß die Filmrechte an seinem noch längst nicht fertigen Roman je verkauft werden könnten – wer ist er denn unter den Autoren! – macht seine Milchmädchenrechnung auf: 10 Prozent von Null sind Null, und gleichermaßen 20 Prozent von Null; wo ist da, folglich, der Unterschied? Machen wir Putnam's die kleine Konzession, wenn sie uns dafür die so bitter benötigten zweihundert Dollar zahlen; und Pfeffer, der nach seinen 15 Prozent giert, stimmt eifrig zu.

Was sie beide nicht wissen – oder wußte Pfeffer es doch? – ist, daß Putnam's die Teile des Manuskripts, die er ihnen überlassen hat, plus der Outline, den zuständigen Leuten bei Paramount bereits gezeigt haben, und daß man dort durchblicken ließ, diese Property, wie der Fachausdruck lautet, dieses Stück Besitz also könne durchaus von Interesse sein.

Merriewoode war das Paradies. Inmitten der grünen Berge ein See, tiefblau und klar, oder schwarz, wenn die Wolken heraufzogen, am Hang zwei Dutzend Holzhütten, deren eine ihm und Gertrude gehörte, helles Holz, freundlich, in der Hütte ein Bett, ein Tisch, Stühle, ein karierter Vorhang, hinter dem die Kleider hingen, und vor der Tür ein Treppchen, auf dem man des Abends sitzen konnte und dem Sonnenuntergang zusehen und die Luft einatmen, die wie Kristall war, und auf die Nordlichter warten, deren unirdische Farben am nächtlichen Himmel aufflammen.

Hier ließ sich etwas schaffen, nachdem man des Morgens in den See getaucht war; nicht mehr, wie in New York, war ihm der Kopf schon dumpf, wenn er sich an seine Arbeit setzte; hier war das Hirn klar und alles ging leicht von der Hand, und der Krieg, von dessen einer Phase er schrieb, schien weit in die Ferne gerückt. Unwirklich, diese Wochen.

Einmal fuhr er mit Gertrude nach Keene, und sie besuchten den Friedhof des Städtchens, wo dessen berühmtester Bürger, ein Seekapitän, in zwei Gräbern lag: in dem kleineren, früher datierten, sein Bein, in dem zweiten, größeren, der Rest von ihm. Das andere Mal nahmen sie die Zahnradbahn den White Mountain hinauf, den Weißen Berg, bis dorthin, wo der Baumwuchs zwergenhaft wird, und weiter noch, wo es nur Felsen gibt und Geröll und der Wind ihnen bis ins Mark blies, und blickten über das Land, das sich vor ihnen streckte, Ketten von Bergen, und Täler, in denen nur hier und da, weniger als stecknadelkopfgroß, ein Haus sich zeigte, und hielten sich an der Hand, und er war glücklich und wußte dennoch, dies konnte nicht dauern. Und da waren die Barn Dances in dem scheunenartigen Social Room des Camps, mit den zwei Fiedlern und einem echten Hog Caller aus der Gegend, einem kleinen, glatzköpfigen Menschen, der mit Rita, Hatties Tochter, ein Verhältnis hatte; der Hog Caller, oder Schweinerufer, wollte man es auf deutsch, sang mit weithin hallender Stimme sein »Dos-y-dos!« heraus und sein »Round-once-more!« und was es sonst noch an verballhornten französischen Weisungen gab, nach denen die Tänzer sich zu drehen und wenden hatten und aufstampften und aufeinander zugingen und sich wieder trennten, bis sie atemlos auf die Stühle sanken.

Gertrude wirbelte umher, daß die Röcke flogen; er dagegen tanzte schwerfällig und plump, und wenn er von Dame zu Dame zu zirkeln hatte oder sich hindurchzuschlängeln zwischen den Ladies, mißrieten ihm mit schöner Regelmäßigkeit die kunstvollen Figuren, zu denen der Hog Caller aufforderte, und er landete irgendwo abseits und fühlte sich täppisch und tumb und beneidete die Farmersburschen von New Hampshire um ihre Nonchalance, und noch mehr die jüdischen Intellektuellen aus New York oder Boston, die sich da auf dem Bretterboden der Scheune bewegten, als hätten sie ihr Lebtag mit der örtlichen Bevölkerung Barn Dances vollführt.

Als er, nach vier Wochen, das komplette Hostages-Manuskript im Koffer, mit Gertrude in dem Boot sitzt, das ihn über den See bringen wird zu der Chaussee nach Keene und zum Zug nach New York, weiß er, daß er sein Paradies nie wiedersehen wird. Er wird in den Krieg ziehen. Denn inzwischen hat er erfahren, daß die Firma Paramount die Filmrechte an seinem Roman zu kaufen beabsichtigt: für 20000 Dollar, heißt es, eine für ihn unfaßbare Summe, von der ihm Putnam's allerdings durch jene minimale Vertragsänderung zusätzlich zu ihrem ursprünglichen Anteil weitere 2000 Dollar weg-eskamotiert haben; doch bleibt ihm mehr als genug, um seine Mutter wirtschaftlich zu sichern, und es gibt keinen Grund mehr für den Selective Service Board, seinen Gestellungsbefehl noch länger zurückzuhalten.

## 12

Das Restaurant von Childs am Union Square existiert nicht mehr. Ich habe es gesucht, als ich letztes Mal in New York war: Yes, sir, an dieser Ecke habe es einst gestanden, sagte mir einer, der sich in der Gegend auszukennen schien, ein Neger; vor ein paar Jahren sei die Bude geschlossen worden, auch Ohrbach's schräg gegenüber hätten zugemacht, das Kaufhaus, wo es Frauenkleider und Blusen und Kostüme zu Billigpreisen gab, vielleicht erinnerte ich mich.

Und wie ich mich erinnerte. Die Demonstrationen am 1. Mai endeten alle auf dem Union Square, das war die Proletengegend, ist es auch heute noch, nur hat sich die Zusammensetzung des New Yorker Proletariats in den vierzig Jahren, seit S. H. in dessen Reihen mitzog, verändert, und ich weiß auch nicht, ob dort überhaupt noch demonstriert wird. Nach der Mai-Demonstration wurden die Fahnen und Transparente abgestellt, und wer nicht unbedingt nach Hause mußte, begab sich ins Childs auf eine Tasse Kaffee und einen Teller Pancakes mit Ahornsirup, scheußlich süßem Zeug, das einem den Mund verklebte, und die Mädchen liefen rasch noch einmal über den breiten Square zu den Schaufenstern von Ohrbach's, um zu erkunden, wie die Pariser Sommermode vom Vorjahr, nun zur Massenkonfektion geworden, aussah. Childs, das längst zerstörte, besteht nur noch in einem Winkel meines Hirns: sein Interieur mit den blanken Tischen, den Wandspiegeln, den furnierten Hölzern, und die Lichter draußen, wenn es dunkelte und der ganze Union Square in den grellsten Farben erstrahlte, und dann, ein wenig später, die Gruppen von Menschen, die sich vor dem Lokal sammelten, weil pünktlich um 11 Uhr nachts die Fahrer von der Times und der Tribune und der Daily News anrollen würden, um die Morgenausgabe ihrer Blätter, frisch von der Presse, an dem Zeitungsstand neben der Eingangstür abzuladen.

Und an einem der Tische, direkt neben dem großen Fenster mit Aussicht auf den Square, an diesem 16. Oktober 1942, einem Freitag, abends gegen halb zehn etwa: S. H. und Gertrude Gelbin. Beiden ist klar, daß sie viel zu früh gekommen sind, aber es hat sie nicht gehalten in seiner neuen, eleganten Junggesellenwohnung am Rutherford Place, im dritten, obersten Stock eines kürzlich erst rekonstruierten historischen New Yorker Hauses, wo auf dem niedrigen Tischchen, chinesischer Stil, das zwischen den zwei gerade modern gewordenen tiefen Sesseln steht, eine Flasche Scotch prangt: morgen, am Sonnabend, dem auflagenhöchsten Tag der Woche, das hat man bei der Public-Relations-Abteilung des Verlags besonders betont, dürften die Blätter die ersten Kritiken von Hostages bringen, immer vorausgesetzt, die Redaktionen hielten das Buch für wichtig genug, um es noch vor dem offiziellen Datum seiner Veröffentlichung zu besprechen.

Nervös, immer wieder auf die elektrische Uhr an der Wand blikkend, stopft er eine Portion Pancakes nach der anderen in sich hinein, jede Portion aus drei der flachen, omelette-artigen Gebilde aus Buchweizenmehl bestehend, die weder Zähnen noch Zunge Widerstand bieten. Gertrude beobachtet ihn; ihre Spannung ist nicht geringer als seine, aber sie hat sich besser in der Hand; sie redet ihm gut zu, spricht von dem Vertrauen, das Putnam's in die Qualitäten des Buches habe: immerhin sei der Verlag mit einer für einen Erstlingsroman unerhörten Erstauflage von 25 000 Stück eingestiegen. Und auf S. H.s Einwand, Verlage blieben mitunter auf ihren Büchern sitzen, erwidert sie, gewiß, und ebenso sei es schon vorgekommen, daß große Werke der Literatur bei ihrem Erscheinen verrissen wurden; das zeitgenössische Urteil sei keineswegs immer das bleibende; die Hauptsache für sie aber sei, und, wie sie hoffe, für ihn nicht minder, daß *sie* an das Buch glaube, und dieses sage sie ihm nicht, weil sie ihn liebe, das auch, jawohl, hätte sie sonst denn soviel von sich selbst in die Sache investiert, sondern weil sein Roman, über die eigentliche Story hinaus, die darin erzählt werde, und doch wiederum durch diese Story, etwas Grundlegendes über die Zeit aussage, in der sie beide lebten, und über die Menschen und deren Kämpfe und Konflikte, und auf solche Art eine Perspektive erkennen lasse für die Zukunft.

Später wird er sie bitten, ihm wenn irgend möglich zu wiederholen, was sie ihm in jener Viertelstunde gesagt hat, bevor der Wagen mit den Zeitungsbündeln kam und er hinausstürzte, um Times und Herald Tribune zu kaufen; wohl habe er alles mitangehört, aber es nicht wirklich aufgenommen: so also ist dieser kurze Abschnitt des Berichts doppelt gefiltert. Dann ist da wieder das Interieur des Restaurants mit den verschwommenen Gestalten im Hintergrund, deutlich erinnerlich nur Gertrudes Kopf dicht neben seinem, beide gebeugt über die von Orville Prescott gezeichnete Doppelkolumne, die den Titel Books of the Times trägt und links das Photo des Autors zeigt, von dessen Buch der Artikel handelt: den Ansatz eines Lächelns um die Lippen, scheint er ein wenig geistesabwesend hinüber in die rechte Spalte der Besprechung zu blicken.

Allmählich begreift er, was Prescott da geschrieben hat. Zu der Gruppe hervorragender deutscher Schriftsteller im Exil, die die besten Traditionen ihres Volkes fortsetzen und den guten Kampf gegen jene führen, die alles Deutsche auf so schreckliche Art erniedrigen, müsse heute ein neuer Name hinzugefügt werden, erklärt der führende Kritiker der führenden amerikanischen Zeitung: der Name Stefan Heym. Hostages gehöre fraglos zu den besten Romanen des Jahres 1942, wenn nicht sogar einer viel längeren Periode, und es sei der beste Roman, den er, Prescott, bisher gelesen habe über das Leben unter den Nazis, über den unausrottbaren Widerstand der angeblich unterworfenen Völker und über die Methoden, mit deren Hilfe die Nazis diese zu beherrschen suchten. Selbst Anna Seghers' Siebtes Kreuz gebe kein besseres Bild von der pervertierten Psychologie der Nazityrannen und von dem Heroismus ihrer Opfer; und als Roman und Werk der Erzählkunst sei Hostages bei weitem überlegen, spannend, knapp konstruiert, von mitreißendem Tempo.

Und so weiter, mit Details über Handlung und Charaktere, die geeignet sind, dem Leser ein Bild zu geben von Inhalt und Art des Buches; und kein Wenn und kein Aber, keine Aufzählung von Mängeln, die sich doch überall finden lassen: nur Lob, ohne Einschränkung – es ist irgendwie beängstigend. Und die Herald Tribune, unter Lewis Gannetts Federführung, urteilt nicht viel anders.

Oh Glück, oh Wunder! Dies ist, kein Zweifel, der Durchbruch. Auf dem Tisch stehen noch die Reste der Pancakes, der Sirup darauf ist eingetrocknet. Er schiebt das alles beiseite; das Leben wird einen neuen Tisch decken. Die heiligen Hallen der großen Kunst liegen auf einmal offen vor ihm, mit einem Schlag ist er aufgenommen worden in die Reihen der Unsterblichen; und er ergreift die Hände der Frau, die als erste in dem noch Unfertigen, Skizzenhaften erkannt hat, was er da zu gestalten suchte, und küßt sie.

Noch einer hat an diesem 16. Oktober in dem Buch gelesen, einem Vorausexemplar offenbar, das ihm zugesandt wurde. »In dem

Roman ›Hostages‹ von Heym«, notiert er lakonisch in seinem Tagebuch. Doch vier Tage später, am Dienstag, dem 20., wird er ausführlicher. »Las in Heyms ›Hostages‹. Unzuträglich. Gefühl von Illegitimität und unlauterem Wettbewerb.«

Illegitimität? Unlauterer Wettbewerb? Hat da einer eine neue Kneipe eröffnet in unmittelbarer Nachbarschaft des alt-etablierten Hauses? Woher die plötzliche Verärgerung, die harschen Töne des Tagebuchschreibers?

Die Antwort liegt im Datum. Am 20. Oktober – so lange brauchte die Eisenbahn damals von der Ostküste nach Kalifornien – hat die New York Times vom 17. die Ortschaft Pacific Palisades erreicht und ist auf Thomas Manns Schreibtisch gelangt. Und dieser Prescott hatte ja nicht nur gemeinhin von einer Gruppe hervorragender deutscher Schriftsteller im Exil geschrieben, zu welcher S. H.s Name nun hinzugefügt werden müsse; er hatte, im nächsten Absatz, deren Mitglieder aufgezählt: Mann, Werfel, Feuchtwanger, und hatte darauf, wie zum Hohn, von dem Leben unter den Nazis gesprochen, das der Neue in seinem Roman so trefflich dargestellt habe, von jenem Thema also, dessen Behandlung das amerikanische Publikum eigentlich von dem Spitzenreiter der Gruppe erwartete; dieser jedoch saß fest in seinem biblischen Ägypten.

Die Reaktion des großen Mannes ist verständlich, besonders in der Gluthitze bei leichtester Kleidung, die für denselben Tag vermerkt wird.

Nothing succeeds like success, heißt es im Englischen – Nichts ist so erfolgreich wie der Erfolg. Natürlich ist S. H. unter den Stars, die da dauernd am Kunsthimmel aufflammen, immer noch ein minderes Licht, und Bücher gehören, besonders in Amerika, zu jenen Artikeln, die am raschesten veralten; aber von jedem Gerede, in das einer gelangt, bleibt etwas hängen im öffentlichen Gedächtnis, ein Fädchen Glorie, echter oder unechter, und aus diesen Fädchen wird das Gewebe verfertigt, das heutzutage als Image bezeichnet wird und zu dessen Pflege und Vervollkommnung ganze Büros voll hochbesoldeter Fachleute das ihre beitragen.

Ich gestehe gerne, daß er den plötzlichen Ruhm genoß. Zu lange hatte er, armer Schlucker, sich mühevoll durchschlagen müssen, zu tief waren die Niederlagen gewesen, die menschlichen, die politischen, die er durchlebt hatte, als daß man da Enthaltsamkeit von ihm hätte verlangen können. Nur einmal tauchte das Gespenst dieser

Vergangenheit wieder auf, im Halbdunkel eines Vorführraums der Paramount in deren Bürogebäude nahe dem Times Square. Da war er eingeladen worden, um den Filmleuten ein paar Meter Aufnahmen aus dem besetzten Prag begutachten zu helfen, die eine Tschechin irgendwie herausgeschmuggelt hatte – Amateur-Shots, mit einer schlechten Kamera gemacht, wie sonst, unbrauchbar für einen Hollywood-Film – und mußte mit ansehen, wie die Hoffnungen der armen Frau auf ein paar Dollar in sich zusammenfielen und wie sie davonschlich in ihrem schäbigen Mäntelchen, gebeugt und gebeutelt, mit ihrer Rolle Film unterm Arm, und wie das Licht anging im Raum und die satten Herren von der Paramount sich erhoben, der eine zuckte die Achseln, der andere gähnte, und die anständigsten waren noch die, die keinerlei Ausdruck zeigten auf ihren glatten Gesichtern.

Nein, jetzt von ihm Selbstbescheidung zu erwarten und eine vernünftigen Relativierung all des Neuen, das auf ihn einstürmt, wäre verfehlt. Nicht mehr für ihn die Rolle des ewigen Bittstellers: jetzt kommen die anderen zu ihm. Ich will nicht von den schulterklopfenden Gestalten reden, die ihn zu Drinks in den besten Bars einladen und sein Geld hochverzinslich anzulegen versprechen, in absolut todsicheren Unternehmungen, oder von den Versicherungsvertretern, die ihm Policen verkaufen möchten, und den Agenten, die ihm ganze Grundstücke in den geschäftsträchtigsten Gegenden Manhattans zu billigem Preis offerieren; er weiß, wie den Leuten zumute ist, war er vor kurzem nicht selber noch von einem möglichen Kunden zum andern getrabt; aber er weiß auch, und wieder aus eigener Erfahrung, wie man sie sich vom Leibe hält. Nur ein Geschäft unterstützt er mit einer Anleihe, auf deren Rückzahlung nie irgendwelche Aussicht bestand: den kleinen Briefmarkenladen, den Wieland Herzfelde, einst Herausgeber der Neuen Deutschen Blätter in Prag und nun über Moskau nach New York geraten, irgendwo auf der Westseite von Manhattan eröffnet hat und aus dem der Aurora-Verlag hervorgehen wird, der dann Bloch druckt und noch ein oder zwei deutsche Exil-Autoren. Und es melden sich die alten Bekannten aus der Volksecho-Zeit, die Sekretäre und Vorsitzenden von Komitees und Kulturverbänden und Hilfsvereinigungen aller Art, die ihn nach dem Bankrott des Blattes über Nacht vergessen hatten, nun aber sich seiner lebhaftest erinnern und um Unterredungen und Zusammenkünfte bitten zwecks Gedankenaustauschs und Unterstützung ihrer Pläne und Projekte; gelegentlich hilft er auch, aber zu gut kennt er den Leerlauf in ihren Organisationen, um sich noch einmal zu engagieren; diese Welt ist ihm fremd geworden.

Außerdem bleibt ihm auch gar nicht die Zeit für derlei Freundlichkeiten. Er muß Reden halten, über sein Buch, über die Rolle von Literatur im Kriege, Reden in Boston, in Pittsburgh, und in New York im Town Hall Club und in Carnegie Hall; muß Interviews geben im Rundfunk und für die gleichen Zeitungen schreiben, die früher keine Zeile von ihm gedruckt hätten, der Boston Herald dankt ihm überschwenglich für seinen »very fine article«, die Chicago Daily News für seine »distinguished contribution«, die Pressestelle des Schatzministeriums findet den Beitrag, den er für ihren Treasury Report geliefert hat, »too good for syndication«, also für allgemeine Verteilung, und läßt ihn gesondert in der Zeitschrift This Week erscheinen, und, als besonderer kleiner Triumph, muß er nach Chicago fahren zu einer Signierstunde in der Buchabteilung zwar nicht von Carson, Pirie, Scott, aber des noch größeren, noch prestigereicheren Warenhauses von Marshall Field. Das OWI, das Office of War Information – vor gar nicht langer Zeit war der Enemy Alien S. H. dort noch abgewiesen worden – bittet denselben feindlichen Ausländer nun um sein Urteil über die Kurzwellensendungen, die von den Gehaltsempfängern im Amte verfaßt und dann über die Welt und besonders nach Deutschland ausgestrahlt werden; der unvermeidliche Russian War Relief hofiert ihn, mit weit offener Hand natürlich; und die Authors' Guild, der Schriftstellerverband, teilt ihm mit, wie erfreut die Kollegen seien, daß er sich zum Beitritt entschlossen habe.

Durch all diese Aktivitäten und Verbindungen kommt er in Kontakt mit Offizieren im Kriegsministerium, mit einem Captain Hayd von Military Intelligence, einem Oberst Norris von der Luftwaffe, einem Oberst Whelan, der seine Dienststelle diskret verschweigt, aber eine Unmenge Zeit für ihn hat und ihm beizubringen sucht, daß eine Tasse Kaffee erst mit einer Prise Salz darin so richtig schmecke. Und immer, ob im Gespräch oder in Briefen, geistert zwischen den Zeilen das Offizierspatent, Captain ist das mindeste, und Captain entspräche auch dem Rang, der einem Instrukteur in Camp Ritchie, der Intelligence School der Army, oder bei der Air Force Intelligence School in Harrisburg, zustünde. Und jedesmal heißt es am Ende bedauernd: aber nicht, solange Sie noch kein Bürger sind. Die einzigen, die sich da großzügig verhalten, sind die Nachbarn vom Selective Service Board; die lassen ihn wissen, nachdem er sie von seinem durch die Bestsellerliste in Times und Tribune und durch die beginnenden Dreharbeiten an Hostages verändertem finanziellen Status informiert hat, daß er in absehbarer Zeit einen Brief erwarten kann, der mit dem schönen Wort *Greeting* beginnt, und worin der Präsident der USA dem Empfänger mitteilt, daß er zum Dienst in der Armee der Vereinigten Staaten, bzw. der Flotte oder dem Marine Corps, ausersehen worden ist.

Und in diesen Monaten zwischen dem Erscheinen von Hostages und dem Empfang seines Gestellungsbefehls, vier sind es insgesamt und der ganze Publicity-Rummel läuft nebenher, macht S. H. sich an die Abfassung eines neuen Romans. Er arbeitet, als wäre er besessen. Und es ist nicht, daß er noch mehr Glorie anhäufen möchte zu der, die er bereits empfangen hat; was ihn treibt, ist Angst. Er hat eine dumpfe Ahnung, daß er nicht überleben wird; die Kugel, die ihn treffen wird, ist bereits gegossen, eine Nazi-Kugel; und was er zu sagen hat, muß er vorher noch sagen, rasch, bevor es zu spät ist.

*No Turnpike Gates* soll der Roman heißen. Der merkwürdige Titel ist schwer zu übersetzen. Eine Turnpike ist eine Art primitiver Drehtür: zwei Balken, kreuzweise zusammengenagelt und auf einem hölzernen Pflock montiert, befand sich so ein Ding vor alten Holzbrücken oder am Anfang eines Saumpfads, und der Reisende mußte dem Wärter einen Wegezoll zahlen, damit der ihn passieren lasse; im übertragenen Sinne also eine Zollschranke, und so steht es auch im Wörterbuch. Entnommen ist der Titel einem Zitat von Thomas Paine, das da, frei übertragen, etwa lautet: »Die Pflicht des Menschen ist nicht wie eine wilde Reihe von Schranken, die er, nach Zahlung von Gebühr, durchschreiten darf. Sie ist vielmehr im Grunde ganz einfach, und besteht aus nur zwei Punkten: seiner Pflicht Gott gegenüber, die ein jeder im Herzen kennt, und jener gegenüber seinem Mitmenschen, dem der Mensch tun soll, wie er sich wünscht, daß man ihm selber tue. Wenn diejenigen, denen Macht übertragen wurde, sie auf diese Weise ausüben, wird man sie achten; wenn nicht, wird man sie verachten; und bezüglich derer, denen keinerlei Macht übertragen wurde, die sie aber usurpieren, von diesen wird die vernünftige Welt sich abwenden.«

Es ist der zweite Teil des Paineschen Zitats, der in direktem Bezug zur Handlung des Romans steht: denn das Buch handelt von Macht, ihrer Ausübung, ihren Möglichkeiten, ihren Grenzen, jenem Thema also, das den Autor S. H. im Lauf der Jahre immer stärker faszinieren wird. Hier, in No Turnpike Gates, taucht es zum ersten Mal auf, es sei denn, man ist der Meinung, daß es schon in Hostages berührt wird, im Denken und Verhalten des Kommissars Reinhardt und besonders in dessen Gespräch mit Heydrich, dem Reichsprotektor.

Das zweite Novum ist, daß das Buch von Amerika handelt, ausschließlich von Amerika und Amerikanern. Kein Europäer, kein Emigrant, kein Ausländer irgendwelcher Art erscheint darin; sämtliche Personen, die, redend oder agierend, auftreten und von deren Konflikten berichtet wird, sind gebürtige Armerikaner und benehmen sich, wenigstens glaubt dies der Autor, wie Amerikaner. Welch ein Wagnis, so etwas zu schreiben, nach nicht ganz acht Jahren im Lande. Aber er meint, Land und Leute zur Genüge zu kennen; mehr noch als seine New Yorker Zeit, in der er bis zum Überdruß mit Deutschland beschäftigt war und mit den Deutschen, zählen ihm da seine Chicagoer Erfahrungen, und in der Tat ähnelt die Stadt, in der sich die Handlung von No Turnpike Gates und der Kampf der Elaine Barrows um die Macht abspielt, in mancher Hinsicht Chicago; da ist die Universität, da ist der politische Apparat, der hinter den Kulissen und oft genug auch im Vordergrund alles regiert, da sind die Clubs und Vereine, die Damen mit ihrem gesellschaftlichen Ehrgeiz und ihrem puritanischen Gehabe, da ist die ganze bürgerliche Geschäftigkeit, mit der die wirklichen Strukturen umkleidet werden.

Elaine Barrows, »die eine eigenartige Anziehungskraft besaß, eine Schönheit, böse und verlockend zugleich«, ist die Frau des eher farblosen Kongreßabgeordneten Isaac Barrows und zugleich die Geliebte des Greg Kirkland, des politischen Bosses der Stadt. Da Isaac krank ist und wohl sterben wird, strebt sie nach dem Sitz ihres Mannes im Kongreß; der Gouverneur des Staates ist berechtigt, einen Nachfolger zu ernennen, bis Neuwahlen erfolgen, und der Gouverneur ist Greg Kirklands Geschöpf. Kirkland jedoch ist von der Idee wenig begeistert, einmal, weil er Elaine am Orte behalten möchte, und zum anderen, weil er ehrgeizigen Frauen in Machtpositionen nicht traut. Da kommen ihr ein paar unorthodoxe Äußerungen des Professor Phil Rogers, an dessen Kolleg ihre Tochter Dorothy teilnimmt, gerade zupaß – Phil Rogers ist nach S. H.s altem Lehrer Phil Allen modelliert. Rogers habe, berichtet Tochter Dorothy, verkündet, der Staat sei in Wahrheit beherrscht nicht von den Männern, denen das Volk die Macht übertragen habe, sondern von ganz anderen, die diese Macht an sich gerissen hätten, und ferner, daß die industrielle Entwicklung des Landes in umgekehrtem

Verhältnis stünde zur Entwicklung seiner geistigen und politischen Führungskräfte.

Und Leuten, die solches und ähnliches mehr predigen, erregt sich Elaine, ist die Erziehung unserer Jugend anvertraut! Damit hat sie den Punkt, um den herum sie ihre Kampagne entfachen und sich selbst in eine Position bringen kann, von der aus es möglich sein wird, Kirkland zu überspielen und ihre Ziele zu erreichen. Die konservativen Grundstimmungen der Mittelklasse und die Ängste besonders der Frauen und ihrer Verbände nutzend, jener Verbände, die vor gar nicht allzu vielen Jahren dem amerikanischen Volk die Prohibition aufzwangen, gibt sie Alarm in Presse und Versammlungen, und sie ist ein demagogisches Talent: Sittlichkeit, Religion, Demokratie, alles, was gut und teuer ist, seien in Gefahr; man muß Angst erregen, um die eigenen Ängste loszuwerden, sagt sie in einem Moment von Selbsterkenntnis; und nun wird organisiert und rekrutiert, und binnen kurzem steht da ein neuer Apparat, der deutlich faschistische Züge zeigt und der von Elaines Hand dirigiert wird – it can happen in America, jawohl.

Daß sie am Schluß scheitert, ist, obzwar im Handlungsverlauf angelegt, durchaus nicht selbstverständlich. Sie scheitert durch ihren Mann, der sterbend noch ihr den Weg verstellt. Dieser Isaac Barrows hat nachgedacht und stellt Fragen. Was ist diese Regierung, will er wissen, von der ich ein Teil bin? Ist sie das Instrument einer Schicht, einer Klasse? Der Ausdruck des Willens der Nation? Oder ein sich selbst perpetuierendes Monstrum, unabhängig von den verschiedenen Gruppierungen im Volke, mitunter gar als ihr Schiedsrichter auftretend? Wirkt sich der Wille der Mehrheit immer zum Nutzen der Mehrheit aus? Meine Generation, denkt Isaac, hat Maschinen erfunden und gebaut, die produktiver sind als alles Bisherige, aber das Gebäude der menschlichen Beziehungen haben wir nicht einmal neu angestrichen, obwohl es wahrscheinlich einer gründlichen Rekonstruktion bedurft hätte.

Und sie scheitert durch ein paar junge Menschen, darunter die eigene Tochter. Die haben sich um den von der Universität verjagten Professor Rogers geschart, der sie lehrt: Ich mache mir Sorgen um unser Land. Dessen Grundlagen zerfallen; der hohe Bau, den wir errichtet haben, gerät ins Wanken. Unsere Ideologien zerbröckeln, aber ich sehe die neuen Ideologen nicht. Man spielt ein frivoles Spiel mit uns. Und gerade in Zeiten solcher Konfusion erheben sich die falschen Propheten. Sie wissen um die Sehnsucht des Volkes nach der inneren Sicherheit, die ihm verlorgenging. Sie benutzen diese Sehnsucht, um sich selbst an die Macht zu manövrieren. Im Namen des Volkes, das nach Licht ruft, ersticken sie die paar Lichter, die noch brennen, und tauchen alles in Dunkelheit und Verzweiflung.

Und sie scheitert an Kirkland, an der etablierten Macht, die ihren Besitzstand nicht durch Usurpatoren, mögen diese noch so talentiert und reizvoll sein, gefährdet zu sehen wünscht.

Ich habe, als ich das alte Manuskript durchlas, um für mich selbst noch einmal die Mängel festzustellen, die seine Veröffentlichung verhinderten, mit einem Gefühl des Erschreckens gefunden, daß S. H. in jenen kurzen Monaten aus seiner Phantasie heraus eine Prophetie geschrieben hatte: das Verfahren des Senators Joseph McCarthy, mit seinen Hexenjagden, seinem Spiel mit der Furcht vor jedem unabhängigen Gedanken, seinem Ruf nach Schutz der heiligsten Güter der Nation, seinem Terror gegen ausgesuchte Personen, dem der Autor von Hostages sich eines nicht gar so fernen Tages durch erneute Emigration entziehen sollte – dies Verfahren war genau nach dem Muster zugeschnitten, welches Elaine Barrows in No Turnpike Gates so erfolgreich entwickelt hatte.

Nur aus seiner Phantasie heraus? War die Hexenjagd nicht eine altehrwürdige amerikanische Institution, und Richter Lynch ein Held in der Geschichte des Landes?

Befehl Nr. 701 vom 25. Januar 1943, ausgestellt von Local Board 25, beordert Helmut (ohne Mittelname) Flieg, sich um 6 Uhr früh am 9. Tag des Februar selbigen Jahres im Hotel Endicott, 100 West 82nd Street, New York City, einzustellen; der Board werde für seinen Transport zum Aufnahmelager der Armee sorgen.

Von dieser Stunde an also ist er nicht mehr der Autor eines bekannten Romans, der in den Schaufenstern der einen oder anderen Buchhandlung immer noch ausliegt, nicht mehr der begabte junge Schriftsteller mit dem traurigen Blick, dessen Bild sogar in Time Magazine erschienen ist und dessen Meinungen, wenn auch nun seltener schon, in der Presse zitiert werden; er ist das Niedrigste, was es unter den Menschen gibt, ein Rekrut, ein Wesen ohne Rang und Ansehen, das angeschrien und hierhin und dorthin gestoßen wird mitsamt seinem Köfferchen, um in irgendeinen schmutzigen Bus hineingeschaufelt und von da in einen Bahnwaggon verladen zu werden, von wo aus man ihn auf einen Lastwagen hinaufhievt und ihn schließlich in Camp Dix ablädt, auf einer vereisten Lagerstraße, die zwischen Reihen großer, quadratförmiger Zelte entlangführt, vor einem Zelt, das sich durch nichts von den Nachbarzelten unterscheidet und in dem man ihn mit heiseren Flüchen begrüßt, denn um da hineinzugelangen mußte er ein Stück Zeltbahn anheben, und der bitterkalte Wind von New Jersey blies den Gestalten, die wie vermummte Riesenembryos auf ihren Pritschen liegen, mit plötzlicher Schärfe um die gefrorenen Nasen. Ja, ein Ofen ist da; klein, rund, rotglühend, steht er neben dem Hauptpfosten des Zeltes, und das Rohr führt aufwärts durch ein Loch im Zeltdach hinaus; wem es gelingt, sich direkt vor den Ofen zu hocken, der verbrennt sich Knie und Bauch, aber schon sein Rücken bleibt kalt.

Und es gibt keine Ruhe. Ruhe, Nichtstun, Atemholen, sich Aufwärmen sind, so erfährt der Neue sehr bald, etwas der Armee nicht Gemäßes; der Mann muß auf dem Sprung sein, dauernd, sonst könnte die Organisation in sich zusammenstürzen. Alle paar Minuten erhebt sich Gebrüll draußen, dessen Ursprung und Quelle die im Zelt zu identifizieren gelernt haben: ob der tierische Laut von dem Private First Class stammt – ein Streifen am Ärmel, hier eine Respektsperson – oder von dem Corporal oder gar, zumeist Unheil verheißend in Form von Arbeitsaufträgen unangenehmster Art, von dem Sergeanten. In einer zugigen Baracke wird der Neue eingekleidet; irgendwelche Ausrüstungsgegenstände, Kleidungsstücke, Stiefel werden ihm zugeworfen, die er teils anzulegen, teils in zwei Säkken, dem A-Sack und dem B-Sack, zu verstauen hat; die vollen Säcke, die ihn fast sein ganzes Armeeleben begleiten werden, sind, zusammengeknüpft, über die Schulter zu werfen und so zu tragen; fast sinkt er in die Knie unter der Last. Und dann das Hin und Her von Schreibstube zu Schreibstube; da werden Formulare ausgefüllt mit vier- oder fünffacher Kopie, getippt von halben Analphabeten, und wenn das erledigt ist, wieder andere Formulare: wer zu benachrichtigen sei im Falle seines Todes, und wer ihn beerben solle – keine Waisen? Keine Witwe? Bedauerlich; schließlich zahle die Regierung den Hinterbliebenen eine wenn auch bescheidene Rente. Da lohne es sich vielleicht auch nicht für ihn, eine besondere Lebensversicherung abzuschließen, obwohl die Regierung diese unter sehr günstigen Bedingungen anbiete; aber ein Unverheirateter? Achselzucken. Und schließlich die Dog Tags, die Hundemarken, zwei gelochte Blechstücke an einem Kettchen befestigt um den Hals zu tragen, darauf der Name, auf daß S. H. nicht eines sonnigen Tags als Unbekannter Soldat begraben werde, und die Blutgruppe, falls er noch zu retten sein sollte, und seine Religion, damit nicht der falsche Geistliche ihm den letzten Segen spende, und die Army Serial Number, die Serien-Nummer, unter der die Armee ihn führt, unvergeßlich: 32860259.

Und, schon damit keiner zum Nachdenken kommt, was der Moral abträglich wäre: der Dienstbetrieb, die Arbeit. Was da alles gesäubert werden muß! Die Latrinen, die Küchen, die Baracken, die Offiziersquartiere; Wände, Fußböden, Fenster, Türklinken; und nur dem Eis und dem Schnee auf den Straßen und Wegen von Camp Dix ist zu verdanken, daß nicht auch noch Trupps ausziehen, um die weggeworfenen Kippen aufzulesen: Lieblingsbetätigung der Armee unter besseren klimatischen Bedingungen.

Gertrudes rastlosem Wirken verdankt er, sie hat die Obristen in Washington systematisch bestürmt, daß er am zweiten Wochenende das Camp verlassen und nach New York fahren darf, ein unerhörtes Privileg für einen eben erst eingerückten GI, und ein Bad nehmen kann in ihrer Wohnung um die Ecke von der seinen, welche er für die Dauer des Kriegs an jene Ysobel Gundy vermietet hat, die einen Abend lang Schicksal spielte in seinem Leben. In der Wanne bestätigt sich sein Verdacht, daß er verlaust ist; wo sie überhaupt sitzen können, haben die Tierchen sich angesiedelt; sie sind schwer zu ersäufen, aber er schafft es.

Gertrude sucht ihn zu trösten. Der Kampf gegen den Faschismus, sagt sie sonntags beim Frühstück, mache es eben nötig, daß er auch das auf sich nehme; er aber, satt von Orange Juice, Eiern und Speck, und in Hochstimmung nach der Nacht mit ihr, sinnt nach, wie er seine Tage in Camp Dix einigermaßen erträglich gestalten könnte, denn dort wird er zu bleiben haben, bis die Armee sich entscheidet, bei welcher ihrer Waffengattungen er am vorteilhaftesten einzugliedern wäre. Da fällt sein Blick auf die Lagerzeitung, die er mitgebracht hat; und soviel weiß er inzwischen vom Wesen der Armee: wer den Vorgesetzten nachweisen kann, daß er nutzbringend beschäftigt ist, bleibt verschont von Schikanen und härterer Arbeit und hat bereits die erste Stufe der Leiter erklommen, die hinaufführt zu den Kommandohöhen.

Also erbittet er, nach dem Montagmorgenappell, Genehmigung, die Redaktion der Zeitung aufsuchen zu dürfen – ich weiß nicht mehr, hieß sie Camp Dix Bugle oder Camp Dix Messenger. Und er findet dort, wie erwartet, einen Trupp Gleichgesinnter, die ganz wie er die warme Redaktionsstube dem Leben im kalten Zelt vorziehen:

Reporter im Zivilleben, Leitartikelschreiber, Kulturredakteure, dazu alle möglichen Leute, die irgendwann einmal Druckerschwärze gerochen haben, bevor sie eingezogen wurden, und die das bißchen Arbeit, das in der Redaktion in Camp Dix für den einzelnen anfällt, mit Kußhand erledigen, dem Lieutenant aber, der die Sache offiziell leitet, eine ans Groteske grenzende Betriebsamkeit vorspielen. Nachdem er sich den Kameraden vorgestellt und ihnen ein wenig von seinen Erfahrungen am Volksecho berichtet hat, nehmen sie ihn auf in ihren Zauberkreis. Er zahlt eine Einstandsrunde und wird am Nachmittag dem Lieutenant vorgestellt mit der Maßgabe, ein so hervorragender Mann wie der Autor von Hostages gehöre einfach in die Redaktion, und ihn nicht zu verwenden hieße, die militärische Pflicht zu verletzen, die zu erfüllen sie beim Eintritt in die Armee alle geschworen hätten. Der Lieutenant, der längst keine Übersicht mehr über das ständig wechselnde Personal seines Stabes zu haben scheint, nickt ergeben, und damit ist der restliche Aufenthalt des Soldaten S. H. in Camp Dix gerettet.

Und dieser Aufenthalt zieht sich hin. Die aus dem Zelt, zu denen er anfangs stieß, sind einer nach dem anderen verschwunden, verstreut nach allen Himmelsrichtungen zur Grundausbildung in den Armeelagern des weiten Landes und zu weiterem Training, und Neue haben ihre Pritschen belegt und sind auch schon wieder fort, beladen mit A-Sack und B-Sack; nur er sitzt immer noch da, halbwegs beschäftigt zwar, aber in Unruhe: warum er? Was hat man vor mit ihm, weshalb steckt er hier fest, wann wird es endlich weitergehen und wohin? Es wird noch seine Zeit dauern, bis die klassische Philosophie des Soldaten sich ihm erschließt und er begreift, daß derart Sorgen keinen Zweck haben, denn die Wege der Armee sind sowieso unerforschlich und ihre Ratschlüsse, in der Mehrzahl der Fälle wenigstens, widersinnig; lieber sollte er froh sein, wenn man ihn vergißt – an die Front wird er immer noch früh genug kommen.

Doch liegt der Grund seiner Unruhe nicht nur in seiner Unsicherheit über seine militärische Zukunft. Die Reaktion auf das Manuskript von No Turnpike Gates, das er am Tag vor seinem Abmarsch zur Armee dem Verlag übergeben ließ, ist bisher ausgeblieben; auch Gertrude kann nichts gehört haben, sie hätte es ihn sonst sicher wissen lassen. Nun gut, das Buch birgt mehr Probleme als Hostages, er hat darin einen Nerv berührt, der so manchen Leser aufzucken lassen wird; aber ewig werden sie bei Putnam's doch nicht brauchen, um sich ein Urteil zu bilden.

An diesem Samstag begibt er sich, versehen mit einem Urlaubsschein, nicht nach New York, sondern zu dem ganz in der Nähe von Camp Dix gelegenen Fort Monmouth, einem der Ausbildungslager des Signal Corps der Armee; der Grund: eine Wochenendeinladung von Mrs. Ila Mann. Ila Mann ist Gertrudes Freundin, die beiden kennen sich aus ihrer Mädchenzeit, nur Ila hat eine bessere Partie gemacht als Gertrude, die den armen Mr. Gelbin heiratete, der, David war damals ein kleiner Junge noch, in seinem Auto auf einem unbeschrankten Bahnübergang der New Haven Railroad von einer Lokomotive erfaßt und zu Tode geschleift wurde; Ila griff sich den verwitweten Herrn Manischewitz, Mann nannte er sich später erst, der die Mazze-Bäckereien des Landes zu einem Imperium vereinigte und auf diese Weise Ila zur Mazzekönigin von Amerika machte. Die Manns nun besitzen ein Landhaus mit sorgfältig gepflegtem Park direkt gegenüber dem Haupttor von Fort Monmouth; man kann sich denken, welch Gedränge von Offizieren aus dem Fort in ihrem Salon herrscht, und welch stirnrunzelndes Aufsehen der total verdreckte gemeine Soldat S. H. an dem Nachmittag bei den in Dunkelgrün und Rosa gekleideten Herren erregen mußte, die da bei Whisky und Soda, oder auch Brandy, der blonden, feingliedrigen Dame des Hauses und ihrer Freundin den Hof machten. Der alte Manischewitz, der erst abends aus New York eintrifft – aus rituellen Gründen, die mit seinem Geschäft zusammenhängen, muß er stets bis zum Ende des Sabbath warten, bevor er sich in seinen Wagen setzen darf –, betrachtet das Treiben mit amüsierter Distanz; dann führt er den Hausgast zum Gästebad und zeigt ihm auf dem Weg, Ilas Geschmack, erwähnt er lächelnd, die schwarzmarmorne, kreisrunde Wanne, in die seine Frau heut nacht ihren hellen, schlanken Leib versenken wird, und das ebenso kreisrunde, aber schneeweiße Bett nebenan, mit den geschliffenen Spiegeln an der Decke, in denen sie ihr Bild zu betrachten liebt.

Am Montag früh beim Morgenappell, gerade ist er aus Fort Monmouth zurückgekehrt nach Camp Dix und auf der noch stockdunklen Straße zwischen den Zelten angetreten, bellt der Sergeant seinen Namen. In einer dreiviertel Stunde hat er gepackt und fertig zum Abmarsch zu sein.

Nur wer mit einem langsamen Truppentransport, eingequetscht zwischen Säcken von Gepäck und verschmutzten Männern, in einem stickigen, überbelegten Waggon quer durch Amerika gefahren ist, kann einen Begriff haben von der Weite des Landes. Ein Latrinengerücht lief um, es ginge zum Signal Corps; aber nach einer halben Stunde war der Traum von einer Grundausbildung mit abendlichen Erholungsstunden im Hause Manischewitz ausgeträumt; der Zug, immer wieder auf Seitengeleise geschoben, um andere, wichtigere Züge vorbeidonnern zu lassen, kroch durch New Jersey und Pennsylvania, qualvoll keuchend nächtliche Berge hinauf, dann wieder über endlos sich dehnendes Flachland, westwärts, immer westwärts, mit Stopps vor ausgestorbenen kleinen Bahnhöfen, deren Namen ohne Bedeutung waren; dann durfte man sich die Beine vertreten, und Rationen wurden verteilt, kartonierte, und Kaffee ins Feldgeschirr geschüttet, das sich nicht auswaschen ließ; die Toiletten flossen über, in den Gängen zwischen den Sitzen häuften sich Papier und Speisereste; Chicago lag irgendwo nördlich, vorbei, weiter, die Landschaft immer eintöniger, wer sah denn noch hin, alles döste bis auf ein paar Mann, die in einer Ecke würfelten, stundenlang.

Dann, plötzlich, aus dem Nichts, eine Großstadt, Rattern der Räder über ein Gewirr von Weichen, und wieder ein Abstellgleis. St. Louis, sagt einer. Aus Gründen, die keiner weiß, wird der Zug hier drei Stunden bleiben oder noch länger, wer sich entfernt, gilt als AWOL, als Absent without Leave, abwesend ohne Genehmigung, und wird entsprechend bestraft werden. Natürlich entfernen sich doch welche, auch der Soldat S. H.; er will hinunter zu dem großen Fluß, dem Mississippi, da spukt Mark Twain in seinem Kopf und was er als Kind aufnahm an Indianer-Romantik; er fragt sich durch und gelangt auch ans Ufer, doch da ist nichts, sein Herz zu befriedigen, nur Industrieanlagen, Kräne, Lagerhäuser, und das Wasser ein träges Grau, auf dem der Abfall schwimmt.

Das Camp heißt Crowder und liegt in der Mitte von Nirgendwo, und es ist tatsächlich eine der Trainingsstätten des Signal Corps, jener Truppe also, die einst fähnchenschwingend von Bergkuppe zu Bergkuppe Nachrichten übermittelte, welche zumeist mißverstanden, und Befehle, welche zumeist nicht befolgt wurden; und tatsächlich sind die Insignia auf den Messingknöpfen, mit denen der Soldat S. H. den Kragenaufschlag seiner Uniformjacke jetzt schmücken darf, jene zwei gekreuzten Fähnchen.

In der Zeit, da er zu dieser Truppe gehörte, kannte man allerdings schon das Morse-Alphabet und das Telephon und die drahtlose

Übertragung elektrischer Impulse, mit deren Hilfe die Zwecke erreicht werden konnten, denen früher die Fähnchen dienten; da es sich aber im Verlauf eines kurzen Informationsgesprächs mit einem Corporal herausstellt, daß er des Lesens und Schreibens kundig ist, wird höherenorts beschlossen, ihn nach Absolvierung des üblichen Infanterie-Trainings nicht so sehr mit Steigeisen an Telegraphenmasten auszubilden, sondern mit den grundlegenden Armeeformularen an der Schreibmaschine, und ihm als Kampfstellung in diesem Krieg die Kompanieschreibstube zuzuweisen.

Zunächst aber lernt er, wie man ein Bett macht, wie die Ecken der olivbraunen Wolldecke einzuschlagen sind und wie diese Decke über die Matratze gespannt zu sein hat, nämlich so, daß eine silberne 25-Cent-Münze, läßt man sie auf die solcherart gespannte Decke fallen, mindestens drei Zoll hoch wieder nach oben prallt; ferner, was in seinem Schrank zu hängen hat und in welcher Folge, und was in der Holzkiste am Fußende seines Bettes liegen muß und auf welche Weise es zu falten ist, und welche Stiefel unter seinem Bett stehen dürfen und wie sie auszurichten sind; und weiter, wie seine Feldrolle zu schnallen und mit welchen Gegenständen sie zu packen und zu behängen ist, und zwischen welchen Knöpfen seines Hemdes das untere Ende seiner Krawatte hineingesteckt gehöre. Erst nach Erwerb dieser Kenntnisse, welche die Armee als absolute Vorbedingung für einen erfolgreichen Kampf gegen Hitler begreift, erhält er ein Gewehr, Modell Springfield '98, mit einer Feuerkraft von zwei Schuß pro Ladung, ein wahres Museumsstück – aber es ist ein Gewehr, und wie er da steht, in der vordersten Reihe der Kompanie C des 31. Ausbildungsbataillons, und das Ding in der Hand spürt, fühlt er ein Würgen in der Kehle: zum ersten Mal in all den Jahren ist er nicht mehr wehrlos den Faschisten gegenüber, kann er zurückschießen. Und er ist nicht mehr allein, da sind all die anderen an seiner Seite. Dies ist das Schlüsselerlebnis, das er nie vergessen wird und das sein Verhältnis nicht nur zu der Armee, in deren Reihen er jetzt steht, sondern zum Militär überhaupt bestimmt; in diesem Moment wird ihm deutlich: es kommt immer darauf an, wofür geschossen wird und wann und gegen wen. Das läßt ihn die Strapazen ertragen, die Übungsmärsche, mit Gepäck, mit Gasmaske, und den Laufschritt, bei dem ihm das Herz in der Brust wie verrückt pumpt und das Blut in den Ohren singt und die Knie zu versagen drohen, und den schrecklichen Obstacle Course, durch Gräben kriechend unter Drahtverhauen, über Gräben balancierend auf schwankendem Holz, und die Wand, die senkrechte, glatte, die zu erklimmen ist – nein, das schafft er nicht, die anderen in der Kompanie sind zwanzig-, einundzwanzigjährige Burschen, er ist fast dreißig, und nie war er körperlich besonders geschickt oder tüchtig. Und geht dann dennoch, allein am späten Nachmittag, mit seinem Gewehr und dem Pack auf dem Rücken, und nimmt Anlauf, dreimal, sechsmal, bis der Sprung gelingt und er sich hochhangeln kann und sich fallen lassen in das sumpfige Erdreich auf der anderen Seite.

In seine Erschöpfung hinein kommt der Brief: schonende Worte von Gertrude, beigelegt die Ablehnung von No Turnpike Gates durch Putnam's. Der Verlag hat es sich nicht leichtgemacht. Er hat das Manuskript Orville Prescott vorgelegt, demselben Prescott, der S. H. in eine Reihe stellte mit den Größten der deutschen Exil-Literatur. Und Prescotts Urteil ist vernichtend. Nicht daß es unmöglich wäre, schreibt er, daß eine herrschsüchtige Frau eine Kampagne unternimmt, um à la Hitler den Menschen eine gefühlsmäßige Sicherheit zu geben und sie auf diese Art zu unterjochen; das Problem ist, daß S. H. die Sache nicht glaubhaft gemacht hat. Hostages war ein großartiges Buch; was an Melodramatischem darin enthalten war, ist Teil der europäischen Tragödie. Aber wenn S. H. von einer typischen amerikanischen Stadt schreibt, stimmen die Dinge nicht. Vielleicht ist er noch zu sehr Europäer. No Turnpike Gates versagt aus zwei Gründen: erstens überzeugt es nicht als eine Studie dessen, was der Autor sich so unter amerikanischem Leben vorstellt, und zum zweiten, da die zentrale Figur der Elaine nicht zu überzeugen vermag, verdirbt sie die ganze Geschichte und diese wird langweilig, die Kardinalsünde bei einem erzählenden Werk. »Wenn der Name Stefan Heym nicht auf dem Manuskript stünde«, schreibt Prescott, »hätte ich nie geglaubt, daß der gleiche Autor Hostages und dieses Buch verfaßt hat.«

Heute, mehr als vierzig Jahre und ein Dutzend Romane später, sehe ich das Buch eher mit Rührung. Da sind sämtliche Fehler, die ein Anfänger machen kann. Da ist der allwissende Autor, der alles ausplaudern muß; da wird die Überlegung einer Person ausführlich dargelegt, die dann das gleiche in mitunter recht törichter Rede von sich gibt; das volle Herz zeigt sich in volltönenden Worten; das Verhalten der einen oder anderen Figur in so mancher Situation ist einfach naiv; und überall scheint der Dilettant durch mit seinen guten Absichten und seiner mangelnden Erfahrung.

Und doch ist da etwas in Prescotts wie in des Verlags Reaktion, das mich bedenklich stimmt. Methinks the Lady doth protest too much, heißt es bei Shakespeare; und aus der Schärfe der Ablehnung spüre ich auch die geheime Abneigung gegen das Thema, deren sich wahrscheinlich weder Prescott noch das Lektorat des Verlags bewußt waren. Es widerstrebte ihnen, die Möglichkeit zu akzeptieren, daß in ihrem demokratischen Amerika jemand wie Elaine Barrows in Positionen der Macht gelangen könnte, und S. H.s No Turnpike Gates, mit all den dem Buche innewohnenden Schwächen, vermochte sie auch nicht davon zu überzeugen. Die Nachkriegsgeschichte der Vereinigten Staaten erbrachte den Beweis: Elaine ist ein Waisenkind verglichen etwa mit Senator McCarthy oder Präsident Nixon, und was auch immer an Melodramatischem in No Turnpike Gates steht, ist nichts im Verhältnis zu den Vorgängen von Watergate. Ferner findet sich in einem von Harold H. Robinson, Agent, CIC, gezeichneten Geheimbericht an die Armee vom 16. Mai, 1943, Case No. II-b10198c; C-b4329p, über Helmut Flieg, bekannt als Stefan Heym, folgende Eintragung: »Mein Informant erwähnte, daß Heyms Verleger, Putnam Sons, das Buch ablehnten, weil es einer sardonischen Silhouette von Clare Booth Luce zu sehr ähnelte« – jener Clare Booth Luce, die die Gattin des Besitzers von Time und Life Magazine, Henry Luce, war und die nach einem Sitz im Senat der Vereinigten Staaten strebte, den sie dann auch erhielt.

S. H. schreibt damals aus Camp Crowder an Gertrude: Vielleicht ist es gut, daß es so gekommen ist. Ich habe das große Glück mit Hostages gehabt und bin übermütig geworden. Ich glaubte, ich müßte mich nur an die Schreibmaschine setzen, und alles, was dabei herauskäme, würde genial sein. Es war eine gute, wenn auch teure Lektion. Um die Wahrheit zu sagen, ist es mir zu dieser Stunde noch unklar, wie es mir überhaupt gelungen ist, Hostages fertigzubringen. Die Konstruktion, die Fabel, die Personen, alles ergab sich irgendwie zufällig. Wenn – wenn! – ich zurückkehre, werde ich ein Buch schreiben, das entweder den Beweis erbringen wird, daß ich ein fähiger Schriftsteller bin, oder das mich bricht. Sollte es sich ergeben, daß ich nur für ein einziges Buch gut war, nun, so werde ich irgendwo als Journalist arbeiten. Jetzt, während der Grundausbildung, werde ich aber kaum an etwas Neues herangehen können...

In Crowder regnet es. Ich kann nicht sagen, ob es in jenem Teil von Missouri in jedem Frühjahr so regnet, oder ob der Frühling 1943 besondere Mengen von Wasser brachte; jedenfalls ist das Lager ein Sumpf, die Straßen sind überschwemmt, die Elektrizität versagt und damit das Nachrichtenwesen, sogar die Eisenbahn verkehrt nur noch unregelmäßig; Gertrude, die versprochen hat, ihn zu besuchen, kommt nicht durch.

Er hat Quartier für sie in dem Städtchen Neosho beschafft, nahe Camp Crowder, eine Kammer in einem halb verrotteten kleinen Holzhaus, in dem schon sein Sergeant Shadow und der Corporal Fagan und deren Frauen wohnen; Shadow, der in *Of Smiling Peace*, S. H.s nächstem Roman, als Shadow McManus erscheinen wird, ist Professional Army, Berufssoldat, Kavallerist, drahtig und mit Säbelbeinen, die sich so eng an den Bauch des Pferdes anlegen, daß sie als Teil des Tiers erscheinen, und Corporal Fagan ist jener unglückliche Automechaniker, den die Armee dazu verdammt hat, als Clerk in der Schreibstube sein Leben zu vergeuden. Shadow stammt aus Oklahoma, aus dem Dust Bowl, wo der Wind den ausgelaugten Boden verweht hat und nichts blieb als die Armut, und er spricht mit dem Akzent der Gegend, die Vokale verschieben sich, die Worte schlurren zusammen; er und S. H., dessen Englisch wiederum mit deutschen Tönen durchsetzt ist, verständigen sich miteinander nur unter Schwierigkeiten, und es macht Shadow ein höllisches Vergnügen, ihm das Kommando über die exerzierende Kompanie zu übergeben, nur um zu hören, wie er das One-Two-Three-Four des Marschtritts so komisch herausbellt. S. H. klärt Shadow darüber auf, was Arisch und Nicht-Arisch bedeutet, Worte, mit denen Mißbrauch genug getrieben worden ist, und Shadow begreift schließlich, wie auch Fagan begreift, und es spricht sich herum in der Kompanie, daß hier einer ist, der Verständnis hat für einen und ein Ohr für die Sorgen, die man sich macht – es hat Berichte gegeben, daß in Tunis die Verluste gerade bei denen vom Signal Corps besonders hoch gewesen sind – und der Antworten auf Fragen zu geben weiß, die sich immer häufiger stellen, auch und gerade über diesen Krieg, in den man jetzt ziehen soll, obzwar kaum einem wirklich klar ist, warum. Ein junger Farmer aus Kansas will von ihm hören, wie lange der Krieg noch dauern wird, und der Soldat S. H. prophezeit: ein Jahr, wenn eine zweite Front in Europa eröffnet wird; sonst sehr, sehr lange. Und dann die Fragen über Rußland – da kommt ihm die Armee zu Hilfe, die plötzlich eine ganz neue Auffassung über die Sowjetunion hat: Stalin, so erklärt der Leutnant in dem Orientierungsvortrag, den die Kompanie sich anzuhören hat, war schlauer, als wir ihm zugetraut haben; wie es scheint, hat er seine Generale erschießen lassen, weil die faschistische Ideen hatten, und daß er die baltischen Staaten besetzt und den Feldzug gegen Finnland geführt hat, war wohl auch ganz berechtigt.

Überhaupt hat der Soldat S. H. ein gutes Verhältnis zu den Leuten. Das Fremde zwischen ihnen, das anfänglich da war und zu Ressentiments hätte führen können, ist überwunden; man verschont ihn mit den üblichen Rohheiten und behandelt ihn sogar mit einer Art von Respekt, obwohl er es sich zum Prinzip gemacht hat, über seine Arbeit als Schriftsteller und über sein Buch zu schweigen. Einmal fragt ihn ein Sergeant: »Wie fühlen Sie sich eigentlich in dieser Armee? Glücklich?« Da antwortet er, »Ich hab zehn Jahre lang ziemlich allein gegen die Bastarde gekämpft; wie soll ich mich da jetzt fühlen, wo ich zwei Millionen Mann an meiner Seite habe?« Natürlich muß er auch in Camp Crowder die Drecksarbeit machen, die der gemeine Soldat zu verrichten hat: Rasenschneiden, Kippen auflesen, Fensterputzen, Vorräte verladen, Küchendienst, Latrinendienst, Wachdienst; daneben liest er, Bücher vor allem. Über The Red Badge of Courage, Das Rote Siegel, des Stephen Crane schreibt er an Gertrude: »Ich beneide das Genie des Mannes. Er hat genau die Art und Weise und die Technik eines Kriegsromans entwickelt, die ich zu benutzen haben würde, wenn ich dazu käme, je einen solchen zu schreiben. Und dabei zu wissen, daß das alles schon geleistet worden ist, lähmt mich.«

Dann ist Gertrude in Neosho. Des Abends, bevor man sich zurückzieht in das schmale, harte Bett neben der dünnen, hellhörigen Wand, sitzt man zusammen in der Küche mit Shadow und Fagan und ihren Frauen, hageren, vor ihrer Zeit gealterten Wesen, die von dem kärglichen Sold ihrer Männer plus einer geringen Zulage für Verheiratete die überhöhte Miete, die überall im Lande in der Nähe von Armeelagern gefordert wird, bestreiten und für Kleidung und Essen und alles andere aufkommen müssen und die froh sind über die auch nicht ganz unbeträchtliche Summe, die Gertrude als Untermieterin ihnen zahlt. An diesen Abenden erfährt er sehr Wesentliches über Amerika und über das Volk dort, Dinge, die schmerzlich und schön sind zugleich und die ihm von Nutzen sein werden für seine amerikanischen Romane.

Endlich gelingt es ihm, ein Zimmer für Gertrude im Big Spring Inn zu ergattern, einem der wenigen Hotels der kleinen Stadt, und sie ist gerade dabei, sich auf einen längeren Aufenthalt einzurichten als eine Art Camp Follower, eine moderne amerikanische Version jener Weiber, die einst im Troß der Landsknechtsarmeen samt Kind und Kegel ihrem Liebsten nachzogen, da erhält sie dringende Nachricht: MGM verlangt ihre Rückkehr. Mehrere Telephongespräche fördern zutage, daß es nicht so sehr das MGM-Büro ist, das auf ihre Anwesenheit in New York drängt, sondern Leute ganz anderer Art; aus Andeutungen und diskreten Hinweisen geht hervor, daß gewisse offizielle Stellen ein recht intensives Interesse an S. H. entwikkelt haben und die Frau, mit der ihn offensichtlich einiges verbindet, zu befragen wünschen. Bestätigt wird der Vorgang durch einen Brief des getreuen Alan Altheimer aus Chicago, in dem steht, daß auch bei ihm einer aufgetaucht sei mit den sonderbarsten Fragen über S. H.; er, Altheimer, habe mit Empörung alles zurückgewiesen, was ein schlechtes Licht auf den Charakter oder die Intentionen des ehemaligen Stipendiaten seiner Fraternity hätte werfen können, und habe ihm ein hervorragendes Leumundszeugnis gegeben; dies sei ihm um so leichter gefallen, als er ja nur die Wahrheit zu sagen brauchte. Gertrude reist also eilig ab; er kann ihr nicht mal vom Bahnsteig aus nachwinken, er hat Dienst.

Das Resultat ihrer Befragung, und einer ganzen Anzahl weiterer, liegt neben mir, während ich dies schreibe: ein beträchtliches Konvolut, jedes Blatt mehrfach abgestempelt und versehen mit Daten, Referenznummern und Aktenzeichen; die Namen der Informanten jedoch und der Agenten, die die Information sammelten und zusammenstellten, sowie jegliche Hinweise auf deren Identität sind mit schwarzem Filzstift übermalt; hier und dort allerdings erlahmte die amtliche Sorgfalt und ein Name blieb stehen, der von Clip Boutell etwa, dem Public-Relations-Direktor von Putnam's, der eine interessante Charakterstudie des Autors lieferte, oder der des Agenten Harold H. Robinson, und auch aus den Umständen der jeweiligen Befragung und ihrer spezifischen Thematik läßt sich erraten, wer da gesprochen hat und in welchem Verhältnis er, oder sie, zu dem »Subjekt« der Untersuchung stand. Und ersehen läßt sich ferner der ganze Umfang einer solchen Untersuchung, die bis auf S. H.s Zeit in Chicago zurückgeht und, durch indirekte Zeugnisse, auch auf sein Leben und seine Konflikte in Deutschland – zwar wird Ossietzky da zu einem Professor, bei dem er angeblich studiert hat, doch die Sache mit dem Exportgeschäft wird ganz richtig dargestellt und sogar der Kriegslieferungen seines Vaters im Ersten Weltkrieg Erwähnung getan. Beteiligt an den Nachforschungen sind zunächst der U.S. Immigration Service und das FBI, dann aber wird die Armee durch ihre Military Intelligence Branch federführend; ihre Beschäftigung mit dem Subjekt S. H. geht bereits auf die Zeit vor seiner Einberufung zurück – auf jene Monate, da er die Hoffnung hegte, seine Fähigkeiten und Erfahrungen entsprechend zur Verfügung stellen und eventuell sogar ein Offizierspatent erhalten zu können.

Dabei muß man anerkennen, daß die Polizeiköpfe ganz überraschende Interessen entwickelten. Es ging ihnen beileibe nicht nur um die Lebensdaten ihres Subjekts und um dessen politische Äußerungen, Verbindungen und Taten; sie forschten nach Charakterzügen, nach Nuancen in seinem Verhalten zu anderen Menschen; selbst scheinbar unwichtige Details wurden aufgezeichnet in der Erwartung, daß sie möglicherweise Entscheidendes zum Gesamtbild beitragen könnten. Aber die Kerle hatten es auch nicht leicht. Was sie da zu hören bekamen und mit großer Gewissenhaftigkeit notierten, war höchst widersprüchlich: ein ganzes Kaleidoskop von Ansichten und Beobachtungen, die heute noch faszinierend auf mich wirken, und nicht etwa nur, weil der Mensch, der da analysiert wurde, ich selber war.

So berichtet der Agent Francis J. Cody aus Chicago, seinem Informanten zufolge sei Subjekt ein ausgezeichneter Student gewesen und habe seine meiste Zeit über seinen Studien verbracht; von den drei deutschen Refugee-Studenten im Fraternity Haus habe er als der netteste gegolten, der auch den besten Kontakt mit den amerikanischen Jungen im Hause gehabt habe. Ein anderer Informant, offensichtlich aus dem Hause Putnam, gibt dem Agenten Robinson zu verstehen, er habe Subjekt in Rede wie in Tat stets offen und ehrlich gefunden, der Typ von Mensch, der zu seiner Meinung steht, sobald er einmal überzeugt ist, daß er recht hat; doch sei Subjekts Verhalten höchst variabel; Subjekt sei, wenn er so wolle, durchaus imstande, einen günstigen Eindruck auf beinahe jedermann zu machen; daß er, der Informant, Subjekt gegenüber seine Vorbehalte habe, rühre daher, daß Subjekt seine, des Informanten, auf lange Erfahrung im Verlagsgeschäft begründete Kritik und Korrekturvorschläge immer wieder abgelehnt habe, statt Konzilianz zu zeigen; so seien immer wieder unangenehme Diskussionen entstanden. Und auch bei Paramount beschwert sich ein Informant über Subjekts Starrköpfigkeit; selbst wenn man ihm ausführlich erklärt habe, daß eine seiner Ideen für den Film nicht zu brauchen sei, beharre er darauf, was zu endlosem Gestreit führe; schließlich gäbe er aber doch nach, widerwillig genug, und zwar mit der Erklärung, seine Sache sei das Schreiben von Romanen, nicht deren Verfilmung.

Bemerkenswert ist auch die Notiz: »Informant sagte aus, Subjekt genieße es, in Gesellschaft von Frauen zu sein, und verbringe viel Zeit mit Mrs. Gertrude Gelbin, einer Lady ungefähr fünfzehn Jahre älter als er. Informant fügte hinzu, Subjekt erscheine äußerlich zehn Jahre älter als seine wirklichen dreißig, was seine Wahl einer solchen Frau zu seiner Begleiterin erklären möge.«

Dies fügt sich zusammen mit der Äußerung eines anderen Informanten, nämlich des Mr. Boutell von Putnam's, der dem Agenten mitteilt, »Mrs. Gelbin ist offensichtlich Kommunistin und hat sich aktiv an den Vorbereitungen für ein all-russisches Programm bei einer Veranstaltung für eine ›Zweite Front‹ in Carnegie Hall beteiligt, bei welcher der Komödiant Charlie Chaplin an prominenter Stelle auftrat. Mrs. Gelbin überredete Subjekt, an der Versammlung teilzunehmen.«

Aber war er selber nun Kommunist oder nicht?

G-2, Intelligence, beim Generalstab in Washington berichtet am 23. Oktober 1953, nachdem S. H. längst in der DDR war, an den Direktor des FBI, den Ehrenwerten J. Edgar Hoover: Heym wurde von April bis Juni 1943 von uns untersucht. Bevor er nach Amerika kam, hat er angeblich zugegeben, Kommunist zu sein. Egon Erwin Kisch, von einem unserer Informanten als ein notorischer kommunistischer Agent in Mexico beschrieben, hat ihn, wie berichtet, als »Genossen« bezeichnet. Ein Informant erklärte, Heym wäre 1935 und 1936 »sehr radikal« gewesen, habe aber keine »ausgesprochen kommunistischen Neigungen« gezeigt und sei 1939 »viel stabiler und vernünftiger« gewesen. Nach anderen Berichten war er äußerst interessiert an amerikanischen politischen Vorgängen und wurde als Anhänger Roosevelts und als New Dealer eingestuft, der sich für Sozialversicherung und den öffentlichen Besitz von Elektrizitätswerken und ähnlichen Unternehmungen aussprach.

Ein anderer Bericht bezieht sich auf längere Gespräche, die der Informant mit Subjekt geführt habe und die keinen Zweifel über Subjekts Sympathien für die Sache des Kommunismus zuließen; es gäbe ja, nach Angaben des Informanten, Mitglieder der Partei, die nicht unter ihrem eigenen Namen in den Listen geführt würden; Heym sei wahrscheinlich so ein Mitglied.

Ein dritter Bericht gibt sich noch kategorischer:

1. Heym hat während seines Aufenthalts in New York von 1937 bis 1939 kommunistische Ansichten vertreten.

2. Heym war nach unseren Informationen vor seiner Ankunft in den USA Mitglied der Kommunistischen Jugend in Deutschland und in der Tschechoslowakei.

3. Heym ist der frühere Redakteur der nach unseren Informationen von den Kommunisten kontrollierten und in New York veröffentlichten Zeitung »Deutsches Volksecho«.

4. Heym sprach in einer von dem Deutsch-Amerikanischen Kulturverband veranstalteten Debatte für Kommunismus und gegen Gerhart Seger.

5. Heym wurde dem Federal Bureau of Investigation und dem District Intelligence Office zuverlässig als Kommunist gemeldet.

Und der Berichterstatter empfiehlt, »Subjekt als ungeeignet für ein Offizierspatent beim Military Intelligence Service zu betrachten.«

Doch da sind auch Meinungen gegenteiliger Art. Ein Informant, offenbar der alte Mr. Monsky von der Herald Square Press, denn er spricht von den guten Kunden, die Subjekt zu verschaffen imstande gewesen sei, stellt fest, Subjekt habe wohl recht liberale Anschauungen und sei sehr stark gegen die Nazis eingestellt, habe aber auch großen Respekt für die Religion gezeigt, und er, der Informant, hätte nie Grund gefunden, Subjekt für einen Kommunisten zu halten. Nach Ansicht eines anderen Informanten sei Subjekt in Prag sicher mit einer Menge kommunistischer Parteimitglieder bekannt gewesen; Informant wisse aber von keinem Fall, wo Subjekt an Parteiaktivitäten teilgenommen habe. Und wieder ein anderer, der sich zunächst über die auf Subjekts preußische Herkunft zurückzuführende etwas hochmütige und distanzierte Art ausläßt, versichert, Subjekt habe ihn doch sehr beeindruckt, und er würde nicht zögern, ihn auch bei Unternehmen einzusetzen, wo Menschenleben auf dem Spiel stünden. Allerdings habe dieser Informant seine Erklärung auf Subjekts Teilnahme an Unternehmen beschränkt, die sich gegen die Nazis richteten.

Aus alldem bastelt Agent Harald H. Robinson nun eine Charakteristik zusammen, die er dem Obersten George W. Hinman beim Generalstab in Washington vorlegt und die den Schluß gestattet, daß der Mann im Verlauf seiner Arbeit ein Faible für sein Subjekt entwickelt hat. Er beschreibt S. H. als »ehrlich; freimütig; intelligent; hellwach; angenehm im Umgang, wenn er will; fähig, Dinge vorauszusehen; ehrgeizig; energisch; mit Talent zur Selbstdarstellung; sehr gereift für sein Alter; immer auf Seiten der Unterdrückten; arrogant, wenn ihm Widerspruch begegnet; mit Durchsetzungsvermögen, wenn es um ein Ziel geht; absolut gegen die Nazis; egoistisch, aber imstande, eine Situation einzuschätzen und dadurch zu vermeiden, unnötig Anstoß zu erregen; hat den Mut zu eigenen Überzeugungen.«

Ich habe aus diesem Dossier, das den höheren Dienststellen beim Generalstab in Washington Aufschlüsse geben sollte über einen gemeinen Soldaten in Camp Crowder im Staate Missouri, in solcher Länge zitiert, weil ich meine, daß es, trotz aller darin enthaltenen Vorurteile und Fehlinformationen, auch heute noch einiges über den S. H. jener Zeit aussagt, und über die Verhältnisse und geistigen Haltungen in dem Land, in dem er lebte, und über die Art, wie die Armee dieses Landes, die Seite an Seite mit der sowjetischen dem Nazi-Spuk ein Ende zu bereiten bestimmt war, in jener Zeit funktionierte.

Die Untersuchung ist noch nicht ganz beendet, aber ihr Ergebnis steht doch wohl in großen Zügen fest, als er nach Neosho beordert wird, um vor dem Bezirksgericht von Newton County zu erscheinen. In einem verstaubten Raum sitzt auf erhöhter Plattform, zu drei Vierteln verdeckt von seinem Amtsschreibtisch, His Honor der Richter, das fahle Haupt in schrägem Winkel zu den rot-weißen Falten des Sternenbanners hinter ihm. Die Eidesformeln, die er murmelt, sind Routine; dennoch beschleicht den Soldaten, der die Hand zum Schwur hebt, ein feierliches Gefühl, und fast vergißt er, den Richter zu ersuchen, bei der Gelegenheit auch gleich seine Namensänderung zu legalisieren, von Helmut Flieg in Stefan Heym: unter letzterem Namen sei er als Autor bekannt geworden, und er sei der ewigen Erklärungen und Auseinandersetzungen in Amtsstuben müde, die das Leben unter Pseudonym erfordere. Der fahle Kopf hebt sich, die Augenbrauen, fast unsichtbar, ziehen sich in die Höhe: Bitte, wie buchstabieren Sie das? Dann, mit einer müden Handbewegung, weist His Honor den Gerichtsschreiber an, auf der Rückseite des Einbürgerungsdokuments zwei Zeilen hinzuzufügen. Eine Unterschrift, ein Stempel – und Stefan Heym, U.S.-Citizen, steht fertig vor uns, in khakifarbener Uniform, salutiert vor His Honor, macht kehrt und verläßt den Gerichtssaal.

# 13

Es ist unklar, wer den Soldaten S. H. ausersah, bei der Einbürgerungszeremonie im Camp in Anwesenheit von His Honor dem Richter und mehreren höheren Offizieren zu den anderen neugebackenen Mitbürgern in Uniform zu sprechen, ihrer etwa dreißig. Die Order kam überraschend, ein Grund dafür wurde ihm nicht genannt; wahrscheinlich ist, daß der zuständige Lieutenant im Stab sich gedacht hatte, einer, der als Beruf Schriftsteller angegeben hat, wird doch wohl noch ein paar zusammenhängende Worte zustandebringen; es mochte aber auch sein, daß hinter irgendeinem Dienstschreibtisch jemand mit einem Schuß bösen Humors saß, der neugierig darauf war, wie ein Kerl mit einem solchen Dossier sich da aus der Affäre ziehen würde.

Doch wurde der Soldat S. H. durch den Auftrag keineswegs in einen Gewissenskonflikt gestürzt. Seine Haltung gegenüber dem Lande, dessen Bürger er soeben geworden, war nicht zwiespältig, wenigstens zu dieser Zeit nicht; eher könnte man sagen, daß die Haltung des Landes diesem Krieg gegenüber, den der Soldat S. H. für richtig und notwendig hielt, eine zwiespältige war: kämpfte man wirklich für Demokratie überall, für Government of the People, by the People, for the People, oder ging es nicht auch um imperiale Ziele, um Herrschaftsbereiche, also um Profit?

Ich weiß nicht, ob er diese Fragestellung so klar sah, als er das Konzept seiner Rede niederschrieb. Das längst vergilbte Papier mit dem Text, das ich in der Hand halte, zeigt kaum Korrekturen: er ließ sich an jenem Tag wohl eher von Gefühlen leiten als von kühler Analyse. An einem Punkt brechen seine Gefühle durch. »Zehn Jahre lang«, sagt er da, »war ich ein Mann ohne Heimat. Ich weiß, wie man sich fühlt, wenn man von Grenze zu Grenze gestoßen wird, der Willkür eines jeden Polizisten ausgesetzt, der in der Nacht zuvor vielleicht gerade schlecht geschlafen hat, und wie es ist, wenn man von den Nazis verfolgt wird.«

Im übrigen aber ist das, was er in den nicht ganz sieben Minuten –

mehr mutet er den in drei Reihen in der Sonne angetretenen Kameraden nicht zu – eine merkwürdige Mischung von Altbekanntem, Klischeehaftem fast, mit plötzlich eingestreuten radikal-demokratischen Gedanken. Dies Amerika, erklärt er, sei ein Land von Einwanderern aus den verschiedensten Ländern, ob sie nun auf der Mayflower eintrafen wie die in allen Schulbüchern rühmlich erwähnten Pilgerväter oder auf dem Vorderdeck irgendwelcher schmutziger Dampfschiffe, und er belegt das, indem er aufzählt, wer da zusammen mit ihm Bürger geworden ist: ein Franzose, der in der Maginot-Linie stand und die Niederlage seines Landes miterleben mußte; ein Ungar, dem das faschistische Horthy-Regime unerträglich wurde; ein Deutscher aus Thüringen, von Beruf Koch; ein griechischer Armee-Offizier; ein Armenier, mehrere Polen und Italiener und Angehörige noch anderer Nationalitäten.

Dem Hinweis auf das Land der Einwanderer folgt, logisch, die Story vom amerikanischen Traum, aber bei ihm stellt sich dieser Traum schon anders dar, als man's gewohnt ist; er spricht von einer neuen Welt, die frei sein wird von Not und Unterdrückung, mit großen Städten, in denen die Menschen für das Wohl aller arbeiten, und endlosen Weizenfeldern, auf denen Brot für alle wächst, und von dem wohl wichtigsten Teilbild des Traums, der Garantie der Sicherheit und der Unantastbarkeit menschlichen Lebens. So manches an dem Traum, meint er einschränkend, sei noch nicht Wirklichkeit geworden, aber es gebe Ansätze, und vielleicht befinde man sich doch auf dem Weg in Richtung dessen, was jene großen Träumer, die Verfasser der Unabhängigkeitserklärung, sich vorgestellt hätten, und der hagere Redner von Gettysburg und die vielen anderen, die ihr Leben für solcherart Ideen hingaben, für eine Chance, daß die Menschheit nicht auf alle Zukunft in einem Sumpf von Sklaverei und Tyrannenherrschaft und Folter- und Konzentrationslagern versinke.

Er wird das Unbehagen der eher konservativen Herren auf den Klappstühlen neben ihm wohl gespürt haben, aber er kann nicht mehr zurück, und so schließt er denn die vor ihm aufgereihte Mannschaft in seine Vision ein. »In gewissem Sinne«, sagt er, »sind wir, Soldaten der U.S.-Armee, die heute naturalisiert wurden, Freiwillige in diesem Kampf. Ihr mögt einwenden, daß wir eingezogen wurden und daß das Gesetz uns als Ausländern verbot, uns freiwillig zu melden. Aber das Gesetz schrieb weiterhin vor, daß die Behörde uns fragen mußte, ob wir willig und bereit seien, in der Armee zu dienen und diese Vereinigten Staaten zu verteidigen, und wir sagten Ja. Wir hätten ja auch antworten können: Nein, danke, was geht uns dieses Land an. Aber keiner von uns hat etwas der Art geäußert. Wir nahmen den Dienst in der Armee auf uns, aus ganzem Herzen, und mit mehr Begeisterung möglicherweise als manch einer, der hier geboren wurde und aufwuchs.«

Und so seien sie jetzt, erklärt er, wie sie da stünden, zu einer neuen Würde gelangt, seien Teil geworden der Regierung ihres neuen Landes, denn – hier wird es nun ganz radikal – denn in einer Demokratie sei das Volk selber die Regierung. Und nach dieser, wie er weiß, auch für Amerika ziemlich kühnen Behauptung entwirft er gleich die dazugehörige Zukunftsperspektive. Wir werden, sagt er, und das sei die nächste Aufgabe, dieses Land verteidigen, wenn nötig mit unserm Blut, und wir werden den Krieg gewinnen. Danach aber gelte es, den Frieden zu sichern. Und der, prophezeit er, werde ein ganz besonderer Friede sein: ein Friede, in dem der Gedanke vom Volk als Regierung für alle konkretisiert werden müsse, denn dieses sei – sehe man einmal von den faschistischen Führern und deren Anhängern ab –, wonach die Völker überall auf Erden strebten.

Dann, vermutlich in der Befürchtung, er könnte seine Zuhörer zu sehr verstört haben, fügt er abschließend hinzu, »Aber das wird nicht nur eine amerikanische, das wird eine Weltaufgabe sein.«

Der Beifall war mäßig. Es blieb ihm auch keine Zeit, Erkundigungen über den Effekt seiner Rede auf sein Publikum und weitere Kreise in Camp Crowder einzuziehen; an dem Abend erhält er die Erlaubnis, das Lager zu verlassen, und begibt sich nach Neosho, um bei einem guten Steak und mehreren Glas Bourbon die Ereignisse zu feiern, und als er zurückkehrt und sich beim Diensthabenden meldet, teilt der ihm mit, es seien Orders für ihn eingetroffen: er sei versetzt nach Camp Ritchie.

Also doch – G-2, Military Intelligence, Beschäftigung mit dem Feind und dessen Schwächen und Stärken, jenes Gebiet, auf dem er, wie er glaubt, seine Fähigkeiten am nutzbringendsten einsetzen kann. Bis zu dieser Minute hat er bezweifelt, daß es je dazu kommen würde: zu vieles in seiner Vergangenheit sprach dagegen, und außerdem gehörte es seiner Erfahrung nach nicht zu den Eigenheiten der Armee, das Sinnvolle zu tun. Ob diese nun allerdings eminent sinnvolle Versetzung auf seine eigenen Bemühungen bei den Obristen in

Washington zurückzuführen ist, oder ob nicht vielmehr irgendwo eines jener neuartigen Geräte, die mit Hilfe gelochter Karten Menschenschicksale entscheiden, seine Karte ausgespien hat, weiß er nicht; es interessiert ihn im Augenblick auch nicht allzu sehr, denn zum ersten Mal seit seinem Eintritt in die Armee reist er wieder auf zivilisierte Art, auf bequemem Polstersitz, der sich nachts in ein Bett verwandelt, und läßt sich im Speisewagen auf weißgedecktem Tisch seine Mahlzeiten servieren; und all das zahlt er mit lappigen Gutscheinen, die man ihm beim Bataillonsstab in Crowder zusammen mit den Reisepapieren in die Hand gedrückt hat.

Ritchie, im Staate Maryland, doch nahe der Grenze zu Pennsylvania, liegt idyllisch eingebettet in die Ausläufer der Blue Ridge Mountains und erscheint ihm, verglichen mit Crowder, zunächst wie ein Sanatorium. Man begrüßt ihn, der stolz seine Orders vorweist, auf recht lässige Art und schickt ihn hinüber zu einer der Baracken der Kompanie E des 2. Ausbildungsbataillons: dort seien ein paar Betten noch frei, er möge sich eins aussuchen. Sein Äußeres, wie auch sein immer noch bemerkbarer Akzent erregen hier keinerlei Aufsehen; auf den Straßen von Ritchie hört man die seltensten Sprachen und die sonderbarsten Akzente; vor der Meßhalle begegnet er sogar einem Trupp in fremder Uniform, der deutschen nämlich – nur halten die Kerle amerikanisches Eßgeschirr in der Hand. Sie spielen Kriegsgefangene, erfährt er, und an ihnen, die mit gewissen Informationen gespickt wurden, wird geübt, wie man Gefangene verhört und ihnen, gewaltlos bitte, diese Informationen entreißt; Colonel Banfill, der Kommandant des Camps und oberste Ausbildungsleiter, fordert Realismus in allem, Schulung unter Kampfbedingungen, yes, sir, daher die Uniformen mit dem hakenkreuzbewehrten Adler über der Brusttasche und anderes Komödienspiel. In Colonel Banfill habe man auch, hört er, den eigentlichen Erfinder der psychologischen Kriegsführung zu erblicken; im Ersten Weltkrieg schon sei er an der Spitze von drei Mann, die einem mit einem Lautsprecher bestückten Handkarren hinter sich herzerrten, von Stellung zu Stellung gezogen und habe tapfer zu den deutschen Schützengräben hinübergebellt. Das Tragische für den Obersten ist nur, daß ihn, einen Verfechter striktester soldatischer Disziplin, keiner so richtig ernstnimmt; alle vier Wochen, wenn er zu den Tönen jenes durch den Film Die Brücke über den River Kwai berühmt gewordenen Marsches die Absolventen des letzten Trainingskurses und andere zufällig verfügbare Truppen vorbeidefilieren läßt, muß er aus zwölfhundert oder noch mehr vollen Kehlen den extra für diesen Zweck gedichteten Text vernehmen:

> Bullshit,
> it makes the grass grow green

oder zu Deutsch:

> Kuhscheiß,
> die macht das Gras so grün,

wobei zu bemerken ist, daß das Wort Bullshit in der amerikanischen Armee den organisierten Unsinn bezeichnet, welchen die oben denen unten wann immer möglich verordnen.

Dieses, wie andere Details, teilt ihm sein Freund Burger mit, in Prag einst sein Co-Autor bei Tom Sawyers großes Abenteuer, dem nach Mark Twain gebastelten Theaterstück für Kinder, und jetzt, bereits im Range eines Corporals, seit längerem schon in Camp Ritchie. Noch war keine Stunde seit seiner Ankunft vergangen, hatte Burger sich bei ihm eingestellt; so schnell verbreiten sich in Ritchie die Nachrichten. Große Wiedersehensfreude: du hast dich gar nicht verändert, alter Junge; du aber ebensowenig, oder doch vielleicht, ein bißchen, die Falten im Gesicht, und das Haar ist auch nicht mehr, was es war, kein Wunder. Man hat einander eine Menge zu erzählen; Burger berichtet über seine Flucht aus Prag, und über die Filmszenen vom Einzug der deutschen Truppen dort, die er noch drehen konnte, über ihr von Pech verfolgtes Tom Sawyer-Stück – jedesmal, wenn es Burger gerade gelungen war, das Stück auf die Bühne zu bringen, in Wien, in Prag, marschierten die Nazis ein – und über sein Leben in Amerika, seine Bemühungen, irgendwo am Broadway wenigstens als Regieassistent anzukommen; jetzt endlich darf er Regie führen, ja, hier in Ritchie, in einem eigens im Auftrag von Colonel Banfill von ihm, Corporal Burger, verfaßten Stück, in dem auch S. H., wenn er Lust habe, auftreten könne, denn man ändere es allmonatlich je nach Bedarf und nach den vorhandenen Talenten. Und schließlich spricht er von Dinah, seiner schönen amerikanischen Frau, die ihn des öfteren in Ritchie besucht; auch Gertrude werde zweifellos kommen können, in diesem Camp ist so gut wie alles möglich, man muß nur das kennen, was in Amerika Ropes heißt, die Schnüre, an denen zu ziehen ist, wenn man will, daß sich etwas bewegt.

Und der Soldat S. H. will tatsächlich einiges in Bewegung bringen; die Aufgaben, für welche die Leute hier ausgebildet werden, hält er für wichtig und interessant und möchte schon endlich daran beteiligt werden, und es frustriert ihn, daß er nach Erledigung der üblichen Formalitäten und nach einer Sprachprüfung, in Deutsch, dessen Kenntnis ihm die Armee nun bescheinigt, in die Schreibstube versetzt worden ist, wo er Bestandslisten auszufüllen und Personalkarten zu tippen hat – einziger Vorteil: die Schreibmaschine, auf der er nach Dienstschluß an ein paar kleinen Novellen zu arbeiten beginnt; sie handeln von Soldaten, ähnlich denen, die ihm begegnet sind, von ihren Konflikten, ihren Krisen. Doch ist er damit nicht zufrieden; er will mehr, und meint, wenn er Glück hat, könnte es ihm gelingen, neben Dienst und Schulung und was sonst noch auf ihn zukommen mag, einen neuen Roman zu schreiben, und er wälzt Pläne: ein Kriegsroman soll es sein, Hauptheld ein aus Deutschland geflüchteter Antifaschist, der in Spanien gekämpft hat, dann nach Amerika kommt, in die Armee eingezogen wird und nun, in Nordafrika, eine zweite, bessere Chance erhält, dem alten Feind gegenüberzutreten; und sogar die Idee zu einem Buch, an das er nach dem Krieg herangehen möchte, formt sich bereits, einem historischen Roman über Deutschland und die Deutschen, die Periode von 1929 bis zum Zusammenbruch des Hitler-Regimes, in der Form von Aufzeichnungen eines der Angeklagten in einem Kriegsverbrecherprozeß, eines Mannes etwa wie Krupp.

Zunächst aber sucht er den Menschen zu begegnen, die die Armee hier zusammengewürfelt hat, Menschen verschiedenster Herkunft und mit den verschiedensten Erfahrungen, Begabungen und Überzeugungen. Sie sprechen alle möglichen Sprachen, sie haben alle möglichen Berufe, technische, geistige. Unter denen, die die Sprache des Hauptfeinds beherrschen, die deutsche, lassen sich zwei Gruppen feststellen – diejenigen, die vor 1933 schon in die USA eingewandert waren oder gar im Lande geboren sind, und die anderen, die nach Hitlers Machtergreifung aus Deutschland Geflüchteten, ob aus politischen Gründen dazu gezwungen oder weil sie Juden waren, Viertel, Halb oder Voll. Mit einigen freundet er sich an, etwa mit Herbert Stafford, seinem Bettnachbarn, der, ein deutscher Jude, sich nach dem Fall Frankreichs in die Fremdenlegion rettete, dann irgendwie nach New York gelangte und dort Burgers Schwester heiratete, einem höchst unkriegerischen Manne, dem die Beduinen zwei Finger der rechten Hand abschossen, nur leider nicht die, mit denen man auf den Gewehrabzug drückt; oder mit Konrad Kellen, Sohn des in der

Weimarer Republik berühmt-berüchtigten Bankiers Katzenellenbogen und, bevor er eingezogen wurde, Sekretär von Thomas Mann. Überhaupt sind die Leute, denen er begegnet, im allgemeinen freundlich und interessiert; aber es gibt auch welche, die Hitler recht geben, besonders was die Juden betrifft, und die offen erklären, viel besser wäre es für Amerika, es zöge an der Seite der Deutschen gegen die Russen. Ein dumpfer Haß, kaum je in zusammenhängende Worte gefaßt, tritt hervor und wird deutlich in den Schikanen eines Küchensergeanten, in Rempeleien und kleinlichen Bosheiten Einzelner, in Beschimpfungen.

Sobald er Erlaubnis erhält, das Camp zu verlassen, durchstreift er die Ortschaften der Umgebung und sucht nach Quartier für Gertrude und sich selbst, ein Zimmer, sei es noch so primitiv, in dem man ein paar Nächte gemeinsam verbringen kann. Doch Hunderte anderer GIs erstreben dasselbe; die Erfahrung von Crowder wiederholt sich, in den Ansiedlungen und kleinen Städten in der Nähe von Army Camps ist jede verfügbare Kammer belegt; endlich hat er Glück, in Pen Mar, einem Nest von ein paar wenigen Häusern, direkt auf der Grenzlinie zwischen Pennsylvania und Maryland gelegen, daher der wenig phantasievolle Name, zusammengesetzt aus den Anfangssilben beider Staaten, findet er eine recht annehmbare Unterkunft in dem Häuschen einer alten Dame, die darauf besteht, daß er sie bei ihrem Vornamen nennt, Caddie.

Caddie, hager, das weiße Haar straff nach hinten gezogen, wo ein winziger Dutt es zusammenhält, hat etwas von der puritanischen Strenge an sich, die die Gesichter so vieler Amerikaner der Frühzeit geprägt hat; aber das ist äußerlich; in Wirklichkeit ist sie ein Engel, hilfreich und liebenswert, der seine schützende Hand über den armen Soldaten halten wird und über des Soldaten Frau, bis der Krieg ihn fortruft. Hier, zwischen den Möbeln von vorgestern und den fleckigen Stichen an der nachgedunkelten Wand ist ein Winkelchen Friede, hier, auf der hölzernen Veranda mit dem Blick auf die bewaldeten Hügel und das grüne Tal, findet er zu sich, und die Furcht schwindet, die er immer zu verdrängen sucht durch seinen Eifer und seine Betriebsamkeit, und er kann den Arm um die Schulter der Frau legen, die ihn liebt, und schweigen.

Dann, plötzlich, beginnt die Schulung.

Aber was läßt sich wirklich lernen in diesem Fach? Das Technische, der Regelkram, und das, was im Englischen mit dem altertümlichen Wort Order of Battle, Schlachtordnung, bezeichnet wird: Organisation der Streitkräfte des Gegners, Sollstärke seiner Einheiten, ihre Hierarchie, Bewaffnung, taktischen Besonderheiten – der Rest ist Menschenbehandlung, die einer versteht oder nicht, ist die Fähigkeit, sich hineinzuversetzen in die Psyche des Kriegsgefangenen, der, aus einer Gemeinschaft gerissen, einsam und unsicher, nach einer neuen sucht, die sich ihm zunächst in Gestalt des ihn verhörenden Siegers darstellt.

Die Instrukteure in Ritchie, zumeist Offiziere, bemühen sich; aber die wenigsten sind Pädagogen, und so wird das Zeug in die Gehirne gepaukt, ob es dort in geeigneter Weise verarbeitet wird oder nicht. Die Hauptsache ist: viel und unter Druck. Er lernt, mit vier Stunden Schlaf auszukommen; zwölf Stunden lang ist Schulung, zwei Stunden braucht man, notiert er, für Scheißen und Rasieren und fürs Anstellen beim Essenfassen, den Rest der Zeit wird marschiert. Marschiert wird besonders gern nachts, anhand von Karten, die zwar die topographischen Merkmale der Umgegend von Ritchie zeigen; aber alle anderen Eintragungen, die Namen der Berge, Flüsse, Ortschaften, Gehöfte, sind in deutscher Sprache oder in französischer oder italienischer, je nachdem. Ein Trupp wird auf einen Lastwagen verladen, hin und her übers Land gekarrt und endlich in der Wildnis abgesetzt, in totalem Dunkel: auf Feindgebiet, heißt es, und nun seht, wie ihr ans Ziel kommt. Man braucht sich aber nur bis zur nächsten Farm durchzuschlagen und dort anzuklopfen; denn siehe, bei der Armut der Militärs an Phantasie werden bei jedem Kursus die gleichen Übungen absolviert, die örtliche Bevölkerung kennt sich längst aus, der freundliche Farmer steckt den Kopf aus der Tür, erkundigt sich, welche Karte man denn bei sich führe, in welcher Sprache, und welches die vorgegebenen Koordinaten wären, das Ziel eben; dann zeigt er, wo man sich zur Zeit befindet, und weist dem verlorenen Haufen den kürzesten Weg zum Camp.

Das große Exerzitium aber ist die Schlacht am Monocacy River, altes Bürgerkriegs-Territorium: hier marschierten schon die Boys im Blue des Ulysses Grant und General Lees graue Südstaatler. Der Soldat S. H. sitzt in einem großen Zelt; das Licht der Kerosin-Lampe fällt auf die aus Luftphotos zusammengesetzte Karte, zu seinen Füßen schlafen zwei Mann, in ihre Decken gehüllt, auf dem Klapptisch vor ihm ist ein Durcheinander von Feldtelephonen, Eßgeschirren, Farbstiften, Radiergummis, Papieren aller Art; draußen knallt es periodisch, ein Feuerwerk mit Böllern und Platzmunition, Colonel Banfills Realismus. Die ganze Nacht, beim Gezirp der Grillen, hat der Soldat S. H. Gefangene interrogiert; er spielt diese Gefangenen, notiert er, wie ein Instrument, nicht ein einziges Mal hat er seine Stimme erhoben, doch nun ist er erschöpft; dabei sagt ihm dieses Leben zu, nur daß er von oben bis unten verschwitzt und verdreckt ist, mißfällt ihm. Und dies wird noch mehrere Tage so weitergehen; man erwartet, nachdem man sich westlich von Emmitsburg zurückgezogen hat, einen Zangenangriff der Nazi-Panzer, bereitet aber auch schon, über den Monocacy River hinweg, den Gegenstoß vor, der den Feind von der Karte vertreiben wird.

Zum Abschluß des Kurses dann, noch vor der großen Parade, geht es ins Freilichttheater, um Burgers Follies zu bewundern, sein Theaterstück vom braven G-2, worin alles vorkommt, was dem geheimen Nachrichtenoffizier oder dessen Sergeanten im Felde begegnen kann, vom alten Weiblein in einsamer Hütte, das die geheimsten Nachrichten ausplaudern wird, über den widerspenstigen Nazi-Gefreiten, der listig zur Aussage gebracht wird, bis hin zum Liaison-Offizier der französischen Armee, der zu Pferd auf die felsige Bühne geritten kommt. Nur daß Herbert Stafford, der auf Grund seiner Erfahrungen bei der Fremdenlegion den Franzosen spielen soll, eine Scheu vor Pferden hat und sich weigert, das bereitgestellte Tier zu besteigen – nicht einmal Eisenhower, ruft er, könne ihn zwingen, sich freiwillig das Genick zu brechen – weshalb er zu Fuß auf die Szene trabt, unter den Arm geklemmt allerdings die eleganteste im Lager vorhandene Reitgerte.

Inzwischen entwickelt sich draußen, außerhalb der Spielwelt von Ritchie, der Krieg: der Nordafrika-Feldzug geht seinem Ende zu; die Russen schlagen die Schlacht im Kursker Bogen; die Alliierten landen in Sizilien, und nur Wochen später stürzt Mussolini. Wie lange werden die Nazis noch halten?

Sie halten. Sie kämpfen, auch nachdem sie Sizilien verloren haben, um jeden Fußbreit italienischen Bodens; immer notwendiger wird eine wirklich wirksame Zweite Front, die nach geographischer und politischer Lage nur in Nordfrankreich eröffnet werden kann. Der Soldat S. H., nunmehr Absolvent der Military Intelligence School und wieder einmal ohne reale Aufgabe, hat Muße zum Grübeln: Was wollen die USA, was wollen die Alliierten wirklich? Europa befreien? Für wen? Ihre Nordafrika-Politik war problematisch, der

Kuhhandel mit dem Admiral Darlan verheißt nichts Gutes. Wie weit, und dies ist nicht nur eine politische, sondern eine moralische Frage, darf man Kompromisse schließen mit Faschisten, wenn man Demokratie will?

Dies wird zur Zentralfrage in dem Roman, den er trotz aller Schwierigkeiten nun im Ernst zu schreiben unternimmt. Er besticht und umgarnt die Kompanie- und Bataillonssergeanten, die über Räumlichkeiten in den Baracken verfügen; er bittet Gertrude, ihm seine Schreibmaschine zu bringen; und wenn andere nach des Tages Mühen sich aufs Bett hauen oder auf ein Bier, ein Eis, einen Hamburger in den PX gehen, den großen Laden im Camp, in dem sich auch der Ausschank befindet, setzt er sich an die Arbeit, hinten in einer Kleiderkammer oder abseits in der Ecke einer Schreibstube.

Sehr stolz ist er auf den Titel, den er gefunden hat. Da es in dem Buch um Treue zu sich selbst geht, zu den eigenen Grundsätzen, und zugleich um den Krieg und was für ein Frieden auf diesen zu folgen hätte, soll es Of Smiling Peace heißen, Holder Friede, in ungefährer Übersetzung, und entnommen hat er die Worte Shakespeares King John, Akt III, erste Szene:

> Die Treu verspielen? Mit dem Himmel scherzen?
> So wankelmüt'ge Kinder aus uns machen,
> Nun wiederum zu reißen Hand aus Hand.
> Uns loszuschwören von geschworner Treu,
> Und auf des holden Friedens Ehebett
> Mit blut'gem Heer zu treten, einen Aufruhr
> Zu stiften auf der ebnen milden Stirn
> Der graden Offenheit?

Es geht darum, ob die Amerikaner, die angetreten sind, Freiheit und Demokratie zu bringen – in dem Sinne, in dem er, S. H., diese Begriffe versteht –, sich mit jedem Schurken und Faschisten verbinden sollen, der sich ihnen anbietet, oder ob sie nicht eher, um der Sache willen, den schwierigeren Weg gehen, vielleicht sogar eigene Truppen dafür opfern müssen. Das ist der Konflikt, in den der Colonel Wintringham vom Stab der in Nordafrika gelandeten amerikanischen Einheiten gerät, und indirekt auch der Lieutenant Wolff, in Spanien einst Mitglied der Internationalen Brigade: wie soll man sich Monaitre gegenüber verhalten, einer dem Admiral Darlan ähnlichen Figur, mit ähnlichen politischen Zielen – diesem Monaitre, der das berühmte Bat d'Af befehligt, das Bataillon d'Afrique, die einzige noch wirklich funktionierende französische Truppe?

In der Realität paktierten die Amerikaner damals mit Darlan; in S. H.s Roman entdeckt Lieutenant Wolff, daß Monaitre über den deutschen Major Ludwig von Liszt, einen persönlichen Feind Wolffs schon aus dessen Spanienzeit, Fäden zu dem deutschen Befehlshaber an diesem Ende der Front, dem General Nehring, geknüpft hat: ein gemeinsamer Angriff auf die Amerikaner, Nehring vom Osten her, Monaitre vom Süden, ist geplant, doch die Sache platzt, weil Wintringham, endlich zurückfindend zu seinen demokratischen Grundsätzen, Monaitre in Algier festsetzen läßt.

Natürlich soll das Buch mehr sein als die Geschichte einer internationalen Intrige; mehr auch als eine Verbrecherjagd quer durch Nordafrika, mit Wolff als Jäger und Liszt als Gejagtem; eine Love Story gehört dazu, mit einer veritablen Femme fatale, der schönen Marguerite Fresneau, Liszts Geliebter, die auch von Wolff und von Monaitre begehrt wird und schließlich als Ehefrau an der Seite eines früheren Agenten Monaitres mit Namen Jerez endet.

Doch noch während er dies alles in eine Fabel zu verweben sucht, kommen ihm neue Bedenken: der Krieg wird ausgefochten von den gemeinen Soldaten, die ausharren müssen unter Trommelfeuer und über alle inneren Hemmungen hinweg dem Gegner das Bajonett in die Rippen zu stoßen haben; von ihrem Verhalten, ihrer Motivierung hängt ab, wie dieser Krieg sich entwickelt, und sie darf er nicht vergessen, wenn er will, daß sein Buch Gültigkeit haben soll. Und so eröffnet er, ohne noch auf eigenes Erlebnis, eigene Ängste, eigenen Aufschrei zurückgreifen zu können, allein den Nachhall der Red Badge of Courage des Stephen Crane im Hinterkopf, mit der Landung, mit dem Knirschen des Boots auf Grund, und läßt den Leser das Ganze durch Auge und Hirn des Sergeanten Shadow McManus erleben, während der, den Tod im Nacken spürend, über den heißen, von Kugeln zerwühlten Sand robbt. Und noch heute, in der Erstausgabe des Buches blätternd, in dem einzigen Exemplar in meinem Besitz, glaube ich, daß diese Szene steht und Bestand haben wird – bei der Beurteilung des Rests wird man die Umstände in Betracht ziehen müssen, unter denen der Autor zu schreiben hatte: das jeder kontinuierlichen geistigen Beschäftigung abträgliche Hin und Her des militärischen Betriebs, den Lärm von früh bis spät und die dauernden Unterbrechungen, den Zeitmangel und die Ungewißheit, wieviel Zeit ihm denn überhaupt bleiben würde für die Niederschrift.

Als hilfreich allerdings erweist sich die Aufführung des Hostages-Films im Kino des Camps. Bei der Ankündigung müssen sich im Kopf irgendeines der Offiziere im Bataillon gewisse Gedankenassoziationen hergestellt haben, denn der Soldat S. H. wird aufgefordert, vor der Aufführung ein paar einleitende Worte zu sagen. Dies tut er; er berichtet von den Erlebnissen und Erfahrungen, die ihn veranlaßt haben, Hostages zu schreiben, und zieht die Parallele zwischen dem Kampf im Untergrund, von dem sein Buch wie auch der Film handeln, und dem Kampf, für den seine Zuhörer – »Männer aus allen Gegenden der Erde, aber alle von jetzt an Amerikaner« – hier in Ritchie ausgebildet werden, und spricht dann von dem Ziel dieses Kampfes, einem dauernden Frieden, dessen Wahrung man jedoch den Politikern allein nicht überlassen dürfe.

Dann, Gertrude sitzt neben ihm, sieht er zum ersten Mal den Film, den sie aus seinem Buch gemacht haben. Er liest den Vorspann: Bill Bendix, bis dahin eigentlich bekannt nur in grobschlächtig-komischen Rollen, spielt den Janoschik, Luise Rainer die Milada, Oskar Homolka den Kohle-Magnaten Preissinger; das Skript schrieb Lester Cole, später einer der zehn Filmschriftsteller und Regisseure, die vor dem berüchtigten Ausschuß des Senators McCarthy ihre Freunde zu denunzieren sich weigerten und dafür ins Gefängnis mußten. Die Handlung: es folgt Knall auf Fall, es wird gelitten und gestritten, die Guten unterliegen den Bösen und siegen am Ende doch; er möchte kritisch sein, er bemerkt die Unstimmigkeiten, den Pfusch, die Paramount-Leute haben sich, Filme gegen die Nazis sind gefragt, mit den Dreharbeiten beeilt, er erkennt die Hollywood-Formeln, Cole wird ihm bei künftiger Gelegenheit sagen, man habe ihn gezwungen, sie anzuwenden; und dennoch reißt es ihn mit, dies sind seine Gestalten, er hat sie erdacht, ihnen Sprache und Gefühl gegeben, und hier sind sie, sie bewegen sich und leben, und die Gesichter da oben auf der Leinwand verschwimmen mit denen aus seiner Phantasie: war das die Milada, wie er sie sich vorgestellt hatte, der Janoschik, der Benda, der Dr. Wallerstein?

Er hatte am Schluß seiner Worte gebeten: »Vergessen Sie nach dem heutigen Abend, daß ich je auf diesem Podium stand, denn in einer Armee gibt es nichts Unangenehmeres, als eine Sonderperson zu sein und eine Sonderrolle zu spielen.« Doch seine Bitte bleibt vergeblich; durch die Aufführung und das, was er dazu gesagt hat, gerät er in gerade diese Rolle. Wenn die Kameraden mit seinem Buch zu ihm kommen, um es signieren zu lassen, gut und schön, wenn er jetzt in der Bataillonsbibliothek arbeiten und dort sogar sein Bett aufstellen darf, noch besser, und wenn Colonel Dooley, der über das Sicherheitsrisiko bei im Camp entstehenden literarischen Produkten zu befinden hat, seine Manuskripte anstandslos passieren läßt, hervorragend; aber wenn er nun auch, wie es häufig geschieht, als Mister Heym angeredet wird, so erscheint ihm das als eine eher zweischneidige Sache, und er wehrt sich dagegen.

Nur wo es um Of Smiling Peace geht, um seine neue Arbeit, benutzt er bedenkenlos die Türen, die sich ihm auf einmal öffnen, und die Kontakte mit Offizieren, die plötzlich bereit sind, von gleich zu gleich mit ihm zu verkehren. Er muß recherchieren für sein Vorhaben, er braucht Material, und wo, wenn nicht in der Stabsbibliothek von Ritchie, ließe sich besser Kenntnis erhalten von den Interna der Nordafrika-Kampagne, wo, wenn nicht in diesem Camp, Leuten begegnen, die dabei waren und ihn nun beraten können – dem Captain Walters etwa, der ihn informiert, daß die deutsche Waffenstillstandskommission in Tunis gar keine eigenen Truppen zu ihrem Schutz besaß und daß Ack-ack-Munition schwarze, nicht weiße, Wölkchen erzeugt, oder dem Sergeanten Kaneb, dem eine Silberplatte das Gehirn abdeckt statt des Stücks Schädelknochen, das ihm bei den Kämpfen abhanden gekommen ist: Kaneb, Araber von Geburt, war im Zivilleben und ist wohl auch als Soldat noch im Ölgeschäft und lebt mit seiner jungen amerikanischen Frau in Luxus außerhalb des Camps; wieso er trotz seiner Verletzung in der Armee geblieben ist und welchen Dienst er tagsüber in Ritchie versieht, hält er geheim, doch läßt die Aufmerksamkeit, mit der er bei den Einladungen zu Cocktails und Dinner in seinem Hause den Worten des Soldaten S. H. und denen seiner Begleiterin Gertrude lauscht, Rückschlüsse auf seine Tätigkeit zu.

Es ist mir durchaus bewußt, betrachte ich das Buch heute, daß manches darin nicht aus den Eingeweiden heraus geschrieben ist, nicht aus eignem Erleben, sondern aus Erlerntem, Erlesenem und Erfragtem; nur die Angst, die keinem der Charaktere fremd ist, und die der eine überwindet und der andere nicht, ist tief empfunden und echt. Die Verhörszenen, die Dispositionen vorm Gefecht, die Lagebeschreibungen lesen sich mitunter, als stammten sie direkt aus dem Lehrgang in Ritchie; woher sollten sie denn auch gekommen sein?

Daß Little, Brown, ausgerechnet jener Verlag, der Hostages seinerzeit ablehnte, dieses Buch veröffentlicht hat, daß es auch in England herauskam, ja, daß die Armee selber es als Sonderausgabe in Pocketbookform drucken ließ und es wohlfeil an dieselben Soldaten verkaufte, von denen darin erzählt wird, ist erstaunlich und deutet darauf hin, daß man gewisse Qualitäten darin gesehen haben muß; mir scheint Of Smiling Peace vor allem als Vorstudie zu den Crusaders Bedeutung zu haben, wichtig für mich, aber nicht für den Leser von heute, und das ist der Grund dafür, daß ich es nach dem ersten Erscheinen nicht wieder auflegen ließ und es auch nicht ins Deutsche übersetzte.

Aber wie das so ist in der Armee, die schönsten Druckposten sind nicht von Dauer, wenn es dem bösen Vorgesetzten nicht gefällt. Irgendein Italiener, ein Mafioso, der seine eigenen Leute in die angenehmen Stellen schiebt, wird Hauptsergeant, und Mister Heym, der bekannte Festredner, findet sich in der Küche wieder, wo er säckeweis Kartoffeln schälen darf, und wenn er damit fertig ist, den Fußboden scheuern, und die Herdplatten polieren, und die Kochkessel säubern, und sollte er etwa auf den Gedanken kommen, eine Zigarette rauchen zu wollen, so stehen schon die Stöße von Blechtabletts da, die eins ums andere heiß abgespült werden müssen. In Ritchie ist der Küchendienst nicht wie in anderen Camps an einem Tag erledigt; wer hier dazu verdammt wurde, ist eine ganze Woche lang tätig, von vier Uhr morgens bis abends um acht. Der Kollege Saroyan, erfährt er, gleich ihm in die Armee eingezogen, hat einen Nervenzusammenbruch erlitten; nein, schreibt er an Gertrude, die in New York gerade dabei ist, ihr Apartment und seines aufzulösen und eine gemeinsame, schon für die Nachkriegszeit gedachte Wohnung einzurichten, ich nicht, bei mir wird das nicht passieren.

Und es ist ja nicht nur dieser widerliche Dienst, der ihn quält; es ist wieder einmal die Frage: Was wird? Die anderen, mit denen zusammen er den Lehrgang absolvierte, sind längst irgendwelchen Divisions- oder Regimentsstäben zugeteilt worden und haben, erhoben in den ihnen nach den Organisations-Tabellen zustehenden Dienstrang, Ritchie verlassen. Er aber sitzt fest hier, und nichts geschieht, und als er den Küchenbullen um Erlaß des letzten Tages bittet, weil er nach Washington fahren will zu Colonel Whelan und erkunden, wie es mit dem OSS steht und mit Psychological Warfare, grinst der Kerl nur mit fettigen Lippen und sagt: »No, Mister Heym.« Nicht einmal einer Einladung der Informationsabteilung der United Nations – die gibt es schon, embryonal – zu einem Dinner in New York mit Vertretern von Untergrund- und Guerillagruppen darf er folgen: die nächsten drei Tage, erfährt er, ist er unabkömmlich auf dem Schießplatz.

Freund Burger hilft. Burger schreibt eine Rolle für ihn in das allmonatliche Ritchie-Stück hinein und fordert ihn an als Kleindarsteller; einschließlich Proben, sind damit volle vierzehn Tage gerettet. Danach wird er, da er, ganz unamerikanisch, nie ein Auto besessen oder auch nur sich geliehen hat, zur Teilnahme an einem Fahrkursus beordert, wo man ihm anhand eines Jeeps klarzumachen sucht, wieso das Ding überhaupt fährt, und wo man das Benzin hineinschüttet und wo das Wasser, und was zu unternehmen wäre, wenn einem der Reifen zerschossen würde. Wie immer begreift er theoretisch alles, aber wenn er den Jeep auf einer Straße mit Gefälle starten soll, Fahrtrichtung nach oben, geraten ihm jedesmal Bremse, Kupplung und Gashebel durcheinander, und der Wagen rollt rückwärts, gegen die Füße des Lieutenant Salvatori, der gekränkt aufschreit und sich daraufhin weigert, ihm eine Drivers License auszustellen, so daß er gezwungen ist, den ganzen europäischen Feldzug hindurch, von der Landung in der Normandie bis hin nach Straubing in Bayern, über zerbombte Straßen und querfeldein und manchmal auch unter Beschuß, seinen Jeep und allerart Beutefahrzeuge ohne Führerschein zu fahren.

Dabei ist der Herbst draußen vor dem Camp so atemberaubend schön, schreibt er an Gertrude, die Farben fast unnatürlich, das Rot und das Gelb, die orangenen, braunen und violetten Töne, der Himmel ein kaltes, klares Blau. Er wartet auf eine erneute Möglichkeit, zu Oberst Whelan zu gelangen; er hat wieder ein Projekt, eine Zeitung für deutsche Kriegsgefangene in Amerika: die sitzen in ihren Lagern, und wer nimmt Einfluß auf sie, woher bekommen sie ihre Informationen, sollte man nicht wenigstens versuchen, sie umzuerziehen, wird man sie nicht einmal brauchen, nach dem Kriege, in Deutschland? Und, wie's der Zufall will, kommt ihm tatsächlich eine Kriegsgefangenen-Zeitung auf den Tisch, das Blatt existiert bereits, es wird herausgegeben von den Gefangenen selber, in einem Camp in Colorado, und ist voller nicht einmal geschickt verpackter Nazi-Propaganda. Tatsächlich kommt Whelan nach Ritchie, aber er ruft ihn nicht zu sich, und die höheren Stellen am Ort zeigen wenig Interesse an der Entdeckung des Soldaten S. H. und seiner Idee; in Washington, sagen sie, wisse man schon, was man tue, und wo kämen wir hin in der Armee, wenn jeder sich in jedes Angelegenheiten mischte; sollte er nicht genügend ausgefüllt sein mit seinen Pflichten, werde man sich freuen, ihm eine zusätzliche Beschäftigung zuzuweisen.

Auf einmal gibt es neue Gerüchte. Eine Dependence von Ritchie sei im Entstehen, zwecks Schulung ganz besonderer Art; nur ausgesuchte Leute kämen dort hin, und die erhielten dann auch die entsprechenden Dienstgrade; sein Name sei auf der Liste gesehen worden.

Doch nichts erfolgt, tagelang. Und dann, nachts, wie immer, der Befehl: Die Folgenden – darauf Verlesung von Namen, auch seinem – Antreten mit Gepäck, Abmarsch noch vor Tagesanbruch.

Der Winter ist früh gekommen dieses Jahr. Der kleine Trupp, kaum mehr als ein Dutzend sind sie, steht frierend vor der Baracke; die Zeit verstreicht, die Sterne verblassen, über den Bergen zeigt sich ein erstes Grau, rosig getönt. Nach einer Weile sieht man die anderen, schläfrig noch, aus der Baracke treten und hinüberwandern zur Messe, zum Frühstück – ihr dort, nein, ihr wartet mal, der Transport muß jede Minute kommen. Aber er kommt nicht. Schließlich wird ihnen gestattet, ja, geht mal frühstücken. Das Rührei ist kalt und klebrig, der Speck nicht mehr eßbar, der Toast wie feuchte Pappe, der Kaffee eine lauwarme Brühe. Trotzdem, man versucht's. Doch auch das soll nicht sein: Pfeifen schrillen, ein Sergeant, hochrot im Gesicht, reißt die Tür auf und verflucht diese elenden Intellektuellen, diese Eierköpfe, die nie sind, wo sie zu sein haben. Draußen steht ein schmutziger Laster; A-Sack und B-Sack werden hinaufgehievt, irgendwo dazwischen sucht man Platz. Dann das große Tor, der Wachposten, der nicht einmal hinsieht; die Bauten von Ritchie werden kleiner, verschwinden – ein Traum.

Abgeladen werden sie, dem Laster haben sich andere hinzugesellt und sie sind etwa zwei Stunden im Konvoi gefahren, im Matsch auf einem Feld, an dessen Ende mehrere längliche Bretterbuden nebeneinander stehen, Schuppen eher als Behausungen, in verschiedenen Stadien notdürftig überpinselten Verfalls; dahinter sieht man Wald, gepflegten Wald. Wieder verliest einer eine Liste, darauf, wer sich in welche Baracke zu begeben habe, deutet an, wo Matratzen, Decken, Kissen zu erhalten wären. Alles ist sehr formlos, fast desorganisiert, aber gerade darum dem Soldaten S. H. sympathisch, und alsbald streunt er in Richtung des Waldes: mal erkunden, wo man sich eigentlich befindet. Niemand hält ihn an; sicher wird es irgendwo Offiziere geben, aber die haben sich wohl selber noch nicht gefunden; er schlendert den Waldrand entlang, dann endet der Wald – er erstarrt. Das kann doch nicht wahr sein: Gräber. Gräber, soweit das Auge blickt, wie zur Parade aufgereiht, hier und da eine Kanone, als sollten die unter der Erde, wenn sie einst auferstehen, mitsamt Artillerie gen Himmel marschieren, und auf den Gräbern die Namen, die Daten... Gettysburg. Der Friedhof von Gettysburg. Man hat sie auf dem Schlachtfeld von Gettysburg stationiert, sie, die in den Krieg von heute ziehen sollen, unter den Gespenstern des Krieges von gestern, und es nützt nichts, sich den hageren Redner zu zitieren, der hier sprach, So that Government Of the People, By the People, For the People may not perish from this Earth – es überläuft ihn kalt.

Dieses Camp auf dem Schlachtfeld heißt Sharpe; ein Colonel Sharpe war G-2 im Stab des Generals Meade, der die Nordtruppen bei Gettysburg befehligte. In den Baracken hausten einst die Jungens vom Civilian Conservation Corps, die, eines jener Projekte Roosevelts zur Bekämpfung der Arbeitslosigkeit, für wenig mehr als ein Wohlfahrtsgeld den Friedhof in Ordnung brachten. Hier nun entsteht die Zweite Mobile Radio Broadcasting Company; die Erste war in Nordafrika organisiert worden und hatte dort im Einsatz gestanden. Im zweiten und dritten Zug der Kompanie sind die Techniker eingegliedert, die Drucker und Setzer, die Ton- und Sende-Ingenieure, die Konstrukteure und Mechaniker, dazu das Kompanie-Personal: Schreiber, Köche, Fahrer. Der erste Zug ist ein Konglomerat von Intellektuellen: Philosophieprofessoren, Sprachwissenschaftlern, Schriftstellern, Journalisten, Komponisten, Film- und Theaterleuten; ein paar Kaufleute und Bankangestellte, wohl als Sprecher vorgesehen, runden das Ganze ab; alle sind sie des Deutschen kundig und in ihrer Mehrzahl als Gefangenenverhörer ausgebildet – selbst für eine Armee wie die amerikanische ein einzigartiger Haufen. Nur unter den Offizieren sind keine Fachleute irgendwelcher Art; einer spricht Italienisch, ein anderer etwas Deutsch, mehr ist nicht. Das schafft ein merkwürdiges, nicht sehr gesundes Verhältnis zwischen den Offizieren, oder zumindest einigen von ihnen, und den Leuten im ersten Zug; die Offiziere haben offensichtlich Auftrag, schonend mit den Herren Künstlern umzugehen, andererseits bildet sich durch ihr Gefühl von Minderwertigkeit diesen gegenüber ein ihnen vielleicht nicht einmal bewußtes Ressentiment, das sie, besonders den Kompaniechef, Captain Grabove, zwischen martialischem Gehabe und einer manchmal peinlich wirkenden Kameraderie schwanken läßt.

Dennoch, in Camp Sharpe rückt man näher zusammen, schon weil man ahnt, daß dies die letzte Station sein wird, bevor es auf die große Reise geht. Freundschaften bilden sich; zwischen dem Soldaten S. H. und einem der Drucker, einem Armenier namens Sarkis Phillian, entsteht eine Bindung, die dauern wird. Phillian, ein untersetzter, grauhaariger Mann mit breitem, furchendurchzogenem Gesicht, strahlt Ruhe aus; wenn er mit seiner tiefen, warmen Stimme einem versichert, alles wird gutgehen, ist man geneigt, ihm Glauben zu schenken, und wenn er einen einlädt zum Schaschlik, nach dem Kriege, mit Gertrude, in seinem kleinen Haus in New Jersey, so sieht man das Gärtchen vor sich, wo das alles stattfinden soll, und das Holzkohlenfeuer im handgezogenen Graben, über dem die Spieße sich drehen werden. Aber auch Schwächen werden sichtbar, ein kindisches Gerangel entsteht um die Dienstgrade, die nun doch endlich verteilt werden müssen und die, sind sie hoch genug, den einzelnen von der ständig anfallenden Drecksarbeit entbinden werden; um Urlaubsscheine wird gekämpft, auch wenn's nur um einen Abend geht, denn im Hotel Gettysburg sind die Frauen eingezogen – die aus den Quartieren in der Nähe von Ritchie, und die aus den fernen Städten, die nun auch gekommen sind, weil sie wissen, daß es nur noch Wochen sein werden bis zur großen Trennung.

Diese langen und doch so kurzen Abende! Man sitzt zusammen im Dining Room des Hotels, Ehepaare und Paare, denen der amtliche Segen fehlt, die Männer nicht sehr militärisch wirkend trotz ihrer Uniform, die Frauen in der Mode der Zeit, wattierte Schultern, die Jäckchen auf Taille, die Röcke bis unters Knie reichend; man ist bemüht um ein wenig Feierlichkeit, der Kellner hat Kerzen auf den Tisch gestellt, die Flämmchen flackern mitunter, und lacht eine der Frauen, so klingt es nur zu oft gezwungen. Gertrude hebt ihr Glas, ihre Augen begegnen den seinen; nach dem Dessert wird man aufs Zimmer gehen, er wird ein Bad nehmen, und sie werden miteinander schlafen, bis das Telephon scheppert: um vier Uhr früh weckt der Hotelportier die Herren Soldaten.

Die hinterste der Baracken dient als Schulungsraum, mit Pulten, wie sich's gehört, und einer großen schwarzen Tafel neben dem Tisch des Lehrers; dies alles ist nagelneu, auch für Hefte und Schreibstift hat die Regierung gesorgt.

Die da hinter den Pulten sitzen warten schon eine Weile; ihre Neugier hat fast schon den Grad erreicht, wo sie, wenn nichts geschieht, in sich zusammenfallen wird wie ein punktierter Ballon; doch genau da erscheint einer, wie ein Komet, glitzernd, gleitet an ihnen vorbei, den Mittelgang entlang, hält inne vor der Schultafel, wendet sich langsam den Männern zu, die ihn erstaunt betrachten, und eröffnet ihnen, wer er sei, First Lieutenant Hans Habe de Bekessy, zurück aus Afrika, und beauftragt, ihnen, den für wichtige und äußerst interessante Aufgaben Bestimmten, ein paar Erfahrungen zu vermitteln: wie man Flugblätter abfasse zur Verteilung an den Feind durch Artillerie, und andere Druckschriften, wirksam und konzis zugleich, zum Abwurf per Flugzeugbombe über den Linien des Gegners, und Rundfunksendungen gestalte, kurze wie längere, die dem Mann uns gegenüber zu denken gäben, und aus dem Stegreif Reden an ihn halte, aus vorderster Stellung, über Lautsprecher, Appelle an Herz und Hirn des deutschen Soldaten, geeignet, ihn zu überzeugen, daß es gesünder für ihn und besser für Deutschland wäre, wenn er bei nächster Gelegenheit oder gar auf der Stelle zu uns herüberkäme.

Habes Art zu sprechen, faszinierte; seine etwas quäkende, nasale Stimme gestattete seinen Zuhörern nicht abzuschalten, mochten sie noch so ermüdet sein, und der eindringliche Blick der großen, hellen, leicht hervorquellenden Augen schien immer irgendwelche Reaktionen auf seine Feststellungen, Wünsche, Herausforderungen zu verlangen. Nach und nach fiel einem auch auf, daß etwas an seiner Kleidung anders war als bei anderen Offizieren im Felddienstrang – sei es der Farbton der Jacke oder das Wechselspiel in der Kombination von Hell und Dunkel bei Hemd und Krawatte, Feldbluse und Breeches. In der Armee der Vereinigten Staaten war es nur Generälen gestattet, nach eigenem Geschmack geschneiderte Sonderuniformen zu tragen – und dem Lieutenant Habe. Warum das so war, wußte keiner zu sagen; besaß er seine Vorrechte, die ja nicht nur die Uniform betrafen, weil man höherenorts seine Fähigkeiten so sehr schätzte, oder weil seine aristokratischen Allüren, alt-ungarischer Adel, wurde gemunkelt, solchen Eindruck auf gewisse Stäbe machten, oder weil seine militärische Vergangenheit, die aus seinem weitverbreiteten, sehr lesbaren Buch A Thousand Shall Fall zur Genüge hervorging, so großen Respekt erzeugte, oder weil er es fertiggebracht hatte, die Tochter von Ambassador Davies zu heiraten, die Erbin des Frühstücks-Happenpapp-Vermögens der Firma Kellogg?

Ich kenne, außer einigen extrovertierten Heerführern wie MacArthur oder Patton, niemanden in der amerikanischen Armee, über den so viel und so genüßlich getratscht wurde wie über den Lieutenant, später Captain, später Major Hans Habe, aber auch niemanden, dessen individueller Beitrag zur Entwicklung der Psychological Warfare dieser Armee so viel zum Siege beitrug wie ihn. Er war ein Künstler auf dem Gebiet der Selbstdarstellung, und das Besondere dabei war, daß er auch jedesmal glaubte, er sei der, als den er sich gerade darstellte; aber unter all dem Geflimmer und Geflirr steckte ein Mensch von eisernem Fleiß, großen Kenntnissen und gelegentlich mit Herz.

Das war der Mann, der im Leben des nun zum Technical Sergeant ernannten Soldaten S. H. (fünf kunstvoll um eine Raute herum angeordnete Streifen am Ärmel) eine immer wichtiger werdende Rolle spielen sollte, bis sie Ende 1945 nach einem kurzen, aber bitteren Streit um Grundsätzliches sich trennten.

Habe war nicht der einzige Instrukteur in Camp Sharpe, aber die anderen, die meist über Technisches referierten, blieben Schatten. Habe achtete auch darauf, daß diejenigen unter seinen Schülern, die Gedanken zum Thema hatten, zu Wort kamen; so durfte der Sergeant S. H., der in einer sowjetischen Zeitschrift einen Bericht des Dichters Erich Weinert über dessen Lautsprechereinsätze an der Front gelesen hatte, einen Vortrag darüber halten; ihn beschäftigte dabei besonders die Frage, welche Bedingungen die Wirkung solcher Appelle begünstigen oder aber hemmen mochten, und inwieweit die Amerikaner es leichter haben könnten als die Russen, deren Image als bolschewistische Halbwilde den deutschen Hirnen jahrelang von Goebbels vorgeführt worden war. Habe, der sich damals pro-russisch gab, sein Schwiegervater war schließlich Botschafter in Moskau gewesen, kommentierte den Vortrag mit milden Worten, und alle waren's zufrieden; doch ließ der Ablauf der Sache im Munde des Sergeanten S. H. einen eher faden Geschmack zurück: wohl hatte er gezeigt, daß auch die Sowjet-Armee Psychologische Kriegführung betrieb und daß sich aus ihren Erfahrungen möglicherweise lernen ließe, aber es war, als hätte er in einen Wattebausch hinein gesprochen.

Und dann, nichts ist abgeschlossen, nichts fertig entwickelt, endet der Lehrbetrieb. Die Zeit scheint auf einmal zu drängen. Eine Dritte Mobile Radio Broadcasting Company, frisch zusammengestellt, soll nach Sharpe verlegt werden; was mit der Zweiten geschehen wird, läßt sich erraten. In Gettysburg gibt Gertrude ihr Zimmer auf und kehrt zurück nach New York, im Koffer das Manuskript von Of Smiling Peace, soweit er's gebracht hat, die knappe Hälfte des Buches etwa, Rohfassung; wann man einander wiedersehen wird, und ob überhaupt, bleibt unklar, es heißt, vertröstet er sie, daß in den Einschiffungshäfen jeder noch einmal Ausgang bekommt; sie sind beide erwachsene Menschen, sie beherrschen ihre Emotionen.

In Sharpe wird alles außer dem schweren Gerät hastig verladen, mit unbekanntem Ziel; doch nach kurzer Reise erkennt man die vertrauten Gebäude von Ritchie wieder und findet sich dort in provisorischem Quartier. Der Tag vergeht mit administrativem Kram: Empfang von Ausrüstung, Ausfüllen von Formularen, und immer wieder Inspektion. Abends läßt er sich mit New York verbinden, Gertrude ist am Apparat, freut sich über den Anruf, doch ihre Stimme klingt ungewohnt, brüchig. Ja, bestätigt er, es gehe ihm gut. Und auf ihre gequälte Frage: Nein, noch liege kein Termin fest für den Abmarsch, aber die Sicherheitsmaßnahmen seien voll in Kraft. Und dann, ohne Überleitung, »Gertrude, let's get married.«

Er glaubt, sie atmen zu hören, stockend.

Laß uns heiraten, wiederholt er. Noch läßt es sich machen. Wir sind in Maryland. In Maryland braucht man kein Aufgebot, keine Wartezeit, jeder Friedensrichter, jeder Pfarrer traut dich auf der Stelle. Wann kommst du?

Morgen, sagt sie.

Drei Tage gewährt ihm Captain Grabove und knurrt, er hätte ja auch etwas eher ans Heiraten denken können, jetzt mußten in letzter Minute alle seine Papiere umgeschrieben werden, die Witwe werde doch wohl auf eine Rente reflektieren, oder?

Sie treffen sich am Tor des Camps. Gertrude hat eine Taxe gemietet, sie fahren nach Hagerstown. An der ersten Kirche dort, noch sehe ich sie vor mir, teils Feldstein, teils graue Bretter, mit spitzem Glockentürmchen auf spitzem Giebel, lassen sie halten und klingeln bei Reverend F. Berry Plummer nebenan. Der Pfarrer tritt aus der Tür, in abgeschabter Joppe, Pantoffeln an den Füßen. Ah, sagt er mit einem Blick auf das weiße Krägelchen an Gertrudes Jacke und den weißen Schleier an ihrem Hütchen, und Sie wollen's gleich.

Ja, sagt S. H.

Zehn Dollar, sagt der Reverend, einschließlich Trauschein; mit Musik fünfzehn.

Mit Musik, sagt Gertrude.

Die Wohnstube ist wenigstens warm; in der Mitte steht ein brusthohes Pult, das auch als Altar gedacht sein mag, an der Wand hängt ein Kruzifix, die Farben auf dem Gesicht des Herrn Jesus sind verblaßt. Mrs. Plummer legt ihre Schürze ab, setzt sich an das Harmonium in der Ecke und intoniert eine Melodie, eine geistliche; der Pfarrer placiert das Brautpaar vor das Pult und beginnt; er macht nicht viel Federlesens und kommt rasch zu den Kardinalfragen: Willst du, Gertrude? Willst du, Stefan? Sie wollen. Dann sprechet mir nach. Und spricht, ohne jeden Ausdruck, wie oft hat er sie schon vorgesprochen, die Formeln endend mit Till Death do us part. Und dann, mit einer Handbewegung, halb segnend, halb wegwerfend, I hereby pronounce you man and wife.

Mann und Frau. Der Ringtausch, Ringe aus Silber, mit geflochtenem Muster, mexikanisch, die Gertrude in einem Laden im Village erstanden hat; der Kuß, intensiver als dem Pfarrer geläufig, es steckt schon ein Stück Schmerz darin von dem Abschied, der bald kommen wird.

Till Death do us part, denkt der soeben vor Gott zum Ehemann beförderte Sergeant S. H., bis der Tod uns trennt. Und er denkt an die Kugel, die schon gegossen ist, und die irgendwo auf ihn wartet.

# 14

Der Abschied war eher beiläufig. Es war früh am Tag. Man hatte zusammen Kaffee getrunken, in Eile, eine Scheibe Toast gegessen, ein Ei, und er machte sich fertig zum Aufbruch nach Camp Shanks, drüben in New Jersey, der letzten Station vor der großen Reise. In der Tür wandte er sich noch einmal um, blickte sie an und winkte ihr zu, eine kurze Bewegung der Hand nur; er wußte nicht, fühlte aber, daß eine lange Zeit vergehen würde bis zu dem nächsten gemeinsamen Frühstück mit ihr.

Es sind aus der Zeit ein paar Briefe an Gertrude erhalten geblieben. In dem einen schreibt er: Sie haben es uns im Port of Embarkation mitgeteilt, als wir zurückkamen, und ich hatte keine Möglichkeit mehr, es Dich wissen zu lassen. Ich hoffe, Du hast nicht zu lange auf mich gewartet und bist gut nach Hause gekommen; das eigene Bett, die eigene Wohnung werden Dir sicher wohlgetan haben nach all den fremden Zimmern, in denen Du während der letzten Monate als Soldatenfrau gelebt hast – obwohl jedes dieser Zimmer für mich ein Zuhause bedeutet hat, weil Du darin warst. Wir hatten großes Glück, daß wir soviel Zeit miteinander verbringen konnten, und ich denke, wir haben wirklich jede Gelegenheit benutzt; dennoch, es war nicht genug, und ich weiß nicht, wie wir uns je dafür schadlos halten können. Wir werden es versuchen. Wir werden reisen, und wir werden eine Wohnung in der Stadt haben und einen Bungalow mit Grundstück auf dem Lande, und wir werden arbeiten und Freude am Leben haben und das unsere tun, um beizutragen zur Veränderung dieser perversen Welt, in der die Menschen gezwungen sind, auf so dumme und sinnlose Art zu existieren. Große Worte das, viel zu groß – aber so ist man eben gestimmt nach ganzen drei Stunden Schlaf, hektischer Packerei und blödsinnigem Hin- und Herschleppen des Gepäcks. Ich habe das Gefühl, unser beider Leben hat doch eine Menge gewonnen dadurch, daß wir einander gefunden haben – meines auf alle Fälle, dear *Mrs.* Heym.

Er hat es fertiggebracht, einen Platz an der Reling zu ergattern, Backbordseite, und sieht die Docks vorübergleiten, 23rd Street, ein paar Blocks östlich davon liegt Rutherford Place, da hat er gewohnt, dann kommt 16th Street mit dem neuen Apartment, das Gertrude gefunden hat und nun einzurichten plant für sie beide, ein Stück weiter südlich rückt der Battery Park ins Blickfeld, hinter den Bäumen muß Vesey Street sich befinden, dort war das Volksecho, gleich wird Manhattan zu Ende sein. Das Fährboot nach Staten Island, winzig im Verhältnis zu der SS Queen Elizabeth, auf deren Oberdeck er jetzt steht, legt gerade ab, 5 Cent zahlt man für die Fahrt, die preiswerteste Seereise Amerikas, wie oft hat er sie gemacht, zuletzt noch mit Gertrude – nur die Reise auf diesem englischen Luxuskahn wird noch billiger sein. Vorbei an der Freiheitsstatue, ein Postkartenbild, an Ellis Island, der Vorhölle zu Amerika, dann sinkt alles zurück; Long Island zur Linken, New Jersey zur Rechten werden zu Schatten am Horizont, das Schiff beginnt sich zu wiegen, durch die Planken hindurch spürt er das Stampfen der Maschinen, und plötzlich wird ihm bewußt, daß er vor sich hingepfiffen hat, die ganze Zeit schon, und immer die gleiche Melodie: It's a long way to Tipperary, it's a long way to go...

Auf der Queen Elizabeth befinden sich 15000 Mann, eine kriegsstarke Division, aber es ist keine Division, es ist ein Konglomerat von Truppen aller Waffengattungen, samt Nachschub verschiedenster Art, Stäben, Sondereinheiten wie die Zweite Mobile Radio Broadcasting Company, alle mit ihrem Gepäck; dazu Waffen, Material, Munition: ein einziger Torpedotreffer, etwa im Maschinenraum, Gott helfe uns. Und wo ist der Konvoi, wo die Bedeckung, die stolze Navy? Nichts, soweit das Auge reicht, nur die leicht bewegte See, etwas dunstig, mit ein paar Schaumkronen darauf, wer wollte da das dünne, tanzende Strichlein erkennen, das Periskop; erst später erfährt man, daß die Queen auf solch einsamem Trip ist, weil sie, wäre sie im Konvoi, sich nach dem langsamsten Schiff darin richten müßte; so aber, mit ihrem schlanken Leib, ihren superstarken Maschinen, fährt sie schneller als jedes deutsche U-Boot und könnte, im Zick-Zack-Kurs, selbst einem Rudel entgehen. Schwacher Trost, denkt der Sergeant S. H. – und wenn nun das U-Boot, genau auf ihrem Kurs liegend, in zehn oder zwölf Metern Tiefe bereits auf sie lauerte, die Torpedos bereit zum Abschuß?

Hinter ihm, auf einer Decke, hocken ungerührt ein halb Dutzend Mann und würfeln, dicht umdrängt von dreißig oder vierzig Kiebitzen, die ihren fachmännischen Rat geben oder aufstöhnen, wenn die Sieben schon wieder nicht fallen will; die Spieler schwitzen, hochrot im Gesicht, flüsternd ermuntern sie die Würfel in ihrer hohlen Hand, als wären's Menschlein; dann, unversehens, eine Drehung des Handgelenks; die Würfel rollen, kommen zur Ruhe: ganze Bündel von Dollarnoten wechseln den Besitzer. Einer steht auf, fahlen Gesichts, und wankt davon, ein anderer, aus dem Kreis, nimmt stumm seinen Platz ein und setzt, das Spiel geht weiter, Tag und Nacht, ohne Unterbrechung, und wird erst enden mit dem sieghaften Sirenengeheul der Queen bei der Einfahrt in den englischen Hafen.

Es sind zu viele Menschen an Bord. Unter Deck ist nicht genügend Platz, daß sie alle dort schlafen könnten, besonders da jeder Offizier sein eigenes Bett haben muß in einer Kabine; so liegen die Mannschaften abwechselnd zur Hälfte eine Nacht unter Deck, in allen verfügbaren Räumen, in Gängen und auf Treppen, und können nicht schlafen, weil es da unten zu eng und zu heiß ist und die Luft zu stickig, während ihre Kameraden oben auf Deck, auf harte Planken gebettet, auch nicht zum Schlafen kommen in dem rauhen, feuchten Wind, der einen erzittern läßt trotz Wolldecke und Mantel, und weil dauernd irgendwelche Leute über einen hinwegstolpern. S. H. merkt, wie er zu stinken beginnt; zwar kann er, nach langem Schlangestehen, sich warm duschen, aber nur mit Salzwasser, in dem die Seife nicht schäumt; ursprünglich plante er, sich einen Bart stehen zu lassen, einen roten, für die Ankunft in England, aber er fühlt sich ungepflegt auch ohne das Gewucher am Kinn und zieht es doch vor, sich jeden Morgen zu rasieren, mit seinem Trinkwasser.

Zu all dem kommt der Dienstbetrieb der Kompanie, der selbst in dieser Enge aufrechterhalten wird; es liegt, scheint's, in der Natur von Vorgesetzten, Geschäftigkeit erzeugen und lästige Pflichten verteilen zu müssen, und er, der beabsichtigt hatte, die Zeit der Überfahrt zur Arbeit an seinem Buch zu benutzen oder die Tage wenigstens geruhsam zu verleben, sieht sich wieder einmal frustriert. Aber nun kennt er die Vorgänge in den Hirnen der Militärs bereits und weiß, wie man ihnen begegnet: man muß nur beschäftigt erscheinen, wenn man seine Ruhe haben will, und sich einen entsprechenden Posten beschaffen, wenn man Freiraum braucht für sein Privatleben. Das war schon in Camp Dix so; und hier auf der Queen zeigt ihm der in jeder Lage versierte Sergeant Burger durch praktisches Beispiel, wie das Problem zu lösen wäre: Burger produziert eine Variety Show mit Talenten, professionellen wie Amateuren, die sich reichlich unter den 15000 Mann an Bord finden. Warum also soll er, der Sergeant S. H., nicht eine Zeitung machen? Wozu ist er Journalist gewesen? Und hatte nicht die Ile de France, haben nicht alle die Luxusdampfer eine kleine Druckerei an Bord zur Herstellung ihrer Passagierlisten und Bulletins, ihrer Platz- und Speisekarten? Und bräuchten nicht so viele Tausende von Soldaten, zusammengepfercht wie sie sind auf engstem Raum, gelangweilt, gereizt, geängstigt, neben Burgers Variety Show ein von S. H. redigiertes Nachrichtenblatt zur Hebung ihrer Moral? Zumindest braucht er eines, zur Hebung der seinen.

Moral – das Wort überzeugt. Die Offiziere der Kompanie, die schon von Burgers Initiative profitiert haben, sehen eine neuerliche Chance, sich hervorzutun: was für schlaue Burschen haben sie doch in ihrer Einheit. Sie geben den Vorschlag weiter, und die Herren höherenorts, auch sie moralbewußt, billigen das Projekt und überzeugen den Transport Commander von dessen Nützlichkeit, und so entsteht die Ocean News, wohl die einzige gänzlich von Hand gesetzte Tageszeitung jener Jahre, sieht man von möglichen Untergrundblättern in von den Deutschen okkupierten Gebieten ab. Der Schiffsdrucker, aus geruhsamer Existenz gerissen, besorgt den Satz, und wie oft fallen die Zeilen durcheinander bei Seegang; die Sergeanten S. H. und Albert Guerard, dieser im Zivilleben Professor für romanische Sprachen, stellen das Blatt zusammen aus Nachrichten der BBC und amerikanischen Radiostationen, die im Funkraum abgehört werden, und aus kurzen, wenn möglich erheiternden Stories über Vorgänge an Bord; dasselbe Material verwerten sie dann auch gleich für Informationssendungen, die zu regelmäßiger Stunde über das Lautsprechersystem des Schiffs durchgegeben werden. Das Doppelunternehmen ist ein Erfolg; innerhalb von drei Tagen steigt die verkaufte Auflage der Ocean News um 30 Prozent, und die Redakteure dürfen in der Druckerei schlafen, auf richtigen Matratzen, vor Kälte und lästigen Störungen geschützt.

Doch mit der Arbeit am Buch wird es nichts: die Tätigkeit, die er sich organisiert hat, um Komfort und Muße zu finden, nimmt ihm die Muße; kaum daß er Zeit findet, in Ruhe das Meer zu betrachten, den ewigen Wechsel von grünen und graublauen, rosafarbenen und violetten Tönen, und die Jagd der Wolken und den Regen, der übers Deck peitscht, wenn das Schiff, soeben noch von der Sonne bestrahlt, in plötzliche Böen hineinsteuert, und die Sterne bei Nacht, die ihm größer und heller erscheinen, als er sie je gesehen hat, und so erschreckend fern. Dabei ist die Angst in seinem Herzen vor dem Absaufen fast verschwunden, vor dem Aufschlag des Torpedos und dem Krachen der Explosion und dem Knirschen der Verstrebungen und dem Zischen des Dampfes und dem Gurgeln des Wassers, das eindringt in den Schiffsrumpf, und dem Geschrei und den Hilferufen, und der Stille dann und der Kälte, die ins Innerste dringt. Er spürt den Frühling in der Luft, ist es ein Wind schon vom Lande her oder ein Duft, mitgeführt vom Golfstrom, oder ein Schimmer von zarterem Licht im Morgen: etwas Wunderschönes, wie der Flügelschlag eines großen goldenen Vogels.

Der Hafen heißt Glasgow. Sie gehen als erste von Bord, niemand weiß, weshalb die Eile, ein Zug wartet bereits, einsteigen und ab.

Alles um ihn ist so anders, so altbekannt und trotzdem ihm nicht mehr vertraut, so europäisch. Es sind wohl die Proportionen. Die Lokomotive, ein putziges Gefährt, pustet und keucht, als müßte ihr jeden Moment der Atem ausgehen; die Waggons, winzig im Verhältnis zu den langen, breiten amerikanischen, klappern wie Kinderspielzeug; jedes Coupé hat zwei Türen nach außen, und durch die schmalen Fenster blickt man hinaus auf Reihen von engbrüstigen, niedrigen Häuschen mit daumenhohen Schornsteinen, aus denen, wie kleine Wattebäusche, Rauch sich kräuselt.

Das alles erfüllt ihn mit Wehmut und Freude zugleich; er fühlt sich zu Haus und doch wieder nicht. Er ist denen gegenüber im Vorteil, die nur Amerika kennen und das fremdartige Panorama neugierig und mit einem Anflug von Spott betrachten, Gullivers, die es nach Liliput verschlug; aber ist es wirklich ein so großer Vorteil, die Füße auf zwei Kontinenten zu haben, und auf welcher Seite des Ozeans ist dann das Herz?

Er wird die Frage jetzt nicht lösen. Außerdem ist er müde nach den Tagen und Nächten unter Spannung, müder noch als die anderen, die dicht an dicht hocken auf den zwei Bänken in seinem Abteil und rauchen, lachen, trinken und allerlei Zeug reden, bis auch ihnen der Kopf auf die Brust sinkt.

Als er aufwacht, ist es dunkel. Der Zug, abgeblendet, hat angehalten, nirgends ein Licht, nur dann und wann eine Garbe von Funken aus der ruhig vor sich hinschnaufenden Lokomotive; schließlich schälen sich, irgendwo seitlich, ein paar bläuliche Pünktchen aus der Schwärze. Befehle, heiser, drängend: Get your asses out! On the double! First Platoon – over here! Dazu die vertrauten Pfiffe und Flüche, der momentane Strahl einer Taschenlampe auf einer Liste, Gebrüll von Namen, immer noch sind die Kerle nicht vollzählig, dann endlich die Meldung: All present and accounted for! Es hat sich keiner verloren in der sanften englischen Nacht.

Die blauen Pünktchen sind alles, was sichtbar ist von den Scheinwerfern der Lastkraftwagen, auf denen die Reise fortgesetzt wird; wieder nickt er ein, der Körper schwankt mit bei dem dauernden Rütteln und Schütteln und in den Kurven, wenn das Gewicht sich verschiebt. Dann, nach langer Fahrt, wird er wachgerüttelt; eine tiefe Negerstimme sagt, Okay, Boys, this is it. Er taumelt herab vom Wagen, findet ein Armeezelt, darin, bereits aufgeklappt, die üblichen Feldbetten, er läßt sein Gepäck fallen, seinen Helm, sein Gewehr, wirft sich bäuchlings auf das ihm nächste Bett, legt den Kopf auf den Unterarm und ist tot für die Welt.

Am Morgen, die Sonne wirft durch die Plane hindurch ihre Kringel auf ihn, erhebt er sich leise und tritt vor das Zelt, und reibt sich die Augen. Das gibt es doch nicht. Vielleicht sind die Schläfer in ihren Zelten, ja, die grauen Zelte selbst, in ordentlichen Reihen hinter ihm aufgestellt, ein Traum, und der Traum, in den hinein er geraten, ist die Wirklichkeit, und jeden Moment wird Shakespeare, gleich ihm auf der Durchreise in diesem Ort, oder sein Ritter Falstaff, oder auch die Jungfer Ann Page aus der Tür eines der alten Fachwerkhäuser kommen und über den Village Green auf ihn, der da so steif und fremd steht, zugehen und ihn begrüßen wie einen vertrauten Gast.

Wotton-under-Edge – es ist eingeprägt in meine Seele mit seinen Gassen und winkligen Häuschen und den kleinen Läden, in denen zu der Zeit kaum etwas zu kaufen war außer verstaubtem Kram, den keiner mochte, und mit seinem Pub, über dessen Tür ein blaues Schild hing mit einem großen goldenen Stern darauf und in dem es ein extra Fensterchen gab für die, die ihr Bier im Krug abholen kamen. Aber nur dort, tief in mir, existiert dieses Wotton noch. Ich habe es wieder aufgesucht, vierzig Jahre später; ich hatte einen Vortrag zu halten an der Universität Cardiff, und Peter Foulkes, der Germanist, sagte zu mir: »Wotton-under-Edge? Ich wohne da ganz in der Nähe, ich fahre Sie hin, aber einen Village Green, einen Dorfanger, den haben sie da nicht; sind Sie sicher, daß Ihre Erinnerung Sie nicht täuscht und daß Sie damals nicht irgendwo anders waren?« Wir stritten uns den ganzen Weg über, kein englisches Dorf, kein Städtchen, das etwas auf sich halte, sagte Foulkes, gäbe seinen Village Green auf, hier in Great Britain pflege man das Wenige, was noch übrig sei aus alter Zeit. Wir kamen nach Wotton: kein Village Green. Auch die Straßen verliefen ganz anders, als ich sie gekannt hatte, nur der Pub an der Ecke des Parkplatzes hatte einen goldenen Stern auf blauem Feld über der Tür, aber der Pub stand verkehrt herum, und kein Fensterchen war mehr da, aus dem man einen Krug hätte herausreichen können. Wir gingen in eine Teestube, der Professor und ich; die ältere Dame, der das Lokal gehörte, servierte Crumpets mit einer vorzüglichen Landmarmelade, und ich kaufte ein paar Dosen davon und fragte sie, ob es am Ort nicht einmal einen Village Green gegeben hätte. Sie schien nachzudenken. »Ah ja«, sagte sie dann, »den haben sie asphaltiert und das ist jetzt unser Parkplatz; Tourismus, Sie verstehen, aber es fördert das Geschäft.«

Die Offiziere laufen herum wie verlorene Schafe. Verpflegung und alles, was sonst nötig sein mag zur Erhaltung einer Truppe, trifft pünktlich ein in Wotton-under-Edge, aber keine Befehle, keine Anordnungen, Hinweise, Instruktionen. Irgendwie suchen die Guten aus eigenem ein Dienstprogramm zu entwickeln: Vorträge, Trainingsmärsche, Feldübungen und dergleichen; aber keiner nimmt das ernst, sie selber auch nicht; die Männer ziehen aus, mit Spaten, Pack und geschultertem Gewehr, der sportliche Lieutenant Bird an der Spitze, nur um zwei Hügel weiter, außer Sicht des Kompanie-Hauptquartiers, sich faul ins Gras zu werfen. Jemand kommt auf den Gedanken, eine Fußballmannschaft zu organisieren; S. H. ist, trotz innerer Vorbehalte, dabei; man tritt an gegen den Ortsverein von Wotton-under-Edge und verliert haushoch, immer wieder findet S. H. sich von den englischen Dorfjungen umspielt, es ist deprimierend. Doch dafür gelingt es ihm, für Gertrude zwei bauchige Zinnkrüglein zu erstehen, die im Pub auf dem Regal hinter der Theke verstauben; vor der Erfindung der markierten Schnapsgläser maß man mit ihrer Hilfe die Portionen aus, ein viertel Gill in dem kleineren, einen Imperial in dem größeren, auf dem, kaum noch zu erkennen, das königliche V.R. eingeprägt ist, Victoria Regina.

Und er denkt nach über Of Smiling Peace und über die Weiterarbeit an dem Buch; er hat Gertrude gebeten, sie möge ihm das Manuskript schicken und seine Schreibmaschine, aber er hat Zweifel: wie war das gewesen, als die Queen sich der schottischen Küste näherte und aus den Lautsprechern die Stimme des britischen Generals ertönte, Grußansprache an die Truppen an Bord – über das angloamerikanische Bündnis, und über die Gefühle der britischen Bevölkerung, die man doch bitte verstehen möge, und über die Color Line, die Farbunterschiede, die es in England nicht gäbe, denn für die Engländer sei ein jeder, der die amerikanische Uniform trüge, ein vollgültiger Bürger der United States; und in Antwort darauf das höhnische Gelächter, das von Deck zu Deck lief, das Gegröl und die Buh-Rufe. Er hat Zweifel und, nach den zahlreichen Äußerungen, die er gehört, und den Gesprächen, die er geführt hat, auch politische Befürchtungen: gut, man wird landen in Frankreich und, wenn man Glück hat, auch dort Fuß fassen, aber die Wehrmacht braucht nur durchzuhalten bis November, bis zu den Wahlen in den Staaten, und wenn dann Roosevelt nicht wiedergewählt werden würde, was S. H. in Anbetracht des Wirrwarrs in so vielen Köpfen um ihn herum durchaus möglich erscheint, und wenn dann die Rechten an die Macht gelangten, die Konservativen, die Halbfaschisten, so würde es zu einem Separatfrieden kommen, und die Nazis wären gerettet.

Ich habe, schreibt er an Gertrude, meine Soldatengestalten als Menschen guten Willens dargestellt, die sich eines hohen Ziels bewußt sind, und ich weiß nicht, ob ich meine Leser damit nicht täusche; in Wahrheit sind die meisten der Leute, die ich beobachten konnte, eher kleinlich und unwissend und verbittert, und ich habe alle Hände voll zu tun, das dünne Flämmchen Hoffnung in mir am Leben zu erhalten; vielleicht wird sich meine Stimmung bessern, wenn ich erst wieder mit der Arbeit beginne.

Dabei ist der Frühling jetzt in voller Pracht, am Feldrand blüht es, gelb und rot und violett, die hohen Hecken zu beiden Seiten der engen Landstraßen stehen in frischem Grün, auf den Wiesen, als wär's aus dem Bilderbuch, hüpfen die Osterlämmer, der alte Wunsch, Oh to be in England now that Spring is here, ist in Erfüllung gegangen für ihn, und an seinem Geburtstag haben die Kameraden des Ersten Platoons ihn beschenkt, Zigaretten, Schokolade, er ist reich, und Wotton-under-Edge mit seiner von allen Verbindungen abgeschnittenen Kompanie amerikanischer Soldaten ist wie ein Eiland, an dem die Stürme der Zeit vorbeiziehen.

Doch schließlich werden sie entdeckt, und das Idyll endet in chaotischem Aufbruch. Es war alles, typisch für die Armee, eine große Verwechslung gewesen: nicht in Wotton-under-Edge, sondern in Weston-super-Mare und im benachbarten Clevedon hätten sie abgeliefert werden sollen, dort waren sie erwartet worden, dort lagen die Orders für sie und die Pläne, wer sich wohin zu begeben hätte und zu welchen Zwecken, und auf Wottons romantischem Village Green hatte eine Kompanie Militärpolizei lagern sollen, rauhe Burschen, aber gutherzig, geformt nach den Sheriffs in unseren Westerns; aber wer konnte auch Narrs genug gewesen sein zu erwarten, daß amerikanische Stäbe all die dreiteiligen englischen Ortsnamen zu unterscheiden wissen würden.

Nun ist auch Weston-super-Mare kein übler Aufenthaltsort. Es besitzt eine Strandpromenade, oberhalb ihrer stehen die Villen aus der viktorianischen und edwardischen Ära mit ihren poetischen Namen über dem Tor und warten auf die Sommergäste, die sich hoffentlich wieder einmieten werden, sobald das Militär abgezogen ist; zum Baden im Bristol Channel ist die Jahreszeit noch zu früh, aber nach der Stadt Bristol ist es nicht weit; dort, wo die GI's, overpaid und oversexed, wie die Engländer spotten, in den Bars hocken und Kontakt aufzunehmen suchen mit den örtlichen Damen, bemerkt man gelegentlich schon, wie der Krieg wirklich ist und wie es aussieht, wenn die Bomben eingeschlagen haben. Aber zumeist spaziert er die Strandpromenade entlang und blickt hinaus auf das unruhige Wasser und denkt dabei an jenen anderen Channel, breiter und ungleich gefährlicher, der zu überqueren sein wird, will man nach Frankreich gelangen. Das hat er sich ja auch gewünscht, endlich die zweite Front; doch nun, da der Tag, der D-Day heißen wird, näherrückt, klebt ihm die Zunge am Gaumen und er schluckt, um das Würgen im Hals loszuwerden.

Hier in Weston, auf der eigenen Schreibmaschine, die endlich eingetroffen ist, und eine Abschrift seines Manuskripts zur Hand, beginnt er wieder zu arbeiten. Mit der Distanz, die er in der Zwischenzeit gewonnen hat, liest er das Vorhandene und stellt fest, daß es nicht so schlecht ist, wie er befürchtet hat; aber manches bedarf doch der Korrektur: zu oft, seine alte Krankheit, hat er dem Leser vorgedacht, was der selber denken müßte. Auch hat ihm Gertrude eine Liste von Vorschlägen mitgeschickt, die geprüft werden wollen; gerade die Helden, an denen er bereits zweifelt, möchte sie edler haben, und das geplante ironische Ende des Romans, die Eheschließung Jerez-Marguerite, mißfällt ihr, sie sähe lieber etwas Dramatischeres – führt man denn nicht einen gerechten Krieg? Er fühlt sich unsicher, und wieviel Zeit wird ihm überhaupt bleiben für die noch fehlenden Kapitel und die notwendigsten Änderungen: eine Herkulesarbeit, stöhnt er in einem Brief an sie, doch betrachte er dann das bereits Vorliegende, so fasse er wieder Mut und es erscheine ihm immerhin möglich, daß er das Buch zum Abschluß bringen werde. Es hänge ja auch sehr viel davon ab, zum einen finanziell, wie gerne möchte er sie, seine Frau, gesichert sehen, und dann beruflich für ihn: was für eine Rückkehr aus dem Kriege wäre das wohl mit nichts als einem unfertigen, veralteten Manuskript im Koffer.

London. Brondesbury. Die Intellektuellen der Kompanie, eine Handvoll Leute nur, sind zur Psychological Warfare School der Britischen Armee beordert worden, die in jenem Stadtteil in ein paar gutbürgerlichen Villen untergebracht ist.

Offiziersrang oder nicht, hier wird man als Gentleman behandelt; hier wird an linnenbedecktem Tisch diniert, mit echtem Tafelsilber, und des Nachmittags gibt es High Tea; hier kann er zum ersten Mal seit New York wieder ein heißes Bad nehmen, und untergebracht ist er in einem Einzelzimmer mit Blick auf den Garten, und das weißbezogene Bett muß er nicht etwa selber machen, mit sorgsam untergefalteten Ecken, wie es ihm beigebracht wurde – ein silberner Vierteldollar hat wieder hochzuprallen vom straffgespannten Laken, Soldier! – nein, für derart Arbeiten ist ein sommersprossiges ATS-Girl da, vom Auxiliary Territorial Service also, weibliches Militär, doch nicht flintentragend, in blaugrauer, wenig attraktiver Uniform; des Abends kommt sie und erkundigt sich scheu: »When shall I knock you up tomorrow, sir?« – was ihn zunächst erschreckt, denn in seinem auf den Straßen Chicagos geprägten Vokabular bedeutet »to knock somebody up« jemanden zu schwängern.

Und hier ist der Lehrstoff anders, anspruchsvoller als in Camp Sharpe, akademischer; hier gibt man Intelligenz-Tests, die wirkliche Intelligenz erfordern, hier wird Psychologie gelehrt, Massen- und Individual-, Probleme werden behandelt, der Mensch in Gefangenschaft, mit denen er sich in Hostages beschäftigt hat, und die Instrukteure bewegen sich, als trügen sie, unsichtbar, den Talar eines Dons von Oxford; nur als der General kommt, General Martell, über dem einen Auge die Binde, die später durch Moishe Dayan berühmt werden wird, läßt die Ehrfurcht nach: was der alte Haudegen da mit knarrender Stimme über Strategie doziert, erinnert an die Feldherrnkünste des Grand Old Duke of York aus dem bekannten Kindervers, der seine zehntausend Mann den Berg erst hinauf- und dann wieder heruntermarschieren ließ, und stille Heiterkeit verbreitet sich bei dem empörten Bericht des Braven über die Tücke der Sowjets, die ihn bei einem Besuch an der Ostfront wohl die Dispositionen der Deutschen auf der Gefechtskarte sehen ließen, nicht aber die eigenen.

Aber vor allem ist da London mit seiner überall spürbaren Historie, die trotz der Nöte des Kriegs von Beständigkeit kündet: das Schwarz und Weiß von St. Paul's herausragend aus Feldern von Ruinen, Piccadilly mit steinernen Narben, Trafalgar Square, die hohe Säule verschalt, Buckingham Palace, war das nicht George dort am verklebten Fenster, wir Amerikaner sind Demokraten, aber so ein König stellt doch wenigstens was dar, und nie hat S. H. vermutet, der Hyde Park könnte so weitläufig sein, ein baumumsäumtes Stück Rasen, hat er geglaubt, darauf die Speakers, verschrobene Eiferer, und dann zur Themse, die glorreiche Zuckerbäckergotik der Houses of Parliament, und in Westminster Abbey die graudämmernden Winkel, die plötzliche Stimme: »Sir, you're standing on Mr. Dickens.« London mit seinem Leben, in das er sich einzufügen sucht, mit seinen Menschen, die sich wie selbstverständlich durch die zerbombten, mit Mühe wieder passierbar gemachten Straßen bewegen, die Frau mit dem kleinen Jungen an der Hand, die er fragt, »Isn't it a heartbreak, zerbricht es einem nicht das Herz, ein Kind großziehen zu müssen in dieser Zeit und dieser Stadt?« und die ihm erwidert, nein, so schlimm wäre es gar nicht; aber er bemerkt sehr wohl die streichholzdünnen Beinchen des Kindes. London, in dem es von Militär wimmelt aus allen vier Ecken der Welt, und in dem man einen Begriff bekommt von der Größe und den beängstigenden Verflechtungen des Apparats, der hier zusammengebaut worden ist für den entscheidenden Schlag. Und er, auch wenn es schwerfällt, sich das immer vor Augen zu halten, ist nichts als ein winziges Teil im Getriebe.

London ist Atmosphäre, wie auch Paris, aber nie wieder wird es diese Atmosphäre haben, die ihn jetzt umgibt. Es ist, als hielte die Stadt den Atem an in Vorahnung kommender Dinge; die Nerven knistern, wenn nachts die Bomberflotten, britische und amerikanische, über London hinweg in Richtung Kontinent brausen; wohl gibt es noch, vereinzelt, Fliegeralarm, aber das Rückgrat der deutschen Luftwaffe scheint gebrochen, und die merkwürdigen Flügelbomben, die da am heiteren Himmel dahinziehen, werden erst schrecklich, wenn ihr Dröhnen von einer Sekunde zur andern aufhört: dann bleibt nur ein Stoßgebet.

Es gibt auch komische Momente. Bei seinem ersten Ausflug in die Stadt findet er Hostages, in der englischen Ausgabe, in den Schaufenstern der Buchläden, und *Hostages* steht in großen schwarzen Lettern über den Eingängen der Kinos. Er habe, so wird in Brondesbury gewitzelt, dieses Timing arrangiert; in Wahrheit ist es ihm eher peinlich, aber es tröstet ihn auch, wenn die Kameraden, die schon zum Geburtstag ihm Geschenke brachten, nun mit den Büchern zu ihm kommen, um sie sich autographieren zu lassen. Er besucht den Verlag, Putnam's-London, und gerät in ein verwahrlostes Kontor, darin zwei tintenbefleckte Schreibtische vor einem Gewirr von Büchern auf durchhängenden Wandregalen. Zwei ältliche, gebückte Gestalten in zerbeulten Hosen und zerknittertem Tweed, die aus den Seiten von Dumby & Sons gestiegen sein könnten, erheben sich mühsam und krächzen ihr Willkommen; ja, sie wären die einzigen noch im Verlag, die jüngeren Herren befänden sich sämtlich bei den Streitkräften, und Ladies, nein, Ladies im Verlagswesen, nicht bei Putnam's. Trotzdem aber sei die gesamte Auflage von Hostages, in Höhe von 6000 Exemplaren, ausverkauft; ein Nachdruck? – aber wie denn, Sir, wir sind doch in England, woher sollen wir das Papier nehmen; überhaupt müsse ihr ganzes Verlagsprogramm nun leider eingeschränkt werden. Ob er etwas Geld erhalten könne von ihnen? – aber wie denn, Sir, wir haben doch alles schon mit New York abgerechnet, wir sind ein konservatives Haus von bestem Ruf, wir können nicht Vorschüsse zahlen auf Auflagen, die nicht erscheinen werden, und ebensowenig auf Bücher, die noch nicht geschrieben sind.

Bleiben Pearne, Pollinger & Higham, seine britischen Agenten, deren Firmenname gleichfalls von Dickens stammen könnte. Mr. Pollinger, ein jovialer Herr mit beträchtlichem Embonpoint, lädt ihn zum Lunch ein; das ist mehr, als Pfeffer je getan hat, in ein renommiertes Restaurant in Mayfair, dessen Eingang mit Sandsäcken geschützt ist; das Essen, sagt Mr. Pollinger entschuldigend, sei den Kriegsverhältnissen entsprechend, nach dem Kriege müsse man sich unbedingt wieder hier treffen, dann werde das Roastbeef wieder ein Roastbeef sein, und wie speise man denn in der amerikanischen Armee? Er sei, versichert er S. H., auf der Suche nach einem neuen Verleger für ihn; Papier, was Papier, die alten Herren bei Putnam's scheuten das Risiko; aber das neue Buch, könne er vielleicht sehen, was davon bereits vorliegt?

Abends dann, in einem tschechischen Restaurant mit echt tschechischer Küche, diniert er mit Mr. Carlisle von Lindsay, Drummond, den Mr. Pollinger interessiert hat. Mr. Carlisle stammt sichtlich nicht aus einem Dickens-Roman, er ist glatt und unpersönlich, und sein Verlag ist auch erst sechs Jahre alt, für England fast eine Neugeburt, aber er interessiert sich für Of Smiling Peace und will wissen, über die dünne Scheibe Schweinebraten und die Knödel und das angebliche Pilsner hinweg, ob S. H. denn meine, daß er das Buch noch werde beenden können, bevor man ihn anderweitig in Anspruch nähme?

Weiß er's denn selber? Er kann nur immer wieder sich hinsetzen und arbeiten. Die Arbeit macht auch Fortschritte, obwohl ihm in Brondesbury nur wenige Stunden am Tag dafür bleiben. Selten geht er noch aus, einmal, begleitet von Burger, zu einer Amphitryon-Aufführung in deutscher Sprache, Regie – Heinz Wolfgang Litten, der Litten vom Städtischen Theater in Chemnitz, mit dem er so oft im Markthallen-Restaurant und im D-Zug Chemnitz-Berlin zusammensaß. Es wird ein sonderbares Wiedersehen: da ist die nervöse Lebhaftigkeit, die es bei Litten immer gegeben hat, und dennoch scheint es, als hätten die Jahre einen grauen Schleier über sein Gesicht gebreitet. Trauer? Krankheit? Er beneide ihn, sagt Litten, weil er nun bald in Aktion treten werde; irgendeine Scheu hindert S. H. zu fragen, warum der Freund, nur wenig älter als er, denn nicht auch Soldat geworden ist.

Anders, und weniger belastet mit nicht Greifbarem, die Wiederbegegnung mit John Heartfield. Johnnie, so hat er erfahren, lebt mit seiner Frau Tutti irgendwo in der Nähe von Hampstead Heath; wovon, weiß der Teufel, denn wo gibt es noch Blätter, die seine Photomontagen drucken würden. Eines Sonntagnachmittags – es wird der letzte sein in London auf Jahre hinaus, aber das weiß er noch nicht – sucht S. H. die beiden auf. Sie leben in Armut; aber die Freude ist groß, Johnnie hat Tränen in den Augen bei der Begrüßung; dann gibt es Tee zu den Chocolate Bars aus dem PX und den süßen Biskuits aus den Feldrationen, die er mitgebracht hat, und wieder, kaum sind die Tassen geleert, beginnt der Streit zwischen ihnen, als hätte sich nichts ereignet seit den Nächten damals auf dem Graben zu Prag: Johnnies Thesen, wie unhaltbar sie auch sein mögen, darf immer noch keiner anfechten, und S. H. ist ebenso rechthaberisch, besonders wenn er sich unsicher fühlt und von Zweifeln geplagt wie in dieser Zeit, und erst als Frau Tutti, mit ihrer Stupsnase und ihren freundlichen rosa Bäckchen alles andere als ein intellektueller Typ, sie fortschickt, um Kaninchenfutter zu sammeln, zieht Frieden ein in die erregten Gemüter der zwei Freunde, und sie streunen einträchtig über Hampstead Heath, und Johnnie spricht von den Gräsern und Kräutern, welche die Tierchen am liebsten mögen, vom Löwenzahn besonders, und wie notwendig es bei dem Mangel an Fleisch doch sei, irgendein Viehzeug zu züchten; und nach der Rückkehr, auf dem Balkon, darf S. H. die Reihen von Kisten besichtigen, in denen, bewahrt hinter Drahtgeflecht, Johnnies Kaninchen, junge und alte, wohlgenährt vor sich hinmümmeln, und sogar füttern darf er sie. Doch als er sich erkundigt, welches der Biester als nächstes in die Bratpfanne kommen soll, erklärt Johnnie mit schmerzlicher Miene, das sei ja das Problem: sie wären ihm samt und sonders ans Herz gewachsen und er brächte es nicht fertig, auch nur eines schlachten zu lassen, geschweige denn zu verspeisen; unglücklicherweise werde es immer schwieriger, sie zu versorgen.

John Heartfield war ein großer Künstler und ein guter Hasser, der in seinen Photomontagen die Widersprüchlichkeit seiner Zeit und ihren Horror durch das Mit- und Gegeneinander widersprüchlicher Elemente höchst einprägsam zum Ausdruck brachte. Leider hat er keine Schüler gehabt, und seine Nachahmer erreichten ihn nie, so daß seine Kunst mit ihm, der sie erdachte und gestaltete, zugleich ihren Höhepunkt erreichte und ihr Ende fand. Ich aber werde ihn immer sehen, wie er da auf seinem Balkon sitzt, schuldbewußt lächelnd, weil er in bitterer Zeit lieber aufs Sattessen verzichtete, als daß er ein Lebewesen tötete, das er von klein auf ernährt und gepflegt hatte.

Zurück zum Boy-Scout-Leben, notiert er.

Da ist es Mai, der Mai des Schicksalsjahres 1944, die ausgeklügelten Prüfungen, mit denen der Kursus in Brondesbury abschließt, sind bestanden, darunter ein Gedankenassoziationstest, bei welchem der Lieutenant Bird auf die Frage, was ihm wohl bei dem Wort *Master* einfiele, zur allgemeinen Freude *Masturbation* erwidert.

Die Kompanie liegt irgendwo in Somersetshire auf offenem Felde, in Zelten, nur die Vorräte und Gerätschaften sind in eilig errichteten Schuppen untergebracht. S. H. hat, mit Zigaretten und schönen Worten, den Kammerbullen betört, ihm samt Manuskript und Schreibmaschine hinter Stapeln von Uniformstücken ein Plätzchen freizumachen, und dort arbeitet er nun an den letzten Szenen seines Buches, trotz Jazzgekreisch und schriller Country Music, von denen der Mann sich pausenlos berieseln läßt. Manchmal auch, wenn er als diensthabender Sergeant die Nacht hindurch wach bleiben muß, sitzt er im Kompaniezelt und schreibt, die einzigen Geräusche das Zirpen der englischen Grillen und der Schritt des Wachpostens; die Story rundet sich, noch einmal konfrontiert er seinen Lieutenant Wolff mit dem Major Liszt, der nun das Spiel verloren hat, und Oberst Wintringham erkennt, wohin die faulen politischen Kompromisse führen. Die alte, oft erprobte Katharsis, natürlich – aber ist sie anwendbar? Stimmt sie überein mit der Realität, oder hat er sich von seinem Glauben verführen lassen, seinem naiven, dem Glauben an das Gute im Menschen, an Gottes Gerechtigkeit und an Abraham Lincolns handliche Formel?

In jener Nacht zieht die Kompanie aus zu einer der vielen unnötigen Übungen und macht, nach stundenlangem Marschieren, Rast; er liegt im weichen Gras, die Arme verschränkt hinterm Kopf und meint den Duft des Meeres zu spüren, das nicht fern sein kann, und lauscht der gepflegten Stimme Konrad Kellens, der da steht und, fast hört es sich an wie Schadenfreude, über die Sinnlosigkeit des Krieges doziert, auch dieses Krieges, jawohl, denn es werde danach alles so sein wie es vorher gewesen, ohne Hitler vielleicht, aber sonst das gleiche wie immer, dieselben Machtverhältnisse, dieselben Denkweisen, dieselbe Korruption. S. H. springt auf. »Nein!« protestiert er, und wäre, hätten zwei oder drei Mann ihn nicht festgehalten, Kellen an die Kehle gegangen. »Nein! Diesmal nicht! Nicht dieses Mal!« Und seine Erregung zügelnd: Dies sei eine andere Art von Krieg, ein Krieg gegen den Faschismus und für Freiheit und Menschlichkeit, aber er ist zu aufgebracht, um Kellen wirkungsvoll und mit stichhaltigen Beweisen zu widerlegen; Kellens Zynismus, denn was sonst sollte es wohl sein, verbunden mit der aristokratischen Manier des Mannes, hat ihn entnervt, und er ist dankbar, daß der Befehl zum Abmarsch ertönt.

Danach tut er nicht mehr viel an Of Smiling Peace, ein paar Korrekturen noch, dann erbittet er einen kurzen Urlaub und fährt nach London. Dort übergibt er das Manuskript dem Mr. Pollinger mit dem Auftrag, es sicher nach New York zu expedieren; einen Brief an Angus Cameron von Little, Brown legt er bei, darin wird der Cheflektor des Verlags instruiert, daß in allen den Text und die Story betreffenden Fragen die letzte Entscheidung bei Gertrude zu liegen habe, da er in nächster Zeit kaum zur Verfügung stehen werde; dasselbe teilt er auch ihr mit, nur schonender formuliert und umkränzt von liebenden Worten. Die braucht sie wirklich, denn inzwischen ist auch David eingezogen worden, der Sohn, der soeben eines der seltenen Stipendien zum Studium der Naturwissenschaften an der Universität Cornell erhalten hat. Dearest, versucht er sie zu trösten, ich hoffe, wir werden den Job hier in Europa schon erledigt haben, bevor der Junge seine Grundausbildung beendet hat. Und weiß doch, daß die Wehrmacht, obwohl die Sowjets ihre Hauptkräfte binden, so schnell nicht zu schlagen sein wird.

Und dann bleibt nur das Warten. Trotz der Sorge um Gertrude fühlt er sich erleichtert, daß es ihm vergönnt war, Finis zu schreiben unter sein Buch. Auch wenn Details noch der Politur bedürfen, so hinterläßt er, wie er meint, der geliebten Frau doch ein Stück Geist von seinem Geiste, sollte die bewußte Kugel ihr Ziel erreichen. Zugleich aber spürt er eine fast schmerzhafte Leere in sich; der Drang, jede Minute zu nutzen, ist von ihm gewichen, vorbei die hektische Betriebsamkeit, die dauernde Suche nach einem Platz zum Arbeiten, einem bißchen Stille; auf einmal hat er Zeit, nichts zu tun, vor sich hin zu starren, über sich nachzudenken – aber nicht zu tief: das, was da kommen wird, kommt, auch ohne Zutun des Einzelnen; es sich näher auszumalen, in seinen hunderterlei bedrohlichen Varianten, triebe einen Menschen mit Phantasie in den Wahnsinn. Lieber zwingt er sich, mit einigem Erfolg sogar, in den Zustand jener Lethargie zu sinken, die dem wahren Soldaten eigentümlich: er gibt es auf, weiter zu zählen als bis zum nächsten Tag und den Unannehmlichkeiten, die dieser mit Sicherheit bringen wird, und betrachtet, ähnlich den Kleinkindern, wenn sie Schule mimen oder Papa und Mama im Bett, die Zukunft als eine Art von Spiel. So erreicht ihn die Nachricht von D-day, wie er gerade im Begriff ist, sich erneut mit dem Gedanken eines Romans über das Ende des Kriegs und die Zeit danach zu beschäftigen; das Buch soll von einem vordem noch nie beobachteten Menschentyp handeln, dem Baracken- oder Lagermenschen, der kaum noch Bindungen hat an Heimat und Familie und geplagt ist von einer neuartigen Massenneurose, die sich als Gefangenenneurose bezeichnen ließe – ein Buch also, das von Entwurzelten erzählt und dem Problem der Entwurzelung.

Dieses Buch wird nie entstehen; ein innerer Zwang, sich mit dem Krieg selbst und dessen Sinn auseinanderzusetzen, die *Crusaders* zu schreiben, wird alle seine anderen Ideen und Projekte verdrängen. Im Rückblick jedoch erscheint es mir merkwürdig, wie er einen solchen Entwurf konzipieren konnte zu einer Zeit, da er den Boden des von den Nazis besetzten Kontinental-Europa noch gar nicht betreten hatte und keiner einzigen jener Elendsfiguren begegnet war –

den Konzentrationslagerhäftlingen, Kriegsgefangenen, Sklavenarbeitern, Vertriebenen und Verstörten – die er in dem geplanten Werk darzustellen beabsichtigte. Er wird mehr geahnt als gewußt haben, was da auf die Welt und auf ihn zukommen würde, sobald die Nazis zurückwichen und das von ihnen zerstörte Feld preisgaben. Verbrannte Erde? Verbrannte Menschen.

D-day setzte allen Plänen ein Ende.

Die Frage war nur, wann die Reihe an ihn kommen würde, hineingeschoben zu werden in den Brückenkopf, denn viel mehr als das war es nicht, was die Alliierten hielten. Die Zweite Mobile Radio Broadcasting Company, erfuhr man bald, würde nicht als Kompanie in den Einsatz gehen; man würde trüppchenweise verschifft werden, nach Omaha oder Utah Beach, wie die Landeplätze hießen, vermutlich weil die Herren oben den Totalverlust so vieler speziell ausgebildeter herrlicher Köpfe und, wichtiger noch, so rasch nicht zu ersetzender Druckmaschinen und Sendeapparaturen zu vermeiden wünschten, oder aber, und einfacher, weil zur Zeit noch die Schiffsgeschütze und die Kanonen der Panzer sprachen, und das Gekecker der Lautsprecher kläglich verhallt wäre.

Am sechsten Tag nach D-day wurde der Sergeant S. H. in Marsch gesetzt, zusammen mit dem Sergeanten Oskar Seidlin und dem Sergeanten Peter Weidenreich und mit zwei Mann von der Technik; diese waren ruhige, unauffällige, hilfreiche Leute, und ich gedenke ihrer in freundlicher Dankbarkeit, auch wenn mir ihre Namen entfallen sind. S. H. war in dieser Gruppe der dienstälteste Unteroffizier und wurde daher mit dem Befehl über sie betraut und verantwortlich gemacht dafür, daß keiner abhanden kam und ein jeder von ihnen heil und in einem Stück drüben in der Normandie anlangte; es war sein erstes unabhängiges Kommando, er trug die Orders, unterschrieben und gegengezeichnet und mit den notwendigen Stempeln versehen, in seiner Tasche, und das Bewußtsein seiner neuen Würde und der neuen Pflichten, die ihm oblagen, nahm seine Gefühle derart in Anspruch, daß er die Ängste vergaß, die er mehr gefürchtet hatte als die Schrecken der Schlacht, durch die sie erzeugt wurden.

## 15

Omaha Beach.

Erster Eindruck: Desorganisation. Ein Gewirr von Schiffen, großen, kleinen, von Zerstörern, Lastern, Passagierdampfern, Fährschiffen, teils noch in Fahrt befindlich, teils vor sich hin dümpelnd, zwischen ihnen die Leichter, die hin- und herpendeln von Reede zu Strand, von Strand zu Reede, und über alldem schwebend, wie graue Urtiere, unförmig, die Fesselballons. Dazu, sporadisch, die elliptischen Leuchtspuren des Ack-ack-Feuers, die den dunklen Pünktchen hoch am abendlichen Himmel zustreben; und draußen, schwarze Silhouetten vor rosa getöntem Horizont, zwei patrouillierende Schlachtschiffe.

Der verbeulten Flanke des All-Zweck-Schiffs, Modell Liberty, nähert sich ein plumper, von starkem Motor getriebener Prahm, Navy-Bezeichnung LST, Landing Ship Tanks; die englischen Matrosen achtern signalisieren heftig. Über die Backbordseite des Liberty-Schiffes wird ein grobmaschiges, aus dicken Tauen geknüpftes Netz geworfen, an dem die Truppen, Waffen und Pack auf dem Rücken, Gasmaske unterm Arm, und im Falle des Sergeanten S. H., noch die Schreibmaschine in der Hand, hinabklettern werden bis zur letzten Sprosse und dann ansetzen zum Sprung hinüber in das Flachboot mit der stählernen Klappe am Bug.

Der Sergeant Seidlin wirft einen Blick auf das Ding, in das er umsteigen soll und das, im immer noch kräftigen Seegang, einmal fast gleich hoch zu liegen kommt mit dem Deck des Liberty-Schiffs, um, binnen Sekunden, in die Tiefe zu sinken, hinab zu dessen rostrotem Bauch; dann klammert er sich fest an der Reling und erklärt mit milder, aber jeden Widerspruch ausschließender Stimme, so als spräche er vom Katheder seines Girls College, daß niemand, sei er noch so hoch im Range, ihn bewegen könne, das Netz da zu betreten.

Vergeblich die Versuche des Sergeanten S. H., Oskar gut zuzureden, vergeblich sein Hinweis, das Manöver sei doch in Camp Shanks, kurz vor ihrer Abreise nach Europa, ein halb Dutzend mal schon geprobt worden; Seidlin, mit dem Eigensinn, der häufig ist bei Männern seiner Art, erwidert, von dem Netz an jener hölzernen Wand in Shanks sei man auf festen Boden gesprungen und nicht auf schwankende Planken; er habe nicht die Absicht, sich die Beine brechen zu lassen oder zerquetscht zu werden zwischen dem Stahl zweier Schiffsrümpfe, und bleibe daher an Bord.

S. H.s erstes unabhängiges Kommando – zeichnet sich die Niederlage bereits ab? Schließlich kann er den vielleicht etwas übersensiblen, doch stets gefälligen und bei allen beliebten Oskar nicht einfach erschießen! Er bespricht sich kurz mit dem Sergeanten Weidenreich, der einen Kopf größer ist als Seidlin und doppelt so breit wie der; Weidenreich zeigt Verständnis. S. H. greift seine Siebensachen, schwingt sich über Bord, hangelt sich vorsichtig abwärts von Quertau zu Quertau, bis er, im genau abgepaßten Moment, hinübersteigen kann auf das LST. Dort deponiert er sein Zeug, packt wieder das Netz und klimmt noch einmal hinauf bis zur Reling des Liberty-Schiffs, über die Weidenreich nun, trotz dessen schriller Proteste, den Sergeanten Seidlin hievt; S. H. fängt ihn auf und hält, eher zufällig als mit Bedacht, dem verzweifelt Strampelnden die stützende Hand so wohl placiert unter den Hintern, daß jener, plötzlich folgsam wie ein Lamm, sich wohlig entspannt herabführen läßt zum Deck des Landungsboots und die Invasion auch an diesem Sektor erfolgreich verläuft.

Die Toten sind nicht mehr. Jemand hat sie beseitigt, verscharrt irgendwo; nur Trümmer liegen noch auf den Stränden und in den Klüften und Brüchen der Steilhänge und oben vor den brandgeschwärzten Resten der Bunker: zerschossene Fahrzeuge, zerbrochene Kanonen, zerbeulte Gewehre, durchlöcherte Helme, zerrissenes Lederzeug, Stahlsplitter in jeglicher Form – stumme Zeugen der Härte des Kampfes, der hier stattfand. Er trifft auf Männer, die dabeigewesen waren, Matrosen, die die ersten Landungsboote ans Ufer führten, die ersten Truppen an Land gehen sahen über die gesenkten Stahlklappen durchs seichte, bald blutig gefärbte Wasser, und die ihm berichten, von der ersten Angriffswelle und der zweiten, von dem Sergeanten, der, Shadow McManus gleich, voranging von Bord, Gewehr in der Hand, und seine Leute quer über den Sand führte und das Kliff hinauf und die erste Bresche schlug, und wie das Ganze sich hinzog bis zum Nachmittag, wo es endlich klar wurde, daß man Fuß gefaßt hatte auf diesem schmalen Streifen Landes.

Das war vor zehn Tagen gewesen. Nun herrscht Stille, durchbrochen nur von dem Murren der fernen Artillerie und von den Motorgeräuschen der Lastfahrzeuge, die Tag wie Nacht beladen werden und ihre Ladung die paar Kilometer südwärts zur Front bringen. Der Sergeant S. H. hat sich und seine Leute befehlsgemäß zu dem Punkt geführt, wo sie übernommen werden sollen, zu dem behelfsmäßigen Hauptquartier irgendeiner Transporteinheit, und wartet. Dann eine bekannte Stimme: der Lieutenant Salvatori, der mit zwei Jeeps gekommen ist, sie abzuholen. Salvatori, seit mehreren Tagen schon an Land in der Normandie, gibt sich gelassen; er kennt die Gegend, die nächtliche, die schattenhaft an ihnen vorbeizieht, hat auch bereits Fronterfahrung, und versichert den Neuankömmlingen, daß alles, in der Terminologie der Armee gesprochen, under control sei, unter Kontrolle, und daß in Schloß Colombières Arbeit in Menge ihrer harre.

Jahre später habe ich Schloß Colombières noch einmal besucht. Da lag es wieder wie verwunschen, umringt von seinem mit Entengrütze überwachsenen Wassergraben, seine Türmchen und Erkerchen aufragend über den schmalen, hohen Fenstern, den spitzen Torbögen, und das Haupttor war vergittert und verschlossen. Nach langem Läuten kam endlich irgendein Gärtner und teilte mit, Madame la Marquise befinde sich in Paris, und in ihrer Abwesenheit dürfe kein Fremder Schloß oder Schloßhof betreten; da könne Monsieur noch so oft versichern, er sei einer der Befreier des Schlosses gewesen und ohne ihn wäre Madame la Marquise nicht in dessen Besitz; er habe seine Anordnungen und nun Adieu.

Damals jedoch, im Juni 1944, stand das große Tor weit offen, und die Jeeps und Personnel Carriers der Armee fuhren aus und ein, und im Schloßhof wimmelte es von Berufenen und Unberufenen, sämtlich in Uniform, und die alte Chatelaine, die tatsächlich noch den Bund mit den großen alten Schlüsseln am Schürzenband trug, trippelte dazwischen umher, als suchte sie nach irgendwelchen seidenberockten, degenbewehrten Edelherrn.

In der Enge der Normandie war hier alles untergebracht, was, direkt oder indirekt, mit Medien zu tun hatte: das gesamte Pressekorps mit seinem Zeitungs- und Rundfunkkorrespondenten, und die Zweite Mobile Radio Broadcasting Company plus dem ihr inzwischen beigefügten Anhang an uniformierten Zivilisten, die zumeist von den großen Film- und Radiogesellschaften kamen und als Fachleute auf dem Gebiet der Psychological Warfare auftraten; nebenher würden sie die vielfältigen Interessen ihrer Firmen in dem zu befreienden Europa wahrzunehmen haben. Der Gescheiteste unter ihnen war Mr. Laudy Lawrence von MGM, ein älterer Mann, gewitzt und mit großer Erfahrung im Umgang mit Menschen, dessen Bekanntschaft S. H. schon in Amerika gemacht hatte, über Gertrude.

Die Offiziere, die Zivilisten, ihnen rangmäßig gleichgeordnet, und die Presseleute schliefen auf Feldbetten in den weitläufigen Räumen des Schlosses; die Unteroffiziere und Mannschaften der Kompanie durften sich in den sumpfigen Wiesen jenseits des Wassergrabens Erdlöcher anlegen, die übrigens, im Falle eines deutschen Treffers, sicherer waren als das Schloß; S. H. deckte das seine mit einer hölzernen Tischplatte ab, die er, auf der vergeblichen Suche nach Wein, im Keller des Schlosses gefunden hatte, darüber spannte er seine Zeltbahn, gegen den Regen, und stattete das Innere nach Hemingwayschem Vorbild mit seinem Schlafsack aus, von Gertrude erstanden in dem Nobelladen von Abercrombie & Fitch, denn der Schlafsack gehörte damals noch nicht zur Standardausrüstung des GI. Von diesem Erdloch aus beobachtete er des Morgens Manon und Pauline, dicke und kräftige Mädchen beide mit groben, rötlichen Gesichtern, die da ihre nasse Wäsche auf den großen flachen Stein klatschten in dem Bach, der irgendwo in den Schloßgraben mündete – Eröffnungsbild seines Romans The Crusaders.

Trotz all des Drecks und der Unannehmlichkeiten und, noch ist die Küche der Kompanie nicht eingetroffen, der ewigen K- und C-Rationen, enthaltend geschickt verpackte Kekschen und Döschen voll kunstvoll konservierter Nährstoffe verschiedenster chemischer Zusammensetzung samt einem Tütchen mit einer Frühform von Nescafé darin, und trotz der Spannung, unter der er steht, die Front verläuft keine vier Kilometer entfernt von Schloß Colombières und täglich erwartet man den großen Gegenangriff, befindet er sich in einer Art Hochstimmung. Alles ist offen, die Möglichkeiten ungeheuer; und das Bewußtsein der Gefahr, der er sich aussetzen muß, wenn auch nicht in dem Maß wie der Infanterist in der Linie, wird kompensiert zum einen durch Fatalismus, ausgedrückt durch eine Art heimlichen Abkommens mit dem Tode, das er traf, als er, noch in den USA, die teure Lebensversicherungspolice kaufte zu Gertrudes Gunsten und das, in gewissem Sinne, auch Triebkraft war bei seinem eiligen Eheschluß, und zum anderen durch einen Willen zum Leben, wie er ihn so intensiv nie vorher gespürt hatte.

Noch gibt es keine Routine, die Oberen sind sich selbst nicht sicher über Procedere und Prioritäten, die Frontkommandeure haben von Flugblättern nie gehört oder von Lautsprecherreden an den Feind, in dessen eigener Sprache noch dazu, und fordern deshalb keine Hilfe an von den Psychological-Warfare-Experten in Schloß Colombières; der Sergeant S. H. meint, die Zeit ließe sich nutzen, um diesen Feind, über den es so viele Theorien gibt wie Berichte, näher kennenzulernen.

Er begibt sich in die Cages, die Käfige, wie die provisorischen Gefangenenlager genannt werden, die aus meist im Karree gezogenen Stacheldrahtrollen bestehen, mit einem aus Brettern zusammengenagelten Tor, neben dem ein gelangweilter Wachposten auf einem irgendwo requirierten Lehnstuhl sitzt; innerhalb des Stacheldrahts kampieren, mal geschützt durch ein Zeltdach, mal ohne das, die Prisoners of War, kurz PW's, bis sich eine Gelegenheit ergibt, sie nach Omaha Beach zu bringen, von wo sie nach England verschifft werden. Jede Division, jedes Regiment, das erfolgreich im Einsatz stand, besitzt einen solchen Cage; die Gefangenen sind bereits von den zuständigen Intelligence-Leuten, darunter eine Menge Bekannte aus Camp Ritchie, verhört worden; aber S. H. will anderes erfahren, ihn interessieren die Kompaniestärken des Gegners nicht, oder doch nur bedingt, die MG-Stellungen, die Verpflegung, die Munitionsvorräte; er will herausfinden, was diese Menschen denken und fühlen, was sie bewegt, welche Haltung sie haben zu diesem Krieg, und zu diesem Deutschland, und es gibt keine Regeln, nach denen er verfahren könnte bei der Befragung: jeder Mann ist ein Einzelfall, an den man sich herantasten muß.

Glaubt er. Denn bald genug stellt er fest, daß da gewisse Muster sind, nach denen ihr Denken läuft, Kämme, über die sie sämtlich geschoren wurden. Nur selten trifft er auf einen Überzeugungstäter, einen Leutnant der Fallschirmtruppen etwa, einen gut aussehenden, ausgesprochen sympathisch wirkenden jungen Mann, der nicht ohne inneres Feuer die großen Ziele darlegt, für die er in den Krieg gezogen sei und die jedes Mittel heiligen, um Deutschland zum Siege zu führen, Deutschland, berufen, ein besseres, nach deutschem Bilde geformtes Europa zu schaffen, und der, konfrontiert mit den ihm ja nicht unbekannten Fakten, gezwungen ist, Abstrich um Abstrich zu machen von seinen Idealen, bis er den mühsam gewahrten inneren Halt verliert und mit zitternden Lippen Zeit erbittet, um die neue Situation und die neuen Gedanken zu verarbeiten.

In der Mehrzahl jedoch versichern sie, daß sie eigentlich seit je gegen Hitler waren; von der Brutalität des Regimes, von den Verfolgungen Andersdenkender, Juden besonders, von den Methoden der Gestapo und auch von den Konzentrationslagern hätten sie, je nachdem, kaum etwas oder gar nichts gewußt, und von Norwegen bis Sizilien und hinüber bis in den Kaukasus seien sie nur gezwungenermaßen marschiert; wenn er allerdings hören will, warum sie dann mitgemacht und sich nicht verweigert haben, schon damals nicht, bevor sie eingezogen wurden in die Wehrmacht und noch nicht unter Disziplin standen und unter der Fuchtel von Vorgesetzten, werden sie wortkarg und tun, als hätte er sie gekränkt durch seine Fragen. Also hätten sie doch wohl Angst gehabt, bohrt er weiter. Vor wem? Vor der Gestapo und den Konzentrationslagern, von denen sie soeben doch noch gar nichts wußten?

Und so weiter und so fort, ein Wechselspiel: Aufzählung von Vernunftgründen für die Anpassung an das Übel und, von seiner Seite darauf, Nachweis der Nichtswürdigkeit dieser Gründe – bis dann der PW sich endlich aufbäumt und ausruft: Was wollen Sie eigentlich von mir? Was konnte ich denn tun! Ich bin doch nur ein kleiner Mann!

Nur ein kleiner Mann. Das Kleine-Mann-Thema wird ihn den ganzen Krieg hindurch beschäftigen, und auch nach der Kapitulation noch, als er an den Zeitungen mitarbeitet, die die amerikanische Armee für die deutsche Zivilbevölkerung herausgibt. Die kleinen Leute, die Armen, die Unterdrückten, sind ja seine Leute; mit ihnen hat er sich immer solidarisiert, denn er hat gewußt, welche Kraft sie sind, geeint: wer war es denn, der die Bastille stürmte und den Winterpalast, wenn nicht die kleinen Leute? Aber wo war nun das andere, das wahre Deutschland, von dem er geträumt und geredet und geschrieben hatte? Sollten es diese etwa gewesen sein, diese jämmerlichen Figuren, die immer nur gekuscht hatten und, nach eigenem Geständnis, in jedesmal eigenen Worten vor ihm abgelegt, nie auch nur auf den Gedanken gekommen waren, nach der eigenen inneren Überzeugung zu handeln, sich zusammenzutun, in den Betrieben, in der Armee, wo immer sie eine Macht hätten sein können, und wenigstens einen Versuch zu unternehmen zu Widerstand, Streiks, Meutereien, Sabotage? Nur ein kleiner Mann – das entband sie ihrer Verantwortung, als Einzelne, als Gruppe, als Nation.

Es hat Jahre gedauert, und ich mußte erst wieder unter Deutschen leben, bis ich verstand, was in den Jahren nach 1933 vor sich gegangen war in Deutschland, und bis ich die Manipulierbarkeit des Menschen durch den Menschen in ihrer ganzen Vielfalt begriff. Was es da alles gab, um ein Wesen, zum Mann geboren, zu einem kleinen Mann zu machen: brutale Gewalt, gewiß, doch ebenso wichtig das Bedürfnis nach Einordnung, nach der Sicherheit, die diese gewährte, dazu die Versprechungen, daß einer teilhaben würde an den Benefizien der Macht und an der großen Zukunft des Volkes und an der Beute, die damit einherging; und als Allerwichtigstes das Alltägliche, der Wunsch, unbehelligt zu leben, sein Geld zu verdienen, die Kinder etwas werden zu lassen, und nicht gestört zu werden durch schmerzliche Erkenntnisse.

S. H. jedoch notiert in jenen Tagen: Ich komme mir vor wie Abraham bei seinem Handel mit Gott; Gott wird Sodom und Gomorrha verschonen, wenn ich fünfzig Gerechte darin finde, auch fünfundvierzig, bittesehr, vierzig noch, sogar fünfunddreißig, und so heruntergehend bis auf zehn; aber selbst diese armseligen Zehn, wo sind sie?... Schließlich findet er ein paar: zwei Arbeiter just aus Chemnitz, die über seine Ortskenntnisse staunen, und einen Strumpfwirker irgendwo aus dem Erzgebirge, der ihm flüsternd anvertraut, daß er sich jetzt erst, in der Gefangenschaft, wieder als Mensch fühlt. Doch auch sie sind innerlich gebrochen, sind bereit, jede Auskunft zu geben, sind rührend bemüht, sich gefällig zu erweisen; aber aus eigenem: kein Funke, nichts.

So bleibt ihm nur der Schluß, daß jeder Appell an das Gewissen, an ein demokratisches Gefühl in der Brust oder gar ein aufrührerisch-revolutionäres, nichts wäre als Quichoterie. Wenn, und das wird die Aufgabe sein, man diese kleinen Männer dazu bringen will, wenigstens so weit aus Eigenem zu denken, daß sie den gewiß nicht leichten Entschluß fassen, sich von ihrer Einheit zu lösen, ihre Waffen wegzuwerfen, die Hände zu heben und zu rufen, I surrender, Ai ssörender, Ich ergebe mich, dann gibt es nur eines: sie da zu packen, wo sie vielleicht noch berührbar sind – bei ihrem Selbsterhaltungstrieb. Wenn sie hungern, biete ihnen Brot, wenn sie Angst haben, Sicherheit, wenn sie verloren sind, eine Chance, sich zu retten; mehr ist nicht. Es wird ein nüchternes Geschäft sein, diese Psychological Warfare; die großen Ideale, wer braucht sie, wenn Seele und Intellekt verkümmert sind über die Jahre – ein Zustand, fürchtet er, der wenig Gutes für die Zeit nach dem Kriege verheißt.

Folglich sind die ersten Flugblätter, die er und der Sergeant Burger und ein oder zwei andere in Colombières zu schreiben beginnen, höchst einfach: dem Gegner wird seine Situation dargelegt, er ist eingekreist, oder abgeschnitten, oder steht einer Streitmacht gegenüber, die ihm an Material und Feuerkraft weit überlegen ist; ein Hinweis auf die russischen Siege im Osten mag von Nutzen sein, denn daraus läßt sich schlußfolgern, daß größere Reserven hier an der Westfront kaum zu erwarten sind, und daß Görings Luftwaffe nur noch begrenzt eingreifen kann, sieht der Landser selber, da genügt eine kurze Bemerkung, ein Nebensatz oft.

Denn inzwischen haben die Kommandeure an der Front, die Bataillons- und Regimentschefs, entdeckt, daß derart bedruckte Zettel, wenn sie den Feind erreichen, seinen Widerstand mindern, und daß da tatsächlich welche aus ihren Löchern steigen und, Flugblatt in der Hand, sich gefangen geben. Da die Pressen der Kompanie noch immer nicht angekommen sind, druckt man, solange das Papier dort reicht, in einer kleinen Druckerei in Bayeux, die sonst für das Museum am Orte die Broschüren herstellt über den berühmten Wandteppich der Königin Matilda, auf dem, von zarten Hofdamenfingern gestickt, eine vermutlich ebenso bedeutende Invasion dargestellt ist wie die, an welcher der Sergeant S. H. jetzt teilnimmt, nur daß William der Eroberer seine Ritter in umgekehrter Richtung führte, nämlich von der Normandie hinüber nach England. Die etwas weniger zarten Finger der Mädchen im Bayeux des Jahres 1944 rollen die Bündel der Flugblätter nun und stopfen sie in die Hülsen von Rauchgranaten, Kaliber 105 mm, die dann, aus den entsprechenden Haubitzen gefeuert, ihren papierenen Segen über den deutschen Linien herabflattern lassen.

Nur einmal, und daran ist ein verrückter General schuld, der in den Crusaders dann den Namen Farrish erhalten wird, schreibt er ein Flugblatt, das Ideologie enthält, Salut zum vierten Juli. Da steigt tatsächlich ein Feuerwerk, achtundvierzig Runden gefeuert aus achtundvierzig Geschützen, und dann kommt, aus den Wolken, das Flugblatt, das denen drüben die plötzliche Kanonade erklärt, in Worten, die das tiefe Gefühl des Sergeanten S. H. für das revolutionäre, das demokratische Amerika spüren lassen: »Am 4. Juli 1776 wurden die Vereinigten Staaten als Nation geboren – eine Nation von freien Menschen, gleich vor dem Gesetz und willens, sich selbst zu regieren. Für diese Freiheiten haben wir 1776 Krieg geführt. Und für diese Freiheiten kämpfen wir heute. Kein Tyrann soll sich unterfangen, seinen Willen einem Volke, Europa oder der Welt aufzuzwingen.« Worauf er direkt an die Empfänger des Flugblatts appellierte, »Und wofür kämpft ihr?«

Ich bezweifle, daß dieses Flugblatt viele Überläufer brachte, aber es war notwendig, für S. H., der hier, nach so vielen Jahren Exil, zur Stimme einer Nation wurde, und für den General, der Patton hieß und selber faschistische Züge trug, und für andere noch, die gleichfalls über das Flugblatt zu befinden hatten und die plötzlich mit der Frage konfrontiert waren, was für einen Krieg sie da eigentlich zu führen gedächten.

Inzwischen hatten sich in Cherbourg über tausend Mann, die im Arsenal verschanzt waren, einem Lautsprecherwagen mit zwei Leuten Besatzung ergeben. Der Sergeant, der das machte, sein Name ist nicht überliefert und heute wohl auch nicht mehr feststellbar, war auf die Idee gekommen, ein Ultimatum zu stellen: Wenn ihr nicht in soundsoviel Minuten herauskommt, werden wir euch in eurem Bau zusammenschießen. Als die Deutschen dann wirklich herauskamen, unter ihnen eine Anzahl höherer Offiziere, stellten sie fest, daß der Gegner, vor dem sie in die Knie gegangen waren, aus besagten zwei Mann und etwa vierzig eilig herangeholten Militärpolizisten bestand, und die Not war groß. Das ginge denn nun doch nicht, protestierten sie, und sie als Deutsche wenigstens besäßen eine Ehre, die zu wahren sei, und kurz und gut, eine wirkliche Übermacht müsse herbei, damit die Sache ein Gesicht bekäme. Nach einigem Hin und Her erschienen dann auch ein halb Dutzend Panzer und richteten ihre Rohre drohend auf das leere Arsenal, und alle waren's zufrieden; am zufriedensten aber die leitenden Herren in Colombières, die sich auf einmal vor Nachfragen nach Lautsprecherwagen mit zugehörigem Personal nicht retten konnten.

Da werden nun auch die Dienste des Sergeanten S. H. in Anspruch genommen, obwohl der gerade begonnen hat, neben seinen Flugblättern Funkmanuskripte zu verfassen, die, so genau erfährt er das nicht, von dem örtlichen Sender in Cherbourg oder von Radiostationen an der englischen Südküste ausgestrahlt werden; der kleine Sender der Kompanie, der endlich an Land gebracht worden ist, besitzt nicht die genügende Reichweite. Der Sergeant S. H. rüstet sich also, mit dem Lautsprecher nach vorn zu gehen wie andere auch; aber es ist ihm nicht wohl dabei, denn er weiß um die Risiken des Unternehmens: die herrliche amerikanische Rüstungsindustrie hat nämlich ihre Armee mit Lautsprechern ausgestattet, die eine Leistung von nur 25 Watt erbringen und die, vorausgesetzt, die Geschütze schweigen gerade, zirka fünfzig Meter weit tragen; ebensogut konnte man sich auch gleich zum Feind ins Schützenloch setzen, wollte man mit ihm reden. Doch wie er, gegen Morgengrauen, mit Fahrer und Lautsprecherwagen bei der Einheit eintrifft, die er durch seinen Einsatz beglücken soll, schickt ihn der Captain, der dort kommandiert, empört zurück: Was, so dicht müsse er heran an die Krauts mit seinem Gerät? Ob er denn durchaus das massierte Feuer des Gegners auf die armen Boys vorn lenken wolle, die es hinter ihren Hecken auch ohne das schwer genug hätten? Also verschwinden Sie, Sergeant, samt Ihrer Lärmtüte!

Das läßt er sich nicht zweimal sagen; er kehrt zurück nach Colombières und berichtet dem Oberst Clifford R. Powell, der nun die Leitung der gesamten Psychological Warfare der 1. US-Armee des General Bradley übernommen hat, was der Infanterie-Captain an der Front von solcherart Hilfe hält; und bald darauf borgen die Amerikaner sich von ihren englischen Bundesgenossen mehrere 250-Watt-Lautsprecher, zum Teil mit zugehöriger Mannschaft, und das eigene Gerät wird von da an nur noch in den Ortschaften der befreiten Gebiete für Public Relations mit einer wohlgesonnenen Bevölkerung benutzt; der Sergeant S. H. aber darf sich wieder seinen eigentlichen Aufgaben zuwenden.

Zu diesen gehört das Nachdenken über neue Möglichkeiten.

Aus den Verhören, von denen er nun schon Dutzende durchgeführt hat, kennt er die Ignoranz der deutschen Soldaten; von den politischen Vorgängen im Ausland wissen sie so gut wie nichts, und über die im eigenen Lande und über die Lage an den verschiedenen Fronten sind sie höchst unvollkommen unterrichtet; selbst das, was direkt hinter ihnen geschieht und in den Einheiten, die an die eigene anschließen, erfahren sie kaum, oder sie erfahren es erst, wenn die Katastrophe da ist. Wie aber, so fragt er sich jetzt, wenn man den kleinen Mann durch Information zum Denken bringen, ihn dadurch sogar aufrütteln könnte? Wenn man die engen Grenzen des Flugblatts durchbräche, das nicht mehr als ein oder zwei Fakten enthalten kann, wenn die amerikanische Armee es unternähme, die deutschen Truppen zu informieren? Ein Volksecho, nur in kleinerem Format als seines damals in New York, und der Inhalt komprimierter, das man dem Empfänger auf demselben Wege zustellen könnte wie die Flugblätter, per Artillerie oder, besser noch, auf dem Luftweg?

Am 15. Juli 1944 schreibt er ein Memorandum an Laudy Lawrence, in dem er diesem seinen Plan auseinandersetzt und in fünf selbst für militärische Hirne begreiflichen Punkten die Notwendigkeit einer Zeitung für den deutschen Soldaten begründet. Unmöglich zu sagen, ob es ausschließlich diese außerhalb des Dienstwegs dem Mr. Lawrence überreichte Mitteilung des Sergeanten S. H. war, die zur Verwirklichung des Projekts führte, oder ob auch andere ihre Hand im Spiel hatten; gerade in jenen Tagen tauchte auch der Lieutenant Habe in Colombières auf, den Kopf zweifellos voll eigener Ideen; fest steht nur, daß am 14. August, fast auf den Tag einen Monat nach S. H.s Memorandum, die erste Nummer der *Frontpost*, Nachrichten für den deutschen Soldaten, Herausgeber: Die Amerikanischen Truppen in Frankreich erschien, im Kasten rechts neben dem Titel das Motto, Ernst Moritz Arndts wuchtigen Spruch, »Der Starke braucht die Wahrheit nicht zu fürchten.«

Aber da befindet S. H. sich bereits in Rennes.

Es wäre da noch, vor seiner Fahrt nach Rennes, von einem jener Ereignisse zu berichten, die Goethe mit dem Ausspruch »Und Ihr könnt sagen, Ihr seid dabeigewesen« über andere, weniger markante gestellt hat. Eher durch Zufall als durch Absicht, denn zum Schlachtenbummler war er nicht ausersehen, geriet der Sergeant S. H. ins Zentrum jener Operation, die mit dem Großangriff auf St. Lô begann und mit dem Durchbruch bei Avranches ihren Höhepunkt erreichte, und an deren Ende die deutsche Front im wahren Sinne des Wortes aufgerollt und der Weg der Alliierten nach Osten, auf Paris zu, freigekämpft war.

Die Erde, notiert er, erzittert vom Rückstoß unserer schweren Geschütze, und ich höre die Explosionen und wie es pfeift in der Luft, wenn die Granaten ihren Weg über uns hinweg nach drüben antreten. Dann gelangt er, wiedererkannt und begrüßt von einem der Leute aus Camp Ritchie, in den vorderen Gefechtsstand eines Regiments, das drauf und dran ist, durchzubrechen, und beobachtet, von einem Hügel aus, fast Vogelperspektive, wie alles sich vor ihm entfaltet, Zug um Zug, noch einmal der klassische Krieg der Vorväter, und wird Zeuge des Auftritts jenes Obersten, der aus seinem Jeep springt und hin zu der ausgebreiteten Lagekarte schreitet, dort eine ganze Panzergruppe des Gegners mit dem Daumen wegwischt und trocken bemerkt: »Von da komme ich gerade; da ist keiner mehr.«

Als er, noch voll des Erlebnisses, nach Colombières zurückkehrt, wird ihm eine Order in die Hand gedrückt: er möge sich, ohne Verzug, mit dem Sergeanten Oskar Seidlin nach Rennes begeben; dort gäbe es eine Druckerei, die er beschlagnahmen werde, um darin die Frontpost zu drucken; Material, mit genauen Angaben für den Setzer, und mit Layout, Klischees und so weiter, befänden sich in der braunen Mappe, die man ihm hiermit samt einer Summe französischen Geldes überreiche; Marschverpflegung sei in der Küche abzuholen; in Rennes müsse er eben sehen, wie er sich ernähre. Aber Rennes, zweifelt er, Rennes, Hauptstadt der Bretagne? In der Bretagne, soviel er wisse, säßen doch noch die Nazis! Nein, versichert man ihm, nach letzten Nachrichten sei Rennes soeben durch den Maquis befreit worden, also von den Franzosen selber; und nun bitte, Seidlin warte bereits mit dem Jeep und dem Fahrer.

Vielleicht ist es sogar gut, denkt er, daß sein Begleiter auf dieser Reise gerade Oskar Seidlin ist, der empfindsame Seidlin, der Militärisches nicht abstrahieren kann und für den Gefahr nur ist, was er mit eigenem Nerv wittert. Seidlin ist, obwohl die Nacht bereits anbricht und man nach wenigen Kilometern Fahrt in unbekanntes Territorium vordringen wird, gelassen und sogar heiter; Colombières, mit seiner Betriebsamkeit und der Rüpelhaftigkeit der Presseleute, hat ihn ziemlich gelangweilt, und er verspricht sich einiges von der Reise quer durch ein auch dem Landeskenner zumeist wenig vertrautes Stück Frankreich. Das Gewehr, das er auf dem Schoß oder zwischen den Knien halten sollte, bereit zum Schuß, hat er irgendwo auf dem Hintersitz geparkt; der Sergeant S. H., innerlich vorbereitet auf ein Nachtgefecht, sieht es mit Mißbilligung. Doch nichts Verdächtiges rührt sich, weder zur Linken noch zur Rechten; bald hören die hohen Hecken der Normandie auf, hinter denen die Leichen lagen, die man nicht bergen konnte unter Feindfeuer und die unmenschlich, nein, aufs allerfürchterlichste menschlich stanken in der Hitze und anschwollen, bis die Knöpfe platzten von Hose und Hemd, und die Landschaft verändert sich im bleichen Licht des Mondes, wird sanft und silbern; dann ziehen schwarze Wolken auf, drohend, und ein Wetterleuchten blinkt am Horizont, und der Sergeant Seidlin sagt, er sei jetzt müde der Fahrt, und bei der Ferme dort möge man doch bitte anhalten, morgen am Tage käme man auch noch früh genug an in Rennes.

Es dauert eine Weile, bis der Bauer aus der Tür tritt; doch das verängstigte Gesicht hellt sich auf: Amerikaner. Die hat er am wenigsten erwartet; flüchtende, marodierende Wehrmacht, ja, Franzosen verschiedener Couleur, mit unguten Absichten die meisten, auch die; aber Amerikaner? Er macht Licht in der Küche, tischt auf: Fleisch, Käse, Brot, alles vom besten, und die Flasche, aufgehoben für einen großen Tag wie diesen, mit der süßen Birne darin, die dem Schnaps diesen seltenen Geschmack verleiht – wie sie hineingekommen sei in die Flasche, durch den dünnen Hals, die Birne? Als Baby-Birne, als Bébé, mitsamt dem Zweiglein, an dem sie hing, und drinnen in der Flasche sei sie gewachsen und gereift und habe dann, vom Baum gebrochen, dem Alkohol ihre Essenz gegeben, ihren Duft, ihre Seele, die wir nun tränken zur Feier dieser Stunde.

Dann, glücklich und betrunken, die Flasche geleert, fallen die Gäste ins Stroh; mag draußen vorbeiziehen, wer will, wir schlafen. Und erreichen Rennes dann am Vormittag und finden die Druckerei, und Seidlin parliert mit den Druckern, und die nicken, Ah, oui, eine Zeitung, und auf deutsch, oui, das läßt sich machen, man hat auch vorher schon manches drucken müssen auf deutsch, für die Boches, die's ja lange genug hier in der Stadt getrieben haben, bevor sie abzogen, in großer Hast. Der Sergeant S. H. öffnet die braune Mappe; alles darin, die Skizzen der Seiten, auf denen jeder Artikel, jede Notiz, jede Überschrift sorgfältig eingepaßt sind, die Manuskripte mit den genauen Angaben über Schriftgrößen und Spaltenweite, trägt die klare, adrette Handschrift Habes; es wird ein Vergnügen sein, danach zu arbeiten, auch wenn man aus eigenem nichts dazu beitragen kann als seine beim Volksecho erworbenen Kenntnisse von der Technik des Umbruchs. Seidlin nimmt die ersten hundert Exemplare der neuen Frontpost mit zurück nach Colombières, den Stäben zur Kenntnis, wie nützlich und tüchtig diese Psychological Warfare doch sei; die Auflage selbst soll dann, gebündelt und verschnürt, per Lastwagen nachfolgen.

Der Sergeant S. H., nun völlig auf sich gestellt, macht sich auf, Quartier zu finden in der beschädigten, wenn auch nicht zu sehr zerstörten Stadt, und entdeckt auch, ganz in der Nähe der Druckerei, ein annehmbares Zimmer, im ersten Stock eines Hauses, das, läge es weiter südlich im Lande, von van Gogh hätte gemalt werden können. Er ist, neben einem kleinen Trupp Militärpolizisten, die Rennes nicht etwa gegen Nazis oder französische Faschisten verteidigen, sondern von beutehungrigen GI's freihalten sollen, der einzige Amerikaner am Orte, und wird auch prompt verhaftet; es kostet ihn viel Mühe und Beredsamkeit, den Lieutenant, im Zivilleben ist der Mann Hilfssheriff irgendwo in Arizona, zu überzeugen, daß er wirklich legitime Gründe hat, hier mitten unter den Franzosen so frei und angenehm dahinzuleben, in hübschen kleinen Restaurants zu speisen und bei einem Glas Wein in Gesellschaft einheimischer Damen tiefsinnige, nur durch sein mangelhaftes Französisch gehemmte Gespräche zu führen.

Welche Gelegenheit, Frankreich kennenzulernen und die Auswirkungen, die die letzten Jahre auf Land und Leute hatten! Er wird Zeuge des Empfangs von De Gaulle in der Stadt, erkennt die sonderbar in die Länge gezogene Gestalt des Generals auf dem Balkon der Mairie, hört die sonore, siegverheißende Stimme und vernimmt dann, zu seinem Entsetzen, die Buh-Rufe und das Pfeifkonzert: was ist das, sind die Faschisten hier noch so stark oder schlagen die Radikalen Lärm, denen De Gaulle nicht links genug ist? Was für Konflikte kündigen sich da an, wohin wird das alles führen?

Er trifft Menschen, die er da fragen kann, ein paar, die im Untergrund waren und nun aufgetaucht sind; die Organisation funktioniert weiter; das ist auch sehr notwendig, man sucht, die Macht zu übernehmen, was stets heißt, die Positionen in den Ämtern, in der Justiz, in der Polizei; einer, der ein vorzügliches Englisch spricht, erklärt ihm bei einem Déjeuner mit Schmorbraten und Crêpes Suzette, was die Probleme sind: daß die Preise um 300, die Löhne aber nur um 50 Prozent gestiegen sind, und sehen Sie den Mann, der gerade hereinkommt, ja, den kleinen Dicken dort in der nagelneuen Uniform mit dem Band der FFI am Arm, der Französischen Streitkräfte des Innern, Parfumhändler, einer der ganz Großen auf dem Schwarzmarkt, der Millionengeschäfte gemacht hat mit den Deutschen und nun schon wieder obenauf schwimmt; wir haben uns selber befreit von den Nazis, hier in der Bretagne, aber das ist erst der halbe Job, und was werden die Amerikaner sagen, und die Engländer, wenn wir die Arbeit zu Ende bringen wollen?

Die braune Mappe kommt regelmäßig; ein Fahrer der Kompanie bringt sie, und immer ist der Inhalt präzise und klar, das Lay-out perfekt; der da die Zeitung macht, ist ein Journalist par excellence, mit einem Gefühl für die Ästhetik der Sache. Das Format wird nach der zweiten Nummer reduziert, damit die Blätter besser in die umfunktionierten Leuchtbomben der Air Force passen, die die Verteilung an den Abnehmer übernommen hat; eine Routine hat sich hergestellt: Satz, Fahnenkorrektur, Umbruch, Seitenkorrektur, letzte Überprüfung, Druck; dann ist wieder Ruhe, man hält sein Nachmittagsschläfchen, trinkt anschließend irgendwo seinen Pernod, und denkt nach über diesen Krieg und wie er sich gestalten wird, und über zu Hause, über Gertrude, die angefangen hat, für den Russian War Relief zu arbeiten, eine Tätigkeit, die schlecht bezahlt ist und für die ihr, wie bei linken Organisationen üblich, keiner dankt, und über Hollywood, das kein Interesse an der Verfilmung von Of Smiling Peace zeigt, weil die Studio-Manager der Meinung sind, der Krieg sei längst ausgestanden und wer wollte danach noch etwas vom Krieg auf der Leinwand sehen, und über die Literatur, seine eigene vor allem.

Wenn ich's mir so recht überlege, hat der Autor S. H. wenigstens insofern Glück gehabt, als er nach Themen nie lange suchen mußte; sie drängten sich ihm auf, das Leben bescherte sie ihm. Ich meine damit nicht so offensichtlich auf seinen Erfahrungen beruhende Artikel wie den über den »Kleinen Mann«, den er für das Magazin der New York Times schreibt; ich denke eher an ihn, wie er da in den Nächten von Colombières dem fernen Geschützdonner lauscht oder an dem zierlichen alten Schreibtisch in seinem Zimmer in Rennes sitzt oder, später dann, in Le Mans, vor der Bar eines Straßencafés hockt und nachsinnt. Soll er wirklich das Buch über den Barackenmenschen in Angriff nehmen, dessen Idee ihn in England schon beschäftigte? Es sind ihm solche Menschen ja inzwischen begegnet, auf den zerwühlten Straßen der Normandie oder in irgendwelchen Behelfsquartieren; Russen, Kroaten, Italiener, Polen, aus allen Winkeln Europas waren sie zusammengeharkt und hierhin und dorthin geworfen worden und hatten ihm, radebrechend, von ihrem Schicksal berichtet. Oder soll er, der Titel schon ist verlockend, »Das Schloß in der Normandie« schreiben; die Story könnte in den letzten Tagen der Deutschen im Schloß beginnen, mit ihrer Flucht; Charaktere gibt es zuhauf, zwei aus Cherbourg entkommene russische Kriegsgefangene, die auf eigene Faust Guerillakrieg führten – die kennt er, mit denen hat er selber gesprochen –, eine junge Französin, die irgendwie mit dem toten Marquis zusammenhängt, dem das Schloß gehören könnte, ein paar Amerikaner, deren Bild ihm noch nicht klar ist, die aber in Konflikt geraten würden über die Art, wie dieser Krieg zu führen sei, wobei der Konflikt sich um ihre Haltung den zwei Russen gegenüber entwickeln und zuspitzen ließe; ein kleiner rothaariger Junge, ein nettes, lebhaftes Kerlchen, den er in Isigny aufgelesen und ein Stück Wegs in seinem Jeep mitgenommen hat, könnte gleichfalls eine Rolle darin spielen.

Oder soll er, Orville Prescott zum Trotz, die Thematik von No Turnpike Gates wieder aufgreifen, die Durchleuchtung der Herrschaftsstrukturen in Amerika, nunmehr erweitert und vertieft durch deren Widerspiegelung in der Armee? Noch einmal beginnen mit Elaine Barrows, aber jetzt die Fäden weiterführen, in diesen Krieg hinein, wo alles sich brutaler abzeichnet als in der relativen Normalität einer amerikanischen Großstadt? Oder vielleicht eher umgekehrt: das Bild vom Krieg her sehen, vom Schlachtfeld, wo die Korruption und die Machtkämpfe daheim sich auf grausige Weise auswirken und die Rechnung für das Ganze mit Blut beglichen wird? Ich habe, schreibt er an Gertrude, die Leute höherenorts kennengelernt und ihr Verhalten beobachtet und ihre Methoden, und ich habe wieder einen Plan, und es wird ein langes Buch werden. Ob es sich mit dem Projekt vom Barackenmenschen kombinieren lassen wird, weiß ich nicht. Wahrscheinlich werde ich erst einmal die Szenen niederschreiben, wie ich sie erlebt habe oder wie man sie mir erzählt hat, und daraus werden die Charaktere hervortreten, und die nehme ich dann und zwinge sie in eine zusammenhängende Fabel. Nein, schließt er, dies heißt nicht, das Pferd von hinten aufzäumen – nicht, wenn man aus der Glut und Leidenschaft des Geschehens heraus schreibt. Das Buch wird heißen: *The Crusaders.*

Mitten in sein Nachdenken hinein, es ist zeitiger Nachmittag in Rennes und er liegt, halbnackt, auf seinem Bett, hört er die eiligen Schritte auf der steilen Stiege. Jemand ruft ihn. Die Tür wird aufgerissen, und in ihr steht, gestiefelt und behelmt, der Lieutenant Tennenbaum, seit neuestem geheimer Nachrichtenoffizier der Kompanie und der ihr zugeordneten Détachements. Tennenbaum – nach Kriegsende wird er nach Palästina gehen und in der Haganah kämpfen – sieht sich um im Raum, ohne sich zu dem Komfort darin zu äußern und wartet, bis der Sergeant S. H. in seine Hosen geschlüpft ist. Sorry, sagt er dann, aber nun habe es ein Ende mit dem geruhsamen Leben; S. H. werde in Colombières gebraucht, und zwar dringend.

In Colombières muß er sich bei Oberst Powell melden. Es ist die erste nähere Begegnung, die er mit dem Mann hat, der, ein wenig glorifiziert vielleicht, als De Witt in den Crusaders auftreten wird. Eine widersprüchliche Gestalt, dieser Oberst Powell, der mehr als einmal seine breite, schützende Hand über S. H. halten und dafür sorgen wird, daß dieser, trotz der Bedenken der Sicherheitsdienste, am Ende doch sein Offizierspatent erhält. Das scheinbar grob gehauene, rötliche Gesicht, mit den schmalen, dunklen, mißtrauisch wachsamen Augen täuscht, ebenso wie der Klischeebegriff des Machine Politician, einer für Amerika typischen Kreuzung von Apparatschik und Mafioso, der eigentlich ihm zuzuteilen wäre. Im Zivilleben Anwalt, und zwar ein großer, ein Corporation Lawyer, dessen Büro ein paar der dicksten Trusts im Staate New Jersey vertritt, ist er einer der Bosse der Republikanischen Partei dort und wurde, da dies als politischer Job gilt, vom Gouverneur zum Generalmajor und Chef der Nationalgarde von New Jersey ernannt, der freiwilligen Reserve, die im Kriegsfall als bereits festgefügte Truppe in die Armee übernommen wird – nur, Powells Pech, war seine Nationalgardisten-Division, als die Japaner die US-Navy in Pearl Harbor plötzlich zerbombten, in keinerlei irgendwie geartetem kriegsbereiten Zustand. Ein anderer in seinen Schuhen und mit seinen Beziehungen hätte den Skandal vertuschen lassen und wäre in allen Ehren ein viertel oder halbes Jahr später ins Feld gerückt: nicht so Clifford R. Powell, der etwas von einem Puritaner an sich hat. Er zog die Konsequenzen, trat zurück von seinem Kommando und stellte sich der Armee als das, was er im aktiven Dienst einst gewesen war, als Oberst, zur Verfügung, und die Armee, die ein so striktes Verhalten auch der eigenen Person gegenüber nicht gewohnt war und nicht recht wußte, was mit ihm anzufangen, placierte ihn in die Psychological Warfare.

Powell beantwortet den strammen Salut des Sergeanten S. H. mit einem lässigen »Setzen Sie sich«, und reicht ihm, quer über den Tisch hin, den Ausschnitt einer Karte. Die Karte zeigt Hafen und Stadt St. Malo samt deren Umgebung; säuberlich eingetragen auf ihr sind die blauen Vierecke der amerikanischen Einheiten, die dort liegen, und, mitten im Hafenwasser, auf einem Inselchen mit steilen Konturlinien, ein roter Punkt. »Cézembre«, grollt Powell, »ein Fels, ein einziger großer Bunker, unzerstörbar, undurchdringlich, und bestückt mit schwerem Geschütz. Solange die auf Cézembre sitzen, ist der Hafen von St. Malo blockiert, und wir brauchen den Hafen, wir haben sonst nur Cherbourg und die Anlagen von Omaha und Utah Beach, und der Nachschub muß heran für den Vormarsch, Sie verstehen, Sergeant.«

S. H. will wissen, was bereits unternommen wurde, um die Besatzung von Cézembre zu bewegen, ihren Felsen aufzugeben. Powell zeigt ihm ein paar Entwürfe zu Flugblättern, die wenig Überzeugendes enthalten für eine Truppe, die sich für unangreifbar hält und genügend zu essen und zu trinken hat. Außerdem, berichtet der Oberst, habe man Lautsprecher eingesetzt.

»Von wo aus?«

Man habe den Mr. Grünfeld mit einem tragbaren Gerät in ein Boot gesetzt und ihn um den Fels herumgerudert, während er seine Rede an die Deutschen hielt.

S. H. senkt den Kopf. Er kennt Grünfeld, einen lieben, harmlosen Menschen, von dem keiner weiß, was ihn, außer möglicherweise seinen Deutschkenntnissen, aus einem der zahllosen Informationsämter Washingtons in die Psychological Warfare, wo sie am heißesten ist, gebracht haben könnte, und der allgemein Porky genannt wird, weil er so klein und rosig und fett ist; wie muß der Arme gelitten haben in seiner Nußschale, und für wie unernst müssen die Deutschen das Unternehmen gehalten haben, daß sie ihn gewähren ließen, ohne wenigstens ein paar wohlgezielte Schüsse auf ihn abzufeuern.

»Well?« sagt der Oberst.

Es gibt in Colombières keine Möglichkeit, Graphiken herzustellen; aber im Setzkasten der kleinen Druckerei der Kompanie, die endlich eingetroffen ist, finden sich genug bogenförmige Stücke, um daraus eine Art Zielscheibe zusammenzufügen, wie sie auf jedem Armeeschießplatz zu finden ist; und unter dieser zwar etwas abstrakten, aber doch erkennbaren Zielscheibe, im oberen Drittel seines Flugblatts, fragt S. H. die Soldaten auf Cézembre, ob sie sich je Gedanken darüber gemacht hätten, wie es wohl so einer Zielscheibe zumute wäre, auf die sie ja als Rekruten alle schon einmal geschossen hätten; jetzt, auf ihrem Inselchen, erhielten sie nun die Gelegenheit, die Gefühle einer Zielscheibe zu studieren, denn als genau das dienten sie von Stund an der amerikanischen Luftwaffe, solange bis Cézembre sich in ein flammendes Felsengrab für sie alle verwandelt haben würde; und als Empfehlung hinzugefügt: aus dieser Lage gäbe es nur einen vernünftigen und ehrenvollen Ausweg – die weiße Fahne.

Man mag über den Grad von Demagogie streiten, der in dem Flugblatt enthalten ist, oder über die Zulässigkeit des Vergleichs von Mensch und Zielscheibe, besonders da von seiten der US Air Force gar keine Absicht bestand, Cézembre zu bombardieren; Fakt ist, daß es Guernica war, wo der Mensch zum ersten Mal den Bombern als Zielscheibe diente, und zwar ohne vorherige Warnung, und daß die Erinnerung daran im Kopf des Sergeanten S. H. die Idee für sein

Flugblatt gezeugt haben mag, und Fakt ist ferner, daß dies das einzige Flugblatt des Zweiten Weltkriegs war, dessen Wirksamkeit sich sofort und in vollem Maße ablesen ließ, so daß es wohl als Testfall gelten konnte für den Einfluß des Worts auf die Handlungen des Soldaten in gewissen Situationen – denn nur Stunden nach dem Abwurf zeigten sich die ersten weißen Fahnen an den Schießscharten von Cézembre und die Besatzung, unter ihr viele Polen, marschierte aus, gegen den Widerstand ihrer Offiziere.

Es ist die Zeit nach dem Anschlag auf Hitler, der in der Frontpost seine gebührende Würdigung findet, obwohl S. H. zunächst vermutet, daß der Kerl das Attentat, à la Reichstagsbrand und Röhm-Putsch, selber inszeniert hat. Aus den Gefangenenverhören ergibt sich die Verunsicherung bei den deutschen Truppen, die sich aber bald in eine Nun-erst-recht-Haltung wandelt. Nun erst recht Treue zum Führer, zweifellos ein Erfolg der Nazi-Propaganda, ebenso wie der Glaube an eine Wunderwaffe, den manche immer noch hegen, ein solcher Erfolg ist – an die Wunderwaffe, die zu guter Letzt noch erscheinen und das Kriegsgeschehen wenden wird.

Dieses Kriegsgeschehen gestaltet sich allerdings immer ungünstiger für die deutschen Heere. Im Süden Frankreichs ist eine weitere amerikanische Armee an Land gegangen und dringt gegen nur hinhaltenden Widerstand vor; in Warschau und in der Slowakei sind Aufstände, die, so wenig sie auch entscheiden können, deutsche Einheiten binden; in Bukarest ist der Diktator Antonescu gestürzt worden, und Rumänien fällt als Verbündeter aus; die Russen haben Lemberg genommen und stehen an der Weichsel und, dies vielleicht das Bedrohlichste, Ostpreußen gilt bereits als Kriegszone. Der Tag rückt näher, an dem, im Osten wie im Westen, alliierte Truppen deutschen Boden betreten werden und der Krieg zurückkehrt in das Land, von dem er ausgegangen ist.

Für den Fall will man auch bei der Zwölften amerikanischen Armeegruppe, Befehlshaber General Bradley, und zusammengesetzt aus der 1. US-Armee unter Hodges und der 3. unter Patton, psychologisch gewappnet sein und wünscht ein Flugblatt zu haben, das, genügend allgemein gefaßt und dennoch deutlich und jedermann verständlich, der deutschen Bevölkerung, mit der man es in naher Zukunft zu tun haben wird, klar macht, was die Amerikaner eigentlich in Deutschland wollen und weshalb sie gekommen sind. Ich weiß nicht, wer es war – möglicherweise Oberst Powell –, der den Sergeanten S. H. für diese Aufgabe auswählte; jedenfalls findet sich S. H., vor kurzem noch feindlicher Ausländer und auch weiterhin im bösen Ruch des Kommunismus stehend, in der grotesken Situation, die amerikanischen Kriegsziele formulieren zu müssen, von denen, bisher wenigstens, keiner eine richtige Vorstellung hat; und so sehr er sich auch bemüht, auf dem Dienstweg und außerhalb desselben, eine gültige Auskunft zu erhalten, immer wird ihm bedeutet: Machen Sie nur, Sie werden das schon hinkriegen.

In edler Verzweiflung kommt er auf die Idee, einen anderen für sich sprechen zu lassen: den GI, den gewöhnlichen amerikanischen Soldaten, der aus irgendeinem Nest in den USA über den Ozean gekommen ist und nun in Deutschland einmarschieren wird, um was – ja, um was zu tun? Und was für ein Mensch ist er denn, dieser Joe Jones, was denkt, was empfindet er, und was würde er, erteilte man ihm das Wort, den Deutschen sagen? Wahrscheinlich würde er ihnen sagen, er persönlich wolle gar nichts von ihnen außer Friede, Ruhe und Ordnung, und das nicht nur für fünfundzwanzig Jahre wie letztes Mal, zwischen dem ersten Weltkrieg und dem zweiten, die beide von Deutschland ausgingen, und daß er stark genug sei, nachdem er und seine Kameraden mit ihrem Material, ihren Flugzeugen, Kanonen, Panzern, die deutschen Armeen im Westen überrannt und vernichtet haben, diese bescheidene Absicht durchzusetzen; im übrigen sei er kein böser Kerl, lebe gerne und achte anderer Menschen Leben und Rechte. Werde er allerdings angegriffen, könne er auch hart und unerbittlich sein, und es hinge nun von ihnen ab, den Deutschen, welchen Joe Jones sie kennenzulernen wünschten.

Im Grunde ein Meisterstück von Ausflucht: die Vokabeln Freiheit, Demokratie, Faschismus, Sozialordnung, von Begriffen wie Kollektivschuld, Verantwortung, Konzentrationslager, imperialistische Machtpolitik und Morgenthau-Plan gar nicht zu reden, kommen nicht vor, und dennoch spricht hier einer, der, hört man nur richtig hin, all das sehr wohl im Kopf hat und weiß, wie er sich dazu stellt. Und diesmal wird das Flugblatt, anders als bei dem für Cézembre, auf professionelle Weise hergestellt; ein Photo des Joe Jones, sitzend, mit Helm, den Hemdkragen geöffnet, das Gewehr fast spielerisch im Arm, unter ein paar schräg eingesetzten roten Streifen, die die amerikanische Flagge andeuten, dazu der Text, den S. H. auch ins Englische übersetzen muß; in dieser Sprache werden ein paar tausend Exemplare des Flugblatts produziert nur zur Erbauung der Generalität und der Stäbe und für gewisse Regierungsstellen, die die Sache begutachten sollen, bevor die deutsche Millionenauflage gedruckt wird; keiner der Herren äußert irgendwelche Vorbehalte, keiner sagt: Nein, dieses nicht, das geht zu weit, da dürfen wir uns nicht festlegen. Ihn, S. H., bescheidet man nur kurz: Okay, Sergeant, keine Einwände, und hier ist Ihr neuer Marschbefehl – auf nach Le Mans!

Ich dachte, wagt er einzuwenden, ich käme mit nach Paris!

Das war ihm tatsächlich zugesagt worden: unter den ersten zu sein, die einmarschierten in Paris, zusammen mit der Division Leclerc, die, sehr zum Verdruß Pattons, anstelle von dessen Dritter Armee Paris nehmen sollte. Es war ihm zugesagt worden, und er hatte davon geträumt, der Geist des Bastillensturms und der Commune zu einem vereint und aufbrandend zu einer neuen, großen Revolution, mit ihm als Teilnehmer und Zeuge zugleich; aber statt seiner fuhren der Sergeant Burger und der Lieutenant Habe in Paris ein und ließen sich von den Mademoiselles mit Blumen überschütten und abküssen, und Habe geriet auf der Place de la Concorde sogar in eine Schießerei mit ein paar französischen Faschisten, die da noch auf den Dächern hockten, und stürmte todesmutig quer über den Platz, unablässig seine Pistole abfeuernd, während er, der Sergeant S. H., der das Erlebnis so dringend gebraucht hätte, für seine Seele wie für seine Literatur, in einer der langweiligsten Kleinstädte Frankreichs, Le Mans, und total abgeschnitten von all den atemberaubenden Vorgängen in der Welt, wieder einmal den Umbruch der Frontpost überwachen durfte.

Als ihm dann doch gestattet wird, auf der Durchreise nach Luxemburg ein paar Tage in Paris zu verbringen, ist der Atem der historischen Tage verpufft, die Glut des Feuers in den Herzen der Menschen erloschen; ihm bleibt nur noch, Schilderungen zusammenzustellen von Kameraden, die sich daran gewärmt, und von Bewohnern der Stadt, die den erhabenen Moment zwar gespürt, aber bald darauf zu ihrer Skepsis zurückgefunden haben. Paris ist wieder die Touristenstadt mit all dem Tingeltangel und lockenden Stimmen und Busen und Schenkeln und Spitzendessous und aufdringlichem Parfum und zerbeulten Matratzen, nur noch mehr heruntergekommen als zuvor und mit Hunger in den Augen, und die Touristen tragen amerikanische Uniform und für die Mehrzahl von ihnen sind die besseren Unterhaltungsstätten Off Limits, also verboten; aber auch so bleibt noch genug, auch für den Sergeanten S. H.

# 16

Sie holten mich am Flughafen ab mit laufender Kamera und filmten mich, wie ich das Wägelchen schob mit den Koffern darauf: schön, daß Sie eine Baskenkappe tragen, Herr H., lassen Sie die ruhig auf, das gilt hier in Luxemburg als besonders schick, weil französisch. Dann fuhren sie mich, denn es war noch Tageslicht und die Kameras würden es gerade noch schaffen, direkt zur Villa Louvigny.

Der Louvigny, nach dem das Haus benannt ist, war trotz seines französischen Namens ein Spanier gewesen, ein großer Herr, als Luxemburg noch Teil des spanischen Reiches war, und die Villa war auch nicht das, was man sich unter einer Villa vorstellt; sie war ein Flachbau, bestehend aus Parterre und Obergeschoß nur, in Form von zwei zueinander gewinkelten Seiten eines Vierecks mit dem Portal just in diesem Winkel, und innen befanden sich noch, genau wie damals, die Studios des Senders.

Mir war's wie im Traum. Ich trat ein durch das Portal, wandte mich nach rechts, in den Korridor, und schritt stracks auf die Tür zu, die dritte zur Linken: diese war es gewesen, keine andere. Ich hatte ein Photo bei mir, darauf, an seinem Schreibtisch, der Sergeant S. H. mit ernsthaftem Blick, schlank, jugendlich, nur das Haar beginnt sich bereits zu lichten; vom Schreibtisch aus, durchs Fenster, hatte man jetzt noch die gleiche Aussicht, hinaus auf den Park, in dem allerdings, wie mir schien, nun ein gut Teil der Bäume fehlte, aber das Fensterkreuz, der Heizkörper, sie waren identisch mit denen auf dem Photo; der Schreibtisch war umgestellt worden; damals parallel zur Fensterwand, stand er jetzt im rechten Winkel dazu.

Die Kamera lief: Rückkehr eines Soldaten. Dann riß jemand die Tür auf. »Was ist denn hier los! Das ist mein Büro!«

»Nein«, sagte ich ohne zu überlegen. »Meines!«

Das Mißverständnis wurde aufgeklärt. Man lachte. »Ja, 1944«, sagte der Junge, dem das Büro nun gehörte, »da war ich noch gar nicht geboren.«

Rückkehr eines alten Mannes.

Vor Metz war die amerikanische Offensive ins Stocken geraten. Die Dritte Armee des Generals Patton war ihrem Nachschub so weit vorausgeeilt, daß die Panzer gezwungen waren anzuhalten. Patton fluchte: man hätte ihm sein Benzin gestohlen. Das mochte sehr wohl auch zutreffen; bei den Quartermaster-Truppen, denen die Transporte oblagen, dienten in der Überzahl Neger, denen der Krieg der Weißen Männer ziemlich gleichgültig war und die sich nicht übermäßig aufregten, wenn ein Tankwagen, gefüllt mit Treibstoff, abhanden kam; es wurde damals viel Geld gemacht auf der Route zwischen den Häfen und der Front.

Aber das Großherzogtum Luxemburg, wo die Richtungsschilder nach Metz weisen, wenige Kilometer nur sind es bis dort, befand sich in amerikanischer Hand; die Großherzogin und der Prinzgemahl waren, wenn auch etwas zögernd, in ihr Schloß zurückgekehrt, und in der Hauptstadt des Ländchens, gleichfalls Luxemburg geheißen, führten die schöngeschwungenen Brücken wie eh und je über Schlucht und Fluß. Das Wichtigste aber: der Sender war erhalten geblieben, der große Sender, der bis tief nach Deutschland hinein ausstrahlte; die riesigen Sendemasten bei dem Dorf Junglinster waren nicht gesprengt worden; die Deutschen mochten geglaubt haben, sie würden wiederkehren und den Sendebetrieb noch einmal übernehmen, und so hatten sie sich damit begnügt, die Senderöhren, für die es Ersatz nur im Reich gab, zu zerschießen.

Auftritt Herr Felten, Ingenieur beim Sender: er habe, erklärt er den zuständigen Amerikanern, vorsorglich einen Satz Röhren beiseitegebracht und vergraben; diese stünden zur Verfügung; wenn man wolle, könne man morgen schon zu senden beginnen. War er ein Held und Untergrundkämpfer, der Herr Felten, ein letzeburgischer Patriot, oder einfach jemand, der sich ausrechnen konnte, wie der Krieg laufen würde, und dementsprechend mit seinen Röhren zur rechten Zeit auf der richtigen Seite einzusteigen bestrebt war? Luxemburger Geschichtsforscher werden sich zweifellos mit dem Mann noch beschäftigen, der in späteren Jahren dann zum Vorstandsvorsitzenden der Gesellschaft avancierte, die den Sender heute noch betreibt; für diese Aufzeichnungen ist er nur insofern von Wichtigkeit, als ohne seine Röhren die Truppe Habe kaum zustandegekommen wäre, die, mit dem Sergeanten S. H. als sehr gutem zweiten Mann, sieben Monate lang in der Villa Louvigny saß.

Man muß sich einmal vergegenwärtigen, welch fettes Stück Beute dieser Sender war, und wer alles sich darauf stürzte und Ansprüche erhob. SHAEF, das Oberste Hauptquartier, mit seinem über alle Maßen geschwollenen Publicity-Apparat, forderte selbstverständlich Priorität, aber auch die Armeegruppe, zuständig für die taktische psychologische Kriegführung, für den direkten Kontakt mit dem deutschen Soldaten, verlangte Sendezeit, und die Letzeburger selber, weshalb sonst hätte man sie befreit, wollten schließlich auch ihren Anteil. Und spürbar überall die stille Hand der Großen, der CBS und NBC, die ihre Vertreter in den Stäben hatten und ihre Fäden knüpften für die Zeit nach dem Kriege, und die jetzt schon das lebhafteste Interesse zeigten für die merkwürdigen Rollen brauner Bänder, die man im Sender vorgefunden hatte: von diesen ließ sich, über gewisse Geräte, Musik abspielen, oder auch Sprache, überhaupt jeder gewünschte Lärm, während die Amerikaner und ihre Armee noch mit großen schwarzen Wachsplatten arbeiteten, in die man Signale einritzte, welche sich dann wieder, durch Aufsetzen einer stählernen Nadel auf die langsam rotierende Platte, in allerhand von Nebengeräuschen begleitete Töne verwandelten.

Der Sergeant S. H., dringend aus Le Mans nach der Stadt Luxemburg zitiert, findet dort in der Villa Louvigny den inzwischen zum Captain beförderten Hans Habe vor. Habe hat sich in einem Büro von Respekt erheischenden Ausmaßen installiert, einer richtiggehenden Executive Suite mit zugehörigem Mobiliar. Habe begrüßt ihn wie einen lange und schmerzlich vermißten Freund. Dann teilt er S. H. mit, welche Unmenge von Arbeit bereits auf ihn warte: nicht nur die Frontpost, die selbstverständlich weiter erscheine, und gelegentliche Flugblätter wollten gemacht sein, nein, auch mehrere Stunden Sendezeit seien zu füllen, und zwar ab sofort und mit Beiträgen, die an Verstand und Herz des deutschen Frontsoldaten ebenso wie der deutschen Bevölkerung im Hinterland rührten; für all das müßten Material beschafft und Texte geschrieben werden, in möglichst dramatischer, dabei aber eingängiger Form; dafür werde er, der Sergeant S. H., in einem komfortablen Hotel wohnen dürfen, standesgemäß, sozusagen, und über ein eigenes Arbeitszimmer im Sender verfügen, und werde ferner die Genugtuung haben, die Wirkung seiner Arbeit beobachten zu können und sie anerkannt zu sehen.

Im Armee-Slang heißt so etwas Pep Talk, und es soll dazu dienen, die Truppe anzuspornen; und sowieso hat Habe eine Art mit Menschen umzugehen, die sie veranlaßt, mehr zu leisten als normalerweise üblich; allerdings setzt er selber auch durch die eigene Arbeit ein Beispiel für seine Leute. Im Fall des Sergeanten S. H. bedarf es jedoch keiner besonderen Anregung durch Habe; der Sergeant S. H. hat sofort erkannt, welche Chance das Schicksal ihm da in die Hand gespielt hat: endlich wird er in jedem deutschen Haushalt, und vor allem in der Wehrmacht, bei den Stäben von Division, Regiment, Bataillon, Kompanie, aus Kopfhörern oder vorsichtig gedämpften Lautsprechern zu den Menschen reden können, zu Millionen von ihnen, und ihnen sagen, was von ihren Führern zu halten ist und von dem System, das sie sich selber auf den Hals gewünscht haben, und was zu tun wäre, damit, wenn sie so wollen, mit diesem System und dem männermordenden, verbrecherischen Krieg, den es erzeugte, Schluß gemacht werde; endlich geht ihm der Traum in Erfüllung, der seinen Anfang vor Jahren schon nahm, mit seinen ersten Prager Gedichten, die von einem anderen, besseren Deutschland handelten und die, getarnt in Heften mit gefälschten Titeln, ihren Weg ins Reich fanden. Endlich kann er, der, wo er auch gewesen war, in Prag, Chicago, New York, gegen den Strom hatte schwimmen müssen, sich nun tragen lassen von diesem Strom; vielleicht wird er sogar den Lauf des Stroms ein wenig beeinflussen können, in welchem Glücksfall sein Wort, jahrelang in die Wüste gerufen, ihm zur gestaltenden Gewalt geraten mochte.

So salutiert er denn stramm, da Habe ihn nun entläßt, und in seinem Salut steckt mehr als soldatischer Gehorsam, steckt ein eigener Sinn. An die Wand des Arbeitsraums, der ihm zugewiesen wird, heftet er ein Porträtphoto von Goebbels, und jedesmal, wenn er glaubt, eine besonders gute Idee, eine besonders schlagende Wortwendung gefunden zu haben, wendet er sich hin zu dem Bild und lächelt: »Gut gesagt, Herr Doktor?«

Habes Truppe ist ein buntgescheckter Haufe, zusammengeklaubt aus Mannschaften der 2. und der inzwischen in Frankreich angelangten 3. Mobile Radio Broadcasting Company und aus irgendwelchen anderen Organisationen, dem Amt für Kriegsinformation oder dem Amt für Strategische Dienste vor allem; der innere Kern, der die eigentliche Arbeit leistet, besteht aus Literaten und Journalisten, Universitätsprofessoren und Germanistikstudenten; Flüchtlinge aus Deutschland und Österreich die meisten von ihnen und kürzlich erst in den USA eingebürgert. Die einen besitzen mehr, die anderen weniger Fertigkeit als Schriftsteller, einige auch haben das Handwerk noch nie ausgeübt, sie arbeiten sich aber schnell ein. Um diesen

Kern herum schart sich eine Unzahl von Typen, Offizieren hauptsächlich, die vorgeben, Fachleute zu sein, in Wahrheit aber nach einem ruhigen Posten mit dem Glorienschein geistigen Schöpfertums streben; hier kann man sich als intellektueller Gigant ausgeben, selbst wenn man nur ein paar unglücklichen Untergebenen befohlen hat, eine von vornherein überflüssige Statistik zusammenzustellen.

Auch der Sergeant S. H. hat ja noch nie für den Rundfunk gearbeitet; ein- oder zweimal hat er, vor Hitlers Machtantritt, in einem Literaturprogramm des Berliner Senders eigene Gedichte gelesen, das ist die Summe seiner Erfahrungen auf dem Gebiet. Was ist das, eine Sendung, wie baut man so etwas auf? Wie erfüllt man die nüchternen Meldungen, hier ein Bataillon vernichtet, dort eine Stellung genommen, mit Leben? Was teilt man dem Ansager zu, welches Gewicht gibt man welchen Stimmen, wie verbindet man mehrere Informationen, ohne daß dem Hörer die Nahtstellen auffallen? Wie fügt man die Originalaufnahmen ein, die Stimmen von Gefangenen, von Bürgern in den befreiten Ortschaften, so daß das Ganze im Zusammenhang steht und der Hörer auch ohne gereckten Zeigefinger zu den richtigen Schlußfolgerungen gelangt?

Für Schulung ist keine Zeit vorhanden, und wer sollte die Kunst wohl auch lehren? Das Programm muß von heute auf morgen beginnen, die Sprecher warten am Mikrophon, Soldaten die einen, Zivilisten die anderen, Luxemburger, aber auch schon Deutsche, deren Lebenslauf und Charakter mehr oder weniger gründlich überprüft worden sind. Nur die Praxis kann ergeben, wie's gemacht wird, und so läßt sich in der Folge der Skripts des Sergeanten S. H. eine ganze Skala ablesen, die von plumpen Anfängen bis fast zur Perfektion reicht.

Das Material? Die Nachrichten sind das eine, die in ständigem Fluß aus den amerikanischen und englischen Pressediensten und von den Armeestäben einkommen, und vom OKW, dem Oberkommando der Wehrmacht, dessen Heeresberichte gewissenhaft abgehört werden. Aber das ist nur der Hintergrund: vor diesem spielen sich die Einzelschicksale ab, die der eigentliche Stoff der Sendungen sind, die Schicksale von Einheiten, die zerrieben, von Menschen, die geopfert werden in einem Kampf, der längst verloren ist. Solche Schicksale erfährt man zu Tausenden in den Lagern der Kriegsgefangenen, aus Verhören und Berichten über Verhöre, oder man liest sie ab aus den Papieren, die die deutschen Stäbe zurückgelassen haben beim Rückzug, aus den vergeblichen Rufen nach Verstärkung, Munition, Lebensmitteln, den dürren Angaben der Ärzte in den Sanitätsstellen und Feldhospitälern. Und dann die Briefe: Briefe, die die an der Front nach Hause schicken an Frau und Mutter und Kind, und Briefe, die von zu Haus gesandt wurden an die Männer vorn, Briefe, die sämtlich ihre Adressaten nicht mehr erreichten – jeder Brief ein Schicksal. Säckeweis wird die Post angeliefert aus den eroberten Feldpostämtern, säckeweis werden die Briefe von Mr. Grünfeld, dem Helden von Cézembre, und dem ebenso kleinen und dicken Corporal Bloch, die beide eigens dafür abgestellt wurden, analysiert, annotiert, exzerpiert; die Gelder, die sich oft in den Kuverts finden, werden auf Veranlassung des Sergeanten S. H. beiseitegelegt, denn der läßt in eine gesonderte Spalte der *Frontpost* Notizen einrücken des Inhalts, daß der Soldat oder Gefreite oder Unteroffizier Soundso von dieser oder jener Kompanie dieses oder jenes Regiments jetzt bei der U.S.-Armee ein Guthaben in der und der Höhe besitze, auszahlbar nach Meldung des Betreffenden beim nächsten Vernehmungsoffizier; und tatsächlich kommen da auch welche herüber und melden sich und bekommen ihr Geld in neuer Besatzungsmark oder sogar in Dollars, denn nachdem die ersten Stücke deutschen Bodens erobert sind, gilt auch die Reichsmark bei den amerikanischen Zahlmeistern als legale, frei austauschbare Währung. Bald jedoch wird S. H.s psychologischer Kriegführung per Eröffnung von Privatkonten deutscher Soldaten ein Ende gesetzt; zu groß sind die Summen, die aus den Postsäcken zusammenfließen und zu hoch angesiedelt sind die Interessenten an der Sache, die bald ruchbar geworden ist in den verschiedenen Dienststellen.

Und dann geht man auch selber auf Erkundung: wie sieht es nun wirklich aus in diesem Lande, besonders in den Städten, die, je nach Art der Betrachtungsweise, erobert oder befreit worden sind? Und die Bewohner, wie verhalten sie sich, nachdem sie, wieder je nach Sicht, vom Joch erlöst oder aber ihrer Eigenschaft als Herrenmenschen entkleidet worden sind? Und wie wird sich, auf der Grundlage des Vorgefundenen, eine Zukunft gestalten lassen? Mit diesen Leuten? Oder auch gegen sie, wenn nötig?

Der Sergeant S. H. begibt sich nach Hayingen, reichlich ausgerüstet mit Technik: einem Lautsprecherwagen für Reden an die Bevölkerung und einem Aufnahmegerät für den Fall, daß unter den Ortsbewohnern einer oder gar mehrere bewegt werden können, für Radio Luxemburg ein paar Worte zu sagen. Hayingen, oder Hayenge, liegt in Lothringen, das in seiner langen Geschichte abwechselnd deutsch war und französisch; jetzt war es wieder deutsch gewesen, die Straßennamen sind deutsch, Adolf-Hitler-Straße, Hermann-Göring-Straße; auf diesen Straßen sind die Läden geschlossen, die Volksgenossen, die, so erfährt er, sie einst den Juden abnahmen, sind seit gestern verschwunden, wie auch das leitende Personal des Stahlwerks, von dem ganz Hayingen lebte. Unter den französischen Familien ist kaum eine, die nicht Angehörige verloren hätte; wenn einer Glück hatte, entkam er nach Frankreich und tauchte dort unter, andere wurden deportiert, nach Polen, nach Dachau; von diesen hat niemand mehr etwas gehört. Dafür sind Russen und Ukrainer nach Hayingen gebracht worden, als Arbeitssklaven. Die Bevölkerung der Stadt ist dreisprachig, man verständigt sich auf deutsch und französisch und, je nach Herkunft, in der Heimatsprache.

Die Stimmung der Leute bleibt gedrückt, auch nachdem der Sergeant S. H. über seinen Lautsprecher vom siegreichen Vormarsch der Alliierten an allen Fronten gekündet hat, von den Russen, die an der Grenze Ostpreußens stehen, vom Vorstoß der Amerikaner durch Belgien in Richtung Rheinland, und daß Finnland, Rumänien, Bulgarien abgefallen sind von Hitler und Schluß gemacht haben mit dem Krieg. Die Menschen halten sich zurück, auf eine Platte sprechen will schon gar keiner. Der Sergeant S. H. zieht zum örtlichen Hauptquartier der Partei, beschlagnahmt die Listen ihrer Mitglieder und der Angehörigen der SA; was für lange Listen das sind, auch gallisch klingende Namen finden sich darauf. Ein amerikanischer Lieutenant begegnet ihm, in zum Teil französischer Uniform; der Mann, vom Stab des Generals König, ist nach Hayingen gekommen, um die FFI, die Forces Françaises de l'Intérieur, organisieren zu helfen, und grinsend teilt er dem Sergeanten S. H. mit, daß die Stimmung im Ort so labil sei, weil man sich hier noch vor den amerikanischen Linien befinde, yes, Sergeant, didn't you know, aber machen Sie sich nichts draus, die Deutschen haben genausoviel Angst wie wir und werden schon nicht attackieren. Auf alle Fälle stellt S. H. Posten aus und verteilt den Wachdienst für die Nacht, nachdem er sich und seinen Trupp in den drei Zimmern über der Kneipe neben dem Rathaus einquartiert hat. Lange flieht ihn der Schlaf; endlich nickt er ein, schreckt aber nach kurzer Zeit auf: gellendes Geschrei, ganz aus der Nähe, Hilfe! Hilfe!

Helm auf, Gewehr greifen, hinunter auf die Straße. Volk sammelt sich rasch. In einer Seitengasse, aus der offenen Haustür, kommt die Frau gelaufen, die da geschrien hat, das Gesicht blutüberströmt; ihr nach ein Mann; der packt sie und zerrt sie zurück ins Haus, ins Schlafzimmer, wo er sie aufs Bett wirft und weiter auf sie eindrischt mit schwerem Knüppel, während der Sergeant S. H., angewidert, ihn zu bändigen sucht. Schließlich gelingt es ihm, mit Hilfe von zwei Mann FFI, den vor Wut keuchenden Kerl zu überwältigen: ach, hört er dann, es ist eine alltägliche Geschichte, das Weib, häßlich ist sie auch noch, hat's mit einem Deutschen getrieben, während der Alte irgendwo im Maquis war; jetzt ist er wieder da, und nun kriegt sie ihr Fett.

Diese Art von Wirklichkeit ist nichts für den Sender, doch ist sie ein Teil des Mosaiks, das im Kopf des S. H. immer mehr Gestalt gewinnt. Für die Zwecke der psychologischen Kriegführung ist sein Besuch in der Zeche Karl Alexander ergiebiger. Die Zeche liegt nahe dem Dorf Bäsweiler in dem Zipfel deutschen Gebiets, den die US-Armee bereits eingenommen hat, und gezeigt werden soll, daß das Leben weitergeht auch unter amerikanischer Besatzung und daß die Menschen dann nichts mehr zu fürchten haben und daher nicht flüchten sollen, sondern in ihren Häusern und Anwesen bleiben, bis die Wehrmacht sich zurückgezogen hat. Gezeigt werden soll, daß schon bald nach dem Einmarsch der amerikanischen Truppen wieder gearbeitet wird, damit die Werte erhalten bleiben und die Leute ihr Auskommen haben. Wie aber zeigt man, daß in einer deutschen Zeche gearbeitet wird? Ganz einfach: man zeigt den Umkleideraum; hängen dort von der Decke die Kleider der Bergarbeiter, an Ketten hochgezogen und festgezurrt, auf daß kein Unberufener in die Taschen lange, so ist der Beweis erbracht, daß die Kumpel eingefahren sind und untertags arbeiten.

Im Jeep reist er zusammen mit einem Armeephotographen nach Bäsweiler; er wird nicht nur eine Sendung machen über Karl Alexander, sondern zugleich eine Photoreportage für die dritte Seite der Frontpost: geeignete Motive wären der Förderturm, davor vielleicht eine dampfende Lokomotive; die laufenden Turbinen; Arbeiter im Korb bei der Einfahrt; und eben jener Umkleideraum. Alles stellt sich dar wie erwünscht; und es sind sogar Leute erschienen zur Arbeit, selbst wenn sie in Lastwagen der amerikanischen Armee aus Bäsweiler, Übach, Merkstein herangekarrt werden mußten; und wenn sie auch keine nennenswerte Tonnage fördern, so sorgen sie doch dafür, daß die Stollen nicht absaufen, und zitieren läßt sich allemal der Steiger, der, Kohlenstaub in den Falten um Mund und Augen, ihm sagt: »Einundzwanzig Jahre hab ich in diesem Bergwerk gearbeitet, hier gehör ich her.« Nur, im Hof der Zeche ist eine Batterie mittelschwerer Artillerie aufgefahren; der Geschützführer am ersten Geschütz hebt die Hand, freundlicher Gruß dem Besucher, so sieht es fast aus, doch ist es das Kommando zum Feuern; S. H. reißt den Mund auf, klappt die Hände vor die Ohren. Die Batterie feuert in regelmäßigen Abständen hinüber zu den Deutschen, und die wiederum, obwohl sie nur sparsam erwidern, beginnen sich auf die Batterie einzuschießen; man erkennt's an den Einschlägen.

Der Sergeant S. H., gefolgt von seinem Photographen, steigt die drei Stufen hinauf zum Eingang des Umkleideraums; einen Moment lang zögert er: die am Geschütz sind anscheinend fortgegangen, Zigarettenpause. Er stößt die Tür auf: von der Decke des Umkleideraums hängen, einer Sammlung von Vogelscheuchen ähnelnd, die Jacken, Hemden, Hosen der Arbeiter. Aus diesem Winkel, sagt er, würde ich das gerne haben. Der Photograph nickt; er beeilt sich, auch er hat die Situation erfaßt; einmal zuckt er zusammen, da hat es draußen gekracht, Steine prasseln irgendwo nieder. Die Knipserei dauert nur kurze Zeit, Gott sei Dank; dann, erleichtert, tritt S. H. vor die Tür – auf der obersten Stufe der Treppe, über die er vor zwei, höchstens drei Minuten das Gebäude betrat, sitzt jetzt einer, den behelmten Kopf leicht nach vorn geneigt: der Geschützführer mit der winkenden Hand. Und hat keinen Unterleib; Blut rinnt die Stufen hinab, weniger jedoch, als zu erwarten wäre. Von der Batterie her kommen welche gelaufen, ein Sanitäter ist dabei, mit Tragbahre. Die Männer verständigen sich halblaut, heben den Torso sanft auf die Bahre; das Merkwürdige dabei ist, daß sie von dem Toten nicht mehr als *he* sprechen, als Soldat, Kamerad, Mitmensch, sondern als *it*, einem Neutrum, das die Gefühle der Überlebenden nicht länger zu berühren vermag.

Den Sergeanten S. H. fröstelt es, da er zurückfährt im Jeep nach Luxemburg. Er schlingt sich den Schal fester um den Hals, mummt sich ein in den schweren Militärmantel; er weiß, es ist nicht die herbstliche Kälte, die ihn erschauern läßt, sondern das verdammte Gefühl, daß die Kugel, die er immer erwartet hat, die Kugel mit seinem Namen darauf, den anderen getroffen hat an seiner Statt, diesen Geschützführer.

Aber alles, auch die tägliche Spannung, der tägliche Druck, wird irgendwie zur Routine, soundsoviele Stunden für den Sender, soundsoviele für die Frontpost, soundsoviele für die restlichen Aufgaben;

das wenige an Zeit, was da bleibt, muß für Essen und Schlafen reichen, für Entspannung, Gespräche und die Korrespondenz mit Gertrude; für eigene literarische Arbeit ist kaum noch Gelegenheit. Längst haust er nicht mehr im Hotel; er hat, zusammen mit dem Sergeanten Jules Bond, eine Wohnung bezogen: die Wohnung jenes SS-Führers, der die luxemburgischen Juden zusammentreiben und nach Osten verfrachten ließ; der Kerl ist, wie die Nachbarn berichten, nach Koblenz geflüchtet; S. H. nimmt sich vor, ihn aufzustöbern, sollte er je durch Koblenz kommen.

Mit Bond läßt sich's leben; ein rücksichtsvoller, ruhiger Mensch mit gefestigten Ansichten, angenehm im Umgang, versteht er es, S. H.s Stimmungen auszugleichen; zudem ist er ein guter Koch, sein Porree Vinaigrette, es gibt Porree am Markt zu kaufen, ist hervorragend. Dann ist da wieder der junge Peter Weidenreich und macht die kleinformatige Feldpost, die per Artillerie zu den Deutschen hinübergeschossen wird; nach dem Krieg kürzt Peter seinen Namen, nennt sich Wyden, steigt auf zum Posten des stellvertretenden Chefredakteurs von Newsweek, gründet dann, er liebt Abenteuer, einen eigenen Verlag, der ihn seine Ersparnisse kostet, und ist heute ein Bestseller-Autor mit Büchern über das amerikanische Fiasko in der Schweinebucht und andere zeitgenössische Themen. Der bereits durch seine geschliffenen Prager Feuilletons bekannte Joseph Wechsberg gehört gleichfalls zur Mannschaft; in Amerika wird er als regelmäßiger Mitarbeiter der anspruchsvollen Wochenzeitschrift New Yorker zu noch größerer Prominenz gelangen. Andere noch tauchen auf, zu viele, und zu verschiedenartig, um sie aufzuzählen, und werden wieder abkommandiert, nachdem sie ihren Beitrag geleistet haben. Nur Habes Faktotum ist absolut unabkömmlich, Corporal Atlas, ein kleiner Ungar mit dunklen Hundeaugen und einem traurigen Lächeln um die Lippen; Atlas geht völlig auf in den Wünschen seines Herrn, ja, scheint diese bereits erraten zu haben, bevor der krähende Ruf, »Atla – a – as!«, überhaupt ertönt ist. Und ebenso unabkömmlich sind bis zur letzten Sendung dieser sonderbaren Truppe, kurz vor der Kapitulation der Wehrmacht, die Sprecher für die beiden dramatis personae, die Habe erfunden hat und deren Texte S. H. des öfteren schreiben muß: Corporal Tom Jones und Colonel Thompson. Corporal Jones, offenbar ein Cousin des Joe Jones auf S. H.s programmatischem Flugblatt, ist *der* GI, das amerikanische Pendant zum deutschen Landser; er kennt die Sorgen des gemeinen Soldaten und spricht dessen Sprache, direkt und zur Sache; in seinen Worten und seiner Stimme ist kein Falsch, und sein amerikanischer Akzent beweist seine Echtheit, hier spricht kein Emigrant, keiner, der einen Haß im Herzen trüge, sondern ein wirklicher Amerikaner, der es zumindest nicht schlecht meint mit seinem deutschen Gegenüber. Auch Colonel Thompsons Deutsch ist leicht amerikanisch getönt; aber man hört, dies ist die Sprache eines gebildeten Mannes, und der etwas rauchige Baß klingt nach Autorität, der Autorität, die einer braucht, um Herren seines Ranges drüben in der Wehrmacht klarzumachen, in welch auswegloser Situation sie sich befinden. In Wirklichkeit sind sie beide keine Soldaten, sondern Zivilisten in Uniform aus einem der Kriegsämter. Tom Jones, alias Richard Hanser und genannt Dick, ist Sohn des Pfarrers einer deutschsprachigen evangelischen Gemeinde im Staate Wisconsin und selber Theologe; man kann Pferde stehlen gehen mit ihm oder auch aufs angenehmste ein paar Flaschen Mosel leeren. Colonel Thompson, in Wahrheit der Professor für Romanistik an der Universität Cornell Maurice Bishop, ein bereits ergrauter Mann von großem Wissen, das er allerdings nie zur Schau trägt, und ebenso trinkfest wie Dick Hanser, wird S. H. besonders sympathisch durch das Feingefühl, mit dem er ihm und den anderen problembeladenen Ex-Refugees begegnet. Nur der Sergeant Burger fehlt im Team; Burger, so wird streng vertraulich gemunkelt, sei für ein geheimes Projekt abgestellt worden, das sich in Vorbereitung befinde und dem Major Dolan unterstehe, einem jener Macher mit Verbindungen zu Banken und Industrie, die ihre Finger in der Psychologischen Kriegführung haben.

Dies Projekt, erfährt S. H. bald, ist der Geheimsender Annie. Der Ruhm des Soldatensenders Calais, der, getarnt als Sender einer Oppositionsgruppe in der Wehrmacht, von dem genialen britischen Journalisten Sefton Delmer auf höchst glaubhafte Art irgendwo in Südengland gemacht worden war, hatte die Amerikaner nicht schlafen lassen; auch sie mußten ihren »schwarzen« Sender, wie man das nannte, haben. Da aber schon kein fremder Boden mehr für eine Gruppe von Widerständlern in der Wehrmacht zur Verfügung stand, verlegten die U.S.-Psycho-Strategen den Sitz des Senders kühn ins Reich, wobei sie den Verein, der ihn angeblich betrieb, aus allem zusammenklitterten, was sie sich so unter deutscher Opposition vorstellten.

Annie ging dann auch wirklich in Aktion. Major Dolan und die Seinen, abgesichert hinter doppeltem Kordon in einem abgelegenen

Hause in der Vorstadt, dachten sich die tollkühnsten Programme aus; aber ach, die Tarnung war zu fadenscheinig: der Sender, dessen Standort supergeheim sein sollte, nahm seine Sendungen auf, kaum daß der Sender Luxemburg seinen Hörern Gute Nacht gesagt hatte, und auf fast der gleichen Wellenlänge wie dieser, 1313. Die Truppe Habe, die ohne Visier arbeitete, »Hier spricht die amerikanische Armee«, so begann jede Ansage, hatte für die Bemühungen der Konkurrenz nur ein mitleidiges Lächeln – verständlich: man hätte die Kräfte und die Sendezeit, die da zur Befriedigung der Eitelkeiten irgendwelcher Stäbe verwendet wurden, für Wichtigeres und Wirkungsvolleres brauchen können.

Um diese Zeit erscheint in New York Of Smiling Peace. Gertrude schreibt ihm, sie sei wie damals, als Hostages herauskam, zu Childs am Union Square gegangen, und habe dort, diesmal allein, auf die Morgenblätter gewartet. Doch die Kritiken seien enttäuschend gewesen; Prescott habe den häufigen Szenenwechsel bemängelt und auch sonst nicht gerade Begeisterung gezeigt.

Kurz darauf hat S. H. selber das Buch in der Hand; der Umschlag, findet er, ist weniger vornehm als der von Hostages, aber bunt genug, um in den Schaufenstern aufzufallen. Noch einmal liest er, was er da geschrieben hat; es liest sich anders, gedruckt und gebunden, als in den Bruchstücken seines Manuskripts, mit denen er zu arbeiten hatte, er spürt die Spannung, die sich aufbaut von Kapitel zu Kapitel, findet seine Gestalten glaubhaft: was heißt hier »häufiger Szenenwechsel«, der Krieg wird nicht nur an einem Orte geführt, hat Prescott nie Tolstoi gelesen? Doch dann schickt der Verlag die Besprechungen, der Autor kann sie mit eigenen Augen lesen und selber analysieren. Prescott hat nicht nur technische Mängel gesehen, das Ganze ist ihm unbehaglich, weil gegen die etablierten Anschauungen; in der Buchbeilage der New York Times wird die Handlung des Romans des längeren berichtet, nur um die Feststellung folgen zu lassen, S. H.s amerikanische Soldaten seien wohl nicht so die richtigen Helden, wie denn auch Harry Hansen im World Telegram mißbilligt, daß die amerikanischen Offiziere in dem Buch nicht denen entsprächen, die John Hersey dargestellt habe, was wohl daran liege, daß S. H. zwar in den USA lebe, aber eben doch ein deutscher Schriftsteller sei. Und Time Magazine gar bezeichnet Of Smiling Peace als »Super Dime Novel«, als Super-Zehn-Cent-Roman. Wenn das Ding sich nur auch so gut verkaufen ließe, denkt S. H. verbittert und schließt, da auch die linke Presse sein Buch als nicht links genug aburteilt, daß er, der mit Hostages noch durchaus richtig gelegen, sich mit dem neuen Roman zwischen alle verfügbaren Stühle gesetzt hat.

Aber er ist, bei aller Liebe zu seinem Werk, nicht so vernarrt darin, daß er die Hauptschwäche nicht bemerkte. Nach der Lektüre notiert er: »Ich muß sagen, OSP enthält schon recht starken Tobak, und es überrascht mich nicht, daß einige Leute, besonders Buchkritiker, dagegen sind; dennoch ist der Hauptfehler, daß ich nicht weit genug gegangen bin bei der Darstellung der Umstände, die uns in Nordafrika aufgehalten haben, und der Gründe dafür. Vielleicht werde ich, in einem anderen Buch, noch einmal auf Wolff zurückgreifen; aber dann wird er mehr Einsicht haben in die Veränderung im Menschen, die vor sich geht, wenn dieser aus seiner gewohnten Umgebung gerissen, in Uniform gesteckt und dauernder Todesgefahr ausgesetzt wird. Krieg bedeutet, außer für die stärksten Charaktere, den kompletten Zerfall moralischer Grenzen; die Armee sucht vermittels ihrer Disziplin dem Mann ein neues moralisches Gefüge aufzuprägen, doch ist dies eben eine künstliche Konstruktion, und die Leute, die ihm das aufprägen sollen, haben selber ihre ursprünglichen moralischen Grundsätze verloren. Was würde Prescott wohl gesagt haben, hätte ich das alles dargestellt? Aber die Welt im Krieg ist kein Kindergarten, sie ist ein schweinisches Durcheinander von Blut und niedrigen Gefühlen, Grausamkeit, Feigheit, bösem Willen – das einzige, worauf ich stolz bin, ist, daß Of Smiling Peace trotz all dem ein optimistisches Buch ist.«

Bei dieser Reaktion der Buchkritik auf Of Smiling Peace ist es nicht weiter erstaunlich, daß auch Gertrudes Bemühen, dem Buch Verbreitung zu schaffen, ihre Auftritte als Gattin des Autors in Women's Clubs und literarischen Vereinigungen, ihre Interviews in Presse und Radio, wenig fruchten. Schließlich rät er ihr ab, damit fortzufahren: wenn schon der Publicity-Apparat des Verlages, mit seinen Verbindungen und finanziellen Möglichkeiten, versagt, wie soll dann eine einzelne Frau das Buch durchsetzen können? Erfreulich ist immerhin, daß die Armee den Roman drucken wird, als wohlfeiles Taschenbuch für Soldaten, zweispaltig gesetzt und im Breitformat, so daß der Mann das Heft, der Rundung seines Hinterns angepaßt, in der Gesäßtasche bei sich tragen kann.

Dagegen sind bei den Bürgern daheim die Kriegsbücher kaum noch gefragt; man meint, der Krieg werde sowieso bald vorbei sein, stehen die Russen nicht schon mit einem Bein in Ostpreußen und operieren unsere GIs nicht bereits auf deutschem Boden, und am besten sei es, sich jetzt schon, geistig und finanziell, auf den kommenden Frieden vorzubereiten, wenn die Wirtschaft sich umstellen muß und die Jobs knapp und die Arbeiter entsprechend bescheidener sein werden.

Aus Hollywood, wo Max Pfeffer Of Smiling Peace bei Paramount und MGM anbietet, verlautet, daß binnen kurzem alles, was mit Krieg zusammenhängt, Gift an der Kinokasse sein wird; das Publikum habe sich sattgesehen an den bösen Nazis und den tapferen Widerstandskämpfern, an Schlachten zu Lande, zur See und in der Luft; gefragte Themen sind wieder Liebeslust und -leid, und Heiteretei.

S. H. jedoch, in seinem kleinen Büro in Luxemburg, wo er die Zahlen und Berichte liest, und auf seinen Streifzügen entlang der Front, wo er die Gesichter der GIs sieht, S. H. spürt, daß da etwas gar nicht in Ordnung ist. Zwar kommen noch Gefangene ein, aber es werden immer weniger, und immer öfter sind sie verstockt. Bei Arnheim in Holland sind die englischen Luftlandetruppen geschlagen worden; keine Katastrophe, nur ein verlorenes Gefecht, aber es beweist, daß am Ort deutsche Reserven waren, von denen keiner wußte. Die amerikanischen Vorstöße werden immer seltener, die Geländegewinne geringer; ist's nur der Schlamm und der halbvereiste Boden, oder liegt es daran, daß die deutschen Linien sich konsolidiert haben? Und dann die V-2 über London, noch keine Wunderwaffe, doch erschreckend durch ihren unhörbaren Anflug und den plötzlichen Tod, den sie bringt. Nein, gewinnen werden diese Deutschen den Krieg nicht mehr, aber sie werden kämpfen, solange die Organisation noch funktioniert, für ihren Hitler oder für was auch immer, kämpfen, bis es zwölf schlägt, und vielleicht sogar bis fünf Minuten danach.

Alles jetzt konzentriert sich auf Aachen.

Wenn es nur fiele, Aachen wäre die erste größere deutsche Stadt in den Händen der Amerikaner. Der Symbolwert wäre kolossal: hier hatte schon Karl der Große residiert, hier waren bis ins späte Mittelalter die deutschen Kaiser und Könige gekrönt worden; deutscher als Aachen ging's nicht. Und hier würde man zeigen können: Deutschland unter amerikanischer Besatzung, Ordnung und Friede, Schluß mit dem Terror der Nazis. Hier würde man demonstrieren können: demokratische Anfänge, neue Leute in den Behörden, Wiederaufbau.

Aber auch in Berlin wird man gewußt haben, welche Bedeutung Aachen zukam; aus Berlin hagelt es Durchhaltebefehle, obwohl die Stadt eingekreist ist: Kämpfen bis zum letzten Haus, zur letzten Patrone, zum letzten Mann. General Graf Schwerin, Kommandeur der 116. Division und Befehlshaber in Aachen, der Aachen zur offenen Stadt erklären will, wird abberufen und, wie es heißt, vor ein Kriegsgericht gestellt; ein Oberstleutnant Leyherr übernimmt zeitweilig das Kommando. Nachdem auch der letzte Versorgungsweg, die Straße Aachen–Köln, abgeschnitten ist, schicken die Amerikaner zwei Parlamentäre: sie überbringen ein Ultimatum, addressiert an den militärischen Befehlshaber und den Oberbürgermeister, ein Ultimatum befristet auf 24 Stunden.

Der Sender Luxemburg übermittelt den Inhalt des Ultimatums an die Bevölkerung der Stadt, an die eingeschlossenen Truppen. Der Sergeant S. H. arbeitet rund um die Uhr; er hat die Erfahrung von Cézembre, man muß die richtigen Worte finden, die Metaphern, die eindringen ins Denken der Menschen, muß ihnen klarmachen, was geschehen wird, mit ihrer Stadt, mit ihnen selbst, wenn sie nicht eingehen auf das Ultimatum, da sind die Kanonen, die Panzer, die Flugzeuge, und all das zum Schlag bereit gegen diese eine Stadt, was wird da übrig bleiben, aber ihr könnt es verhüten, die in Berlin werden euch nicht retten, die werden euer Blut und Gut bedenkenlos opfern, nur um die große Niederlage, die doch kommt, um ein kleines zu verschieben: erhebt euch, unternehmt etwas, zieht hin zum Kommandanten der Stadt, zum Oberbürgermeister, sagt ihnen, ihr wollt leben, sagt ihnen, ihr wollt, daß eure Stadt lebt, zwingt sie, dem Ultimatum zu folgen, um euer selbst und eurer Kinder willen, ihr habt nicht mehr viel Zeit, noch dreiundzwanzig Stunden, noch zweiundzwanzig... noch siebzehn, sechzehn, fünfzehn... noch neun, noch acht... noch drei, noch zwei, noch eine...

Später wird er erfahren, daß es tatsächlich eine Delegation gab, daß eine Handvoll Aachener Bürger bei dem Oberst Wilck vorsprach, der inzwischen den Befehl über die in der Stadt liegenden Reste der 9. Panzer-Infanterie-Division und der 116. Panzer-Grenadiere und etlicher anderer zersprengter Einheiten übernommen hatte. Wilck saß im Bunker in der Rütscherstraße, wo dieser am tiefsten war; dorthin stiegen diese Bürger hinab, aber Wilck hörte sie nicht lange an, sondern warf sie hinaus, und keiner weiß, was aus ihnen geworden ist. Des Sergeanten S. H. bemächtigte sich zur Zeit, da das Ultimatum ablief – noch eine Stunde, noch eine halbe – eine tiefe Niedergeschlagenheit; ihm war, als hätte er persönlich versagt, oder, was auf das gleiche hinauslief, als sei ihm noch einmal demonstriert worden, daß die Bindung des deutschen Volks und seiner Armee an die Durchhaltestrategen in Berlin unlöslich war.

So empfindet er denn auch keine Genugtuung, sondern eher Trauer bei seinem Besuch in Aachen, Stunden nur nach der Einnahme. Über den Trümmern liegt Stille, gelegentlich bröckelt ein Stein und es dauert ein paar Sekunden, bis das Echo der fallenden Brocken verhallt ist; und überall der süßlich schwere Geruch der Verwesung. Unter den Sohlen knirscht Glas. Die einzigen Lebewesen, denen er begegnet, sind ein paar alte Weiber, die unter den bizarren Resten von Mauerwerk nach wer weiß was suchen, das ihnen vielleicht einmal gehört hat; die Gesichter sind ausdruckslos. Und dann ein Mann, der in einem Korb wühlt, in dem sich ein gelblichgrauer schmieriger Brei befindet: zerbrochene Eier, sagt er; er hoffe ein paar zu finden, die heilgeblieben sind; aber er hat keinen Erfolg. Das Münster steht, verschont von der Artillerie und den Fliegern der Amerikaner; die Fresken in der Krönungshalle leuchten, da irgendein verirrter Lichtstrahl auf sie fällt; vor dem Altar hatten deutsche Truppen gelagert, der Dreck, den sie hinterließen, zeugt davon. Vor dem Münster zanken sich die Spatzen, zwischen ihnen pickt ein Kanarienvogel im Staub, im blinden Fenster eines nahen Hauses hängt der Käfig, verbogen, die Tür schief in der Angel. In einer zerstörten Kneipe, auf dem Regal hinter der Theke, findet S. H. einen Krug, Majolika, mit Zinndeckel, etwa Mitte des 17. Jahrhunderts; bis auf ein Eckchen, das am Trinkrand fehlt, hat der Krug den langen Sturm auf Aachen überstanden: jetzt steht er auf meinem Bücherschrank im Arbeitszimmer, vom Schreibtisch aus sehe ich ihn, aber nur selten denke ich dabei noch an die Leichen vor dem Bunker in der Rütscherstraße, die da wie hingeworfene Puppen lagen mit verdrehten Gliedmaßen, und an die toten Pferde.

Und wieder ist er, wie einst Abraham, auf der Suche nach den Gerechten, auf der Suche nach Widerstand. Das ist keine Marotte, kein Rückfall in einen Glauben, der ihm in seinen Prager Jahren aufgeprägt wurde, am Kaffeehaustisch im Continental, als man so hoffnungsvoll von der illegalen Arbeit sprach, die die Genossen in Deutschland leisteten, und von der unausweichlich kommenden

Revolution gegen Hitler; nein, das ist kühle Überlegung: die Zeit rückt näher, da ein Nachkriegsdeutschland zu organisieren sein wird, und mit wem soll man es organisieren, wem eines Tags übergeben, wenn niemand da ist außer den Nazis und der Unzahl der kleinen Männer, die ihnen zur Hand gingen?

Da war der Matrose Kowaljow gewesen, der ihm auf einem seiner Streifzüge in die Hände gefallen war, in einem der Lager für Displaced Persons, für Verschleppte, Entwurzelte, Fremdarbeiter, Heimatlose, das Treibgut der Nazi-Herrschaft und des Krieges. Wie der da plötzlich vor ihm stand, breitschultrig, strahlenden Gesichts, die enorme Brust umspannt von dem blau-weiß quergestreiften Trikot der sowjetischen Flotte und Hammer und Sichel auf dem Koppelschloß des breiten Gurts, war er eigentlich zu herrlich, um wahr zu sein: ein Held, Partisan erst hinter den deutschen Linien bei Riga, dann gefangengenommen, gefoltert und, da er trotzdem schwieg, schließlich nach Lothringen gebracht, um bei der Arbeit in den Minen zu Tode geschunden zu werden; dort hat er Streiks untertage und sogar eine Demonstration zum 1. Mai organisiert, mit roten Fahnen; danach wieder Ausbruch und wieder Partisanenkrieg an der Seite von Männern, die er um sich sammelte, die Waffen nahmen sie den Deutschen ab; und nun ist er hier, in diesem Lager, aber hier wird er nicht bleiben, die Amerikaner werden ihn zurückschicken zur Roten Armee, das haben sie ihm versprochen, als er ihren Vorauseinheiten begegnete und seine Waffen hergab; die letzte Schlacht gegen Hitler und Himmler will er in den Reihen seiner Genossen schlagen.

Etwaige Skepsis auf seiten des Sergeanten S. H. schwindet, als andere in dem Lager auftreten, unter ihnen auch Frauen, die in dem gleichen Bergwerk gearbeitet haben wie der Matrose Kowaljow und Kowaljows Angaben bestätigen; außerdem entspricht der Mann so richtig dem Idealbild des russischen Bolschewiken, das die sowjetischen Filme, die S. H. gesehen, die sowjetischen Romane, die er gelesen, in ihm geschaffen haben, und er beschließt, einen so hervorragenden Mitkämpfer den Leuten von der Psychological Warfare, besonders den Offizieren, nicht vorzuenthalten: die Bekanntschaft mit ihm mochte dazu beitragen, gewisse Vorurteile zu beseitigen oder doch wenigstens zu mildern. Beim gemeinsamen Mittagessen wird Kowaljow, dessen Tischmanieren übrigens tadellos sind, vorgestellt; er erzeugt gemäßigtes Interesse, hier und da zeigt sich auch, nachdem Colonel Powell sein lächelndes Placet gegeben hat, ein beifälliges Nicken; jedoch wird dem Sergeanten S. H. noch am gleichen Tage bedeutet, derart selbständige Liaison mit dem östlichen Alliierten, bei aller Hochachtung vor der militärischen Leistung der Russen, lieber zu unterlassen.

Nach Jahren, Chruschtschow regierte schon, erschien, vorsorglich angekündigt vom Moskauer Schriftstellerverband, in S. H.s Apartment im Hotel National gegenüber dem Kreml der ehemalige Matrose Kowaljow. »Erkennen Sie mich denn nicht?« fragte er mit brüchiger Stimme. »Ich bin's, ich bin der Kowaljow, über den Sie geschrieben haben in Ihren Krestonostschije, Ihren Crusaders, auch wenn Sie mich falsch buchstabiert haben; man hat über mich gelesen, auch dort, wo ich hingeschickt wurde...« Er brach ab. Er sah nicht mehr aus wie der Kowaljow, der den Streik damals geführt hatte im Bergwerk, der Partisan, der auf die Amerikaner zumarschiert war voller Hoffnung; er schien geschrumpft, die breiten Schultern waren schmal geworden, der Brustkorb eingefallen; ein Husten plagte ihn. Er käme von weit hergereist, sagte er, von hinter dem Ural, um dem Genossen S. H. seinen Dank abzustatten; es habe ihm sehr geholfen, daß der Genosse S. H. in seinem Buch, das überall gelesen worden, von ihm geschrieben habe.

Einzelheiten darüber, wohin er geschickt worden war und weshalb, und wieso und wogegen die Erwähnung seiner Person in dem Buch ihm geholfen habe, waren nicht von ihm zu erfahren; erst später hörte S. H., daß in der Stalinzeit sowjetische Soldaten, die in deutsche Kriegsgefangenschaft geraten waren und trotzdem überlebt hatten, mit äußerstem Mißtrauen behandelt und oftmals in Lager gesteckt wurden, die denen in Deutschland nur wenig nachstanden.

Aber deutscher Widerstand? Widerstand von Deutschen, gegen die deutsche Obrigkeit?

Das erlebt er erst mit der Frau aus Ensdorf, und es bleibt ein Einzelfall, auch wenn das Herz des Sergeanten S. H. sich darob mit Jubel füllt und er meint, es ließe sich aus der Geschichte sogar ein Roman machen.

Hier die Anfänge. Die Nazi-Führung will, wenn denn schon deutscher Boden aufgegeben werden muß, dem Gegner nichts Brauchbares hinterlassen, vor allem keine Menschen. Die Menschen sollen flüchten, so sinnlos das militärisch auch sein mag, denn es werden die Straßen und Schienenwege verstopft, die eigentlich freigehalten werden müßten für die Wehrmacht. Die Menschen sollen flüchten, auch wenn es keine Auffanglager für sie gibt, keine Notquartiere, von Lebensmitteln oder ärztlicher Versorgung gar nicht zu reden. Natürlich spricht sich herum, was nun geschieht: hinter den deutschen Linien irren die Flüchtlingshaufen umher, die einen ziehen Richtung Rhein, die andern streben zurück zu ihren Heimatorten, so verkeilen sie sich ineinander oder werden roh beiseitegedrängt von Militärtransporten, Marschkolonnen, Panzern, Stabsfahrzeugen; und in einzelnen Ortschaften, aus Angst mehr denn aus Widerstandsgeist, beginnen die Menschen sich aufzulehnen gegen die Anweisungen des Ortsgruppenleiters, des Bürgermeisters; man rührt sich nicht aus seinem Haus, man versteckt sich und sein Vieh, lieber die Front über sich hinwegrollen lassen, lieber ein Ende mit Schrecken als der Schrecken der Flucht ohne Ende.

Als in Ensdorf, im Saargebiet, der Befehl kommt, der Ort sei zu evakuieren, sagen ein paar von den Leuten: gern, aber nicht auf die Landstraße, nicht in die Fremde; dicht hinter dem Ort befinde sich ja der alte Stollen, der sich unter dem Berg hindurchzieht bis hinüber nach Schwalbach, in diesem Stollen hätte die ganze Bevölkerung Platz, dort könne man, geschützt durch Fels und Erde gegen alle Bomben und Granaten, in Ruhe den Ausgang der Schlacht abwarten. Aber die Vertreter von Partei und Behörden haben andere Absichten, und da sie darauf beharren, Marsch ins Reich, und es stünden auch Lastwagen bereit an einem bestimmten Punkt, kommt es zu einer ersten Auseinandersetzung: hie die Nazis, da der alte Pfarrer des Orts und eine hagere, schon nicht mehr junge Frau, die nie zuvor in irgendeiner Weise hervorgetreten war. In den Crusaders, wo die Geschichte erzählt wird, heißt sie Elisabeth Petrik, doch ist das ein erfundener Name; in dem Funkbericht für Radio Luxemburg, den der Sergeant S. H. zu schreiben übernommen hat, wird ihr Name nicht genannt, um sie zu schützen; in meinem Gedächtnis lebt sie, ihre strengen und doch mütterlichen Züge immer noch deutlich, als die Frau aus Ensdorf.

Wichtig ist, daß die Nazis den Präzedenzfall fürchteten, eine ganze Ortschaft, die sich erfolgreich widersetzt, und daß sie alles taten, um die Bevölkerung von Ensdorf, die geschlossen in den Stollen zog und dort ausharrte, aus diesem Stollen wieder herauszulocken: durch Versprechungen zunächst, Transportfahrzeuge seien reichlich vorhanden für alle zu Quartieren in sicheren Gegenden weit hinter der Front; und als das nichts fruchtet, da weit und breit von

Transportmitteln nichts zu sehen ist, durch Drohungen. SS-Offiziere erscheinen im Stollen und müssen unverrichteter Sache wieder gehen. Schließlich wird ein Trupp Pioniere herbeibeordert mit dem Auftrag, den Ensdorfer wie den Schwalbacher Eingang des Stollens durch Sprengung zu schließen, angeblich um zu verhindern, daß die Amerikaner durch den Stollen hindurch hinter die deutschen Linien gelangen, in Wirklichkeit, um die Menschen zu zwingen, den Stollen zu verlassen, wollen sie nicht elend ersticken. Dem Oberleutnant, der die Pioniere befehligt, auch sein Name ist unbekannt, hatte man nichts von den Menschen im Stollen gesagt; als er sie dann entdeckt und ihm klar wird, was er da tun soll, läßt er sich, auch er schon ein Stück Widerstand, von der Frau und dem Pfarrer vierundzwanzig Stunden abhandeln: wenn er innerhalb dieser Frist ein bindendes Versprechen der Amerikaner erhielte, daß diese den Stollen nicht zu benutzen gedächten, dann hätte er, da sie dadurch überflüssig geworden wäre, einen seinen Vorgesetzten gegenüber vertretbaren Grund, die Sprengung zu unterlassen.

Das weiße Meßgewand des Pfarrers als Parlamentärsfahne schwingend erreicht die Frau aus Ensdorf die amerikanischen Vorposten und wird von einem Intelligence-Sergeanten zum anderen geschleust, bis hin nach Luxemburg, zu dem Sergeanten S. H. Der hätte sie wohl umarmen mögen, aber er hat keine Zeit für Gefühle; er muß die Details ihrer Geschichte erfragen und dafür sorgen, daß die Gute noch rechtzeitig zurückgelangt nach Ensdorf, zum Eingang des Stollens, zu ihrem Pionieroberleutnant. Und da er weiß, wie deutsche Offiziere reagieren, veranlaßt er, daß sie es schriftlich mitbekommt: *Die Armee der Vereinigten Staaten verpflichtet sich hiermit, den zwischen Ensdorf und Schwalbach verlaufenden stillgelegten Bergwerkstollen für keinerlei irgendwie geartete militärische Zwecke zu benutzen.* Unterschrift unleserlich, *Colonel, Infantry.*

Wie hätte die Armee der Vereinigten Staaten den Stollen auch benutzen sollen: selbst ein Jeep wäre darin steckengeblieben.

Doch bleibt auch jetzt, trotz der Frau aus Ensdorf, trotz der Pläne für die Zukunft Deutschlands, die in der Executive Suite des Captain Habe bereits gemacht werden, ein Rest von Unsicherheit im Innern des Sergeanten S. H. Es ist wie ein Nagen im Gedärm: sollte die Wehrmacht, hier im Westen, so vollständig schon geschlagen sein, der Sieg schon so greifbar?

In einer Besprechung stellt er die Frage. Man sitzt in der Runde, Habe militärisch aufrecht, der Rest der Truppe in lässiger Haltung, jeder auf seine Art, wie es Genies bei der Arbeit zukommt. Was schreiben wir in der Frontpost, sagt S. H., was verlautbaren wir am Sender, falls es einmal anders kommt, falls wir nicht nur über Siege zu berichten haben, über erfolgreiche Vormärsche, eroberte Ortschaften, erneute Geländegewinne? Es gibt keine Armee, die nie eine Niederlage erlitte. Also: Lügen wir's um, wie es die Nazis immer versuchen? Oder schweigen wir einfach? Oder aber, sagen wir, wie es ist?

Ein gewisser Schock ist zu bemerken. Habe notiert etwas auf einem weißen Bogen Papier, er liebt dies weiße Papier, blankes, weißes Papier, für jede Notiz, jede Skizze nimmt er einen anderen Bogen zur Hand. Irgend jemand meint, das würde sich doch aus den Informationen ergeben, die man uns in dem Fall sicherlich zukommen ließe; ein anderer wendet ein: und wenn diese widersprüchlich wären, oder mangelhaft aufbereitet? Wenn die Dienstwege gestört oder blockiert, und wir auf unsere eignen Quellen, auf uns selber angewiesen wären?

Habe, der einen Hang zum Dramatischen hat, hebt den Kopf, fixiert den Sergeanten S. H. mit seinen hellen, hervortretenden Augen und erklärt – seine Lieblingseröffnung, wenn er jemandem eine Lektion zu erteilen gedenkt – »I'm glad you brought that up!« – zu Deutsch: es freut mich, daß Sie das erwähnt haben. Dann, und auch das ist Habe und hat mit seinem väterlichen Erbe zu tun, für das er stets zu kompensieren sucht, aber wohl ebenso mit seiner Menschenkenntnis und seinen journalistischen Erfahrungen, verkündet er in dem scharfen, fast quäkenden Ton seiner ungarischen Muttersprache. »Die Wahrheit! Immer die Wahrheit, Sergeant, auch wenn sie im Moment gegen uns spricht! Glaubwürdig bleiben, darum geht es, denn morgen ist die Wahrheit wieder auf unserer Seite, und dann werden wir diese Glaubwürdigkeit brauchen.«

Man mag, in Anbetracht gewisser späterer Schriften Habes, diese Worte, von seinen Lippen kommend, belächeln; aber das ändert nichts an ihrer Richtigkeit und daran, daß er an seine Maxime glaubte, als er sie seinen Leuten damals empfahl. Überhaupt handelte er in jenen Luxemburger Tagen aus Überzeugung, und wenn er die Anweisungen von SHAEF, vom Obersten Hauptquartier also, unterlief, so tat er das Notwendige, und er tat es in großer Form.

Es ging um die Neue Zeitung, das erste für die deutsche Zivilbevölkerung von den Amerikanern in den von ihnen besetzten Gebieten herausgegebene Nachrichtenblatt, armeeamtlich, zwei Seiten Großformat, und von Habe und seiner Mannschaft, darunter dem Sergeanten S. H., in der Druckerei des Letzeburger Wort hergestellt. Bei SHAEF war man peinlich berührt, als man die erste Nummer zu lesen bekam; diese Deutschen, so meinten die zuständigen Herren im höchsten der Stäbe, verdienten etwas so Feines wie eine richtiggehende Zeitung nicht; für sie genüge es, wenn sie die Befehle Eisenhowers und der Militärregierung, samt Durchführungsbestimmungen, mitgeteilt bekamen, und »Mitteilungen« habe das Blatt auch zu heißen.

Habe spielte mit seinen weißen Bogen. Obenhin malte er Mitteilungen, und dann entwarf er eine Frontseite, um deren Gestaltung der Sergeant S. H. ihn nur beneiden konnte, und ließ Meldungen schreiben, die er vier- und drei- und zweispaltig aufmachte und in schöner Balance einordnete, und Leitartikel, und hier und da etwas, das einem Feuilleton verdächtig ähnelte, und placierte, SHAEF zum Troste, in fast jede Nummer ein Bild von Eisenhower, der ja auch so streng und väterlich zugleich dreinblickte, und nie wurde ein Wort darüber verloren, daß eine gutgemachte Zeitung, wollte man Menschen gewinnen, natürlich ein besseres Medium war als ein trockenes Mitteilungsblatt.

So lange wie nötig hielt Colonel Powell seine schützende Hand über das Ganze; dann waren die Mitteilungen eine Institution. Beim Militär, mehr noch als im Zivilleben, ist es ja so, daß, was einmal da ist, zu Permanenz neigt, Dummes wie Gescheites. Und so kommt es, auf Grund der Erfahrungen mit dem Blatt, daß eines Nachts, der Sergeant S. H. sitzt in seinem Büro und arbeitet an einer Sache, die bis morgen früh unbedingt fertig sein muß, die Tür sich öffnet und in ihr Captain Habe erscheint, frisch frisiert und glatt im Gesicht und frohgelaunt wie meist; und zusammen mit ihm tritt herein ein solide wirkender Mann in britischem Battle Dress, doch ohne Rangabzeichen. Die Herren winken ab, da der Sergeant aufspringen und Meldung erstatten will; sie nehmen Platz, Habe stellt vor: der Engländer heiße Crossman, Richard Crossman, sei Berufskollege, und ein sehr prominenter, eigentlich sollte S. H. ihn kennen; S. H. kennt ihn wirklich, dem Namen nach; später, wenn Crossman Chefredakteur des New Statesman sein wird und Minister in einem Labour-Kabinett, wird er auch mit ihm korrespondieren. Zur Zeit leitet

Crossman bei den Engländern eine Art Parallelorganisation zu der Gruppe Habe, und der Zweck seines Besuchs ist, die Pressesituation in den von den beiden Armeen zu besetzenden Zonen zu klären; in anderen Worten: wie viele Zeitungen machen wir, und wo machen wir sie, und wer soll sie machen?

Der Sergeant S. H. ist einigermaßen verblüfft; er hat erwartet, daß schwerwiegende politische Entscheidungen wie diese längst gefällt und bis ins Detail ausgearbeitet seien, aber die beiden Herren schütteln die Köpfe: die Entscheidung sei in ihre Hände gelegt worden, nun ja, und der Sergeant S. H. könne da sicher, dank seiner Kenntnis von deutschen Verhältnissen, so manchen Rat geben; hätten wir vielleicht eine Karte? Auf seinem Regal stünde ein Atlas, erklärt S. H. Der genüge, meint Crossman; schlagen wir einmal auf, Deutschland: also welche Städte nehmen wir, mit welchem Umfeld, und wie grenzen wir das ab.

Ich weiß, so etwas klingt unglaublich, aber genauso hat es sich abgespielt; und wenn ich mir Yalta betrachte und die Folgen, kann ich mich des Gedankens nicht erwehren, daß es dort auch nicht viel anders zugegangen sein wird; man improvisierte, hier eine Grenzlinie, dort eine, dazwischen ein Stück Elbe, irgendwie wird es sich schon regeln, wir sind doch unter Freunden, und ändern kann man immer. Und zusätzlich in diesem Falle der Spaß, Namen zu erfinden für so viele neue Blätter: Hessische Post, Braunschweiger Bote, Frankfurter Presse; für Essen schlägt der Sergeant S. H. den Titel Ruhr-Echo vor und beide, Habe wie Crossman, nicken ihr Einverständnis; dann aber entsinnt er sich, war das nicht die kommunistische Zeitung am Orte gewesen, das wäre ein tolles Bäumchen-Verwechsle-Dich, ein Blatt gleichen Namens in der Stadt, nur jetzt von den Amerikanern herausgegeben; schließlich aber schlägt ihm das Gewissen, man soll die Dinge nicht zu weit treiben, er gesteht seinen Irrtum, beruft sich auf Siegmund Freud; die Herren runzeln die Stirn: in Essen wird die Ruhrzeitung erscheinen.

Habe, die Front ist ruhig, begibt sich nach Paris; warum soll er auch nicht, für die paar Tage, die er wegzubleiben gedenkt, wird der Sergeant S. H. doch wohl imstande sein, mit einer so gut eingespielten Mannschaft aus dem vorsorglich gehorteten Material ein Halbdutzend brauchbare Sendungen zusammenzukleistern und die letzten Informationen in die sorgfältig vorbereiteten Ausgaben von Mitteilungen und Frontpost einzuschieben.

S. H., allein nun in seinem kleinen Büro, hat ein sonderbares Gefühl. Ein Sergeant, was ist das, eine Quantité négligeable, jeder stupide Knabe mit Leutnantsabzeichen auf der Schulter kann ihm Befehle erteilen, die er ausführen muß, und dennoch ist er auf einmal Herr über mehrere Stunden Sendezeit täglich an einem der größten Sender Europas und Chef eines Blattes, zu dessen Verbreitung eine Schwadron Bombenflugzeuge aufsteigt, und einer weiteren Zeitung, die als amtliches Organ der ganzen Zwölften Amerikanischen Armeegruppe zu betrachten ist. Was geschieht, wenn etwas schiefläuft, wenn eine Sendung herausgeht, die die falsche Wirkung hat, eine Nachricht gedruckt wird, die mehr schadet als nützt? Wer trägt die Verantwortung? Er? Verantwortung trägt, nach Dienstvorschrift, immer der vorgesetzte Offizier. Nun gut, es treiben sich in der Villa Louvigny genug unterbeschäftigte Offiziere herum, aber was verstehen sie von der Sprache, in der man hier arbeitet, von Presse und Radio, und von der Psyche der Menschen? Und welcher von ihnen wird bereit sein, wenn's hart auf hart geht, die Verantwortung wirklich zu übernehmen? Also lastet doch wieder alles auf dem Sergeanten S. H., obwohl er keinerlei offizielle Autorität besitzt, nur die Autorität seines Wortes.

In der Nacht, der Himmel ist tief verhangen, die feuchte Kälte draußen dringt sogar durchs geschlossene Fenster, kommt der Corporal Atlas, bleich, sagt atemlos: »Für dich, da der Captain nicht da ist«, und legt ihm einen Zettel auf den Schreibtisch.

Auf dem Papier, hastig hingetippt, stehen nur ein paar Zeilen: Größerer Angriff feindlicher Panzerverbände Richtung Liège. Durchbruch an mehreren Abschnitten. Suchen zu halten.

In den Stunden, die folgen, der Morgen dämmert in diesigem Grau, verdichten sich die Nachrichten. Nördlich der Stadt Luxemburg sind deutsche Panzer gesichtet worden; Arlon, an der Straße Luxemburg-Verdun, dem Rückzugsweg, wenn es zum Rückzug denn kommen sollte, liegt bereits unter Feuer; dazu das Fanfarengeschmetter und der Jubel aus den deutschen Sendern. Ein unschönes Bild schält sich heraus: durch die Ardennen hindurch, an fast der gleichen Stelle, an der die Deutschen im Mai 1940 schon die Westfront durchstießen, läßt Rundstedt die Panzer Sepp Dietrichs und des Generals Manteuffel vorrücken, und auch wieder in der gleichen Richtung, zur Kanalküste, auf Antwerpen zu, um die Amerikaner von den Engländern zu trennen und den Alliierten die Häfen dort oben zu verweigern, über die jetzt ihr Hauptnachschub kommt.

Und da man weder bei SHAEF noch bei der Zwölften Armeegruppe erwartet hat, daß der listenreiche deutsche Generalstab denselben taktischen Trick zweimal anwenden würde, und da in den phantasielosen Hirnen der amerikanischen Militärs die Ardennen sowieso als unwegsam gelten, haben sie da nur eine frisch über den Ozean herangeführte Division in Stellung, die angesichts des geballten deutschen Angriffs in Panik gerät und, ehe sie sich's versieht, in Stücke gehauen wird. Die kampferfahrene 101. US-Luftlande-Division, die in Bastogne in Reserve liegt, findet sich plötzlich eingekesselt; dennoch widersteht sie verbissen; ihr Kommandeur, McAuliffe heißt er, wird, wie weiland der General Cambronne durch sein »Merde!«, sich ewigen Ruhm erringen durch das obszöne Wort »Nuts!«, das er seinem deutschen Vis-à-vis als Antwort unter dessen Aufforderung zur Übergabe schreibt. Und in der Villa Louvigny läßt der militärische Befehlshaber der hier stationierten psychologischen Krieger, Lieutenant Colonel Rosenbaum, in der ersten Etage hinter dem großen Fenster über dem Portal ein Maschinengewehr postieren, Kernstück des sofort so getauften Rosenbaum-Walls; die Schwierigkeit ist nur, daß das Ding auf dem Terrazzo-Fußboden beim ersten Schuß davonrutschen würde, quer durch den Raum und den Verteidigern zwischen die Beine.

Zu allen anderen Überraschungen für SHAEF und die Zwölfte Armeegruppe kommt eine Terrortruppe hinzu, die ein gewisser Skorzeny, ein höherer SS-Führer, organisiert hat: speziell ausgebildete deutsche Soldaten, etwa vierhundert an der Zahl, sollen, verkleidet als GIs und ausgestattet mit amerikanischen Papieren, Waffen und Fahrzeugen, hinter der Front der Amerikaner Sabotage betreiben, größtmögliches Durcheinander schaffen und, wenn sich's ergibt, auch ein paar ranghohe Offiziere umlegen. Und tatsächlich bewirkt das Unternehmen in einer Armee, in der jeder Vierte mit irgendeinem ausländischen Akzent spricht, ein ziemliches Tohuwabohu; haufenweise geraten völlig harmlose Leute in Verdacht und werden verhaftet, bis die Armee, gar nicht ungeschickt, eine Serie von Testfragen entwickelt, durch welche, sicherer als durch jede Erkennungsmarke, ein GI von einem Skorzeny-Mann unterschieden werden kann.

Der Sergeant S. H. erlebt ein solches Verhör aus der Nähe, als er des Mittags zusammen mit seinem Freunde Otto Brandt zum Essen geht. Dieser Brandt, Jurist aus Wien und jetzt im Range eines Corporals, mit angehender Glatze und gütigen Augen hinter dicken

Gläsern, schreibt gelegentlich kurze Beiträge und hilft mit bei den Korrekturen und ist überhaupt ein vertrauenswürdiger und nützlicher Mensch, aber er mag das soldatische Gehabe nicht, und vor allem hat er eine Abneigung gegen Waffen, die bekanntlich stets zur Unzeit losgehen; er trägt daher, da das Tragen einer Waffe Pflicht ist, in seinem Gurt ein Damenpistölchen in rotbraunem Lederetui, geeignet höchstens, einen allzu stürmischen Liebhaber auf Distanz zu halten.

Im Park hinter der Villa Louvigny patrouillieren Militärpolizisten des Generals Patton, der mit seiner dritten Armee vom Süden her anrückt, um zu versuchen, die Front in den Ardennen zu entlasten und die deutschen Panzerspitzen von ihrer Basis abzuschneiden. Die Bewaffnung des Corporals Brandt erregt ihren Verdacht, sein wienerisches Englisch noch mehr; die zwei baumlangen Kerle stoßen einander an: ein verkleideter Nazi, klar. Der eine entsichert seinen Karabiner und hält ihn Brandt vor die Brust; der andere will die Fangfragen stellen; der mit dem Karabiner aber sagt: »Remember what the Captain said? Shoot first, ask questions later!« Der Erste jedoch setzt sich durch und beginnt, sein Opfer zu examinieren, über Baseball, das Brandt nie interessiert hat, und über andere Trivialitäten – Fragen, die einer, der mit dem Leben in Amerika wirklich vertraut ist, ohne weiteres beantworten kann. Und dazwischen immer wieder der mit dem Finger am Abzug: »Du weißt doch, was der Captain gesagt hat, erst schießen, dann Fragen stellen!«

»Also, wie heißt der Mann von Blondie?«

»Blondie?...« Brandt ist ehrlich verzweifelt. Wer ist diese Blondie? Ist sie überhaupt verheiratet? Und wenn ja, woher soll er wissen, wie ihr Mann heißt? Blondie ist aber der Titel eines Comic Strips, der in den USA in fast jeder Zeitung erscheint, die Alltagsgeschichte einer Alltagsfamilie mit Namen Bumstead, deren Oberhaupt, eben der Ehegatte jener Blondie, der arme, ewig abgespannte Dagwood, von Frau und Kindern unterdrückt und von seinem Boss, vom Nachbarn, vom Briefträger, ja selbst von dem Hausierer an der Tür verspottet und ausgebeutet wird. Nur Brandt kennt ihn nicht, weil Brandt keine Comic Strips liest; sie sind ihm zu blöd.

»All right«, sagt der Schießwütige, »überlaß ihn mir.«

Der Sergeant S. H. überlegt sich, ob es nicht an der Zeit wäre, einzugreifen, und wie er den zwei braven Soldaten des Generals Patton klarmachen soll, was das ist, Psychological Warfare, und warum dabei solch unwahrscheinliche Gestalten wie der Corporal Brandt durchaus brauchbar sind. Doch da kommt der Fragesteller mit noch einer, seiner letzten Frage: »What is T. S.?« Brandts Augen leuchten auf, er wirkt plötzlich gelöst. »Tough Shit!« ruft er aus – und ist gerettet.

Cassell's Diktionär führt unter *tough* folgende Adjektiva an: zäh, hart, bruchfest, kräftig, robust, schwierig, unangenehm; aber auch in Kombination mit dem deutschen Äquivalent für Shit geben sie den Sinn der Sache nur ungenügend wieder. Es steckt eine Menge Ironie in der kurzen Redewendung, die neben dem Rat, sich an den Feldkaplan zu wenden, die Standard-Antwort ist auf alles Klagen und Wehgeschrei des Soldaten, ein beredtes Achselzucken, was willst du, Junge, wozu beschwerst du dich in dieser Armee, in diesem Krieg, in dem es ohnehin nichts gibt als eben – Tough Shit.

Der Sergeant S. H. hält sich an die Entscheidung, daß die Wahrheit zu schreiben sei, auch wenn sie im Moment uns nicht begünstigt. Die Nummer 39 der Frontpost trägt, über die ganze Seite hinweg, die Balkenüberschrift *Deutsche Gegenoffensive*; die Meldung darunter lautet, »Die Wehrmacht ist auf hundert Kilometer breiter Front zur Gegenoffensive im Westen angetreten. Starke deutsche Panzer- und Infanterieverbände stießen im Raum südlich von Monschau bis zur deutsch-luxemburgischen Grenze vor. Die Angriffe wurden von der Luftwaffe unterstützt und erzielten an einigen Stellen beträchtliche Geländegewinne.« Dann wird der Mann zitiert, der die Gegenoffensive leitet, Feldmarschall Rundstedt, der in seinem Armeebefehl sagte: »Setzt alles daran in dem letzten Versuch durchzukämpfen. Es geht ums Ganze.«

In den Mitteilungen, die er in der darauf folgenden Nacht umbricht, benutzt der Sergeant S. H., vier Spalten breit, die identische Überschrift; die zugehörige Meldung ist leicht verändert, die Durchbruchsstelle, inzwischen hat er genauere Informationen erhalten, hat hier nur eine Breite von achtzig Kilometern, immer noch schlimm genug. Der Metteur am Stein, der den Satz in die Form stellt und ihn so zur Seite zusammenfügt, erschrickt jedesmal, wenn das Glas in den Fenstern klirrt beim Einschlag der Geschosse nahbei; dann läßt sich das Rumpeln der deutschen Panzer vernehmen, die, in vielleicht zwei Kilometern Entfernung, durch die nördlichen Vororte der Stadt noch immer westwärts rollen. Auch dem Sergeanten S. H. ist nicht wohl: er weiß, was das für ihn hieße, wenn ein paar von den Panzern abdrehten und die Nazis ihn hier zu fassen bekämen, neben der fast fertigen Ausgabe dieser Zeitung. Er weiß aber auch, was es bedeutet, wenn das Blatt morgen wie immer herauskommt: Wir sind da, nach wie vor, wir haben den längeren Atem, trotz Rundstedts Offensive, und wir werden siegen. Er wartet, bis der Metteur, ein Mann in den Jahren schon, mit zitternder Hand die fertige Form geschlossen hat, dann zieht er seine Pistole, macht sie schußfertig und sagt: »Das ist für den Fall, Meister, daß Sie, mit oder ohne Absicht, die Form fallen lassen auf dem Weg hinüber zur Presse und dadurch verhindern, daß das Blatt rechtzeitig erscheint. Und jetzt, Marsch.«

Am Morgen erfährt er: der Sender Luxemburg ist stillgelegt worden.

Man sitzt zusammen in Habes vornehmem Büro, ohne den Chef allerdings; eine der Sekretärinnen bringt Kaffee, serviert, verschwindet; bedrückte Stille. Dann fragt S. H.: »Weiß einer, wer das angeordnet hat?« Die Order, so erfährt er, ist von oben gekommen, von Armee oder gar Armeegruppe. Aber wer hat sie veranlaßt, welcher verantwortungslose Dummkopf? Jemand erklärt, die Sendemasten bei Junglinster mitsamt den technischen Einrichtungen lägen schon unter Feuer; man baue ab und aus, was ab- und ausbaubar sei, um es fortzuschaffen. Ein anderer spricht von Gerüchten, bald werde es heißen, fertigmachen zum Abmarsch, Richtung Verdun; hier und da werde bereits gepackt. Ein dritter schaltet den großen Empfänger ein, den Habe auf dem Regal stehen hat. BBC bringt Nachrichten: der Sender Luxemburg sei von den Deutschen genommen, das Schicksal des alliierten Personals dort ungewiß. »Nachruf auf die Lebenden«, kommentiert der Professor Bishop. Gelächter im Raum, doch es klingt unsicher.

Der Sergeant S. H. denkt an seine Frau: Gertrude wird böse Tage durchleben. Dann sammelt sich so etwas wie Haß in ihm. Es füge sich alles ins Bild, sagt er, perfekt. Dieselben Burschen von der Presse, die immer nur berichteten, der Krieg wäre längst gewonnen, jetzt drahteten sie ihren Redaktionen, die Deutschen durchschnitten unsere Stellungen wie das heiße Messer die Butter, und nirgends ein Halten; und dieselben Herrschaften drüben in den USA, die schon drauf und dran waren, Wirtschaft und Geistesleben auf die Zeit nach dem Kriege umzustellen, plus deren Vertreter beim Militär, jetzt fürchteten sie, falsch spekuliert zu haben und machten in Panik und dächten an einen Ausgleich mit Hitler.

Dick Hanser alias Tom Jones tritt ihm warnend gegen das Schienbein: er solle sich nicht um Kopf und Kragen reden.

Vier Tage bleibt der Sender stumm.

Dann zerreißen die Wolken, der Himmel klart auf, die Luftflotten der Amerikaner und Engländer können eingreifen in die Kämpfe, die wenigen Nachschubstraßen in den Keil, den Rundstedt nach Westen getrieben hat, werden durchtrennt, Sepp Dietrichs Panzer haben ihr letztes Benzin verbraucht und müssen sich eingraben, die große Gegenoffensive, bei der es, wie der Feldmarschall proklamierte, ums Ganze ging, ist gestoppt.

Und dann meldet sich Radio Luxemburg wieder. Die erste Sendung, an ihrer Vorbereitung ist auch S. H. beteiligt, beginnt feierlich mit dem Star Spangled Banner, »Oh say, can you see / By the dawn's early light…«

Kitsch, patriotischer? Aber das Gefühl des Sergeanten S. H. in dieser Minute ist echt: das Banner, verdammt noch mal, es war wirklich noch da, und wir waren noch da, und der Kampf war nicht umsonst gewesen, die vielen Jahre hindurch, und daß man seine Pflicht getan hatte, so gut es ging; und diese Offensive der Wehrmacht war ihre letzte, mehr hatten die Nazis nicht an Reserven.

Kurz vor Weihnachten, die Verbindungen von Paris her waren wieder offen, kam Habe zurück, freudig gestimmt – war nicht alles bestens verlaufen, hatte sein Team nicht prachtvoll funktioniert? Frontpost wie Mitteilungen waren regelmäßig erschienen, trotz aller Komplikationen, ebenso wie des jungen Peter Weidenreich Feldpost; daß der Sender ausgefallen war, nun, dafür konnte keiner seiner Leute, das war anderswo entschieden worden. So durfte man denn mit Berechtigung feiern: in Junglinster, ganz in der Nähe der Sendemasten, die übrigens nie getroffen worden waren, befinde sich ein kleines Landgasthaus mit ganz vorzüglicher Küche und ihm, Habe, sei es gelungen, eine fette Gans aufzutreiben, und um die Getränke werde der Sergeant Bond sich kümmern, ein Kenner guter Weine.

Der Sergeant S. H., in der Wärme der Gaststube und mehrere Gläser Gewürztraminer bereits intus, war zum ersten Mal wieder völlig entspannt. Es war gut, im Kreise der Kameraden zu sein, mit denen zusammen man die bösen Wochen ausgestanden hatte; von der Gans war bald nur das Gerippe übrig, die Wirtsleute tischten den Kuchen auf, von ihnen selbst gebacken aus Armeebeständen von Mehl und Zucker und Eipulver, dazu Kaffee aus den K-Rationen. Habe saß da in seiner neuen, offensichtlich von einem Pariser Schneider gelieferten Sonderuniform, auf der Brust die bunten Bändchen seiner Orden, der französischen wie der amerikanischen, und war leutselig über die Maßen; eben erzählte er von seiner Familie, den Bekessys, die Augen glänzten ihm von dem Brandy, den die Wirtsleute zum Abschluß des Festmahls gestiftet hatten. Habe, das Pseudonym, unter dem er als Autor prominent geworden, sei ja bekanntlich nichts anderes als eine Zusammenfügung der ersten Silben seines Vor- und seines Familiennamens: *Ha*ns *Be*kessy, oder eigentlich Hans *de* Bekessy. Die Bekessys seien uralter ungarischer Adel, fuhr er fort, so alt in der Tat, daß sie eine eigene Familienuniform hatten, den sogenannten Fest-Ungar, ähnlich wie beim schottischen Adel, wo die großen alten Familien ja auch eine jede ihren speziell gemusterten Tartan besaßen. Worauf er sich über die Stirn strich, als müsse er seinem Gedächtnis nachhelfen, und den Fest-Ungar derer de Bekessy beschrieb, bis zur Anzahl der silbernen Litzen quer über das Veston und die Farben des Schulterumhangs und die Art des Pelzes an der in kühnem Winkel zu tragenden Mütze.

Es war eine reife Leistung, besonders wenn man in Betracht zieht, daß um ihn herum Männer saßen, von denen mehrere gestandene Journalisten waren und aus der ehemaligen k. und k. Monarchie kamen und daher wußten, daß Vater Bekessy – Beke ist das ungarische Wort für Friede – in Wahrheit der alte Friedmann aus Munkacs war, der dann nach Wien ging und dort mit einer Zeitung reich wurde, deren Fahnen an begüterte Leute geschickt wurden mit freundlichen Grüßen des Herausgebers und der Anfrage: Wieviel zahlst du, wenn ich das nicht druck? Und wer unter den Anwesenden das nicht aus persönlicher Kenntnis wußte, der konnte es bei Karl Kraus in den »Letzten Tagen der Menschheit« nachlesen.

Das wahrhaft Grandiose an Habes Geschichte jedoch war, daß er sie in dem Moment, da er sie erzählte, allen deutlich sichtbar selber glaubte: ein Dichter, der sein Ich selber erdichtet.

## 17

Die Schatten im Raum. Jemand hatte die Lichter gelöscht, bis auf die eine Lampe, die auch mitunter ins Flackern geriet. Man saß da, die halb geleerten Gläser in der Hand, und lauschte der heiseren Stimme mit dem unverkennbaren Akzent. Zwei- oder dreimal drohte sie dem Redner zu versagen, auch gerieten ihm die Worte durcheinander, aber das hatten sie immer getan, wenn er sich erregte, und er erregte sich ständig. Wichtig war, daß in dieser Neujahrsnacht das kehlige Röhren, das schreckerregende, das die Drohung enthielt, ihm nicht mehr gelingen wollte, ja, daß er in eine Art Jammern ausbrach. Das große Leid, klagte er, das wir Deutsche zu ertragen hätten, müsse doch seine höhere Bedeutung haben, und dies eben sei die historische Mission; so oder ähnlich, es lohnte sich nicht, nachzuschreiben; der da sprach, glaubte schon nicht mehr an Sieg.

Einer ging von Mann zu Mann und goß nach, Veuve Cliquot, nach Reims war es nicht gar so weit von Luxemburg; und da der Redner zu Ende gekommen war, hob man die Gläser auf das neue Jahr 1945, in dem man, das notwendige Glück vorausgesetzt, wieder nach Hause zu kommen hoffte, nach New York oder Chicago oder Los Angeles. Immerhin, überlegte der Sergeant S. H., so ungeschickt war die Ansprache Hitlers nicht gewesen: über die Jahre hatten die Nazis erreicht, daß große Teile des Volks sich mit ihnen identifizierten; auch jetzt wieder hatte der Kerl diese Taktik benutzt und hatte es dabei sogar fertiggebracht, seine Deutschen zu einem verschworenen Haufen von Märtyrern mit weltgeschichtlichem Auftrag zu ernennen.

An der Wand im Arbeitsraum des Sergeanten S. H. hängt eine große Stabskarte, darüber geheftet ein Bogen Zellophan, auf dem sich mit weichen Stiften, rot die einen, blau oder schwarz die anderen, die Linien der Front einzeichnen lassen, die Truppenbewegungen nach Richtung und Größe, die Einheiten bis hinab zum Regiment.

Nachdenklich gestimmt, wischte er mit einem Läppchen die Ardennen-Offensive des Feldmarschalls Rundstedt vom Blatt, den Kreis um Bastogne, die dicken, tief ins alliierte Hinterland weisenden gepanzerten Pfeile, die weit verstreuten kleinen Vierecke, von denen dann doch der Widerstand ausgegangen war – ein paar Handbewegungen, das Läppchen verfärbt sich, war was gewesen?

Doch, manches schon. Der Sergeant S. H. braucht seine Phantasie nicht sehr zu strapazieren, um sich vorzustellen, wie das gewesen wäre, ein Verhör, diesmal mit ihm als dem Befragten, und der Vernehmer einer von der anderen Seite: also, Feldwebel, berichten Sie mal, woher stammen Sie eigentlich, ah, ja, Chemnitz, und was sind Sie nun, doch nicht etwa Jude, oder doch, konnten wir uns fast denken, was reden Sie da von Genfer Konvention, Feldwebel, hier bestimmen wir, klar? Und inzwischen hat er Gertrudes Briefe aus jenen Wochen erhalten und weiß, wie ihr zumute gewesen, als sie von der Eroberung des Senders las, von dem unaufhaltsamen Durchbruch der Deutschen, und weiß auch, was drüben in Amerika geredet worden war in politischen Kreisen und angedeutet in den Spalten der Presse; auf einmal waren sie alle wieder lautgeworden, die mehr oder weniger offenen Faschisten, die Isolationisten, die Rechten, denen das ganze Bündnis mit den Russen sowieso contre coeur ging und das Land-Lease-Programm Roosevelts, gute Ware und gutes Geld nachgeworfen den undankbaren Bolschewisten; dann lieber einen Kompromißfrieden mit den Leuten in Berlin.

Jetzt aber, stellt der Sergeant S. H. mit Befriedigung fest, weisen die Pfeile wieder gen Osten, die Frontlinie zeigt Ausbeulungen, die das gerade Gegenteil sind derjenigen, die er gerade von der Karte gewischt hat, längst sind Trier erobert, Mönchen-Gladbach, andere wichtige Städte, und die deutsche Heeresleitung, das geht aus ihren eigenen, täglich von ihm analysierten Berichten hervor, befindet sich in einem bösen Dilemma: soll sie nach bekanntem Muster verfahren, ausharren bis zum letzten Mann westlich des Rheins, auch wenn der Widerstand am Ende vergeblich sein wird, oder alles Linksrheinische aufgeben mitsamt Menschen und Industrie, und dafür die Truppen retten, die dort noch stehen, und sie mehr oder weniger intakt zurückziehen über den Fluß?

Habe konferiert bereits mit den höheren Dienststellen über Papier und Druckereien und was er sonst noch so brauchen wird für seine neuen Zeitungen, Produkt jener denkwürdigen Nacht mit Richard Crossman, in diesem Zimmer. Vor allem wird er Menschen brauchen; die jedoch lassen sich nicht so leicht auftreiben; die versammelte Unfähigkeit bei SHAEF ist kein Reservoir, aus dem man schöpfen könnte, und so wird alles wieder auf den paar Schultern lasten, die jetzt schon, das erkennt Habe selber auch an, durch die Arbeit am Sender, an der Frontpost, der Feldpost und den Mitteilungen überbürdet sind. S. H.s Blick heftet sich auf den Captain; irgend etwas hat sich verändert an ihm. Dann erkennt er: ein neues Bändchen, gelb-grün gestreift, ziert zusätzlich zu den anderen die stets etwas vorgewölbte Brust. Oh, das, Habe lächelt bescheiden, das ist nichts Wichtiges weiter, das haben auch andere gekriegt, das Luxembourg Croix de Guerre.

Und tatsächlich, es sind der neuen Ordensträger viele; sie reichen von Oberst Powell bis hinab zu dem Corporal in der Schreibstube, der den Medaillensegen in die Stammrollen einzutragen hat. Und alles geht zurück auf den Lieutenant Czinner, den Schwager der berühmten Schauspielerin Elisabeth Bergner, die mit seinem Bruder, dem Filmregisseur Czinner, verheiratet ist. Unser Czinner war Leutnant bereits im Ersten Weltkrieg bei k. und k.; jetzt dient er wieder im gleichen Rang, da Offiziere fremder Heere, ehemalige inklusive, zieht man sie ein in die U.S.-Armee, nicht unter ihrem früheren Dienstgrad eingestuft werden dürfen; die Vorschrift geht wohl noch auf die Regelung zurück, die man für Steuben traf, den einstigen preußischen Obristen und späteren Exerziermeister von Washingtons Heer. Ergraut schon und ein wenig zu Fett neigend, war Czinner eines Tages in Luxemburg aufgetaucht und wurde auf seine journalistischen Fähigkeiten hin geprüft; wie sich bald herausstellte, besaß er keine, und man beschloß, ihn zum Liaison-Offizier zu ernennen, das heißt, er besorgt Sandwiches und heißen Kaffee, wann immer notwendig; und mit wieviel Charme, wieviel Liebenswürdigkeit serviert er diese, wenn eines der arbeitenden Mitglieder des Teams sich irgendwohin auf Fahrt begibt. Lieutenant Czinner also entsinnt sich, daß unter den Offizieren seines k. u. k. Regiments auch jener Prinz Felix sich befand, der nun, als Ehegatte der Großherzogin Charlotte, nach Luxemburg zurückgekehrt ist und im Schloß residiert. Klar, daß eine Truppe wie das Psychological Warfare Detachment der Zwölften U.S.-Armeegruppe in Luxemburg dem örtlichen Herrscherhaus Reverenz schuldet; daher legen einige der Offiziere zusammen, auch ein paar unter den Mannschaften, so sie aus dem ehemaligen Österreich-Ungarn stammen, dürfen sich beteiligen, und Lieutenant Czinner ersteht ein halbes Dutzend Stangen Chesterfield; mit diesen unter dem Arme macht er sich auf zum Schloß.

Dort wird er auch sofort empfangen. Welch Wiedersehen alter Kameraden, nach soviel Wanderungen und Wandlungen: »Czinner!«, ruft der eine gerührt, »Hoheit!«, der andere; dann tauschen sie ihre Erinnerungen aus an ihre k. u. k. Zeit, und wie nun alles doch so anders geworden, bis Czinner schließlich mit schöner Geste die sechs Stangen dem Prinzen auf den Schreibtisch legt, als kleine Aufmerksamkeit für Hoheit seitens seiner neuen Kameraden von der Psychological Warfare. Der Prinz wiederum öffnet das rechte obere Fach seines Schreibtischs und greift hinein, ganz ohne Zeremonie, und fördert eine Faustvoll der gelbgrünen Bändchen zutage mit der huldreichen Maßgabe, »Für Sie und Ihre Leute, Czinner«, und der Erklärung, dies wäre der neue Orden, gestiftet von der Großherzogin für Luxemburgische Bürger, die im Untergrundkampf gegen die Nazis ihre Tapferkeit erwiesen, und für solche alliierte Militärpersonen, die bei der Befreiung des Großherzogtums besondere Verdienste errungen hätten.

Der in der Villa Louvigny angewandte Verteilungsschlüssel war denkbar einfach: selbstverständlich hatten die höheren Offiziere den Orden zu bekommen, dann die freundlichen Spender der Zigaretten, und schließlich die Mitwisser in der Schreibstube, die den bürokratischen Kram dabei zu erledigen hatten; nur unterlief den bei der Sache Beteiligten ein Fehler, der sich, Monate später, für den armen Bond tragisch auswirken sollte – man vergaß nämlich, dem für Orden und Medaillen zuständigen Obersten beim Hauptquartier der Armeegruppe eines der Bändchen zu verpassen. So wurde diese Massenauszeichnung dort, wo es am wichtigsten war, nie legalisiert, und als Bond, einer von denen, die ihre Zigarettenration dem Prinzen geopfert hatten, sich dann die fünf Punkte anrechnete, die jeder Kriegsorden nach dem für Heimreise und Entlassung aus der Armee gültigen Punktsystem wert war, stellte sich heraus, daß nichts von irgendeinem Luxembourg Croix de Guerre in dem bei der Armeegruppe geführten Doppel seiner Stammrolle stand, und er mußte im Wartelager in Marburg sitzen, bis er seine Punkte zusammen hatte und nach Hause durfte – in dieser Zeit aber verstarb ihm der Vater, den er sehr geliebt und den er noch einmal zu sehen gehofft hatte.

Irgendwie aber scheint den Captain Habe doch das Gewissen gerührt zu haben, nicht so sehr wegen der Angelegenheit mit dem Croix de Guerre, da gab es viel größere Schwindeleien, sondern weil er in den schlimmen Tagen der Ardennenschlacht nicht in Luxemburg gewesen war, sondern im sicheren Paris, und die Last der Verantwortung ein paar Unteroffizieren, dem Sergeanten S. H. vor allem, überlassen hatte.

Das erste Anzeichen, daß sich etwas rührte, war der Befehl, S. H. habe sich umgehend bei Oberst Powell zu melden. Powell saß an seinem Tisch, auf dem nichts lag als ein dicker Aktenordner, und nickte, »At Ease«, Rührt Euch. Dann wies er auf das Konvolut, »Wissen Sie, Sergeant, was das da ist?«

»No, sir.«

»Das ist Ihre Personalakte.«

»Yes, sir.«

»Aufschlußreich, Sergeant.«

»Yes, sir.«

»Sit down, Sergeant.«

Dann reden sie, der Sergeant und der Oberst, der eigentlich ein General ist, über die Arbeit am Sender, und über den Fehler, der gemacht wurde, als man ihn verstummen ließ mitten in der Schlacht, und über die Zukunft, über die Deutschen, und was mit diesen zu tun wäre nun, da der Krieg in Europa sich dem Ende zuneigte, und über zu Hause, die Frauen, die auf ihre Männer warten, und daß man nach dem Krieg einmal zusammen hinausfahren müsste auf den Atlantik, den Thunfisch fangen auf hoher See; er, Powell, besitze da einen kleinen Bungalow, ein Boot ließe sich mieten. Und die ganze Zeit, während er geprüft wird, denkt der Sergeant darüber nach, wie er diesen Mann einbauen kann in das neue Buch, das er plant.

Ein paar Tage später, acht oder zehn sind es wohl, tritt das ganze Team an, nicht auf dem Hof vor der Villa Louvigny, dazu ist das Wetter zu unfreundlich, sondern in Habes Executive Suite, und Habe verliest die Citation, die Begründung der Zwölften Amerikanischen Armeegruppe für die Verleihung der Bronze Star Medal, des Ordens vom Bronzenen Stern, des billigsten amerikanischen Ordens übrigens, den es gibt, an den Sergeanten S. H.: »Als Luxemburg unter direkter Bedrohung durch den Feind stand, übernahm er die Verantwortung für Inhalt, Redaktion und Herausgabe dreier Zeitungen, die sich an die Fronttruppen des Gegners richteten. Als Ergebnis seiner Bemühungen erschienen ›Frontpost‹, ›Feldpost‹ und ›Mitteilungen‹ genau nach Plan und trugen direkt zur Demoralisierung des Feindes bei.« Und fügt, während er das Bändchen, dieses nun blau-rot gestreift, S. H. an die Brust heftet, unhörbar für die anderen hinzu: »Und dabei haben Sie sich in die Hosen geschissen, oder?«

»Darin besteht ja gerade die Tapferkeit«, erwidert der soeben Ausgezeichnete gleichfalls sotto voce, »daß man trotzdem auf seinem Posten bleibt, sir.«

Im Osten operieren die Russen auf deutschem Boden, seit mehreren Wochen schon. Sie rücken systematisch vor, mal die eine Heersäule, mal die andere; der Sergeant S. H. hat die Aufgabe, jeden Abend Stalins Tagesbefehl abzuhören; aus diesen Tagesbefehlen ergibt sich der Frontverlauf.

Im Westen sprengen die Nazis die Rheinbrücken. Daß die Brücke bei Remagen stehenblieb – war es Zufall nur? Oder hatten da ein paar Pioniere zu denken begonnen und waren zu dem Schluß gelangt, daß es besser wäre, man machte diesem Krieg rasch ein Ende? S. H. sucht Bestätigung. Als der Ruhrkessel sich auflöst und er unter den Massen der deutschen Gefangenen wahllos mit dem oder jenem spricht, das Ohr geschärft für Sprachwendungen und für Verbindungen von Gedanken, glaubt er die Worte und Ideen wiederzuhören, die in der Frontpost standen oder von Luxemburg aus ins Land gingen und die, zu einem Teil wenigstens, er geprägt hat.

Das befriedigt ihn, macht ihn glücklich sogar: er hat die Chance genutzt, die ihm die Armee gegeben hat, und hat seinen Beitrag geleistet zur totalen Niederlage Hitlers, die nur noch eine Frage von Wochen sein kann. Aber dies Glücksgefühl dauert nur, solange er sich unterwegs befindet; sobald er wieder zurückgekehrt ist nach Luxemburg, kommt ihn der Ekel an, denn er sieht, wie dort ganz andere Leute ganz andere Chancen nutzen und auf Grund seiner Arbeit und der Arbeit der Truppe um Habe Karriere machen, militärisch, aber auch schon mit der Perspektive auf ihr künftiges Zivilleben. Was plagt er sich mit einem Job, für den nach Organisationsschema ein Major vorgesehen ist, oder gar ein Oberstleutnant, mit entsprechendem Hilfspersonal – er, immer noch ein Sergeant, und ohne Leute, die ihm zur Hand gehen? Lohnt sich das Ganze noch? Wird er Einfluß nehmen können auf das, was da kommen wird, oder wird alles umsonst gewesen sein, seine Bemühungen zunichte gemacht, erdrückt von dem gesammelten Gewicht der Blechköpfe, die dann das Sagen haben werden?

Und dann stirbt Roosevelt.

Der Sergeant S. H. schließt die Tür zu seinem Zimmer und weint. Er ist kein sentimentales Kind, das nach dem verlorenen Papa greint, er ist Soldat, und hat einiges hinter sich. Aber Roosevelt war ein

Stück innerer Sicherheit gewesen; der Mann war zur Leitfigur geworden in dem Kampf, in dem er, der Sergeant S. H., so lange gestanden hatte; in Yalta hatte Roosevelt noch mitbestimmt, wohin der Marsch gehen sollte – wußte einer, ob nun, nach seinem Tode, die Richtung auch eingehalten werden würde?

In den Mitteilungen vom 21. April 1945 findet sich ein Leitartikel, der identisch ist mit dem Nachruf auf seinen Präsidenten, den der Corporal Tom Jones am Sender Luxemburg sprach. Dieser Leitartikel ist eine Kollektivarbeit; zu ihr trug Habe bei, mit der Schilderung einer Begegnung, die er an der Porte d'Orléans hatte bei seinem Einzug in Paris, und Dick Hanser, mit ein paar ans Herz gehenden persönlichen Worten. Der Schluß stammt, Stil, Metaphorik und Grundidee weisen darauf hin, von S. H.

»Wir können ihm jetzt den Gruß und den Dank Europas nicht mehr überbringen. Aber eben weil er kein ›Führer‹ war, sondern ein Sinnbild, bleibt er, was er war: auch heute, da sein müder Körper an Millionen Trauernder vorbei durch Washington getragen wird, ausruhend endlich auf der Lafette einer Kanone, einer jener Tausenden von Kanonen, die sein Glaube an den Sieg des Guten geschmiedet. Von Trauer erfüllt stehen wir an seiner Bahre ... wie er in Gedanken an der Bahre jedes Soldaten stand, der für die Sache der Freiheit gefallen ist. Aber in unserem Schmerz liegt auch ein Bekenntnis. Weiterzukämpfen, wie er es gewollt. Zu siegen, wie er siegte.«

Im Juni 1944, die Invasion war noch keine drei Tage alt, hatte er notiert: Thema meines nächsten Buches wird die Schlußphase des Krieges sein, die Befreiung, der Wiederaufbau. Einen Monat darauf, in Colombières, entsteht bereits die Idee zu dem Roman mit dem Titel *Das Schloß in der Normandie*; darin sollte, Nachhall und Fortsetzung von Of Smiling Peace, anhand der Konflikte einer Gruppe von Amerikanern um einen aus deutscher Gefangenschaft entkommenen russischen Soldaten, der Charakter dieses Krieges analysiert und dargelegt werden. Und schon im September schreibt er an Gertrude, »Ich habe die Herren oben kennengelernt und ihr Verhalten beobachtet. Ich plane wieder, und es wird kein kurzes Werk sein. Wahrscheinlich werde ich zunächst einfach die Szenen niederschreiben, wie ich sie miterlebte oder wie man sie mir berichtet hat, und dann die Personen darin entwickeln und in eine einheitliche Fabel zwängen. Das bedeutet nicht, das Pferd vom Schwanz her aufzuzäumen – nicht, wenn man mit dem Feuer und der Leidenschaft eigenen Erlebens schreibt. Das Buch soll The Crusaders heißen.«

Doch obwohl der große Plan nie ganz in Vergessenheit gerät, drängen sich immer wieder andere Sujets auf: *Das Ende der Gestapo*, beruhend auf Aktenfunden, die ihm vorgelegt werden; welch herrliche Geschichte des inneren Zerfalls eines Machtapparats; hier könnte man den Zusammenbruch des ganzen Systems gleichsam in der Nußschale einer einzigen Dienststelle zeigen, schon von der Form her eine verlockende Sache. Dann *Die stumme Stadt*: der Eindruck von Hayingen, der Nacht zwischen den Fronten verbracht, sitzt tief. Dann *Die Frau aus Ensdorf*; und wieder das Russenthema mit dem Matrosen Kowaljow, der ihm wie eine lebende Illustration zu der in der Normandie konzipierten Story erscheint.

Und dann, doch das überrascht ihn selber, ist wohl auch Frucht seines Verhältnisses zu Gertrude: der Gedanke eines Frauenromans, Geschichte einer Liebe, mit dem Krieg nur als auslösendem Moment der tragischen Verwicklungen; die Handlungslinie entwirft er in den dumpfen Wochen des Wartens vor der Ardennen-Offensive. Die Hauptpersonen sind eine Bildhauerin und ihr Arzt; der Mann der Bildhauerin gilt als »missing in action«, als vermißt also, aber sie trägt ein Kind von ihm im Leibe, das sie beim Sturz vom Gerüst vor ihrem Denkmal für die Kriegstoten verliert; der Arzt, auch er verheiratet, liebt sie, obwohl sie ihm die Schuld am Verlust ihres Kindes zuschreibt; am Ende kommt die Nachricht, daß ihr Mann lebt, die vorstoßenden Russen haben ihn befreit.

Keiner der Pläne reift bis zum wirklichen Arbeitsbeginn; kein Wunder, bei der täglichen Plackerei. Ein paar Artikel, halb Essay, halb Reportage, werden fertig; Stoff genug gibt es ja, und das New York Times Magazine hat ihm mitgeteilt, wie gern man seine Sache dort drucken würde; aber nur selten gelingt ihm die Übermittlung. Die Schwierigkeit liegt beim PRO, beim Press Relations Officer, einer Stelle im Hauptquartier der Armeegruppe, die die Macht der Zensur hat: dort liebt man die Geruhsamkeit und sieht es nur ungern, wenn auch die Soldaten noch anfangen zu schreiben, und schiebt die Manuskripte von einem Tisch zum anderen, bis sie ihre Aktualität verloren haben. Und wenn er an Harold Denny von der Times oder einen anderen Korrespondenten herantritt mit der Bitte, seinen Text unter Umgehung des Dienstwegs an die Redaktion zu kabeln, trifft er auf freundliches Bedauern; die Herren mögen keine

Konkurrenz, besonders nicht von Leuten wie diesem Sergeanten, der soviel besser informiert ist als sie. Und noch deprimierender: auch die Idee einer Veröffentlichung seiner gesammelten Radio-Skripts trifft beim Verlag auf wenig Gegenliebe; Angus Cameron, der Deutsch nicht lesen kann und die Kosten einer Rohübersetzung scheut, lehnt ab, bis der Autor wieder im Lande sein wird und diese Arbeiten selber ins Englische übertragen kann; der aber hat anderes zu tun nach dem Kriege, und so werden seine *Reden an den Feind* erst vierzig Jahre später erscheinen, und auf deutsch.

In einer Frühjahrsnacht in Luxemburg, der Sieg ist greifbar nahe, notiert der Sergeant S. H. resignierend: Seit dem 16. Juni 1944 stehe ich im Krieg und habe nichts hervorgebracht, was für die Nachwelt Gültigkeit haben könnte. Ich wünschte, ich hätte die Kraft, mich noch schärfer anzutreiben. Aber wenn ich schon mal ein paar Stunden Zeit für mich habe, kenne ich nur ein Bedürfnis – mich von allem zurückzuziehen und still hinzulegen. Ich kann nicht sagen, daß ich hier sehr glücklich wäre.

Wenig später, soeben ist die Nachricht von Hitlers Tod gekommen, berichtet er Gertrude: »Ich habe gerade die Handlungslinie für den ersten Teil der ›Crusaders‹ entworfen. Dieser Teil wird den Titel ›Achtundvierzig Salven aus achtundvierzig Geschützen‹ tragen, und es wird darin erzählt werden, was sich ereignete, als ein paar Leute am 4. Juli 1944 dem Feind klarmachen wollten, wofür Amerika eigentlich in diesem Kriege kämpft. Bis jetzt habe ich vier Hauptgestalten: den Sergeanten Robert Bing, einen recht anständigen und netten Kerl (natürlich bin das nicht ich), einen Lieutenant George Xavier Yates, auch der im Grunde ein anständiger Mensch, dem im Lauf der Erzählung die Augen geöffnet werden, eine gewisse Virginia Pratt, eine Kriegskorrespondentin, keine ausgesprochen schöne Frau aber hervorragend gebaut, die äußerst zynisch ist und im Verlauf der Handlung viel von ihrem Zynismus verliert, und den Major Haggerty, einen Schurken und Intriganten, der immer mehr an Einfluß und Macht gewinnt. Selbstverständlich sind da auch noch hunderte von anderen Personen, aber alle werden sie Blut in den Adern haben, denn ich kenne jeden einzelnen von ihnen und habe sie in Aktion gesehen. Ich bin glücklich, ich werde arbeiten und arbeiten, und es wird etwas dabei herauskommen.«

Auch Habe ist glücklich: je weiter die alliierten Armeen ins Land hinein vorstoßen, je schwächer der deutsche Widerstand wird, desto mehr nimmt sein Zeitungsreich Gestalt an, desto ausgiebiger kann er seiner Leidenschaft frönen, kann Seiten verschiedensten Formats entwerfen, je nach den örtlichen Gegebenheiten. Noch in Luxemburg beginnt das Spiel. Als erstes der neuen Lokalblätter erscheint der Kölnische Kurier; was macht's, daß Köln den Briten zugesprochen ist, samt Zeitungswesen und Verwaltung; solange die US-Armee in der Stadt steht, kann man räubern. Auf Köln folgt Frankfurt, wichtig, weil SHAEF dort residieren wird, dessen oberster Herr, Eisenhower, in jeder Nummer mit einem eigenen Beitrag in deutscher Sprache erscheint; die Artikel sind eigenhändig signiert und zeigen, in Briefmarkengröße, in der oberen Ecke das Bild des Generals der Armeen; und tatsächlich betrachtet der sich auch bereits als Chefkolumnist des Habeschen Konzerns und hat mehr als einmal mit Habe konferiert: der Captain wird nicht lange mehr Captain bleiben.

Die Ereignisse überstürzen sich. In einer Aprilnacht muß der Sergeant S. H. zweimal neu umbrechen, einmal, weil die Meldung kommt, daß Essen erobert ist, dann wegen der Nachricht: amerikanische Spitzen an der Elbe. Dann wird die Frontpost eingestellt; ihre Abnehmer haben sich zerstreut oder befinden sich in Gefangenschaft. Die letzte Ausgabe trägt auf Seite Eins die Balkenüberschriften *Massenübergabe im Westen* und *Russen tief in Österreich*, dazwischen, dreispaltig, eine Zeichnung: quer über die Karte Deutschlands hinweg, die so oft schon gezeigt wurde, verklammern sich zwei Hände in Freundschaft; die vom Westen her herüberreicht, trägt auf der Manschette des Ärmels die amerikanischen und englischen Farben, die aus dem Osten Hammer und Sichel und den fünfzackigen Stern.

Und über dem Ganzen ein Name, in dicken Lettern, schwarz umrahmt: *Franklin D. Roosevelt*.

Es gibt sie kaum noch, diese Nummer der Frontpost; wer machte sich damals die Mühe, derlei Sachen zu sammeln. In irgendwelchen Armeearchiven wird sie liegen, vergessen und abgetan; die Zeiten haben sich geändert, ein kalter und mehrere heiße Kriege wurden seither geführt; und Wehmut beschleicht mich, wenn ich das vergilbte, schon brüchig werdende Blatt betrachte: wie symbolträchtig war das gewesen, und wieviel Hoffnung hatte aus den paar schmalen Spalten gesprochen.

Auch die Sendungen aus der Villa Louvigny werden eingestellt; sie haben ihren Zweck erfüllt, steht in der Order des Generals Bradley zu lesen, des Befehlshabers der Zwölften Armeegruppe. Die Gedanken, die den Sergeanten S. H. bewegen, da er seine Siebensachen packt in Vorbereitung des Auszugs aus Luxemburg, sind höchst verschiedenartig, doch ist ihnen allen eine Art Resignation eigen: gedämpfter Trommelschlag, keine Siegesfanfaren.

Sieg. Was ist Sieg? Die Definition ergibt sich nur aus dem Negativum: die anderen wurden geschlagen. Sieg impliziert Größe, Glanz, Erregung des Herzens. Aber die Farben bleiben fahl, und begegnet man den Anzeichen dieses Sieges, so weiß man nie: ist er das nun, wirklich? Oder liegt der wahre Sieg noch weit in der Zukunft?

Der Sergeant S. H. hat den ersten direkten Bericht aus Belsen erhalten, von einem GI, der es selber sah: 35 000 Tote im Lager; wo immer man hinblickte, Tote, verhungert, zu Tode geschunden, erschossen. Das Sonderbarste, so erzählt der Mann, war, daß die SS tatsächlich erwartete, sie würde auch weiter ihre Gefangenen bewachen dürfen, nur jetzt unter amerikanischer Regie; man habe sie enttäuschen müssen, die Herren höben nun die Gräber aus und Bagger schöben die Leichen, Skeletten ähnlich, in die Gruben. (Unter den Gefangenen befand sich, aber das erfährt S. H. erst nach Jahren, auch seine Cousine Gerda, Tochter des Onkels Arnold, der ihn einst in die sündhafte Welt des Variétés einführte; ihr großer Moment kam, als sie mit einer von den Befreiern erschnorrten Zigarette auf den nächsten SS-Mann zuging, sie in ihren gestreiften Fetzen, und ihn anherrschte, »Feuer!«, und der zusammenzuckte und ihr hastig das brennende Streichholz hinhielt.) Auf dem Bahnhof in Luxemburg kommen die Nazis an, die geflohen waren und nun zurückgebracht wurden; sie werden in Busse verladen; die Menge schweigt, starrt, nur ein amerikanischer Soldat sagt erschreckend laut: »Das sind die Kerle also, die an allem schuld sind; warum erschießt sie keiner?« Dann sind da die Fahrten durch das Land, die Städte in Schutt und Ruinen, mit den Greisinnen, die zwischen den Steinen wühlen, den Kindern, die die Hände ausstrecken nach Tschunggamm und Tschoklät. Sieg? Und im Bunker in der Wilhelmstraße der grausige Abklatsch von Götterdämmerung, lakonische Meldung der Russen. Wohlfeil ist er davongekommen, der Hitler, notiert S. H., und denkt an das lange Sterben der Opfer, Millionen Opfer.

Nein, er mag den Umzug nach Nauheim nicht, mit zwei großen Kisten voller Papiere und Utensilien, dem ganzen Kram, der sich angesammelt hat über die Monate und noch nicht verschifft werden konnte nach New York; dabei ist Nauheim ein Stück heile Welt inmitten einer Kraterlandschaft; hier ist alles intakt geblieben, die Hotels, die Pensionen, die Bäder, Kurhallen, Parks; und das Bett in dem Zimmer, das er allein bewohnen darf, hat gute Sprungfedern, eine tolerable Matratze, und weißes, wenn auch vielfach geflicktes Linnen. In dieses Zimmer, des Morgens, er hat fast die ganze Nacht durchgearbeitet und ist gerade eingeschlafen, kommt einer gestürmt und ruft ihm zu: »Es ist zu Ende!«

Zu Ende. Das deutsche Oberkommando hat sich ergeben, bedingungslos. VE-Day, der Tag des Victory in Europe, auf den man so lange gewartet hat, ist gekommen, der Spuk ist vorbei. Der Sergeant S. H. kleidet sich langsam an, dann greift er nach seiner Pistole, begibt sich in den Hof der Villa und feuert das ganze Magazin, eine Patrone nach der anderen, in die Luft. Draußen laufen die Menschen zusammen, begaffen durch das eiserne Gitter hindurch den einsamen Soldaten, der seine Pistole im Holster unter der Schulter wieder verstaut und achselzuckend zurückschreitet ins Haus: er wird noch rasch einen Kaffee trinken, ein Mini-Päckchen Pulver auf eine Tasse heißen Wassers, bevor er quer durch den Park hinübergeht in die Redaktion. Sieg. Sieg bedeutet zunächst einmal zusätzliche Arbeit.

Gerade will er den Rasen betreten, den Kurrasen, den gepflegten, der Kiesweg rund um die Grünfläche ist ihm zu lang und zu langweilig, und da sind auch die zwei Bübchen, fünf- oder sechsjährig, die auf dem Gras herumtollen in der Sonne, da – Gott inszeniert sein eignes Theater – taucht eine Amtsperson auf, eine Art Parkwächter oder auch Förster, in moosgrünen Breeches, die ebenso moosgrüne Jacke stramm über Brust und Bauch und das befiederte Hütchen schnurgerade ausgerichtet über der Nasenwurzel, und schnauzt die Bübchen an.

Der Sergeant S. H. versteht nur »Verboten!« und geht zu auf den Uniformierten und stellt ihn. Er irre sich, teilt er ihm mit, es sei nicht verboten, auf dem Rasen zu spielen, und er möge die Kinder gewähren lassen. Der Mann blickt S. H. an aus verkniffenen Augen, die Lippen zittern ihm, er wagt nicht zu widersprechen, er deutet nur auf das Schild, weißbemaltes Holzbrett, dreißig Zentimeter über dem Gras: *Verboten!* Der Sergeant S. H. grinst. Auch dieses Schild gelte nicht mehr, erklärt er dem Grünen, es sei aus und vorbei nun mit der alten Ordnung, und Freiheit herrsche von jetzt an in Deutschland und alle dürften tanzen und singen, überall, neue

Tänze, neue Lieder, und umherhüpfen auf dem Kurrasen im Kurpark von Nauheim, kapiert? Und plötzlich, in dem Ton, den der Mann gewöhnt: »Still gestanden! Kehrt! Abtreten!«

Der pariert auf der Stelle, schleicht ab, die Schultern gekrümmt. Eine Welt ist zusammengebrochen, seine.

Also doch, endlich: Sieg!

Aber auch die Bübchen haben sich davongemacht, nicht übers Gras, auf dem Kiesweg.

Ein abenteuerliches Unterfangen, Zeitungen zu machen in diesem zertrümmerten Lande. Allein schon, daß es wieder keine Planung gibt, keine durchdachten Direktiven, keine Politik auf lange Sicht, erschwert die Sache; wenn in diesen Blättern etwas vom Atem der Freiheit zu spüren ist, von demokratischer Gesinnung, so kommt der Anstoß dazu nicht von oben, sondern von Habe, besser gesagt, von dem stellvertretenden Chefredakteur, dem Sergeanten S. H., durch Habe. Habe laviert; er kennt die Machtverhältnisse, die sich rapide herausbilden in der Armee und in Kreisen der Militärregierung, er will Konflikte vermeiden, das Unternehmen, Herzenssache für ihn, nicht gefährden; der Sergeant will Politik machen, Deutschlandpolitik, die, nach Lage der Dinge, zugleich Weltpolitik sein wird.

Wahnwitz? Aber es ist eine wahnwitzige Zeit, in der das Unterste zuoberst gekehrt wird, Menschen zu Tausenden über die Straßen irren, die Wege der Vertriebenen von heut sich kreuzend mit denen der Vertriebenen von gestern, eine Zeit, in der Werte, geistige und andere, die eben noch als absolut galten, über Nacht zerrinnen, eine Zeit, wo die Zigarette, der Kanten Brot, das Bündel Brennholz mehr gelten als jede Philosophie: Tabula rasa, darauf es doch möglich sein sollte, etwas wirklich Neues zu schaffen, wenn einer nur imstande ist zu begreifen, was da vorgeht, und es versteht, diese Vorgänge zu beeinflussen.

Er fährt über die durchlöcherte Autobahn, überall sind Umleitungen, die Brücke ist zerborsten, also auf waghalsigem Weg hinunter ins Tal, ein paar Pontons, Bretter darüber, weiter, wieder den Hang hinauf: welche Aussicht von oben, die Städte ausgebrannt, tot, ähnelnd riesigen Ansammlungen hohler Zähne. In Kassel interviewt er den Stadtingenieur: Sagen Sie, wäre es nicht praktischer, den Krempel, wie er ist, einfach stehen und liegen zu lassen und irgendwo nebenan ein neues Kassel hinzustellen? Aber nein doch, antwortet der, unter der Erde ist ja alles noch da, Kanalisation, Wasserleitungen, Kabel. Natürlich hat der Mann recht, und die Hessische Post wird seine Antwort drucken, so wie er sie gegeben hat, und natürlich ist er auch Nazi gewesen, was sonst; der Interviewer hat längst aufgegeben, den Deutschen, mit denen er tagtäglich zu tun hat, die Frage zu stellen: Und wann wurden Sie gezwungen, in die Partei einzutreten?

In Essen, nach sieben Stunden Fahrt, umbricht der Sergeant S. H. im Keller unter den Trümmern der Druckerei die Ruhrzeitung; ein paar halb zerstörte Maschinen sind irgendwie zusammengeflickt worden; keiner der Drucker ist unter sechzig, sie stolpern über die eigenen Füße, heiser keckernd; er fürchtet, sie werden ihm irgend etwas schieflaufen lassen, nicht aus bösem Willen etwa, eher aus greisenhaftem Übereifer; dann geht auf einmal der Strom aus, ein Panzer ist über das Notkabel gefahren, das quer über den Straßenschutt verläuft; das Blei in den Setzmaschinen erkaltet, auch wenn das Kabel schnellstens geflickt wird, werden Stunden vergehen, bis man weiterarbeiten kann; um drei Uhr morgens endlich sind die Seiten fertig, aber Schorsch, einst Bayer, dann Drucker in Philadelphia und jetzt in amerikanischer Uniform, der sonst den Laden hier aufrechterhält und der ihn abholen sollte mit dem Jeep, liegt betrunken im Quartier, und allein kann der Sergeant S. H. nicht zu Fuß gehen durch die Ruinenlandschaft, er verlöre nur den Weg, und es ist Ausgangssperre, und die Militärpolizei schießt scharf.

Ach, und dann Straubing, die Regensburger Post, die nicht in Regensburg gedruckt werden kann, weil dort alles zerbombt ist, Druckkerei und Maschinen, also in Straubing sitzt er und wartet auf den Kurier aus Nauheim. Der trifft auch pünktlich ein und übergibt ihm die Kuriertasche. Doch die ist leer: kein Manuskript, kein Photo, kein Lay-out, kein Fetzchen Papier darin mit den Randglossen in Habes penibler Schrift. Der Kurier schwört, so sei ihm die Tasche übergeben worden, er habe sie nicht geöffnet, wozu sollte er auch. Der Sergeant S. H. hat ein paar ältere Manuskripte bei sich, Ungedrucktes, das für vorhergehende Nummern bestimmt war, und eine unfertige eigene Reportage; dazu könnte man Lokales bringen, gesammelt von dem örtlichen Mann, und sowieso soll das große Communiqué der drei Mächte noch kommen, für die Frontseite, Mitte. Dafür hat er alles vorbereitet, einen Radioempfänger in der Druckerei, einen im Quartier; vor jedem Gerät sitzen zwei Stenographinnen, alle vier höchlichst empfohlen von der Militärregierung und auch sie nur gezwungenermaßen Mitglieder der Partei, aber, nach eigenem Geständnis, außer Übung. Eine halbe Stunde vor Mitternacht soll die Übertragung beginnen; genau da schaltet der Sender München sich ab. Also Luxemburg einstellen. Doch Luxemburgs atmosphärisches Geknatter stört, außerdem haspelt der Sprecher das Dokument auf eine Art herunter, daß die Damen nur Bruchstücke verstehen; schließlich der rettende Strohhalm: vom Sender Berlin Teile der russischen Version. Dann werden die Stenogramme, sämtlich Stückwerk, verglichen, und der Sergeant S. H. beginnt, zum Wohl und Nutzen der Bürger von Regensburg und Umgebung, aus den vier verschiedenen Fassungen ein Communiqué zusammenzufügen. Wenn ich es heute nachlese, so scheint es mir in Anbetracht der Umstände gar nicht so schlecht geraten zu sein; der Stil jedenfalls ist erheblich besser als der des Originals.

Braunschweig ist, wie Köln, britische Besatzungszone, doch solange die amerikanische Armee noch dort steht, macht Habe den Braunschweiger Boten, das heißt, der Sergeant S. H. macht das Blatt, nach Habes Direktiven. Braunschweig ist weniger zerstört als andere Städte, vor allem ist die Druckerei in gutem Zustand und die Arbeit geht rasch von der Hand, so daß ein paar Stunden, ein Tag fast, ihm plötzlich zur Verfügung stehen. Könnte man da nicht, so denkt er beim Studium der Straßenkarte, auch via Leipzig zurückfahren nach Nauheim; die Entfernung wäre nicht wesentlich größer, und am Weg läge Chemnitz...

Wirkt da ein Heimweh? Nein, so schön war Chemnitz nie, und was ihm dort geschehen ist und seinem Vater und seiner Mutter macht ihm den Ort nicht sympathischer; aber wiedersehen, wiedersehen möchte er die Stadt schon; Chemnitz ist wie ein Kapitel in seinem Leben, zu dem der Schluß noch fehlt. Außerdem soll da in der Poststraße ein Herr Rosner wohnen, dem die Mutter eine alte Brosche gegeben hat zur Aufbewahrung, damit sie den Nazis nicht in die Hände falle wie all ihr anderer Besitz. Und ein gewisser Ballerstedt wird wohl auch noch vorhanden sein, der Chefredakteur des Chemnitzer Tageblatts, der damals die Haßkampagne gegen den Primaner Flieg anfachte und dirigierte. Nur daß Chemnitz eben in der sowjetischen Zone liegt; die Zonengrenze soll irgendwo zwischen Leipzig und Chemnitz verlaufen, genau wo, weiß bei der Neunten Armee in Braunschweig keiner so recht zu sagen.

Er weiht den Fahrer in seine Absichten ein. Corporal Passuello,

Philip mit Vornamen, ist Italiener und kommt aus Brooklyn; von politischen Dingen hat er wenig Ahnung. S. H. sucht ihm zu erklären, die verschiedenen Besatzungszonen, Ost-West; er verschweigt auch das Risiko nicht, der Trip wäre strikte illegal, was haben zwei amerikanische Soldaten in einer sonst nur Offizieren zustehenden Command Car drüben bei den Sowjets zu suchen; andererseits, er hat einen Roman geschrieben, Hostages, das wisse Passuello ja, und dieser Roman ist auch in Moskau erschienen, auf Russisch, in der Zeitschrift Znamye, und sollte es ihnen drüben wirklich an den Kragen gehen, so würde man zum mindesten ein paar Rubelchen aus dem Honorar zur Verfügung haben zwecks Aufbesserung der Gefängniskost.

Der Fahrer ist skeptisch, besonders was die Rubelchen betrifft. Aber er glaubt nicht an irgendwelche Gefahren, sind wir nicht Verbündete, wir und die Russen?

Also auf nach Leipzig. In Leipzig liegt, wie dem Sergeanten S. H. bekannt, das VII. U.S.-Armeekorps; dort sollte es einen sowjetischen Liaison-Offizier geben, mit dem man morgen früh wegen des Besuchs in Chemnitz verhandeln können wird. In Leipzig übernachten er und Passuello in einem drittklassigen Hotel nahe dem zum Gerippe ausgebrannten Hauptbahnhof, und nach dem Frühstück in der Messe des VII. Korps fragen sie sich durch zum Stab.

»A Russian liaison officer?« Der zuständige Captain schüttelt den Kopf. »Not here. Vielleicht gibt's einen bei der Neunten Armee in Braunschweig.«

»Aus Braunschweig sind wir gerade gekommen«, sagt der Sergeant S. H. »Doch wie ist das möglich: Sie grenzen an die Sowjets und haben keinen Verbindungsoffizier?«

Der Captain zuckt die Achseln. »Sie sehen doch!«

»Ich möchte aber nach Chemnitz fahren!«

»Suit yourself«, sagt der Captain. »Wie Sie wollen. Nur seien Sie ein bißchen vorsichtig. Wir hören, die Russen greifen sich jeden, der ihnen verdächtig erscheint. Noch etwas?«

»No, sir. Thank you.« Und legt die Hand an die Mütze und geht.

Draußen blickt er den Corporal Passuello an. Der winkt die Bedenken beiseite, »To hell with them. Let's go!«

Es ist die Zeit der Kirschen. Sie halten an, steigen auf die Motorhaube, pflücken, die dunklen Früchte sind prall, süß, saftig. Kommt der Bauer, greisenhaft schon, mit hartem, gierigem Gesicht, und fängt an, auf Sächsisch zu wehklagen: alle kämen sie und stopften sich voll mit seinen Kirschen, die Herren Amerikaner, aber daß einer mal daran dächte, ein Stückchen Schokolade oder eine Zigarette, das nicht, nein, und so weiter und so fort, bis die gedehnten heimatlichen Klänge dem Sergeanten S. H. so auf die Nerven gehen, daß er dem Mann einen Riegel Schokolade zuwirft und ein paar Zigaretten und ihm, in dessen eigenem Dialekt, erwidert: »Nu bleimse mir ahbr vom Leibe mit Ihrm ehwchen Gejammere, Sie hahm doch nich schlechd gelähbd in diesem Krieche!«

Der Mann reißt den Mund auf. Lachend fahren sie weiter; die Straße wird immer einsamer, keine Autos mehr mit den Holzgasöfchen aufmontiert am Heck, keine Bauern auf ihren Leiterwagen, von magerem Klepper gezogen, auch keine Trecks mehr von Menschen mit Rucksäcken und Handwägelchen: man spürt die Grenze, lange bevor sie in Sicht kommt. Die Grenze verläuft entlang der Autobahn Dresden–Plauen; die Autobahn selbst scheint in russischer Hand zu sein, man erkennt Gruppen sowjetischer Soldaten auf dem Damm und Offiziere, die einem Konvoi nachblicken, der langsam ostwärts fährt, mit roten Fahnen und Transparenten geschmückte Lastwagen, darauf Frauen und Männer in Zivil, von den Nazis Verschleppte wohl, Arbeitssklaven, die nun heimreisen in die Sowjetunion, ferner Gesang klingt herüber, die sehnsuchtsvollen Melodien; dem Sergeanten S. H. schnürt sich die Kehle zusammen, auch dafür hat er gekämpft, daß diese frei sind, endlich.

Zur linken Seite der von Leipzig nach Chemnitz führenden Chaussee, bevor man den Damm erreicht, auf dem die Autobahn verläuft, steht das Grenzzelt der Amerikaner, dunkelolives Quadrat, davor der Posten; reglos wie er das Sternenbanner am Mast. Der Sergeant S. H. begibt sich ins Zelt; irgendein Lieutenant tut Dienst, S. H. erstattet Meldung, der Lieutenant staunt, »Sie wollen da wirklich hinüber?«

»Yes, sir.«

Der Lieutenant läßt sich den Marschbefehl zeigen, da ist nichts erwähnt von Chemnitz. Aber schließlich, was geht ihn die Sache an, er ist nicht seines Bruders Hüter, und schon gar nicht dieses merkwürdigen Sergeanten, der behauptet, aus der Stadt hinter den russischen Linien zu stammen. »Corporal!« ruft er.

Ein Schatten löst sich aus dem Dunkel im Innern des Zelts.

»Begleiten Sie den Sergeanten.«

Der kleine Corporal, stellt sich heraus, ist ein Kind russisch-jüdischer Eltern; er kommt aus Chicago, hat, wie S. H., an der Universität studiert, allerdings Slawistik; hier sitzt er nun fest, weil sie gelegentlich einen Dolmetscher brauchen; es passiert immer mal was, zum Beispiel wenn da oben plötzlich welche abspringen von den Lastwagen und den Damm herab gerannt kommen, auf amerikanisches Gebiet; haben offenbar keine so überwältigende Sehnsucht nach Mütterchen Rußland und Väterchen Stalin, werden aber doch von uns ausgeliefert, ob sie auch schreien und fluchen und sich wehren; was sonst sollen wir anfangen mit ihnen, sie auf ewig durchfüttern?

Dem Sergeanten S. H. erscheint das kaum glaubhaft, er denkt an den Matrosen Kowaljow, den sowjetischen Helden par excellence, aber der kleine Corporal sieht auch nicht aus wie einer, der sich Schauergeschichten ausdenkt. Und jetzt sind sie angelangt oben auf dem Damm, vor ein paar Offizieren, deren einer, den breiten Epauletten nach zu urteilen ein Oberst, sich herabläßt, den kleinen Corporal anzuhören. Der nun erläutert ausführlich den Wunsch und die Geschichte des Sergeanten S. H., das Russische ist eben doch eine Erzählsprache, volltönend, die Vokabeln schon von epischer Breite, und die ganze Zeit tappt die auf Hochglanz polierte Stiefelspitze des Obersten auf die welke Grasnarbe. Dann, plötzlich, mit befehlender Handbewegung, zwei Sätze, kurz, abgehackt.

»Sie können gehen«, übersetzt der kleine Corporal, »ja, nach Chemnitz. In zwei Stunden sollen Sie zurück sein.«

Da packt den Sergeanten S. H. denn doch der Zweifel. »Und keine Bescheinigung?« fragt er. »Kein Papier, keine Unterschrift?«

»Propusk?« sagt der Oberst, und darauf etwas, das verärgert klingt und das der Corporal auf fast klassische Weise übersetzt: »Der Genosse Oberst verlangt zu wissen, ob Sie dem Wort eines sowjetischen Offiziers nicht vertrauen.«

Da salutiert der Sergeant S. H. und marschiert ab.

In Chemnitz: an den Kreuzungen die russischen Mädchen mit Kelle und Maschinenpistole, die verschwitzte Bluse straffgezogen über dem strammen Busen; auf dem Weg zum Kassberg läßt er halten und küßt die eine; Passuello knipst das. Eine sonderbare Fahrt, er in amerikanischer Uniform mit Ordensbändchen und Rangabzeichen und Waffe, hoch auf seinem amerikanischen Militärwagen mit amerikanischem Fahrer; die Straßen, selbst die zerstörten, erscheinen vertraut; auffällig sind die Trupps, Nazis wohl, die unter Aufsicht einer neuen, ärmlich uniformierten Polizei Trümmer forträumen. Das Durcheinander der Gedanken, die ihn bestürmen, wird er ordnen müssen, wenn er wieder in Nauheim sein wird, oder gar später noch; auf jeden Fall ist die Chemnitzer Welt, die auf dem Kopf stand seit jener überfüllten Massenversammlung gegen ihn im großen Saal der Gaststätte Meistereck, wieder auf die Füße gestellt worden, aber mit welchen Kosten!

Die Hoffmannstraße. Das Haus, in dessen Parterre die Fliegs einst wohnten, steht noch; der wilde Wein jedoch, der an den Mauern rankte, ist verbrannt, und die Mauern selber sind besät mit Narben, die Kugeln und Granatsplitter in sie rissen. Die Wohnung ist abgeschlossen; er läutet, keine Antwort. Er steigt durch den Keller in den Hintergarten, dann die paar Stufen zur Terrasse hinauf; von dort gelangt er, ein kräftiger Druck genügt, durch die Küchentür in die Wohnung. Aber es ist nichts mehr da von früher, auch in seinem Zimmer nicht, kein Figürchen, kein Wandteller, kein Bild; alles hier ist fremd, schäbig, kleinbürgerlich, der Fleck, wo das Hitlerporträt vor kurzem noch hing, deutlich zu sehen; er flieht.

Zum Geburtshaus am Kaiserplatz. Nur noch die Vorderwand steht, jemand hat mit Kreide eine 13 neben den Eingang geschrieben, der ins Nichts führt; vor diesem Eingang läßt er sich abermals photographieren, Passuello ist geduldig, er tut, was sein Fahrgast wünscht, fährt ihn, wohin der wünscht; mitunter wirft er einen Blick auf ihn – Neugier? Mitleid? Verständnis?

Zum Staatsgymnasium, das jetzt ein Lazarett ist, ein deutsches. Und wieder das Traumerlebnis, die Jahre, die Räume. Er geht durch die große Halle zum hinteren Ausgang, die halbe Treppe hinunter zum Schülerpissoir mit den geteerten Wänden, natürlich muß er pinkeln, wie einst, aber es steht keiner neben ihm heute und macht Witze über sein beschnittenes Glied, vielleicht ist er überhaupt der einzige Überlebende aus seiner Klasse; weiter, hinaus in den Schulhof, wo er so oft wie geächtet stand, und in die Turnhalle; irgend etwas muß er mitnehmen von dort, nicht als Souvenir, darüber ist er erhaben, aber als Beweis, daß er hier war, in dieser Schule, wo sie ihm das Trauma zufügten, das er jetzt überwunden hat, abgestreift den letzten Grind der Wunde, nur die Narbe bleibt, aber auch die wird verblassen. Also greift er sich eine jener hölzernen Keulen, mit denen man armeschwingend geturnt hat, und stolziert zurück durch den Hauptbau, und nimmt in der Eingangshalle noch einen Grundriß der Schule von der Wand, unschön gerahmt, aber mit der Inschrift *Königliches Gymnasium zu Chemnitz*, und gerade da, nachdem aus Ecken und Winkeln irgendwelche Lemuren längst schon hervorgelugt und ihre Köpfe rasch wieder zurückgezogen haben, tritt die Autorität auf in Gestalt des Chefarztes: Nein, hebt er die warnende Hand, dieses nun nicht, den Rahmen nicht mit dem Grundriß des Hauses, der sei, wie alles hier jetzt, Eigentum der Sowjetmacht; und auf den Hinweis, die Sowjets wären ja wohl Verbündete der USA, des Chefarzts gequälte Antwort, ob eine Kopie des Grundrisses dem Herrn Amerikaner vielleicht genüge? Der nickt, erhält, wenig später, die Kopie, bereits säuberlich zusammengerollt, und geht davon, wird aber am Tor noch von einer Gruppe lärmender Kinder gestellt, die wissen wollen, wann denn nun die Amerikaner nach Chemnitz kämen, wegen der Schokolade, die Russen gäben ihnen keine, nur klebriges Schwarzbrot.

Und dann zum Tempel, zum jüdischen, am Stephansplatz, ein Katzensprung vom Staatsgymnasium herüber, den Weg kennt er, er ist ihn oft genug gegangen an minderen Feiertagen; an hohen kam man gar nicht erst zur Schule. Es dauert eine Minute oder zwei, bis er begreift, warum er den Tempel nicht finden kann: der Tempel ist verschwunden, kein Stein davon mehr da, kein Ziegelbröckchen; Gras wuchert, wo der Bau einst stand mit seinen Türmchen und bunten Fenstern, jüdisches Spätbarock mit orientalischem Einschlag; sie haben den Tempel verbrannt und die verkohlten Trümmer fortgeräumt; jetzt ist die Stadt selber zur Trümmerlandschaft geworden, und nur hier grünt Leben.

Weiter, wie gehetzt, zum Friedhof. Von der Mutter weiß er die ungefähre Lage des Grabes, und daß sie es hat abdecken lassen mit einem großen flachen Stein, letzte Wohltat für den geliebten Mann, bevor sie fortmußte ins Ghetto von Berlin. Und er, der Sohn, ist nicht imstande, das Grab zu finden, denn die Nazis haben die Kopfsteine umgestürzt, reihenweise, mit der Inschrift nach unten; so stellt er sich denn vor irgendeins der geschändeten Gräber und salutiert, Hand am Helm, Ehrengruß dem Vater und allen Toten hier; und da er kehrtmacht auf dem Absatz und langsam weggeht, sagt Passuello zu ihm: »Nimm's nicht so schwer; wir haben doch gesiegt.«

Zum Schluß dann, durch die Poststraße, die nicht mehr existiert, irgendwo unter dem Schutt wird der Mutter alte Brosche liegen, zum sowjetischen Hauptquartier. Wie ein Wunder bestarrt von Soldaten, die von Stalingrad kamen bis hierher und die nun mühsam auf erbeuteten Fahrrädern balancieren, betritt er das Haus mit dem Schild *Kommandantura* in Kyrillischen und lateinischen Lettern.

Im zweiten Stock sitzt da einer, ein Kapitän wohl, mit breitem Gesicht und breiten Schultern, der Deutsch spricht und sich anhört, was der amerikanische Sergeant ihm zu sagen hat; wie er aus Chemnitz fortging und was ihn zwang, fortzugehen, und wie er nach Amerika kam, und wieder zurück nach Deutschland mit der Armee, und das mit dem Grab seines Vaters, das nicht auffindbar war, und über den Herrn Ballerstedt vom Chemnitzer Tageblatt.

Und der russische Kapitän, Gott weiß, was er im Zivilleben war und welche Funktion er jetzt hat in seiner Armee, beginnt zu verstehen. Es leuchtet etwas auf in seinen Augen, und er hebt seine breite, arbeitsgewohnte Hand und fragt: »Dieser Ballerstedt – Faschist?« Und da der Sergeant S. H. ihm bestätigt, »Faschist!«, krümmen die Finger der Hand sich, als griffe er bereits zu, und er nickt, »Charascho«, und fügt, damit dem Amerikaner nur ja alles klar sei, hinzu, »Okeh!«

Da ist dieses Photo von Gertrude in ihrem neuen Kostüm, den neuen breitkrempigen Hut auf dem Kopf, wie sie Arm in Arm steht mit Gypsy Markoff, einer damals viel genannten Persönlichkeit aus der Entertainment World New Yorks, beide zu Gast in einem der Schickeria-Lokale jener Jahre, der Music Box Canteen, beim Benefiz für, für wen wohl, für unsere tapferen fighting boys.

Wochen nach der besagten Wohltätigkeitsaffäre erst gelangte das Bild in die Hände des Sergeanten S. H., der es mit Liebe betrachtete und mit Stolz: eine schöne Frau, und so elegant, und so anerkannt selbst in Kreisen der Society. Und bewegt von diesem Stolz zeigt er das Bild den Kameraden; Soldaten, lange von zu Hause fort, neigen zu solchem Tun; er ist da keine Ausnahme. Auch Habe bekommt das Photo zu sehen und sagt nicht ohne eine gewisse Süffisance: »Ich möchte Ihre Gefühle nicht verletzen, Sergeant, aber ich habe Ihre Frau in Person gesehen, mit diesem Hut.«

Folgt der einzige Ausbruch, den der Sergeant S. H. sich leistete in diesem Krieg. Er haut mit der Faust auf den Tisch und brüllt Habe an: »God damn you, Captain, ich hätt meine Frau lieber selber gesehen, mit Hut oder ohne, und Sie wären hier geblieben!«

In der Tat hatte Habe es fertiggebracht, der Krieg war ja fast schon zu Ende, sich unter irgendwelchen Vorwänden eine Woche in New York zu organisieren, und war hinübergeflogen, dienstlich, und man sah es ihm an, daß er die Tage genossen hatte, der große Krieger, auf Visite direkt von der Front. Aber, und auch das war

Habe, und ich möchte den Offizier sehen, der es ihm gleichgetan hätte – er hatte sich auch die Zeit genommen, mit den Frauen seiner Leute zu sprechen, mit sämtlichen, soweit sie nach New York kommen konnten. So auch mit Gertrude.

Gertrude, die herrlich erzählen konnte, hat darüber berichtet: diese Begegnungen im Ritz, für jede der mehr als ein Dutzend Ehefrauen fünfzehn Minuten und einen Dry Martini, auf seine Rechnung; und wie er da saß in seiner taillierten Uniform, bestes Tuch, die Knie übereinandergeschlagen und den Arm leger über die Rücklehne des Stuhls gehakt, Gentleman-Abenteurer zugleich und väterlicher Freund, und ihnen von ihren Männern sprach, wie tapfer sie allesamt wären und mit welcher Hingabe sie ihre Pflicht täten, und mit welch hervorragendem Erfolg. Und da war keine, die nicht getröstet davonging, um der nächsten Platz zu machen; ein paar der Frauen trafen sich hinterher und stellten Vergleiche an und kamen zu dem Schluß, daß Habe, obwohl der allen fast das gleiche gesagt hatte, doch auf die besonderen Eigenheiten eines jeden eingegangen war.

Des Sergeanten S. H. Beziehung zu seiner Frau war ja nicht unproblematisch. Obwohl er ihr fast täglich schreibt und jedesmal seine Liebe beteuert, ahnt sie, daß er sich nicht viel anders verhalten wird als andere Männer, die, nach monate- oder gar jahrelanger Abwesenheit von zu Haus, und reichlich ausgestattet mit Süß- und Tabakwaren und, vor allem, mit des Soldaten größtem Reiz, der Flüchtigkeit seiner Präsenz, ihre Hemmungen abstreifen und sich austoben. Einer wie S. H. hat natürlich seine Skrupel, doch lassen sich immer Vernunftgründe finden, diese beiseite zu schieben: solange noch geschossen wird, durch die Frage etwa, was nützt dir deine Tugend, wenn du morgen tot bist, und danach, nachdem die Wehrmacht ihre Waffen gestreckt hat, holt er die alte Maxime aus dem Gepäck, daß für ihn als von Gott begnadeten Künstler die bürgerlichen Moralbegriffe sowieso keine Gültigkeit haben. Dabei liebt er sie, des ist er sicher; nur ist sie eben weit weg, ihr Bild mit dem Hut ein Schatten nur, und der Klang ihrer Stimme, die sinnlichen Töne, kaum noch herauszuhören aus dem Text ihrer Briefe. Und ihm werden sie keine Woche gewähren in den Staaten, nicht einmal drei lausige Tage, gar nichts; er ist kein Offizier wie der Captain Habe und hat auch die Beziehungen nicht, die der hat; sie werden ihn hier sitzen und schwitzen lassen bis zum letzten Punkt ihres verfluchten Punktsystems. Als einziges bliebe der Versuch, Gertrude nach Deutschland zu holen; gelänge das, so könnte man sogar daran denken, länger im Besatzungsdienst zu bleiben: Leute wie ihn, die Deutsch können und sich auskennen im Zeitungswesen, werden sie immer brauchen.

Er verhandelt mit Laudy Lawrence, dem listenreichen, der wieder aufgetaucht ist, bevor noch die Waffen verstummten: im deutschen Filmgeschäft hat MGM alte Interessen, und neue werden hinzutreten, ein kaputtes Land mit kaputten Menschen braucht um so mehr Illusionen, und kaputte Kinos, kaputte Studios sind zu billigen Preisen zu haben. Laudy Lawrence verspricht, sich für Gertrude einzusetzen; er kennt sie ja, sie könnte in Deutschland als Beraterin arbeiten oder als Korrespondentin für Film- oder Frauenzeitschriften; allerdings besteht da eine Vorschrift der Paßabteilung im State Department, daß Ehegattinnen nicht in dem gleichen Theatre of War, dem gleichen Kriegsgebiet, tätig sein dürfen wie ihre Ehemänner; aber schließlich ist der Krieg vorbei, und Vorschriften existieren, damit sie umgangen werden: seien Sie beruhigt, Sergeant, wir werden das arrangieren, auf privater Ebene, ich schreibe an meine Frau in New York, die wird das Nötige veranlassen.

Nach Monaten wird sich herausstellen, daß Laudy Lawrence sein Versprechen alsbald vergaß, oder auch nie die Absicht hatte, es zu erfüllen. Inzwischen aber ist der Sergeant S. H. guter Hoffnung, und wenigstens eine Sorge kann er Gertrude abnehmen, er kann ihr aus erster Hand von ihrem Sohn berichten. David, ausgebildet als Artilleriebeobachter, ist knapp nach der Ardennenoffensive nach Europa gekommen; seine Einheit wurde nur kurz noch eingesetzt; jetzt liegt sie irgendwo in der Nähe von Augsburg, und S. H. macht sich auf den Weg, den Jungen zu besuchen. Tatsächlich findet er ihn, wenn auch nicht in Augsburg, so doch in Schwäbisch-Gmünd. Der eigene Fahrer samt Command Car, die fünf Streifen am Ärmel, die Bändchen über der Brusttasche, und die ganze Art eines altgedienten Soldaten, mit der er bei der doch noch recht grünen Truppe auftritt, beeindrucken Davids Batteriesergeanten so sehr, daß der ihm anvertraut, das Bataillon werde wohl bald nach dem Pazifik verfrachtet werden, und gegen eine Flasche Chianti tut er ein übriges und gestattet dem Besucher, den Jungen auf vierundzwanzig Stunden zu entführen. Sie logieren im Hotel Zum Apostel in Schwäbisch-Gmünd, und S. H. läßt auftischen, was das Haus zu bieten hat, es kostet ihn nicht viel, ein paar Päckchen Zigaretten, und David und er reden von ihren Erfahrungen in diesem Krieg, und von jenem anderen, der, weit entfernt, noch immer von Insel zu Insel tobt, und von Gertrude, und wie man ihr schonend beibringen könnte, daß einer ihrer Männer noch immer wird Krieg führen müssen, und am nächsten Tag fahren sie nach Ludwigsburg und besichtigen die Schlösser und gehen abends ins Kino, »A Tree Grows in Brooklyn« wird gezeigt, doch mitten in der Vorführung bricht die Apparatur zusammen: aus und Schluß. Und die ganze Zeit sucht er sich klar zu werden über seine merkwürdig gemischten Empfindungen.

Erst auf der Rückfahrt nach Nauheim, allein nun mit dem schweigsamen Fahrer, wird ihm bewußt, daß er, im Alter von zweiunddreißig Jahren, Vater eines erwachsenen Mannes geworden ist, eines Soldaten wie er selbst, und er weiß nicht, waren seine Gefühle für David nun wirklich väterlicher Art oder eher brüderlich, und war da nicht, in gar nicht so tiefen Schichten seines Unterbewußtseins, auch ein Ressentiment gewesen gegen den armen Jungen, der doch nichts dafür konnte, daß sie beide Rivalen waren um die Gunst derselben Frau? Und was, bitte sehr, war in David vorgegangen, während er, der Ältere, ihm gönnerhaft auf die Schulter klopfte und ihm vorführte, welch großartiger Kerl seiner Mutter neuer Mann doch war?

In Essen, nachts, beim Umbruch, erhält er den Anruf: morgen noch muß er in Wiesbaden sein, beim Stab der Zwölften Armeegruppe, um seinen Offizierseid abzulegen als Second Lieutenant der Armee der Vereinigten Staaten. Und nach dem letzten Okay auf dem letzten Bürstenabzug der Ruhrzeitung klettert er, todmüde, in seinen Wagen, entschuldigt sich bei dem verschlafenen Passuello, daß der sich auch diese Nacht um die Ohren schlagen muß, und fährt los.

Es ist Juni, der Morgen graut frühzeitig, die einsame Autobahn streckt sich dem rosigen Horizont entgegen, er möchte schlafen und kann nicht, und ärgert sich über sich selber: wieso die Erregung, was ändert sich denn an ihm und in ihm, wenn er nun, nach so langem Dienst in der Armee, endlich beglückt wird mit einem Rang, den die Männer spöttisch als 2nd Louie bezeichnen? Ach, ein ältlicher Sergeant, das ist möglich, das wird respektiert, aber ein ältlicher Unterleutnant? Es ist, als müßte er plötzlich, in seinen Jahren, in kurzen Hosen herumlaufen, und er fragt sich, ob er nicht vor die Kommission in Wiesbaden treten soll, in seiner Sergeant's Uniform, um in bester militärischer Haltung den versammelten Colonels und Lieutenant Colonels und Majors zu erklären: Besten Dank, Gentlemen, aber diese Ehrung ist *too little and too late*, zu geringfügig und zu spät.

Das ist die eine Seite. Aber die andere ist, daß sie's ihm ja nicht geben wegen seiner schönen Augen und seiner gescheiten Gedanken, sondern weil er's ihnen abgetrotzt hat, er, der arme Emigrant und verkrachte Redakteur eines linkslastigen Wochenblättchens, und weil sie ihn brauchen, jetzt mehr denn je, wo es Verhandlungen zu führen gilt auf höherer Ebene und Aufgaben zu lösen, für deren Erledigung einer im Mannschaftsgrad, und trage er noch so viele Streifen am Ärmel, einfach nicht genug Gewicht hat. Und will er denn nicht wirken? Will er sich denn nicht einschalten in die Entwicklung, die in diesem besetzten Lande kommen und zwangsläufig wieder zurückstrahlen wird auf die politischen Entwicklungen in Amerika? Ein Second Lieutenant ist ein Nichts; er ist, so erklärt ihm Colonel Powell tags darauf, als sie die Sache mit Scotch begießen, *the most junior of junior officers*, verpflichtet, stets zur Linken seines Seniors einherzuschreiten, aus einfachem Grunde, nämlich damit er ungehindert den Degen ziehen könnte zu dessen Verteidigung, *is that clear, Lieutenant*? Es ist dem Lieutenant klar, dem neugebackenen, zugleich aber macht er zum ersten Mal die Erfahrung, daß die geborgten gelben Messingplättchen auf seinen Schultern, noch besitzt er keine eigenen, ihn unter die Privilegierten versetzen, ihn berechtigen, obzwar am Katzentisch zunächst, teilzuhaben an der großen Mahlzeit und, wenn auch als letzter, mitzureden bei den Gesprächen, in denen die Entscheidungen getroffen werden, die falschen öfter als die richtigen.

Das beste aber ist die Haltung der Leute, an deren Seite er bis jetzt gestanden und gearbeitet hat. Da ist kein Neid; im Gegenteil: das hast du verdient, sagen sie, mehr als verdient. Und dann betrinken sie sich alle miteinander, und er wird umarmt reihum und fühlt, wie sehr er verwachsen ist mit diesen Männern.

Und er hat auf einmal Geld: die gesamte Löhnung, die ihm noch zustand als Sergeant, und die gar nicht so unbeträchtliche Summe, die der Zahlmeister in Wiesbaden ihm aushändigt, damit er sich equipieren könne als Offizier. Das ist nun ein anderes Tuch und ein anderer Schnitt, die rosafarbenen Hosen und die dunkelgrüne Jacke mit den blinkenden Knöpfen; ein Nichts, so ein Lieutenant, gewiß, aber er ist ein sehr gut aussehender Lieutenant, schlank, mit federndem Schritt, und die neuen Offiziersschuhe sind sorgfältig poliert und der goldene Adler über dem Schirm der Mütze doch ein recht eindrucksvoller Vogel.

Das einzige Problem sind die Abzeichen der Waffengattung, die zu tragen er als Offizier nun verpflichtet ist. Die Armee kennt die gekreuzten Musketen für die Infantrie, die gekreuzten Geschützrohre für die Artilleristen, allerlei anderes gekreuztes Gerät für die vom Signal Corps, von den Engineers, der Air Force; nur für die Psychological Warfare gibt es nichts, was sollte man auch nehmen, zwei gekreuzte Flugblätter? Suchen Sie sich irgendwas aus, wird ihm gesagt. Zweifelnd betrachtet er das Angebot im Offiziersladen und wählt schließlich, zum Erstaunen des Corporals hinter dem Verkaufstisch, die gekreuzten Säbel der Kavallerie: es gibt keine Kavallerie mehr in der amerikanischen Armee, keine lanzenbewehrten Reiter auf schnaubenden Pferden; nur noch ihre Abzeichen gibt es, die keiner mehr trägt außer dem Second Lieutenant S. H.

Doch die gekreuzten Säbel verpflichten; und so treibt er tatsächlich ein paar Gäule auf und reitet zusammen mit dem First Lieutenant Salvatori, demselben, dem er einst bei der Fahrprüfung gegen die Füße fuhr, quer durch den Kurpark von Nauheim, den Hügel hinauf hinter der Kurterrasse und dann über Stock und Stein, das Pferd zwischen seinen Schenkeln ist fromm wie ein Lamm, Gott sei Dank, so daß er sich ohne Ängste seinen romantischen Gefühlen hingeben kann, der Lieutenant S. H. von der berühmten U.S. Cavalry, die nur einmal geschlagen wurde, durch vielfache Überzahl, am Alamo; und als der Lieutenant Salvatori nach einer halben Stunde das Gerüttel satt hat, reitet er allein weiter, bis er, es dunkelt bereits, nach Nauheim zurückkehrt, nicht ohne noch vorm Bristol vorbeizutraben und etlichen der dort einquartierten Obersten, die gerade des Wegs kommen, vom hohen Roß herab freundlich zu salutieren.

Am nächsten Tag erscheint bei ihm in der Redaktion eine dunkelhaarige Dame, sportliche Figur, und einigermaßen attraktiv, nimmt Platz in dem Sessel seinem Schreibtisch gegenüber, wippt mit dem aristokratisch schmalen Fuß und erkundigt sich, ob er nicht Lust hätte, zusammen mit ihr eine Reitschule zu eröffnen; Nauheim werde, jeder wisse das inzwischen, auf längere Zeit noch das Hauptquartier amerikanischer Stäbe sein, und das chevaleresque Beispiel des Herrn Lieutenant werde Nachahmer finden, so daß sich das Geschäft gar nicht anders als gedeihlich entwickeln könne.

Er lehnt höflich ab, etwas vorschnell, so deucht mich heute: eine versäumte Gelegenheit, wie es deren viele gegeben hat im Leben des S. H.

# 18

Ich frage mich, ob es überhaupt noch möglich sein wird, die verschiedenartigen Gefühle zu erfassen, die S. H. am Ende des Kriegs den Deutschen gegenüber empfand, die Haltung zu rekonstruieren, die er zu ihnen hatte. In den mehr als vierzig Jahren, die seither vergangen sind, hat sich sein Denken in manchem verändert, die Perspektiven haben sich verschoben, und auch die Deutschen sind nicht mehr die, die sie 1945 waren; all das erschwert die Sicht. Was vorliegt, sind Notizen, die Hinweise enthalten, Briefe, Artikel, und im Gedächtnis die Bilder, ein Kaleidoskop höchst widersprüchlicher Eindrücke.

Fest steht, daß er sich damals als Amerikaner fühlte; das gab ihm ein Stück der bitter benötigten inneren Sicherheit. Er sprach, dachte, lebte amerikanisch; Deutsch war zum Dienstgebrauch da, ein Mittel zum Zweck, und das Volk, das deutsche, war Objekt seiner Bemühungen und der seiner Kameraden. Was an ihm deutsch war, und er hoffte, es wäre nicht mehr viel, wurde verdrängt; gerade weil er es nun dauernd mit Deutschen zu tun hatte und fürchtete, daß da verwandte Züge sein könnten in ihrem und seinem Wesen, strebte er nach Distanz. Dabei suchten die Deutschen, kaum hatten sie erfahren, daß er in Deutschland geboren und gar noch Jude sei, sich tatsächlich bei ihm Liebkind zu machen; jüdische Großmütter wurden ausgegraben, echte wie unechte, und jedermann versicherte, er hätte mindestens einem der armen Verfolgten das Leben gerettet: ein normaler Mensch mußte sich direkt fragen, wie es die Nazis wohl fertiggebracht hatten, Auschwitz mit immer neuen Opfern zu füllen. Selbst Julius Streicher, so erfährt S. H. von dem Offizier, der den Herausgeber des »Stürmer« und obersten Judenhasser des Reiches zu verhören hatte, sprach sich entschieden gegen die Massenvernichtung der Juden in den Konzentrationslagern aus und schwor, nie hätte er von irgendwelchen Grausamkeiten, begangen an Juden, Kenntnis gehabt.

Oh, diese Konzentrationslager, von denen nun alle mit Abscheu reden und von denen keiner gewußt haben will! Der Rauch aus den Krematorien droht das Wesentliche zu verhüllen, die Strukturen des Regimes, mit Oben und Unten und Ausbeutern und Ausgebeuteten, Hitler beim Picknick auf der Wiese, in Wanderkleidung, sein Äpfelchen schälend: den alltäglichen Faschismus also, an dem, Ausnahmen zugegeben, jeder im Lande beteiligt war, ob er Befehle gab oder sie durchführte. Das System konnte ja nur funktioniert haben, wenn alle mithalfen, die Rädchen zu bewegen, und so waren sie, ob ihrer Schuld bewußt oder nicht, alle mit schuld. Doch brachte man die Rede darauf, so wurde aus ihrer zerknirschten Miene, die obligatorisch war am Anfang solcher Gespräche, im Nu ein böse verbockter Ausdruck: Sie haben leicht reden, Herr Lieutenant, Sie waren ja nicht hier, Sie wissen ja gar nicht, wie das war, der Druck, unter dem wir gelebt haben, die ganzen Jahre!

Das Argument ist nicht ohne weiteres abzutun. Man könnte einwenden, und S. H. tat das auch häufig, daß sie selber das Joch sich auf den Nacken gesetzt hätten; worauf ihre Standard-Entgegnung: das hätte sich damals, 1933, ganz anders ausgenommen, und bedenken Sie doch, Herr Lieutenant, das große Elend des Volks und die Arbeitslosigkeit jener Zeit, und den Schandfrieden von Versailles, und kein Lebensraum, und man hätte doch wieder stolz sein wollen auf sein Deutschtum; den Krieg aber habe bestimmt keiner gewollt, außer Hitler vielleicht, und das mit den Juden schon gar nicht.

Und sie glauben das auch. Immer noch, auf ihren Ruinen hokkend, glauben sie, daß sie im Grunde nichts Böses wollten und niemandem ein Übel tun, und daß sie's nicht besser wußten, und daß ihnen jetzt großes Unrecht geschieht. Welch ein Verdrängungsmechanismus! Und wie verführerisch! Und wie geschickt der Versuch, ihn, den Amerikaner, umzudrehen: Versetzen Sie sich bitte in unsere Lage, Herr Lieutenant, wie hätten Sie denn gedacht, wie hätten Sie gehandelt?... Ja, wie? Wenn er nun nicht der Sohn des jüdischen Kaufmanns Flieg gewesen wäre, sondern einer von ihnen, und nicht das verfluchte Gedicht geschrieben hätte, das ihn zwang, in die Emigration zu gehen, wo stünde er dann jetzt, und wie hätte er sich gehalten? Muß er wirklich, angesichts dieser Schufte und Feiglinge, sich sagen, *There, but for the grace of God, go I*?

Er schüttelt sich. Nein, nein, nein, was ihm da vorgesetzt wird von den armen Besiegten, und nicht nur ihm, sondern allen, Offizieren wie Mannschaften, die dienstlich und außerdienstlich zu tun haben mit ihnen, stimmt ja nicht. Die da dem braunen Rattenfänger gefolgt waren, hatten's in Wahrheit getan, weil er ihnen die bequemere Straße wies und weil es lustiger war, im Gleichklang der Stiefel Seit an Seit mit der Macht zu marschieren als innezuhalten und sich zu fragen, wohin der Weg denn führe. Und wie schön war es gewesen, nicht nur zu gehorchen, sondern hier und da auch befehlen zu dürfen, ein Quentchen der großen Macht in den eigenen Händen zu haben! So verstärkte sich, entlang des Wegs, das schizoide Verhaltensmuster, das latent schon immer vorhandene: daß sie sich richtig wohl fühlen nur wenn sie treten können auf anderer Rücken oder getreten werden in den eigenen.

Dies Muster muß endlich durchbrochen werden, glaubt er, die Leute müssen wieder lernen, selbständig zu denken und selbständig zu handeln. Menschen zu verändern, besonders diese Menschen, das sieht er als die Aufgabe, und in den ersten Monaten nach Ende der Kriegshandlungen scheint es, als ob auch die Armee das so sähe.

In einem Leitartikel für sämtliche deutschsprachigen Zeitungen der Zwölften Amerikanischen Armeegruppe schreibt er: Die politische Reife einer Nation drückt sich aus in dem Grad, in dem die breiten Massen teilnehmen an der Zusammensetzung ihrer Regierung und teilhaben an deren Arbeit. Das deutsche Volk hat, als es die Regierungsmacht an einen einzigen Mann abtrat – und was für einen Mann! – sich selber ans Ende der Liste politisch handelnder Nationen gesetzt.

Dieses Volk also soll nun verwaltet und, wie es so schön heißt, umerzogen werden von der Militärregierung. Der Sergeant und spätere Lieutenant S. H. hat reichlich Gelegenheit zu Kontakten mit American Military Government, abgekürzt AMG; kommt er in eine Stadt, sind die örtlichen AMG-Ämter seine Anlaufstellen, AMG gibt ihm Quartier, zusammen mit AMG-Offizieren und ihren Mannschaften ißt er und, häufiger noch, trinkt er, von ihnen erfährt er, was sich ereignet hat in ihrem Bezirk, welche Probleme sie dort sehen, und wie sie diese zu lösen gedenken.

Im Dezember 1944 hatte die Armee ein Handbuch herausgebracht über die Methoden, die die Deutschen anwenden würden, um die Kapitulationsbedingungen zu umgehen. Wenn die Herren von AMG, notiert er, ihr eigenes Handbuch doch wenigstens nutzen würden! Aber sie tun's nicht. Statt dessen entwickeln sie, so stellt er fest, eine unheimliche Fähigkeit, just für die wichtigsten Verwaltungsposten sich Nazis auszusuchen oder Leute zumindest, die nach Weise der Nazis denken. In einer größeren Stadt bekommt er den Bericht des für Sicherheit zuständigen Offiziers der Militärregierung in die Hand; darin steht zu lesen: »Ich habe erfahren, daß eine organisierte Fraktion sogenannter Antifaschisten versucht, auf die Stadtverwaltung Einfluß zu nehmen. Ich lasse die Angelegenheit untersuchen, und werde gegebenenfalls die ganze Gruppe verhaften lassen.«

Den Lieutenant S. H. fröstelt's. Er sucht sich derart Verhalten zu erklären und findet, neben den persönlichen Motiven einzelner, drei Hauptgründe: einmal die Angst, die plötzlich aufgekommen ist, das geschlagene, verzweifelte Deutschland könnte sich dem Kommunismus zuwenden; zum zweiten die Zwänge des täglichen Lebens, man braucht Fachleute, und woher die nehmen, wenn nicht aus der Schicht der Gebildeten, Etablierten, Beamteten; und schließlich die eigene Herkunft, man ist Akademiker oder stammt aus der Verwaltung oder der Geschäftswelt und tendiert ganz natürlich zu seinesgleichen. Außerdem sind die AMG-Leute völlig überfordert durch die Verhältnisse; keiner von ihnen war vorbereitet auf ein solches Ausmaß von Desorganisation, Not, Hunger. Zuerst war ihnen gesagt worden: die Armee liefert nichts; sollen die Deutschen, die sich ihr Los selber zuzuschreiben haben, auch selber sehen, wie sie damit zurechtkommen. Aber in den Industriegegenden, an der Ruhr etwa, liegen die Tagesrationen bei 900 Kalorien, und zuerst müssen die Displaced Persons, die ehemaligen Verschleppten, versorgt werden, denn die würden sich nicht genieren, auf die Dörfer zu gehen und den Bauern die Hälse umzudrehen; und wie soll man, so fragt auch der Lieutenant S. H., auf der Basis von Unterernährung und Massenelend Demokratie schaffen in einem Lande, das nun auch noch die Hunderttausende Enteigneter aufnehmen muß, die aus den Sudeten zuwandern und aus den weiten Gebieten, die an Polen und die Sowjetunion gefallen sind? Also Umkehr der Politik: wenige Monate nur vergehen nach der Kapitulation, und die Armee bringt 700000 Tonnen Weizen ins Land; sie stellt ihre Fahrzeuge zur Verfügung für Transporte, und Maschinerie zur Reparatur von Straßen, Brücken, Gebäuden und selbst zum Holzfällen; und aus den Eroberern werden im Handumdrehen die lieben Sugardaddies, die Zukkerbläser, deren verdammte Pflicht und Schuldigkeit es ist, die armen Eroberten zu versorgen. Binnen fünf Jahren, schreibt er an Gertrude, werden die Deutschen mit unserer Hilfe ihr Land besser in Schuß haben als sämtliche andern vom Krieg in Mitleidenschaft gezogenen Völker das ihre, und wieder werden sie sich an die Brust klopfen und stolz verkünden: Wir sind die Größten, unschlagbar. Ein Mann aus dem Volke, Wilhelm Krug hieß er und war aus München, drückte seine Dankbarbeit für soviel freundliche Hilfe in einem selbstverfaßten Gedicht aus, zu singen nach bekannter Melodie, das er an die Redaktion der nunmehr von Major Habe herausgegebenen Zeitungen schickte:

Gott erhalte unsern Truman,
Deutschlands Retter, fromm und gut!
Er kann sein Verständnis rühmen
Auch für unser deutsches Blut!
Ja, wir können ihm vertrauen,
Ihm, der für uns auf der Hut!
/: Gott beschütze unsern Truman,
Unsern Vater, treu und gut! :/

Und dann kommt die Wiederentdeckung der Demokratie in der amerikanischen Zone. Der Mensch, heißt es auf einmal, sogar der deutsche Mensch, besitze gewisse demokratische Rechte, an denen auch die Militärregierung nicht rütteln dürfe, und nun werden diese Rechte, in aller Unschuld, immer dann geltend gemacht, wenn ein AMG-Offizier auf den Gedanken kommt, einem ehemaligen Gefolgsmann Hitlers zu nahe zu treten; ja, fast schon läßt sich ein Vollblut-Nationalsozialist daran erkennen, daß er bei passender Gelegenheit, und häufig auch bei wenig passender, betont und wiederholt von Demokratie spricht.

Aber die Non-Fraternisation Policy? War sie denn kein probates Mittel im Bemühen um ein neues, besseres Deutschland?

Ach, das Fraternisierungs-Verbot war immer ein Witz gewesen – was sollte ein Soldat denn tun, wenn ein Kind auf ihn zukam oder ein Fräulein mit schwingender Hüfte; und die oben gar saßen bei Hühnchen und Sekt zusammen mit dem gefangenen Marschall Göring und kamen sich noch interessant vor dabei.

Es gibt aber auch ein paar Leute, die zutiefst beunruhigt sind von dem, was sich da entwickelt, und die dagegen antreten. In Essen sitzt so einer, im Zivilleben Leiter einer kleinen Bank irgendwo in California und nun als Major Chef der Militärregierung am Orte; S. H. nimmt teil an einem Gespräch, das er mit den Spitzen der Essener

Handelskammer führt, die gekommen sind, ihm vorzuschlagen, welche Betriebe und Geschäfte als erste wiederzueröffnen wären, und es ist ihm eine Freude zu beobachten, wie der Mann die Intrige bloßlegt, die die Herren miteinander gesponnen haben zu ihrem Nutz und Frommen und zu dem ihrer Nazi-Freunde, und wie er seine Entscheidungen trifft, die nur widerwillig akzeptiert werden, die aber fair sind allen Bürgern gegenüber und geeignet, das Wirtschaftsleben der Stadt wieder in Gang zu bringen. Wir müssen hier, sagt ihm der Major, nachdem die Handelskammerleute sich verstimmt zurückgezogen haben, so etwas wie Planwirtschaft betreiben, nur leider ohne Plan und gegen große Widerstände; ob diese sämtlich von deutscher Seite kommen, läßt er dahingestellt.

In Marktheidenfeld hat der AMG-Chef, früher Redakteur an einer Zeitung in Tacoma im Staate Washington, gerade, als der Lieutenant S. H. bei ihm eintrifft, die ganze Schar der Bürgermeister seines Kreises gefeuert, einschließlich derer, die er selber eingesetzt hat. Er will endlich saubere Verhältnisse schaffen, sagt er; der Herr Dechant allerdings habe ihm einreden wollen, es gäbe auch sehr anständige Nazis, nämlich die, die stets ihr Scherflein beigetragen zum Wohl der Kirche; der geistliche Herr sei ganz außer sich geraten, als er ihm widersprach und meinte, er wolle überhaupt keine Nazis in irgendwelchen einflußreichen Stellen haben.

Überhaupt, die Kirche. Der Kardinal Faulhaber in München, schreibt S. H. in einem Bericht, habe Jesu Wort, Liebe Deine Feinde, zur politischen Forderung erhoben; jedesmal, wenn irgendein aufrechter Kerl in Bayern aufsteht und verlangt, Verwaltung und Wirtschaft von Nazis zu säubern, kehren der Kardinal und sein Gefolge ihr Auge himmelwärts und verkünden fromm, Liebe Deine Feinde, so daß man allseits schon von der ungerechten Behandlung hört, der die armen verfolgten Nazis ausgesetzt seien.

Es bilden sich in der amerikanischen Besatzungszone, zunächst fast unbemerkt, zwei Parteien. Die eine besteht aus den demokratisch denkenden Leuten in der Militärregierung, die zumeist an niederer Stelle sitzen, und solchen Deutschen, die aus dem Widerstand gekommen sind oder es vermieden haben, den Nazis zuzuarbeiten, und die etwas Neues schaffen wollen in ihrem Land; es sind ihrer beidseits nicht viele, aber im Zusammenspiel vermögen sie einiges doch durchzusetzen. Die andere Partei ist zahlreicher: bei den Deutschen sowieso; und in der Armee und bei AMG gehören zu ihr all die Dummköpfe und Faulpelze, deren höchstes Ziel es ist, sich's wohlsein zu lassen als Besatzer, und die kleinen Ehrgeizlinge, die jetzt und hier ihre Chance sehen, Macht zu genießen, und die mit der offenen Hand: für einen Rassehengst etwa beläßt der ruhmreiche General Patton jeden großen Nazi im Besitz seiner Güter, samt Villa, Wagen, Dienerschaft; der General hat eine beträchtliche Zahl solcher Tiere bereits in seinen Reitställen stehen.

Tritt hinzu die Auswirkung der russischen Besatzungspolitik. Von S. H. sachte überredet, meldet sogar Habe, daß in der sowjetischen Zone das Land der Großgrundbesitzer an die arbeitenden Bauern verteilt wird; auch sind bei den Russen politische Parteien wieder zugelassen, und es gibt die Anfänge gewerkschaftlicher Organisation und eine Art Kulturleben mit Theater und Kinos, und eine Presse neuer Art in neuen deutschen Händen; das macht Eindruck auch diesseits der Demarkationslinien und zwingt die amerikanischen Militärs, mitzuhalten in ihrer Zone, wollen sie nicht bei ihren Deutschen und, schlimmer noch, zu Haus in den Staaten in ein ungünstiges Licht geraten. Es sind sogar vertrauliche Informationen im Umlauf aus Kreisen der Counter-Intelligence, die Deutschen würden, fänden jetzt freie Wahlen statt, zu 30 bis 35 Prozent für die Kommunisten votieren; aber der Lieutenant S. H. glaubt das nicht ganz, auf Grund eigener Erfahrungen, und weil aus Berlin der Sergeant Weidenreich, der dort an Habes neuester Kreation, der Allgemeinen Zeitung, mitarbeitet, nach Nauheim gekommen ist und erzählt, in der Sowjetzone hätte die Rote Armee den Deutschen in kürzester Zeit sämtliche kommunistischen Illusionen ausgetrieben.

Überhaupt der Osten. Habes getreuer Adlatus Atlas, der von seinem Herrn zehn Tage Urlaub samt Fahrer und Jeep erhalten hat, um in sein Heimatstädtchen in der Slowakei zu fahren, ist als gebrochener Mensch von da zurückgekehrt. Er, der so oft den Schlemihl spielte, zum Vergnügen aller, hat jeglichen Humor verloren, sieht um Jahre gealtert aus, und seine großen dunklen Augen sind voll Trauer. Nicht nur, daß Vater, Brüder, die ganze Verwandtschaft umgebracht worden sind in Treblinka und Maidanek und daß von den über fünftausend Juden in seinem Städtel ganze fünfunddreißig zurückgekehrt sind; aber selbst diese fünfunddreißig hausen dort jetzt wie Bettler und werden wieder verhöhnt und bespieen wie im Lager. Nichts hat sich geändert in den Machtverhältnissen; nach wie vor beherrschen die Hlinka-Leute, die Faschisten, das Leben, und sie fressen den Juden die paar Konserven weg, die UNRRA aus Amerika ihnen geschickt hat; und die neue Regierung in Prag ist, scheint es, weder willens noch in der Lage einzugreifen. Aus Polen das gleiche: in Polen gab es dazu noch Pogrome gegen die paar Juden, die die Lager überlebt haben, denn polnische Menschen, Arier, sitzen nun in den Häusern, die einst den Juden gehörten, und haben sich bereichert an jüdischem Gut und beabsichtigen nicht, es wieder herauszugeben; so kommt es, daß sogar in dieser antisemitischen Slowakei jetzt jüdische Neo-Emigranten auftauchen aus den polnischen Gebieten und auch aus Ungarn, und die Russen, die die wirkliche Macht sind in diesen Ländern, unternahmen nichts. Der Fahrer, ein baumlanger Amerikaner, mußte Atlas die Pistole von der Schläfe reißen.

Deprimierend, das. Dennoch glaubt S. H. fest, daß die Sowjets die Dinge regeln werden, und im historisch richtigen Sinne, nur braucht eben alles seine Zeit; inzwischen wird man in der amerikanischen Besatzungszone genug damit zu tun haben, das Geflecht zu zerreißen, auf dem der Faschismus gedieh, und mit Hilfe der Zeitungen, die Habe da macht, den linken Flügel der Militärregierung zu stärken.

In Bremen, der amerikanischen Enklave am Meer, liegt der Fall relativ einfach. Der von AMG eingesetzte Bürgermeister, Herr Vagts, ist genau von der Couleur seines von den Nazis ernannten Vorgängers, und er hat die achtzehnhundert nationalsozialistischen Stadtbeamten, die aus ihren Stellen entfernt worden waren, durch achtzehnhundert gleich ihnen Gesinnte ersetzt; dafür sind bekannte Gegner des Regimes ohne Stellung und dürfen die Drecksarbeit verrichten, die jetzt eigentlich von den Nazis getan werden sollte. S. H. attackiert diese Zustände, ebenso wie die Tatsache, daß an der Spitze der größten Werft Bremens noch immer der Mann steht, Mitglied der SS, der den Job in der Hitlerzeit innehatte; und er hat einen Teilerfolg: bald kann er im Weser-Boten berichten, daß Herr Erich Vagts durch Herrn Wilhelm Kaisen, den Senator für Volkswohlfahrt, ersetzt worden ist.

In Frankfurt wirkt die Kampagne noch stärker. Dort fliegen etwa dreitausend große und kleine Nazis aus ihren Positionen, mitsamt dem Bürgermeister und dem Colonel von der Militärregierung, der den ganzen Klüngel deckte. Und auch in Bayern muß jener Colonel Keegan den Koffer packen und gehen, der seinem New Yorker Polizistenherzen Luft machte mit dem schönen Wunsch: »Wenn ich doch bloß in der Bronx soviel Macht hätte wie hier in München!«

Endlich, im August, nach drei Monaten Regierung ohne Programm, kommt eine brauchbare Erklärung Eisenhowers: Nazismus und Militarismus hätten ausgerottet, Kriegsverbrecher vor Gericht gestellt zu werden; Schulen und Gerichte im Lande, von Nazis gesäubert, sollten wiedereröffnet werden, Gewerkschaften sich organisieren dürfen, politische Arbeit, auch Versammlungen, zunächst in örtlichem Maßstab gestattet sein. Nach einer Sitzung, an der Eisenhower selber teilnahm und der Hohe Kommissar Murphy, derselbe, der schon in Nordafrika die von S. H. in Of Smiling Peace gebrandmarkte Politik des Kompromisses mit den Faschisten betrieb, wird verlautbart, die Nazis seien nicht nur aus Ämtern und Regierungsstellen zu entfernen, sondern auch aus den Führungspositionen von Industrie, Handel, Banken – selbst wenn das der Militärregierung Schwierigkeiten bereite.

Der Lieutenant S. H. atmet auf. Nun wird Schluß sein, hofft er, mit dem ewigen Zurückweichen vor den Konflikten, den Provisorien, der Selbsttäuschung. Doch sofort jucken wieder die Zweifel: mit wieviel Eifer werden der irische Katholik Murphy und die Seinen den Einflüssen des Kardinals in München widerstehen, mit wieviel Härte die zeitweilig uniformierten Vertreter der Wall Street ihren deutschen Geschäftsfreunden begegnen?

Immerhin, Patton ist seines Postens enthoben worden; an seine Stelle tritt General Truscott.

Die Atombombe, so heißt es auf den Frontseiten der von der US-Armee herausgegebenen deutschen Zeitungen, sei die gewaltigste und wichtigste Erfindung für die Kriegführung seit der Entdeckung des Schießpulvers. Die Meldung, aus Washington datiert, bringt überraschend viele Einzelheiten: so habe die Sprengkraft der über Hiroshima abgeworfenen Bombe der einer Dynamitbombenlast von 20000 Tonnen entsprochen; Zeugen eines ersten Sprengversuchs in den USA, obwohl neun Kilometer entfernt von der Explosion, seien von dem grellen Licht geblendet und von dem Luftdruck zu Boden geworfen worden; Erkundungsflüge über Hiroshima habe man, der riesigen Rauch- und Staubwolken wegen, erst drei Tage nach Abwurf der Bombe vornehmen können; dabei wurde festgestellt, daß durch diese eine Bombe ein Gebiet von 10 Quadratkilometern, der größte Teil der Stadt, vollständig zerstört wurde. In einer Art von Selbstrechtfertigung heißt es ferner, schon 1939 seien Atomphysiker überzeugt gewesen, daß es möglich sein müsse, die im Atom vorhandene Energie frei zu machen; die Nobel-Preisträger

Lord Rutherford und Niels Bohr hätten sich mit dem Problem der Atomzertrümmerung befaßt, und Liesl Meitner, die sich seit dem Einmarsch der Deutschen in Österreich im Ausland aufhielt, habe entdeckt, daß die Atome des Uran-Isotops 235 sich verhältnismäßig leicht spalten ließen; als man dann 1942 erfuhr, daß die Deutschen daran arbeiteten, das Atom ihrer Kriegsmaschine nutzbar zu machen, hätten englische und amerikanische Gelehrte den Wettlauf um die Atomenergie aufgenommen.

Der Lieutenant S. H. liest's mit gemischten Gefühlen. Sicher, die amerikanische Technik mit ihren großen Mitteln und ihrer Produktivität, die so entscheidend war für den Verlauf des Krieges, seit er an Land ging in der Normandie, hat ihre Überlegenheit wiederum bewiesen, und er weiß, in ein paar Wochen spätestens wird dieser Krieg auch für David beendet, und Gertrude der Sorge um ihren Sohn enthoben sein; aber der Vergleich mit dem Schießpulver, so sehr dieses auch die Geschichte der Menschheit veränderte, verharmlost der die Sache nicht doch? Läßt sich überhaupt ein tauglicher Vergleich finden im Bereich menschlicher Erfahrung für das, was da jetzt in die Welt getreten ist?

S. H. versucht, mit Habe darüber zu reden; doch Habe berechnet kühl, wie viele junge Amerikaner, Soldaten, nicht zu sterben brauchten, weil einer irgendwo seine möglicherweise vorhandenen Skrupel überwand und die Order gab, das Ding, nachdem es einmal entwickelt war, auch anzuwenden, und deutet an, welch heilsame Lehre der Abwurf auch für die Sowjets sein möchte. Die andern denken ähnlich; sind nicht auch Guernica zerbombt worden und Coventry, und Pearl Harbor an jenem Sonntag; ein effizientes Mittel einfach, den Feind kirre zu kriegen, und doch wohl okay, solange in unseren Händen befindlich. Nur das blonde Fräulein Elsbeth, S. H.s deutsche Sekretärin, der er zu erklären sucht, die Bombe könnte allein schon durch ihre Schrecklichkeit neue Kriege verhindern, sagt: »Herr Leutnant, sie wird die Kriege nur noch schrecklicher machen. Und«, fügt sie nachdenklich hinzu, »wird sie nicht gerade zum Kriege verlocken? Stellen Sie sich vor, Hitler hätte die Bombe gehabt, Hitler als einziger – die große Wunderwaffe, von der Goebbels immer sprach...«

An Gertrude schreibt er: Wenn solche Bomben in die Hände der falschen Leute gerieten... Ich sage Dir, ich habe Angst. Die Menschen auf dieser Erde müssen zu denken lernen, und zwar baldigst, und politisch den Reifegrad erreichen, der dem Grad der Entwicklung der Wissenschaft entspricht. Das scheint mir das Hauptproblem zu sein, denn Atombombe oder nicht, die sozialen Kämpfe unserer Zeit werden ja nicht aufhören, und ich frage mich, wie diese Konflikte angesichts der Entfesselung der neuen Energien ausgetragen werden sollen. Die kapitalistische Wirtschaftsordnung samt den Übeln, die damit zusammenhängen, wurde durch das Schießpulver, die Druckerkunst, die Dampfmaschine und die Elektrizität geschaffen. Jetzt ist etwas qualitativ Neues entstanden, und welche Einflüsse das auf die Gesellschaft haben wird, weiß niemand. Auf jeden Fall ist es eine Frage von Leben und Tod für uns alle. Diese Kraft muß gebändigt werden.

Nach Berlin, die Reise hatte er von Habe erpreßt, wollte er fliegen. Aber Frankfurt war zu, den ganzen Tag schon, in den behelfsmäßig reparierten Warteräumen des Flughafens, Offiziere hier, Mannschaften dort, roch es nach feuchtem Kalk und durchnäßten Uniformen, und selbst Herren mit höchster Priorität wurde gesagt, Sorry, no flights, auch morgen wahrscheinlich nicht.

Aus dem Gedränge heraus winkt ihm jemand zu. Er erkennt den Colonel; Powell, stellt sich heraus, hatte ebenfalls nach Berlin fliegen wollen, hat aber seinen Packard vorsichtshalber vorm Flughafen warten lassen; nun meint er, man werde eher noch mit dem Wagen in Berlin sein, als wenn man auf einen ungewissen Abflug warte, und ob er, der Lieutenant S. H., Lust habe, mit von der Partie zu sein, zwei oder drei andere führen auch mit, groß genug sei die Limousine.

Die Gespräche unterwegs, wie immer auf längeren Fahrten, sind nicht sehr tiefgründig. Der Colonel will wissen, weshalb S. H. nach Berlin müsse, und S. H. gibt den Grund an, auf den er und Habe sich geeinigt haben, um dem Ausflug eine militärische Legitimierung zu geben: er sei zum Rapport bei General McClure beordert.

»McClure«, sagte der Colonel, »so.«

General McClure ist seit geraumer Zeit oberster Chef der deutschsprachigen Publikationen der Armee in der US-Zone und zugleich der Information Control Division, der Zensurbehörde also, die mit der allmählichen Vergabe von Verlagslizenzen an deutsche Bürger immer wichtiger werden wird. Powells plötzlicher Mißmut, woher rührt er?

»Und sonst nichts, Lieutenant?«

Nun, der Colonel wisse ja, gesteht S. H. vorsichtig, er habe studiert in Berlin, die Stadt sei von Bedeutung gewesen in seinem Leben, und trotz der kurzen ihm zur Verfügung stehenden Zeit ließen sich vielleicht noch Menschen finden, die er damals kannte.

Powell nickt. »Hoffentlich!«

Die Gespräche im Wagen versickern; Spannung wird fühlbar, die erst bricht, als der russische Kontrollposten, jetzt nach der Umgruppierung der alliierten Armeen schon vor Eisenach, passiert ist. Ein beleibter Captain läßt eine Flasche Cognac kreisen, die Konversation lebt wieder auf, man spricht, ohne großes inneres Engagement, von der Zukunft Deutschlands, das Wort Teilung fällt, der Lieutenant S. H. bemerkt, administrativ, gewiß, die Zonen wie vorgesehen in Jalta, wirklich wichtig aber sei die soziale Ordnung, die dem Land zu geben wäre, nachdem sich erwiesen habe, daß die deutschen Banken und die Schwerindustrie es waren, die das nationalsozialistische Regime in den Sattel hoben. Der Colonel schweigt.

Hinter Potsdam dann der letzte sowjetische Kontrollpunkt. Der weiße Keil einer Taschenlampe, von Gesicht zu Gesicht huschend, eine Handbewegung, weiter; wieder ein Schlagbaum, aber nun die vertrauten Helme der GIs. Im Wagen spricht man von Berlin, als wäre es eine Art Amusement Center, mit den Ruinen als besondere Pikanterie; in den vornehmen westlichen Vororten übrigens, wo man wohnen werde, sei das meiste heil geblieben.

In der Villa im Grunewald trinkt man noch einen Scotch an der Bar, zusammen mit einem Halbdutzend anderer Offiziere, Militärregierung und verwandte Dienste die meisten, und erfährt von den Schwierigkeiten bei der Arbeit mit den Russen. Es sei mit ihnen nur schwer auszukommen, es mangele an gegenseitigem Verständnis, in fast allen Fragen habe man diametral entgegengesetzte Auffassungen und es gebe wenig Kompromißbereitschaft bei ihnen, kein give and take, und außerdem hätten sie überall schon ihre Deutschen, die kommunistischen nämlich, installiert, im öffentlichen Dienst, in der Kultur, Zeit genug dafür hätten sie ja gehabt, als sie Berlin noch alleine beherrschten, und nun stünden wir da und müßten verspätet versuchen, uns durchzusetzen. S. H., müde schon, aber sein Gewissen zwingt ihn, erwähnt etwas von dem Bündnis, das sich im Kriege bewährt hätte, und es müsse doch möglich sein, auch nach dem Sieg gemeinsam weiterzuarbeiten. Spöttisch hebt einer das Glas: »Gott erhalte Ihren Kinderglauben, Lieutenant!«

Am Morgen fährt er los, den Fahrer, einen Kenner Berlins bereits, zu seiner Linken, und wirft einen ersten Blick auf die zerstörte

Stadt, ein paar Straßenzüge noch erkennbar an Form und Folge ihrer Ruinen, an den ausgebrannten Hochbahnstationen; durch den Tiergarten, der übler zugerichtet ist als alles, was er in der Normandie gesehen, ein paar versengte Baumstümpfe, ein Zweiglein mit zwei, drei armseligen Blättern; dann die Reste des Potsdamer Bahnhofs, das hohläugige Haus Vaterland; vorbei an der Reichskanzlei, Schauplatz der letzten Kämpfe, und dem Bunker, in dessen Tiefe der Leichnam Hitlers lag, zum Alexanderplatz, wo inmitten der Trümmer der schwarze Handel blüht zwischen GIs und Deutschen und Russen, eine Ökonomie ganz eigener Art mit eigenen Werten und eigenen Gesetzen, und hin nach Tempelhof. In Tempelhof drucken sie die Allgemeine Zeitung, dort trifft er Weidenreich an und lernt den Captain Wallenberg kennen, der das neue Blatt leitet. Wallenberg, einst bei Ullstein wie der Professor Hildebrandt, der den aus Chemnitz vertriebenen Primaner Flieg in seine Schule aufnahm, nickt: jawohl, der Professor lebt, trotz Jahren in Buchenwald, und sei dort und dort untergebracht, er, Wallenberg, habe nach ihm forschen lassen und ihn wiedergefunden, natürlich könne S. H. den alten Mann besuchen, woher kenne er ihn denn?

Aber zunächst begibt der Lieutenant S. H. sich nach Neukölln, in die Hasenheide, das Eckhaus Nummer 61, wo er damals, 1933, bei den beiden Tanten wohnte, Tante Liesel und Tante Linka. Tante Liesel samt Mann und Kinderchen gelang es, nach Amerika zu entkommen, und sie leben jetzt in Philadelphia, aber Linka und ihr Mann, der Kneipier Max Jonas? Und was wurde aus dem Ehepaar Harnack? An der Wohnungstür im vierten Stock befindet sich jetzt nur ein einziges Namensschild: Dr. Wrede. Herr Dr. Wrede, ein wenig erschrocken ob des plötzlichen Besuchs, erklärt: Harnack? kenne er nicht. Und dann, wortreich, nein, er wisse nicht, wohin die Familie Jonas geraten sei; ihm sei diese Wohnung behördlich zugewiesen worden, die Leute hätten hier wohl gewohnt, bevor er einzog; warum erkundige der Herr Lieutenant sich nicht bei dem, beinahe hätte er Blockwart gesagt, aber er räuspert sich: Hausmeister.

Der Hausmeister ist nicht zu finden. Aber eine Frau van Geldern aus dem Hinterhaus meldet sich: Gott nein, die armen Jonasens, alt und krank schon beide, hätten sie ausziehen müssen ins Ghetto, in die Holzmarktstraße Nr. 11; der Herr Dr. Wrede hätte sie richtiggehend vertrieben und ihnen die Möbel abgenommen für billiges Geld, das er jedoch auch nur zu kleinem Teil bezahlt habe, aber ein neuer Toilettensitz, der mußte her, denn dem Herrn Dr. Wrede war ja nicht zuzumuten, seinen arischen Hintern auf einen jüdischen Klodeckel zu setzen. Dann stellt der Hausmeister sich doch ein: der Herr Dr. Wrede habe noch zwei oder drei Teilzahlungen für die Jonasens bei ihm deponiert, ja; dann aber, als die sich nicht mehr meldeten, habe er das Geld zurückverlangt; sie würden es wohl nicht mehr brauchen, habe er gesagt.

Da der Lieutenant S. H. ein zweites Mal an der Tür oben im vierten Stock läutet, erklärt die Dienstmagd, der Herr Doktor sei leider nicht zu sprechen; er schlafe.

Tatsächlich liegt der Mann im Bett. S. H. lüpft die Decke: »Schlafen Sie immer in Ihren Kleidern?« Und nach kurzem Warten: »Zahltag, Herr Dr. Wrede, für die Möbel, und für alles andere.«

»Wieviel fordern Sie?« Die Stimme bebt.

S. H. erinnert sich: der Hausmeister hatte eine Summe genannt. »Fünfhundertundfünf Mark. Stimmt doch?«

Soviel Bares habe er nicht zur Hand. Ein Scheck vielleicht? Auf wen auszustellen?

Ja, auf wen? Die Toten? Groteske Situation: da erscheint der Rächer nun endlich, und wie, bitte, soll er Rache nehmen? Diesen Kerl durch die Straßen führen mit umgehängtem arischen Klodeckel, so wie sie's mit den Juden taten, die ein Schild mit dem Wort Saujud drauf um den Hals tragen mußten?

Der Doktor hat sich gefaßt. Entschuldigung, aber er müsse ins Krankenhaus, eine Operation. Und erhebt sich, zieht sich die Krawatte zurecht.

S. H. zögert; soll er den Mann verhaften? Aber wohin dann mit ihm? Zu den Leuten von Counter-Intelligence: ein Nazi, setzt ihn fest auf ein paar Jahre? Doch beim CIC werden sie Beweise verlangen, handfestes Material, und eine Menge Schreiberei wird folgen, und was hat er denn außer der Aussage eines Hausmeisters wegen ein paar hundert Mark, zwei alten Juden geschuldet? »Sie halten sich heute Abend hier zur Verfügung, Wrede«, sagt er, »die Militärpolizei wird sich um sie kümmern.«

Er läßt den Erbleichenden stehen und fährt in die Holzmarktstraße. Das Haus Nr. 11 existiert nicht mehr.

General McClure, heißt es, sei ein kluger Mann, ein halber Intellektueller, deutlich über dem Niveau anderer seines Ranges. Um so besser, denkt der Lieutenant S. H., vielleicht wird er da ein offenes Ohr finden für ein paar Vorschläge.

In dem langen, hell getünchten Korridor, der zum Vorzimmer des Generals führt, stellt sich ganz unerwartet Captain Wallenberg ein. Wallenberg ist voller Mitteilungsbedürfnis; er nimmt S. H. beim Ellenbogen und zwingt ihn sanft, Arm in Arm mit ihm den Korridor entlang zu promenieren, während er von seinen Abenteuern in Nordafrika und später in Italien erzählt, wo er, der Fünften U.S.-Armee beigeordnet, eine ganz ähnliche Arbeit verrichtet hat, wie sein neugefundener Freund sie an der Westfront tat. Wallenberg ist ein glänzender Erzähler, seine Pointen sitzen; S. H. hat das Gefühl, daß die paar Anekdoten, die er zustande bringt, gegen den formvollendeten Witz des anderen simpel und prosaisch klingen; trotzdem hört der ihm anscheinend gespannt zu, und aus dem Blick seiner blauen, über den Bäckchen tief eingebetteten Augen spricht Anteilnahme und, wo S. H. Meinungen äußert, weitgehendes Einverständnis. Schließlich gibt Wallenberg ihm einen Klaps auf die Schulter und sagt, die Stimme senkend: »Wissen Sie, wenn Sie hier vorankommen wollen, und das wollen Sie ja wohl, dann geben Sie ihre kommunistischen Flausen auf.«

Womit er verschwindet. Auch in McClures Vorzimmer findet er sich nicht ein, dort sitzt nur ein gelangweilter Sergeant. Der General, dem der Lieutenant S. H. dann gegenübersteht, hat eine Mappe mit nur wenigen Papieren darin vor sich auf dem Tisch liegen; ob diese sich auf seinen Besucher beziehen, bleibt unklar, und McClure schenkt ihnen auch keine Beachtung weiter. Er läßt sich von S. H. nur bestätigen, was er ohnehin zu wissen scheint; an irgendwelchen Vorschlägen zur Verbesserung der Arbeit der von der Armee publizierten deutschsprachigen Zeitungen zeigt er ebensowenig Interesse wie an S. H.s Ansichten über die Haltung der deutschen Bevölkerung; sobald S. H. davon anhebt, streicht der General sich über die graumelierten Schläfen und lächelt sein dünnes, aristokratisches Lächeln und sagt: »All right, Lieutenant, submit it through channels.«

Derart auf den Dienstweg verwiesen von dem Mann, der in letzter Instanz für die Gestaltung und künftige Politik von Presse und Rundfunk in der amerikanischen Besatzungszone die Verantwortung trägt, salutiert der Lieutenant S. H., macht auf dem Absatz kehrt, und geht. Erst als er das Zimmer betritt, in dem Hildebrandt ihn erwartet, Zimmer ist ein Euphemismus für einen naßkalten Raum mit mehr schlecht als recht geflickten Wänden und Ölpapier im Fensterrahmen, löst sich das erstickende Gefühl in der Brust, das er mit sich getragen seit der Verabschiedung durch den General: ein

Mensch endlich, ein Freund, ein wiedergefundener. Doch welch schreckliche Veränderung! Der da sitzt, ähnelt einem mit fleckigem Pergament bezogenen Skelett, und das Fräulein Schuchhardt, das ehemals aussah, als sei es einem Gemälde von Rubens entstiegen, ist eine Greisin mit Büscheln dünnen Haars auf dem Schädel und hängender Haut und krankhaft hervorquellenden, entzündeten Augen; dabei, sagt der Professor, gehe es ihnen jetzt schon besser, Wallenberg habe dafür gesorgt, daß sie dies Zimmer bekamen und auch zu essen erhielten. Aber wie denn, Wallenberg habe ihm von einem S. H. gesprochen, dem Verfasser eines bekannten Romans, der kommen würde, ihn zu besuchen, und nun sei doch der Flieg erschienen, sein alter Schüler, von dem er wiederum dem Wallenberg manches erzählt habe; und S. H. muß noch einmal bestätigen, daß sie beide ein und dieselbe Person sind, der Schriftsteller und Lieutenant in der U.S.-Armee, und der Schüler des Heinrich-Schliemann-Gymnasiums des Professor Hildebrandt. Dann sprechen sie von den alten Zeiten, die Rede kommt auf ihr zufälliges Zusammentreffen auf der Tauentzienstraße, am Abend des Reichstagsbrandes, als der junge Flieg, impulsiv wie er war, sofort behauptet hatte, der Brand müsse – cui bono! – von den Nazis gelegt worden sein, während Hildebrandt erwiderte, nein, eine deutsche Partei sei zu einem solchen Verbrechen nicht fähig, und es wären wohl doch die Kommunisten gewesen. Endlich, und zögernd nur, berichtet er über seine Zeit im Konzentrationslager; überlebt hat er durch sein Latein, das er einem der Nazis in der Sanitätsstelle beibrachte im Austausch gegen Brot und die Herzmedizin, die er brauchte; aber das andere, das andere... Die Hände zittern ihm und die Stimme will versagen, und S. H. bittet ihn aufzuhören, später vielleicht, und schüttet das Kaffeepulver, das er reichlich mitgebracht hat, in Fräulein Schuchhardts heißes Wasser, und stellt den stärkenden Wein auf den Tisch und die Fleischdöschen und die Schokolade und die mit Feigenmus gefüllten Biskuits, und lenkt das Gespräch auf die Zukunft, die Zukunft in Deutschland, an deren Formung der Professor, mit seiner großen pädagogischen Erfahrung, doch noch mitzuwirken hätte.

Der schüttelt den Kopf. »Nicht unter den Russen.«

»Ohne die Russen, Herr Professor«, wendet S. H. ein, »die den Großteil der Nazi-Divisionen vernichteten, wären Sie wohl trotz Ihres Lateins umgekommen, in Buchenwald oder anderswo.« Und setzt hinzu, die Zukunft Deutschlands würde schließlich von allen vier Alliierten gemeinsam bestimmt werden, zusammen mit demokratisch gesinnten Deutschen, wie der Professor einer sei.

Wieder das Kopfschütteln.

Dem Lieutenant S. H. will der Kaffee nicht schmecken. Wie tief, denkt er, muß die Propaganda des Dr. Goebbels eingedrungen sein in die Hirne, wenn selbst ein Mann wie Hildebrandt, nach all dem, was er erlebt hat, sich nicht freimachen kann von solchen Vorurteilen. Oder war es eine Art Altersstarrsinn, der ihn auf Anschauungen beharren ließ, die er schon, mehr als zwölf Jahre waren es nun her, auf der Tauentzienstraße geäußert hatte? Oder war da wirklich etwas geschehen in diesem Teil Deutschlands, von dem er, der Lieutenant S. H., nichts oder nur Schemenhaftes wußte und das er seinem Weltbild fernzuhalten wünschte?

Jedenfalls hat er plötzlich das Gefühl, daß er und der alte Mann nicht mehr viel miteinander zu besprechen haben. Er umarmt ihn, bevor er geht, und ahnt, dies wird das letzte Mal sein, daß er ihn gesehen hat.

Eine Kolumne über die Amerikaner in Deutschland, ihr Leben dort, ihr Verhältnis zur Bevölkerung, ihre Besatzungspolitik, ihre Probleme – der Gedanke ist so naheliegend, daß S. H. sich sofort fragt, wieso nicht er ihn gehabt hat, sondern der inzwischen gleichfalls zum Lieutenant avancierte Jules Bond. Aber auch Bond ist nicht der eigentliche Urheber der Idee; ein Bekannter von ihm drüben in New York, ein gewisser Sanford Greenberger, Literaturagent oder etwas in der Art, hat sich die Sache ausgedacht: mit zwei jungen Offizieren, beide Journalisten, als Co-Autoren, so meint er, kann eine solche Kolumne gar nicht fehlgehen: Hunderttausende würden sie lesen, deren Ehegatten, Söhne, Brüder, Boy Friends in Deutschland dienten oder gedient hatten, oder die einfach wissen wollten, was sich so tat unter dem Schutz des über Germany nun wehenden Sternenbanners, und in Serie würde sie entsprechend Geld einbringen, nicht zuletzt auch für ihn, den Agenten. Eine Probe wird geschrieben, Ernstes und Heiteres weise gemischt, und findet Greenbergers Beifall; das Ding, prophezeit er, werde zweifellos von Dutzenden von Blättern allüberall in den Staaten übernommen werden, also schickt sofort drei Stück, damit wir ins Geschäft kommen.

Leider nur ist der tüchtige Agent nicht vertraut mit dem Denken der höheren Militärs, die jede selbständige schriftstellerische Tätigkeit ihrer Untergebenen mit größtem Mißtrauen betrachten: denn gibt es Verdruß, und natürlich erregt solche Schreiberei stets irgend jemandes Mißfallen, dann ist es der jeweils zuständige Mann beim Stab, den man tadelt und dessen Laufbahn einen Knick bekommt. Der Lieutenant S. H., Bond drückt sich, reist also unguten Gefühls mit den drei Kolumnen in der Tasche nach Wiesbaden zur Abteilung für Pressebeziehungen bei der Zwölften Armeegruppe. In einem feudal eingerichteten Büro mit Blick auf den Rhein findet er dort, lässig hingegossen hinter ihren Schreibtischen, zwei Captains und zwei First Lieutenants, die seinen Eintritt sichtlich als Störung empfinden, sich dann aber doch entschließen, ihn sein Anliegen vorbringen zu lassen.

Danach gedankenvolle Stille.

Er bäte um Angabe eines Dienstwegs, stößt S. H. nach, auf dem die Kolumnen, nach ihrer Überprüfung selbstverständlich, regelmäßig und auf raschestem Wege an ihren Adressaten gelangen könnten.

Schließlich rafft sich der ältere der zwei Captains auf. Die Entscheidung über ein solches Projekt übersteige ihre Kompetenz hier, erklärt er; S. H. möge sich an die Presseabteilung bei SHAEF wenden, im Obersten Hauptquartier in Frankfurt. Besser noch bei ETOUSA, rät der jüngere Captain, das gäbe es seit jüngstem, in Brüssel oder Paris, Befehlshaber Europäischer Kriegsschauplatz, U.S.-Armee. Am besten gehe er direkt nach London, empfiehlt der eine First Lieutenant; nein, nach Washington, widerspricht ihm der andere, das Zeug sei doch für drüben geschrieben, für die USA, oder?

Er gehöre aber nicht zu SHAEF oder ETOUSA, sagt S. H., er unterstehe der Zwölften Armeegruppe, und für ihn seien sie hier zuständig, sie vier, und ihre Pflicht sei es, die Kolumnen zu lesen, zu beurteilen und an Mr. Greenberger zu spedieren.

Wiederum Stille.

Dann klärt sich die Stirn des älteren Captains, und es leuchtet auf in seinen Augen: Ja, bis vor etwa einer Woche noch! Nun aber, wie bekannt, befinde man sich im Zustand einer allgemeinen Umorganisierung der Armee, sie selber säßen auch nur auf Abruf hier, und eine neue, mit Leuten höheren Rangs besetzte Stelle werde geschaffen, die dann die notwendigen Entscheidungen treffen könne bezüglich irgendwelcher Kolumnen von Armeeoffizieren über Vorgänge in der U.S.-Besatzungszone, und wie wär's mit einem kleinen Drink jetzt, Lieutenant?

Der Lieutenant S. H. akzeptiert den Scotch, dankt den vieren höflich für ihren Rat und ihre Bemühungen und fährt nach Homburg, wo seit ein paar Wochen die Psychological Warfare von SHAEF eingezogen ist und Mr. Everitt, der Chef seines Verlages, Little, Brown, als Vertreter des Amtes für Kriegsinformation sitzt: möglich, daß der ihm helfen kann.

Doch Everitt lacht nur, als er von S. H.s Wiesbadener Erfahrung hört; zuviel Fragwürdiges gehe vor in diesem Teil Deutschlands, als daß irgendwo einer ein Interesse an Berichten von Leuten mit Kenntnissen von der Realität haben könnte; reden wir über Aussichtsreicheres, über den neuen Roman zum Beispiel, die Crusaders, von denen Cameron ihm gesprochen habe, oder, wie wäre das, ein Buch über Nürnberg, die Kriegsverbrecherprozesse, die in den nächsten Monaten kommen werden, ein Stoff, wie gemacht für S. H..

Bei einer Partie Billard nach dem Essen im Hotel besprechen sie Näheres; auch S. H. hat bereits, flüchtig allerdings nur, an Nürnberg gedacht; auf seinen Fahrten hat er den Landsitz des Stahlindustriellen Kirdorf besucht, Kirdorf war geflüchtet, nur die Hitlerbüste stand noch im Garten, und er war in der palastartigen Villa Hügel des Herrn Krupp gewesen und der Stammutter des Hauses begegnet, die noch immer in der Villa saß wie die Spinne im Netz: vielleicht würde ihnen doch endlich Gerechtigkeit werden, den großen Drahtziehern, die den großen Profit eingestrichen hatten, der aus all dem Blut und der Qual und dem Tod gemünzt worden war. Everitt schlägt vor, er solle sich als Berichterstatter nach Nürnberg schicken lassen von seinem Major Habe; möglicherweise ließe sich da auch ein wenig nachhelfen. Aus der Kolumne wird sowieso nichts, denkt S. H., armer Bond, der sich so darauf gefreut hatte; aber Nürnberg, das ist Weltgeschichte! Die Arbeit am Buch und an den Berichten für Habe wird gleichlaufend zu machen sein; was Habe in seinen Zeitungen nicht bringen kann oder will, Gedanken und Schlußfolgerungen, und die Bilder des Grauens, gespenstisch aufsteigend hinter der nüchternen Prosa der Juristen, all das wird eingehen in das Buch.

Doch Habe ist wenig begeistert von dem Projekt, schon deshalb nicht, weil es nicht seinem Hirn entstammt, vor allem aber, weil er S. H. nicht monatelang entbehren will – bedenken Sie, wie lange das dauern wird, Heym, ein internationaler Gerichtshof, die Unzahl von Angeklagten, die vielen Zeugen! Nach langem Gezerr konzediert er: den Anfang des Prozesses meinetwegen, was dann folgt, ist ohnehin Routine, den Anfang können Sie für uns schreiben; danach schicken wir jemand anders hin oder halten uns an die Agenturen.

Der Lieutenant S. H., in Kenntnis der Mahlart militärischer Mühlen, sagt sich: bin ich erst einmal in Nürnberg, werden wir sehen. Aber die Hand Gottes manifestiert sich; sie berührt, ganz leicht nur, das durch die Bombennächte bereits erschütterte Gemäuer des Nürnberger Justizpalasts, und die Decke des großen Saals, in dem der Prozeß stattfinden soll, stürzt ein; alles wird vertagt. Ein Glück noch, denkt S. H., daß die Decke nicht ein paar Wochen später herunterfiel, auf seinen Schädel unter anderen; wiederum, welch Finale von biblischer Größe ging da verloren: Verbrecher, Richter, Wächter, Zeugen, und verschiedenes Volk dazu, sämtlich begraben unter ein und derselben Last von selbstverschuldetem Schutt.

Sie fahren nach Lüneburg, befiehlt Habe, zum Belsen-Prozeß.

Der Prozeß gegen Josef Kramer, den Kommandanten des Konzentrationslagers Belsen, und siebenundvierzig seiner Untergebenen, darunter neunzehn Frauen, war der erste Kriegsverbrecherprozeß in Deutschland.

In diesem Prozeß ging es nicht, wie später in Nürnberg und anderswo, um intellektuelle Urheberschaft oder indirekte Anstiftung zu Massenmord und Genozid; es ging um ganz konkrete Morde, nachweislich begangen ein paar Monate nur vor dem Beginn des Prozesses von Personen, die am Ort ihres Verbrechens auch gefaßt worden waren und die belastet werden von Tatzeugen, die selber dem Tod von der Hand der Angeklagten nur knapp entgangen waren. Hinzu kam, daß es in Lüneburg, anders als in Nürnberg, nur eine Gerichtsbarkeit gab, das britische Militärgericht, denn Belsen, der Tatort, lag eindeutig in der britischen Besatzungszone.

Diese vom Juristischen her einfache Prozeßlage sollte dem Gerichtsreporter die Arbeit eigentlich erleichtert haben; dem Lieutenant S. H. aber erschwert sich gerade durch das Handgreifliche der Fälle, über die da verhandelt wird, die Berichterstattung, durch ihre außerordentliche Bildhaftigkeit, ihre Hautnähe: immer wieder, oft bei den simpelsten Berichten der Zeugen, einem einfachen Ja oder Nein, ist er versucht, sich mit den Opfern dieser Kramer und Konsorten zu identifizieren; dann ist ihm, als müßte ihm im nächsten Moment die Haut zu zucken beginnen in Erwartung des Peitschenschlags, der Atem zu keuchen vor tödlicher Erschöpfung, und immer wieder muß er sich zurückrufen zu dem Notizblock auf seinem Knie und zu der Objektivität, mit der zu berichten er verpflichtet ist.

So liest sich denn, was er da geschrieben hat für seine Zeitungen, eher trocken und gezügelt, galt es doch, Leser zu überzeugen, die nur mit innerem Widerstreben die scheußliche, mörderische Wahrheit akzeptieren würden. Nur gelegentlich finden sich Stellen, wo seine Gefühle durchbrechen, so wenn er ein paar von den Gestalten beschreibt, die da auf der Anklagebank sitzen in der Turnhalle der Stadt Lüneburg, den Dr. Klein *mit seinem verbissenen Gesicht, der den Eindruck eines verkommenen Intellektuellen macht*, den Lagerarzt von Belsen, der schon auf der Rampe in Auschwitz in Vertretung des Dr. Mengele selektierte, wer sofort ins Gas gehen und wer durch Hunger und Ausbeutung seiner letzten Kräfte langsam zugrunde gehen sollte, oder die in der amerikanischen Presse als blonde Schönheit dargestellte Irma Grese, oberste Aufseherin der Frauen im Lager Belsen, *bleich, aber mit sorgfältig gedrehten Lokken, und sich durchaus bewußt, daß sie unter den angeklagten Frauen der Star ist*, und die ältliche Johanna Bormann, *ein mausartiges Wesen, nie stehen ihre Augen still, und man sieht ihr kaum an, daß sie die Erfinderin einer einzig dastehenden Foltermethode ist, nämlich Wolfshunde auf Konzentrationslagerinsassen zu hetzen und diese bei lebendigem Leibe zerreißen zu lassen.*

Aber sonst berichtet er höchst zurückhaltend, läßt die Zahlen sprechen, die von den englischen Zeugen angegeben werden, dem Brigadier Hughes, Arzt in der britischen Armee, dem Colonel Johnson: 40000 Menschen, davon 28000 Frauen, wurden im Lager vorgefunden, Männer wie Frauen in verschiedenen Stadien des Verhungerns, zehn zusammengepfercht auf einem Raum, der für einen gerade gereicht hätte, Lebende, Sterbende, Tote durcheinander; an mehr als einer Leiche deutliche Anzeichen von Kannibalismus; Kot und Dreck überall, Flecktyphus in mehreren Abteilungen des Lagers; selbst nach der Befreiung starben noch 13099 Insassen an den Folgen der Behandlung, die Kramer und seine Leute ihnen angedeihen ließen.

Kramer verteidigt sich: woher denn hätte er die Lebensmittel beschaffen sollen, solche Mengen von Menschen ausreichend zu ernähren; ja, Himmler habe ihm wenige Wochen vor dem Ende noch 30000 Häftlinge, für die weder Raum noch Vorräte vorhanden, geschickt; und Dr. Klein sagt aus, er habe weder die Leute noch die

Mittel gehabt, den Flecktyphus zu bekämpfen. Dagegen bezeugt der englische Major Berney, in unmittelbarer Nähe von Belsen hätten sich nicht nur größere Lebensmittelvorräte angefunden, sondern auch Depots von Medikamenten; er selber habe nur drei Kilometer von Belsen entfernt Speicher entdeckt, darin 600 Tonnen Kartoffeln, 150 Tonnen Fleisch, 30 Tonnen Zucker, 20 Tonnen Milchpulver, wie auch Schokolade in Mengen, und die Medikamente, die er gleichfalls dort vorfand und zur Pflege der Lagerinsassen verwandte, seien bis dato noch nicht aufgebraucht; im übrigen sei unter den Insassen des Lagers eine Anzahl von Ärzten gewesen, die man zur Bekämpfung der Epidemie hätte heranziehen können.

Es gibt Szenen, deren Drama durch den chronikartigen Ton, den S. H. einhält, um so stärker zutage tritt: die Zeugin Litwinska, die auf den Angeklagten Hesseler zeigt mit dem Aufschrei: »Das ist der Mörder!«, die Zeugin Dr. Bimko, die im Kreuzverhör der Verteidigung die Fakten von Auschwitz erhärtet; durch sie erfährt man von den neben den Juden vergasten Zigeunern und von dem Wirken des Dr. Mengele, der Hunderttausende, darunter die Eltern und Kinder der Zeugin, mit einem kaum merklichen Wink der Hand ins Gas schickte.

Auf die Schilderung der einzelnen Szenen des Belsen-Films, den die Engländer kurz vor und kurz nach der Übernahme des Lagers drehten und den sie in der zweiten Woche des Prozesses im Gerichtssaal vorführten, verzichtet er; das alles deckte sich mit den Aussagen der Zeugen. Aber er beschreibt das Entsetzen der Zuschauer auf der Galerie, besonders der deutschen, beim Anblick der lebenden Skelette, die sich quer übers Bild schleppen, der Toten und Sterbenden zuhauf auf ihren Pritschen; und er berichtet von der Wirkung auf die Angeklagten: wie sie stumm dasitzen und kreideweiß, nachdem das Licht wieder angegangen; Kramer senkt den Kopf, und selbst die Grese, so scheint ihm, hat etwas von ihrer Haltung verloren.

Habes Presse-Trust beginnt zu schrumpfen; deutsche Lizenzträger übernehmen ein Blatt nach dem anderen, veritable Goldminen für sie, denn zusammen mit der Lizenz erhalten die neuen Herren Verleger komplette Druckereien und vor allem die Papiervorräte, die die Amerikaner herangeschafft haben; die großen Medienkonzerne, die bald die öffentliche Meinung im westlichen Teil von Nachkriegsdeutschland formen werden, damals beginnt ihr Aufstieg. Die

Blätter in Bremen und Stuttgart gehen als erste weg, Kassel folgt kurz danach, es ist abzusehen, wann der Rest in andere Hände übergegangen sein und die Abteilung für Psychologische Kriegführung der Zwölften Amerikanischen Armeegruppe sich selber ins Aus katapultiert haben wird. Zeit für den Major Habe, seinen Notanker auszuwerfen.

Die Neue Zeitung in München, dem fruchtbaren Hirn Habes entsprungen, wird, unter dem persönlichen Protektorat von Eisenhower und im Detail gedeckt von Colonel Powell, so etwas wie ein Zentralorgan der Amerikaner in Deutschland sein; aus ihren Spalten wird die Stimme Washingtons sprechen, nach ihrer Linie werden sich, da braucht man gar keine Anweisungen zu geben, die deutschen Redaktionen im Lande richten: welch ungeheure Machtposition. Und irgendwie ist es symbolisch, denkt der Lieutenant S. H. während der Fahrt von Nauheim, dreizehn Stunden zwischen Gepäckstücken hinten auf einem Armeelaster, daß man in München im Haus des Völkischen Beobachters sitzen und auf den gleichen Maschinen drucken wird, die schon Hitlers Wort verbreiteten.

Die Büros in dem notdürftig wiederhergestellten Gebäude sind geräumiger noch als die in Nauheim und mindestens ebenso komfortabel, nur der Ausblick auf die Ruinen gegenüber ist deprimierend und das quäkende Tuten der Trümmerbahn unten auf der Schellingstraße stört den Fluß der Gedanken. Nach der feierlichen Übernahme, Colonel Powell selber drückt auf den Knopf, der die erste große Rotationspresse in Gang setzt, durchwandert S. H. die Druckerei. Er hat Druckereien immer gemocht, das Flüstern der Setzmaschinen, die Stille am Stein, das dumpfe Grollen der Pressen, den Geruch nach Blei und Druckerschwärze und jenem Undefinierbaren, Wort zu Materie geworden vielleicht, das wahrscheinlich schon in Gutenbergs Offizin vorhanden gewesen. Doch diese Druckerei hier läßt sich nicht lieben, sie befremdet und erschlägt den Menschen. Die Riesenmaschinen waren instandgesetzt worden bis ins kleinste und geölt und geputzt; ihr Metall glänzt, und das weiße Papier, plötzlich betextet, rollt sanft wie auf Kissen über die Rollen und faltet sich zur unendlichen Kette ausgedruckter Zeitungen; es gibt da Rotationspressen, die einen feineren Raster drucken können als jede ihm bekannte amerikanische, auf ihnen wurde Hitlers Illustrierter Beobachter hergestellt; die Binderei und die Klischeeanstalt wurden, wie sie standen, von der Armee aus Augsburg herangeholt und installiert. Hier könnte man pro Tag ein halbes

Dutzend Zeitungen und Zeitschriften produzieren, das Zehn- oder Zwanzigfache der armseligen halben Million Exemplare der Neuen Zeitung. Nur in einer Ecke, ganz hinten im Saal, fühlt er sich auf einmal heimisch: da stehen, wer weiß, wer sie da abgestellt hat, zwei kleine Miehle-Vertikalpressen, wie er sie in dem Laden in der 86th Street in New York gekannt hat, wo sein Volksecho gedruckt wurde, bis die Rechnungen zu hoch anliefen.

In der Redaktion weist Habe ihm gleich zwei Ressorts zu: Außenpolitik und Kultur. Natürlich kann der Lieutenant S. H. das nun nicht mehr allein machen; er bleibt der verantwortliche Mann, aber es werden ihm Assistant Editors beigegeben, unter ihnen auch Deutsche, Journalisten vom Fach; alle sind sie von CIC »geklärt« worden, cleared, wie es im Armee-Jargon heißt, doch die meisten sind unfähig, einen Satz zu schreiben, durch den der Sprachduktus des Dritten Reiches nicht hindurchklänge. Einer der wenigen, die kein Problem mit der Sprache haben, ist Erich Kästner, der den Krieg in Deutschland überlebt hat – ohne politische Kompromisse zu machen, wie er in einem à propos bei späterer Gelegenheit bemerkt.

Diese Wiederbegegnung mit Kästner, S. H. ging ihr freudig und zugleich doch mit Bangen entgegen; noch immer fühlte er sich, auch wenn er nun die Uniform trug mit den Messingplättchen auf den Schultern und den Bändchen auf der Brust, als der Anfänger, der aufblickt zu dem Meister.

Der erkennt ihn zunächst nicht einmal. »Lieutenant Heym? Ach, Flieg hießen Sie, und aus Chemnitz? Der Morgen in dem Café am Kurfürstendamm, unser Abschied? Ja, langsam entsinne ich mich, Sie müssen verzeihen, Flieg, nein, Heym, da ist so vieles gewesen in der Zwischenzeit.« Das allerdings, denkt S. H., und dann, welch ein Stoff, diese Zwischenzeit, und Kästner hat sie erlebt, hier in diesem Lande, unter diesem Volk. Doch auf die Frage S. H.s diesbezüglich schüttelt Kästner den Kopf: Nein, einen Roman über das, was in Deutschland geschah in diesen Jahren, hat er nicht geschrieben, in all der Zeit nicht. Warum nicht? Schwer zu sagen; Sie würden's wohl auch kaum verstehen, Heym.

Dann, bei der gemeinsamen Arbeit und bei gemeinsamen Abenden in irgendwelchen Künstlerbars, die sich in den Kellern der Ruinen aufgetan haben, stellt sich doch wieder etwas her zwischen ihnen, und es entsteht eine neue Freundschaft, die, mit Unterbrechungen, gehalten hat bis zu Kästners Tode.

Die Nummer 1 der Neuen Zeitung, hergestellt noch von der alten Mannschaft der Psychological Warfare mit Hilfe einer ersten Handvoll Deutscher, enthält eine programmatische Erklärung aus Eisenhowers eigener Feder; Eisenhower schrieb sie mehrmals um, und jedesmal mußte S. H. sie neu übersetzen. Eigentlich rührend, notiert er, der literarische Ehrgeiz des Mannes; doch was er sagt, ist gut.

Ein paar Schlüsselsätze nur. *Der moralische, geistige und materielle Wiederaufbau Deutschlands muß aus dem Volk selbst kommen. ... Das deutsche Volk muß erkennen, daß es, um diesen harten Winter zu überstehen, sich losmachen muß von jenem Herdengeist, mit dem es zwölf Jahre hindurch behaftet war. ... Der Nationalsozialismus muß vernichtet werden, und alle Parteimitglieder sowie alle Mitglieder einer der NSDAP angegliederten Organisationen müssen aus ihren Stellungen entfernt werden. ... Die Säuberung wird auch all jene betreffen, die auf die eine oder andre Weise Nutznießer des Nationalsozialismus gewesen sind. Die physische Entmilitarisierung Deutschlands allein bietet keine Gewähr, daß Deutschland in der Zukunft die Welt nicht wieder in einen Krieg zwingt. Der Geist des Militarismus muß aus der deutschen Gedankenwelt ausgerottet werden. Für alle Kulturvölker der Erde ist Krieg etwas an sich Unmoralisches, die Deutschen aber müssen zu dieser selbstverständlichen Wahrheit erst erzogen werden. Auch hier muß das deutsche Volk die gefährlichen Keime seiner Philosophie selber ausrotten.*

Edler Worte hoher Sinn: ich glaube heute noch, daß Eisenhower überzeugt war von dem, was er da von sich gab; hatte er nicht schon bei der Landung in der Normandie von einer Crusade gesprochen, einem Kreuzzug. Um so schlimmer für die Realität, dachte der Lieutenant S. H., der sie wohl kannte. Sein Leitartikel in der gleichen ersten Nummer des neuen Blattes, über die Praktiken des Schwarzmarkts, war näher an der Wirklichkeit, obwohl immer noch mit einer guten Dosis Idealismus gezuckert; die Mischung schien jedoch die kürzlich eingesetzte provisorische Staatsregierung von Württemberg sehr beeindruckt zu haben, denn sie forderte den Autor brieflich auf, ihr doch bitteschön beizutreten. S. H. erwiderte höflich, ihm als Offizier der U.S.-Armee sei dies leider verwehrt.

Ich frage mich manchmal, was aus ihm und aus Baden-Württemberg wohl geworden wäre, hätte er, die Initiatoren der freundlichen Offerte auf die Zeit nach seiner Entlassung verweisend, ihr Angebot angenommen.

Das Punktsystem der Armee, dieses ausgeklügelte Konglomerat von mathematischen Formeln zur Berechnung von Schicksalen, wandelte sich; immer geringer wurde die Anzahl der Punkte, die einer benötigte, um den ersehnten Befehl zum Abmarsch in die Heimat zu erhalten, und immer mehr Punkte flossen dem einzelnen zu mit jedem Monat, den er abdiente: der Lieutenant S. H. konnte sich ausrechnen, wann die Reihe an ihn kommen würde, seinen Schlafsack zusammenzurollen und seine Siebensachen in den Footlocker zu packen, die verschließbare Kiste am Fußende des Betts, die jedem Offizier zustand, und ab mit dem Zeugs nach den Staaten.

Oder sollte er, Colonel Powell hatte es ihm schon nahegelegt, nicht doch noch bleiben? Habe und Wallenberg hatten beide erheblich mehr Punkte als er; dennoch machte keiner von ihnen Anstalten, den Dienst zu quittieren; die Neue Zeitung in München, und vermutlich auch die Allgemeine in Berlin, würden Dauereinrichtungen sein, und da es in der Natur der Hierarchie lag, daß Aufsteiger in ihr aufstiegen, so würde Habe binnen kurzem neue Höhen erklimmen, und wer blieb dann, die Nachfolge anzutreten – der Lieutenant S. H. Zum zweiten Mal in seinem Leben Chefredakteur, nur diesmal eines Blattes mit dem Gewicht einer Weltmacht dahinter, würde er, anders als bei dem armen kleinen Volksecho, wirklichen Einfluß nehmen können auf die Entwicklungen. Blieb Gertrude zu bedenken; aber es war bereits abzusehen, wann die Armee die Ehefrauen längerdienender Leute herüberholen würde; und war nicht auch der Roman über diesen Krieg besser zu schreiben am Ort des Geschehens?

Inzwischen hat er sich einigermaßen an das Besatzerleben gewöhnt; er findet sogar, obzwar gehemmt durch seine inneren Vorbehalte den Besetzten gegenüber, ein gewisses Gefallen daran. Man gehört zu den Privilegierten, hat hilfreiche Geister die Menge zur Verfügung, Wagen, Sonderabteile, man ist versorgt mit allem, Nahrung, Kleidung, Heizung, und läßt gnädig etwas abfallen davon für übertrieben dankbare örtliche Typen. Die Prachtvilla, in der man einquartiert ist zusammen mit ein paar Kameraden, ist ausgestattet mit breiten Betten, gepolsterten Sesseln, weichen Teppichen, wertvollen Bildern; das Dienstpersonal, Köchin, Kellnerin, Zimmermädchen, ist Gott sei's gedankt nicht deutsch, sonst hätte man immerzu Scherereien, dauernd geschieht ihnen unrecht, dauernd wollen sie etwas von einem, sondern ukrainisch; einmal fragt er, ob die Damen denn keine Sehnsucht hätten nach ihrer sowjetischen Heimat, da blicken sie ihn an, als sei er nicht von dieser Welt.

Er geht ins Theater, zur Premiere des wieder eröffneten Schauspielhauses; man spielt Macbeth; seit London hat er kein Theater mehr gesehen; er ist ergriffen, scheint es doch, als hätte Shakespeare heutige Schicksale gestaltet, die Emigranten, von Macbeth vertrieben, die nun zurückkehren, getarnt hinter den Zweigen von Birnams Wald, und Schluß machen mit dem Tyrannen. Er geht zum Fußballspiel, dem ersten wieder gestatteten, München gegen Nürnberg: zwanzigtausend Zuschauer; er und zwei Sergeanten die einzigen Amerikaner im Stadion, sichtbar und greifbar für alle plaziert in die Mitte der vordersten Zuschauerreihe, und er sitzt da, die vollen neunzig Minuten, und denkt, wäre das möglich gewesen, drei deutsche Besatzungssoldaten bei einer Sportveranstaltung unter zwanzigtausend Jugoslawen oder Belgiern oder Russen, und blieben heil und in einem Stück?

Und da alles um ihn, die Arbeit, die Menschen, die Bedingungen ihn immer wieder auf die Problematik stoßen, die er in seinem Buch zu bearbeiten vorhat, kreisen seine Gedanken immer häufiger um die Pläne dafür, die Fabel, die Charaktere. Der Nationalsozialismus wird nicht das Hauptthema sein, er hat ihn in Hostages behandelt und in Of Smiling Peace, und bei ihrem Gespräch in Homburg hat auch Mr. Everitt ihm angedeutet, daß die Leser in Amerika übersättigt sein möchten von dem Sujet und daß man die Sache jetzt, wenn überhaupt, in größeren Zusammenhängen behandeln müßte. Diese Zusammenhänge sind es, die ihn reizen und zugleich auch beängstigen. An Gertrude schreibt er: Wenn mein nächstes Buch etwas aussagen wird, dann dies, daß die Dinge viel komplizierter sind, als jede Schulweisheit lehrt, und daß man nicht nur den Klassenkampf sehen muß und die nationalen Konflikte, sondern auch den Kampf um die eine Zigarette, das eine Stück Beute, und dabei im Herzen immer die Furcht, vor dem Ungewissen, der möglichen Strafe, den Tatsachen, denen man sich so lange verschlossen hat; und über all dem thront, in einem Turm aus Elfenbein, die sogenannte Besatzungsmacht, anfänglich von so vielen mit Hoffnung betrachtet, aber jetzt?

Soviel Material, so viele Gesichtspunkte, und immer noch ist er sich nicht im klaren, wie er das ordnen und unter ein Dach bringen soll. Er kann auch nicht, wie bei Of Smiling Peace, drauflos schreiben und hoffen, daß ihn die Story tragen wird, und er muß sich hüten, daß er das Ganze nicht zu sehr aus der Ecke der psychologischen Kriegführung sieht, obwohl gerade diese Perspektive ihm gestattet, tiefer zu blicken, als andere, ein Infanterist etwa, es könnten.

Schließlich setzt er sich hin, es ist Nacht, die Pressen laufen, und skizziert den Plan: fünf Abschnitte, durchgehend die Hauptpersonen, wenn auch nicht alle und nicht immer zur gleichen Zeit am gleichen Ort; diesem Plan folgend, wird er den Handlungsablauf der einzelnen Teile und ihrer Kapitel festlegen mit den Rollen, die den einzelnen Charakteren dabei zufallen.

Das Gerüst, denkt er erleichtert, steht nun. Noch weiß er nicht, was er sich aufgeladen hat mit diesem Buch. Oder ahnt er es doch?

Der Konflikt mit Habe, der der militärischen Laufbahn des Lieutenant S. H. ein Ende setzt, ist politischer Art, obwohl das Persönliche mitspielt. Habe ist, bei aller Liebenswürdigkeit, eine autoritäre Natur, und er beutet die Menschen, die er sich unterwirft, rigoros aus; S. H. hat das von Anfang an zu spüren bekommen, hat sich aber gefügt: schließlich forderte Habe auch von sich selber einiges, und es war Krieg und es ging um die Sache, und selbst in den Monaten nach dem Krieg war es immer noch die Idee, die zählte.

Jetzt aber, so sieht es S. H., wird diese Idee verwässert und pervertiert. Obwohl bei den Besprechungen das Thema selten, und wenn, dann nur indirekt angesprochen wird, scheiden die Geister sich an der Frage: Was für ein Deutschland soll das werden? Und da ist Habe, der einst behauptete, linker zu sein als die Kommunisten – und als S. H. sowieso –, sich einig mit all jenen, die jetzt auf Distanz gehen zu der Sowjetunion und zu der Politik, die die Sowjets in ihrer Besatzungszone verfolgen und in ihrem Sektor von Berlin. Sie berufen sich auf die Berichte, die aus dem Osten kommen mit den Flüchtlingen und die, oft genug, den Stempel der Wahrheit tragen; und der Bundesgenosse, der eben noch Seite an Seite mit uns für die Befreiung der Welt von dem Unhold Hitler kämpfte und der, gewiß, gewiß, die größten Opfer brachte im Krieg, wird selber zum Unhold, und dieselben Deutschen, denen man eben noch eintrimmen wollte, daß der Krieg etwas an sich Unmoralisches sei, zählen plötzlich wieder, top secret, versteht sich, als potentielle Hilfsvölker für den Fall eines Falles; was den Lieutenant S. H. lebhaft an seine Gespräche mit gewissen Nazi-Offizieren erinnert, die ihm beim Verhör in den Gefangenenlagern von Omaha Beach schon sagten, wie töricht es sei, die Wehrmacht zu zerschlagen, wenn man sie doch wieder zusammenkitten müßte für den wirklichen, den ganz großen, den endgültigen Krieg.

Nein, also Deutschland, den Teil wenigstens, der uns gehört...

Der Satz wird selten zu Ende gesprochen, genau weiß man ja immer noch nicht, was man will; aber was man nicht will, das weiß man: keine Unruhe, keine Experimente, soziale schon gar nicht, Demokratie ja, in Maßen, und nach bewährtem Muster bitte.

In den Redaktionskonferenzen kommt es zu Spannungen. Der Lieutenant S. H. merkt, daß ihm immer öfter versagt wird, die Fakten zu drucken, wenn diese der erwünschten politischen Sicht nicht entsprechen; dafür soll er, in kleinen Dosen zwar, aber stetig, Nachrichten bringen, Kurzkommentare einfügen, deren Spitze sich gegen die Sowjets richtet. Ausgerechnet über Benesch, der aus dem Londoner Exil nach Prag zurückgekehrt ist, entwickelt sich ein Streit: Habe behauptet, Benesch wolle in der Tschechoslowakei den Kommunismus einführen; S. H., der aus seiner Prager Zeit Benesch als gutbürgerlichen Politiker kennt, mokiert sich, eine Ente, lanciert in die Presse der USA von der tschechischen Rechten; Habes Gesicht läuft rot an, er verbittet sich derlei Widerspruch, er hat seine Informationen, interne, und aus bester Quelle.

Der große Eklat kommt, als er S. H. beauftragt, einen Leitartikel zu einer Rede des Außenministers Byrnes zu schreiben, die, mit ihren höchst fragwürdigen Anspielungen, am besten unkommentiert bliebe; Habe aber will gerade dort eine harte Sprache eingesetzt haben, wo Byrnes sich noch auf Andeutungen beschränkt hat.

S. H. spürt, daß die Grenze erreicht ist, jenseits derer ihm nur die totale Unterwerfung bleibt.

»Nun«, Habe spielt mit seinem Bleistift, auch er ist nervös, »habe ich Ihren Artikel heute abend?«

S. H. hat Mühe, die Heiserkeit zu unterdrücken, die in solchen Situationen sich häufig bei ihm einstellt. »Major«, sagt er, »wenn ich den Artikel so schreibe, wie Sie ihn mir darlegten und wie ich ihn verstanden habe, bedeutet das einen direkten Angriff auf die Sowjetunion und, von einem offiziellen Blatt der amerikanischen Armee kommend, eine neue Politik, weg von der Allianz, die den Faschismus geschlagen hat.«

»Und?«

»Das bekommen Sie nicht von mir.«

Noch zügelt sich Habe. »Dann gebe ich Ihnen den dienstlichen Befehl.«

Dem Lieutenant S. H. ist nicht sehr wohl zumute. »Sie können mir befehlen, sir«, sagt er, »einen bestimmten Artikel zu schreiben, und ich bin nicht so selbstmörderisch, den Befehl zu verweigern.

Aber der Artikel dürfte dann so ausfallen, daß Sie ihn kaum werden drucken wollen.«

Der erwartete Zornausbruch bleibt aus. Eher traurig sagt Habe, »Sie machen einen Fehler.«

Möglich, daß Habe damit sogar recht hatte. Vielleicht lagen Habes Weisung Vorgänge zugrunde, die S. H. nicht kannte, und der Leitartikel war nur als eine Reaktion auf Mißhelligkeiten gedacht, die von der anderen Seite kamen, als ein Signal, eine wohlgemeinte Mahnung; vielleicht hätte S. H., gerade indem er den Artikel gegen seine Neigungen schrieb, mildere Töne anschlagen, ihn versöhnlich ausklingen lassen können. Aber er sah nur, daß die Welt, die ihm vorschwebte und für die er glaubte gekämpft zu haben, entstellt und zerstört werden sollte, und daß er dagegen protestieren mußte.

Außerdem hatte er die nötige Anzahl von Punkten.

Eine merkwürdige Stimmung, die den Menschen befällt während des Übergangs von einem Status in den anderen: Noch ist alles um ihn herum, wie es letztens war, und doch gehört er nicht mehr dazu; aus dem aktiv Handelnden, innerlich Beteiligten wird ein von Stelle zu Stelle Geschobener, detachiert Beobachtender; die Werte von gestern verlieren an Gewicht, neue haben sich noch nicht gebildet.

Im Grunde ist er ganz froh, daß die Entscheidung gefallen ist, auch wenn es so plötzlich gewesen, und seine Reaktion beinahe panikartig, dem Sporn des Augenblicks folgend, nicht reiflicher Überlegung. Von den Kameraden, die zusammen mit ihm von der Normandie bis ins Herz Deutschlands marschiert sind, durften die meisten schon heimgehen, und die an ihre Stelle traten, Offiziere wie Armee-Zivilisten, ähneln eher den Carpetbaggers, die nach dem Bürgerkrieg damals mit ihren dicken Reisetaschen aus Teppichstoff die Südstaaten heimsuchten, um aus dem Sieg der Großen Armee Nutzen für die eigne Person zu schlagen. Und doch ist da auch, ganz tief im Innern seines Herzens, eine Art Furcht vor der Heimkehr – immer hatte er den Verdacht, daß nicht nur widrige Umstände die Landung des Odysseus auf Ithaka so lange verzögerten – Furcht vor den Anforderungen einer Zukunft, die nicht mehr nach den gesicherten Regeln der Armee ablaufen wird. Und, uneingestanden, vor dem Leben mit Gertrude.

In Nauheim, wo der Stab der Psychological Warfare noch immer liegt und wo ein Teil des Papierkrams zu erledigen ist, bestellt Powell ihn zu sich. Der Colonel erscheint gealtert, das borstige, kurzgeschnittene Haar ist grauer geworden, die Falten im Gesicht haben sich tiefer gegraben. »Sie wissen selber«, sagt er, nie ein Mann langer Einleitungen, »daß hier etwas schiefläuft.«

Natürlich weiß er; das ist ja der Grund, daß er seinen Abschied nimmt. Aber wieso will der Colonel, der eigentlich ein General ist, und der die Personalakte des Lieutenant S. H. nur allzu gut kennt, gerade mit ihm darüber reden, hat er keine einflußreicheren Gesprächspartner, keine höhergestellten Leser für einen Bericht aus seiner Hand?

Was Powell dann sagt über die Deutschen, und über die Deutschland-Politik gewisser Stellen der Armee, die nicht ohne Deckung seitens gewisser Stellen in Washington gemacht werden kann, entspricht, oft bis ins Detail, S. H.s eigenen Beobachtungen, nur sieht Powell die Entwicklung in fast noch düstereren Farben als er.

»Sie meinen, ich sollte lieber noch bleiben?« fragt S. H., dem auf einmal bewußt wird, daß sie beide, der Colonel und er, bereits so etwas wie Konspiration betreiben. »Sollte weitermachen? Versuchen, Schlimmeres zu verhüten? Können Sie mich denn soweit decken?« Und denkt zugleich, daß dieser Mann, so wie er sich hier zeigt, unbedingt in den neuen Roman gehört, und überlegt, wo und in welchem Kontext man ihn und die Szene, die gerade gespielt wird, darin einbauen könnte.

»Nein, fahren Sie ruhig, Sie haben getan, was Sie konnten«, sagt Powell. »Nur eines wäre da noch: sobald Sie in New York sind, rufen Sie an bei einem Freund von mir, Colonel Adler, Julius Ochs Adler.«

»Dem Besitzer der New York Times?«

»Genau. Sagen Sie ihm, Sie kämen von mir, und er möchte Sie anhören; und dann berichten Sie ihm. Und wenn er Sie fragt, was er unternehmen soll, dann bitten Sie ihn, seinen besten Reporter hierher zu schicken, damit der aufdeckt, was hier vorgeht. Klar?«

»Yes, sir.«

»Dann gute Heimreise, Lieutenant.«

Die Heimreise führt zunächst in das Sammellager von Marburg. Dort sitzt man herum, wird geimpft und ein letztes Mal auf Geschlechtskrankheiten untersucht und wartet, bis die Personalpapiere, deren Duplikate und Triplikate in den verschiedensten Schreibstuben der Armeegruppe lagerten, gesammelt und bearbeitet sind, und nach Überwindung dieser Mühen wartet man weiter, denn inzwischen haben die Engländer ihre größten Passagierdampfer dem Truppentransportgeschäft entzogen, und alles verzögert sich wieder.

Dann, endlich, kommt der Zug, der den Lieutenant S. H. und einen Haufen anderer zur Entlassung reifer Männer nach Antwerpen bringen soll, wo sie sich einschiffen werden. Der Zug besteht aus einer langen Reihe von Güterwagen; eine Manifestation von Demokratie immerhin, denn die Mannschaften genießen den gleichen Komfort wie die Offiziere, den nackten, harten Boden der Waggons, auf dem man hockt oder, wenn Platz ist, sich ausstreckt. Und immerzu hält der verdammte Zug, um andere Züge vorbeizulassen, die höhere Priorität genießen, deutsche Personenzüge, hier und da auch einen Militärzug, der frische Truppen ins Land bringt, auf Polstersitzen in geheizten Abteilen.

Die Reise, die normalerweise keine zehn Stunden dauern sollte, geht schon in den zweiten Tag. Der dritte dämmert heran, da ist Duisburg erreicht; und wieder ein Stopp, diesmal hinter dem Bahnhof, auf einsamem Damm. S. H. blickt aus der geöffneten Schiebetür des Waggons – aus dem Grau tauchen Gestalten auf, lemurenhaft, einzelne zunächst, dann immer mehr; zu Dutzenden, Hunderten hasten sie heran, gestikulieren, in der erhobenen Hand Bündel von Besatzungsmark. Aus der ganzen Länge des Zugs springen die GIs, Offiziere mit dabei, und der Handel beginnt. Die Deutschen kaufen alles: Mäntel, Jacken, Hosen, Shawls, Sweater, Socken, Stiefel, Decken, und an Lebensmitteln, was da verfügbar ist, lose oder in Dosen, dazu Zigaretten, Kaugummi, Schokolade; hektisch geht es zu, als wäre dieser Halt am Bahndamm die letzte Gelegenheit für die einen, sich einzudecken, für die anderen, noch einmal zu dem großen Geld zu kommen, und vielleicht ist es das auch. Dann pfeift die Lokomotive. Die Deutschen, beladen mit ihren Erwerbungen, suchen sich hastig davonzumachen; doch da, entlang des Damms, von der Lokomotive bis zum Schlußlicht des Zugs, stehen plötzlich welche mit gezogener Pistole und knurren: »Los, Beeilung, her mit dem Zeug!«, und nehmen den Deutschen ab, was diese gerade erworben und was sie an Geldscheinen etwa noch bei sich haben; und dann, das Gejammer und Protestgeschrei übertönend, pfeift die Lokomotive ein zweites Mal. Der Zug ruckt an, die Pistoleros springen auf, ihre Beute im Arm. America, here we come!

Der Krieg, als Kreuzzug begonnen, endet als Räuberstück.

# 19

Homer läßt sich über die psychischen Probleme seines Odysseus nach dessen Heimkehr nur andeutungsweise aus; das griechische Publikum in den Toren der alten Städte, das dem Sänger lauschte, war andersgeartet als unser heutiges, das es liebt, an der Hand des Autors ins Seelenleben seiner Charaktere zu tauchen, oder auch in des Autors eigenes. Die damals wollten Action, und sowieso ging es dem Odysseus zunächst um die Macht im Königreich Ithaka.

Aber danach? Nachdem er abgerechnet hatte mit den Freiern? Wir wissen, wie sehr er sich verändert hatte in den Jahren des Krieges, denn außer dem getreuen Schweinehirten erkannte ihn keiner; doch wie sah Penelope aus? Hatte die ständige Sorge um den geliebten Mann, der im Kampf stand an fernen Ufern, das rosige Fleisch gedörrt, das sanfte Gesicht gefältelt, das Feuer des Blicks gelöscht, oder war sie, bei ihrer haupsächlich sitzenden Lebensweise als Teppichknüpferin, fett geworden, besonders am Hintern? Wie war das, als er zum ersten Mal Muße fand, sie gründlich zu betrachen? Verglich er sie insgeheim mit den Nymphen und Sirenen, denen er begegnet war auf seinen Fahrten, von den erlesenen Beute-Troerinnen ganz zu schweigen? Und erschrak er dann, wenn er der Jahre auf dieser Insel gedachte, die noch vor ihm lagen, oder sagte er sich, nun gut, das war's gewesen, und ein ruhiger Tagesablauf mit regelmäßigen Mahlzeiten im Familienkreis ist auch einiges wert?

Ich greife zurück auf den Urtyp des heimkehrenden Kriegers, um mir zu beweisen, daß die Krise im Leben des S. H., die einsetzte, als er nach stürmischer Überfahrt auf der SS Rensselaer Victory am Pier in New York von Bord ging, nichts gar so Außerordentliches war; Tausenden anderer, überall in der Welt, wird Gleiches widerfahren sein, nachdem sie zurückkamen aus dem Krieg, und ihre Frauen werden ähnlich wie Gertrude gelitten haben; aber das macht es nicht minder schmerzlich.

Bei der Durchsicht der Papiere des S. H. entdeckte ich, vier Jahrzehnte nach den Ereignissen, ein paar Blatt Notizen, von deren Existenz ich nichts wußte und die nicht von seiner Hand stammten; wie, und zu welchem Zeitpunkt, sie unter seine Briefe gelangt waren, weiß ich nicht zu sagen; Gertrude wird sie irgendwann in die alte Mappe hineingelegt haben, wohl in der Absicht, daß ich sie eines Tages finden und in ihren eignen Worten erfahren sollte, was damals in ihr vorging.

Ich fühle mich wie ein zurückgewiesenes Kind, schreibt sie in diesen Notizen, die am 20. Dezember 1945 beginnen und am 14. Januar 1946, kurz vor ihrer Abreise nach Mexiko, abbrechen. Ich weiß nicht, was ich machen soll, fährt sie fort; er sagt stets das Richtige, aber was er tut, entspricht seinen Worten nicht; da ist etwas Unbekanntes, Schreckliches, eine Wand, errichtet zwischen uns durch Zeit und Umstände, oder durch eine andere Person. Den ganzen Tag hat er an seiner Schreibmaschine gesessen; als ich nach Haus kam, stand die Tür zu seinem Zimmer offen, sobald er mich hörte, schloß er sie.

Und ein andermal: Er ist freundlich, liebenswürdig, lächelt mich an, geht zu Bett mit mir, aber alles ist Maske, verbirgt sein wahres Gefühl – daß er feststeckt mit mir und versucht, sich und mir die Situation so erträglich wie möglich zu machen. Wo sitzt der Krebs? In der ersten Nacht schon spürte ich die Auswirkungen des Geschwürs, als er einschlief und mich nicht einmal küßte, nachdem er mich gehabt hatte; und nie in den drei Nächten danach bot er mir seine Schulter, damit ich meinen Kopf darauf legen könnte. Und was das mir physisch antut! – mein Gesicht ist so verfallen, daß ich den Anblick im Spiegel kaum mehr ertragen kann.

Und an späterer Stelle: Er sagt mir, wäre er zu Haus geblieben und hätten wir unser normales Eheleben gehabt, so wäre der Tau auch nicht mehr auf der Rose. Ich spreche ihm von der anderen Frau, die da sein muß. »Du bist die Frau, die ich liebe«, sagt er. »Aber«, sage ich, »hast du nicht eben selber erklärt, deine Liebe zu mir hätte sich verändert?« »Meine Art, dieser Liebe Ausdruck zu geben«, sagt er, »das möglicherweise.«

Sie sei viel zu naiv gewesen, so schreibt sie, und es räche sich nun, daß sie geglaubt habe, die Erfüllung ihres Lebens in einem einzigen Menschen gefunden zu haben, und sich geklammert habe an dieses Ideal während zwanzig langer Monate fürchterlicher Einsamkeit, nur ein Ziel vor Augen, seine Rückkehr. Und schon in der ersten Nacht habe er sie gefragt: Glaubst du, ein Mann kann zwei Frauen lieben?

Er kenne keine Rothaarige, habe er ihr versichert. Und die ganze Zeit, dies ist unterstrichen, habe sie gewußt von der roten Haarlocke in der Tasche seines Offiziersschlafrocks, den er mit nach Hause gebracht hat. Sie hat seine Briefe aus Paris wieder hervorgeholt und die Liebesworte nachgelesen, die er ihr damals schrieb, just in den Tagen seiner Idylle mit der anderen...

Ich möchte, notiert sie, davonlaufen so rasch ich kann und mich allem entziehen. Ich möchte die Erinnerung tilgen an die vergangenen viereinhalb Jahre, sie waren der Fehler meines Lebens. Und das Schlimmste ist, ich sehe keine Möglichkeit, den Fehler zu korrigieren, außer durch den Tod – und bin doch nicht imstande, mir das Leben zu nehmen. Warum lasse ich mich so zerstören? Wo sind mein Mut, mein Stolz, mein Selbtsvertrauen? Warum hilft mir denn keiner!

Sie fliegt nach Mexiko.

Wer sie auf den Gedanken gebracht und ihr das Geld für Flug und Aufenthalt geliehen hat, sagt sie ihm nicht; er vermutet, es war der Dr. Bell, der Psychiater, der sie behandelt hat, nachdem ihr erster Mann tödlich verunglückt war; zu Dr. Bell, den S. H. gerade darum nicht mag, flieht sie noch immer, wenn ihre Probleme sie zu überwältigen drohen.

Wie lange sie wegzubleiben gedenke, will er von ihr wissen. Das, erwidert sie, könne sie ihm nicht sagen; jedenfalls habe er nun Zeit, nachzudenken, unbeeinflußt von ihr, und seine Entscheidungen zu treffen.

Da sitzt er nun, allein in dem geräumigen, um einen Patio herum gebauten Parterre-Apartment im Ostteil der 16th Street, das sie für ihrer beider gemeinsames Leben eingerichtet hat: das große Zimmer mit dem Kamin und dem Ausblick auf ein verstaubtes Hintergärtchen ist seines, sein Arbeitsraum; ihr Zimmer liegt nach der anderen Seite hin; dazwischen befinden sich Küche, Bad, und ein halbrunder kleiner Sitting Room, rot-weiße Biedermeier-Tapete; ein nierenförmiger Zweisitzer steht da neben einem Tischchen, und zwei Stühle, sämtlich aus der Zeit, an der Wand hängen ein paar handkolorierte Stiche; Gertrude liebt alte Dinge, umgibt sich mit ihnen, auch wenn sie nicht viel Geld hat. Überall ist ihre Hand zu spüren in dieser Wohnung, ihr Geschmack, alles hat sie bedacht, damit er sich wohl fühle und in Ruhe arbeiten könne; fast wünscht er, es zeigte sich irgendwo die Spur einer Nachlässigkeit, ein Anlaß, sich zu ärgern;

aber es ist, als präsentierten die mit viel Liebe plazierten Objets d'art, die Möbel an ihrem sorgfältig gewählten Ort, die passend zueinander abgestimmten Farben der Wände, ja selbst die sauber gestapelten Küchenschüsseln ihm permanent die Frage: Hast du solche Fürsorge verdient?

Nur in den Nächten raschelt und fiept es gespenstisch; das sind die Mäuse, die aus den Spalten im Parkett und den Ritzen zwischen Fußboden und Wand hervorhüpfen und ihre Spiele treiben. Und am Tag promenieren die Kakerlaken über die Fliesen von Küche, Bad und Speisekammer, und sein schönes Arbeitszimmer ist kaum zu wärmen, zu klein und verstopft sind die Körper der Dampfheizung, und der Rauch von den Scheiten im Kamin schlägt beizend zurück ins Zimmer und vereinigt sich mit dem Ruß, der aus dem altersschwachen Heizkessel im Keller durch den Luftschacht in den Patio und von dort durch die undichten Fenster in den Raum dringt. Doch ist für solche Mängel er eher noch als Gertrude zu tadeln: hatte er doch auf seinem letzten Urlaubstag vor der Abreise in den Krieg diese vom Architektonischen her so eigenartigen Räumlichkeiten selber noch mit ausgewählt als künftiges Heim. Und des Mr. Orza, des Mietsherrn, Auskunft, daß darin sich einst das Irisch-Amerikanische Museum befunden und der für den bekannten Autor vorgesehene Arbeitsraum des Museums Lagergewölbe gewesen, hatte das romantisch gestimmte junge Paar keineswegs stutzen lassen, sondern ihm das Angebot erst recht attraktiv gemacht.

Da sitzt er also und schreibt. Er schreibt die Outline zu den Crusaders, den detaillierten Plan, dessen Anfänge zurückgehen noch auf seine Zeit in Europa; kaum zurück zu Hause, hat er die Arbeit daran wieder aufgenommen, und nun, da Gertrude ihn verlassen hat, verbeißt er sich um so härter in den Stoff, legt für jedes Kapitel fest, welche Personen darin in welche Verwicklungen zu geraten haben; eines führt zum nächsten, immer mehr Einzelheiten tauchen auf aus der Flut des Erlebten, Gesichter, die sich ihm einprägten, Worte, die im Ohr haften blieben; aber wie das Material bändigen, die Handlungsstränge führen, denn natürlich sind es ihrer mehr als einer nur, das Panorama dieses Krieges ist schwer zu begrenzen, die Fronten liefen kreuz und quer; und die Stränge müssen verknüpft werden miteinander, und keine Gertrude ist da, die er fragen könnte: Wie siehst du das? Braucht man es? Oder hemmt es nur den Ablauf? Und es ist ja nicht nur die schwierige Story der Crusaders, die ihn verunsichert. Wieder einmal, wie so oft schon, sieht er sich dem

Nichts gegenüber. Wäre Gertrude bei ihm, vielleicht ließe sich einiges auf sie abwälzen; so aber – die Mutter, der Bruder, sind ihm keine Hilfe – wachsen die Selbstzweifel. Die Armee, in welche Konflikte sie einen auch brachte, hatte doch ein festgefügtes Dasein geboten mit Regeln, an die man sich halten konnte, und Ordnungen, in denen ein jeder seinen Platz hatte; jetzt aber gilt nicht mehr, was gestern noch galt, niemand gibt einem Anweisungen, aber niemand ist auch da, dem man welche geben könnte, alles muß man selber entscheiden, selber tun, und keiner weiß, was morgen sein wird; vor allem ist unklar, woher ihm auf längere Sicht die Mittel kommen sollen, um die Miete zu zahlen und die Rechnung für Brot und Butter und was sonst noch anfällt. Aus dieser Zukunftsangst heraus hat er, bei der Entlassung in New York, ein Reserveoffizierspatent akzeptiert; sollte es sich herausstellen, war seine Überlegung, daß er kein Glück hatte im Zivilleben, und sollte die amerikanische Besatzungspolitik in Deutschland sich doch wieder zum Besseren wenden, so würde das Patent es ihm ermöglichen, in den Dienst zurückzukehren, und zwar in seinem alten Rang, wenn nicht gar einem höheren; das Risiko eines Offiziers in der Armeereserve war allerdings, daß er in jeder Situation, in der es nach Krieg roch, als einer der ersten einberufen werden würde – aber wer auf dieser Welt sollte denn noch Krieg führen gegen die USA? Die Deutschen etwa?

Dabei war er, objektiv, in einer besseren Lage als manch anderer: Gertrude hatte sein Geld, so gut es ging, zusammengehalten; ein paar Dollar waren noch da aus den Einkünften von Hostages und Of Smiling Peace, und er hatte begründete Hoffnung auf einen Vorschuß von Little, Brown, sobald er den fertigen Handlungsplan für das neue Buch dem Verlag übergäbe. Aber anders als in Prag und Chicago und seiner Volksecho-Zeit, als er das Wohlleben noch nicht kannte, das mit einer gesicherten Existenz einhergeht, fürchtet er jetzt die Armut; schlimmer noch, er empfindet es als Unrecht, daß ein Mann von seinen Gaben und mit seinen Verdiensten wieder zurückgestoßen werden könnte in die armselige Schar der Luftexistenzen.

In diese Zeit fällt sein Besuch in der Chefetage jenes denkwürdigen Gebäudes, dessen sonderbar spitze Dreiecksform sich aus der Überschneidung von Broadway und Seventh Avenue mit der 42nd Street ergibt: der New York Times. Colonel Ochs Adler empfängt ihn in Gegenwart der maßgeblichen Herren der Redaktion, darunter Mr. Schwartz, der seine Artikel während des Kriegs schon gedruckt hat, und Lester Markel, der Leiter des Wochenmagazins der Times, und S. H. ist froh, daß er für diese erhabene Gelegenheit noch einmal die Uniform angelegt hat: sie wird die Authentizität seines Berichts unterstreichen. Man hört ihn geduldig an, während er, dem Auftrag seines alten Kommandeurs folgend, die Verhältnisse in der Besatzungszone der Amerikaner schildert, schonungslos, und die Gefahren einer Politik darlegt, die ihrer Logik nach in nicht allzu ferner Zukunft in das Gegenteil dessen, wofür dieser Krieg geführt wurde, umkippen muß. Er läßt sich tragen von der Folgerichtigkeit seiner Gedanken, die ja parallel laufen zu dem Ideengehalt des Buchs, das er plant; und nur allmählich wird ihm bewußt, wie steinern die Mienen des Colonel Ochs Adler und seiner Mitarbeiter sind: wissen sie etwa bereits, was er ihnen erzählt, oder ärgert sie, daß er sie damit konfrontiert?

Er endet abrupt. Allgemeines Gemurmel, aus dem sich Freundlichkeiten heraushören lassen, »sehr instruktiv«, sagt der eine, »sehr aufschlußreich«, ein anderer, aber nichts von der Empörung ist zu spüren, die S. H. zu erzeugen hoffte, kein Wort wird laut gegen die dreiste Pervertierung der Ziele, für die so große Opfer gebracht worden waren. Lange kaut Colonel Ochs Adler auf seiner Lippe; schließlich gebiert er einen Vorschlag: wie wär's, Mr. H., wenn Sie uns etwas zu dem Thema schrieben, für das Magazin? Und zu Lester Markel gewandt, Okay, Lester? Lester nickt, Okay, und es könnten ja auch zwei Artikel werden, falls das Material es ergebe, oder drei. Ach ja, und dann – Colonel Ochs Adler blickt fast schon gelangweilt im Kreise – wenn man zum Beispiel Drew Middleton nach Germany schickte, damit der nachforsche, was da vorgeht?

Tatsächlich wird Drew Middleton, ein Mann mit scharfem Blick, als Sonderkorrespondent der Times in die US-Besatzungszone gehen, und das Times-Magazine wird einen Artikel von S. H. mit dem provokativen Titel »Hitler lebt weiter« veröffentlichen; aber sein nächster Artikel, betitelt »Probleme einer Besatzungsmacht«, der die Dinge gründlicher untersucht und auch von den Amerikanern handelt, ihrem Verhalten, ihrer Politik, erscheint dann schon nicht mehr, obwohl man ein Honorar dafür zahlt, und Drew Middletons Berichte, anfangs noch kritisch, verlieren immer mehr an Schärfe.

Von Gertrude keine Nachricht. Er ruft an im Hotel Belmont, in Acapulco, das war die Adresse, die sie ihm nach ihrer Ankunft telegraphierte, und hört über das Knistern und Rauschen hinweg von jemandem, der Englisch nur radebrecht, sie sei da ausgezogen, wohin, wisse man nicht. Zu allem, was ihn beunruhigt, nun auch diese Sorge: eine einzelne Frau allein, schutzlos, in fremdem, halb zivilisierten Land; ist sie krank geworden; hat einer sie entführt, ausgeraubt, vergewaltigt; oder hat sie gar, allein und verlassen in einer stickigen, verwanzten Kammer einer drittklassigen mexikanischen Absteige, Hand an sich gelegt?

Was kann er tun, seine Schuldgefühle zu betäuben, als arbeiten? Das Bild der anderen, die beim Roten Kreuz in Paris gewesen war und ihm die Locke hinterließ, das Bündelchen seidigen roten Haars, ist verblaßt; während er, mißmutig und nervös, den Frühstückskaffee braut, malt er sich aus, wie das hätte sein können mit ihr: ein liebes, hingebungsvolles Wesen, ohne Arg, der Vater Eigner eines größeren Konfektionshauses irgendwo in Florida, Herrenanzüge sind etwas Solideres als linkslastige Romane; eine Einheirat, vielleicht mit einem bißchen Schriftstellerei abends nach Ladenschluß und am Weekend, darauf wär's wohl hinausgelaufen.

Seine Mutter, die er in den Tagen mehrmals besucht, immer noch ist sie stolz auf den ordensgeschmückt heimgekehrten Sohn, sagt ihm bekümmerten Blicks: die arme Gertrude, sie muß wohl sehr krank gewesen sein, daß sie so Hals über Kopf wegmußte zur Kur, und ohne dich. Was schreibt sie denn?

Krank, denkt er, so kann man's auch nennen. Es gehe ihr viel besser schon, versichert er der Mutter, und verkriecht sich wieder im Lagergewölbe des ehemaligen Irisch-Amerikanischen Museums: die Outline muß fertig werden trotz aller seelischen Wirren, sie wird aber nur ständig länger. Endlich klappt er doch die Maschine zu, optimistisch wird dieser Roman nicht enden, aber immer noch läßt sein Schluß die Möglichkeit offen, daß der Krieg nicht ganz ohne Sinn war.

»Zweihundertundzwanzig Seiten?« Angus Cameron, dem er das Konvolut im New Yorker Büro des Verlags aushändigt, betrachtet es sorgenvoll.

»Ein Buch«, bestätigt S. H., »in Vorbereitung eines Buches.« Und denkt, wenn Angus jetzt warnt, soviel Vorarbeit sei zugleich auch Fessel, dann wird er ihn anbrüllen, daß er zuallererst Sicherheit braucht, ein festes Gerüst, an das er sich halten kann, bei einem solchen Projekt besonders. Aber Angus sagt nichts der Art; er fragt nur, ob er von Gertrude gehört habe, und wenn ja, was.

Als er nach Haus kommt, liegt ein Brief im Kasten. Von ihr. Sie sei aus dem Belmont geflüchtet, wegen des zweiten Gesichts, vielleicht werde sie ihm die Geschichte einmal erzählen, jedenfalls habe sie ihre Sachen gegriffen und sei in ein Taxi gestiegen und der Fahrer habe sie hier hinauf gebracht, auf die Anhöhe über Acapulco, zu einem Schweden namens Larsen, der eine Bungalow-Siedlung gebaut habe um einen gläsernen Pavillon herum; einen der Bungalows habe er ihr vermietet, auch kümmere er sich in rührender Weise um sie; die Sonne, mit Vorsicht genossen, und das Schwimmen im Meer hier täten ihr gut, und sie sei schon viel ruhiger geworden.

Er ruft an bei Mr. Larsen in Acapulco. Der holt sie ans Telephon; trotz des Rauschens und Knisterns läßt sich erkennen, ihre Stimme hat sich verändert, bis auf eine brüchige Note hier und da ist das Timbre zurückgekehrt, das ihn zu ihr zog schon damals bei der Party im Haus der Ysobel Gundy. Ja, sagt sie, wenn er denn durchaus kommen wolle nach Mexiko, sie würde sich freuen.

Das Acapulco des Jahres 1946 hat mit dem heutigen nur die Form der Küste gemein, und den Himmel, und die Felsenschlucht, die alle zehn oder fünfzehn Sekunden von einer Woge des Pazifik gischtschäumend gefüllt wird; in diesem Augenblick müssen die Taucher, bronzefarbene mexikanische Boys, keiner älter als siebzehn, von der Höhe des Felsens, fünfzig Meter über dem Meer mindestens, hinabspringen, und Gnade ihnen Gott, verpaßten sie den rechten Moment, sie zerschellten tief unten auf den Zacken des naßglänzenden Gesteins. Den Kitzel zahlte der Tourist in jener guten alten Zeit mit einem Peso, zwanzig amerikanische Cents, und den Peso mußte der Boy den Bossen oben abliefern, die wiederum dem großen Boss bei der Behörde zahlten, damit der ihnen gestattete, das Schaustück abzuhalten; was dem Boy dafür blieb, daß er alle paar Minuten Hals und Genick riskierte, war nicht zu eruieren; die Boys lachten nur nach ihrer Klettertour die Wand der Schlucht hinauf und zeigten dem Gringo die makellos weißen Zähne.

Die kleine Mexikanerin mit dem Silberkreuz am Busen, die Gertrudes Bungalow in Ordnung hält, hat die Wochen hindurch mit ihr gelitten – eine Frau allein, eine schöne Frau, beim Schein dieses Mondes, beim Duft dieser Blüten! Jeden Morgen, wenn sie kam, schlug sie die Hände zusammen und jammerte: »Aj, aj, aj, no Señor! No Señor!« An diesem Morgen aber, da das Telegramm aus New York auf dem Tisch liegt und sie Gertrudes Gesicht sieht, bricht sie in Jubel aus: »Ah, Señor, Señor!« und breitet die Arme, »Felicidades!«

Felicidades, Glückwünsche. Der so mit hohen Hoffnungen Erwartete schwebt um diese Stunde in einer uralten DC-2, aus Mexico City kommend, über dem Flugplatz von Acapulco ein, einem Talkessel wenig größer als ein Fußballfeld, der auf allen Seiten umringt ist von schroffem, in der Sonne rötlich glänzendem Fels. Riskanter Anflug, denkt er, aber er hat Riskanteres erlebt, als er, kurz nach Kriegsende, in kleinen Zweisitzern der Armee von Nauheim aus hier- oder dorthin geflogen wurde, wenn wieder ein Umbruch besonders eilig war; schon in Nauheim war die Rollbahn nur eine holprige Wiese gewesen neben einem sumpfigen Bach. Diesmal aber erstarrt er; kurz über dem Boden schon reißt der Pilot die Maschine noch einmal hoch, gelangt mit Müh und Not über den Rand der Felsen oben und kreist nun über dem Flugfeld. Plötzlich wird klar, weshalb die Luftakrobatik – zwei Dutzend winziger schwarzer Figuren, die Arme schwenkend, versuchen einen Burro, einen Maulesel, von den Grasbüscheln auf der Piste zu vertreiben. Nach einer Weile trollt sich das Tier, das Flugzeug landet, rollt stuckernd aus: Gertrude.

Ob es nun am Licht liegt, dem südlichen, oder an der Stimmung, die getragen wird von der Heiterkeit dieser Menschen, oder daran, daß auch in ihm nun eine Veränderung vorgegangen ist: er sieht diese Frau mit anderen Augen. Sie ist nicht mehr die Braut mit dem Hütchen auf dem Kopf und dem kleinen grauen Schleier, die an seiner Hand vor den Reverend F. Berry Plummer trat in Hagerstown im Staate Maryland, und ebensowenig die beflissene Ehefrau, die, auf jugendlich zurechtgemacht, in ängstlicher Erwartung die Reaktion des heimgekehrten Soldaten auf ihre Reize ständig prüfte; sie ist einfach sie selbst, und daß sie die Reise allein unternommen hat und sich durchgeschlagen hat bis hin nach Acapulco, und auch hier nicht verlorenging, sondern lernte, an der Bar im Pavillon des Schweden Tequila con Sangre zu trinken wie ein mexikanischer Cowboy und die Freier abzuwehren mit leichter Hand und lachendem Mund – all dies hat ihr ihre Selbstsicherheit zurückgegeben, so daß sie, ohne herumzustochern in seiner oder auch ihrer Seele, ihm mit Ruhe sagen kann: Warten wir ab, wie sich die Dinge entwickeln.

Er ist dankbar. Er haßt tiefschürfende Aussprachen, mit Frauen am meisten, und mit der eigenen schon sowieso; das Herumkratzen am Herzen in dem eitlen Bemühen, seine Gefühle dem anderen darzutun und zu begründen, bringt ja keine Lösungen, es zerstört nur das Gewebe und hinterläßt häßliche Narben; besser, man zeigt durch sein Verhalten, daß man sucht, den Problemen zu Leibe zu rücken.

Mr. Larsen, der Schwede, ein Mann in den Vierzigern, gestutzter blonder Seemannsbart und graue, kühle Augen, zeigt Verständnis; er hat Gertrude aufgenommen, obwohl der Bungalow eigentlich anderen Leuten versprochen war; sie war so verschreckt, als sie zu ihm kam. Sie berichtet: du erinnerst dich doch an das kleine alte Haus mit dem Erkerfenster, am Coenties Slip, unten an der Südspitze von Manhattan, wo ehemals die Segelschiffe anlegten. Er erinnert sich; sie waren dort hingeraten an einem Sonntagnachmittag, auf der Suche nach einer gemeinsamen Wohnung, er auf dem Sprung schon nach Europa, in den Krieg, und ein Pappschild *To Rent,* Zu Vermieten, hing in dem Fenster, und sie beschlossen, das ist für uns, die Gegend, die Atmosphäre, hier wird sich's leben lassen. Nur am Montag dann, als Gertrude zurückkam, um sich die Räume anzusehen und, falls sie bewohnbar waren, zu mieten, war dieses Haus nicht mehr auffindbar gewesen, auch in den Nachbarstraßen nicht: wie ein Spuk. Und hier in Acapulco, unten in der Stadt, hatte sie es wiedergefunden, mit dem gleichen bauchigen Fenster im ersten Stock, und über dem Eingang eine verwitterte Inschrift, Hotel Belmont. Der Abend dunkelte schon, sie war erschöpft nach dem langen Flug, der Mexikaner am Tresen gab ihr das Erkerzimmer. Es war wie ein Zeichen vom Himmel, und sie schlief wie betäubt, aber am Morgen wurde die Zimmertür aufgerissen, ein Mann polterte herein: was sie hier wolle in seinem Bett, auf spanisch zuerst, darauf in gebrochenem Englisch, sie solle machen, daß sie verschwinde. Auf der schmutzigen Straße unten, im Tageslicht, ihre zwei Koffer in der Hand, stellte sie entsetzt fest, daß dies schäbige Hotel dem Traumhaus am Coenties Slip nicht einmal ähnelte; alles war in der Phantasie gewesen, Resultat ihrer Übermüdung wohl, und doch hatte es sie weiter verfolgt, ein Fall von zweitem Gesicht, der nichts Gutes verhieß; aber nun war er ja hier, Felicidades, und Mr. Larsen würde ihn ebenfalls lehren, wie man Tequila con Sangre trank, das Sangre, das einem die Tränen in die Augen trieb, wurde nicht mit dem Drink gemischt, man tat es auf den Handrücken und leckte es ab, und sofort dann den Tequila auf die Zunge.

Mr. Larsen überläßt ihm den Pavillon, außerhalb der Mahlzeiten, versteht sich, und mit dem Blick auf die sonnenüberflutete Bay von Acapulco beginnt S. H. das erste Kapitel: »The grass, this good, soft, lush grass. You could lie in it…« Die Crusaders. Und der Rhythmus der Sprache beflügelt ihn, und die Gestalten nehmen Form an, der Sergeant Bing, und Karen Wallace, und Yates und Tolachian und wie sie alle heißen, und nach fünf oder sechs Stunden Arbeit nimmt Gertrude ihn an der Hand und sie gehen hinunter zum Afternoon Beach, zum Nachmittagsstrand, denn Acapulco hat zwei verschieden gelegene Strände, Morning und Afternoon, des Sonneneinfalls wegen, aber auf beiden Stränden streunen Rudel von verwilderten, ewig hungrigen Hunden herum, triefäugig, mit hängenden Lefzen; nichts kann man unbewacht liegen lassen auf dem weißen, warmen Sand, keine Kleidungsstücke, und Eßbares schon gar nicht; im Nu stürzen die Bestien sich auf das herrenlose Gut, zerfetzen es, schleppen es fort, oder heben, oft mehrere zugleich, das Bein und bepissen es; die Mexikaner, umringt vom Gewirr ihrer Kinder, sehen's mit Gleichmut oder lachen gar darüber; Gertrude meint, jetzt endlich, da er den Wachdienst übernehme, könne sie ohne Befürchtungen schwimmen gehen. Es gibt dort Surfboards, für ein paar Centavos zu mieten, schwere, geglättete Balken, auf denen man sich wiegen lassen kann von den langen, sanften Wellen; Gertrude schwimmt, ihr Surfboard bei der Hand, weit ins Meer hinaus, klimmt hinauf aufs Holz und läßt sich treiben, kaum ist sie noch zu erkennen, ein Pünktchen auf flimmernder Fläche; da, plötzlich, Geschrei, die Segler draußen steuern hastig auf sie zu, peitschen das Wasser mit Rudern und Stangen – einen Moment lang sichtbar das schwarze Dreieck, ein Hai.

Er sucht ihr zu Hilfe zu kommen. Aber er ist ein schlechter Schwimmer; lange bevor er sie erreichen kann, wird sie von einem der Boote an Bord genommen. An Land dann, da er sie in die Arme schließt, weiß er: dies, jawohl, ist es, und zwar auf Dauer; die Zeit ist vorbei, da er diese Ehe als eine Art Opfergabe betrachten durfte, dargebracht von dem Soldaten den Göttern im Tausch für das eigne Leben; es *ist* das Leben.

Das Mexiko jener Jahre war noch nicht verheert worden von den Touristenhorden, und noch hatten die Bauern den Versuch nicht aufgegeben, aus der trockenen Krume den Mais zu gewinnen für ihre Tortillas; nehmen Sie den Bus nach Mexico City, sagte der Schwede, so werden Sie das Land kennenlernen und die Menschen.

Diese Busse, die schon ausgedient hatten, bevor die Norte Americanos sie nach Mexiko verschacherten, diese schmalen, steinigen

Straßen, die über schwindelerregendem Abgrund die Felswand entlang sich wanden! Diese Fahrer unter den baumelnden Bildern ihrer Schutzheiligen an der Frontscheibe, die, irre lachend, den Fuß nicht vom Gas nahmen, bis sie irgendwo anhielten, vor einer Hütte am Weg, einer staubigen Siedlung, damit die Bäuerinnen ein- oder aussteigen konnten, eine dürre Ziege am Strick und unterm Arm zwei halbgerupfte Hühner oder ein Säckchen armseliger Produkte; das gab eine Atempause, bis der Bus weiter talwärts schoß, in waghalsiger Fahrt vorbei an Klüften, wo einmal Wasser gesprudelt hatte und wo die Kakteen, phantastische Riesen, der gleißenden Sonne entgegenwuchsen.

In Taxco, vor den ärmlichen Häuschen der Silberschmiede, floß die Jauche die Mittelrinne der steilen Gassen hinab, und im offenen Fenster des Fleischerladens stanken die weißlichen Innereien, verlockend aufgehängt, schlimmer als vor den Hecken der Normandie die toten Kühe; da übernachteten sie in der Posada de la Misión, in winddurchfächelten Räumen mit Möbeln aus spanischer Kolonialzeit, und blickten von luftiger Terrasse hinab über Kathedrale und Stadt. In Taxco, hatte S. H. erfahren, besaß Hans oder Otto, der umtriebige Geist aus der Volksecho-Zeit, eine Silberschmiede oder mehrere sogar; aber er war nicht am Orte, er kam nur gelegentlich her, die Zentrale des Unternehmens befand sich in Mexico City, und die Kommunisten des Landes hatten ihn, den geschäftstüchtigen Ausbeuter, zum persönlichen Klassenfeind ernannt.

Cuernavaca war danach wie ein Garten Eden, mit Palmen und Blüten in den schönsten Farben und tiefgrünen Grasflächen; der Ort war gerade entdeckt worden von dem, was man heute als Szene bezeichnen würde, denn es lebte sich da, bei der Umtauschrate des Peso, um drei Viertel billiger als in den Staaten. In Cuernavaca lernt er Alvah Bessie kennen, Romancier und Filmeschreiber, vormals Offizier der Abraham-Lincoln-Brigade in Spanien und, dies das Wichtigste, bei aller Rauheit ein gütiger Mensch; sie werden Freunde. Er träumt, wie schön es wäre, sich hier niederzulassen; aber selbst die relativ geringe Summe, die das erfordern würde, ist mehr, als er besitzt, und die Arbeit an den Crusaders, meint er, und meint auch Gertrude, erfordert seine Anwesenheit in New York.

So wollen sie, obwohl die Stadt in jener Zeit noch lebbar war, in Mexico City nur wenige Tage bleiben, um dann sofort nach New York zurückzufliegen, aber ein Lunch im Restaurant von Chase & Sanborn, dem vornehmsten Department Store Mexikos, ändert die

Pläne. Vom Nachbartisch her machen zwei elegant gekleidete mexikanische Herren der von der Sonne Acapulcos gebräunten Gertrude so auffällig den Hof, daß S. H. nicht anders kann, als sich finsteren Blicks zu erheben. Doch statt den Señores die Faust unter die Nase zu halten, stelzt er stumm an ihnen vorbei, in die Abteilung für Silberschmuck, wo er mit seinem letzten American-Express-Scheck ein schweres Armband ersteht, darin ein großer, eiförmiger Amethyst; zurückgekehrt zu Gertrude, entnimmt er vor den Augen der beiden dem samtenen Beutelchen, in dem man's ihm verpackt hat, das Schmuckstück, streift ihr's übers Handgelenk und küßt ihr den Arm von der Stelle, wo jetzt der Stein leuchtet, bis zur Schulter hinauf; worauf die Freier verschwinden: totaler Sieg des Yankee-Imperialisten. Dann erst bemerkt er, daß Gertrude in seiner Abwesenheit einen grünen Salat bestellt und ihn halb schon verspeist hat, grünen Salat, der wie Rohkost überhaupt und die meisten Früchte tabu ist in Mexiko für alle, die nicht wie die Eingeborenen immun sind gegen Montezumas Rache. Aber, verteidigt sie sich, doch nicht bei Chase & Sanborn's! Unter amerikanischem Management!

Und prompt, mitten auf einem der großzügig angelegten Boulevards der Stadt, dieser über die ganze Breite bespannt mit Transparenten, auf denen für Bücher und Autoren Reklame gemacht wird, krümmt sie sich vor Schmerz, und nur mit Mühe kann er sie zurückbringen ins Hotel. Also muß man doch versuchen, Hans, oder Otto, zu erreichen, dessen Frau Reni ja Ärztin ist. Tatsächlich steht Frau Dr. Reni Begun im Telephonbuch, aber nur die Vertretung antwortet, ein Herr Dr. Friedenthal, auch er ein deutscher Emigrant, wie er sofort versichert, und, ja, er werde kommen.

Er kommt, und diagnostiziert Amöben-Ruhr – haben Sie Obst gegessen, ungeschältes, oder Salat? Ah, so. Wußten Sie denn nicht, der mexikanische Dünger stammt aus des Bauern eigenem Darm – doch Gott sei Dank, da haben wir jetzt ein paar Mittel, amerikanische, der Krieg hat auch sein Gutes, nur sind sie sehr teuer; nein, nach New York werden Sie nicht so bald fliegen können, acht bis zehn Tage braucht Ihre Frau mindestens, Bettruhe, Haferschleim, Sie werden sehr sorglich umgehen müssen mit ihr, verehrter Freund, aber bitte, mir zahlen Sie nichts, ich weiß, wer Sie sind, ich habe gehört von Ihnen, über Hans, oder Otto, jetzt heißt er wieder anders, ein höchst widersprüchlicher Mensch.

In diesen Tagen meldet sich, mobilisiert offenbar durch den Dr. Friedenthal, ein Mann bei ihm, gleichfalls ein Emigrant, Paul

Merker nennt er sich, später wird er ihm wiederbegegnen, in der DDR; Merker befragt ihn, wie war das in Deutschland, als er im Kriege dorthin kam, und was waren seine Erfahrungen als Besatzungsoffizier; Merker beeindruckt ihn, ein kluger, einfühlsamer Mensch, ohne Prätentionen, Kommunist offenbar; sie haben einen Kulturbund da unten, sagt er, ob der Genosse S. H. nicht einen kleinen Vortrag für sie halten möchte?

Der Genosse S. H. möchte nicht; er möchte, sobald er kann, zurück nach New York, zurück an seine geregelte Arbeit.

Bei Little, Brown haben sie den Plan für die Crusaders gelesen und haben, wohl schon der Länge des Textes wegen, ihre Befürchtungen. Sie warnen: vielleicht habe er seine Kriegserfahrungen noch nicht genügend verdaut, um sie in Romanform zu bringen; auch möge er, statt zu versuchen, die Story von mehreren Seiten her darzustellen, sie lieber über eine der Hauptpersonen erzählen; und überhaupt sei der Entwicklung der Charaktere mehr Aufmerksamkeit zu widmen als äußerlichen Handlungsmomenten; die Gefahr, der er schon in Of Smiling Peace erlag – zuviel Intrige, zu viele nur notdürftig miteinander verknüpfte Episoden – auch hier drohe sie wieder.

Trotzdem ist man bereit, einen Vertrag mit ihm abzuschließen für ein Buch von nicht mehr als 300000 Wörtern; Vorschuß: dreitausend Dollar. 300000 Wörter, überlegt er, das sind, doppelzeilig geschrieben, etwa tausend Seiten auf der Maschine; Krieg und Frieden war länger, sie sind mißtrauisch im Verlag, doch in bezug auf Länge beabsichtigt er ja nicht, mit Tolstoi in Wettbewerb zu treten. Aber dreitausend Dollar? Wovon noch Max Pfeffers happige Provision abzuziehen wäre? Gewiß, es ist ein Vielfaches des Vorschusses, den Putnam's ihm zahlte für Hostages; aber inzwischen hat er auch einen Namen als Autor. Dreitausend werden ihm nicht einmal für ein Jahr reichen, auch wenn er sich einschränkt, und dieses Buch wird ihn weit mehr als ein Jahr kosten, bei diesem Buch darf er nicht hasten, da will alles überlegt sein, ausgefeilt, unangreifbar; er wird also, wie früher auch, noch hinzuverdienen müssen, was wiederum Zeit beanspruchen und von der Arbeit am Buch ablenken wird: ein Teufelskreis.

Er unterschreibt.

Wie auch immer die Verbindung zum United Jewish Appeal, kurz UJA, zustande kam, über Freunde oder Bekannte, oder ganz zufällig, eines Tages bittet ihn der Mr. Leo Bernstein, Direktor der Organisation, zu sich in sein Büro auf der Westseite der 46th Street. Man kenne ihn natürlich, eröffnet er ihm, kenne seine Bücher, seine Tätigkeit beim Militär, auch daß er einst selber durch die wohltätigen Bemühungen jüdischer Gruppen ins Land gekommen sei und an der Universität Chicago studieren durfte; ein Mann mit solchem Background, so meine man, und mit solchem Namen, könne, ein minimales Rednertalent vorausgesetzt, recht nützlich sein beim Appell an das jüdische Herz um Spenden für gute Zwecke, für die Unterstützung der Ärmsten der Armen etwa, der Juden drüben in Europa, der wenigen, die Hitlers Lager überlebt haben, und für deren Transport, wenn sie so wollten, nach Palästina, und ihre Ansiedlung in Erez, und was derart wohltätige Unternehmen seien; er, S. H., brauche nichts weiter zu tun als hinauszufahren, wohin, werde man ihm genau noch mitteilen, und nach gemeinsamem Mittag- oder Abendessen in einem Hotel an dem betreffenden Orte oder in einem Gemeindesaal, den dort Anwesenden zu berichten, was er gesehen und erlebt hat an jüdischem Elend; unter keinen Umständen, wohlverstanden, wolle man, daß er irgendwie übertreibe, die Fakten allein schon sprächen für sich, aber zum Schluß seiner Rede, beim Pitch, wie das genannt werde, dürfe er guten Gewissens etwas aus sich herausgehen, komme es in dem Moment doch darauf an, Leute, die sich schon ausgerechnet haben, wieviel sie geben werden, bevor sie hingegangen sind zu der Veranstaltung – vom Steuerlichen her, was eine Firma oder ein Bürger regierungsamtlich anerkannten Wohlfahrtsverbänden überweist, läßt sich bekanntlich abziehen vom Einkommen, so daß man möglicherweise in eine niedrigere Steuergruppe gelangen und, gerade durch Freigebigkeit, an seiner Income Tax noch sparen kann – komme es in dem Moment doch, wie gesagt, darauf an, just diese Leute dazu zu bewegen, noch ein Tüttelchen draufzulegen, zehn oder hundert oder tausend, mitunter sogar zehntausend Dollar, wenn es sie packt oder wenn sie zeigen wollen, was für großzügige Menschen sie doch sind. Ihr Honorar, Mr. H., würde bei fünfzig Dollar pro Speech beginnen, bis wir sehen, wie Sie sich bewähren; danach könnte es auch höher angesetzt werden, je nach Größe der Gruppe, zu der Sie sprechen, und nach Dauer der Reise, und, last but not least, nach der Summe Ihres Erfolgs.

Politisch war, was er auf diesen Veranstaltungen sagte, durchaus zu vertreten. Von seinen Auftritten blieb als Eindruck: der Blick entlang der immer gleichen Tische auf die ineinander verschwimmenden Gesichter; die Folge der immer gleichen Worte, mit denen der oder die Vorsitzende ihn einführten; und Chicken à la King. Ob Luncheon, ob Dinner, ob Ladies' oder Men's Clubs oder beidgeschlechtliche Vereinigungen, ob Newark, Hartford oder Washington, ob Pittsburgh, Cleveland, Detroit, Kansas City oder Los Angeles, fast immer wurde Chicken à la King serviert, Hühnerfrikassee ertränkt in Mehlsauce, dazu ein welker Salat, und zum Nachtisch Ice Cream. Aber er lernte zu sprechen, öffentlich, und sein Thema so zu beherrschen, daß die Gedanken sich frei aneinanderfügten; wenn er Notizen benutzte, hatten sie auf zwei, drei Kärtchen bequem Platz. Und er lernte die amerikanischen Juden kennen mit ihren Vorurteilen wie ihrer Weisheit, beides geprägt durch kollektives Leid, und ihrem Zusammengehörigkeitsgefühl: von jenen, die das Ghetto noch mit sich herumschleppten und ihrem Gott nach der Art ihrer Väter dienten, über Gangster und Finanzleute bis zu Gelehrten von Rang und Damen von Welt, die sich von der wahren Oberschicht des Landes nur dadurch unterschieden, daß sie keine WASPs waren, keine White Anglo-Saxon Protestants, und daher eben doch zweitklassig.

Aber Spitze wurde er nie: wenn ein Danny Kaye auftrat oder eine andere Hollywood-Größe, griffen die Leute eben tiefer in die Tasche; und sogar Gertrude, die unter dem schönen Pseudonym Valerie Stone bald auch in das Rede-Geschäft samt zugehörigem Pitch eintrat, erfreute sich eines größeren Renommees und höherer Honorare als er; besonders bei den Männern wirkte sie ertragssteigernd, und manchmal geschah es, daß die Offiziellen in irgendeiner Stadt ihm von dem Charme und der klugen Art des Vortrags einer Miss Stone vorschwärmten, die vor acht oder vierzehn Tagen dagewesen sei; er kenne sie, sagte er dann, eine Persönlichkeit, absolut.

Sie konnte aber auch von einer Warte aus sprechen, die zumindest ungewöhnlich war – als Vertreterin der United Nations. Sie hatte durch irgend jemandes Vermittlung einen Job in Flushing Meadows bekommen; dort saß der Verein damals, Jahre später erst zog man in den Glaskasten am East River um. Es war nur ein Teilzeit-Job, und schlecht bezahlt: sie archivierte Pressephotos, die sich auf das segensreiche Tun der United Nations bezogen; aber er genügte als Legitimation für ihre Auftritte bei Chicken à la King, und es kamen ihr ein paar recht eigenartige Bilder auf den Tisch; gegen einen zumeist felsigen Hintergrund wild kostümierte Bewaffnete, in ihrer Mitte stets ein Räuberhauptmann mit Namen Markos. Sie begann nachzuforschen: Markos war offenbar der Chef einer Gruppe von Partisanen, die in den Bergen im Norden Griechenlands operierten und behaupteten, die wahren Interessen des griechischen Volkes zu vertreten; die Regierung in Athen, von London und, im Hintergrund, von Washington gestützt, konnte ihrer nicht Herr werden, denn jedesmal, wenn die Regulären glaubten, die Bande umzingelt zu haben, zog sie sich auf jugoslawisches Gebiet zurück, wo ein anderer Partisan, Tito, jetzt das Heft in der Hand hatte. Die Sache war vor die United Nations gekommen; eine Delegation, ost-westlich gemischt, war von Flushing Meadows nach Griechenland aufgebrochen, um einmal vor Ort zu erfahren, was eigentlich vorging und was Markos wollte, und wie man den lästigen Kleinkrieg, politisch störend der Gegend wegen, in der er stattfand, beilegen könnte. Ein Teil der Delegation war auf Schleichpfaden zu Markos gelangt und verfaßte nach seiner Rückkehr einen kurzen Bericht.

Nun hatte der Kommunist Markos, in Wahrheit hieß er Vafiades, nach allem, was Gertrude in Erfahrung brachte, recht vernünftige Ideen; außerdem rührte er an ihr romantisches Herz. So schrieb sie einen Artikel, »Mission to Markos«, illustriert mit den Photos, die sie zur Hand hatte, und hoffte, eine so sensationelle und ergreifende Story würde ihr sofort abgenommen werden; aber nichts da; es war, als hätte sie den Redaktionen Gift angeboten. Erst als man ihr am nächsten Monatsersten kündigte, erfuhr sie, in welches Wespennest sie gestochen hatte: bei der großen Aufteilung Europas im Jahre 1944 war Griechenland dem Westen zugesprochen worden, und Markos Vafiades rührte ans Gleichgewicht der Welt, und wer ihm dabei zu Publicity verhalf, hatte die Folgen sich selber zuzuschreiben.

Arme Gertrude. Und armer Markos. Als Stalin dann Tito in Acht und Bann tat, setzte Markos auf Stalin. Tito hielt sich jedoch gegen alles Erwarten; Markos verlor seine Zufluchtsstätten, seine Truppe zerstreute sich, und er mußte, zusammen mit einigen Getreuen, Griechenland verlassen. Mehrmals noch wurde er in Moskau gesehen; dann verliert sich seine Spur.

Die Arbeit an den Crusaders macht trotz der Unterbrechungen Fortschritte. Gertrude ermutigt ihn; wo nötig, macht sie Änderungsvorschläge, meist solche, die ihm einleuchten. Mehrmals zeigt er Angus Cameron Teile des Manuskripts; der hält sich jedoch bedeckt; bevor er sein Urteil abgibt, sagt er, möchte er lieber abwarten, bis das ganze Buch vorliegt; doch warnt er: die Story nicht ausufern lassen, 300000 Wörter, wie im Vertrag festgelegt, noch weniger wäre besser, lange Romane sind teuer und verkaufen sich schlecht.

Als hätte er nicht genug eigene Sorgen, läßt S. H. sich in die Gruppenkämpfe der Schriftsteller verwickeln. Der Authors League, dem Verband der Schriftsteller, war er schon kurz nach der Veröffentlichung von Hostages beigetreten; jetzt sind da Kollegen, die aus dem esoterischen Klub, der sich alle paar Monate in einem renommierten Hotel zum Cocktail trifft, einen Verein zur Wahrnehmung ökonomischer Interessen machen wollen. James M. Cain, ein berühmter Mann, er hat gerade mit seinem The Postman Always Rings Twice einen neuen Bestseller geschrieben, schlägt vor, eine American Authors Authority zu schaffen, AAA, eine Art Komitee, das dem Kongreß in Washington Gesetze zum besseren Schutz der Autorenrechte vorschlagen und vor allem einen Mustervertrag durchsetzen soll, mit Prozenten und Beteiligungssätzen, die kein Verlag unterbieten darf.

Eigentlich würde man annehmen, daß Schriftsteller kaum gegen eine Verbesserung ihrer Lage sein können. Aber Rex Stout und Oliver LaFargue, Rex Stout ist der literarische Vater des übergewichtigen Detektivs Nero Wolfe, der sich nie aus seinem Schreibtischsessel rührt, befürchten, die neue Bewegung möchte Unruhe bringen in die von ihnen auf stillen Bahnen gesteuerte Authors League, und bald heißt es in der Presse, hinter all dem Aufruhr steckten die Kommunisten. S. H. läßt sich dadurch nicht abschrecken, auch Cain nicht; Cain regt eine allgemeine Schriftstellerversammlung in New Yorks Carnegie Hall an, er selber wird über seine AAA dort sprechen, neben ihm S. H. und andere Prominente.

Der Verlauf des Meetings erinnert S. H. an die Niederlage, die Gerhart Seger von der Neuen Volkszeitung ihm beibrachte, in dem kleinen Lokal in Yorkville, zehn Jahre ist das jetzt her, zehn Jahre, in denen die Welt sich verändert haben sollte; diesmal faßt der Saal das Zwanzigfache an Publikum, die Veränderung ist nur quantitativ. Cain hat aus Los Angeles telegraphiert: leider sei er verhindert. Damit ist der Matador ausgefallen; man muß versuchen, es ohne ihn zu schaffen. S. H. spricht, diesmal hat er seinen Text, behutsam formuliert, vor sich liegen, mit Argumenten, gegen deren Logik kaum einer Einwände haben kann. Dennoch rührt sich Opposition; Widerspruch wird laut, unsachlich, bösartig; wie kommt es nur, denkt er, daß die Menschen am tückischsten sind, wenn sie gegen die eignen Interessen handeln. Dann, eine Hand. Die Hand gehört James T. Farrell, dem Freund aus Chicagoer Tagen, der seither durch seine Studs-Lonigan-Trilogie zu einem der Großen der amerikanischen Literatur geworden ist.

Und Farrell attackiert ihn, ihn und die anderen, die, behauptet er, durch ihre Forderungen das gute Verhältnis zerstören wollen zwischen Autoren und Verlegern, und die Schriftstellerorganisation spalten, und und und. Farrell ist von ganz anderem Format, als es der bei all seiner Bösartigkeit tumbe deutsche Sozialdemokrat gewesen war; Farrell gehört, in dem Moment fällt es S. H. wieder ein, zu einer der zahlreichen Gruppierungen, die sich als trotzkistisch bezeichnen, und was hier ausgefochten wird, ist ein Konflikt, der weit hinausgeht über Prozente und literarische Rechte; Farrell selber, nach dessen Angriff nichts bleibt, als die Versammlung in möglichst geordneter Form aufzulösen, mag sich nicht einmal bewußt sein, was hier gespielt worden ist und daß seine Handlungsweise eine Entwicklung fördert, die immer rascher nach rechts führt.

Wie weit diese Entwicklung bereits gediehen ist, wird S. H. durch eine zufällige Bemerkung gerade des Mannes klar, auf dessen Gesinnung und Urteil er im Krieg gelernt hatte, zu vertrauen. Es ist nicht das erste Mal, daß Powell – daheim, in New Jersey, ist er wieder General – ihn eingeladen hat; man war zusammen hochseefischen vor der Küste, das Boot gehörte dem größten Begräbnisunternehmer im Staate und der Thunfisch biß entsprechend, so daß keine Zeit blieb zu ernsthaftem Gespräch, und hinterher wurde nur noch getrunken, der Begräbnismensch hatte Glenfiddich in der Kabine und, nach der Fahrt in der graugestrichenen Bretterhütte am Strand, hervorragenden Wein. Nun aber hat der General eine Art Reunion seiner Truppe veranstaltet, in seinem großen Landhaus, und außer Habe, gegen den Powell einer Dame namens Ali Ghito wegen einen Rechtsstreit geführt hat, ist so gut wie die ganze Mannschaft gekommen, soweit die Leute im östlichen Teil der Staaten leben.

Nach dem Essen nimmt Mrs. Powell Gertrude bei der Hand und zeigt ihr, in der oberen Etage, das Zimmer ihres gefallenen Sohns; es ist, eine Art Gedenkkapelle, im selben Zustand noch, in dem der Junge es verließ; morbid, die Idee, aber kenne sich einer aus im Herzen einer Mutter. Im Garten, wo man sich zu Gruppen zusammengefunden hat, sitzen sie zu viert dann um einen kleinen Tisch: der

General; seine Frau; Gertrude, für die Powell schon bei dem Thunfischfang eine Schwäche entwickelt hat; und S. H. Man spricht über dies und über das, über S. H.s Arbeit, über Habe, der ein ewig ergiebiges Thema ist; schließlich eine Pause, wie oft bei solcher Gelegenheit; um sie zu durchbrechen, hebt der General sein Glas und stößt an mit Gertrude: »Auf den nächsten!«

»Den nächsten was?«

Powell schüttelt den Kopf, erstaunt. »Den nächsten Krieg, was sonst?«

Gertrude ist aufgestanden. »Ich war vorhin oben in dem Zimmer, General. Und ich habe selber einen Mann im Krieg gehabt, und einen Sohn. Ich kann mich Ihrem Toast nicht anschließen.«

Soll er, überlegt S. H., den Charakter des Oberst DeWitt in seinen Crusaders in Frage stellen am Schluß des Buches oder ihn lieber lassen, wie er ist, geradlinig und ohne Bruch?

Er entschließt sich für das zweite; ein Roman ist ein Roman.

Die Arbeit an den Crusaders neigt sich ihrem Ende zu. Ein gutes Gefühl: ein Werk von solchem Umfang fast vollendet, darin die Schicksale so vieler Personen, die geistige Auseinandersetzung mit einem so facettenreichen Krieg; aber wie wird der Verlag es aufnehmen? Und nun ist überhaupt kein Geld mehr da; sie schleppen sich durch, er und Gertrude, von einem UJA-Vortrag zum anderen, doch auch diese Vorträge werden immer rarer, das Thema, unglückliche Juden in dem schrecklichen Nachkriegseuropa, hat sich abgenutzt, Gertrude reist mit ihrem letzten Paar Strümpfe, und eine Lucius N. Littauer-Foundation, die ihm vor Zeiten, noch in Chicago, ein paar Dollar geliehen hatte, hat entdeckt, daß der Student Flieg identisch ist mit dem Schriftsteller S. H., und verlangt ihre Anleihe zurück, samt Zins und Zinseszins. Um irgendwie zu Geld zu kommen, stellt S. H. einen Antrag auf eine Fellowship, ein Stipendium, das die reiche Witwe Guggenheim gestiftet hat, $ 2500 steuerfrei: dafür will er den Grimmelshausen, der im Jahre 1912 das letzte Mal übersetzt wurde, neu ins Englische übertragen; der Dreißigjährige Krieg und Weltkrieg Zwo, irgendwie scheinen sie ihm zueinander zu passen. Aber der Vorstand der Guggenheim-Stiftung lehnt ab, und vom Verlag ist auch nichts mehr zu erhalten. Ein einziger Lichtstrahl fällt in das Dunkel: ein Steuerberater, ein Freund der Literatur, hat errechnet, daß S. H. nach dem Erfolg von Hostages zuviel Steuern gezahlt haben muß, und wirklich erstattet das Finanzamt ihm mehrere hundert Dollar, so daß er, mit Ehefrau, Mobiliar und Papieren, aus Mr. Orzas immer mehr verfallendem Irisch-Amerikanischen Museum in ein modernes, sauberes Apartment umziehen kann, in Cooper Village, einem der ersten Wohnsilos dieser Erde, das die sonst nicht als wohltätig bekannte Metropolitan-Lebensversicherungsgesellschaft auf der unteren Ostseite Manhattans errichtet hat, ausschließlich für Kriegsveteranen und zu ermäßigten Mieten.

Dennoch ist es nicht nur der finanzielle Druck, der ihn, noch während er die letzten Teile der Crusaders schreibt, neue Projekte entwickeln läßt. Selten in seinem Leben, und nur notgedrungen, hat er an mehreren Sujets gleichzeitig gearbeitet; Fakt aber ist auch, daß er sich nie ganz wohl gefühlt hat, wenn er nicht wußte, was er morgen vorhatte und womit er sich übermorgen zu beschäftigen haben würde. Bei diesen Planungen zeigte er mitunter eine merkwürdige Naivität, ein Talent, sich Themen auszuwählen, die dem Leser zwar von größtem Interesse gewesen wären, die ein Autor mit einiger Kenntnis der Realität jedoch vermieden hätte. Was soll man dazu sagen, wenn er in einem Brief an das sowjetische Generalkonsulat in New York darum ersucht, man möge ihm doch behilflich sein bei seiner Absicht, an Ort und Stelle, in Rußland also, Recherchen anzustellen für eine längere Reportage über das Schicksal der von den Nazis verschleppten Sowjetbürger nach ihrer Rückkehr in die Heimat, über ihre Wiedereingliederung ins Leben des Landes, ihre eventuellen psychischen Probleme? Oder wenn er ausgerechnet der New York Times eine Artikelserie vorschlägt über Denken und Haltungen der Schöpfer der Atombombe drei Jahre nach Hiroshima? Wir Heutigen haben leicht lächeln: wir wissen, wie Stalin mit diesen Rückkehrern verfuhr, und haben gelesen, was die Atomphysiker über sich selber gesagt haben. Den Schriftsteller S. H. aber sollte es trotz aller Erfahrungen, die er bereits gemacht hatte, noch Jahre voll böser Enttäuschungen kosten, bis er es lernte, Menschen und Institutionen mit der gebotenen Skepsis zu sehen, und selbst heute erlebe ich noch, daß er höchst unangebrachte Anfälle von Gutgläubigkeit hat.

Die zwei Romanideen dagegen, die er in jener Zeit konzipiert, sind alles andere als naiv. Von beiden, *The Glass Wall* und *The Conspirators,* existieren nur Pläne, Notizen über Recherchen, Skizzen, auch Bruchstücke von Texten; aber was da vorhanden ist, läßt mich, rückschauend, bedauern, daß S. H. sich von dem Verlag, in dessen

Chefbüros man seiner Crusaders wegen schon Angstzustände genug hatte, eines wie das andere ausreden ließ.

Er meinte, so teilt er Cameron mit, er habe sich nach drei Büchern über Krieg und Katastrophen verdient, einmal etwas anderes zu schreiben; und so sollte The Glass Wall ein psychologischer Roman werden: die Geschichte eines Mannes, der eine Barriere errichtet gegenüber der Welt, und damit auch zwischen sich und der Frau, mit der er lebt, eine gläserne Wand gleichsam, die ihn zwar befähigt, die Vorgänge zu sehen und zu begreifen, ihn zugleich aber davor bewahrt, oder, wenn man will, daran hindert, irgendwelche tieferen Gefühle zu empfinden; ein Schutzmechanismus, eine Art Schizophrenie vielleicht, geboren aus der Angst vor innerem Zusammenbruch, doch ist der Mechanismus ihm zur zweiten Natur geworden. Die eigentlich tragische Figur ist die Frau, die in sich selber die Schuld am Versagen ihrer Liebe zu sehen glaubt. Die Sache kommt zur Krise, als er einer zweiten Frau begegnet, von der er sich Erlösung erwartet von seiner Unfähigkeit, am Leben teilzuhaben; die gläserne Wand zerbricht; er erkennt, wer ihn wirklich liebt und zu wem er gehört.

Ich glaube nicht, daß das Problem seines Helden damals S. H.s eigenes war, obwohl er heute noch, wie andere wohl auch, sich manchmal dabei ertappt, wie er sich selber samt zugehöriger Szenerie gleichsam von außen beobachtet: ein probates Mittel, um allzu großem seelischen Aufruhr zu entgehen. Jedenfalls schreibt er das Buch nicht und wendet sich statt dessen den Palmer Raids, den Razzien des Mr. Palmer, zu.

A. Mitchell Palmer war Generalstaatsanwalt unter Präsident Wilson gewesen; die russische Revolution, die während Palmers Amtszeit stattfand, löste in Amerika eine erste große Welle von Bolschewistenangst aus; und da, wie schon Heine feststellte, es stets Ausländer und Fremde sind, die den Geist der Rebellion säen, befahl Palmer, die Verschwörer, The Conspirators, zu verhaften – Massen von Arbeitern, in der Mehrzahl osteuropäischer Herkunft, die man in den Gefängnissen von New York und Chicago schmoren ließ, bis man sie dann zu Hunderten deportierte; dabei verfuhr man nicht zimperlich, es gab Mißhandlungen bei den Verhören; im Untersuchungsgefängnis in der Park Row in New York sprang einer aus dem 14. Stock auf die Straße. Ein Bureau of Investigation, das Wort Federal wurde später hinzugefügt, damit aus dem Ganzen das FBI werden konnte, entstand unter Palmer und betätigte sich alsbald auf die nützlichste Weise: im Keller des New Yorker Hauptpostamts wurden vierzehn an prominente Politiker adressierte Pakete gefunden, sämtlich Bomben enthaltend und sämtlich ungenügend frankiert, auf daß sie nur ja postalische Aufmerksamkeit erregten. Und damit man der Terrorszene auch ihre ideologischen Hintermänner zuschreiben könne, schuf das Parlament des Staates New York eine frühe Version jener Untersuchungsausschüsse, die von da an periodisch in Kongreß und Senat auftauchen und die amerikanische Demokratie aufs unheilvollste beeinflussen werden: das nach seinem Vorsitzenden, dem Abgeordneten Lusk, genannte Lusk Committee, das drei dicke Bände Untersuchungsprotokolle hinterließ; eines der wenigen noch vorhandenen Exemplare, eine bibliophile Rarität, befindet sich in meinem Besitz.

Möglich, daß der Roman The Conspirators, wäre er geschrieben und rechtzeitig veröffentlicht worden, den faschistischen Trends, die in den USA Ende der vierziger Jahre bereits fühlbar werden, Abbruch getan hätte, soweit Literatur das überhaupt tun kann; die Voraussetzungen für ein Buch, das den Menschen unter die Haut ging, waren gegeben: als Zentralfigur eine Frau von geistigem Format, zugleich aber mit Herz und Leidenschaft, dazu eine Reihe von Charakteren, die von hohen Richtern des Landes bis hinab zu analphabetischen armen Einwanderern reicht, und eine Fabel, der es an Drama nicht mangelt. Diese Zentralfigur war dem Leben entnommen; S. H. hatte sie über Charles Recht kennengelernt, einen der Anwälte, die die Verhafteten von 1919 so selbstlos vertraten, und hatte sie des längeren interviewt – Muriel Draper, aus der Familie der Drapers in Philadelphia, alte Aristokratie. Von der Sufragetten-Bewegung herkommend, hatte sie sich gegen die brutale Willkür des Mr. Palmer und seiner Leute engagiert, hatte Demonstrationen angeführt in ihrem lang wallenden, lilafarbenen Kostüm – Lila trug sie immer noch, Kleid und Accessoires, Lila in allen Schattierungen –, und hatte, eine schlanke, feingliedrige Person, an den übelsten Ecken der Slums von der üblichen Holzkiste herab zu den Proleten gesprochen, um bald darauf in irgendwelchen Salons Geld zu sammeln für die Verteidigung der zu Unrecht Angeklagten; jetzt war sie hager geworden und knochig, das Gesicht ein Netz von Falten, aber das Feuer glomm noch in ihr, und ihre Erlebnisse, von denen sie S. H. freimütig erzählte, waren mehr als phantastisch gewesen.

Doch aus Boston schreiben sie ihm, er habe zwar ein gutes Thema beim Schopf, und die Aktionen des Mr. Palmer seien sicherlich das Urbild der Hexenjagden, wie sie sich jetzt wieder ankündigten; aber das sei auch alles. Die von ihm gewählten Figuren seien wenig geeignet, die Geschehnisse nach dem Ersten Weltkrieg, und implicite auch nach dem Zweiten, dem Leser lebendig zu machen; seinem Plan nach zu urteilen, scheine er selber sich nicht einmal so sehr für diese Leute zu interessieren. Und schließlich bezweifle man, ob er, ein Zugewanderter immerhin, alteingesessenen Amerikanern wie seiner Heldin wirklich gerecht werden könne.

Kein gutes Omen für das Urteil über die Crusaders, deren Manuskript, komplett nun, dem Verlag vorliegt.

Heute sind die amerikanischen Buchverlage so gut wie alle in den Händen irgendwelcher Multis; das Geschäft wird nach einheitlichen Maßstäben geführt, es muß Profit gemacht werden und man trägt harte Bandagen dabei; ein Roman, der sich in den ersten acht bis zehn Wochen nach Veröffentlichung nicht verkauft, gilt als gestorben, denn die Lagerung von Büchern, ob beim Grossisten oder im eigenen Haus, kostet Geld; der Weg der Literatur ist mit Leichen gesäumt.

Auch damals schon, S. H. bekam es mehr als einmal zu spüren, rechneten die Verleger; aber in einem traditionsreichen Haus wie Little, Brown, das dazu noch in dem vornehmen Boston beheimatet war, ging es diskreter zu und der Drang nach Gewinn wurde mit ästhetischen Argumenten verbrämt. So soll denn die Abschlachtung des Dichters in Form eines Dinners mit Damen stattfinden, in dem im Kolonialstil gehaltenen Landhaus des Mr. Everitt außerhalb der Stadt. Alles vollzieht sich mit ausgesuchter Höflichkeit, die Weine sind gepflegt, beim Essen spricht man nicht von Geschäften, man erzählt Anekdötchen, aus dem Krieg, aus dem Kunstleben. Erst beim Kaffee dann, von den Damen ist nur Gertrude geblieben, kommt man zur Sache; Angus Cameron, als Cheflektor, referiert.

Well, leider, genau das, wovor man den Autor immer gewarnt habe, sei eingetroffen. Die Story sei ihm ausgewuchert, eine feste Linie fehle, es werde zuviel geredet; gewiß, es gebe Stellen darin von großer dichterischer Kraft und einige memorable Gestalten, S. H.s Talent, das ja anerkannt sei, schlüge immer wieder durch, aber das genüge nicht, um gegen den Wust zu bestehen – und dann die Länge! In der Herstellungsabteilung habe man errechnet: beinahe 400000 Wörter! Bei diesen Produktionskosten! Dabei sei das Lesepublikum noch immer daran gewöhnt, für einen Roman höchstens zweieinhalb Dollar zu zahlen, doch ein Buch von 175 000 Wörtern müsse schon seine drei Dollar kosten, bei 300 000 entsprechend mehr, und da komme nun er, mit seiner Überlänge! Natürlich lasse sich ein Verlag wie Little, Brown nicht ausschließlich von finanziellen Überlegungen leiten; hätte Crusaders nicht die erwähnten Mängel, man nähme auch Verluste in Kauf; aber in der gegenwärtigen Form sei das Buch einfach nicht tragbar.

Nie wieder, selbst nicht als er dem mächtigen Ulbricht öffentlich entgegentrat, hat er eine Schwäche in den Knien gespürt wie diese, im Hause Everitt. Jemand drückt ihm die Hand, Gertrude, und durch Schichten von Watte hindurch hört er den Verlagschef dozieren: Vielleicht, wenn man den Captain Troy zur Hauptfigur des Romans machte, möchte das Ganze Hand und Fuß bekommen. Danach, als hätte einer nach ihnen geläutet, erscheinen Mrs. Everitt und Mrs. Cameron im Raum; Mrs. Everitt ruft in heiterem Ton, genug des Business, es sei noch Champagner da; der Abend endet, wie er begonnen, sehr zivilisiert.

In der Nacht, im Gästeschlafzimmer der Everitts, besprechen er und Gertrude die Situation. Das Bett ist breit: trotzdem liegen sie eng beieinander. Not schafft Nähe, das wird er immer wieder erfahren in dieser Ehe. Er habe, konstatiert er, die Crusaders geschrieben nach bestem Können und Gewissen; sie noch einmal zu schreiben nach Everittschem Rezept sähe er sich außerstande. Ein anderer Verlag aber dürfte nur schwer zu finden sein, denn die Ablehnung eines solchen Buches durch ein Haus wie Little, Brown würde zum Gesprächsthema werden bei jeder einschlägigen Cocktailparty und die in Frage kommenden Verleger verschrecken, außerdem gälten die wirtschaftlichen Momente, Druckkosten, Papierpreise, für alle.

Aber ein Vertrag, sagt sie, ist doch bindend nicht nur für einen der Beteiligten: du hast ihnen ein Buch versprochen von nicht mehr als 300 000 Wörtern, und sie haben sich verpflichtet, es zu drucken. Das ganze Gerede am Abend war unnötig; einzig die Unterschriften zählen.

Tröstlicher Gedanke, der den zweien, draußen dämmert es schon, wenigstens noch ein paar Stunden Schlaf bringt. Beim Frühstück dann, die Camerons sind nach dem Champagner gestern abgefahren, die Dame des Hauses schläft noch, und Ray Everitt, ganz jovialer Gastgeber, sitzt als einziger mit ihnen am Tisch, eröffnet S. H. dem Präsidenten von Little, Brown: Geschäft ist Geschäft; er als

Autor werde sich strikte an seine Abmachungen halten, und er erwarte vom Verlag das gleiche.

Streichen ist eine Kunst. Später wird er sie selber erlernen, es wird ihm sogar Vergnügen bereiten, im Dickicht der Sätze zu roden, unnötiges Beiwerk zu stutzen, Klarheit zu schaffen und Durchlässigkeit für das Wesentliche; doch damals glaubte er insgeheim noch, daß jedes seiner Worte ihm eingegeben sei von Gott und bewahrt werden müsse für die dankbare Nachwelt. Ohne Gertrude, die ein Auge hat für Entbehrliches, wäre es ihm niemals gelungen, den Roman um fast ein Viertel zu beschneiden, und nicht etwa, indem man größere Abschnitte opferte, das hätte den Fluß der Erzählung zerrissen, sondern hier auf eine Episode verzichtete, dort eine Beschreibung ausließ, und immer wieder kürzte, satzweise, wortweise, und gnadenlos vorging gegen jede wie immer geartete Wiederholung.

So etwas kostet Zeit. Dem Verlag ist's nur recht, denn dort ist man inzwischen zu der Meinung gelangt, S. H.s Roman käme sowieso zu früh; auch der klassische Kriegs-Bestseller, Remarques Im Westen nichts Neues, sei zehn Jahre erst nach Ende des Ersten Weltkriegs erschienen: so lange nämlich, theoretisierte man, müsse es dauern, bevor das Publikum bereit sei, sich von dem Schrecklichen, das es ja selber miterlebt habe, erzählen zu lassen.

Als dann endlich die neue, getrimmte Fassung vorliegt, beginnt eine Posse, wie man sie kleinlicher nicht erfinden kann. Der Verlag behauptet, das Manuskript entspräche immer noch nicht der im Vertrag festgelegten Länge: es enthalte 330000 Wörter. S. H., der die Zeilen gezählt hat, die Zeile zu durchschnittlich neuneinhalb Wörtern, rechnet vor: 300000. Das Zahlenspiel geht hin und her, die Herstellungsabteilung schwört, der Autor schwört, bis Gertrude sich hinsetzt und nicht mehr nur die Zeilen zählt, sondern die Wörter; Resultat: 299569. Die Differenz, stellt sich heraus, ist daher gekommen, daß sie im Verlag die Leerstellen an Anfang und Ende der einzelnen Absätze mitgezählt haben, in einem Buch mit so viel knappen Dialogen – kurze Rede, kurze Antwort – summiert sich das.

Aber immer noch traut der Verlag dem Werk nicht, das er nun doch irgendwie veröffentlichen muß. Und dies, erfährt S. H., obwohl sie in Boston bereits Gutachten aus dem eignen Haus vorliegen haben, welche die Crusaders als einen der besten und wichtigsten Romane des Jahrhunderts bezeichnen. Einer der Lektoren, Ehre seinem Andenken, er hieß Bob Knittel und war verheiratet mit der Schauspielerin Luise Rainer, der Milada in dem Hostages-Film, spielte ihm diese Berichte zu, zusammen mit einem internen Brief an Ray Everitt, darin zu lesen stand, daß nicht etwa S. H. der eigentliche Widersacher sei, sondern seine Gertrude, die ihn wortmächtig davon abhalte, seines Verlegers guten Ratschlägen zu folgen. Jedenfalls, die Idee dazu stammte wohl von Angus Cameron, will man jetzt etwas ganz Neues, im Verlagswesen Amerikas bis dahin Unerhörtes unternehmen, das den Herren Sicherheit und zugleich Publicity verschaffen soll: man wird, vor Veröffentlichung der eigentlichen Auflage, fünfhundert broschierte Exemplare drucken und diese an Kritiker, an Militärs, an andere Personen des öffentlichen Lebens, und vor allem an wichtige Buchhändler schicken mit der Bitte um ihr Urteil; je nachdem, wie die Urteile ausfallen, wird man dann die Auflagenhöhe bestimmen, und sollten sie wirklich hervorragend sein, so ließe sich aus ihnen eine Broschüre zusammenstellen zur Förderung des Verkaufs und als Pressematerial. Die Kosten für dieses Verfahren allerdings soll der Autor bitte mittragen, in Anbetracht des zusätzlichen Risikos, das der Verlag nun auf sich nehme; man schlage vor, er möge seinen vertragsmäßig ihm zustehenden Anteil an den Einkünften des Buches heruntersetzen von zehn auf acht Prozent, und seine fünfzehn nach Absatz der ersten 10000 Exemplare auf zwölf; und man legt ihm dar, daß er, in bar, bei dem Handel sowieso nichts verliere, da der Verkaufspreis der Crusaders nun nicht mehr zweieinhalb oder drei Dollar betragen werde, sondern leider dreieinhalb. Er wiederum teilt dem Verlag mit, er habe fast zwei Jahre, die Recherchen unter Feindbeschuß beiseite, in diesen Roman gesteckt, zu $ 4500 pro Jahr bei bescheidenster Lebenshaltung Summa $ 9000; erhalten habe er jedoch an Vorschuß nur $ 3000, so daß die restlichen $ 6000 aus seiner Tasche kommen mußten, sein ganzes Vermögen darstellend plus ein paar Schulden; während der Verlag, bei zweihundert Titeln im Jahr, für die Crusaders nur ein mageres Zweihundertstel seines Kapitals aufwende.

Doch was nützen die Rechenkünste; er ist der Schwächere. Oder auch nicht: denn am Ende hält er den Probeband, provisorisch geheftet in erdbeereisfarbenem Umschlag, in der Hand und liest die ersten Seiten; und was er erlebt hat in diesem Krieg, und die Menschen, denen er begegnete, und seine Mühen ums Überleben und um dieses Buch, all das überwältigt ihn auf einmal und er möchte etwas sagen zu Gertrude, etwas Großes, Bedeutungsvolles, aber die Kehle ist ihm wie zugeschnürt.

# 20

Am 8. September 1948 findet in der Cooper Village genannten Großsiedlung der Metropolitan Life, genauer in Apartment 5 E des Hauses 441 East 20th Street, zur Feier des an diesem Tage erscheinenden Romans The Crusaders eine Champagner-Pary statt. In der doch recht kleinen Wohnung drängen sich die Gäste, amerikanische Intellektuelle zumeist, viele Linke darunter, dazu ein paar Wohnungsnachbarn, ein paar deutsche Emigranten, ein paar Arbeiter aus S. H.s Volksecho-Zeit und zwei oder drei Mann aus der Armee; der Kreis um Gertrude und der Zirkel seiner Bekannten und Freunde waren nie homogen, und außerdem sind noch die vom Verlag anwesend.

Trotzdem, man verständigt sich miteinander, es wird sogar alles sehr lustig, die Zeichen stehen gut, für das Buch, für den Autor. Man mußte die Crusaders, berichtet Angus Cameron, noch vor dem Tag der Veröffentlichung ein drittes Mal auflegen lassen, so stark sei die Nachfrage gewesen, und aufgeräumt fügt er hinzu, in der Broschüre da auf dem Tisch könne jedermann nachlesen, was Kritiker und führende Buchhändler im Lande von dem Roman halten: fraglos das wichtigste Stück Fiction, das uns der zweite Weltkrieg gebracht hat, so Captain Searles, selber ein Militär, von der New York Times Book Review; die anderen Urteile, die man bei Little, Brown erhalten und in dem Heft zitiert hat, seien nicht weniger positiv, und wichtige Blätter wie das San Francisco Chronicle und der Philadelphia Inquirer und die Chicago Sun-Times beabsichtigten, am kommenden Sonntag die Frontseiten ihrer Buchbeilagen dem Werke zu widmen. Was Cameron nicht erwähnt, was der Autor und die Leute vom Fach hier jedoch wissen, ist die bedauernswerte Tatsache, daß seit sechs Wochen schon Norman Mailers The Naked and the Dead und Irwin Shaws The Young Lions in den Buchläden ausliegen und daß, durch das Zögern des Verlags, die Crusaders als Nachzügler auf den Markt für Kriegsromane gekommen sind, der sich plötzlich aufgetan hat: abgesahnt haben die anderen inzwischen.

Nun könnte man einwenden, daß Mailer wie Shaw das ganze Ideengefüge und die treibenden Kräfte hinter dem Kriegsgeschehen außer acht ließen, und daß der Roman des S. H. schon darum nicht in eine Reihe gehöre mit den genannten zwei Titeln und für sich allein zu betrachten sei, aber waren es nicht gerade die Auseinandersetzungen um das Politisch-Moralische, die Belastung durch das Gedankliche, die den Verlag zögern ließen, da sie vom Fluß der Erzählung ablenkten, die Lektüre also erschwerten? Wie dem auch sei, The Crusaders landet auf den Bestseller-Listen, nicht ganz in der Spitzenposition, doch hoch genug, und sogar von einigen der Kameraden, die in den Reihen der Psychological Warfare an der Seite des Autors standen, kommt Lob, gemischt mit dem Rätselraten darüber, wer denn nun eigentlich wer in dem Buche sei, wenn überhaupt.

Der Ex-Sergeant Weidenreich schreibt ihm: »Großartig, und ich freue mich, daß das Buch diese Anerkennung findet. Es war gut, noch einmal die Geschichte von dem Flugblatt zum 4. Juli zu lesen, und ich glaube, Du hast Lothar Bloch und unsern schrecklichen Küchenbullen, den Sergeanten Fanti, sehr schön beschrieben, und auch den Captain Grabove sollte die Lektüre nachdenklich stimmen.«

Bloch, so schlüsselt Weidenreich auf, sei der Corporal Abramovici, und den Küchensergeanten Dondolo identifiziert er als eben jenen Fanti, der auch ihn so oft terrorisierte, und in S. H.s Captain Loomis meint er den Captain Grabove erkennen zu können, den Kompaniechef der Second Mobile Broadcasting Company. Auch Burger ruft an bei S. H.: In einem Büro in New York sei Grabove, der dort irgend etwas zu erledigen hatte, bei seinem Eintritt mit »Hallo, Loomis!« begrüßt worden: unwillkürliche Reaktion von ein paar Leuten, die zufällig den Mann kannten und den Roman.

Walter Nathan, einer der Armee-Zivilisten, die lange bei der Truppe waren, widerspricht dem. »So sehr ich es auch versucht habe, ich konnte keine ›Identitäten‹ feststellen«, meint er. »Natürlich haben Sie, lieber S. H., mit Erfolg die Charakterzüge verschiedener Leute in Ihre Gestalten übernommen, aber es beweist ja gerade den hohen Wert Ihrer Arbeit, daß Sie die Menschen nicht einfach porträtiert haben, wie sie Ihnen begegneten.« Und Professor Morris Bishop, der Colonel Thompson von Radio Luxemburg, stimmt dem bei, »ich habe in Ihren Gestalten keine Einzelpersonen wiedererkannt, nur gewisse Aspekte im Wesen des einen oder anderen.« Bestätigt wird das durch eine Begegnung S. H.s im Flugzeug nach Memphis, Tennessee, wo er einen seiner Vorträge zu halten hat; da sitzt neben ihm ein sportlich aussehender Herr in der Maschine, der die Crusaders liest, und Autor und Leser kommen miteinander ins Gespräch, ohne daß der Autor sich zu erkennen gibt, und der Leser erklärt, wie sehr ihm die Gestalt des Generals Farrish gefalle – imponierend, genau so habe ein General zu sein. Auf die Frage, wer er denn sei, stellt der Mann sich vor: Colonel Whitehead, General Pattons Aide-de-Camp. Den wahren Lohn seiner Arbeit jedoch sieht S. H. in den Meinungen von Leuten, die das Buch weder nach persönlichen Anspielungen durchkämmen noch verborgene Bosheiten darin suchen: so etwa in der Versicherung eines Ex-GIs wie Harry McLaughlin, der nun Sportredakteur ist bei der Zeitung York Dispatch: »Als einer, der in Pattons Armee in vorderster Linie gekämpft hat, möchte ich Ihnen sagen, daß Sie auch meinen Erfahrungen Ausdruck gegeben haben.«

Daß die Crusaders ein eminent politisches Buch sind, mit einer Message, wie man das nennt, einer Moral, die den einen bestärken, den andern aber verärgern mag, wird zwar bemerkt, aber nicht mit besonderem Mißfallen; zu der Zeit ist, wenigstens für die Kulturseiten der amerikanischen Presse, das Wichtigste noch, was einer erzählt, und wie er's erzählt; nur die rechts-primitiven Hearst-Blätter kritisieren einheitlich, daß S. H. seine Russen zu sehr liebe, und auf der Linken erkennt Richard Boyer von den kommunistischen New Masses: »Wie jede große Dichtung, weist auch Crusaders auf die Zukunft: während die amerikanische Armee noch gegen die Nazis kämpft, sehen wir in ihren Reihen schon den Faschismus aufkeimen, mit dem wir heute in unserm Land konfrontiert sind.«

Eher zeigen sich die Reaktionen auf die soziale Aussage der Crusaders in den Verhaltensweisen von Privatpersonen dem Buch, und dem Autor, gegenüber. General Powells Dankbrief für das ihm gewidmete Exemplar fällt kühl aus: seine Frau habe den Roman gelesen und recht interessant gefunden, und beide freuten sie sich über den Erfolg. Habe schweigt sich aus. Indirekt erfährt S. H. von Äußerungen des Unwillens aus Kreisen der Armee und von ehemaligen Offizieren, besonders aus dem Umfeld der Militärregierung oder der Psychologischen Kriegführung. CBS und NBC, die großen Funk- und Fernsehanstalten, halten sich auffällig zurück; zwar wird er eingeladen, vor dem Mikrophon seine Crusaders mit Orville Prescott zu diskutieren, in einem Authors on Trial genannten Programm, und in The Author Meets the Critics darf er zusammen mit dem damals bereits prominenten James A. Michener und der Photokorrespondentin Margaret Bourke-White auftreten, der er schon in Schloß Colombières begegnet war und die ihn zur Gestalt der Karen Wallace in seinem Buch anregte; aber das ist auch so ziemlich alles, und das Fernsehen, einem Interview mit ihm anfänglich gar nicht abgeneigt, springt wieder ab: irgendwo sitzt der Wurm.

Das erweist sich noch deutlicher bei den Verhandlungen mit den Filmgesellschaften, die ja ihrer hohen Kosten und ihrer langen Produktionstermine wegen eine sehr feine Nase für kommende Entwicklungen haben müssen. Bereits im Juni 1948, drei Monate vor Veröffentlichung des Buches, erfährt er von RKO-Film, man habe dort zwar die Crusaders mit Begeisterung gelesen, bezweifle aber, daß das Werk sich unter den obwaltenden politischen Verhältnissen verfilmen lasse. Im August schreibt Bertram Bloch, einer der Chefs von 20th Century-Fox, daß das Buch bei der gegenwärtigen Stimmung in Hollywood keine brauchbare Property sei; als Property, als käuflicher und verkäuflicher Besitz, gelten in der amerikanischen Filmindustrie Schauspieler ebenso wie Werke der Literatur. Bei MGM, der größten der Firmen, hat Dore Schary, der Chef-Produzent, die Crusaders längst schon abgelehnt, aber es gibt da Leute, die trotz der widrigen Umstände sich für das Buch einsetzen, und diese Leute finden auch einen Weg, auf dem es sich vielleicht durchsetzen ließe. MGM, ewig auf Stoffsuche, veranstaltet nämlich einen Wettbewerb, bei dem eine Jury und nicht die Geschäftsleitung darüber entscheidet, welches neue Buch am meisten verdiene, verfilmt zu werden: S. H. soll die Crusaders einreichen, und die Jury wird, das liege schon fest, sein Buch wählen, und er wird den Großen Preis kassieren dürfen, zweimal hunderttausend Dollar.

Zweihunderttausend Dollar!... Und das, nicht zu vergessen, in einer Zeit, da der Dollar noch eine solide Währung war! Ein neuer Hans im Glück, rechnet S. H. sich bereits aus, wie viele Jahre das bedeuten würde, in denen er sorgenlos arbeiten kann; und man läßt ihn wissen, halten Sie sich bereit, nächste Woche kommt Louis B. Mayer nach New York, in Person, der große Boss von MGM, und wird den Vertrag mit Ihnen unterschreiben, in Person. Und dann meldet die Presse, Mr. Mayer ist in New York eingetroffen, in Person, und nicht nur er, auch die anderen Movie Moguls, die obersten Chefs der Traumfabriken, zu einer Konferenz im Waldorf Astoria.

Es ist die Konferenz, auf der, unter dem Druck des von Senator Joseph McCarthy geleiteten Senatsausschusses und anderer ähnlich gearteter politischer Körperschaften, die Herren den Beschluß fassen, ab sofort von der Herstellung von Filmen abzusehen, die Anlaß zu irgendwelchen Kontroversen geben könnten.

S. H. hört niemals wieder von MGM.

Im Februar des Jahres, die Crusaders sind noch in Vorbereitung und er auf der Suche nach einem neuen Stoff, ist er unterwegs in Massachusetts; die Vorsitzende eines der jüdischen Frauenvereine in der Stadt Worcester hat ihn von der Bahn abgeholt und fährt ihn hinaus zu dem Country Club, wo das Dinner stattfinden soll, bei dem er zu reden haben wird. Von dieser nicht unattraktiven Dame, gepflegtes Äußere, Nerzcape, unaufdringlicher, aber teurer Schmuck, erfährt er, daß in Prag die Kommunisten die Macht übernommen haben.

Von innenpolitischen Auseinandersetzungen in der Tschechoslowakei hat er seit Tagen schon gehört, hat die Nachrichten aber nicht sonderlich ernst genommen; Benesch, der Präsident noch aus der Vorkriegszeit, der seit 1945 wieder auf dem Hradschin residiert, ist ein solider Mann, der eine solide Demokratie macht, was soll da viel passieren; außerdem hat die tschechoslowakische Botschaft in Washington vor kurzem bei ihm angefragt, ob er und Mrs. H. nicht einmal nach Prag kommen möchten, als Gäste der Regierung. Aber die Dame, die ihn chauffiert, erregt sich doch recht heftig: der junge Masaryk, der Außenminister, Sohn des Staatsgründers und früheren Präsidenten, habe sich aus dem Fenster seines Ministeriums gestürzt, oder sei gar hinausgestürzt worden, und die armen Menschen dort, so lange hätten sie stöhnen müssen unter dem Nazi-Joch, wie er selber ja geschrieben habe in seinem Roman Hostages, und nun dieses Unglück; was er, bitte, von der Sache halte?

Er wiegelt ab, denn was weiß er im Moment von den Ereignissen und ihren Hintergründen. Er kenne die Tschechen, sagt er, ein ruhiges Volk, freiheitsliebend, und nichts weniger als blutrünstig; und vor allem betont er, wenn die Kommunisten, wie es doch augenscheinlich der Fall, völlig legal und mit des Präsidenten Beneschs Segen an die Regierung gekommen seien, wer wolle dann Einwände dagegen erheben, und mit welcher Begründung? Insgeheim aber denkt er: Hier ist der neue Roman. Hier geschieht es zum ersten Mal, daß die Revolution, die sozialistische, in einem industriell entwickelten Lande auftritt, und aus dem eigenen Volk heraus, nicht auf den Geschütztürmen der Panzer einer Siegermacht. Hier die Anfänge darzustellen, und die Ursachen, und die Menschen, die das bewirkt haben, und auch die, die sich dagegenstemmten – und das Land wie Leute sind mir vertraut, ich hab dort gelebt! – welche Möglichkeit.

In New York sitzen im tschechischen Generalkonsulat Norbert Fryd und Frank Vrba, der eine, Kulturattaché, hat das Lager Theresienstadt überlebt, ist selber Schriftsteller und hell begeistert von S. H.s Projekt, der andere, der erste Sekretär, ist etwas jünger als Fryd, ein Nachkriegskommunist; er deutet an, Schwierigkeiten, vielleicht möchten die in Prag gar nicht alles so deutlich erzählt haben, was da geschehen ist; im übrigen hat man im Außenministerium nichts mehr von der Einladung an das Ehepaar H. erwähnt; neue Leute, nun ja. S. H. unterstreicht seinen guten Willen; wenn überhaupt ein amerikanischer Autor die Dinge objektiv und sogar mit einer gewissen Sympathie behandeln wird, dann er; ihm schwebe eine Art Familienroman vor – drei Brüder, andersgeartet ein jeder und anders seine Stellung zu den Vorgängen, dadurch die großen Konflikte konzentriert auf wenige Personen und entsprechend leichter faßbar. Nur wird er das alles recherchieren müssen, und sehr gründlich: die Jahre, seit er fern war von Prag, die Veränderungen in den Menschen, die politischen Details, die Zusammenhänge, und wie und wo die Fabel anzusiedeln wäre. Angesichts der offen feindseligen Berichterstattung in Amerika über die neuen Entwicklungen in der Tschechoslowakei, meint Vrba bei einem zweiten oder dritten Gespräch, werde man ihm in Prag sicher zur Hand gehen; auch bestehe ein Interesse an der Veröffentlichung seiner Crusaders dort in tschechischer Sprache, so daß er seinen Aufenthalt im Lande durch seine Honorare werde finanzieren können; wann er denn zu reisen beabsichtige?

Wenn schon Europa, denkt S. H., und Gertrude stimmt ihm zu, dann auch Israel, das, gestärkt durch tschechische Waffenlieferungen und diplomatische Hilfe aus Moskau, soeben seine Unabhängigkeit erkämpft hat. Zwar ist er nach wie vor kein Zionist, nach wie vor glaubt er, die Lösung der Judenfrage liege in der Lösung der Klassenfrage, also im Sozialismus, aber ein Echo des alten Spruches, Nächstes Jahr in Jerusalem, Gebet der Frommen am Passah-Abend, klingt auch in ihm nach; und außerdem hat sich die Story allmählich abgenutzt, mit der er so lange für den United Jewish Appeal herumgereist ist; die Juden aus den KZs, soweit sie es vorzogen, in Europa zu bleiben, haben sich integriert, und sei es auf noch so fragwürdige Weise; das Thema heißt jetzt Israel. Und sofort regt sich in ihm der Reporter-Instinkt: nicht in Luxus auf irgendeinem Passagierdampfer werden Gertrude und er reisen, sondern, in der Rolle von Schicksalsgenossen, auf einem der Immigrantenschiffe, die, bis vor wenigen Wochen noch illegal, eben die Verfolgten und Heimatvertriebenen, von denen sie beide so oft und so eindringlich gesprochen, zu den Ufern des gelobten Landes gebracht haben. So, eingepfercht wie diese in einem knappen Raum, ungewaschen wie sie, aus den gleichen Töpfen essend und auf dem gleichen Klo hockend wie sie, aber auch ihre Gedanken teilend und ihre Hoffnungen, werden er und Gertrude wirklich erfahren, was derart Menschen empfinden und welche Erwartungen sie hegen, und werden dann, zurück in Amerika, wirklich Authentisches berichten können.

Mr. Leo Bernstein, in seinem Büro auf der Westseite der 46th Street, hört sich den Vorschlag an und betrachtet, mit gedankenvoll erhobener Braue, die elegante Gestalt der Miß Valerie Stone, einer der besseren unter seinen Rednerinnen, und den Autor der Crusaders neben ihr, der ihm sein Buch soeben mit freundlicher Widmung überreicht hat. »Wenn Sie denn durchaus wollen…« sagt er dann, »viel Spaß. Wir werden uns in Verbindung setzen mit der Jewish Agency: die sollen Ihnen das arrangieren.«

Der 23rd Street Crosstown Bus stoppt plötzlich: S. H., der keinen Sitzplatz gefunden hat, verliert den Halt, wird gegen die Querstange neben dem Fahrer geschleudert, spürt einen stechenden Schmerz in der Seite, der ihm den Atem raubt. Das Röntgenbild zeigt: Rippenbruch. Aber ja doch, beruhigt der Arzt, Sie werden reisen können, nur angenehm wird es nicht sein.

Und es wird um so unangenehmer, als die amerikanischen Dockarbeiter es sich in den Kopf setzen, gerade um die Zeit zu streiken; die SS Veendam der Holland-America Linie wird nicht von ihrem üblichen Pier am Flusse Hudson, sondern vom Hafen Halifax aus, in der kanadischen Provinz Nova Scotia, ihre Fahrt antreten. Die große Reise des Ehepaars H. beginnt also mitten in Manhatten, in Grand Central Station, mit der Eisenbahn, und da Mr. H., seiner Rippe wegen, Schwierigkeiten mit seinem Dritter-Klasse-Bett hat, ein besseres steht ihm nicht zu, er hat die billigste Kabine gebucht, muß Mrs. H. in die knappe Reisekasse greifen, um ein Compartment, ein ganzes, bequemes Abteil zu erhalten.

An Bord ist es dann besser, auch wenn man tief unten im Schiff, nahe den dröhnenden Maschinen, untergebracht ist; die Stürme der Jahreszeit halten die Decks frei, die Gischt kommt über die Reling und durchnäßt sie beide; Gertrude findet das herrlich; sie ist ein guter Seefahrer und die Welt ist in Ordnung. Am Kai in Rotterdam werden sie von Evi erwartet, der jungen Frau seines holländischen Verlegers, einer geborenen van Perlstein; ein van Perlstein, heißt es, war einst von Rembrandt gemalt worden, doch sei das Bild bei einem Brand in Amsterdam verlorengegangen.

Der Verlag, der die Kruisvaarders, wie sie in Holland heißen werden, herauszubringen plant, nennt sich Republiek der Letteren; die Kommunistische Partei rührt da irgendwie mit, der alte van Perlstein hat Geld darin stecken, und Mels de Jong, der Schwiegersohn, mit dem S. H. zu verhandeln hat, kommt aus literarischem Hause: sein Vater ist der als holländischer Klassiker geltende Romancier A. M. de Jong, den die Nazis jahrelang in eines ihrer Konzentrationslager sperrten. Ohne Mels wäre das Nachkriegs-Amsterdam für das Eheaar H. schwierig gewesen; kenne sich einer aus in einer Stadt, wo der Dollar auf der Straße sechs Gulden und in der Bank nur zwei Gulden sechzig bringt und wo man den Kopf zur Theke senken muß, um den in sanfter Rundung über den Rand des Gläschens quellenden Genever zu schlürfen. Amsterdam ist Gertrudes erste europäische Stadt; hier, neben den Grachten, formt sich das neue Bild, dem sie anhängen wird bis zum Ende ihres Lebens, auch wenn es sich noch so oft als enttäuschend herausstellt. Immer wieder schleppt sie S. H. ins Rijksmuseum, immer wieder beginnend bei den Malern des Mittelalters, bis sie begreift, daß man dies und das überspringen muß, will man bis zur Nachtwache gelangen, die, damals noch in ihrem Altersdunkel und nicht ständig von Touristen umdrängt, dem einsamen Besucher eine Gruppe düsterer Verschwörer zu zeigen scheint. Auf der Rückfahrt von der Nachtwache zum Hotel, auf der Plattform der altertümlichen Straßenbahn stößt sie S. H. an: der Mann da, was starrt er dich so an?

S. H. blickt auf. »Hans?« – fragend. Und dann, »Hans Namm!«

Und es ist tatsächlich sein Cousin vom jüdischen Ruderklub in Grünau, der Sohn des armen Onkels Arnold und der Recha, der ältesten unter seines Vaters Schwestern, den er zum letzten Mal sah, als sie beide seine Pistole in den Wassern des Langen Sees versenkten.

Der Cousin umarmt ihn. Sich so wiederzufinden, nach fünfzehn Jahren, und was für Jahren! Und er schleppt S. H. und Gertrude in die nächste Kneipe, und kann sich nicht fassen und redet auf sie ein, noch ganz mit der sturzbachartigen Intensität und dem jugendlichen Eifer von früher, obwohl er gealtert scheint, gezeichnet von dem Erlebten. Ja, er hat es überlebt, sagt er, die Holländer haben ihn versteckt. Vom ersten Tag der Besatzungszeit bis zum letzten saß er still in einer Kammer, hat nie den Fuß vor die Tür des Hauses getan, auch nachts nicht, hat nie ein Licht gehabt, sobald es draußen dunkelte; mitunter kamen welche vom Untergrund, denen gab er Verse mit, die er schrieb, Spottverse gegen die Nazis; die wurden dann vervielfältigt und unter den Soldaten der Wehrmacht verbreitet. Und als die Glocken läuteten, und als er endlich vors Haus trat, unsicheren Schritts, da sagten die Leute zu ihm: Ach, Sie sind der, der dort oben versteckt war! Und auf seine Frage, woher sie denn gewußt hätten, daß dort oben einer versteckt war, sagten sie, daß sei doch offensichtlich gewesen, denn nie sei das Fenster geöffnet worden. Stell dir vor, lächelt er, sie wußten es alle, und keiner hat es verraten.

Und der Bruder? Die Schwester? Die Eltern?

Die Eltern? Eine Handbewegung in die Richtung, wo Gott zu vermuten ist. Und dann wieder der Sturzbach: Lutz, der Bruder, auch er wurde von den Holländern gerettet. Gerda aber geriet nach Auschwitz. Und sie hat Auschwitz überlebt, obwohl sie schon vorgesehen war für eines der Experimente des Dr. Mengele und speziell dafür tätowiert, und sie hat den Transport nach Belsen überlebt, und die letzten Tage von Belsen; und nun sind sie im Lampenschirmgeschäft, die drei Geschwister, klein haben sie angefangen, haben die Schirme mit eigener Hand genäht, nach Holländer Art, bauchig, in dunklen Farben, mit Goldbordüren und Troddeln, aber jetzt sind sie schon eingeführt, sie beschäftigen Näherinnen, sie selber entwerfen nur noch die Ware und verkaufen sie en gros. Und er, Vetter Helmut – S. H., heißt das, man muß sich erst gewöhnen – er möge nicht glauben, daß er davonkommen wird, ohne ausführlich von sich zu erzählen und seiner Gertrude; eine Familienwiedersehensfeier wird das werden, hier in Holland, nach so schicksalhafter Begegnung in der Straßenbahn, eine halbe Minute später, eine andere Bahn, und nie hätte man einander wiedergetroffen; Familie, viel ist nicht mehr da an Familie, aber Gerda hat geheiratet, auch einen, der es überlebt hat, und sie wird ein Kind haben, der Doktor in der Amsterdamer Klinik hat es nicht glauben wollen, wie er die Tätowierung auf ihrem Arm gesehen hat, aber es ist ihr gelungen, dem Experiment zu entgehen, Gott hat sichtbar seine Hand über sie gehalten und irgendein Kapo.

Zwei Kisten holländische Zigarren, die Abschiedsgabe des Mels de Jong, auf dem Perron neben dem Kurswagen nach Prag. S. H., der die Preise in Amsterdam kennt, wehrt ab: er rauche doch gar keine. »Weißt du denn immer noch nicht«, sagt Mels, »welche Wunder eine anständige Zigarre bewirkt, hier in Europa?«

Dann rollt der Zug an, S. H. sinkt zurück in seinen Sitz, draußen huschen die Schatten vorüber, schneller und schneller, es erinnert ihn, sonderbar, an seine Stimmung in dem Abteil des Waggons Prag-Paris, nach dem Abschied von Vera; jetzt kehrt er zurück, mit einer anderen Frau, die seine Frau ist. Die Grenze. Damals die Angst und die Spannung; aber dann waren es doch die Schweizer gewesen. Diesmal sind es nun die Deutschen, und sie treten auf wie Deutsche: Raus! Alles raus! Mit Gepäck!

Mit Gepäck? Das kann doch deren Ernst nicht sein!

Ist aber. Und die Kerle tragen wahrhaftig die alten Uniformen, nur umgefärbt, und sie stehen da, machtgebläht, wie er sie hundertmal erlebt hat, bevor er sie im besten Unteroffizierston zusammenstauchte, und sehen grinsend zu, wie er und Gertrude einen Koffer nach dem anderen, man muß ja einiges mitnehmen für eine monatelange Reise, aus dem Gepäcknetz heben und durch den Gang des Wagens schleppen, hinaus auf die Plattform, wo ein hölzernes Gestell errichtet ist zur Bequemlichkeit der Zöllner; dort hinauf muß das Zeug gehievt werden.

»Aufmachen!«

Die verdammte Rippe schmerzt ihn. »Jedes einzelne Stück?«

»Haben Sie nicht gehört!«

Er zückt seinen Paß, seinen amerikanischen, und brüllt wie einst, der Ton kommt ihm immer noch leicht: »Wissen Sie hier nicht, wer den Krieg gewonnen hat?«

Die Stimme ihres Meisters; und tatsächlich zucken sie zusammen wie eh und je; doch dann faßt sich der eine und meldet, in Habtacht-Stellung: »Wir wissen, wer gesiegt hat. Wir verfahren nach Vorschrift der Sieger.«

Nach etwas mehr als einer Stunde ist alles wieder verstaut im Abteil: Zeit, schlafen zu gehen. S. H. klettert hinauf zum oberen Bett, die Pantoffelsohle ist glatt, er rutscht aus auf der Leiter, bricht sich den großen Zeh. Auf dem Bahnhof von Nürnberg, beim Roten Kreuz, legen sie ihm einen Verband an und schneiden ihm ein Loch vorn in den Stiefel, damit er überhaupt auftreten kann; so, doppelt verkrüppelt, trifft er in Prag ein.

Wie vertraut, die winkeligen Gassen, die Burg, der Fluß, die Stadt, hier ist die Mala Stepanska, da hat er gewohnt, aber keiner weiß mehr von der Frau Grossova, und der Herr Klaus, der Seniorchef von Krawatten-Klaus in der Panska Ulice neben dem Prager Tagblatt, das es auch nicht mehr gibt, was wurde aus ihm, der ihn so oft einlud zum Gabelfrühstück, Prager Würstchen mit süßem Senf? In dem Laden halten zwei Mädchen sechs verstaubte Binder feil; die eine sagt achselzuckend, der alte Herr werde wohl den Weg gegangen sein, den sie alle gingen.

Auf Gertrude wirkt Prag anders; sie kennt die Schatten nicht, die ihn umlagern, hat keine Vergleichsmöglichkeit, weiß nicht, wie schäbig das alles geworden ist, und es deprimiert sie nicht so sehr, daß das Café Continental, das ihm eine Art geistiger Heimstätte gewesen, zu einem Wettlokal für Aficionados der örtlichen Pferderennen verkommen ist, und daß das einst von Künstlern frequentierte Mánes, durch dessen Hintertür in seinem Roman Hostages der Leutnant Glasenapp ins Wasser ging, jetzt von höchst zweifelhaften Gestalten bevölkert wird; sie durchstreift die Stadt, mit oder ohne ihn, das Alchimisten-Gäßchen, in dem damals noch die Wahrsagerinnen hausten, den alten jüdischen Friedhof mit dem Grab des weisen Rabbi Löw, dessen Ruhe nicht einmal die Nazis zu stören wagten, die Karlsbrücke mit ihren steinernen Figuren, die Kleinseite, den Petschin; Prague is my city, verkündet sie ihm, Prag ist meine Stadt, die roten Transparente an allen Ecken und Enden stören sie nicht, beflügeln sie eher, und ebensowenig stört es sie, daß das magere Essen im Esplanade, früher eines der vornehmsten Hotels, nicht nur enormes Geld kostet sondern auch die knappen Lebensmittelkarten; sie sieht Mangel und Mängel mit großem politischen Verständnis: da war der Krieg, und nun versuchen die Menschen das Neue, Schwierige; das erklärt den auch hier doppelt bewerteten Dollar, fünfzig Kronen amtlich, siebenhundert schwarz, die Läden, in deren Schaufenstern das Nichts geschmackvoll dekoriert ausliegt, und andererseits die Darex-Geschäfte, in denen, nur für westliche Währung, alles Begehrte zu haben ist, sogar in guter Qualität.

Ähnlich, mit bedachtem Optimismus, sprechen auch die neuen Leute im Außenministerium: der Professor Kosta, der sich laut wundert, wieso er S. H. nicht 1933 schon begegnet ist, als er über die Spindlerbaude, genau dort, wo S. H. über die Grenze kam, einen regulären Schleusendienst für deutsche Emigranten betrieb; der junge Antonin Liehm mit der Kinderstimme und den dunklen Kinderaugen, der gerade anfängt, Buchkritiken zu schreiben, mit festem marxistischem Standpunkt, was, wie er betont, in dieser Zeit besonders vonnöten sei. Man wird ihm helfen, das versteht sich von selbst, einem Autor wie S. H.; was er denn wissen wolle im einzelnen? Einen ganzen Fragenkatalog habe er ausgearbeitet, mit mehreren hundert Punkten, verschiedene Gebiete betreffend. Welche denn? Februarereignisse, Glasindustrie, Sudetendeutsche, Verlagswesen, Flugkontrollen. Warum gerade Flugkontrollen, ach, wegen der Flugzeugentführung vor ein paar Monaten; die will er auch in den Roman hineinhaben? Da wird, sagt Professor Kosta, wohl jemand gebraucht werden, der ihm die Wege ebnet, Verbindungen herstellt, gelegentlich auch für ihn übersetzt, der Ministerialrat Vančura vielleicht, ein sehr guter, sehr kluger Mann, ursprünglich Pastor. Und der Verlag, der seine Crusaders herausbringen wird, Melantrich, ein altrenommiertes Haus und beileibe nicht kommunistisch, ein Partei-Verlag wäre wohl auch nicht das richtige für ihn und das Buch, Melantrich wird ihn ebenfalls unterstützen.

Tags darauf werden er und Gertrude zu André Simone gebeten, nicht ins Amt, nein, in die Wohnung; Simone, oder Otto Katz, wie er eigentlich heißt, ist einer jener großen internationalen Journalisten, die aus der Prager Schule hervorgegangen sind; berühmt geworden war er als Herausgeber des Braunbuchs zum Reichstagsbrandprozeß, das die Hintergründe der Sache erhellte und bewies, auf wie schwachen Füßen, juristisch gesehen, die Hitler-Diktatur stand; im Exil dann war er, einem Irrwisch gleich und genauso wenig legal, überall aufgetaucht, wo Zeitungen zu gründen, Kongresse zu organisieren, Kampagnen zu starten waren; jetzt endlich schien er seßhaft geworden zu sein, offiziell als Außenpolitiker des Zentralorgans der tschechischen KP, des Rudé Právo. Simone, ein zierlich gebauter Mann mit fast mädchenhaften Gesichtszügen und einschmeichelnder Stimme, sieht die Dinge auf eine Art, die S. H. sofort für ihn einnimmt: das Hundertprozentige, die großen Behauptungen, damit müssen wir uns wohl nicht beschäftigen; wichtig sind die Halbtöne, die Brüche, das menschliche Element. Er, S. H., wolle also schreiben, über diese Revolution hier in Prag, die vielleicht gar nicht so geplant war, wie sie dann abrollte, obwohl man natürlich wußte, daß sie irgendwann kommen würde, und die sich ergab aus einer Verkettung im voraus gar nicht berechenbarer Umstände, nur daß die Partei, ausnahmsweise, möchte man fast sagen, hellwach und gut orientiert war und die Gelegenheit beim Schopfe griff, die durch die Dummheiten der Benesch-Partei und die Unentschiedenheit der Sozialdemokraten entstand. Im übrigen habe, wie immer bei solchen Umwälzungen, das Wirtschaftliche eine beträchtliche Rolle gespielt; doch ihm davon Näheres zu berichten, sei der Genosse Löbl hier neben ihm auf dem Sofa besser legitimiert als er: Evžen Löbl, Vizeminister in der neuen Regierung und hoch angesiedelt in der Partei.

Das Gespräch, gefördert durch die Sympathie, welche die Teilnehmer bald füreinander empfinden, bringt eine solche Fülle von Fakten und Inside-Informationen und Anekdotischem zutage, daß es S. H. ganz wirr wird im Kopfe und er sich zweifelnd fragt, wie er diese Ereignisse mit ihren Verwicklungen und Verzahnungen je adäquat darstellen soll; er wird, sieht er, sehr strikt umgehen müssen mit seiner Fabel, um sich nicht zu verfangen im Gewirr der vielen Fäden. Am Ende bleibt der Rest seiner holländischen Zigarren in Evžen Löbls Hand, der, so sagt er mit dankbarem Blick auf die braunen Stengel, an diesem Abend zum ersten Mal seit der Revolution das Leben wieder mit vollen Zügen genossen hat.

Hier und da dringt ihm und Gertrude auch weniger Positives ans Ohr. Nicht daß einer gekommen wäre mit der erklärten Absicht, nun wollen wir Ihnen, den Amerikanern, mal erzählen, wie es wirklich gewesen ist und was sich da abgespielt hat hinter den Kulissen; eher sind es Nebenbemerkungen, die aufhorchen lassen, ein zufälliges Wort, das sich nicht einfügen will in die Aussage, eine kaum merkliche Abweichung von der vorherrschenden Meinung, ein Blick, ein plötzliches Schweigen. Dabei behauptet keiner, daß die Vorgänge des Februar nicht getragen worden wären von einer Mehrheit der Arbeiterklasse, so weit geht niemand; aber wer steuerte die Emotionen der Massen, und zu welchem Ziel? Die Madame Chrastínova, seine Lektorin im Verlag, die auf seine völlig harmlose Frage nach ihrem Mann mit plötzlich tonloser Stimme ihm sagt, der sei Major in der tschechoslowakischen Armee und seit Monaten schon verhaftet, warum, habe ihr bislang noch keiner mitgeteilt – was hat das zu bedeuten? Die Schauspielerin Olga Scheinpflugova, die Witwe seines väterlichen Freundes Karel Čapek, deren immer noch schönes Gesicht zu Stein wird auf seinen wohlgemeinten Trost hin, daß so vieles von dem, was der große Dichter erstrebt habe, nun doch Erfüllung fände – wie ist das zu verstehen? Und der Dr. Jan Müller vom Institut für Berufskrankheiten an der Medizinischen

Fakultät der Karls-Universität, mit dem er des geplanten Buchs wegen zu reden hat und der, obwohl Jude und durchaus bereit, die von der neuen Regierung vorgesehenen sozialen Maßnahmen lobend anzuerkennen, seine Skepsis durchblicken läßt – was steckt da dahinter? Sind diese Menschen blind für das Große, das sich vor ihren Augen entwickelt? Sind sie, und andere mit ihnen, im Herzen denn alle Konterrevolutionäre?

Das kaum, meint Gertrude, und S. H. stimmt ihr bei, aber es brauche eben seine Zeit, bis die Leute selbst das Einfachste begreifen und sich wandeln. Der Ministerialrat Vančura bestärkt seine Schützlinge in dieser Meinung; auch er, gesteht er, verstünde nicht alles, was jetzt unternommen werde, aber er habe Vertrauen: wohl seien die Gesetze, nach denen die Kommunisten angetreten, härter, als mancher es sich wünsche, aber sie seien gerecht und zukunftsweisend, und somit auch gottgefällig; und ob er sie, da sie beide doch allein wären während des kommenden Weihnachtsfestes, einladen dürfte, Heiligabend im Kreis seiner Familie zu verbringen?

Und dann erfährt S. H., über Herrn Jiže, einen der tschechischen Redakteure, die die Arbeiten des jungen Emigranten einst druckten, von Vera. Sie hat geheiratet. Sie hat zwei Kinder. Sie wohnt in der Pařížská, ganz in der Nähe vom Altstädter Ring. Sie hat manchmal von ihm gesprochen, in den letzten Jahren seltener. Sicher, sagt Jiže, würde sie sich über seinen Besuch freuen. Und ihr Mann? Ach, der Herr Svoboda, ein seelensguter Mensch, was sollte der dagegen haben; ist ja alles so lange her.

Auch Gertrude, die spürt, wie ihn die Mitteilung beunruhigt, ist dafür; irgendwann würde Vera erfahren, von Herrn Jiže etwa, daß er sich in Prag befunden, ohne sich auch nur zu melden, und dann wäre die Kränkung groß. Ja, lieber allein; allein solle er hingehen, das weitere werde er dann ja sehen.

So, eines kalten Dezembermorgens, läutet er in der dritten Etage des Hauses in der Pařížská, und ein Kind macht die Tür auf und ruft, da er auf Deutsch fragt, »Maminko!« Maminka antwortet irgend etwas; er folgt der Stimme. Und da ist sie, auf den Knien, neben ihr der Eimer, und richtet sich auf; in ihrer Rechten noch immer den Scheuerlappen, streift sie mit der Linken eine Strähne aus der Stirn und schaut ihn an, als käme er aus einer anderen Welt, und sagt: »Stefan.«

Blaß ist sie, sieht er, überanstrengt und wohl auch nicht zu gut ernährt, und der Glanz in den Augen, der da einmal war, ist verblichen. Sie so zu überraschen, sagt sie, in diesem Aufzug, er hätte sich doch ankündigen können. Das Kind staunt den Fremden an. Sie erklärt dem Kind etwas auf Tschechisch. Das Kind geht hinaus. Sie setzt sich hin. Die Knie zittern ihr, sagt sie, weil alles so plötzlich sei, und dann: »Daß du gekommen bist, Stefan!«

Er bleibt ruhig, äußerlich wenigstens. Er erzählt ihr, weshalb er in Prag ist, und daß er zusammen mit seiner Frau reise, und sagt, wie sehr er sich freue, daß auch Vera nun Familie hat, einen Mann, Kinder; und erwähnt dann, um das ein für allemal zu klären, daß er ihr, wie versprochen, nach seiner Ankunft in Amerika geschrieben habe, mehrmals; aber nie habe er Antwort erhalten.

Sie nickt. Sie weiß. Vor seinem Tod noch hat ihr der Vater gestanden, er habe diese Briefe verbrannt; der gewissenlose Haderlump, der Emigrant, habe sie ins Unglück gebracht; wie erst, wenn sie ihm noch nachgelaufen wäre. Nach einer Weile sagt sie, er möge bitte gehen; morgen solle er wiederkommen, abends, mit seiner Frau; dann würde sie anders aussehen als jetzt, ein bißchen mehr wie früher, und ihr Mann wäre auch da.

Es war kein qualvoller Abend. Der Herr Svoboda war höflich und freundlich, wollte von Amerika wissen, und von den Büchern, die S. H. geschrieben, und von der Arbeit der Mrs. H.; Vera hatte Rouge aufgelegt und die Lippen geschminkt, sie trug ein langes Kleid mit irgendwelchem Glitzerwerk darauf, und was sie sagte, hörte sich an, als hätte sie's vorher geprobt. Zwei- oder dreimal kam S. H. die Frage in den Kopf, was wohl gewesen wäre und wie sich sein Leben gestaltet hätte, und Veras, hätte ihr Vater die Briefe nicht unterschlagen; aber er unterdrückte den Gedanken aus Sorge, ein falsches Wort möchte ihm entschlüpfen, eine falsche Wendung, und den Rahmen der Konversation durchbrechen, auf den man sich stumm geeinigt zu haben schien. Im Hotel dann warnte ihn Gertrude: »Laß die Finger davon. Diese Frau liebt dich noch immer.«

Also verbringt man Heiligabend mit den Vančuras. Ein Gebet wird gesprochen vor dem kärglichen Essen, und nach dem Kaffee – die Bohnen, kleiner Beitrag zum Fest von S. H. und seiner Frau, stammen aus dem Darex-Laden – wird eine Art Karree aus bunt bedruckter Pappe, eine submarine Landschaft zeigend, auf den Tisch gestellt, und zusammen mit den Enkelchen angeln die Gäste mit Hilfe magnetischer Angeln nach Blechfischen, und für den dicksten Fisch gibt es als Preis ein Stück Konfekt aus dem großen, gleichfalls für Dollar bei Darex erstandenen Karton.

Biegt man am Kleinseitner Ende der Prager Karlsbrücke scharf nach rechts ab, und dann noch einmal nach rechts, so gelangt man, bereits wieder im Schatten des letzten Brückenpfeilers, zu einem kleinen, heute völlig unbedeutenden Restaurant, in dem es zu jener Zeit jedoch, für Dollar oder entsprechende Unsummen von Kronen, zu essen und trinken gab, wonach das Herz begehrte.

Hierhin hat der Vertreter der Jewish Agency das Ehepaar H. eingeladen, um die Details ihrer Reise nach Israel zu besprechen. Was waren die Steaks dick und saftig nach den winzigen Scheiben zerrigen Zeugs, das im Esplanade serviert wurde, und der Côte du Rhone erst, wie ging er über die Zunge! Der Mann von der Agency, die Agency war halb Konsulat, halb Waffenaufkäufer des gerade entstehenden Staates Israel, ist über alles orientiert, die Rednertätigkeit von Miss Stone in den Staaten, die Reportagepläne S. H.s; und sogar über die Besitzverhältnisse in der böhmischen Glasindustrie nach dem Februar-Umsturz weiß er überraschend gut Bescheid und kann seinem Gast nützliche Tips geben für dessen neues literarisches Vorhaben. Alles in allem, ein recht zufriedenstellendes Abendessen: die Reiseroute wird festgelegt, Paris, Marseille, von da per Schiff nach Haifa, und weiter dann durch Israel; überall werden die Jewish-Agency-Leute sich um sie kümmern, kein Problem.

Kein Problem. Man ist in den Händen verläßlicher Männer und Frauen, die seit Jahren schon die Rettung von Menschenleben und den Aufbau einer Schattenregierung samt Untergrund-Armee betreiben. In Paris allerdings ist man noch auf sich selber gestellt; S. H. und Frau suchen, und finden, billiges Quartier im Hotel des Saints Pères im Stadtteil St. Germain, wo auch der mit Gertrude befreundete amerikanische Schriftsteller Donald Ogden Stewart sich eingemietet hat, der Autor des Films Life with Father und des weisen und zugleich bitterbös-komischen Buches Tante Pollys Geschichte der Menschheit, sowie Frau Anna Seghers. Der Anna, so ließ sie sich gerne nennen, begegnet S. H. in den Deux Magots, dem Café an der Ecke des Boulevards, das auch eines von Hemingways Stammlokalen gewesen war, und sie reden des längerem miteinander. Sie reden von Erstlingsbüchern, von Seghers' Aufstand der Fischer von St. Barbara und von seinen Hostages, und übereinstimmend stellen sie fest, wie sehr die Arbeit an einem ersten Buch doch einem Ritt über den Bodensee gleiche; erst nachher erkenne man die Gefahren, vor denen ein guter Geist, oder auch der eigne Instinkt, einen beschützt hat, und nachträglich zittere man noch im Gedenken an die zahlreichen Stellen, bei denen man durch Eis hätte brechen können. Ein anschließender Besuch der Anna bei Gertrude im Zimmer, auf S. H.s Drängen hin unternommen, verlief eher frostig; die zwei Frauen konnten zueinander nicht finden; Gertrude meinte, sie könne Menschen nicht ausstehen, die Interesse nur an sich selber zeigten. So blieb denn das Gespräch in den Deux Magots der einzige ausführliche Gedankenaustausch des S. H. mit der späteren Grande Dame der DDR-Literatur, obwohl sie Jahre hindurch in benachbarten Vororten Ost-Berlins leben sollten, sie in Adlershof, er in Grünau.

Die Berührung mit den Franzosen ist fruchtbarer, trotz der kurzen verfügbaren Zeit. S. H. trifft sich, um nur einen zu nennen, mit Raymond Queneau. Der Dichter war damals Chefberater für Belles Lettres bei dem Großverlag Gallimard; sie besprechen die Ausgabe des Croisés, die unter Queneaus Aufsicht dort herauskommen soll. Mit Hilfe von Queneaus zweifelhaftem Englisch und S. H.s gebrochenem Französisch verständigt man sich einigermaßen, Queneau will mancherlei über den Krieg wissen, was nicht in dem Roman steht, und über Amerika, und über die Zukunft, wie S. H. sie sieht; aber man lacht auch zusammen; Queneau, wie er in seinen späteren Büchern, Zazie dans le Métro vor allem, beweisen wird, hat Sinn für Witz und Ironie und ein Auge geschärft für menschliche Schwächen: große Verbrüderung zwischen ihm und S. H. zu Mengen von Pastis.

Und die Toten. Der Besuch bei Heine ist fällig, der während des Krieges, in den kurzen Pariser Tagen, nicht möglich war. Ein Sträußchen Immortellen in der Hand, durchstreift S. H. mit Gertrude den großen Friedhof; sie treffen auf Balzac, auf Abélard und Héloise, auf die Communarden an ihrer Mauer, aber nirgends ist Heine, bis dann ein Herr, der aussieht wie Prousts Swann dreißig Jahre danach, den Suchenden erklärt, sie befänden sich auf dem Père Lachaise, der Dichter Heine liege aber auf dem Friedhof Montmartre, zu erreichen mit der und der Métro. Ein wenig ärgerlich, der Irrtum, der durch eine Frage beim Concierge des Hotels zu vermeiden gewesen wäre, und blamabel für S. H., der geglaubt hatte, in Frankreich seien auch die großen Toten zentralisiert – oder galt Heine selbst hier als Außenseiter? Doch der Ärger verfliegt bei der Begrüßung durch den Wärter am Friedhofstor unterhalb des Montmartre; der Mann, mit Blick auf das Sträußchen, sagt sofort: Ah, Monsieur und Madame wünschen Monsieur Heine zu sehen?

Monsieur Heine liegt da ein Stück abseits des Weges, und sein

Haupt auf der ehemals weißen Grabsäule neigt sich, ein wenig schräg, so als wollte er sie etwas fragen, seinen Besuchern entgegen. Die Säule war damals von oben bis unten beschmiert; welche Barbarei, dachte S. H., bis er näher hinblickte und erkannte, daß da lauter Namen standen, jüdische in der Mehrzahl, und Daten, und die Daten waren alle aus der Zeit der Nazi-Besatzung; hier hatten Menschen auf der Flucht, gehetzt und verfolgt, Trost gesucht bei ihrem Dichter und ein Zeugnis ihrer Visite hinterlassen, als letzte Spur vielleicht, zu lesen in kommenden Jahren.

Der Pariser Mann der Jewish Agency drängt; er kennt die geheimen Fahrpläne der Schiffchen, die quer durchs Mittelmeer paddeln, bis in den letzten Zoll ihres Raums beladen mit menschlicher Fracht. Er wird das Ehepaar H. mit dem Wagen nach Marseille bringen und dort den zuständigen Leuten übergeben; wahrscheinlich macht es ihm auch Spaß, sich großzügig zu zeigen; wie oft hat er Besuch, dem es um mehr geht als um die üblichen Geschäfte. Und er kennt nicht nur die Fahrpläne, er weiß, wo man einkehrt in den kleinen Städten am Wege; in Israel, warnt er, ist die Küche, außer der arabischen, scheußlich; kein Wunder auch, ein Land, in dem eben noch jeder Hügel umkämpft war; genießen Sie's jetzt.

S. H. genießt es, auch Gertrude: den südlichen Rosé, die baumumsäumten Straßen, das Licht des van Gogh, selbst wenn es sich winterlich umdüstert; dies ist ein anderes Frankreich als das ihm vom Krieg her bekannte. Und dann Marseille, die zwei Tage in dem kleinen Hotel oberhalb der Hafentreppe; was bleibt denn im Gedächtnis als eine Impression hie und da, die perspektivische Flucht hinab zum Meer, das Bild eines Zerlumpten, zu lässig, die Hand bettelnd zu strecken, das bunte Kopftuch eines Mädchens, die Glasperlenschnüren in der Tür des Tabakladens. Und das breite holprige Straßenpflaster vorm Kai, darauf die schwarze Doppelschlange: Menschen, gebeugt unter Packen aller Formen und Größen, stumm wartend auf Zulaß zu dem kleinen Schiff, an dessen ehemals weißem Bug der Name Marathon sich gerade noch erkennen läßt.

Und wieder eine dieser gespenstischen Begegnungen mit der Vergangenheit: der Mann, der da kommt, die wartende Menge zum Schiff zu führen, den glaubt er zu kennen, ist das nicht der Leo Bauer von der zionistischen Jugendgruppe in Chemnitz? Aber wenn er's ist, gibt er sich nicht zu erkennen, obwohl er den Anruf gehört haben muß – alte Gewohnheit aus den Zeiten der Illegalität? Oder war es eine Täuschung, die Züge verwischt durch die Jahre?

Der Mann von der Jewish Agency ist wieder an ihrer Seite und treibt sie an: Mr. und Mrs. H. haben als erste an Bord zu gehen, weil sie als einzige eine eigene Kabine haben; die andern sind Deckpassagiere oder werden im Laderaum reisen. Aber wir sollten doch, protestiert Gertrude, behandelt werden wie alle! Der Mann von der Agency wird ernst. Das konnte ich Ihnen nicht antun, sagt er. Dann winkt er kurz und verschwindet.

Die Kabine ist winzig. Sie ist frisch getüncht, mit weißer Farbe; zwei schmale Betten darin, übereinander montiert, lassen sich hochklappen; ein Tischchen ist da, ein Stuhl, ein Hocker, ein Waschbekken von Spucknapfgröße; sieben Tage, hat der Mann von der Agency gesagt, wird die Fahrt dauern. Inzwischen ist ein Tumult an Deck: am Kranarm des Mastes, über dem weit geöffneten Laderaum, hängt ein Konzertflügel, und ein Mensch mit Schläfenlocken, den Hut hat er verloren, ist dabei, sich mit wehenden Kaftanschößen vom Deck her auf das Instrument zu werfen; die andern suchen ihn zurückzuhalten, er aber reißt sich los, springt, Verzweiflung, oder Angst, oder Besitzgier verleihen ihm Flügel; er landet auf dem großen schwarzen Kasten, klammert sich fest, und schwebt mit ihm hinab in die Tiefe.

That's the seventh, sagt der Schiffsjunge, in griechisch getöntem Englisch.

The seventh what?

Das siebte Piano. Sie kaufen die Dinger in Deutschland und schleppen sie mit; es ist ihr Kapital, und damit fangen sie in Israel an. Um so enger haben sie's unten im Raum. Aber sie sind es gewöhnt: Lager, wissen Sie? Und die aus Afrika kommen, aus Tunis oder Marokko, die haben auch immer dicht an dicht aufeinander gehockt. Ein Volk, diese Juden? Ein Gemisch aus ich weiß nicht was, verstehen einander nicht einmal, nur die Läuse auf ihrer Haut sprechen die gleiche Sprache. Aber haben Sie keine Angst, gestern habe ich Ihre Kabine geweißt, mit DDT-Farbe; sind die Läuse, so dick saßen sie an der Wand, erstickt. Sie werden bequem reisen, bequem und sauber, prima, ich mach Ihnen Ihr Bett, bring Ihre Mahlzeiten, Frühstück, Lunch, Dinner, wollen Sie's koscher haben oder ganz koscher, ganz koscher heißt Brot und Sardinen aus der Büchse, wir haben nur eine Kombüse und können das Geschirr nicht trennen nach den verrückten Regeln, die ihre verrückten Priester in Jerusalem machen, aber was wollen Sie, wer hätte je gedacht, die Marathon und solche Transporte, sie war eine Jacht, sehen Sie sich die Formen an, nahm vierzig, höchsten fünfzig Passagiere mit auf Kreuzfahrt durchs blaue Mittelmeer, jetzt sind's ihrer fünfhundert oder mehr noch, wir zählen sie nicht, die Agency zahlt pauschal. Möchten sie was essen?

Er greift in die Tasche seiner ölbeschmierten Hose, fischt einen Kanten Weißbrot heraus.

Da, ist gut!

S. H. bricht das frische Brot. Er hat plötzlich Hunger, und auch Gertrude kaut, wie es scheint, mit Appetit.

Der neue Staat braucht Juden. In den Ghettos der nordafrikanischen Städte, wo seit Jahrhunderten dunkelhäutige Juden leben, Sefardim, sind die Emissäre Israels zugange: Kommt nach Erez, eurer wahren Heimat, hier, unter den Arabern, seid ihr unterdrückt, dort seid ihr frei, und ihr werdet leben wie Menschen. Und sie kommen. Von Oran, Casablanca, Bizerte, von wo auch immer, auf irgendwelchen Wegen, zunächst nach Marseille, der Zwischenstation. Sie sehen aus wie Araber und verhalten sich wie Araber; manche von ihnen erfahren erst in Camp Arénas, dem Übergangslager der Jewish Agency, was das ist: ein Klosettbecken, eine Dusche. Nicht daß die anderen, die Ashkenazi, soviel gepflegter wären; im Städtel ging es nicht gar so hygienisch zu, und in den Lagern, die sie durchlitten, kam aus der Dusche zumeist Gas. Doch selbst im gleichen Dreck vermischen sie sich nicht, Ashkenazi und Sefardim, weder in Camp Arénas noch auf der Marathon; sie kleiden sich anders, sie beten anders, es sind zwei Kulturkreise, zwei Traditionen, und auch in Israel wird der Unterschied bleiben: für die Ashkenazi sind die Sefardim »Unsere Schwarzen«, und unsere Schwarzen verrichten, falls örtliche Araber dafür nicht verfügbar, die niederen Arbeiten, für die sich die Juden aus Polen zu schade sind, von denen aus Deutschland, den Jäckes, ganz zu schweigen.

Bei Nacht ist es soweit, es ist alles an Bord, was mitkommen soll ins Gelobte Land, der Laderaum ist geschlossen; wie die da unten Luft kriegen werden, durch welche Luken, welche Zugänge, bleibt ein Rätsel. Die Marathon, tief im Wasser, legt ab, merkwürdig lautlos, obwohl ihr Deck schwarz ist von Menschen, die einen letzten Blick werfen wollen auf die Lichter dieses Europa.

Am Morgen bringt der Schiffsjunge, Joannis heißt er, Johnnie also, seinen zwei Kabinengästen Brot, Butter, Marmelade, Kaffee; Gertrude, den Service mit dem vergleichend, den die anderen an

Bord genießen werden, äußert schlechtes Gewissen, doch S. H. meint, man müsse nicht unbedingt, um später irgendwelche Gefühle beschreiben zu können, diese auch selber empfunden haben, und daß sie wahrscheinlich keinen Bissen zu schlucken imstande wäre, säße sie zwischen den übelriechenden Massen da unten.

Nach dem Frühstück, auf dem schmalen Durchgang vor der Kabinentür, von wo aus man die Wellen des Kielwassers sehen könnte, wenn nicht auch hier sich alles drängte, vernimmt er plötzlich ein ironisch bewunderndes »Ou-la-là!«, und der Blick zweier dunkler Augen in einem braunen, herzförmigen Gesicht bestätigt, daß wirklich er gemeint ist, und die rasche Wendung des Leibs, mit der die Kleine sich Raum verschafft, offenbart ein paar Schultern und einen Busen, wie sie auch in Träumen nur äußerst selten vorkommen: das ist Esther, aus irgendeinem marokkanischen Nest, die ihn während der ganzen Reise mit ihrem »Ou-la-là!« und ihrem herrlichen Lachen verfolgt und die, wie sie ihm mitteilt, in Israel ein neues Leben zu beginnen gedenkt, und zwar an der Seite eines Mannes, wie er einer ist. Auf der Chaussee von Haifa nach Akko wird er ihr wieder begegnen; da ist sie schon eine aus einer Gruppe von Pflückerinnen und winkt ihm zu, und da er den Wagen stoppen läßt und sich nach vorn lehnt, um mit ihr ein paar Worte zu reden, steckt sie den Kopf durch das offene Fenster und küßt ihn voll auf den Mund und schenkt seiner Frau, lachend, drei große, leuchtende Orangen.

Zwei Tage lang tauchen er und Gertrude, jeder für sich, hinab in den Laderaum, um mit den Menschen dort zu sprechen, oder sie setzen sich zu ihnen in irgendwelchen Winkeln des Schiffs; dann, wie auf Verabredung, hören sie beide damit auf. Heute frage ich mich, wieso diese Abkapselung nach ursprünglich hoffnungsvollem Beginn, dieser Rückzug auf Sonne und Wasser und Schlaf und hier und da ein paar Worte mit Johnnie oder einem der Schiffsoffiziere. War diese Seereise denn nicht eine einmalige Gelegenheit, ein Totalbild zu erhalten von dem, was in späteren Zeiten Holocaust heißen würde, und befanden sie sich nicht gerade deshalb auf der Marathon? Aber die Befragungen wurden, obwohl er vieles schon aus den Kriegsjahren wußte, auch für ihn Mal um Mal unerträglicher, und die grausigen Einzelheiten verschwammen zu einem quälenden Tohuwabohu; der heilige Sigmund Freud wird wissen, warum dem auf Sorgfalt getrimmten Schriftsteller S. H. gerade diese Notizen so bald verlorengingen. Die Eindrücke jedoch blieben, noch heute abrufbar im Gedächtnis, die Gesichtszüge, um die Lippen herum besonders, der Schmerz in den Augen, der Ton der stockenden, kaum je den Grad der Eindringlichkeit erreichenden Auskünfte. Wie sagte die Frau Rosenblüth aus Czernowitz, mit der er da sprach, als letzter oder vorletzter in der Reihe? – Was wollen Sie, Herr, daß ich Ihnen beschreiben soll, wie es sich fühlt, wenn sie einem die Kinder wegreißen?

Mit dem Dr. Dumas, dem Schiffsarzt – keine Beziehung zu Alexandre, betont der – trinkt S. H. des Nachmittags Ouzo in dessen Kabine. Dr. Dumas, graues Kinn, graue Schläfen, hat eine große Praxis gehabt in Paris; aber da war eine Frauengeschichte, sagt er, er ist froh, daß er jetzt seine Ruhe hat auf der Marathon und sein Auskommen, nur weiß er nicht, wie lange noch, bald werden die Israelis eine eigene Flotte haben, große Schiffe, und dann wird das hier vorbei sein. Auf dieser Reise hat er bisher Glück gehabt, keine Beinbrüche, keine Messerstechereien, keinen Fall von Appendicitis, nur eine Hochschwangere; hat sich in Marseille durch die Kontrollen geschlichen, doch sie will erst entbinden, wenn sie in Haifa ist, das Kind soll geboren werden in dem Land, das Gott ihrem Volke verheißen hat; um so besser, er hält sie unter Sedation und hofft, daß der Foetus Vernunft wahrt, eine Geburt an Bord, es gibt Schlimmeres, aber ein Vergnügen ist es nicht.

Auch Kapitän Nikos Katoullas sucht das Gespräch mit dem privilegierten Fahrgast, lädt diesen zu sich, oben auf die Brücke. Eine Routinereise, versichert er, jetzt, nachdem die Engländer nicht mehr vor der palästinensischen Küste kreuzen; natürlich ist da immer noch genug Ärger, bei so geringer Mannschaft und so vielen Menschen an Bord, die ihre nicht immer verständlichen Ansprüche stellen und alle verköstigt werden wollen und ihre natürlichen Bedürfnisse haben; da, die lustigen Holzbüdchen an Deck, seine Erfindung, blau-weiß gestrichen, blau-weiß sind die Farben Israels, das gibt gleich ein Heimatgefühl, und stündlich kommt ein Matrose mit dem Schlauch und schwemmt die Fäkalien ins Meer. Die Rettungsboote? Mehr zur Beruhigung gedacht. Rechnen Sie selbst nach, sechs Boote à achtzehn Personen. Sicherheitsbestimmungen? Aber ja, nur wer soll sich da kümmern: die Griechen? Die Franzosen? Und was wollen Sie, irgendwie müssen die Leute doch nach Haifa kommen, und die Agency zahlt, relativ anständig sogar, und wer sonst würde mich und mein altes Schiff wohl heuern?

Johnnie, der Getreue, bringt mit jeder Mahlzeit den Schiffsklatsch: wer sich mit wem gerauft hat und wie viele Bärte gezaust wurden, und der Rabbi, der schön getan hat mit einer Jungen, und wie die Frau Rabbiner sich die Perücke vom Kopf gerissen und ihn verflucht hat, absaufen soll er, bevor sie noch sein werden im Heiligen Land; ein jüdischer Anwalt aus Wien, sagt Johnnie, hat ihm das alles übersetzt, schade nur, daß Mr. H. es nicht miterlebt hat, richtig großes Theater, und gestern sind von den ganz Koscheren wieder fünfundsiebzig übergeschwenkt zu den nur Koscheren, weil die nur Koscheren Corned Beef kriegten mit Spaghetti – die religiösen Grundsätze, wie man sieht, richten sich nach dem Menü, und bitte nicht vergessen, heute nacht, gegen elf, passieren wir Stromboli, und wenn wir Glück haben, speit er.

Die Nacht ist mild. Die Färbung über dem Eiland, rosig eher als rot, wirkt nicht besonders bedrohlich, aus sicherer Ferne zumindest; wie lange schleudert er schon, der dunkle Berg, sein flammendes Inneres himmelswärts, Glut aus der Schmiede Vulkans; das kleine Schiff hat Schlagseite, da alles nach Backbord drängt, das Schauspiel zu betrachten; irgendein Frommer spricht von der Feuersäule, die den Kindern Israels vorausleuchtete des Nachts auf dem Weg durch die Wüste Sinai. Da klingt der Angstruf »Es brennt!« zunächst irreal, und eine Minute verstreicht oder zwei, bis man begreift, daß ein Feuer auf diesem Schiffchen, mit seinen sechs Rettungsbooten für über fünfhundert Menschen, näher der eigenen Haut sein möchte als das Feuer von Stromboli.

Dann, auf einmal, haben alle es begriffen; ein Gelauf und Gedräng entsteht, ein Geschrei und Gejammer erhebt sich. Weh ist ihnen, nach all dem Durchlittenen, so kurz vor der Ankunft im Land ihrer Hoffnung untergehen zu müssen im Meer oder gar zu verbrennen lebendigen Leibs: und am Horizont, in fühlloses Rosa getaucht, immer noch das Postkartenbild. S. H. legt sich und seiner Frau die Schwimmwesten an, die er unter dem Bett hervorgezerrt; er tut dies wie eine Pflichtübung; wieder einmal ist ihm, als sei das Ganze für ihn veranstaltet worden, er selbst nur ein unbeteiligter Zuschauer, der das einst schildern wird; dann aber packt ihn die Sorge doch, er ist ja ein schlechter Schwimmer, und so warm ist das Mittelmeer auch nicht um diese Jahreszeit.

Auf Deck, Schlauch über der Schulter, bahnen sich ein paar laut schimpfende Matrosen ihren Weg durch die wild gestikulierende Menge Richtung mittschiffs; dann tritt der Koch aus der Kombüse, rußbeschmiert, unterm behaarten Arm einen winzigen Handfeuerlöscher, und ruft irgend jemandem etwas Beschwichtigendes zu, und wenig später erschallt es, über Megaphon von der Brücke, auf Englisch zunächst, dann auf Jiddisch und Arabisch: Ruhe, Leute, Ruhe, kein Grund zu Aufregung, kehrt zurück, ein jeder auf seinen Platz, das Schiff ist heil, gebrannt hat es nur in der Küche, und bis zum Ende der Reise wird es nur Kaltes zu essen geben.

So wie sie in Marseille zuerst das Schiff betraten, gehen S. H. und seine Frau auch in Haifa als erste wieder von Bord, nach wortreichem, durch einen größeren Geldschein versüßten Abschied von Johnnie; ein Grenzbeamter des neuen Staates, erkenntlich durch ein hebräisch beschriftetes Pappschild am Revers seiner Jacke, beäugt die beiden amerikanischen Pässe, staunt; die anderen haben als Legitimation ein Kollektiv-Visum, einen verschmuddelten Bogen Papier, den Kapitän Katoullas ihm soeben übergibt. Auf dem Kai steht, einziges Regierungsgebäude, ein hölzerner Schuppen, daran ein weißes Brett mit blauer Inschrift, *Desinfection*.

Gertrude eilt darauf zu; sie hat ihre Gründe.

»Madame!« ruft der Grenzer, »Sie doch nicht! Mit ihrem amerikanischen Paß!«

Gertrude bleibt stehen, wendet sich ihm zu, lächelt freundlich: »Meine Läuse können nicht lesen.«

# 21

Nach der Grenzziehung durch die Vereinten Nationen ähnelt die Karte des Staates Israel einer jener Klecksographien, wie sie im Rorschach-Test verwendet werden, und das Hirn des Betrachters assoziiert unwillkürlich: Kopf, Wespentaille, Unterleib; dies Gebilde, von dem geteilten Jerusalem ganz abgesehen, kann nicht von Dauer sein; entweder es expandiert, oder es wird über kurz oder lang zerschlagen werden. Und am Strand von Tel-Aviv liegt noch, sichtbar für alle, das Wrack eines Schiffs, von dem aus ein gewisser Menachem Begin an der Spitze eines bewaffneten Trupps seiner radikalnationalistischen Irgun sich an die Macht zu putschen suchte, bevor der neue Staat noch richtig auf den Füßen stand.

Trotzdem herrscht, überall spürbar, Aufbruchstimmung; der unerklärte Zweifrontenkrieg, gegen Engländer und Araber, ist zu Ende; zwar sind da noch die Stacheldrahtverhaue und Posten stehen auf Wacht, und in manchen Gegenden gehen die Männer mit dem Gewehr über der Schulter aufs Feld, aber die Hauptsache ist jetzt die Arbeit; die Städte müssen aufgebaut werden, die Dörfer, die Kibbuzim, denn aus der ganzen Welt werden Juden kommen in dieses Land, und alles muß bereitet sein, sie aufzunehmen.

In Haifa, schon am Tage ihrer Ankunft, sprechen S. H. und seine Frau in einem Amt der neuen Regierung vor, welches es ist, wird nicht ganz klar, die Strukturen sind provisorisch und Schilder anzubringen an den Toren war nicht Zeit, und die künftigen Bürokraten sind junge Leute noch, im Khaki der Haganah, der Armee, die nun aus dem Untergrund aufgetaucht ist. S. H. will wissen: was planen sie hier? Was für eine Art von Staat soll dies werden? Ein kapitalistischer mit theokratischem Einschlag, was naheläge auf Grund amerikanischer Einflüsse und rabbinischer Tradition, oder ein sozialistischer, denn stammen nicht viele der Gründerväter aus der polnisch-russischen Arbeiterbewegung, und sind die Kibbuzim nicht die Urbilder der sowjetischen Kolchosen, und befindet sich ein gut Teil dessen, was an Industrie vorhanden, nicht bereits in den Händen der

Histadruth, der Gewerkschaften? Und die Araber? Hat man vor, weiter in Feindschaft mit ihnen zu leben, was, angesichts des Zahlenverhältnisses, übel enden möchte für die Israelis, oder wird man, dies vielleicht die einzige Möglichkeit auf Dauer, sich mit ihnen zu verbünden suchen, technische Kenntnisse, Schulen, Formen wirtschaftlicher und sozialer Organisation teilen, Hefe werden, sozusagen, im Teig der Völker des Nahen Orients?

Der junge Mann hört zu, doch seine Antworten bleiben unbestimmt. Weiß er es selber nicht? Ist alles noch in der Schwebe? Oder fürchtet er, sich festzulegen gegenüber zwei Besuchern, die offensichtlich keine Ahnung haben von den Realitäten und ihn nur mißverstehen würden? Doch plötzlich bemächtigt sich Unruhe des fragewütigen Schriftstellers: unter seinem Hosenbein hervor, hinab über Socke und Schuh, und von da aus diagonal über den hellen Bodenbelag, bewegt sich ein dunkler Punkt. Auch der junge Mann in Khaki hat diesen bemerkt; aber er zeigt kein Erstaunen, vielmehr erhebt er sich, als hätte er sich längst schon ein wenig Bewegung machen wollen, tritt hinter seinem Schreibtisch hervor und setzt, wie zufällig, den Fuß auf den kleinen Störenfried.

S. H. murmelt eine Entschuldigung.

Das ist das geringste unserer Probleme, sagt der junge Mann mit einer Handbewegung. Gehen Sie in die nächste Drogerie, kaufen Sie eine große Tüte DDT, und bestreuen Sie Koffer, Kleidung, Bücher damit, und sich selber.

Im Lichte der Nachmittagssonne, die den Berg Carmel bestrahlt und das schöne Hotel, wo sie einquartiert sind, stehen S. H. und seine Frau, nackt wie Gott sie schuf, auf ihrem Balkon hoch über dem Meer und klopfen den weißen Staub und die schwarzen Tierchen aus ihren Sachen.

Heute sind die meisten Kibbuzim genossenschaftliche Unternehmen, die diverse Geschäfte betreiben, darunter auch Landwirtschaft; nicht selten besitzen sie den amerikanischen Cafeterias nachempfundene Restaurants zur Abfütterung der eigenen Leute und vorbeiziehender Touristen. In der Pionierzeit jedoch, zu der man die ersten Jahre des jungen Staates noch rechnen kann, gab es nur zwei Arten von Kibbuzim: One-Dish und Two-Dish, Ein-Teller und Zwei-Teller. Der One-Dish-Kibbuz galt als der echtere – dort aß der Kibbuznik, was es gab, und viel gab es nicht, aus nur einem Blechnapf, der auch nicht etwa Eigentum seines Benutzers war. Alles gehörte allen; die Hütte, in der einer lebte, das Bett, in dem er schlief, die Bettdecke, die Fußmatte, das Handtuch; selbst das Hemd am Leibe, die Hose, die Socken waren Gemeinbesitz und wechselten, am nächsten Ausgabetag, den Träger, und Geld erhielt nur der, der irgend etwas für den Kibbuz einzukaufen hatte; der edle kommunistische Grundsatz, von jedem nach seinen Kräften, für jeden nach seinen Bedürfnissen, galt bis in die letzte Konsequenz.

Ich erinnere mich der Gefühle, die S. H. beim Mittagessen beschlichen vor seinem Napf mit dem Stück Hering und der Scheibe Pflaumenkuchen darin; dabei hatte er bis dahin das Ideal, nach dem diese Menschen lebten, durchaus bejaht, allerdings in der Perspektive einer ferneren Zukunft erst. Natürlich, überlegt er, mochte vis-à-vis der äußeren Bedrohung, die von diesem Kibbuz aus besonders deutlich war, die absolute Égalité, das enge kommunistische Zusammenrücken, Halt und die nötige Stärkung geben: hier befand man sich direkt an der Wespentaille, und vom Dach des Wasserturms aus erblickte das nackte Auge in westlicher Richtung den silbrigen Dunst des Mittelmeers und, nach Osten hin, die transjordanische Grenze; ein Panzerstoß, und das Land Israel war zerschnitten.

Im Dunkel dann, und wie rasch kommt das Dunkel in diesen Breiten, sitzt man zusammen mit ein paar Leuten vor dem kleinen Gäste-Bungalow; man redet vom Krieg, der war, dem in Europa und dem in Erez; einer spricht, der aus Warschau gekommen ist, nach dem Ghetto-Aufstand: nein, sagt er, nie wieder; nie wieder werden Juden sich wehrlos abschlachten lassen, und keiner wird uns ins Meer treiben, wir werden kämpfen.

Aber ist es nicht auch der Araber Land?

Was wir an Land haben, wurde gekauft, nicht geraubt; und was war das für Land, vertrockneter, sandiger Boden, Steine; Stein um Stein haben wir beiseite getragen mit unseren müden Händen, die toten Wurzeln gerodet, Brunnen gegraben, Wasser auf die Felder geleitet. Und doch, kommt es S. H. vor, ist es die alte Geschichte: die weißen Siedler, die die Indianer vertrieben; nur daß diese Siedler hier, die jüdischen, selber Vertriebene sind, die glauben, zurückgekehrt zu sein ins Land ihrer Väter – und daß die Araber ungleich zahlreicher sind als sie.

Wir wollen sie ja nicht vertreiben, sagt einer, der lange in den Reihen der Haganah stand; sie sollen bleiben unter uns, die Araber, sollen arbeiten neben uns, wir auf dem Unsrigen, sie auf dem Ihrigen; aber seine Rede klingt eher entschuldigend als von innerer Überzeugung getragen. Und dann kommt das Gespräch auf die Kinder des Kibbuz, die oft schon keinen Gefallen mehr finden an der Lebensweise, die zu so schönen Ergebnissen führte; Besitz lockt, eine Brosche, ein Lippenstift, eine Uhr, kann man's ihnen verdenken, sie sehen die Städte und was es dort zu kaufen gibt, und wie man reich wird mit geringer Mühe; es ist schwierig, den rechten Weg einzuhalten.

Schließlich gehen sie. Allein mit Gertrude unter der kratzenden Wolldecke in dem schäbigen, aber Gott sei Dank sauberem Schlafgemach, lauscht S. H. dem Geheul der Hyänen aus der nahen Steppe. Er ist müde; die Gedanken des Tages verknäulen sich in seinem Kopf: zäumen die Leute hier das Pferd nicht vom Schwanz her auf? Ist es nicht Widersinn, den Kommunismus aus der mageren Krume dieses Bodens stampfen zu wollen, statt ihn von der Industrie her zu schaffen und den Banken, von den Zentren der Macht? Und werden die kommunistischen Zellen nicht abgekapselt und neutralisiert werden im Leib des neuen, kapitalistischen Staates?

Und was geht ihn das eigentlich an? Ist dieses Land sein Land, sind diese Juden sein Volk, versteht er sie besser als andere Menschen, wird ihm warm ums Herz, wenn er unter sie tritt, glaubt er sich unter Brüdern? Und überhaupt, an wen fühlt er sich gebunden, welche Nation, Rasse, Gruppe? Wo gehört er hin?

Mag sein, daß er nach Israel kommen mußte, um sich diese Frage zu stellen. Und um zu erfahren, wie schwer es ihm fällt, die Antwort darauf zu finden.

Die Grenze zwischen dem arabischen und dem israelischen Jerusalem ist dicht. Die Araber haben den historischen Teil, die Altstadt mit dem Basar, den die Via Dolorosa durchkreuzt, die Grabeskirche, den Tempelberg; nur das Stück Mauer vom Tempel Salomons, das Titus stehen ließ, ist jüdischem Zutritt offen; hierhin kommen sie aus Mea Shearim, die Orthodoxen, und schlagen die Stirnen gegen den Stein als Zeichen ihrer Trauer.

Der einzige Durchlaß zwischen den zwei Jerusalem ist Mandelbaum's Gate, und der ist zumeist verschlossen. An diesem Tag jedoch wird man ihn öffnen, und der Schriftsteller S. H. und seine Frau werden, vom Dach des Tors aus, Zeugen sein eines Stücks Geschichte, des Gefangenenaustauschs zwischen der Armee des neuen Staates und der transjordanischen Legion.

Die Legion, sagt der Mann von der Regierung, der gleiche, unter dessen Stiefel das kleine schwarze Ärgernis verschwand, tapfere Leute, Leibtruppe des Königs Abdullah, Beduinen, ausgebildet und befehligt von Glubb Pascha, dem englischen General; aber selbst die Legion war den Unseren nicht gewachsen; die Unseren verstanden besser, worum es ging: die Geburt einer Nation, Ende des Fluches der Diaspora, und eine, wenn auch verspätete, Antwort an Hitler; die Juden haben immer mehrere Motive.

Und immer verspätet sich bei ihnen alles, wie übrigens auch bei den Arabern. Endlich jedoch die kehligen Kommandorufe von drüben; das enge Pflaster zwischen den weißen Häuserfronten beginnt zu erdröhnen vom Marschtritt der Legionäre, die da nahen, behelmt mit den goldglänzenden Pickelhauben, von denen rot-weiß die gestreiften Nackentücher flattern, Infanterie zuvörderst, dann ein Trupp Kamelreiter, und dahinter die jüdischen Gefangenen: sechs an Zahl genau, in zerknitterten Hemden und in Hosen, die nie eine Bügelfalte sahen – aber Haltung, eine Haltung, die den alten Soldaten S. H. sich zusammenreißen und die Schultern straffen läßt. Jetzt kommen sie auch von der israelischen Seite, schleppenden Gangs, ein langer Zug eskortiert von ein paar Handvoll lässig einherschreitender Männer zu Fuß: die Hunderte von Arabern, die der neue Staat den Vertretern des Königs Abdullah übergeben wird im Austausch für das halbe Dutzend Israelis.

Der Befehl, »Halt!« – hüben wie drüben. Mandelbaum's Gate öffnet sich lautlos; die Mechanik wurde wohl geölt in Vorbereitung der Zeremonie. Ein Offizier der Legion und ein israelischer treten vor, salutieren, wechseln ein paar Worte, machen kehrt. Auf einmal dann, als sei die Flasche endlich entkorkt, drängt es durchs Tor, verkeilt sich, eine gestikulierende, lärmende Masse, die auseinanderströmt, sobald sie durch den Engpaß hindurch, rasch aber wieder eingekesselt und festgehalten wird von der Sperrkette der Legionäre.

Irgendwann kommen dann auch die sechs Israelis. Sie seien, sagen sie, relativ anständig behandelt worden von der Legion; schlimmer wäre es bei den anderen arabischen Truppen gewesen, dort wurden oft genug gar keine Gefangenen gemacht; aber die Legion: Professionals, zum Teil noch geführt von britischen Offizieren.

Am nächsten Tag geleitet eine junge Dame vom Ministerium das Ehepaar H. nach Akko, der alten Kreuzfahrerfestung. Die trotzigen Mauern, die umschlossenen Höfe zeugen von lange vergangenen Belagerungen; jetzt ist alles friedlich: die Gärten, der Himmel, das grüne Meer. Aber das täuscht. An der Straße vor der Mauer ein verlassenes Haus, der Fußboden Mosaik, arabische Schriftzeichen eingelegt zwischen Palmenblättern und bunten Blüten; die hier gelebt haben, hatten zweifellos Geld, eine arabische Kaufmannsfamilie vielleicht, oder ein Schriftgelehrter, ein Patriarch; wo sind sie hin?

Geflüchtet, sagt die Dame vom Ministerium.

Aber warum geflüchtet? Mußten sie denn Furcht haben vor Juden, die selber, noch ist es nicht lange her, zu den Verfolgten gehörten? Liegt denn die Zukunft der Araber nicht an der Seite Israels, und wieso unternimmt der neue Staat so wenig, ihnen das klarzumachen?

Die Dame vom Ministerium hebt hilflos die Hände: man sagt es ihnen ja. Aber sie wollen es nicht hören. Es ist schon zuviel Haß da. Und sie fragen, warum wir? Warum, wenn Hitler schon die Juden nicht haben wollte, müssen wir sie nehmen? Weil ein Mr. Balfour in England es so beschloß? Weil in ihrer jüdischen Bibel ein Gott ihnen dieses Land verhieß, als sie noch bei den Fleischtöpfen Ägyptens saßen? Immer haben sie sich irgendwo hineingedrängt und die dort Ansässigen weggestoßen; das wird sich rächen. So reden sie, und sie sehen, daß wir tüchtiger sind als sie und mehr wissen als sie, und daß sie fünfzig oder hundert Jahre zurück sind hinter der Zeit; und wenn wir ihnen anbieten, kommt, lernt, wir zeigen es euch, steht ihr verdammter Stolz ihnen im Wege.

Akko ist eine arabische Stadt. An dem kleinen Hafenbecken, wo ein paar Fischerboote liegen, gibt es ein arabisches Restaurant mit Stühlen und Tischen vor der Tür; dort läßt sich gut sitzen und Wein trinken und das flache arabische Brot essen und fremdartig schmekkende, würzige Vorspeisen, und geröstetes Lamm. Danach schlendert man durch die Gassen, vorbei an Häuschen, die aussehen, als ob sie Jahrhunderte schon dort stünden, aber das mag auch Täuschung sein: man baut hier wie in den alten Zeiten, und der Stein verwittert rasch in Sonne und Wind. Die Kinder, die vor den Häuschen spielen – nein, betteln kommen sie nicht, merkwürdigerweise – und da sind drei, vier, unter ihnen, die strohblondes Haar haben und blaue Augen und eine hellere Haut als die andern.

»Von den Engländern noch?« fragt S. H., der deutschen Fräuleins gedenkend, die den amerikanischen Verlockungen so eilig erlagen.

»Nein«, sagt die Dame vom Ministerium, »von den Kreuzrittern.«

Das Land Israel, scheint es, hat sich gewandelt nach den ersten Wochen seiner Selbständigkeit; der neue Staat ist so neu nicht mehr, der Apparat hat sich verfestigt, und die Gegensätze, die es immer schon gab, ob Türken herrschten oder Engländer, zwischen Alteingesessenen und Neueinwanderern, zwischen Ashkenazi und Sefardim, Orthodoxen und Liberalen, Geschäftemachern und Idealisten, sie brechen wieder auf, nachdem sie in der Zeit der Not und der Kämpfe zurückgestellt worden waren, und prägen den einzelnen wie die Gesellschaft; seit je streitsüchtig und rechthaberisch und geneigt, eine Frage immer wieder zu zerpflücken, man lese nur die talmudischen Kommentare, füllen die eben zu Bürgern eines eigenen Staates avancierten Juden dessen noch unfertige Institutionen mit dem Lärm ihrer Debatten, ganz so als gäbe es keine Welt außerhalb, keine Araber um sie herum, keine Russen und Amerikaner, deren Stellung zu Israel gleichfalls im Wandel begriffen ist: in Washington hat man entdeckt, daß das Rumpfstück Israel des einstigen britischen Protektorats Palästina zu einer Bastion des Westens ausgebaut werden könnte gegen die brodelnden Unruhen in den wenig vertrauenswürdigen Völkerschaften des Nahen Orient, und die Russen haben herausgefunden, daß es mehr Araber gibt als Juden und daß es von Vorteil sein möchte, sich mit den stärkeren Bataillonen zu verbünden.

Derlei Betrachtungen gehen S. H. durch den Kopf, während er sich zurücklehnt in seinem Liegestuhl an Deck der SS. Negbah, eines recht komfortabel ausgestatteten Passagierdampfers von beträchtlicher Tonnage, der, aufgetaucht aus dem Nichts, wie es scheint, nun als Flaggschiff der Israel Lines dient und das Ehepaar H. nach Europa zurückbringt. Vorbei die Marathon mit der heißblütigen Mademoiselle Ou-la-là und Johnnie, der das schöne Weißbrot aus der Tasche seiner verschmutzten Hose zog, vorbei das Abenteuer Israel; die alte Welt hat uns wieder.

In Prag will André Simone hören: Eindrücke, Fakten, Gespräche mit wem und worüber, und was wird werden aus diesem Staat der Juden? Wird er lebensfähig sein? Das Interesse des Genossen Simone, bemerkt S. H., geht weit hinaus über das, was bei dem Außenpolitiker eines kommunistischen Zentralorgans zu erwarten wäre. Simone aber, nachdem er glaubt, alles Wissenswerte erfahren zu haben, schüttelt den Kopf und lächelt, ein zweitausendjähriges Lächeln. »Ein alter Jud«, sagt er leise. »Ihr müßt die Neugier verzeihen. Es wär nur so schön, wenn da eine Hoffnung wäre…«

S. H. ist befremdet. Woher eine solche Stimmung bei einem

Mann, der in die Kategorie der gestählten Kämpfer des Proletariats gehört und dessen Geist noch erfüllt sein sollte vom Schwung der siegreichen Prager Revolution!

Eben, eine Stimmung, meint Gertrude auf dem Weg zurück ins Hotel, eine Stimmung und nicht mehr. Die alten Häuser scheinen zusammenzurücken im Dunkel der verwinkelten Gassen, in dem nur da und dort eine Laterne flackert; der Dunst von Braunkohle hängt in der Luft. Vielleicht war es Simones Art, uns Sympathie zu zeigen, gibt S. H. zu bedenken, ein Versuch, eine Bindung herzustellen zu uns.

Doch glaubt er das selber nicht recht.

Jaromír Němec, kurz Jarda, den das Außenministerium dem Ehepaar H. nun beigibt, könnte ein Großneffe des Josef Schwejk sein, des braven Soldaten, der, Geschöpf eines Dichters wie Don Quijote, so wie dieser zum Archetyp eines Volkes wurde, hier des tschechischen. Jarda hat Schwejks rundes, gutmütiges Gesicht und dessen arglosen Blick, hinter dem sich Abgründe von Skepsis verbergen; er hat die gleiche, leicht krähende Stimme, den gleichen vertrackten Witz, und die gleiche Fähigkeit, Unmengen von Knödeln und Bier zu vertilgen; das Erstaunliche ist jedoch, daß Jeanne, eine amerikanische Studentin und in Wuchs wie Wesen das ganze Gegenteil von Jarda, sich Hals über Kopf in ihn verliebt hat und von Gertrude wissen will, soll sie oder soll sie nicht: Amerika aufgeben und alle Pläne, die ihre Familie für sie gemacht, und in dieses fremde Land übersiedeln mit seiner fremdartigen Zukunft, um an der Seite dieses jungen Mannes zu leben. Worauf Gertrude ihr nur sagt: Liebst du ihn?

In Begleitung von Jarda und seiner Jeanne begibt sich das Ehepaar H. zunächst nach Špindlerův Mlýn, nach Spindlermühl, auf der tschechischen Seite des Riesengebirges in der Gegend, wo der junge Flieg, auf der Flucht ins Exil, zu Fuß über den Kamm kam. Hier möchte man ein paar Tage ausruhen nach den israelischen Strapazen: die Gegend, prangend in winterlichem Weiß, ist dazu angetan, nicht aber das Hotel. Die Standard-Auskünfte, die S. H. später in der DDR bis zum Überdruß hören wird, »Gibt's nicht!« und »Geht nicht!«, hier begegnet er ihnen zum ersten Mal, und auf tschechisch »Neni voda!«, kein Wasser, wenn die Leitung wieder einmal kaputt ist, Neni dies und Neni das; Kinderkrankheiten, analysiert Gertrude achselzuckend; aber es liegt doch wohl mehr vor als die Kinderkrankheit eines neuen Systems, hier wurde eine ganze Bevölkerung, die sudetendeutsche nämlich, in unlöblicher Hast abgeschoben, und der Ersatz, der in die verlassenen Gebiete sickerte, slowakische Dorfarmut, Zigeuner, andere Entwurzelte, genügt weder fachlich noch zahlenmäßig.

So ist er ganz froh, endlich nach Nový Bor zu kommen, dem Rodnik seines Romans *The Eyes of Reason*, zu den Palda-Werken, wo er beides beobachten kann, Glasbläserei und die schwierige, delikate Arbeit des Glasschleifens, aus dem das Endprodukt hervorgeht, das Kristallgefäß mit seinen Facetten, das doppelfarbige Überfangglas, der Becher aus goldgerandetem Rubin. Und wie so oft beim realistischen Roman ergeben sich aus den Studien zum Buch zusätzliche Handlungsmomente, die die Fabel bereichern, hier und da sogar verändern, und dadurch neue dramaturgische Lösungen erfordern. Die Erkrankung des Ulnaris-Nervs am Ellbogen des Schleifers Otakar Bláha, die durch die Arbeit am Schleifrad entsteht und zu Bláhas Invalidität führt, wird zum Anlaß der Intervention des Abgeordneten Joseph Benda im Parlament, welche wiederum entscheidend für dessen Rolle im Geschehen der Revolution sein wird – aber am Anfang standen ein paar glitzernde Tropfen kühlenden Wassers, die S. H. über die Hände des Schleifers rollen sah, während der die schwere gläserne Vase ans Rad hielt, und der Weg der Tropfen, den er verfolgte vom Handgelenk den Unterarm entlang bis zum Ellbogen. Und der sonderbare Tanz der Glasbläser um den Schmelzofen, den er beobachtet und im Buch beschreibt, dient nicht nur der Schaffung von Atmosphäre; der Schmelzofen wird, durch einen Defekt und dessen um des Plans willen übereilte Reparatur, zu einem Stück Schicksal von zweien der Brüder Benda, Joseph und Karel.

Als S. H., Gertrude am Arm, nach New York zurückkehrt, trägt er bei sich in seiner Aktentasche die Antworten auf die siebenhundert Fragen zu seinen *Augen der Vernunft*, die er, nach Sachgebieten unterteilt und sauber getippt, während der Schiffsreise nach Europa ausgearbeitet hatte. Und trotz aller Gründlichkeit finden sich am Ende noch Fehler im Buche, wenn auch minimale nur: 1956, als nach der befreienden Rede Chruschtschows auf dem Zwanzigsten Parteitag der Roman unter dem Titel Očima rozumu endlich auch in dem Land erscheinen darf, von dem er handelt, bemängelte Jarda Němec, nunmehr S. H.s Übersetzer, daß ein Gepäckträger auf dem Wilsonbahnhof kaum, wie im Text zu lesen, an einem Hühnerknochen genagt haben würde; woher denn sollte der Mann in der Zeit unmittelbar nach dem Kriege das zugehörige Hühnchen genommen haben?

Folglich kaut besagter Gepäckträger in der Ausgabe des Tschechoslowakischen Armeeverlags, der das Buch in Prag herausbringt, auf einer Brotrinde.

Amerika. New York. Da ist er nun wieder in der kleinen Wohnung in Cooper Village, die so eingerichtet ist, daß sich's darin nicht nur schreiben, sondern auch leben läßt. Er fühlt sich daheim; wenn überhaupt irgendwohin, gehört er hierher, in dieses Land, diese Stadt, hier hat er seine Bücher geschrieben, von hier aus zog er in den Krieg, unter anderem auch dafür, daß er jetzt sagen kann: hier gehöre ich hin. Und er hat eine Arbeit vor, die der Verlag, nach dem blamablen Zögern bei Crusaders, nun ohne Vorbehalte akzeptiert, obwohl die Brisanz des Themas in Boston nicht unbekannt geblieben sein dürfte, und er wie Gertrude haben Kenntnisse und Erkenntnisse gewonnen über Israel, die für mehr als die üblichen After-Dinner-Speeches ausreichen sollten.

Und dennoch fällt es ihm schwer, zu entspannen. Ihm ist, als hätte sich während seiner Abwesenheit etwas geändert im Lande, nichts Großes, nichts Entscheidendes; eine Summe von Kleinigkeiten, das Bedrohliche liegt in ihrer Vielzahl: eine Stimme im Kongreß, voll schriller Intoleranz; eine Regierungsverlautbarung, wie sie noch vor einem halben Jahr so nie gekommen wäre; eine neue, bösartige Tonart in der oder jener Zeitung; ein Brief an ihn, Professor Clyde Miller, der bekannte Verfechter von Redefreiheit und Bürgerrechten, sei von seinem College entlassen worden, und er, S. H., möge doch auch gegen diesen Willkürakt protestieren; die Beschränkung des Streikrechts der Gewerkschaften durch das Taft-Hartley-Gesetz, das, lange schon beschlossen, nun angewendet werden soll; und aus allen Richtungen hallend das große Ceterum censeo, wie es doch endlich Zeit wäre, den Kommunismus einzudämmen, den verfluchten.

Der Mr. Bernstein vom United Jewish Appeal bittet ihn und Miss Valerie Stone zu sich: er möchte hören, die Eindrücke von der Reise auf der Marathon, und von Israel; und hätten sie drüben nicht hundertmal bestätigt gefunden, was sie hier gepredigt haben in ihren Reden und Appellen nach dem ewigen Chicken à la King; gut, daß sie beide hingefahren sind nach Erez, er und Miss Stone, der Mensch muß auch mal zu sehen bekommen, wofür er sich gemüht hat; und wäre es vielleicht möglich, daß er und Miss Stone in ihren künftigen Vorträgen ein paar Worte einfügten über die Haltung der Sowjetunion und deren Satelliten, die, wie bekannt, eine Schwenkung vollzogen haben und nun statt Israels die Araber unterstützen, politisch, und leider auch durch Waffenlieferungen? S. H. und Miss Stone erklären übereinstimmend, sie zögen es vor, von eigenen Erlebnissen zu sprechen; alles andere könne nur eine Wiedergabe von Gehörtem und Angelesenem sein, und daher wenig wirksam. Wie Sie wollen, sagt Mr. Bernstein verbindlich; aber die Zahl der Rede-Engagements des Paares wird, trotz all der neuerworbenen Kenntnisse und Erkenntnisse, deutlich geringer.

Nun ist S. H. nicht der Typ eines Helden oder gar eines Märtyrers; das geht, glaube ich, aus dem bisher Berichteten zur Genüge hervor. Eher furchtsam von Natur, hat er sich nie in den Zielbereich feindlichen Feuers gedrängt, und geriet er dennoch hinein, dann durch Zufall oder Torheit, wie bei dem unseligen *Exportgeschäft* am Beginn seiner Laufbahn, oder durch andere Menschen veranlaßt, wie etwa beim Volksecho, oder der Pflicht genügend, wie im Kriege, aber kaum je auf eigene Initiative, durch eigene Planung, aus Lust am Wagnis. Das Tragische und zugleich Komische dabei ist, daß auch so sehr bald eine Reputation entsteht, die der ganz ohne Schuld in die Rolle eines Vorkämpfers Geratene nunmehr gezwungen ist aufrechtzuerhalten; er darf nicht mehr Nein sagen, wenn er gefordert wird, die Leute haben begonnen, zu ihm aufzublicken und Großes von ihm zu erwarten, und wehe ihm, er enttäuscht sie. Und wenn es hier und da aussah, als habe er sich tapfer geschlagen, so schlug er sich in Wirklichkeit mit dem Mut der Verzweiflung, der ja nichts anderes ist als die Angst, sich zu blamieren und in den Augen der Menschheit als der kleine, bei Mama und Papa Schutz suchende Junge zu erscheinen, der man ja eigentlich ist.

Vor allem in den Augen der eigenen Frau. Die nämlich ist, lange genug hat sie es ihm aus konspirativen Gründen verschwiegen, Mitglied der Kommunistischen Partei der USA. Nun ist die Communist Party of the USA in jenen Jahren eine merkwürdig schattenhafte, nur sehr gelegentlich aus einer Art Halblegalität auftauchende Truppe, von der jeder, sogar das eigene Zentralkomitee, weiß, daß sie nie etwas bewirken wird im amerikanischen Volke, wenn sie mit offenem Visier auftritt. Also injiziert sie ihre Leute, Blutkörperchen gleich, ins Gewebe anderer Organisationen, bereits bestehender oder zu dem Zweck gegründeter, und die Parteimitglieder sind angehalten, durch besondere Hingabe an die hehren Ziele der betreffenden Gruppierung, sei's nun Gewerkschaft, Kirche, Frauenklub, Gesangverein, Farmergenossenschaft, Schriftstellerverband, Freiwillige Feuerwehr, das Vertrauen der »Rank and File«, der tumben Massen also, zu gewinnen, auf diese Weise führende Positionen zu erlangen und mittels dieser die besagten Massen der jeweiligen Parteilinie entsprechend zu lenken – eine Aufgabe, die allerdings dadurch erschwert wird, daß die Partei weniger aus gelernten Revolutionären denn aus Dilettanten besteht und wie jede geheime oder halb geheime Sekte durchsetzt ist von Agenten des Staates, hier des FBI. Daß diese Partei, trotz alledem, in den dreißiger Jahren ganz wesentlich zum Entstehen der CIO beigetragen hat, des Verbandes der großen amerikanischen Industrie-Gewerkschaften, daran erinnert sich heute kaum noch einer; ohne die Hilfe und Opferbereitschaft der Genossen hätten die United Mine Workers des John L. Lewis Stahl und Schiffahrt und Textil und Öl niemals organisieren können; zahllose kleine, unbekannte Kommunisten zogen damals aus und warben für die Gewerkschaft und hielten ihre Schädel den Polizeiknüppeln hin; daß sie später dann, nachdem die Unions Teil des Establishments geworden, aus den Gewerkschaften wieder hinausflogen, mindert nicht den Glanz des Ruhmesblattes, das sie in der Geschichte der amerikanischen Arbeiterbewegung schrieben.

Die Ursache für die wachsende Isolierung der Partei nach dem Kriege und die Bedeutungslosigkeit, zu der sie sich selber verdammte, lag darin, daß sie ihre praktische Politik nicht so sehr nach den Interessen der amerikanischen Arbeiter ausrichtete als nach geheimnisumwitterten sowjetischen Anweisungen, die allesamt graue stalinistische Theorie waren; dazu kam der Druck von oben, von Staat und Werkleitung, der es vielen Genossen unmöglich machte, ihr Brot zu verdienen. Die Arbeit unter den Massen, Grundlage aller kommunistischen Tätigkeit, verkümmerte zu einer Art Maskenspiel: man versteckte sich hinter irgendwelchen Prominenten – Ärzten, Professoren, Schriftstellern, Schauspielern – und ließ diese für sich sprechen in der Hoffnung, daß nun das Volk die Botschaft hören würde. Das Volk hörte ein paarmal hin, dann wurde es des Spiels überdrüssig, und je weniger die Methode wirkte, desto öfter wurde sie wiederholt, was wiederum zum rapiden Verschleiß einer immer größeren Zahl von an sich gutwilligen Intellektuellen führte. Auf der Sponsorenliste, unabdingbarer Bestandteil der Briefköpfe von Bürgerrechtsorganisationen, Freundschaftsgesellschaften, Friedensgruppen, Vereinen für die Gleichberechtigung der Neger, für die Unterstützung mexikanischer Wanderarbeiter, für Freiheit von Wort und Forschung, standen immer die gleichen Namen, darunter oftmals auch der des S. H.; wie konnte man sich der guten Sache, um die es ja stets ging, entziehen; und die in der Partei, die das Ganze betrieben, wurden immer selbstherrlicher; kaum hielten sie es noch für nötig, die donnernden Manifeste, die zu unterschreiben waren, den Unterzeichnern zumindest per Telephon vorzulegen; manchmal setzten sie die Namen auch gleich selber unter das Schriftstück in dem festen Glauben, der Signatar könne gar nichts gegen einen so gewichtigen und wunderbaren Text einzuwenden haben, wie sie ihn da verfaßt hatten.

Angesichts der ständig wachsenden Stimmung im Lande gegen alles, was sich als Rot denunzieren ließ, war das Problem des einzelnen, also S. H.s, zu entscheiden, wo man die Linie zog zwischen einer unsinnigen Selbstentblößung, die jede Wirkungsmöglichkeit als Schriftsteller wie als Person des öffentlichen Lebens zunichte machte, und dem Bekenntnis zu einer Sache, die vertreten werden mußte, wollte man sich des Morgens beim Rasieren noch ins Gesicht schauen. Die Partei differenzierte da nicht; ihr kam es darauf an, für ihre oft aus purer Verzweiflung geborenen Aktionen eine Basis im Volke, oder zumindest unter den Intellektuellen, zu demonstrieren, und da kümmerte es ihre Funktionäre nicht, was die Folgen sein könnten und was, oder wen, man dabei opferte.

Das Problem stellte sich für S. H. schon kurz nach dem Kriege, bei der Mai-Demonstration 1946. Nun ist der Erste Mai keine kommunistische Angelegenheit, er ist, um den korrekten Terminus zu benutzen, der Weltfeiertag der Arbeiterklasse, und zwar der gesamten; doch war der große Tag zu der Zeit in Amerika bereits zu einer Show fast ausschließlich der Communist Party degeneriert, und diese will unbedingt zeigen, wie sehr sie nicht nur in den üblichen Arbeiterorganisationen verankert ist, sondern auch in der Armee und unter den Veteranen von World War II. Also, meinte Gertrude, sollte auch S. H., der in seiner Volksecho-Zeit den Zug von der 57th Street die Achte Avenue hinab und den Broadway entlang bis zum Union Square mehr als einmal mitgemacht hat, auch diesmal wieder marschieren, nur eben in Uniform.

Es ist ihm nicht wohl bei dem Gedanken. Ja, wenn da Kameraden in Regiments- oder zumindest Bataillonsstärke mitzögen, das hätte Bedeutung; aber er ahnt, wie wenige kommen werden und was für ein Spießrutenlauf das sein wird zwischen den klickenden Kameras des FBI und der CIA und des Armeegeheimdienstes CIC; und außerdem weiß er nicht, ob er das Recht hat, trotz seines Patents als Lieutenant der Reserve, die sorgfältig eingemottete Uniform bei einem solchen Anlaß zu tragen. Doch Gertrude erzählt ihm strahlend, welches ihrer Kostüme sie anziehen und welchen Hut sie aufsetzen wird, den neuen hellgrauen mit der breiten Krempe wahrscheinlich, um Arm in Arm mit ihm in den Union Square einzuziehen, Herz und Mittelpunkt des New Yorker Proletariats. S. H. befürchtet, daß vorher schon, an der 34th Street, Herz und Mittelpunkt des New Yorker Lumpenproletariats, speziell des irischen, faules Obst oder gar ein paar Ziegelbrocken auf den hellgrauen Hut und die ordensgeschmückte Brust fallen werden; aber die Iren zeigen sich unerwartet friedfertig; fast scheint es, als bemitleideten sie das Bäckerdutzend Ex-GIs, das da starren Blicks daherkommt; außer ein paar schrillen Pfiffen und obzönen Hohnrufen erfolgt nichts, und ebenso beim zweiten Durchgang, der da veranstaltet werden muß, um einer desinteressierten Presse die doppelte Masse an Demonstranten vorzutäuschen – Transparente eingerollt und alles eiligst zurück mit der Subway von der 14th zur 57th Street, und von dort noch einmal zu Fuß in Richtung Union Square.

Im Camp Merriewoode, in den Bergen von New Hampshire, wo er vor Jahren Hostages zu Ende schrieb, verbringen er und Gertrude 1948 ein paar Sommerwochen. Aber der Mensch soll nicht zurückkehren zu den Stätten, wo er einst glücklich gewesen; Hattie, die Besitzerin, ist alt geworden, und ihr Camp, in den Geruch des Kommunismus geraten durch ein paar Inserate in den New Masses, wird boykottiert; so weit geht das jetzt schon in Amerika, und da Hattie nicht mehr die Kraft hat, sich zur Wehr zu setzen, und wohl auch nicht das Geld, häufen sich die Anzeichen von Verfall. Unter den wenigen Gästen befindet sich Alexa Todorow, Mitglied der jugoslawischen UN-Delegation. Alexa, ein blonder Hüne, spürt nichts von der bedrückten Stimmung; er genießt, was Merriewoode immer noch zu bieten hat, den See, die Wälder, die Ruhe; zum ersten Mal seit seiner Partisanenzeit, jubelt er, kann er Ferien machen. Und dann trifft das Telegramm ein, das ihn nach New York zurückbeordert. Euch beiden kann ich's ja sagen, verrät er, Tito hat mit Stalin gebrochen, und die Delegation wird zu beschließen haben, auf wessen Seite sie sich schlägt.

S. H. von der Nachricht doch sehr betroffen, zwei Heroen

der Revolution, ohne Fehl und Tadel beide, und nun dies Zerwürfnis, fragt, »Und für wen wirst du dich entscheiden?«

»Für Stalin«, sagt Alexa.

»Aber euer Mann ist doch Tito!«

»Und Tito hat uns erzogen, an Stalin zu glauben.« Alexas Lippen zittern; der Partisan, dem das eigene Leben und das der anderen, wenig zählte, gleich werden ihm die Tränen kommen. »Stalin, das ist der Sozialismus. Soll das alles auf einmal falsch gewesen sein?«

In diese Zeit fällt der Brief des Genossen Duclos. Jacques Duclos, einer der großen Chefs der französischen Kommunisten und ihr Mann für internationale Verbindungen, veröffentlicht im Daily Worker einen Brief an die Mitglieder der Communist Party of the USA mit einer vernichtenden Kritik an ihrem Generalsekretär, dem bisher als sakrosankt geltenden Genossen Earl Browder, der, das schwarze Schnurrbärtchen unter der langen spitzen Nase wie der Punkt zum Ausrufezeichen, bei Massenmeetings seiner Partei in dem dramatisch abgedunkelten Madison Square Garden, dem größten Saalbau New Yorks, sich anstrahlen ließ vom Lichtkegel eines einsamen Scheinwerfers wie ein Prophet. Aber Browder hatte es gewagt, in Moskau Sonderrechte zu fordern für seine Partei angesichts ihrer besonderen Lage in Amerika, das Recht vor allem, ihre Politik selber gestalten zu dürfen; und nun durfte er sich nicht einmal mehr selber verteidigen in seinem eigenen Zentralorgan.

Doch so leicht wird Gertrudes Glaube an ihre Partei nicht erschüttert. Irgendwann nimmt sie ihren Mann sogar mit zu einer Zusammenkunft ihrer Branch, ihrer Parteizelle, wobei unklar bleibt, ob sie ihn ihren Genossen und Genossinnen vorführen möchte, oder eher noch diese ihm, in der Hoffnung, ihn enger an die Organisation zu binden. Dabei weiß sie, obwohl sie die Frage ihm so direkt nie gestellt hat, daß er sich kaum binden lassen wird; immer, wenn er spürte, daß sie auf das Thema zusteuerte, wich er aus mit dem Hinweis auf diese oder jene politische Erfahrung aus der Zeit seiner Prager Emigration, oder aus seiner Volksecho-Praxis, oder bei späteren Gelegenheiten: Parteimitgliedschaft heiße doch wohl, Disziplin zu wahren und sich zu beugen auch dort, wo die Meinungen der Partei oder ihre Beschlüsse und Anweisungen offensichtlich fehlerhaft waren; daher wolle er, ohne deshalb seine Erkenntnisse in jedem Falle für schlüssiger zu halten als die kollektive Weisheit der Partei, seine Handlungsweise lieber selber bestimmen.

Das Meeting der Schriftsteller-Branch der New Yorker Partei erinnert ihn an die Monatsversammlungen anderer Vereine, denen er gezwungen war, beizuwohnen; die gleiche trübe Geschäftigkeit der leitenden Leute, das ergebene Warten des niederen Volks, die Tagesordnung: Referat, Diskussion, Beschlußfassung, Persönliches falls gewünscht; jemand doziert über die wenig ermutigende politische Lage, doch trotzdem schreite die Partei stetig vorwärts, besonders in der großen Sowjetunion und international, aber auch unter den Werktätigen hier im Lande sowie in den Kreisen der fortschrittlichen Intelligenz; das meiste stand schon im Daily Worker zu lesen.

Lehrreich für S. H. ist eigentlich nur der Anfang der Sitzung, der kurze Konflikt um Howard Fast. Fast, freundlich naiver Mund in pausbäckigem Gesicht, das er, will er bedeutend erscheinen, in ernste Falten legt, ist unstreitig der Prominenteste unter den anwesenden Parteimitgliedern und hält es daher für selbstverständlich, daß ihm der Vorsitz der Versammlung gebührt; tatsächlich eröffnet er sie auch und ist auf dem besten Wege, eine Impromptu-Rede zu halten, als die lange Lyrikerin Louise Mally sich linkisch erhebt und, lautstark unterstützt von ihrer zierlichen Kollegin Gene Karsavina, von ihm wissen will, wer ihn eigentlich gewählt habe. Zu Fasts Ruhm sei es gesagt, daß er, schockiert zwar über soviel Unehrerbietigkeit, die Amtsanmaßung dennoch eingestand und den Ehrenstuhl neben Lesetisch und Stehlampe räumte: Ende des Personenkults in der Schriftsteller-Branch der Kommunistischen Partei der Stadt New York.

So wenig inspirierend wie das Referat ist die Diskussion, die, nach probatem Muster, auf dieses folgt. S. H. denkt zurück an die Versammlung des Bundes proletarisch-revolutionärer Schriftsteller im Februar 1933 in Berlin: die gleiche merkwürdige Scheu vor den Fakten, die gleiche fahrige Hinwendung zu Nebensächlichkeiten. Am penetrantesten die Art, wie Shirley Graham, eine von Gertrudes besonderen Freundinnen, alles und jedes auf die Negerfrage, die nur die Partei zu lösen imstande sein werde, bezieht; Shirley ist, wie man heute sagen würde, eine Schwarze, obwohl ihre Farbe eher ein vornehmes Café-au-lait ist, und in der Tat gehören die Grahams, mit zu neun Zehnteln weißem Blut in den Adern, zur Aristokratie von Harlem und residieren auf Sugar Hill, einer Anhöhe, wo der Grund und Boden fast so teuer ist wie in der Park Avenue, die Aussicht über ein paar Baumwipfel hinweg dafür aber das ganze Ghetto umfaßt; und Shirley, selber schon ein wenig in den Jahren, hat ihre

Netze ausgelegt für den Professor William DuBois, den greisen Guru der amerikanischen Neger und Lehrer von Martin Luther King. Später wird sie den alten Mann auch wirklich kriegen und zusammen mit ihm in das befreite Ghana ziehen, um dort im Witwenstand noch als Staatsgast Kwame Nkrumahs zu leben, blind für die wahren Zustände im Lande, bis ihr Protektor gestürzt wird. Vorher jedoch lädt sie, sichtlich beeindruckt von der Persönlichkeit des Schriftstellers S. H. und im Glauben, er möchte unter die feinen Leute dort passen, ihn und Gertrude zu einer Soirée in dem Haus auf Sugar Hill ein. Und es geht dort, das muß man sagen, äußerst vornehm zu, fast gar nicht wie im Ghetto und nur um eine winzige Schattierung dunkler als in Park Avenue, und die Gastgeberin, eine Schwägerin Shirleys, früher Missionarin in Afrika und jetzt Gattin des Mr. Laurence Graham, Ex-Konsuls der Vereinigten Staaten in der Negerrepublik Liberia, nimmt sich in eigener Person Gertrudes an und schüttet ihr alsbald ihr Herz aus: wie sie so unglücklich sei, da ihr Sohn heiraten wolle. Wieso denn unglücklich, wendet Gertrude ein, ist es nicht jeder Mutter innigster Wunsch, daß ihr Sohn mit dem Mädchen, das er liebt, zum Altar schreite?

Aber, klagt Mrs. Graham, wo das Mädchen doch Jüdin ist!...

Immer mehr wird S. H., der an seinem neuen Buch wahrhaftig genug zu arbeiten hat, in Aktivitäten verwickelt, die damals mit dem amerikanischen Adjektiv *progressive* bezeichnet wurden, die jedoch dem FBI und dem stetig an Einfluß gewinnenden Untersuchungsausschuß des Senators McCarthy als subversive Tätigkeit in kommunistischen Frontorganisationen galten. Er befindet sich dabei in keiner schlechten Gesellschaft, nur wird diese Gesellschaft ständig kleiner und die Zahl der *Causes*, der gerechten Sachen, für die man sich engagieren muß, wächst in umgekehrter Proportion.

Im Juni 1949 nimmt er auf einem New Yorker Kongreß für Bürgerrechte an einem öffentlichen Gepräch über Freiheit der Forschung, der Künste und der Religion teil, zusammen mit dem Physiker Philipp Morrison von der Universität Cornell, und mit Professor Tom Emerson von Yale und dem Reverend William Howard Melish. Schon vorher hat er zu den Einberufern einer Konferenz von Wissenschaftlern und Künstlern für den Frieden gehört; auf einer großen Versammlung gegen die Zensur, veranstaltet vom National Council of the Arts, Sciences and Professions, kurz ASP, dem Nationalrat der Künste, Wissenschaften und geistigen Berufe, ist er einer der Hauptredner; und in Philadelphia spricht er zu dem Thema »Wessen Kultur?« in einer Reihe mit Louis Untermeyer, Clifford Odets und Barrows Dunham, sämtlich ernstzunehmende Schriftsteller. Anfang 1950, auf einer Massenversammlung in der Carnegie Hall, hält er eine Rede über die schleichende Faschisierung des öffentlichen Lebens in Amerika, und man wählt ihn in den Vorstand des Nationalrats der ASP; er akzeptiert die Wahl unter der Bedingung, daß er öffentliche Erklärungen der Organisation, unter denen sein Name stehen soll, vorher zu sehen bekommt. Dem Vorbehalt liegen Erfahrungen zugrunde: in seinem Namen waren, ohne sein Wissen, Telephonate geführt und mit unsauber gefälschten Unterschriften, seiner eigenen und denen der Schriftsteller Arnaud d'Usseau und Jack Gorney, Einladungen verschickt worden zu einer Protestversammlung gegen die Verurteilung der Hollywood Ten, der zehn Filmschriftsteller und Regisseure, die der Mißachtung des Kongresses der Vereinigten Staaten angeklagt waren, weil sie sich weigerten, vor dem McCarthy-Ausschuß auszusagen und Freunde und Bekannte als Kommunisten zu denunzieren. Natürlich war er gegen McCarthy und das Gerichtsurteil und für die Hollywood Ten, unter denen sich aus Lester Cole befand, der Autor des Drehbuchs zu seinem Hostages-Film, und er hatte bereits öffentlich gefordert, man möge das Urteil aufheben oder zumindest auf Bewährung aussetzen, denn kämen die Zehn ins Gefängnis, so wären die USA, neben der Türkei, das einzige Land in der Welt, das seine Dichter und Künstler hinter Gitter setzte; folglich konnte er nur intern gegen den Mißbrauch seines Namens auftreten und verlangen, daß in der linken Szene wenigstens ein Minimum an Integrität gewahrt werde.

Doch gerade um diesen Punkt kommt es zu einer Auseinandersetzung mit Howard Fast, der meint, auch S. H. habe um der guten Sache willen Order zu parieren und zu allem Ja und Amen zu sagen. Irgendein Mensch ruft an, bezieht sich auf Fast und will eine Unterschrift haben von S. H. gegen den Atlantik-Pakt, jenen Pakt, aus dem die NATO hervorgehen wird. S. H. verweigert die Unterschrift und begründet seine Weigerung in einem Brief an Fast. Seinen Namen, so teilt er Fast mit, auf einer Vielzahl von Briefköpfen zu haben und unter einer Vielzahl öffentlicher Erklärungen, die von Knaben und Mädchen guten Willens aber von zweifelhafter politischer Reife verfaßt wurden, bewirke nur, daß der Name rapide an Wert verliert und bald nichts mehr gilt. Es gebe gewisse Dinge, schreibt er, für die er kämpfen und die er mit seinem Namen, und nicht nur mit seinem Namen, unterstützen werde. »Aber die suche ich mir selber aus, ebenso wie die Organisationen, mit denen ich zu arbeiten gedenke, und auch das werde ich nur tun, wenn ich die Zeit und die Kraft habe, wirklich für sie aktiv zu sein. Seinen Namen einer Sache zu leihen, bringt Verantwortung mit sich, und kann ich diese nicht erfüllen, so gebe ich meinen Namen nicht dafür hin.«

Howard Fasts Antwort ist, im Lichte späterer Entwicklungen, nicht ohne Reiz. »Ich wußte gar nicht«, formuliert er, »daß ich zu der Kategorie der Knaben und Mädchen guten Willens aber von zweifelhafter politischer Reife gehöre. Jetzt, da ich das von Dir höre, werde ich es stets in Erwägung ziehen. Eigentlich ist die Situation, die Dich dazu veranlaßte, Deinen Brief zu schreiben, durch ein Mißverständnis entstanden. Viele Leute haben Deine Bücher gelesen und ein paar davon haben aus der Lektüre auf eine gewisse antifaschistische Haltung Deinerseits geschlossen. Auch habe ich aus Briefen verschiedener Freunde in Europa erfahren, sie seien nach Gesprächen mit Dir zu der Meinung gelangt, du stündest sehr weit links – wärst vielleicht sogar ein Kommunist. Ich weiß natürlich nur zu genau, daß Du keiner bist, und ich werde mein bestes tun, den Eindruck zu korrigieren, sollte jemand den Irrtum begehen, Dich als solchen zu bezeichnen. Aber Du wirst Deine Leser nicht dafür tadeln können, daß sie Dich für einen Antifaschisten halten, und wie Du selber gemerkt haben wirst, müssen Antifaschisten sich an manches Leid und manche Schwierigkeiten und Belästigungen gewöhnen. Ich stimme mit Dir jedoch überein, daß es falsch ist, von anderen zu verlangen, derlei Unannehmlichkeiten auf sich zu nehmen.«

Ich halte diese liebenswürdig insinuierenden Zeilen für ein kleines Meisterstück, das es verdient, nicht nur für Howard-Fast-Fans erhalten zu bleiben. S. H. läßt Fasts Schreiben unbeantwortet; er hat seine Meinung zu den Mißbräuchen auf der Linken klargemacht. Außerdem hat er eine Idee für ein eigenes Projekt: die Schaffung einer Nationalen Union gegen die Depression – Depression hier nicht in der Bedeutung eines psychischen Phänomen, sondern von Wirtschaftskrise. Der Gedanke kam ihm schon 1948, als er über die mißlungene Wahlkampagne des progressiven Kandidaten Henry Wallace sinnierte; der Mann, vier Jahre lang Roosevelts Vizepräsident, ist heute zu Unrecht vergessen; er war ein guter Rufer im Streit gegen die an allen Ecken und Enden Amerikas drohende Reaktion, aber er hatte kein konkretes Programm zur Behebung der konkreten Sorgen der Leute gehabt.

»Mark Twains Kommentar zum Wetter«, schreibt S. H. nach Washington an I. F. Stone, den alten Freund aus Volksecho-Zeiten, mit Kopie an Angus Cameron und an Ted Thackrey, Chefredakteur der Zeitung Daily Compass, »scheint mir auch auf die Haltung der Liberalen und Progressiven der Depression gegenüber anwendbar zu sein: alle reden darüber, aber keiner tut etwas dagegen.« Eine Wirtschaftskrise aber, so fügt er mit Bezug auf das deutsche Beispiel hinzu, könne sehr leicht zum Faschismus führen, sobald die Herrschenden sich wirklich bedroht sehen; der gegenwärtige Trend hin zu einer Beschränkung der bürgerlichen Freiheiten sei bereits eine Sturmwarnung. Natürlich werde man die sich ankündigende Wirtschaftskrise nicht ohne weiteres verhüten können; aber je weniger man dagegen unternehme, desto schlimmer werde es kommen, und desto ernster würden die politischen Folgen sein und desto größer die Gefahr eines Krieges.

Die Union, schlägt S. H. vor, müsse ein *Grass Roots Movement* sei, eine Volksbewegung: Arbeiter, Farmer, kleine Geschäftsleute, Akademiker, samt deren Verbänden und Vereinen; und wenn die Öffentlichkeitsarbeit der Union und ihre organisatorische Tätigkeit die Phantasie der Menschen ansprächen, würde sie sich rasch genug über das ganze Land ausbreiten.

Das wirtschaftliche Programm der Union, Zentralpunkt des Ganzen, müsse einfach und leicht begreiflich sein und reale Maßnahmen zu einer wirkungsvollen Bekämpfung der Krise enthalten. Das Programm würde staatlich finanzierte öffentliche Arbeiten vorsehen, und zwar nicht nur für Wohnungs- und Straßenbau, Parkanlagen, Flughäfen, Kraftwerke und ähnliches, sondern auf jedem Wirtschaftsgebiet, wo die Krise sich bemerkbar mache. Wenn nötig, sei auch an eine geplante Produktion zu denken, um ungenutzte Kapazitäten, Maschinen wie Menschen, wieder ins Spiel zu bringen und Vollbeschäftigung zu garantieren. In anderen Worten, ein staatlich geleiteter planwirtschaftlicher Sektor. Was dieser produziere, so der Vorschlag S. H.s, solle zum Kostenpreis an Arbeitslose und Gruppen mit niedrigem Einkommen verteilt, oder als Hilfsgüter an notleidende Länder der Dritten Welt geliefert werden statt der Waffen, die man jetzt dorthin exportiere. Durch derart Maßnahmen würden zugleich Arbeitsplätze und Kaufkraft entstehen; letztere dürfte dann auch die Privatwirtschaft kräftig stimulieren.

Kühn, besonders für Amerika, ein solches Wirtschaftsprogramm, und verblüffend modern, liest man es heute. Und ergänzt durch ein politisches Programm, das am Ende eine neue Partei vorsieht, ob in Allianz mit den Resten von Wallaces Progressiver Partei oder nicht, nimmt das Projekt Formen an, die weit über eine Gedankenspielerei hinausgehen. Stone, Thackrey und Cameron sehen das auch; Stone zollt Beifall. Cameron schreibt, er habe schon im Vorjahr Henry Wallace zu überreden versucht, in seiner Wahlagitation zu den Fragen der kommenden Krise konkret Stellung zu nehmen, und Thackrey gar will S. H.s Brief sofort im Daily Compass abdrucken.

Da erkennt S. H. plötzlich, welchen Golem er sich geschaffen hat. Auf die Veröffentlichung seines Vorschlags muß notwendigerweise die Realisierung folgen, die Anfänge einer Organisation, für die er gezwungen sein wird, sich aufzureiben. Die Frage ist: was will er? Will er amerikanische Politik machen, Einfluß gewinnen, Massen lenken, ein noch dazu im Ausland geborener und mit dem Stigma des Judentums behafteter Volkstribun? Gewiß, die Idee seiner National Union Against Depression ist hervorragend, sie ist sogar die einzig zukunftsträchtige zur Zeit auf der linken Seite des politischen Spektrums; aber wenn einer, dann weiß er, wie gering die Chancen sind für ihren Erfolg angesichts der Mächte, die damit herausgefordert werden. Oder will er, ohne deshalb den Hieronymus in der Klause zu spielen, nicht doch lieber Bücher schreiben, ein Beobachter, ein Chronist seiner Tage, dessen Worte, wenn auch langsam und indirekt, dennoch irgendwann wirken werden?

Er wird sich mit diesem Problem noch öfter konfrontiert sehen, und wird sich am Ende stets für die Bücher entscheiden.

Das Buch in diesem Falle ist The Eyes of Reason, das eigentlich Where Is My Home heißen sollte, nach der etwas sentimental klingenden Zeile Kde domov můj? in der tschechischen Nationalhymne, zu Deutsch, Wo ist meine Heimat? Der Titel hätte seine Berechtigung gehabt: die drei Brüder Benda, von deren Konflikten der Roman handelt, haben sich die Frage stellen müssen wie viele andere auch, die nach dem Kriege, oder auch während des Kriegs schon, ihre Heimat verließen oder innerlich zerbrachen, weil ihnen die Heimat durch politische oder soziale Veränderungen fremd und feindlich geworden war. Der Verlag fand jedoch, der Titel sei nicht genügend zugkräftig. S. H., auf der Suche nach Zitaten, die der jüngste der Brüder, der Schriftsteller Thomas, für seinen Essay über die Freiheit verwenden konnte, entdeckte in Tolstois zweitem, und bedeutenderem, Nachwort zu Krieg und Frieden jene Stelle, da der

Alte aus Jasnaja Poljana zum Thema Freiheit bemerkt, diese sei »vor den Augen der Vernunft... nur eine flüchtige, unbestimmte Erscheinung des Lebens.«

Mehr also ist sie nicht, die Freiheit, zur Verzweiflung des armen Thomas; aber auch S. H. fühlt sich nicht ganz befriedigt von Tolstois Definition, und immer wieder wird er in seinen Büchern auf das Problem, das in der Paarung von Freiheit und Notwendigkeit liegt, zurückkommen. Doch für jetzt hat er einen Titel gefunden, der dem Verlag genügt; anscheinend meint man in Boston, daß The Eyes of Reason, Die Augen der Vernunft, gerade weil jeder sich etwas anderes darunter vorstellt, den Leser um so neugieriger machen wird.

Es ist viel darüber gerätselt worden, ob das Buch nun prokommunistisch sei oder nicht. Wenn die siebenhundert Fragen, die S. H. sich beantworten ließ, und die Eindrücke, die er nebenher sammelte, etwas zutage förderten, dann seine Einsicht, daß nichts auf dieser Welt, selbst nicht der große Umschwung in dem geliebten Prag, ganz und gar positiv gesehen werden kann. Von seinen drei Hauptgestalten enden infolge der revolutionären Vorgänge, die er beschreibt, zwei im Unglück – Joseph muß fliehen, Thomas begeht Selbstmord – und selbst der dritte Bruder, Karel, der sich entscheidet, zu bleiben und sich den neuen Leuten zur Verfügung zu stellen, tut dies ohne Jubel im Herzen. Die Essenz des Buches findet sich mehr noch als in dem Tolstoi-Zitat in ein paar Sätzen Heinrich Heines aus dessen Vorrede zur Lutetia, die Thomas Benda gleichfalls in seinem Essay zitiert: »Dieses Bekenntnis, daß die Zukunft den Kommunisten gehört, mache ich im Ton der Besorgnis und äußersten Furcht... Dieser Kommunismus, der all meinen Interessen und Neigungen so feindlich ist... zwei Stimmen erheben sich in meiner Brust zu seinen Gunsten... Die erste dieser Stimmen ist die Logik. Ein fürchterlicher Syllogismus hält mich umstrickt, und wenn ich diesen ersten Satz nicht widerlegen kann, ›daß alle Menschen das Recht haben zu essen‹, so bin ich gezwungen, mich auch allen anderen Konsequenzen zu unterwerfen.«

Im Januar 1950 liegt eine erste Fassung des Buches vor, im Juni sind die Revisionen beendet, und das Manuskript geht nach Boston, im Februar 1951 veröffentlichen Little, Brown The Eyes of Reason; da ist der Kalte Krieg in vollem Gange und in dem heißen, der gleichzeitig stattfindet, ist die amerikanische Armee in Korea einmarschiert.

Es ist klar, daß ein solches Buch in einer solchen Zeit Ressentiments hervorruft. Und dennoch sind da auch Kritiker, die sich trotz aller Versuchungen nicht von der allgemeinen Hysterie mitschwemmen lassen, sondern die Story auf ihren inneren Wahrheitsgehalt und ihre Erzählweise hin prüfen. So schreibt die Zeitung Times Dispatch in Richmond im Staate Virginia: »Der Autor hat eine Menge zu sagen, aber das merkt der Durchschnittsleser erst nach der Lektüre, denn The Eyes of Reason hält ihn gebannt durch die Spannung, mit der er das Buch liest... Es ist eines der optimistischsten Bücher, die über Nachkriegs-Europa geschrieben wurden, und es wirkt überzeugend, da es alle Seiten der Fragen untersucht, von denen es handelt. Die Personen, die darin auftreten, sind weder gut noch böse, sie sind vielschichtig und reagieren je nach ihrer Veranlagung auf die Kräfte, die auf sie einwirken. Sie sind mehr als realistisch – sie sind real. Kurz, Stefan Heym hat uns ein ausgezeichnetes Buch geschrieben.« Und im Sunday Journal, das in der Stadt Providence in Rhode Island erscheint, steht zu lesen: »Heyms Story ist kraftvoll und dramatisch; sein Tempo und die Art, wie er seine Erzählung aufbaut und zugleich zügelt, sind bis auf wenige Momente gegen Ende des Buches gekonnt und wirksam. Sein Thema ist im Grunde einfach und dennoch kompliziert: es betrifft die Beziehungen, die die Menschen als gesellschaftliche Wesen heute in Europa zueinander haben. Sich zu beklagen, daß Heym die Probleme nur stellt, nicht aber Lösungen gibt, ist müßig; bisher hat diese Probleme noch keiner zur Zufriedenheit aller gelöst, und gestellt haben sie zur Zufriedenheit vieler auch nur die wenigsten. Jedenfalls geht Heym die Probleme unserer Zeit vom Politischen wie vom Persönlichen her an, und die geistige Reife, mit der er seine Gestalten darstellt, ist, wenn auch nicht immer brillant, so doch bewundernswert, und nie von den Zwängen einer These her beeinflußt.«

In der Mehrzahl jedoch zucken die Kritiker vor dem heißen Eisen zurück, das S. H. ihnen in die Hand gedrückt hat; als ernsthafte Leute möchten sie einen ernsthaften Roman wie The Eyes of Reason nicht rundweg verdammen, wissen aber auch, daß sie ihn nicht preisen dürfen; so referieren sie denn den Inhalt und ziehen sich mit ein paar Bemerkungen über die literarische Qualität des Buches oder deren Mangel aus der Verlegenheit. Einige von ihnen entdecken auch, daß da drei Brüder sind, deren jeder eine andere Einstellung zu den Konflikten in seinem Lande hat; drei Brüder, drei Haltungen, wenn das kein Schema ist, das Anlaß geben kann zu tiefgründigen

Gedanken über Schematismus im allgemeinen und den politischen insbesondere, dem, wie es scheint, Autor S. H. diesmal zum Opfer gefallen ist.

Anders auf der Rechten. Dort wittert man die Gefahr, daß die Leser des Buches zu dem Schluß kommen könnten, es sei im Februar 1948 in Prag ganz vernünftig zugegangen: kein Wüten des Sowjet-Imperialismus, kein roter Terror; eine Klasse, die sowieso geschwächt war durch ihr Verhalten in den Tagen von München und danach, trat ab. Aber gerade das paßt nicht in das Bild, das jetzt in Amerika gebraucht wird. Im Christian Science Monitor, der noch dazu in Boston erscheint, dem Verlagssitz von Little, Brown, schreibt die Romanautorin Elizabeth Janeway: »Der Verlag hat das Wort ›controversial‹ (zu geteilten Meinungen oder Kontroversen Anlaß gebend, streitig) gewählt, um Mr. Heyms Buch zu beschreiben, und man erkennt leicht, weshalb – Mr. Heyms Sympathien liegen klar auf seiten der Kommunisten. Trotzdem ist ›controversial‹ das falsche Wort. Der Grundsatz der Gedankenfreiheit gibt Mr. Heym das Recht, mit jeder noch so unorthodoxen Ideologie zu sympathisieren, das Recht also, in unseren Augen unrecht zu haben. Aber er gibt ihm nicht das Recht, die Wahrheit zu verdrehen. Fälschung ist nicht ›controversial‹. Mr. Heyms Darstellung der Tragödie der Tschechoslowakei ist ein einziges langes Exerzitium in Verdrehung, Weglassung, und Umgehung der wirklichen Frage. Mr. Heym ignoriert konstant die fundamentale Tatsache des Sowjet-Imperialismus. Nie wurde irgendwelcher sowjetischer Druck ausgeübt auf die tschechische Regierung, möchte Mr. Heym uns glauben machen; daher reduziert er den Kampf der tschechischen Patrioten für die Erhaltung ihrer Unabhängigkeit auf die Bemühungen einer Gruppe korrupter und habgieriger Männer, sich um eigener Vorteile willen an der Macht zu halten. Und nirgends läßt Mr. Heym eine Konfrontation zu zwischen der demokratischen und der kommunistischen Anschauungsweise. Wann immer wir glauben, daß es endlich zu einer solchen Auseinandersetzung kommt, verwandelt sich die Szene, und die Kontrahenten gehen, Selbstgepräche führend, aneinander vorüber. Warum das? Vielleicht glaubt Mr. Heym, die Demokratie hätte keine Argumente auf ihrer Seite. Vielleicht, weiß er auch, könnte man mutmaßen, daß seine amerikanischen Leser, die er offenbar für die dümmsten Leute der Welt hält, doch merken könnten, was er vorhat, wenn er dem Kommunismus gestattet, geistig über die Demokratie zu obsiegen. Aber, so ließe sich von seiten der Leser einwenden, was ist nun mit dem Buch selber? Zugegeben die Schwäche, milde gesagt, von Mr. Heyms Sicht der politischen Realitäten, könnte er nicht wenigstens eine interessante und erregende Story geschrieben haben? Kann denn nicht auch ein moralisch übles Buch ästhetisch etwas taugen? Aber ach, Mr. Heym erspart es uns, die Frage behandeln zu müssen. Sein Buch ist einfach schlecht, von Anfang bis Ende. Es ist so schlecht, wirklich, daß es eine Art schrecklicher Faszination ausstrahlt. Man liest es nach einer Weile wie eine Krankengeschichte, bei der, Kapitel um Kapitel, die Symptome der Besessenheit des Patienten immer stärker hervortreten.«

Der Protest der Dame Janeway und anderer Gleichgesinnter war so lautstark, daß er in Verbindung mit den niedrigen Verkaufsziffern des Buches die Stellung von Angus Cameron, Cheflektor im Verlag und Freund und Förderer der Eyes of Reason, ernsthaft erschüttert.

Aus Prag aber, von wo S. H. Verständnis, wenn nicht gar Beifall erwartet hat, nur Schweigen.

# 22

Immer wieder, ob in Deutschland, den USA, der Sowjetunion und in anderen Ländern, Ost und West, ist er gefragt worden: Wieso sind Sie damals fortgegangen aus Amerika? Und noch heute, eine ganze Geschichtsperiode später, wird ihm die Frage manchmal gestellt, und der Ton, in dem das geschieht, variiert zwischen Verwunderung und Skepsis, mit einem Schuß Empörung gelegentlich – wie kann einer nur: weg aus Amerika, dem Lande, zu dem alles hinstrebt und wo es Ihnen doch gut ging, und in die DDR!

Er hat die vorgestanzten Antworten parat: Senator McCarthy, erinnern Sie sich? Und wie viele außer ihm verließen Amerika in der Zeit – Charles Chaplin, Thomas Mann, Bert Brecht; der Kalte Krieg war sehr kalt in jenen Jahren. Gewöhnlich genügt das; im Publikum nicken welche, ältere Herrschaften zumeist, vor deren geistigem Auge die Überschriften aus vergilbten Blättern erstehen, die unruhigen Schwarz-Weiß-Bilder auf frühen Fernsehschirmen, und über der Nasenwurzel der Jüngeren zeigen sich Falten: da war doch etwas gewesen, richtig; und der USA-Imperialismus ist ja weiß Gott eine Realität und war es gestern auch, und wenn ein Mensch dem den Rücken kehrt... Aber trotzdem, ein solches Land leichtfertig aufzugeben, Land der Sehnsucht, Land der unbegrenzten Möglichkeiten!

Was war geschehen in jener Nacht, als er und Gertrude beschlossen, fortzugehen? War alles säuberlich abgewogen worden, die Risiken, wenn man blieb, die Aussichten, wenn man ging; die Auswirkungen, auf den Kreis der Freunde, auf die eigene Zukunft; das ganze Für und Wider? Oder war es doch eher Panik gewesen, die ihn bewegte und seine Frau: das deutsche Muster von 1933 falsch appliziert auf die USA der Mitte des Jahrhunderts, die Bilder, so fatal sie einander auch glichen, dennoch verschieden, die Töne, schrill wie eh, dennoch anders?

Da war Peekskill – Faschismus, staatlich abgesegnet, in Aktion. Was an dem Sonntag in Peekskill vorgegangen war, konnte morgen in

Oshkosh geschehen, oder in Los Angeles, Chicago, Kansas City, überall im Lande. Er selber war nicht nach Peekskill gefahren; er liebte politische Massen-Picknicks nicht, mit Kultur als Zugabe zu Reden, die unverständlich blieben; außerdem war er in diesen Septembertagen des Jahres 1949 in New Hampshire, in Camp Merriewoode, und wußte nicht, wie er und Gertrude ohne eigenen Wagen in den nördlichen Teil des Staates New York gelangen sollten, wo sich das Gelände befand, auf dem in der Woche vorher das Freiluftkonzert mit Paul Robeson hatte stattfinden sollen – jene Veranstaltung, die der Ku Klux Klan, verstärkt durch Trupps bierseliger Patrioten aus der näheren und weiteren Umgebung der Ortschaft Peekskill, auseinandergeprügelt hatte. Dem Ohr S. H.s klangen die Berichte vertraut: nicht nur waren die üblichen Klan-Kreuze auf den Hügeln ringsum gezündet worden; die anrückenden Schläger hatten *Kill the Kikes!* gebrüllt und *America Wake Up!*, Juda Verrecke! also und Amerika Erwache!, bevor sie auf ihre Opfer eindroschen, auf Frauen und Kinder besonders, und dann die Druckschriften und Notenbogen von den Büchertischen fegten und sie auf Scheiterhaufen verbrannten, und schließlich, da es auf freiem Feld keine jüdischen Läden gab, mit denen man eine Kristallnacht hätte proben können, die jüdischen Autos in Schrott verwandelten.

Und nun waren 25 000 Leute zusammengetrommelt worden zu einer Gegendemonstration, die, wieder mit Paul Robeson, auf demselben Gelände nahe Peekskill stattfinden sollte; die Sache war zu einer Machtprobe geworden zwischen den mehr und mehr schrumpfenden Kräften der Linken und jenen Gruppierungen, deren seit je vorhandene faschistoide Instinkte hochgepeitscht worden waren durch die mit dem Kalten Krieg einhergehende Propaganda und durch des Senators McCarthy Intellektuellenhatz; die Frage war, wie würden die Behörden sich verhalten bei der Gelegenheit, was würde die Polizei tun, die genau wußte, wer da gegen wen aufmarschierte: würde die Staatsmacht, wie ein später ausgesandter, von S. H. mitunterzeichneter Aufruf es formulierte, das in der Verfassung verbürgte Recht amerikanischer Bürger auf freie Meinungsäußerung verteidigen, auch wenn diese Meinungen denen der Mehrheit widersprachen?

Wie S. H. bald genug erfuhr, verhielt die Staatsmacht sich anders. Wohl ließ man das Konzert, wenn auch unter Störungen, stattfinden; aber bei der Abfahrt des Publikums dirigierten Staatspolizei und örtliche Sheriffs die zahlreichen Busse und Privatautos über

Punkte, wo sie sich ineinander verkeilen mußten; und nun begann der Terror: die Insassen der gestauten Fahrzeuge wurden aus den Wagen gezerrt, beschimpft, bespien, blutig geschlagen, die Fahrzeuge selber mit Steinen und Eisenstangen zertrümmert, und die Polizisten sahen nicht nur tatenlos zu, sondern prügelten, wenn sich die Möglichkeit ergab, sachkundig mit.

Nach Peekskill gab es in den USA kaum noch Massenveranstaltungen der Linken, und unter freiem Himmel schon gar nicht.

Gegen diesen Hintergrund wirkt die öffentliche Denunziation des Schriftstellers S. H. durch einen gewissen Howard Rushmore schon recht bedrohlich. Rushmore, ehemals Redakteur am Daily Worker, dem Zentralorgan der amerikanischen Kommunistischen Partei, hat sich als Spezialist für getarnte Kommunisten etabliert; er beliefert den Senator McCarthy mit Informationen und veröffentlicht in der Tagespresse und in einschlägigen Zeitschriften Artikel über Personen, die, seiner internen Kenntnis zufolge, insgeheim die Geschäfte der Partei besorgen. Auch über S. H. läßt er sich aus; der ist, weiß Rushmore zu berichten, ein besonders gefährlicher deutscher Kommunist mit weitverzweigten internationalen Verbindungen, und in den USA eingesetzt, um hier die Dinge im Sinne seiner Genossen jenseits des Ozeans zu lenken. Eine Anfrage bei Emmanuel Lewin, Gertrudes altem Anwalt, erbringt die Auskunft, daß es sinnlos sei, Rushmore und die Zeitungen, für die er schreibt, wegen Libel, böswilliger Verleumdung also, vor Gericht zu bringen; selbst wenn sich ein Gerichtshof fände in Zeiten wie diesen, der zu S. H.s Gunsten entschiede, lägen die Kosten weit jenseits aller Summen, die man ihm zusprechen würde – ganz abgesehen davon, daß er in seinem Leben ja wirklich mit einer genügend großen Zahl von Kommunisten zu tun gehabt hat, um im Kopf eines amerikanischen Richters den Behauptungen des Ex-Genossen Rushmore einen Hauch von Wahrscheinlichkeit zu verleihen.

Inzwischen ist auch klar, was solchen wie ihm bevorsteht, geriete er in die Mühlen des Senators McCarthy. Die ersten Urteile wegen *Contempt of Congress*, wegen Verächtlichmachung des Kongresses, sind bereits ergangen: ein Jahr Gefängnis für Aussageverweigerung vor dem Ausschuß; die zehn Schriftsteller und Regisseure aus Hollywood werden ihre Strafe demnächst antreten müssen, weil sie standhaft blieben und sich weigerten, die Namen ihrer Freunde preiszugeben; und wie anders sollte er sich verhalten, stünde er vor den Inquisitoren?

Am 8. Juni 1950 findet in dem Hause 171 West 57th Street, keine schlechte Gegend in Manhattan, eine Abschiedsparty statt für Dalton Trumbo und John Howard Lawson, die sich am nächsten Tag auf den Weg nach Washington machen werden, um ihren Leib den Behörden zu überantworten. Auch S. H. und Gertrude sind eingeladen; es wird sein wie zahllose andere Parties, die man erlebt hat; die meisten, die da kommen, kennt man flüchtig, man wird Konversation machen und von Nebensächlichkeiten reden, und nach einer Anzahl von Drinks wird jemand an sein Glas klopfen und die Anwesenden um eine Spende bitten, diesmal für den Verteidigungsfonds, zur Bezahlung der Anwälte und der Gerichtskosten; nicht alle, die dem Ausschuß des Senators trotzen, sind begütert; sie hinterlassen Weib und Kind, die essen müssen und die Miete zahlen, während die Männer in irgendeinem bundeseigenen Zuchthaus sitzen.

Und doch ist es an diesem Abend in dem weitläufigen, mit feinem Geschmack eingerichteten Apartment anders als sonst, trotz der Nonchalance, die zur Schau gestellt wird unter den Picassos an der Wand, und es wirkt sich aus auf das Gemüt des S. H. Da ist etwas Schicksalhaftes im Raum, das durch den Zigarettenrauch hindurch sich wie eine Aura legt um die beiden, die hier geehrt werden sollen und die, Glas in Hand, von einem zum andern der Gäste sich bewegen, über Filme sprechen, über Frauen, Stories, Producers, nur nicht über das Verhör, dem man sie unterzog, oder den Prozeß, an dessen Ende ihre Verurteilung stand, und über das Gefängnis, das sie erwartet, und über diesen Abschied. Dalton Trumbo ist ein sehr gut aussehender Mann, jugendlich wirkend, man sieht ihm nicht an, was er durchgemacht haben muß, denn leicht kann es ihm nicht gefallen sein: die Entscheidung, aussagen oder nicht, und wenn ich mich weigere, was kommt auf mich zu, dieser Staat, äußerlich noch immer mit demokratischen Zügen, hereinbrechend über mich mit seiner ungeheuren Macht, unglaublich, und dennoch die neue Realität... Trumbo wird, nachdem er sein Jahr verbüßt hat, nicht mehr in Hollywood arbeiten dürfen und wird sich ein Pseudonym zulegen und das Pseudonym wird den Oscar erhalten, und da erst wird aus den Schatten der Verbannte wieder hervortreten zum Empfang der kleinen vergoldeten Statue, und es wird Leute geben in Amerika, die sich schämen, aber das ist noch Jahre hin. Inzwischen steht er da, neben John Howard Lawson, der einen Kopf kleiner ist, ein kleiner intellektueller Jude mit klugen, müden Augen und einem stillen Lächeln: Lawson, stellt S. H. fest, ähnelt deutlich dem Carl von Ossietzky, obwohl der zu Tode gequälte Chef der Weltbühne kein Jude war; jedenfalls ist Lawson alles andere als eine Hollywood-Figur; ein Gelehrter, ein Theoretiker, mit wichtigen Gedanken über die Strukturen von Film und Drama, und über die Obligatory Scene, die obligatorische Szene, die beiden gemeinsam, und all das hat er niedergeschrieben in einem Buch, aus dem man heute noch lernen kann; und auch Lawson wird nun den Sträflingsdrillich anlegen, übermorgen schon.

Mitten in dem Stimmengewirr, das fast heiter anmutet, unter den Menschen, die sich da immer neu gruppieren, sich einen Whisky nachgießen und mit jemandem flirten, spürt S. H. ein leichtes Grausen und hat, wieder einmal, das unheimliche Gefühl, *There, but for the grace of God, go I.* Wann, fragt er sich, wird er es sein, für den man eine solche Party gibt, und wer wird dann neben ihm stehen, und in wessen Haus; oder wird es dann schon nicht mehr möglich sein, die Schrecken des Faschismus mit den eleganten Umgangsformen einer bereits in Auflösung begriffenen Gesellschaft zu überspielen? Auch Ossietzky, als der ins Gefängnis ging, aus dem er nur für ein paar Wochen herauskam, bevor die Nazis sich ihn griffen, war von einer Menge von Freunden begleitet worden, die, Frohsinn mimend, ihm Zuspruch gaben; und dann folgte die Einsamkeit, das Konzentrationslager, das Leiden bis zum Tod.

Unangekündigt stehen sie vor seiner Tür, drei Mann, einer von ihnen ein Neger; ob sie eintreten dürften; und sie zögern, auch nachdem Gertrude ihnen bedeutet hat, »Aber ja, bitte.« Sie seien von weither angereist, sagen sie dann, aus Western Pennsylvania, zwei von ihnen, heißt das, der dritte sei aus New York; und ob er der Schriftsteller S. H. sei; wenn ja, könne er ihnen ein paar Minuten seiner Zeit geben?

Gertrude führt sie ins Zimmer; die zwei von weither Gekommenen setzen ihre klobigen Stiefel mit großer Vorsicht auf den hellen Teppich; der dritte trägt Stadtschuhe, aber das Leder ist rissig und die Absätze sind schief. Dieser nun, ein blasser Mann mit bereits spärlichem, weißlich-blonden Haarwuchs, beginnt hastig zu erklären: er sei nur der Begleiter, die anderen wären die Hauptpersonen; aber da sie, gewöhnliche Bergarbeiter, wohl mit Kohle umzugehen wüßten, nicht aber, wie sie sich zurechtfinden sollten in New York und im Umgang mit so prominenten Menschen wie Schauspielern, Schriftstellern und Bischöfen, habe er sich erboten, sie herumzuführen; er selber betreibe eine kleine Wäscherei in Brooklyn, lese aber gerne, Bücher sozialen Inhalts besonders; S. H.s Adresse sei ihm von Freunden genannt worden.

Gertrude nimmt den Besuchern die Mäntel ab, eine Handbewegung, setzt euch; den Neger placiert sie, trotz dessen abwehrend erhobener Hand, in den großen Ohrensessel; dann holt sie die Flasche Scotch, die sie reserviert hat für besondere Gelegenheiten, und Eiswürfel, und schenkt ein.

Der Neger, ein langer, hagerer Mensch mit einem Gesicht wie aus dunklem Holz, sitzt steif und aufrecht da; nur wenn der andere, der von untersetzter Gestalt ist und einen Rundschädel hat und flinke graue Augen, sich ihm zuwendet, »Isn't that so, Luke?«, dann nickt er und knurrt etwas Zustimmendes. Der andere, der John heißt, John Skura, und dem schon der erste Drink die Zunge gelöst hat, besorgt das Reden. Sie kommen, erklärt er, aus der Gegend um New Kensington, aus dem Kohlengebiet, das sich von Kentucky und Virginia bis hinauf in den westlichen Teil von Pennsylvania zieht, und wo die Bretterbuden, in denen die Arbeiter mit ihren Familien hausen, und das Stückchen Land, auf dem sie ihre Kartoffeln anzubauen suchen und ihr Gemüse, und die Läden, in denen sie einkaufen müssen, Eigentum der Company sind, und wo, vielleicht haben Mister H. oder seine Frau davon gehört, seit Monaten schon gestreikt wird.

Wildcat Strikes, sagt S. H., wilde Streiks; aber seien die nicht längst zusammengebrochen?

Zusammengebrochen? protestiert John Skura: lauter Falschmeldungen, von den Mine Bosses und ihrer Presse in die Welt gesetzt. Er stößt den hageren Neger an. »Wir streiken immer noch! Isn't that so, Luke?«

Ein Grollen tief aus der Brust des Luke, der wohl eigentlich Lucas heißt wie der Apostel. Skura, jetzt bei seinem zweiten Whisky, ereifert sich. Ja, die Gewerkschaft, die offizielle, ist nicht beteiligt am Streik; ihre Funktionäre in Pittsburgh und in Washington, mit John L. Lewis leider an der Spitze, sind vor dem Gesetz in die Knie gegangen, dem Taft-Hartley-Law, und haben sich den Anordnungen der Gerichte gefügt, und sitzen auf den Streikfonds, statt den Streik damit zu finanzieren; sie jedoch, die Rank and File, die einfachen Mitglieder, in ihrer Mehrzahl jedenfalls, haben sich nicht gefügt, und sie streiken, auch ohne Streikgeld, und trotz Polizei und den Verlokkungen der Company, trotz Spitzeln und Streikbrechern und bewaffneten Banden, die gegen sie eingesetzt werden; aber es sei doch sehr hart, und es gehe blutig zu in den Bergen, wo die Flöze an den Hängen austreten, denn alle, die Arbeiter wie die Mine Bosses, wüßten, was auf dem Spiel steht in diesem Kampf; aber nun sei die Not übergroß geworden, die Frauen hätten schon nichts mehr, was sich den Kindern auf die Teller legen ließe, und es mangele selbst an den wenigen Dollars für Benzin, wenn man losfahren müsse, um die Transporte von Streikbrecherkohle zu stoppen; und so sei im Streikkomitee beschlossen worden, ein paar Mann auszuschicken, nach New York und nach Philadelphia zunächst, um Hilfe zu erbitten.

Er sagt das nicht so konzis und eines aufbauend auf dem anderen; er schweift ab, erzählt Anekdotisches, das den Bericht hemmt, obwohl es die Farbe liefert und die Gestalten der Handlung; manchmal auch wiederholt er sich und muß den verlorenen Faden suchen, um, ermutigt durch einen dritten Drink und dann einen vierten, endlich zu seinem Punkt zu kommen: ob nicht der Schriftsteller S. H. sich einreihen möchte in die bisher noch kleine Zahl derer, die sich verpflichtet hätten, die streikenden Bergarbeiter zu unterstützen, sei's durch ihren Namen, als Zeichen ihrer Solidarisierung mit dem Streik, sei's durch Geldspenden, durch Sammlung von Lebensmitteln, Kleidern, selbst Büchern, kurz von allem, was dazu beitragen könnte, sie, die Arbeiter, in ihrem Kampf zu stärken. Und nun schon mit erkennbar schwerer Zunge zu dem anderen, dem Schwarzen, »Isn't that so, Luke?«

Luke erhebt sich; auch der Wäschereibesitzer ist aufgesprungen; ihr Freund Skura ist auf einmal bleich geworden, und der Schweiß steht ihm auf der Stirn. Doch Gertrude winkt ab: sie wird sich kümmern. Dann greift sie den Kranken fürsorglich beim Ellbogen und geleitet ihn hinaus. Als sie zurückkehren, beide, Skura sichtlich erleichtert, doch noch unter der Wirkung seiner inneren Erschütterung, wendet er sich plötzlich an Gertrude: »Aber woher wußten Sie das alles – eine Frau wie Sie – was mit mir war, und was ich brauchte?«

Sie lächelt: »Ich habe meine Erfahrungen.«

Drei Tage darauf sitzt S. H. in der Fahrerkabine eines großen Lasters, der, mitsamt dem Anhänger, vollbeladen ist mit allem, was die Streikenden brauchen können, bis hin zu zwei Kisten Kinderspielzeug: Solidarität, hier ist sie greifbar geworden. Noch während der Bergarbeiter Skura, beflügelt von Gertrudes Scotch, berichtete, hat S. H. gespürt, daß sein privater Gott, der ihm seit je seine Stoffe zuspielte, ihm diese Leute geschickt hat. In ihrem Streik steckt ein Roman – die Schwachen gegen die Starken, Kampf um Gerechtigkeit, flackernde Grubenlampen im Dunkel des Schachts, Action, das Proletariat, das sich seiner Kraft bewußt wird – es ist alles da, was Dramatik schafft; und die Menschen, die die Handlung tragen werden, die Männer, die Frauen im Bergbaugebiet, wird er bald genug kennenlernen, darum ist er mitgefahren, und um einmal auszubrechen aus dem Trübsinn von New York, wo die politischen Ängste sich paaren mit der Erkenntnis der eigenen Hilflosigkeit: hinaus in das Herzland Amerikas; vielleicht, daß dort noch Hoffnung ist.

Bestimmungsort ist New Kensington, das Goldsborough seines Romans, eine Kleinstadt mit Hauptstraße und Bars und Kinos, die Häuser mit den aufgesetzten falschen Fassaden, und am Hauptplatz im Zentrum das Bezirksgericht und die Bezirksverwaltung und das Hotel, in dem der Rotary Club und der Lions Club und die American Legion ihre Trinkereien veranstalten; in den Siedlungen am Rande der Stadt leben die Miners. Vor einem Arbeiterlokal stehen sie schon und warten, sehr still, gespannt: kann das denn wahr sein, dieser Riesenlaster mit seiner Ladung, und daß da endlich Hilfe gekommen ist für sie? Sie haben den mageren, hungrigen Blick, den Shakespeare einmal beschreibt; der Streik hat ihnen das Fett, wenn es je da war, von den Muskeln gezehrt, und die Gesichter sind faltig geworden, und in den Augen brennt es; kein Wunder, daß die Sheriffs, die sich in einiger Distanz postiert haben, den Knüppel bereithalten.

Dann wird ausgeladen, Kisten, Kartons, Säcke, und die Ladung provisorisch im Versammlungssaal gespeichert; es dunkelt bereits; morgen früh wird man mit der Verteilung beginnen. S. H. lernt die Kollegen vom Streikkomitee kennen, Andy Yurga, bei dem er diese Nacht verbringen wird, und Marshall Couch, im Roman heißt er Kennedy, und Joe Kulick und Harry Truitt, der nicht eigentlich zum Komitee gehört und auch kein Bergarbeiter ist, sondern Zahntechniker, und den alle Doc nennen. Es ist fast wie in den Anfängen seiner Armeezeit: von einem Tag auf den andern ist er unters Volk geraten, in die Schichten, die er immer ein wenig idealisiert hat, weil sie, der Theorie zufolge, die Träger der Zukunft sind; und diese hier schlagen sich ja tatsächlich mit dem Unterdrücker herum, genau nach den Regeln, die einst die Klassiker aufstellten, und immer wieder möchte er ihnen die Hand drücken und ihnen zurufen: Jawohl, Männer, ihr seid die Klasse, ihr seid der Vortrupp, das Salz der Erde; aber irgend etwas warnt ihn, doch lieber über das Bier zu sprechen, das sie da auf Kredit trinken, und über ihre täglichen Sorgen, die erdrückend genug sind, und erst einmal seine acht oder zehn Dollar beim Pokerspiel mit ihnen zu verlieren, und sich damit zu begnügen, aus ihren gelegentlichen Bemerkungen ein Bild von der Streiksituation zu gewinnen, ein noch lückenhaftes, sicher; mit seinen Gefühlsergüssen wird er lieber warten, bis das von Natur vorhandene Mißtrauen sich abgebaut hat; so richtig warm wird er nur mit Doc Truitt, doch der ist ein halber Intellektueller.

Im Zahnlabor des Doktor Truitt, der akademische Titel ist vom Volke verliehen, laufen die Fäden zusammen; hier ist die geheime Kommandozentrale des Streiks; und Doc, mit seinen arglos dreinblickenden Augen, dem bürgerlichen Rosa seines Gesichts, dem soliden Bauch, der rund und friedlich auf den leicht gespreizten Schenkeln ruht, ist, wie er ironisch bemerkt, Public Enemy Number One für die Bergwerksbesitzer und die Behörden und den Republikanischen Parteiapparat, der New Kensington regiert. Er sucht die Bedrohung zu verharmlosen, obwohl er erwähnt, daß nun auch der Zahnarzt, der ihm bisher die Patienten überwies, die Geschäftsverbindung mit ihm gelöst hat. Trotzdem, nur keine Angst, sagt er zu Mary Ann, seiner Frau, die mit leiser Stimme und sanften Bewegungen in dem schmalen, zweistöckigen Haus in der Fourth Avenue von New Kensington sich und ihm eine Art von Privatleben zu erhalten sucht, während auf der hölzernen Treppe die schweren Tritte der Bergarbeiter hallen und vor dem Herrenartikelgeschäft gegenüber betont unauffällige Männer die verstaubte Auslage im Schaufenster betrachten. Nur keine Angst, sagt er, wir werden das gewinnen, und alles wird gut werden. Aber man spürt, sie hat doch Angst, gerade weil sie selber die Tochter einer Bergarbeiters ist und die Bedingungen kennt, unter denen die Männer streiken.

Lange liegt S. H. schlaflos in dieser Nacht neben Andy Yurga in dessen breitem Ehebett, das gekauft wurde für eine Ehe, die Andy geplant hat, sich zu leisten, sobald alles abbezahlt ist, der Grund und Boden, und das Baumaterial für das Häuschen, und der Herd und der Kühlschrank und dieses Bett; nur wird es jetzt wohl anders kommen, flüstert Andy, die New Kensington Savings and Loan Association, bei der er das Geld geborgt hat für seine Anschaffungen, und die auch der Company gehört, fordert ihre Zahlungen, mit Zins und Zinseszins, obwohl sie dort genau wissen, daß er nicht zahlen kann, weil er im Streik steht und seinen letzten Penny längst ausgegeben hat; und so wird er sein Häuschen verlieren, bevor es noch richtig verputzt ist, und die Küche und das Bett, und die Frau, die er sich in das Bett geträumt hat.

Im Morgengrauen stehen sie auf, der Bergarbeiter Andy Yurga und der Schriftsteller S. H., und trinken ihren Kaffee herunter und machen sich auf den Weg nach New Kensington, zu dem Lokal. Es ist eine große Vorfreude in ihnen; was die für Gesichter machen werden, sagt Yurga, die Frauen, die Kinder, wenn sie die ganzen schönen Sachen bekommen! Und vor dem Lokal die Männer vom Streikkomitee, die wartenden Menschen…

Was sich dann abspielte, ist nachzulesen in dem Roman *Goldsborough* – wie die angeblich kommunistischen Flugblätter gefunden wurden unter dem Spendengut, und wie die Menschen zurückscheuen, als hätte einer »Unrein! Unrein!« gerufen und das Pestglöckchen geläutet, und wie die Moral der Streikenden, die zunächst gestärkt worden war durch die Hilfssendung aus New York, zusammenbricht und die Streikfront sich spaltet. Ich habe, verständlich bei einem, der in seiner Arbeit beides so stark verknüpft, oftmals nachgedacht über das Verhältnis von Fact zu Fiction, und über Nutz und Schaden ihrer Verflechtung in der oder jener Szene. Macht man sich's etwa zu bequem, betrügt man vielleicht gar sein Publikum, indem man, nur die Namen der Akteure auswechselnd, einfach berichtet, was tatsächlich geschah, statt sich Neues und Originelles einfallen zu lassen, also zu dichten? Und inwieweit entstellt man die Wirklichkeit, indem man sie einfügt in den fiktiven Rahmen; oder mindert man, andersherum gesehen, die Wirkung des Erdichteten, indem man es einschnürt ins Korsett realer Vorgänge? Wieviel kostbare Zeit, frage ich mich, hätte S. H. sich sparen können, wieviel Mühsal, hätte er seiner Phantasie die Zügel schießen lassen und nur aus den Eingeweiden heraus geschrieben, statt sich den Fakten und Dokumenten zu unterwerfen und den Notwendigkeiten, die sich aus diesen für die Fiktion ergeben? Wieviel weniger Schwierigkeiten hätte er gehabt, politische und andere, um wieviel poetischer wäre sein Schaffen ihm geraten, wie anders hätten die Leute vom Fach ihn eingestuft, hätte er die verdammte Wirklichkeit – ganz abtun läßt sie sich wohl doch nicht – wenigstens ins angenehm Nebulöse transponiert!

Im Falle jener Flugblätter jedoch, die da in dem Gasthaussaal entdeckt wurden, verteilt zwischen Kisten und Kartons, Säcken, Tüten, Konserven, Kleidungsstücken, hätte der phantasievollste Dichter keinen besseren Knoten schürzen können als die Wirklichkeit es tat. Und es war alles so klar, so logisch: wollte man diese simplen, seit Jahren auf bestimmte gedankliche Muster getrimmten amerikanischen Bergarbeiter, Katholiken in der Mehrzahl, vollends verwirren und sie dazu bringen, gegen die eignen Interessen zu handeln, so mußte man den kommunistischen Popanz direkt vor ihrer Nase tanzen lassen; nur die Arbeiter selber durchschauten das Spiel nicht und weigerten sich, die Hilfsgaben anzunehmen, die ihre Kinder vom Hunger bewahrt hätten – nein, nichts von den Kommunisten, da sei Gott vor! Und der Schriftsteller S. H., der gestern noch, wenn nicht mit Jubel, so doch freundlich bewillkommnet worden war, wird mit Mißtrauen, ja, sogar feindselig betrachtet, als er zu bezeugen sucht, daß bei der Abfahrt in New York sich keinerlei Flugblätter, gleich welcher Art, in der Ladung befanden.

Und sie wurden geschlagen. Wie denn auch anders, in dieser Zeit, da die Verteidigung der Demokratie, in Korea wie im eigenen Lande, von allen Patrioten Opfer verlangte und Streiks, geführt um des schnöden persönlichen Gewinnes einzelner willen, als verachtenswert galten, als Hilfeleistung für die Gegner des American Way of Life, der einen und einzigen amerikanischen Lebensweise. Daß die Geschlagenen, mit Ausnahme der Streikführer, dann wieder hinabsteigen durften in die Gruben, wenn auch zu erheblich niedrigeren Lohnsätzen als vor dem Streik, war der Gewerkschaft zu danken, der offiziellen, die den Streik ausgesessen hatte und nun vermittelnd eingriff: Sinnlos, so die Begründung der Funktionäre dem Management gegenüber, Männer noch weiter zu strafen, deren Hände man ja brauchte.

S. H. aber kehrt nach dem Streik noch einmal nach Pennsylvania zurück. Er hat das Leben dieser Arbeiter studiert, aus erster Hand, in ihren armseligen Siedlungen, ihren Kneipen, ihren Versammlungslokalen, und auf den Landstraßen, auf denen die blutigen Kämpfe stattfanden gegen die Streikbrecher; auch untertage war er gewesen, doch nur in den schlecht abgesicherten kleinen Stollen, Outcroppings genannt, die vom Hang des Bergs ins Gestein führen und in denen die Männer eilig ein paar Eimer Kohle schürfen, für den eigenen Bedarf und als Nebenerwerb; doch die großen Minen, deren Schächte hunderte Meter tief in die Erde führen, die muß er noch kennenlernen, ihre Gänge muß er abschreiten, die Atmosphäre vor Ort einsaugen, die Menschen beobachten, die dort arbeiten, will er den Roman so schreiben, daß der Leser den Kohlenstaub auf der Zunge schmeckt und den Schweiß spürt, der ihm ins Auge rinnt, und begreift, warum diese Leute den Kampf überhaupt aufnahmen gegen eine so riesige Übermacht von Feinden.

Ein letztes Mal stattet er dem Mr. Bernstein in New York einen Besuch ab. Nein, er möchte keine neuen Engagements haben für After-Dinner-Speeches in irgendwelchen karitativen Organisationen; es sei ihm klar, daß jetzt nicht die Zeit ist für seine Art Themen; seine Bitte sei anderer Art: er plane einen Roman zu schreiben mit industriellem Background – Kohle, Stahl –; das erfordere Recherchen, und er, der Mr. Bernstein, kenne doch sicher in und um Pittsburgh den oder jenen ehrbaren jüdischen Geschäftsmann, der Verbindungen hat zu Herren in den oberen Etagen der großen Unternehmen. Mr. Bernstein verzichtet auf Fragen bezüglich Inhalts und Tendenz des geplanten Romans; er blickt S. H. nur an, von der Seite her, ein wissender Blick; dann nickt er, schreibt etwas auf einen Zettel, den er quer über den Schreibtisch schiebt, und sagt: »Unser Mann in Pittsburgh, hier ist Name und Adresse, gehen Sie zu dem.«

Unser Mann in Pittsburgh ist bereits informiert, als S. H. bei ihm vorspricht, und er zeigt sich hilfreich; ein Telephonanruf bei der Public-Relations-Abteilung von United States Steel, »Hi, Ted!« – »Hi, Dave!« Man kennt einander, ein paar kurze Worte genügen. »Okay, then?« – »Okay.«

United States Steel, einer der größten Kohleverbraucher im Lande, besitzt einige der größten Bergwerke, mit den modernsten Anlagen; es lohnt sich, das zu sehen. Von der zweitobersten Etage des Direktionsgebäudes der United States Steel läßt Ted den bekannten Schriftsteller aus New York – Daves Beschreibung – den Blick über die Stadt genießen, den Feuerschein über den Hochöfen, der das dunkle Wasser des Monongahela-Flusses ins Orangene verfärbt, die silbernen Bänder der Eisenbahngleise, die sich von Werk zu Werk schlängeln, und jenseits der Wolkenkratzer im Zentrum von Pittsburgh das triste Netz der Straßen der Arbeiterviertel und die Universität mit der aufragenden Gotik des Tower of Learning, des Turms der Gelehrsamkeit. Dann, nachdem er seinem Besucher einen Scotch mit Soda eingeschenkt und dessen noch vage Wünsche gehört hat, lenkt Ted das Gespräch vorsichtig zur Literatur hin; er selber habe, leider, leider, noch nicht die Muße gefunden, Hostages zu lesen oder die Crusaders, er werde das nachholen, aber wie verhalte sich das denn nun, gehe man als Autor, wenn man einen Roman schreibe, von einem Plan aus, der wiederum auf einer wohldurchdachten Grundidee beruhe, oder stehe am Anfang ein simpler Einfall, auf dem sich alles andere aufbaue.

S. H., eingedenk seiner Erfahrungen beim Verhör von Kriegsgefangenen, lächelt freundlich. »Sie möchten gern wissen, was ich so schreiben will, bevor Sie mich in Ihren Schächten herumstöbern und mit Ihren Leuten da unten reden lassen?«

Eine großzügige Handbewegung. Aber wieso denn, wehrt Ted ab, in diesem Lande stünde es jedem frei, zu schreiben, was er wolle, und seine persönliche Neugier halte sich in Grenzen; seine Pflicht sei es einzig und ausschließlich, all jenen zur Hand zu gehen, die sich über die Arbeitsweise und Geschäftsphilosophie von United States Steel zu orientieren wünschten.

Genau das, die Geschäftsphilosophie, interessiere ihn, versichert S. H., neben den technischen Details natürlich – Philosophie, welch zutreffendes Wort hier, eines so großen Unternehmens: der Hauptheld seines Romans solle nämlich eine typisch amerikanische Figur werden, einer, der von unten kommt, im wörtlichen Sinne von unten, aus dem Schacht, und sich hocharbeitet, durch eigene Initiative, eigene Tüchtigkeit, bis in eine Etage, die ihm etwa einen Rundblick bietet wie diesen hier, oder von einem ähnlich gelegenen Raum im nächsthöheren Geschoß aus, bis an die Spitze also eines Konzerns wie United States Steel.

Ted betrachtet den Rest Scotch in seinem Glase. Eine erbauliche Geschichte, zu erbaulich fast; aber er weiß, daß der Mann ihm gegenüber sie kaum noch verändern wird; außerdem ist sie unkompliziert und dürfte genügen, sollte je einer kommen und sich erkundigen, was dieser S. H. eigentlich von ihm gewollt habe.

So findet sich S. H. denn am Tag nach dem Gespräch auf der untersten Sohle der Zeche Robena der United States Steel Company, in Gesellschaft von C. Randolph Eliassen, Obersteiger. Der, ein älterer Mann schon, knochig, mit wiegendem Gang, scheint jeden Meter Gesteins hier zu kennen; nachdem sie, in einem Kohlenkarren kauernd, ein Stück gefahren sind und das Weißgetünchte, wo noch die elektrischen Birnen brannten, hinter sich gelassen haben, beginnt der lange Marsch, vor ihnen nur das Dunkel, in das hinein die Grubenlampen an ihren Helmen zitternde Lichtkegel werfen.

Längst ist nichts mehr zu hören von irgendwelchen Menschen, nur das Echo der eigenen Schritte, und das Knacken in den hölzernen Verstrebungen, die das tausend Tonnen schwere Gebirge über ihnen halten sollen. C. Randolph Eliassen ist schweigsam, beschränkt sich auf die notwendigsten Erläuterungen: wohin dieser Gang führe, und wie weit man jenes Flöz vorgetrieben habe, und daß an dieser Stelle noch Luft durchkomme, weiter nach links aber nicht mehr; doch kein Wort von dem Streik, obwohl Robena, wie S. H. weiß, total bestreikt wurde; vielleicht ist der Obersteiger von Natur aus mißtrauisch, oder er hat seine Instruktionen erhalten, oder er steht, schon nicht mehr Arbeiter und noch nicht ganz Boss, zwischen den Fronten und will sich nicht festlegen, weder nach der noch nach jener Seite hin. Die Gänge werden niedriger, man kommt nur noch gebückt voran, bald wird man kriechen müssen, und immer mehr von den Grubenhölzern sind zersplittert. Plötzlich spürt S. H. des Obersteigers harte Hand auf seinem Arm: ein Donnerschlag nahbei, gefolgt von einem lange nachhallenden Grollen; dann ein Knistern über ihnen, ein Bröckeln; dann die Stimme des C. Randolph Eliassen, durch das noch halbtaube Ohr hindurchklingend: »It's all right, we can go on.« Und dann sind sie vor Ort, wo die knappe Luft noch nach Sprengstoff riecht; links ein Förderband, vorn, die schweißglitzernden Leiber vernebelt im Kohlenstaub, sind die Männer. Sie sehen den Obersteiger, und den Fremdling, und verstummen; kaum daß sie den Gruß erwidern, den S. H. mit betonter Herzlichkeit spricht. Es ist, stellt er mit Erleichterung fest, keiner unter ihnen von denen, die er während des Streiks kennengelernt hat.

»Any questions to the men?« sagt C. Randolph Eliassen, irgendwelche Fragen an die Leute?

Ach, es drängt den Schriftsteller S. H., mit ihnen zu reden, zu erfahren, was sie empfinden, jetzt, da sie geschlagen zurückgekehrt sind zu dieser Arbeit, und wie sie die Zukunft sehen. Aber er weiß, sie haben es schwer genug auch ohne seine Neugier befriedigen zu müssen vor den Ohren des Obersteigers, und so beschränkt er sich darauf, ihnen Glück und Gesundheit zu wünschen und einen ertragreichen Tag, denn sie stehen im Akkord.

Die Bilder noch frisch im Sinne, der irrlichternde Schein der Grubenlampen untertage, die Gesichter der Mütter angesichts der aufgehäuften Lebensmittel in dem schäbigen Saal, der Tote, aufgebahrt auf dem Lastwagen nach der Schlacht auf der Landstraße, beginnt S. H., wieder zurück in New York, zu schreiben. *The porch stairs were rotting away. Every time he set his foot on them he felt them give under his weight...* – die Szene, in der der Bergarbeiter Carlisle Kennedy vor seinem lange schon baufälligen Häuschen steht und über sich und sein Leben nachdenkt, und über Frau und Kinder, und über die Männer, die an seiner Seite arbeiten im Dunkel des Schachts, und über die Stadt Goldsborough, die da zu seinen Füßen liegt, Schicksal und Herausforderung zugleich.

Nur wenn er an seinem Tisch sitzt, die Maschine vor sich, und Sätze formt und Menschen, schwindet die Unruhe, die in ihm nagt. Die Kopie eines Briefwechsels wird ihm zugeschickt, der über die Redaktion der New Yorker deutsch-jüdischen Wochenzeitung Aufbau gelaufen ist: da erkundigt sich ein Unbekannter nach Aufenthaltsort und Adresse von S. H., und prompt kommt von anonymer Seite die Auskunft, »2nd Lt. Stefan Heym, O-2026478, is a member of the 173rd Organized Reserve Military Intelligence Group, 30 West 44th Street, New York 18« – was mehr ist, als ihm selber bis dahin bekannt war. Wer weiß da um seinen militärischen Status, und wer forscht da nach ihm, und aus welchem Grunde? Und was er bislang zu vergessen suchte, läßt sich auf einmal nicht mehr verdrängen: seine Zugehörigkeit zur Reserve der Armee, bei seiner Entlassung im Jahre 1945 gedacht und empfunden von ihm als ein Moment der Sicherheit, seiner eigenen, inneren vor allem, ist zur akuten Gefahr geworden – man kann ihn jederzeit einberufen. Und wenn die ihre Köpfe zusammenstecken, der Senatsausschuß des Joseph McCarthy, die Justizbehörden, irgendein Armeestab, dann brauchen sie nicht einmal ein Verfahren einzuleiten gegen ihn; sie ziehen ihn einfach ein und schicken ihn nach Korea mit einem kurzen Uriasbrief an seinen kommandierenden Offizier.

Und fast täglich berichtet die New York Times, auf ihren Innenseiten natürlich nur und mit geziemender Kürze, von wieder einem Künstler, der ohne viel Aufsehen das Land verließ, obwohl er weniger exponiert war als der Schriftsteller S. H.; es häufen sich die Meldungen über die fristlose Kündigung von Schauspielern und Regisseuren, von Redakteuren, Hochschullehrern, Forschern, Radiosprechern, Kolumnisten, deren Namen sich neben dem von S. H. in den langen Sponsorenlisten auf dem Briefkopf so mancher plötzlich als subversiv geltender Organisation befunden hatten oder unter den Aufrufen zum Protest gegen dies oder jenes Übel.

Und dann erscheint J'accuse: A novel and its Reviewers – Ich klage an: einen Roman und seine Kritiker – von dem sonst nicht weiter bekannten Charles A. Brady; doch steht dieser fünf breitformatige Spalten lange Artikel nicht irgendwo zu lesen, sondern in America, einer offiziösen Zeitschrift der Katholiken im Lande, welche, obwohl eine Minderheit, durch ihre einheitliche Zielsetzung einen erheblich größeren politischen Einfluß ausüben als die in vielerlei Sekten gespaltenen Protestanten.

Mr. Brady bezieht sich zunächst auf seine Besprechung der Eyes of Reason, die er nach Erscheinen des Buches in den Buffalo Evening News veröffentlichte. »Ich klage ihn an«, zitiert er in seinem neuen, zweiten Artikel zu dem Roman sich selber, »unter der Maske künstlerischer Vielgestaltigkeit absichtlich zweideutig zu sein. Ich glaube, die merkwürdig kryptische Tonlosigkeit seiner Erzähltechnik ist dazu bestimmt, die Illusion der Objektivität zu schaffen; in Wirklichkeit aber begünstigt sie das, was Herr Heym anstelle von Kommunismus die neuen revolutionären Kräfte zu nennen vorzieht... Wo die Nazis den Instinkt benutzten, um die Vernunft zu erschlagen, benutzen die Kommunisten die Vernunft, um die Freiheit abzuwürgen. Ich stelle Herrn Heyms Diagnose nicht in Frage; aber mir mißfällt, daß sie ihm so gut gefällt.«

Nun, ein paar Monate nach seinen Buffaloer Auslassungen, hat Mr. Brady alles noch einmal bedacht und stellt fest, er sei zu höflich, viel zu höflich gewesen. Dann führt er einen Artikel im American Legion Magazine an, der Zeitschrift eines reaktionären amerikanischen Veteranenverbandes, in dem gesagt wird, die Kommunisten hätten gewisse große Verlagshäuser und die Buchkritikseiten der wichtigsten Zeitungen von innen her erobert; Beweis: das merkwürdige Verhalten der meisten Kritiker den Eyes of Reason gegenüber. Das Buch sei ganz offen prosowjetisch; Heym habe die Geschichte der Tschechoslowakei zwischen 1945 und 1948 auf nackte, unverschämte Weise zugunsten des Moskauer Imperialismus umgeschrieben. Das Bösartigste an dem Buch sei aber nicht dessen Ideologie, sondern der durchsichtige Versuch, diese Ideologie zu verhüllen und den Leser zu verführen, den tschechischen Kommunismus für Demokratie zu halten.

In anderen Worten, der reine Krypto-Stalinismus. Worauf Brady all seine Kollegen denunziert, die das Buch nicht in Grund und Boden verdammten – die Kritiker der New York Times und der Herald Tribune und der angesehenen Wochenzeitschriften The Nation und

The New Republic, sowie die von Harper's and Atlantic, welch beide allmonatlich erscheinen. »Im Zweiten Weltkrieg«, schreibt Brady, »diente Herr Heym als Lieutenant bei der amerikanischen Psychological Warfare. The Eyes of Reason zeigen, daß er immer noch sein altes Geschäft versteht und ausübt, aber nun nicht mehr zur Verteidigung Amerikas. Wie verhält es sich aber mit den Kritikern, die das Buch besprochen haben? Sind sie wirklich ehrlich? Sind sie Dummköpfe? Oder sind sie Verschwörer? Existiert zumindest eine Verschwörung höflichen Schweigens gegenüber einem der ihren, der zu weit gegangen ist? Bedeutet es vielleicht nichts, daß der Verlag, aus Gründen, die die Herren dort selber am besten wissen werden, ihre große Zeitungsanzeige zurückgezogen haben, in der stand, daß die Eyes of Reason auf Widerspruch stoßen würden, gerade wegen ihrer großartigen Objektivität?...«

Und Brady schließt seine Anklage mit dem bemerkenswert aggressiven, »Es besteht ein großer Unterschied zwischen einer politischen Meinung, mag sie noch so untolerant und rigide sein, und offenbarem Verrat. Aus der Psychologie ist bekannt, daß Aliase sehr oft ein Echo sind des ursprünglichen Namens, den sie verbergen sollen. The Eyes of Reason, die Augen der Vernunft, können durchaus auch ein zynisches Alias sein für The Eyes of Treason (die Augen des Verrats). Es ist an der Zeit, daß die Göttin Justitia die Binde von ihren beiden Augen, und von den unseren, reißt. Irgendwo unter unseren Intellektuellen, den kleinen wie den großen, lauert etwas noch Schlimmeres als geteilte Loyalität. Laßt uns nicht unserer angeborenen Großzügigkeit nachgeben, besonders wenn unsere Neigung dazu von außen her manipuliert wird. In dem vorliegenden Falle sind nicht wir die Ursache für die Notwendigkeit einer Gedankenkontrolle, sondern es sind diese Leute.«

Das ist mehr als eine Denunziation, die sich beiseite schieben ließe. Das ist die Aufforderung an die Justizbehörden, und zwar von mächtiger und autoritativer Seite, endlich vorzugehen – gegen den Autor der *Eyes of Reason*, gegen ein halbes Dutzend der führenden Buchkritiker des Landes, und gegen den Verlag.

»Sie haben Doc verhaftet.«

Dazu das feingeschnittene Gesicht der Mary Ann Truitt, aschgrau – eines der Bilder, die sich ihm eingeprägt haben fürs Leben.

Nun gibt es in Amerika rechtliche Mittel genug, einen Menschen wenigstens auf Zeit aus der Haft zu befreien: die Habeas Corpus

Akte, das Recht des Menschen auf den eigenen Leib; oder Kaution, die einer stellt, auch höhere Summen, die man sich gegen Zins borgt, vor jedem Gericht lungern die Geldverleiher herum; oder besser noch eine richterliche Entscheidung, daß kein Fluchtverdacht besteht, unschwer zu beschaffen für einen am Orte ansässigen, steuerzahlenden Bürger. Das haben wir alles versucht, längst schon, sagt Mary Ann müde, jeden gesetzlichen Winkelzug; die Bergarbeiter haben ein paar Dollar zusammengekratzt für einen Verteidigungsfonds; aber der Advokat hat durchblicken lassen, daß in New Kensington kaum etwas zu erreichen sein wird; im Kohlegebiet soll jetzt aufgeräumt werden mit Unruhestiftern und Radikalen, mit der ganzen aufrührerischen Sippschaft, die den ruhigen Ablauf der Geschäfte stört und Zweifel schafft an der Richtigkeit des American Way of Life; und leider, leider habe Doc Truitt sich da auf die falsche Seite geschlagen; lange genug, das werde sie doch zugeben müssen, habe man seine politischen Quertreibereien toleriert, habe immer wieder gehofft, er werde ein Einsehen haben, von sich aus; aber dann sei der Streik gekommen mit all den Gewalttätigkeiten, und sie, Mary Ann, wisse ja selber am besten um Docs Beteiligung an der Sache; ein jedes Gespräch, das er geführt, sei abgehört, ein jeder Schritt, den er unternommen, beobachtet worden, und nun sei das Maß voll.

Die Hand, die die Kaffeetasse hält, zittert.

»Wir werden Hilfe finden«, sagt Gertrude, und S. H. weiß, auf wen sie hofft: noch findet man sie hier und da, auch wenn sie sich ruhig verhalten, die Genossen, noch laufen Fäden von der zu jener Stelle, gibt es Einflüsse, die etwas bewirken können, wenn nicht direkt, so auf Umwegen.

Mary Ann Truitt scheint zu ahnen, in welcher Richtung Gertrudes Gedanken laufen. Die Partei, erwähnt sie daher, ein tonloses à propos, auch bei der Partei sei sie schon gewesen, hier in New York, irgendein Namenloser habe sie kurz empfangen, habe sie flüchtig angehört und sie dann gefragt, ob Doc denn überhaupt Mitglied der Partei wäre; und habe, als sie verneinte, achselzuckend erklärt, dann ließe sich leider nur sehr wenig für Mr. Truitt tun: was sie wohl meine, wie viele der eigenen Leute sich in noch schlimmerer Lage befänden als ihr Mann; doch werde man an die Genossen in Pittsburgh schreiben, vielleicht daß sie dort Rat wüßten.

S. H. denkt an Boudin. Boudin kennt er noch aus der Volksecho-Zeit; da war der ein junger Mann, gerade fertig mit dem Jura-Studium und besessen von dem Gedanken, daß die Justiz im Lande die Pflicht habe, der Gerechtigkeit zu dienen. Wenn es jemanden gibt in New York, der die Courage hat und die Verbindungen, um etwas für die Truitts zu tun, dann Leonard B. Boudin, Spezialist für Labor Law and Civil Rights, für Arbeitsgesetzgebung und Bürgerrechte, Verteidiger der Arbeiter und ihrer Organisationen in zahllosen Strafsachen, und einer, der sich auskennt im Gewirr der Instanzen, städtischer und staatlicher, bis hinauf zum Supreme Court.

Boudin empfängt ihn und Gertrude und Mary Ann Truitt und nimmt sich die Zeit, sie anzuhören von Anfang bis Ende und die Akte State of Pennsylvania gegen Harry Truitt durchzulesen, die Mary Ann mitgebracht hat, ein dicker Faszikel, in dem alles eingeheftet ist, was die Anklagebehörde zusammengetragen hat im Verlauf der Jahre gegen den Zahntechniker aus der Fourth Avenue in New Kensington. Und je länger er liest, desto bitterer verzieht sich sein Mund; und das Fünkchen Hoffnung, das eben noch in Mary Anns Augen glomm, erlischt, und ihr Kopf senkt sich, und Gertrude greift nach ihrer Hand, tröstende Berührung.

Boudin hat den Faszikel geschlossen. Er wolle offen mit ihr reden, sagt er zu Mary Ann; natürlich kenne er zwei, drei Anwälte in Pittsburgh, anständige, aufrechte Leute, die er veranlassen könne, Docs Verteidigung zu übernehmen; aber irgendeine Aussicht auf ein gerechtes Urteil, das ja auf Freispruch lauten müßte, bestünde nicht: da sei ein Netz gewoben worden aus soviel Falschheiten und Meineiden und betrügerischen Indizien, daß auch der beste und geschickteste Anwalt es kaum werde zerreißen können – vor allem, wie klar aus dem Material hervorgehe, nicht vor einem Gericht, das gar kein Interesse an der Wahrheitsfindung habe: dieses Gericht habe vielmehr den Auftrag, den Bürger Harry Truitt dem öffentlichen Leben zu entziehen, und zwar auf längere Zeit. Und es sei dies, fügt Boudin hinzu, auch gar kein Ausnahmefall mehr, bezogen etwa auf besondere örtliche Verhältnisse im westlichen Teil des Staats Pennsylvania oder im Bergbaugebiet jener Gegend; oh, nein, das komme jetzt überall, die Justiz und der Kongreß als Instrumente gesetzlichen Terrors, die Erstickung der Demokratie, das große Schweigen.

Dem Schrifsteller S. H., der das alles ja schon einmal miterlebt hat, als Neunzehnjähriger, in Deutschland, läuft es kalt über den Rücken. Und Boudin, so will ihm scheinen, hat wohl auch mehr zu ihm gesprochen als zu der armen Frau, die um ihren Mann im fernen New Kensington bangt.

Er hat Angst.

Woher diese Angst, die sich durch die Glieder breitet und das Gehirn lähmt und einen wehrlos macht, so daß nur der Gedanke an Flucht bleibt, sich in sich selber verkriechen, oder gar zurück in den Mutterleib? Und woher dieses Gefühl von Schwäche, von fürchterlicher Vereinsamung: ein Winzling, verlassen von allen und ausgeliefert irgendwelchen namenlosen Kräften, die nach Gesetzen, die er nicht kennt und nicht beherrscht, sich bewegen, ihn bedrängen, den Ring schließen um ihn, enger und immer enger, bis er ersticken wird – woher?

Das war anders gewesen im Krieg, eine andere Art Angst, erträglicher. Im Krieg war er Teil eines Ganzen gewesen, einer Organisation; natürlich flogen da Kugeln, Granaten fielen und Bomben, und wen es traf, den traf es; die Angst im Kriege ließ sich umdeuten zur Philosophie, und außerdem war man beschäftigt, es gab einen Gegner, der greifbar war, und es war möglich, ihn zu bekämpfen. Jetzt aber blieb nur das Warten, das an den Nerven zerrte: wann würde der Schlag kommen, aus welcher Richtung, in welcher Gestalt? Ein amtlicher Brief, Vorladung zum Ausschuß? Oder zwei Herren, die einen Durchsuchungsbefehl präsentierten, und die dann die Wohnung durchwühlten und abzogen mit Briefen und Manuskripten? Oder irgendwo auf der Straße, ein Restaurant, gerade hat man gegessen und verläßt das Lokal, da tritt einer aus dem Schatten, fragt, »Mr. H.?«, und bittet, ihm möglichst unauffällig zu folgen?

Aber muß man denn warten? Das Ende derer, die in Deutschland blieben und warteten in der Hoffnung, so schlimm werde es schon nicht kommen, ist bekannt. Ist er wirklich verdammt, das Kaninchen zu spielen, das vor der Schlange kauert, dem tödlichen Biß entgegenzitternd? Aus der Erinnerung tauchen die alten Muster auf – der Bruder plötzlich an der Wohnungstür in der Hasenheide, damals, im März 1933; der dringende Rat der Mutter: weg, nur weg, alles andere wird sich finden; und dann Prag, Sicherheit, eine ungewisse Sicherheit und auf Zeit nur, aber doch Sicherheit. Prag steht noch, erwiesenermaßen, es hat sich verändert, unbestreitbar, aber das Bild des Asyls, einmal geprägt im Herzen des jungen Mannes, hat sich erhalten im Bewußtsein auch des gereiften, und da ist der Roman, The Eyes of Reason, ein Buch der Fairness und der Ausgewogenheit: so waren die Konflikte, so wurden sie ausgetragen, und so das Ergebnis. Ein Autor, der dies dargestellt hat, wird hochwillkommen sein in dem Land, von dem das Buch handelt.

»Gertrude?«

Sie schmiegt sich an ihn. Er lauscht dem Rauschen vor dem Fenster, dem Atem des nächtlichen New York; dann ihrem Atem. Sie weiß, was in ihm vorgeht; sie hat ihn beobachtet die letzten Wochen und Monate hindurch, und besonders während des Besuchs bei Boudin, und er hat ihr das fatale Gefühl beschrieben, das ihn beschlich, nachdem der Anwalt geendet: heute Doc Truitt, morgen ich.

»Unsere Pässe«, sagt sie, »sind noch gültig.« Und nach einer Weile. »Dies wird nicht ewig so bleiben. Die Amerikaner sind nicht wie die Deutschen; trotz aller Beschränktheit werden sie merken, worauf diese Hexenjagd hinausläuft mit ihren Denunziationen und Verfolgungen, und werden, nach einer Weile, die Dinge ändern. Nur in der Zwischenzeit...«

Desertion, denkt er, und fragt sich: ist es nicht doch Desertion? Die anderen sind auch nicht einfach fortgegangen, weder Doc Truitt, noch John Howard Lawson, noch Dalton Trumbo, noch Lester Cole.

»Dazu kommt deine unsichere rechtliche Lage«, fährt sie fort. »Du bist nicht in Amerika geboren; du bist ein Bürger zwar, aber nur ein naturalisierter. Wenn sie dir einen Prozeß machen und dich verurteilen wegen Verstoßes gegen irgendein Bundesgesetz, wegen Verächtlichmachung des Kongresses oder weswegen auch immer, wirst du sowieso ausgebürgert und deportiert, aber erst nachdem du gesessen hast. Oder sie verzichten auf das ganze traurige Theater und schicken dich einfach nach Korea. Sie haben dich in der Hand. Wem nützt du, wenn du jetzt hierbleibst?«

Wie klug sie sind, die liebenden Frauen, wie gut sie verstehen, ihren Mann zu überzeugen von dem, was er selber im Tiefsten seines Herzens wünscht. Desertion? Refugium auf Zeit nur, einen Hafen finden, bis der schlimmste Sturm sich gelegt hat. Im Lauf der Jahre ist er Amerikaner geworden, ein besserer vielleicht als mancher im Lande geborene, und Amerikaner wird er bleiben; empfindet er sich nicht sogar auch jetzt noch als Soldat, als amerikanischer, obwohl seine Armee einen falschen Krieg führt, – wie sonst denn käme die Frage der Desertion ihm in den Sinn? Amerikanisch sind seine Haltungen, seine Gedanken, Gefühle, Reaktionen; amerikanisch ist die Sprache, in der er denkt, spricht, schreibt. Hier in dieses Land gehört er, jawohl, in dieses Amerika, unter diese Menschen, und hierher wird er zurückkehren, sobald dies wieder möglich; im übrigen ist der Kampf, in dem er steht, nicht auf den Raum zwischen irgendwelchen Grenzen beschränkt; wo auch der Schriftsteller S. H. sich aufhalten mag, wird seine Stimme gehört werden und sein Wort wird zählen.

Über dem East River zeigt sich das erste Grau, rosa getönt an den Rändern. S. H., erschöpft, flüchtet sich in die Arme seiner Frau. Bald darauf schläft er.

# 23

*The best-laid schemes of mice and men / Gang aft aglay,* schrieb Robert Burns; Der Mäuse und der Menschen best-durchdachte Pläne / geh'n oft schief. Obwohl ich mir Mühe genug mit den zwei Zeilen gemacht habe, läßt das Deutsche die Melodie und den Duktus vermissen, die der Vers im Schottischen hat – es ist das alte Problem der adäquaten Übersetzung, mit dem S. H. sich so häufig herumgeschlagen hat bei denjenigen seiner Bücher, die er selber übertrug, entweder aus dem Englischsprachigen ins Deutsche oder umgekehrt: eine jede Sprache hat ihr Eigenes, das in der anderen fehlt, zumindest in seiner ursprünglichen Form. Of mice and men – die Paarung schon, die dem Dichter Burns so leicht aus der Feder fließt, läßt im Deutschen stutzen; welch Pläne machen Mäuse denn, vorausgesetzt sie planen überhaupt? Dabei ist es gerade das im Englischen und Schottischen so Selbstverständliche, das glatt Ineinander-Fließende der Kombination *Mice* mit *Men*, das uns den tieferen Sinn der Burnsschen Worte nahelegt: wo ist, im Angesicht des Schreckens, der Unterschied zwischen der erbärmlich piepsenden Maus und dem Menschen, dem großmächtigen?

Damals begann man, über den Atlantik zu fliegen, in großen dreimotorigen Maschinen des Typs Constellation, die in Gander, Newfoundland, und in dem irischen Shannon zwischenlandeten und die, so Wind und Wetter es erlaubten, ihre Flugpläne sogar einhielten. Die Preise waren sündhaft hoch; trotzdem entschließen der Schriftsteller S. H. und seine Frau sich, das Flugzeug zu benutzen und zum Teufel mit den Kosten: je früher man, in der Situation, in der man sich befand, fortkam aus dem Lande, desto besser. Er wird zuerst fliegen, auf der nächsten Maschine, die Platz bietet, und mit geringem Gepäck nur; Gertrude wird die schweren Kabinenkoffer pakken und verfrachten, in denen sich säuberlich verstauen läßt, was man für etwa ein Jahr an Kleidung und anderem Notwendigen braucht, und sie wird mit ihrer Schwester Sybil vereinbaren, daß die ein Auge auf die Wohnung hat und einen Untermieter dafür findet, ebenfalls zunächst auf ein Jahr: der Schwager, erfährt Sybil, begibt sich wieder auf eine seiner Europareisen, um Material zu sammeln für neue Romane, und Gertrude begleitet ihn.

Die Erinnerungen an den Flug, den ersten des S. H. über den Ozean, haben sich verloren, ebenso wie die an seine Ankunft in Orly, obwohl er doch gewußt haben muß, wie abenteuerlich das Unternehmen war, und sicher versucht haben wird, sich die Einzelheiten einzuprägen; aber die Eindrücke bei dem hastigen Abschied von Gertrude am Flughafen LaGuardia werden wohl ebenso wie die Spannungen bei den Grenzkontrollen und während des Flugs übertäubt worden sein von der einen, ihn völlig beherrschenden Spannung: Was wird werden? Aus ihm und seiner Frau, aus seiner Arbeit, seiner Existenz?

Erst nach der Ankunft in Paris beginnen die Erinnerungen wieder, einem ganz anderen Paris, als jenes es gewesen, das er während des Kriegs vorfand oder bei dem kurzen Besuch 1948; möglich aber auch, daß er es ist, der nun als ein anderer in die Stadt kommt, nicht als Befreier, mit einer Armee im Rücken, nicht als Tourist, mit dem Retour-Ticket in der Brieftasche, sondern, wie er zu ahnen beginnt, zum zweiten Mal in seinem Leben als Emigrant; oder ist es einfach das Wetter, der graue Dauerregen dieser Woche, der sogar Paris in einen tristen Steinhaufen verwandelt und den einsamen Fremden von einer Depression in die andere stößt?

Er hatte gehofft, wieder im Saints Pères unterzukommen, in der Rue des Saints Pères in St. Germain, wo der Mietpreis sich in Maßen hielt und wo Donald Odgen Stewart und Ella Winter, die ihm hätten Trost spenden können, immer noch lebten; aber da war kein Zimmer frei, und nach längerem Suchen kriecht er in dem noch billigeren, noch mehr heruntergekommenen Hotel eines Monsieur Pissifleur unter.

Von der Terrasse des Flughafengebäudes von Orly aus ließen sich damals der Anflug der Maschinen und ihre Landung auf der geräumigen Piste gut beobachten: die Sonne im Rücken, die plötzlich die Wolken durchbrochen hat, erblickt S. H. im fahlen Blau des Horizonts das schwarze Pünktchen, das immer größer wird und dem in rascher Folge Flügel, Rumpf, Propeller und zum Schluß das Fahrgestell entsprießen; dann setzt die Maschine auf, schlingert noch kurz, rollt aus und verläßt die Landebahn. S. H., in seiner Hand das zerknüllte Telegramm, das Gertrude ihm schickte, begibt sich zum Zollausgang.

Und da ist sie, schöner und jugendlicher denn je, strahlend, als ginge es in die Ferien und nicht auf eine Reise in eine unsichere Zukunft, einen Hut aus feinstem schwarzen Stroh mit einem Rand breit wie ein Wagenrad auf dem sorgfältig gewellten Haar, und läßt sich umarmen.

Dieser Hut sollte zu einem Problem werden. Er paßte in keinen Koffer und keine Hutschachtel, und selbst auf den großzügig angelegten Pariser Boulevards, die man zu Fuß durchstreifte, geriet er den Leuten in den Weg; bei einer Besprechung mit Raymond Queneau von Gallimard, die gerade *Les Yeux de la Raison* herausgebracht hatten, kam man schließlich überein, daß der Verlag den Hut in einer für diesen Zweck geeigneten Kammer bis auf weiteres aufbewahren sollte; Jahre später, da war das Ehepaar H. lange schon in Ost-Berlin und Queneau gestorben, erhielt Madame H. ein Schreiben von Gallimard; was man denn mit dem guten Stück tun solle, das da unter einer Staubschicht gefunden worden und längst aus der Mode gekommen sei.

Nachdem sie beide, S. H. und seine Frau, in Paris sind und er den Zugriff irgendwelcher Kongreß-Ausschüsse oder anderer amerikanischer Behörden vorläufig nicht zu befürchten braucht, ist es an der Zeit, den nächsten Schritt zu tun. Der Botschafter der Tschechoslowakei in Frankreich ist ein alter Bekannter S. H.s, der Zeichner und Graphiker Adolf Hoffmeister, berühmt durch seine Karikaturen; es befanden sich in jener ersten Periode nach der kommunistischen Machtübernahme in Prag unter den Diplomaten der Republik eine ganze Anzahl linker Intellektueller, unter ihnen auch solche, die selber im Konzentrationslager oder in der Emigration gewesen: die Romanciers F. C. Weiskopf und Norbert Fryd, der Dichter Louis Fürnberg, um nur ein paar zu nennen. Hoffmeister, mit seinem spitzen Stift, hatte in den dreißiger Jahren für den Simpl gearbeitet, das in Prag erscheinende Nachfolgeblatt des berühmten Münchner Simplizissimus, für das auch S. H. schrieb; nun residiert er samt Gattin, die früher oft nicht gewußt hatte, wie sie die Miete für die Wohnung in der Prager Spalena Ulice zahlen sollte, in einem vornehmen Apartment in der Nähe des Eiffelturms und empfängt, in schwarzem Sakko mit passend überkreuz geknüpfter grauseidener Krawatte, Mr. und Mrs. H. zum Lunch. Man konversiert, worüber sonst, über die Errungenschaften der neuen Regierung in Prag und die breite Unterstützung, die diese beim Volke genieße, und andererseits die immer mehr an Faschismus gemahnenden Maßnahmen der U. S.-Administration in Washington, bis dann, Bezug nehmend auf beides, S. H. zum Punkt kommt: er und seine Frau bäten den Genossen Botschafter, ihren Antrag auf zeitweiliges Asyl in Prag seiner Regierung zu übermitteln; es sei dies seines Wissens, fügt S. H. hinzu, kein gar so außerordentliches Ersuchen, hätten doch auch das Ehepaar George und Elinor Wheeler, er ehemals Offizier der Amerikanischen Militärregierung in Deutschland, Asyl in der Tschechoslowakei erhalten gleich Martha Dodd, der Tochter des U. S.-Botschafters in Hitlers Berlin und Autorin des Bestsellers *Through Embassy Eyes*, und deren Gatten, dem bekannten Millionär Alfred K. Stern, einem sehr anständigen Mann übrigens, der ihm, S. H., einst tausend Dollar geliehen habe zu gutem Zweck.

Die joviale Miene des Genossen Botschafter hat einer sehr nachdenklichen Platz gemacht; zwar versichert er seinen Gästen, wie geehrt er und seine Regierung sich fühlten, daß gerade ihr Land, die Tschechoslowakei, von einem so prominenten Schriftsteller wie S. H. und seiner Gattin gewählt wurde, um darin Schutz zu suchen vor den Verfolgungen in Amerika, doch dann wischt er mit einer Handbewegung die diplomatischen Redensarten vom Tisch, seine Mundwinkel zucken ironisch und in den Augen spiegelt sich der Unwille über die allgemeine Dummheit der Menschen – kurz, er ist wieder der Hoffmeister, den jedermann Ada nannte und dem S. H. so oft in der Simpl-Redaktion und im Café Mánes begegnet ist. »Wenn's von mir abhinge, das weißt du«, sagt er, »würde ich euch die Visa sofort in den Paß stempeln. Aber es handelt sich nicht um einen kurzen Besuch in Prag, sondern um Permanenteres, und ich hab die Macht nicht, die Macht haben ganz andere. Ihr werdet halt warten müssen, bis die sich entschieden haben; natürlich glaub ich, daß sie euch hereinlassen werden, was denn sonst.«

S. H. spürt, daß er nachsetzen, dem Freund Argumente geben muß. Er beruft sich auf seine Eyes of Reason, auf Hostages, den Roman wie den Film, auf seine alten Beziehungen zu Prag und den Tschechen und auf die vielen Leute an wichtigen Stellen, die ihn kennen; er vergißt auch nicht, daß teure Pflaster von Paris zu erwähnen und daß er und Gertrude es sich nicht unbegrenzt leisten könnten, hier zu warten, bis die Prager Amtsschimmel sich entschlössen zu wiehern; außerdem würden wohl auch die französischen Behörden, und durch sie, die Amerikaner, bald genug auf das Ehepaar H. aufmerksam werden – wieviel Zeit also werde die Erledigung der Angelegenheit, nach Adas Meinung, in Anspruch nehmen?

Er könne den Druck ermessen, unter dem seine Gäste stünden, sagt Hoffmeister; schon diese Visite bei ihm in der Residenz werde von der Sécurité bemerkt und, wie sich's gehört, registriert worden sein. Dennoch, auch bei ihm zu Hause liefen die Dinge nicht immer so, wie er es sich wünschte, und Termine, so leid es ihm tue, könne er nicht geben.

Demgemäß ist, trotz der edlen Weine und des vorzüglichen Essens, französische Küche, die Stimmung des Ehepaars H. auf dem Rückweg zum Hotel des Monsieur Pissifleur eher bedrückt, und sie bessert sich auch nicht sehr durch den Zuspruch, mit dem Gertrude ihren Mann und wohl auch sich selber aufrichten möchte: die über den Antrag entscheiden werden, gibt sie zu bedenken, sind dir doch freundlich gesinnt, und außerdem wissen sie, da sie die Dinge politisch sehen, daß du in Prag ihnen nur von Nutzen sein kannst.

Nach seiner Trennung von Evi, die das Geld in die Ehe und damit in die Republiek der Letteren gebracht hatte, den Verlag, der S. H.s Kruisvaarders in Amsterdam druckte, hat Mels de Jong sich mit einer jungen Französin liiert. Odette, petite, lebhaft, mit Augen wie dunkle Kirschen, stammt aus Tournon an der Rhône, wo ihr Vater eine Quinquaillerie besitzt, einen Laden für Haushaltsgeräte, Werkzeuge und derlei, und die Mutter den nahe dem Städtchen gelegenen Bauernhof der Familie bewirtschaftet; nach Tournon, tiefste französische Provinz, hat auch Mels sich zurückgezogen, um, wie er sagt, in Ruhe zu schreiben, und dorthin zu kommen empfiehlt er auch S. H. und Gertrude, nachdem sie einander in Paris wiedergetroffen und die alte Amsterdamer Freundschaft erneuert haben. Odette unterstützt den Vorschlag: in Tournon lebt man um mindestens die Hälfte billiger als in Paris; in Tournon, wo während des Krieges der Maquis saß, während quer über den Fluß, in Tain l'Hermitage, die Pétain-Leute das Heft in der Hand hatten, ist man auch politisch sicherer; ein Wort zu dem Besitzer des Hotels genügt, und die polizeiliche Anmeldung unterbleibt; seine Briefe, denn Verbindung nach außen wird er natürlich brauchen, kann S. H. poste restante in Valence in Empfang nehmen, der nächstgelegenen größeren Stadt.

Ein verlockender Gedanke, auf diese Art wegzutauchen, und gar noch in die Obhut von Freunden, bis Prag seine Tore öffnen wird. Noch einmal spricht er, Gertrude am Arm, bei Hoffmeister vor: nein, bedauert der, noch immer keine Zusage von seiten seines Ministeriums, aber auch, und das ist ermutigend, kein abschlägiger Bescheid; sobald etwas eintrifft, wird er nach Valence telegraphieren.

Man stelle sich das einmal vor, diesen Einzug in Tournon – das Ehepaar H. die einzigen Passagiere, die auf der einsamen Bahnstation dem Expreß nach Süden entsteigen; dann die Entladung aus dem Gepäckwagen der zwei riesigen, mit amerikanischen Transportzetteln beklebten Kabinenkoffer, die von den schwitzenden, fluchenden Bahnbeamten auf den zweirädrigen Lastkarren der Quinquaillerie gewuchtet werden müssen, der wartend neben dem Zug steht; dann die langsame Prozession vom Bahnhof zu dem kleinen alten Hotel nahe dem Marktplatz, durch holprige Gassen, vorbei an Häusern, aus deren engen Fenstern die Hausfrauen ihre Hälse recken, und an dem Straßencafé, an dessen Tischen sich alles umdreht nach den Neuankömmlingen – auffälliger geht's nicht.

Und doch ist der Aufenthalt in Tournon nicht durchaus negativ gewesen, vergeudete Zeit, vergeblich verwartet, denn hier gelingt es S. H., zum ersten Mal seit seinem Abflug von New York, sich wieder zur Arbeit an Goldsborough zu zwingen. Jahrzehnte später noch wird er diesen beiden dankbar sein und in Verbindung mit ihnen bleiben, Mels und Odette, die seine und Gertrudes Lage kannten und nach Kräften den Stimmungen zu steuern suchten, die die zwei Heimatlosen in ihrem primitiven Zimmerchen befielen. Mels, der ein schweres Motorrad fährt, organisiert für S. H. ein leichtes, das keinen Führerschein erfordert, und da das Vehikel keinen Rücksitz hat, bindet man ein Kissen auf das Gepäckgestell, so daß Gertrude, an ihren Mann geklammert, mitfahren kann nach Valence zum Postamt oder auf gemeinsame Ausflüge in abgelegene kleine Gebirgstäler, wo die Bäche sich an ein paar gefallenen Baumstämmen stauen und wo es sich baden läßt im kalten klaren Bergwasser. Sie vermitteln, über Odettes Familie, Bekanntschaften mit guten, einfachen Menschen am Orte; man ißt und trinkt mit den Leuten, die gastfreundlich sind und manches wissen wollen, von Amerika, von der Welt, und das Ehepaar H. wiederum erfährt von ihrer Vergangenheit und was hier vorging im Kriege, und wie das Leben sich jetzt hier anläßt, in ihrer offenbaren Armut und ihren Bemühungen, sich ins Einvernehmen zu setzen mit ihrer Obrigkeit und ihrem Gott. Odettes Mutter, die Bäuerin, liebt Gertrude, obwohl die beiden sich mit den Händen mehr als durch Worte verständigen müssen; an jedem Markttag sitzt die Alte am Straßenrand zwischen ihren Körben und hält ihre Produkte feil; viel ist es nicht, was sie zu bieten hat, ein bißchen Gartengemüse, Eier, ein Huhn, ein Kaninchen. An diesem Tag kommen S. H.und seine Frau bei ihr vorbei und finden sie bei ihrem bescheidenen Mittagsmahl: ein paar Stengel Lauch, ein Stück Baguette. Die Alte weist auf den Lauch in ihrer Hand und zwinkert Gertrude zu. »Je mange mes bénéfices« – ich verzehre meine Profite. Und dennoch gibt sie, bevor das Ehepaar H. Tournon verläßt, ein Festessen auf ihrem armseligen Bauernhof zu Ehren der Freunde ihrer Tochter, und da spart sie weder an Fleisch noch Fisch noch Wein, und man trinkt, reichlich und immer wieder, auf die Zukunft der Gäste aus der Fremde, die mehr als je im Dunkel zu liegen scheint.

Denn in Tournon hat die Behörde nun doch begonnen, sich für das Tun und Treiben der beiden Amerikaner zu interessieren, die immer noch nicht polizeilich gemeldet sind; und in Valence ist um dieselbe Zeit ein Telegramm von Hoffmeister eingetroffen: S. H. möge ihn baldmöglichst aufsuchen. Er berät mit Gertrude – sollen sie beide nach Paris fahren, oder zunächst nur er; das käme billiger; und nach Prag, wohin man zweifellos in Kürze sich begeben wird, was sonst sollte das Telegramm zu bedeuten haben, kann man auch von Tournon aus reisen.

Trotzdem schläft er nur minutenweise auf dem Pariser Nachtzug: hätte das Telegramm nicht einen anderen, positiveren Wortlaut haben müssen, wenn alles nach Wunsch gelaufen wäre? Und was, wenn Prag abgelehnt haben sollte? Zurück nach Amerika, in die Netze des Senators McCarthy, und dies, nachdem in den Akten von J. Edgar Hoovers FBI die Besuche des Ehepaars H. in der Residenz des tschechischen Botschafters in Paris genau vermerkt worden sind?

Hoffmeisters ernstes, fast bekümmertes Gesicht bestätigt die Befürchtungen. Er fühlt sich, das geht aus seinen Äußerungen hervor, selber betroffen, daß ihm verwehrt ist, zu handeln, wie er es für richtig hält; und vielleicht weiß er sogar mehr, als er sagen darf über die Hintergründe des Bescheids, der ihm codiert zukam. In Prag, erklärt er, sei man der Meinung, S. H. möge, da er aus Deutschland stamme, sich in der Deutschen Demokratischen Republik, dem neugegründeten besseren deutschen Staat, um eine Aufenthaltsgenehmigung für sich und seine Frau bemühen; dorthin, und nicht nach Prag, sei er gehörig, dort werde er sich am besten integrieren können; das tschechoslowakische Außenministerium sei gern bereit, einen entsprechenden Antrag nach Ostberlin weiterzuleiten.

Nach Deutschland! – selbst in das andere, bessere Deutschland, wie Hoffmeister ausdrücklich betont hat – unter diese Deutschen, die er vorbeimarschieren sah in schönem Gleichschritt vor Adolf Hitler und die er, nachdem sie geschlagen waren, vor sich gehabt hat in all ihrer Jämmerlichkeit, im Kriegsgefangenenlager, in den eroberten Städten, unter sie soll er sich nun begeben; sie, die sich hochspulten an jedem Stück Macht, und sei es das kleinste, und die er umzuerziehen beauftragt gewesen war, vergebliche Liebesmüh: sie soll er nun freundlich bitten um ein Plätzchen an ihrer Seite!

Ob er denn, fragt Hoffmeister, nie an diese Alternative gedacht hätte; nahe genug läge sie ja, und Männer wie er, selbständig denkende, die mit dem Wort umzugehen wüßten, würden in dem neuen, von endlich vereinten Sozialdemokraten und Kommunisten regierten deutschen Staat notwendig gebraucht.

S. H. schüttelt den Kopf. Obwohl Bekannte von ihm, Wieland Herzfelde etwa, oder auch die Anna Seghers und der große Brecht, vor Monaten schon sich dort niedergelassen hätten, falle es ihm schwer, sich vorzustellen, wie man leben solle in einem Land, wo der Mann neben einem, direkt oder indirekt, mit großer Wahrscheinlichkeit beteiligt war an irgendwelchen faschistischen Untaten.

Hoffmeister senkt den Kopf: auch ihm ist das ein unguter Gedanke. Doch hält er dagegen, daß die Russen ja auch dort seien und die wirkliche Macht in den Händen hielten, so wie die Amerikaner es täten in ihrer Bundesrepublik; es bestünde also kein Grund zu besonderen Befürchtungen.

S. H., dem die Machtverhältnisse in der ehemaligen amerikanischen Besatzungszone besser vertraut sind als dem Genossen Hoffmeister, verzieht den Mund. Auf jeden Fall, erwidert er dann, könne er auf eine so schwerwiegende Änderung seiner Pläne nicht eingehen, ohne die Sache mit seiner Frau besprochen zu haben, die von den Deutschen so wenig halte wie er, um deren Zukunft es jedoch ebenso gehe wie um seine. Inzwischen bitte er jedoch den Genossen Hoffmeister zu bedenken, daß auch Tournon nicht mehr den erhofften Schutz biete; die französische Polizei habe seinem gastlichen Freunde de Jong und dem Hotelwirt bereits die verfänglichsten Fragen gestellt – ob denn nicht wenigstens die Möglichkeit bestünde, daß man ihn und seine Frau auf Zeit, bis der ganze Komplex geklärt sei, in der Tschechoslowakei aufnehme?

»Asyl auf Raten, sozusagen?« Hoffmeister grinst. »So schlau sind die in Prag auch.«

Dann überlegt er. Frankreich, meint er, möge wirklich nicht das geeignete Land sein, um darin auszuharren, bis der Schriftwechsel zwischen Prag und Ostberlin Resultate gezeitigt haben werde. Aber von der südlichen Rhône aus, an deren Ufern Tournon liegt, sei es über Grenoble doch nur ein Katzensprung in die neutrale Schweiz; dort würde es den Amerikanern nicht ganz so leicht fallen wie in Frankreich, politischen Druck auszuüben. Er, Hoffmeister, würde dann die Angelegenheit an den Genossen Popper in Bern übergeben; von Bern aus lasse sich in Ruhe alles erledigen, in Ruhe vor allem für den verständlicherweise unter der Dauer des bürokratischen Spiels leidenden S. H. und dessen Frau.

Liebenswürdiger, edler Ada Hoffmeister – ich weiß nicht, ob er das Spiel durchschaute, das in Prag in der Angelegenheit S. H. getrieben wurde und das, wie mir heute klar ist, mit den Manövern innerhalb des Parteiapparats in der sich damals anbahnenden Affäre Noël Field zusammenhing. Jahre später, nach dem Einmarsch der Russen in die Tschechoslowakei, stattete S. H. dem kranken, lebensmüden Hoffmeister einen letzten Besuch ab in dessen altertümlichem Haus am Fuße des Hradschin; er hätte seine Vermutungen von ihm gern bestätigt erhalten, unterließ es aber, den Freund deshalb zu befragen, da der so offensichtlich schon in anderen, weniger erdgebundenen Kategorien dachte.

Das Hotel in Bern, keins von den großen, mondänen, liegt an einer wenig befahrenen Straße; vom Zimmerfenster aus hat man, über eine Schlucht hinweg, Aussicht auf bewaldete Hügel, zwischen deren Wipfeln die roten Dächer behäbiger Villen aufblinken.

Gertrude liegt im Bett; sie, die an Strapazen aller Art gewöhnte, klagt über Mattigkeit und Schmerzen in der Herzgegend, nichts Spezifisches, aber irgendwo sitzt der Wurm: kein Wunder, angesichts der Unsicherheit über die Zukunft nach dem enttäuschenden Bescheid aus Prag, nach der überstürzten Abreise aus Tournon und dem ersten, unergiebigen Gespräch mit dem Genossen Popper, dem Botschafter hier, der natürlich von nichts eine Ahnung hat. Dazu die käuzchenartigen Schreie, die irgendein großer Vogel, der unter dem Fenster zu nisten scheint, des Nachmittags und Abends in regelmäßigen Abständen ausstößt: schreckliche Mahnung an den Tod und an die Vergänglichkeit allen Fleisches. Gertrudes Zustand verschlechtert sich so, daß S. H., gegenüber unbekannten Krankheiten stets ängstlich besorgt, sie in eine nahegelegene Privatklinik bringt;

dort bleibt sie mehrere Tage, der Professor spricht von Mängeln des Blutkreislaufs, herbeigeführt möglicherweise durch psychosomatische Faktoren, man müsse das weiter beobachten, fürs erste möge sie diese und diese Pillen nehmen und sich tunlichst schonen; das seelentötende Käuzchen, stellt sich heraus, ist kein Vogel, sondern eine alte Frau, die vorm Hoteleingang Zeitungen verkauft und aus rauher Schweizer Kehle immerzu »Tagwacht!« kreischt, den Namen eines Berner Blattes; Gertrudes Zustand beginnt sich zu bessern. Und dann, wie um das nun schon hoffnungsvollere Bild abzurunden, erscheint überraschend der Nothelfer: Jaromir Němec, Jarda mit den glänzenden Bäckchen und den listigen Äugchen, Schwejk junior, den sie in Prag zum Kulturattaché befördert und nach Bern geschickt haben.

Jarda kennt einige Prager Interna und spricht, die alte Zuneigung besteht noch, offen. Die Fronten seien dort nicht mehr so angenehm klar, wie es einmal schien und wie S. H. und seine Gertrude sie sich wohl noch vorstellten; man sei mißtrauisch geworden einer gegen den anderen, und es gebe bei den zuständigen Instanzen Leute, die, aus Angst um die eigene Haut, sich scheuten, die Aufnahme eines ehemaligen Offiziers der U. S.-Intelligence in die Tschechoslowakei zu befürworten; darum der Versuch, das Problem den Genossen in der Deutschen Demokratischen Republik zuzuschieben, für die im übrigen, mit leicht verändertem Vorzeichen, die Prager Vorbehalte ebenso gälten.

Da nützt es wenig, wenn S. H. wieder auf seine Eyes of Reason hinweist und auf die Stimmen aus der Sowjetunion, besonders auf die fast ekstatisch bejahende des höchst autoritativen David Zaslavsky, der das Buch in der höchst autoritativen Moskauer Nova Vremya besprochen hat; Nova Vremya sei, erwidert Jarda, eine für ein internationales Publikum bestimmte Zeitschrift, in den Prager Amtsstuben aber habe man schwere Bedenken gegen den Roman, bei aller Anerkennung der guten Absichten S. H.s: Joseph Benda, der Fabrikant, sei zu sympathisch dargestellt, der Schriftsteller Thomas schwanke ewig und begehe am Ende gar Selbstmord, während Karel, der Arzt, keineswegs mit der von einem Parteimitglied zu erwartenden Entschiedenheit auftrete – nicht zu reden von der Darstellung der eigentlichen Ereignisse des Februar, die der amtlichen in mehr als einer Hinsicht widerspräche.

Tatsächlich sollte die tschechische Ausgabe des Buches, mit dem Titel Očima Rozumu, erst unter Dubček erscheinen; der Übersetzer da hieß Jaromir Němec. Inzwischen jedoch verspricht Jarda, sein Bestes zu tun, um den Antrag auf einen zumindest zeitweisen Aufenthalt in Prag, mit anschließender Übersiedlung nach Ostberlin, zu fördern; und da der Botschafter, der Genosse Popper, aus unbekanntem Grund nach Prag gerufen worden ist, versichert er sich der Unterstützung von dessen Vertreter, einem jungen, naiven, oder sich naiv gebenden Botschaftsrat, der ein paar Wochen später die Botschaft auf Nimmerwiedersehen verläßt und selber um Asyl nachsucht – bei den Amerikanern.

Diese Wendung erschreckt S. H. und seine Frau einigermaßen, und nicht nur, weil sie beide zum ersten Mal die peinliche Erfahrung machen, daß ein Mensch, der ihnen eben noch von den Vorzügen und Errungenschaften des Sozialismus sprach, diesem Sozialismus plötzlich den Rücken kehrt, sondern auch, weil sie sich denken können, daß der junge Mann die Informationen über die Zukunftspläne des Ehepaars H., die ihm durch seine Stellung zugekommen, seinen neuen Schutzherren als kleine Morgengabe darbringen wird. Jarda ist gleichfalls bestürzt; er und der inzwischen aus Prag zurückgekehrte Genosse Popper haben, so berichtet er, eine ganze Nacht hindurch mit ihrem abtrünnigen Kollegen diskutiert und versucht, ihn von seinem Schritt abzuhalten – vergebens; was seine Gründe gewesen seien für seine Desertion? Ach, wehrt Jarda ab, da mache sich jeder die seinen zurecht.

Also scheint auch Bern, sowieso ein Tummelplatz der Geheimdienste aller möglichen Länder, nicht der beste Aufenthaltsort für das Ehepaar H. zu sein, das immer noch nicht weiß, wie sich sein Schicksal gestalten wird. Jarda schlägt vor, sich in einen der zahlreichen Kurorte der Schweiz zu begeben; dort sei der Ausländer, solange er seine Hotelrechnung zahlt, der Schweizer Fremdenpolizei genehm – warum nicht Vevey, dort habe auch Engels erste Zuflucht gefunden, nachdem er aus Baden fliehen mußte, und das Klima am Genfer See sei mild und die Landschaft lieblich.

S. H., von Unruhe geplagt und sich nur allzu bewußt, daß seine und Gertrudes paar Dollar zusehends dahinschmelzen, möchte je eher je lieber hinter dem Eisernen Vorhang verschwinden – was Vevey! Warum nicht Moskau? In Moskau, wo bereits die zweiten hunderttausend Crusaders auf russisch erschienen sind und wo kein geringeres Blatt als die Prawda den Roman gepriesen hat, auf ihrer Frontseite, bitteschön, dürfte er keine finanziellen Sorgen haben, zunächst wenigstens, und es mag ihm sogar gelingen, Moskau ist immerhin das Zentrum der neuen sozialistischen Welt, von da aus Einfluß zu nehmen auf die Entscheidungen, die in Prag und Ostberlin in seiner Sache immer noch anhängig sind.

Die Botschaft der UdSSR in Bern ist abgeschottet wie eine Festung; nach langem Palaver am Tor und ebenso langen Telephongesprächen zwischen der Torwache und irgendwelchen Sowjetmenschen erhalten S. H. und seine Frau jedoch Zulaß zu der riesigen, hinter dichtbelaubten Bäumen versteckten Villa. Der Mann, der sie dann empfängt und sich in passablem Englisch als Botschaftsrat für Presse und Kultur vorstellt, will nicht recht zu dem ausladenden, mit reichlichem Schnitzwerk versehenen Schreibtisch passen; wettergegerbtes Gesicht unter strohblondem, millimeterkurz geschnittenen Haar, ähnelt er eher einem der Matrosen von Eisensteins Panzerkreuzer Potemkin als einem geschliffenen Diplomaten, und tatsächlich ist, ein zweiter Blick zeigt es, sein Handrücken ausgiebig tätowiert. Ein echter Proletarier also, wie wunderbar! Und noch wunderbarer – der Matrose kennt die Krestonostschije, er hat sie gelesen, mit Interesse, und hätte sogar eine Frage an *Gospodin Gejm.*

Das Herz des Gospodin Gejm schlägt freudig; welch besseres Entrée könnte man sich wünschen; die sowjetischen Visen sind so gut wie in seinen Pässen! »Was ich Sie gern gefragt hätte«, sagt der Matrose, »wie konnten Sie, als amerikanischer Soldat und Offizier, Ihre Armee so bösartig darstellen, das eigene Nest, wie es heißt, beschmutzen? Ein sowjetischer Autor, der das mit unserer Armee getan hätte...« Die Hand mit der Tätowierung bewegt sich, eine Messerschneide, durch die Luft: Kopf ab.

S. H. ist perplex. Und er sieht, entsetzt, seine Felle davonschwimmen. Was für Denkmustern folgt der Mann! Nicht einmal den Konservativsten der amerikanischen Konservativen wäre es in den Sinn gekommen, ein derartiges Argument gegen das Buch zu benutzen. Und wie soll einer dem Genossen Botschaftsrat erklären, was der doch wissen müßte: Dialektik, Klassenfrage, den Unterschied zwischen einer kapitalistischen Armee und einer sozialistischen! Trotzdem unternimmt er den Versuch; aber der Ex-Matrose versteht nicht, oder er will nicht verstehen: *our army, right or wrong.* S. H. blickt zu seiner Frau; die nickt: zwecklos, einem solchen Menschen klarmachen zu wollen, was sie beide aus Amerika fortgetrieben hat und warum sie jetzt ein sowjetisches Visum brauchen könnten.

Das eiserne Tor im Gitterzaun der Botschaft fällt krachend ins Schloß. Also doch Vevey.

In einer Pension am Seeufer, sauber und gutbürgerlich wie das meiste in der Schweiz, spielt das Ehepaar H. die Rolle von Kurgästen. Und wirklich zieht eine Art von Ruhe ein in ihre Herzen, die nur an den Tagen gestört wird, da S. H. in Bern anruft und von Jarda den immer gleichen Bescheid erhält: Noch nichts. Sie baden im See, unternehmen Ausflüge, nach Montreux, nach Schloß Chillon, dem sagenumwobenen, und er, Zeichen von beginnendem Wohlbefinden, nimmt die Arbeit an Goldsborough wieder auf. Um die brav-bürgerliche Existenz komplett zu machen, freunden sie sich mit einem britischen Ehepaar an und teilen deren Freude über die Geburt eines zweiten Kindes der Queen, eines Töchterchens, das die junge Frau mit den Worten, »And she's *normal!*« bejubelt.

Aber die American-Express-Schecks, die man aus Amerika mitgeführt, schwinden dahin, auch bei sparsamstem Gebrauch, und der Tag, Schreck jedes Emigranten, läßt sich absehen, da auch der letzte Cent ausgegeben sein und die Toleranz der Schweizer Fremdenpolizei ein Ende haben wird. Also wohin? Wohin?

Da fällt Gertrude ein: in Warschau ist im Staatsverlag unter dem Titel Inwazja eine zweibändige Ausgabe der Crusaders erschienen, und auch Warschau bietet die Vorteile des Eisernen Vorhangs – ein Versuch dort kostet wenig. Beim nächsten Gespräch mit Jarda wird das Projekt besprochen; diesmal ist Jarda in eigener Person nach Vevey gekommen, zusammen mit seiner geliebten Jeanne, sie werden heiraten, obwohl es ihn, da sie ja Amerikanerin ist, seine diplomatische Karriere kosten wird. Jarda, erfahrener als S. H. in Visa-Angelegenheiten, sozialistischen besonders, empfiehlt ihm, diesmal nicht wieder, wie bei den Sowjets, aufs Geratewohl in der Botschaft vorzusprechen, sondern für eine in aller Form abgefaßte, offizielle Einladung zu sorgen, die ihm dann die Wege ebnen wird. Und in der Tat, beim Staatsverlag in Warschau, den S. H. am Tag darauf anruft, zeigt man das größte Verständnis; oder vielleicht sagt man sich dort auch, daß es für den Verlag vorteilhafter ist, seinen Autor an Ort und Stelle in polnischen Zlotys auszuzahlen als im westlichen Ausland in Dollars, welche die Staatsbank nur sehr ungern abgibt; jedenfalls erhalten Mr. und Mrs. H. innerhalb kurzer Zeit die herzlichste Einladung nach Warschau, die sich denken läßt, und bei der polnischen Botschaft in Bern begrüßt man den bereits vorgemeldeten Autor und dessen Gattin mit erlesener Höflichkeit. Visa? Aber bittesehr, eine Formalität nur, der Konsul wird das in ein paar Minuten erledigt haben.

Der Waggon, in dem die H.s reisen, ist beinahe leer; wer fährt schon, wenn er nicht unbedingt muß, in das ausgepowerte Nachkriegspolen, in dem auch noch, wie in den westlichen Blättern zu lesen stand, Räuberbanden das Land bis vor kurzem durchzogen? Und die fast feudale Courtoisie, mit der man ihnen in der Botschaft begegnete, gilt auch nicht mehr, so hat es den Anschein, seit der Zug langsam auf polnischen Boden gerollt ist: die Grenzbeamten geben ihre Anweisungen mit herrischen Gesten; wieder einmal muß jeder Koffer aus dem Gepäcknetz heruntergezerrt und sein Inhalt vor dem höhnischen Auge der Zöllner ausgebreitet werden; das Geld, das man bei sich hat, ist ihnen vorzuzählen, fordern sie, und sie notieren, auf ausgefransten Formularen und im Quadruplikat, die Nummer eines jeden Reiseschecks.

Und dennoch hat Gertrude, nach der ersten Stippvisite vor zwei Jahren in Prag nun zurückgekehrt in den Sozialismus, diesen leuchtenden Blick. Sie sieht den Glanz um die Idee, für die sie sich eingesetzt hat, seit sie zu unterscheiden lernte zwischen oben und unten; wohl bemerkt sie, was dabei nicht oder nur ungenügend funktioniert und wo dem einzelnen ein Unrecht geschieht, aber sie findet für all das Erklärungen: in der Geschichte, in den Zeitumständen, in den Menschen. Durch diese Sicht erhält sie sich am Leben, seelisch wie körperlich; erst 1968, beim Einmarsch der Sowjet- und der DDR-Truppen in die Tschechoslowakei, erstirbt die Hoffnung; etwas in ihr zerbricht; ein Jahr später ist sie tot.

Die Fahrt von der Grenze nach Warschau zieht sich hin; an jeder verlotterten Bahnstation hält der Zug, oft genug auch auf freiem Felde; die Landschaft ist trostlos: die Städte, soweit vom Krieg nicht zerstört, sind grau und schmutzig, die Katen der Bauern verfallen, von Wiederaufbau nirgendwo etwas zu sehen. Es dunkelt, als man in Warschau eintrifft; auf dem schlecht beleuchteten Bahnsteig, der Bahnhof ist nur ein Gerippe, warten wenige Menschen nur, unter ihnen ein kleiner Herr in dunklem Paletot und eine zierliche Frau, das schmale Gesicht umrahmt von einem Pelzkragen, der sichtlich schon bessere Tage erlebt hat. Der Herr und die Dame treten auf S. H. zu, der Gertrude gerade beim Aussteigen hilft.

»Darf ich mich vorstellen«, sagt der Herr. »Ich bin Nathan Silber, Leiter des Staatsverlags, und dies ist Madame Radziwill, von der Abteilung für Schöne Literatur. Dürfen wir Sie willkommen heißen in Warschau; wir hoffen, Sie werden einen angenehmen Aufenthalt bei uns haben.«

Womit er, mit leichter Verbeugung, Gertrudes Hand ergreift und küßt. Madame Radziwills Mäntelchen sieht sehr winddurchlässig aus und ihre schmalen, zitternden Finger, die S. H. seinerseits nun zu den Lippen führt, fühlen sich kalt an. Man beeilt sich also, zu dem klapprigen Automobil zu gelangen, das vor dem Bahnhof auf sie wartet, um sie alle vier mitsamt dem Handgepäck zum Hotel Bristol zu befördern; die schweren Koffer, versichert Herr Silber, werden durch den Kommissionär des Verlags dorthin gebracht werden. Das Bristol, erläutert er, während der Wagen zwischen Ruinen entlangholpert, die oft noch die schwarzen Brandspuren zeigen, das Bristol sei das einzig erhalten gebliebene Hotel in Warschau; ein deutscher Stab saß darin und sah zu, wie der Rest der Stadt systematisch zerstört wurde. Und er warnt: »Aber erwarten Sie nicht zuviel an Luxus!«

Sie und ihr Mann seien an Luxus nicht gar so gewöhnt, versichert Gertrude dem Herrn Silber, und sie begrüßten es schon dankbar, daß man sie überhaupt in dem Hotel untergebracht; auch wüßten sie genug über die Nöte des polnischen Volkes in dieser Nachkriegszeit, um Verständnis zu haben für alle Mängel und um die Mühe zu schätzen, die man sich um ihretwillen mache.

Vor der Drehtür, der Austausch der Höflichkeiten vorüber, entschuldigt sich Madame Radziwill: leider müsse sie Mr. und Mrs. H. jetzt verlassen, daheim warteten Mann und Kinder auf sie, außerdem habe sie noch die täglichen Einkäufe zu erledigen, eine ermüdende Aufgabe, zeitraubend und oft genug wenig erfolgreich. Herr Silber dagegen geleitet seine Gäste in die Hotelhalle, zur Rezeption hin, wo ein ältlicher Mann in schmuddliger grauer Jacke mit zerschlissenen Litzen ihnen die Pässe abfordert und nach einigem Suchen einen Schlüssel über den Tresen schiebt; dann bringt Herr Silber sie auch noch hinauf in ihr Zimmer, in der Absicht vermutlich, ihnen bei der Überwindung ihres ersten Schocks zu helfen.

Vevey war bescheiden genug gewesen; dies nun ist definitiv der Abstieg: das rissige Linoleum mit dem abgetretenen Stück Teppich darauf, die altersfleckige Tapete, die lädierten Matratzen, der windschiefe Schrank, der Spiegel, zu drei Vierteln blind – hier ganze Wochen verbringen, Monate vielleicht? »Setzen wir uns«, schlägt Herr Silber vor.

S. H. murmelt etwas von Room Service, Tee oder Kaffee wenn möglich.

Herr Silber, den Blick der dunklen traurigen Augen zur Zimmerdecke gerichtet, lächelt. »Auf Room Service«, sagt er, »werden wir verzichten müssen, aber ich lade Sie zum Abendessen ein, und inzwischen dies – « er zaubert eine Flasche unter seinem Paletot hervor und aus der anderen Tasche einen dicken Packen Zloty-Noten – »dies ist Teil Ihres Honorars und mehr, als Sie in der nächsten Zeit ausgeben können; der Wodka ist ein Geschenk für Sie beide von mir, etwas Besseres haben wir nicht.«

Beim dritten Glas, und nachdem er S. H. in das innere Leben des sozialistischen Verlagswesens eingeweiht und ihm auseinandergesetzt hat, daß man in Polen die Eyes of Reason nicht wird drucken können, solange sie nicht in Prag, dem Ort der Handlung des Buches, erschienen sind, schlägt er seinen Gästen vor, ihn Nathan zu nennen: ein guter jüdischer Name, fügt er hinzu; obwohl es ihm von oben empfohlen worden, habe er sich geweigert, den Nathan wie auch den Silber zu polonisieren; unter dem Namen habe er gekämpft als Partisan in den Wäldern Polens und sich die Krankheit geholt, an der er sterben werde, Leutnant Nathan Silber, jawohl, aber die Partei sehe es nicht gern, wenn Juden, besonders an ihrem Namen erkenntliche, zu viele wichtige Stellen einnähmen; das Volk hier sei antisemitisch, sei es immer gewesen, und die meisten Genossen, ritzte man ihnen die Haut, zeigten darunter die gleiche Couleur. Und wohl um Gertrudes willen, deren Gesichtsausdruck ihre Gefühle enthüllt, erwähnt er hastig den Erziehungsprozeß, den man begonnen und der seine ersten Ergebnisse schon zeitige.

»Und Madame Radziwill?« fragt S. H. »Auch sie?«

Nathan gießt rundum ein, das vierte Gläschen. »Sie ist ein Fall besonderer Art.«

»Radziwill, Radziwill...« S. H. zögert. »Sie ist doch nicht etwa...?«

»Doch, sie ist«, sagte Nathan. »Prinzessin Radziwill, eine der zahlreichen Prinzessinnen des Hauses, und die einzige unter ihnen, die nach links tendierte, und verheiratet ist sie mit ihrem Cousin, dem Fürsten Radziwill, der wiederum unter den Männern der Familie der einzige Rote ist, und sie leben in zwei Kellerräumen des Hauses, das ihrem alten Kinderfräulein gehört. Gehen wir essen?«

Da der gewichtige eiserne Fahrstuhl nur widerwillig auf Klingelzeichen reagiert, beschließt man, die fünf Stockwerke hinunterzulaufen, ein instruktiver Spaziergang, der messingnen Schilder wegen, die, mit den verschiedensten Staatswappen verziert, auf jeder Etage an mehreren Türen prangen: das halbe diplomatische Korps haust, wie es scheint, im Bristol, jedes Zimmer eine Botschaft, Portugiesen, Finnen, Australier, Kanadier, Perser, ein extraterritoriales Kunterbunt, bis man die Halle erreicht, von der aus man, durch eine Art Triumphbogen hindurch, in das Restaurant gelangt.

Von der alten Pracht des Restaurants sind nur noch die Säulen übrig, und deren Marmor ist angeschlagen. Das ganze Lokal, einst Treffpunkt des vornehmen Warschau, ist zur Kantine degeneriert; die Menschen an den kahlen Tischen, den Kopf andachtsvoll über ihren Teller geneigt, und die in der Schlange am Eingang ergeben warten, sind in der Mehrzahl ärmlich gekleidet und riechen ungewaschen; und nur zwei Menus stehen zur Auswahl, *Popularni* und das etwas teurere *Extra*. Das Ehepaar H., das hier lange Zeit seine Mahlzeiten einnahm, konnte einen Qualitätsunterschied zwischen den Kategorien kaum bemerken, und nachdem das erste Hochgefühl in beider Herzen über das hier so demonstrativ praktizierte Gleichheitsprinzip dahingeschwunden, stellte sich der alte Engelssche Gedanke quälend wieder ein – konnte die Verteilung der Pauvreté wirklich der Anfang des Sozialismus sein? Aber wohin denn sollten die Leute, die jetzt hier die Macht hatten, marschieren? Zurück zu Pilsudski?

Weihnachten.

Weihnachten, das unvermeidliche, war in der Situation des Ehepaars H. alles andere als ein Anlaß zur Freude. Die beiden denken zurück an die Fleischtöpfe New Yorks, die Pracht der Fifth Avenue, die glitzernden, mit allen Gütern der westlichen Welt gefüllten Schaufenster der Kaufhäuser, an das von Gertrude so gediegen eingerichtete Apartment in Cooper Village, und sie vergleichen jenen Segen mit dem dürftigen Zimmer in diesem heruntergekommenen Hotel in dieser eisig kalten Ruinenstadt; nun gut, man wird ein paar Kerzen zu beschaffen suchen und sie aufs Fensterbrett kleben und, wenn Nathan Silber sie besorgen kann, eine Flasche Wodka auf den Tisch stellen: Emigrantenleben.

Da erscheint, es ist der Morgen des 24., Nathan Silber; aber es ist keine Flasche, die er überbringt, es ist ein Kuvert, Bütten, darin ein Brief, auch auf Bütten: Der Minister gibt sich die Ehre... Mr. und Mrs. H.... nach Schloß Njeburow... über die Feiertage...

Nathan läßt seine Freude spüren. Njeburow, das Schloß der Radziwills außerhalb von Warschau, ist jetzt ein Regierungsheim; er hat einiges in Bewegung gesetzt, um diese Einladung zustandezubringen, in einer Stunde wird die Limousine vor dem Hotel sein, also bitte. Auch das Ehepaar H. atmet auf; der Sozialismus hat seine düstersten Aspekte plötzlich verloren; und in der Limousine sitzt bereits, auch er mit dem Ziel Njeburow, ein distinguierter Herr mit graumelierten Schläfen, der über dunkelgrünen Wollsocken ein Paar karierte Knickerbocker trägt und sich als General Soundso vorstellt, ein Name voll polnischer Zischlaute, nur polnischen Ohren verständlich.

Das Reich der Radziwills, in Njeburow ist es erhalten mit all seiner feudalen Eleganz, den Ahnen an den langen Wänden der Korridore, den schöngemusterten Teppichen auf milde glänzendem Parkett, den Gobelins im großen Salon, den Möbeln in makellosem Stil unter vergoldeten Leuchtern; fehlen nur die goldbetressten Livrées der Dienerschaft und die goldbestäubten Spangen an ihren Schuhen. Und diese Ruhe! Nachdem man sich frischgemacht, lustwandelt das Ehepaar H. über die Terrasse, die breite Freitreppe hinab und durch den winterlichen Schloßpark; nirgendwo einer der anderen Gäste, auch der General ist verschwunden. Erst gegen Abend klopft es an der Tür des Zimmers – Empire, und was für weiße, weiche Betten! – die Herrschaften werden zum Diner gebeten.

An dem mächtigen ovalen Speisetisch werden der Schriftsteller aus Amerika und dessen Gattin zu den Ehrenplätzen neben den Herrn an der Schmalseite gewiesen, der, eine Cognacflasche vor sich, augenscheinlich als Gastgeber fungiert. Wieder die Zischlaute, die jede Identifizierung verbieten; doch ist der Herr der stellvertretende Außenminister, wie S. H.s Tischdame ihm hilfreich zuflüstert, und man genüge der Form, erwähnt sie, wenn man ihn als Herr oder, je nach Wunsch, Genosse Minister anrede. Der Genosse Minister, gepflegtes Silberhaar über gefurchter Stirn und leicht geröteter Adlernase, nur die Fettrollen unter dem Kinn wollen nicht zum Bilde passen, schenkt seine Aufmerksamkeit sofort der Genossin H. und erklärt ihr in recht passablem Englisch, warum das damastene Tischtuch solch merkwürdige Huckelchen aufwirft: darunter nämlich liege Heu, zur Erinnerung an das Heu in der Krippe, auf das unser liebes Christkindlein seinerzeit gebettet war. Die Genossin H., deren Figur in dem Abendkleid von Saks Fifth Avenue den ganzen Charme des Genossen Minister hervorlockt, erfährt nun bei Bouillon mit Klößchen und Karpfen mit pikanter Sauce und Eisbombe mit darauf folgendem Käse allerhand Merkwürdiges über polnische Weihnachtsbräuche, während ihr Gatte durch sie an dem raren Cognac teilhaben darf, den der Genosse Minister persönlich und nur ausgesuchten Gästen kredenzt: der Cognac, erläutert er, stamme aus eigener Herstellung, und nur ganz wenige Flaschen, dies sei eine davon, hätten den Krieg überlebt.

Nach dem Mahle, in dem festlich erleuchteten Salon, nimmt der Genosse Minister sich auch weiterhin der Genossin H. an; ihr Gatte muß sich mit der Gesellschaft des Generals mit den karierten Knikkerbockers begnügen, der ihn als erstes warnt, des Alters der Möbel wegen, echt Chippendale bitte, die Füße doch bitte nicht auf Tisch oder Stühle zu legen, wie in Amerika Brauch. S. H., ein wenig erstaunt über des Mannes Wissen um das Mobiliar von Njeburow, fragt, ob der Genosse General denn schon einmal hier gewesen sei.

Der hebt die Braue, »Viele Male!«

Und berichtet seinem Gesprächspartner, bei den Radziwills habe Marschall Pilsudski, Polens Vorkriegsdiktator, sich gerne mit den in der Wirtschaft führenden Leuten getroffen; hier in Njeburow seien so manche Entscheidungen gefallen, die die Geschichte des Landes formten, darunter, leider, auch falsche.

Der Genosse General habe also, forscht S. H. weiter, den Marschall Pilsudski gekannt?

»Gekannt?« sagt der General. »Ich war sein Stabschef!«

Und nun war er bei den Kommunisten. Welche Wandlung, denkt S. H., und welche Macht der Idee, die derart Wandlungen erzeugt! Oder was sonst sollte hier gewirkt haben?

Nach Neujahr sind S. H. und seine Frau zurück in Warschau und sprechen bei Nathan Silber vor, um sich zu bedanken; Madame Radziwill ist bei ihm. S. H. schildert das Weihnachtsessen, die Gäste, die daran teilnahmen, die Tage, die darauf folgten; vom Schloß spricht er wenig und von seinen Eindrücken dort; auch Nathan vermeidet das Sujet.

Dann räuspert sich Madame Radziwill: sie hätte da eine Frage.

Bitte?

Die Stühle im großen Salon, Chippendale, stünden die noch dort?

S. H. bestätigt das.

Und befänden sie sich in gutem Zustand?

Soweit er es hätte sehen können, ja, sagt S. H.

Die Stühle, erklärt Madame Radziwill, seien damals mit dem Pferdewagen von England über Le Havre quer durch halb Europa nach Njeburow transportiert worden und Gott sei Dank unbeschädigt angekommen. Es wäre doch schade, wenn sie jetzt...

Da könne er sie beruhigen, sagt S. H. Man behandle die Stühle mit der größten Vorsicht; er selber sei ausdrücklich gebeten worden, sie nur ja zu schonen.

Madame Radziwill, erleichtert, bedankt sich für die Auskunft.

Ein internationaler Friedenskongreß, mit Delegationen aus der ganzen Welt, wird stattfinden in Warschau; welch besseren Ort für das Treffen hätte man wählen können als diese so grausig zerstörte Heldenstadt, in der zwei Aufstände stattfanden gegen die Nazis.

Diese Aufstände, mit ihren schrecklichen Irrungen und Verstrikkungen! – der kleinere, im Ghetto, und der große dann, da die ganze Stadt sich erhob; und beiden gemeinsam, daß die Macht, die außen vor stand und hätte helfen können, nicht eingriff, sondern den Nazis erlaubte, die Aufständischen niederzuschlagen; die Polen, zum Teil doch bewaffnet in ihren Vierteln der Stadt, ließen die Juden im Stich, und wenig später die Russen, aufmarschiert bereits in Praga am anderen Ufer des Flusses Weichsel, die Polen – warum? Warum? S. H. sucht Antwort auf die Frage, die aus dem Trümmerhaufen schreit, der alles ist, was von dem Ghetto übriggeblieben, und die zurückhallt von den Mauerresten drüben in den christlichen Teilen der Stadt; er erhält keine Auskunft; nur Ausweichendes bekommt er zu hören, wen immer er auch befragt, ob Nathan Silber oder den General in Njeburow; es ist, als verstünde man ihn nicht recht oder verstünde zum mindesten nicht, wie einer so fragen kann; und auch auf dem Kongreß, wo er den oder jenen unter den polnischen oder russischen Delegierten deswegen anspricht, lächelt man verbindlich und wechselt das Thema.

Er nimmt teil an diesem Kongreß. Er hält sogar, als Vertreter der Friedensbewegung in den USA, eine Rede, von der kein Manuskript sich erhalten hat und auch kein Wort im Gedächtnis; sie wird die gängigen Formeln jener Zeit enthalten haben, die nachzulesen sind in Dutzenden von Broschüren und die sicher auch ihre Berechtigung hatten angesichts der Umtriebe der Gebrüder Dulles, der eine Secretary of State, der andere Chef der CIA in Washington; die Handhabe allerdings, die Stalin den beiden für ihre Politik gab, blieb unerwähnt.

Er nimmt teil an diesem Kongreß, obwohl er weiß, daß er damit die Akte S. H. im Ausschuß des Senators McCarthy komplett macht und die letzte Brücke zurück nach Amerika abbricht, und zwar ohne schon Fuß gefaßt zu haben auf der gegenüberliegenden

Seite; aber einmal aufgefordert zur Teilnahme, kann er nicht Nein sagen, vor sich selber und vor Gertrude nicht: in Fragen Krieg und Frieden muß man sich bekennen, nicht weil man ein Held sein möchte oder ein Märtyrer, sondern wegen des allmorgendlichen Blicks in den Rasierspiegel.

Dabei ist der Mann, der ihn auffordert und der, wenig später, unter die sozialistischen Räder geraten wird, durchaus keine politische oder moralische Autorität für ihn. S. H. kennt George Lohr, den Sekretär der amerikanischen Abteilung des Weltfriedensrats, aus den Jahren noch, da er selber am Volksecho und George ein kleiner Parteifunktionär in Yorkville war, der Gegend von Manhattan, wo die Deutschen saßen: ein braver Kamerad, dem alle Bosheit fremd, aber keiner, der die Welt aus den Angeln heben wird. Und der Kongreß, so sieht es aus, ist von Beginn an Routine, von irgendeiner Regie nach irgendeinem Schema gemacht; in einer Zeit voller Widersprüche und ungeklärter Konflikte läuft das ab ohne wirkliche Debatten, die Reden nach bekanntem Muster und oft genug mit Verbeugungen in Richtung Moskau – eine Parade der sogenannten Friedenskräfte eher als eine Beratung von Menschen, die um ihr und ihrer Zeitgenossen Leben besorgt sind. Aber das wird ihm erst im nachhinein deutlich; während die Sache abrollt, spürt er nur das Unbehagen, das mit der Frage kommt, was das Ganze eigentlich soll und welche Rolle ihm dabei zugedacht ist.

Doch einen Vorteil hatte der Kongreß: man war beschäftigt; wenn keine Sitzungen stattfanden und keine gemeinsamen Mahlzeiten, keine aufklärenden Vorträge oder Konzerte oder sonstigen Kunstgenüsse, veranstalteten die Organisatoren Führungen durch die Betriebe, wo man von den Vertretern der Arbeiter erfuhr, wie sehr sich deren Umstände bereits verbessert hätten und wie eifrig sie tätig seien, um eine noch bessere Zukunft zu schaffen, oder Ausflüge aufs Land, wo Vertreter der Bauern die fremden Gäste über mustergültig bearbeitete Felder und durch mustergültig geführte Ställe geleiteten und ihnen über die Pläne berichteten, nach denen das rückständige, vom Krieg verwüstete Polen zum Aufblühen gebracht werden sollte.

Dann endet das, von einem Tag auf den nächsten; die Delegierten, die jeden verfügbaren Raum im Bristol überfüllt hatten, reisen ab, ein jeder zu seinem Ort und auf seinen Platz; nur das Ehepaar H. bleibt, Patiencen legend zwischen seinen Koffern,und fragt sich, wie lange noch und wohin dann?

Genau die Frage stellt ihnen auch Nathan Silber, nicht drängend, nicht in Ungeduld, sondern freundschaftlich wie immer und Vertrauen heischend; nach kurzem Zögern nickt S. H. seiner Frau zu, und sie, der es leichter fällt als ihm, von Herz zu Herzen zu sprechen, erzählt dem Verleger, der nun mehr ist als nur ein Verleger, den wahren Grund, weshalb sie und ihr Mann nach Warschau kamen, und offenbart ihm das volle Ausmaß ihrer prekären Lage, aus der kein Weg sichtbar, solange nicht irgendwo, in Prag oder in Ostberlin, sich etwas bewegt.

Ob S. H. denn schon, will Nathan wissen, bei Friedrich Wolf gewesen?

Friedrich Wolf?

Ja, Friedrich Wolf, Autor von Cyankali und Matrosen von Cattaro und Dr. Mamlock, und jetzt Botschafter der Deutschen Demokratischen Republik in Warschau.

Hinterher wundert der Mensch sich oft, warum ihm das Nächstliegende nicht einfallen wollte; aber wer einmal unter seelischem Druck gestanden, weiß, auf welch wirren Wegen die Gedanken dann laufen. Und Wolf ist sofort bereit, S. H. samt Ehefrau zu empfangen; ja, er scheint erfreut zu sein, daß einer, mit dem er sich aussprechen kann, ein Kollege, ihn zu besuchen kommt; er ist, sagt er, noch nicht lange in Warschau, der erste Botschafter hier des Parias unter den Staaten Europas, und habe sein Amt mit dem größten Bangen angetreten: ein Deutscher in der Stadt, die von Deutschen zerstört wurde, unter Menschen, denen so großes Unrecht geschah von Deutschen; daß er selber ein Deutscher anderer Art gewesen, und daß er den Krieg auf sowjetischer Seite verbracht, gelte da wenig, man werde dennoch in einen Topf geworfen mit den anderen. So jedenfalls sein Gefühl am Anfang; nun, da ein paar frühe Schritte getan sind auf dem mühseligen Weg zur Rehabilitation, beginne er, gelegentlich auch Spaß zu haben an seinen ungewohnten Aufgaben.

S. H. mustert die strengen, doch nicht ungütigen Züge des Mannes. Er hätte leider, sagt er dann, noch eine Aufgabe für ihn, eine zusätzliche.

Wolf faltet die Hände, lehnt sich vor, betrachtet ihn aufmerksam. »Die wäre?«

S. H. legt ihm dar, Amerika, die Bedrohung, die eilige Flucht, die Suche nach dem Asyl, das ganze Hin und Her, jeder Tag ein neues Provisorium; und während er spricht, empfindet er so recht, was aus ihm und seiner Frau geworden ist: ein Paar von elenden Bittstellern, die dankbar zu sein haben für jeden Brocken Sympathie und jedes halbe Versprechen. Ein Gefängnis in den Staaten, mit Doc Truitt als Zellennachbar – wäre das soviel schlimmer? Aber es gibt dort sehr üble Gefängnisse...

Wolf schweigt, überlegt. Dann erkundigt er sich, ob S. H. denn eine Vorstellung davon habe, was das heißt, in einem Land wie der Deutschen Demokratischen Republik zu leben, und vor allem, ob er darüber nachgedacht habe, wie seine Frau, Amerikanerin, als die sie aufgewachsen sei, mit der Mentalität der Leute und mit den allgemeinen Bedingungen dort, den geistigen wie den materiellen, fertig werden würde.

Gertrude fühlt sich bei ihrer kommunistischen Ehre gepackt. Comrade Wolf täusche sich, erwidert sie, wenn er sie für verwöhnt und anspruchsvoll halte; sie glaube vielmehr, daß gerade ihre Herkunft von armen polnischen Juden, die nach Amerika einwanderten, und ihre Kindheit in New York und die Kenntnisse, die sie in Amerika erworben, und die Konflikte, die sie dort gehabt, es ihr ermöglichen würden, einen wenn auch bescheidenen Einfluß zu nehmen auf die Mentalität der Menschen, auch der verbittertsten, und so vielleicht einen kleinen Beitrag zu leisten beim Aufbau des Sozialismus.

Wolf ist etwas verschreckt von soviel Kampfbereitschaft. Aber er ist auch beeindruckt, und so ruft er bei irgendeinem Sekretär an, will wissen, wann der nächste Kurier abgeht, erhält eine Antwort, die ihn befriedigt, und versichert seinen Besuchern, er werde nachstoßen bei den zuständigen Stellen: wenn Schriftsteller wie Bert Brecht und Arnold Zweig in Ostberlin willkommen geheißen würden, dann sei auch Platz dort für einen Mann wie S. H. und seine Familie.

Ein paar Tage darauf, unklar bleibt, ob die plötzliche Wendung bereits ein Ergebnis von Friedrich Wolfs Bemühungen, erhalten Herr und Frau H. die Nachricht, daß einem Besuch ihrerseits in Prag nichts mehr im Wege stehe.

## 24

Also war es doch fast wieder wie früher: Zufluchtsort Prag, Menschen, die man kannte. Auch die beiden Dachkämmerchen im Alcron, wo man unterkroch, das billigste im Angebot des Hotels, verstärkten den Eindruck von schützender Höhle.

Aber eben nur fast. Selbst einer, der weniger sensibel gewesen wäre als S. H., hätte gespürt, daß sich da etwas verändert hat in der Stadt, nichts Greifbares, nichts, was ihn und seine Frau unmittelbar tangierte, eher eine Art tektonischer Verschiebung unter der Oberfläche – nur in welchen Schichten? Und Warnzeichen wofür?

Einer der ersten, den S. H. aufzusuchen plante, ist Professor Kosta, der einst an der Spindlerbaude im Riesengebirge deutschen Emigranten den Grenzübertritt auf tschechisches Gebiet organisierte und der dann, nach dem Umsturz im Februar 1948, im Prager Außenministerium saß und ihn und seine Frau begrüßte und ihm Hilfe anbot bei seinen Recherchen für die Eyes of Reason; doch ist der Professor auf seinem Posten nicht mehr anzutreffen, und alle Fragen nach ihm, in seinem Amt und außerhalb, sind vergeblich, so daß S. H. zu glauben beginnt, die Gerüchte von Kostas Verhaftung, die ihm noch in New York zu Ohren kamen, möchten wahr sein; nur was wäre Kostas Schuld?

Dito ist der junge Liehm nirgends aufzutreiben, der mit der Kinderstimme, des Professors Adlatus im Ministerium; dafür stellt sich František Vrba ein, der seinerzeit tschechischer Attaché war in New York und die ganze erste Prager Reise arrangierte, und der nun, zurückgekehrt in die Heimat, den Auftrag zu haben scheint, sich bei diesem neuerlichen Besuch des Ehepaars H. um dessen Wohlergehen, das geistige besonders, zu bekümmern: Vrba rät energisch davon ab, den Brief abzusenden, der bereits unterschrieben auf dem Tisch in der Dachkammer liegt mit der Mitteilung an den Präsidenten Gottwald, er, der Schriftsteller S. H., kenne den Professor Kosta persönlich und halte es für ausgeschlossen, daß der verdienstvolle alte Herr etwas getan haben könnte, was die Justiz berechtigte, mit solcher Härte gegen ihn vorzugehen. Gertrude stimmt Vrba zu: sollte Kosta wirklich das Opfer eines Irrtums geworden sein, gibt sie zu bedenken, so werde der auch ohne S. H.s Zutun korrigiert werden; soviel Vertrauen müsse man zu den Behörden eines sozialistischen Staates schon haben.

Der andere, den S.H. alsbald sehen möchte, um sich Rat und Unterstützung bei ihm zu holen, ist André Simone; aber Anrufe beim Zentralorgan der Partei, dem Rudé Právo, dessen außenpolitischer Chef Simone beim letzten Besuch noch war, erbringen nur die Rückfrage, wer es denn sei, der den Genossen Simone so dringend zu sprechen wünsche, und dann die mißgelaunte Auskunft, der Gesuchte befände sich auf Dienstreise; František Vrba weiß nichts von Simone und dessen Reiseplänen, warum sollte er auch; und Simones Freund Evžen Löbl, der passionierte Zigarrenraucher, ist gleichfalls nicht mehr in seinem Ministerium.

Der nächste Schock kommt beim Spaziergang über den Wenzelsplatz: Gertrude glaubt den hageren Mann in dem abgerissenen Mantel zu erkennen, der da vor dem Hotel Ambassador steht und offensichtlich nicht wagt, das Café zu betreten. Ihr rascher Schritt auf ihn zu, unwillkürliche Reaktion Gertrudes, läßt ihn aufblicken; er stutzt, scheint unschlüssig, vielleicht sollte er sich lieber davonmachen; dann streckt er, ob Gruß, ob Zeichen von Freude, ob Hilferuf, ihr seine Hände entgegen, läßt sie jedoch gleich wieder sinken.

»Alexa!« sagt Gertrude, »Alexa Todorow!«

Todorow nickt. »Ihr seht noch ganz aus wie früher. Aber ich, glaub ich, hab mich verändert seit Merriewoode.«

S. H. legt den Arm ihm um die Schulter, schiebt ihn hinein ins Café; Todorow bleibt nervös, auch nachdem sie zu dritt an dem Tisch in der Ecke Platz gefunden haben; er blickt häufig zur Tür hin. »Erwartest du jemanden?« will Gertrude wissen.

»Niemanden bestimmten.« Todorow lacht scheppernd. Dann spricht er von den Schatten, die er hinter sich herzieht, seit er nach Prag gekommen ist, Schatten mancherlei Art und Herkunft; dabei täte er gar nichts, was den Aufwand rechtfertigte: er lebe als Heimatloser von ein paar Kronen amtlicher Zuwendung, ein Emigrant ohne Paß, verbannt aus Jugoslawien, nachdem er damals in New York gegen Tito Stellung bezogen, ausgeschlossen aber auch vom Leben der Tschechen, deren Offizielle allen aus seinem Lande mißtrauten, auch solchen wie ihm; und freundschaftlicher Umgang mit ihm, da müsse er sie beide warnen, sei nicht zu empfehlen.

S. H. begehrt auf. Er lasse sich nicht diktieren, mit wem er Umgang haben dürfe und mit wem nicht, und trifft, bevor der Kellner noch kassiert hat, eine nächste Verabredung mit Todorow. Der nickt müde; was ist aus dem feurigen Partisanen geworden, denkt S. H., dem Gertrude und er an dem See in New Hampshire begegneten: das Gesicht, gezeichnet von Entbehrungen, bleibt sonderbar gleichgültig, da er von den Jahren berichtet, in denen seine Hoffnungen zerrannen; er ist zwischen die Fronten geraten, die Fronten zwischen einem sozialistischen Vaterland und dem anderen; das häßliche Wort Verrat schallt hin und her über die Grenzen; was für ein Widersinn, wer verrät da wen, und wie konnte das alles geschehen.

Die Verabredung hält Todorow nicht ein. Kein Wort mehr von ihm; er ist verstummt, weshalb, verschwunden, wohin, einer von wie vielen im Leben des S. H. Dafür taucht Hans Burger auf, das ewige Schachtelmännchen, das unverhofft hochschnellt, fröhlich, die Pritsche in der Hand: ist er nicht gebürtiger Prager, so daß er hier sein Heimatrecht einfordern kann, nachdem auch ihm der Boden zu heiß geworden in New York und bei der UNO: Heimatrecht für sich und seine neue deutsche Frau, die er in Geiselgasteig erworben hat als amerikanischer Filmoffizier, und für das Baby, das sie im Bauche trug, als sie in Prag eintrafen? Aber ach, es geht ihm nicht so prächtig, wie er erhofft hat; selbdritt müssen sie in einem Raum leben, der kaum Platz bietet für einen, und überall, wo er sich um Arbeit bemüht, im Filmstudio in Barrandov, am Theater, in den Verlagen, begegnet er stillem Widerstand; es scheint, man liebt die Leute hier nicht, die im Westen in der Emigration waren; oder gibt's da noch andere Gründe, tiefergehende, für das, was sich jetzt hier herausbildet und spürbar wird auf so beunruhigende Weise?

Nur die Wheelers, George und Elinor samt ihren zahlreichen Kindern, die nahe der großen Schokoladenfabrik in den ehemaligen Königlichen Weinbergen eine hübsche Etagenwohnung zugewiesen erhielten, sind offenbar rundum zufrieden; George und Elinor arbeiten beide für das englische Programm des tschechischen Rundfunks und halten sich für die Seele vom Geschäft. Mitunter wird man eingeladen bei ihnen und erhält zu essen, Good American Homecooking, wenn man dafür die Belehrungen Elinors über die Vorzüge des Sozialismus sich anhört, die sie mit missionarischem Eifer und in dem eigentümlich eindringlichen Ton amerikanischer Missionarstöchter – war sie eine? ich entsinne mich nicht mehr –

vorträgt. Auch andere Amerikaner sammeln sich dort, Genossen die meisten, die gleichfalls beim Radio arbeiten oder bei der Presseagentur Četeka, oder beim Weltfriedensrat wie George Lohr und dessen Frau Helga, eine Schönheit, wenn man schmale, pferdeähnliche Gesichter mag: ihnen allen ist Elinor eine Art Stammesmutter, das dünne blonde Haar zum Knötchen zusammengerafft am Hinterkopf, der prüfende Blick hinter den stets etwas verquollenen Lidern hervor von einem zum anderen am Tische schweifend. Später werden Elinor und ihr Mann und die Kinderchen, inzwischen großgeworden, den von den sowjetischen Panzern aufgewühlten Staub der Prager Straßen von den Füßen schütteln und reuig zurückkehren nach Amerika: Gott segne sie, damals waren sie dem Ehepaar H. ein Halt.

Die andere amerikanische Grande Dame am Orte ist Beatrice Johnson. S. H. kennt sie aus seinen Chicagoer Tagen; da saß sie in der Parteizentrale, befaßt mit Nationalitätenfragen, darunter den deutschamerikanischen. Mit enormem Busen, blecherner Kehle und fest um die Parteilinie gefügten Ansichten weilt sie nun in Prag als Korrespondentin des New Yorker Daily Worker, erfüllt, woraus sie kein Hehl macht, irgendwelche mysteriösen Aufträge und interpretiert jedem, dessen sie habhaft werden kann, die Geschehnisse der Welt, in positiv-dialektischem Sinne natürlich. S. H. vermutet, daß sie die bescheidenen Interessen der amerikanischen Partei bei dem Wochenblatt der Kominform vertritt, das unter dem vollmundigen Titel *Für einen dauerhaften Frieden, für Volksdemokratie* in einem Halbdutzend Sprachen erscheint. Da ist Pierre Hentgès schon angenehmer als Freund und Gesprächspartner, der Korrespondent der Humanité; der weiß zwar auch nur ein Teilchen dessen, was sich hinter den Kulissen abspielt, und hütet sich, von dem, was er weiß, zu schreiben, aber er fragt und forscht nach und macht sich seine Gedanken, und Phyllis, seine freche englische Frau, spricht diese mitunter auch aus – ein Paar von Ketzern, amüsant und bedrohlich zugleich für S. H.s und seiner Gertrude inneres Gleichgewicht.

Dieses wird noch weiter erschüttert durch kleine, an sich gar nicht so umwerfende Stöße: eine Unterhaltung etwa mit Madame Chrastinova vom Verlag Melantrich, der seine Crusaders veröffentlichte und das Buch nun nicht mehr neu auflegen darf, weil das Verlagsprofil, was immer das sein mag, geändert worden ist; Madame Chrastinova spricht mit ihm, als stünde einer hinter ihr, der jedes ihrer Worte aufzeichnet; und da S. H. indiskret genug ist, sie nach dem

Ergehen ihres Mannes zu fragen, des ehemaligen Majors der tschechoslowakischen Armee, verstummt sie gänzlich; nur ihre Lippen zittern in Panik. Und sein Berater bei den Studien für die Eyes of Reason, der Ministerialrat Vančura, der aufgehört hat, Ministerialrat zu sein, und froh ist, daß er in einem unbedeutenden, schlecht bezahlten kirchlichen Amt unterkommen konnte, benutzt ein ganz anderes Vokabular als früher, ein Vokabular, in dem im Zusammenhang mit weltlichem Tun Wörter wie Vertrauen, und Gerechtigkeit, und Zukunft kaum noch vorkommen und von gottgefälligen Bestrebungen der neuen Obrigkeit, über die er einstens dozierte, nicht mehr die Rede ist; das Bedrückendste bei der Höflichkeitsvisite des Ex-Ministerialrats Vančura unter dem Dach des Alcron sind die langen Pausen, das schwere Schweigen, die zwischen S. H.s Fragen und den Antworten des Besuchers liegen.

Da erscheint Jarda Němec, zusammen mit seiner Jeanne zurück aus Bern, kein Diplomat mehr, kein Beamter; er wird studieren, Hydrologie, Wasserwirtschaft; Wasser, sagt der mit vielen Wassern schon gewaschene junge Mann, wird man immer brauchen, und Menschen, die es lenken können, ebenso. Die Fragen, die S. H. interessieren, tut er augenzwinkernd ab, zum Ärger von Jeanne, die noch, ebenso wie Gertrude, an Ideale glaubt; vielleicht weiß er auch wirklich nicht, obwohl sein Vater ein alter Kommunist ist und Beziehungen hat, aus welcher Richtung die Wolken kommen, die sich da zusammenbrauen; er weiß nur, daß seine Jeanne ihr erstes Kind erwartet, und daß er sich beeilen muß, für sie und für sich eine Existenz zu schaffen, die nicht von jedem politischen Winde bedroht wird. S. H. versteht diese Haltung; wenn, so denkt er, der Junge sich jetzt zurückhält und Politik Politik sein läßt, ist er im Grunde klüger als all die Weltverbesserer, die vergessen, daß diese Welt, will man sie verbessern, zunächst einmal erhalten werden muß.

Plötzlich sind auch die Lohrs verschwunden, ohne Erklärung und ohne ein Wort des Abschieds. In Georges Büro beim Weltfriedensrat stammelt ein blasses Mädchen, sie wisse nicht, wo Herr Lohr sich befände; die Wheelers zucken die Achseln und wechseln das Thema; Beatrice Johnson verdreht die Augen bedeutungsvoll und meint, nichts im Sozialismus geschehe ohne seine guten Gründe, und macht euch keine Sorgen. Gertrude aber sorgt sich; nicht daß die Lohrs ihrem Herzen so nahe stünden, aber sie hat, aus Mitleid wahrscheinlich, ein Faible für den viel zu lang geratenen George mit seinen schwerfälligen Bewegungen und seinen schwerfälligen Gedanken. Nach Wochen trifft eine Postkarte ein aus einem jener Dörfer hoch im Erzgebirge, die verlassen dastehen seit dem erzwungenen Exodus der Sudetendeutschen und nun als eine Art tschechisches Sibirien dienen; dort, auf einer miserablen Kolchose, misten George und Helga die Ställe aus, stapeln Stroh, roden den Wald, sie, die nie den Stiel einer Heugabel, einer Axt, eines Spatens im Ernst in der Hand hielten, und sie sehnen sich, schreiben sie, nach einer Tasse Kaffee.

»Landluft stärkt«, meint S. H., »es hätte schlimmer kommen können.« Aber er fühlt sich, als zögen um ihn und seine Frau herum dicke, feuchte Nebel auf, die jede Sicht verhüllen, jeden Ton verschlucken. Erinnerst du dich, fragt er sie, an Warschau, an die Tage nach der Absetzung des mächtigen Gomulka, des Generalsekretärs der Partei, und wie bei jedem zweiten Telephonanruf vom Zimmer aus, gespenstisches Echo, einer antwortete, *Gomulka.*

Nur sei es nicht Gomulka gewesen, erwidert Gertrude, sondern, wie Nathan Silber dann mit einem Lachen, das nicht ganz gelingen wollte, ihnen erklärt hat, *Gomeuka,* polnisch: falsche Verbindung. Und sie entnimmt dem immer schneller schrumpfenden Vorrat an Dollars eine Summe und bestellt bei der Firma Darex in Prag, bei der für harte Währung harte Güter zu haben sind, Bohnenkaffee und Schokolade, zu liefern allmonatlich an G. und H. Lohr in ihrem Verbannungsort.

Es war aber in jener Zeit der Arbeitsraum des Genossen Fritz Grosse in der Prager Botschaft der Deutschen Demokratischen Republik wie eine Oase; der Mann strahlte Ruhe und Sicherheit aus, und in einer Welt, in der so vieles den Vorstellungen widersprach, denen man immer noch nachhing, und die Hoffnungen enttäuschte, die man sich immer wieder machte, schien er wenigstens die Richtung zu kennen, in der die Entwicklung lief. Und da er wohl spürte, was in S. H.s Brust und, bis zu einem Grade, in der seiner Frau vorging, ließ er hier und da durchblicken, daß er durchaus wisse, wie schwer überschaubar die Wege der Geschichte seien; es gäbe aber, betonte er, Perspektiven, nur entzögen die sich häufig dem Auge.

Fritz, man duzte einander sehr bald, kam auch aus Chemnitz; dort hatte er im Kommunistischen Jugendverband gearbeitet, dort war er Leah begegnet, Tänzerin am Ballett der Städtischen Bühnen, die seine Frau werden sollte und deren Eltern, wie sich herausstellte, mit S. H.s Eltern eine Bekanntschaft gepflegt hatten, soweit der Antagonismus zwischen den alteingesessenen deutschen Juden und ihren aus dem Osten eingewanderten Glaubensbrüdern dies zuließ. Beide, Fritz und Leah, erinnerten sich sehr wohl der Affäre um die fatalen Verse des Gymnasiasten Flieg; daß der dichtende Chemnitzer Primaner sich dann zum Autor des Romans *Kreuzfahrer von Heute* gemausert hatte, der vor kurzem auch in der DDR erschienen war, amüsierte besonders Fritz, erfüllte ihn aber zugleich mit einer Art von Lokalstolz; er hatte seiner Heimatstadt gegenüber eine erheblich positivere Haltung als S. H.; die Arbeiterbewegung dort hatte ihn geformt und er gab dieser Bewegung, trotz ihres dreizehnjährigen Versagens, eine große Zukunft. Das Verlorene-Sohn-Motiv, wie auch der Gedanke, daß ein namhafter Schriftsteller, der aus Amerika in die DDR zuwanderte, die Bewegung stärken könnte, mochte einer der Gründe sein für seine Bemühungen, S. H.s Heimkehr zu fördern – selbst wenn der kein Hehl daraus machte, daß er diese Heimkehr nicht als die ideale Lösung für sich und seine Frau betrachtete.

S. H. sah in Fritz Grosse einen Kommunisten ohne Fehl und Tadel, eine Idealgestalt, wie er ihrer nur drei oder vier je begegnet ist; diese wenigen aber versöhnten ihn mit so manchem, was zu dieser Partei und dem Verhalten des Gros ihrer Mitglieder und Funktionäre zu sagen wäre. Fritz Grosse hatte in der Illegalität gekämpft; dann war er gefaßt und nach Mauthausen gebracht worden, eines der übelsten deutschen Konzentrationslager; er überlebte, obwohl er bereits als Muselmane galt, wie man im Lager die Todeskandidaten bezeichnete; kurz vor Ende des Krieges entkam er zusammen mit Horst Sindermann, der später, nachdem er Volkskammerpräsident geworden, die sogenannte Lex Heym durchpeitschen sollte: Sindermann rettete Grosse das Leben, der nicht mehr weiterkriechen konnte und bat, ihn liegen und sterben zu lassen: er schleppte ihn auf felsigem Pfad bis zur nächsten Hütte, wo sie Hilfe fanden.

Fritz Grosse und Leah behandelten das Ehepaar H. nicht nur als künftige Mitbürger, sondern, mehr noch, als alte Mitstreiter und Freunde; sie öffneten ihnen die Botschaft und ihr Haus und ihr Herz, und Fritz intervenierte mehrmals in Berlin, um dem Schwebezustand ein Ende zu setzen, in dem die H.s sich befanden: nicht diesseits und nicht jenseits und hängend an den Fäden der Laune jedes tschechischen Amtsinhabers.

Ob der Genosse Grosse es war oder František Vrba, die den Aufenthalt in Dobřiš organisierten, oder ob ein gütiger Mensch im Schriftstellerverband sich des fremden Kollegen entsann, der da mit seiner Frau unterm Dach des Alcron hauste, oder Jarda, der listenreiche, seine immer noch vorhandenen Verbindungen spielen ließ, jedenfalls, und gerade noch rechtzeitig angesichts ihrer schwindenden Finanzen, erhalten die H.s die freundliche Einladung, eine Zeitlang auf dem Schloß der tschechischen Schriftsteller zu bleiben.

Dobřiš, am Ende des gleichnamigen Dorfes erbaut, ist solides böhmisches Barock; von Prag aus erreicht man es mit dem Wagen in einer bequemen Stunde, ein Stück die Moldau entlang, dann durch eine sanfte Hügellandschaft mit Hainen und Wiesen und Feldern; ein paarmal durchquert man Städtchen mit grauen, ein- oder zweistöckigen Häusern zumeist aus den zwanziger Jahren. Von der Straßenseite her erscheint das Schloß eher unansehnlich; erst wenn man über die Brücke und durch einen Torbogen hindurch in den viereckigen Hof mit den Wirtschaftsgebäuden gelangt ist und diesen überquert hat und die Gartenseite erreicht, erkennt man die wahre Schönheit und Eleganz des Baus. Dobřiš hat nacheinander den Kolowrats und den Lobkowitzes und den Colloredo-Mansfelds gehört; jedem erfolgreichen kaiserlichen Condottiere ist es als Lohn überreicht worden, und jeder hat etwas hinzugefügt, sei es ein Ausbau, sei es die französische Anlage des Gartens, jedes Stück Rasen Teil eines Musters, jede Hecke, jeder Strauch eine Skulptur, sei es der Park hinter der Orangerie mit den uralten Bäumen und den verschwiegenen Wegen; es wurde viel Blut vergossen auf alten Schlachtfeldern für Dobřiš. Und nun, nachdem die Gestapo-Chefs, die in der Besatzungszeit hier residierten, vertrieben sind, gehört das Schloß dem Schriftstellerverband, dessen Funktionäre die Plätze verdienten Mitgliedern zuweisen, nach der Teufel weiß welchen Regeln; es besteht da, auch dem Außenstehenden sichtbar, eine Rangordnung, und eine bestimmte Clique scheint eine Art Abonnement zu haben, während andere nur ab und zu kommen dürfen, mit oder ohne Frau und Kind, die wenigsten, um zu arbeiten, die meisten, um ein relativ komfortables Logis mit drei Mahlzeiten täglich zu haben, zu trinken, zu schwatzen und den lieben Gott einen guten Mann sein zu lassen.

Zu der Zeit war eine Anzahl von Räumen ausländischen Gästen reserviert; einer davon, mit Barockschreibtisch und Barockstühlen und der schönsten Aussicht, durch zwei hohe Fenster, auf Garten und Orangerie, erhält das Ehepaar H.; in den Apartments aber sind untergebracht, teils solo, teils mit Familie, Kollegen, deren Status sich grundlegend von dem der H.s unterscheidet: Pablo Neruda, Jorge Amado, Emi Siao – sämtlich, ob exiliert oder nicht, im Präsidium des Weltfriedensrats und zugleich dessen Galionsfiguren.

Mit Amado und den Siaos stellt sich sehr bald Kontakt her. Der Dichter Emi Siao, ein stiller, in sich gekehrter Mensch – in der Kulturrevolution wird er sieben Jahre in Einzelhaft verbringen – ist mit Eva verheiratet, einer Breslauer Jüdin, der es gelang, in der Hitlerzeit nach China zu emigrieren; die beiden haben einen kleinen Jungen, lustiges Ergebnis chinesisch-deutschjüdischer Kreuzung; wenn Pupsik, so getauft von seiner russischen Amme, neben den steinernen Löwen vor der Orangerie gedankenverloren mit seinen Bauklötzern spielt, sieht er aus wie eines jener ernst dreinblickenden Bübchen auf den chinesischen Wandbildern, die so schrecklich erwachsen wirken, und Gertrude verliert auf der Stelle ihr Herz an ihn. Manchmal geht Gertrude mit Eva schwimmen, in dem Teich im Park; S. H., in einem lecken Ruderkahn, gibt ihnen Geleit. Plötzlich erspäht er die Ratten, die neben den beiden einherschwimmen; in Angst, das Viehzeug möchte sie beißen, schreit er, »An Land! Sofort an Land!«, schlägt mit dem Ruder auf die Tiere ein und erschreckt die Frauen aufs fürchterlichste; ein Teil der Luft in der geschwellten Brust des Lebensretters entweicht mit Evas Hinweis, da hätte er erstmal sehen sollen, was alles in dem Wasser herumkroch, in dem sie in China baden waren! Ich habe mich manchmal gefragt, was aus Pupsik geworden sein mag und aus den Photos, die Eva, sie war Berufsphotographin, auf S. H.s Rolleiflex-Kamera, Bad Nauheimer Kriegsbeute und ihr freundlich überlassen, geknipst haben wird; vielleicht liegt noch irgendwo eine Sammlung Bilddokumente über Maos Kulturrevolution, von Eva aufgenommen, bevor auch sie auf sieben Jahre in einem chinesischen Gefängnis verschwand.

Joao, Jorge Amados kleiner Sohn, ist etwas älter als Pupsik; dafür erwarten die Amados ein zweites Kind, welches ein Mädchen sein und Paloma heißen wird, Täubchen, zu Ehren der weißen, zornig sich plusternden Friedenstaube Picassos. Celia Amado erzählt, wie sie, noch in Brasilien, mit Joao schwanger war und die Ärzte, es war im sechsten oder siebenten Monat, eine Röntgenaufnahme des Embryos anfertigen ließen, und wie sie die Platte Jorges Mutter zeigte, die eine indianische Bäuerin war: die Alte betrachtete verkniffenen Auges die Grautöne der Schatten; dann erhellte sich ihr Gesicht und sie verkündete stolz: »Ganz mein Jorge!«

Nur mit Neruda will sich keine Nähe herstellen; doch liegt das, im Rückblick wird es deutlich, an S. H.s Respektlosigkeit und seinem Mangel an Altruismus. Durch Reiseerfahrung gewitzigt, hatte er vor seinem Abflug noch in New York eine kleine Hermes gekauft, ein Wunderwerk schweizerischer Schreibmaschinentechnik, flach, Deckel und Boden aus Leichtmetall, das Ganze praktisch ohne Gewicht. Neruda, der S. H. bei der Arbeit beobachtet hat und zu dem Schluß gekommen ist, daß dessen Maschine ihm besser zupaß käme, klopft dem Jüngeren auf die Schulter: er möge mit ihm tauschen, die Hermes gegen seine, Nerudas, Portable – hier ist sie. S. H. schaut sich das Wrack an, tippt ein paar Worte darauf: selbst wenn auf dieser Maschine das herrlichste Gedicht der Welt geschrieben worden wäre, bleibt das Angebot eine Unverschämtheit, und er erklärt höflich, aber entschieden, er habe nicht die Absicht, sich von seiner Hermes zu trennen. An Nerudas Schläfen zuckt es; in der Stimme jähen südländischen Zorn, fragt er S. H., ob der denn nicht wisse, wer er sei. Aber ja doch, erwidert S. H., unverkennbar der große Neruda, dem selbstverständlich immer und überall das Beste zustehe; doch just diese Schreibmaschine brauche er, S. H., für seine eigenen bescheidenen literarischen Versuche.

So kommt es, daß bei den seltenen Malen, da S. H. sich der erlauchten Trinkrunde hinzugesellen darf, zu welcher der Vorsitzende des Verbandes, Jan Drda, in einem dunkel getäfelten und nur für diese Gelegenheiten geöffneten Raum des Schlosses lädt, Pablo Neruda sich mit Bedacht in größtmöglicher Distanz von seinem Beleidiger plaziert und es peinlich vermeidet, sein Glas in die Richtung zu erheben, in der dieser sitzt. Drda, zu dessen kleinem, dicklichen Körper der riesige, von Löckchen dicht umwucherte Schädel in keinerlei Verhältnis steht, gibt sich gutmütig; der winzige Mund in seinem runden Gesicht, das gefältelt ist wie ein Winterapfel im Frühjahr, scheint permanent zu lächeln, und periodisch interpunktiert er seine Rede mit einem durch das kurze Näschen geschnaubten kichernden Laut. Tatsächlich ist er nicht unsympathisch, wenn er mit grüßend vorgestreckter Hand auf den Gast zutritt, und die Art, wie er mit der Schar seiner Kinder umgeht, die tagsüber ihm um die Beine tollen, und wie er des Nachts seine Trinkereien leitet, zeugt davon, daß das Leben ihm Spaß macht. Als de-facto-Schloßherr hat er Zutritt zu der Kammer, in der die Familienuniformen der Colloredo-Mansfelds aufbewahrt sind, die betreßten Fräcke mit den breiten Ordensschleifen und die Zwei- und Dreispitze, an denen die alten Kokarden noch prangen. Diese ganze k. und k. Pracht bringt er angeschleppt, und die Herren Dichter und Schriftsteller – Damen sind nicht geladen – staffieren sich damit aus, als Illustration wohl für den Wandel der Zeiten und die Ablösung der Macht durch den Geist; so nimmt man Platz an dem mit grünem Filz bespannten Tisch, auf den der Hausmeister den Wein aus dem Keller gestellt hat; nur Emi Siao fehlt, dessen verfeinertem chinesischen Geschmack die Veranststaltung vermutlich barbarisch erscheint. Drda initiiert Spiele, die sämtlich damit enden, daß der Verlierer sein Glas bis zur Neige leert; ich erinnere mich nur an eines dieser Spiele noch: Drda rief, »General Popp klopft einmal!«, und es wurde ausgiebig und laut auf den Tisch gehauen und anschließend getrunken; dann rief er, »General Popp klopft zweimal!« und der Lärm wurde stärker und man trank zweimal; dann klopfte Popp dreimal, und so weiter ad infinitum, mit entsprechenden Folgen. Nach den Spielen kommt, was sonst nach soviel Alkohol, der Männergesang im Chore. Drda gibt den Text an und die Melodie und schlägt den Takt, alles alte österreichische Kriegslieder; ob Monarchie, ob Republik, ob Volksdemokratie, der Geist Habsburgs lebt. Am nächsten Morgen findet S. H. seine Weinrechnung neben der Kaffeekanne auf dem Frühstückstisch; Drda hat die Flaschen gezählt und der Hausmeister die Zeche berechnet; die Sache stimmt auch theoretisch, denn erst im Kommunismus wird jeder Wein nach seinen Bedürfnissen erhalten.

Jorge Amado schrieb in Dobřiš, das weiß ich. Was die anderen taten, blieb unklar: Eva Siao schwieg sich über ihres Mannes Arbeit aus und Pablo Neruda hielt sich vornehm abseits, doch mochte er S. H.s elegante Hermes nicht nur als Dekorationsstück begehrt haben. Drda, der durch seinen in hohen Auflagen verbreiteten kleinen Roman Das Städtchen Gotteshand bekannt geworden war, wird wenig produziert haben; er fuhr hin und her zwischen Dobřiš und Prag und erschöpfte sich in seinem politischen und administrativen Kram. S. H. aber griff wieder nach seinem Goldsborough-Manuskript und begann, ernsthaft an den noch fehlenden Teilen zu arbeiten.

Es gibt nicht viele Arbeiterromane in der amerikanischen Literatur; im Gegensatz zum Cowboy oder Farmer, zum Geschäftsmann in allen Varianten, ob Handelsvertreter oder Bankier, zum Sheriff, Gangster, Politiker, Zeitungsschreiber, Flieger, Soldaten, Künstler, oder gar zum Nichtstuer aus der High Society, erscheint der Industriearbeiter kaum einem Autor als Romanfigur brauchbar; erst wenn der Arme seine Arbeit verliert und zu Alkohol und Rauschgift greift, wird er als Gestalt wieder reizvoll. Die Erklärung dieses Phänomens liegt, glaube ich, in der Geschichte Amerikas und der Tradition seiner Menschen: gefeiert wird immer wieder der Einzelheld, der gegen die Übermacht antritt: der Arbeiter aber, nicht umsonst wird er oft nur mit einem Teilbegriff bezeichnet, als *Hand*, ein Unternehmen stellt so und so viele *Hands* ein, der Arbeiter zählt immer als Masse, seine Siege sind Klassensiege, seine Niederlagen das Leid von Tausenden. Insofern ist Goldsborough eine Rarität, besonders da die Protagonisten des Buches durchaus keine Typen im Sinne des sozialistischen Realismus sind, sondern aus der Realität gegriffene Menschen, realistisch gesehen und realistisch dargestellt.

Goldsborough enthält aber auch ein Stück Auseinandersetzung des S. H. mit sich selber. Er projiziert sich in die Rolle des Doc Hale, der als einer der geistigen Köpfe des verlorenen Streiks seiner Existenz beraubt und mit einer längeren Gefängnisstrafe bedroht ist, die er nur vermeiden kann, wenn er die Stadt Goldsborough und den Staat Pennsylvania verläßt, während die Arbeiter, deren Kampf er unterstützt hat, bleiben. Sein Anwalt rät ihm, fortzugehen; er bietet ihm, wie Hale es sieht, den Ausweg in einen ›geographisch bestimmten Ruhestand‹.

*Die bittere Wahrheit war,* so Hales Gedankengang, *er hatte nicht die Kraft, die Strafe auf sich zu nehmen, die ihn treffen mußte, weil er aus der Reihe getanzt war in einem Lande und einer Zeit, wo man entweder in der Reihe tanzte oder das Tanzen aufgab.* Rosemary, seine Frau, sagt ihm tröstend, sie könnten ja anderswo von neuem beginnen, er und sie. Er wehrt ab, *»Man hat mir meine Arbeit genommen, meine Freunde, meinen guten Ruf, meine Freiheit. Und jetzt soll ich auch das letzte aufgeben, was ich noch habe – meine Selbstachtung!«* Darauf sie, *»Selbstachtung hängt nicht von einem Ort auf der Landkarte ab.«* Ähnlich der Arbeiter Kennedy, einer der Anführer des Streiks, am Ende der Szene, *»Wo man auch hingeht, ist derselbe Kampf«*, und Hales Antwort, *»Wo ich auch hingehe, ist Goldsborough.«*

Diese Sätze, niedergeschrieben in Dobřiš, da vor ihm und um ihn und in ihm nichts war als Unsicherheit, sind wichtig als eines der wenigen schriftlichen Zeugnisse für S. H.s inneren Konflikt und seine Skrupel in den Tagen vor seiner Abreise aus Amerika und dafür, daß er nicht leichthin fortging und leichthin sich niederzulassen suchte am nächstbesten Platze, wo es nach Milch und Honig roch; sie weisen auch auf Späteres hin, auf die Motive nämlich, die ihn in der Deutschen Demokratischen Republik hielten, als er dort wiederum unter Druck geriet und ihm von mehr als einer Seite nahegelegt wurde, das Land zu verlassen.

Und in Dobřiš zeigen sich die ersten Symptome der Krankheit, die Gertrude auf Jahre hinaus das Leben erschweren und verbittern und sie, schmerzgeplagt, von einem Arzt und einem Kurort zum andern treiben wird, bis sie, nach unbeschreiblich tapferem Kampf, dem Übel unterliegt. Weder ihr noch S. H. will glaubhaft erscheinen, daß der leichte Schmerz entlang des Beins, der gelegentlich beim Laufen auftritt, etwas Ernstliches zu bedeuten hat – haben diese langen, wohlgeformten Beine, die wie eh und je die Bewunderung der Männer erregen, sie nicht mühelos bis hinauf zu den Schweizer Gletschern getragen, und verschwindet der Schmerz nicht, sobald sie ein wenig ausruht? Auch der Arzt in Dobřiš, ein vertrauenerweckender Praktiker, wie man ihn auf dem Lande findet, kann nichts Bestimmtes feststellen; er spricht von Nerven, von Rheuma, verschreibt Salben und Tränklein, und empfiehlt, einen Prager Spezialisten aufzusuchen; dessen Diagnose fällt aber ebenso wenig genau aus wie die seines ländlichen Kollegen, obwohl er einen mangelhaften Puls im Fuße entdeckt.

Und immer noch kein Jawort von Fritz Grosse in Prag; die in Berlin, bedauert er, nähmen sich Zeit. Ein- oder zweimal läßt Drda durchblicken, der Schriftstellerverband bräuchte die Räume in Dobřiš vielleicht; nein, nein, so dringend sei es nun auch wieder nicht, aber er empfehle doch, sich nach einem Stadtquartier umzusehen, und wie verhalte es sich denn nun mit der Übersiedlung nach Berlin? Um die Zeit erscheint Stephan Hermlin in Dobřiš; er reist in irgendeiner Mission, die keineswegs, wie S. H. im ersten Augenblick wähnt, auch ihn betrifft; zu Hermlins Reiseprogramm gehört ein Besuch auf dem Schloß der tschechischen Schriftsteller. Dort, im Garten des Schlosses, begrüßt man einander, »Stephan!« – »Stefan!« Und sagt, längst schon sei diese Begegnung fällig gewesen, wie schön, daß es nun endlich geklappt habe, obzwar er, Hermlin, ihn, S. H., eigentlich schon von Chemnitz her kenne, vom Staatsgymnasium, wo er zwei Klassen unter ihm gesessen und ihn beneidet habe um den plötzlichen Dichterruhm als Autor des berühmten Exportgeschäft, während er, S. H. von ihm, dem jüngeren, dessen Verse erst später gedruckt wurden, keinerlei Kenntnis genommen habe, was aber verzeihlich, da an deutschen Gymnasien Primaner gemeinhin Sekundanern keine Beachtung schenkten. S. H. belächelt die alten Torheiten; dann, etwas stockend, spricht er Hermlin von der Möglichkeit, nein, Wahrscheinlichkeit, daß er und seine Frau nach Berlin kämen, auf längere Zeit, wenn nicht für immer, jedenfalls habe er einen Antrag in dem Sinne an das Außenministerium der DDR gerichtet, aber noch keinen Bescheid erhalten, keinen definitiven; und beobachtet, während er so spricht, das feingeprägte, in klassischer Ruhe gehaltene Gesicht des anderen: der erwidert, nach kurzem Nachdenken, er werde sobald er nach Hause zurückgekehrt, sich erkundigen, was es mit der Sache auf sich habe.

Die Tage in Dobřiš, S. H. spürt es, neigen sich ihrem Ende zu. Ein Gespräch mit dem Kulturminister Kopecky, einem Mann mit napoleonischem Gehabe, verläuft mehr als kühl; vielleicht war das Konzert in Prag, bei dem S. H. auf ihn zuging, auch nicht die rechte Gelegenheit für Bemerkungen persönlicher Art. Anders das Verhalten des alten Genossen Reimann, der aus dem Prager jüdischen Milieu stammt und – noch, möchte man rückblickend sagen – an leitender Stelle in der Kulturabteilung des Zentralkomitees sitzt. Poldi, wie seine Freunde ihn nennen, verbringt ein Wochenende in Dobřiš damit, die Eyes of Reason zu lesen; man müßte das hier veröffentlichen, seufzt er, als er das Buch zuklappt und sich aus seinem Liegestuhl erhebt, und Ihnen, Genosse H., das Leben erleichtern,; aber sein Achselzucken zeigt, daß es wohl bei dem Wunsche bleiben wird.

So ist denn der Besuch des František Vrba, der wenig später erfolgt, nicht ganz so überraschend wie er sich im ersten Moment darstellt; wirklich überraschend ist nur die Brutalität des Ultimatums, das S. H. und seiner Frau gestellt wird: sie haben die Tschechoslowakei binnen 24 Stunden zu verlassen.

Heute, da der Prozeß gegen Slánský und Mitangeklagte Geschichte ist, überlege ich mir, ob die Order, die dem hilflosen Paar in Dobřiš so feindselig und drakonisch erschien, nicht in Wahrheit ein Akt der Freundschaft war, und ob nicht irgendwo in Prag Leute saßen, die den Autor von Hostages und den Eyes of Reason außer Landes haben wollten, um ihn dem Verhängnis zu entziehen, das André Simone und andere, zu denen er Bindungen unterhielt, traf. Trug er nicht auf der Stirn die gleichen Kainsmale wie die im Prozeß

Angeklagten; war er nicht, Jude, westlicher Emigrant, U.S.-Offizier ehemals im Dienst der Intelligence, prädestiniert für den Vorwurf der Diversion und der Agententätigkeit gegen den Sozialismus; und waren nicht andere, mit erheblich weniger Fakten und Indizien, die gegen sie sprachen, zu den wildesten Selbstbeschuldigungen gezwungen und am Ende hingerichtet worden?

Damals in Dobřiš jedoch, als Vrba ihm gegenüberstand, bleich, und mit fahrigen Gesten die ihm aufgetragenen Sätze daherstotterte, waren S. H. derart Gedanken fremd; er sah nur die Katastrophe, in welche der Ausweisungsbefehl, der jede Gnadenfrist ausschloß, ihn und Gertrude stürzte.

Katastrophe... Vrba hat einen Brief mitgebracht, Poststempel Kapstadt, der den H.s lange nachgereist ist, von einer Wegstation zur anderen: der Schriftsteller Harry Bloom, der ihnen, ein armer Schlucker 1948 noch, in Prag begegnet war, schreibt, er habe sich nach der Rückkehr in seine südafrikanische Heimat seines Anwaltspatents entsonnen, erledige jetzt die rechtlichen Angelegenheiten eines örtlichen Gangstersyndikats, besitze mehrere Häuser und ein entsprechendes Bankkonto und lade, der gemeinsam verbrachten Zeit eingedenk, Gertrude und ihn zur Löwenjagd ein.

Welch Traum! – Löwenjagd. Kilimandscharo. Hemingway. Aber die Welt ist in zwei Lager gespalten, die einander bekriegen; es gibt keine Insel außerhalb ihrer, auf der die Seligen sich vergnügen könnten. S. H. faltet den Brief zusammen, steckt ihn in die Tasche, und begibt sich zu Jan Drda. Die Falten auf Drdas Gesicht vervielfachen sich, da er hört, was auf ihn zukommt: Drda müsse, fleht S. H., sofort sich einschalten, vielleicht bei Zápotocký, dem Ministerpräsidenten, der kürzlich in Dobřiš war und wie ein Mensch erschienen sei, der Verständnis habe für die Nöte anderer. Drda beruhigt zunächst: 24 Stunden, bei der Arbeitsweise der tschechischen Ämter sei das nicht so ernst zu nehmen; aber man müsse sich wohl doch nun Gedanken machen, wohin jetzt, und wenigstens ein paar Vorbereitungen treffen für die Abreise, beim Zoll, bei der Polizei, beim Verband.

Ein schwacher Trost. So sitzen denn, Vrba ist lange schon fort, S. H. und seine Frau auf dem hölzernen Bänkchen in einem Abteil der Lokalbahn, die sich von Přibram über Dobřiš nach Prag hin rüttelt; zu reden gibt es nichts mehr; sie spielen ein Buchstabenspiel, so einfach, daß es ans Stupide grenzt: ein Wort wird zusammengefügt, jeder nennt im Wechsel den nächsten Buchstaben, und der ist der

Verlierer, an dem der letzte Buchstabe des Wortes hängenbleibt. S. H. verliert fast immer.

Das Schlimme ist, daß jetzt auch Fritz Grosse in Prag keinen Ausweg mehr zu sehen scheint; er sitzt und starrt auf das grellfarbige Photoporträt seines Präsidenten Pieck an der Wand ihm gegenüber und hebt stumm die Hände, da S. H. zu wissen verlangt, was oder wer in Berlin die Entscheidung denn immer wieder hemme; er meint sogar, nachdem er von dem Brief aus Kapstadt erfahren, eine Löwenjagd möchte gar keine so üble Idee sein, schließlich könne man auch von Südafrika her noch in die DDR übersiedeln.

Er will mich los sein, schießt es S. H. durch den Kopf. Verzweifelt wendet er ein, »Und das Geld? Zwei Flüge Prag–Johannesburg und retour? Und die südafrikanische Polizei? Und der lange Arm von jenseits des Ozeans?« Dann merkt er, daß Grosse ihm gar nicht mehr zuhört; Grosses Blick ist auf das Porträt gerichtet, als sei ihm gerade eine Offenbarung zuteil geworden.

»An den mußt du schreiben!« Dies mit plötzlicher Intensität. »An Pieck. Schreib ihm, wer du bist, was du getan hast... Aber das wird er ja wissen... Schreib ihm, jeder lausige Fremdenlegionär, der zurück will in die Heimat, dürfe hinein in die DDR... Schreib ihm...«

Er hält inne. Morgen, sagt er nach kurzem Nachdenken, morgen, auf dem Weg nach Berlin, werde der Genosse Stephan Heymann durch Prag kommen, der Botschafter der DDR in Budapest; Heymann sei befreundet mit ihm, und er werde Heymann bitten, S. H.s Brief Pieck selber zu überbringen; ja, so könnte es gelingen; inzwischen werde er von den Tschechen ein paar Tage Geduld verlangen, das würden sie noch gewähren.

Pupsik vergießt dicke Tränen, als Gertrude ihn auf den Arm nimmt und zum Abschied küßt, die andern in Dobřiš reagieren distanzierter.

Und schließlich Prag, die Spannung der letzten Tage – es werden die letzten sein, so oder so, das weiß S. H., das weiß auch seine Frau – die nervöse Spannung, die man irgendwie zu beherrschen sucht und die trotzdem in den Eingeweiden wühlt bis zu der Minute, da Fritz Grosse ihnen mitteilt, »Alles in Ordnung. Hier, die Visa.«

Aber vorher, noch ist nichts entschieden, klingelt das Telephon: Hier André Simone, eine Zusammenkunft, bei einer Tasse Kaffee vielleicht, es läge ihm sehr daran. S. H., längst schon wollte er mit Simone sprechen, ist höchlichst erfreut, obwohl er sich fragt, wieso der sich jetzt erst meldet, nach so beharrlichem Schweigen; man bestimmt Tag und Stunde, das Café im Hotel Palace. Nur Freund Jarda Němec, dem er von der Verabredung spricht, ist erschrocken und warnt: Sag das ab, auf der Stelle, was willst du mit ihm gesehen werden, es wird dir nur schaden. S. H. kann sich nicht vorstellen, was es ihm schaden soll, mit André Simone gesehen zu werden: selbst wenn der Mann seine einflußreiche Stellung eingebüßt hat, ist er und bleibt er ein alter, bewährter Genosse; die Blüten, die Jardas Phantasie treibt, sind um etliche Töne zu düster. Außerdem wird er, S. H. – und darin bestärkt ihn Gertrude – sich nicht vorschreiben lassen, mit wem er sich in der Öffentlichkeit zeigt.

Das Café im Hotel Palace, einst blauer Plüsch, ist schäbig geworden; auch Simone hat den satten Glanz seiner früheren Tage verloren, die Bartstoppeln vertiefen die Schatten auf seinem Gesicht, die Augen sind trüb und entzündet, das Haar strähnig; auch die Frau, die er mitgebracht hat – nicht die eigene, wie Gertrude beim Eintritt schon kommentiert –, ist alles andere als eine strahlende Schönheit: eine Mitarbeiterin beim Rundfunk, so stellt er sie vor. Die ganze Zeit sitzt sie da neben Simone, unbeteiligt an der Unterhaltung, und blickt ihn an, als wolle sie sich sein Profil einprägen für alle Zukunft; S. H. fühlt sich unwohl bei dem Tableau; etwas hysterisch, die Manier der Dame, denkt er, doch ist es möglich, daß Simone diese Art von Bestätigung jetzt braucht. Nur – will er Bestätigung auch von ihm und von Gertrude, oder was will er: Hilfe, Trost, Ermunterung, Meinungen, Informationen?

Die Frage liegt nahe, woher diese Tumbheit bei dem S. H. jener Tage, dieser Mangel an Einfühlungsvermögen; war er so fixiert nur auf die eignen Sorgen, nur auf sich selber? Ohne ihn exkulpieren zu wollen, würde ich sagen, daß ihm, trotz mancherlei Lektüre, gewisse Erfahrungen fehlten und daß ihm das Schicksal einfach undenkbar war, dem Simone entgegenging wie das Kalb dem Metzger. Erst lange später, als er nicht nur das amtliche Protokoll des Prozesses gegen Slánský u. a. gelesen hatte, welch ein Dokument, sondern auch den Bericht des Genossen Artur London über dessen Verhöre im Gefängnis, und als er die Photos sich vor Augen rief, die ja gedruckt vorliegen, allen einsehbar, das fahle Gesicht des Angeklagten Katz, so hieß er jetzt wieder, und den gebeugten Nacken, mit dem er vor Gericht stand und die ungeheuerlichsten Selbstbezichtigungen vortrug, und sich die Szene vorstellte an dem Montagmorgen, da der

Verurteilte den Gang zum Galgen antrat und, wie Zeugen gehört haben wollen, spöttisch zu seinem Nebenmann sagte, »Die Woche fängt ja gut an!« – erst da begriff S. H., was André Simone sich von ihm erhofft haben mochte, als sie im Café des Hotel Palace einander gegenübersaßen; und sein Versagen bedrückte ihn sehr.

Der Gedanke stammte von Gertrude: man dürfe Prag nicht verlassen, ohne vorher eine ungeheure Party veranstaltet zu haben, und wenn der ganze Rest an Dollars dabei draufginge – ein gigantisches Opferfest, so sieht es S. H., den Göttern dargebracht, damit diese Glück und Segen spendeten für das neue Leben im neuen Lande; es war etwas Atavistisches an Gertrudes Idee, sicher, aber weiß denn der Mensch, was aus der Urzeit alles herumspukt in seinem Innersten und sich äußert, so oder so; und für Gertrude, noch mehr als für ihn, bedeutete Berlin den Sprung ins Ungewisse.

»Hier, die Visa.« So Fritz Grosse, und dazu sein generöses Lächeln: endlich. Doch da, als sie die säuberlich bestempelten Zettel bereits in der Hand hält, kommen Gertrude noch einmal all ihre Bedenken zu Bewußtsein, die sie, unausgesprochen zumeist, mit sich herumgetragen hat – nicht nur ihres Sohnes David wegen: wenn der, so sagt sie, ihr nicht nachfolgen darf in die DDR, wird sie zurückkehren nach Amerika – nein, das große Unbehagen heißt Deutschland, die Deutschen; in Warschau, im Jüdischen Museum, hat sie mit dem Direktor gesprochen, der aus demselben Städtel stammte wie ihr Vater und ihre Mutter selig, aus Łomza, und es hat sich herausgestellt, daß ihr Großvater mütterlicherseits, Reb Abkewitsch, und des Direktors Großvater nebeneinander gebetet haben hinter der gleichen Betbank in der gleichen Synagoge, und der Direktor hat ihr erzählt, wie in Łomza keiner der Juden überlebt hat außer ihm selber, alle sind sie umgebracht worden von den Deutschen; und zu diesen Deutschen soll sie jetzt hingehen.

Fritz Grosse schweigt; die Frage, die am Ende ihrer Worte stand, bleibt unbeantwortet. Aber in der Art, wie er sie anblickt, nachdem sie geendet hat, ist etwas, das zu ihr spricht, und plötzlich sagt sie, »Wenn es dort noch ein paar Menschen gibt wie dich, dann wag ich's.«

Weiß der Teufel, was die tschechische Geheimpolizei beobachtet und notiert hat, die an dem festlichen Abend zu mehreren vertreten war und sich an dem Scotch und dem Cognac, den Weinen, den

Sandwiches und Salaten gütlich tat; denn was da in der hinteren Halle des Hotels Alcron in Gruppen und Grüppchen herumstand an mehr oder weniger guten Freunden und Bekannten des Schriftstellers aus den USA, der nun endlich abreisen würde – Prager Professoren, Schauspieler, Journalisten, Exil-Amerikaner verschiedener Couleur, französische Korrespondenten, englische, italienische, Ex-Partisanen aus dem oder jenem Lande, Ex-Untergrundkämpfer aus dem eigenen – samt und sonders höchst verdächtige Leute, ganz abgesehen von jenen zwielichtigen Gestalten, die gar nicht geladen gewesen waren und sich einstellten, weil sie vernommen hatten, hier könnten sie sich gratis vollaufen lassen. Und mit ihnen allen hebt S. H. sein Glas und trinkt, alles durcheinander, besonders Slivovitz; er ist gerührt: so viele Menschen, die ihm zugetan sind und ihm und seiner Frau das Beste wünschen, nur das Beste, und ihn küssen und umarmen, bis er in Ohnmacht sinkt vor lauter Freude und Wohlsein und Harmonie mit der Welt.

Richtig zu sich kommt er erst wieder in Berlin, bei der Einfahrt des Zugs in das Gewirr von rostigen Stahlbogen und Fenstergerippen, das Ostbahnhof heißt. Der verdämmernde Nachmittag, nur fleckweise erhellt durch ein paar Lampen, läßt das Bild noch trübseliger erscheinen, als es ohnehin ist.

»Da wären Sie also!«

Eine Stimme, verhalten im Ton; hier jubelt keiner. Der Mann, der zu der Stimme gehört, tritt heraus aus dem Grau.

»Ich heiße Erich Wendt«, sagt er und rückt an seiner Mütze. »Meine Frau und ich wollen Sie abholen.«

Lotte Wendt nimmt Gertrudes Arm. »Sie dürfen sich nicht erschrecken lassen vom ersten Anblick«, sagt sie zu ihr. »Das wird alles anders werden.«

## 25

Vor das Land Utopia haben die himmlischen Mächte das Gestrüpp der Doktrinen gesetzt, und wer in das Land hineinwill, der muß durch die Dornen hindurch, und nicht nur sein Jäckchen, auch seine Haut werden die Spuren des Weges zeigen.

S. H. hatte sich sagen lassen, daß in dem Moment, da die Klasse der Ausbeuter besiegt und entmachtet wäre, auch die antagonistischen Widersprüche aus dem Leben der Menschen verschwinden würden. Weil aus den Widersprüchen aber, wie man weiß, und besonders aus den antagonistischen, der literarische Konflikt erwächst, sah er bezüglich der Entwicklung der sozialistischen Literatur Schwierigkeiten voraus: gewiß, es blieb genug aus der Vergangenheit, das aufgearbeitet zu werden verdiente, und bleiben würde als lohnendes Sujet auch der Feind außerhalb der Grenzen Utopias, mit seinen stets vergeblichen Störversuchen; doch die Gegenwart in der von den alten Schlacken geläuterten Welt, in der alle gleichermaßen dem edlen Ziel der allgemeinen sozialen Gerechtigkeit zustrebten, und die Zukunft, die noch schöner und reicher zu werden versprach, ließen als autochthones Thema eigentlich nur noch dieses Streben nach Vollkommenheit zu, das trotz menschlicher Schwächen stets obsiegte und das man, je nach Geschmack, mit den üblichen Varianten von Boy Meets Girl garnieren konnte. Großmütig entschied S. H., daß das Glück der Menschen wichtiger sei als die Sonderinteressen der Dramatiker und Romanciers, die ohne die üblichen Konflikte nicht auskommen zu können glaubten. Man würde sich eben einzurichten haben unter den neuartigen Bedingungen.

Herr und Frau H. werden zunächst im Gästehaus der Regierung der DDR untergebracht, am Thälmannplatz, ein paar Schritte entfernt von der Wilhelmstraße mit den Ruinen der Reichskanzlei, von der aus Hitler, mit gerecktem Arm, den Siegesmarsch seiner braunen Bataillone einst grüßte; dahinter, im grauen Winterlicht, der Steinhaufen: die Reste des Bunkers, in dessen Tiefe er starb.

Herr und Frau H. sind, so erfahren sie, die Gäste des Kulturbundes; das Zimmer ist etwas kärglich möbliert, aber wenigstens warm, das Frühstück ausreichend, obwohl sehr einfach und der Kaffee dünn; alles in allem lebt man hier vermutlich besser als die Bevölkerung außerhalb dieses Hauses. Herr und Frau H. unternehmen Erkundungsgänge in die Umgebung des Gästehauses; man muß sich zurechtzufinden lernen in einer Stadt, die zu großen Teilen noch immer aus Trümmern besteht; die Gefühle während des Lernprozesses sind zwiespältig: geschieht ihnen recht, ist man verlockt zu sagen im Angesicht der Zerstörung, wieviel haben *sie* zerstört, von Guernica bis Stalingrad, ohne auch nur mit der Wimper zu zucken; dennoch will einem das Herz schier verzagen, bedenkt man, welche Anstrengungen es erfordern wird, aus diesem Geröll eine Zukunft zusammenzufügen, eine sozialistische noch dazu, und ein Fünkchen Freude glimmt jedesmal auf, wenn man irgendwo zu erkennen glaubt, an einer Baustelle, einem geflickten Ladenfenster, einem Theaterplakat, daß da ein Versuch unternommen wird, der in die gute Richtung weist.

Die beiden Neulinge gehen mit Vorsicht auf ihre Ausflüge, an jeder Ecke halten sie Ausschau, ob da nicht ein Schild ist, das die Sektorengrenze anzeigt: Berlin ist *eine* Stadt, weit offen die Übergänge zwischen Ost und West, ein falscher Schritt nur auf unbekanntem Pfad über eine Schutthalde, und die amerikanischen Häscher auf der anderen Seite würden ihre Hände ausstrecken nach den Flüchtigen – eine Überschätzung sicherlich der Tüchtigkeit der U. S.-Intelligence und wohl auch ihres Interesses an dem Ehepaar H.; aber wissen konnte man das damals nicht so genau.

Im Gästehaus logiert nur ein anderer amerikanischer Bürger, die schwarze Liedersängerin Hope Foye, Überbleibsel des Weltjugendfestivals, das einige Monate vor der Ankunft der H.s im östlichen Teil Berlins als erste große politische Show der Republik dort stattgefunden hatte. Hope war erkrankt in der Zeit; nun ließ sie sich gesundpflegen und wartete auf ihre Auftritte in der Republik, die der Kulturbund ihr versprochen hatte; inzwischen saß sie, Gitarre zupfend, auf dem Rand ihres Betts und sang den H.s von dem Stern, der den Weg weist, dem Stern der Freiheit, und von dem breiten Mississippi, der ewig dahinfließt, Heimatklänge, die besonders Gertrude berührten; Hope besaß eine etwas helle, kindliche Stimme, wenig geschult, aber vielleicht gerade deshalb publikumswirksam. Betreut wurde sie von Lou Eisler, Frau des Komponisten Hanns Eisler, welcher mit Brecht arbeitete und der Bruder Gerhart Eislers war, des Propaganda-Zaren der DDR, wie der Westen ihn etikettiert hatte. Die resolute Lou, in vielem das Gegenteil ihres kleinen, dicklichen, oft geistesabwesenden, dann wieder die witzigsten Gedanken sprudelnden Mannes, erteilt den H.s eine Grundlektion über Einstellung und Verhalten den gewöhnlichen DDR-Deutschen gegenüber: falsch, erklärt sie, zu glauben, daß wir nicht besser leben sollten als die; wir sind ein paar von den ganz wenigen im Lande mit anerkannter antifaschistischer Vergangenheit, und Intellektuelle dazu, wir gehören daher zur Elite hier, die ausgestattet ist mit den entsprechenden Rechten; nehmt eure Rechte gefälligst wahr.

Der Rat scheint seine Bestätigung zu finden im Umgang mit den ersten Eingeborenen, mit denen S. H. in näheren Kontakt kommt – seinen örtlichen Verlegern. Die Herren des Leipziger List-Verlags, Dr. Schöbel, Verlagsleiter, und Dr. Franke, Cheflektor, stellen sich ein am Thälmannplatz; immerzu lächelnd, können sie sich gar nicht genug tun in Ergebenheitserklärungen und Freundschaftsversicherungen: was man denn noch unternehmen könne für den geschätzten Autor des Hauses, wollen sie wissen, und was denn seine literarischen Pläne seien, und wann er denn das Verlagshaus in Leipzig zu besuchen wünsche. Nur bei den neuen Vorschüssen, die der geschätzte Autor erbittet, zögern die Herren nach bekannter Verlegerart; dann jedoch geben sie sich einen Ruck, und es kommen die obligaten Verbeugungen, aber ja, warum nicht, selbstverständlich, bittesehr; in späteren Jahren, als man dann gegeneinander prozessierte, wird S. H. sie von einer anderen Seite kennenlernen.

Die Vorschüsse werden auch gebraucht, denn es stellt sich heraus, daß es mit den Privilegien, von denen die gute Lou so frohgemut sprach, doch nicht ganz so weit her ist: schon nach etwa zehn Tagen nämlich in dem Haus am Thälmannplatz schickt der Kulturbund, als dessen Gäste sie sich doch hatten betrachten sollen, den H.s eine gepfefferte Rechnung für Kost und Logis, und der Sekretär, der alte und verdiente Genosse Kneschke, bedeutet ihnen, daß auch im Sozialismus die Gastfreundschaft ihre Grenzen habe; natürlich werde man, keine Angst, seine Gäste nicht auf die Straße setzen; vielmehr habe die Leitung des Kulturbunds sich Gedanken über das weitere Wohlergehen des Kollegen H. und seiner Ehefrau gemacht und biete ihnen als vorläufige Bleibe ein Zimmer im Eibenhof an, dem Kulturbundheim in der Ortschaft Saarow am Strande des schönen Scharmützelsees – dort sei man zwar etwas weiter entfernt von Berlin, brauche dafür aber nur Geringfügiges zu zahlen und könne bei Spaziergängen die herrlichen Kiefernwälder in der Umgebung des Heims und das Plätschern des Wassers im Uferschilf genießen.

Die H.s, was sollen sie tun, akzeptieren die Offerte. Tatsächlich kommt sie auch nicht ganz ungelegen. Die Defa in Babelsberg, die staatliche Filmgesellschaft der DDR, will die Crusaders verfilmen, in vier Teilen, deren letzter den Roman bis in die Besatzungszeit hinein weiterspinnen und den Kampf zumindest einer kleinen Zahl von Deutschen und einer kleinen Zahl amerikanischer Militärs gegen das Wiedererstarken der reaktionären Kräfte in den Westzonen zeigen soll; S. H., so ist der Vorschlag der Defa, soll zusammen mit Gertrude, die ja aus der Branche kommt, das Treatment schreiben.

Einer solchen Arbeit kann die ländliche Ruhe nur zuträglich sein; das einfache Leben, auch ohne die Vorrechte, die ihnen angeblich zustehen, schreckt weder Gertrude noch S. H.; wichtiger als alle Unbequemlichkeiten ist das Ideelle: die Gelegenheit, die Gedanken fortzuführen, die ihn bei der Arbeit an dem Roman geleitet hatten, und die Gelegenheit zu exquisiter Rache an MGM, die zu feig gewesen waren, den Film zu machen. Daß diese junge Republik, dieser gewiß noch mit allerlei Kinderkrankheiten behaftete Sozialismus ihm eine solche Chance bieten, erfüllt den Schriftsteller S. H. mit einem Gefühl neuer Hoffnung, neuer Verbundenheit, und versöhnt ihn mit vielem Befremdlichen, das ihm begegnet.

Nur ist der Ausgang der Sache weniger erfreulich. Das Treatment ist fertig und abgeliefert; Wochen vergehen, ein Monat, anderthalbe; dann werden Herr und Frau H. in die Jägerstraße gebeten, in das Berliner Büro der Defa. Im Konferenzzimmer dort ein Tableau: gruppiert um einen länglichen Tisch ein halb Dutzend der Prominenteren unter den für Agitation, Kultur und Film zuständigen Genossen; ihr Gebaren deutet an, daß sie als Richter eher denn als Verhandlungspartner da sitzen – Hans Rodenberg vom Zentralkomitee, mit dem Tremolo des Heldenvaters auf einer Provinzbühne, dann der bajuwarisch getönte Sepp Schwab, der leitende Mann der Defa damals, sein Geschäftsführer, der Direktor Wilkening, ein paar andere noch, die längst vergessen sind, und Gerhart Eisler; für die Verfasser des Treatments sind zwei Stühle am Arme-Sünder-Ende des Tischs reserviert.

Heute weiß ich, daß das Spiel den Leuten dort genauso peinlich war wie S. H. und seiner Frau; aber was blieb ihnen anderes, sie handelten im Auftrag, sie hatten die Schau durchzuziehen, das Projekt abzulehnen, ohne die wahren Gründe dafür nennen zu dürfen. So reden sie denn mit verteilten Rollen, der eine bezeugt wortreich seinen Respekt vor den literarischen Leistungen des Autors der Crusaders, der zweite versichert, keineswegs werde man irgendwelche Honorare und Vorschüsse zurückfordern, der dritte bittet um Verständnis für die Entscheidung, die ihnen gewiß nicht leichtgefallen sei; Gerhart Eisler aber versucht nachzuweisen, Punkt um Punkt, daß das Treatment unbrauchbar ist und warum. S. H. wird noch einige Erfahrungen machen müssen, bevor ihm klar sein wird, weshalb gerade Eisler den Schwarzen Peter zugeschoben bekam: über Gerharts Haupt hingen zusammengeballt die Ausläufer des Unwetters, dessen Epizentrum die Affäre Noël Field ist, die in anderen sozialistischen Ländern zur Zentralintrige der bekannten Prozesse wurde; Eisler kämpfte um sein politisches Überleben und mußte daher die Arbeit tun, mit der die andern sich die Finger nicht beschmutzen wollten.

Doch zu der Zeit ahnt S. H. noch nichts von derlei Verwicklungen und hält das Ganze für einen Irrtum, einen fürchterlichen, den man aufklären müsse und der sich auch aufklären lassen wird, wenn die Genossen ihm nur Gehör schenken, und so zerpflückt er, und Gertrude mit ihm, die Einwände Eislers einen um den anderen, bis der verzweifelt ausruft, schon der Roman habe einen Dreck getaugt; worauf S. H. zu wissen verlangt, weshalb man die Verfilmungsrechte dann gekauft und das Geld des Volkes für einen solchen Dreck hinausgeworfen habe; man werde doch wohl nicht blind in den Handel gegangen sein, irgend jemand bei der Defa müsse die Kreuzfahrer von heute, wie sie in Leipzig erschienen sind, doch gelesen haben; und warum spielen wir nicht lieber mit offenen Karten, Genossen: er, S. H., wisse schließlich, daß draußen Krieg herrscht, wenn auch ein kalter, und daß im Krieg die Situationen in rascher Folge wechseln, so daß, was gestern noch nützlich erschienen sei und notwendig, heute schon unmöglich geworden sein könne – zum Beispiel, in der einzigen DDR-Filmgesellschaft einen großen, repräsentativen Film über die immerhin siegreiche amerikanische Armee zu drehen.

Um nach Bad Saarow zu gelangen, fuhr man von Berlin aus mit der S-Bahn bis Erkner; dort stieg man, nach manchmal stundenlangem Warten, in die Vorortbahn um, die dann, von Dorf zu Dorf zukkelnd, den gebührend durchgerüttelten Reisenden ans Ziel brachte.

Aber schlimmer noch als das war der ewig provisorische Zustand; über ein Jahr schon lebte man aus den Koffern, kein Bett, kein Bücherregal, das man sein eigen nennen konnte, und stets irgendeine Gemeinschaftsküche, hier, im Eibenhof, mit Pfefferminztee zu Frühstück und Abendessen. Nun war S. H. es gewöhnt, erst von der Emigration und dann vom Kriege her, unter widrigen Umständen zu arbeiten, und Gertrudes Ansprüche waren ebenso bescheiden; die Privilegien, die ihnen zustehen sollten, sind ihnen noch nicht Gewohnheitsrecht und werden es auch nie ganz werden, denn bei der amerikanischen Linken, bei der besonders Gertrude in die Schule ging, legte man eher Wert auf demokratische Haltungen; aber jetzt empfanden beide, daß es so nicht mehr weiterging, daß man ein permanentes Quartier finden mußte, und sei es noch so primitiv.

Erich Wendt, dem S. H. deswegen schreibt – »ich weiß nicht, was ich tun soll; meine Arbeit und der Zustand meiner Frau machen es notwendig, daß wir in Berlin oder in nächster Nähe der Stadt sind« – Erich Wendt zeigt Verständnis, fragt nach den Vorstellungen, die er habe, und wieviel Wohnraum er brauche. S. H., achselzuckend: er wisse, in welches Land er gekommen sei, und ungefähr, wie es darin aussehe. Wendt winkt ab: also, Arbeitsräume für ihn und Gertrude, ein Wohn- und ein Schlafzimmer, und ein Zimmer für Sohn David, der doch aus Amerika kommen solle; am besten daher ein Haus. S. H.: Noch nie habe er ein Haus besessen. Wendt: Dann möge er sich mit dem Gedanken vertraut machen; auf Anregung von Grotewohl, dem Ministerpräsidenten, der ein Faible habe für Künstler und Intellektuelle, habe die Regierung als erstes Neubauprojekt im Ostsektor von Berlin drei Siedlungen errichten lassen, zwei in Pankow, eine in Grünau; er, Wendt, werde sehen, ob sich da noch ein Häuschen finden lasse; welche Gegend ziehe er denn vor?

Grünau, Februar 1933, der graue Himmel über dem See, die versenkte Pistole... Wenn er denn schon wählen dürfe, sagt S. H., dann Grünau, der Wälder und des Wassers wegen. Eines Tages, da ist der Freund schon tot, wird S. H. erfahren, daß das Haus in der Grünauer Intelligenz-Siedlung, das er bezieht – die Miete beträgt bis heute 150 Mark im Monat – für den Genossen Wendt selber vorgesehen war.

Spitzgieblig, Pfefferkuchenstil, die Dachrinnen, die Rohre, zum Teil auch die Ziegelsteine aus Ruinen geborgenes Gut, steht das Haus in einer Reihe mit anderen; es ist noch unfertig, feucht, man wird es trockenwohnen müssen; was ein Gärtchen werden soll, ist nackte, von Motzen, wie der Polier sie nennt, durchsetzte Erde, Jahre hindurch wird S. H. beim Umgraben auf Ziegelbrocken und Kalkklumpen stoßen; irgendwann sollen auch Zäune gesetzt werden, die Wege sind Sumpf. Überhaupt laufen noch immer die Bauarbeiter herum und suchen da und dort die letzten Handgriffe zu tun; S. H. schließt Bekanntschaft mit dem Polier, der Mann macht gar kein Hehl aus seiner Nazi-Vergangenheit, wer war keiner, sagt er mit breitem Lachen, alles ist vergänglich; der Gadebusch in *5 Tage im Juni* ist nach ihm modelliert.

Die Einrichtung des Hauses ist denkbar spartanisch, nicht weil man sparen müßte, nein, weil es kaum etwas zu kaufen gibt in den wenigen Möbelläden des Ostteils der Stadt, das Gertrudes Geschmack entspricht. So lebt man mit Bett, Tisch, Sitzbank, ein paar Stühlen, sämtlich aus irgendeinem hellen Holz; kein Teppich ziert den Fußboden, der aus einer roten, steinartigen Masse besteht, und keine Gardine hängt an den Fenstern, was Nachbar Karl Grünberg veranlaßt, den proletarischen Schriftsteller, alsbald vorbeizuschauen und tadelnd zu bemerken, dies sei ja wohl keine Wohnkultur; Grünberg, der den Krieg in Berlin als Begräbnisredner bei den Freidenkern und Mitglied der Freiwilligen Feuerwehr verbrachte, ist Autor des Theaterstücks ›Und golden fließt der Stahl‹, das die Sabotage der alten Nazis gegen das Aufbauwerk des neuen Staates anprangert: die Spuren des Goldes, die zur Entlarvung der Verbrecher führen, stammen von dem Goldzahn des leitenden Ingenieurs, dessen entseelten Leib die Mörder beseitigen, indem sie ihn in den glühenden Stahl werfen, der dem Hochofen entströmt. Grünberg ist der einzige in der Siedlung, der ein Telephon besitzt; bei einer Gegenvisite bittet S. H. ihn, das Telephon zu einem Hilferuf an die städtische Müllabfuhr benutzen zu dürfen, da seine Mülltonnen überflössen; doch Grünberg lehnt ab, und Frau Grünberg verweist den Besucher auf die Telephonzelle vor dem Frisiersalon Ecke Linderoder Weg.

Da zeigt der Staat, in Gestalt der junoesken Frau Kirstein vom Förderungsausschuß für die Intelligenz beim Ministerrat der DDR, größere Fürsorge; Frau Kirstein stellt sich ein, um die Lebensumstände der H.s zu erkunden, erblickt das knappe Mobiliar, schlägt die Hände zusammen über dem Kopf: eine Schande, ruft sie aus, ein so großer Schriftsteller, und muß in solcher Armut hausen! Und bietet einen großzügigen Kredit an; es kostet Gertrude viel Mühe, sie zu überzeugen, daß man Geld nicht benötige, sondern nur eine Möglichkeit, sich mit Dingen zu umgeben, die bequem und zugleich geschmackvoll sind. Aber wenn Frau Kirstein behilflich sein könne bei der Beschaffung eines Autos...

Ein Auto – in dieser Zeit, in diesem Lande! Aber Gertrudes Beine schmerzen sie stärker und stärker, Treppen zu ersteigen, längere Strecken zu gehen fällt ihr ständig schwerer; soll sie nicht an das Haus in Grünau gefesselt bleiben, wird man irgendein Fahrzeug beschaffen müssen, und Voraussetzung für dieses ist eine Garage. S. H. spricht mit dem Polier: Ließe sich nicht, solange er und seine Leute noch in der Siedlung arbeiten, eine Garage anbauen an das Haus? Der Polier grinst, redet von Plänen, an die er sich halten müsse, von Material, das nicht vorhanden. Aber, wendet S. H. ein, da sei doch gerade eine Garage, sogar mit Terrasse obenauf, an das schöne zweistöckige Haus angebaut worden, in das der Professor Soundso, der Chemiker an der Humboldt-Universität, einziehen solle? Der Polier nickt: Nicht nur das; man habe auch Parkett legen müssen im ganzen Erdgeschoß und Schiebetüren einbauen und anderes noch; gerade durch seine teuren Wünsche habe der Herr Professor die Behörden bezüglich seiner wahren Absichten getäuscht; während seines Umzugs vor zwei Tagen habe er sich, mit seinem gesamten Besitz auf den Möbelwagen, durchs Brandenburger Tor in den Westen abgesetzt – wenn S. H. also eine Garage haben wolle, möge er sich beim Förderungsausschuß um einen Tausch bemühen, sein jetziges Haus gegen das des Professors.

So kommt es, daß die H.s, von West nach Ost geflüchtet, in das Haus eines zogen, der von Ost nach West ging.

Menschen wie Bäume müssen, einmal verpflanzt, wieder Wurzel fassen im Erdreich.

Dem Menschen mag da als Halt und Hilfe die Gruppe dienen, der Clan, die Religionsgemeinschaft, die Partei – im Falle Gertrudes die Partei, sie gehörte dazu in den USA; daß sie ohne das ausdrückliche Einverständnis ihrer amerikanischen Genossen das Land verließ und in die DDR kam, konnte ihr als Vergehen gegen die Disziplin angekreidet werden, doch hatte sie, wie sich bald erweisen sollte, richtig gehandelt: der Organisationssekretär der Kommunisten im Staate New York war ein Spitzel des FBI gewesen, und die Interna der Partei waren direkt in die zuständigen Ämter in Washington gelangt.

Hier in Berlin muß sie sich, in Begleitung ihres Mannes, beim Genossen Joos im Zentralkomitee melden. Joos amtiert im Liebknecht-Haus, das in den zwanziger Jahren schon Hauptquartier der Kommunistischen Partei war; trüben Blicks sitzt er im Halbdunkel eines durch eine Rabitzwand unterteilten Zimmers, vor sich nichts als einen Bogen rosafarbigen Löschpapiers, leicht bekleckst. Genosse Joos hat die Fähigkeit, zuzuhören, ohne auch nur durch ein Zucken der Wimper, einen rascheren Atemzug anzudeuten, daß er begriffen hat; so sieht sich der Unglückliche, der ihm gegenübersitzt, veranlaßt, sich dauernd zu wiederholen, und Joos hat ein Ohr für selbst die geringste Abweichung. Joos fordert Gertrude auf, und mit ihr S. H., über den er von rechtswegen gar keine Jurisdiktion hat, ihm ihre Lebensläufe zu schreiben: soziale Herkunft der Eltern, Schulung, Arbeitsplätze, Gerichtsstrafen, etwaige, Militärdienst, falls solcher stattgefunden, politische Zugehörigkeiten und Aktivitäten, generell alles Erwähnenswerte, *alles*, betont er. S. H. empfindet das als Zumutung; er kann, meint er, erwarten, daß selbst ein Beamter wie Joos ungefähr weiß, wer er ist; aber der Genosse Joos ist offenbar der Auskultator der Partei, und da er, S. H., vor dieser nichts zu verbergen hat, willigt er ein; außerdem ist der Genosse Joos der Mann, an den er sich wegen der Zulassung von Gertrudes Sohn David in die DDR zu wenden hat; man darf ihn nicht verstimmen. Dreimal befragt S. H. ihn wegen David; dreimal scheint Joos ihn nicht verstanden zu haben; beim vierten Mal blickt er auf: Wüßte S. H. denn nicht, daß die Genehmigung zur Einreise des David Gelbin in die Republik zugleich mit der Genehmigung zu seiner und der seiner Frau erteilt wurde?

Gertrude ist sprachlos vor Freude, S. H. vor Ärger: wie viele Tage voller Unruhe, wie viele Stunden voll Angst und Besorgnis hätte dieser Mann ihnen beiden ersparen können, hätte er, wie es seine verdammte Pflicht ja wohl gewesen wäre, eher gesprochen!

Noch heute liegen die zwei Lebensläufe irgendwo in den Akten des Zentralkomitees; der Genosse Joos aber setzte sich ab in den Westen, unter Mitnahme all seiner Kenntnisse und Erkenntnisse.

Und da sind, mehr oder weniger förderlich bei dem Prozeß der Verwurzelung, Freunde und Bekannte, neue wie alte.

Man darf nicht vergessen, daß die DDR in jener Zeit noch attraktiv war, und nicht nur für ausgesprochene Kommunisten; Linke der verschiedensten Schattierungen fühlten sich von ihr angezogen, Intellektuelle besonders; hier, im Gegensatz zu der von den Amerikanern im Verbund mit recht zweifelhaften deutschen Gestalten verwalteten Bundesrepublik, experimentierte man mit neuen gesellschaftlichen Strukturen und suchte nach neuen Mustern menschlichen Verhaltens, oder gab zumindest vor, es zu tun, und die nur allzu offensichtlichen wirtschaftlichen Schwierigkeiten, die Versorgungsmängel, und sogar die bereits beginnende Gängelei des Geisteslebens ließen sich glaubwürdig entschuldigen als Folgeerscheinungen des Hitlerkriegs; zum Teil waren sie es ja auch.

So waren S. H. und seine Frau denn kein Einzelfall; von den deutschen Künstlern und Schriftstellern, die in die Emigration gegangen waren und nun allmählich in die Heimat zurückdrifteten, aus Mexiko und den USA, aus der Sowjetunion, aus England, Schweden und der Schweiz, wandten sich viele, und nicht die unwichtigsten, der DDR zu, Brecht war unter ihnen und Arnold Zweig, die Seghers, Renn, Bredel, Bloch, Hermlin; selbst Heinrich Mann wäre gekommen, trotz seiner Vorbehalte, aber er starb, bevor er die Reise antreten konnte.

Mit dieser, zugegeben, kleinen Gruppe von Menschen stellt sich Verbindung am leichtesten her: teils kennt man einander von früher, teils schafft das gemeinsame Schicksal auch andre Gemeinsamkeiten; und, für Gertrude zur Anknüpfung, sind da die amerikanischen und englischen Frauen, die mehr als einer der Männer von draußen mitgebracht hat. Ganz ohne Nachteile ist diese Sorte sozialer Inzucht nicht; einmal verzögert sie die nähere Bekanntschaft mit dem Alltagsvolk, für das und mit dem man ja zu arbeiten haben wird, und zum zweiten läßt sie alte Eifersucht, alten Erfolgsneid neu aufleben; mitunter erschrickt S. H., wenn er Ressentiments begegnet, von deren Existenz er nie geahnt, und unter den Damen entwickelt sich ein der Komik nicht entbehrender Wettbewerb um den Platz der First Anglo-Saxon Lady von Ostberlin: Alma, die amerikanische Gattin des Romanciers und Spanienveteranen Bodo Uhse, gewinnt ihn mit Leichtigkeit; wer kann schon gegen das Reitpferd konkurrieren, das sie im Stall ihrer Villa in Kleinmachnow stehen hat, ganz abgesehen vom politischen Gewicht ihres Mannes, der als Chefredakteur der literarischen Monatsschrift des Aufbau-Verlags über so manchen Autors Aufstieg oder Fall entscheidet.

Von den alten Freunden, denen S. H. wiederbegegnet, ist der älteste zweifellos Heinz-Wolfgang Litten, der Regisseur vom Schauspielhaus in Chemnitz und Tischgenosse des Gymnasiasten Flieg im

Kutscherrestaurant der Städtischen Markthalle. Litten, aus London zurückgekehrt nach Berlin, lebt mit seiner Frau Mowgli, an der das Auffälligste die großen, schwarzen, brennenden Augen sind, in einem der Pankower Intelligenzhäuser, ganz nahe Ernst Busch, dem Barrikaden-Tauber, wie ihn die Westpresse immer noch nennt; nach seinen Kampfjahren in Spanien und seinen Gefängnisjahren im Hitler-Reich, während eines Bombenangriffs entkam er der Zelle, ist Busch jetzt einer der Stars in Brechts Ensemble, das sich mit Wolfgang Langhoffs Truppe die Bühne des Deutschen Theaters teilt; Litten aber, aus Gründen, die er darzulegen sich weigert, hat weder bei Langhoff noch bei Brecht reüssiert und sitzt, zu stolz, wieder in die Provinz zu gehen, arbeitslos in seinem Zimmer; nervös, mit zuckendem Gesicht, bemüht er sich auch gar nicht, seine Stimmung zu verbergen; oder gibt's da noch Gründe anderer Art, außerhalb des Theaters entstandene, für seine Depression – die Ermordung des Bruders etwa, des großen kommunistischen Anwalts, durch die Nazis, oder andere, ebenso politische, doch zeitlich näher liegende? – und es will S. H. nicht gelingen, ihn aufzumuntern, obwohl er ihm von den alten Chemnitzer Tagen spricht und von seinem neuerlichen Besuch in der Stadt und den Verhältnissen dort und dem Gang zum Grab seines Vaters, und von den Bemühungen der Behörden, den geschändeten Friedhof wiederherzurichten. Das nächste Mal, da er bei Litten anruft, antwortet Mowgli mit mühsam kontrollierter Stimme: von einer kurzen Reise zurückgekehrt, habe sie ihn gefunden; da habe er schon mehrere Tage in der Badewanne gelegen; Selbstmord; grauenvoll.

Der zweite Freund von früher, Wieland Herzfelde, ist nun Professor an der Leipziger Universität, hat aber auch eine Wohnung neben der seines Bruders John Heartfield in dem der Französischen Kirche gehörenden Häuserkarree in der Friedrichstadt von Berlin, das irgendwie den Bombenhagel überlebte; sonderbar, denkt S. H., daß weder er noch Johnnie in den Berufen arbeiten, in denen sie ihren Ruhm errangen. Johnnie, der S. H. und Gertrude mit weitgebreiteten Armen begrüßt hat und mit einem Geschenk für das neue Haus in Grünau, einem echten Delacroix, Hamlet an Yoricks Grab, Johnnie spricht ohne Hemmungen von seinen Schwierigkeiten: er habe, da der Partei gegenüber absolute Offenheit Pflicht ist, dem Genossen Joos berichet, daß er zwar nicht den Agenten und Verräter Noël Field kannte, wohl aber dessen Bruder, den Zahnarzt, der ihm einst zwei Zähne plombierte; jetzt habe man ihn, sozusagen, ins

Abseits gestellt, auf Zeit nur, dessen sei er sicher, bis sich die völlige Unschuld des Zahnarzts erwiesen.

Wieland enthält sich jeden Kommentars zu seines Bruders von Hoffnung und Vertrauen getragenen Worten; danach, bei einem Spaziergang unter den Linden, den neugepflanzten, auf der Straße gleichen Namens, vermeidet er es, eine klare Antwort zu geben auf S. H.s Frage, wieso man ihn denn, den großen, erfahrenen Verleger, in eine Universität abgeschoben habe, statt ihn mit der Leitung eines Verlags zu betrauen; um so bereitwilliger gibt er Auskunft über das weitere Geschick der Freunde und Genossen, die damals in Prag um den Kaffeehaustisch im Continental hockten, umsorgt von dem allgegenwärtigen Oberkellner Gustav: der eine ist tot, der andere schreibt nicht mehr, der dritte ist ein großer Mann geworden in Ungarn oder irgendwo. Und Ernst Ottwalt, das Oberhaupt der Tafelrunde? Ah, das sei eine besondere Story, und er, Wieland, habe leider eine gewisse Rolle spielen müssen dabei, in Moskau, als sie beide sich dort befanden. Schon vorher, in Prag noch, habe der Genosse Ottwalt eines Tages ein Telegramm aus Deutschland erhalten, mit der Nachricht, *Vater verstorben*, und man habe ihm gebührend kondoliert, denn es sei ja nicht leicht, wie S. H. selber erfahren habe, fern der Heimat zu sein, wenn zu Haus der eigene Vater stirbt; dann aber, eben in Moskau, sei Ottwalt wieder in Trauer geraten nach Empfang eines Telegramms, das ihm gleichfalls vermeldete, *Vater verstorben;* er aber, Wieland, habe sich jenes ersten Telegramms wohl entsonnen und gemeint, daß der Mensch nun einmal nicht zwei Väter besitze und der eine Vater, den man hat, nicht zweimal hintereinander sterben könne, und habe den entsprechenden Stellen von der merkwürdigen Koinzidenz Mitteilung gemacht; darauf sei der Genosse Ottwalt vor ein Gericht gestellt und in geheimer Verhandlung als Agent der Nazis entlarvt und abgeurteilt worden und sei nach Sibirien gekommen; kurz danach sei er, Wieland, mit Trudi und seinem kleinen Sohn Georg, der nun schon groß wäre und in New York geblieben, aus Moskau nach Amerika weitergereist.

S. H. ist sehr nachdenklich geworden: was hatte, sagt er zu Wieland, Ottwalt nicht alles gewußt in Prag, auch über seine Identität, seinen Namen – ein wahres Wunder, daß Mutter und Bruder damals noch heil aus Deutschland herauskamen. Wieland nickt wissend, doch bald wechselt er das Thema: Gertrude und er müßten ihn bald in Leipzig besuchen, die Villa sehen, in der er jetzt lebe, den schönen chinesischen Teelöwen, ein erlesenes Stück, das neben der Tür zum Garten stehe, und was er sonst noch erworben habe an alten Möbeln und Kunstgegenständen; und das alles sei gar nicht teuer gewesen, eine ganze Klasse habe sich aufgelöst in diesem Teil Deutschlands und sei unter Zurücklassung so mancher ihrer Besitztümer entschwunden, und er kenne die Händler in Leipzig und anderswo, über die das Geschäft gelaufen; natürlich sei das meiste schon wieder in festen Händen; Hermann Budzislawski, in Prag einst Chef der Neuen Weltbühne, jetzt wie er Universitätsprofessor, habe sich auf bestes Biedermeier spezialisiert, und Helli Weigel, Brechts Frau, eine hervorragende Kennerin von Antiquitäten, lasse sich nach ihren Gastspielen in der Republik ihre Erwerbungen auf den Kulissenwagen des Ensembles nach Berlin bringen, während gewöhnliche Sterbliche erst Warenbegleitscheine beschaffen müßten, in dreifacher Ausführung, bevor sie irgend etwas von draußen nach Berlin einführen dürften: zu viele wertvolle Gegenstände würden in den Westen verschoben über die offenen Sektorengrenzen.

Die Auskünfte, die da verlangt wurden für einen solchen Schein! Und diese völlig überforderten kleinen Genossen vom Zoll, die in dem Amt an der Friedrichstraße entscheiden sollen, in dieser immer noch wirren Zeit, wer ein Schmuggler war und wer ein ehrlicher Bürger! S. H., der um einen Begleitschein einkam für drei alte Delfter Kacheln, gedacht als Untersetzer für Tee- oder Kaffeekanne, wurde von dem Zuständigen für Kulturgüter an die Abteilung für Baumaterialien verwiesen; dort wunderte man sich: drei Stück Kacheln, wieso nur drei? – aber man genehmigte die Sendung.

Groteskeres noch spielt sich ab bei der Ankunft von seiner und Gertrudes Bibliothek, die die Schwägerin endlich aus New York expediert hat. In einer Lagerhalle am Ostbahnhof überprüft eine Genossin vom Kulturministerium, die sogar etwas Englisch kann, welche Bücher wert und würdig sind, in die DDR zu gelangen; sämtliche von S. H. zwischen der Normandie und München während des Feldzugs erbeuteten Werke der Nazi-Literatur, als Arbeitsmaterial nicht unwichtig, aber auch Trotzki und die Anarchisten und Ähnliches, werden da trotz seiner Proteste beschlagnahmt, und nie sieht er seine Schätze wieder.

Ich habe lange nach dem Photo gesucht, das S. H. bei der Enttrümmerung, wie es so schön hieß, eines zerstörten Hauses in einer der Straßen hinter dem Alexanderplatz zeigte; es ist nicht mehr auffindbar. Daß er, wie viele andere auch, des Samstagnachmittags Ziegel, die sich noch verwenden ließen, aus dem Berliner Schutt herausklaubte und sie aufzuschichten half, war kein Publicity Stunt; niemand außer Gertrude wußte davon; und er tat es wohl, wenn ich mir's heute überlege, aus Motiven, die irgendwo zwischen Pflichtbewußtsein und einem Gefühl von Solidarität entsprungen sein müssen und mit einem gehörigen Schuß Idealismus versetzt waren. Erhalten hat sich jedoch aus jener Zeit, dem Sommer 1952, ein Brief an Angus Cameron in Alaska; Angus war im Verlauf der Hexenjagd des Senators McCarthy von Little, Brown entlassen worden, hatte sich mit seiner Familie in den hohen Norden zurückgezogen und hauste bei den Jägern und Eskimos am Flusse Koyukuk. In dem Brief steht: »Für jemanden wie mich, der so viele Vorbehalte mit sich herumschleppt, ist es mehr als interessant, die Anfänge eines neuen Lebens zu beobachten, das aus einem Boden erwächst, von dem anzunehmen war, daß dort überhaupt nichts Brauchbares mehr entstehen könnte, und jungen Leuten zu begegnen, die eine positive Haltung zum Leben haben und etwas aufbauen wollen und nach Demokratie suchen. Mir hat das einen neuen Glauben gegeben. Wenn es möglich ist, daß die Deutschen sich ändern, dann sollte das auch bei andern Völkern möglich sein.«

Gaukelt er sich, und Cameron, etwas vor? Oder hat er so etwas wirklich unter den Deutschen der frühen DDR feststellen können? Oder verließ er sich da auf vorgefaßte Meinungen, vielerorts im Umlauf, darunter auch im Hause Brechts in Weißensee, wo ihn der ewig heitere Wiener Historiker Hollitscher einführte und wo er dem legendären Professor Havemann begegnete, der noch aus der Todeszelle heraus den Widerstand im Zuchthaus Brandenburg zu organisieren geholfen hatte? Sicher ist, daß S. H. nicht bewußt log, als er diese Sätze an Cameron schrieb; aber man sollte bei der Beurteilung seiner Person und seiner erhebenden Worte in Betracht ziehen, daß er zu einer Zeit in der DDR eintraf, als dort in manchen Zirkeln noch Reste jener Aufbruchstimmung vorhanden waren, die bald darauf total verlorenging.

In dem gleichen Brief an Cameron steht auch zu lesen, daß er beabsichtige, weiter auf Englisch zu schreiben »und mein Zeug übersetzen zu lassen oder es auch selber zu übersetzen.« Also doch keine so hundertprozentige Hinwendung zum neuen deutschen Wesen? Doch ein Brückchen noch, zurück nach Amerika? Mag sein, daß da der Eisberg eine seiner Spitzen zeigt; aber die Begründung, die S. H.

dem Freunde gibt, lautet: »Ich ziehe, obwohl der deutschen Sprache durchaus mächtig, das Englische vor, weil es konziser ist und besser geeignet, das auszudrücken, was ich zu sagen habe.«

Kurz nach diesem Brief wird er trotzdem gezwungen sein, wieder deutsch zu schreiben; die Tagesaufgaben, die journalistischen, erfordern es; für seine literarische Produktion aber beharrt er eigensinnig auf dem Englischen, wohl auch mit dem Gedanken an Cassell's, seinen Londoner Verlag, der ihm die Treue hält, selbst nachdem der amerikanische Markt sich ihm verschlossen hat.

Die Redaktion der Täglichen Rundschau hat ihn, wenige Wochen schon nach seiner Ankunft in Berlin, zur Mitarbeit aufgefordert. Die Einladung hat ihre eigene Ironie: die Rundschau ist kein DDR-Blatt, sie ist das sowjetische Pendant zu der Neuen Zeitung in München, die er selber zu gründen half und die, weiter unter amerikanischer Regie, wenn auch mit ganz andersgearteten Leuten in Kontrolle als zu seiner Zeit, immer noch in der US-Besatzungszone erscheint. Die Russen sind sich dieser ironischen Verflechtung offenbar ebenso bewußt; das zeigt sich in dem, was der melancholische Oberst Michail Petrowitsch Sokolow sagt, der Chefredakteur, und darin, wie er es sagt, und in dem Zwinkern der Äuglein des kahlgeschorenen, rundköpfigen Oberstleutnants Bernikow, Nikolaj Nikolajewitsch, seines Stellvertreters. Überhaupt unterscheidet sich die Haltung der beiden Offiziere zu ihm von der, die sie ihren deutschen Mitarbeitern gegenüber an den Tag legen; für sie ist S. H., deutlich spürbar, auch jetzt der Kriegskamerad, der die gleiche Arbeit wie sie, und gegen den gleichen Feind, auf der amerikanischen Seite getan hat, während sie die Deutschen, auch *ihre* Deutschen, eher distanziert zu betrachten scheinen; das geht besonders aus den Worten Bernikows hervor, wenn er, bei einer gemeinsamen Tasse Kaffee mit S. H., ins Erzählen kommt und die Verhaltensweisen von so prominenten deutschen Genossen wie Walter Ulbricht und Willi Bredel beschreibt, die er beim Lautsprechereinsatz an der Front zu behüten und beschützen hatte, und es beweist sich in der Praxis bei gemeinsamen politischen Streichen, durch die man diese oder jene deutsche Intrige durchkreuzt. Selbst als in einem Wurst-für-Wurst-Handel zur Aufbesserung des äußeren Bildes der beiden deutschen Staaten die Amerikaner ihre Neue Zeitung einstellten, so daß auch die Russen die Rundschau aufgeben mußten, konspirierte man noch zusammen in einem Versuch, das Blatt in irgendeiner Form als Konkurrenz gegen das starre, superdoktrinäre Neue

Deutschland zu erhalten; der Versuch mißlang, da weder Bernikow noch Sokolow ihr Gesicht zeigen konnten und es S. H. überlassen mußten, allein beim Genossen Norden im Politbüro vorzustoßen.

Dennoch gab es Konflikte auch mit der Rundschau. Der Kulturredakteur, Herr Theuerkauf, hat ihn schon bei ihrem ersten Gespräch miteinander gewarnt: Sie werden Schwierigkeiten haben, Herr H., Sie waren zu lange im Ausland, Sie wissen nicht, wie man hier gelebt hat und wie das die Menschen prägte. So unrecht hatte Herr Theuerkauf nicht; S. H.s Begriffe von polemischem Jounalismus unterscheiden sich von den durch die Prawda und wohl auch noch den Völkischen Beobachter geformten, und über die Affäre Kleiber kommt es zum Eklat. Man erinnere sich: Erich Kleiber, der große Dirigent, Jude und einst von Hitler vertrieben, sollte Generalmusikdirektor bei der mit hohen Kosten restaurierten Staatsoper werden, sprang aber ab, als Ulbricht die alte Inschrift an der Stirnseite des Baus, *Fridericus Rex Apollini et Musis*, die bereits neu angebracht war, wieder beseitigen ließ; Kleiber schrieb einen bösen Brief, den er im Westen veröffentlichen ließ und der in der Behauptung gipfelte, in der DDR herrschten Verhältnisse wie in Deutschland 1934 unter Hitler. Sokolow bat S. H., Kleiber zu antworten. Und der tat das auch; zurückhaltend, aber entschieden in Punkten, wo Kleiber erkennbar unfair argumentiert hatte, redete er dem Mann ins Gewissen; dies Haus, schrieb er, sei nun einmal nicht mehr mit königlichen Geldern neu erbaut worden, sondern vom Volke, für das Volk; die alte Inschrift wäre also irreführend gewesen. Um überzeugend zu wirken, fügte er in seinen Ausführungen Stellen aus Kleibers Brief ein; doch wurden ihm gerade die gestrichen, so daß sein Artikel die besten Pointen verlor. Sokolow verteidigte sich: Kleiber habe seine Epistel nicht unserer, sondern der Presse drüben übergeben; es bestehe daher kein Grund, den Brief bei uns, selbst in Auszügen nur, zu bringen, und nicht allein die Rundschau, die anderen Zeitungen im Ostteil der Stadt hätten es ebenso vermieden, Kleiber zu zitieren. S. H. erwidert, wolle man den Leser wirklich beeinflussen, müsse man ihn selber urteilen lassen, und ihm beide Seiten einer Streitfrage vorführen; und dann, heute mag das komisch klingen, »Die Tägliche Rundschau als Organ des Hohen Kommissars hat die große Möglichkeit, den anderen Blättern in der DDR mit gutem Beispiel voranzugehen und ihnen zu demonstrieren, wie man demokratischen Journalismus macht und zugleich den Gegner wirksam bekämpft.«

Natürlich weist er da, indirekt, auf die eigene Person hin: *er* glaubt zu wissen, wo die Mängel liegen, *ihn* sollen die sowjetischen Freunde die tumben Heinis belehren lassen.

Illusionen.

Ganz ähnlich gerät er mit dem Neuen Deutschland aneinander. Dort haben sie eine Erzählung von ihm gebracht und wollen weitere haben; er schickt ihnen Lem Kimble.

Dieser Lem Kimble ist ein amerikanischer Soldat, ein Neger allerdings, an der Front in Korea. Eines Nachts erblickt er von seinem Schützenloch aus einen Baum, an dessen Ast ein Gook hängt, ein Nordkoreaner, aufgeknüpft dort von den Amerikanern. In Lems Phantasie verschwimmt das Bild des toten Gook mit dem eines anderen Gehenkten, seines Vaters nämlich, der in Leesville, irgendwo im Süden der USA, gelyncht wurde, als er, Lem, noch ein kleiner Junge war. Nach Stunden inneren Kampfs verläßt Lem das Schützenloch, kriecht hin zu dem Baum, schneidet den Toten vom Ast und läßt sich, als der koreanische Angriff beginnt, hysterisch lachend gefangennehmen.

Das ist alles. Aber der Kulturredaktion des Zentralorgans der Sozialistischen Einheitspartei genügt es nicht; von dort teilt man ihm mit: »Unsere Aufgabe ist es, vor allem Beiträge zu veröffentlichen, die den Heldenkampf des koreanischen Volkes schildern. Wenn wir aber Erzählungen bringen, die die ›Gegenseite‹ behandeln, dann müßten doch auch darin Menschen geschildert werden, die aus der Erkenntnis, daß sie für eine Verbrechersache mißbraucht werden, die Konsequenz gezogen haben, den Freiheitskampf des koreanischen Volkes zu unterstützen. Die psychologisierende Schilderung eines Negersoldaten, der beim Anblick der Greueltaten ›seiner‹ Leute den Verstand verliert, ist uns zu niederdrückend und scheint uns auch nicht das Hauptproblem zu sein.«

Er hätte das einfach abheften können; aber damals glaubt er noch, leichtes Spiel zu haben im Sozialismus, wenn Logik und gesunder Menschenverstand ihm nur recht geben, und so wendet er sich an den Genossen Herrnstadt, den Chefredakteur des Blattes, denselben, der nach dem 17. Juni Job wie Sitz im Politbüro der Partei verlieren wird, weil er zu einer Gruppe gehörte, die für die Ablösung Ulbrichts eintrat. »Im Grunde«, läßt er Herrnstadt wissen, »geht es hier um eine Unterschätzung des Lesers. Ich glaube nicht, daß diesem Leser alles direkt gesagt werden muß und faustdick aufgetragen, weil er es angeblich sonst nicht versteht. Ich glaube eher, daß die Menschen viel lieber und viel besser auf Subtilität reagieren.«

Als er das schreibt, ist er erst ein paar Monate im Lande; dennoch schlägt er sich schon um genau das, was ihm in künftigen Jahren immer wieder zu schaffen machen wird: die Besserwisserei der Doktrinäre und ihre Menschenverachtung, die den Sozialismus zu einem Zerrbild der Idee entstellen.

Weiterreichend jedoch als der Streit um diese oder jene kürzere Arbeit ist die Auseinandersetzung um die Eyes of Reason, die etwa zur gleichen Zeit sich entwickelt. In Westdeutschland hat der Münchener List-Verlag, der die Crusaders veröffentlichte, abgewinkt, dafür hat Herbig in Westberlin bei Max Pfeffer um Option und Vorvertrag nachgesucht. In der DDR liegt das Buch den Herren vom Leipziger List-Verlag vor; die bezeichnen es als ein hochwichtiges Werk, zögern aber, sich zu binden; dringlich befragt, gestehen sie, daß sie ihr Leseexemplar, mitsamt einem natürlich höchst positiven Verlagsgutachten, an das Amt für Literatur weitergegeben haben, jene Stelle der Regierung, die in letzter Instanz entscheidet, was in der Republik gedruckt werden darf und was nicht. Nur will sich auch Frau Kretschmar-Djacenko nicht festlegen, die für ausländische Literatur zuständige Abteilungsleiterin im Amt; die Dame, sieht man von der Anzahl der Arme ab, der indischen Göttin Kali nicht unähnlich, bittet S. H. nach mancherlei Ausreden, die er nicht gelten läßt, er möge doch ein Einsehen haben: man könne in einem sozialistischen Staat, als welcher die DDR zu betrachten wäre, nicht ein Buch herausbringen, das in einem anderen sozialistischen Staat, und zwar dem, von dem dieses Buch handle, noch nicht erschienen sei; da gebe es gewisse Regelungen.

Eine Situation, die man in der amerikanischen Armee als *Catch-22* bezeichnet hätte. In den Tagen vor der Abreise des Ehepaars H. in die DDR war der Verlag Spisovatel in Prag, der Verlag des Schriftstellerverbandes, gerade mit der Suche nach Gründen beschäftigt gewesen, wieso und weshalb man die Eyes of Reason, die zu veröffentlichen man zugesagt hatte, nun doch nicht herausbringen könne; die Abreise, glaubte der Verlag, erspare ihm weitere Mühen; aber S. H. war zäh, er fuhr von Berlin aus fort, zu bohren, und vieles von dem, was Frau Djacenko ihm sagte, hörte sich fast so an, als hätte sie Einblick gehabt in die Repliken der Prager Ämter auf seine Interventionen.

Inzwischen hatte aber auch Herbig abgelehnt. Der Kapitalist, ungleich den sozialistischen Instanzen, brauchte kein Blatt vor den Mund zu nehmen. Er habe, schreibt Herr Herbig aus Westberlin, sich zunächst auf das Votum eines Lektors gestützt; nun aber, nachdem er das Buch auch selber gelesen, stelle er fest, seinem Lektor sei leider nicht aufgegangen, daß es sich hier um ein trojanisches Pferd handele, um ein prosowjetisches Buch, jawohl, das in seinem Verlag keinen Platz habe.

Verdammt in West wie Ost also. Blieb, als Nothelfer, nur Erich Wendt. Wendt, nominell zu der Zeit Leiter des Aufbau-Verlags, ist eine Art graue Eminenz; erst viel später wird S. H. von der Vergangenheit des Mannes erfahren und welche Fäden da laufen. Wendt kennt den Roman natürlich, würde ihn sogar selber gern verlegen, will aber die List-Leute nicht ihres populärsten Autors berauben; nun hört er sich S. H.s Bericht an, blättert die Korrespondenz durch und sagt dann mit einem merkwürdigen Lächeln: »Wir werden sehen.«

Nach zwei Wochen fragen die List-Leute bei S. H. an, wen er als Übersetzer der Eyes of Reason ins Deutsche vorschlage; aber sicher werde man das Buch verlegen, da habe es doch nie einen Zweifel gegeben. Und Goldsborough, wann endlich könne man das Manuskript von Goldsborough sehen? Zugleich etwa trifft ein Brief aus Prag ein von Frank Vrba: der wahre Grund, daß das Buch in der CSR nicht erscheinen könne, schreibt der gute František, liege im Slánský-Prozeß; der Prozeß habe ein völlig neues Licht auf die Vorgänge des Februar 1948 geworfen.

Der Slánský-Prozeß, die Anklage, die so konstruiert erscheint, die Funk- und Presseberichte aus dem Gerichtssaal, die die Konstruktion der Anklage bestätigen bis ins Detail, die Plädoyers, die so gut wie nichts erklären, und dann die Urteile: Tod, auch André Simone soll sterben müssen, den man doch kennt – wie verdrängt man das? Wie verdrängt man die Zweifel, unterdrückt man die Fragen, die man sich stellen müßte, wenn die Zweifel nicht zu verdrängen sind? Doch da gibt es, fast möchte man sagen Gott sei Dank, die Geständnisse: die Angeklagten haben gestanden, ohne Ausnahme, daß sie sich verschworen, zum Teil vor Jahren schon, und Verrat begingen an ihrem Land, ihrer Partei, ihrem Volke, und kollaborierten mit den Faschisten und den Agenten des Imperialismus. Andererseits aber weist die Weltgeschichte genügend erzwungene Geständnisse auf; nur, wäre dem so in diesem Fall, wieso erhob sich im Gerichtssaal keiner der Angeklagten, sämtlich doch Männer von Charakter, und rief vor aller Ohren, *Unwahr! Unwahr! Unwahr!*? Oder steckte da, wie Gertrude vermutet, noch viel Böseres dahinter, von dem, um der großen Sache willen, Richter wie Ankläger und Angeklagte in stiller Übereinkunft schwiegen; man kann doch nicht, meint sie, die innerlich noch schwerer betroffen zu sein scheint als S. H., jeglichen Glauben an sozialistische Justiz und sozialistische Ethik so einfach aufgeben!

Also Flucht, nach Ahrenshoop, in einem Wägelchen aus Holz und Plastik, Marke Lloyd, das der Förderungsausschuß beim Ministerrat nun doch zum Kauf anbieten konnte – aus beschlagnahmten Beständen, Herr H., nie dürfen Sie mit diesem Auto in den Westen fahren! – und auf dem Hintersitz Grishka, der junge Schäferhund, den die Hollitschers ihnen aufschwatzten und der sich später als ein gefährliches Tier erwies.

Über Ahrenshoop hielt in dem Sommer noch der Kulturbund in Gestalt seines Präsidenten, des Dichters Johannes R. Becher, seine schützende Hand; die Neureichen, die auf dem Millionenhügel ihre schilfgedeckten Datschen errichten würden, und das Proletariat mit seinen Betriebsheimen waren noch nicht über den Ort hereingebrochen; man gab noch etwas auf Exklusivität, und in dem inzwischen abgerissenen Kurhaus, einem Fachwerkbau mit Fin de Siècle-Elementen, durfte sich nur einmieten, wer Bechers Billigung hatte. Die H.s, schon des Hundes wegen, waren in eine Art Laube hinter einer Düne verbannt und schlossen sich dem Ehepaar Mansfeld an, er Museumsdirektor in Schwerin, und dem Domprediger Kleinschmidt, aus derselben Stadt, dem einzigen Theologen der Republik, der damals Mitglied der SED war; doch war es den H.s gestattet, im Kurhaus zu essen.

Becher erscheint, durchquert den Speisesaal und läßt sich in einer der durch hölzerne Gitter abgetrennten Kojen nieder, wo er des Abends Hof hält; der Kellner, bis dahin eher indifferent, nun aber plötzlich voller Diensteifer, kommt hinübergeeilt zu den H.s: Herr Becher werde sich freuen, mit ihnen ein Glas Wein zu trinken. In der Koje sitzt bereits ein Trupp namhafter Herren und Damen um den großen viereckigen Tisch, bemüht, Becher Raum zu lassen für seine Ellenbogen; der Mann, obwohl weder besonders korpulent noch von grobem Knochenbau, wirkt massig, die Augen hinter den dikken Gläsern scheinen zu warnen, daß mit ihm nicht zu spaßen ist, die Stimme, ein wenig schnarrend, beherrscht die Runde. Doch er gibt sich leutselig; bald preist er den Wein, einen trockenen Mosel, seine Spezialmarke, bald erzählt er Anekdoten, aus seiner Zeit in Moskau und darauf in Tiflis, oder aus dem Apparat, immer andeutend, daß er mehr weiß, als er berichtet, und daß sein Rat gesucht sei in den höchsten Stellen, bald wieder macht er sich lustig über Kollegen, einen Dramatiker besonders, dessen Namen zu nennen er peinlich vermeidet, den aber jeder kennt. An S. H. wendet er sich kurz nur, will von dessen Plänen hören, geht aber rasch zu anderem über; dann, der Saal hat sich inzwischen geleert, nur in dieser Koje noch lauscht alles den Worten des künftigen Ministers, ruft er den Kellner: die Rechnung, bitte. S. H., erwärmt vom Wein und der Gunst des berühmten Genossen, wirft einen Blick auf die Batterie der geleerten Flaschen mitten auf dem Tisch; nun, Becher wird es sich leisten können. »Ich zahle«, verkündet der jedoch, »diese Flasche«, zeigt auf die ihm nächststehende und legt einen Zehn- und einen Fünfmarkschein neben sein Glas, Trinkgeld einbegriffen.

Die Stunden am Strand von Ahrenshoop, obwohl das kalte Ostseewasser die Schmerzen in Gertrudes Beinen eher steigert als lindert, erweisen sich als fruchtbar für Ideen und Beschlüsse. S. H. wird, solange die Übersetzung der Eyes of Reason durch die liebe alte Frau Zunk noch in Arbeit ist, die deutsche Fassung von Goldsborough, das kurz vor der Beendigung steht, selber machen und zugleich aus den Erzählungen, die sich im Lauf der letzten Jahre als Nebenprodukt seiner Reisen und Recherchen angesammelt haben, ein Bändchen zusammenstellen, genannt nach einer der Short Stories, deren Idee seinem Aufenthalt in New Kensington zu verdanken ist, *The Cannibals*.

Und dann entwickelt man das Projekt eines Verlags, keines eigenen selbstverständlich, so etwas wird dieser Staat kaum genehmigen, aber doch eines Unternehmens, dem man seinen Stempel aufdrücken kann. Becher hatte sich zu dem Plan nicht geäußert an dem Abend, war vielleicht schon zu weinselig gewesen; Wendt in Berlin jedoch, der Englisch zwar nicht sprach, aber doch las, er hatte es als Strafgefangener gelernt aus Büchern, mochte mehr Interesse daran zeigen.

Der Plan war im Grunde einfach: man mußte nur die Koinzidenz der Fakten, die sich im Gegenspiel von West und Ost ergeben hatte, wirksam werden lassen. Einerseits hatten, durch McCarthy und dessen Gehilfen, eine Anzahl amerikanischer Schriftsteller, und nicht die schlechtesten, ihre Verleger verloren; andererseits hatte die DDR die Möglichkeit, hier Ersatz zu bieten. Druckte man die Geächteten in Leipzig etwa oder Plauen, und wohlfeil, wie es sich in einer Gesellschaftsordnung machen ließ, in der kein Privater seinen Profit einsackte, so gab man diesen Autoren eine neue Chance und stärkte und ermutigte sie; zugleich würde man mit ihren Werken den immer noch großen englischsprachigen Markt außerhalb der USA bedienen, in Großbritannien, Kanada, Australien, Indien; mit Glück mochte man einen Teil der Auflage sogar in die USA hineinschieben können. Und weiter war da, zusätzlich, der bis dahin kaum entwickelte Markt in den Ländern des Ostens, von Polen bis China, die fast sämtlich, mit wenig Erfolg allerdings, in ihren Fremdsprachenverlagen Raubdrucke herstellten, um ihre Studenten und Kader mit passender englischer und amerikanischer Literatur zu versorgen oder auch mal einen eigenen Autor, wenn er denn schon nicht im angelsächsischen Ausland erscheinen konnte, dort auf diese Art an den Mann zu bringen. Als Endziel schwebte S. H. ein Mammutverlag vor, der nicht nur die in den USA boykottierten Autoren herausbringen, sondern auch die Aufgaben der Fremdsprachenverlage der sozialistischen Länder übernehmen und Osten wie Westen preiswert versorgen würde; die DDR, mit der besten und am weitesten entwickelten Druck- und Verlagsindustrie im sogenannten sozialistischen Lager, war technisch und vom Personal und der geographischen Lage her der geeignete Standort für das neue Monopol; als literarischen Chef sah er Angus Cameron oder, falls der nicht so bald zu haben war, zunächst einmal Gertrude.

Erich Wendt führt den visionären Plan auf reale Proportionen zurück: einen bescheidenen Taschenbuchverlag mit zwölf bis vierzehn Titeln im Jahr, als Unterabteilung von List in Leipzig; des Geschäfts mit dem Westen wegen sei dies vorteilhafter als eingebunden zu sein in ein staatseigenes Haus; die großen Perspektiven werde man im Auge behalten und zu realisieren suchen, sobald man beurteilen könne, wie Panther Books, so soll das Ding heißen, sich eingeführt habe. Doch kaum ist der erste Band erschienen, gründet auch in England einer einen Taschenbuchverlag mit dem Namen Panther Books; die Aussichten einer Klage um das Firmenschild vor einem englischen Gericht schätzen die Juristen gering ein, und so wird Panther umgetauft in *Seven Seas* und bringt als einen seiner frühen Titel Goldsborough, in Zusammenarbeit mit Cassell's in London, die den Satz übernehmen und so ihre Produktionskosten mindern bei einem Buch, von dem sie sich in Anbetracht seines politischen Inhalts geschäftliche Erfolge kaum versprechen.

Um so amüsanter die plötzliche Wiederauferstehung des Tom Sawyer. Schon in Camp Ritchie hatte Hans Burger erzählt, es sei ihm gelungen, bei seiner Flucht aus Prag, als die Nazis kamen, ein Manuskript des gemeinsamen Werks mitzunehmen; jetzt, einen Weltkrieg und eine Atombombe später, da der Senator McCarthy die beiden Co-Autoren in ihre respektive Heimat zurückgeführt hat, fragt S. H. bei Burger an, ob er diese Kopie noch besitze. Burger bejaht; er hoffe sogar, schreibt er, das Stück in Wien, wo es just vor dem Einzug der Wehrmacht ja schon einmal gespielt worden war, wieder auf die Bühne bringen zu können, und erkundigt sich, ob sich nicht auch in Berlin etwas dafür tun ließe.

Nun existiert in der Tat im Osten Berlins, nach Moskauer Muster vor kurzem eröffnet, ein Kindertheater, in dessen Direktionszimmer der große Tragöde Hans Rodenberg sitzt, der gleiche, der bei der Verdammung der Crusaders im Büro der Defa seine Rolle so trefflich spielte, und der seither, wie es scheint, zum Intendanten dieses Theater der Freundschaft genannten Hauses degradiert worden war. Artig erhebt er sich von seinem Sessel: wie er sich freue, verkündet er, seinen Spielplan mit dem Werk zweier Autoren bereichern zu können, die in jugendlichen Jahren schon einen Weltklassiker so talentvoll dramatisierten, und deren einer, wie bekannt, inzwischen selber Weltgeltung errang! Wonach er, mit erhabener Geste, S. H. die Hand der Freundschaft des Theaters der Freundschaft bietet und derart den Handel besiegelt.

Die Berliner Premiere von ›Tom Sawyers großes Abenteuer‹ ist zwar kein gesellschaftliches Ereignis, aber sie ist die erste von Dutzenden in so gut wie allen Theatern der Republik, und es wird eine Zeit kommen, wo die Tantièmen aus dem Werkchen – sowieso erhält er davon ja die Hälfte nur – S. H.s einzige Einnahme darstellen werden, innerhalb der DDR zumindest.

So scheint denn das Wurzelschlagen im Ostteil Berlins einigermaßen gelungen zu sein, denn inzwischen ist auch aus Houston in Texas, wo er bei Shell arbeitete, der junge David in dem Haus in Grünau eingetroffen und hat, so rasch geht das mitunter, aus einem Nachbarhaus die Tochter des Heinrich Kilger geheiratet, des Bühnenbildners beim Deutschen Theater, eines liebenswerten und begabten Künstlers, noch heute hängt sein Meeresstrand mit Sonnenaufgang in S. H.s Schlafzimmer; nur daß der arme Heinrich, wie sich nach seinem viel zu frühen Tode herausstellen wird, unter dem Druck der Geheimpolizei stand und in ihrem Auftrag die H.s zu beobachten hatte; er habe jedoch, so versicherte er einem Vertrauten, nur das Beste über sie berichtet.

Und zu guter Letzt kommt die alte Frau Flieg aus New York, die Mutter, die stets um ihn besorgte, und das geht, nach all den Komplikationen bisher, überraschend unproblematisch: sie landet in Tempelhof, und jemand holt sie dort ab und bringt sie über die Grenze zu ihm. Das Problem liegt anderswo, beim Bruder, bei Werner. Werner ist geplagt von Depressionen, wie sie schon den Vater beschwerten; jetzt treffen ihn noch dazu lauter Schicksalsschläge: er verliert den Betrieb, den er während des Kriegs aufgebaut und in dem er eine Apparatur eigener Erfindung hergestellt hatte, ein wichtiges Teil für die Zielgeräte der amerikanischen Luftflotte, und es sterben ihm, kurz hintereinander, seine zwei Kinder, das Töchterchen an einem Hirntumor, der kleine Junge an Kehlkopfdiphtherie. Und nun verläßt ihn, unter den obwaltenden politischen Verhältnissen vermutlich für immer, die Mutter, um die er sich zwar nur wenig gekümmert, die er aber auf seine Art liebt, und sie begibt sich nicht zu irgendwem, sondern zu dem älteren und, wie's ihm erscheint, erfolgreicheren Bruder. In einer Trotzreaktion, psychologisch verständlich, der Mutter aber ein ewiger Schmerz, zerschneidet er alle Fäden zu ihr, und jahrelang wird sie nur indirekt von seinem Ergehen hören und von den neuen zwei Enkelchen, die nach dem Tod der beiden früheren gekommen sind. Erst am Tag ihres Begräbnisses, zu spät für die alte Frau, wird er in Berlin erscheinen, auf dem Friedhof in Weißensee, und gebeugt und gebeutelt beide, werden die Brüder sich in die Arme fallen.

Bleibt nur, den Status des S. H. publik zu machen.

Er hätte es längst schon getan, aber die gleiche Rücksicht auf nächste Angehörige, die ihn 1933 zwang, in die Haut eines Pseudonyms zu kriechen, erlegte ihm jetzt die Pflicht auf, mit einer öffentlichen Erklärung zu seinem Übertritt in die DDR zu warten, bis Stiefsohn David und die Mutter sich bei ihm befinden.

Nicht daß seine Anwesenheit in Ostberlin so ganz geheim geblieben wäre; dafür sind die Kreise zu groß, in denen er sich zu bewegen hat, ist die Stadt zu offen, eine einzige Gerüchteküche. Auch sind Anfragen gekommen, von seiner Einheit in der Armeereserve, von anderen, weniger durchsichtigen Stellen, von der Presse: es ist Zeit, Klarheit zu schaffen.

Im April 1953, vierzig Jahre ist er nun, schreibt er sein Valet an das Land, das ihn einst, wenn auch zögernd, aufnahm und dessen Bürger er wurde. Trauer klingt durch seine Worte hindurch, und Enttäuschung, und Auflehnung:

*Der Kurs auf Faschismus und Krieg, den die Regierung der Vereinigten Staaten in ständig verschärftem Maße einschlägt, macht es einem ehrlichen Menschen so gut wie unmöglich, auf dem Gebiet der Vereinigten Staaten schriftstellerisch tätig zu sein und sein Werk der amerikanischen Öffentlichkeit nahezubringen. Der in Amerika gebürtige Schriftsteller hat die Wahl: entweder zu schreiben, was das FBI und das State Department und Wall Street billigen und so seine innere Sauberkeit zu verlieren, oder die Wahrheit zu schreiben und sich dafür Verfolgungen auszusetzen und erleben zu müssen, wie seine Werke unterdrückt werden. Für den im Ausland geborenen amerikanischen Schriftsteller besteht die Wahl: entweder über die Geschehnisse in seinem Adoptiv-Vaterland und über die in Vorbereitung befindlichen und bereits begonnenen imperialistischen Kriege zu schweigen, oder gegen diese Politik aufzutreten und dafür seine amerikanische Staatsangehörigkeit zu verlieren und längere Zeit auf Ellis Island oder in einem der bereits eingerichteten Konzentrationslager zu verbringen, um schließlich deportiert zu werden. Ich habe daher die Vereinigten Staaten verlassen und in der Deutschen Demokratischen Republik um Asyl für meine Familie und mich selbst angesucht. Ich bin der Regierung der Deutschen Demokratischen Republik dankbar, daß sie mir nicht nur Asyl, sondern auch das Bürgerrecht gewährt hat...*

Zugleich sendet er Präsident Eisenhower, seinem ehemaligen Oberkommandierenden, sein Patent als Reserve-Offizier und seinen Bronze-Star-Orden zurück; es sei ihm, schreibt er dazu, unmöglich, weiterhin einen Orden zu tragen, der in dem brutalen und ungerechten Krieg gegen das koreanische Volk entehrt worden ist.

Die Sache wirbelt einigen Staub auf, der sich jedoch bald legt; die Zeiten sind schnellebig. Hans Habe, der sich in einem westdeutschen Blatte zu dem Fall äußert, wischt sich eine Träne vom Auge und bemerkt dann, der Orden vom Bronzenen Stern, den er, Captain H., ihm, dem Sergeanten H., persönlich an die Brust geheftet und den dieser nun zurückgesandt habe, sei ihm überhaupt nur verliehen worden, weil er damals in Luxemburg so große Angst gehabt hätte.

# 26

Es starb der Genosse Stalin.

Trauer befiel S. H.

Diese Trauer war echt: wäre nicht Stalin gewesen, Hitler hätte gesiegt. Ein Riese, der Mann; in seiner ruhigen, selbstsicheren Haltung, in dem harten Gesicht und dem prüfenden Blick war personifiziert, was man unter Sozialismus verstand; er war die Autorität, sein Wort galt, bis zum Tag seines Todes; nun waren die Völker verwaist, wie sollte man auskommen ohne die große Vaterfigur?

Und dennoch, irgend etwas in der Brust des S. H., ein leichtes Mißbehagen, oder war es sein Sinn für Stil, hatte ihn gewarnt, Distanz zu halten zu dem Führerkult, welcher um den Pfeifenraucher in der unscheinbaren Litewka getrieben wurde, den einsamen Arbeiter hinter dem einzig erleuchteten Fenster im Kreml zu später Nacht, den der Dichter Weinert da gesehen haben wollte.

In den Giftschränken der großen Bibliotheken der DDR wird man, so man sich die Mühe macht, einen hübsch in Leinen gebundenen Band mit dem poetischen Titel *Die Welt im Licht* finden: darin sind sie alle vertreten mit ihren wohlklingenden Elogen auf den großen Sohn der Mutter von Gori, alle, von Arendt, Erich und Brecht, Bertolt bis Zimmering, Max und Zweig, Arnold; nur S. H. fehlt in der Schar: eine Geschmackssache eben, es lag ihm nicht, noch Lebenden ihre Unsterblichkeit zu attestieren.

Mit den Toten war es ein anderes Ding; da war auch die Gefahr geringer, daß der so spät erst Gepriesene die Menschheit noch enttäuschen und so den Autor der huldigenden Worte blamieren konnte. Also gibt S. H. den Genossen von der Täglichen Rundschau nach, die ihn drängen, im Dezember 1953, zum ersten Geburtstag Stalins nach dessen Tode, dem Führer des Weltproletariats einen Nachruf zu schreiben.

Das wird ein außergewöhnliches Stück Prosa: der Tribut, den S. H. dem Toten zollt, der da neben Lenin in dem marmornen Mausoleum aufgebahrt liegt, enthält nämlich keines jener vollmundigen

Eigenschaftswörter, die sonst den ruhmreichen Namen umleuchten wie der Glorienschein den Heiligen auf der Ikone; die Größe, die er Stalin zuschreibt, hält sich in menschlichen Proportionen; der Mann, den er schildert, ist nichts anderes als ein Kommunist, wie man ihn sich wünschen mag: »... ein bescheidener und einfacher Mensch, wie alle wahrhaft Großen bescheiden und einfach sind. Auch wenn sein Name zum Symbol wurde für die Partei, an deren Spitze er so lange stand, war und blieb die Partei und ihre Führung ein Kollektiv. Wie streng er auf diese Kollektivität achtete, geht aus jeder seiner Reden und Schriften hervor...«

Und: »Stalin war, glaube ich, der meistgehaßte Mann unserer Zeit... Aber wer waren die, die ihn haßten?... Eine bunt schillernde Gesellschaft – schillernd vom Braun der Nazis bis zu dem Schwarz der Kutten, von dem Grün der Dollarscheine bis zu dem Gelb der Feiglinge und Verräter an der Sache der Arbeiterklasse...«

Und: »Er war aber auch der meistgeliebte Mann unserer Zeit. Und die, die ihn liebten, waren gewöhnlich die, denen es am wenigsten gegeben war, ihre Liebe in Worte zu kleiden. Sie waren die kleinen Leute, die die Auswirkungen seiner Gedanken und seiner Handlungen in ihrem Leben verspürten... Und nicht nur in der weiten Sowjetunion war das so, auch über die Grenzen dieses Sechstels der Erde hinaus – bis in die Konzentrationslager Deutschlands und in die Gefängnisse Amerikas, überall dahin, wo Menschen um ihr Recht und ihre Befreiung kämpfen...«

Und als Glanzpunkt dieses Porträts: »Und dann waren die Lobhudler, die sich gar nicht genug tun konnten mit schönen Adjektiven. Als ob er das nötig gehabt hätte! Der Mann war von solchem Format – als Mensch, als Parteiführer, als Wissenschaftler, Historiker, General und Staatsmann – daß weder der Dreck noch die künstlichen Lorbeerblätter, die man ihm in den Weg warf, auch nur an seine Schuhsohlen reichten.«

Wer die Gabe hat, die Töne zu hören, die zwischen den Zeilen mitschwingen, dürfte erkennen, daß der Autor dieser Passage sehr wohl geglaubt hat, was er da schrieb. Um so schlimmer für ihn, könnte einer einwenden. Dem würde ich entgegenhalten: ich hätte das Bild des S. H. ja auch schönen können, indem ich seinen Lapsus unterschlug; die Sache ist ärgerlich genug – so lange Enthaltsamkeit geübt, und nun doch noch der Sündenfall. Aber ich glaube, es ist gar nicht so falsch, aus dem fatalen Text zu zitieren, dokumentiert er doch ein Stück Entwicklung des Schriftstellers S. H., das hinführen wird zu seinem späteren, *Stalin verläßt den Raum*, einer Abrechnung zugleich mit dem einstigen Idol und der eigenen Verblendung.

Der Zug scheint endlos. Aus allen Betrieben sind sie gekommen und von den Baustellen, aus den Ämtern, Verwaltungen, Wohnbezirken; sie tragen die roten Fahnen vor sich her, gesenkt, und die umflorten Bildnisse des teuren Toten; so ziehen sie dahin, zu den schweren Rhythmen Beethovenscher Trauermusik und dem wehmütigen Klang der Lieder, mit denen die Arbeiter seit je die Opfer ihrer Kämpfe zu Grabe trugen. Was die Leute in Wirklichkeit denken und was sie empfinden, während sie da die Straße entlangtrotten, zur Rechten und Linken noch immer die Ruinen des Kriegs, den sie gegen die Armeen des Toten führten, wer will das wissen; S. H., der es gern erfahren hätte, wagt nicht, die neben ihm zu fragen; es hätte ihm wohl auch keiner die Wahrheit gesagt.

Dies ist die letzte Arbeiterdemonstration, an der Gertrude, die keine je ausließ, teilnimmt; mitten im Lento der Eroica überwältigt sie der Schmerz; S. H. muß sie zur Seite führen, hin zu ein paar Baumstämmen, die, wohl für ein Baugerüst bestimmt, am Straßenrand liegen; dort setzt sie sich nieder, um zu warten, bis der Krampf sich löst und ihre Beine sie wieder tragen werden, und blickt der Menge nach, die gleichgültig weiterschlurft.

Am 1. Mai, da der Schriftstellerverband wieder zur Demonstration lädt, muß S. H. dem Aufruf alleine folgen; vielleicht deshalb gerade wird ihm der Marsch, schleppender noch und lustloser als der vorige, mit langen Wartepausen, zu einem Erlebnis besonderer Art, das ebenso aufschlußreich wie bedrückend ist und ihm die innere Ruhe raubt, die er endlich wiedergefunden zu haben meinte.

Denn eigentlich ging's ihm ja gut: Mutter, Weib, Sohn waren beisammen mit ihm, man hatte ein besseres Dach überm Kopf als die meisten im Lande, er konnte ungestört arbeiten, an Geld war kein Mangel, auch nicht an Möglichkeiten zu wirken, und irgendwann würden die Ärzte schon eine Kur finden für Gertrudes Leiden. Und so fällt es ihm leicht, das dumpfe Gefühl zu verdrängen, das ihn gelegentlich befällt – daß etwas nicht ist, wie es sein sollte, etwas Atmosphärisches, das sich nicht festlegen läßt, ein Blick hier, der sich bald wieder abwendet, ein Ton dort, der sofort wieder verstummt; dabei müßten die Menschen doch eher beflügelt sein und in Hochstimmung nach der großen Entscheidung der Partei, daß man nun ernsthaft beginnen werde mit dem Aufbau des Sozialismus in der DDR.

Er trifft zu spät ein am Treffpunkt der Schriftsteller, die als geschlossener Trupp, eine Phalanx des Geistes, vor den führenden Genossen auf der Tribüne vorbeiparadieren sollten, eigens erfundene Verpflichtungen zu neuen literarischen Leistungen im Chore skandierend. Doch statt nun nach Haus zurückzukehren, schließt er sich, Pflichtmensch, der er ist, der nächstbesten Kolonne an: Arbeitern aus irgendeinem Großbetrieb, die ihn nicht kennen und die er nicht kennt, mit denen er aber, das Wetter ist erträglich und die Leute sind ausgeschlafen, ohne viel Umstände ins Gespräch kommt. Und da erfährt er einiges: von verlassenen Dörfern, deren Bewohner über Nacht in den Westen flüchteten, von Parteifunktionären, die auf die kleinen Leute drücken, bis die nicht mehr aus noch ein wissen, von Maschinen, die verrotten, weil man sie nicht reparieren kann ohne Ersatzteile, vom Unwillen der Werktätigen, wie man die Arbeiter jetzt nennt, über Forderungen, unerfüllbare natürlich, die dauernd gestellt werden vom Staate, über Selbstverpflichtungen, erpreßte natürlich, die regelmäßig verlangt werden seitens der Gewerkschaft, und über Erfolgsmeldungen, erlogene natürlich, die immerzu erscheinen in der Presse.

Feinde, vermutet er, und zwar äußerst verstockte, die die Argumente, die er ihnen entgegenhält, ungläubig belächeln. Und doch sehen sie aus wie Arbeiter, geben sich wie Arbeiter, und ihre Gespräche untereinander handeln, soweit er sie versteht, von der Arbeit in ihrem Betrieb und den Menschen, mit denen zusammen sie leben, Menschen ihresgleichen. Sie aber sind mißtrauisch geworden: wer ist dieser Mann an ihrer Seite, der soviel fragt und solche Sprüche klopft? Also gibt er sich zu erkennen: er ist Schriftsteller. Ah, so – und woher kommst du, daß du unseren Alltag nicht kennst? Aus Amerika? Leute, hier ist einer aus Amerika, ein Schriftsteller! Dann soll er mal schreiben über das alles! Er wird nicht gedruckt in Amerika, sagt er. Sag ihm, hier wird er auch nicht gedruckt werden, wenn er schreibt, wie's ist.

In diesen Wochen, wenn die Erinnerung nicht trügt, schien jeden Tag die Sonne. S. H. und Gertrude, auf der Terrasse, in Liegestühlen, das Licht bricht sich in dem zitternden Zartgrün der Birken; Auftritt Dr. Schäfers, ein Nachbar. Schäfers, breite Schultern, helle Augen, das Gesicht gerötet vom Blutdruck, ist IG-Farben-Mann, einer der wenigen der Gattung, die 1945 nach links gingen und nun für die Republik arbeiten; er hat dazu beigetragen, daß der Sohn David einen Job erhielt in einem Chemiewerk im Anhaltischen. Schäfers hat Neuigkeiten.

»Wissen Sie schon, Herr H., nein, wie sollten Sie auch, der Prozeß in Moskau, der Prozeß gegen die jüdischen Ärzte, sie haben ihn eingestellt, jetzt nach dem Tod von Stalin! Es ändert sich etwas in Moskau, Herr H., ich sage Ihnen, es ändert sich etwas! Und das wird Folgen haben, auch für uns hier...«

Er zögert, bricht ab. S. H. wird nun erst recht neugierig; es ist ihm nie ganz wohl gewesen bei den Berichten im Neuen Deutschland über diesen Ärzteprozeß: ein knappes Dutzend sowjetischer Professoren an führenden Kliniken und Instituten, hieß es, und dann kamen die Namen, die auffällig jüdisch klangen, hätten sich verschworen, hohe und höchste Funktionäre, die kamen, um Heilung zu suchen, heimtückisch umzubringen; auch der Genosse Stalin, erfuhr man in Andeutungen, sei in Gefahr gewesen. Was für Änderungen in der DDR sähe Herr Dr. Schäfers denn voraus auf Grund der neuen Moskauer Entwicklung, fragt er, und in welcher Richtung; es stünde ja wohl, wie leicht bemerkbar, nicht alles zum besten hier, und so manches wäre zu ändern; doch der Nachbar besinnt sich jäh, daß er bei aller Verehrung, die er für den Autor der Kreuzfahrer empfindet, besser täte, nicht zuviel aus der Schule zu plaudern, aus dem Ministerium, in dem er arbeitet, und der Parteigruppe, der er zugehört; die Unterhaltung versackt daher nach kurzer Zeit im Allgemeinen; bei S. H. und seiner Frau aber bleibt, nachdem der Besuch sich entfernt hat, eine große Nachdenklichkeit und eine Ahnung, daß der frühsommerlich klare Himmel sich bald beziehen könnte.

Am 16. Juni 1953, er hat ein paar Besorgungen in der Stadt zu erledigen, bemerkt er die Gruppen von Menschen, die sich zusammenklumpen an den Straßenecken im Zentrum; er gesellt sich hinzu, spürt den unverhohlenen Unmut, die neuen, scharfen Töne, und wie sich das aufstachelt gegenseitig; viel gibt es da nicht mehr an Hemmungen, stellt er fest, das Wort Demonstration fällt, und Stalinallee, der oder jener spricht noch von Normen; Normen, weiß er, muß man erhöhen, will man die Produktion steigern, die man steigern muß, wenn man besser zu leben gedenkt, aber der Streit darum erscheint bereits ohne Belang, es geht schon nicht mehr um Einzelnes, um Butterpreis, Lebensmittelkarten, Versorgungsmängel; es geht um die Regierung, die wirklich und wahrhaftig ihre Fehler bekannt hat, und um den Spitzbart, der aber nun wegmüsse, um Ulbricht also, das reine Sakrileg, und nirgends ein Zeichen von Polizei, die sonst doch so auffällig präsent ist.

Trotz all dem – schwer verständlich, im Rückblick – ängstigen ihn seine Beobachtungen noch nicht zu sehr; gerade die Zurückhaltung der Polizei läßt ihn glauben, daß hinter den Kulissen ein strategischer Geist wirkt, die Weisheit der Partei: man ist sich seiner Macht sicher, sollen die Leute ihrem Ärger Luft machen, längst sind ja schon die neuen Maßnahmen getroffen zur allgemeinen Beruhigung, gewisse Härten gemildert, gewisse Preise gesenkt, morgen, sobald die Arbeit beginnt, wird sich alles wieder geregelt haben. Auch Gertrude, der er des Abends zu Hause berichtet, ist geneigt, der Führung von Staat und Partei Vertrauen zu schenken, trotz der aufreizenden Reden in den Westsendern; die Genossen, das zeigen ihre letzten Verlautbarungen, wissen, was sie tun, und wie viele von denen, die du da schimpfen hörtest an der Ecke, wurden von drüben geschickt als Unruhestifter?

Dennoch schläft er schlecht diese Nacht, und als das Telephon läutet in der Frühe – inzwischen besitzt er eines – und eine aufgeregte weibliche Stimme ihn ersucht, sich raschestens in den Räumen des Schriftstellerverbandes in der Friedrichstraße einzufinden, da weiß er, was die Glocke geschlagen hat: man geht auf Kampfstation. Auch Frau und Mutter haben begriffen; der Abschied von ihnen, obwohl kurz nur und unsentimental, geht ans Herz; weiß der Teufel, wie die Lage sein wird, wenn man sich wiedersieht.

Kaum aus der Tür, begegnet er seinem unmittelbaren Nachbarn zur Rechten, dem Komponisten Ernst Hermann Meyer, der die Musik schrieb zu Stephan Hermlins heroischem Mansfelder Oratorium; Meyer strebt gleichfalls der Stadt zu, wahrscheinlich zum gleichen Zweck wie er, mutmaßt S. H., und sie tauschen die letzten Nachrichten aus über die alarmierenden Vorgänge dort, den Massenstreik, der sich rapide entwickelt, die Demonstrationszüge, nach Tausenden zählend, die spontan, wie es scheint, von allen Enden des Ostsektors dem Zentrum zustreben, Nachrichten aus westlichen Quellen, leider nur, da die Sender der Republik von irgendwelchen Wirtschaftserfolgen in Kasachstan oder Kirgisien berichten, und S. H. richtet an Meyer, den langjährigen Parteimann, in dem er, wenn nicht eine musikalische, so doch eine politische Autorität sieht, die Frage, wie er meine, daß es weitergehen werde, und was denn zu tun sei. Meyers Miene, sonst stets verbissen wirkend, erhellt sich, und er verkündet aufgeräumt: »Dann werden wir eben in Opposition gehen!«

Eher noch, denkt S. H., würden die Leute, die da marschieren und streiken, und wer auch immer hinter ihnen steht, den braven Ernst Hermann Meyer, Jude und Kommunist, aufhängen als ihm gestatten, friedlich in Opposition zu gehen; aber er spricht seine Zweifel nicht aus, denn ein neuer, erschreckender Gedanke kommt ihm: welches Schicksal drohte ihm selber, wenn andere Genossen der politischen Realität im Lande ähnlich fremd gegenüberstanden wie Nachbar Meyer?

Der Genosse Kuba, Sekretär des Verbandes, steht vor einem Haufen eilig zusammengetrommelter Schriftsteller und streicht sich über das wirre Blond seines Haars; er fühlt, er müßte den Kollegen irgendwie erklären, was auf der Straße, direkt unterm Fenster ihres Konferenzzimmers, geschieht, eine politische Analyse, kurzgefaßt und dennoch von marxistisch-leninistischer Gründlichkeit, aber weiß denn einer, was da vor sich geht, er hat keine Instruktionen erhalten wie sonst stets, nur einen Auftrag, und das Gejohl, das von unten heraufgellt, die fremdartigen Losungen, das ganze äußerst disziplinlose Durcheinander scheinen ihm, dem bekannten Dichter des Proletariats, gegen alle Regeln proletarischen Verhaltens zu verstoßen.

Und die Kollegen: auch sie reagieren heute nicht so folgsam wie sonst; die einen sind verschreckt und sehen aus, als erwarteten sie Stützung und Hilfe eher von ihm, als daß sie ihm helfen möchten, die Krise zu bewältigen; auf die andern, noch schlimmer, scheint sich ein Stück von dem aufmüpfigen Geist übertragen zu haben, der draußen umgeht.

Da ist dieser S. H. mit seinen amerikanischen Allüren; statt abzuwarten, was verlautbart werden wird, räsoniert er über die Gründe für den Skandal auf den Straßen und kommt alsbald auf die Gewerkschaften zu sprechen: was für ein Laden, fragt er, sei dieser FDGB eigentlich, dieser Freie Deutsche Gewerkschaftsbund, und was für Funktionäre das, die nicht merkten, was sich in ihren Betrieben zusammenbraut, oder, wenn sie's denn merkten, nicht die Kraft und den Willen hatten, Abhilfe zu schaffen oder zumindest die geschätzte Obrigkeit zu alarmieren; ein Streik in Dutzenden von Betrieben entstünde doch nicht aus dem hohlen Raum und nicht über Nacht, der Disput um die Normen, das wisse sogar er, sei seit Monaten im Gange gewesen, und überhaupt und prinzipiell gesprochen, als was betrachteten sich diese Gewerkschaften – als Vertreter der Arbeiter und ihrer Interessen, oder als Erfüllungsgehilfen der Regierung bei deren sicherlich gutgemeinten, aber, wie man nun wisse, fehlerhaften Maßnahmen?

Da greift, Gott sei's gedankt, endlich einer ein; der Genosse Gotsche ist's, Otto Gotsche, der bewährte Arbeiterschriftsteller und des Genossen Ulbricht persönlicher Sekretär, der zur Überraschung aller heute im Verband auftauchte, obwohl er doch anderenorts gewiß noch nötiger gebraucht wurde, und der mit seinen dunklen, ständig hin- und herhuschenden Augen Aktion und Reaktion eines jeden der Anwesenden registriert: empört tadelt Genosse Gotsche die gehässige, destruktive Haltung des Kollegen H. den Genossen des FDGB gegenüber, die sich um das Wohl und den Fortschritt der Arbeiterklasse mühten und die größten Verdienste errungen hätten um den Aufbau der Organisation; aber vielleicht könne man von einem, der so kürzlich erst aus dem Westen gekommen, nichts Besseres erwarten; jedenfalls sei dem Kollegen H. zu empfehlen, daß er sich, bevor er seine Kritik gegen die Werktätigen und die Männer ihres Vertrauens kehre, erst einmal in den Betrieben umtun und unsere Menschen richtig kennenlernen möge.

Kuba atmet auf: die Situation scheint gerettet, wenn nicht in der Stadt, dann wenigstens in den Räumen des Verbandes. Doch da erhebt sich Widerspruch von unerwarteter Seite. Der Schriftsteller Jan Petersen, ebensolange in der Partei wie der Genosse Gotsche und einst sogar Leiter der illegal in Berlin arbeitenden Gruppe des Bunds Proletarisch-Revolutionärer Schriftsteller, bemerkt bissig, unseren Werktätigen könne man zur Zeit auf direkterem Wege begegnen als dem vom Genossen Gotsche vorgeschlagenen, nämlich auf der Straße unten vor diesem Haus, und im übrigen habe jeder hier das Recht, seine Meinung zu äußern, auch über die Gewerkschaften und ihre Funktionäre, und der Genosse Gotsche wäre gut beraten, wenn er, statt dem Kollegen S. H. in die Parade zu fahren, sich dessen Bemerkungen durch den Kopf gehen ließe.

S. H. betrachtet Jan Petersen, seinen Nachbarn zur Linken in der Grünauer Siedlung, mit Erstaunen: was ist in den ruhigen, unauffälligen Mann, der stets so freundlich grüßt, gefahren, daß er Gotsche, einen der Mächtigen im Staate, derart abkanzelt? Weiß er nicht, daß der ihm das nie verzeihen wird? Oder meint er, daß nach diesem 17. Juni die Macht des Genossen Gotsche, die ja nur ein Abklatsch ist von der seines Meisters Ulbricht, so weit geschrumpft sein wird, daß man keine Angst mehr vor ihm haben muß? Oder glaubt auch Jan Petersen, daß die Zustände im Land eine offene Sprache erfordern, ohne Rücksicht auf die Empfindlichkeiten irgendwelcher hoher Herren und deren Gunst?

Kubas bürokratischer Instinkt, geschärft in hunderten von Sitzungen, sagt ihm, daß der Streit um die Gewerkschaftsfrage, den der lästige S. H. provoziert hat, ihn nicht weiterbringt; so setzt er der Diskussion ein Ende, zieht einen Zettel aus der Tasche und eröffnet den Kollegen Schriftstellern, deren Wort, wie bekannt, in ganz Deutschland zähle, daß unter den obwaltenden Umständen, da eine Anzahl von Irregeführten und eine Menge Abschaum sich gegen den ersten Staat der Arbeiter und Bauern auf deutschem Boden gewandt hätten, es notwendig sei und allen Geistesschaffenden wohl auch ein Herzensbedürfnis, sich mit der Regierung dieses Staates und der Führung der Partei öffentlich zu solidarisieren; in diesem Sinne habe er eine Resolution vorbereitet, die, wie er hoffe, einstimmig Annahme finden werde. Hier der Wortlaut.

Und verliest, mit stellenweis bebender Stimme, einen Text von erheblichem Umfang, der dem Schriftsteller S. H., obwohl der noch gar nicht so lange im Land ist, vorkommt, als hätte er ihn schon dutzende Male gehört. Inzwischen steigert sich der Lärm auf der Straße, die Rufe der Menge werden immer bedrohlicher, Gerüchte, von einem zum andern geflüstert, machen die Runde im Sitzungszimmer: draußen würden die Geschäfte gestürmt, die roten Fahnen verbrannt, hohe Repräsentanten des Staats wie der Partei hätten sich bereits abgesetzt, und das Volk rüste zum Sturm auch auf die Räumlichkeiten des Schriftstellerverbandes; man müsse also das Treppenhaus verbarrikadieren, sich vorbereiten auf einen Verteidigungskampf von Stockwerk zu Stockwerk.

Kuba hat geendet und bittet, heut legt er Wert auf demokratische Formen, um das Handzeichen.

»Einen Moment.«

»Ja, Kollege S. H.?« Unwille paart sich mit Verwunderung: eine so schöne, allseitig unangreifbare Resolution. »Aber fassen Sie sich kurz.«

Keine Sorge, versichert S. H., da bedürfe es keiner langen Rede. Das Zeug sei einfach unmöglich; politisch primitiv, höre diese Resolution sich an, als hätten nicht Schriftsteller sie verfaßt, sondern ein Trupp von Jungpionieren, und sie würde entweder gar nicht oder, was übler noch, konterproduktiv wirken. Er schlage daher vor, eine Kommission zu bilden, zwei, drei Mann, die einen neuen, kürzeren und besseren Text im Sinne der Sache zu schreiben habe.

Beifall. Kuba blickt auf seine Uhr, er ist sichtlich in Zeitnot. Doch die Mehrheit, so weit gehen die Auflösungserscheinungen bereits, daß selbst die Getreuesten nicht mehr Order parieren, fordert eine Kommission; S. H. soll ihr angehören, der Kollege Petersen, andere; der bedrängte Kuba wischt sich den Schweiß von der Nase, aber was soll er machen, er muß zustimmen.

Und da sitzen sie nun in einem Nebenzimmer, die Mitglieder der Kommission, S. H. an der Schreibmaschine, und suchen neuartige Worte zu finden für eine neuartige Lage, Worte, die an die Gefühle der aufrührerischen Menschen draußen rühren werden, sie beschwichtigen, sie zurückführen zur Vernunft, oder was auch immer Vernunft sein mag an einem Tag, da die alten Regeln der Klassiker auf den Kopf gestellt worden sind und die Arbeiter sich erhoben gegen den Arbeiterstaat.

Dem Ex-Sergeanten S. H., der aus vielen Gründen ein starkes Interesse hat am Fortbestand dieses Arbeiterstaats, ist es ähnlich zumute wie in der Ardennenschlacht, beim Durchbruch der Nazis. Und wieder ist seine Waffe die Schreibmaschine. Nein, ich bedauere, ich besitze keine Kopie jener zweiten Resolution, so gern ich mich auch auf sie beziehen möchte; S. H. war wohl zu beansprucht damals von seiner Aufgabe, um der Nachwelt zum Nutzen sich einen Durchschlag einzustecken; ich weiß nur, die Worte trugen den Stempel seiner Ausdrucksweise, und sie hätten vielleicht sogar etwas bewirkt, wären sie gedruckt oder über die Sender verbreitet worden. So aber erklärte Kuba, kaum war die Kommission aus ihrer Klausur zurückgekehrt, ihr Entwurf sei gänzlich unakzeptabel; man habe sich gefälligst an den ursprünglichen, von ihm vorgelegten Wortlaut zu halten, denn dieser wäre der vom Zentralkomitee autorisierte.

»Was!«

S. H. ist es heiß unterm Kragen geworden. Petersen berichtet ihm später, er habe richtiggehend gebebt, als er dem unwillkürlichen *Was!* die wütende Frage folgen ließ, ob denn an einem solchen Tag das Zentralkomitee nichts Dringlicheres zu tun hätte, als sich vorgestanzte Resolutionen zu bestellen. Infolge seiner Erregung sei jedoch seine Stimme so heiser gewesen, daß nur die um ihn herum die lästerlichen Worte verstanden.

Auf diese Weise geschah es, daß der 17. Juni 1953 in die Geschichte eingegangen ist ohne zugehörige Resolution des Schriftstellerverbandes.

Die Unter den Linden anrollenden sowjetischen Panzer, deren Rasseln und Scheppern hinaufdringt bis zu den Fenstern des Schriftstellerverbandes, machen allem ein Ende: dem lauten Unmut der Menge und ihren Tätlichkeiten wie den Ängsten und dem lächerlichen Gezänk der Ingenieure der menschlichen Seele in ihrem Verbandsbüro.

Dem Schriftsteller S. H. geben sie nach all den Aufregungen die erste Gelegenheit, sich klarzuwerden über seine Gefühle; und sein Haupt- und Zentralgefühl, stellt er überrascht fest, ist Empörung. Empörung, jawohl, über sie alle – diese Arbeiter, diese Partei, diese Gewerkschaften, diesen Verband, überhaupt über die Deutschen. Eine falsche Haltung, des bin ich mir bewußt; und um wieviel edler und großartiger ließe S. H. sich jetzt darstellen, könnte ich berichten, er hätte in jenen Stunden der Nöte des Volkes gedacht, die dieses in seine gegen die eigenen Interessen gerichteten Handlungen trieben, oder der Nöte der Führung von Partei und Staat, welche deren Fehlentscheidungen und Fehlverhalten veranlaßten, statt all sein Denken auf sich selber zu richten, auf seine Ruhe, seine Bequemlichkeit, seinen inneren Frieden. Trotzdem bitte ich um Verständnis für seine Emotionen: in was für Tiefen waren er und seine Frau gestürzt worden in den letzten Jahren, welche Mühen, welche Selbstverleugnung hatte es sie gekostet, irgendwo auch nur akzeptiert zu werden oder gar eine Nische zu finden, in der sie sich halbwegs geborgen fühlen konnten – und nun war selbst dieses Geringe nichts als ein Kartenhaus gewesen, das in sich zusammenfiel beim ersten Windhauch, und wäre es nicht für die verdreckten Panzer draußen, die ihre Geschütze suchend hin- und herschwenkten, man stünde wieder da wie mehrmals schon, schutz- und heimatlos, und kein Ort mehr, kein Land, wohin sich noch flüchten ließe. Sollte da einer sich nicht empören, nicht Zorn verspüren angesichts der Erkenntnis, daß nach diesem ereignisreichen Tag als Fakt, als unrüttelbarer, mit dem man zu leben haben würde, nur die große Uneinsichtigkeit der Massen blieb und die offenbare Blindheit und Torheit der Machthaber im Staate!

Nun, da es gefahrlos war, schwärmten die Schriftsteller aus, auch der Schriftsteller S. H. Es hatte geregnet, ein Unwetter, das die Demonstranten in die Häuser trieb und in den Schutz der Ruinen; aber jetzt schien, auch dies ein Symbol, die Sonne wieder und verlieh den Tropfen auf den Geschützrohren der Panzer diamantenen Glanz; die Menschen wirkten auf einmal nicht mehr bedrohlich, sie sahen eher verlegen aus, wie sie, die eben noch den Staat zu zerschmettern sich anschickten, den Eindruck von dahinschlendernden Spaziergängern zu erwecken suchten. Nur im Dämmer des Abends dann, als er in seinem Lloyd-Wägelchen heimwärts fährt, neben sich einen in Köpenick wohnhaften, verkrüppelten Kollegen, kommt noch einmal, einem säuerlichen Aufstoßen nach verdorbener Mahlzeit gleich, der Haß hoch gegen die Etablierten des Systems, zu denen S. H., als Autofahrer, zu rechnen ist: hinter der Behelfsbrücke, die über die Spree hinüber nach Treptow führt, laufen ein paar knüppelbewaffnete Kerle auf ihn zu und blockieren ihm den Weg; was sie wollten, fragt er, etwas dümmlich, durchs Fenster; die Antwort erteilen die Knüppel, die auf Motorhaube und Dach des Lloyd herabdonnern; instinktiv eher als mit Bedacht gibt er Gas; die Kerle, fluchend, springen zur Seite. Daheim, da sie das Wägelchen dekoriert mit Sperrholzsplittern sehen, ist der Schrecken groß bei Frau und Mutter, aber er wenigstens, erkennen sie, ist heil davongekommen, dem Himmel sei Dank.

Ein Staat, gestützt und gehalten von einer Armee, noch dazu einer ausländischen, geht nicht bankrott; trotzdem ist der Bankrott spürbar in jeder parteiamtlichen Verlautbarung, jeder ministeriellen Äußerung, jeder Überschrift in der offiziösen Presse. Alles agiert wie im luftleeren Raum; die Figuren bewegen sich, doch ohne Wirkung, die Münder öffnen sich, doch ohne Ton. Und das Volk, das diesem Treiben zuschaut, schweigt. Das ist das Schlimmste.

Den Schriftsteller S. H., dem das Trauma der Ardennenschlacht wieder lebendig geworden, juckt es in der Seele: er möchte eingreifen, wie damals. Sicherer wäre es natürlich in Anbetracht der sonderbaren Pantomime um ihn herum, sich zurückzuhalten; in Zeiten wie diesen begeht man nur allzuleicht Fehler, und was soll er, seit kurzem erst im Lande, da hat Gotsche ja recht, sich exponieren? Aber er weiß auch, daß er, seit er sich auf ihre Seite schlug, verbunden ist mit dieser zerbrechlichen Republik, ihr Gedeih auch der seine, ihr Verderb desgleichen. Nur möchte er ungern der erste sein, der hervortritt: schließlich gibt es noch andere Schriftsteller, die sich äußern könnten, ältere, erfahrenere als er, darunter auch solche, die von Geburt her oder durch lange Mitgliedschaft in der Partei eins sein sollten mit der Klasse, die sich soeben so klassenuntypisch verhalten hat – oder war es doch typisch gewesen, und wir wußten's nur nicht? Und gerade die bleiben stumm. Kein Wort von Bredel, von Marchwitza, der Seghers, dem großen Becher. Hat's ihnen die Sprache verschlagen? Oder wissen sie mehr über die Hintergründe der Wirren als er und ziehen es darum vor, abzuwarten, bis sich die Verhältnisse geklärt haben, oder bis die Orders gekommen sind, Los, Jungens, greift zur Feder? Aber je mehr Zeit verstreicht, bevor einer spricht, und in Worten, die das Volk versteht, desto schwieriger wird es werden, das Ohr dieses Volks überhaupt zu erreichen.

Er ruft an bei Erich Wendt, spät in der Nacht, und Wendt sagt ihm, »Schreib.« Und gibt ihm, als Schlüssel zu dem Ganzen, den Rat, er möge bei Stalin nachblättern, Werke Band 7, Seite 27.

Und der Schriftsteller S. H. schreibt. Wenn ich mir das heute durchlese, diese sechs Artikel, deren erster den Titel *Gedanken zum 17. Juni 1953* trägt, so ist mir unbegreiflich, woher er die Kühnheit nahm, sich an dies Thema, diesen Komplex von Themen, zu wagen. Denn so groß waren seine Erfahrungen nun doch nicht gewesen, soviel wußte er nicht von dem, was in den Köpfen der Leute vorgegangen war und von ihrem Innenleben, daß er ihnen mit irgendeinem Anschein von Autorität erklären konnte, warum sie dies gedacht und jenes getan und wo sie geirrt hatten. Es war, wieder einmal, ein Ritt über den Bodensee, des Reiters Leitstern sein Instinkt, nicht irgendwelche psychologischen oder sozialpolitischen Theorien, und es war die reine Ketzerei; heilige Kühe wie die führende Klasse und die führende Rolle der Partei der führenden Klasse wurden als ganz gewöhnliches Viehzeug behandelt, das ausgebrochen war von der ihm zugewiesenen Weide und in erster Linie sich selber gefährdet hatte; und daß die Sachen gedruckt und allseits mit Erleichterung, ja, Entzücken entgegengenommen wurden, lag vor allem daran, daß die leitenden Genossen noch immer total konsterniert waren durch die Ereignisse, und ihre Pressezensur in völligem Chaos. Nicht nur im Vorwärts wurden seine Artikel gedruckt und in dem einzigen Massenblatt Ostberlins, der Berliner Zeitung; nein, sogar der Gewerkschaftsbund FDGB, den S. H. so rüde kritisiert hatte, brachte sie gesammelt als Broschüre mit dem Titel *So liegen die Dinge* in Hunderttausenden von Exemplaren unter die Leute – mit Hindernissen allerdings: dreihunderttausend Stück, die gesamte erste Auflage, mußten eingestampft werden, und erst eine zweite Auflage durfte den Leser erreichen, in gleicher Höhe, doch abzüglich eines kurzen Abschnitts, eben jenes, auf den Erich Wendt den Autor hingewiesen hatte. Da von der ersten, vollständigen Fassung der Broschüre nur zwei Exemplare erhalten sind, welch beide sich in meinem Besitz befinden, will ich diesen Abschnitt, zur Erbauung der Allgemeinheit, hier einfügen.

*Es war einmal ein sehr großer und weiser Mann, der sagte schon am 27. Januar 1925 etwas, das mancher sich ins Stammbuch schreiben sollte: »Wenn die Genossen nach Moskau kommmen, sind sie häufig bestrebt, alles ›im besten Licht‹ zu zeigen: Bei uns im Dorf ist ja alles aufs beste bestellt. Von dieser bürokratischen Schönfärberei wird einem mitunter übel. Indes ist klar, daß nicht alles in bester Ordnung ist, und auch nicht sein kann. Es ist klar, daß es Mängel gibt, die man ohne Angst vor Kritik aufdecken und dann beseitigen muß. Die Frage ist doch die: Entweder wir, die ganze Partei, erlauben den parteilosen Bauern und Arbeitern, uns zu kritisieren, oder sie werden uns durch Aufstände kritisieren. Der Aufstand in Georgien war eine Kritik. Der Aufstand in Tambow war gleichfalls eine Kritik. Und der Aufstand in Kronstadt, was war er anderes als eine Kritik? Eins von beiden: Entweder wir hören auf, nach Beamtenmanier alles in bester Ordnung zu finden und nach Beamtenmanier an die Sache heranzugehen, fürchten keine Kritik und lassen uns von den parteilosen Arbeitern und Bauern kritisieren, die doch die Auswirkungen unserer Fehler an ihrem eigenen Leibe spüren; oder wir tun das nicht, und dann wird sich die Unzufriedenheit ansammeln, wird anwachsen, und dann erfolgt die Kritik in Form von Aufständen. Die größte Gefahr besteht heute darin, daß viele unserer Genossen diese Besonderheit der gegenwärtigen Lage nicht begreifen.«*

»Der große und weise Mann, der das gesagt hat«, fügt S. H. hinzu, »heißt Stalin!«

Bei aller Zerknirschung, die die führenden Genossen nach dem 17. Juni an den Tag legten, das konnten sie sich nun doch nicht in aller Öffentlichkeit sagen lassen, selbst nicht von Stalin. Daher die Streichung, von S. H. verständnisvoll gebilligt.

Im Gästehaus der Regierung, ihm wohlvertrautes Terrain, treffen sich mit ausgesuchten Intellektuellen, Schriftstellern zumeist, die Vertreter der Regierung, an ihrer Spitze der Ministerpräsident, Genosse Grotewohl; am linken Ende des Präsidiumstisches sitzt ein kahlschädliger Herr, harte Züge über fleischigem Kinn: der

Hohe Kommissar Wladimir Semjonowitsch Semjonow, Moskaus neuer Statthalter in Berlin.

Otto Grotewohl war Sozialdemokrat gewesen bis zu seinem symbolischen Händedruck mit Wilhelm Pieck, durch den die SED entstand, die Sozialistische Einheitspartei Deutschlands. Grotewohl hat eine ruhige, wohlwollende Art, akzentuiert noch durch seine etwas pomadige Stimme; doch heute, da er der Elite der Intelligenz – Intelligenz hier begriffen als Klasse – die Ursachen für die Vorgänge des 17. Juni darlegen soll, erscheint er unsicher und präsentiert, statt ernsthafter Informationen, nur die bekannte oberflächliche Analyse: eigene Fehler, gewiß, die jedoch frühzeitig korrigiert wurden; aber der Imperialismus, insbesondere der amerikanische, dem die von der SED angestrebte friedliche Wiedervereinigung Deutschlands ein Greuel, initiierte und lenkte das konterrevolutionäre Unternehmen. Dann bittet er um die Meinung der Anwesenden, ihre Beobachtungen und Vorstellungen, welche, gründlich ausgewertet, Regierung und Partei wertvolle Hinweise geben würden bei deren Überlegungen.

Eine merkwürdige Veranstaltung, denkt S. H., der die Worte des Redners von einer der mittleren Reihen im Saal her aufmerksam verfolgt hat; auch in den altorientalischen Reichen ließen die Herrscher, wenn ihr Herz beschwert war von Selbstzweifeln, ihre Schriftgelehrten kommen und geboten ihnen, Rat zu schaffen aus der Weisheit der Bücher, oder dem Wurf der Knöchelchen, den Schlingungen der Eingeweide. Eigentlich hat er nicht die Absicht zu sprechen; ihn interessiert, was die andern zu sagen haben, seine Peers, die neben und hinter und vor ihm sitzen und deren öffentliches Schweigen seit den Tagen der Krise ihn verwundert hat; innerhalb dieser vier Wände, vor dem geneigten Ohr des Chefs der Regierung und des Entsandten der Schutzmacht, werden sie doch wohl ihre Gedanken kundtun. Doch was sie von sich geben, wenn sie sprechen, und es sind nicht viele, die sich zu Wort melden, ist ein gequältes Echo der Grotewohlschen Feststellungen, nichts Originelles, nichts Grundlegendes – weil sie nichts zu sagen haben, oder weil sie nichts sagen wollen? – und selbst Semjonows beherrschtes Gesicht läßt seine Langeweile erkennen.

Und da, unklar, ob ihn sein noch immer jugendlicher Fürwitz treibt oder der ungeduldige Wunsch, eine wirklich hilfreiche Debatte in Gang zu bringen, hebt S. H. die Hand. Ermutigt durch des Ministerpräsidenten erwartungsvolles Lächeln, vermutlich erhofft sich der Mann etwas von ihm, erhebt er sich. Es müsse, sagt er, den Blick zu Semjonow gewandt, vor allem die Massenunzufriedenheit gesteuert werden, die zu dem Ausbruch geführt habe; die psychologische Seite der Sache, obwohl vielleicht das Wichtigste dabei, könne man bereden, sobald die nötige Muße vorhanden; aber zunächst und als mindestes, wenn man wolle, daß die Lage sich beruhige, müsse Sorge getragen werden, daß die Menschen hier ihre Maschinen, ihre Produktionsstätten behalten und die Produkte ihrer eignen Arbeit auch verzehren dürften; ganz gleich, wie man zu den Deutschen stehe und ihrer Schuld dem sowjetischen Volk gegenüber – und er selber, das sei bekannt, hege keine besondere Liebe für sie und Mitleid nur höchst gelegentlich –, so sei doch unleugbar, daß durch die Spaltung Deutschlands die zwei großen Lager, das westliche wie das östliche, je ihre Deutschen erhalten hätten und damit Zwang und Verpflichtung, diese Deutschen, einfach, weil sie im jeweiligen Vorfeld residierten, zu hegen und zu päppeln; was nicht nur bedeute, daß die armen sowjetischen Genossen, statt aus ihrer Besatzungszone Werte herauszupumpen, nunmehr Öl und Rohmaterial und Lebensmittel und andere gute Sachen dorthin zu liefern haben würden, sondern daß sie, so schwer es ihnen auch fiele, versuchen müßten, Herz und Hirn ihrer Deutschen für sich zu gewinnen: ein Wettlauf habe eingesetzt um die deutsche Seele –

Semjonow ist aufgesprungen. »Seele! Deutsche Seele! Wettlauf!« Begriffe, die unter seiner marxistischen Würde liegen, und demgemäß tief ist die Verachtung, mit der er von ihnen spricht. Nein, ruft er, die deutsche Arbeiterklasse wird erkennen... und wird auf Grund dieser Erkenntnisse... und ihres Klassenbewußtseins... und... und... und...

Ein Mann, sieht S. H., der auf vertrauter Schiene fährt, und gerade und nur deshalb seiner selbst sicher und standfest ist. Es wird, solange der hier ist, keinen Aufruhr mehr geben, keine regierungsfeindlichen Demonstrationen und Streiks, es wird Ruhe herrschen im Lande, was ja wohl die Hauptsache ist, und es wird gearbeitet werden, aber mit Widerwillen und ohne Hingabe und langsam und in schlechter Qualität, und nie werden die Leute den Sozialismus als ihr Eigenes empfinden, als ihre Sache, ihr Ziel. Und er sagt, Bitternis im Herzen: »Ob Sie sich noch so sehr sträuben, Genosse Semjonow, Sie werden mitlaufen müssen in diesem Rennen.«

Der Anruf des Genossen Vieillard aus dem Büro Ulbricht ist mehr als erstaunlich. Der Genosse Ulbricht wünsche, tönt es aus dem Hörer, sich unters Volk zu begeben, Volkes Meinung zu hören und, generell, ins Gespräch mit dem Volke zu kommen, und dieses in Begleitung von S. H. und niemandem sonst. S. H. solle dann, sein Einverständnis vorausgesetzt, über die Exkursion schreiben.

Nun sind, wie jedermann weiß, Gesicht und Stimme des Genossen Ulbricht nicht zu verkennen; wie also kann er den Harun al Raschid spielen, selbst unter S. H.s sorglicher Anleitung? Doch andererseits, meint S. H. dann, wäre ein Auftritt des Genossen Ulbricht als gewöhnlicher Fußgänger, ohne Autokarawane, ohne Bewacher-Kohorte, etwas so Unvorstellbares, daß die Leute bei der Begegnung mit ihm ihn höchstens als seinen Doppelgänger bestaunen, nie aber auf den Gedanken kommen würden, er könne es selber sein; so würde er dennoch, beträte er etwa einen Lebensmittelladen in Köpenick, einiges Instruktive zu sehen und zu hören bekommen und sogar die Gelegenheit zu einem kurzen Gedankenaustausch mit dem oder jenem Bürger erhalten. Der Genosse Ulbricht möge also, und zwar in einem unauffälligen Wagen und ohne schützende Limousinen vor ihm und hinter ihm, in Köpenick eintreffen, und darauf zu Fuß, geleitet nur von dem Genossen Vieillard, zum Rathaus gehen, wo S. H. ihn am Eingang an die Hand nehmen werde; zwei Stunden später werde er den Genossen Ulbricht am Rathaustor wieder abliefern, um einige Erfahrungen reicher, hoffe er.

Der große Tag ist gekommen; vor dem Rathaus, dem gleichen, in dem der arme Schuster Voigt, als preussischer Hauptmann verkleidet, den Köpenicker Bürgermeister in Haft nahm, wartet S. H. auf den Chef der Partei und stellvertretenden Ministerpräsidenten, Deutschlands wohl unbeliebtesten Politiker. Die Uhr am Rathausturm hat die volle Stunde längst angezeigt; S. H. blickt ungeduldig das Trottoir entlang, nach rechts, nach links, diesseits und jenseits der Fahrbahn; noch immer kein Ulbricht – kneift der etwa? Dann jedoch, haarscharf den Kurs der heranschlingernden Straßenbahn schneidend, eine schwarze Limousine, darauf die zweite, die dritte, Gardinchen am Hinterfenster, die Sicherheitsleute steinern neben den Fahrern; der mittleren entsteigt, nicht ohne Würde, der Genosse Ulbricht, begrüßt S. H. mit kurzem Handschlag und entschuldigt sich der Verspätung wegen, und da S. H. ihn hastig bittet, er möge doch, um Gottes willen, die Wagen fortschicken, die den Verkehr blockieren und jede Anonymität verhindern, nimmt Ulbricht ihn beruhigend beim Arm, »Wir gehen erst mal ins Rathaus.«

Vielleicht drückt ihn die Blase, denkt S. H.; Ulbricht ist gerade sechzig geworden, da beginnen die Beschwerden, und aufgeregt wird er wohl auch sein, so mir nichts dir nichts unters Volk. Ulbricht jedoch, an dem erschreckten Pförtner vorbei, schreitet zielstrebig die breite Treppe empor, wendet sich oben nach links, als kenne er den Weg, hin zu einer hohen Tür, tritt, ohne zu klopfen, ein und geht, S. H. mit einem Wink bedeutend, ihm zu folgen, schnurstracks auf den Mann hinter dem Schreibtisch zu, der sichtbar erbleicht.

»Nu«, das gefürchtete, langgezogene Ulbrichtsche Nu, »nu, Genosse Schiller, wie geht's?«

Dem Genossen Schiller, dem Bürgermeister, haben die Knie versagt; Ulbricht, leutselig, zieht sich selber einen Stuhl heran; S. H. darf auf dem Besucherstühlchen neben dem Schreibtisch Platz nehmen, den Notizblock gezückt. Und nun beginnt die Unterhaltung, oder ist's ein Verhör, Frage folgt Frage; man merkt, daß der Fragesteller sich auskennt in dem Verwaltungskram und daß er ein Ohr hat für jedes kleinste Zögern, jede Schwankung im Ton des Befragten; genau da hakt er nach, deckt auf, was der andere zu kaschieren sucht, und rügt dessen dienstliche Schwächen und Mängel, nicht etwa bösartig auftrumpfend, eher bedauernd; am Schluß wünscht er einen Bericht zu erhalten, innerhalb festgelegter Frist, über die Maßnahmen, die der Genosse Schiller zu treffen haben wird nach diesem Gespräch.

»Und jetzt«, zwinkert er S. H. zu, »besuchen wir den Schulrat.«

Der Schulrat, kein Zweifel, ist gewarnt worden; er hat seine Zahlen bei der Hand, seine Pläne; selbstverständlich, konzediert er, zu verbessern bleibt manches, aber wir bemühen uns, Genosse Ulbricht, wir bemühen uns. Ulbricht nickt. Es ist ihm nicht anzusehen, ob er noch interessiert ist oder bereits an anderes denkt; auf jeden Fall scheint er seinem Begleiter, dem Schriftsteller, sagen zu wollen: dies ist ein geordneter Staat, Freund, siehst du, mit tüchtigen Leuten an den entscheidenden Stellen; das neulich war ein Betriebsunfall.

Der Abschied vom Schulrat ist lässig. Jetzt endlich, glaubt S. H., wird die Tour unters Volk beginnen, der Kalif und sein Schreiber; aber draußen auf dem Gang nimmt Ulbricht ihn beim Arm, Geste der Vertraulichkeit, und meint, nun aber müsse er zurück in sein Amt, seine Zeit sei, leider, begrenzt. S. H., der sich fleißig notiert hat, Eindrücke, Gesprächsfetzen, erkundigt sich, ob der Genosse

Ulbricht wünsche, daß er über das Erlebte schreibe: eine Kurzreportage, dafür reiche der Stoff.

Ulbricht blickt ihn an, von der Seite her; im Halbdunkel des Korridors ist, was hinter dem Blick liegt, nicht zu erkennen. »Ach nein«, sagt er dann, »das verschieben wir lieber. Sie hören von mir.«

Es werden ein paar Jahre vergehen, bis S. H. wieder von ihm hört.

Auf die Tragödie das Satyrspiel.

Die Akademie der Künste im östlichen Teil von Berlin hat einen Preis gestiftet, dem Dichter zu Ehren, der starb, bevor er ihr Präsident werden konnte: den Heinrich-Mann-Preis. Und just in den Tagen nach dem 17. Juni soll dieser Preis, finanziert aus Geldern der Regierung, zum ersten Mal verliehen werden, und zum ersten Preisträger – erster Klasse, zehntausend Mark – hat die zuständige Sektion der Akademie den Schriftsteller S. H. erkoren.

Ihm jedoch, der öffentlicher Anerkennung sonst durchaus nicht abgeneigt ist, widerstrebt es, gerade jetzt, wo akute wirtschaftliche Not die Regierung zu ihren törichten Maßnahmen und die Arbeiter zu ihrem ebenso törichten Aufruhr trieb, sich eine solche Summe ohne erkennbare Gegenleistung auszahlen zu lassen; auch Gertrude glaubt, das sei nicht ratsam, und empfiehlt, da es andererseits nicht angehe, die Mitglieder der Akademie vor den Kopf zu stoßen, er möge die Ehrung zwar akzeptieren, das Geld aber nach erprobter amerikanischer Manier, üblich besonders in Parteikreisen, der revolutionären Sache zufließen lassen.

Die Preisverleihung findet in bescheidenem Rahmen statt, in der Möwe, dem Künstlerklub, den die kulturliebenden Sowjets schon in der frühen Besatzungszeit in dem ehemaligen Palais des Reichskanzlers von Bülow eingerichtet haben, als Speiselokal zunächst für die hungernden Literaten, Schauspieler, Musiker, Maler. Im zweiten Stock dort versammelt sich, in einem mittelgroßen Raum, was gut und teuer ist in der Sektion Dichtkunst; Arnold Zweig ist da, der Akademie-Präsident, und diskret im Hintergrund der Sekretär für Kulturfragen beim Zentralkomitee, Paul Wandel, das gepflegte Grau des Haars dekorativ über der gefurchten Stirn; selbst Brecht ist erschienen.

S. H., noch sind es ein paar Minuten bis zum Beginn der Zeremonie, nimmt die Preisträger zweiter und dritter Klasse – fünftausend bzw. dreitausend Mark – beiseite, den jungen Essayisten Wolfgang Harich und den Dichter Max Zimmering, und teilt ihnen mit, was er zu tun gedenkt, und fragt, ob sie, im Hinblick auf die allgemeine Lage nach den kürzlichen Ereignissen, seinem Beispiel nicht folgen möchten. Natürlich ist das die pure Erpressung; wie können die zwei, konfrontiert mit soviel Edelmut, anders als sich ihm anschließen; aber das sieht er nicht in dem Moment, er sieht nur, einer Montage gleich, die beängstigende Bilderfolge jenes Junitags, die sich ihm eingeprägt hat bis hin zu der Straßenszene mit den Ruinen, davor die Arbeiter, Fäuste schüttelnd gegen die Panzer der Arbeitermacht.

Und so beginnt denn die Show: einer steht auf und rühmt die fortwährende Sorge der Behörden der Republik, ausgedrückt in der Stiftung des neuen Preises, um das Gedeihen von Kunst und Literatur; ein anderer würdigt, in ordentlicher Reihenfolge, die hervorragenden Leistungen der Preisträger; ein dritter dann will schon zum Eigentlichen schreiten, der Aushändigung der rotledernen Mappen mit den Urkunden darin und der Medaillen, das Geld werde, wie üblich, aufs Konto überwiesen, da bittet S. H. um ein kurzes Wort.

Mildes Erstaunen; das war nicht vorgesehen. Aber, bittesehr. Und S. H., zugleich im Namen seiner beiden Mit-Preisträger, kündigt an: Ehre ja, Geld nein; das Geld möge vielmehr den Opfern des 17. Juni zugute kommen und deren Familien, denn die gab es ja auch, die loyalen Genossen, die dem Ansturm standhielten, als andere sich verkrochen, und die die Prügel einsteckten und Schlimmeres, und die jetzt im Krankenhaus lagen oder im Leichenschauhaus.

Es ist, als setze, einen Herzschlag lang, der kollektive Atem aus. Dann beunruhigtes Gemurmel. Dann ordnet einer an, »Pause!«

Um S. H. herum hat sich plötzlich ein Kordon gebildet, ein unsichtbarer, und er hat das deutliche Gefühl, einen riesigen Fauxpas begangen zu haben; dabei war doch alles so gut und so ehrlich gemeint. Da sieht er, daß Brecht ihm zuwinkt; erleichtert wendet er sich ihm zu; Brecht greift ihn beim Ellbogen und führt ihn aus dem Raum. Draußen sagt er: »Hören Sie, H., wenn diese Regierung Ihnen Geld geben will, dann hat sie's auch, und dann nehmen Sie's. Und noch einen Rat: ein Schriftsteller kann gar nicht genug Geld haben.« Und läßt ihn stehen.

S. H. überlegt: Der große Brecht. Der große Brecht weiß. Der große Brecht weiß besser als du, was geht in diesem Lande und was nicht, und wenn er sagt, Tanz nicht aus der Reihe, Tu was sie wollen, Nimm das Geld, dann weiß er, warum. Also geht er zurück in das Zimmer, hin zu Wolfgang Harich und Max Zimmering, die schon auf ihn zu warten scheinen, und sagt ihnen, es war eine Dummheit, tut mir leid, ich bringe es in Ordnung, ihr kriegt das Geld; und auf einmal, als wär nichts gewesen, sitzen alle wieder auf ihren Plätzen, Präsident, Sekretär, Vorstand, Mitglieder; und der Schriftsteller S. H., mit gebührender Demut, erklärt, ein Mißverständnis, und selbstverständlich würden er und der Kollege Harich und der Kollege Zimmering in allem den Wünschen der Akademie folgen, und er bäte um Verzeihung, sollte er irgend jemandem Ungelegenheiten bereitet haben.

Auf dem Nachhauseweg dann, die rote Mappe unterm Arm und die Medaille samt Bändchen in der Tasche, fällt ihm ein: wenn er nun auf seiner Idee bestanden hätte und nicht klein beigegeben, was dann? Dann hätte er ein Muster geschaffen, ein Muster an Selbstlosigkeit, dem andere hätten folgen müssen, die ehrenwerten Träger des Nationalpreises zum Beispiel, der nicht magere zehntausend Mark bringt sondern hunderttausend...

Perfider Gedanke. Am besten, man schlägt ihn sich rasch aus dem Kopf.

## 27

Es war, höre ich, Stalin, der als erster den Typ des nützlichen Idioten ortete, des lieben, zahnlosen Intellektuellen aus irgendwelchen fremden Ländern, den man mit ein paar Potemkinschen Dörfern, bewohnt von Potemkinschen Seelchen, so glücklich machen kann, daß er den Rest seiner Tage davon schwärmt.

Der Schriftsteller S. H. hatte die Absicht, sich nützlich zu machen, jawohl, aber ein Idiot war er nicht, selbst wenn er nicht alles, was ihm schief und widersprüchlich vorkam, bis ins letzte durchschaute. In einer Welt, die sich an diesem 17. Juni als Perversion erwiesen hatte, ein Zerrbild dessen, was sie zu sein vorgab und was er in ihr gesehen hatte, galt es Prioritäten zu setzen, wollte man mithelfen, Menschen und Verhältnisse vom Kopf wieder auf die Füße zu stellen. Nun mag einer fragen: Wozu das? Wozu sich beteiligen an einem so heiklen Projekt? Und warum gerade Sie, Herr H., wo Sie doch merken müssen, daß Ihre Bemühungen Ihnen wenig Lohn und wenig Freunde einbringen?

Ich weiß die Antwort nicht. Vielleicht tat er es, weil er die Angst, die ihm an dem Tag in die Glieder fuhr, nie wieder zu verspüren wünschte, vielleicht auch, weil er an die Macht der Vernunft und des Wortes glaubte, seiner Vernunft, seines Wortes in Ermangelung anderer, besserer, und weil er um sich herum nur das Murren vernahm der Geschlagenen und das tumbe Gestammel der Brüderschaft der Sieger der Weltgeschichte, denen der Sieg wieder einmal auf sowjetischem Tablett überreicht worden war.

Berlin, 27. Juni 1953

Sehr geehrter Herr Heym!

Der 17. Juni 1953 wird in der Geschichte der Wiedervereinigung des deutschen Volkes eine besondere Bedeutung gewinnen. Der Verlag DAS NEUE BERLIN hält die literarische Behandlung des 17. Juni für äußerst wichtig. Da die Vorgänge in jenen Tagen maßgeblich von den Imperialisten beeinflußt worden sind, wobei die amerikanischen Imperialisten die Hauptrolle spielten, müßte der Schriftsteller, der sich diesem Thema zuwendet, mit dem Wesen und den Erscheinungsformen des amerikanischen Imperialismus vertraut sein.

Wir sind der Überzeugung, daß es z. Z. in Deutschland keinen anderen Schriftsteller gibt, der die Hintergründe dieser Provokation deutlicher enthüllen könnte als Sie. Wir schlagen Ihnen daher vor, einen Roman über den Tag X zu schreiben, und würden uns freuen, bald von Ihnen Nachricht zu erhalten, ob Ihnen unser Vorschlag zusagt.

Hochachtungsvoll
DAS NEUE BERLIN
Verlagsleitung
i. V. Müller

7. Juli 1953

Sehr verehrte Kollegen,

Ihr Brief vom 27. Juni mit dem Ersuchen, daß ich einen Roman für Ihren Verlag über die Ereignisse des 17. Juni schreiben solle, hat mir keine reine Freude gemacht. Es ist zwar sehr schmeichelhaft, daß Sie mich für den Schriftsteller halten, der diese Ereignisse im Roman gestalten kann – aber Sie stellen gleichzeitig dem Rest meiner Kollegen ein Armutszeugnis aus, das zumindest ein Teil von ihnen nicht verdient.

Weiter, und das ist viel ernster, erklären Sie sich zehn Tage nach den Ereignissen die Sache als vor allem eine westliche Provokation. Entweder haben Sie sich am 16., 17. und 18. Juni und in den darauf folgenden Tagen in Ihre Büros eingesperrt, oder Sie sind unter dem neuen Kurs noch so blind und taub wie unter dem alten. Im übrigen habe ich bereits am 17. Juni geplant, einen Roman über dieses Sujet zu schreiben.

Hochachtungsvoll
S. H.

In der Tat hatte der liebe Gott ihm mit diesem 17. Juni wieder ein Romanthema geschenkt.

Das war ihm bereits klar gewesen, als er am Morgen sich von dem Genossen Ernst Hermann Meyer trennte, dem Oppositionellen in spe; und der Gedanke an das Buch, das da in ihm keimte, hielt sich in seinem Hirn während des ganzen Tages und veranlaßte eine Art Bewußtseinsspaltung: er erlebte die Vorgänge als Teilnehmer und Beobachter zugleich, und betete nebenher, es möchte sich alles doch so wenden, daß danach noch ein halbwegs sicherer Platz irgendwo bliebe für ihn und seine Schreibmaschine.

Spätestens seit dem Zusammenstoß mit dem Genossen Gotsche wußte er, daß der zentrale Widerspruch, der in den Geschehnissen zum Vorschein gekommen war, in dem Komplex Gewerkschaft lag; der innere Konflikt, Herzstück eines jeden Romans, würde sich am dramatischsten daher in der Brust eines Protagonisten entwickeln lassen, der beides war, Parteimitglied und Gewerkschaftsfunktionär, verpflichtet einerseits dem Apparat, der ihn bestimmt hatte für seinen Job und Disziplin von ihm fordern durfte, und andererseits den Arbeitern, die ihn gewählt hatten, wie sehr pro forma auch immer, und deren Interessen zu vertreten ihm oblag.

Aber welch schwieriger Romanheld: ein Mann, halb Bürokrat, halb Kumpel, und stets ein Mittler auf schwankendem Grunde, dem Lächerlichen näher als dem Heroischen; die Gefahr war, daß der Leser, statt sich mit ihm zu identifizieren, ihn eher bemitleiden würde. Ganz gleich jedoch, wie man ihn am Ende aufbaute und welche Eigenschaften man ihm gab und welche Vita, zunächst war zu prüfen, ob die Situation, die einen solchen Helden zeugte, vom Autor richtig gesehen war; was wußte S. H. denn schon vom Innenleben der Großbetriebe, in denen gestreikt worden war, der Arbeiter, die da demonstriert hatten, und wieviel von den Begebenheiten hatte er mit eignen Augen beobachten, eignen Ohren hören, eignen Sinnen erfassen können? Was wußte er von der Natur der Partei, die in jenen fünf Tagen im Juni so knapp an der Katastrophe vorbeigeholpert war, von ihren Strukturen, ihren Schwächen und Stärken? Und was wußte er vom täglichen Leben in Deutschland in der Zeit, da er außer Landes gewesen war, und wieweit und auf welche Weise dieser Alltag die Menschen deformiert hatte?

So nimmt er denn jene Recherchen auf, die ihn während der nächsten Monate und Jahre beschäftigen werden; und er beginnt mit Havemann. Robert Havemann, Chemo-Physiker, war der Hinrichtung im Zuchthaus Brandenburg durch seine Verbindungen zu gewissen Stäben der Wehrmacht entgangen, die ihn mit der Maßgabe, er hätte vor seiner Hinrichtung noch ein paar kriegswichtige Forschungen zu Ende zu führen, für vorläufig unabkömmlich erklärten; jetzt ist er mit der aristokratisch hageren Witwe eines adligen U-Boot-Kommandanten verheiratet, hat den Lehrstuhl für physikalische Chemie an der Humboldt-Universität, bewegt sich in den inneren Kreisen der Partei, säuft, Cognac meist, trotz der Tbc, die er aus dem Zuchthaus mitgebracht hat, und zeichnet sich durch eine Art heiterer Tollkühnheit aus, hervorgerufen durch sein Gefühl, daß das Leben, das er da führt, eigentlich längst verwirkt ist und er nach Lust und Gutdünken damit spielen kann. Havemann ist am 17. Juni in der Bezirksleitung der Partei gewesen und hat den totalen Wirrwarr dort miterlebt und wie einige der braven Genossen das Weite suchten, einer sogar, als plötzlich schwer Erkrankter, in einer Ambulanz mit wehender Rot-Kreuz-Fahne; und da bei der Bezirksleitung weder Richtlinien noch Anweisungen noch Informationen zu erhalten waren, griff er sich einen der Lautsprecherwagen, die auf dem Hof des Gebäudes standen, und fuhr damit, allein mit seinem Fahrer, dem nächsten Demonstrationszug entgegen. Was er den Leuten dann über sein Mikrophon zurief, ist ihm nicht mehr genau erinnerlich, irgend etwas über die Unsinnigkeit ihres Streiks wohl; sie hätten ihn auch angehört; dann kamen sie und kippten den Wagen um; ihn ließen sie ungeschoren.

Manch anderes, das Havemann berichtete, wird Spekulation gewesen sein; sicher ist, daß es an der Spitze der Partei eine Gruppierung gab, die Ulbricht zu stürzen gedachte, Herrnstadt, Chefredakteur des Neuen Deutschland, gehörte ihr an und der Minister für Staatssicherheit Zaisser, der in Spanien als General Gomez kommandierte; sicher ist auch, daß weder die eine noch die andere Fraktion im zentralen Apparat über die wahre Stimmung in den Betrieben genügend informiert war; aber wer nun am 16. Juni die eiskalte Mitteilung an die Arbeiter, die Normen würden trotz allem erhöht, in die Presse lancierte und dadurch das ganze Unheil auslöste, dieses wußte auch Havemann nicht zu sagen. Der Modus der Veröffentlichung, nämlich in der Gewerkschaftszeitung Tribüne und nicht in dem Parteiorgan Neues Deutschland, das Ulbricht zu der Zeit schon nicht mehr in seiner Hand hatte, weist auf ihn hin; er mag sich gesagt haben, lieber ein Tag des Schreckens als der Verlust der Macht: denn daß die Russen im Fall größerer Unruhen gezwungen sein würden, einzugreifen und die Regierung und damit auch ihn zu halten, lag in der Logik der Dinge, und Ulbricht war ein sehr logischer Denker.

Über das Verhalten Ulbrichts unmittelbar vor dem 17. Juni hört S. H. einiges durch John Heartfield, der am Abend des 16. an der eilig in den Friedrichstadtpalast einberufenen Parteiversammlung teilgenommen hatte. Johnnie, dessen Quartier sich unweit des Versammlungsorts befindet, in dem gleichen, der Französischen Kirche gehörenden Häuserkarree, in dem auch sein Bruder Wieland eine Wohnung unterhält, ging ohne viel Ängste hin, teils aus Neugierde und teils aus Pflichtgefühl; doch als er die weinerliche Selbstgerechtigkeit in den Worten der zwei Hauptredner wahrnahm, des Genossen Grotewohl und des Genossen Ulbricht, erschrak er wirklich und befürchtete Schlimmes für den nächsten Tag. Er beschreibt S. H. die sonderbare Atmosphäre im Halbdunkel des Zuschauerraums in dem großen Varieté-Theater, die Erwartung der Genossen, daß man nun endlich doch erfahren müßte, was die Partei zu tun vorhat in dieser Lage, und die Ratlosigkeit am Ende, als die Redner, ohne den rituellen Applaus erst abzuwarten, sich davonmachten.

Einen anderen Gewährsmann für das Tohuwabohu in den Reihen der Partei schickt ihm der Zufall über den Weg: den Genossen Heinz Brandt, Sekretär für Kulturfragen bei der Bezirksleitung Berlin. Brandt, ein quirliges, übereifriges Männlein – Jahre später, nach seiner Flucht nach Westberlin, wird er zur Hauptfigur eines tragikomischen Entführungsfalls werden – stellt sich dem Schriftsteller S. H. als Verehrer seiner Werke vor und offeriert ihm zur gefälligen Benutzung seine sämtlichen Erfahrungen und Erlebnisse während der kritischen Tage.

Brandt zufolge war die Kommunikation zwischen der Berliner Bezirksleitung und dem Zentralkomitee schon am 16. Juni höchst mangelhaft gewesen; Genosse Jendretzki, der Sekretär der Bezirksleitung, hieß es, habe auch zu den heimlichen Gegnern Ulbrichts gehört; jedenfalls war keine Auskunft zu erhalten auf die entscheidende Frage, ob die zehnprozentige Erhöhung der Arbeitsnormen nun zurückgenommen war oder nicht; mochte sein, daß man sich im Zentralkomitee noch nicht einig war in der Sache oder zu taktieren suchte, ging es gut, um so besser, mußte man dem Druck der Straße aber nachgeben, dann so spät wie möglich. Als die Nachricht schließlich eintraf, daß die Normerhöhung zurückgenommen war, bekam die Bezirksleitung keine Verbindung mehr zum Haus der Ministerien, vor dem inzwischen ein Demonstrationszug von Bauarbeitern und Mitläufern verschiedenster Herkunft aufmarschiert war. Da man mit dem Auto nicht durchkam, setzte Heinz Brandt sich auf ein geborgtes Fahrrad und gelangte auf die Art von der Behrenstraße hinüber zur Ecke Leipziger und Wilhelmstraße; und da er das Gebäude vergittert und verriegelt vorfand gegen den erwarteten Ansturm der Demonstranten, lehnte er sein Fahrrad an die Hauswand, kletterte auf den Sattel und hielt, mühselig das Gleichgewicht wahrend, eine Ansprache an die Menge: die Normerhöhung gelte nicht mehr und die Leute möchten sich doch bitte beruhigen und nach Hause gehen. Es sei, sagt Brandt, wie in einem Alptraum gewesen, in dem man immer wieder zu reden versucht, ohne einen Ton hervorbringen zu können – verrückt.

Dem Genossen Wandel stellt S. H. die Frage, wie er sich denn erkläre, daß dieselben deutschen Arbeiter, die unter dem Kaiser, und in der Weimarer Republik, und vor allem unter Hitler immer Ruhe gehalten und gehorsam gearbeitet hätten, nun, da endlich die Kommunisten regierten, sich gegen die Staatsmacht erhoben. Wandel denkt lange nach. Dann, nachdem er eine Anzahl von meist wenig stichhaltigen Gründen angeführt hat, sämtlich längst ausgewalzt in den Argumentationshilfen der Partei, gibt er sich einen Ruck und bekennt, es wären eben nicht mehr dieselben deutschen Arbeiter wie früher, mit ihrer bekannten Tradition und ihrem bekannten Klassenbewußtsein; die da hier und jetzt an den Maschinen stünden, seien in ihrer Mehrheit zum einen moralisch korrumpiert worden durch die Nazis, und zum anderen wären es klassenfremde Elemente, Leute also, die, durch die neuen Verhältnisse ihrer Privilegien verlustig gegangen, das Proletariat infiltriert und mit ihrem Ungeist erfüllt hätten. Sie, ehemalige Klein- und Großbürger, die nichts mehr haßten als die Partei der Arbeiterklasse und die Sowjetunion, hätten bei den Umtrieben die Führung gehabt, und sie gelte es jetzt zu entlarven.

Fritz Selbmann, Minister für Hüttenwesen und Erzbergbau, der am Nachmittag des 16. Juni im Haus der Ministerien saß und dann herunterkam und auf dem Vorplatz des Gebäudes zu der demonstrierenden Masse sprach – erfolglos, wie sich zeigte – gibt ihm ein Bild aus ganz anderer Perspektive: sachlich, Szene um Szene beschreibend fast wie im Film, und kritisch, auch den eigenen Emotionen gegenüber; Selbmann ist kein Mann großer Theorien, aber er weiß zu beobachten; beispielhaft seine Darstellung des Streikführers, der ihm ins Wort fällt und zu ihm hinauf auf den Tisch springt, von dem aus er zu der Menge zu reden versuchte, und des Mädchens, die sich ihre FDJ-Jacke vom Leibe reißt, symbolische Geste der Loslösung von dem System, dessen Uniform sie trug. Durch Selbmann erhält S. H. seine ersten direkten Berichte von den Vorgängen außerhalb Berlins; Selbmann war in die Republik geschickt worden, um an Ort und Stelle zu schlichten und altes Unrecht, alte Willkür zu korrigieren; selber einmal Arbeiter, kannte er die Sprache der Kumpel noch, auch wenn seine Hände, wie ihm der Streikführer vorhielt, weiß und weich geworden waren, Bonzenhände.

Soll sein Buch die notwendige Authentizität besitzen, so schließt S. H. aus seinen Interviews, muß er sich mit diesen Arbeitern näher beschäftigen. Bei ihnen, darauf weist alles hin, sollte die Antwort zu finden sein auf die Fragen, die der Juni 1953 in Berlin zum ersten Mal aufgeworfen hat und die nur drei Jahre später in Polen und Ungarn auftauchen werden und danach immer wieder und in immer neuen Varianten von Prag, Belgrad, Peking bis hin nach Moskau: die Fragen nach der Rolle der Arbeiter im Arbeiterstaat, und wie denn die Diktatur des Proletariats zu handhaben sei unter Wahrung der Demokratie, ohne die, nach Aussage der Klassiker, ein Sozialismus, der den Namen verdient, nicht machbar ist.

Er muß eine Forschungsreise unternehmen ins Herz der deutschen Arbeiterklasse.

Sprüche deutscher Arbeiter in der DDR:

»Es ist uns völlig gleichgültig, wer uns bezahlt, und ob es australisches, amerikanisches oder sowjetisches Geld ist, solange es nur viel Geld ist.« Und, »Mir ist jede Regierung recht, wenn ich genug essen und trinken kann. Ich lebe jetzt, alles, was später kommt, das interessiert mich nicht so sehr.« Und, »Wie können sie den Kollegen zu fünfzehn Jahren verurteilen, wo er doch nur gesagt hat, was wir alle denken.« Und, »Aber sicher war ich Feldwebel in einer Panzerbrigade, und bei Charkow dabei und bei Witebsk!«

So nachzulesen in S. H.s Broschüre *Forschungsreise ins Herz der deutschen Arbeiterklasse*, geschrieben auf Grund eigener Gespräche des Autors in den Askania-Werken in Teltow und bei Bergmann-Borsig in Ostberlin, und auf Grund von Gesprächen, die eine Delegation von 47 sowjetischen Industriearbeitern in verschiedenen Großbetrieben der DDR führte. Bei allem Informativen in dem Heftchen, der einzigen soziologischen Studie der Art nach dem Juni 1953, spürt man dennoch, daß es weder den Russen noch dem Schriftsteller S. H. in allen Fällen gelang, bis in das Innerste der Psyche ihrer Gesprächspartner vorzudringen; diese hielten sich zumeist bedeckt und neigten, die Panzer hatten da gewirkt, zu Konzessionen an das Denken ihrer Besucher.

So gestehen sie zwar zu, daß Streiks und Demonstrationen nicht die geeigneten Mittel gewesen sein mochten, um sich durchzusetzen; aber, fragen sie, wer hörte denn auf uns? Die Gewerkschaften? Die Partei? Und da war schließlich die Sache mit den Normen! Gewiß, räumen sie ein, vielerorts wären Normerhöhungen möglich gewesen, ohne weiteres, nur hätte man mit ihnen, den Männern an der Maschine, darüber sprechen müssen, nicht die erhöhten Prozente von obenher verfügen! Sie geben sich einsichtig, sie sind sogar bereit, die Tüchtigkeit der sowjetischen Kollegen anzuerkennen, wenn einer von denen an die Maschine tritt und ein Werkstück dreht, Nachweis, daß der Gast aus der Ferne von seiner Hände Arbeit lebt und nicht als Sesselreiter.

Aber dann kommen, wie die Beispiele zeigen, eben doch die plötzlichen Ausbrüche, die erkennen lassen, wie weit diese Menschen noch entfernt sind von der Einsicht, daß hier, in der neuen Ordnung der Gesellschaft, die Produktionsmittel ihnen gehören, die Betriebe ihr Eigentum sind, samt allem Inventar. Woher sollten sie's auch wissen, wenn es sich nicht in der Praxis erweist? Infolgedessen bleiben sie passiv, warten darauf, daß irgendein höheres Wesen die Mängel beseitigt, die sie sehr wohl sehen, oder ihnen beschafft, was sie für ihre Produktion benötigen, und lassen sich, grinsend, wenn etwas schief geht, herumkommandieren von jedem Bürokraten, jedem Anpasser, der rasch Karriere gemacht hat – und folgen dem ersten besten, der sie gegen dieses System führt, in dem sie mehr noch als unter dem früheren, privaten Management von ihrem eigensten, ihrer Arbeit, entfremdet werden.

Man glaubt, die Ahnen des Genossen Gorbatschow reden zu hören, liest man heute, drei Jahrzehnte und mehr nach jenem Spätsommer, die Worte, mit denen die sowjetischen Delegierten ihre in die Irre gegangenen deutschen Klassenbrüder zu beraten, zu ermahnen, zu überzeugen, und mitunter auch zu trösten suchten. Normen, predigen sie, dürften erst dann erhöht werden, wenn die technischen Voraussetzungen dafür vorhanden sind und alle in Betracht kommenden Kollegen die Veränderung verstanden hätten. Das leitende Personal, die Ingenieure, betonen sie, müßten sich mehr bei den Arbeitern aufhalten, die Partei- und Gewerkschaftsleitungen den Vorschlägen der Arbeiter mehr Aufmerksamkeit widmen; wie sonst sollten die Arbeiter begreifen, daß es jetzt ihre Maschinen sind, an denen sie stehen? Und wenn ein Gewerkschaftsfunktionär, bestätigen sie, der die Interessen der Arbeiter vertreten sollte, sich nicht um ihre Interessen kümmere, oder wenn in den Versammlungen die Kritik der Arbeiter nicht berücksichtigt werde, dann könnten die auch nicht an die Gewerkschaft glauben. Und die Partei vor allem, sagen sie, die Partei müsse offen und ehrlich mit den Arbeitern reden und ihnen klarmachen, durch die Tat, nicht nur durch Worte, daß sie für die Arbeiter da ist; Partei- und Gewerkschaftsleitungen dürfen nicht jede Kritik als maskierte Feindpropaganda betrachten; die deutschen Arbeiter, noch von der Nazi-Zeit her gewöhnt, daß jede kritische Äußerung zu Entlassung und Schlimmerem führen könne, müßten endlich das Gefühl bekommen, daß ihre Kritik nicht nur gehört, sondern sogar geschätzt werde und Ergebnisse bringe; vor allem aber müsse ein Arbeiter Antwort erhalten auf seine Fragen: werde das versäumt, so bleibe er sich selber überlassen und werde sich mißachtet fühlen und sich verschließen, und ein Mensch, der gebraucht wird, gehe verloren.

Unter den Deutschen, die sich das anhörten, war nicht einer, der zurückfragte, ob solch lobenswerte Grundsätze denn überall in der Sowjetunion befolgt würden, oder ob da nicht vielleicht auch andere, härtere Mittel gelegentlich zur Anwendung kämen, um Leistung zu erzielen; und diskret verschwiegen sie, was sie selber bei ihrem Einfall in die Sowjetunion an Lebens- und Arbeitsbedingungen dort gesehen hatten, und unterließen Vergleiche ihrer eigenen Beobachtungen mit den von den 47 sowjetischen Kumpeln so innig empfohlenen Verhaltensweisen. Überhaupt schimmerte bei den meisten Deutschen der Zwiespalt in ihrer Haltung den Sowjetmenschen gegenüber durch. Dieselben Arbeiter, etwa vom Sachsenwerk in Niedersedlitz, die den Delegierten stolz berichteten, sie hätten in der schlimmen Zeit 1923 kistenweise Werkzeug und Kleidungsstücke an ihre russischen Kollegen im Dynamo-Werk in Moskau geschickt, sie waren mitmarschiert beim Überfall der Nazis auf den ersten Arbeiterstaat der Welt. Und dies sei es, schreibt S. H. in seiner Broschüre, weshalb es vielen deutschen Arbeitern so schwerfalle, den sowjetischen Arbeitern gegenüber Gefühle der Freundschaft zu empfinden. Sie sähen sich, führt er aus, ungefähr in der Situation, in der sich ein Mann angesichts einer Frau befindet, die er einst liebte, die er aber, als seine Liebe auf die Probe gestellt wurde, im Stich gelassen, verraten und sogar mißhandelt hat. Diese Frau, fügt er bitter hinzu, werde den Mann allein schon durch ihre Existenz an sein Versagen erinnern.

Hätte es eines Beweises bedurft, dann hat er ihn jetzt: die Zukunft des Sozialismus im östlichen Drittel Deutschlands hängt in nicht unwesentlichem Maße von dem Bild ab, das sich die Menschen hier von dem großen Freund im Osten machen. Und dieses Bild ist entstellt durch das Messer, das der Dr. Goebbels den sowjetischen Genossen zwischen die Zähne geklemmt hat, und durch den großen Treck, nur weg von den rächenden Horden, und durch die Vergewaltigungen und den Ruf »Uhri, Uhri!«, und nun auch noch durch die Panzer auf der Straße Unter den Linden, die den bankrotten Funktionären zu Hilfe kamen.

»Die Zeit, in der wir leben, hat mich gezwungen, meine publizistische Arbeit fortzusetzen«, bemerkt der Schriftsteller S. H., und fügt hinzu, auch er hätte in den letzten Jahren, es sind die Jahre zwischen 1953 und 1956, sich lieber jener Literatur gewidmet, die in Deutschland als die *schöne* bezeichnet werde zum deutlichen Unterschied von der garstigen Literatur des garstigen Alltags. Doch habe, sagt er, diese Alltagsliteratur gleichermaßen ihre Vorzüge, da sie den Autor zwinge, sofort und direkt zu denken, um sofort und direkt Stellung zu nehmen, und es ermögliche, sofort und direkt zu den Menschen zu sprechen, um sofort und direkt in das Geschehen einzugreifen.

Die Form, die er zu dem Zweck benutzt, ist die Column, die Kolumne, die als regelmäßiger Beitrag, von ein und demselben Autor geschrieben, in der amerikanischen Presse entwickelt wurde. Der Titel seiner Kolumne, *Offen gesagt*, auf englisch *Plain Talk*, russisch *Glasnost*, ist zugleich ihr Programm; er weiß, nur wenn er offen spricht, oder zum mindesten eine Sprache benutzt, die ohne Umschweife an Herz und Eingeweide geht, wird er sein von Ressentiments und Vorurteilen vollgestopftes Publikum erreichen und diesem sogar ein paar unangenehme Wahrheiten sagen können. Und weiter weiß er, er muß so schreiben, daß die Leute neugierig werden: was für ein Thema wird er sich nächstes Mal vornehmen, welche heilige Kuh kitzeln, wenn die Kolumne am Sonntag wieder in der Berliner Zeitung erscheint, Frontseite links, erste Spalte.

Im Anfang folgt er dem Stil von Kolumnisten wie Walter Winchell und Ernie Meyer: die füllten ihre Spalte mit »Items«, kurzen, spritzigen Aperçus und Artikelchen, die, von Prominentenklatsch bis Kunst und Politik, ein Bild vom Leben in New York und anderswo gaben. Doch bald sieht er, daß sich das Muster in dieser Republik nicht so anwenden läßt; hier muß das geheime Einverständnis zwischen Autor und Leser sich erst noch herstellen, hier muß man dokumentieren und argumentieren, bevor ein Anekdötchen genügt, um zu überzeugen; und so handelt ein Offen gesagt gewöhnlich von nur einem Sujet.

Die sind nicht immer weltbewegend, doch kreisen sie irgendwie alle um das Zentralthema: der Mensch und die Macht, und wessen Macht. Ob es um die gemütlichen Kneipen geht, die einer doch braucht und die beim Bau der ganzen langen Stalinallee, oh klug vorausschauende Planer, vergessen wurden, oder um das Premierenpublikum bei der Eröffnung der wiedererbauten Staatsoper, sollten da nicht eigentlich die Bauarbeiter in Parkett und Logen sitzen, oder um die jämmerliche Bezahlung der Krankenschwestern, die doch Leben und Tod in ihrer Hand haben, oder um Sinn und Ursache des schwarzen Kurses der Ostmark, oder um ein Wartehäuschen an einer Straßenbahnhaltestelle: nichts ist ihm zu gering und zu gewöhnlich, um es nicht aufzugreifen, wenn er meint, daß es helfen könnte, die Sauberkeit im Kopf zu schaffen, von der schon in seinen ersten Schriften zum 17. Juni die Rede war.

Eingestreut finden sich jene Kurz-Essays, die ans Mark der Sache gehen und die heute noch, oder heute wieder und erst recht, aktuell sind. Da berät er sich schon manchmal mit Wendt oder mit Fritz Grosse, bevor er den Fuß auf das Seil setzt, unter dem kein Netz gespannt ist; der Chefredakteur des Blattes, Erich Henschke, alter Spanienkämpfer, und dessen Stellvertreter, der Genosse Burkhardt, scheinen ihn für sakrosankt zu halten und zensieren ihn kaum; am Ende werden sie dafür büßen müssen.

Der amtlichen Willkür tritt er mit der Forderung nach einem Verwaltungsgericht entgegen. Er zitiert die Verfassung: »Dem Schutz der Bürger gegen rechtswidrige Maßnahmen der Verwaltung dient die Verwaltungsgerichtsbarkeit. Aufbau und Zuständigkeit der Verwaltungsgerichte werden durch Gesetz geregelt.« Aber nie wurde das geregelt, trotz der Verfassung. Es gibt keine Verwaltungsgerichte, bei denen der Bürger sein Recht, gegen das der Staat verstoßen hat, einklagen könnte; der Staatsanwalt, heißt es, kümmere sich um solche Fälle; aber der Staatsanwalt, schreibt S. H., »arbeitet hinter verschlossenen Türen, das Gericht im Lichte der Öffentlichkeit. Es fehlt der Zusammenprall der lebendigen Aussagen vor Gericht, aus denen sich Recht und Unrecht oft erst ergeben.« Und er verlangt, daß dem Bürger, der glaubt, ihm sei Unrecht angetan worden von einer Behörde, sein Tag vor Gericht werde.

Der Ruf verhallt ohne Echo; die Volkskammer, die da angesprochen ist, schweigt. Darum geht er den nächsten Schritt und schreibt ein Offen gesagt, in dem er vorschlägt, man möge doch in der DDR für jedes Wahlamt, ob das des Volksvertreters, Bürgermeisters, oder welches auch immer, nicht nur einen, sondern mehrere Kandidaten aufstellen, damit das Volk bei der Wahl auch die Auswahl habe. Fritz Grosse, dem er den Entwurf zeigt, schlägt die Hände überm Kopf zusammen: ob er sich ruinieren wolle? *Die* – es ist klar, wen Grosse im Sinn hat – würden nie glauben, daß er's ehrlich meint. Ein Dolchstoß, würden sie sagen, und ihn zu ihrem Erzfeind erklären, denn stellt er nicht mit seiner Forderung ihre Legitimität in Frage, den Stuhl, auf dem sie sitzen?

Weise verzichtet S. H. auf die Propagierung seiner Idee. Dafür kritisiert er die Presse der DDR, die so voll kleiner Lügen ist, daß man ihr auch die große Wahrheit, die sie verkündet, nicht glaubt; und läßt einen westdeutschen Arbeiter über den Trott in den Betrieben der DDR reden, »Ja, mei, wie die hier in Dresden die Fußböden zementiert haben, bei dem Tempo wär i schon geflogen«; und verteidigt die als subversiv geltenden Nietenhosen, indem er öffentlich mitteilt, solche Blue Jeans seien die Arbeitskleidung der armen Farmhands im Süden der USA und keineswegs ein Sinnbild des Imperialismus, weshalb die bemitleidenswerte Studentin, die sie trug und dafür von der Humboldt-Universität geschaßt wurde, schleunigst wieder zum Studium zuzulassen sei; und proklamiert die historische Berechtigung der DDR mit den Worten: »Und wenn in dieser Deutschen Demokratischen Republik nichts weiter getan worden wäre, als den Beweis zu erbringen, daß man in Deutschland einen Staat auch ohne Großkapitalisten und Großgrundbesitzer machen kann, es wäre schon eine geschichtliche Tat gewesen«; und sucht nach dem gemeinsamen Nenner, den man finden muß, will man die friedliche Wiedervereinigung Deutschlands, und sieht ihn »dort, wo alle Politik herkommt, im ökonomischen«, in einem Wirtschaftssystem, das für die entscheidende Mehrheit der Menschen in beiden Teilen des Landes akzeptabel sein muß.

Hier und da auch, selten genug, gibt es Anlaß zum Lachen. Da ist ein Herr Tillich, Chef einer Westberliner Propagandatruppe mit Namen Kampfgruppe gegen die Unmenschlichkeit, und Herr Tillich hat zum 1. Mai 1954 Flugblätter über Ostberlin abwerfen lassen, den Teilnehmern der offiziellen Mai-Prozession zur Lektüre. Eines der Flugblätter ist S. H. in die Hände gefallen, und er sieht, es ist schlecht gemacht und politisch stupid, und setzt ein Offen gesagt ins Blatt, in dem er auf Grund seiner eigenen Erfahrungen auf dem Gebiet Herrn Tillichs Fehler moniert und ihm nachweist, warum seine Flugblätter schlecht sein *müssen*: weil nämlich, sagt er, man Wahrheit und Recht vertreten muß, will man nachhaltig aufs Denken der Menschen wirken, und weil Wahrheit und Recht seit 1946 nicht mehr auf Seiten der Psychological Warfare der amerikanischen Bosse des Herrn Tillich sind. Herrn Tillich läßt das keine Ruhe, und er erwidert, wie er es doch so betrüblich fände, daß der S. H., dessen Gedichte er vor langen Jahren in der »Menschendämmerung« mit so großer Ergriffenheit gelesen, nun auf der anderen Seite stehe, und fragt betrübt, »Passen Sie, Herr H., da wirklich hin?«

Worauf S. H. in einer zweiten Kolumne ihm mitteilt, »Himmler, wie wir wissen, liebte die Blumen, Göring liebte die Tiere, und Tillich liebt Verse – noch dazu Verse von Heym. Nur daß Verse von S. H. nie in einem Buch mit dem Titel ›Menschendämmerung‹ veröffentlicht wurden. Es gibt auch kein solches Buch. Aber es gibt eine Anthologie von Gedichten mit dem Titel ›Mensch*heits*dämmerung‹, die 1920 im Verlag Rowohlt erschienen ist – zu einer Zeit, als ich genau sieben Jahre alt war. Der Heym, dessen Gedichte in der ›Menschheitsdämmerung‹ erschienen, hieß Georg Heym und ertrank am 16. Januar 1912 beim Eislaufen auf der Havel.«

Die publizistische Arbeit, besonders an der Kolumne, geht auf Kosten des Romans. Er quält sich mit dem Buch, *Der Tag X* soll es heißen; es bleibt ihm nicht genug Zeit dafür, und die Konzentration leidet, wenn man immer wieder von einem Genre aufs andere umschalten muß. Hätte es sich nur darum gehandelt, einmal die Woche drei Seiten Text hinzustellen für Offen gesagt, es wäre ein Leichtes gewesen; aber da er an Fragen rührt, die viele beschäftigen, und ausspricht, was vielen auf der Seele liegt, wird er zu einer Art öffentlicher Instanz; in ständig wachsender Zahl erreichen ihn Briefe, in denen die Menschen sich ihm öffnen; er erfährt, was wiederum dem Roman zugute kommt, mehr über das Leben im Lande als die meisten seiner Kollegen; aber all dies will ja nicht nur beantwortet werden, oft muß er eingreifen, muß Hilfe schaffen, wo ein Unrecht geschieht, Berater finden, wo einer nicht weiter weiß, muß stützen, vermitteln, intervenieren; und ihm steht ja kein Stab zur Verfügung, nur eine Sekretärin, die zweimal die Woche für ihn tippt.

Also sucht er, geteilte Arbeit ist halbe Arbeit, einen Co-Autor, mit dem er Sonntag um Sonntag sich abwechseln kann; und der Mann, den er sich wählt, ist der Domprediger Karl Kleinschmidt, ihm bekannt aus Ahrenshooper Tagen. An Kleinschmidt lockt ihn, daß der in keine der gängigen Schablonen paßt: mit den Schmissen im Gesicht, den hellblauen, lachenden Augen, dem rötlichen Haar, sieht er für einen Pastor zu sehr wie ein Strauchritter aus, und für einen Strauchritter zu sehr wie ein Intellektueller; der Partei ist der Mann unbehaglich, weil er es immer noch mit dem lieben Gott hat, und der Kirche, weil er Kommunist ist, und mit beiden Institutionen liegt er im Streit, weiß dabei aber permanenten Schaden zu vermeiden. Kleinschmidt wiederum reizt es, aus dem Schweriner Partei- und Kirchengezänk herauszutreten und auf einem breiteren Markte, in Maßen natürlich, zu ketzern; und selbst wenn seine Prosa schwerer fließt als die des Schriftstellers S. H., so bringt er doch eine persönliche Note ein, und eigene Erfahrungen und eigene Themen, und mehr als einmal wird er sich bei der Zusammenarbeit, die bis zum Ende von »Offen gesagt« dauert, mit der ganzen Breite seiner Schultern schützend vor seinen Partner stellen.

Und der braucht Schutz. Eigentlich sollte man annehmen, daß die Genossen an der Macht und ihr Hofgesinde, mit dem Juni-Schreck noch in den Gliedern, dem Schriftsteller S. H. in Dankbarkeit zugetan sein müßten, denn welch anderer unter all den Helden der Feder war denn hervorgetreten und hatte für sie gesprochen, und tat er das nicht immer noch. In Wirklichkeit aber begegneten sie ihm mit Mißtrauen; es erschien ihnen unglaubhaft, daß einer sich für sie einsetzen könnte, ohne Teil ihrer Seilschaft zu sein oder zumindest im Auftrag zu stehen und Lohn für seine Tätigkeit zu empfangen in Form von Pfründen oder anderen Vergünstigungen. Was wollte der Kerl bloß? Was steckte hinter seinem angeblichen Altruismus? Warum spielte er sich in den Vordergrund in einer Zeit, in der man besser das Maul hielt und sich duckte?

Das Ressentiment bricht zum ersten Mal durch bei dem Streit um den sogenannten Nachterstedter Brief. Nahe dem Städtchen Nachterstedt befindet sich ein Braunkohlewerk, dessen Kumpel, so steht in der Presse zu lesen, ein außerordentliches Interesse an der Entwicklung der Literatur zeigen; so groß in der Tat ist dies Interesse, daß sie in einem offenen Brief an den Schriftstellerverband die Kollegen Schriftsteller auffordern: »Gestalten Sie den werktätigen Menschen so, wie er ist, von Fleisch und Blut, wie er arbeitet, liebt und kämpft. Zeigen Sie den Enthusiasmus, die Leidenschaft und das große Verantwortungsbewußtsein, das die Arbeiter im Kampf um das Neue beseelt.«

Nun sind diese anspornenden Worte wohl kaum in einer Bergarbeiterküche zu Papier gebracht worden, sondern eher im Büro einer mit Ideologie befaßten höheren Dienststelle; aber da stehen sie nun plakatiert, offensichtlich als Richtlinie, und sollen, in Vorbereitung des demnächst auf die Literaturschaffenden zukommenden Schriftstellerkongresses, vor allem Volke diskutiert werden. Für S. H. sind sie bedrohlich: er hat inzwischen gelernt, daß derlei Thesen alsbald Aufnahme finden in das geistige Exerzierreglement, und die Arbeiter, die er in Berlin erlebt hat und in seinem Roman darzustellen beabsichtigt, entsprechen dem Nachterstedter Ideal nur in geringem Maße.

Nicht aus literaturtheoretischen Erwägungen also, sondern um sich den Raum für seine Arbeit zu erhalten, ist er gezwungen, die Nachterstedter Konstruktionen einigermaßen ins Lot zu rücken, und er beschließt, dies in seiner Kolumne zu tun. »Wenn die Arbeiter vom Schriftsteller verlangen«, gibt er zu bedenken, »daß er sie so darstelle, wie sie hier und heute sind, dann kann er, will er ehrlich sein, nicht allzu viel von Enthusiasmus, Leidenschaft und großem Verantwortungsbewußtsein schreiben. Wenn der Schriftsteller andererseits aufgefordert wird, vom Enthusiasmus der Arbeiter, von ihrer Leidenschaft, von ihrem großen Verantwortungsbewußtsein im Kampf um das Neue zu schreiben, wie soll er solchen Arbeitern da Fleisch und Blut geben? – denn in Wirklichkeit ist ihr Fleisch oft genug schwach, und ihr Blut sehnt sich nach allem Möglichen, aber nur selten nach dem Kampf ums Neue.«

Das ist nicht nur ein Verstoß gegen die soeben offiziell kundgetane Doktrin vom in allen Tugenden strahlenden Werktätigen; das ist viel schlimmer: denn er verunsichert mit seiner nüchternen Betrachtungsweise genau die Leute, die um ihres Herrschaftsanspruchs willen verdrängen müssen, was ihnen in der Realität des Juni entgegentrat. Da nützt es ihm wenig, dem Satz vom schwachen Fleisch tröstend anzufügen, »Sich zum Sozialismus hin verändernd wird der arbeitende Mensch in dauerndem Kampf mit sich selber allmählich auch den Enthusiasmus, die Leidenschaft und das Verantwortungsbewußtsein entwickeln, von denen die Besten der Arbeiter in Nachterstedt und anderenorts schon etwas im Herzen spüren« – *die* Sünde wird ihm nicht verziehen. Doch geht diese Runde noch unentschieden aus: zu viele haben an die Zeitung geschrieben und ihm recht gegeben, und solche Zuschriften ließ er fleißig abdrucken.

Aber der große Schlag gegen ihn ist schon geplant.

Der Zwanzigste Parteitag des Nikita Chruschtschow wirft seine Schatten voraus.

Was sich da anbahnt, ahnen die wenigsten, und gewiß nicht S. H.; aber Ungewohntes macht sich bereits Ende 1954 bemerkbar, auf dem Sowjetischen Schriftstellerkongress, zu dem die Genossen Sokolow und Bernikow ihn als Berichterstatter für die Tägliche Rundschau entsandt haben. Auf dem Flugplatz schon, ein erster Zusammenstoß: da steht Willi Bredel, breit, gedrungen, als wolle er ihm den Weg blockieren: »Was willst denn *du* hier?« S. H. blickt ihn an, erstaunt, eben noch wollte er den Kollegen freundlich begrüßen; dann bemerkt er die anderen, die sich Bredel zugesellt haben, und weiß plötzlich, das ist die Mafia, und antwortet kühl, die Sache habe schon ihre Richtigkeit, er reise im Auftrag der Russen, und sieht den Ausdruck auf dem sonst so gutmütigen Gesicht des einstigen Hamburger Arbeiterjungen, und Gertrude sagt ihm: »Der haßt dich.«

S. H. ist voller Ehrfurcht vor den großen Namen in Moskau: diese haben noch die Revolution erlebt und darüber geschrieben, Scholochow und Fedin, und Ehrenburg und Gladkow und Alexej Tolstoi, und dann die jüngeren, Fadejew, Simonow, Polewoi, die Autoren des Zweiten Weltkriegs. Und doch, deutlich zu hören, die Konflikte: Surkows Angriffe auf Ehrenburgs *Tauwetter* und auf die Panowa, die, was ja gestattet sei, die schmutzige Seite des Sowjetlebens aufgezeigt, dabei aber, und dies nun sei grundfalsch, den einzelnen Menschen in Gegensatz zur sowjetischen Gesellschaft gestellt hätten; Simonows Abwertung des sozialistischen Realismus, der nur eine Methode sei, nicht aber ein Stil, und Unsinn wäre die Suche nach der für den sozialistischen Realismus einzig richtigen Fabel; und mehrerer Autoren Kritik an dem Brauch, gewisse Werke hochzuloben und auszuzeichnen, nur weil ihr Inhalt zur Zeit genehm sei; und dann Scholochow, der, vom Wodka beseligt, am Rednerpult schwankt und die »fünf oder zehn führenden« Schriftsteller des Landes, sich selber nicht ausgenommen, mit Patronen vergleicht, die zu lange im Magazin des Gewehrs gesteckt und Rost angesetzt haben – persönliche Eifersüchteleien nur? Schaffenskrisen? Oder sind das nicht vielmehr die Risse in der Kruste, die auf das Beben deuten, das sich in der Tiefe vorbereitet?

Auch Ernst Fischer, mit dem er eine halbe Nacht im Hotelzimmer verbringt, scheint dieser Meinung; doch weicht er jedesmal aus, wenn S. H. Konkretes zu wissen verlangt; da ist es schon sicherer, über Österreich zu reden und über die Frage, warum denn die Wiener Arbeiter in so geringer Zahl für die Kommunisten stimmten.

»Das hab ich sie auch gefragt, wie ich jetzt kandidiert hab.« Ernst Fischer, Lippen skeptisch gekräuselt in dem langen, schmalen Gesicht, ähnelt einem k. und k. Offizier von Adel eher als einem ehemaligen Komintern-Mann. »Und sie haben mir geantwortet: Schaun's, Genosse Fischer, uns gefällt Ihr Programm schon und was Sie so wollen, aber wenn wir Sie wählen und Ihre Partei, Sie kriegen wir ja nie wieder raus!«

Brecht bittet ihn zu sich: er möchte erfahren, was in Moskau war. S. H. berichtet ihm, seine Eindrücke, seine Hoffnungen, und was dort so geredet wurde, nicht nur unter Schriftstellern, auch in anderen Kreisen; und Brecht, der ihn schweigend angehört hat, lächelt am Ende, sein unfrohes Lächeln. »Ich werde Ihnen sagen, wann die in Russland wieder eine Literatur haben werden«, er denkt einen Augenblick nach, »wenn dort ein Buch erscheinen wird, das anfängt mit den Worten«, und wieder eine Pause, »mit den Worten: Minsk ist eine der langweiligsten Städte der Welt.«

Das sagt er aber nicht auf dem Kongress des Schriftstellerverbandes der DDR, der, reichlich verspätet, im Januar 1956 auf den sowjetischen folgt. Vielmehr stellt er sich, klug wie er ist, dort erst gegen Schluß ein und beschränkt sich auf ein paar Sätze, die jeder unterschreiben kann, über den Jammer der Literatur im Westen, und über das Studium der materialistischen Dialektik und das Studium der Weisheit des Volkes, welch beide dazu dienen können, die sozialistische und realistische Schreibweise in vielfacher Weise dichterisch auszubauen.

S. H. aber, weniger klug, kommt und entblößt sofort sein Herz. Man könnte, im nachhinein, narzißtische Züge in sein Verhalten hineinlesen: seht, wie ich mich mühe um unsre gemeinsame Sache, und was für interessante Gedanken ich mir mache. Aber das ist es nicht. Er kämpft auch um sein Buch, von dem etwa die Hälfte jetzt auf dem Papier steht und der Rest konzipiert ist, und das man nur veröffentlichen wird, wenn anerkannt ist, daß der Schriftsteller die Menschen darzustellen hat, wie sie sind, und nicht, wie irgendwelche politische Stellen sie sich wünschen.

Darum also sein Engagement. Darum, nach einer kurzen Auslassung über die Talentrate bei einer Bevölkerung von nur 18 Millionen, gedacht zur Beruhigung des Geschreis über den Mangel in der DDR an großen Werken des sozialistischen Realismus, seine Attacke gegen die jede Kreativität hemmende Methode, ein Buch oder Stück mit dem korrekten Inhalt zu versehen und damit gut, und sein Spott über die amtliche Lobpreisung von Dichtungen, die in der Tendenz ehrenwert, sonst aber von hölzerner Primitivität sind. Darum seine Kritik an den zweierlei Maßstäben, mit denen die Literatur hier gemessen wird, und der bourgeoisen herablassenden Art, mit der besonders Werken von Autoren aus der Arbeiterklasse alle Schwächen verziehen werden, wenn sie nur sonst brav sind. Darum sein Ruf nach Qualität, denn, so sagt er, man müsse auch über die Ufer der vermeintlichen Insel hinaus wirken, die da DDR heißt; und seine Forderung nach eigener Verantwortung des Schriftstellers; und seine Verwahrung, nein, man habe keine Angst vor dem erhobenen Zeigefinger und den erhobenen Augenbrauen großer und kleiner Päpste. Illusionslos will er den Schriftsteller des Sozialismus haben, aber stets mit dem großen Ziel im Auge; und er schließt: »Wir können in dem, was wir sagen wollen und zu sagen verpflichtet sind, nur richtig entscheiden, wenn wir die Menschen richtig einschätzen, über die und für die wir schreiben.«

Damit aber hat er an das Hauptstück des Ideologie-Betriebs in der DDR gerührt, an das Schema, nach dem all diese Priester und Akoluthen leben und schreiben, an die Fiktion vom getreuen, etwas dümmlichen Arbeiter, der einer Gruppe Allwissender bedarf, die in seinem Namen stets das Richtige sagen und tun. Bredel ist ihr Sprecher. »Unser Freund H.«, klagt Bredel, habe nach seiner Antwort auf den Brief der Nachterstedter Arbeiter nichts hinzugelernt und habe die wahren fortschrittlichen Kräfte in unserer Republik nicht erkannt. Habe er nicht sogar behauptet, die speziellen politischen Zustände bei uns brächten es mit sich, daß wir in der Deutschen Demokratischen Republik mit einer nur beschränkten Zahl von Begabungen auskommen müßten?

Allerdings sind derart Vorwürfe gegen S. H. schwer zu beweisen, und auf Grund seiner Ausführungen schon gar nicht, aber irgendwie bringt Bredel es fertig, »unserem Freund« eine Tendenz zu unterschieben, welcher er »als Arbeiter, als Sozialist, als Schriftsteller« entgegentreten müsse. Und wenn er dem noch eine ganze Liste von Dingen hinzufügt, von denen »unser Freund« *nicht* gesprochen hat, über die aber auf unserm Kongress viel zu sagen wäre, dann ist die Verdammung total.

Folgt die Kaffeepause. Eine Isolierung so tödlich wie die, in der S. H. und seine Frau Gertrude sich in dieser halben Stunde im Gequirl der Menge in den Vorräumen des Kongress-Saals befinden, ist außerhalb des Bereichs des real existierenden Sozialismus kaum vorstellbar; nur hier ist der Instinkt der Menschen für die gefährliche Strahlung, die ein vom offiziellen Bannfluch getroffenes Individuum ausströmt, so scharf entwickelt. Ein einziger durchbricht den unsichtbaren Wall, und der kein Deutscher, sondern ein Türke: Nazim Hikmet.

Der Dichter Nazim Hikmet, hochgewachsen, blondgelockt, blauäugig, setzt sich zu S. H. an den Tisch, packt seine Hand und sagt: »You must defend yourself. Du mußt antworten. Du bist verloren, wenn du das auf sich beruhen läßt. Glaub mir, ich bin lange genug dabei, ich weiß.«

Und noch einer nähert sich, Konstantin Fedin. Aber der geht nur vorbei, ein wenig gebückt, und legt ihm im Vorbeigehen die Hand auf die Schulter.

S. H. macht sich auf den Weg zum Kongress-Sekretariat. Dort arbeiten sie am Transkript der Bredel-Rede, und Seite um Seite, so wie sie aus der Maschine kommt, liest und vergleicht er, fieberhaft, und unterstreicht und kreuzt an, die Zitate, die da von ihm stammen sollen, die aber schief sind, weil aus dem Zusammenhang gerissen, oder verfälscht durch Verdrehung, oder auch einfach frei erfunden. Dann macht er sich auf und sucht Bredel, und entdeckt ihn, und konfrontiert ihn: Hier, meine Rede, hier, die deine, sieh selber! Und, peinlich, peinlich, da stehen Leute nahebei, stumme Zeugen, und Bredel, schon lange drängt das Blut ihm zu Kopfe, sagt: Was willst du? Und S. H. sagt: Entweder du korrigierst das, oder ich tu's, und dann wird es unangenehmer für dich. Und Bredel sagt: Bitte nicht heute, heute ist der Genosse Ulbricht im Hause, das mußt du verstehen, morgen tu ich's. Und S. H., kein Unmensch von Natur, konzediert: Also gut, morgen.

Aber auch morgen ist der Genosse Ulbricht anwesend, und nicht nur das, S. H., der zufällig den Raum hinter dem Podium durchquert, erblickt ihn dort in gemeinsamer Runde mit Bredel und ein paar von dessen Vertrauten, und in dem Moment, da sie ihn sehen, fahren sie zusammen und verstummen; es ist wie eine Szene aus einem Räuberstück.

Samstag: der letzte Tag des Kongresses. Das Ehepaar H. hat sich ein wenig verspätet; gerade als S. H. den Saal betritt, hört er die unverkennbare Stimme: »Herr H. sprach hier davon, man solle die Erwartungen, die man von unserer Literatur hegt, nicht zu hoch spannen. Wenn er konsequent wäre, dann hätte er gegen das Stattfinden dieses Schriftstellerkongresses auftreten müssen...« Und weiter in dem Tone, die alten Verfälschungen, jetzt in der Potenz.

Gertrude stößt ihn an. »Go up there and speak!«

Er geht den ganzen langen Mittelgang hinauf bis zum Podium, aufrecht, starren Blicks: ein Spießrutenlauf besonderer Art, während der mächtigste Mann in diesem Teil Deutschlands noch immer gegen ihn spricht. Der Dichter Becher führt den Vorsitz; zwei Stühle weiter nach rechts, die Worte des Redners genießend: Bredel.

S. H. nimmt Aufstellung vor Bredel: »Wirst du jetzt richtigstellen?«

Bredel tut, als höre er nicht.

S. H. tritt zu Becher: »Ich verlange das Wort!« Zweimal sagt er das, das zweite Mal überlaut.

Becher: »Da könnte ja jeder kommen, wir haben eine Rednerliste.«

S. H.: »Entweder du gibst mir das Wort, oder ich mache einen Skandal.«

Becher: »Also gut: noch ein Redner, dann du.«

S. H. bleibt vorn stehen, bis Ulbricht, der das Intermezzo mißbilligend beobachtet hat, vom Pult gegangen ist und der Redner nach ihm seinen Text verlesen hat; dann steigt er die kurze Treppe zum Podium hinauf und beginnt. »Der Vorsitzende hat sich geirrt, wenn er sagte, ich hätte ums Wort gebeten *in eigener Sache*. Ich spreche nicht in meiner eigenen Sache, sondern in der Sache, die uns alle angeht.«

Er spricht in einer Art Trance. Er ist sich bewußt, dies wurde noch nie von einem gewagt: dem örtlichen Stalin entgegenzutreten und, in dessen Person, dem ganzen Machtapparat, und nicht in einem Privatissimum, nicht in vertraulichem Gespräch in irgendeinem Kämmerlein, sondern öffentlich; aber vielleicht ist es gerade die Öffentlichkeit, die ihm das ermöglicht. Als er endet, auf Gertrudes Zuruf »Dostatitschne!« hin – warum nicht, Enough! oder, Genug!, warum auf Russisch? – da ist ihm schon nicht mehr deutlich, was er gesagt hat; das Protokoll zeigt, daß er mehrere von Bredels falschen Zitaten, die Ulbricht wiederaufgewärmt, korrigierte und dann von dem notwendigen Mut des Schriftstellers sprach, dem Mut nämlich *zur inneren Auseinandersetzung mit sich selber.*

Auch Ulbrichts Schock muß nicht gering gewesen sein: das war eine ganz neue Erfahrung, daß da einer nicht vor ihm in die Knie ging, sondern ihm vor einem Saal voller Leute widersprach und ihm Irrtümer nachwies. Der Erste Sekretär der Partei begibt sich zurück ans Rednerpult und erklärt auf seine umständliche Art, was er denn eigentlich gemeint habe, und daß seine Polemik keine persönliche sein sollte, und auf einmal entspringt seinem Haupte, wie Pallas Athene einst dem des Zeus, der *Genosse* S. H.; und als das Ganze vorüber ist und die Kongressteilnehmer sich zu einem letzten Drink zusammensetzen, werden S. H. und seine Frau umschwärmt und umschwänzelt, als wären sie Filmstars nach einer erfolgreichen Premiere.

Der totale Umsturz der bisher in der kommunistischen Welt gültigen Werte widerspiegelt sich in der Presse der DDR durch einen kurzen Satz nur, den der Genosse Ulbricht bei seiner Rückkehr vom Zwanzigsten Parteitag der KPdSU sprach und den man als das großartigste Understatement der neueren Geschichte bezeichnen kann, »Der Genosse Stalin ist nicht mehr als Klassiker zu betrachten.«

Wenige Tage später sitzt der Schriftsteller S. H. an seinem Schreibtisch in Grünau und liest die zwei Seiten der New York Times, auf denen der englische Text der Chruschtschow-Rede nachgedruckt ist, und es ist ihm, als ordneten sich wie durch Geisterhand die Teile eines Puzzle-Spiels, die sich nie hatten zueinanderfügen wollen; nur ist das Bild, das sie ergeben, so grausig, daß er's zuerst nicht wahrhaben will, obwohl er weiß, daß es wahr ist, denn plötzlich lösen sich die Fragen, auf die es vorher keine Antworten gab, und der scheinbare Widersinn, auf den man überall stieß, paßt sich in schlüssige Zusammenhänge ein.

Aber ist, was da zu lesen steht in dem eleganten Englisch der Times-Redakteure, nun alles, oder birgt sich dahinter noch anderes, Schaurigeres? Und was bedeutet es in der politischen Praxis, was werden die Folgen der Enthüllungen sein in diesem verstümmelten Teil dieses verstümmelten Landes? Unter diesen Deutschen, die nur danach streben, für die eigenen Sünden Rechtfertigung zu finden in den Sünden anderer?

In den Tagen hat er, einer Visa-Angelegenheit wegen, im Außenministerium zu tun, und die Gänge durchstreifend auf der Suche nach dem zuständigen Mann, entdeckt er, eine Tür steht offen, in seinem Amtssessel zurückgelehnt den Genossen Sepp Schwab, ehemals Defa-Direktor, und nun hier mit irgendwelchen Aufgaben betraut. Das verworfene Crusaders-Projekt, was kann Schwab schon dafür, belastet S. H. nur noch mäßig; er tritt also ein, hockt sich auf die Ecke von Schwabs Schreibtisch und beginnt, über Chruschtschow zu sprechen und dessen Rede und die Dinge, die da berührt wurden. Dabei spielt er den advocatus diaboli, obwohl er sich fragt, ob der advocatus nicht sogar recht haben könnte, und Bezug nehmend auf die Losung *Keine Fehlerdiskussion!*, die in der DDR nach dem 17. Juni zum ehernen Gesetz geworden, will er wissen, ob der Genosse Schwab denn nicht auch meine, es wäre weiser gewesen, der Genosse Chruschtschow hätte sich ebenfalls an diese Regel gehalten und sich mit ein paar Andeutungen begnügt und die Mißstände in aller Stille beseitigt.

Der Genosse Sepp Schwab richtet sich auf. Die Stirnader schwillt ihm und, beide Fäuste auf die Schreibtischplatte gestützt, ruft er aufgebracht: »Aber so konnte man doch nicht mehr leben!«

Erst jetzt, durch den Ton des Genossen Schwab mehr noch als durch den Sinn seines Aufschreis, wird dem Schriftsteller S. H. der ganze höllische Konflikt klar, in dem im Machtbereich des real existierenden Sozialismus Menschen, die wirkliche Kommunisten waren, sich diese ganzen Jahre hindurch zermürbt haben mußten – wirkliche Kommunisten, eine Minderheit also auch in der Partei; die anderen, trotz oder wegen der Ängste, die sie morgens und abends befielen, hatten sich geduckt oder waren gar Teil der Maschinerie des Terrors geworden. Wenig später kommt ihm zu Ohren, daß auch Erich Wendt als Strafgefangener in Sibirien war, eine lange Zeit, und er geht hin zu ihm und fragt ihn: »Warum hast du mir das nie erzählt?« Und Wendt sagt: »Was hätte das genützt?« Und S. H. sagt: »Vielleicht hätte ich dieses anders und jenes gar nicht geschrieben.« Und Wendt sagt: »Du hast alles schon ganz richtig gemacht.«

Stück um Stück entwindet er dem Genossen Wendt dessen Geschichte: wie sie ihn verhafteten in Moskau im Hotel Lux; und wie er gestehen sollte, daß er teilgenommen habe an einer Verschwörung gegen Stalin; und wie er sich weigerte zu gestehen, trotz seelischen wie physischen Drucks, denn er glaubte, die ihn da verhörten, seien die Partei und der Partei müsse man die Wahrheit sagen und die Wahrheit war, er hatte sich nicht gegen Stalin verschworen; und wie, da fällte er Bäume hoch im Norden in qualvoller Arbeit, der

Genosse Ulbricht in Moskau sich in so rührender Weise um seine verlassene Frau kümmerte, die Lotte, und sie am Ende gar ehelichte; und wie er, Wendt, zu seiner und aller deutschen Genossen Überraschung nach Moskau zurückkehrte und dort eine andere verlassene Lotte vorfand, Lotte Wehner, der Herbert war ja in Schweden geblieben; und wie sie beide zueinander fanden. »Da hat der Erich aber«, urteilt Gertrude, »einen glücklichen Tausch gemacht.« Die ehemalige Lotte Wehner errötet: »Sag das nicht. Seine erste Lotte ist eine sehr verdiente Genossin.«

Und dann kommen die Listen der unschuldig Verbannten, unschuldig Umgekommenen, unschuldig Hingerichteten: rehabilitiert nun sie alle, wiederhergestellt ihre Ehre. Und einer von diesen – Ernst Ottwalt.

Ich weiß, ich weiß, wer bin ich, den Stein zu erheben, und wie hätte ich mich verhalten in Moskau, zu einer Zeit, wo es hieß, du oder ich...? Dennoch ist es dem Schriftsteller S. H. seither nicht mehr möglich gewesen, mit dem Genossen Wieland Herzfelde, dem er vieles verdankte an freundschaftlicher Belehrung, auch nur ein persönliches Wort zu wechseln.

Howard Fast, der nach dem Zwanzigsten Parteitag sich vom Kommunismus abkehrte und von der Sowjetunion, schrieb ein Buch über seinen Gesinnungswechsel mit dem Titel, The Naked God, zu Deutsch etwa, Der nackte, oder besser, der enthüllte Gott. S. H. brauchte diesem Gott nicht abzuschwören, da er ihn nie für einen Gott gehalten hatte. Er glaubte, mit Heinrich Heine, an die Logik des Kommunismus. Er glaubte, mit Heine, »Wenn ich die Prämisse, daß die Menschen alle das Recht zu essen haben, nicht widerlegen kann, so bin ich auch gezwungen, mich allen ihren Konsequenzen zu unterwerfen«, und schon Heine hatte vorausgesagt, daß die Einführung des Kommunismus kein reines Vergnügen sein würde.

Und machten der Schmutz und das Blut, die an diesem Kommunismus klebten, den Kapitalismus, den abzulösen er bestimmt war, soviel menschenfreundlicher? Letztere Frage, so einfach und selbstverständlich und dennoch so oft beiseitegeschoben, bestimmte das Tun des Schriftstellers S. H. in der Zeit nach dem Zwanzigsten Parteitag und in all den Jahren, da die Philister, die sich als die einzig wahren und wissenschaftlich autorisierten Kommunisten gebärdeten, ihn als Gegner verschrien, seine Werke unterdrückten, ihm ihre Polizei vors Haus stellten und ihn sogar vor Gericht zerrten.

Was immer Chruschtschow zu verändern gedachte, mißlang ihm nach den Unruhen in Polen und dem Aufstand in Ungarn.

Eine Gruppe polnischer Journalisten, die in jenen Tagen bei S. H. vorsprach und ihn aufforderte, gemeinsame Sache mit ihnen zu machen, beschied er: Ohne mich – seht ihr denn nicht, daß ihr in Warschau eure Machthaber nur auswechseln könnt, wenn wir in Berlin stillehalten? Und als in Ungarn der Reformversuch von Imre Nagy und anderen umschlug in eine Konterrevolution, über die der Kardinal Mindszenty seine segnende Hand hielt, und als im Haus des Ministers Becher in der Majakowsky-Straße in Pankow ein halbes Dutzend erregter Dichter beschloß, den Philosophen Georg Lukacs aus Budapest heraus in Sicherheit zu bringen, billigte S. H. zwar den guten Zweck, drückte aber seinen Zweifel aus am Gelingen des edlen Plans; die Zeit für dilettantische Bemühungen, meinte er, sei vorbei; und in der Tat stoppte Ulbricht, den Becher vorsichtshalber informierte, das ganze Unternehmen.

Doch blieb Ungarn, das nach dem Muster des 17. Juni geschneidert schien, nicht ohne ideologische Folgen: die Arbeiterräte, die, ein Stück Basisdemokratie, in den Budapester Betrieben entstanden waren, wirkten fort in den Köpfen der Arbeiter in Ostberlin und der Republik, und in gewissem Sinne auch im Kopf des Schriftstellers S. H., der nun wieder an seiner Schreibmaschine sitzt und mit dem Tag X voranzukommen sucht.

Das Telephon läutet. Er nimmt den Hörer ab.

»Genosse H.?«

Die Stimme! Und aus heiterem Himmel – kein Sekretär zwischengeschaltet, kein persönlicher Referent!

»Ja, Genosse Ulbricht?«

»Könnten Sie mich mal besuchen kommen?«

Der sächsische Tonfall, bittend in die Höhe gezogen, rührt ans Herz. »Ja, Genosse Ulbricht.«

»Wann könnten Sie's denn machen?«

»Ich glaube, Genosse Ulbricht, Ihr Terminplan ist voller als meiner.«

»Könnten Sie vielleicht gleich kommen?«

»Ja, Genosse Ulbricht.«

»Soll ich Ihnen einen Wagen schicken?«

»Ich fahre selber, Genosse Ulbricht. Aber lassen Sie den Posten am Tor informieren.«

»Mach ich.«

Nein, dieser Dialog ist nicht erfunden. Es gibt im Leben Momente, da das Schicksal einem direkt gegenübertritt; und dann läuft manchmal im Schädel eine Art Tonband mit, dessen Aufzeichnung abrufbar bleibt.

Ulbricht, als stellvertretender Ministerpräsident, saß damals in der Klosterstraße, in dem düsteren grauen Bau mit dem Türmchen obenauf, wilhelminischer Barock. Der Posten am Tor salutiert, irgendein Uniformierter geleitet S. H. die Treppe hinauf, durch Korridore, ins Vorzimmer, einen enormen, teppichbelegten Raum, neben dessen Eingangstür auf einem Holzbänkchen der Genosse Gotsche kauert, nicht unähnlich dem chinesischen Teelöwen an der Gartenpforte von Wieland Herzfeldes Leipziger Villa, nur weniger bunt und weniger freundlich. Gotsche mustert S. H. von untenher, Mißgunst im Blick; S. H. schreitet an ihm vorbei, die Welt hinter ihm versinkt, nur ein Stück Teppich bleibt; dann eine Tür, halb offen, durch den Spalt bietet sich dem Auge das Allerheiligste, die Ausmaße riesig, rechts neben den Fenstern ein langer Konferenztisch, an dessen fernem Ende, wie durch ein umgekehrtes Teleskop, der Genosse Ulbricht sichtbar wird.

Ulbricht wartet, bis der Schriftsteller S. H. den Weg zu ihm hin zurückgelegt hat; dann deutet er auf den Stuhl übers Eck, stumme Einladung, Platz zu nehmen, greift unter den Tisch, zieht eine Aktentasche hervor, keine besonders prächtige etwa, entnimmt ihr ein in Butterbrotpapier gewickeltes Bemmchen, und einen grünen Apfel, und klappt sein Federmesser auf und sagt: »Sie haben wohl nichts dagegen, Genosse H., wenn ich was esse?«

Der Genosse Ulbricht führt, wie diese Mahlzeit zeigt, ein bescheidenes Leben; Genosse H. sieht ihm zu, wie er bedächtig kaut und genüßlich schluckt; er ist gespannt, ob der große Mann ihm nicht vielleicht ein Stück Bemmchen anbieten wird oder ein Viertel von dem Apfel; aber das kommt dem nicht in den Kopf, und der Genosse H. ist versucht, ihn zu fragen, ob er nicht eines der Telephone auf dem Schreibtisch benutzen dürfe, um sich in der Kantine des Hauses eine Bockwurst zu bestellen, doch befürchtet er, das könnte dem Genossen Ulbricht mißfallen, und so unterläßt er es.

Der Genosse Ulbricht, ein Stück von seinem Apfel noch zwischen den Fingern, weist auf den Stuhl, auf dem der Schriftsteller S. H. sitzt. »Auf dem Stuhl da«, sagt er, »hat vor paar Tagen noch der Harich gesessen.«

Harich, Wolfgang, zugleich mit S. H. ausgezeichnet mit dem

Heinrich-Mann-Preis der Akademie (Zweiter Klasse), ist vorvorgestern verhaftet worden; eine Verschwörung, heißt es, gegen die Partei und den Genossen Ulbricht.

»Aber wußten Sie denn nicht«, erkundigt sich S. H., »daß Harich bereits unter der Überwachung Ihrer Polizei stand, Genosse Ulbricht, als Sie ihn einluden?«

Ulbricht lächelt ihn an. »Es ist nicht meine Gewohnheit, erst bei der Polizei anzufragen, bevor ich jemanden zu mir lade.«

Dem Schriftsteller S. H. vertrocknet die Kehle. Doch es gelingt ihm zu sprechen, und es fällt ihm, welch rares Geschenk des Herrn, das rechte Wort ein zur rechten Zeit. »Damit haben Sie wohl die Vertrauensfrage gestellt, Genosse Ulbricht«, sagt er. »Da will ich Ihnen mal was verraten: es gibt in diesem Lande nur zwei Menschen, die absolut und hundertprozentig zuverlässig sind.«

Ulbricht, sofort interessiert, hebt den Kopf. »Ja? Wer?«

»Nun, Sie und ich. Bei Ihnen wissen Sie es, Genosse Ulbricht, und bei mir weiß ich's. Bei den anderen wissen wir's schon nicht mehr so genau.«

Das gequetschte Lachen. »Na, ganz so schlimm ist es vielleicht doch nicht.«

Aber schlimm genug. Und deshalb hat der Genosse Ulbricht nun eine Idee: er will, wie in Ungarn, auch in der DDR Arbeiterräte haben in den Betrieben, und der Schriftsteller S. H. soll das mal vorschlagen in seinem Offen gesagt, und er, Ulbricht, wird auf diese Initiative hin eine Konferenz einberufen zur Schaffung solcher Arbeiterräte, und S. H. wird wiederum in seiner Kolumne über die Konferenz berichten, und so werden wir das machen.

S. H. wendet ein, es möchte vielleicht praktischer sein, wenn der Genosse Ulbricht die Gewerkschaften, die ja vorhanden sind, zu lebendigen, demokratischen Organisationen sich entwickeln ließe. Ulbricht winkt ab, »ich will aber Arbeiterräte!«

S. H. zuckt die Achseln: er nehme an, sagt er, der Genosse Ulbricht besitze die besseren Informationen und habe ein besseres Bild von der deutschen Arbeiterklasse als er; und Ulbricht legt ihm wieder den Arm um die Schulter, sein bester Freund, wie seinerzeit im Rathaus zu Köpenick. Und dann findet wirklich eine Konferenz statt im Haus des FDGB am Köllnischen Park, und es spricht da nicht nur der Genosse Ulbricht, sondern auch der Genosse Heiner Rau und der Genosse Herbert Warnke, der Chef der Gewerkschaften, ein Mensch ohne List und Arg; und unten im Saal befindet sich der Schriftsteller S. H. und hört sich ihre Reden an, und ein paar eingelernte Reden anderer, Unbekannter, und er fragt die Leute, die zufällig in seiner Nähe sitzen, wer sie denn delegiert habe zu dieser Konferenz, und sie sagen ihm, das wüßten sie auch nicht; jemand in ihrem Betrieb sei zu ihnen gekommen und habe sie angewiesen, fahr nach Berlin, Kollege, und melde dich dort und dort.

Und S. H. schreibt seinen Bericht über diese seltsame Konferenz und veröffentlicht ihn, wie versprochen, des Sonntags in seiner Kolumne; und am Montag schon ist alles vergessen, und nie wieder hat einer etwas gehört von Arbeiterräten in der DDR.

Es dauerte eine Weile, bis er das Spiel des Genossen Ulbricht begriff: der war ein Dialektiker. Der kannte sich selber und die Klasse, aus der er stammte, und der wußte, wenn er sich an die Spitze einer Bewegung stellte, dann war dieser Bewegung die Spitze abgebrochen.

Und darauf war er, der Schriftsteller S. H., eingestiegen. Nützlicher Idiot – also doch?

# 28

Jenseits der S-Bahn-Station Grünau, in Richtung Bohnsdorf, befindet sich eine Anhöhe, die gekrönt ist von dem Herrenhaus und den Wirtschaftsgebäuden des ehemaligen Landguts des Herrn Buntzel, welcher der letzte Hofgärtner von Kaiser Wilhelm II. war; am Hang befindet sich noch heute eine Obstplantage; die Bauten aber wurden schon während des Kriegs zweckentfremdet, die Wehrmacht richtete ein Lazarett darin ein, und nach dem Krieg wurde das Ganze dem katholischen St. Hedwigskrankenhaus als Dépendence zugeteilt und hieß fortan Krankenhaus Hedwigshöhe.

Da die Nonnen von obenher motiviert sind, haben in der DDR die kirchlichen Krankenhäuser ein besseres Renommee als die staatlichen, und so liegt denn, nachdem sie im Städtischen Rheuma-Institut erfolglos gequält worden war, Frau H. jetzt in Hedwigshöhe, in einem Zweibettzimmer, und hofft, und ihr Mann mit ihr, daß die Ärzte hier zu einer brauchbaren Diagnose kommen werden. Frau H. ist noch immer, trotz ihrer sie lähmenden Beschwerden im Bein, eine elegante Erscheinung; wie sie da, im dunklen Seidenpyjama, die Knie übereinanderschlägt und den Gekreuzigten an der Wand ihr schmales Fußgelenk sehen läßt, wirkt sie eher wie ein Bild aus einem Modejournal denn eine arme, kranke Patientin, und der Pfarrer, der gerade eingetreten ist, erschrickt.

»Wo ist die Frau?« ruft er.

Welche Frau? denkt Gertrude. War hier noch eine, außer der im Nebenbett?

»Fort«, sagt diese, mit Blick auf das Bett der Frau H., »fort, Herr Pfarrer.«

»Fort?«

Die Nachbarin kehrt die Augen himmelwärts.

Der Pfarrer schlägt hastig ein Kreuz: da hat sich eine Seele ohne seinen Segen auf den Weg gemacht. Dann wendet er sich der Neuen zu und fragt hoffnungsvoll, »Und Ihr, meine Tochter?«

»Ich bin jüdisch.«

Kein guter Tag für Ehrwürden. In der Tür, durch die er grußlos entweicht, begegnet er dem Schriftsteller S. H. Der setzt sich ans Bett seiner Frau, die nicht weiß, ob sie weinen soll oder lachen; aber es ist ihr doch eher nach Weinen zumute.

»Was war denn los hier?«

»Hier bleibe ich nicht. Keine Minute mehr.« Sie steht auf, holt ihr Kleid aus dem Schrank, ihren Mantel. Und auf seine stumme Frage hin ein stummer Fingerzeig: in dem Bett da sei eine gestorben, offenbar gestern erst, die Matratze habe sich gleich so sonderbar angefühlt.

Umsonst wendet er ein: wo gäbe es wohl ein Krankenhausbett, in dem nicht schon einer gestorben sei. Gertrude zieht sich an und geht, und gelangt tatsächlich bis zur Pforte; dort wird der Schmerz unerträglich, sie muß sich hinsetzen. Im Krankenhaus Friedrichshain findet sie Aufnahme, bei dem jungen Professor Brugsch auf der internistischen Station. Brugsch junior, der Senior ist Chef der I. Medizinischen Klinik der Charité, Brugsch junior also hat drüben in Amerika studiert, in der berühmten Mayo-Klinik, auf sein Urteil sollte man sich verlassen können; außerdem spricht er Englisch mit Gertrude. Nach einiger Zeit läßt er S. H. zu sich kommen. Er habe, teilt er ihm mit, leider keine gute Nachricht; alle Tests und Befunde, bestätigt durch Konsultationen mit Kollegen, hätten ergeben, daß Frau H. an einer Krankheit leide, gegen die es kein Mittel gebe: an galoppierender Arteriosklerose; Sie verstehen, Herr H., die Arteriosklerose, die normalerweise erst nach Jahren zum Tode führt, verlaufe in diesem Fall wie in einem Zeitraffer; sechs, höchstens acht Monate, könne man rechnen; und so traurig der Fakt, es sei seine Pflicht, den Ehemann zu informieren.

Der eigene Tod: der Gedanke an den ist ihm vertraut. Aber Gertrude ... Gertrude, die ihm stets wie ein Sinnbild war von Lebenslust und Lebensmut ... Unwirklich das Ganze, wie ein Spiel auf der Bühne, er selber einer der Akteure. Doch behält er so viel Sinn für Realität, daß er dem jüngeren Brugsch untersagt, ihr auch nur eine Andeutung zu machen von der Diagnose; man wird ihr, einigt man sich, von Nerven sprechen, mit Nerven läßt sich alles erklären.

Dann sucht er Wendt auf; nicht, daß er glaubt, der könne ihm helfen; aber mit irgend einem Menschen muß man doch sprechen. Der Genosse Wendt ist umgezogen, direkt an die Sektorengrenze, ins ehemalige Palais des Reichstagspräsidenten, wo Göring einst residierte und von wo aus jener unterirdische Gang in den Reichstag führte, durch den, wie André Simones Braunbuch feststellt, die wahren Brandstifter im Februar 1933 den Ort ihrer Tat erreichten; das Feuer, an dem Wendt in dem Palais jetzt zündelt, wird ebenfalls Geschichte machen, wenn auch auf andere Art: er editiert die vollständige Lenin-Ausgabe in deutscher Sprache.

Wendt hört ihn an: wirre Worte, doch das Wesentliche läßt sich ihnen entnehmen. Am Ende sagt Wendt, vergiß diese deutschen Ärzte. Fahr nach Moskau mit Gertrude. Bitte Sokolow und Bernikow, das zu arrangieren.

Zwei Wochen später sitzen S. H. und seine Frau beim Frühstück auf der glasumschlossenen, geheizten Terrasse des Hotel Metropol, und durch das Fenster hindurch erblickt er in der bitteren Kälte draußen seinen ersten sowjetischen Bettler, einen Krüppel, in Lumpen gehüllt, der sich auf einem roh zusammengezimmerten flachen Wägelchen mühsam über das eisige Trottoir schiebt.

Der Krieg, denkt er, der verfluchte Krieg.

So beginnt die erste der Sowjetreisen, die das Ehepaar H. unternimmt, sie, um Heilung zu finden, er, als ihr Begleiter und nebenher, mehrere Male, als Reporter. In der Erkenntnis, daß das Bild der Sowjetunion in den Köpfen der Deutschen mitbestimmend sein wird für die Entwicklung der Republik, hält er es für nützlich, diesem Bild ein paar Federstriche hinzuzufügen; außerdem möchte er auch für sich selber entdecken, wie denn der Sozialismus, für den er immer eintrat, in dem Lande aussieht, in dem man dafür eine Revolution gemacht hat.

War er voreingenommen?

Sicher. Wie hätte er vergessen können, wer im Krieg gegen Hitler die größten Opfer brachte und wer, bei allem Bösen und Blutigen, das dabei ins Spiel kam, die ersten schweren Schritte tat auf dem Weg zu einer neuen Ordnung der Welt. Und persönlich, jetzt und in seiner Lage: die Großzügigkeit, mit der man ihm und seiner Frau Hilfe gewährte, beeindruckte ihn.

Dies zugegeben, wäre gegenzufragen: gibt es das denn in unseren Tagen, daß einer in gar keiner Weise Partei ist? Der Chronist unserer Zeit kann nur, soweit möglich, aufzuspüren suchen, was ist, und auf sich wirken lassen, was er gefunden hat; der Rest ist eine Frage der Integrität.

Bevor er nach Moskau flog auf dieser ersten Reise, begab er sich in zwei Berliner Betriebe und redete dort mit den Arbeitern. Ihr habt

Fragen über die Sowjetunion, sagte er; gebt sie mir; ich fahre nach Moskau und will sehen, daß ich Antworten darauf bekomme.

Er erhielt eine lange Liste von Fragen: über die russischen Löhne, über Normen, Gewerkschaften, Wohnverhältnisse, Versorgung, technische Entwicklungen, Justiz, Kultur – und über die Straflager, über die es immer wieder Gerüchte gab. Und er fuhr hin und ging und stellte seine Fragen, und man gab ihm Antworten, und führte ihn in die Betriebe und Bergwerke und Institutionen, und was die Lager betraf, so lud man ihn ein ins Justizministerium, wo ihm das Mitglied des Ministerialkollegiums und Chef der Hauptverwaltung für Zivilgerichte, Genosse Simson Alexejewitsch Bordonow, wörtlich sagte: »Nein, es gibt bei uns keine Schweigelager und keine Sklavenlager.« Befragt, wie er das beweisen wolle, ließ der Genosse Bordonow eine Akte kommen, in der sich ein Photo befand, auf dem eine Anzahl von Männern mit Hüten auf dem Kopf durch die Kabinenfenster eines Flugzeugs zur Erde hin schauten, amerikanische Gewerkschafter, und angeheftet an das Photo eine Erklärung in englischer Sprache, unterschrieben von Theodore Bosack, dem Delegationsleiter, worin der bestätigte, er und seine Kollegen seien in die Sowjetunion gekommen, um die Angelegenheit dieser angeblichen Schweige- und Sklavenlager zu klären; sie hätten eine ihnen von ihrem Gewerkschaftsverband AFofL übergebene Landkarte besessen, auf der viele Lager eingezeichnet gewesen wären, darunter auch solche in der Nähe von Moskau, Charkow und besonders Kiew; die sowjetischen Behörden hätten die Mitglieder der Delegation in Flugzeuge gesetzt und sie bei klarer Sicht in einer Höhe von nicht mehr als 550 Fuß über alle drei Städten fliegen lassen; weder er, Bosack, der als ehemaliger Kriegsgefangener der Nazis sehr wohl wisse, wie ein Gefangenenlager aussehe, noch seine Mitdelegierten hätten irgendwelche Anlagen erkennen können, die einem Lagergelände auch nur entfernt ähnelten: am 29. März 1952 nach dem Flug über Kiew; gezeichnet, *Bosack*. Aber es gäbe natürlich, fügte der Genosse Bordonow hinzu, Straflager in der Sowjetunion; doch wären das normale Einrichtungen des normalen Strafvollzugs, da man hierzulande Strafgefangene nur für kürzere Haftzeiten in feste Gefängnisse verbringe; man glaube, es sei generell besser für die Moral der Häftlinge und humaner, wenn sie während der Verbüßung ihrer Strafe in ihrem Beruf oder verwandten Berufen tätig sein könnten, für Bezahlung, versteht sich, wenn auch nicht zum vollen Tarif.

So nachzulesen in der im Tribüne-Verlag in Ostberlin erschienenen Broschüre »Reise ins Land der unbegrenzten Möglichkeiten« von S. H. Man mag dem Autor als Rechercheur in diesem Fall die Note Ungenügend erteilen; aber welchem Schriftsteller außer ihm, gleich aus welchem sozialistischen Lande, wäre es denn damals, vor dem Zwanzigsten Parteitag noch, eingefallen, in der Sowjetunion nach dem Archipel Gulag zu forschen? Auch mag man ihn der Naivität zeihen, daß er sich mit den Auskünften des Genossen Bordonow begnügte; aber er konnte sich einfach nicht vorstellen, daß ein hoher sowjetischer Regierungsbeamter ihn so grob belügen würde; und gleich unvorstellbar war ihm, in dessen Hirn der Begriff Konzentrationslager sich mit dem des Nationalsozialismus paarte, daß ähnlich Furchtbares von einer Partei ausgehen sollte, auf deren Fahne die höchsten Ideale der Menschheit geschrieben standen.

Dennoch, ich entsinne mich der Erleichterung, die S. H. bei der Lektüre des Bosack-Berichts empfand: Theodore Bosack und die Seinen enthoben ihn, wie er glaubte, weiterer Nachforschungen und entließen ihn aus der Zwickmühle, in die ihn die Frageliste der Ostberliner Arbeiter gebracht hatte.

Im Kreml-Krankenhaus widmet man sich vor allem dem Schriftsteller S. H.; seine Proteste, daß die eigentliche Patientin seine Frau sei, nützen wenig: er ist der Prominente. Immerhin untersuchen die Ärzte auch die Gosposcha Gejm und meinen, bei allem Respekt für den Kollegen Professor in der brüderlichen DDR, daß von einer galoppierenden Arteriosklerose, was das auch immer sei, wohl nicht die Rede sein könne; die Schwierigkeiten in den unteren Extremitäten der Gosposcha Gejm, der Puls im Fuß lasse wirklich sehr zu wünschen übrig, müsse man weiter im Auge behalten; wie wäre es inzwischen mit einem Kuraufenthalt, in Kislowodsk etwa, im Kaukasus, wo Luft und Wässer dem Körper neue Kräfte leihen würden; empfehlenswert wäre es auch, wenn die Gosposcha Gejm das Rauchen einstellte, oder zumindest einschränkte.

Rauchen – in Habes Truppe in der Psychological Warfare war ein Soldat namens Ernst Winder gewesen, der sich später Wynder nannte, ein stiller, unauffälliger junger Mann, doch mit festen Ideen, zu denen gehörte, daß er Medizin studieren würde; nach dem Krieg trafen sie einander wieder, in Paris, Gertrude war dabei, und Wynder, der bemerkte, wie stark sie rauchte, gut vierzig Zigaretten pro Tag gestand sie ihm, sprach ihr von Krebs und von den Verengungen in den Gefäßen, die der Teer und das Nikotin erzeugten; er,

Wynder, werde seine ganze Kraft und alles, was er gelernt habe, im Kampf gegen das Giftzeug einsetzen und erreichen, daß es geächtet würde: wenn heute in westlichen Ländern auf jeder Packung Zigaretten gedruckt steht, wieviel Schadstoffe die Dinger enthalten, so ist dies Professor Wynders Sieg über die Monopole.

In Paris schlugen sie die Warnung des soeben Promovierten in den Wind; jetzt fällt sie S. H. wieder ein: die Gefäße. Liegt es tatsächlich an den Gefäßen, und an welchen und wo, und läßt sich das feststellen, und was kann man dagegen tun. Aber Gertrude raucht weiter; es entspanne sie, sagt sie; insofern, scheint es, sind es doch die Nerven.

Das Sanatorium in Kislowodsk, Krasnije Kamni, liegt am Hang über dem Ort: ein Prachtbau, aus rotem, wie der Name sagt, oder, genauer, rosafarbigem Stein; nur die höhere Nomenklatura von Partei und Regierung findet dort Einlaß, vorbei an den Wachen am Tor; der Schriftsteller S. H. und seine Gattin, russisch Soubruga, begreifen erst nach und nach, daß man ihn dieser Schar zurechnet, und daß das Leben in Krasnije Kamni nicht der Sozialismus für das gewöhnliche Volk ist.

Der Krasnije-Kamni-Sozialismus beginnt mit dem Kaviar bei dem opulenten Frühstück und windet sich durch alle erdenklichen Speisen und Getränke; Gertrude, die sich mit Orange Juice, Toast und Kaffee begnügt wie in Amerika, erhält alsbald den Besuch des Chefkochs: woran es denn liege, daß sie nichts esse, er werde ihr vorsetzen, was ihr Herz nur begehre, Bacon and Eggs, Steak, Räucherlachs, Stör, Kidney Pie; sie sei zu mager, direkt vom Fleische gefallen, kein Wunder bei ihrer Kost; sehen Sie sich die Genossinnen an, nehmen Sie sich ein Beispiel an denen. Die Genossinnen, die man im Speisesaal trifft und in den Gesellschaftsräumen, sind in der Tat, schonend ausgedrückt, korpulent, wie denn auch die Mehrzahl der Genossen eher zu Fett neigt; der Chefkoch selber, einst, bei der ruhmreichen Reiterarmee, Leibkoch des Marschalls Budjonny, sieht aus wie ein verdoppelter Falstaff; dabei habe er bereits abgespeckt, sagt er, vor kurzem noch kam er nicht durch die Tür in den Speisesaal.

Von Kislowodsk aus, an Krasnije Kamni vorbei, führt ein Spaziergang in gemächlichen Serpentinen hinauf ins Gebirge, wo in der Höhe ein weißer Säulenbau dem Auge gerade noch sichtbar ist, der Chram Wosducha, zu Deutsch, Tempel der Luft; in diesem Tempel gibt es Sekt und »Buttrbrott« für den hungrigen Wanderer, und entlang des Wegs finden sich alle paar hundert Meter hölzerne Büdchen mit einem einfachen Loch im Boden; unter dem Loch wachsen jetzt, in der kalten Jahreszeit, dunkle Stalagmiten empor: gefrorene Hinterlassenschaft der Kurgäste.

Nur Gertrude, die so gerne wanderte, kann nicht teilnehmen an den Ausflügen; nach zwei-, dreihundert Schritten versagen die Beine den Dienst; ein paarmal versucht sie's, dann gibt sie es auf und sagt ihrem Manne, geh du nur, geh mit den andern: von nun an wird sie, ihr Leiden tapfer kaschierend, das Leben eines Invaliden führen.

Der sowjetische General oben im Tempel der Luft, auch er ein Gast von Krasnije Kamni, traktiert den Schriftsteller S. H. mit Cognac und Krimskoje Schampanskoje; er kenne ihn, sagt er, aus der DDR, denn er arbeite dort, als Generaldirektor der Wismut. Die Wismut, soviel weiß S. H., ist eine Bergwerksgesellschaft in gemeinsamem Besitz der DDR und der Sowjetunion; sie schürft im westlichen Erzgebirge, in der Gegend von Aue, dem Klondyke der DDR, nach irgend etwas Geheimem: Uran, so heißt es.

Beim zweiten oder dritten Cognac mit Sekt beginnt S. H. vom 17. Juni zu reden; was an dem Tag denn vorgefallen sei, will er wissen, da unten bei den Männern der Wismut, rauhen Gesellen, wie er gehört habe, es werde wohl ganz schön wild hergegangen sein; er habe, vertraut er dem General an, viel nachgedacht über die Vorgänge und glaube, der Schlüssel zu dem Problem des Ganzen liege bei den Gewerkschaften; was denn der Genosse General dazu meine?

Der betrachtet sein Glas, eben war es noch voll, und winkt der Serviererin. Gewerkschaften, hah! Anständig zu fressen und zu trinken geben muß man den Leuten und ihnen ab und zu deutlich machen, wo Gott wohnt; dann werden sie auch anständig arbeiten. An dem 17.? In der Wismut? Da war nichts. Warum auch sollte etwas gewesen sein? Er haut S. H. auf die Schulter mit schwerer Hand und sagt in dem gebrochenen Deutsch, das er spricht, »Verstehst?«

S. H. versteht: so simpel ist das; und er mit seinen gescheiten Theorien. Einträchtig wandeln sie, der General und der Schriftsteller, Arm in Arm die Serpentinen hinab vom Tempel der Luft bis nach Krasnije Kamni. Der Sozialismus, sagte Brecht, ist das Einfache, das schwer zu machen ist. Manchmal, wie es scheint, geht es doch auf einfache Art; aber ist es dann Sozialismus?

Natürlich wünscht S. H. nicht nur den Sozialismus von Krasnije Kamni zu sehen, sondern auch den gewöhnlichen. Oksana Krugerskaja, die Dolmetscherin, vom Schriftstellerverband den Gästen aus der DDR beigegeben, organisiert so etwas mit Leichtigkeit; ein winziges Persönchen mit schriller Oberlehrerinnenstimme, hat sie eine lange Erfahrung in solchen Dingen; man denkt an Gogols Revisor, wenn man sie im Umgang mit Beamten niederen und höheren Ranges beobachtet; für Notfälle besitzt sie einen kleinen, in rotes Leder gebundenen Ausweis von einer Behörde, die offenbar gefürchtet ist.

Oksana führt das Ehepaar H. in das Ordshonikidse-Sanatorium, das der Gewerkschaft der Erdölarbeiter gehört. Nach außen pompös wie Krasnije Kamni, sieht es im Innern eher nach Kaserne aus: statt der Luxus-Suiten für die neue Oberschicht sind da kahle Zimmer mit vier bis acht Betten und einem Waschbecken, ein paar schmalen Schränken, Tisch, Stühlen; alles erscheint etwas schäbig, und es riecht nach Menschen, die erst noch lernen müssen, sich zu pflegen. Doch sind diese Menschen, hat man den Eindruck, zufrieden; es ist ein Glück und eine Auszeichnung, sagen sie, wenn einer hierher geschickt wird, und die Kosten sind minimal; mag aber auch sein, daß Oksana, die große Organisatorin, Leute zum Gespräch gewählt hat, die dem ausländischen Gast die gewünschten Antworten zuverlässig geben werden, und um welche Nuancen, fragt S. H. sich mitunter, schönt sie die Antworten noch? Trotzdem, der Vergleich mit den Möglichkeiten der Bergarbeiter von New Kensington, den S. H. im stillen anstellt, fällt sehr zuungunsten Pennsylvanias aus.

Nach zweitägiger Bahnfahrt in einem Schlafwagen, wie ihn Anna Karenina benutzt haben mochte, mit Mahagoni-Täfelung im Abteil und geschliffenen Spiegeln und Spitzendeckchen auf der Polsterung und Sondertoilette mit blaugeblümter Keramik, zurück ins Kreml-Krankenhaus; die Ärzte dort geben sich hoffnungsvoll, man müsse Vertrauen haben zu den heilenden Kräften der Natur, dies sei nur die erste der Kuren gewesen, fürs nächste Mal schlüge man Zchaltubo vor, in Georgien, der radio-aktiven Wässer wegen, die segensreich wirkten auf Gefäße und Blutkreislauf; zum ersten Mal fällt, als Vermutung noch, das lateinische Wort Endarteriitis obliterans, aber das sei etwas ganz Seltenes bei Frauen; nur keine Beunruhigung.

Inwieweit Gertrude beunruhigt ist durch ihre Behinderung, ist selbst für S. H. schwer zu erraten; nie hört er sie weinen im Dunkel; vielmehr gibt sie sich gelassen und heiter, und sie bleibt tätig; bis in die Nächte sitzt sie über ihren Manuskripten und den Korrekturen von Seven Seas und hilft, nach wie vor, ihrem Mann bei dessen Arbeit; sie will unentbehrlich bleiben, als Lektor, als Kameradin, als Frau.

Sobald sie wieder zurück ist in Moskau, beginnt sie, Kreml-Krankenhaus oder nicht, mit den russischen Verlagen zu verhandeln über eine Zusammenarbeit mit Seven Seas. Der kleine englischsprachige Verlag, den sie als ihr Baby betrachtet, ist übergesiedelt nach Berlin: das Verhältnis zu List in Leipzig war in die Brüche gegangen; die Herren dort, aufgewachsen im Mief des nationalsozialistischen Verlagswesens, begriffen Gertrudes Ideen gar nicht und hatten Angst vor ihrer Initiative; aber sie wollten das Verlagsprogramm bestimmen. Und da auch Wendt die Geduld mit der Leipziger Kamarilla verlor, war Seven Seas zu Volk und Welt transferiert worden, dem Verlag für ausländische Literatur, dessen Chef, Walter Csollek, aus ganz anderem Holz geschnitzt war als die Leute bei List: Jude und Kommunist, schwer von den Nazis mißhandelt, war er aus dem Gefängnis in die Emigration gegangen, bis nach Shanghai, und war nach dem Krieg dann zurückgekehrt. Csollek stimmte mit Gertrude überein: Seven Seas müßte über die DDR hinauswachsen, wenn es leben und in den englischen Sprachraum hinein ausstrahlen sollte, und wachsen konnte es nur mit dem sowjetischen Markt als Rückhalt.

Aber diese sowjetischen Verlagsfunktionäre! Trägen Blicks hockten sie hinter filzbespannten Schreibtischen, ihre Antworten, wenn sie welche gaben, bar jeder Phantasie und jeden Verständnisses für Gertrudes Konzeption; nur eines kapierten sie: daß hier eine Gefahr war für ihren Trott, der darin bestand, daß sie schlecht editierte Bücher schlecht druckten, für innersowjetischen Gebrauch zumeist oder um sie, wenn überhaupt irgendwohin, über dubiose Zwischenhändler nach Indien, Birma oder sonst welche Länder der Dritten Welt zu verschiffen, wo der Plunder in den Basaren und Trödelläden versickerte: ein ungeheures Verlustgeschäft.

Noch mehr als Gertrude rieb sich an diesen trüben Gestalten Lew Nikolajewitsch Tschernjawskij auf, der Übersetzer von S. H.s Crusaders und anderer seiner Bücher ins Russische; Tschernjawskij, der sich zugleich mühte, S. H.s Augen der Vernunft irgendwo unterzubringen, verstand als einziger in Moskau die Perspektiven, die Seven Seas öffnen, und den Einfluß, den es nehmen könnte, wenn es hier Unterstützung fände; aber Tschernjawskij war auch ein Mann von exquisiter Bildung, ein Literat der alten Schule, der 1917 schon bei der Revolution mitgemacht; in Schädelform, Gesichtsschnitt, Bartwuchs ähnelte er Trotzki, sehr zu seinem Schaden, nur die Augen waren nicht so dunkel und stechend wie die des großen Abtrünnigen, und strahlten Güte aus. Ach, Lew Nikolajewitsch, der du über vieles Schlimme schwiegst, das du zu durchleiden hattest, lange Zeit, und in Armut lebtest, weil du nicht paktieren mochtest mit den Mächtigen; nicht einmal die scheußlichen stählernen Zähne wollten sie dir geben für deinen kaputten Mund, und es war peinvoll, dir zuzuschauen, wie du dich plagtest mit deinen paar Bissen; aber ein Bolschewik warst du ohne Tadel, und du liebtest die Dichter und dientest ihnen in Demut; und nie werde ich vergessen, wie wir durch den Morast stapften in der Vorstadt auf dem Weg zu einem dieser stupiden Verleger, weil der verdammte Schriftstellerverband uns keinen Wagen stellte und ein Taxi nicht zu haben war, und wie du plötzlich nach meinem Arm griffst, keuchend, und sagtest, »Das Herz, entschuldige...«

Und dann der Abstecher nach Tula, S. H. diesmal ohne Soubruga und in Begleitung von Wolodja Steschenskij, der später noch oft sein Pilot und Dolmetscher sein wird: in Tula fertigt man die kostbar ziselierten Dolche und Pistolen, und es ist Rußlands Silberschmiede, noch jetzt trägt S. H. die silberne Tabatière bei sich mit Troika und Peitsche schwingendem Kutscher darauf eingraviert; aber vor allem ist Tula das Zentrum des Tula-Moskauer Kohlenreviers, des Mosbas mit seinen dicken Braunkohle-Flözen, und auf seiner Frageliste war einer der Hauptpunkte der Grad der Mechanisierung, und das Verhältnis von Mann zu Maschine.

Wieder ist er unter Tage. Das Weiß, das ihn in der Zeche Robena der United States Steel so sehr beeindruckte, fehlt hier, dafür ist der Streckenvortrieb, wohl auch der andersgearteten Natur der Flöze entsprechend, breiter und gewaltiger: Baggermaschine und Förderband arbeiten unter einem bewegbaren stählernen Schild, das sich während des Abbaus zurückzieht und das Hangende dahinter zusammenfallen läßt; kein Bohren mehr und keine Sprengung, und keine Zimmererarbeit: eine ganz neue Technik. Ah ja, sagt der Ingenieur, natürlich haben Ihre Deutschen, die nach dem Krieg hier arbeiten mußten und Ihnen jetzt diese Fragen stellten, nichts dergleichen gekannt, für sie war es Spitzhacke und Schaufel und Hunte und Schweiß; aber sagen Sie Ihnen, sie mögen doch nicht vergessen, daß sie selber es waren, die alles in unsern Gruben zerstörten in den zwei Wochen, da ihre Armee im Mosbas war – alles, über und unter Tage!

Hier, in der Zeche 23 des Mosbas, lernt S. H. die großen Vorzüge des gesellschaftlichen Fonds kennen, jenes Horts an Rubelchen, den jedes Unternehmen, das etwas auf sich hält, für besondere Zwecke und Anlässe anhäuft. Und ausländischer Besuch, eines Kenners des Bergbaus drüben in Amerika gar, ist ein solcher Anlaß: leitendes Personal und technische Kader aus dem ganzen Umkreis strömen herbei, ins Klubhaus, schon um die Mittagszeit, und es wird aufgetischt, was die schwarze Versorgung hergibt, und gegessen und getrunken, bis der Gürtel schier platzt, getrunken mehr noch als gegessen, und die zwei Gäste, der Schriftsteller und sein Dolmetscher, müssen mithalten, Sto Gramm, und Ex, und wieder Sto Gramm, und Ex, der Chefingenieur selber prüft, ob der Becher auch leer ist, indem er ihn umstülpt über den Köpfen der Gäste; Steschenskij, früher Leutnant der Sowjetarmee, hat da das bessere Stehvermögen; S. H.s Blick wird bereits glasig, da schlingt Wolodja noch Speckwürfel in sich hinein, um den Boden zu bereiten für die nächsten hundert Gramm des harten armenischen Kognaks. Als das Festmahl dann doch zu Ende ist, und der Kaffee gebracht wird und süßes Konfekt, lädt man S. H. zum Schachspiel, und der Narr geht darauf ein und wird auf beschämende Art geschlagen, und da alle sich den Spaß machen wollen, ihn in ein paar Zügen mattzusetzen, muß Steschenskij ihn retten: es dunkle schon und der Nebel senke sich, sagt er, und man müsse heute noch in Tula sein.

Es wird der dickste Nebel im Leben des S. H.; der frühere Leutnant Steschenskij marschiert vor dem Wagen einher, während der Chauffeur der schemenhaften Silhouette nachsteuert und S. H., im Rücksitz, sich ächzend den Kopf hält und die sowjetischen Kohlengruben ebenso zum Teufel wünscht wie die verstockten Berliner Arbeiter. In tiefer Nacht langen sie vor Tulas einzigem Hotel an. Sie stolpern nach oben: in dem Zimmer, das für sie reserviert war, liegen in trunkenem Schlaf vier sowjetische Bürger, die ein jeder dem Portier unten und der Deschurnaja, der Etagendame, ein größeres Bakschisch gegeben haben. Aber Wolodja Steschenskij besitzt den kleinen rotledernen Ausweis und zückt ihn unter der Nase des unglückseligen Natschalniks des Hotels, der auf den Lärm hin herbeigeeilt ist; der, so mächtig er eben noch war, knickt zusammen: abysatelne, aber bittesehr, aber sofort! Und packt – Dawaj, Dawaj! – mit eigener Hand die vier Sowjetbürger beim Kragen und wirft sie hinaus, worauf der Schriftsteller S. H. und sein treuer Begleiter auf die noch warmen, wahrscheinlich verwanzten Matratzen sinken.

Und schließlich Kowaljow, ja *der* Kowaljow, wenigstens behauptet er, es zu sein, der Kowaljow aus Verdun mit dem quergestreiften Matrosenhemd und Hammer und Sichel auf der Gürtelschnalle, den er in die Crusaders gesteckt hat, die hier Krestonostschije heißen; nur hat er ihn da auf andere Art buchstabiert, Kavalov, aber in der russischen Ausgabe haben sie das korrigiert. Scheu, mit linkischem Schritt, betritt dieser Kowaljow den dicken Orientteppich im Hotel National, wo Lenin einst wohnte, bevor er in den Kreml gegenüber umzog, und wo das Ehepaar H. nun untergebracht ist; er zögert, den abgetragenen, nach Läusepulver riechenden Mantel abzulegen, und auf die Frage, wie es denn käme, daß er sich hierhergefunden, erwidert er leise: ein Wunder. Ein Wunder, daß er überhaupt reisen durfte, und noch dazu in die Hauptstadt, aus seiner Ortschaft weit hinter dem Ural, oder doch kein Wunder, sondern die Macht der Literatur, in dem Falle der Krestonostschije, die fast jedermann im Lande kenne, sogar der Miliz-Chef in seiner Ortschaft, zu dem er auf der Stelle lief, nachdem er in der Zeitung gelesen, daß der bekannte Schriftsteller Gejm in der Sowjetunion weile; und wie er dem Miliz-Chef vorwies, Kapitel und Abschnitt und Zeile: der Kowaljow hier, das bin ich, kannst es überprüfen in meinen Papieren, hast sie ja in deinem Schrank, Baltische Flotte, Partisan, Kriegsgefangener, dann Bergwerk, dann entflohen, dann bei den Amerikanern, steht in dem Roman von Gejm und steht in der Akte, wir sind große Freunde, drusja, der bekannte Schriftsteller Gejm und ich, Kowaljow. Und, am Ende des Berichts, nach vielem Stocken, die Frage: »Erkennen Sie mich denn nicht?«

Es ist die Frage, die S. H. sich gestellt hat, seit der Mann durch die Tür trat; er hat ihn ganz anders in Erinnerung: breitschultrig, muskulös, straffe Züge, lebhafter Blick – der hier ist alt und krank, sein Rücken schmal und gebeugt, das Gesicht verfallen, was ist da noch von dem Kowaljow, den er kannte, die Hände möglicherweise, breit, knochig, Seemannshände einst, aber verkrümmt jetzt und mit Gichtknoten an den Fingern. Wer ist der hier? Ein Schwindler etwa gar, dem die Notiz in der Literaturnaja Gaseta diese hübsche Idee gab, mit gleichem Namen wie der Matrose im Buch; kommt hinzu ein literaturbeflissener Provinzpolizist: eine Moskaureise würde allemal herausspringen dabei und eventuell noch ein paar hundert Rubel von dem begüterten Genossen Schriftsteller... Aber vielleicht, vielleicht ist er doch der echte Kowaljow, und wenn er es ist, was muß geschehen sein in der Zwischenzeit, daß aus dem tollen Kerl von damals das da geworden ist, ein Wrack von Mensch. S. H. fragt vorsichtig nach, aber der Mann verschließt sich; S. H. sieht nur das Flehen in den Augen dieses Kowaljow, quäl mich nicht, und was er zu hören bekommt von ihm, sind Andeutungen, mehr nicht: nein, keine Belohnung nach der Heimkehr, das gab es nicht, und dann habe er fortgemußt, weit fort, sehr weit, aber nun sei es schon erträglicher; man müsse nur still seine Arbeit tun; und nun auf einmal dies Glück, der Besuch bei dem Schriftsteller Gejm, den jeder kenne; daß ihm das gestattet wurde! Und ob er, der bekannte Schriftsteller Gejm, ihm nicht ein paar Zeilen mitgeben könne, etwas Persönliches, einen kleinen Freundschaftsgruß, auf deutsch oder auf englisch, ganz gleich, er werde es schon übersetzen, zur Erinnerung.

Gertrude nickt: gib's ihm doch.

Aber im Gedächtnis S. H.s ist nicht dieser Kowaljow geblieben, sondern der Kavalov aus den Crusaders, der ein Stück Hoffnung war auf eine bessere Zukunft.

In Amerika waren Brecht und S. H. einander nie begegnet; Brecht hatte in California gelebt, S. H. in New York; zwar hatte S. H., schon von Dreigroschenoper-Zeiten her, Brecht höchlichst bewundert, ja, ihn verehrt, aber ihre Auffassungen von Literatur, bei Brecht längst in ein theoretisches Gerüst gefügt, als S. H. noch nach Wegen und Methoden suchte, waren zu verschieden, um dann, als sie beide in Ostberlin lebten, zu einer engeren Beziehung zu führen. Und da waren die Anleihen, die Brecht für einen seiner Filme bei Hostages gemacht; später jedoch erkannte S. H., daß Brecht sich bei anderen noch viel großzügiger bedient hatte, und verzieh.

Nun aber lädt Brecht ihn ein in das Hinterhaus in der Chausseestraße, in dem er sich samt seiner Menage eingerichtet hat. Zu zweit sitzen sie in dem großen kahlen Zimmer mit den kargen Möbeln, in dem auch ein Luther gearbeitet haben könnte; nur einmal kommt die Weigel, sie ist auf dem Wege irgendwohin, und Guten Tag und Auf Wiedersehen; und sie sprechen über dieses und jenes, Worte nicht von besonders tiefer Bedeutung, doch besinnlich und gewürzt mit leichter Ironie; und S. H. spürt nach anfangs tastenden Versuchen, wie der andere wohl reagieren werde auf gewisse Themen, daß plötzlich Vertrauen ist zwischen ihnen, nicht Vertraulichkeit, Vertrauen, und er erzählt Brecht ein wenig von seiner Arbeit und erwartet, daß der ihm nun auch etwas sagen werde über seine Projekte, doch Brecht schweigt sich da aus, vielleicht schreibt er zur Zeit nichts Größeres, der Skandal um den Lukullus, vor kurzem erst überstanden, mochte ihm das Schreiben verleidet haben; endlich führt Brecht ihn zum Fenster und läßt ihn auf den Hof blicken, der, ein invertierter weißer Kubus, im Licht des Sommertages flimmert, und auf den Dorotheenstädtischen Friedhof dahinter mit den alten Bäumen und den alten Steinen: Hegel liege da, sagt er, und jener noch und der, und auch er werde dort liegen; und S. H. protestiert, Unsinn, damit habe es nun wirklich keine Eile.

Insgesamt gab es drei oder vier dieser Gespräche mit Brecht; beim letzten klagt er über sein dauerndes leichtes Fieber, und über schweißige Hände, widerlich, da, fühlen Sie selber; aber die Zigarre aufgeben, nein, das nicht; und trotz seines Unwohlseins probt er; die Arbeit müsse weitergehen, sagt er, es strenge ihn nur sehr an.

Dann die Nachricht vom Tode. Brecht habe noch nach München reisen wollen, so erfährt S. H. aus seiner Umgebung, zu einem Professor dort, einem alten Freunde; doch da kam der akute Anfall; von der Charité habe man eiligst ein transportables Ekg-Gerät herübergebracht in die Chausseestraße und festgestellt: Infarkt. Ein leiser Infarkt, der sich nicht durch Schmerzen ankündigt, heimtückisch. Aber, so fragt S. H., es gab doch Symptome, wenn auch absonderliche, seit Wochen schon! Und war denn Brecht nicht in ärztlicher Hand gewesen, in keiner geringeren als der des großen Brugsch senior! Sei denn, eine Routinesache, kein Ekg geschrieben worden, das den Zustand des Herzens doch wohl vermeldet hätte?

Achselzucken.

Gertrude befindet sich in Zchaltubo. S. H. ist allein mit seinen Gedanken. Vielleicht mißt er den paar Unterredungen mit Brecht zuviel Bedeutung bei; jedoch es will ihm fast scheinen, als hätte der ihm noch etwas zu übergeben gehabt, eine Art Stafette; nun war es dazu nicht mehr gekommen. Und als wär es ein Wink von drüben, zeigen sich plötzlich auch bei ihm die bewußten Symptome, das leichte Fieber, die feuchten Handflächen, und um es ganz unmißverständlich zu machen, das Ziehen im Arm, der Druck auf der Brust, die Atemnot. Also raschestens auf, in die Charité; wohin denn soll man sich legen in Ostberlin; um ein Bett im Regierungskrankenhaus mag er nicht ansuchen, und mit den minderen Häusern hat er seine Erfahrungen gemacht. Nur, um Gottes willen, nicht dorthin, wo sie Brecht versorgten; da gehen wir lieber zu Herrn Krautwald, Brugschens Rivalen, in die Zweite Medizinische. Herr

Krautwald, bald wird er, wie auch andere Ärzte, sich absetzen aus der DDR in grünere Gefilde und Leibmedikus bei einem Ölscheich werden, Herr Krautwald also hört sich S. H.s Geschichte an: Brechts Tod, der Schock dadurch ausgelöst; der Stress, unter dem er stehe, lasse sich sowieso vergleichen dem, welchem der Tote ausgesetzt war; er, S. H., möchte sich nicht vorwerfen müssen, eines baldigen Tages, daß er das Notwendige zu tun leichtfertig versäumt habe.

Herr Krautwald, so ein Kleiner mit flinken Händen und flinkem Blick, stimmt ihm da völlig zu und veranlaßt das Notwendige. Erleichtert folgt S. H.s Blick dem Gewirr der Kabel, die, mit feuchten Läppchen an die Haut geklemmt, vom Herzen her und von weiteren Körperteilen hinlaufen zu dem Gerät, und er lauscht dem feinen Rauschen der elektrischen Ströme und dem Kratzen der Feder auf der endlosen Rolle schraffierten Papiers; danach wird er zurückgefahren auf sein Zimmer, um zu ruhen, und zweimal des Tages kommt Herr Krautwald und spricht ermutigende Worte zu ihm, und aus Zchaltubo in Georgien wird ihm gleichfalls Ermutigendes zugesprochen, von Gertrude, übers Telephon, und nach etwa zwei Wochen erkennt er, daß er sich ins Bockshorn hat jagen lassen von seiner Psyche, obwohl seine Schmerzen und seine Angstzustände nur allzu echt gewesen waren. Dann geht er von der Charité, der Weg ist nicht weit, hinüber zum Dorotheenstädtischen Friedhof, zu der Ecke, wo das frische Grab ist, und steht da beträchtliche Zeit und grübelt, ob der da unten ihm wirklich noch etwas hatte sagen wollen, und wenn ja, was.

Im April des Jahres 1957 veröffentlichen achtzehn westdeutsche Physiker, unter ihnen Max Born, Otto Hahn, Werner Heisenberg, Max von Laue und Carl Friedrich von Weizsäcker, eine Erklärung, das sogenannte Göttinger Manifest. Darin stellen sie fest, daß ein kleines Land wie die Bundesrepublik sich am besten schütze und den Weltfrieden am ehesten fördere, wenn es auf den Besitz von Atomwaffen jeder Art verzichte; sie jedenfalls, die achtzehn Unterzeichneten, seien nicht bereit, sich an der Herstellung, der Erprobung oder dem Einsatz von Atomwaffen in irgendeiner Weise zu beteiligen.

Diese Haltung findet, das ist zu erwarten, Beifall in Ostberlin und der Republik; die Medien berichten des langen und breiten über das aufregende Ereignis und fordern das Volk der DDR, besonders die

Arbeiter, zu Sympathiekundgebungen auf für die westdeutschen Professoren; der eigenen technischen Intelligenz allerdings wird eine ähnliche Dienstverweigerung nicht empfohlen. S. H. versucht, von der oberflächlichen Behandlung der Göttinger Erklärung zum Grundsätzlichen der Sache vorzudringen. Die Achtzehn, schreibt er in Offen gesagt, hätten ein neues, dem Atomzeitalter angemessenes Prinzip formuliert: *das Prinzip der Verantwortung des schöpferischen Menschen für das, was mit seiner Schöpfung, mit dem Produkt seiner Hand und seines Geistes, geschieht.* Daß dieser Satz, implicite, auch außerhalb Westdeutschlands gilt, dürfte dem nachdenklichen Leser der Kolumne deutlich gewesen sein.

Entsprechend ist das Echo. Unter den Briefen, die ihm auf den Tisch kommen, ist einer von einem Dr. Philipp im VEB Hans Beimler in Hennigsdorf, just jenem Betrieb, wo sie vier Jahre vorher fast geschlossen gestreikt hatten. Dr. Philipp beschwert sich: es sei ihm und mehreren seiner Fachkollegen nicht gelungen, den Wortlaut des Göttinger Appells zu erhalten; es scheine sogar, daß die Presse der DDR diesen in vollem Umfang gar nicht veröffentlicht habe; wenn man oben aber Briefe an westdeutsche Freunde und Bekannte geschrieben haben wolle zu den Gedanken der Göttinger und ernsthafte Beiträge dazu in Werks- und Tageszeitungen, dann müsse man den Bürgern der DDR doch wohl gestatten, einen Text, zu dem sie Stellung nehmen sollen, in ungekürzter Form zu kennen.

Auch S. H. fühlt sich düpiert: hatte er doch, trotz seiner Kenntnis der Usancen im Lande, geglaubt, ein Dokument dieser Art werde man korrekt wiedergeben. Also veröffentlicht er zu dem Thema Göttingen ein zweites Offen gesagt, das lapidar beginnt: *Herr Dr. Philipp, Sie haben recht.* Darauf konstatiert er, daß nur ein einziger Satz aus dem Manifest gekappt wurde, dieser jedoch von Gewicht – der Satz nämlich: *Wir bekennen uns zur Freiheit, wie sie heute die westliche Welt gegen den Kommunismus vertritt.* Und kommentiert dazu, »Ach Gott, als ob das die Erklärung entwertete...! Unsere redaktionellen Schönfärber, die uns die westdeutsche Atomwissenschaft als eine Kollektion waschechter Antifaschisten vorsetzen möchten – sehen sie denn nicht, daß der Göttinger Appell seine riesige Schlagkraft erst dadurch gewinnt, daß sich der Satz von der westlichen Freiheit darin befindet? Das Wichtige und Weltbewegende ist doch gerade, daß Wissenschaftler, die *keine* Kommunisten oder mit dem Kommunismus Sympathisierenden sind, gegen die atomare Aufrüstung Westdeutschlands Stellung nehmen.«

Damit aber hat er mitten in das Wespennest gestochen. In seinem lobenswerten Eifer, die Presse der DDR zu einem ernstzunehmenden Faktor der Meinungsbildung zu machen, hat er übersehen, daß Schriftstücke solcher Art nicht irgendwo redigiert werden, sondern in der Agitationsabteilung des Zentralkomitees, und diesen Genossen hat er nicht nur ihre Dummheit nachgewiesen, er hat sie auch noch als redaktionelle Schönfärber bezeichnet.

Und nun schwärmen sie aus, die Wespen. In der BZ am Abend, Schwesterblatt der Berliner Zeitung, die S. H.s Offen gesagt druckt, erscheint prompt ein von allen vier Mitgliedern des Redaktionskollegiums gezeichneter Artikel mit dem als Ironie gedachten Titel »Ganz offen gesagt«. S. H., heißt es da, fühle sich bemüßigt, die Journalisten der DDR in Bausch und Bogen als redaktionelle Schönfärber zu bezeichnen. H. stoße sich daran, daß die demokratische Presse nur die wirklich wesentlichen Teile der Göttinger Erklärung veröffentlicht habe; dabei dürfte auch ihm bekannt sein, daß es eine allgemeine Praxis der Tagespresse ist, Erklärungen gekürzt abzudrucken, sogar solche unserer führenden Politiker. Wenn in der demokratischen Presse der Satz, in dem die Professoren ihre antikommunistische Einstellung betonen, auch nicht wörtlich stehe, so vermöge man darin doch keine Schönfärberei und erst recht keine Verfälschung der politischen Auffassungen der Atomwissenschaftler zu entdecken; man sei selber gegen Schönfärberei, aber auch gegen die unmotivierte Überheblichkeit, die den Artikel H.s auszeichne.

Meines Wissens ist dies das erste und einzige Mal in der Geschichte des Pressewesens der DDR, daß zwei Blätter, die noch dazu im gleichen Verlagshaus erscheinen, einander öffentlich attackierten. Die Neuerung wäre zu begrüßen gewesen, hätte man S. H. die Chance gegeben, zu erwidern und richtigzustellen; aber gerade das darf er nicht; Genosse Hansch, der Chefredakteur des BZ am Abend, schreit ihn an, »Was in meine Zeitung kommt, bestimme ich!« und Henschke, von der Berliner Zeitung, senkt nur noch den Kopf, müde der Schläge. Es ist ablesbar: die gekränkten Funktionäre sind auf Blut aus, auf das von S. H. und das des armen Erich Henschke, der ihn so lange gedeckt hatte; und als Fangschuß ist eine Resolution des Zentralvorstands des Presseverbandes der DDR gedacht, in der es heißt, S. H. habe »die Vertrauenswürdigkeit der Redakteure der Presse der Deutschen Demokratischen Republik in Zweifel gezogen.«

Aber gerade diese Resolution ermöglicht den Gegenzug: der Verband, einmal eingeschaltet in den Vorgang, muß gestatten, daß S. H. seine Argumente vorträgt. Es wird eine denkwürdige Sitzung, und auch sie wieder ein Novum im real existierenden Sozialismus: ein bereits Abgeurteilter ruft seine Richter in die Schranken. In einem Séparée des Presseklubs in der Friedrichstraße sitzen an diesem Maiabend sechs Herren in mittleren Jahren und eine Dame, die dicke Deba Wieland vom ADN, der Presseagentur der DDR. Den Vorsitz führt Herr Krausz, Präsident des Presseverbandes; die beiden Blätter sind vertreten durch ihre Chefredakteure, den triumphierenden Hansch und den düster vor sich hinleidenden Henschke; S. H. wird gestützt und verteidigt durch Karl Kleinschmidt, der extra aus Schwerin angereist ist; dazu ein Protokollführer. Es vergehen keine zehn Minuten, dann ist offenbar, daß die Dame Wieland und der Vorsitzende Krausz, die als Neutrale posierten, ihre Orders haben: unter keinen Umständen ist dem Delinquenten zu gestatten, daß er irgendwo öffentlich erwidere. Da zieht Kleinschmidt, die Kirche ist doch eine bessere Schule für Trickkünstler als die Partei, sein Kaninchen aus dem Hut: eine gemeinsame Erklärung, worin S. H. seinen Fehler bekennt, selbstverständlich sind nicht alle Redakteure in der DDR Schönfärber; dafür nimmt Hansch seine Vorwürfe gegen den Autor von Offen gesagt zurück; der Text der Sache, gemeinsam ausgearbeitet von Krausz und von Kleinschmidt, soll am kommenden Samstag in beiden Blättern erscheinen – so beschlossen? Die Dame Wieland wittert List, aber der Abend ist warm, und sie ist schläfrig, und im Effekt hat sie ja verhindert, daß S. H. selber in den Zeitungen noch einmal zu Wort kommt: Schluß der Sitzung.

Am Morgen des Samstag, um die Mittagszeit soll die Republikausgabe der Sonntagsnummer angedruckt werden, findet S. H. sich in der Redaktion der Berliner Zeitung ein. Der Text der gemeinsamen Erklärung, hört er, gestern schon fertiggestellt, ist immer noch nicht von der Agitationsabteilung gebilligt; Henschke ist nicht da, auch sein Stellvertreter Burkhardt nicht; sie seien zu einer eiligen Besprechung gerufen worden, von wem und wohin, ist nicht zu erfahren. S. H. setzt sich und wartet. Nach einer Weile kommen die zwei: beide kreidebleich. Sie seien im ZK gewesen, sagt Henschke, und wischt sich die Stirn. Und? fragt S. H. Burkhardt verzieht den Mund.

S. H. entschließt sich. Er ruft im ZK an, verlangt Albert Norden, den zuständigen Mann im Politbüro. Norden wäre nicht im Hause, wird ihm gesagt. Dann also Sindermann; Horst Sindermann ist Leiter der Agitationsabteilung. Und der läßt sich tatsächlich sprechen. Die Abteilung, sagt er, wünsche nicht, daß die Erklärung veröffentlicht werde: keine Fehlerdiskussion. Wenn Sindermann keine Fehlerdiskussion wolle, entgegnet S. H., solle er gefälligst dafür sorgen, daß seine Leute keine Fehler machten; und außerdem, wozu das Theater mit Frau Wieland und Herr Krausz im Presseklub, wenn die Entscheidungen doch von ihm, dem Genossen Sindermann, gefällt würden?

Henschke und Burkhardt hören S. H.s Teil des Dialogs mit Entsetzen; S. H., im Ohr noch die zornbebende Stimme Sindermanns, und wie sie auf einmal sanft wurde und fast schmeichelnd, versichert den zweien, keine Angst, nur wer in die Knie gehe vor denen, sei verloren: der Beweis, Sindermanns plötzliche Einladung an ihn zu einem persönlichen Gespräch.

Das Gespräch läßt auf sich warten.

Aber inzwischen geht das Kesseltreiben gegen S. H. und den armen Henschke weiter; die beiden, wird in Kreisen der Partei und im Verlag und im Presseverband verbreitet, hätten eine Clique gebildet; wer die Prozesse in Moskau verfolgt hat und in Prag und anderswo, der weiß, was im real existierenden Sozialismus das Wort Cliquen- oder Gruppenbildung bedeutet und welche Folgen es haben kann für die Betroffenen.

Auch S. H. schwant Böses; aber, eingedenk des großen Dantons *de l'audace, de l'audace, de l'audace*, beschließt er, zur Offensive überzugehen. Er greift die soeben publizierte Rede Mao Tse-tungs über die antagonistischen und nicht-antagonistischen Widersprüche auf, welche vom Verhältnis der Partei zu den Massen handelt und die periodische Rückkehr der Funktionäre auf die Äcker und an die Werkbank fordert, und wagt sich in einem seiner letzten Offen gesagt, unter Berufung auf Mao, an *das* große DDR-Tabu, die Trennwand, die gläserne, wie ein Leser in einem Brief an ihn sie bezeichnete, zwischen den Arbeitern und ihren Funktionären. Zwar seien, schreibt S. H., die Funktionäre in ihrer Mehrzahl unsere Leute, Fleisch von unserem Fleisch, Blut von unserem Blut; aber gerade deshalb, fährt er fort, »tut es mir manchmal weh, wenn ich sehe, daß der Stuhl, auf dem er sitzt, den einen oder anderen von ihnen zu verändern beginnt. Das Sein, sagt Marx, bestimme das Bewußtsein. Wir sollten jedoch zu verhindern suchen, daß der Bürostuhl das Bewußtsein bestimmt. Wir sollten zu verhindern suchen, daß der Funktionär zum Beamten wird. Der Schreibtisch als Symbol der Macht – und wie lächerlich klein ist diese Macht mitunter! – kann zu einer furchtbaren Barriere werden zwischen Mensch und Mensch.«

Und in diese Zeit, da er sich mit dem Gedanken vertraut macht, daß er nur noch seine Bücher haben wird als Mittel der Kommunikation – gar kein so unguter Gedanke! – fällt der Besuch des Genossen Mikojan in Berlin. Anastas Mikojan, unter Chruschtschow der zweite Mann an der Spitze der Sowjetunion, hat ein Treffen mit Vertretern der DDR-Intelligentsija gewünscht. Auch S. H., die Russen werden mitgeredet haben bei der Gästeliste, ist zu der Veranstaltung geladen, einem Mittagessen in den Räumen des Fernsehfunks in Adlershof. Wahrhaft mirakulös aber erscheint ihm das Ersuchen des Genossen Paul Wandel, damals war der noch einer der Sekretäre des Zentralkomitees, er möchte doch, nachdem der Kaffee serviert worden, dem erlauchten Gast zu dessen Ausführungen eine Frage stellen; welche, lasse sich vorher leider nicht bestimmen, man vertraue da seinem Einfühlungsvermögen; insgesamt seien drei Fragesteller vorgesehen, Nummer eins und zwei wären Willi Bredel und Hanns Eisler.

Nun ist Mikojan ein guter Sprecher, unterhaltsam und witzig selbst noch in der Übersetzung; um so seltsamer erscheint, daß Bredel wie Eisler, nachdem er geendet hat, schweigend in ihre Tassen blicken; weiß der Teufel, was in die beiden gefahren ist; bei Eisler mag es der Alkohol sein, von dem er reichlich zu trinken pflegt; aber Bredel? Hat der einen Wink erhalten, sich lieber nicht zu exponieren …? Wandel blinzelt dem Schriftsteller S. H. zu, stumme, dringliche Botschaft. Irgendwie tut Wandel ihm leid, und außerdem interessiert ihn Mikojan. So erhebt er sich, überlegt einen Moment und bittet dann den Genossen Mikojan um ein paar nähere Informationen zu den neuen Entwicklungen in der Sowjetunion, besonders im Hinblick auf die Demokratie, innerhalb wie außerhalb der Partei, und die Rolle, welche den Intellektuellen bei deren Stärkung zufalle.

Stille; irgendwo klirrt ein Kaffeelöffel auf eine Untertasse. Mikojan grinst; hat er sich eine Frage der Art gewünscht? Dann redet er zu dem Thema, vierzig Minuten lang, sehr zum Unbehagen einiger der Anwesenden. Und während sonst jedes Räuspern des prominenten Gastes in der DDR sein Echo findet, verlautbart nirgends ein Wort über seine Replik an den dritten Fragesteller.

Danach wird die Haltung des Genossen Sindermann, als der sich endlich zu der angekündigten Unterredung mit dem Schriftsteller S. H. bequemt, verständlich: konziliant in der Form, hart in der Sache. Und Sache ist, der Henschke muß weg, und S. H. an die Kandare. Aber auch S. H. bleibt hart: der Artikel zu der Erklärung der Achtzehn, betont er, sei nicht geschrieben worden, und der Genosse Henschke habe ihn nicht gedruckt, um der Agitationsabteilung oder sonst jemandem einen Tort anzutun, sondern um eine Brücke zu schlagen zu den Göttinger Professoren, deren sämtliche Vorurteile gegen den Kommunismus durch die Verstümmelung ihres Manifests in der Presse der DDR ihre Bestätigung gefunden haben. Ein Streit über Einzelheiten sei müßig; hinter dem ganzen Konflikt stünde die Frage der Zensur, wobei auch er, S. H., in dieser Zeit und in dieser Gegend Europas Zensur und gelegentlich sogar eine Kürzung offizieller Verlautbarungen für legitim halte; nur dürfe man das nicht so plump machen, wie in diesem Fall geschehen. Was seine Kolumne aber beträfe, so betrachte er sich als seinen eigenen Zensor und verlange, daß die Anwürfe gegen ihn, die mit des Genossen Sindermann Billigung in der Presse erschienen, nicht unbeantwortet blieben und daß die Leute, die sein Offen gesagt druckten, dafür nicht noch obendrein bestraft würden.

Die Personalpolitik in Presse und Funk der DDR, immer noch ist Sindermann liebenswürdig, müsse er schon seiner Abteilung vorbehalten. Da S. H.s Offen gesagt jedoch durchaus verdienstlich sei und er, Sindermann, wünsche, es fortgesetzt zu sehen, biete er dessen Autor an, sich einmal die Woche mit ihm zu einer Art Lagebesprechung zu treffen.

S. H. betrachtet den Genossen Sindermann, wie der da sitzt, lächelnd und mit sich zufrieden, und er denkt sich, ist das der gleiche Mann, der, selber nicht viel mehr als ein Skelett, den sterbensmatten Fritz Grosse über die Berge schleppte, auf der Flucht von Mauthausen? Dann sagt er, er wisse das Angebot zu schätzen; es sei die denkbar freundlichste Form von Zensur, aber Zensur eben doch. Im übrigen schreibe er hauptamtlich Romane, und so lieb und teuer ihm sein Offen gesagt auch sei, er hänge davon nicht ab; er gebe nur zu bedenken, was es bedeute, wenn die Kolumne gerade zu diesem Zeitpunkt aufhören müsse, zu erscheinen, und der Genosse Sindermann möge die politischen Folgen seiner Entscheidungen bitte gut abwägen.

Es geht schon milder zu in der DDR als vor wenigen Jahren noch.

Der Genosse Henschke wird nach Peking verbannt, als Korrespondent, sein Stellvertreter Burkhardt nach Prag. S. H. stellt die Arbeit an seiner Kolumne ein. In seinem letzten Offen gesagt sollte es heißen: *Denn worum geht es? Erstens – wie bauen wir eine feste Brücke zu jenen Kräften in Westdeutschland und im Westen überhaupt, die zusammen mit uns den Atomtod Deutschlands verhindern wollen? Zweitens – wie schaffen wir in der Deutschen Demokratischen Republik eine Presse, die eine bessere und schärfere Waffe ist im Kampf für den Frieden, für den Sozialismus, und für ein geeintes demokratisches Deutschland?*

Aber das wird ihm schon nicht mehr gedruckt. Es war ja auch klar: ein etablierter Apparat kann auf die Dauer nicht gestatten, daß ihm jeden Sonntag vor aller Augen demonstriert wird, wie man es besser macht. Um seiner Selbsterhaltung willen.

## 29

Der Sputnik war mit dem nackten Auge zu erkennen. Auf fester Bahn zog er quer über den Himmel, golden leuchtend, ein Stern unter Sternen; nur war er von Menschenhand, und zwar von der Hand von Sowjetmenschen.

Was sind dagegen die Beckmessereien der Sektierer von Ostberlin; der Schriftsteller S. H. sieht ganz andere Horizonte: drüben in Rußland bahnen sich Entwicklungen an, wissenschaftliche, technische, soziale, die das Leben auf Erden gründlich verändern werden und mit denen man sich beschäftigen muß, will man für unsere Zeit Gültiges sagen.

Dazu kommt, daß die Russen, die die Vorgänge in ihrer Zone natürlich beobachteten, sich an der Hatz gegen ihn nicht beteiligt hatten; wer weiß, vielleicht gaben sie seiner Kritik an den redaktionellen Schönfärbern sogar recht. Wie sonst wäre die Einladung zu erklären, die just um diese Zeit von Ogonjok eintrifft, dem russischen *Life*, das bisher nur ein paar Short Stories von ihm gedruckt hat: ob er nicht eine große Reportage, oder auch mehrere, für ihr Journal schreiben möchte, und zwar nicht etwa über Deutschland oder die Deutschen, sondern über die Sowjetunion; die Redaktion glaube, es werde ihre Leser interessieren, zu erfahren, wie ein ausländischer Schriftsteller, ein Mann mit Weitblick und Sinn für Soziales, sie und ihr Land betrachte.

Schon die erste Konferenz in Moskau mit den Leuten von Ogonjok zeigt, daß man einander versteht; der phlegmatische Anatolij Sofronow, der Chefredakteur, wird hellwach, sobald S. H. ihm seine Ideen darzulegen beginnt, und auch Boris Polewoj, zu der Beratung hinzugezogen, erkennt sofort, was in den Vorschlägen steckt; sowieso verbindet ihn manches mit S. H.: gemeinsame literarische Neigungen, Polewoj ist Romancier, gemeinsame Erfahrungen im Krieg, man focht gegen den gleichen Feind, und eine gemeinsame Liebe zu Prag, über dem Polewoj als erster Russe mit dem Fallschirm absprang, damals, im Frühjahr 1945. Ein Plan wird entworfen: welche Themen; welche Institute, Werke, Bauten, Menschen; und welche Dolmetscher: Steschenskij, den kennt er ja, wird vorgeschlagen und vom Stab des Ogonjok der junge Sascha Serikow, von Beruf Photograph, aber mit den Eigenheiten eines russischen Bauern, eines Muschik, breite Backenknochen, lachende Augen, der Mund verschmitzt bis skeptisch; und er kann Englisch und ist ein Organisationstalent.

Mit Serikow, so beginnt die Reise, fährt er nach Zimljanskaja, unten am Don, wo sie den Fluß gestaut und das große Kraftwerk gebaut und ein neues Meer geschaffen haben, von dem aus der Wolga-Don-Kanal das Schiff in einem Dutzend Stufen über die Bergkette hebt und jenseits wieder hinunterschleust zur Wolga; aber zunächst herrscht Sturm auf dem Zimljanskaja-Meer und das Schiff, ein Raddampfer, liegt fest, und in dem samtgepolsterten Salon sitzen S. H. und sein Muschik und der Kapitän des Schiffes und trinken Wodka und essen Ucha, Fischsuppe, die beste im Leben des S. H., den Fisch greift man sich am Fuß des Hebewerks im Staudamm, wo die Tiere sich sammeln in einem großen Lift, alle möglichen Sorten von Fisch, um hinaufgehoben zu werden zum oberen Don und ihren Laichplätzen dort; nur die Störe, um deretwillen die ganze komplizierte Konstruktion angelegt wurde, weigern sich, in den Lift zu schwimmen, und widerstehen sogar den elektrischen Impulsen, die durch das Wasser zucken und ihnen Vernunft beibringen sollen; daher die Kaviarkrise.

Dann läßt der Sturm doch nach, und das Schiff legt ab, und S. H. fragt, »Sascha, kdje toalet?«

Eine seltsame Aufregung bemächtigt sich des Genossen Serikow. Er stürzt aus der Kabine; S. H. hört ihn, wie er, nach irgendwelchen Offiziantkas rufend, durch den Gang läuft; schließlich, außer Atem, meldet er sich wieder: ob S. H. es noch aushalten könne, zehn Minuten etwa, nicht mehr.

Die Toilette erscheint völlig normal, ist sogar überraschend sauber, frisch gescheuert der Fußboden, Papier vorhanden; kurz, ein Vergnügen. »Was war denn los vorhin, Sascha?« fragt S. H., zurückgekehrt in die Kabine und einen letzten Nachttrunk im Glas. »Weshalb die Panik, warum mußte ich warten?«

Sascha errötet; er ist, wie sich bald herausstellen wird, äußerst genant. Endlich gesteht er: die Klobrille! Die Russen hier, die auf dem Schiff mitfahren von einer Anlegestelle zur nächsten, ordinäres Volk, Bauern, Arbeiter, sind den neumodischen Luxus nicht gewöhnt; sie klettern auf die Brille und stehen drauf, gestiefelt, und tun's von oben, und nicht immer treffen sie genau ins Ziel.

Dann – Stalingrad! Die Wolga, sie auch schon fast ein Meer, im Licht der Nachmittagssonne, die breite Treppe zur Promenade am Ufer, die Denkmäler, der Mamai-Hügel, der Keller, aus dem die deutsche Generalität hervortrat, um sich zu ergeben, nachdem sie ihre Armee verbluten ließ in jenem schrecklichen Winter. Laß mich allein, Sascha. Und S. H. geht, über die Berge von Trümmern, Bröckchen eher als Brocken, so fein mahlten die Granaten den Stein; hier und da bückt er sich, hebt einen Splitter auf, trotz des Rosts der Jahre noch immer die Schärfe des Stahls; der Sowjet-Sergeant, wie hieß er, der das Haus hielt am Ufer, das letzte, das noch stand, gegen alle Attacken der Nazis, bis endlich Hilfe kam über den Fluß: ohne dieses wäre kein Sputnik gewesen, ohne dies Stalingrad, und die neue Zeit nicht, deren Zeugen wir sein werden; so steht denn der Abstecher in die Vergangenheit folgerichtig am Anfang einer Reise in die Zukunft.

Mit Steschenskij, und Gertrude, nach Pulkowo.

Bis zu der Hügelkette von Pulkowo, dicht vor Leningrad, gelangte die Wehrmacht; das Observatorium war die Frontlinie. Und während die Damen, Gertrude und die Frau des Professors Michailow, auch sie Amerikanerin, in neugefundener Freundschaft beieinander sitzen nach dem Abendessen, führt der Professor, ein kleiner alter Herr mit den exquisiten Manieren des ancien régime, den Schriftsteller S. H. hinüber zu dem Rundbau, wo der Schlitz im Dach bereits geöffnet und das große Teleskop himmelwärts gerichtet ist.

Es ist kalt, eine russische Winternacht; S. H. starrt, das Auge am Objektiv, in die funkelnde Unendlichkeit und denkt, wie kalt es da oben sein muß in diesem Universum, das Fragen aufwirft, auf die auch der Professor Michailow keine Antworten hat. Der belächelt den Sputnik-Enthusiasmus des Besuchers; er, Michailow, war von Anbeginn an beteiligt an dem Experiment, an Aufgabenstellung, Planung, Tests, und an der Verteilung der Fernrohre über das ganze weite Land, damit das neue Gestirn nie aus dem Visier der Menschen gerate, und er weiß, dies ist nur ein erstes, tastendes Schrittchen in die Tiefen des Raums und wird, wie alles, was sich jetzt anbahnt, nur neue, größere Rätsel erbringen.

S. H. beginnt zu ahnen, wie schwierig die Aufgabe sein wird, die er sich gestellt hat, und die Ahnung wird ihm zur Gewißheit in Dubna, im Innern des Synchrophasotrons, wo sie die Protonen beschleunigen bis zu einer Geschwindigkeit von 282000 Kilometern in der Sekunde und wo ihn der Professor Pontecorvo, der einst in Los Alamos dabei war, an die Hand nimmt und ihm zu erklären versucht, wie man hier einzudringen gedenkt in das Wesen aller Materie, und vor den Wilson-Kammern und Tscherenkow-Zählern, wo der Professor Dschelepow herrscht und wo sie die Teilchen auffangen, die aus den Fernen des Weltraums zu uns dringen und in riesigen gläsernen Töpfen als leuchtende Bläschen sichtbar werden, dahineilend auf seltsamen Bahnen.

Was versteht er denn von all dem? Von höherer Mathematik hat er keine Ahnung. Physik? Astronomie? Atom? Ein paar Artikel, en passant gelesen, ein paar Gespräche mit Robert Havemann, mit Professor Hollitscher, und dem oder jenem noch, aber nichts Grundlegendes. Nur die Sputnik-Vision ist da, die er hat: das neue Utopia, das hier und heute anhebt, und wir können, wie Goethe bei Valmy, sagen, wir sind dabeigewesen. In der Broschüre »Das kosmische Zeitalter«, Frucht dieser Reportagereise, wird es heißen, *Die Physiker und Ingenieure haben die Initiative an sich gerissen und machen die Träume der Utopisten zur Wirklichkeit. Ihr künstlicher Planet hat das Schwerefeld der Erde überwunden, den Mond im Vorbeiflug geküßt und umkreist die Sonne, rot bewimpelt. Ich sehe eine Zeit kommen, da nicht nur die Arbeiter auch Ingenieure, sondern die Ingenieure auch Dichter sind.*

Es war eine Zeit voller Hoffnung, und sie erzeugte in S. H. eine Stimmung ganz ähnlich jener, in der er sich in den Tagen nach Kriegsende befand. Und es ging nicht nur ihm so; würdige Professoren, Leiter von Forschungsinstituten und Mitglieder hoher Akademien, sprachen in lyrischen Tönen, wenn sie die Zukunft beschrieben.

Professor Sedow, von der Kommission für Astronautik bei der Akademie für Wissenschaften, prophezeit dem Schriftsteller S. H., man werde, binnen zwanzig Jahren, Raumschiffe zum Mars schikken und zur Venus, und der Professor Fjodorow versichert, Sie und ich, Towarischtsch Gejm, werden die interplanetare Raumschiffahrt noch erleben. Professor Lebedew, am Institut für Präzisionsmechanik und Rechentechnik der Akademie, führt ihm seine Bystrodjestwujuschtschaja Elektronnaja Stschotnaja Maschina vor, seine elektronische Schnellrechenmaschine, die mit ihren Elektronenröhren tausend Rechenoperationen pro Sekunde durchführt; aber im Institut bauen sie schon an einem Apparat, der mit Halbleitern arbeiten wird, Sie verstehen, Towarischtsch Gejm, alles Rechnen reduziert auf zwei Zahlen, 0 und 1, und der wird es auf zehntausend Arbeitsgänge in der Sekunde bringen, und immer neue, immer kleinere Geräte werden kommen, die eine Million mal schneller sein werden als der menschliche Gedanke.

Professor Lebedew, winzig vor der großen schwarzen Tafel mit den mysteriösen Formeln darauf, scheint nicht ganz zu wissen, was er mit seinen kreidebeschmierten Händen beginnen soll, während er versucht, S. H. darzutun, was der Faktor eine Million bedeutet: nicht nur ein schnelleres Denken, sondern ein Denken anderer Art, der Hegelsche Sprung, Quantität zu Qualität. Befreit von den Schranken, die sein viel zu langsames Hirn ihm setzt, werde der Mensch Aufgaben zu lösen imstande sein, die bis dato als unlösbar galten, und zu Taten schreiten, an die vorher nicht zu denken war. Ganz neue Berechnungen würden praktikabel, mit deren Hilfe, ein Beispiel nur, man das heimkehrende Raumschiff sicher zu seiner Basis zurücknavigieren und es davor bewahren könne, an dem Staubkorn im Universum vorbeizuschießen, das wir bewohnen; der Schritt vom Abakus zum Computer, wie die Amerikaner das Ding getauft haben, ermögliche den Schritt vom Buchhalter zum Planer, vom Techniker zum Erfinder, vom Nach-Denker zum Entwickler eigener, schöpferischer Gedanken. Und der Professor Trapesnikow vom Institut für Automation und Telemechanik, zunächst distanziert, dann immer mehr sich begeisternd, redet von automatischen Maschinen, die sich nicht nur selber programmieren, sondern auch selber kontrollieren und justieren werden: eine zweite industrielle Revolution, mit noch tiefer gehenden Konsequenzen als die erste, kündige sich an.

Wir Heutigen, die wir die Kinder bereits mit Computern spielen lassen und in einer Umwelt leben, daß Gott erbarm, in Furcht vor dem Atom und vor den Folgen der Automation und den Drohungen aus dem Weltraum, wir mögen den Geist belächeln, der in jener Zeit die sowjetischen Wissenschaftler erfüllte, und mit ihnen, den Schriftsteller S. H. Um deren Gefühle zu verstehen, muß man sich vor Augen führen, was damals vorging in den Menschen in jenem Teil der Welt. Der lähmende Zweifel am Sozialismus, hervorgebracht durch die Enthüllungen des Zwanzigsten Parteitags, war, wenn nicht behoben, so doch übertönt worden durch das Piepsen des Sputnik; hatte die neue Erscheinung am Himmel denn nicht, trotz aller Fehler und Verbrechen Stalins, trotz Gulag und Gewalt, die Überlegenheit sowjetischer Wissenschaft, sowjetischer Technik, sowjetischer Organisation deutlich gezeigt?

Daß hinter dem Jubel noch anderes steckt, klingt durch in so manchem Gespräch, das S. H. in Moskau, in Leningrad, in Dubna führte, und allmählich wird ihm klar, daß der Sputnik nie an den Himmel gekommen wäre ohne die befreiende Tat des Genossen Chruschtschow, die wiederum nur eine Phase, wenn auch eine sehr dramatische, in einem diesem Sozialismus inhärenten Konflikt zu sein scheint. Es ist das, ganz offenbar, der Konflikt zwischen der Macht eines erstarrten Dogmas und dem Leben. Der Mathematiker Alexandrow, Rektor der Universität Leningrad, berichtete dem mehr als interessiert zuhörenden S. H., wie man sich habe wehren müssen gegen die amtlich approbierten Philosophen, die sogar die Relativitätstheorie als idealistisches Machwerk verdammten, obwohl diese längst durch das Experiment bestätigt war; die neuen Erkenntnisse der Wissenschaft, fügte Alexandrow hinzu, verböten das ewige Herbeten alter Formeln und machten ein Umdenken notwendig. Und der Akademiker Fock, gleichfalls in Leningrad, Physiker und Philosoph, bemerkte nachdenklich: Noch ein paar Jahre solcher Angriffe von solchen Philosophen, und die sowjetische Physik wäre hoffnungslos ins Hintertreffen geraten; die philosophischen Probleme der Naturwissenschaften löse man nicht durch assortierte Zitate aus den Klassikern des Marxismus; vielmehr müsse man den dialektischen Materialismus weiterentwickeln, endlich.

Wahrhaft revolutionäre Reden das, die S. H. mit innerer Freude in sein Kosmisches Zeitalter einfügt und die auch tatsächlich so in der DDR gedruckt wurden, im finsteren Jahre 1959; und beinahe wäre es ihm auch noch gelungen, sie über das Fernsehen, das amtliche, der Republik zu verbreiten, aber die Zensur dort war hellhöriger als die im Kulturministerium und strich ihm einiges aus seinem Drehbuch. Daß er überhaupt ans Fernsehen kam, war ein Wunder und erklärlich nur durch den naiven Glauben der Funktionäre an die Dienstmädchenrolle der technischen Intelligenz: was sollte Bedrohliches sein für die Macht des Staates am Sputnik und an der Physik der Teilchen? Man gab ihm also, mit freundlicher Genehmigung der Sowjets, den Genossen Günter Nerlich bei, den Moskauer Korrespondenten des DDR-Fernsehens, einen ebenso hilfreichen wie beflissenen Mann; die Szenen in Dubna und anderenorts, mit den futuristischen Apparaturen im Hintergrund, und die Dialoge mit den Genossen Professoren, die Nerlich filmt, werden zum Hauptbestandteil einer Serie von sechs Features, jedes dreißig Minuten; doch ist das, wenn ich zurückdenke, durchaus nicht das Debut des Schriftstellers S. H. als Fernsehstar: im Dezember 1953 schon, die Juni-Ereignisse spukten noch in den verängstigten Köpfen der Führung von Staat und Partei, bat man ihn, zu Heiligabend eine möglichst erbauliche Ansprache an die paar tausend Besitzer von Fernsehgeräten in der DDR zu halten, der offizielle Weihnachtsmann der Republik.

Indien ist wie ein Traum, und wie ein Traum haftet es bruchstückweis nur in seinem Gedächtnis. Er sieht, schließt er die Augen, die leuchtenden Farben, das Gold, das Grün, das Rot, und spürt einen Nachhauch fremdartiger Düfte, Sandel, Moschus, und erlebt wieder, in beängstigender Nähe, das Gewirr der Menschen.

In Benares, in einem der Gäßchen zwischen den heiligen Schreinen, in denen der Glücksgott Ganesch thront oder die vielarmige Kali, und wo sie in winzigen Läden alles feilhalten von Kaugummistreifen bis kostbarstem Schmuck, begegnet er einem hochgewachsenen, von der Sonne gedörrten Engländer; dieser gibt sich nach kurzem Gespräch als Old India Hand zu erkennen, als einer also, der lange Jahre in Indien gelebt hat, und fragt ihn, ob er ein Buch zu schreiben gedächte über dies Land. Das wisse er noch nicht, meint S. H.; so viele Impressionen, so bunt, so gegensätzlich, wie soll man das ordnen und gültige Schlüsse ziehen. Der Engländer mustert ihn: es gebe, sagt er dann, nur zwei Arten von Leuten, die es fertigbrächten, etwas Rechtes über Indien zu schreiben, solche, die zehn oder zwölf Tage durchs Land gereist wären, und solche, die ihr ganzes Leben dort verbracht hätten.

Dem Schriftsteller S. H. sind vier Wochen in Indien vergönnt, zuviel und zuwenig zugleich. So bleibt nur der Traum.

Woraus die Träume entstehen, wer will es sagen.

In diesem Falle jedoch läßt sich der Vorgang verfolgen. Die große afro-asiatische Schriftstellertagung, die in Taschkent stattfinden sollte, scheiterte an dem Zerwürfnis zwischen China und der Sowjetunion. Eine Ersatzveranstaltung in Madras, mit großer internationaler Besetzung und den Indern als Gastgebern, wird nun geplant; Mulk Raj Anand, mit S. H. seit Prager Tagen bekannt, ist einer der Organisatoren und lädt ihn persönlich dazu ein; die zuständige ZK-Abteilung in Berlin, obwohl wenig erbaut von dem Gedanken, daß ausgerechnet einer wie er ihre mühsam auf Linie gebrachte Literatur so fern der Heimat vertreten soll, stimmt zu, daß er fahre, denn wenigstens kann er Englisch, gibt ihm aber den Genossen Bruno Apitz zur Seite, dessen Erstling *Nackt unter Wölfen* über Nacht zum Erfolg geworden.

Doch selbst die besten Pläne der klügsten Funktionäre können scheitern. Aus irgendwelchen Termingründen fliegen Apitz und S. H. getrennt, zunächst nach Prag, wo sie bei der indischen Botschaft ihre Einreisevisa abholen sollen. S. H. ist beunruhigt, daß er in Prag nichts hört von Apitz; er wartet bis zur letztmöglichen Minute, will er sein Flugzeug nach Bombay noch erreichen; dann, nachdem er bei allen in Frage kommenden Stellen Nachricht, wann, wie und wo, für den Verlorengegangenen hinterlassen, besteigt er, schweren Herzens, die Constellation der Air India, und beobachtet durch das Oval des Fensters den Schatten der Maschine, der immer schneller übers Feld gleitet, bis er auf einmal sich auflöst.

Nach einer Weile spürt er, wie es ihm leichter wird ums Herz und er sich entspannt; aber das Lächeln, das sich auf seinen Lippen formen will, unterdrückt er. Dann lehnt er sich zurück, um sich den verschiedenen Broschüren zu widmen, die ihn auf das Erlebnis Indien vorbereiten sollen; sie langweilen ihn bald, und er schläft ein.

Man jettete damals noch nicht in einem Sprung um den halben Globus, und die nächtlichen Zwischenlandungen ermüdeten eher als sie erfrischten. Endlich aber ist er in Bombay gelandet, die Sonne strahlt, nach dem Winterregen in Prag, die Luft ist wie mit Zimt durchtränkt. Die Kontrollen, Grenze, Zoll; Beturbante durchwühlen seine Koffer, Träger umdrängen ihn, er muß achthaben auf sein Gepäck, seine Geldbörse; das Land, hat er gelesen, wimmelt von Dieben, das wäre ein böser Scherz, käme sein Zeug ihm schon am Beginn der Reise abhanden, und wie gelangt man hinüber zu dem Inlandflug nach Delhi.

Der Teil Delhis, in dem er Unterkunft findet, mutet sehr englisch an: baumbestandene, stille Straßen, die Hotels viktorianisch, nur luftiger gebaut als in London oder Bristol, leichter, heller. Doch kaum verläßt du das Tor, ist der englische Friede zu Ende: da kommen sie angehüpft aus dem Nichts, grindige Kinder mit enormen, flehenden Augen, umringen dich, stoßend, drängend, die dünnen

Ärmchen dir entgegengestreckt, Bakschisch, Mister, überschreien sie einander, Neie Paisa, neie Paisa; neie Paisa ist die Münze, die die Anna aus der Britenzeit ersetzt hat, die Rupie blieb, hat aber an Wert verloren; und wehe, du läßt dir das Herz erweichen und langst in die Tasche: sofort kämen neue Scharen, hefteten sich dir an die Fersen, ein lärmender Schweif aus zappelnden, erbarmenswert mageren Leiberchen, künstlich verkrüppelt manche von ihnen.

Bei der Handelsvertretung der DDR, eine Botschaft wird es nicht geben, solange Indien sich schwertut mit der Anerkennung, ist man besorgt Apitzens wegen; feststeht, erfährt S. H., daß er aus Schönefeld abgeflogen ist nach Prag; dort verlöre sich die Spur. Und noch eine zweite Unglücksmeldung: die All-Indische Schriftstellerkonferenz, auf der Apitz, Hand in Hand mit ihm, als Gabe der Regierung der DDR den Autoren Indiens ein Tonband mit der echten, wenn auch etwas verzerrten Stimme Rabindranath Tagores feierlich übergeben sollte, werde nicht stattfinden; Schuld daran trüge Boris Pasternak mit seinem Dr. Schiwago und dem Nobelpreis, den er nicht akzeptieren durfte; an dem Kasus schieden sich unter Indiens Literaten die Geister, und lieber als den Kongress zu einem Forum gegen die Sowjets werden zu lassen, hätten die Genossen der Partei hier die ganze Zusammenkunft torpediert; nun aber werde, bösartigerweise, der Indische PEN-Club in demselben Madras einen Kongreß abhalten, bei dem es, abgehandelt am Beispiel Pasternak, um die Freiheit des Geistes gehen soll, Ost wie West, aber besonders Ost.

S. H. muß entscheiden: kehrt machen im Angesicht des ideologischen Gegners und zurückfliegen nach Hause, oder ausharren und dem Feind entgegentreten auch in der Fremde, und die amtlichen Gelder, die nun einmal zugeteilt für die Indien-Tour, so angenehm wie möglich verbraten. Seien denn nicht, so gibt er den Genossen von der Vertretung zu bedenken, Sinn und Zweck der Expedition, nämlich Verbindungen zu schaffen zwischen den Schriftstellern der DDR und denen Indiens, nach wie vor gültig? Und verhinderten die Umstände es, daß man sie alle an einem Ort träfe, müsse man die indischen Kollegen dann nicht aufsuchen, wo sie zu finden wären, in den Zentren der wichtigsten Literaturen des Landes? Im übrigen sei es ihm undenkbar, ohne den Verschollenen in die Heimat zurückzukehren; Heym, würden sie ihn dort fragen, wo ist dein Bruder Apitz?

Der Mann, der plötzlich neben ihm läuft auf der Straße, heißt Surinder, und da er ein Sikh ist, Surinder Singh. Ja, sagt er, sich um ein geringes hinter dem weißen Sahib haltend, er winde seinen Turban täglich, zehn Yards Stoff nach festem Muster um den Schädel, dessen Haar kein Schermesser berühren darf; über die Jahre wird das Routine.

Surinder ist Clerk in dem Hotel, in dem S. H. wohnt; man zeige ihm großes Vertrauen dort, sagt er. Der Sahib möchte zur Jama Masjid, die der große Kaiser Shahjahan erbaut hat vor mehr als einem viertel Jahrtausend? Das treffe sich gut, er, Surinder Singh, wohne ganz in der Nähe der Moschee, und für heute sei sein Dienst zu Ende; so könne er dem Sahib den Weg zeigen, und der Sahib erspare sich die Kosten für das Taxi, oder die Tonga, die Pferdekarre, in Delhi sei alles sehr teuer. Und ob der Sahib ihm, Surinder Singh, die Ehre erweisen möchte, in seiner niederen Behausung eine Tasse erfrischenden Tees einzunehmen vor seinem Besuch in der Jama Masjid?

Die Gassen, durch die Surinder ihn geleitet, sind bedrückend eng geworden, staubig und übelriechend; dürre, räudige Hunde laufen ihnen zwischen die Beine; verdächtige Gestalten blicken aus den schmalen Türen zur Rechten und Linken; wenn hier einer verschwindet, denkt S. H., wer sollte ihm nachspüren?

»Da sind wir schon.«

In einem Seitengäßchen, das kaum zwei Menschen nebeneinander Durchlaß gewährt, ein schmalbrüstiges Haus, Erd- und Obergeschoß, der Putz bröckelt vom Stein; eine steile Treppe, hohe Stufen, mit Mühe nur zu erklimmen; dann eine Kammer, darin eine Matratze, von der Surinder drei kleine Mädchen scheucht, zwei Stühle, ein notdürftig zusammengezimmerter Tisch, eine Wandnische für Kocher und Vorräte; nahe dem Fenster hockt ein Greis, der weder von Surinder noch von dem Sahib Notiz nimmt. Alsbald füllt sich der Raum mit zahllosen quirligen Kindern und neugierigen Erwachsenen beiderlei Geschlechts; seine Sisters und Brothers, sagt Surinder; in diesem Kaninchenbau, für 15000 Rupien einem Muslim abgekauft, der bei der Teilung Indiens nach Pakistan flüchtete, haust die gesamte Sippe, die ihrerseits damals aus dem mohammedanischen Teil des Landes nach Delhi floh; der Treck war schlimm, berichtet Surinder; oftmals geschah es, daß die Eisenbahnzüge von diesseits und jenseits gleichzeitig an der Grenzstation einliefen; dann stiegen die Flüchtlinge aus, hie Hindus, hie Moslems, und schlachteten einander ab in mörderischer Stille, bis es pfiff von den Lokomotiven und die Fahrt weiterging mit den Überlebenden an Bord.

Der Dr. Zain Ahmad, einer der sieben Sekretäre der Kommunistischen Partei, gibt ihm ein Privatissimum über das Land, seine Geschichte, seine Kultur. Und warnt ihn: Ausländer, die über Indien schrieben, stellten es entweder dar als ein Opfer des britischen Imperialismus, ausgepowert und am Rande des Ruins, oder als kommende Großmacht, im Aufbruch zu einem historischen Marsch in die Moderne; in Wirklichkeit aber hätten die Engländer so manches Nützliche hinterlassen, und was den grandiosen Schritt in die Zukunft betreffe, so hätte man den Autoren ein paar Musterdörfer gezeigt, hergerichtet für journalistische Gimpel. Es sei eben alles viel komplizierter hier, als man gemeinhin wahrhaben wolle; die alten Formeln, besonders die aus Moskau, zählten in Indien nicht; er selber blicke eher auf China und wünschte sich, vier oder sechs Monate dort verbringen zu können, bei den Kommunen; daraus ließe sich wohl einiges für ein künftiges Indien entnehmen.

Dr. Ahmad rückt sich das sauber gebügelte weiße Käppchen zurecht, wie es auch Nehru trägt und die ganze gehobene Hindu-Kaste; seine Frau, die Hajrah Begum, wirft ihm einen Blick zu, als wäge sie ab, was für eine Figur er wohl abgeben würde bei der Verteilung der nächtlichen Fäkalien auf die chinesischen Äcker. Die beiden leben nach indischen Begriffen luxuriös. Bedienstete gleiten über die kühlen Fliesen, Kaffee anbietend und süßes Gebäck und geröstete Linsen. Und nun das mit den freien Wahlen; der Punkt ist wichtig für den Mann, denn in Indien muß die Partei das wenigstens garantieren, will sie die Massen gewinnen. Wie lange noch, will er wissen, werden die Genossen in der DDR gegen die Mehrheit der Bevölkerung regieren können?

S. H. überlegt. Die Deutschen. Und dagegen die Inder. Gestern hat er am Grabe Gandhis gestanden, Schuhe in Hand, und gesehen: die frischen Blumen allmorgendlich, gelbe, weiße, orangene, die riesige steinerne Platte bedeckend, die bar jeder Inschrift; nur seitlich, in Buchstaben aus Blüten, auch sie jeden Tag neugeflochten, die letzten Worte, als er verblutete, »Oh, Gott!« Gandhi, jedem sein Spinnrocken, der gewaltlose Widerstand, der das ganze Volk ergriff, der Rückzug der Briten: die Frage des Dr. Ahmad hat ihre Gründe.

Würde Ihre Partei denn, setzt S. H. Frage gegen Frage, hätte sie sie einmal erobert, die Macht wieder aus der Hand geben?

Die Hajrah Begum spricht von Kaschmir, wo Nehru auch keine freien Wahlen gestattet, und von Kerala, wo die Kommunisten zur Zeit mit einer Stimme Mehrheit regieren; dort würden sie selbstverständlich abtreten, fielen die nächsten Wahlen gegen sie aus.

Dr. Ahmad schweigt.

Besonders die indischen Frauen bewundert er. Nie wird er das meistern, denkt er, in der Hocke sitzen, die Knie scharf gewinkelt und auf den Fußballen balancierend, und dazu den Teller halten und mit spitzfingriger Eleganz den Reis zu Munde führen und die Fleischstückchen in pikanter Sauce; also gestatten ihm die jungen Leute vom People's Publishing House Stuhl und Gabel. Sie interessieren sich für sein Kosmisches Zeitalter; endlich einmal, sagen sie, etwas Brauchbares über die Sowjetunion. Natürlich können sie ihm kein Honorar dafür zahlen; soviel brächten Bücher in Indien nicht ein; er wisse doch, die vierzehn und mehr Sprachen, die Armut, das Analphabetentum, die Auflagen daher minimal nur; und die Amerikaner verzichteten nicht nur auf ihre Honorare, sondern subsidierten die Übersetzung sogar über die Ford Foundation und zahlten ein Viertel der Druckkosten; aber ein Geschenk für ihn, das ja, als kleines Zeichen der Freundschaft und Anerkennung: was er sich denn wünsche.

Ein bronzenes Abbild des Ganesch, sagt er, des elephantenköpfigen Sohns der Kali, als Talisman und für gut Glück. Er weiß, solch Statuetten von Ganesch, neben Krishna als Kind, einen Butterball schiebend, oder der tanzenden Schiwa gibt es wohlfeil auf jedem Basar, in allen Größen, echt antik oder künstlich gealtert. Einen Ganesch, freuen sich die Genossen; da wisse man einen Spezialladen, es werde ein Prachtexemplar sein, würdig eines so großen Autors.

Der Ganesch steht heute noch in Grünau auf dem Regal, blinkend in metallenem Glanz: der Gott wie sein Thronsitz, dem man den Fleiß ansieht, mit dem der Künstler gewirkt; der lauterste Kitsch.

Durch die Genossen vom People's Publishing House gerät er zu dem taubstummen Maler Satish Gujral. Der ist ein Besessener, der die indischen Menschen malt wie Orozco und Siqueiros ihre Mexikaner; in der Tat hat er zwei Jahre in Mexiko studiert, bevor er zurückkehrte in seine Heimat und sich die schöne Kiren nahm; es war ein berühmter Skandal, alle Bräuche mißachtet, alle Tabus gebrochen: die Tochter einer der vornehmsten Familien New Delhis, die, ohne der Eltern zu achten, einem armen Maler nachläuft, und noch dazu einem ohne Gehör und mit gelähmter Zunge! Doch Kiren bestand auf ihrer Wahl, und nun hat sie ein Kind von Gujral, ein olivfarbenes Miniaturmenschlein, feinstgliedrig, wie man sie nur in Indien zu sehen bekommt, und ihr Ohr dient ihrem Mann: wo er selber die Lippen der Leute zu lesen nicht imstand ist, liest er von Kirens zierlicher Handfläche, auf die sie das Wesentliche, Buchstabe um Buchstabe, schreibt.

So auch das Gespräch mit S. H., nachdem der die Bilder Gujrals begutachtet hat, Bilder voll Bitterkeit, Flüchtlinge aus Pakistan, eine Frau mit Säugling an dürrer Brust, Bauern, Bettler, und ein Nehru-Porträt, gerade vollendet: des Premiers Gesicht erscheint zerquält, die Hände sind ihm gefesselt mit dünnem, rotem Stacheldraht. Symbolisch? Der Mann, sagt Gujral, seine Silben mühsam der widerspenstigen Kehle abringend, ist gebunden durch die eigenen Zweifel. Die schönen Programme, mit denen er antrat, die edlen Grundsätze, was ist aus ihnen geworden?

Von da ist der Sprung nicht weit zu den edlen Grundsätzen und schönen Programmen anderenorts: wie ist das mit der schöpferischen Freiheit in diesem Sozialismus, man betrachte doch nur, was da als Gipfel sozialistisch-realistischer Malerei gepriesen würde; und wirkliche Kunst fiele einer idiotischen Zensur zum Opfer.

Dem Schriftsteller S. H. wird seine heikle Lage bewußt: plagt ihn diese selbe Zensur nicht, während er dem Maler Gujral, und wie viele gleich ihm werden es noch sein in diesem Lande, die dümmsten Zwänge als geschichtliche Notwendigkeit zu erklären sucht?

Gujral, von der Hand seiner Frau lesend, lächelt, ein eigensinniges Lächeln, an dem S. H.s Rede abprallt.

Hoch über dem dunklen Band des Flusses, an diesem Erkerfenster der Zitadelle von Agra, von wo aus in dieser Minute der Schriftsteller S. H. auf den Taj Mahal blickt, stand damals der gefangene Mogul-Kaiser und schaute hinüber zu dem weißen Grabmal, das er der geliebten Frau errichten ließ und das er im Leben nie wieder betreten wird; wenn der Usurpator, sein eigner Sohn Aurangzeb, sich gnädig zeigt, wird er ihn dort begraben lassen, neben Mutaz, der Schönen, der Zärtlichen, selbst wenn es ein Stilbruch ist. Denn im Taj Mahal ist alles Ebenmaß: ausgehend von der unvergeßlichen Toten im exakten Mittelpunkt die Türme und Minarette zu beiden Seiten, das ganze zierlich ziselierte weiß-marmorne Spitzenwerk; seine Gruft würde die Strenge der Symmetrie nur stören.

Aurangzeb, der Usurpator, verlegte die Hauptstadt des Reiches von Agra nach Delhi; heute ist Agra berühmt nur noch durch seine Historie und die Bullockwagen, die hier gezimmert, und die roten Mühlsteine, die hier gefertigt werden, und durch seine Dacoits, seine Räuber. Erst kürzlich, so erfährt S. H., hätten sie die schöne Putli hingerichtet, die Königin der Dacoits, deren Banden die Gegend um Agra und die Staaten Uttar Pradesh und Madhya Pradesh und Rajasthan verunsicherten. Der Boden hier sei so unfruchtbar geworden durch Erosion, wird ihm berichtet, daß von drei Söhnen eines Bauern nur einer im Dorf bleibt; der zweite geht zur Armee, der dritte zu den Dacoits. Und die Regierung sei nicht in der Lage, oder nicht willens, etwas zu tun für die Menschen, und die Gefahr, daß sich faschistische Gruppen bildeten und Anhang gewännen, sei sehr real.

Nach mancherlei Fährnissen mit Flugzeugen, die nicht fliegen wollen, und Schlangen, die er verjagen muß, und einem schielenden Sikh, der, in plötzlicher Liebe entbrannt, ihn zu vergewaltigen trachtet, trifft er in Bombay ein. In seinem weitläufigen, von der Brise des Meers gekühlten Haus an der Colaba Bay, wo er mit Shireen lebt, seiner Frau, und seiner Sekretärin Dolly, übergibt ihm Mulk Raj Anand sein neuestes, gerade in der Schweiz erschienenes Werk, »Kama Kala, über die philosophischen Grundlagen der Erotik in der hinduistischen Skulptur«, darin, in den vertracktesten Posen, die Götterfiguren aus den Tempeln von Konarak und Khajuraho abgebildet sind. Mit seiner inneren Heiterkeit, seinen genießerischen Bewegungen, seiner melodischen Sprache hat Mulk etwas an sich von den Wesen, die er in seinem Buche dargestellt: um so niederdrückender sein prosaischer Bericht über die tragikomischen Vorgänge, die nicht nur den Kongreß in Madras, sondern jede gemeinsame Bemühung der Schriftsteller Indiens vereitelten. Was, seufzt er, solle werden aus diesem heruntergekommenen Indien, in dem alle Widersprüche der Welt aufeinander träfen und alle Entwicklungstendenzen einander kreuzten. Da weiß auch S. H. keinen Trost.

Doch, oh Wunder, als er vorspricht bei der Handelsvertretung der DDR in Bombay, hört er, man habe soeben von einem Individuum erfahren, welches identisch sein könnte mit dem vermißten Bruno Apitz; ein bevollmächtigter Bote sei bereits auf dem Wege zum Flughafen. Kurz danach trifft der Verlorene ein, ein Nervenbündel, und stürzt sich auf die Bockwürste, die eilig herbeigebracht worden sind aus der Küche der Vertretung: endlich, nach so vielen Tagen im Limbus, ist er daheim.

Die Geschichte des Unglücklichen läßt sich aus seinen wirren Worten und dem Bericht der Genossen von der Handelsvertretung einigermaßen rekonstruieren: Apitz, der keine Fremdsprache beherrscht und nie bisher im westlichen Ausland war und keine Ahnung hat von der Funktion eines Konsulats und von Visen und derlei Kram, hatte nichts begriffen von all den Instruktionen, die man ihm in Berlin gegeben hatte; er hielt sie für das übliche fürsorgliche Gerede, mit dem man jemanden in die Fremde schickt, und vergaß sie prompt; außerdem, hatte er nicht weit Schwierigeres überstanden in seinem Leben als eine simple Reise nach Indien, und besaß er nicht genügend Stempel im Paß, mitsamt Gebührenmarken aller Art?

So kam er nach Prag, ging in sein Hotel, und da niemand erschien, ihn von dort abzuholen, begab er sich am Morgen des Tags, den der Portier ihm nannte, zum Flugplatz und nahm Platz in der Maschine nach Indien. Erst als diese in Bombay zur Landung ansetzte und die Stewardess ihm eine Karte übergab, die er ausfüllen sollte, merkte er, daß die Sache doch komplizierter sein möchte, als er erwartet hatte. Und dann die indischen Grenzbeamten, die er nicht verstand und die ihn nicht verstanden und die, kopfschüttelnd, seinen seltsamen Paß von vorn und hinten durchblätterten auf der Suche nach irgend etwas, von dem er nichts wußte. »DDR!« sagte er, und »Schriftsteller!« und wies nach draußen, wo er Indien vermutete, und nickte emphatisch, ja, dort müsse er hin; doch die Beamten, mit Turban und ohne, deren Zahl ständig wuchs, wiesen immer wieder auf seinen Paß und buchstabierten V-i-s-u-m und stellten Fragen, deren Sinn ihm entging; schließlich hielten sie eine Beratung miteinander in ihrer zwitschernden Sprache, und als sie fertig beraten hatten, nahmen sie ihn und sein Gepäck und brachten ihn in ein Gefängnis, das direkt neben dem Flughafen lag; kein schlechtes Gefängnis, in seiner Zelle war ein Bett mit bunt bezogener Matratze und Tisch und Stuhl und ein Klo mit Dusche, und die Tür war weder verriegelt noch verschlossen; doch wenn er sie öffnete und den Kopf hinausstreckte, kam sofort ein Wärter, in weißen Pluderhosen und roter, langschößiger Jacke mit Achselstücken und dreifachen silbernen Tressen, und einem Turban über der Stirn mit befiederter Agraffe, und redete freundlich, aber ernsthaft auf ihn ein, so daß er es für ratsam hielt, sich wieder zurückzuziehen; und zu essen gab es überhaupt nichts, nur Wasser brachten sie ihm, mit Eisstückchen, und in aller Herrgottsfrühe ein Kännchen Tee mit Biskuits.

Der Arme, wie sollte er ahnen, daß in Indiens besseren Hotels die Kellner Phantasieuniformen tragen, welche denen der Traditionsregimenter der britischen Kolonialarmee nachempfunden sind, und daß die Rotjacken im Flughafenhotel nur wissen wollten, was er zu speisen wünsche. Das chaplineske Spiel dauerte: bis endlich im Generalkonsulat der Bundesrepublik, das benachrichtigt worden war, jemand auf den Gedanken kam, der sonderbare Reisende, *presumed German*, könne vielleicht ein Bürger des anderen deutschen Staates sein, und den Hörer abnahm und bei den Kollegen von der DDR-Vertretung anrief.

Natürlich wird man, sobald der Genosse Apitz sich von seinen Strapazen erholt hat, den Rest der Reise gemeinsam unternehmen, schon damit der auch etwas zu sehen bekäme von Madras, Calcutta, Benares und den anderen Wundern Indiens; Kerala jedoch, an der Südspitze des Landes, so meint man bei der Vertretung in Bombay, möge S. H. lieber allein besuchen: man wolle vermeiden, daß bei den höchst empfindlichen Machthabern in Delhi der Eindruck entstünde, hier sei eine DDR-Invasion des einzigen von Kommunisten regierten indischen Staates geplant.

In Kerala ist alles anders als anderswo in Indien. Hier herrscht in hundert tiefgrünen Tönen der tropische Wald, in den man nur eindringen kann auf den trägen Wassern der Flüsse und Flüsschen und Kanäle; die Menschen bewegen sich anders, es ist als läge ein Hauch von Schwermut über ihnen in der Schwüle der Luft, und sie sprechen in anderem Rhythmus als die im Norden, Malayalam heißt ihre Sprache, und ihre Götter heißen Jesus und Maria, und viele haben selber gelesen von Jesu Geburt und Tod und Auferstehung, denn die portugiesischen Mönche und Nonnen in Trivandrum und Cochin und Trichur haben dem Volke das Lesen beigebracht, was wiederum den Kommunisten zugute kam, weil, wer diese Kunst einmal erlernt hat, nicht nur die heiligen Schriften liest.

Auch Juden gibt es hier. Die schwarzen Juden, die irgendwann einmal zum Glauben an Jahweh, den Einzigen, konvertierten, waren schon da vor der Ankunft der Portugiesen und der Holländer, die diese ablösten; die mit der helleren Hautfarbe kamen später, letzte Ausläufer der Diaspora. Im Ghetto von Cochin, wo sich die saubersten Straßen des Ortes finden, mit Häuschen, die anmuten, als wären sie aus einer holländischen Kleinstadt verpflanzt, stehen die zwei Synagogen, die eine vernagelt, denn die schwarzen Juden sind ausgestorben, die andere zugänglich noch, das Innere ausgelegt wie in der alten Synagoge zu Amsterdam, der Altar inmitten des Baus und der Fußboden gefliest mit Delfter Kacheln; ach, klagt der Schammes, der Synagogendiener, der den Fremdling umherführt, auch uns sind nur achtzig Seelen geblieben, das Ende ist nah.

In der Hauptstadt Trivandrum hockt gütig lächelnd, so daß die von Betel roten Zähne sich zeigen, Professor Mundassery vor ihm, der Kulturminister des Staates, und spricht von den Errungenschaften der neuen Regierung, die übrigens nur mit einer Stimme Mehrheit die Macht hält; viel läßt sich da nicht tun, sagt er, und Delhi, obwohl weit, ist stärker als sie hier; doch eines wurde erreicht: die Polizei darf nicht mehr nach Willkür in die Hütten der Armen dringen und die Menschen darin blutig prügeln, was bisher alle sechs Monate geschah, nur um den Leuten die Furcht vor der Obrigkeit und den Contractors zu erhalten. Ja, diese Contractors, die auf alljährlichen Auktionen das Land erwarben, für billige Pacht, und es für Wuchergebühren weiterverliehen an die, die es bearbeiteten, oder auch sich Landarbeiter hielten in einer Art Leibeigenschaft: jetzt habe man die Contractors ausgeschaltet, und seine Regierung vergebe das Land direkt an die Bauern und Landarbeiter; schon seien Genossenschaften da, vom Staat gefördert; ob er Lust habe, eine solche zu besuchen?

In der Nacht vor dem Ausflug, allein mit seinem geeisten Scotch, den der Diener gebracht hat, sitzt der Schriftsteller S. H. auf der überdachten Terrasse des Gästehauses der Regierung von Kerala und lauscht dem Glucksen des dunklen Wassers ringsum und den fremdartigen Lauten der Tiere; die breiten hölzernen Armlehnen des Sessels sind so lang, daß man die Füße darauf legen kann; derart hingestreckt, die Damen zur Seite, saßen vor wenigen Jahren noch der britische Resident und seine Gäste hier, ihren Sundowner in der Hand; es ließ sich leben in Indien.

Am Tag darauf schmeckt S. H. den Toddy ab, den die Landarbeiter ein Dutzend Meilen weiter herstellen in ihrer Kooperative; hagere braune Gestalten, klimmen sie bis zu den Kronen der Palmen, ritzen die Stämme an und lassen den Saft in Töpfe sickern, worin er zu etwas Bierähnlichem vergärt, das, trotz nur minimalen Alkoholgehalts, den Leuten die Köpfe beduselt. Und er erfährt, daß sie in diesem Dschungel, wo der Sozialismus kaum mehr als ein Keim ist, unter Mühen gepflanzt, ganz ähnliche Probleme haben wie die, die ihn schon in seinen Aufsätzen zum 17. Juni beschäftigen: soll man, zum Beispiel, Akkumulation betreiben mit dem, was das Kollektiv erarbeitete, etwa den bitter benötigten Lastwagen anschaffen, oder nicht lieber den armseligen Alltag der Toddy-Zapfer um ein geringes verbessern, ein Hühnchen einmal im Monat, ein Hemd für die Kinder?

Wenige Monate später, er ist wieder zu Hause, wird er von der Lösung der Frage erfahren: Delhi hat eingegriffen, die Herrschaft der Kommunisten ist zu Ende.

Das Meer ist warm und das Wasser klar; der Strand, ein Streifen weißen Sandes, ist sichtbar noch und dahinter die Palmen, die Blätter erzittern im Seewind: dies ist Kap Comorin, die äußerste südliche Spitze Indiens, und S. H., getragen von sanften Wellen, schaukelt genau auf der Linie, die das Arabische Meer von dem Bengalischen trennt, und je nachdem wie er sich wirft, schwimmt er bald in dem einen, bald in dem anderen. Doch plötzlich bemerkt er am Strand die Figürchen, die hin- und herlaufen, erregt gestikulierend, und der dünne Ruf, »Sharks! Sharks!« erreicht sein Ohr. Er blickt sich nicht um, dafür ist nicht Zeit; Adrenalin schießt in die Muskeln und spornt das Herz an, dessen Kräfte der Schreck beinahe versagen ließ; wie er dann, endlich, Land spürt unter den Füßen, bricht er zusammen und übergibt sich; ein paar dunkelbraune Buben, die Lenden geschürzt mit schmutzigen Fetzen, stehen vor ihm; der eine weist lachend hinaus auf die See, wo mehrere Dreiecke, spielerisch, in der Entfernung sich zeigen.

Der Schriftsteller Apitz hat eine Stimme, die permanent, ganz gleich wovon die Rede, Beschwerde zu führen scheint. S. H., der ihn mit Mühe nur überredet hat zu diesem Ausflug zu den Tempeln von Ajanta und Ellora, ist voller Sympathie für den kleinen, hageren Mann mit den zu eng gesetzten Augen hinter den spiegelnden Gläsern: einmal wegen der Peinlichkeit mit dem mangelnden indischen Visum, woran Apitz ihm irgendwie die Schuld zu geben scheint, vor allem aber, weil hier einer ist, der jahrelang in Buchenwald litt, und nicht etwa, weil er ein Jude wäre, welche prädestiniert sind zu leiden, sondern seiner Überzeugungen wegen, freiwillig sozusagen.

Apitz, schwitzend neben ihm auf dem zerschlissenen Leder des

Mietwagens, zeigt Ungeduld; er sieht nicht die ragenden Mauern der Feste Daulatabad, von Geschichte umrankt, nicht die bunte Pracht der Saris, die die Frauen neben dem Dorfbach trocknen; und überhaupt, was soll er eigentlich bei den alten Tempeln, er reist im Auftrag der Organisation, und der Auftrag ist, Freundschaft zu schließen mit den Schriftstellern des Landes; und seinem empfindlichen Magen, dem zwei Drittel fehlen, bekämen die Schweineschnitzel der Handelsvertretung sowieso besser als das gewürzte indische Zeug, das S. H. ihm immerzu aufzwinge.

S. H. sucht ihn abzulenken. Er läßt ihn erzählen von seinem Buch, seinem Nackt unter Wölfen, und wie er dazu gekommen ist, es zu schreiben; und Apitz berichtet, genauso hätte es sich ja abgespielt, der Jud, der das Kind an der SS vorbei ins Lager schmuggelte, und wie ein Mitleid die Häftlinge überkam und sie sich verschworen, das Wurm am Leben zu erhalten, weil es ein Stück Hoffnung war im Reich des Todes, und weil der Kampf um das Kind zum Symbol wurde für ihren Kampf um die Zukunft; und er, Apitz, habe das alles miterlebt. Dennoch, wendet S. H. ein, sei das Buch mehr als ein Erlebnisbericht in Romanform; durch die Sprache hindurch, die eher nüchtern, spüre man das Herzblut des Autors pulsieren. Herzblut – mit derlei Begriffen weiß Apitz wenig anzufangen. Dafür spricht er von den Schwierigkeiten, die sie ihm gemacht hätten mit der Veröffentlichung: da, wo über die Bücher befunden wird, wollten sie seines nicht haben; es sei, erklärten sie ihm, schon genug gedruckt worden über die Lager, jetzt bräuchte man Werke, welche die Menschen zu Aufbauleistungen begeisterten, zu sozialistischen. Aber er habe nicht nachgegeben, er habe sein Manuskript zu dem geschleppt und zu jenem, bis man ihm sagte, na ja, machen wir's eben. Ob sie da oben denn nicht gemerkt hätten, erkundigt S. H. sich, daß er in seiner Fabel sämtliche Elemente eines Bestsellers gehabt: das Kind, das hilflose, und die große Spannung, wird das Unternehmen gelingen, und den Sieg der Schwachen über die Starken? Nein, davon habe ihm niemand gesprochen, erwidert Apitz, und auch er habe, als er das Buch schrieb, von derart Elementen keine Ahnung gehabt, nein. Ein literarischer Glückspilz, geht es S. H. durch den Kopf; doch korrigiert er sich sofort, bedenkend den Preis, den der Mann für sein Glück bezahlt hat, und weiß zugleich, der ist ein Ein-Buch-Autor, nie wieder wird er eine Story finden wie diese, und was er noch schreiben mag in seinem Leben, es wird keinen Menschen vom Stuhl reißen.

Man muß sich vorstellen, wie das aus dem Fels gehauen wurde, der Kailasa-Tempel, vor weit über tausend Jahren, mit welch vorausrechnender Präzision, und wie genau die Entwürfe; denn sie arbeiteten, mit Hammer und Meißel, von oben nach unten, vom Dachfirst hinunter zum Sockel der Säulen, und bei den Figuren den Haarschopf zuerst und dann die üppigen Glieder, von Schulter bis Fuß, verschlungen in Kopulationen, die sie zu zweit trieben oder zu dritt oder viert; da durfte kein Fehler unterlaufen, auch nicht der kleinste; was einer weggehauen hatte, ob Braue, Lippe, Brust, ob Kapitälchen oder Stütze, war unwiederbringlich dahin; und dann war dies alles in Farbe damals, der goldene Kopfschmuck, die schillernden Roben über den fleischfarbenen Schenkeln.

Es drängt ihn, dem Kollegen das auszumalen, ihm von Buddha zu sprechen, der hier in Ajanta und Ellora herrschte, bis die Hindus kamen und die neuen Götter sich mit den alten vermählten: vergebens, es mangelt Apitzen an Phantasie. Auch in Benares bedarf es längerer Überzeugungsarbeit, ihn auf einen der schwerfälligen Kähne zu bringen, die den Ganges hinabgleiten, ihr Oberdeck eine Plattform mit Aussicht hinüber zu den hohen Palästen der Fürsten, wo heutzutage die Zehntausende Pilger nächtigen, und zu den breiten Treppen der Ghats, von wo aus sie eintauchen ins blütentragende, segensbringende, total verdreckte Wasser, und zu dem schiefen Tempel, neben dem die in Brennholz gehüllten Leichen qualmen, bis sie zu Asche geworden, welche die Hinterbliebenen dem heiligen Strom übergeben, auf daß den Seelen die nächste Reinkarnation leichter falle als das Leben, das sie hinter sich haben. Und im kühlenden Dämmer des Abends, wenn die Gurus bei den Ghats sitzen, den halbnackten Körper mit Asche bestreut, Stirn und Gesicht aber bemalt mit roter und weißer Paste, und den Gläubigen predigen von Wischnu dem Erhaltenden und Schiwa der Zerstörenden, die auch Kali heißt, selbst dann begleitet Apitz ihn nur widerwillig; vielleicht aber hat er auch, wie hier am Ufer des Ganges, auf dem Ettersberg im reizvollen Thüringen schon Scharen von Fliegen auf den eiternden Augen der Sterbenden gesehen. Ebenso interessiert der Affentempel, die Tiere sind dem Gott heilig und keiner darf sie berühren, Apitz nur mäßig, und für die Schönheiten der goldenen Fäden, die die Kinder an den Webstühlen von Benares in die seidenen Saris verweben und die brokatenen Taschen, hat er kein Auge; für die Kinder übrigens ebensowenig; was muß ich mir, sagt er übellaunig, soviel ansehen von Indien, als Marxist weiß ich sowieso Bescheid.

In Calcutta dann, wo entlang der düsteren Straße zur Stadt, aufgereiht wie Leichen und in Tücher gehüllt wie diese, die Obdachlosen ins flüchtige Licht der Scheinwerfer des Flughafenbusses geraten, findet Apitz seine Theorien bestätigt; und so ist er denn bereit, seinem Reisebegleiter den Abstecher ins Museum zu gönnen, zu den Mogul-Miniaturen, und zum Tempel der Göttin Kali, wo sie vor kurzem noch Menschen opferten, und zum Flusse Hooghly anderentags, in dem das Volk ein blumenumkränztes Abbild der Göttin versenken wird: solange der nur verspricht, rechtzeitig zurückzukehren, um bei den bengalischen Schriftstellern für ihn zu dolmetschen.

Denn es hat sich bei den offiziellen Begegnungen in den verschiedenen Städten des Landes, ob man auf Hindi dort schreibt oder Urdu, Tamil oder Telegu, ein Zeremoniell herausgebildet; Apitz begrüßt mit geneigtem Haupt, wie sich's gehört, und die Hände flach aneinandergelegt vor der Brust, seine indischen Partner; diese wiederum, mit der höflichen Zurückhaltung, die sie unter den Engländern so lange geübt, parlieren über schöne Literatur hier und dort, und wie ein Dichter so lebe in der DDR, und Apitz, nachdem ihm S. H. dies alles brav gedolmetscht, erwidert in knappen Worten; nur wenn ein Fanatiker der Freiheit, und von denen stellen sich immer zwei oder dreie ein, die Stimme erhebt und von Zensur spricht im Osten und dem verbotenen Pasternak, verzichtet S. H. auf die deutsche Rückfrage an Apitz; wozu den Mann in Verlegenheit bringen. So bildet sich bald in Apitzens Hirn, wie in den Köpfen der indischen Gastgeber, das Bild des großen DDR-Schriftstellers, der es sich leisten kann, einen eigenen Dragoman zu halten; und in New Delhi, das auch die letzte Station der Reise, bei der Indischen Akademie für Literatur, ist es selbstverständlich Apitz, der dem Präsidenten, Herrn Kripalani, das Tonband mit der Stimme des weltberühmten Rabindranath Tagore überreicht. Danach wird verkündet, die Gäste aus East Germany, besonders Herr Apitz als hervorragender Vertreter der Literatur der DDR und des sozialistischen Realismus, seien bereit, eventuelle Fragen ihrer indischen Kollegen zu beantworten. Die Routinefrage nach dem Erscheinen des Schiwago in der DDR läßt sich, S. H. ist ein sehr guter zweiter Mann, noch mit den üblichen Argumenten abwehren; doch dann erhebt sich der Redakteur der Times of India, Dr. Shamlai, und auf Apitzen zumarschierend, will er von ihm wissen: wenn denn der sozialistische Realismus, wie man immer wieder höre, von den Problemen der Gegenwart handele, wie komme es dann, daß bisher in keinem der sozialistischen Länder die Ereignisse der dreißiger und vierziger Jahre, wie Chruschtschow sie enthüllt habe, ihren literarischen Niederschlag gefunden?

Jetzt kann der Dragoman sich nicht mehr schützend vor seinen Meister stellen. Er kann nur das indisch gefärbte Englisch des Dr. Shamlal ins Deutsche übertragen und mitleidvoll die bleiche Ratlosigkeit bemerken, die Apitzens spitzes Gesichtchen überzieht. Viermal muß er die Übersetzung wiederholen, bis der völlig begreift, welch böses Problem der Mann von der Times ihm da vorgesetzt. Schließlich, alles wartet noch immer, sagt Apitz heiser, »Ich weiß nicht.«

S. H. lächelt freundlich: »I don't know.«

Den Rückflug unterbricht er in Prag; er möchte vermeiden, mit dem Kollegen Apitz zugleich in Berlin zu landen: soll der die ersten Ehren des heimgekehrten Weltreisenden einheimsen.

Was ihn bewegt, bei Vera anzurufen, ob ein momentaner Impuls, ob ein lange gehegter Gedanke, ich weiß es nicht mehr; ich weiß nur, da ist plötzlich die Stimme, die er kennt: ja, sie wird kommen; sofort, wenn er es wünscht; und dann sieht er sie, wie sie die Halle des Hotels betritt, sich suchend umblickt, ihn erkennt.

Man trinkt einen Kaffee, er fragt nach ihrer Familie, sie nach seiner Frau, und wie schön, sagt sie, daß er nach so weiter Reise, Indien, unvorstellbar, ihrer gedacht; sie spricht sehr leise, der Polizei wegen, sagt sie, der geheimen, die ein Auge und ein Ohr hat auf Bürger, welche Kontakt pflegen mit Ausländern. Und sie habe gewartet, sagt sie, all die Jahre, daß er einmal allein zu ihr käme.

Und sie zieht aus ihrer Handtasche, ach, die Tasche ist alles andere als elegant und auch der Mantel nicht nach der Mode, ein Kuvert, darin, undeutlich und ein wenig verblaßt schon, das Bild eines kleinen Mädchens.

Dein Kind, sagt sie.

Sie hatte es ausgetragen, ja, in der bösen Zeit, da kein Brief kam von ihm, und hatte es, ihre Schuld, ihre große Schuld, zur Adoption gegeben. An wen? Das sei ja das Unglück: an eine jüdische Familie. Eine Freundin von ihr, ihre engste. Und bei dieser Familie sei die Kleine dann aufgewachsen und geliebt worden: bis die Nazis kamen, und der Transport, und Auschwitz; dort habe man sie, nach der Ermordung von Heydrich, vergast, zusammen mit Tausenden anderer tschechischer Juden.

# 30

Trotz Reisen, Reportagen, Kolumne, trotz Streitigkeiten, Sorgen, Ängsten wächst der Roman.

Es gibt, so die Erfahrung des Schriftstellers S. H., zwei Arten von Buchtiteln: die einen findet man mit Mühe nur und nach vielem Suchen und Rätseln, die anderen, und meist sind sie die besseren, stehen von vornherein fest; zu dieser Kategorie gehört der Titel des Manuskripts, an dem er seit Sommer 1953 arbeitet, *Der Tag X*. Fest stand auch die Doppelgleisigkeit der Handlung, diktiert durch seine Überzeugung, daß die Eruption des 17. Juni zwei Ursachen hatte, den Konflikt zwischen West und Ost, der schon 1945 begann und sich im Kalten Krieg für alle sichtbar darbot, und einen dem real existierenden Sozialismus eigenen, welcher, obwohl vielerorts spürbar, bis dahin nur selten erkannt und schon gar nicht analysiert worden war: den Konflikt nämlich zwischen dem sich neu etablierenden Machtapparat und jenen, in deren Namen die Macht angeblich ausgeübt wurde. Dazu kam als drittes, beide Komplexe durchwirkendes Phänomen die ganze Pandora-Büchse voll deutscher Ressentiments und Frustrationen, die sich, zynisch verrührt von Ost- wie Westsiegern, zu einem übel duftenden Gebräu nebulöser Illusionen mengten.

Nicht daß ihm dies alles so von Anfang an deutlich war; die Art, wie er die Vorgänge sah und wie er sie verarbeitete, war zunächst Instinkt; anderes war bedingt durch amerikanische Reflexe: die nüchterne Betrachtung der handelnden Personen, die Aufmerksamkeit für Details, der Blick, wie kurz auch immer, in die Psyche. Doch je weiter die Arbeit fortschritt, je häufiger sich ein Element der Handlung aus dem vorhergehenden ergab, desto klarer schälte sich die Struktur des Buches heraus. Der ursprüngliche Plan blieb, die Story nach Tag und Stunde gegliedert, die Zeitangabe als Teil der Action; aber Folge, Inhalt und Akzent der Szenen, wie auch die Farben und Schattierungen der Charaktere, veränderten sich andauernd und würden sich noch stärker ändern in der zweiten Fassung des Romans, die noch in der Zukunft lag. Was ihn jedoch, nach dem ersten Erschrecken über den Zwanzigsten Parteitag, mit Genugtuung erfüllte, war: das Ding stimmte. Es stimmte auch nach der Chruschtschow-Rede; mehr, Story und Ideen, soweit in den bereits fertigen Teilen des Manuskripts entwickelt, schienen ihre letzte Gültigkeit erst im Lichte der Enthüllungen zu gewinnen.

Dann ist das Buch fertig, auf englisch, natürlich, und abgeschrieben. Er hat fünf Kopien: das Original, das er behält, und vier Durchschläge, einen für Angus Cameron in Amerika, den zweiten für Desmond Flower bei Cassell's in London, Nummer drei und vier sind für Jaromir Němec in Prag bestimmt und für Tschernjawskij in Moskau.

Doch Gertrude stellt sich dagegen. Du kannst nicht, sagt sie, ein Buch in die Welt schicken, das an die Substanz dieser Republik rührt und dieser Partei, ohne dein Vorhaben mit wenigstens ein paar der maßgeblichen Genossen besprochen zu haben.

Er hat den gleichen Gedanken gehabt, lange bevor er *The End* unter sein Manuskript schrieb; wußte er doch besser als manch anderer, wie unsicher und empfindlich die Großen der Republik nach dem Trauma von 1953 waren und wie sie jede kritische Zeile im Buch als persönlichen Affront begreifen würden; doch schob er all diese Bedenken von sich. Nun aber, da Gertrude seine geheimsten Befürchtungen ausspricht, kann er nicht länger vorgeben, es werde alles schon glattgehen: jeder Unvoreingenommene müsse doch sehen, wie nützlich und wohlgemeint sein Buch ist. Man einigt sich auf eine Art Gottesurteil zu seiner und Gertrudes Beruhigung; und da ist nur ein Mann, der genügend Verständnis hat für des Schriftstellers S. H. Motive und genügend Kenntnis der Vorgänge in der Partei und ihrer Menschen, um die Rolle des lieben Gottes zu übernehmen: Erich Wendt.

Es wird ein Déjà-vu-Erlebnis. Wie damals in Boston, im Hause Ray Everitts, als er, Gertrude neben sich, saß und wartete, was der Verleger zu seinen Crusaders zu verkünden haben werde, so sitzt er jetzt, in der wesentlich bescheideneren Wohnung in Berlin-Johannisthal, vor der Tasse Tee, welche die ehemalige Lotte Wehner ihm hingestellt, und wartet wieder auf das Wort von oben, und das Wort lautet: *Das ist nicht meine Partei.*

Ein Kardinalfehler also, der kaum zu beheben sein wird durch irgendwelche Änderungen. Denn wenn die Partei, deren Mitglieder, hohe und niedere, er beschrieben hat in seinem *Tag X*, nicht die Partei des Genossen Wendt ist, was ist sie dann? Eine Schimäre, Hirngespinst eines hergelaufenen Romanciers, in keiner wie immer gearteten Beziehung stehend zur Realität? Und er muß, will er ehrlich sein, zugestehen: er selber gehört der Partei nicht an, nie hat er teilgenommen an einer ihrer Sitzungen, an den Entscheidungsprozessen innerhalb ihrer Instanzen. Was er von der Partei weiß, beruht auf seinen Begegnungen mit Menschen, die das Parteibuch in der Tasche tragen und das Abzeichen am Rockaufschlag, seiner Beobachtung ihrer Verhaltensweisen. Nur, und auch das gilt, seine inneren Bindungen zu diesen Menschen und zu ihren Zielen lassen es undenkbar erscheinen, daß er ein Buch zur Veröffentlichung freigeben könnte, im Westen gar, das dem Wesen und den Interessen der Partei zuwiderläuft.

Bei weiterem Nachdenken jedoch ergeben sich noch mehr Fragen: wenn die Partei, die S. H. beschrieb, nicht die Partei des Genossen Wendt ist, wie ist dann die Partei des Genossen Wendt und wie würde er sie gern dargestellt haben? Hehrer, schöner, strahlender als die im Roman? Aber Wendt hat das Versagen seiner Partei doch erlebt in den fünf Tagen des Juni, von denen das Buch handelt. Oder hat er, mit seinen Moskauer Erfahrungen, in Wahrheit ein ganz andersgeartetes Bild seiner Partei im Kopfe, ein komplexeres, und meint, S. H. habe versäumt, die wirklichen Risse zu zeichnen, die diese Partei durchziehen, die Narben, die ihr Gesicht entstellen, die Schatten, die das Licht verdunkeln, das einst von ihr ausging? Und wie und auf welchem Wege, glaubt Wendt eigentlich, ließe sich ein seinem Bild gemäßes Bild der Partei dem DDR-Leser vorlegen?

Der Professor Havemann, dessen Erlebnisse und Beobachtungen an dem bewußten 17. in das Manuskript eingegangen sind, liest es und findet, daß darin Stellen sind, die kritischer hätten ausfallen können. Und von Wendts Haltung unterrichtet, schlägt er vor, S. H. möge eine größere Anzahl von Kopien herstellen, in deutscher Sprache selbstverständlich, und diese einigen der führenden Leute in Partei und Regierung übersenden mit der Bitte, ihm mitzuteilen, was sie von dem Buch hielten; vielleicht fände er sogar bei dem einen oder anderen von ihnen Unterstützung; jedenfalls aber würden sie sich ausrechnen können, daß das Manuskript, einmal in Umlauf gesetzt, nicht mehr als geheime Verschlußsache betrachtet werden konnte, und mochten es vorziehen, dem Buch, das ja im Grunde *für* sie sprach, ihr Placet zu geben, statt einen ewigen Schwarm von Gerüchten in beiden Teilen Deutschlands herumschwirren zu haben.

S. H. investiert also ein reichliches halbes Jahr in die Übersetzung des Tag X. Dann kommt das Problem der Vervielfältigung, in einer Zeit, da Xerox und derlei Zaubergerät noch in der Zukunft lagen und man Matrizen schrieb, deren Buchstabenfolge dann mit Hilfe einer handgekurbelten Maschine höchst umständlich zu Papier gebracht wurde; und das in der DDR, wo die Obrigkeit nichts mehr fürchtete als die Verbreitung unzensierter Texte. Groteske Situation: um eine behördliche Billigung seines Buchs zu erreichen, mußte er die behördlichen Kontrollen unterlaufen. Das war selbst vor der Mauer nicht leicht; unvorstellbar, was da, zusätzlich zu der Maschine, alles beschafft werden mußte, Matrizen, Papier, Farbstoff, Filze, ganze Kanister voll Spezialspiritus, und, als Wichtigstes, ein zuverlässiger Mann mit der notwendigen Geduld, fünfunddreißigtausend Bogen Papier für fünfzig Exemplare à siebenhundert Seiten in die Maschine zu schieben: Ehre dem Andenken des Herrn Laufenberg, Rentner aus Grünau, der Woche um Woche im Keller stand und säuberlich, mit deutschem Arbeiterstolz, S. H.s illegale Druckerei betrieb. In einem Haus am Waldrand, nahe der Intelligenz-Siedlung, arbeitete damals ein buckliger Buchbinder; der band dann die Exemplare in schwarze Pappe mit schwarzem Leinenrükken und etikettierte sie: das berüchtigte schwarze Buch, das seine Runden machen sollte und das, wenn es heute irgendwo auftaucht, zu Phantasiepreisen gehandelt wird.

In diese Zeit fällt der Nationalpreis, zweiter Klasse notabene, die letzte Ehrung, die S. H. in dem Land, dessen Bürger er ist, erhielt, es wäre denn, man faßt, wie ich es tue, die verschiedenen Angriffe auf ihn, die er hinzunehmen haben wird von seiten großer wie kleiner Genossen, die öffentlichen Rügen und Verweise, Beschimpfungen und Rausschmisse, die gerichtlichen Verurteilungen und, vor allem, die Unterdrückung eines Halbdutzends seiner Bücher als eine neue, dem real existierenden deutschen Sozialismus eigene Art von Ehrung auf.

Verliehen wird ihm der Preis, wie in der Urkunde nachzulesen, für sein Gesamtwerk; bei näherer Betrachtung jedoch erscheint ihm der Hinweis seines Nachbarn Jan Petersen plausibler: die fünfzigtausend Mark sind als Schweigegeld gedacht, für den Tag X. Der Mann kannte seine Partei wie selten einer, und er kannte die Fäden, die Wendt in der Hand hielt und deren einer zu der Stelle lief, die über die Vergabe von Preisen und Orden befand; auf gemeinsamen

Spaziergängen im Grünauer Forst berichtete Petersen, nachdem er S. H. bedeutungsvoll den Arm geknufft, die neuesten Interna; er war ein glänzender Erzähler, mündlich; hätte er, einst »der Mann mit der Maske«, der auf dem Pariser Internationalen Schriftstellerkongreß die im deutschen Untergrund wirkenden Dichter vertrat, so gut geschrieben, wie er erzählte, er wäre einer der Großen der deutschen Literatur geworden. So aber begruben seine Genossen ihn fern von den Gräbern berühmterer Kollegen, auf einem Waldfriedhof nahe dem Müggelsee, und vergaßen ihn alsbald, und der Roman, den er schrieb, »Unsere Straße«, einer der wenigen lesbaren über den illegalen Kampf im Deutschland der ersten Hitlerjahre, harrt der Wiederentdeckung.

Bei der feierlichen Verleihung damals saß Petersen im Publikum, in einer der hinteren Stuhlreihen, und grinste. Den Nationalpreis erster Klasse für Literatur, hunderttausend Mark, kassiert Anna Seghers; als S. H., seinem ebenso zweitklassigen Mit-Preisträger Havemann alphabetisch nachgeordnet, zum Podium schreitet, um aus der Hand des Präsidenten der Volkskammer, des Dr. Johannes Dieckmann, Urkunde und Goldmedaille zu empfangen, neigt Dieckmann sich ihm zu und sagt, sotto voce: »Nehmen Sie das nicht übel; aber Sie wissen ja: Frau Seghers ist in der Partei, und sie war wieder mal an der Reihe.«

Eingedenk der Mahnung Brechts, daß ein Schriftsteller gar nicht genug Geld haben könne, sieht S. H. über den kleinen Klassenunterschied hinweg.

Da die Entscheidung der Frage Veröffentlichung des Tag X, Ja oder Nein, Funktionären obliegt, und da diese, naturgemäß, ihr Augenmerk auf die Behandlung ihresgleichen in dem Buche richten werden, gibt S. H. einigen der Manuskripte, die er ausschickt, ein paar Hinweise mit.

An den Ministerpräsidenten Grotewohl etwa schreibt er: »Es lag mir sehr daran, zu bezeugen, daß es, selbst in den schwierigsten Perioden eines so schwierigen Unternehmens wie des Aufbaus des Sozialismus in einem Drittel eines so schwierigen Landes wie Deutschland, in der Arbeiterklasse und ihrer Partei genügend tapfere, gescheite und charakterfeste Menschen gibt, um den Sieg unserer Sache zu garantieren.« Dann, nachdem er ein paar von diesen in seinem Roman auftretenden positiven Helden aufgezählt hat, zitiert er in puncto der nicht gar so tapferen und charakterfesten zunächst einmal aus der parteiamtlichen Verlautbarung vom 21. Juni 1952: »Während Zehntausende unserer Funktionäre und Mitglieder in engster Fühlung mit den Massen stehen, sitzen andere Zehntausende in ihren Büros, schreiben irgendwelche Papiere und warten ab«, und fügt hinzu, er habe sich bemüht, die Ursachen des Verhaltens von derart Leuten zu suchen und sei zu dem Schluß gekommen, daß sie weniger schuldhaft böse waren als ungenügend gegenüber einer sie überfordernden Aufgabe. Und um es dem Empfänger des Manuskripts völlig klar zu machen, analysiert er: »Die Explosion des 17. Juni entstand im Grunde durch ein zeitliches Zusammentreffen einer ganzen Anzahl von Widersprüchen, von denen ein Teil noch immer nicht gelöst ist.«

Doch nützt ihm sein wohltemperiertes *Absolvo te* bei dem Genossen Grotewohl wenig; der antwortet ihm ärgerlich: »Der Tag X verdient nach meiner Ansicht nicht diese schwerwiegende Bewertung. Er war eine Episode, die keinerlei entscheidenden Umschwung hervorgerufen hat... Die Überbewertung der sogenannten Fehler, welche ›die Regierung selbst zugegeben‹ hat, führt zu falschem Ausgang und falschem Schluß... Darf man angesichts des unerhörten Opferwillens und Bewußtseinswachstums der Arbeiter und Bauern irgendwelche Zweifel über die Richtigkeit unserer Politik führen? Das bremst und hält uns zurück. Darum sehe ich keine Notwendigkeit für dieses Buch.«

Und Albert Norden, Politbüromitglied zuständig für Agitation und Propaganda, läßt ihn wissen: »Es wimmelt in Ihrem Buch von unsympathischen Menschen, jeder versucht, nur seine eigene Haut zu retten, und es scheint niemanden zu geben, der zu seinem Wort hält, der aufrecht im Leben steht – es sei denn, man ist ein sowjetischer Offizier oder sehr naiv... Ich will schon nicht davon schreiben, wie der Roman die SED und unseren Staat diskreditiert, es ist die ganze nihilistische Grundtendenz, die so enttäuscht.« Im übrigen – Nordens literarisches Urteil – sei man von S. H. die Darstellung lebendiger Menschen und echter Konflikte gewöhnt; hier aber wirkten die meisten Figuren konstruiert, und überflüssige Überlegungen und Diskussionen belasteten die Handlung. S. H. möge ihm glauben, für ihn als namhaften Schriftsteller wäre eine Veröffentlichung des Buches alles andere als ein Gewinn.

Genosse Ulbricht, den die Erfahrung gelehrt hat, daß man ohne Not nichts Schriftliches aus der Hand gibt, äußert sich überhaupt nicht. Der Dr. Johannes Dieckmann aber gießt Balsam auf des Autors wunde Seele. »Ich bin der Überzeugung«, schreibt er an S. H., »daß Sie ein Werk geschaffen haben, das bleiben wird. Es ist mit einer unerhörten Kraft der Sprache und der Schilderung geschrieben. Es ist ein psychologisches Meisterwerk und ein Geschichtsdokument von ganz großem Rang, von höchstem Wahrheitsgehalt und wahrhaft großartigem Einfühlungsvermögen in die Denkart und Handlungsweise von Menschen, die es nicht nur um jenen 17. Juni einmal gegeben hat. Wir haben seither einen guten Schritt vorwärts getan, aber... Und gerade wegen dieses kleinen Wortes ist Ihr Werk auch ›tageswichtig‹. Ich kann nur hoffen, daß es baldigst – ohne Abstriche oder Zusätze – erscheint. Es wird vielen, die es nach wie vor nötig haben, zur letzten Besinnung helfen, zu einem klareren Bewußtsein. Es wird Epoche machen.«

Leider nur hat der Volkskammerpräsident in der DDR keine Macht. Auch der Vorsitzende des Gewerkschaftsbundes FDGB, Herbert Warnke, hat keine. Warnke bestätigt dem Schriftsteller S. H.: »Ihr Buch ist aus ehrlichem Herzen, mit sauberem Hirn geschrieben.« Warnke ist ein alter Arbeiter; man spürt aus seinen Zeilen, wie sehr die Lektüre des Tag X ihn erschreckt und aufgewühlt hat. »So ziemlich alles, was im Manuskript seitens der Bevölkerung auftritt, ist gegen die Partei. Jede Äußerung im Einkaufsladen, auf der Straße, im Betrieb – *gegen* die Partei! Das *ganze* Volk war gegen die Partei, gegen die Regierung – und ohne das Eingreifen der Sowjetarmee wären sie hinweggefegt.« Das wenigstens, schränkt er ein, sei der Eindruck, den das Manuskript bei ihm, einem unvoreingenommenen Leser, hervorgerufen habe. Und fragt dann: »Ist unsere heutige Zeitperiode schon geeignet, über den 17. 6. 1953 ein *Buch* zu schreiben?« Er gibt zu, daß die deutsche Arbeiterklasse leider nicht nur einmal geschwankt hat und Parolen und Führern gefolgt ist, die sich für das ganze Volk als unheilvoll erwiesen. Doch müßte man da nicht, folgert er, »heute besonders alles das zeigen, was stark und bewußt in der Arbeiterklasse ist? Nicht nur, aber hauptsächlich...«

Also: nicht das Buch taugt nichts, sondern die Arbeiterklasse, die es beschreibt; sie ist nicht reif, über sich selber zu lesen. Der Gedanke hat eine innere Logik; er setzt sich fest im Denken des S. H. und wird ihm, eine Zeitlang zumindest, als Entschuldigung vor sich selbst dienen für seinen späteren Rückzug.

Aber noch ist es nicht soweit. Es wird sich in den höheren Etagen der Macht herumgesprochen haben, daß die Reaktionen auf das dicke schwarze Buch doch nicht so generell ablehnend waren, und vermutlich befürchtet man dort auch, daß der Schriftsteller S. H., eigenwillig, wie er ist, und durch keine Parteidisziplin gebunden, versuchen möchte, das Manuskript im Westen zu verhökern. Man muß ihn daher, mit einer einheitlichen Meinung konfrontieren und ihm, sollte er bocken, die Instrumente zeigen.

Die Instanz dafür ist die Kommission für Fragen der Kultur beim Politbüro, eine relativ junge Institution, mit nicht genau definierten Kompetenzen, deren Leiter, der Genosse Alfred Kurella, eifrig an der Erweiterung seines Einflußbereichs arbeitet. Kurella ist Spätheimkehrer; er mußte so lange in Moskau bleiben, geht das Gerücht, weil der Frühheimkehrer Ulbricht ihn nicht mochte; sicher ist, daß Kurellas Bruder Heinrich, linientreuer Kommunist wie Alfred und zusammen mit ihm in der sowjetischen Emigration, von den Organen dort verhaftet, verhört und hingerichtet wurde; wie Bruder Alfred dem Verhängnis entging, weiß keiner so recht zu sagen. Alfred wird, kaum zurück in der Heimat, Direktor der neuen, nach russischem Muster gestrickten Schriftstellerschule in Leipzig; dort lernt S. H. ihn kennen, der den Studenten von Amerika erzählen soll: einen gescheiten, kenntnisreichen Mann mit merkwürdig hellen, ständig zwinkernden Augen und einem Sprachfehler; er gerät ins Stottern, sobald er sich erregt. Aber der Job in Leipzig ist zu klein für ihn und zu weit weg vom Zentrum der Dinge; das nächste Mal begegnet S. H. ihm schon in Berlin, in der »Möwe«, dem noch von den Sowjets eingerichteten Künstlerclub; Kurella doziert dort über sozialistischen Realismus in der Literatur, und S. H., der einzige, der ihm in dem oder jenem Punkt zu widersprechen wagt, gerät in Streit mit ihm; in der Pause warnt Wendt: »Um Gottes willen, weißt du nicht, mit wem du dich da anlegst?«

Kurella nun lädt ihn vor: dann und dann möge er sich im Hause des Zentralkomitees (Berlin C 2 Werderscher Markt) einfinden; »Gegenstand unseres Gesprächs ist eine Stellungnahme zu dem Manuskript »Der Tag X«, um die Sie durch die Versendung des Manuskriptes an Mitglieder des Zentralkomitees und Mitglieder des Politbüros unserer Partei ersucht haben.« Und er benennt auch gleich seine Beisitzer, die Genossen Köhler von der Kulturredaktion des Neuen Deutschland und Kimmel vom Kultursekretariat der Freien Deutschen Jugend, die ihm bei dem Verfahren assistieren werden.

S. H. stellt sich vor, wie er da so ganz allein und verlassen auf dem Armesünderbänkchen im Hause des Zentralkomitees hocken wird, und er weigert sich, der Vorladung Folge zu leisten, es sei denn, er erhält vor der hochnotpeinlichen Prozedur, und zwar schriftlich, die Stellungnahme der Kommission zur Einsicht. Das ist eine schlimme List, denn er weiß natürlich, daß man auf dieser Ebene Schriftliches nur ungern aus dem Aktenschrank läßt; er weiß aber auch, daß der Genosse Kurella die Sache trotz aller sich auftürmenden Hindernisse durchziehen und den Vollzug melden muß, denn Parteiauftrag ist Parteiauftrag.

Tatsächlich ruft Kurella denn auch bei ihm an. Es existiert eine Mitschrift dieses Gesprächs, die S. H., inzwischen versiert in den Wegen der Bürokratie, anfertigen ließ. Darin heißt es:

S. H.: Wenn, wie du sagst, die Stellungnahme in deinem Kopf existiert, dann müßtest du doch auch imstande sein, sie schriftlich zu fixieren.

Kurella: Ich verstehe nicht, was du beabsichtigst, wenn du auf dieser formalen –

S. H.: Was heißt hier formal. Du weißt doch, wie wir miteinander stehen. Aber genauso wie du dir meinen Roman in großer Ruhe durchdacht hast, möchte ich mir eine so wichtige Stellungnahme, dazu von einem so wichtigen Manne, wie du es in unserem Staate bist, in Ruhe durchdenken, damit wir dann sinnvoll miteinander sprechen können. Das ist doch klar?

Kurella: Nun ja – gerade wie wir miteinander stehen, sehe ich nicht, warum du auf dieser Formalität bestehst. Aber wenn du nicht zu mir kommen willst, bin ich gern bereit, zu dir zu kommen...

Ich zitiere das aus zwei Gründen: einmal, weil der Dialog zeigt, mit welcher Härte und welchen Finessen hierzulande um ein Stück Literatur gekämpft wird, wenn dieses an den Nerv geht; zum zweiten aber, weil das die obligatorische Szene in dem Stück ist, das da gespielt wird, der Punkt, an dem einer der Kontrahenten umkippt, und sich so der Kompromiß anbahnt – Verzicht auf Schriftliches gegen Wechsel der Szenerie –, und ein neuer Knoten sich schürzt.

Die Szenerie: das Haus in Grünau, das kürzlich erst angebaute Speisezimmer mit dem großen Blumenfenster, durch das die Winternacht draußen sichtbar, verschneite Bäume, die vereiste Straße; an der dunkelgrünen Wand gegenüber dem Fenster ein altes Ölbild, unbekannter Holländer, darunter ein langer Tisch, nachempfundenes Empire, Stühle; der Tisch gedeckt mit weißem Damast, die Teller Meißen, blaue Blume, neben jedem Gedeck drei verschiedene

Gläser, handgeschliffen, für Weißwein, Rotwein, Mineralwasser, die Bestecke Silber.

Gertrude inspiziert, billigt das Arrangement, ist trotzdem besorgt: werden die Gäste auch eintreffen, bei dem Zustand der Straßen? Doch die Gäste treffen ein, zuerst die Havemanns, der Professor samt Frau Karen, er reibt sich die Hände, der Kälte wegen, aus der er ins Haus getreten, aber auch in Vorfreude auf das, was da kommen soll; dann der alte Arnold Zweig mit der Malerin Beatrice, seiner Gattin; und dann, doppeltes Klingelzeichen, S. H. eilt, in der Haustür steht, augenzwinkernd, der Vorsitzende der Kommission für Fragen der Kultur beim Politbüro.

»Alfred, wie schön!«

Kurella schöpft Verdacht schon beim Anblick der vielen Mäntel und Pelze an der Garderobe; er wird vollends konfus, da er ins Wohnzimmer tritt. Zeugen! Bei einem Geheimprozeß! Er wendet sich S. H. zu, zischt etwas, ob ein Schimpfwort, einen Fluch, bleibt unklar; dann tut er einen Schritt zurück in Richtung der Tür, nur weg, rasch, aber er besinnt sich, seine zwei Beisitzer haben sich verspätet, er kann sie doch nicht sich selber überlassen in dieser Mördergrube.

Dann wieder die Klingel. Aber S. H. ist schneller als der Genosse Kurella, begrüßt, Händedruck, Händedruck, Köhler und Kimmel und bemerkt, wie deren Auge aufleuchtet beim Blick ins Speisezimmer und ihre Nüstern sich weiten beim Duft des Bratens aus der Küche: Pawlowsche Reaktion, angelernt auf Tagungen und Empfängen und den zahllosen anderen Gelegenheiten, wo es Gaumengenüsse frei und gratis gibt. Kurella kann ihnen gerade noch, »Nichts über das Buch!« zuflüstern, in jenem Bühnenflüsterton, der hörbar ist bis zur Galerie; dann bittet Gertrude zur Tafel.

Es wird ein heiteres Mahl. Am heitersten sind Köhler und Kimmel, die sich nicht nur an dem französischen Kognak ergötzen, sondern in gleichem Maße an dem Unbehagen ihres Vorgesetzten. Beim Mokka endlich, bis dahin konversierte man über Gott und die Welt, die helle Greisenstimme des Arnold Zweig: »Wollten wir nicht, Herr Kurella, uns über den ganz vorzüglichen Roman unsres Freundes S. H. unterhalten?«

Kurella beginnt zu stammeln: die Klasse, die Partei, die Situation, falsch angefaßt, falsch dargestellt, schädlich. Schädlich besonders jetzt, wo wir im nächsten Jahr Ähnliches wieder erwarten!... Er erbleicht, hustet, bricht ab. Was war das, denkt S. H., was hat er da gesagt, der Genosse Kurella? Doch der hat sich schon wieder in der Gewalt und verkündet heiser: »Niemals! Niemals werden wir das drucken!«

Fast spürt S. H. Mitleid mit Kurella, obwohl er weiß, daß der ihm das nie vergeben wird, diese Blamage. Er hat gesiegt über den Mann, aber die Schlacht ging verloren. Wenige Monate später wird er, Trauer im Herzen, an den Genossen Wendt schreiben, zur Verwendung, wo immer Wendt es für nützlich hält: »Mein Roman ›Der Tag X‹ befaßt sich mit den Schicksalen von Menschen verschiedenster Art während einer schweren Krise der Deutschen Demokratischen Republik und berührt Fragen, die sich aus ganz neuartigen Widersprüchen ergeben. Ich stehe nach wie vor zum Inhalt und zur Tendenz des Buches und wünsche und hoffe, daß es in der Deutschen Demokratischen Republik ebenso wie in der Bundesrepublik baldmöglichst veröffentlicht werde. Eine einseitige Drucklegung des Romans in Westdeutschland jedoch trüge die Gefahr einer unerwünschten Verschiebung der Akzente des Buches in sich; unter den gegenwärtigen Umständen muß ich daher eine Veröffentlichung in der Bundesrepublik von einer Veröffentlichung in der Deutschen Demokratischen Republik abhängig machen.«

Die Republik zerbröckelt; es ist, als erfülle sich die durch S. H.s Manuskripte ausgelöste Ahnung des Genossen Warnke, das *ganze* Volk *gegen* die Partei; die Situation, Massenschmuggel, Massenflucht, erschiene grotesk, wenn sie nicht so bedrohlich wäre.

Wie sollte es auch anders gekommen sein? Man hat weitergemacht nach 1953, als wäre der Juni nicht gewesen; dieselben Dogmen, dieselbe Willkür: und das bei einer offenen Grenze, die den Menschen gestattet, sich dem amtlichen Druck zu entziehen, sobald er ihnen allzu lästig wird. Und es ist ja nicht, als emigrierten die Hunderttausende in ein fremdes Land, mit fremder Sprache und fremden Bräuchen; nein, sie ziehen von Deutschland nach Deutschland, und zwar in ein Deutschland, das ihnen vertrauter ist als das, dem sie den Rücken kehren: die alten Lieder gelten dort noch, der alte Geist und die alten Herrschaftsmuster, und der Tüchtige findet seinen Lohn. Und selbst die, die ihren Umzug noch verschieben, benutzen das Loch zwischen Ost und West für ihre Privatgeschäfte, die allemal lukrativer sind als die normale Arbeit zu den normalen, niedrigen DDR-Tarifen. Kommt hinzu der verführerische Wechselkurs. Die Marktgesetze, deren Gültigkeit die von Stalin geschulten Ökonomen des Sozialismus in Abrede stellten, verderben sogar das Geld des Sozialismus. Die Nachfrage nach Westmark, für welche man Westgüter kaufen kann, ist erheblich größer als der Wunsch, die Mark der DDR zu besitzen, für die es zwar billiges Brot gibt und billige Kartoffeln, aber sonst nur wenig von Qualität. Scheuerfrauen werden zu Devisenhändlern; vier Stunden Fußbodenreinigung in Berlin-Steglitz erbringen, konvertiert, das fünf- bis achtfache Geld in Berlin-Köpenick; in dickbauchigen Einkaufstaschen werden Westgüter nach Ost und Ostgüter nach West verbracht, in eleganten Koffern Bündel von Banknoten; ein allgemeiner Verfall setzt ein, nicht nur der Währung, auch der Moral; was gelten ehrliche Arbeit noch und Mühe, wenn alle Werte schwanken? Und wie soll man die Flut der schwarzen Geschäfte eindämmen, wenn einer nur die Straße zu überqueren braucht, um von seiner Welt in die der anderen zu gelangen, und wenn Tag und Nacht die Verkehrsmittel der Stadt, über der Erde, unter der Erde, zwischen zwei Wirtschaftssystemen pendeln? Durch gutes Zureden? Aber das Sein, so heißt es doch, bestimmt das Bewußtsein, nicht Mahnungen und Beschwörungen; und das Sein ist geprägt durch die Spaltung des Landes und der Stadt und die glorreichen Möglichkeiten, die sich daraus ergeben. Und wenn, dazu noch, diese Mahnungen und Beschwörungen von so bürokratischem Geist getragen sind wie in dieser Republik und in solch bürokratischer Sprache gefaßt, so werden sie doppelt wirkungslos sein.

Der Mann, der dem gefährlichen Unfug trotz allem ein Ende setzen soll, heißt Anton Ruh. Er ist der Chef der Zollverwaltung; er hat den Apparat aufgebaut, aus dem Nichts, und er glaubt an den erzieherischen Wert der Literatur, darum hat er S. H. eingeladen, vor den höheren Chargen des Zolls zu lesen, aus den Kreuzfahrern, jawohl, er habe eine Schwäche für die Amerikaner, die guten unter ihnen: sie hätten ihm vertraut, damals in London, beim OSS, und er ihnen. Wie aber kommt der Genosse Ruh, Toni, wie seine Freunde ihn nennen, zum OSS, dem Office of Strategic Services, dem geheimsten der amerikanischen Geheimdienste?

Nach der Lesung, als man noch beisammensitzt, auch Gertrude ist dabei, in der Wohnung des Genossen Ruh quer über den See von Grünau, erzählt er. Die großen, traurigen Augen blicken irgendwohin in die Ferne, der sensible Mund zuckt mitunter, das sind die Nerven; die ruhige Art, die er an den Tag legt, ist Maske. Er ist in der Emigration gewesen, in London. Die Engländer wußten, daß er

Kommunist war, die Amerikaner auch, und sie wußten, daß er nach Deutschland zurückwollte, noch bevor der Krieg zu Ende war, aus gewissen guten Gründen. Da war ein Captain Gould, Joe Gould, der ließ ihn kommen, und Goulds Leute brachten ihm bei, wie man abspringt mit dem Fallschirm, und wie man sich verhält, will man überleben in Feindesland und Verbindung aufnehmen mit illegalen Freunden; Gould und seinen Leuten bei OSS war auch bekannt, daß deutsche Genossen von der Sowjetseite her über Deutschland abgesetzt worden waren, doch waren die sämtlich von den Nazis gefaßt worden, eine böse Sache; aber bei ihnen in London, glaubte Gould, wäre alles dicht. Und als er dann auf der Piste stand, beendet Ruh seine Geschichte, den Fallschirm umgehängt und das Pack mit dem Nötigsten, und die Maschine aufheulte, da umarmte Captain Gould ihn auf einmal, ihn, einen deutschen Kommunisten; und er sprang ab über der Ruhr und er kam durch, wie man sieht, und erledigte seine Aufträge und war an Ort und Stelle, als die Alliierten einmarschierten, und stand zur Verfügung für das Neue, das da beginnen sollte.

Sie kenne den Captain Gould, lächelt Gertrude mit einem Anflug von Stolz: Gould war wie sie bei MGM gewesen; und bis er einrückte zur Armee, hatte er ihrer Zelle angehört in der Kommunistischen Partei der USA.

An jenem Sonntag, als, auch für S. H. unerwartet, der große Geldumtausch stattfand, ruft Ruh ihn an: ob er sich das ansehen wolle; er werde da Studien treiben können für seine Arbeit. Sie verabreden sich vor der Oberschule in Baumschulenweg, nahe der Grenze zum Westen, zum Stadtteil Neukölln; während der Nacht sind ein paar Klassenzimmer als Wechselämter eingerichtet worden; jeder Bürger der DDR darf dort, bis zu einer gewissen Summe, sein Geld in neue Scheine eintauschen, die sich von den alten in der Farbe unterscheiden und sonst nichts; was der Bürger mehr als das besitzt in bar, wird er später einwechseln können, wird aber nachweisen müssen, woher das Geld stammt; Bank- und Sparkonten bleiben von der Aktion unberührt.

Das ist ein Gewimmel auf der breiten Straße und vor dem Schulgebäude, ein Hin und Her, ähnlich dem Treiben am Alexanderplatz, das S. H. dort kurz nach dem Kriege beobachtete, als Ware und Käufer einander suchten auf dem Schwarzen Markt; nur daß es jetzt Packen von Banknoten sind, die Ausschau halten nach hilfreichen Händen, damit sie noch abgestoßen werden können, bevor sich,

Punkt Mitternacht, ihr Wert auf immer verliert. Da geht's um Millionen, sagt der Genosse Ruh, viele Millionen, auf denen die im Westen jetzt festsitzen. Schwierig zu sagen, mit welchen Emotionen der Genosse Ruh die Menschen betrachtet, die sich, schicksalsergeben, an der breiten Schiefertafel vorbeischieben, auf der noch die Rechenaufgaben vom Samstag zu lesen sind. Und ebenso schwierig zu erkennen, was in diesen Menschen vorgeht und welche Gefühle sie bewegen: Schadenfreude über die Verluste, die so mancher da hinzunehmen haben wird, Abneigung gegen den Staat, der sein eignes Geld nicht mehr ehrt, Sorge um die Zukunft, deren Vorbote diese Nacht- und Nebelmaßnahme sein könnte. Als dann die Tore der Schule sich schließen, erfährt Ruh, daß die drüben die Notierungen der Ostmark eingestellt haben: es gibt keinen Wechselkurs mehr, weder Eins zu Eins, noch Eins zu Acht; das Husarenstück ist geglückt. Aber, wendet S. H. ein, so leicht seien ökonomische Gesetzmäßigkeiten doch nicht außer Kraft zu setzen; schlechte Wirtschaft erzeuge schlechtes Geld, wie immer die Farbe der Scheine.

Ruh verzieht das Gesicht. »Es ist ein Kampf«, sagt er, »und er wird dauern. Hast du ein paar Tage Zeit? Ich werde dir zeigen, wie das aussieht.«

Sie nehmen den Schriftsteller S. H. mit auf ihre Kontrollgänge, die Kollegen vom Zoll. Sie haben gewisse Stationen auf der U-Bahn und der S-Bahn; dort steigen sie ein, der Zug fährt schon wieder, und schreiten den Waggon ab, nicht zu hastig und nicht zu geruhsam, sie haben so einen Blick, von der Seite her, der alles erfaßt, Gepäck, Kleidung, Gestik, Augen, besonders die Augen; »Ach, kommen Sie doch bitte mal mit«, »Aber wieso denn, ich hab' doch nichts getan«, »Das wird sich herausstellen, machen Sie keine Schwierigkeiten, es dauert nicht lange«; noch zwei, drei Stationen, dann rollt der Zug wieder in den Westen, dann muß man bereits aus dem Waggon heraus sein, mitsamt den Festgenommenen.

Bald erweist es sich, daß diese Art von Recherche wenig ergiebig ist; die Leute reden nicht mit ihm, sobald sie merken, daß er irgendwie zu den verhaßten Zöllnern gehört; sie sind unterwürfig, oder gleichgültig, oder frech, aber nie erfährt er, was sie wirklich denken. Also muß er werden wie sie, einer von ihnen, geduckt wie sie, aber zugleich vigilant, bedacht auf jede Chance, die dem eigenen Vorteil dient. So sitzt er denn am Tag darauf in dem großen kahlen Wartezimmer, von dem aus es zu den Verhören geht: graues Gesicht, müder Rücken, die Füße nach ihnen gekehrt, und neben sich zwei Einkaufstaschen, die Toni Ruh mit allem hat füllen lassen, was die Leute so von Ost nach West verbringen, um es dort mit Profit loszuschlagen, von Butter bis Häkeldeckchen. Ach, es sind kleine Geschäfte, und die Menschen sind klein und ihre Gedanken, nur ihr Haß ist groß; das junge Mädchen zu seiner Linken, sie hat sich im Westen ein Paar Schuhe gekauft für ihr mühsam zusammengeklaubtes Ostgeld, drüben zum schwarzen Kurs getauscht, Schuhe von hoher Eleganz, wie sie meint, und sie fragt: »Haben Sie ein Taschenmesser?« – »Wofür?« – »Geben Sie mir's.« Sie nimmt das Messer und zerschneidet die Schuhe, gründlich und fast mit Genuß, und dabei laufen die Tränen ihr übers Gesicht und sie sagt, mit sonderbar spitzer Stimme: »*Die*«, sagt sie, und die, das sind die hinter der Tür, die sich mit ihr beschäftigen werden, »*die* sollen meine Schuhe *nicht* haben.«

Des Abends spricht er über seine Eindrücke mit dem Genossen Ruh, der einst mit dem Fallschirm absprang über diesem Lande, um nur ja die Stunde Null nicht zu verpassen. Ruh konzediert: »Alles, was wir tun, ist Stückwerk. Die drüben ersticken uns, mit ihrer Währung, ihren Waren, ihren Farben, ihren Rhythmen, ihrer Welt. Sie laugen uns aus. Sie saugen unsre Güter ab, das bißchen, was wir produzieren, und schlimmer noch, unsre Menschen.«

»Und was willst du tun dagegen, Toni?«

»Ich weiß es nicht.« Achselzucken. »Um diese Grenzen effektiv zu kontrollieren, die um Berlin herum und die mitten durch Berlin, brauchte ich drei kriegsstarke Divisionen, rund um die Uhr im Einsatz, Tag um Tag, Monat um Monat, Jahr um Jahr.«

»Wäre es da nicht billiger, wir versuchten die Menschen zu ändern«, meint der Schriftsteller S. H..

»Mußtest du das sagen?« Ruh blickt ihn betroffen an. »Die Menschen zu ändern war auch einmal mein Ziel.«

Seit die Tägliche Rundschau, ganz ohne Fanfaren, eingestellt worden war, hatte S. H. nichts mehr gehört von seiten irgendwelcher offizieller sowjetischer Vertreter in Berlin; der letzte von ihnen, den er sah, war der Genosse Bernikow gewesen bei einem trübsinnigen Abschiedsgespräch in einem kleinen HO-Café in Karlshorst. Um so überraschender der plötzliche Anruf aus der Botschaft der UdSSR, eine Sekretärin, ob und wann der Genosse Soundso, der Name bleibt unverständlich, bei ihm vorbeischauen könnte; man werde nicht allzu viel seiner Zeit in Anspruch nehmen, ein paar Fragen nur, literarischer Art wohl, genau wisse sie das auch nicht.

Dann steht der Genosse Soundso vor der Tür. Wieder bleibt der Name ein Konglomerat russischer Zischlaute, und S. H. ist zu höflich, um zu fragen, wie heißen Sie bitte, und die Visitenkarte, darauf zu lesen war, erster Attaché, ist leider verlorengegangen. Dunkler Anzug, graue Krawatte, das Haar sorgfältig gescheitelt, hält der Genosse Soundso in der Hand ein Bouquet für die Dame des Hauses, kein sehr prächtiges, wie sie so kommen aus Ostberliner Blumenläden. S. H. geleitet ihn ins Haus, placiert ihn auf die Eckbank im Wohnzimmer und stellt die Blümchen auf den Tisch und kocht Kaffee; Gertrude ist im Verlag, er bedauert, daß sie den Gast nicht begrüßen kann; doch der scheint ganz froh zu sein, daß man allein miteinander ist; vielleicht verträgt, was er sagen möchte, keine Zeugen. Nachdem er den Kaffee reichlich gesüßt, beginnt er: ob er, der Schriftsteller S. H., mit den Zuständen hier in Berlin und draußen im Lande vertraut sei. Doch, ziemlich, nickt S. H. Auch mit den Zahlen? Wie viele da weggingen täglich, allein über die Grenze in Berlin, und wie diese Zahl anwachse an jedem Tag, den Gott werden ließe? Die Einbeziehung des lieben Gottes in die traurige Statistik, die der Genosse im folgenden vorträgt, gibt dieser eine besonders schicksalsträchtige Note und läßt die Frage, die er danach stellt, wie einen Schrei um Hilfe erscheinen: was er, der Schriftsteller S. H., denn zu tun vorschlüge, um der Situation abzuhelfen?

Dies ist nun, nach all seinen Erfahrungen mit führenden DDR-Genossen, ein außerordentliches Begebnis. Die Sowjets, vermutet er, müssen in einer wahrhaft üblen Klemme stecken, wenn sie jetzt ausgerechnet zu ihm kommen um Rat. Nur wie soll er, von einer Minute auf die andere, in wenige, programmartige Sätze fassen, was er über die Jahre gesehen, gehört, gedacht, geschrieben hat? Trotzdem nennt er seinem Besucher, aus dem Stegreif und bruchstückhaft, eine Liste von Maßnahmen, die zwar viel von der Zeit Geheiligtes umstoßen würden, aber dennoch durchführbar sein sollten mit der großen Autorität der Sowjetunion in der Hinterhand; als letzte Forderung, und zugleich Resümee des Ganzen, verlangt er: eine neue Haltung von Partei und Regierung den Menschen gegenüber. Der sowjetische Genosse, der einen halben Notizblock mit kyrillischen Schriftzeichen gefüllt hat, hebt den Kopf, ein Ausdruck von tiefem Bedauern wie ein Schatten auf seinem Gesicht. »Die Maßnahmen, die Sie uns da vorschlagen, sind ja sehr schön und wohl überlegt«, sagt er, »und könnten sogar nützlich sein. Aber wer soll das alles durchführen: diese Kader?«

»Dann vielleicht andere Kader?«

Der Genosse Soundso hebt die Hände, hilflos. »Vielleicht müssen wir uns andere Maßnahmen einfallen lassen, Towarischtsch Gejm, härtere, fürchte ich.«

Man schreibt den 13. August 1961. An dem Morgen, die Sonne schien, glaube ich mich zu erinnern, und weiße Wölkchen zogen am blauen Himmel, findet sich in Schönefeld auf dem Flughafen eine Gruppe von DDR-Bürgern ein, Journalisten zumeist, auch ein paar Schriftsteller, unter ihnen das Ehepaar H.; die Grenz- und Zollformalitäten sind erledigt, man wartet auf den letzten Aufruf für die Maschine nach Warna; dort soll dann am Flugplatz ein Bus stehen, der sie alle in das Gästehaus des Bulgarischen Journalistenverbandes am Goldenen Strand bringen wird.

Woher die unglaubliche Nachricht kommt, ob einer der Fluggäste oder mehrere sie schon kannten, als sie in Schönefeld eintrafen, ob die Zöllner davon sprachen, oder ein Radiogerät irgendwo sie plärrte, bleibt unklar; jedenfalls ist sie plötzlich in aller Mund: die Grenzen nach Westberlin seien geschlossen worden, über Nacht, Drahtverhaue gesetzt, Truppen, Polizei, Kampfgruppen aus den Betrieben im Einsatz, und Bauarbeiter begännen schon, eine Art Mauer zu errichten. Erregung breitet sich aus: werden die Menschen das hinnehmen? Und: Berlin hat immer noch vier Besatzungsmächte; wie nun, wenn die Westalliierten das neue Fait accompli nicht akzeptierten? Mit einem Trupp Panzern lassen sich Draht und Ziegel hinwegfegen; was tut dann die Volksarmee und, schwerwiegender noch, was tun die Sowjets? Und wird die Maschine nach Warna noch fliegen? Wird man den Flugplatz nicht sperren, die Piste für ganz andere Zwecke brauchen? Hoch oben heulen Düsenjäger vorbei; ist das nur Übung oder, bereits, der Anfang von Ernsterem? Dem Schriftsteller S. H. kommt der Abend in den Sinn, erst im vergangene Winter war das, da ihm gegenüber an dem schön gedeckten Tisch im Speisezimmer seines Hauses der Vorsitzende der Kommission für Fragen der Kultur beim Politbüro saß, der kluge und mächtige Genosse Kurella, und beiläufig von der Möglichkeit eines zweiten 17. Juni sprach.

Am Erregtesten ist Gerhart Eislers Frau Hilde; sie ängstigt sich um ihren Gerhart, der jetzt, meint sie, trotz seiner geschwächten Gesundheit in seinem Amt sitzen wird, hastige Appelle diktierend und Erklärungen und Bekanntgaben. Sollte sie nicht, fragt sie, umkehren, zurück durch die Kontrollen, und hineilen an seine Seite? Aber vielleicht habe Gerhart sie gerade wegen der Ereignisse, die er kommen sah, nach Bulgarien geschickt? Wollte sie außer Gefahr wissen, der liebende Gatte? Und wenn nun scharf geschossen würde in ein paar Stunden in Berlin, und ihr Gerhart mitten zwischen den Fronten?

S. H. stellt sich den kleinen Gerhart vor, der in ein Sitzungszimmer gehört oder ins Kaffeehaus, wie er an der Spitze eines mit Schießeisen bewaffneten Zugs bleicher Büroschreiber auszieht, die Republik zu verteidigen, und ist plötzlich erfüllt von heiterer Gelassenheit. Nichts werde passieren, erklärt er, seine Worte zugleich auch für Gertrudes Ohren bestimmt, die sich Sorgen machen dürfte um ihren Sohn David und dessen Familie, gar nichts. Die Deutschen, mit der Macht konfrontiert, würden kuschen. Und die Alliierten, genau wie an jenem 17. Juni, würden kaum einen Krieg beginnen, um einen Zustand zu ändern, der seit Jalta festgeschrieben ist und der sich, für sie wenigstens, nicht schlecht bewährt hat.

Und denkt: Aber was ist das für ein Sozialismus, der sich einmauern muß, damit ihm sein Volk nicht davonläuft?

Doch behält er diesen Gedanken für sich.

# 31

Es ist mancherlei geredet und geschrieben worden über das Verhältnis des Schriftstellers S. H. zu Robert Havemann, in Funk und Presse West wie Ost und sogar auf einer Plenartagung des Zentralkomitees der Sozialistischen Einheitspartei Deutschlands; und meistens haben die, die sich zu dem Thema äußerten, mit ihren Enthüllungen eigene Zwecke verfolgt.

Um dies gleich zu sagen: niemals gab es, wie auf dem Plenum behauptet wurde, eine Gruppe Havemann-Biermann-Heym, deren Mitglieder, der eine als Bänkelsänger, der zweite als Publizist, und der dritte als spiritus rector, vorgehabt hätten, die Republik ideologisch zu unterwandern. Vielmehr waren die drei, wie manch anderer in jenen Jahren, nur Symbol und Stimme von Strömungen, die unter der Oberfläche des real existierenden Sozialismus sich damals bildeten und die erst heute nachhaltig zu wirken beginnen. Weder Biermann noch S. H. hatten machtpolitische Ehrgeize; sollte Havemann sie entwickelt haben, so könnte das erst gewesen sein, nachdem S. H. sich von ihm trennte, und auch dann dürfte er eher nach der Position eines Ober-Guru gestrebt haben als der eines Staatsratsvorsitzenden: ein prospektiver Ayatollah Khomeini der DDR.

Trotzdem waren sie schön, die Stunden in dem Häuschen über dem See in Grünheide hinter Erkner, in denen sie beide, S. H. und der Professor, soviel Subversives redeten; aber was war zu der Zeit nicht subversiv? Manchmal kam S. H. in seinem Motorboot, das am Langen See lag, neben der Fähre von Grünau nach Wendenschloß, und holte auf dem Wege Erich Wendt ab, der nun in Friedrichshagen wohnte, direkt an der Müggelspree; doch Wendt liebte es nicht, anhören zu müssen, wie Havemann seinen Spott über die Hauptverwaltung Ewige Wahrheiten ergoß, womit er die Parteizentrale und besonders deren für Wissenschaft und Künste zuständige Abteilung meinte, und blieb schließlich fort. Auch Gertrude witterte die Gefahr, die entstehen mochte, wenn zwei seit je aufsässige und von sich selber eingenommene Charaktere wie S. H. und Havemann einander noch befeuerten, und suchte die Zahl der Besuche in Grenzen zu halten; vergebens.

Wären da nicht die zu großen Ohren gewesen, die dazu noch abstehen, und der breitgezogene, dünne Mund, Havemann hätte als ein schöner Mann gelten können, und er hat ein schönes, männliches Lachen, das auch die tiefsinnigsten der wortreichen Erklärungen der Mächtigen auf ihr wahres Format reduziert.

Für S. H., der stets eine Hinneigung zu Helden gezeigt hat, ist Havemann zunächst einmal genau dies. Da ist die Todeszelle, aus der heraus er noch immer das ganze Zuchthaus mit Nachrichten versorgte, da ist die schwere Tbc, über die er sich einfach hinweggesetzt, da ist die Haltung, die er am 17. Juni den Streikenden gegenüber an den Tag gelegt hat, da sind die wissenschaftlichen Leistungen und die Art und Weise seines Umgangs mit jungen Menschen, und nicht zuletzt, die Courage, mit der er, Partei-Kommunist, den Formelkram seiner Partei beiseiteschiebt, im eigenen Denken wie in der Öffentlichkeit, um zu dem Inhalt der Dinge vorzustoßen.

Obwohl keiner, der seine Emotionen zur Schau trägt, läßt S. H. den Freund seine Bewunderung spüren, und der genießt das und tut seinerseits alles, um seinem Verehrer zusätzlichen Stoff zu dessen Ergötzung zu liefern. Dabei handeln sie in ihren Gesprächen von ernsten, ja weltbewegenden Dingen; und S. H. kommt zu der Überzeugung, daß Havemanns Kritik an der Hauptverwaltung und seine Opposition gegen sie nicht irgendeinem persönlichen Spleen entspringen, sondern wissenschaftlicher Praxis, nicht anders als bei den sowjetischen Physikern, die dem Autor des Kosmischen Zeitalters von den Hemmschuhen berichteten, welche die Philosophen, lies, die Partei-Ideologen, ihnen anlegten. Wenn Havemann, zu der Zeit ist er noch Inhaber des Lehrstuhls für physikalische Chemie an der Berliner Universität, ihm sagt, der dialektische Materialismus, wie er verkündet und gelehrt werde, habe den Naturwissenschaftlern bei der Lösung ihrer Probleme nicht nur nicht geholfen, sondern im Gegenteil ihnen die Arbeit erschwert, so bestätigt er nur, was S. H. in Moskau und Dubna und Leningrad bereits erfahren hat. Und wenn er von den Frustrationen der Physiker spricht und all derer, die zu neuen Erkenntnissen gelangt sind, und von der Unfruchtbarkeit, zu der die beamteten Ignoranten jedweden verurteilen, der mit neuen Gedanken Neues erforschen will, so beschreibt er damit nur die Zustände, denen S. H. im eigenen Arbeitsfeld dauernd begegnet.

Und es hätte doch so anders kommen sollen, meinen sie beide: die neue revolutionäre Ordnung, dem Neuen zugetan und der Fesseln nicht bedürftig, mit denen die alte, kapitalistische, ihre besten Geister band, hätte mit großen Sprüngen voraneilen und überall entlang ihres Wegs Neues erschließen müssen; statt dessen aber, was? Stagnation, Fehlentscheidungen, Unterdrückung, dumpfes Schweigen. Woher dieser Verfall der Revolution, die Verkehrung all ihrer Ideale in deren Gegenteil? Nicht, daß die zwei dort auf der Terrasse des Häuschens in Grünheide die Notwendigkeit der Diktatur in Frage stellten; da gibt es die Beispiele der Revolutionen, die verlorengingen, weil die Revolutionäre sich scheuten vor der Anwendung von Gewalt. Aber der Sozialismus, auch dies wird erkannt, ist ohne Demokratie nicht machbar.

Es sei kein leichter Kampf, so erklärt Havemann im Winter 1963 in einem seiner Vorträge an der Universität, die Menschen zum Glauben an den Sozialismus zu bringen, ohne ihre materiellen Interessen sofort befriedigen zu können. Die materiellen Interessen des einzelnen befänden sich hier im Widerspruch zu den Interessen der Gesamtentwicklung. Wenn sich dann auch noch ein Mann wie Stalin an die Spitze setze und eine vielstufige Hierarchie sich bilde, eine große politische Bürokratie, die eine lückenlose Kontrolle über jeden einzelnen ausübt, dann wäre es fast unvermeidlich, daß in einem solchen System Leute in Funktionen kämen nicht auf Grund wirklicher Fähigkeiten, sondern auf Grund nur einer, allerdings besonders ekelhaften Fähigkeit, der Fähigkeit nämlich, gerade in einem solchen System an eine solche Stelle kommen zu können. Trotzdem sei das Problem nicht in erster Linie eine Frage von Personen. Ändern müsse sich ein inneres Verhältnis. Die Demokratie, ohne die, wie Lenin immer wieder betonte, der Sozialismus nicht zu realisieren sei, habe man in der Periode des Stalinismus erstickt. Diese Demokratie aber gelte es wiederherzustellen, denn nur durch sie könnten die Massen von der Notwendigkeit des Kampfes für den Sozialismus überzeugt und für diesen Kampf gewonnen werden.

Ich zitiere das so ausführlich, weil Anschauungen ähnlicher Art, direkt oder indirekt, in S. H.s Schriften auch zu finden sind, sowohl in denen, die nach den Grünheider Gesprächen entstanden, wie in lange vorher verfaßten. Das ist kein Mirakel: zu ein und derselben Zeit und unter ein und denselben Bedingungen werden in ähnlich geschichteten Hirnen ähnliche Gedanken entstehen; dennoch ist eine gegenseitige Befruchtung nicht zu verkennen, für die, ich sage das mit Bedacht, S. H. dem Genossen Havemann stets dankbar bleiben wird.

Die Vorlesungen des Professor Havemann, angekündigt unter dem unverdächtigen Titel Naturwissenschaftliche Aspekte philosophischer Probleme, geraten zu einem Skandalon; mit jedem seiner Auftritte wird das Grollen von oben deutlicher, der Zulauf des Publikums dafür um so beängstigender; Auszüge zirkulieren, ungenaue, und geraten in die Westpresse; Emissäre des Apparats überbringen freundschaftliche Warnungen, du als alter Genosse, Robert, bald aber auch unverhüllte Drohungen, du weißt, gegen wen du dich stellst; Havemann nimmt weder das eine ernst noch das andere, je lärmender es hergeht um ihn, meint er, desto weniger werde man ihm antun können, und lacht, aus dem Bauch heraus, provozierend. Und verlangt von S. H., die Texte der Vorlesungen auf der Kopiermaschine, auf der seinerzeit der Tag X vervielfältigt wurde, abziehen zu lassen.

S. H. weiß, welche Gefahr im Verzug ist; jeder Novize der Staatssicherheit, so er nicht blind ist, würde seine Schlüsse ziehen können aus dem Vergleich einer Kopie von Havemanns Vorträgen mit einem Exemplar des Tag X, von denen mehrere noch in den Giftschränken des Zentralkomitees lagern dürften. Dennoch läßt er den alten Herrn Laufenberg, den bewährten, kommen, und in der Waschküche in Grünau riecht es wieder einmal nach Druckerschwärze.

Dann aber, getroffen in ihren heiligsten Gefühlen, schlägt die Hauptverwaltung Ewige Wahrheiten zurück. Nach einer letzten Aufforderung an den Galileo von Grünheide zu widerrufen, spricht Genosse Kurt Hager, Politbüromitglied mit dem Ressort Wissenschaft und Künste, den großen Bannfluch über Robert Havemann. Was ist Autonomie der Universität, was innerparteiliche Demokratie: über Nacht wird ihm die Professur entzogen, hat er aufgehört, Mitglied der Partei zu sein, für deren Ziele er in der Todeszelle saß im Zuchthaus Brandenburg.

Und wieder höre ich sein Lachen. Sie können sich das nicht leisten, vor der Welt. Glaubt er. Sie werden nicht auskommen ohne ihn, wissenschaftlich. Glaubt er. Sie werden ihre Engstirnigkeit bereuen, sehr bald schon. Glaubt er.

Erschreckt bemerkt S. H., wie sich die Persönlichkeit des Mannes immer deutlicher verändert. Es beginnt mit wachsendem Desinteresse an physikalischen Dingen. Hager, der ja nicht dumm ist, muß es gewußt haben: der Entzug des Lehrstuhls, des Labors, der Mitarbeiter, das ist der entscheidende Schlag. Auf einem Gebiet der Wissenschaft, auf dem sich ständig Neues entwickelt, verliert einer den Anschluß nach einem halben Jahr ohne Projekte, ohne Kontakte; und Havemann ist nicht der Typ des Gelehrten, der in der Stille seiner Studierstube Heft um Heft mit Formeln füllt. Und immer noch lacht er: dann wird er eben anderes schreiben, außerhalb seines Feldes, Politisches; man wird von ihm hören. Und sieht nicht, weil er's nicht sehen will, daß sein politisches Wort nur gilt, weil er und solange er Chemo-Physiker ist, und zwar einer von Ruf, tätig in seinem Fach und durch vielerlei Fäden verbunden mit Kollegen vom Fach; ist ihm dieser Boden genommen, spricht er nur noch als Politiker, und zwar einer, dessen Machtbasis die gelegentlichen Besucher einer besseren Gartenlaube in einem Dorf hinter Erkner sind, werden all seine Gedanken, und seien sie noch so richtig, werden all seine Worte zu leerem Gezeter.

Dabei meint er wohl wirklich, daß die Parties in seinem Häuschen, wo er vor zwei oder drei Dutzend zumeist jungen Leuten sich produzieren kann, von Bedeutung seien; und wenn S. H. ihn darauf hinweist, daß an den Veranstaltungen auch Leute teilnehmen, die jedes seiner Worte der Behörde berichten, lacht er wieder: selbst dieses diene der Verbreitung seiner Ideen.

Bliebe, von Biermann zu sprechen.

Wolf Biermann ist, wie man weiß, ein veritables Bündel von Talenten, gleich begabt als Dichter und Komponist, als Sänger und Schauspieler, und, auf daß er diese seine Gaben auch recht zum Ausdruck bringe, total extrovertiert.

Wenigstens tut er, als wäre er's. S. H. hat ihn auch anders erlebt, zutiefst deprimiert, in sich gekehrt, der Verzweiflung nahe, so als die geliebte Frau sich von ihm abwendet. Doch ist er dann immer noch Künstler genug, um sein Unglück zu verwerten, eine Gemeinde bewundernder Damen um sich zu sammeln in der Chausseestraße und ihnen sein Trauergedicht, kongenial zu Musik gesetzt, vorzutragen; allgemeine Rührung durchwabert den Raum über die Leiden des Dichters, und große Empörung über S. H., der trocken bemerkt hat, was der denn jammere: habe die Abtrünnige ihm doch Anlaß und Stoff gegeben für ein ganz hervorragendes Lied.

Ursprünglich braver Jung-Kommunist, ist Biermann aus Hamburg nach Ost-Berlin gekommen, wo Stephan Hermlin, der unermüdliche Förderer hoffnungsvoller Jugend, seine Verse entdeckt, und wo er dem Drang zum Theater, den er in sich spürt, mit obrigkeitlichem Segen nachgehen kann. Doch rasch erlebt er am BAT, dem Berliner Arbeiter-Theater im Prenzlauer Berg, seine ersten Konflikte mit ebendieser Obrigkeit; obwohl durchaus positiv in der Tendenz, erregen seine wohlgemeinten Versuche Verdacht durch ihre brechtische Form und ihre lebendige, kritische Sprache: es kommt zu den üblichen Maßnahmen, mit den üblichen Folgen für den Betroffenen. Nur geht der nicht in die Knie wie die meisten; er zerbeißt die Kandare, die man ihm anlegen will, und protestiert mit Vers und Gitarre und weithin vernehmbarer, leicht krähender Stimme, und gerät dazu noch auf Gedanken, die, wie unausgegoren auch immer, in die Richtung der Havemannschen laufen; und so kann es nicht fehlen, daß er bald im Umkreis des Professors auftaucht.

Es ist aber mehr vorhanden zwischen den beiden als eine ungefähre Geistesverwandtschaft. Den Jungen verbindet mit Havemann, wenn ich es richtig sehe, eine Art Sohn-Vater-Beziehung: der eigene Vater ging im Konzentrationslager zugrunde, als Wolf noch klein war; seither ist er auf der Suche nach Ersatz. Und Havemann akzeptiert ihn, wahrscheinlich ohne das selber so klar zu sehen, an Sohnes Statt: sehr zum Nachteil der eigenen Söhne, die sich später von ihm abkehren werden. Sicher sind da, auch auf seiten des Älteren, echte Gefühle im Spiel; doch ist er klug genug, zugleich die Vorteile zu erkennen, die Biermanns gläubige Gefolgschaft ihm bringt. Havemann braucht, gerade unter dem Druck, dem er jetzt ausgesetzt ist, Bestätigung, und die wird ihm von Biermann reichlich zuteil; wichtiger noch, der wandelt Sinn und Inhalt der durch Anlehnungen an Hegel und Marx gewichteten Sätze Havemanns in einprägsame Verse mit witzigen Metaphern und schafft dazu Rhythmen und Melodien, die dem Ohr eingehen und im Kopf haften bleiben; so wird er zu einem der Medien, durch die der in Grünheide Versauernde seine Isolierung durchbricht.

Daß diese Art von Kollaboration der Behörde mißfallen wird, ist vorauszusehen: was immer an öffentlichen Auftritten Biermann noch hat, wird ihm genommen; am Ende bleibt ihm als einziger Konzertsaal sein kombiniertes Wohn- und Schlafzimmer in dem Eckhaus an der Chausseestraße, dessen Tor bei Tage wie bei Nacht unter Beobachtung steht; *die Stasi*, dichtet er nicht ohne Stolz, *ist mein Eckermann*; wer kann sich schon rühmen, einen ganzen Geheimapparat zur Seite zu haben, der jeden seiner Gänge begleitet, jede seiner frechen Äußerungen notiert?

Aber seit je schon überwand das Wort Mauer und Wächter; wie erst im Zeitalter der Elektronik. Der Teufel weiß, und ich kann's mir denken, wie er sich ein komplettes Tonstudio verschaffte, ein kleines, kompaktes, das in der Ecke seines Zimmers Platz findet und von dem die Bänder ausgehen, die dann, umgespielt auf Platten und Kassetten, seine Stimme überallhin tragen, auch und gerade in der DDR. Und da sein Vers, *denn was verboten ist, macht uns erst scharf*, so offenkundig zutrifft, wird Biermann jetzt, nachdem er amtlich verfemt ist, erst wirklich populär, und das Echo seines Lieds beginnt von allen Seiten ans Ohr gerade derjenigen zu hallen, die ihn knebeln wollten.

In dieser Zeit arbeitet S. H. am Lenz, *The Lenz Papers* in der englischen Urfassung, zu Deutsch dann *Die Papiere des Andreas Lenz* oder, wieder wollen sie drüben im Westen einen andersklingenden Titel, *Lenz oder die Freiheit.*

Flucht in die Vergangenheit? Die Frage liegt nahe, und sicher hat S. H. bei seinen Überlegungen zu dem Roman auch daran gedacht, daß er, nach seinen Schwierigkeiten mit dem Tag X, klug beraten wäre, ein kühleres Stück Eisen zwischen die Finger zu nehmen. Dennoch bedeutet das Buch keinen Rückzug aus der Linie. Der Themenkomplex Freiheit-Revolution-Diktatur-Sozialismus-Demokratie, im Widerspruch und dennoch unauflöslich verwoben ein jedes mit jedem, beschäftigt ihn schon seit den Diskussionen im Café Continental, als man sich, mit welchen Illusionen auch immer, Gedanken machte um die Zukunft Deutschlands; und wie oft seither, im Leben wie in dem, was er zu schreiben hatte, mußte er sich mit dem oder jenem Aspekt der Sache auseinandersetzen, auch wenn er längst nicht all die Fäden sah, an denen das Ganze sich bewegte, oder die Kräfte, die die Fäden zogen: bis er dann, in den Eyes of Reason, den Versuch unternahm, anhand einer zeitgenössischen Revolution, und sei sie auch noch so unsauber angezettelt gewesen, die Konflikte direkt darzustellen.

Jetzt, im Lenz, handelt er wieder von einer Revolution, einer deutschen diesmal, und einer originären, nicht einer geschenkten oder, wenn man so will, oktroyierten: einer Revolution, die daran zugrunde ging, daß sie sich demokratisch verhielt und nicht, oder erst viel zu spät, zu den Mitteln der Diktatur griff. Lorenz Brentano in Karlsruhe war eben kein Bonaparte, und ebensowenig der General Sigel, und Gustav Struve, mit seiner Phrenologie und seinen Schädelvermessungen, kein Trotzki; nur die armen badischen Soldaten, die sich gegen den Großherzog erhoben hatten, und die Freiwilligen aus ganz Deutschland, die ihnen zu Hilfe geeilt waren, sie starben wie echte Revolutionäre unter den Kugeln der preußischen Exekutionspelotons. Er ordnet diese Revolution, ganz folgerichtig, in die Kette ein, die von den Robespierreschen über 1830 und 1848 zur Schlacht von Gettysburg führt und, über den Friedhof dort, neben dem er selber im Quartier lag, zum Sieg über Hitler; aber es gibt da noch eine Kette, als deren Glied der Lenz gesehen werden muß: jene, die hin zu Lassalle reicht, zur fertig vorbereiteten Diktatur, die keine Revolution fand, und zu den Juni-Ereignissen des Jahres 1953, in denen die innere Schwäche der Diktatur einer oktroyierten Revolution sich erstmals offenbarte.

So also und in diesem Kontext betrachtet ist die Arbeit am Lenz alles andere als Flucht aus der Gegenwart; vielmehr ist sie Teil der Auseinandersetzung des Schriftstellers S. H. mit seiner Zeit und daher, das geht Hand in Hand, mit sich selber. Und um auf die Nähe seiner Fiktion zur Wirklichkeit hinzuweisen, die ja stets nur unsere eigene Wirklichkeit sein kann, fügt er, der bereits in den Augen der Vernunft erprobten Methode folgend, der Handlung des Lenz Dokumente ein, echte und mitunter den echten täuschend nachgeahmte, wie denn auch bei den dramatis personae historische und erfundene in fröhlicher Unverfrorenheit miteinaner parlieren und agieren. Die Verknüpfung von Historie und Gegenwart in den Köpfen der Heutigen, vom Autor gewünscht und gefördert, kann allerdings zu Verwicklungen führen, so wenn ein Urenkel des im Lenz-Roman auftretenden, durchaus historischen Majors von Weltzien, des ersten preußischen Stadtkommandanten der eroberten revolutionären Festung Rastatt und väterlichen Freundes des, wiederum erfundenen, Mädchens Josepha, sich beim Verlag beschwert: niemals habe sein Urgroßvater, wie im Buche beschrieben, Rastatter Bürger in den Hintern getreten; er sei im Gegenteil ein äußerst korrekter, seiner Pflicht bewußter Offizier gewesen, was auch durch den hohen Orden bestätigt, den er vom badischen Großherzog erhalten habe; gleichfalls verwahre er, der Urenkel, sich gegen die vom Autor ihrem Ehegatten in den Mund gelegte Bezeichnung seiner Urgroßmutter als das trockenste Stück Holz in Brandenburg.

Nun sind die Tritte des preußischen Majors in die badischen Hintern durch zeitgenössische Berichte historisch belegt, mag auch die Ahnfrau des jetzigen Weltzien ein Prachtweib gewesen sein mit heißem Temperament und saftigen Schenkeln. Doch entschädigt der Protest, ein kleiner Beweis immerhin der Gegenwartsnähe des Lenz, für manche der Mühen, die der Schriftsteller S. H. mit dem Roman hatte; denn da war neben Engels's Büchlein über den badischen Bürgerkrieg noch hunderterlei anderes zu lesen, drei Kästen mit eng betippten Referenzkarten, alles Exzerpte und Hinweise, stehen als Zeichen auktorialen Fleißes auf dem Regal in seinem Arbeitszimmer; und ebensoviel Schwierigkeiten machte die Schilderung der Landschaft, des lieblichen Tals der Murg etwa, wenn man nicht hinfahren durfte und nach einem Reiseprospekt arbeiten mußte, oder des Fluchtwegs des Andreas Lenz aus Rastatt hinaus, der ja noch einsehbar ist, wenn man nichts hatte, um diesen zu beschreiben, als eine zufällige Bemerkung des späteren U.S.-Senators Carl Schurz. Das schlimmste Problem aber ergab sich bei der Herstellung der englischen Ausgabe des Buches.

Cassell's, der Verlag in London, hatte lange gezögert, es anzunehmen: was bedeutete den Engländern eine kleine Revolution, ausgefochten vor hundertundzwanzig Jahren in einer deutschen Provinz? Dann schreibt Desmond Flower, man werde das Buch trotz des abseitigen Sujets drucken und trotz seines Umfangs, wenn er einwillige, daß es in Jugoslawien hergestellt werde. S. H., die Sorgen voraussehend, die serbische Setzer ihm bereiten werden, schlägt vor: wenn schon sozialistische Billigarbeit, dann lieber in Leipzig, in einer der alten Offizinen, wo es noch Drucker gibt, die Qualität liefern. Okay, sagen sie bei Cassell's, wenn die Preise stimmen.

Sie stimmen. Was nicht stimmt, sind die Einzüge bei den Absätzen. Die Engländer waren unfähig, sich vorzustellen, wie man Absätze setzen kann, ohne deren erste Zeile nach rechts einzuziehen, und ordneten es darum nicht speziell an; die Leipziger aber halten es für besonders fein, nach moderner deutscher Unsitte ohne Einzug zu setzen, und verfahren entsprechend. Aber niemand im Vereinigten Königreich, Kanada oder Australien, sagen sie bei Cassell's, wird ein Buch lesen, dessen Absätze ineinanderlaufen, und retournieren die Fahnen: unakzeptabel, das Ganze muß neu gesetzt werden. Die Offizin in Leipzig fragt an, wer das zahlen soll. Die Engländer sagen, wir nicht. Die Leipziger sagen, wir auch nicht. Der Lenz ist gestorben, bevor er noch erscheinen konnte.

Dem Journalisten S. H., wie oft hat er selber umbrochen, neben dem Metteur stehend am Stein, das Volksecho, die Frontpost, die Neue Zeitung, kommt die rettende Idee: wie lägen die Kosten, wenn man nur die erste Zeile des jeweiligen Absatzes neu setzte, mit dem gewünschten Einzug, und diese ersten Zeilen dann mit der Hand einfügte in den bleiernen Satz? Innerhalb erträglicher Grenzen jedenfalls; aber wie oft dann müßte er streichen, ein Wort, ein paar Buchstaben, und wo das unmöglich, den Text ändern, auf mehr als siebenhundert Seiten mit schätzungsweise viertausend Absätzen die ersten Zeile eines jeden Absatzes korrigieren: Idiot's delight, sagt man dazu im Englischen, ein Vergnügen für Idioten.

Dennoch, was bleibt ihm übrig? Und so sitzt er im Ahrenshooper Strandkorb, zusammen mit Gertrude, die das Lektorenhandwerk inzwischen perfekt beherrscht, Stunden um Stunden, vor sich das dicke Bündel Druckfahnen; ab und zu hebt er den Blick, sieht die graublaue Fläche der See, auf der die Sonne sich hier und da spiegelt; das Wetter wenigstens ist erträglich.

Und dann ist auch das getan, das Buch gerettet.

Unter S. H.s Erinnerungsstücken befindet sich ein badischer Dragonerhelm, exakte Nachbildung eines echten aus der Zeit. Das Ding hat einer getragen in dem Film, der nach dem Roman gedreht wurde: nicht in der DDR, wo sie immer davon reden, wie stolz sie wären auf ihre revolutionären Traditionen. Aber da es bei dieser Revolution auch um Freiheit ging, ist die Zurückhaltung verständlich.

Bei den Tschechen, und noch mehr bei den Slowaken, ist etwas in Bewegung geraten. Zwar ist der Prozeß gegen Slansky und die anderen noch immer ungesühnt und hängt wie ein Fluch über der Partei, aber die Enthüllungen des Genossen Chruschtschow haben begonnen, sich in den Köpfen auszuwirken, und der riesige Sockel über der Moldau, von dem aus das steinerne Kolossalbild des Joseph Wissarionowitsch Stalin Prag beherrschte, steht neuerdings leer, Symbol einer neuen Zeit.

Doch Verläßliches ist in Berlin nicht zu erfahren über die Vorgänge in Prag, trotz der Bindungen, die S. H. zu dem oder jenem dort unterhält. Plötzlich jedoch kommt die Einladung nach Tali.

Tali ist ein kleiner Ort in der Niederen Tatra, mitten in dem Gebiet, wo im Sommer 1944 der Aufstand losbrach und die slowakischen Partisanen den deutschen Besatzern so lange zu schaffen machten. Jetzt haben sie bei Tali, die Berge sind nun mal da und

Tourismus bringt Devisen, ein großes Hotel hingestellt, einen flachen Klotz, der Landschaft fremd; darin soll, zum Zwanzigsten Jahrestag des Aufstands, eine Konferenz der slowakischen Schriftsteller stattfinden; und als Gäste aus dem Ausland sind nicht etwa irgendwelche Autoren geladen, sondern solche, die selber, wenn möglich mit der Waffe in der Hand, im Widerstand gegen die Nazis gekämpft haben.

Der Schriftsteller S. H. entspricht dieser Bedingung; weniger schon den Bedingungen, welche die Offiziellen der DDR bei den Mitgliedern einer Delegation für wünschenswert halten: also gibt man ihm, nach bewährtem indischen Muster, Genossen mit auf den Weg, auf die Verlaß ist, und diesmal sind's ihrer gleich zwei, die Kollegen Brezan und Sakowski, und S. H. spürt, trotz der freundlichen Begrüßung in der Hotelhalle, das Mißtrauen und die Distanz zwischen ihm und den beiden.

S. H. überlegt sich, was die vor zwanzig Jahren schon aufrührerischen Slowaken von einem Autor, der in der U.S.-Armee diente und nun in der DDR lebt, interessieren würde zu hören, und bereitet etwas ihm passend Erscheinendes vor; dann packt er die Zwergpudelhündin Lulubelle, die schöne Lulu, in den Wagen und fährt quer durch Böhmen und Mähren in die slowakischen Berge; von Tali aus soll es dann weitergehen nach Wien, für eine Lesung, die das Tagebuch veranstaltet, die ab und zu ketzernde Zeitschrift der österreichischen Partei; in Wien auch, so ist es geplant, wird er Gertrude treffen, die dorthin geflogen kommt, und wird zusammen mit ihr und dem Pudel an die jugoslawische Adria reisen: endlich Ferien.

In Tali begegnet er Ehrenburg, und es ist, als wären sie längst miteinander vertraut. Aber das ging ihm schon so mit anderen Russen, mit Konstantin Fedin zum Beispiel; vielleicht besteht da eine Art Affinität. Fedin erzählte ihm auf einem Spaziergang im Harz, in Schierke, eine merkwürdige Geschichte, gedacht wohl als Schlüssel für den Jüngeren zum Verständnis sowjetischer Zustände. Es habe, sagte Fedin, und senkte, obwohl kein Mensch nahebei, die Stimme, in der Ochrana, der zaristischen Geheimpolizei, eine Abteilung gegeben, die derart geheim war, daß ihr Leiter, trotz seines hohen Ranges, deren Räume selber fegte und eigenhändig den Inhalt der Papierkörbe im Ofen verbrannte. Als nun die Revolution kam, sei er, da sich ihm keine Gelegenheit zur Flucht bot, still weiter in sein Amt gegangen und habe der Dinge geharrt, bis eines Morgens drei Mann in Ledermänteln an die Tür klopften: ob er der und der wäre?

Der sei er, habe er geantwortet, und ihnen die Hände hingehalten, falls man ihm Schellen anlegen wollte. Das jedoch hätten sie keineswegs getan; statt dessen habe der Älteste der drei angeordnet, er möge nur weitermachen wie bisher und seine Akten hüten und sich zur Verfügung halten; was der Mann denn auch tat. Die Abteilung aber sei jene gewesen, die zuständig war für die Vertrauensleute der Ochrana im Parteiapparat der Bolschewiki: die Genossen an der Spitze der Partei hätten durchaus logisch gefolgert, daß diese, jetzt mit dem Hals in der Schlinge, unter allen Kadern die zuverlässigsten sein würden.

Auch Ilja Ehrenburg spricht offen zu ihm. Wie es, obwohl er Jude, ihm gelungen sei, die Stalin-Zeit zu überleben? Glück, sagt er, reines Glück, ein wirkliches System bei den Verfolgungen gab es ja nicht, Rußland ist nicht Preußen, alles hing ab von Zufall und Laune, das war ja das Allerschrecklichste an dem Terror, daß man nicht wußte, ob und wann es einen treffen würde. Und der Personenkult? Nein, der war System. Der war Stalins ureigenste Schöpfung. Er, Ehrenburg, habe den Beweis dafür mit eigenen Augen gesehen, im Drehbuch eines der Filme, in denen Stalin als handelnde Figur vorkam. Da sei eine kurze szenische Anweisung gewesen, maschinengetippt, »Stalin verläßt den Raum.« Und eingefügt, in Stalins unverkennbarer Handschrift, *Der große* Stalin.

Am ersten Tag der Konferenz halten die offiziell entsandten DDR-Kollegen ihre offiziell abgesegneten Reden. S. H. spricht erst am zweiten, und kurz nur, aber da sind ein paar Feststellungen, die so noch nie von einem aus dem Lande Ulbrichts kommenden Schriftsteller in aller Öffentlichkeit getroffen wurden. »Die Zerschmetterung des Weltbildes, das mit dem Namen Stalin umschrieben ist«, sagt er, »erschütterte auch die ästhetischen und literarischen Lehrsätze, die Teil des allgemeinen Dogmas gewesen waren.« Und setzt anstelle der bisher gültigen Schulregeln eine neue, eigene Forderung, von der er annimmt, sie könnte geeignet sein, einen wirklichen Realismus herbeizuführen statt des verlogenen sozialistischen: »die Welt und die Menschen in ihrer Entwicklung darzustellen, so wahrhaft wie möglich, und dabei zu versuchen, die innere Bedeutung der Vorgänge und ihre große Perspektive herauszuschälen.«

Die slawischen Kollegen, die gemerkt haben, daß hier einer ihnen zu helfen sucht auch bei ihren Bestrebungen, drücken ihm die Hand; beim Wein am Lagerfeuer an einer Stätte, wo in der Zeit des

Aufstands die Partisanen kampierten, kommt es zu vertrauten Gesprächen über Veränderungen, die längst fällig sind, in der Tschechoslowakei wie anderswo; er freundet sich an mit dem Schriftsteller Fedor Ballo, dem einzigen jüdischen Kommandeur unter den Partisanen, und am nächsten Abend, in der Hotelbar, trifft er auf einen wortkargen, frühzeitig ergrauten Typ, der, wie man ihm zuflüstert, kürzlich erst aus dem Gefängnis gekommen ist: Gustav Husák, den zweiten Mann in dem Triumvirat, das den Aufstand leitete.

Das alles ist, nach der bedrückenden Berliner Atmosphäre, höchst anregend und ermunternd für S. H.; sein Unglück ist nur, daß er eine Erkältung mit sich herumschleppt, die sich zu einer regelrechten Sinusitis auswächst; als er abfährt aus Tali, plagen ihn Kopfschmerzen übelster Art, und nach der Ankunft in Bratislava kriecht er fiebernd in ein Hotelbett, statt durchzufahren nach Wien. Am Morgen dann, es ist Sonntag, ruft er bei Ballo an, der in der Stadt wohnt: er brauche dringend einen Arzt. Ballo, hilfreich, bringt ihn zu einem Freund, einem Hals-, Nasen- und Ohrenspezialisten, der ihm, scheußliche Operation, durch die Nasenrückwand hindurch die Nebenhöhlen spült; doch danach ist der Druck gewichen, es ist dem Patienten, als schwebe er, und ein Gefühl wahren Glücks durchströmt ihn, Wien liegt vor ihm, die Welt; er beschließt, sobald er mit Ballo zu Mittag gegessen, weiterzufahren.

Und das Glücksgefühl hält an. Die Grenzer, so dünkt ihn, die Tschechen wie die Österreicher, sind besonders liebenswürdig zu ihm, und die Straße, die über Hainburg führt, das Tal der Donau entlang, liegt glatt und gepflegt vor ihm; rechts, bunt wie ein Pfefferkuchenhäuschen, eine Raststätte; ein anständiger Kaffee, denkt er, möchte ihm guttun; er biegt ab, den Blick noch immer auf das Häuschen gerichtet, die Schnitzerei über der Tür, die blitzblanken Fenster, und sieht nicht den Lastzug, der da geparkt steht, oder sieht ihn zu spät.

So schlimm ist der Tod gar nicht.

Das ist sein erster Gedanke, und dann: wie leicht man sich fühlt, wie angenehm ruhig, und wie milde das Licht, das den Raum erfüllt, einen Raum ohne Grenzen; die Frage, ob das nun in Ewigkeit so sein werde, stellt sich wohl, berührt ihn aber nicht sehr.

Dann sieht er sich auf und ab spazieren, neben ihm die Zwergpudelhündin Lulubelle, die aber ihr Halsband nicht trägt, und er überlegt, ob er nicht vielleicht anrufen sollte in Wien, beim Tagebuch und dort sagen, daß er sich verspäten wird; und wo kann das Halsband nur sein. Dann steht einer vor ihm, in fremdartiger Uniform, ein Polizist offenbar, und sagt, da sei nun der Krankenwagen, und er möchte bitte mitkommen. Ich bin nicht krank, wehrt er ab, mir ist nichts passiert, Sie sehen doch, ich laufe hier auf und ab mit meinem Hunde, und außerdem muß ich telephonieren gehen. Der Polizist ist freundlich. Sie meinten es nur gut mit ihm, versichert er, und er hätte doch einen recht schweren Unfall gehabt, frontal wäre er aufgefahren auf den Lastzug, der Wagen sei Schrott, und er mit dem Schädel krach gegen die Scheibe. Es sei aber so schön gewesen, antwortet er, das milde Licht, und die Stille, und wo ist das Telephon. Dann telephoniert er mit Wien, mit Bruno Frei, dem Redakteur des Tagebuch, demselben, der damals, vor Hitler noch, als Chef bei dem Münzenberg-Blatt Berlin am Morgen seine Reportage über die singenden Arbeitslosen druckte. Das waren Zeiten, ja, reminisziert er, aber jetzt warte hier, an dieser Raststätte, der Krankenwagen auf ihn, und Frei möge in Grünau anrufen, bei Gertrude, aber schonend, bitte. Dann geht er hinüber zu dem Stück Schrott. Die eine Tür läßt sich noch öffnen. Und da ist auch das Halsband, unter dem Hintersitz, durchgerissen. Das arme Tier, was für ein Aufprall. Dann sagt er, zu den Zweien in Weiß, die von irgendwoher auf ihn zutreten, »Bitte sehr, aber der Hund bleibt bei mir.«

Nach dem Tod von Hainburg kommt eine Veränderung über ihn: die Ängste belasten ihn nicht länger, die er immer zu überwinden hatte und die so manche seiner Entscheidungen beeinflußten; die große Drohung, die über uns allen schwebt, ist keine Drohung mehr für ihn; ein fröhlicher Leichtsinn, oder auch Kühnheit, wenn man so will, hat sich seiner bemächtigt.

Wochenlang lag er, prächtig gelaunt, in Hainburg im Hospital, Gehirnerschütterung, die kleine Ortsgruppe der österreichischen KP umsorgte ihn solidarisch und Gertrude kam, ihn zu pflegen; nun, nach der Heimkehr, erfährt er, daß gehört worden ist, was er in Tali sprach: von Ostberlin aus hat man eilig interveniert, in Prag wie in Bratislava, unter keinen Umständen seien die Äußerungen des S. H. irgendwo zu veröffentlichen; doch hätten die slowakischen Genossen zurückgekabelt, der Text sei am Tag der Rede schon verbreitet worden, über sämtliche Medien und Agenturen, bedauerlich, bedauerlich.

Die Antwort der Obrigkeit zu Haus ist Quarantäne. Nicht gedacht soll seiner werden: der alte Priesterfluch wird über ihn verhängt, intern natürlich. Nichts mehr aus seiner Feder darf in die Presse, bereits angekaufte Manuskripte gehen in den Papierkorb, bereits gesetzte Beiträge werden eingeschmolzen; bei Funk und Fernsehen ist sein Name Anathema, beim Film lassen sie seine Stoffe fallen; seine Lesungen werden abgesagt, unter den sonderbarsten Vorwänden, und Reisen in den Westen, zu Lesungen dort, kaum noch genehmigt; die Universitäten sind angewiesen, keine Dissertationen mehr über sein Werk, keine Vorträge über ihn und seine Arbeit; eine Zeichnung von A. Paul Weber, Geschenk des Künstlers an ihn und einen zipfelbemützten, verängstigten Bürger zeigend, der sich selber einen Nagel in die Stirn schlägt, darf er nicht als Neujahrskarte drucken lassen, der Bürgermeister von Köpenick genehmigt es nicht; und der Oberbürgermeister von Karl-Marx-Stadt, ein Genosse Müller, der ihn, den Sohn der Stadt, als Ehrengast zum achthundertsten Jahrestag des einst Chemnitz genannten Ortes geladen, schreibt ihm: »Hierdurch teile ich Ihnen offiziell mit, daß wir auf Ihre Mitarbeit in Vorbereitung und Durchführung der 800-Jahr-Feier keinen Wert mehr legen.«

Nun mag es scheinen, als stünde ein solcher Maßnahmenkatalog in keinem Verhältnis zu den anderthalb Seiten Text, die er in Tali verlesen hat. Doch muß man hier in Betracht ziehen, daß in den Faszikeln der Behörde der Auftritt des Schriftstellers S. H. in einem Hotel weit hinten in der Slowakei nur einen Punkt darstellte in einer langen Liste, mit Fleiß zusammengetragen von Leuten, die ihre Ohren schon seit den Tagen von »Offen gesagt« gespitzt hielten und seit den ersten Gerüchten um den Tag X. Das war alles observiert worden, seine Unterhaltungen mit dem Dramatiker Hainar Kipphardt, der die Republik verließ, und mit dem Professor Hans Mayer, dem er genau diesen Schritt auszureden versuchte, und besonders seine Verbindungen zu dem berüchtigten Havemann und dem lästigen Schreihals Biermann; und ebensowenig war der Behörde verborgen geblieben, daß er nicht nur seinen Leipziger Verlag, dem er vor Jahren schon hinter irgendwelchen Vorwänden einen Vertrag zur Veröffentlichung des besagten Tag X untergejubelt hatte, jetzt mit einem Prozeß bedrohte, sondern das verfluchte schwarze Manuskript über seinen Züricher Agenten, einen gewissen Heumann, auch noch im Westen zirkulieren ließ: in solchem Zusammenhang gesehen erscheinen die Anordnungen gegen S. H. von seiten der Genossen, welche die geistige Ruhe der Republik zu gewährleisten haben, doch recht verständlich und, verglichen mit dem Geschehen in anderen Ländern, sogar maßvoll.

Der Schriftsteller S. H. aber, will er nicht ängstlich schweigen, muß ausbrechen aus dem ihm auferlegten Bann. Die Gelegenheit kommt bald. Die Kulturwächter der DDR, aufgestört von der Gedankenunrast in Bruderländern wie Ungarn, Polen, der Tschechoslowakei, und befürchtend, daß diese übergreifen könne aufs eigene Gebiet, planen ein Colloquium der sozialistischen Schriftsteller in Berlin: da sollen die DDR-Kollegen den anderen mal zeigen, was ein richtiger sozialistischer Realismus ist und wie man dessen Errungenschaften auch durch die schwierigsten Zeiten hindurchrettet. S. H. wird, wie denn anders, zu dem Ereignis gar nicht erst eingeladen.

Aber er kommt. Die Türwache vorm Saal ist zu verblüfft, ihm entgegenzutreten, und da er, die Pause ist gerade zu Ende, lächelnd und grüßend über das frisch gebohnerte Parkett zum Rednerpult schreitet und mitteilt, er hätte wohl ein paar Worte zu sagen, wagt keiner, ihn beim Kragen zu nehmen und hinausexpedieren: das Verfahren, obwohl naheliegend, hätte vor so viel ausländischer Prominenz keinen guten Eindruck gemacht.

Was er dann vorträgt, ist überschrieben *Stalin verläßt den Raum* und wäre so nicht geschrieben worden ohne die Begegnung mit Ehrenburg in Tali; doch sind die in der Rede enthaltenen Gedanken, zumindest in Form und Folge, S. H.s eigene. Er spricht von der merkwürdig glatten, profillosen Oberfläche, unter der, in Philosophie, Kunst und Literatur, eine große geistige Unruhe verdeckt sei. Ausgehend von jener Einfügung von Stalins Hand, ruft er nach Klärung der Frage, wie denn Tausende von Kommunisten sich allmählich einem Zustand unterwerfen konnten, den sie als übel und im Gegensatz zu ihren Idealen stehend erkannt haben mußten, und verlangt die Desinfektion des Raumes, den Stalin verlassen hat. Er wendet sich gegen die, die da vortäuschen, sie hätten ihre Ideen den neuen Tatsachen angepaßt, während sie sich in Wirklichkeit an die alten Dogmen klammerten, und empfiehlt Diskussion: Diskussion ohne Tabus, Bezweifeln auch des scheinbar Selbstverständlichen, Infragestellen auch des scheinbar längst Feststehenden. Die alte Warnung aus heißem wie kaltem Krieg, *Feind hört mit!*, lehnt er ab; sie sei nur ein Mittel der Konservativen, den Topf weiter verschlossen zu halten, in dem es so unheimlich brodele; die Wahrheit, die man finden und aussprechen müsse, sei immer revolutionär, so schließt er und will den Leib des Sozialismus von den Rost- und Blutflecken der Stalin-Ära gesäubert haben und von dem Schimmelpilz der Bürokratie, »damit der Sozialismus wieder scheine im großen Glanz jener, die ihr Leben und ihr Herz dafür gaben.«

Und das mitten in Ostberlin, in der schönen neuen Kongreßhalle am Alexanderplatz. Diesmal sind es nicht nur die Slowaken, die, als er vom Pult tritt, ihn beglückwünschen und um den Redetext bitten, zwecks Publizierung in ihrem Lande; die Tschechen, die Polen, die Ungarn, die Jugoslawen tun desgleichen, und da er, den Bedarf vorausahnend, genügend Kopien mitgebracht hat, kann er sie alle damit versorgen. Ein Exemplar hält er zurück: dieses wird an Louis Aragon gehen, den er aus Moskau kennt, für dessen »Lettres Françaises«; es kann nichts schaden, meint er, wenn auch die französischen Kommunisten ihn öffentlich stützen.

Ein Husarenstreich, ein einsamer, gewiß, und auch so von ihm empfunden, als er da stand in der Kongreßhalle und den Offiziellen in die staunend geöffneten Münder sah. Und doch war es mehr als das: es war der Eröffnungsschuß in der Kampagne, die er führen mußte, wenn er wollte, daß der Tag X und seine künftigen Bücher je aus den Giftschränken herauskämen. Zugleich hatte er, ob es ihm nun bewußt war oder nicht, öffentlich und unwiderruflich Partei ergriffen in dem Konflikt, der die Welt des real existierenden Sozialismus innerlich zerriß und der zum Einmarsch in Prag führen sollte.

Es ist also nur konsequent, daß er weiterführt, was er im Anschluß an des großen Stalin Korrektur einer szenischen Anweisung entwickelte, und auch diese Gedankengänge wenige Monate später publiziert. Als Ausgangspunkt benutzt er jetzt Brechts Satz über Minsk als die langweiligste Stadt der Welt.

Brecht forderte Realismus, schreibt S. H. in dem Essay *Die Langeweile von Minsk*. Wenn eine Stadt langweilig ist, sage es. Wenn das Leben nicht so ist, wie der Leitartikel in der Zeitung es dir darstellt: du bist Romancier, Dramatiker, Dichter, und es ist deine Pflicht, auszusprechen, was ist.

Das ist schon die Herausforderung; denn wenn da Leute sind, denen er die Pflicht zuteilt, die Wahrheit zu sagen, gibt es offenbar andere, die diese Wahrheit zu verhüllen suchen; sonst wären besondere Wahrheitsverkünder nicht erforderlich. Die Manipulatoren der Wahrheit fühlen sich auch sofort getroffen: wir werden ihre Reaktion erleben.

Nun erhebe sich die Frage, schreibt S. H. weiter, was Wahrheit eigentlich sei. Wahrheit, der Langeweile von Minsk zufolge, ist mehr als eine hübsche Statue in einem friedlichen Bürgerpark; sie lebt und sie hat ihre Art, sich durchzusetzen; sie ist revolutionär und sie verlangt, vom Schriftsteller besonders, daß der Partei ergreife, und zwar, wie Sartre sagt, dem er in Prag begegnet ist, auf seiten der Revolution, der nationalen oder sozialen, welche auch immer auf der Tagesordnung; und auf seiten des Friedens, der Menschlichkeit, der Gerechtigkeit, fügt er selber hinzu. Aber wieso gerade Schriftsteller und, konzediert er im Gedenken an Einstein und Oppenheimer und wohl auch Havemann, Naturwissenschaftler ausersehen seien, sich mit der Wahrheit zu befassen? Weil, antwortet er, die Zeiten vorbei sind, wo noch Propheten die Ängste und Hoffnungen der Menschen zum Ausdruck brachten; wir aber, die wir mit neuen Ängsten und Hoffnungen in der Ära des Atoms und der Revolution lebten, bräuchten andere Sprecher. Im übrigen sei die Verkündung der Wahrheit ein höchst fragwürdiges Privileg: veranschlage man, rechnet er vor, den Infarkt als gleichwertig mit der Gewehrkugel und der Schlinge des Henkers, so seien mehr Schriftsteller und Naturwissenschaftler in Verfolg ihrer Pflicht gefallen als Generäle oder Bankiers oder Politiker. Und kommt dann auf die Tabus zu sprechen, die in jeder Gesellschaftsordnung vorhanden: diese seien dem Schriftsteller, der ein getreues Bild der Menschen und seiner Zeit und ihrer Konflikte zu geben wünschte, ein Hindernis; es wäre, erläutert er, als wollte man eine Photographie aufnehmen und jemand hielte einem den erhobenen Finger drohend vor die Linse der Kamera. Man solle jedoch, warnt er, dem Wort des Schriftstellers keine reale Macht zuschreiben; selten nur erwüchse direkte Aktion aus seinen Schriften und die tatsächliche Macht liege anderswo; nur wieviel könne denn eine Macht bewirken, fragt er, die nicht fähig ist, sich mitzuteilen ohne professionelle Hilfe, und nicht imstande, sich ohne Zutun von Sprechern und Schreibern in den Mantel moralischen Rechts zu hüllen, der aus *einem* Material nur gewebt: dem Wort?

Soweit die Hauptzüge der Langeweile von Minsk. Man kann, wenn man böswillig ist, aus dem Essay eine Art Elitismus herauslesen, einen mit Minuszeichen allerdings: denn die Wahrheitssucher, von denen S. H. spricht, erhalten für ihre Bemühungen weniger Lob als Prügel. Aber es findet sich da noch ein Nebengedanke, in Worte gefaßt, welche ich zitieren möchte, weil aus ihnen, nachdem man sie aus dem Zusammenhang gerissen, alsbald ein Strick zusammengedreht und dem Autor um den Hals gelegt werden sollte.

»Wir erwarten von unseren Kollegen im Westen«, schrieb er nämlich, »daß sie ihre Stimme erheben gegen Tyrannei und für die Rechte der Menschen. Erheben wir die unsere bei jedem Verstoß gegen die großen Grundsätze, um deretwillen die Revolution gemacht wurde? Wir erwarten von unseren Kollegen im Westen, daß sie, wenn nötig, auf Ehrungen, Annehmlichkeiten, Leben verzichten, um einer so wenig lohnenden Sache wie der Wahrheit willen. Worauf haben wir verzichtet, wenn sich die Notwendigkeit ergab, obwohl wir unter Verhältnissen leben, die der Wahrheit und allen edlen Bestrebungen der Menschheit viel günstiger sind? Nur wenn wir einen solchen Leistungsvergleich aushalten, können wir, die Schriftsteller des Sozialismus, das Recht auf moralische Führung beanspruchen und gewinnen. Nur dies, glaube ich, wird unseren schönen kämpferischen Worten das gewünschte Echo außerhalb der Grenzen des Sozialismus verschaffen. Nur dies, glaube ich, wird jene weltweite Allianz von Schriftstellern schaffen, die es auf sich nehmen, die Wahrheit zu schreiben und zu verteidigen – eine ungeheure Kraft für den Frieden und letzten Endes für die Veränderungen, die kommen müssen.«

Es hat ihm Spaß gemacht, die Langeweile von Minsk zu Papier zu bringen. Und obwohl er die Folgen, die eine Veröffentlichung haben kann, durchaus bedacht hat, spürt er keine Furcht; das ist vorbei.

Spaß macht auch zu sehen, wie die Genossen außerhalb der DDR den Ball, den er ihnen zugeworfen, auffangen. Kulturni Život, das Kulturblatt der slowakischen Partei, druckt die Sache, gefolgt von Lettres Françaises in Paris, der Rinascita der italienischen Kommunisten und dem Budapester Eret es Irodalon; danach erst schließt sich die vornehme Hamburger Zeit an, mit dem Vermerk, S. H. sähe manches »ganz anders, als wir es sehen möchten.«

Aber nun kommt, die lange schon applizierten Boykottmaßnahmen sind Kleinkram, das erste Zeichen, daß sich etwas wirklich Bedrohliches zusammenbraut: er wird ins Kulturministerium geladen, zu Erich Wendt, der nach Bechers Tod stellvertretender Minister geworden. Wendt, damals schon kränkelnd, sieht grau und verfallen aus, als er ihm in bester Bürokratensprache eröffnet, er habe einen Sachverhalt zu klären.

Ein Verhör also?

Ja, ein Verhör.

Wendts Fragen zirkeln um einen Punkt: wie das Manuskript der Langeweile von Minsk nach Westdeutschland gelangt sei, an die Redaktion der Zeit.

Das stünde doch, erwidert S. H., im Redaktionsvermerk; dort sei zu lesen, nachdem die Sache in den Lettres Françaises und in der Rinascita erschienen, hätte man den Verfasser um eine autorisierte Übersetzung aus dem Englischen gebeten; die habe er dann, ohne zu zögern, geliefert.

Und bei dem Stalin-Artikel, der ebenfalls in der Zeit gedruckt worden?

Das wäre, sagt S. H., ohne seine Mitwirkung gelaufen; genau wie, wisse er nicht; aber es seien ja Kopien seiner Rede vor dem Colloquium im halben sozialistischen Lager verbreitet und bald auch dort veröffentlicht worden.

Und was denn seine Verbindungen wären zu den slowakischen, den ungarischen, den polnischen Schriftstellern?

Die besten, lächelt S. H.; und nennt Laco Novomĕsky, den Chef und Helden des slowakischen Aufstands, und Tibor Déry, den großen Romancier, den Kadar selber aus dem Gefängnis entlassen, und andere mehr – eine respektable Liste.

Doch das sind nicht die Verbindungen, die Wendt interessieren oder die Leute, in deren Auftrag dieser mit ihm spricht; die wollen ein Netz von Verschwörern aufgedeckt haben, und die Fragen beginnen, sich zu wiederholen, das Verhör verzettelt sich, wird langweilig für Befrager wie Befragten. Schließlich, die Augen todtraurig, blickt Wendt ihn an, »Du kannst gehen.«

Später, da liegt er im Regierungskrankenhaus in der Scharnhorststraße und weiß, er wird sterben, wird Wendt sich ein letztes Mal S. H. zuwenden und ihm mit kaum hörbarer Stimme sagen: »Das Verhör damals, weißt du, ich hab das selber gemacht, damit ich dir Schlimmeres erspare.«

# 32

Aber es ist nicht alles so heiter, wie er es gern sähe.

Bei den wenigen, ausgewählten Lesern in England und in der Bundesrepublik, die das Manuskript von *A Day Marked X* oder auch dessen deutsche Version zur Begutachtung erhielten, erzeugt das Buch eher Bedenken als Beifall, manchmal sogar Empörung: zu scharf widerspricht es der im Westen gängigen Auffassung von den Ereignissen, zu kalt ist, im Angesicht von Vietnam, der Krieg geworden, in dem dieser 17. Juni eine Phase war, und zu gering, so meinen besonders die Verleger, wären die Chancen, daß mindestens ein Teil des Geldes, das man zu investieren hätte, wieder einkäme.

Und ihm selber sind Zweifel gekommen, nicht an der Gültigkeit seines Romans und der Hauptlinien, die er darin gezeichnet, wohl aber an einzelnen Punkten der Darstellung und am Verhalten einiger seiner Figuren. Nicht umsonst hat er die letzten Jahre mit kritischem Auge durchlebt; er weiß mehr über die Motive der Menschen im Lande und über die Zwänge, unter denen sie handeln, als er am Anfang der Arbeit am Buche wußte, und sieht jetzt Partien, wo das Ganze nur gewinnen könnte, wenn er tiefer eindränge in die Psyche der Charaktere, und findet Stellen, wo dem Erzähler die Distanz fehlt zu seiner Handlung: zuviel Leidenschaft, zuviel Parteinahme; dafür mangelt es an dem Dokumentarischen, das etwas so Unglaubliches wie einen Aufruhr der Arbeiter gegen einen Arbeiterstaat erst glaubhaft machen kann.

Also zieht er die Manuskripte wieder zurück; irgendwann, wenn die Zeit herangereift und er sich klargeworden ist, wo er ansetzen muß, wird er den Tag X umarbeiten; überdies sitzt er bereits an einem anderen, womöglich noch brisanterem Thema: das Jahr 1956, in der Deutschen Demokratischen Republik.

Und welch eine Story! Da kommt einer zurück aus der Sowjetunion in eine Stadt in der DDR, Rogall heißt er, ein Kommunist; er hat Sibirien überlebt, mit Glück, und weil er zäh ist und sich weigert, sich brutalisieren zu lassen, abzustumpfen; von Beruf Architekt, hat er aus Holzstückchen, oder was ihm sonst in die Hände kam, Häuser gebaut, ganze Straßenzüge, ganze Städte: Modelle einer Zukunft, von der er immer noch träumt. Kommt also zurück, plötzlich entlassen aus dem Straflager, und findet seinen besten Freund wieder, Berufskollege aus Bauhauszeiten noch, den Genossen Sundstrom, der auch mit ihm in der sowjetischen Emigration gewesen, und der nun hier Chefarchitekt ist und ein großer Mann in der Partei und die Straße des Weltfriedens neu erbaut, jene Straße, auf der Stalin einst die Stadt auf dem Weg nach Potsdam durchquerte. Sundstrom hat eine junge Frau, Julia. Er hat sie als Kind, eine Waise, in Moskau zu sich genommen und hat sie, selbstverständlich, im Glauben an die große Sache und den großen Mann an ihrer Spitze erzogen, und bald nach dem Sieg der ruhmreichen Sowjetarmee hat er sie mit zurückgebracht nach Deutschland, in die damalige Ostzone. Julia, die, dem Vorbild ihres Mannes folgend, inzwischen Architektur studiert hat und in seinem Kollektiv arbeitet, ist die Zentralfigur des Buches; in ihrer Brust bündeln sich die Konflikte, sie muß sie austragen auf ihrer Suche nach der Wahrheit. Diese Suche wird ausgelöst durch Sundstrom selber, durch seine Reaktionen auf die Ankunft des Spätrückkehrers aus dem Gulag, den er längst totgeglaubt, und durch die Nachrichten über den Zwanzigsten Parteitag der Kommunistischen Partei der Sowjetunion, die auch in die DDR durchzusickern beginnen. Die Wahrheit aber, die sich Julia Stück um Stück enthüllt, und die ihr Leben erschüttert und ihre Liebe, diese Wahrheit ist, daß der Genosse Sundstrom, um die eigene Haut zu retten, seinen Freund und Genossen Rogall beim NKWD denunziert hat, und nicht nur ihn, sondern auch Julias Mutter und ihren Vater, den kommunistischen Reichstagsabgeordneten Julian Goltz, den die Russen dann, wie so viele seiner Schicksalsgenossen, in den Tagen des Hitler-Stalin-Pakts den Nazis übergaben. Die Wahrheit ist ferner, daß die Prachtstraße des Genossen Sundstrom, ein Musterbild, wie Julia glaubte, echt sozialistischer Baukunst, eine fatale Ähnlichkeit aufweist zu den Plänen für die neue Charlottenburger Chaussee, die Albert Speer, Hitlers Minister und Chef-Baumeister, für den Tag nach dem Sieg des Dritten Reichs entworfen. Am Ende wird Julia, nach einer desperaten Eskapade mit einem jüngeren Kollegen im Stab ihres Mannes, sich mit Rogall zusammentun und gemeinsam mit ihm der Regierungskommission einen Entwurf für die Fortsetzung der Straße des Weltfriedens vorlegen; die Kommission lobt den Entwurf zwar ob dessen Eigenwilligkeit, wählt dann aber doch Sundstroms Modell, das, analog zur Politik im Lande, ein unsauberer Kompromiß ist zwischen dem diskreditierten System und dem Neuen, das eigentlich hätte kommen sollen.

Den Roman, zunächst nur auf Englisch konzipiert und provisorisch *The Architects* betitelt, sendet er an Desmond Flower von Cassell's. Die Antwort läßt auf sich warten. Als sie dann eintrifft, ist sie niederschmetternd: die Charaktere ließen die Zwischentöne vermissen, schreibt Desmond, es sei alles zu sehr schwarz-weiß gezeichnet; schlimmer aber, man wisse schon nach den ersten Kapiteln, welches die Intrige sei und wie der Knoten sich lösen und die Geschichte ausgehen werde, weshalb auch die Spannung fehle, die gerade bei einer solchen Fabel notwendig; er verstehe, wie sehr S. H. ein Thema dieser Art am Herzen liegen müsse; um so mehr bedaure er, daß er sich nicht imstande sehe, das Buch zu veröffentlichen; S. H. möge jedoch sein, Desmonds, Urteil nicht als maßgebend betrachten; andere würden anderer Meinung sein, und er empfehle daher, das Manuskript noch in anderen Verlagen vorzulegen; er bitte um Instruktionen.

Der Schriftsteller S. H. hat seine Erfahrungen mit Verlegern und deren Urteilen, und wäre es nicht Desmond Flower gewesen, der ihm so vernichtend geschrieben, er hätte den Brief achselzuckend abgelegt; aber Desmond ist ein Freund seit Jahren; er hat nicht nur die Crusaders herausgebracht, die ein sicheres Geschäft waren, sondern auch die für England höchst problematischen Eyes of Reason, und Goldsborough, Gift für den Buchhandel nach S. H.s demonstrativem Übertritt in die DDR, und den langen und ziemlich abseitigen Lenz: wenn Desmond jetzt ablehnt, weist das auf ernsthafte Mängel hin, und dies bei einem Buch, welches die örtlichen Machthaber stärker noch gegen ihn aufbringen dürfte als der fatale Tag X, und das schon darum literarisch unangreifbar sein muß.

Und Gertrude ermutigt ihn nicht, oder nicht in genügendem Maße. Glaubt auch sie, die doch die Entstehung der Architects von der ersten bis zur letzten Zeile kritisch begleitet hat, daß die Schwächen des Romans so schwerwiegend sind, wie Desmond meint, oder befürchtet sie, eine Veröffentlichung des Buches im Westen, und allein dort ließe es sich ja veröffentlichen, würde ihr Leben und das ihres Mannes nur noch mehr komplizieren?

Er stellt ihr diese Frage nicht; warum sie quälen. Er legt das Manuskript zur Seite: eineinhalb Jahre Arbeit, weggeschoben, verdrängt, abgetan. Vielleicht auch, das Unterbewußtsein ist ein sonderbar Ding, begrüßt er den Schlag in den Nacken sogar, den sein Freund Flower in London ihm versetzt hat; enthebt er ihn doch des Zwangs, schon wieder ins Gefecht rücken zu müssen, den rostigen Speer im Arm und auf dem Kopf das Barbierbecken, und nicht gegen Windmühlen etwa, sondern gegen eine sehr solide gepanzerte Phalanx von wenig ritterlichen Leuten.

Oder ist Gertrude zu müde schon und zu krank, um ihm mit neuen Analysen des Buchs und Änderungsvorschlägen auf die Beine zu helfen? Ihr Job bei Sevens Seas ist problematisch geworden; die großen internationalen Projekte, die sie angeregt hat, sind sämtlich zerschellt, der Absatz außerhalb der Grenzen der DDR erfordert immer größere Mühen, sie hat kein Geld für Mitarbeiter, Buchrechte, Public Relations, Werbung; was nützt es, daß die große New York Times einen langen, trotz einiger feindseliger Töne anerkennenden Artikel über sie und ihr Unternehmen bringt; man traut ihr nicht mehr, der Frau des Schriftstellers, der sich so mißliebig gemacht hat, man frustriert sie und läßt sie sich abrackern; und sie ist zu pflichtbewußt und zu sehr verbunden mit ihrer Arbeit, um den Krempel hinzuschmeißen und sich, wie es so schön heißt, zur Ruhe zu setzen.

So sind sie beide, er mit zwei Büchern, jetzt, die nicht erscheinen werden, sie mit ihrer Tätigkeit, in einer Krise. Zeit also, Pause zu machen, schlägt er ihr vor, ausspannen einmal ohne die lästigen Tests und die Diagnosen hilfloser Kurärzte und die wohlgemeinten Behandlungen, die Ferien nachholen, die letztes Jahr mißlungen waren wegen des Unfalls in Hainburg, nach Jugoslawien fahren, ohne Verpflichtungen irgendwo, ohne Reden, Interviews, Lesungen, auf eine der Adria-Inseln: Sonne, Ruhe, Wasser, nicht das eiskalte der Ostsee, das Füße und Hände absterben läßt, nein, das laue des Südens, in dem man noch schwimmen können wird.

Die Yugoslav Connection des Ehepaars H. kam zustande über den Genossen Stahlmann, gebürtiger Hackbarth, aber das Pseudonym Stahlmann, wie das Pseudonym Stalin, hat heroische Anklänge; Richard Stahlmann, der bereits pensioniert ist und Ehrenoberst des nach Felix Dzierzynski genannten Berliner Wachregiments, sowie dessen halbblinder Frau Erna war man in Barwycha begegnet, einem der Sanatorien nahe Moskau, wohin die sowjetischen Freunde Gertrude geschickt hatten; die beiden Frauen fanden Gefallen aneinander, der Genosse Stahlmann schon weniger an

S. H., wegen dessen mitunter lästerlicher Äußerungen, dabei war Stahlmann nicht einmal Mitglied der SED, sondern trug als alter Komintern-Mann ein ganz anderes Büchel in der Tasche. Er war, Anfang der Dreißiger, der Berliner Verbindungsmann dieser Organisation gewesen mit den Genossen der Balkan-Parteien, dem Rumänen Alexander Buican, den Jugoslawen Milan Slani und Josip Broz, der sich bald Tito nennen würde, und mit den Bulgaren Dimitroff, Popov und Taneff. Der Genosse Ulbricht mochte Stahlmann nicht, wie alle, die ihm nicht unterstellt waren, und es hat ihn gewurmt, daß er mit ansehen mußte, wie dieser Tito, vor kurzem noch als Revisionist und Verräter verschrien, sich von seiner Entourage löste bei seinem Staatsempfang in Berlin und ihn, Ulbricht, einfach stehenließ und auf den alten Stahlmann zuschritt und den vor sämtlichen Spitzen von Partei und Regierung abküßte; obwohl er sehr stolz gewesen sei auf die Liebesbezeugung, habe ihr Richard Blut und Wasser geschwitzt dabei, berichtete Erna, das Schandmaul, wie er denn überhaupt mit zunehmendem Alter immer mehr das große Fürchten bekommen habe, besonders vor jenen, die wie er in geheimen Diensten gearbeitet hatten.

Was aus Dimitroff wurde und Popov und Taneff, ist bekannt; mit Buican war S. H. mehrmals zusammen, in Berlin und in Bukarest, es erging ihm schlecht unter Ceausescu; Slani aber war unter die Partisanen gegangen im Kriege, und jetzt leitete er ein großes Verlagsunternehmen in Rijeka und die Zeitung dort und hatte, nachdem er ein paar Sachen von S. H. gedruckt, ihm gesagt: »Kommt her, es ist schön hier und nicht teuer, und ich kann euch unterbringen.«

Um die Anstrengungen der langen Reise ihr zu erleichtern, meint S. H., solle Gertrude nach Zagreb fliegen; dort würde er sie mit dem Wartburg, dem neuen, am Flugplatz abholen. Aber sie will das nicht; nie wieder wird sie gestatten, sagt sie, daß er längere Reisen im Auto allein unternimmt. Und so fahren sie denn beide, mit der Zwergpudelhündin Lulubelle auf dem Rücksitz, aus Grünau ab. In Prag ist Gertrude schon sehr ermüdet, in Bratislava noch mehr, in Wien legt man einen Rasttag ein, aber die Sommerschwüle in der von Fremden überlaufenen Stadt ist quälend, die Einkäufe in der Kärntner Straße, die man sich vorgenommen hat, werden zur Last, auch am nächsten Tag ist man noch zu abgespannt, um Graz zu genießen, und die jugoslawischen Zöllner lassen sich Zeit, trotz des Andrangs, eine dreiviertel Stunde sitzt man in der glühenden Sonne; hinter Maribor dann, der ersten Stadt nach der Grenze, sagt Gertrude: »Ich kann nicht mehr.« Aber das Gasthaus im nächsten Ort hat kein Zimmer frei; man muß weiter; an einer Kreuzung zweier Chausseen steht ein Polizist, S. H. stoppt, erkundigt sich, »Kdje Hotel?« Der Mann deutet hinauf in die Höhe, zur Kuppe eines Berges: dort steht eine Burg. »Hotel?« Der Mann nickt. Nach oben denn, entlang eines kurvenreichen Waldwegs, und siehe da: die Jugoslawen, die groß eingestiegen sind in das Tourismusgeschäft, haben das alte Gemäuer in ein exklusives kleines Hotel verwandelt; aber hier wenigstens kommt man unter, auch wenn das Zimmer dunkel und feucht ist; S. H. stellt das Klappbett, das er im Wagen mitführt, im Burghof auf, der noch erhellt ist von den Strahlen der Spätnachmittagssonne; jenseits der Zinnen breiten sich die bewaldeten Berge, ihr Grün eine Wohltat, und zum Abend hin geht es Gertrude besser, sie kann etwas zu sich nehmen.

Man beschließt: von jetzt an nur noch kurze Tagereisen. Doch trotz der neuerlichen Übernachtung in Zagreb ist Gertrude, als man schließlich in Rijeka angelangt, total erschöpft. Milan Slani und seine Pirica, die er sich bei den Partisanen zur Frau genommen hat, begrüßen sie gastlich, und im Schatten des Häuschens der zwei am Hang über der Adria finden die maroden Reisenden Entspannung und Ruhe.

Die Altstadt von Rijeka, die S. H. mit Slani durchstreift, ist ganz italienisch, mit den klapprigen Fensterläden an den bunten Häusern, den Wäscheleinen quer über die schmalen Straßen, den Kneipen und Trattorias, die hier jedoch kroatische Namen führen und Cevabcici anbieten statt Spaghetti Carbonara. Er hat, sagt Slani, ein Prachtzimmer für ihn und Gertrude reserviert in einem der besseren Hotels auf der Insel Rab; das Haus sei sehr frequentiert, vor allem von Deutschen, und die stellten ja ihre Ansprüche, und der Fährhafen, von dem aus man nach Rab übersetzte, sei direkt an der Adria-Magistrale, die der Genosse Tito habe erbauen lassen, in zwei Stunden bequem zu erreichen.

Die Fahrt dauert aber länger; Slani hat sich verschätzt, hat nicht mit den Hunderten von Kurven gerechnet, welche die Magistrale um Buchten herum und um die Einschnitte in den Fels der Küste macht; S. H., der, schon Gertrudes wegen, das Mittags-Fährschiff unbedingt erreichen will, fährt, daß die Reifen kreischen; dennoch, als er ankommt über dem Hafen und einbiegen will in die Serpentine, die hinunter zum Kai führt, sieht er das Schiff gerade ablegen. Man wird Stunden zu warten haben, und die Sonne brennt, und am

Kai stehen nur ein paar Schuppen, und die sind geschlossen, denn überall ist Siesta. Gertrude leidet. Wieder klappt er das Bett auf; eine Zeltplane, gespannt zwischen dem Wagen und einem der Schuppen, dient als Vordach, doch selbst im Schatten bleibt die würgende Hitze; irgendwann kommt einer und öffnet den Kiosk und läßt sich eine Flasche abkaufen, darin eine lauwarme, unangenehm süßliche Flüssigkeit.

Dann, endlich, die nächste Fähre. Ein Seewind kommt auf, Gertrude atmet freier, auf Rab gibt es in der Tat das angepriesene Hotel, es besitzt sogar einen Park mit Bänken und Bäumen, unter denen Damen und Herren gesetzteren Alters sich ergehen, und der Strand kann nicht fern sein, so hofft man. Aber das Zimmer ist eine Dachstube, mit einem kleinen Waschbecken nur anstelle von Bad oder Dusche und mit winzigen Fenstern, durch die kaum ein Hauch dringt; dafür aber tönt bis früh am Morgen der Lärm von der Tanzbar durch einen Luftschacht. Ein anderes Zimmer? Nein, leider, informiert der Manager, alles ausgebucht von Reiseunternehmen: besonders die Bundesdeutschen schickten ihre Rentner in sein Hotel, weil die hier, auf Rab, immer noch billiger lebten, als sie's daheim je könnten. Aber ein paar Kilometer weiter, in wilderer Landschaft zwar, sei gerade eine Bungalow-Siedlung entstanden, mit eigener Marina und Restaurant; er glaube, da ließe sich etwas arrangieren; wenn man wolle, werde er anrufen.

Wieder wird gepackt; wieder Aufbruch und Fahrt, über holprige Wege, aber dann ist man am Ziel: hier ist es ideal, ein eigenes Häuschen, mit Korbmöbeln auf der Veranda, sauber, und die Stille, wo sind die Menschen; die Warmwasserleitung funktioniert zwar nicht, die Kessel sollen noch angeliefert werden, und zum Meer hin ist der schiere Fels, rissig, unüberklimmbar für Gertrude; doch in Richtung der Bucht, bis zu dem kleinen Hafen hin, kann sie es schaffen, dort wird man das Klappbett aufschlagen.

Die Menschen, stellt sich heraus, bevölkern, nackt, die Spalten und Kuhlen im Fels; da liegen sie, rosafarbigen Seehunden gleich, pärchenweise oder auch ein Männchen mit zwei Weibchen oder, seltener schon, ein Weibchen umworben von zwei Männchen, und lassen sich die Sonne auf die dick eingecremte Haut brennen; abends dann sitzen sie im Restaurant und reden von Düsseldorf.

Das Ehepaar H. versucht, sich von den Strapazen zu erholen. Man unternimmt kleine Ausflüge: mit dem Wagen nach dem Städtchen Rab, das, mit engen Gassen und kleinen Läden, Frieden atmet, und per Motorboot zu einem Fischerdorf, wo man frisch gefangenen Fisch ißt und einen herben Wein trinkt. Das Schlimme ist nur, daß Gertrudes Zustand sich nicht bessern will; sie klagt über Schmerzen in den Armen, am meisten im linken; ein Arzt aus dem benachbarten Bungalow, ursprünglich stammt er aus der DDR, diagnostiziert Arthritis und verschreibt ein Analgeticum. Milan kommt zu Besuch und lädt ein zum Abendessen in einem romantischen kleinen Restaurant in Rab; Gertrude schleppt sich hin, läßt aber die Speisen stehen; zurück im Bungalow, muß sie sich sofort hinlegen. Milan bleibt über Nacht; am Morgen fährt man Gertrude in die Poliklinik in Rab, aber die Ärzte dort, junge Leute, können nichts Gravierendes feststellen. Gertrude fühlt sich weiter elend; nachdem Milan abgefahren ist, verfällt S. H. in Panik. Der Apotheker in Rab hat einen Bruder, der Internist ist in Belgrad und zufällig hier zu Besuch; der verschreibt wieder ein anderes Mittel; wenn das nichts hülfe, sagt er, solle sie morgen zurückkommen zu ihm; inzwischen möge S. H. sie zur Irrenanstalt hier bringen, die seien auf Rab die einzigen, die einen Bluttest machen könnten. Am folgenden Tag fühlt sich Gertrude zu schwach, um überhaupt aufzustehen, S. H. holt den Bruder des Apothekers aus Rab an ihr Bett; der Mann auskultiert sie: nichts Akutes.

An dem Abend, eben hat S. H. ihr das Essen gebracht, kommt der Anfall. Atemnot, sie röchelt; dazu Krämpfe im Magen und stechende Schmerzen in der Herzgegend, der Puls ist schwach und unregelmäßig. S. H. hastet hinüber ins Restaurant, ruft: »Ein Arzt, ist hier ein Arzt?«

Zwei Herren erheben sich. Auf dem Weg zum Bungalow berichtet er eilig: Endarteriitis obliterans; der Anfall, vermute er, hänge damit zusammen. Die beiden Ärzte fühlen ihr den Puls, pressen das Ohr ihr auf die Brust; aber sie haben nichts bei sich, keine Herzmittel, keine Spritzen, kein Blutdruckgerät, nicht einmal ein Thermometer. Es sei schon, sagen sie, in Rab angerufen worden, bei der Poliklinik; von dort werde jemand kommen, der wenigstens Instrumente mitbringen würde und etwas zum Injizieren. Dann gehen sie.

S. H. ist allein mit Gertrude; nur die Hündin Lulubelle ist bei ihnen geblieben, liegt auf dem Bett neben der Kranken und blafft ab und zu, als stünde ein Feind im Raum, ein unsichtbarer. S. H. lauscht dem Atem seiner Frau, der nur schwer kommt und in Stößen. Plötzlich wendet sie ihm ihr Gesicht zu, sucht seine Hand: »Stefan, this is it. I want to thank you, for everything.«

Folgt der Alptraum.

Der Arzt von der Poliklinik, derselbe, der vor wenigen Tagen noch nichts Ernsthaftes zu erkennen meinte, erklärt jetzt, Gertrude müsse schnellstens ins Krankenhaus, nach Rijeka. Nur wie kriegt man sie dorthin? Es ist Nacht geworden, ein Sturm ist aufgekommen von der See her: nachts gibt es keine Telephonverbindung zwischen Rab und dem Festland. Aber in Rijeka ist eine Flottenstation, deutet der Arzt an, und von seiner Poliklinik aus könnte er, vorausgesetzt, sein Gerät funktioniere, die Leute dort über Funk erreichen, und dann würde, je nach Verfügbarkeit, irgendwann ein Patrouillenboot eintreffen; aber ein Transport übers Meer, bei dem Seegang, der bis dahin herrschen dürfte, und in dem Zustand der Patientin?

Deren Magenkrämpfe haben sich gemildert. Sie ist ansprechbar, scheint die Debatte sogar verfolgt zu haben. S. H. fragt: Was glaubst du? Sie schüttelt den Kopf; sie möchte liegen bleiben, ruhen. Man einigt sich auf die erste Fähre früh; der Krankenwagen der Poliklinik wird sie zum Hafen transportieren; am Kai drüben auf dem Festland wird eine zweite Ambulanz sie erwarten, mit einem Notarzt, und sie nach Rijeka bringen.

Die Nacht vergeht, wie selbst solche Nächte vergehen, und dann ist der Krankenwagen da, und Gertrude wird auf die Bahre gehoben und hineingeschoben; man wird dreißig Minuten brauchen oder auch vierzig bis hin zur Fähre, es ist noch reichlich Zeit. S. H. verlädt Hund und Gepäck in den Wartburg und ist fertig zur Abfahrt. Dann Katastrophe: der Motor der Ambulanz springt nicht an. Der Starter knarrt und knackt, knackt und knarrt; nichts. Der Fahrer öffnet die Motorhaube, nimmt die Zündkabel ab, schraubt die Kerzen aus, vergeblich. Die Zeit wird knapp, die Fähre wird nicht warten, auch die Ambulanz drüben auf dem Festland nicht. S. H. schlägt vor: in seinem Wartburg vielleicht, allerdings müßte die Patientin dann aufrecht sitzen, und bei diesem Weg, der nur aus Schlaglöchern besteht, läßt sich das verantworten?

Der Arzt hebt die Hände.

Da, in letzter Minute, hustet der Motor, eine Wolke quillt aus dem Auspuffrohr der Ambulanz; der Fahrer gibt Gas: gerettet. Doch nun, da man eintrifft, als die Fähre sich schon zum Ablegen rüstet, ist kein Platz mehr auf ihr für den Wartburg, in den Gertrude für die Dauer der Überfahrt umgebettet werden muß; bis ans Heck stehen, dicht an dicht, die Pkws und Wohnwagen mit den bundesdeutschen und österreichischen Kennzeichen; ihre Passagiere, lässig gelehnt an die Reling, betrachten die Szene mit dem Krankenwagen und dem aufgeregten Mann, der sich den Matrosen an Bord verständlich zu machen sucht: ist wenigstens mal was los.

Was für Gesichter! Zum Verzweifeln. Das kann doch nicht sein, denkt S. H., das kann doch der alte jüdische Gott nicht zulassen, an den er zwar nicht glaubt, der aber dies eine, einzige Mal vielleicht sich rühren könnte. Und in dem Moment entdeckt er, auf dem Deck der Fähre, ein Fahrzeug anderer Art, ein sowjetisches, Marke Wolga, über dessen Stoßstange ein ovales Schildchen prangt: *DDR*. Er stößt die Matrosen zur Seite, springt an Bord, drängt sich durch zum Fahrer des Wagens, packt den am Ärmel: »Ich bitte Sie – um alles in der Welt – meine Frau – sie muß hinübergebracht werden aufs Festland – ins Krankenhaus – könnten Sie – könnten Sie uns – Ihren Platz abtreten auf dieser Fähre...«

Der Mann mustert ihn kurz. Und nickt.

Er nickt. Einfach so. Und irgendwie, trotz lärmenden Geschimpfs und Beschwerden, kommt der Wolga vom Schiff herunter und der Wartburg hinauf.

Und dann ist da nur noch das Gesicht der Kranken, das er sieht, weiß gegen das weiße Kissen. Der Sturm hat sich gelegt und das Schiff schaukelt sanft, und er redet leise auf sie ein: bald haben wir's geschafft, und in Rijeka haben sie alles, Ekg-Gerät und Spritzen und Medikamente, und sie werden dir helfen. Und dann, da hat man sie schon wieder transferiert in die Ambulanz, die am Kai auf dem Festland gewartet hat, und er fährt ihr nach auf Titos Magistrale, sieht er, daß sie sich aufgerichtet hat und ihm zuwinkt durch das Rückfenster des Krankenwagens, ein schwaches Winken nur von schwacher Hand; dennoch, ein Hoffnungszeichen.

Ende des Alptraums.

Oder gehört auch das noch dazu: der unsaubere Krankensaal, wo sie neben sabbernden Greisinnen liegt, die dem Tode nah, und wo ein dauerndes Kommen und Gehen ist von Studenten, Schwestern, Priestern, Verwandten, Bekannten, und wo, wenn sie um etwas bittet, keiner sie hört.

Doch da erscheint der Professor Novak, der Internist des Hospitals, erklärt, ein Freund von Slani ist auch mein Freund, und nimmt sie auf seine Station. Es gibt Menschen, die vergißt man nicht; einer von diesen im Leben des S. H. ist Professor Silvije Novak in Rijeka, schmalschultrig und ein wenig gebeugt, mit müden, geduldigen Augen: erschrecken Sie nicht, sagt er, es war ein Infarkt, der Enzym-Test hat es gezeigt, aber sie hat's überstanden, und sie wird leben, dafür verbürge ich mich, nur wird sie fünf oder sechs Wochen bei uns bleiben müssen und sich ruhig verhalten, ganz ruhig, bevor wir sie zurückfliegen lassen können nach Berlin.

Und gerade in diesen Wochen erwartet man ihn in Frankfurt. Sein Lenz ist, nach langem Hin und Her, in der Bundesrepublik erschienen, und List in München teilt ihm mit, der Verkaufserfolg hänge unter anderem davon ab, daß er anwesend ist auf der Buchmesse und die Fernsehgelegenheiten nutzt, die der Verlag mit Mühe für ihn erlangt hat.

Du mußt hin, sagt Gertrude.

Nein, du bist mir wichtiger, sagt er.

Du brauchst den Erfolg, sagt sie, den Erfolg im Westen, jetzt um so mehr, da sie dich im Osten unter Beschuß nehmen; die paar Tage ohne dich werde ich überstehen.

Der Professor Novak bestätigt, ja, er könne getrost reisen; es bestünde keine Gefahr mehr. Trotzdem hockt ihm die Sorge im Nakken wie weiland dem Seefahrer Sindbad der schreckliche Greis; der Messetrubel, die Presse-Interviews, die Verlegergespräche sind überschattet davon; nur wenn er vor den Fernsehkameras sitzt, fällt alles von ihm ab. Weiß der Teufel, woher diese Absorption, die einsetzt, sobald er, aus dem Dunkel heraus, das Kamera-Auge auf sich gerichtet fühlt und umfangen ist von der sonderbaren Akustik, wie der Prophet Jonah sie um sich gehabt haben mag im Bauch seines Walfischs; die Millionen vor ihrer Mattscheibe, die jede seiner Gesten, jeden Blick, jedes Zögern, jeden Tonfall registrieren, stören ihn nicht; er ist sich ihrer überhaupt nicht bewußt; damals in Adlershof war das anders gewesen, die Serie war, Abend um Abend, vorher geprobt worden, Satz und Akzente mit Bedacht abgewogen, das war es wohl, was ihn gehemmt hatte; jetzt, da nur das Wort seiner Gesprächspartner sein Leitfaden, fühlt er sich leicht und gelöst, fast als säße er zu Hause am Teetisch; sein Hirn, scheint es, assoziiert ohne sein Zutun, und die überraschendsten Gedanken reihen sich aneinander, sobald das Signal *Aufnahme* gekommen ist; er muß sich nur hüten, daß er nicht vom Hundertsten ins Tausendste gerät.

Als erstes steht auf dem Programm eine Diskussion mit Heinar Kipphardt, den er nun wiedersieht, und mit dem Herrn Leonhardt von der Zeit und Walter Jens und Peter Härtling; man disputiert über Literatur, westdeutsche, ostdeutsche, und über den Lenz; in

Kenntnis seiner Situation bemühen sich die Kollegen, ihn nicht in Verlegenheit zu bringen mit Fragen, die seine Regierung betreffen könnten und deren Kulturpolitik. Nicht so die zwanzig Oberschüler, die das Dritte Fernsehen zusammengetrommelt hat zum Streitgespräch mit ihm: die Kerlchen haben ihre Hausarbeit mit Fleiß gemacht und wissen Bescheid über seine Bücher und was darin zwischen den Zeilen steht, und über seine Probleme mit der Behörde und die Probleme seiner Behörde mit ihm, und ein bißchen auch über den Tag X, und es fällt ihnen überhaupt nicht ein, ihn zu schonen; im Gegenteil, sie grillen ihn, daß es eine Freude ist, für sie, und in gewissem Sinne auch für ihn, der in der DDR derart Debatten vermißt, und zwingen ihn zu öffentlicher Kritik an der Obrigkeit seiner Republik; doch hält er das in Grenzen, indem er seine jungen Kontrahenten mit der These schockiert, jenseits der Elbe sei man dem Volk der Bundesrepublik immerhin um eine Revolution voraus, und auf eine weitere Frage aus der Runde eine frappierende Verteidigung des Genossen Ulbricht folgen läßt: der hätte zwar in der DDR auch einige Prozesse stattfinden lassen à la Prag und Budapest, sagt er, habe aber dennoch verhindert, daß diese den gleichen tödlichen Ausgang nahmen wie ihre Parallelveranstaltungen in den Bruderländern.

Dann will er zurück nach Rijeka. Das jugoslawische Wiedereinreise-Visum besitzt er, ohne das wäre er gar nicht nach Frankfurt gereist; aber hier am Flughafen sagen ihm die bundesrepublikanischen Grenzer jetzt: Sie nicht, Herr! Sie sind Ostdeutscher, Sie können von hier aus nur in *ein* Land, in Ihre DDR. Er sucht den Leuten begreiflich zu machen: die kranke Frau, eben noch hat er im westdeutschen Fernsehen gesprochen, als Gast, vielleicht haben sie ihn sogar am Bildschirm gesehen, und er ist auf der Maschine nach Zagreb gebucht, der Sender hat das geregelt, in Zagreb wartet ein Wagen auf ihn, Vorschriften, gewiß, keine Regierung ohne Vorschriften, aber dieses ist ein Ausnahmefall, das wird Ihnen doch einleuchten.

Ach, es ist wie überall in Deutschland: die hinter der Schranke, mit der Macht ihres Stempels, und die davor; außerdem stinkt den Typen sowieso alles von drüben, was nicht als armer Flüchtling zu ihnen kommt. Es bleibt ihm nichts übrig, er muß den Zug nehmen nach Ostberlin und sehen, wie er von dort aus weiterkommt. Doch bevor er einsteigt, ruft er in Berlin an. Beim Genossen Gysi, damals Chef des Aufbau-Verlages und Vorsteher des Buchhändler-Börsenvereins und eine Art Éminence grise auf dem Kulturgebiet. Er kennt

Klaus Gysi, aus der Opernbar und von Parties verschiedener Art: ein kleiner Jude mit klugen, dunklen Augen, geistreich, bei Frauen beliebt, ein Mann im Grunde, der an so gut wie nichts glaubt; was ihn für seine späteren Posten als Kulturminister und Staatssekretär für Kirchenfragen prädestiniert. Gysi verspricht zu tun, was er kann; und bei Gott: im Briefkasten des Grünauer Hauses findet sich eine Nachricht, darin steht, daß bei der Grenzpolizei im Flughafen Schönefeld ein neues DDR-Ausreisevisum nach Jugoslawien bereitliege auf den Namen S. H. und ein Sitz reserviert sei auf dem nächsten Flugzeug nach Zagreb, Gruß, Gysi.

Ta-ta-ta – tah, das war das letzte, was Gertrude ihm mitgab, als er sie verließ auf dem Weg nach Frankfurt. Ta-ta-ta – tah, der Auftakt von Beethovens Fünfter, geheimer Siegesgruß und Verheißung besserer Zeiten, auch jetzt wieder, da er zu ihr zurückkehrt; zwar singt sie es halblaut nur, doch um so triumphierender, und lehnt sich zurück und lächelt; sie hat sich die Lippen bemalt, nicht zu auffällig, und ihr Haar zurechtmachen lassen; und die Augen, die so sterbensmatt gewesen in jener Nacht auf der Insel Rab, leuchten.

Große Begebenheiten werfen ihre Schatten voraus.

Bruno Haid, stellvertretender Kulturminister und Chefzensor der Republik, hat S. H. ins Ministerium beordert; der Minister, erklärt er mißmutig, habe eine Blinddarmentzündung plus Grippe und bäte um Entschuldigung. S. H. nickt ergeben; der Minister weiß er, heißt zur Zeit Hans Bentzien; die Minister wechseln häufig, seit er Totenwache hielt am Sarg des großen Johannes R. Becher, des ersten, der den Sessel innehatte.

Haid, ein Misanthrop, blickt düster auf das Bündel Presseberichte, das er vor sich liegen hat. Man sei, sagt er, sich seinem Besucher zuwendend, sehr aufgebracht über S. H.s Auftreten im Westen; dauernd sei von dem Tag X gesprochen worden, und mit seiner Formulierung, daß das Buch »in absehbarer Frist« erscheinen werde, habe er noch Öl ins Feuer geschüttet. Offenbar wolle er den Westen benutzen, um die Genossen hier unter Druck zu setzen; das werde deren Widerstand aber nur versteifen.

Es sei, erwidert S. H., nicht seine Schuld, wenn die Rede auf den Tag X komme, sobald er sich irgendwo zeige; er werde nun einmal identifiziert mit dem Buch, und man könne nicht erwarten, daß er dessen Existenz verleugne; was er denn tun solle: sich einriegeln zu Hause oder, besser noch, sich erschießen?

Erschießen? Haid wehrt erschrocken ab.

Ob er, Haid, denn wirklich glaube, daß das Buch auf die Dauer unveröffentlicht bleiben werde? Man könne geschichtliche Ereignisse doch nicht ungeschehen machen, und sei es nicht besser, er schreibe über den 17. Juni als etwa Günter Grass? Wenn die Partei Leichen im Keller habe, wie es hier anscheinend der Fall, werde man den Gestank nur loswerden, wenn man den Keller öffne und diese Leichen, nach gründlicher Obduktion, begrabe.

Man werde, knurrt Haid, sich keine Diskussion aufzwingen lassen, und von ihm schon gar nicht. Die im Westen hofften auf eine solche Diskussion, weil sie einen neuen 17. Juni wollten.

Eine Diskussion könne nur nützlich sein, hält S. H. dagegen, eine prinzipielle Diskussion über die neuen Widersprüche in unseren Breiten, denn der 17. Juni sei doch nichts Einzigartiges in der Geschichte des Sozialismus: Haid möge an Ungarn denken, 1956, oder zurück an die Anfänge, an Kronstadt, den Aufstand der Matrosen gegen die Bolschewiki.

Kronstadt, spöttelt Haid, was denn nicht noch! Der Streit zieht sich hin. Haid wechselt das Thema. S. H., bemerkt er verdrossen, habe Partei und Regierung in die Schußlinie gebracht; ob er die Macht nicht kenne, mit der er sich anlege.

Und ob er sie kenne! Doch so groß auch die Macht von Partei und Regierung, an der Staatsgrenze höre sie auf. Nur innerhalb der DDR könne man sein Buch unterdrücken; draußen aber hänge alles von seinem guten Willen und seiner Geduld ab, und die habe er zur Genüge gezeigt. Zwölf Jahre lägen die Juni-Ereignisse schon zurück; ein prominenter Genosse habe ihm einmal gesagt, sein Tag X könne nicht gedruckt werden, solange man sich oben unsicher fühle; habe dieser Staat sich denn immer noch nicht konsolidiert?

Dazu kann Haid schlecht nein sagen. Gut, gibt er zu, im nächsten Jahr werde man sehen, da werde die neue große Geschichte der Arbeiterbewegung erschienen sein...

Und wenn die neue große Geschichte der Arbeiterbewegung nun nicht übereinstimme mit seiner, S. H.s, Auffassung vom 17. Juni?

Haid beherrscht sich mit Mühe. S. H., sagt er, könne der Regierung der DDR nicht diktieren, was sie zu tun oder zu lassen habe.

S. H. bleibt konziliant. Das sei auch nicht seine Absicht. Aber genau wie der Mensch, das wisse Haid doch selber, seine Vergangenheit nur bewältigen könne, indem er sich mit ihr auseinandersetze, so auch die Parteien und Staaten.

Unwirsch schneidet Haid die Debatte ab; er verspricht sich nichts mehr davon. Nur eine Frage stellt er noch, ein letzter Anlauf. »Sie bleiben also hart und bestehen darauf, im Westen nichts Falsches gesagt zu haben?«

S. H. deutet auf die Presseberichte auf Haids Tisch. »Schauen Sie sich die doch an! Da werden Sie sehen, daß ich die DDR stets verteidigt habe, selbst unter den ungünstigsten Umständen.«

Haid beginnt tatsächlich zu blättern, aber er findet nichts, was ihm helfen könnte, und so schiebt er den Stoß ärgerlich beiseite und steht auf und bittet S. H., zu Hause zu grüßen, und Adieu.

Das war am 13. Dezember. Zwei Tage später, am 15., beginnt die elfte Plenartagung des auf dem VI. Parteitag der SED konstituierten Zentralkomitees. Geplant war etwas ganz anderes gewesen für diese Tagung: nach dem großen Bericht, in der Hauptsache Fragen der Wirtschaft gewidmet, sollte eine harmonisch gegliederte Reihe von aufmunternden Reden zu dem Thema folgen, die, obwohl jederzeit angebracht, gegen Ende des Jahres 1965 besonders notwendig erschienen, da die sowjetischen Freunde wieder einmal zur Kasse gebeten hatten. Der September-Besuch der Partei- und Regierungsdelegation der DDR in Moskau, bei dem der Genosse Breschnew den Genossen Ulbricht erneut zu brüderlicher Zusammenarbeit verpflichtete, hatte den seit je schon zu Depressionen neigenden Genossen Erich Apel, den Wirtschaftsmann im Politbüro, zum Selbstmord veranlaßt; Havemann war da bestens informiert, denn sein Grundstück in Grünheide lag dem benachbart, auf dem Apels sorgfältig bewachte Datsche stand: ein Wirtschafts-Plenum aber so plötzlich ohne Apel war schlecht denkbar; ein Ersatz-Thema mußte her, und was eignete sich da besser als Kultur, ein Gebiet, das ohnehin ständig zu Ärger Anlaß gab.

Der Anfang des Plenums ist lustlos. Ulbricht, der sich für Angelegenheiten zweiten Ranges zu gut ist, überläßt den Bericht des Politbüros dem Genossen Honecker, und auch der vermag es nicht, den Plattheiten über die Ergebnisse der Freundschaftsreise nach Moskau und die Lehren aus den Wahlen zu den örtlichen Organen der Staatsmacht irgendein Feuer abzugewinnen; erst beim dritten Abschnitt, *Fragen der weiteren Entwicklung des geistig-kulturellen Lebens*, klingt eine Art innerer Beteiligung durch, obzwar man auch hier spürt, daß der Berichterstatter sich nicht so ganz wohl dabei fühlt: ist das wirklich einer großen Partei würdig, diese Stäupung einzelner Schriftsteller, dieser Verriß von irgendwelchen Filmen, diese ganze Kanonade gegen Spatzen? Aber es sind eben nicht Einzelfälle, es sind Symptome: für den Geist des Zweifels, der sich zu verbreiten droht, für philosophischen Skeptizismus, der unter der Intelligenz hier zu wirken beginnt in völliger Verkennung des schöpferischen Charakters der Beschlüsse des Zwanzigsten Parteitags der sowjetischen Genossen; und weder Kulturministerium noch Kulturbund, noch die Leitung der FDJ, haben die Gefahr erkannt, geschweige denn, daß sie ihr entgegengetreten wären; dabei hatte doch schon der Genosse Stalin gewarnt: wehret den Anfängen!

S. H., der diese Ausführungen liest, erkennt zu seiner Genugtuung, daß er nicht der einzige ist, den man sich als Zielscheibe ausgesucht: neben dem obligaten Biermann wird Manfred Bieler da attackiert, der Unmoral wegen, die dieser bei Funktionären festgestellt haben will, und der listige Heiner Müller, der in seinem »Bau« von Problemen schreibt, die es in unserm Sozialismus gar nicht gibt, und der arme Werner Bräunig in der Provinz, der nun wahrhaftig ein ehrlicher Kumpel ist und es eben nur wagte, von der Wismut zu erzählen. Bei ihnen, und bei anderen, die ungenannt bleiben, bemängelt der Berichterstatter konstruierte Konfliktsituationen, in welchen dem einzelnen nur zu oft die Leiter von Staat und Partei als kalte und fremde Macht gegenüberstehen, und, übler noch, Tendenzen von Verabsolutierung der Widersprüche und von Mißachtung der Dialektik der Entwicklung.

Bei dem Schriftsteller S. H. aber, erfährt man, geht es nicht um eine falsche Sicht in dem oder jenem Punkte; bei ihm ist es die ganze verdammte Richtung, die dem Politbüro mißfällt. Bereits früher, bei der Debatte um den Nachterstedter Brief, hatten die Genossen sich hinter anonymen Werktätigen verschanzt. So auch diesmal: Werktätige, läßt das Politbüro mitteilen, hätten in Briefen Stellung genommen gegen S. H., weil der zu den ständigen negativen Kritikern der Verhältnisse in der DDR gehöre. Er sei offenbar nicht bereit, Ratschläge, die ihm mehrfach gegeben worden, zu beachten. Sein Auftreten in Westdeutschland habe er zur Propagierung seines Romans Der Tag X benutzt, der wegen einer völlig falschen Darstellung der Ereignisse des 17. Juni 1953 von den zuständigen Stellen nicht zugelassen werden konnte. Auch schreibe er Artikel für im Westen erscheinende Zeitungen und Zeitschriften, in denen er das Leben in der Sowjetunion und in der DDR falsch darstelle. Er gebe vor, nur der Wahrheit das Wort zu reden, womit er aber eine westlich orientierte »Wahrheit« meine. Die »Wahrheit«, welche er verkünde, sei die Behauptung, daß nicht die Arbeiterklasse, sondern nur die Schriftsteller und Wissenschaftler zur Führung der neuen Gesellschaft berufen wären. Doch sei und bleibe der Sozialismus, so endet der Berichterstatter, das Werk der von ihrer marxistisch-leninistischen Kampfpartei geführten Arbeiterklasse im Bunde mit allen anderen Werktätigen, einschließlich der Intelligenz.

S. H. hat ein flaues Gefühl im Magen bei der Lektüre des Abschnitts. Alle Macht den Schriftstellern! – das, sagen sie, soll er verlangt haben, er, der die knieweichen Seelchen der Mehrheit seiner Zunft doch kennt? Alle Macht dem Volke, das schon eher: einem korrekt informierten Volk, das in der Lage ist, abzuwägen zwischen Gut und Böse, Richtig und Falsch, was wiederum erfordert, daß zumindest ein paar Schriftsteller die Courage haben, die Dinge darzustellen, wie sie sind. Aber indem er diese Courage gefordert, hat er, scheint's, die Bürokratie an ihrer empfindlichsten Stelle getroffen, ihrem Anspruch auf ihr politisches Monopol, welches das Monopol der Denktätigkeit einschließt.

Und es bleibt nicht bei dem Politbüro-Bericht. Der ist nur das Halali, das die Jagd freigibt auf ihn und ein paar Dutzend anderer Intellektueller, deren Namen genannt werden oder auch nicht. Jeder bessere Bezirkssekretär sucht sich hervorzutun mit literarischer Polemik; ein jeder in seiner Provinz, entdecken auch sie bisher im Dunkel wirkende Abweichler, und alle sind sie auf einmal große Bücherfreunde und zitieren Balzac und Gide gegen ihre Widersacher, und John Reed, und Feuchtwanger und Freiligrath, und Herwegh und Heinrich Mann, und Wilhelm Busch, und wieder und immer wieder Goethe. Der Leipziger Paul Fröhlich wettert gegen die psychologischen Krieger und warnt vor den Intellektuellen als besonders aktiven Trägern der Aufweichung, und Sindermann aus Halle, nachdem er versichert hat, daß wir keine Ausbeutung des Menschen durch den Menschen mehr hätten und keine antagonistischen Klassenverhältnisse und keine dem Menschen feindliche Umwelt und keinen Gegensatz zwischen Geist und Macht, will wissen: »Woher kommt eigentlich der geistige Hochmut bei solchen Leuten wie S. H., an die Stelle der gesetzmäßigen Führung durch die Partei der Arbeiterklasse eine Führung durch eine eingebildete Elitemission einiger Schriftsteller zu fordern? Wollen sie mit ihrer Forderung der Übernahme der Funktion der Macht, wie H. sagt, das Bündnis mit der Arbeiterklasse, mit den Bauern, mit dem städtischen Bürgertum einer Fiktion opfern?« Und Albert Norden, in dessen Agitationsabteilung seinerzeit schon die Göttinger Erklärung der Physiker verfälscht wurde, verfälscht nun auch S. H.s Text. In der Langeweile von Minsk hatte der geschrieben: Jedes Zeitalter hat seine Sprecher, die die Ängste und Hoffnungen der Menschen zum Ausdruck bringen. Im grauen Altertum waren das die Propheten. Heute, in der Ära des Atoms und der Revolutionen... scheinen Schriftsteller und Naturwissenschaftler diese Funktion zu übernehmen. In Nordens Beitrag zum Plenum, und von ihm in Anführungszeichen gesetzt, liest sich das so: »Jeder Zeitabschnitt hat seine *Wortführer*... Früher waren es die alten Propheten, heute, in der Epoche des Atoms und der Revolution... neigen die Schriftsteller und die Naturwissenschaftler dazu, diese *führende* Funktion zu übernehmen.«

Wie recht S. H. übrigens hat mit seiner Feststellung, daß es heutzutage die Schriftsteller wären, die die Ängste der Menschen zum Ausdruck brächten, zeigt sich sogar im Tagungssaal. Es ist Hanna Wolf, gelehrte Autorin zahlreicher theoretischer Abhandlungen und Leiterin der Parteihochschule, die gegen eine Diskussion über den Zwanzigsten Parteitag eifert, denn wie leicht könne da der Eindruck entstehen, als sei seit dem Tode Lenins die Geschichte der Sowjetunion eine einzige Serie von Fehlern gewesen und daß es nichts anderes gegeben habe als den Personenkult, während gerade in dieser Periode der Sozialismus und damit die Voraussetzung zum Sieg über den Faschismus geschaffen worden wäre. Und mit Leidenschaft: »Und solche falschen Propheten wie S. H., Havemann und andere, die sich heute herausnehmen, über den Sozialismus zu mekkern, über *den* Sozialismus, über *unseren* Sozialismus, die sollen sich überlegen, daß sie heute leben und meckern können, weil eben dieser Sozialismus den Faschismus besiegt hat, zum Teufel noch mal!«

Und Alfred Kurella, dessen Schriften eines gewissen aktuarischen Tons nicht entbehren, zählt penibel die Tücken auf, denen es zu begegnen gelte: den alten und neuen liberalistischen und revisionistischen Tendenzen, die in einzelnen Fällen bis zur Konterrevolution gehen; den westdeutschen, unter den dortigen Verhältnissen relativ fortgeschrittenen liberalen ästhetischen Strömungen; den massiven revisionistischen Tendenzen bei unseren Bundesgenossen im sozialistischen und kommunistischen Lager; und den verschiedenen widersprechenden Meinungen in Organen der Kulturfront bei uns selber.

Eine Welt von Feinden also, von denen die alte Garde sich umringt sieht; S. H. ist nur einer von diesen, allerdings mit hohem Symbolwert. Und, o Graus, bis in die eigenen Reihen wirkt der Gegner. Steht da nicht die sonst so liebe Christa Wolf auf, Kandidatin des Zentralkomitees, und erklärt, daß Kunst nach wie vor subjektiv sein müsse, und protestiert gegen die Verdammung des Werner Bräunig, und gegen eine neuerliche Beschränkung des freien Verhältnisses des Dichters zu seinem Stoff, und gegen einen Rückfall in den alten Begriff des Typischen! Kein Wunder, daß da einer empört dazwischenruft, »Das hört sich ja bald an wie eine Verteidigungsrede!« und daß zahlreiche weitere Zwischenrufe folgen, von überallher im Hause, speziell aber von den Genossinnen, bis die Christa, verängstigt nun, mit der kläglichen Bitte abbricht, man möge doch wenigstens die Errungenschaften, die es auch gäbe, zu erhalten suchen.

Statt dessen setzt das Zentralkomitee zum Kahlschlag an. Die gesamte Jahresproduktion der staatlichen Filmgesellschaft Defa wird zu Frisierkämmen verarbeitet. Redakteure, Regisseure, Dramaturgen, Cheflektoren werden in die Wüste geschickt; und selbst im Kulturapparat von Staat und Partei wird ausgejätet, wer je durch eine selbständige Regung auffiel. Wie viele Theaterstücke abgesetzt wurden, wie viele Bücher, Erzählungen, Gedichte ungedruckt blieben oder gar nicht erst geschrieben wurden nach dieser Veranstaltung der Partei, hat nie einer gezählt; aber wie viele Künstler in den Jahren darauf die Republik verließen, das steht fest, und wenn der Genosse Hager die kulturelle Entwicklungshilfe rühmt, welche die DDR dem Westen angedeihen ließ, dies Plenum ist ihr Markstein.

Den Mann Walter Janka kannte er nur flüchtig. Einmal, als er Wendt besuchte im Aufbau-Verlag, kam Janka ins Chefbüro, bat um Entschuldigung, daß er stören müsse, aber die Umschlagentwürfe müßten zur Druckerei und er brauche das Einverständnis des Genossen Wendt. Wendt stellte Janka kurz vor, eine Geste, mehr nicht, dann besah er sich die Entwürfe, unterschrieb, und Janka ging still, wie er gekommen war. Ein guter Mann, bemerkte Wendt, oder etwas derart, und S. H. erfuhr, daß Janka, der aus einer alten sächsischen Kommunistenfamilie stammte und bei den Nazis schon eingesperrt war, in Spanien als Bataillonskommandeur gefochten hatte gegen Franco und dann über Marseille nach Mexiko gegangen war;

als Wendt dann die Lenin-Ausgabe übernahm, wurde Janka Leiter des Aufbau-Verlags, und während des Budapester Aufstands 1956, bei jener denkwürdigen Dichterzusammenkunft in der Majakowski-Straße in Pankow, da Johannes R. Becher das Wahnsinnsprojekt der Entführung von Georg Lukacs aus den ungarischen Wirren entwickelte, sah er als Befreier Lukacsens just jenen Genossen Janka vor. Ob diese Tatsache nun als zusätzliches Indiz gegen Janka gesehen wurde oder nicht, das werden mit Sicherheit nur die Genossen von der Staatssicherheit sagen können; die Reihe der Bezichtigungen gegen ihn war auch ohne das lang genug, nachdem man ihn dann verhaftete, zur selben Zeit wie auch Wolfgang Harich, der ja Autor beim Aufbau-Verlag war und dessen hochgeschätzter Mitarbeiter; und Harich verfaßte im Gewahrsam der Genossen von der Staatssicherheit ein detailliertes Geständnis, in dem er Janka und andere belastete, und in dem Prozeß, der darauf folgte, wurde der Genosse Janka des Staatsverrats angeklagt in Form einer Verschwörung gegen den Genossen Ulbricht, sowie antisowjetischer Hetze und konterrevolutionärer Umtriebe zwecks Wiederherstellung kapitalistischer Verhältnisse in der DDR, und erhielt, obwohl er bis zum Ende standhaft verneinte, im Sinne der Anklage schuldig zu sein, fünf Jahre Freiheitsentzug, von denen er vier Jahre und sechs Wochen im Zuchthaus Bautzen absaß.

Dieser Janka also klopft in Grünau an die Tür, und als S. H. ihm öffnet, fragt er, ob der ihn noch wiedererkenne nach so langen Jahren, und ob er eintreten dürfe; er werde nicht viel Zeit in Anspruch nehmen.

S. H. läßt ihn den Mantel ablegen und führt ihn ins Wohnzimmer, und Gertrude geht und macht Kaffee, und Janka setzt sich auf die Ecke eines Stuhls und beginnt: er sei nur gekommen, um S. H. ein paar Tips zu geben, aus eigener Erfahrung, wie man sich zu verhalten habe, um zu überleben, in der Untersuchungshaft zunächst in den Kellerräumen der ehemaligen Lagerhäuser der Firma Bolle in Hohenschönhausen, und danach in Bautzen.

S. H. spürt jene unbestimmte Schwäche, die seine Knie befiel, als er damals in Luxemburg die Frontpost umbrach in der Druckerei des Letzeburger Wort und dabei hören konnte, wie ein paar Straßenecken entfernt die Panzer des Sepp Dietrich durch die Stadt rollten. Ob er, Janka, denn im Ernst annehme, daß es so schlimm kommen werde, will er wissen; obzwar er sich längst ähnliche Gedanken gemacht hat, bei der ersten Lektüre des Politbüroberichts bereits. Es seien schon Leute, meint Janka, für weniger als das, was da gegen ihn im Neuen Deutschland gestanden, auf Jahre hinter Gitter gekommen; im übrigen könne es nie schaden, wenn Schriftsteller etwas vom Leben erführen.

Gertrude stellt das gute Geschirr hin, das Meißener, und serviert den Kaffee, und S. H. erklärt ihr, so schonend es geht, den Zweck des Besuchs des Genossen Janka: Janka wolle ihm einige seiner Erkenntnisse übermitteln, rein akademisch, versteht sich.

Ich entsinne mich nicht mehr der Einzelheiten, die Janka in puncto Untersuchungshaft anführte; ich weiß nur, was er sagte, erschien alles ungeheuer einleuchtend; nur fürchtete S. H., die guten Ratschläge möchten ihm, gerade wenn er sie am nötigsten brauchte, nicht einfallen, des Drucks wegen, unter dem er zu der Zeit stehen würde; und dann mochten die Genossen sich auch etwas Neues ausgedacht haben seit Jankas Haftzeit, eine ausgefeiltere Methode der Befragung, eine verfeinerte Art der Bedrohung, und vor allem würden sie wohl, da jeder Mensch anders reagierte auf Reize, bei jedem, den sie in Behandlung nahmen, anders verfahren, je nach der Individualität ihres Mannes. Die Regeln für später aber, wenn alles vorbei gewesen wäre, die Verhöre abgeschlossen, das Urteil gesprochen, und nur noch die Zuchthausjahre blieben, möglicherweise gar in Einzelhaft, wie es Janka ergangen, diese Regeln haben sich dem Gedächtnis des Schriftstellers S. H. eingeprägt für immer.

Gegen halb acht Uhr morgens, wir schreiben den 22. Dezember, vor einer Woche erst verlas der Genosse Honecker seinen folgenschweren Bericht, klingelt wieder einer; doch weigert sich dieser Besucher, abzulegen oder gar ins Zimmer zu treten; er habe nur eine Vorladung zu überbringen, sagt er, für den Schriftsteller S. H.; und ihn, der im Bademantel vor ihm steht, mißtrauischen Auges musternd: der sei er doch, oder?

S. H. nimmt das Kuvert entgegen, öffnet es, liest: um 9.15 Uhr, Zimmer 291, Ministerium des Innern, Glinkastraße, *Zwecks Aufklärung eines Tatbestandes*; dann gibt er Gertrude, die inzwischen herbeigeeilt ist, den Zettel und sagt dem Boten, er wisse nicht, ob er genau zur gewünschten Zeit in der Glinkastraße sein könne, es sei ein langer Weg dorthin und er sei gewohnt, sich in Ruhe zu rasieren und zu frühstücken.

Der Mann ist ungehalten. S. H. möge lieber pünktlich zur Stelle sein, sagt er; Zimmer 291, das sei der Minister.

Der Minister, ah, so, sagt S. H..

Mein Mann, sagt Gertrude, wird sich doch wohl noch rasieren dürfen und frühstücken.

Die Vorladung, sagt der Mann.

Wieso, sagt S. H., die Vorladung ist an mich adressiert, und ich pflege meine Korrespondenz aufzubewahren.

Sie unterschreiben, sagt der Mann, daß Sie Kenntnis genommen haben, und ich nehme das Papier wieder mit.

Nichts Schriftliches geht aus unsrer Hand: die alte Mafia-Regel fällt S. H. ein, und plötzlich kommt er sich vor wie in einem drittrangigen Gangsterfilm, und ein Lachreiz befällt ihn, den zu unterdrücken er sich bemüht, während er unterschreibt und dem Boten den Wisch in die Hand schiebt. Dann kehrt er sich um zu Gertrude und sagt: »Laß uns jetzt wirklich in Ruhe frühstücken.«

Um Viertel nach neun trifft er ein in der Glinkastraße. Im Wachraum unten warten zwei Grünberockte auf ihn, beide Gardemaß und, nach den Schulterstücken zu schließen, im Majorsrang; sie placieren sich zu seiner Rechten und Linken, so daß er nicht ausbrechen kann, und marschieren mit ihm zur Toilette, die er aufzusuchen den Wunsch hat; der eine steht Wache vor der Tür, der andere bezieht Posten neben dem Pißbecken, in welches S. H. seine Blase entleert.

Das Innenministerium der DDR sitzt in der ehemaligen Zentrale der Deutschen Bank, in zwei häßlichen Gebäudekomplexen, die in der vierten Etage durch einen vom Funktionellen her der berühmten Seufzerbrücke in Venedig ähnelnden Quergang verbunden sind. Oft schon hat S. H., der gelegentlich im Kulturklub um die Ecke zu Mittag gegessen, sich gefragt, wie sich einer wohl fühlen möchte, der da oben über die Brücke geführt wird; jetzt kann er es selber prüfen: etwas benommen schon, und die Aussicht durch die Fensterchen auf die noch immer halb zerstörte Französische Straße unten und die Otto-Nuschke-Straße, den Nuschke hat er auch gekannt, der war ein CDU-Mann und stellvertretender Ministerpräsident der DDR und 1949, in der Halle des Hotels Alcron in Prag, haben sie miteinander Slivovitz getrunken und Nuschke junior, ein fetter, aufdringlicher Knabe, kroch unter den Tisch und kniff ihn in die Wade, die Aussicht durch die Fensterchen der Brücke verlockt zum Sprung in die Tiefe.

Doch kaum ist er über die Brücke, erblickt er in dem türumsäumten Korridor, ihm entgegenschreitend und eingerahmt wie er von zwei Uniformierten, Robert Havemann. Havemann grinst ihm zu. S. H. überlegt sich, soll er nun stehenbleiben und Havemann begrüßen oder wenigstens Juhu rufen, aber da wird er schon gepackt von seiner Eskorte und weitergeschoben. Dann ist er in Zimmer 291: ein paar Aktenschränke, ein Tisch, dahinter wieder ein Grünberockter, dem er übergeben wird. Und dann ein Summton.

Die Tür nach nebenan öffnet sich.

Der Mann, der da ganz allein sitzt in dem kahlen Riesenraum hinter dem ebenso kahlen Riesenschreibtisch, hat ein Gesicht wie von Hieronymus Bosch gemalt: ein langer Schädel mit fahler Haut bespannt, die Augen fahl, die Lippen. S. H. nähert sich dem Schreibtisch, deutet eine Verbeugung an, nennt seinen Namen. Eine fahle Hand weist auf einen Stuhl in angemessener Entfernung.

S. H. setzt sich gehorsam. Und sagt: »Verzeihen Sie, aber Ihr Name ist mir nicht vertraut.«

»Was?« Der Mann zeigt fast etwas wie Emotion. »Sie kennen Ihren Minister nicht?«

»Ich habe«, sagt S. H., »das Vergnügen Ihrer Bekanntschaft noch nicht gehabt.«

»Dickel«, sagt der Mann, pikiert jetzt, denn ihn plagt der Verdacht, der Schriftsteller da möchte ihn zu provozieren suchen.

Der aber improvisiert nur, will Zeit gewinnen, will hören, was der Mann vorzubringen hat, und nachdenken können darüber; außerdem sagt er sich: wenn schon ins Loch, dann mit Schwung.

Dickel räuspert sich. »Ich komme zur Sache.«

S. H. neigt sich höflich vor.

Er habe, sagt Dickel mit amtlicher Strenge, Informationen, denen zufolge S. H. sich gegen die DDR und die Arbeiter- und Bauernmacht geäußert habe, in Westdeutschland wie anderenorts.

S. H. unterbricht ihn. Er bäte doch, sagt er, ihm diese Informationen vorzulegen, damit er sie entkräften könne.

Dickel lugt in ein offenes Fach zur Linken in seinem Schreibtisch; wahrscheinlich hat er da seinen Spickzettel liegen. Er habe also, beginnt er erneut, Informationen, denen zufolge...

Und wieder fällt S. H. ihm ins Wort. Mit Verlaub, sagt er, aber die Informationen, die der Herr Minister habe, entsprächen nicht den Tatsachen; niemals und nirgendwo habe er, S. H., sich gegen die DDR oder die Arbeiter- und Bauernmacht geäußert.

Darauf Dickel: »Ich verbitte mir Ihre dauernden Unterbrechungen.«

Darauf S. H.: »Sie sprachen von Informationen, Herr Minister; Sie zeigen mir Ihre Informationen nicht, so daß ich sie nicht widerlegen kann; ich muß Sie also darauf aufmerksam machen, daß Ihre Informationen, wie sie auch lauten und woher sie auch stammen mögen, nur falsch sein können.«

In das fahle Gesicht steigt ein Schimmer von Rosa, zum Gelblichen tendierend, hat der Mann es mit der Leber? »Auf Grund dieser Informationen«, des Ministers Stimme nimmt einen metallischen Klang an, aber das Metall ist verbeult, »erteile ich Ihnen als Bürger der DDR die Auflage, dergeartete Äußerungen in Zukunft zu unterlassen, im westlichen Ausland wie in irgendeinem Ausland oder irgendwo!«

Erteile ich Ihnen die Auflage...! Woher die Wortwendung, woher diese Sprache? Wann war das gewesen, als man Auflagen erteilte? Wenn Unruhe war im Lande, in lange vergangenen Zeiten, kam eine Amtsperson und tat, Glocke in Hand, jeglichem kund und zu wissen, was die hochwohllöbliche Obrigkeit ihm auferlegte. Unglaublich, aber wahr: da hat ihm doch der Minister, wie einst des Herzogs reitender Bote, oder der nächstbeste Stadtbüttel, die Aufruhrakte verlesen!

Der Schriftsteller S. H. senkt reuig den Kopf. Er akzeptiere, sagt er, die Auflage. Da er nie Äußerungen getan, wie sie der Genosse Dickel angedeutet, nie gegen die DDR oder die Arbeiter- und Bauernmacht gesprochen oder geschrieben habe, werde er sich freuen, dies auch in Zukunft zu unterlassen: Genosse Dickel möge das bitte zur Kenntnis nehmen.

Der nimmt das zur Kenntnis, und hakt etwas ab auf seinem Spickzettel, und erhebt sich.

Auch S. H. hat sich erhoben. Doch zögert er noch: das war nun alles, dieser Biß ohne Zähne? Oder würden nicht jetzt ein paar draußen warten, um ihn nach Niederschönhausen zu bringen, zu Bolle?

Aber im Vorraum warten nur seine zwei langen Kerls und nehmen ihn in ihre Obhut, und auf dem Korridor, kurz vor der Seufzerbrücke, begegnet ihm schon das nächste Trio: ein Major links, ein Major rechts, Wolf Biermann in der Mitte.

# 33

In Vietnam führen sie Krieg und Kinder verbrennen lebendigen Leibes durch Feuer, welches vom Himmel fällt, und in den großen Reichen stehen, fertig zum Abschuß, die Atomraketen in ihren Silos und bedrohen die Menschheit. Welches Gewicht haben da, frage ich mich, die Streitigkeiten eines eigensinnigen Romanschriftstellers mit der eifersüchtigen Behörde seines kleinen Landes? Eine Posse, könnte man sagen, auf einer Puppenbühne, während auf dem Welttheater die Haupt- und Staatsaktionen abrollen mit Schwertgeklirr und Donnerhall.

Oder ist dem doch nicht ganz so? Widerspiegelt sich etwa in diesem Liliput mit seinen Liliputanerkonflikten etwas von den Vorgängen draußen, und wirkt nicht vielleicht, was hier mit Gequäk und Gekreisch sich rappelt und zappelt, auf verschlungenen Wegen wieder zurück auf das Zentrum, von dem die ursprünglichen Impulse ausgingen? Könnte nicht, beispielsweise, ein Quentchen mehr Gedankenfreiheit in dem einen, dem sozialistischen deutschen Teilstaat, diesen attraktiver gestalten und so auf subtile Weise die Balance in der Mitte Europas um ein weniges verschieben, mit entsprechenden Folgen für den Rest des Globus?

Man habe Verständnis also für die Rückkehr nun zu den Querelen des S. H.

Die Sünde selber ist nicht das Schlimmste am Sünder im Auge der Kirche; viel stärker wird ihr Mißfallen dadurch erregt, daß der Kerl, indem er sündigt, eine Alternative demonstriert zu den geheiligten Geboten und Regeln und derart in den Herzen der Menschen Unruhe schafft und Verunsicherung, welch beides der Institution äußerst abträglich; darum die Kirche denn auch keine größere Freude kennt als die an dem reuigen Sünder, welcher durch seine Selbstkritik die allen liebgewordenen Verhältnisse neu sanktioniert.

So auch im Falle S. H. Der dramatischen Plenartagung des Zentralkomitees folgt eine Mitgliederversammlung der Berliner Ortsgruppe des Schriftstellerverbandes; der Rahmen ist der Ernsthaftigkeit des zu behandelnden Themas angemessen, der Auswertung der Beschlüsse des obersten Organs der Partei; man trifft sich in dem mit dunklem Holze schön getäfelten Saal der Deutsch-Sowjetischen Freundschaftsgesellschaft in einer der alten Bauten hinter dem Zeughaus und erwartet, daß der Kollege S. H. die Hand dankbar ergreifen wird, die man ihm hier entgegenzustrecken plant; gespannt ist man höchstens darauf, wie oft und wie innig er diese Hand küssen und wie er die Formel von der Partei, die immer und unter allen Umständen recht hat, stilistisch variieren wird.

Nur einer ahnt, die Sache könnte anders laufen: der Genosse Otto Braun, auch genannt Tiger-Braun, und bekannt durch seine konspirativen Taten in den großen Zeiten der Kommunistischen Partei Deutschlands. Genosse Braun war es nämlich, der in den Tagen der Weimarer Republik den geheimen Militärapparat der Partei leitete; danach schickte die Komintern ihn als Berater zu den Chinesen, und er machte den ganzen langen Marsch nach Yenan mit, dem Stabe Tschu En-lais beigeordnet. Das war aber auch das Ende seiner soldatischen Laufbahn; heimgekehrt in die DDR ging er unter die Schriftsteller und wurde Sekretär des Verbandes, und in dieser Eigenschaft suchte er S. H. auf mit der offiziellen Bitte, etwas Persönliches, und sei es selbst kurz, für ein Huldigungsbuch zum siebzigsten Geburtstag Walter Ulbrichts zu schreiben; man wolle wiedergutmachen, was man beim sechzigsten, damals im Juni 1953, umständehalber versäumen mußte. Aber ja, gerne, hatte S. H. ihm zu seiner Überraschung gesagt, vorausgesetzt er, Braun, hole vorher Ulbrichts Genehmigung ein zur Behandlung folgender drei Sujets: erstens: »Wie ich mit dem Genossen Ulbricht eine öffentliche Disputation hatte«, zweitens: »Wie ich mit dem Genossen Ulbricht unters Volk ging«, und drittens: »Wie ich mit dem Genossen Ulbricht die Arbeiterräte in der DDR organisierte«.

Da erschien denn das Walter-Ulbricht-Geburtstagsbuch ohne einen Beitrag von S. H., und er und der Genosse Braun wurden Freunde, und jetzt war der Genosse Braun wieder dagewesen, privat, betonte er, und hatte ihm eindringlich geraten, ein Fehlerbekenntnis abzulegen, ein kleines genüge schon.

Und nun, mitten in dem altväterlichen Dekor, statt des Damoklesschwerts einen Kronleuchter über dem Haupte, steht S. H. auf dem Rostrum und spürt, mehr als er sie sieht, aufgereiht neben sich die Mitglieder und Ehrengäste des Vorstands des Verbandes und, schattenhaft zu seinen Füßen, das literarische Fußvolk. »Am 22. Dezember 1965, um 7.30 früh«, beginnt er, »klingelte es an meiner Haustür...«

So, ohne Einführung und Floskeln, in medias res: das sind ungewohnte Töne; da hustet keiner im Saal, und kein Stuhl knarrt. Und nicht nur, wie er das sagt, sondern was er sagt – das reine Sakrileg. Stellt sich hin und erklärt, der Spruch der Partei: Lüge! Die Worte des Politbüros: Entstellungen und Verfälschungen! Die zahlreichen Werktätigen, die da Briefe gegen ihn schrieben: in Wirklichkeit zwei Kulturbeamte im Stadtbezirk Pankow. Und die ständige negative Kritik an der DDR, deren die Führung ihn zeiht: sie existiert nicht; hat nicht kurz vor dem Plenum noch das Neue Deutschland durch einen Artikel seines Kulturredakteurs, des Genossen Klaus Höpcke, bestätigt, was schon die Blätter der westlichen Bruderparteien wie auch die bürgerliche Presse dort berichteten: daß in Funk und Fernsehen der Bundesrepublik der Schriftsteller S. H. sich stets, Zitat, »als der beste Anwalt des Staates erwiesen, dessen Bürger er ist«?

Und zu dem berüchtigten Tag X, zu der Behauptung des Berichterstatters des Politbüros, er hätte seine Auftritte in Westdeutschland zur Propagierung dieses Buches benutzt, das wegen einer völlig falschen Darstellung der Ereignisse des 17. Juni in der DDR nicht zugelassen werden konnte: Fakt sei, er habe es gar nicht zu propagieren brauchen, wisse doch jeder, daß ein verbotenes Buch über ein so bekanntes Ereignis von ganz allein zum Gegenstand größten Interesses werde; er, S. H., habe nur Fragen beantwortet, die ihm gestellt wurden, nach seinem besten Wissen und Gewissen. Im übrigen jedoch gebe es über den Wahrheitsgehalt seines Romans auch andere Meinungen als die des Berichterstatters; und er zitiert aus dem Urteil »eines der führenden Männer unseres Staates«, den Eingeweihten ist klar, es ist der Dr. Dieckmann, der Volkskammerpräsident, »...ein psychologisches Meisterwerk und ein Geschichtsdokument von ganz großem Rang, von höchstem Wahrheitsgehalt und wahrhaft großartigem Einfühlungsvermögen...«, und anderes Schmeichelhafte, und sieht, wie die Augen seiner Zuhörer sich weiten und ihre Münder sich öffnen, und beschließt, solange der Vorsitzende, der Genosse Gysi, ihn gewähren läßt, auch gleich noch die »Langeweile von Minsk« vorzulesen, die ja keiner im Lande kennt, obwohl auf dem Plenum des Zentralkomitees dauernd dagegen polemisiert wurde, und so, durch seinen Text, den Vorwurf zu entkräften, er hätte die Führung der neuen Gesellschaft den Händen der Arbeiterklasse entreißen und sie den Schriftstellern und Wissenschaftlern zuschieben wollen.

Man suche sich das vorzustellen: die Situation, die Atmosphäre, wie der einsame Mann im Zirkel der gelblichen Strahlen des Kronleuchters beinah eine Stunde lang, er allein blickt auf die Uhr, vor aller Ohren die Verkündigungen der höchsten Autorität im Lande, des Politbüros der Partei, ad absurdum führt. Und es fällt kein Blitz vom Himmel, kein Engel vertreibt ihn mit feurigem Schwert, kein Beamter der Staatssicherheit gibt Alarm über sein Funkgerät, nicht einmal ein Parteisekretär ist da, dem die Regelwidrigkeit des Vorgangs einfiele: alle die Leute sind viel zu begierig, endlich einmal zu erfahren, was da in ihrem Zentralkomitee gespielt wurde.

Als der Genosse Gysi sich schließlich aufrafft, den Redner zu fragen, wie lange er denn noch zu sprechen beabsichtige, sagt der, »Nur einen Moment«, und verliest die Schlußworte seines Essays, handelnd von jener weltweiten Allianz von Schriftstellern, die es auf sich nehmen, die Wahrheit zu schreiben und zu verteidigen, und die eine ungeheure Kraft sein könnten für den Frieden und, letzten Endes, für die Veränderungen, die kommen müssen.

Es ist dies die erste einer Reihe von forensischen Leistungen, über die aus den nun folgenden Jahren zu berichten sein wird. Sie dienten sämtlich der Verteidigung gegen einen Gegner, der, amorph und schwer zu fassen, mit oftmals lächerlichen, aber stets bösartigen Maßnahmen operierte, und immer ging es, wenn nicht um Leben und Tod, so doch um die Existenz des Mannes S. H. als Schriftsteller und um seine Selbstachtung.

Ich überlege mir, was ihn veranlaßt haben mag, durch Reden, wann immer man ihm zu reden gestattete, oder auch durch Prozesse und Strafverfolgungen, die er anstrengte, sich gegen den nach-stalinschen Stalinismus zu wehren, während andere Intellektuelle, die gleich ihm unter Druck gerieten, leisere Methoden wählten oder in die Knie gingen oder gar die Republik verließen; und ich meine, S. H.s für Deutschland ungewöhnliche Verhaltensweise findet ihren Grund in seiner amerikanischen Zeit, da er lernte, daß man im Kampf gegen Mächtigere jede zur Verfügung stehende Öffentlichkeit und jede wie immer geartete Möglichkeit, die das Gesetz bietet, ausnutzen muß. In Goldsborough läßt sich einiges dazu nachlesen; Trelawney, der Verteidiger des Doc Hale, trägt Züge von Anwälten, die S. H. kannte, Anwälten mit linker Gesinnung, und er selber hatte mehrmals als Geschworener in Gerichten amtiert und war fasziniert gewesen von den Kreuzverhören, denen Zeugen wie Beklagte unterzogen wurden, und von der vertrackten Logik des angelsächsischen, oft nur auf Präzedenzfällen basierenden Rechts. Derlei Finessen, injiziert von ihm in das aus deutsch-autoritären und grobschlächtig-sozialistischen Elementen zusammengepappte Rechts-, Polizei- und Vereinswesen des Landes, mußten die schönsten Verwirrungen erzeugen in einem Apparat, der mit allem rechnete, nur nicht mit seinem eigenen Gesetzeskodex; auf diese Weise, und durch seinen völligen Mangel an Respekt vor Respektspersonen, konnte er so manch bübischem Streiche trotzen – und durch die Hilfe ihm oft ganz unbekannter Menschen, selbst solcher in hohen Ämtern, die irgendwo, irgendwie, irgendwann mit dem dicklichen d'Artagnan sympathisierten, der da für eine Königin focht, an die sonst keiner so recht glauben mochte.

Wie anders wäre zu erklären, daß er das »Information über die publizistische Tätigkeit S. H.s« betitelte Geheimdokument, das von der zuständigen Abteilung des Zentralkomitees in Zusammenarbeit mit den entsprechenden Geheimdienststellen mühselig verfaßt und unter dem Signum der Leitung des Schriftstellerverbandes in beschränkter Auflage vervielfältigt wurde, alsbald besaß? Sechs Wochen hatten die Genossen gebraucht, um sich von dem Schreck zu erholen, daß einer ihnen zu widersprechen wagte; nun stellten sie zusammen, was sie an Daten über S. H. zu kennen glaubten, und kombinierten diese mit eigenen Hypothesen zu einem acht Seiten umfassenden Dossier, zwecks Verteilung an einen sorgsam ausgewählten Personenkreis.

Ein ansehnliches Sündenregister das, und nicht ohne Komik, wenn man bedenkt, daß die meisten der Ketzereien, die man ihm damals ankreidete, heute zum allgemeinen Gedankengut der sozialistischen Welt gehören. Man nimmt ihm seine Feststellung übel, daß »ein ganzer großer Knäuel von neuen Konflikten existiert, über welche die Klassiker des Marxismus so gut wie keine Auskunft geben und die auch von den Theoretikern, Philosophen und Historikern unserer Tage gar nicht oder nur oberflächlich behandelt wurden«, und argwöhnt sogar, er wolle unter diesen »Historikern«, »Philosophen« und »Theoretikern« die führende Kraft unserer Gesellschaft verstanden wissen, die Partei. Man ärgert sich über den »charakteristischen Zug seiner Publizistik«, die »einerseits das Bekenntnis zur revolutionären Disziplin hervorkehre und andererseits die Forderung, ständig an der Doktrin zu zweifeln«, wobei er unter Doktrin »nichts anderes als unsere wissenschaftliche Weltanschauung, den Marxismus-Leninismus«, verstehe; dazu noch »mißachtet, negiert S. H. die kollektive Weisheit der Partei und des Volkes.«

Und man wittert Gefahr. »Die besondere Gefährlichkeit der H.schen Angriffe ergibt sich, weil sie stets verbunden werden mit allgemeinen Bekenntnissen zum Sozialismus und zur DDR.« Ganz offen aber zeige sich »die Gefährlichkeit des H.schen Systems«, wenn er von den »Mächtigen dieser Welt« spreche; »die Mächtigen dieser Welt«, so das Geheimdokument, »sind bei ihm eine allgemeine Kategorie, sowohl die Führer der sozialistischen Welt als auch die Machthaber im imperialistischen Lager«, wie denn überhaupt »für H. nicht der Gegensatz zwischen Sozialismus und Imperialismus, sondern der zwischen Dogmatismus und Antidogmatismus Angelpunkt der historischen Entwicklung« sei. Kein Wunder also, »daß er sozusagen die Reaktion im Westen und die ›Dogmatiker‹, d. h. die Vertreter prinzipieller sozialistischer Auffassungen, als gleichrangige Gegner betrachtet«, habe er doch selber verkündet, »daß die Reaktion im Westen in irgendeiner ungleichen Ehe mit unseren Dogmatikern lebt.«

Schlimmer noch: man schreibt ihm eine »verzerrte objektiv-feindliche Sicht« zu. Er hätte behauptet, die Jugend, der man den Marxismus erst beigebracht, wende die marxistische Dialektik nun gegen jedermann an, auch gegen ihre Altvorderen. Und kommentiert dazu: »Hier wird der antagonistische Widerspruch zwischen der Bourgeoisie und der Arbeiterklasse im 19. Jahrhundert zum Vergleich für die Beziehungen zwischen der jüngeren und der älteren Generation benutzt. Gleichgültig, ob sich S. H. der Konsequenz dessen bewußt ist, er überträgt der heutigen Jugend in der ›Auseinandersetzung mit der herrschenden Generation‹ die Aufgabe, die die Arbeiterklasse im Kampf gegen die Bourgeoisie hat. Hier«, so das Geheimdokument, »führt die falsche Position H.s zur direkten konterrevolutionären Forderung.«

Konterrevolution. Darauf steht Zuchthaus, wenn nicht der Galgen. Aber gleich wieder schrecken die Autoren des Dossiers zurück; ihr Ton wird versöhnlich, »Wir schätzen S. H. nach wie vor als einen Romancier, dessen Werk seinen Platz in unserer Literatur hat und haben wird«, um dann dennoch zu drohen, »Es liegt jetzt an ihm, die bisher von ihm nicht beantworteten Fragen, z. B. nach seiner Bereitschaft, auf Veröffentlichung in der ›Zeit‹ zu verzichten und seine Verbindung mit Havemann aufzugeben, in positivem Sinne zu beantworten.«

Der Leser wird zugeben, daß es für einen Schriftsteller nicht ohne Reiz ist, in einem Staate zu arbeiten, in dem, wie dieses Dokument bezeugt, seine Worte so ernst genommen werden.

Und darum wird weiter um seine Seele gerungen.

Jedesmal, wenn er ein Ausreisevisum haben will für irgendwelche Lesungen, Vorträge oder Diskussionen im Westen, oder wenn Verlagsfragen auftauchen, wird er ins Ministerium geladen, zu einem klärenden Gespräch, meistens mit Haid, dem stellvertretenden Minister, seltener mit Gysi selber. In wechselnder Folge werden Zukkerbrot und Peitsche vor des Widerspenstigen Nase geschwenkt. Man stünde doch, betont man, auf derselben Seite der Barrikade; folglich müsse etwas getan werden, um seine schiefe Situation wieder ins Lot zu bringen. Aber wenn S. H. dann erwidert, richtig, und das Nächstliegende wäre wohl, ihn, den zu Unrecht Getadelten, zu rehabilitieren, durch eine öffentliche Würdigung seiner Werke etwa oder, besser noch, durch die Vorbereitung einer Veröffentlichung des Tag X, den er sowieso noch zu überarbeiten plane, so geht man darauf nicht ein, sondern lenkt seine Aufmerksamkeit auf die neue Regierungsverordnung, ihm sicher bekannt, wonach ein DDR-Autor, bei strenger Strafe, ohne Genehmigung des Büros für Urheberrechte keins seiner literarischen Rechte ins Ausland vergeben dürfe, welchen Erlaß man jedoch nur ungern gegen ihn anwenden würde, ebensowenig wie man die Neuauflagen seiner älteren Titel beschneiden möchte, und fragt ihn, wieso er dann aber, ohne das Büro zu konsultieren, durch seinen Züricher Agenten die West-Ausgabe des Lenz betreibe, und läßt, nachdem er erklärt hat, er habe Bücher schon veröffentlicht, bevor so etwas wie eine DDR überhaupt existierte und zum Teufel mit dem Büro, auf jene erste Frage weitere folgen: wie es denn mit seinem Verhältnis zu Biermann und Havemann stünde, und ob er sich fernhalte von ihnen, wie beobachtet worden sei, aus ehrlichem Herzen oder nur vorsichtshalber und um jedem Verdacht zu entgehen von Gruppenbildung oder ähnlichem; und schließlich, da er doch in der DDR lebe und hoffentlich auch weiter hier zu leben beabsichtige, was er mit seiner Renitenz zu erreichen gedenke und was, praktisch und konkret, er vorhabe zu tun?

Er, sagt S. H., habe vor zu arbeiten, und gelegentlich zu reisen, auch in den Westen, und auch um dort öffentlich aufzutreten.

Man seufzt: er müsse verstehen, daß man ihn zur Zeit nicht in den Westen fahren lassen könne, um dort öffentlich aufzutreten. Weshalb? Das frage er? Zu seinem Schutz! Habe er nicht genügend Phantasie, um sich auszumalen, was für Fragen dort auf ihn herabprasseln würden nach allem, was hier geschehen?

Soweit, was im Gedächtnis haften blieb von diesen Gesprächen und was, in hastiger Schrift, sich auf Notizzetteln an Stichworten erhalten. Zu ergänzen wäre wieder das Atmosphärische, gegeben durch die paradoxe Konstellation, die hier sichtbar wird, den simultanen Freund-Feind-Akt, denn selbstverständlich steht man auf derselben Seite der Barrikade; nur darüber, wie diese zu verteidigen sei, geht der Streit; aber der geht tief.

Wenn es aussieht, als wäre das Wild waidwund, sammeln sich die Aasgeier.

Im Ministerium hatten sie ihm schon bedeutet, was auf ihn zukommen würde; nun läßt der Verlag in Leipzig, List, von sich hören: man habe erfahren, der Lenz sei bei List in München erschienen; man verstünde nicht, wie er, S. H., die deutschen Rechte an dem Buch einem westdeutschen Verlag habe übertragen können, da diese Rechte doch ihnen in Leipzig gehörten und eo ipso die Münchner Devisen, und man bäte um schleunige Überweisung derselben.

Bis dahin hatten die Herren in Leipzig stets nur die DDR-Rechte an seinen Titeln gehabt, hatten sie doch immer nur nachgedruckt, was anderswo, zumeist auf Englisch, schon erschienen. Also weist er sie freundlich auf diesen Umstand hin und glaubt, der Sache damit Genüge getan zu haben, und ist überrascht, als der Herr Dr. Franke, der Cheflektor, sonst der dienstfertigsten und unterwürfigsten einer, ihn anruft, um ihm höhnisch mitzuteilen, er möge sich den Territorialparagraphen seines Vertrags einmal anschauen. Und in der Tat, da steht, schwarz auf weiß, *gesamtdeutsch*: er hat, belastet mit dem politischen Kram, wie er war, und im guten Glauben an die Redlichkeit des Dr. Franke und des von der Regierung bestellten Treuhänders, des Herrn Dr. Schöbel, den Vertrag damals ohne gründliche Prüfung unterzeichnet und List-Leipzig die gesamtdeutchen Vervielfältigungsrechte überlassen; ein Versehen, die Herren möchten Verständnis zeigen und die Liebenswürdigkeit haben, das Wort *gesamtdeutsch* durch *DDR* nachträglich zu ersetzen.

Aber nein, wie könnten sie! Und Vertrag sei Vertrag! Und er

wisse doch, auch sie müßten, wie andere Verleger, ihr Scherflein an Devisen dem bedrängten Haushalt der Republik zubringen. Gewiß, gesteht Dr. Schöbel, der neben seiner Funktion als Treuhänder des List-Verlags das Ehrenamt des Vorsitzenden des Nationalen Olympischen Komitees der DDR innehat, man habe ihn bei der Übersendung des Vertrags auf die kleine Änderung im Territorialparagraphen nicht speziell hingewiesen; dies sei aber nicht, wie er behaupte, ein mieser Trick von ihnen gewesen, sondern eher eine patriotische Tat.

Vergebens erinnert er sie: hätte nicht auch er einen Vertrag mit ihnen gehabt über die Veröffentlichung des Tag X, und habe er sie nicht freundlich aus ihrer Verpflichtung entlassen, als sie zu ihm kamen nach der amtlichen Verdammung des Buchs und von höherer Gewalt redeten, die sie abhielte von der Erfüllung des Vertrags, und nicht nur das, sondern auf ihr Jammern hin, was für ein armer Verlag sie doch wären, ihnen auch noch ihre zwanzigtausend Mark Vorschuß großzügig zurückerstattet? Aber weder der Dr. Schöbel noch der Dr. Franke gedenken, die Beute aus ihren Klauen zu lassen; in Symbiose seit je mit der Macht, meinen sie, sich auch jetzt wieder Verdienste erwerben zu können, indem sie mitflattern bei der großen Hetzjagd.

Und so begibt er sich zu seinem Anwalt, dem Dr. Kohn.

Karl Kohn wohnt über dem See, in Wendenschloß, und läßt sich von seiner Frau Senta zu Tode füttern mit den zartesten Wiener Zuckerküchlein; immer dicker wird er und immer weiter treten seine großen blauen Kinderaugen hervor unter der bockigen Stirn; aus Teplitz stammend, in Nordböhmen, und Jude, und ein Kommunist, wie man besser ihn sich nicht wünschen kann, couragiert, prinzipienfest, frißt er aus Sehnsucht nach der Heimat, aus der man ihn zweimal vertrieb: erst taten es die Nazis, da ging er nach London, und dann, nachdem er zurückgekehrt war in das befreite Land, die Tschechen. So kam er nach Deutschland, in die Ostzone, und wurde stellvertretender Generalstaatsanwalt in Sachsen, und von ihm hörte S. H. die erste Mär von der unabhängigen Republik Schwarzenberg; Kohn war bald nach ihrer Auflösung dort gewesen, dienstlich, und kannte die Menschen in dem Staat wider Willen und die Details seiner Entstehung.

Kohn also liest den Vertrag, den S. H. mit dem Leipziger List-Verlag abgeschlossen hat in Sachen des Romans *Die Papiere des Andreas Lenz* und schüttelt den Kopf. »Da läßt sich nichts machen, mein Lieber; nächstes Mal lies dir durch, was du unterschreibst. Aber wie kommt es, daß die beiden Verlage, der in München und der in Leipzig, ein und denselben Namen haben: List?«

»Weil sie ein und demselben Mann gehören, dem Herrn List in München; nur über seinen Leipziger Laden kann er nicht verfügen, der befindet sich in Treuhand.«

Kohns Augen glitzern. »Das ist etwas anderes! Dann sind ja beide, List-Leipzig und List-München, ein und dasselbe Haus! Mit ein und demselben Verlag aber kannst du, rechtlich, zwei oder zweihundert Verträge schließen über dein Buch. Sag das denen in Leipzig, und sag ihnen, wenn sie sich bockbeinig stellen, gehen wir vor Gericht.«

Kohn muß gewußt haben, worauf er sich einließ, betraf doch der Fall Lenz weit mehr als die literarischen Rechte an einem Roman, und wäre dieser von Tolstoischem Format. Die Sache S. H. gegen List-Verlag Leipzig würde zum Präzedenzfall werden für künftige Entscheidungen über alle Arten von Rechten von Firmen, die sich zu einem Teil in westdeutschem Privatbesitz, zum andern in ostdeutscher Treuhand befanden: obsiegte S. H., und nach dem Buchstaben des Gesetzes mußte er das, dann würde jedes neue technische Verfahren, jedes neue Patent eines in der DDR in Treuhand geführten Unternehmens zugleich auch dessen westdeutschem Besitzer gehören. Dem Dr. Schöbel mochten diese Zusammenhänge nicht klar sein; aber die Wirtschaftsleute in der Regierung, so rechnete Kohn, würden die Konsequenzen des schmalspurigen Denkens des Mannes erkennen und ihn zurückpfeifen: was brauchte er denn mehr zu tun als ein einziges Wort zu ändern in einem Verlagsvertrag, und die schlafenden Hunde würden zurücksinken in ihren Schlummer. Die Wirtschaftsleute sahen das auch, aber zu spät; da war die Sache schon gerichtsnotorisch geworden, und es ging auf Biegen oder Brechen, und außerdem hatte S. H., wenn schon, denn schon, die Erfüllung des Tag X-Vertrages gleich mit eingeklagt.

Zuständig für den Streitfall war ein Schiedsgericht, einberufen vom Schriftstellerverband und zusammengesetzt aus zwei Beisitzern, der eine vom Autor benannt, der andere vom Verlag, und einem Unparteiischen: den Ausschlag gab also der Unparteiische, und der wurde vom Verband eingesetzt, hinter dem wiederum, wenn es um Wichtiges ging, das Sekretariat des Zentralkomitees stand. Aber die Regel sah vor, daß Kläger wie Beklagte Einspruch erheben durften gegen die Wahl des Unparteiischen.

Der Mann, der auserwählt wurde für den heiklen Job, ein Dr. Püschel, galt als Spezialist für Urheberrecht und war bekannt für seinen unbedingten Gehorsam gegenüber den Befehlen der Partei; und wie der Parteibefehl an den Genossen Püschel lauten würde, war vorauszusehen: die Klage des Schriftstellers S. H. ist abzuweisen. Folglich fordert Kohn, im Namen seines Mandanten, die Ablehnung Püschels als Unparteiischen und geht mit seinem Antrag vor ein öffentliches Gericht, das Stadtgericht Berlin; Begründung: kein Mitglied der SED könne in einem Fall wie diesem, der die Interessen von Partei und Regierung direkt betreffe, ein unabhängiges Urteil fällen.

Nur wer die Macht des Apparats über die Mitglieder der Partei kennt, kann ermessen, wie enorm dieser Schritt ist, der unter normalen juristischen Verhältnissen alltäglich wäre. Statt seinen Mandanten, in trautem Verein mit dem Dr. Püschel, zur gewünschten Räson zu bringen, verlangt dieser Rechtsanwalt Kohn doch, obwohl auch er Genosse, auch er verpflichtet, Parteibefehle widerspruchslos zu befolgen, ein von Partei und Regierung unabhängiges Gericht, und somit die Gewaltenteilung, und somit die Abschaffung der Diktatur des Proletariats und dessen führender Kraft, der Partei. Er wird verwarnt, und da die Verwarnung nichts hilft, bedroht, mit Ausschluß aus der Partei, aus der Anwaltskammer. Das wäre der Ruin; Senta, die Küchleinbäckerin, fleht, nimm Vernunft an: wer ist dieser S. H., um dessentwillen du Frau und Kinder brotlos machst, wird er es dir danken? Es gehe nicht um den Schriftsteller S. H., sagt Kohn, es gehe um Gerechtigkeit, auch und gerade in diesem Sozialismus, und im übrigen bleibe ihm ja seine Rente als Kämpfer gegen den Faschismus, für's Brot werde das reichen.

Das Stadtgericht muß Kohns Antrag entgegennehmen; es kommt zur Verhandlung; diese ein abgekartertes Spiel. Richter Henrici, ein farbloser Mensch mit verschwommenen Zügen, wendet sich gegen Kohn: wo kämen wir hin, wenn wir den Mitgliedern der SED die Fähigkeit absprächen, unabhängig zu urteilen? Müßte er, Henrici, da auch er Genosse, sich dann nicht gleichfalls disqualifizieren?

Müßte er, denkt S. H. Kohn bemüht sich, zu Protokoll zu bringen, daß die Fähigkeit des Parteimitglieds zu unabhängigem Urteil nur dort in Frage gestellt sei, wo die Parteidisziplin, der das Mitglied unterworfen ist, in Konflikt mit der Sachlage gerate. Richter Henrici zeigt sich uninteressiert an solchen Feinheiten; das Gericht, verkündet er, könne sich dem Antrag des Schriftstellers S. H. nicht anschließen; der Genosse Dr. Püschel sei eminent geeignet, dem Schiedsgericht in Sachen S. H. gegen List-Verlag Leipzig vorzusitzen; Kosten zu Lasten des Antragstellers.

Für ein Verfahren von so weitreichender Bedeutung ist der Raum, den der Verband zur Verfügung gestellt, wenig beeindruckend: ein paar Tische, zwei, drei Reihen von Stühlen, nicht einmal ein Bild des Ersten Sekretärs an der schmutzig-grünen Wand. Vorn Mitte der Dr. Püschel, die Hände bewegen sich fahrig; der Antrag auf seine Ersetzung durch einen weniger belasteten Mann, obzwar vom Stadtgericht abgelehnt, scheint ihn doch verunsichert zu haben; links neben ihm der von S. H. benannte Beisitzer, der Romancier Wolfgang Schreyer aus Ahrenshoop, dessen Abenteuerbücher zumeist in fernen Landen spielen und so Gunst finden im Auge der Zensur; rechts, für List-Leipzig, der Chef des Kinderbuchverlags, Schmidt, bei dem S. H. ein Märchenbuch zu liegen hat. Im Raum, als Publikum, ein oder zwei Freunde S. H.s; dazu Beamte des Verbandes und ein paar anonyme Gestalten, die sich Notizen machen.

Die Verhandlung zieht sich hin: es geht um Interpretationen von Paragraphen, und nichts ist so dehnbar wie Urheberrecht. Aber immer mehr schält sich der Kern der Sache heraus: sind List-Leipzig und List-München nun *ein* Verlag oder nicht? Der Herr List in München, der den Streit mit einem Wort hätte entscheiden können, von S. H. als Zeuge geladen, hat sich entschuldigen lassen: Terminschwierigkeiten. S. H. hat auch nicht erwartet, daß er kommen würde: soll der Mann, indem er für ihn aussagt, sich seiner letzten Hoffnungen auf Rückgabe seines Leipziger Besitzes berauben? Und der Dr. Schöbel, in der guten alten Nazi-Zeit des Herrn List Hauptbuchhalter, versichert auf Ehr und Gewissen, die beiden Häuser seien ewig schon getrennt voneinander; ja, strikte müßte List-München als eine Neugründung des Herrn List gelten, nachdem dieser den eigentlichen Sitz des Verlages, Leipzig, verlassen und sein Domizil in dem Teil Deutschlands aufgeschlagen, aus welchem später die Bundesrepublik entstand.

Kohn spitzt die Lippen, als habe er eines von Sentas Küchlein auf der Zunge.

S. H. erhebt sich. Ob der Herr Dr. Schöbel nicht vor einiger Zeit in Rom gewesen sei?

Es ist Schöbel zwar unklar, weshalb er jetzt über seine Romreise sprechen soll; aber es ist ja nichts Ehrenrühriges dabei, wenn er als alter Sportler und Vorsitzender des Olympischen Komitees der DDR zur Tagung des Internationalen Olympischen Komitees in die Hauptstadt Italiens fährt. Er gibt also zu, ja, er war in Rom, und setzt hinzu, daß dort, nicht zuletzt durch seine Bemühungen, die DDR einen Sitz im IOK erhalten habe, weithin sichtbarliche Anerkennung der großen Leistungen des DDR-Sports.

Doch wäre das wohl nicht der einzige Tagesordnungspunkt in Rom gewesen, bemerkt S. H.

Gewiß nicht, bestätigt Schöbel. Hauptsächlich habe man über den Austragungsort der Olympiade von 1972 verhandelt, und sich auf München geeinigt.

S. H. nickt. Und ob er, Schöbel, nachdem es zu dieser Einigung gekommen, nicht befragt wurde, was er als Vertreter der DDR von der Wahl Münchens halte?

Schöbel wird stutzig. Das könne sein, gibt er zu; es liege ja nahe.

Und was habe er erwidert?

Schöbel ist heiser geworden. Wie solle er, nach so langer Zeit, sich solcher Einzelheiten entsinnen?

»Genauer, Herr Schöbel, was haben Sie dem Dr. Meichsner, dem Korrespondenten der Zeitung ›Die Welt‹, auf seine diesbezügliche Frage geantwortet?«

Schöbel schweigt.

»Darf ich Ihr Gedächtnis auffrischen, Herr Schöbel. Ich habe hier einen Zeitungsausschnitt –«

Püschel unterbricht. Er erwähnt etwas von Zulässigkeit, und warum habe S. H. ihm diesen Ausschnitt nicht vorher vorgelegt.

»Sie werden ihn sofort erhalten, Herr Püschel, zu Ihren Akten«, vertröstet S. H. Und wendet sich wieder an Schöbel. »Sagten Sie dem Herrn Meichsner nicht, Sie seien höchlichst erfreut über die Wahl Münchens zum Austragungsort der Olympiade?«

Schöbel blickt sich um, hilfesuchend.

»Und jetzt wörtlich, Herr Schöbel; ›Die Welt‹ setzt Ihre Aussage in Anführungszeichen: *Im übrigen unterhalte ich persönlich sehr enge Verbindungen zu München, denn in München sitzt der Paul-List-Verlag, den ich in Leipzig leite.*«

Püschel springt auf. Die anonymen Gestalten werden laut. Unerhört! Imperialistische Presse! Schändlich!

»Sollen wir den Dr. Meichsner als Zeugen laden?« fragt Kohn. »Er dürfte bereit sein, zu erscheinen.«

Püschel bricht ab. Das Gericht zieht sich zur Beratung zurück.

Die Beratung dauert. Dann kommt Schreyer, freudig erregt: der Fall sei gewonnen; doch jetzt gehe es um die Genossen Püschel und um Schmidt, sie hätten Angst um ihre Haut. Und die oben würden es einfach nicht gestatten, daß die Rechte von Treuhandfirmen dem Kapitalisten drüben mir nichts dir nichts zugute kämen; man schlüge also einen Kompromiß vor: er, S. H., gestehe List-Leipzig die westdeutschen Rechte am Lenz zu, der Anteil des Verlags an den Honoraren werde jedoch 0, in Buchstaben null, Prozent betragen; außerdem würde ihm der Vorschuß für den Tag X, den er dem Verlag zurückgegeben, wieder ausbezahlt. S. H. und Kohn blicken einander an: um welchen Preis dieser Sieg. Dann sammelt sich noch einmal alles in dem schäbigen Raum, dem wahrhaft salomonischen Schiedsspruch zu lauschen. Ob er akzeptiere, fragt Dr. Püschel. S. H. akzeptiert. Und dankt dem Gericht für dessen Bemühungen und sagt, es läge ihm daran, zugleich zu erklären, daß die Gelder für sein Buch Der Tag X, die er nun zurückerhalten werde, dem Ankauf von Medikamenten für Vietnam dienen würden.

Sechs Wochen später liefert er bei der Botschaft der Volksrepublik Vietnam in Karlshorst zwei Kisten Penicillin ab. Die Abrechnung von List-München weist für die ersten sechs Monate nach Erscheinen des Romans Lenz oder die Freiheit einen Verkauf von 385 Exemplaren aus.

Zum großen Satyrspiel nun noch das kleine.

Vier Märchen hatte er geschrieben, zur Erleichterung seines Herzens, und er schrieb sie auf Deutsch, vielleicht weil die Märchen seiner Kindheit deutsche Märchen waren und nicht englische; und der Kinderbuchverlag des Genossen Schmidt, desselben, der als Beisitzer fungierte im Schiedsgericht des Verbandes, hat, ein Jahr mag es schon her sein, vertraglich zugesagt, sie zu drucken. Nun bittet Schmidt ihn in den Verlag, zu einer Besprechung.

Seine Märchen, wird ihm dort eröffnet, wären das erste Buch aus seiner Feder, das nach dem Plenum des Zentralkomitees und dem, was da gesagt wurde und was in der Folge geschah, in der Republik herauskäme; und er könne sich wohl denken, mit welch geschärftem Blick man sie lesen und wie manche Leser versucht sein würden, selbst an Stellen, wo er gar nichts derartiges gewollt, einen doppelten Sinn zu entdecken.

In anderen Worten, sagt er, die Genossen wünschten, von Ihrem Vertrag zurückzutreten.

Aber nein! Aber ganz und gar nicht! Im Gegenteil, gerade zu diesem Zeitpunkt, da unseren gemeinsamen Zielen feindlich Gesonnene verbreiteten, nun werde wohl nichts mehr von ihm in der DDR erscheinen dürfen, wolle man etwas von S. H. hier veröffentlichen, und was eigne sich da besser als Märchen.

Dann wünschten sie vielleicht Fußnoten? Erläuterungen? Eine eidesstattliche Versicherung, daß alles so gemeint sei, wie es gedruckt steht?

Der Genosse Schmidt und sein Cheflektor, der Genosse Krüger, lächeln leidend.

Oder Änderungen? Auslassungen?

Die Genossen wirken erleichtert. Ein paar Auslassungen, genau das habe man im Sinn.

Und was wollten sie denn ausgelassen haben?

Das eine Märchen, das mit dem Pelzmantel. Oder vielleicht auch zwei.

Zwei? Von vieren? Das halbe Buch?

Es sei ja sehr schön und rührend, sagt der Genosse Krüger, das Märchen vom alten Pelzmantel, aber es ende doch damit, daß der ehemalige große Dichter, dünn und fiebrig und krank nun, den alten Pelzmantel, obwohl der schon ganz verlumpt und zerrissen, um sich schlägt und fortgeht, immer weiter fort, auf der Suche nach dem Land, wo es noch Dankbarkeit gibt und Großzügigkeit und wahre Liebe und echte Größe und Hoffnung.

Ich dachte, sagt S. H., so ein Land wäre die Deutsche Demokratische Republik.

Das Lächeln der Genossen wird eisig.

Und das zweite zu streichende Märchen, welches wäre das?

Korax Korax.

Was denn so Anstößiges sei an einem großen Frosch auf einem großen runden Blatt in der Mitte eines großes runden Teichs?

Eben das, sagt der Genosse Schmidt. Und daß der Frosch sich für den Mittelpunkt der Welt hält. Und in einem Einweckglas endet, mit etwas Moos darin und Wasser.

Denn wie, fragt der Genosse Krüger, würden die führenden Genossen so etwas auffassen?

Die Sorge erscheine berechtigt, konzediert S. H. Und immerhin sei ein halbes Märchenbuch besser als gar keines. Noch andere Wünsche?

Das Märchen vom Cymbelinchen, sagt der Genosse Krüger, das

erfahren wolle, was der Ernst des Lebens wohl wäre, sei völlig in Ordnung; mit dem Ernst des Lebens habe man immer zu rechnen. Und der Genosse Schmidt versichert, daß es auch gegen das Märchen vom Zwerg Casimir und der Prinzessin Sismonda keine Einwände gäbe, denn die Eitelkeit der Prinzessinnen sei sprichwörtlich und ihre Bestrafung nur folgerecht. Aber müsse der Zwerg denn bei der schönen Prinzessin auf einer Bergziege angeritten kommen, die den Namen Lotte trägt? Wo doch die Gattin des Genossen Staatsratsvorsitzenden und Ersten Sekretärs der Partei...

Und darum enthält die DDR-Ausgabe des ersten Märchenbuchs des Schriftstellers S. H. nur zwei Märchen, und die Bergziege, auf welcher der Zwerg Casimir hast-du-nicht-gesehen den Berg hinab und in das Schloß Rondomondo einreitet, heißt Mathilde.

Er hat eine romantische Ader, hat sie immer gehabt, und eine Vorliebe für Heroen.

Das mag erklären, warum der Ferdinand Lassalle sich ihm darbietet als Sujet, der Judenjunge aus dem Breslauer Ghetto, der davon träumte, wie ein Kaiser einzufahren in Berlin, an der Spitze der Arbeiterscharen, neben sich die geliebte edle Frau, dieselbe, wegen der er dann fallen wird in einem sinnlosen Pistolenduell. Aber es gibt noch andere Gründe für einen Roman über diesen Mann, der ein Enigma geblieben ist trotz der reichlich vorhandenen biographischen Fakten, die durchzuarbeiten den Schriftsteller S. H. ein dreiviertel Jahr an Zeit und Mühe kosten wird.

Da ist, als erstes, die Überlegung, daß es unweise wäre, jetzt, in seiner Lage, direkt und frontal die Gegenwart anzugehen. Was er sagen möchte, läßt sich auch anders sagen, in Verfolg der Ideen etwa, die im Lenz schon anklangen und deren Bezüge zur Gegenwart deutlich genug sind. Lenz war die Revolution, die, um der Freiheit willen gemacht, die Freiheit beschränken muß, will sie bestehen; im Grunde war der Lenz eine Apologie der Diktatur, der revolutionären, die nicht zum Zuge kam damals in Baden, weil die Arbeiterbewegung noch höchst rudimentär gewesen und die deutschen Kommunisten, sah man näher hin, nichts als ein Haufen von radikalen Handwerksburschen waren; nun aber, in den sechziger Jahren, ist schon Industrie in den deutschen Städten, und die Bankiers dringen in die Politik ein, und aus den Revoluzzern von 1848, deren einer Lassalle selber, sind Führer des Proletariats geworden oder Mithelfer Bismarcks, oder beides. Und die Frage der Diktatur ist wieder aktuell, der Diktatur des Proletariats und der Diktatur über das Proletariat. Bernhard Becker, Lassalles Adlatus und späterer Nachfolger, hat das selber beschrieben: wie Lassalle, während die Delegierten über seine Vollmachten als Präsident des Allgemeinen Deutschen Arbeitervereins abstimmen, die Sitzung verläßt und auf die Straße geht, und wie er, Becker, ihn nach der Abstimmung aufsucht und ihm die Ergebnisse mitteilt und dann, triumphierend, ihm sagt: »Und nun, Herr Präsident, wäre die Diktatur wohl fertig...« Und wie Lassalle, ohne zu zögern, ihm antwortet: »Sagen wir, es läßt sich eine einigermaßen brauchbare Diktatur daraus machen.«

An jenem Tag, vor dem schmuddligen Lokal in Leipzig, in dem die Gründungsversammlung des Vereins stattfand, der zur Grundzelle der Partei werden sollte, wurde der Fluch gesprochen, der heute noch auf uns lastet, und die Bürokraten, die im Namen von Marx und Engels jeden revolutionären Impuls abtöten, sollten ihre Denkmäler lieber nicht den beiden bärtigen Dioskuren errichten, sondern dem Ferdinand Lassalle, der das Muster prägte, nach dem noch immer regiert wird, und die Grundstruktur schuf, auf der ein Stalin sich erheben konnte. Historische Ironie, daß gerade sie Lassalle mißtrauen; und doch tun sie's auch wieder zu Recht, denn er war ein Mann von Phantasie und Überschwang, ein Dichter im Herzen, weshalb er sich auch in seinen unnötigen Tod stürzte statt sich in Geduld zu üben, bis der Homunkulus, den er gezeugt, groß und mächtig wurde.

Dem Genossen Gysi, der bei einer der behördlichen Liebeswerbungen um S. H. ihn auch seines Lassalle-Projekts wegen befragte und wissen wollte, warum er, S. H., so sehr dazu neige, sich seine Probleme selber zu schaffen, und weshalb er gerade Lassalle, den mißratenen unter den Ahnvätern der Partei, sich als Thema gewählt und nicht Marx oder Engels, antwortete er, auf Grund offizieller Bilder ließen sich schlecht Romane schreiben, und sprach dann davon, wie weit in seine jungen Jahre die Erinnerung an Lassalle zurückreiche: die Eltern schon hätten von ihm erzählt wie von einem geheimen Propheten, und in Chemnitz hätten die Arbeiter bei ihren Demonstrationen noch gesungen: »Die uns geführt Lassalle...«

Außerdem, aber das sagte er Gysi nicht und niemandem, spürte er im Charakter des Mannes Züge, und nicht immer schöne, die ihm den eigenen verwandt erschienen: die auffahrend eitle Art, geboren aus Unsicherheit; der Drang, sich in den Vordergrund zu spielen, und die Unfähigkeit, Niederlagen zu ertragen; die fast devote Ehrfurcht vor dem Alt-Etablierten und gleichzeitig das Ressentiment dagegen; und die aus sozialer Arroganz erwachsene sentimentale Haltung gegenüber den Armen und Unterdrückten, oder denen, die er dafür hielt. Man hat S. H. kritisiert, er habe in manchem, was er in dem Buch geschrieben, Lassalle Unrecht getan; wenn er, was ein Romancier vermeiden sollte, seinem Helden nicht vorurteilsfrei gegenüberstand, dann liegt hier der Grund dafür: er befürchtete, den Ferdinand Lassalle, und damit sich selber, zu schön, zu groß, zu tapfer darzustellen, und geriet dadurch, ungewollt, in dem oder jenem Punkt in die Nähe der amtlichen Verleumder des dritten Begründers der deutschen Arbeiterbewegung, des totgeschwiegenen.

Nun lag es allerdings auch nahe, Lassalle am Zeuge zu flicken, waren doch die zeitgenössischen Quellen schon, mit Ausnahme der Gräfin Hatzfeldt, eher gegen als für ihn. Wirkliche Freunde hatte Lassalle wenige nur gehabt, und der beste Verbreiter seines Ruhms war er selber gewesen; die andern, ob die Dönniges, seine letzte Geliebte, ob Vahlteich, sein engster Mitarbeiter, oder Bernhard Bekker, oder Bismarck, und ganz besonders Marx und Engels, sie alle hatten ihre persönlichen Gründe, ihn herabzusetzen; es war leichter, es ihnen nachzutun, als jedesmal ihre Motive zu prüfen, und wenn Engels, nach Lassalles Tode, dem Marx mitteilte, »er war für uns ein sehr unsichrer Freund,« so folgerte S. H. nicht etwa, daß die beiden ihm ähnlich unsichere Freunde gewesen sein möchten, sondern schloß sich ihrem Urteil an und betitelte den Roman, im englischen Original, *Uncertain Friend*.

Ja, er schrieb immer noch Englisch, oder eigentlich Amerikanisch, obwohl er doch jahrelang schon wieder in Deutschland lebte und, wo es sich als notwendig erwies, ebensogut sich der deutschen Sprache bediente. Eine Trotzreaktion? Eine Demonstration, mit der Sprache als Fahne, gegen das Deutsche oder die Deutschen? Oder ein geheimer Wunsch, sich zu scheiden von den anderen, ein eigenes Piedestal zu besteigen: S. H., der Dichter in zween Literaturen? Nicht daß es ihm viel einbrachte; der Markt in den USA blieb ihm trotzdem verschlossen, nachdem er sich abgesetzt hatte und die Brücken zurück nach Amerika mit Getöse hinter sich abgebrochen, und auch in der neuen alten Heimat schätzte man seine Marotte wenig; Genosse Ulbricht, so wurde ihm hinterbracht, hatte mit Ingrimm von dem »amerikanischen Schriftsteller mit dem DDR-Pass« gesprochen; und Ost wie West waren die Literaturkritiker und Literaturprofessoren, welch alle mitstricken an der Reputation eines

Autors, sich nicht sicher, in welches Schubfach ihn stecken, und nahmen übel.

Mit dem Lassalle aber hatte er, nach dem Lenz, wieder einen deutschen Stoff gewählt, mit einem sehr deutschen Helden, auch wenn der Jude war: sollte man nicht lieber, so fragte er sich, den Roman auf Deutsch konzipieren? Und entschied sich dennoch für Englisch. Es erzählte sich besser, so empfand er es, in der Sprache, die er zu erlernen gehabt und die ihn gezwungen hatte, über Sinn und Bedeutung und jede Nuance eines jeden ihrer Wörter nachzudenken, als in der von der Mutter ererbten, in der man so leicht über das Maß hinausschoss und sich in Ungenauigkeiten verlor und im Dickicht tief ineinander verschachtelten Tiefsinns. Auch der Gedanke, daß Gertrude, wenn er in Zweifel geriet bei der Arbeit, ihm so eher raten könnte, mochte zu seinem Entschluß beigetragen haben; doch war das nicht das Wesentliche: er wird ja nach ihrem Tode noch ein Buch wie den König-David-Bericht zunächst auf englisch schreiben, der Sprache der King-James-Bibel folgend, um es dann erst, mit Luthers Bibel-Übersetzung bei der Hand als Muster für Melodie und Duktus, ins Deutsche zu übertragen.

Im Sommer 1967 schreibt er *Finis* unter die letzte Seite seines Lassalle-Romans und gibt ihm den provisorischen Titel Love and Death of a People's Hero – Liebe und Tod eines Volkshelden. Desmond Flower hat nach der Lektüre der ersten sechs Kapitel ihn ermutigt; nun, da das Ganze auf seinem Tisch liegt, äußert er Bedenken. Bei List-München finden sie das Buch »langfädig«; List-Leipzig, verständlich, sehen sich außerstande, den Lassalle in ihr Verlagsprogramm aufzunehmen, wegen ihrer begrenzten Plankapazität, sagen sie, worauf S. H. nach Rückfrage im Kulturministerium das Manuskript dem Aufbau-Verlag in Berlin vorlegt, dessen Leiter, Herr Voigt, sich davon angetan zeigt; später wird Herr Voigt ablehnen, unter Angabe recht fadenscheiniger Gründe.

S. H. wird unsicher. Das Politische, im Westen drüben wie in der DDR, ist eines, die Schwierigkeiten, die daraus resultieren, waren zu erwarten; aber da ist anderes noch, spürt er, das die Verleger zögern läßt, selbst seinen Freund Desmond in London. Wäre es möglich, fragt er sich, daß etwas nicht stimmt an dem Buche, daß er, statt Story und Charaktere frei zu gestalten, zu sehr am Material geklebt hat, sich zu sehr hat einnehmen lassen von den tönenden Worten Lassalles und den Berichten aus der Zeit, von der Version etwa, welche Helene von Dönnings in die Welt gesetzt hat über ihre Affäre mit dem Mann und die Vorgänge, die zum gewaltsamen Ende führten, und daß er, dies wohl das Wichtigste, Lassalles wirkliche Gründe für sein Verhalten den Arbeitern und Bismarck, aber auch der Gräfin Hatzfeldt und der Dönniges gegenüber, nicht immer erkannt hat? So schmerzlich ihn das auch ankommt, nachdem er bereits geglaubt, das Buch sei vollendet, nimmt er die Arbeit daran wieder auf und revidiert, Szene um Szene; jede Änderung bedingt eine nächste, und die wiederum eine dritte; endlos, endlos. Mit der Übersetzung ins Deutsche zieht sich das über ein ganzes Jahr hin, ein Jahr des Unglücks und seelischer und politischer Krisen, die es als ein Wunder erscheinen lassen, daß der Roman überhaupt je zustande kam.

Jedenfalls erregt das Buch, auch unfertig noch, genügend Befürchtungen amtlicherseits, um die Behörden zu Schritten dagegen zu veranlassen, wie man sie grotesker nicht erfinden kann. Ausgelöst wird die Aktion durch erste Erfolge: Desmond Flower hat sich entschieden, den Uncertain Friend nun doch herauszubringen, und Heumann teilt aus Zürich mit, der Bechtle-Verlag in München habe den Lassalle, so lautet der Titel der deutschen Fassung jetzt, akzeptiert; Bechtle sei ein kleiner Verlag nur, aber mit viel Geld; die zwei älteren Brüder Bechtle, die die Bild-Zeitung für den süddeutschen Raum drucken, haben den ambitionierten dritten, jüngsten, im Verlagsgeschäft etabliert; Lassalle ist das erste große Projekt des Jungen, und der werde alles tun, es durchzusetzen.

Da läutet das Telephon in Grünau: das Büro für Urheberrechte, Dr. Harth, der Chef des Büros, in eigener Person. Das Büro habe, grollt er, mit der Bitte um Genehmigung zwei Exemplare eines Vertrags über einen Roman S. H.s, Lassalle betitelt, von Bechtle in München erhalten; laut Verordnung vom 7. Februar 1966 aber habe er, S. H., als Bürger der DDR, die Pflicht, derart Verträge dem Büro vorzulegen, und warum er das nicht längst getan habe.

S. H. erwähnt, daß er Verträge erst vorlegen könnte, nachdem sie sich in seinen Händen befänden; er werde aber sofort ins Büro kommen; Dr. Harth möge die Verträge bereithalten, und den Begleitbrief von Bechtle, und das Kuvert, in dem die Sendung bei ihm eingetroffen. Dann telephoniert er mit Heumann: der schwört, nicht Bechtle, sondern er habe die Verträge vom Postamt in der Seefeldstraße in Zürich an S. H. nach Grünau aufgegeben, per Einschreiben; Bechtle könne Verträge zum Lassalle gar nicht geschickt haben, da die einzigen Vertragsexemplare eben die zwei gewesen seien, die er in seinem Einschreibebrief übersandt.

»Ruf mich in einer Stunde im Büro für Urheberrechte an«, sagt S. H., »und schick mir Photokopie der Einschreibquittung von deinem Züricher Postamt und eine entsprechende Erklärung von Bechtle, notariell beglaubigt.«

Dann begibt er sich, mutterseelenallein, später wird er bei solchen Anlässen stets den getreuen Karl Kohn bei sich haben, in die Höhle der Löwen. Ach, was für Löwen! Der beleibte Dr. Harth, voll amtlichem Bombast, zürnt sofort wieder: wie könne S. H., als Bürger der DDR, gegen die Vorschrift vom 7. Februar 1966, et cetera, et cetera, während sein Adjunkt, der Genosse Klein, Jenö, winzig und nervös und bemüht, es mit keinem zu verderben, seine beste ungarische Kaffeehausbonhomie zu zeigen bedacht ist.

S. H. unterbricht die Tirade des Dr. Harth: die Verträge, bitte.

Dr. Harth wühlt in den Fächern seines Schreibtischs; endlich bringt er das Gesuchte zum Vorschein.

Und das Kuvert auch, Herr Harth. Mit Poststempeln, Einschreibnummer, sonstigen Vermerken.

Jenö Klein strahlt S. H. an. Kuverts wanderten bei ihnen im Büro in den Papierkorb.

Ob es denn nicht üblich sei in einer korrekt geführten Behörde, fragt S. H., Kuverts von wichtigen Sendungen bis zur Erledigung des betreffenden Vorgangs bei der Akte zu belassen? Aber das Begleitschreiben des Verlags, das wenigstens hätten sie doch?

Neue Durchsuchung des Schreibtischs. Das Begleitschreiben kommt zutage.

S. H. betrachtet den Wisch. Wieso die Unterschrift fehle?

Jenö Klein vermutet, der Herr Bechtle möchte in Eile gewesen sein und vergessen haben zu signieren. Das könne jedem passieren.

Und wieso finde sich nicht nur keine Unterschrift auf diesem Bogen, sondern auch kein Briefkopf?

Dr. Harth staunt. Tatsächlich, kein Briefkopf; aber der Absender sei ja trotzdem deutlich, nur eben getippt.

Jenö Klein wähnt, das bedruckte Briefpapier möchte knapp geworden sein beim Bechtle-Verlag, die Lieferung könnte sich verspätet haben. Das passiere bei ihnen auch.

Die Druckerei der Gebrüder Bechtle in Esslingen sei eine der größten in der Bundesrepublik, hält S. H. dagegen. Da dürfte es dem jungen Herrn Bechtle an Briefbögen nicht gemangelt haben.

Dr. Harth besinnt sich seines Amtes: mit oder ohne Kuvert, mit oder ohne gedruckten Briefkopf, hier sei ein Vertrag, der ohne Genehmigung des Büros zustande gekommen: Vergehen gegen die Verordnung vom 7. Februar 1966.

Und was, möchte S. H. wissen, würde das kosten?

Dreihundert Mark, sagt Jenö Klein beschwichtigend; eine Ordnungsstrafe nur; man habe eine humane Regierung.

In dem Moment läutet das Telephon: Zürich. Die Entgegnungen des Dr. Harth werden immer kleinlauter, und er ist sehr still, nachdem er den Hörer aufgelegt. In das Schweigen hinein, der unschuldsvolle Jenö Klein: er habe schon immer gesagt, S. H. gebe kulturell etwas her.

Der aber verabschiedet sich mit der Ankündigung, er werde nun zu seiner Polizeiwache in Grünau gehen und Anzeige erstatten gegen Unbekannt, wegen Postraub.

Alsbald schaltet sich das Ministerium ein. Haid gibt sich leutselig: S. H. werde doch nicht etwa darauf bestehen, diese polizeiliche Farce durchzuführen; man möchte keinen neuen Skandal um ihn und sei gewillt, bei dem Ordnungsstrafverfahren Gnade für Recht ergehen zu lassen. Worauf S. H. sagt, er sei gleichfalls kompromißbereit, vor allem aber wünsche er, daß der Lassalle auch in der DDR herauskomme, weil das nämlich die Voraussetzung sei, daß das Buch in Budapest und in Moskau, wo die Genossen durchaus Interesse daran hätten, erscheinen könne, und nachdem List-Leipzig und der Aufbau-Verlag beide es abgelehnt hätten, bäte er nun um Haids Erlaubnis, den Roman hier im Selbstverlag herauszubringen.

Selbstverlag! Haid, sonst kaum zu erschüttern, ist konsterniert. Bücher, erklärt er schließlich, könnten in der DDR nur von lizensierten Verlagen gedruckt und vertrieben werden.

Gut, erwidert S. H., dann stelle er eben einen Antrag an das Ministerium auf eine Verlagslizenz; wenn man in diesem Lande einem Dramatiker ein ganzes Theater für seine Stücke zur Verfügung stellen und ihm noch erhebliche Subventionen dazu zahlen konnte, dann werde es doch wohl möglich sein, einem international anerkannten Romancier einen kleinen Verlag zu genehmigen, der sich noch dazu selber tragen dürfte.

Er könne, sagt Haid, ihm da nicht viel Hoffnung machen.

Und er, sagt S. H., sehe sich nicht in der Lage, die Untersuchung wegen Postraub niederschlagen zu lassen, schon deshalb nicht, weil außer ihm auch noch das Postamt in Zürich erfahren wolle, wie der

Einschreibbrief an ihn inklusive eines gefälschten Begleitschreibens in das Büro für Urheberrechte gelangt sei.

Und wirklich findet sich in den Ablagen des S. H. eine Kopie seines Antrags an das Kulturministerium auf Erteilung einer Verlagslizenz, und der abschlägige Bescheid, und angeklammert daran der Durchschlag eines Briefs an den Minister für Staatssicherheit, datiert 14. Dezember 1968, mit der Anrede, »Sehr geehrter Genosse Mielke«, und der Mitteilung, die Kriminalpolizei Grünau habe die Anzeige gegen Unbekannt wegen Postraubs und grober Fälschung an sein Ministerium weitergeleitet, aber kein Mitarbeiter des Ministeriums sei bis dato mit dem Endunterzeichneten in Verbindung getreten, um Klarheit in der Sache zu schaffen, und der Minister möge doch verstehen, wie sehr dem Endunterzeichneten daran liegen müsse, daß der Fall gelöst und Sorge getragen werde, daß solch gesetzwidrige Vorfälle sich in unserer Republik nicht wiederholten.

Nicht lange darauf bittet der Major Küchler vom Polizeipräsidium, Abteilung »K«, sprich Kriminalfälle, den Schriftsteller S. H. zu einer Besprechung, und zur vorbestimmten Stunde betritt dieser, Arm in Arm mit Karl Kohn, das wohlbekannte Gebäude am Alexanderplatz. Küchler, der sie allein in seinem Dienstzimmer empfängt, ist wenig entzückt von der Anwesenheit des Anwalts, läßt sich das aber nicht anmerken und beginnt, Fragen zu stellen. Ob er, S. H., einen Verdacht habe, wer die angeblichen Posträuber gewesen sein könnten? Ob er glaube, irgendwelche Feinde zu haben, denen daran liegen könnte, ihm Ungelegenheiten zu bereiten? Und was er denn zur Lösung des Falles Hilfreiches vorschlagen würde?

Es läge ihm nicht, antwortet S. H. nach kurzem Blickwechsel mit Kohn, jemanden zu verdächtigen, obzwar die für das Delikt in Frage kommenden Personen oder Organisationen nicht gar so zahlreich wären. Auch sei nicht er, sondern der Genosse Major hier der Detektiv; aber wenn er der Detektiv wäre, dann würde er doch den Weg des Briefes zu verfolgen suchen, welcher wohlmarkiert sein müßte durch die Quittungen, gegen die solche Einschreibsendungen von einer Stelle zur nächsten üblicherweise reisten, und würde ferner, da jede Schreibmaschine ihr eigenes unverwechselbares Schriftbild habe, von einem Fachmann das mysteriöse Schreiben untersuchen lassen, das, ohne Unterschrift und Briefkopf, den Verträgen des Bechtle-Verlags beigelegen haben sollte.

Der Major Küchler hört ernsthaft zu. Dann schweift die Unterhaltung, ganz natürlich, ins Literarische; beim Abschied bemerkt der Major, man werde sich wohl noch mehrmals wiedersehen. Das tut man auch, doch bringen die Gespräche nicht viel, bis auf das letzte, endgültige, bei dem noch ein anderer, Unbekannter, anwesend ist, auf einem Stühlchen in der Ecke schräg hinter dem Major hockend, während dieser die Ergebnisse seiner Nachforschungen dem Erstatter der Anzeige und dessen Anwalt mitteilt.

Also, sagt Major Küchler, seine Untersuchungen hätten ergeben, daß der Einschreibbrief aus Zürich, an S. H. adressiert, tatsächlich in Berlin eingetroffen sei; und zwar im Postamt N 7, dem Auslandspostamt; dort sei er dann verlorengegangen; möglich, daß er beim Sortieren vom Tisch fiel und von einer Reinigungskraft weggefegt wurde; vorstellbar sei vieles. Auch den Brief ohne Briefkopf und Unterschrift, der den Bechtle-Verträgen beigefügt gewesen, habe man geprüft; dieser sei auf einer Maschine des Typs Underwood, die noch aus den vierziger Jahren stammen müsse, geschrieben worden; wer ihr Eigentümer, wer sie benutzte, sei nicht zu eruieren gewesen, im Büro für Urheberrechte, dies mit Betonung gesprochen, befände sie sich jedenfalls nicht. Noch Fragen?

Kohn nickt: ob der Genosse Major festgestellt habe und ihnen erklären könne, wie ein Teil des Inhalts des verlorengegangenen Einschreibbriefs aus Zürich, nämlich die zwei Kopien des Bechtle-Vertrags, ins Büro für Urheberrechte geraten seien und wer ihnen das auf der alten Underwood getippte unsignierte Schreiben beigefügt.

Nein, sagt der Major Küchler, das könne er nicht. Im übrigen werde es den Genossen Kohn und seinen Mandanten interessieren, daß das Postministerium der DDR, den internationalen postalischen Abmachungen folgend, für den Verlust des Einschreibbriefes ein Bußgeld in Höhe von zwanzig Goldfranken, Gold, bedenken Sie, an die Schweizer Postverwaltung zu zahlen haben werde; dagegen seien die armseligen 300 Mark DDR-Währung, die S. H. als Ordnungsstrafe habe entrichten müssen für die ungenehmigte Vergabe des westdeutschen Verlagsrechts an seinem Lassalle, ein Klacks. Und der Roman erscheine doch trotzdem, oder?

Man weiß, wie selten das rechte Wort einem zur rechten Zeit einfällt. Dies ist ein solcher Moment im Leben des S. H. »Dreihundert Mark Papiergeld für einen Verstoß gegen die Zensur, Genosse Major«, sagt er, »oder drei Jahre Zuchthaus dafür oder gar dreißig, ist im Prinzip das gleiche, ist – Stalinismus.«

Der Unbekannte in der Ecke ist zusammengezuckt. Aber er schweigt.

# 34

Es liest sich leicht von all dem Geplänkel im Vorhof der Macht, und man mag sich darüber amüsieren; aber es ist nur eine Seite der Geschichte des S. H in jenen Jahren. Die andere ist ernster, voller Wehmut und Trauer.

Prag lockt. Noch einmal möchte Gertrude die Stadt sehen, die ihr so viel bedeutet hat, Europa, die Patina des Barock, und Schwejk, und Kampf um die Freiheit, die Stadt, in der sie, trotz der Krisen, die sie und ihr Mann dort durchlebt, glücklich gewesen war. So reist man denn hin; damals, Ende 1966, war die Gärung in der Tschechoslowakei nur denen bemerkbar, die ein Gespür dafür hatten, und die Blockade noch nicht in Kraft, welche die Bruderparteien nicht lange darauf gegen das unruhige Land verhängten, und das Ehepaar H. erhielt die für die Grenzüberschreitung notwendigen DDR-Visa ohne weiteres. Und damals standen, ihre Äste schwer von Schnee, die großen, schweigenden Tannen noch auf den Erzgebirgshängen, vom Kamm bei Zinnwald bis hinunter nach Dubí, und in Teplice, wo Gertrude so oft und immer vergeblich die Radiumbäder genommen, begrüßte sie wieder der Dr. Urbánek, der Primarius des Kaiserbads, zurückgekehrt aus dem Zuchthaus, in dem er, ein Opfer politischer Willkür, zwei Jahre schuldlos verbracht hatte.

Die Freunde in Prag, unter ihnen, aus New Yorker Tagen noch, František Vrba, und der junge Liehm, die Stimme so kindlich wie eh, doch auch er älter und beleibter geworden, seit er die Wege zu ebnen half für die Recherchen zu den Augen der Vernunft, dazu die Exil-Amerikaner, die in der internationalen Abteilung des Rundfunks arbeiten oder in der Presse, sie alle berichten von überraschenden Entwicklungen: von der Unsicherheit, die sich verbreite im Apparat; selbst in den Reden des eher schlichten Novotný, Generalsekretärs der Partei und Präsidenten des Landes, zeigten sich Ansätze von Nachdenklichkeit; die Toten der Prozesse wollten nicht ruhen und meldeten sich zu Wort aus ihren Gräbern; Filme würden gedreht und Bücher geschrieben, welche die Menschen auf andere Art zeigten als bisher, realistisch zugleich und kritisch, und ein neues Wort mache die Runde, *Sozialismus mit menschlichem Gesicht.*

Was impliziert, daß der bisher existierende ein bestialisches hatte. Das hatte er auch, denkt S. H., aber nicht ausschließlich: er ist ein janusköpfiges Geschöpf, dieser Sozialismus, mit dem wir's zu tun haben in unserer Zeit und dessen Ursprünge und Wachstum längst einer Untersuchung bedürften; jetzt jedoch und in Prag und Bratislava geht es um mehr als Historie, und die vereinfachende Losung mag ihre Dienste tun in dem Kampf, der sich anzubahnen scheint zwischen der um ihre Bequemlichkeit und ihre Pfründe bangenden Amts- und Verwaltungsgarde und den neuen, sich eben erst bildenden Gruppierungen in der Partei und außerhalb ihrer; ein Kampf, der, so läßt sich voraussehen, weit über die böhmischen Länder hinaus wirken wird.

Die zu diesen neuen Gruppierungen gehören, begegnen dem Schriftsteller S. H. sehr offen; sie wissen von seinem Hader mit den Berliner Offiziellen und sehen einen Verbündeten in ihm, den es zu stärken gilt; das Angebot, die Crusaders in Prag als Fernseh-Serie zu drehen, mag nicht nur durch den Reiz motiviert sein, den der Stoff bietet, sondern auch durch politische Intentionen. Auf jeden Fall hat der Dr. Feldstein von der tschechischen Television, der Initiator des Projekts, schon einen jungen Autor bei der Hand, der begierig ist, den Roman für den Film aufzubereiten; man hofft auf westdeutsche Koproduktion und ist enttäuscht, als sich herausstellt, daß die in der Bundesrepublik wenig erpicht darauf sind, ein Werk von S. H., und dieses insbesondere, auf die Mattscheibe zu bringen; aber man bleibt bei der Stange.

Über Weihnachten und Neujahr, da der Fremde in Prag sich einsam fühlt wie ein streunender Hund, fährt das Ehepaar H. nach Dobřiš ins Schloß. Melancholie später Rückkehr: nichts hat sich verändert an dem gewölbten Mauerwerk der Gänge, der Hallen und Durchlässe, an der an Versailles gemahnenden Anlage des Gartens mit den schnurgeraden Wegen gesäumt von streng gezirkelten Buchsbaumhecken; aber wo sind die Gäste von ehedem, der eitle Neruda, die Amados, wo Emi und Eva Siao; selbst Jan Drda, der erhalten blieb, ist vom Fleische gefallen, sein Lachen brüchig; und das schöne Barock der alten Möbel, ihr edles Empire sind zerstoßen und zerschlissen, ihr zartes Furnier gekerbt von schartigen Klingen; die hier jetzt ihre Tage verbringen, sind nächste Generation, sind Erben erkämpfter Privilegien; ihnen, meinen sie, stehe all dieses zu, und sie haben kein Verhältnis mehr zum inneren Wert der Dinge.

Der bergige Park jenseits der Orangerie, den Gertrude und er so oft durchstreiften, ist verwildert; doch das Dickicht lockt, die plötzlichen Lichtungen, und Gertrude besteht darauf, so schwer es ihr auch fällt, die alten Bäume noch einmal zu sehen, Jahrhundertwuchs, Buchen und Ulmen und Eichen, die hier, gruppiert um eine einsame Bank, ihr und ihrem Manne Trost spendeten in den schlimmen Tagen, da man nicht wußte, wo Zuflucht suchen. Nach oftmaliger Rast auf dem Klappstühlchen hat sie sich niedergesetzt auf dieser Bank, die er trockengefegt, und ruht aus von dem Schmerz, den jeder Schritt ihr bereitet, und weist ihn hin auf die feine Zeichnung der Zweige gegen das Fahlblau des Winterhimmels, die doch eine Ahnung von Frühling enthalte; und obwohl er's nicht wahrhaben will, weiß er, daß sie weiß, daß dies das letzte Wiedersehen sein wird mit Park und Baum und Bank.

Es treibt ihn um in jener Zeit, eine unbewußte Suche nach Menschen, nach Verbündeten, und nach Bestätigung, daß die Gedanken, denen er folgt, auch von anderen geteilt werden, die ähnliches erlebt haben wie er oder unter ähnlichen Bedingungen leben.

Budapest bietet sich an. Zwar muß er Zweck und Ziel seiner Reise der Behörde angeben und eine Einladung seines Verlags vorweisen und die Personen nennen, die er zu treffen wünscht, aber am Ende darf er fahren, denn höherenorts ist man sich der Ungarn sicher: eingebunden in das gegenseitige Zensursystem der Bruderländer, werden sie nichts von ihm drucken, was nicht zuvor in Berlin gebilligt worden wäre.

Wie es sich fügt, sind die für ihn wichtigsten unter den Menschen, denen er begegnet, Opfer der Ereignisse von 1956 gewesen, der mißglückten Reform und des blutigen Aufstands gegen den Einmarsch der Sowjets. Da ist Oskar Csertöi, sein Lektor im Verlag Europa, ein Mann in mittleren Jahren bereits und Kommunist schon, als Admiral Horthy noch regierte; die Jahre, die Csertöi im Gefängnis gesessen, nachdem die Rote Armee zum zweiten Mal ins Land kam und die von Stalin geprägte Ordnung wiederherstellte, haben ihn nicht so sehr verbittert als weiser gemacht; aus seinen Berichten wird S. H. erkennbar, mit welch tragischer Konsequenz, ganz die Ananke der alten Griechen, die Vorgänge hier abrollten: der Ausschlag des Pendels von der blutig-stupiden Diktatur des Genossen Rakosi über die kurzlebigen Reformbemühungen der moderaten Kommunisten bis hin zu dem Punkt, da die Geheimpolizisten von den Laternen hingen und ein Terror aufgehoben werden mußte durch einen anderen. Überschrift: Schwierigkeiten dialektischer Natur beim Abbau des Stalinismus. So ist denn die Haltung des Genossen Csertöi jetzt eher eine nachdenkliche, was nicht heißen soll, daß er passiv wäre; nein, er möchte mitwirken, nach Kräften, an der Fortsetzung der Bemühungen, die in den Tagen nach Rakosis Sturz fehlschlugen, und helfen, in aller Stille, und ohne die mißtrauischen Ideologen in Moskau und anderswo zu verprellen, einen vernünftigen, den Bedürfnissen der Leute angepaßten Sozialismus herbeizuführen, was ja wohl auch, wie sich allmählich zeigt, die Politik des Genossen Janos Kadar ist.

Dieses, und einiges mehr über die Schattenseiten großer historischer Ereignisse, erfährt S. H. nicht etwa auf einmal, und nicht im Büro des Europa-Verlages, sondern bei wiederholter Einkehr in Kaffeehäusern und Weinkneipen, und auf Spaziergängen entlang der Donau, vorbei an den weit ausladenden Brücken und an der amerikanischen Botschaft, unter deren Dach noch immer der Kardinal Mindszenthy haust, der dort Schutz suchte, als Chruschtschows Panzer seinem geistigen Primat über die bereits virulente Konterrevolution ein Ende bereiteten. Im Verlagsbüro spricht man vom Geschäftlichen, von dem soeben erschienenen Lenz, der sofort ausverkauft war; den Lassalle, nein, leider, den können wir nicht machen, obzwar das Buch wichtig genug für uns wäre; das kleine Ungarn, grinst Csertöi, sei nicht in der Lage, wegen eines Romans von S. H. einen Krieg zu beginnen mit der mächtigen DDR.

Aber er besorgt einen Wagen zum Besuch am Balaton bei Tibor Déry.

Es ist das Unglück derer, die in der Sprache kleiner Nationen schreiben, daß die Welt ihnen nur selten die ihnen gebührende Anerkennung zollt. Selbst Arbeiten von Karel Čapek, dem überall hochangesehenen, blieben dem Publikum außerhalb der tschechischen Grenzen unbekannt; wie erst bei Déry, dessen Bücher die Literatur-Mandarine aller Länder in Aufregung versetzt hätten, wäre er Engländer oder Amerikaner gewesen, oder auch Russe. Dabei hatte Déry vergleichsweise Glück; seine frühen Romane und Erzählungen, in Horthys Ungarn verboten, fanden Verbreitung zumindest durch die deutschen kommunistischen Verleger, und nach dem

Krieg übernahm die DDR fast das gesamte vorhandene Werk – bis 1956, bis er, Ungarns führender Autor, sich auf die Seite der Reformer stellte und Partei ergriff für die Regierung Nagy, gegen die Russen, und festgenommen wurde: von da an keine Zeile mehr von ihm in Ostberlin, und im Westen kaum etwas.

Ein Aristokrat, langer, schmaler Schädel, hageres Gesicht mit scharfgeschnittenen Zügen, sitzt er, nachlässig gekleidet und doch elegant, auf der winzigen Terrasse seines Häuschens in den Weinbergen über dem Balaton und sagt dem Besucher, nein, er verüble es dem Genossen Kadar nicht, daß der ihn ins Gefängnis stecken ließ: was sollte Kadar denn tun mit den Gegnern seines Regimes, die eigentlich seine Freunde waren, in der Situation, in der er sich befand? Im übrigen habe Kadar dafür gesorgt, daß er, Déry, die meiste Zeit seiner Haft im Hospital verbringen und dort sogar schreiben konnte; seither habe sich alles einigermaßen geregelt, die allgemeine Lage in Ungarn wie das Persönliche; man kenne die von den Sowjets gesetzten Grenzen und erlebe, wie Kadar sie ständig zu erweitern suche, und blicke beinahe mit Mitleid auf solche wie ihn, S. H., die doch wohl sehr allein stünden in ihrem Lande.

Mit Schriftstellern über ihr Werk zu reden, ist nie leicht; Kritik, auch die feinfühligste, führt nur dazu, daß sie sich verschließen, und lobt man, schöpfen sie sofort Verdacht: was will der Kerl von mir, eine Verlagsempfehlung oder, schlimmer noch, daß ich sein Manuskript lese? Aber Niki ist etwas anderes, Niki von Tibor Déry, das Buch vom Gram eines kleinen Hundes, der auf seinen verhafteten Herrn wartet, und wartet, und wartet, und stirbt, just als der endlich heimkehrt; eine einzige Anklage gegen die Herrschaft der Stalin-Epigonen, hatte die Geschichte gerade durch die zurückhaltende Weise, mit der sie erzählt ist, den Schriftsteller S. H. so stark berührt, daß er darüber mit Déry zu sprechen begierig war, und wie doch durch die Beschreibung dem Begriff nach nebensächlicher Begebenheiten sich stärkere Wirkungen erzielen ließen als durch das Pathos von Haupt- und Staatsaktionen; und da stellt sich denn heraus, daß nicht alles so leicht gewesen war, wie Déry es zunächst erscheinen ließ, der verlorene Kampf, die Zeit seiner Gefangenschaft, und es wird evident, daß unter der distanzierten Haltung des Mannes ein tiefer Pessimismus sich verbirgt.

Und dann Lukacs. Der klapprige Aufzug hinauf zur obersten Etage in dem schönen alten Mietshaus am Donaukai, der kleine Mann an dem großen Schreibtisch, ummauert von Stößen von Büchern und Zeitschriften, die müden, klugen Augen hinter den Gläsern, das schüttere Haar, das einst rötlich gewesen, die lange, leicht gekrümmte Nase, an der ein Tröpfchen hing, das, wenn er sich die Mühe machte, es abzuwischen, bald durch ein neues ersetzt war. Und hinter der Silhouette des Kopfs, durch das breite Fenster, der Ausblick auf die grüngerundeten Hügel am anderen Ufer des Flusses, und dazu die etwas krächzende Stimme: »Sie sind der erste, mein Lieber! Der erste Schriftsteller aus der DDR, der zu mir kommt nach den Ereignissen: dabei sind sie alle bei mir in die Lehre gegangen!« Ein spöttisches Kräuseln der Lippen, welches das Gesicht noch spitzer erscheinen läßt, als es ohnehin ist; man versteht einander.

Das Hutzelweiblein, welches den Tee hereinbringt für den Professor und seinen Besucher, und die Hängelampe mit dem altmodischen Troddelschirm anzündet über dem gleichfalls buchüberladenen Eßtisch, bespitzelte ihn, wie S. H. später erfuhr, für die Polizei; ob Lukacs es gewußt hat, wird sich kaum noch eruieren lassen; es dürfte ihm auch gleichgültig gewesen sein, solange die Alte die wenigen nicht von Papieren bedeckten Flächen der Wohnung gelegentlich fegte und ihm seine Mahlzeiten hinstellte. Er arbeite, sagte er, gegen die Zeit; und die braunfleckigen, dürren Hände faltend. »Es bleibt noch vieles zu beenden.«

Dann über die Lage. Von den Theorien Ernst Fischers und Garaudys halte er nichts. Was Eurokommunismus; im Grunde sei er ein Konservativer, man lese seine Bücher; in das Kabinett des Genossen Nagy, den die Russen dann hinrichteten, während er, Lukacs, mit dem Leben davonkam, sei er eher durch Zufall geraten; man brauchte einen Minister für Erziehungswesen, und irgendwie fiel sein Name, und er folgte dem Ruf, schließlich war er Kommunist; nicht, daß er viel Zeit gehabt hätte, zu amtieren.

Und nun sei er krank. Mehrere Krankheiten, in seinen Jahren komme das immer zu gleicher Zeit. Die Regierung kümmere sich um ihn, Ärzte, Medikamente, Pflege; aber was nütze das alles.

Und reicht dem Gast die Hand. Die Hand fühl sich an wie trockenes Laub, und sie zittert ein wenig.

Auch in Moskau erfährt er, daß die in Berlin alles blockieren. Boris Polevoi, der einflußreiche, von Ogonjok übergesiedelt zu der großen Zeitschrift Junost, die den Lassalle ohne weiteres drucken könnte, zuckt die Achseln: hier sind ihm die Hände gebunden. Lew

Nikolajewitsch Tschernjawskij, S. H.s Übersetzer, hat nachgeforscht, wie die Stellung der Partei sei zu Ferdinand Lassalle, und sagt, man stehe, vorbehaltlich gewisser minderer Momente, durchaus positiv zu ihm als historischer Persönlichkeit; ja, es gebe sogar ein Denkmal zu Ehren Lassalles irgendwo. Alexej Surkow, Freund S. H.s seit den Tagen, da Hostages, russisch Saloshniki, in dem Literaturmagazin Znamja herauskam, und Mitglied des Zentralkomitees und einer der Mächtigsten im sowjetischen Schriftstellerverband, macht eine sarkastische Bemerkung über den Berliner Schwanz, der den Moskauer Hund wedle. Dem Germanisten und Literaturkritiker Ilja Fradkin gar, Mitarbeiter zahlloser Verlage und einst Kulturoffizier in der sowjetischen Besatzungszone, wurde eine Reise nach Ostberlin verwehrt, weil er in die offiziöse, in vier Sprachen erscheinende Internationale Literatur eine anerkennende Besprechung des Lenz einsetzen ließ; daß das Buch nicht nur in der DDR, sondern auch in der Sowjetunion veröffentlicht worden sei, sagte man ihm, könne nicht als Entschuldigung gelten; als Kenner deutscher Verhältnisse hätte er wissen müssen: über S. H. kein Wort.

Böll als einziger verspricht Hilfe.

Diesem begegnet S. H. in Köln, nach einer Lesung dort, die ihm die Behörde ganz unerwartet gestattet hat, ein Experiment wahrscheinlich, um festzustellen, wie er, kurz einmal von der Leine gelassen, sich verhalten werde. Er verhält sich brav; keine bösen Interviews, keine provokanten Antworten auf provokante Fragen; er hat sich das wohl überlegt und ist zu dem Schluß gekommen, daß die Bundesrepublik, wie zu der Zeit konstituiert, nicht der Ort sei, um inner-DDR'sche Händel öffentlich auszutragen; will er glaubhaft bleiben und wirken, dann muß er, was er zu seinem Streit mit den Parteigrößen zu sagen hat, von heimischem Boden aus sagen, dem Arm der Macht jederzeit greifbar.

Da sitzen sie zusammen in einer Kneipe unterhalb des Domplatzes, er und Böll, jeder sein Glas Kölsch vor sich, Böll zwischen den Fingern die ewige Zigarette, an der er sterben wird. S. H. mag Böll, vom ersten Moment an, den ersten begrüßenden Worten, die sofort Kontakt schufen. Der Mann strahlt aus, Wärme, Herzlichkeit; er nimmt Anteil, er hört zu, hier und da eine knappe Frage stellend zu dem, was S. H. von den Ostberliner Ereignissen zu berichten hat, und deren Gründen und Ursachen. Er hat etwas Bernhardinerhaftes, wenn er den Schädel senkt und unter den schweren Lidern hervor die guten, treuen Augen auf den anderen richtet; unwillkürlich sucht man das Rettungskörbchen an seinem Hals mit den belebenden Geistern darin; und dazu der Stimme freundliches Grollen, kölnisch gefärbt; S. H. hat ihn aber auch zornig erlebt, gegen Duckmäuser und Heuchler wetternd und gegen das Pack im Staate, das da Mißbrauch treibt mit seiner Macht.

Doch geht es an dem Abend nicht nur um S. H. und dessen Probleme; Böll hat seine auch; politische, und mit der Literaturkritik, von deren prominentesten Vertretern einige es lieben, ihn zu verdammen und hinabzustoßen in die Vorhölle der Trivialliteratur, nur weil er so erzählt, daß die Menschen ihn verstehen, und weil er Charaktere gestaltet und Konflikte schildert, und weil in seinen Geschichten etwas geschieht; da kann S. H. aus eigenem mitreden: ihm nimmt man genau das gleiche übel, und wie den Heinrich Böll, so zählt die literarische Elite auch ihn so richtig nicht zu den feinen Dichtern.

Nachdem man schon vertraut miteinander geworden ist, kommt die Rede auf das Schreiben von Tagebüchern, und ob ein Schriftsteller sich die Mühe machen soll, Tag um Tag, gleichgültig, was seine Stimmung, und wenn ja, ob ausschließlich zum eignen Nutzen oder für die geneigte Nachwelt auch; und Böll gesteht, ja, er führe ein Tagebuch, aber kein philosophisches, keinen Tiefsinn über dies oder jenes, und nichts von dem Für und Wider in der eigenen Brust, sondern einfach Notate, die festhielten, was er getan an dem Tag und mit wem er gesprochen habe und worüber: Kontoauszüge, sozusagen, des Lebens.

Nichts derartiges, sagt S. H., existiere von seiner Hand. Im Deutschland vor Hitler und nach dessen Machtergreifung, in Prag dann und in Amerika, im Krieg als Soldat, und wieder daheim in den Staaten, und erst recht in der DDR, immer habe er Mitleser gefürchtet, die sich für ihn interessierten und seine Arbeit, und mit wem er zusammengekommen und was das Ergebnis war solcher Zusammenkünfte. Dabei sehe er ein, wie wertvoll es sein müsse, eine Abrechnung zu haben über die Stunden und Tage und Jahre, zu wissen, wieviel man investiert hat von seinem Vermögen an Zeit und wofür und wann und unter welchen Umständen, und was vergeblich war und pure Vergeudung. Je älter er werde, fügt er hinzu, desto schmerzlicher spüre er, wie das Vergessen, die große Schwärze, sich hinter ihm auftue und wie das Gestern ins Vorgestern verschwimme und dieses wiederum ins Vorjahr und ins Vorvorjahr; wann war dieses gewesen, wann jenes, und was ergab sich woraus. Aber soll man es festhalten? Werde man glücklicher dadurch? Und wie, wenn die Bilanz ein Minus ergäbe?

Das ist das Risiko, sagt Böll, und winkt dem Kellner: noch einmal zwei Kölsch. Und dann zu. S. H.: er könne auf ihn zählen; was sich von ihm aus tun ließe, werde er tun.

Er hat Wort gehalten. Am Ende seiner Besprechung des König David Berichts im »Spiegel« steht zum Punkte DDR zu lesen: *Was nutzen Verträge, Annäherungen, Stabilisierung, Normalisierung, Beteuerungen, wenn ein Autor nicht da erscheinen darf, wo die Sprache gesprochen und gelesen wird, in der er schreibt? Das wird letzten Endes nur noch peinlich und ist eines Staates unwürdig, der international anerkannt werden möchte, aber seine Literatur, die längst international anerkannt ist, selbst nicht anerkennt.*

Gertrude führt ihren eigenen Kampf, um ihren Verlag, Seven Seas, der ihr Werk ist, und um ihr Leben. Der Verlag kränkelt dahin, schon lange; jetzt kommt zu den altbekannten Schwierigkeiten das Mißtrauen hinzu, mit dem die aufsichtführenden Ideologen, deren Englischkenntnisse eher bruchstückhaft, die Cheflektorin betrachten, die Ehegattin des unbelehrbaren S. H. Und der Kreislauf des Bluts, das sich hindurchzwängen muß durch die mehr und mehr sich verengenden Gefäße, erfordert so viel Willenskraft; und da ist die schwindende Zahl der Schritte, bevor der Schmerz kommt, der sie zum Niedersitzen zwingt, und des Nachts der Druck auf dem Herzen, und die Angst; »Hab Moire«, sagt sie, ins Jiddisch ihrer Mutter verfallend, und lächelt traurig.

Jetzt will sie noch einmal nach Amerika; der persönliche Wunsch, sagt sie, lasse sich verbinden mit dem Geschäftlichen, mit den Verhandlungen, die mit International Publishers in New York über Koproduktionen künftiger Titel zu führen wären; die Hiesigen werden ihr zu fahren gestatten, das hat sie bereits erkundet, nicht auf Verlagskosten, bittesehr, auf eigene, und ihren USA-Pass hat sie ja. Auch um den war ein Kampf gewesen, den sie durchfocht mit Hilfe von Leonard Boudin, dem Labour-Anwalt: der wies dem State Department den Buchstaben des Gesetzes, welches besagt, daß dem gebürtigen Bürger der Staaten, selbst dem mißliebigen, sein Paß nicht verweigert werden dürfe.

Am Flugplatz: in modischem Reisekostüm, die Pelzmütze keck auf dem Haar, winkt sie zum Abschied; keiner, der sie so sieht, denkt S. H., würde glauben, wie krank sie ist; er selber will es nicht glauben und wehrt sich dagegen, es glauben zu müssen. Sie fliegt via London, mit Zwischenstopp dort; es gibt ein paar englische Verlage, mit denen sie zu reden hat. Ein Telegramm bestätigt: Gut angekommen, erreichbar da und da. Und dann, am fünften oder sechsten Tag ihrer Abwesenheit, der Anruf, in fremdartigem Englisch: Don't be frightened; we had to take Gertrude to the hospital; she's as well as may be expected; you might want to come here as soon as you can.

Der Mann, der das sagt, heißt Paul Joseph. Er ist Inder, kommt aus Südafrika; in Johannesburg vertrieb er Gertrudes Seven Seas Bücher, daher die Bekanntschaft; des Kommunismus verdächtigt, flüchtete er nach London und verdient das karge Brot für sich und seine zahlreiche Familie als Vertreter einer drittrangigen Versicherungsgesellschaft. Dieser Paul Joseph, in dessen Haus Gertrude den Anfall erlitt, ist jetzt S. H.s einzige Verbindung zu ihr, ihn bestürmt er: was ist geschehen, wie fühlt sie sich, in welchem Krankenhaus liegt sie, was sagen die Ärzte, hat Joseph mit einem von ihnen sprechen können, oder gar mit ihr selber? Die weichen, tröstenden Töne, den Indern eigen: man habe Glück gehabt, ein Arzt, ein Freund der Familie, sei rasch dagewesen, nachdem Gertrude auf einmal ohnmächtig geworden, und dieser habe Beziehungen gehabt zum St. Charles Hospital, so daß sie sofort ein Bett dort erhalten; es gehe ihr, der letzten Auskunft nach, den Umständen entsprechend.

S. H. stöhnt. Er kennt den Ablauf, von der Reise nach Rab: der Stress bis zur letzten Minute, denn ihr Gewissen verlangt, daß alles aufgearbeitet ist im Verlag, bevor sie abfährt; die plötzliche Entspannung dann, die Vorfreude; danach der Kollaps. Aber kennen sie in St. Charles diese Vorgeschichte? Er ruft, von Ostberlin aus eine Leistung, in dem Krankenhaus an und dringt durch bis zum Chef-Internisten: der versichert ihm, Mrs. H. befinde sich außer Lebensgefahr, er selber habe sie untersucht, ja, ob ein Infarkt vorliege oder nicht, lasse sich mit Gewißheit noch nicht sagen, gewisse Tests stünden noch aus, er werde aber, soweit angängig, zu therapieren beginnen, wobei es sicher hilfreich wäre, wenn Mr. H., als Ehemann, der Patientin baldmöglichst zur Seite stünde.

Als ob der Ehemann nicht längst zur Seite der Patientin geeilt wäre, könnte er es nur. Aber wie dem Professor, einem Untertanen Ihrer Majestät, erklären, wie oft und bei wie vielen Ämtern, Ost wie West, ein Bürger der DDR vorsprechen und wie viele Anträge in wie vielen Exemplaren er dort vorlegen und wie lange er auf deren

Erledigung warten muß, will er nach England reisen: da ist das Innenministerium in der Glinkastraße, uns gut bekannt mit seiner Seufzerbrücke, welches dem Bürger einen Reisepass samt eingestempelten Aus- und Wiedereinreisevisum zu genehmigen und auszufertigen hat; dann, betrieben von den drei westlichen Besatzungsmächten, der Travel Board in Westberlin, dessen Beamte dem Ostmenschen einen provisorischen Westpass ausstellen, so keine der Mächte Einspruch erhebt; und drittens das Britische Konsulat, an der Ecke des Kurfürstendamms, das nach Antrag an das Home Office in London und günstigem Bescheid von dort in diesem Westpass sein Visum eindrückt, gegen Gebühr in Pfund Sterling.

Ein formidabler Papierkrieg, zeit- und nervenfressend, den der DDR-Bürger zu bestehen hat, bevor ihm Einlaß gewährt wird in das Vereinigte Königreich. Und S. H. ist Bürger dieser DDR, er besitzt keinen amerikanischen Paß; dennoch liegt seine Frau schwerkrank im St. Charles Hospital in London, und er ist ziemlich verzweifelt. Es erweist sich, daß die eigenen, die DDR-Behörden, sich plötzlich menschlicher verhalten als die drüben im Westen, die ständig von Menschlichkeit reden; das Innenministerium, trotz seiner Fehde mit dem Bürger S. H., erteilt ihm die notwendigen Genehmigungen, wann immer er sie benötigt, und er benötigt sie häufig, für jeden Besuch beim englischen Konsul im Westteil Berlins eine neue; aber das Home Office in London besteht auf seinen Bearbeitungsfristen, und die mögen Wochen in Anspruch nehmen, oder auch Monate, und der Konsul, in der herablassenden Manier eines Kolonialbeamten den Eingeborenen gegenüber, erklärt dem Antragsteller von drüben, daß man sich nicht anders verhalte als seine, des Antragstellers, Regierung es täte in gleichgelagerten Fällen. S. H. sucht Hilfe in England. Desmond Flower, sein Verleger, liegt selber im Krankenhaus. Aber Gerald Pollinger, Stammgast zum Lunch in Rules's in Maiden Lane, einem der traditionsreichsten alten Restaurants in Mayfair, der S. H.s literarische Rechte in England wahrnimmt, hat einen Schwager, welcher Chief Inspector of Immigration ist im Port of London: möglich, daß der etwas unternehmen kann. Edler Schwager, möglich, daß er tatsächlich etwas unternahm, denn der Konsul meldet plötzlich, das Visum liege bereit; und dann muß alles auf einmal sein: eiligst, bevor die verschiedenen Büros ihre Klappfenster schließen, zum Ministerium, und über die Grenze, und zum Travel Board, und hin zum Konsulat; als S. H., entnervt und atemlos, dort vorspricht, zeigt die Uhr neben dem Prachtphoto der

Queen fünf Minuten vor vier. Punkt vier wünscht ihm der Konsul, mit der Herzenswärme eines mittelgroßen Eisblocks, gute Reise.

In der Hand ein Bouquet gelber Narzissen, denn es ist Frühling geworden unterdessen, tritt er an ihr Bett. Sie streckt ihm die Arme entgegen, ihr Gesicht strahlt, die Stimme ist glockenklar: alles ist gut, nun da er bei ihr ist, und bald werde sie wieder ganz gesund sein; und es war gar kein Infarkt, habe der Professor ihr gesagt, nur ein kurzes Versagen der linken Herzkammer; und alle waren sie so wunderbar zu ihr, die Londoner Freunde, und kamen zu ihr, selbst Elisabeth Flower, obwohl ihr Desmond eben erst operiert worden war, so daß sie sich kaum je allein fühlte; und die Ärzte, wie umsichtig, die Schwestern, wie fürsorglich; und der Professor halte dafür, daß sie bereits reisen könne, morgen wenn sie wolle, und wenn es sich arrangieren lasse.

Sie ist eine hervorragende Schauspielerin, und wäre zweifellos berühmt geworden auf Bühne und Leinwand, hätte die Mutter nicht gezetert, ein anständiges jüdisches Mädchen, aus guter jüdischer Familie, zum Theater! God forbid! Diese Rolle jetzt spielt sie glänzend; fast könnte man meinen, der Anfall, was immer dessen Anlass, habe keinerlei Spur hinterlassen. Aber dann und wann merkt man: es ist etwas zerbrochen in ihr, der Kampf hat zuviel gefordert diesmal, zu viele Energien, seelische vor allem, und nie wird sie wieder sein wie früher, Leben sprühend und innere Heiterkeit.

Die Nächte des Schriftstellers S. H. sind voller Unruhe; oft liegt er wach, dem Atem der Frau lauschend, die neben ihm schläft; wenn der Atem kurz stockt, was kündigt sich an, wenn sie aufstöhnt, träumt sie, oder ist es, weil wieder der Schmerz in der Brust sie plagt? Dann zündet er wohl die Bettlampe an und greift nach dem Buch, nach irgendeinem, je weniger zum Tage das Thema, desto besser. Da ist Mark Twain, sein Diary of Adam and Eve ist tröstlich; sogar Louisa May Alcott mit ihren süßlichen Kindergeschichten hilft hinweg über dunkle Stunden; und der Robinson Crusoe, die Naivität des Helden, gepaart mit einem durch keinerlei Zweifel getrübtem Überlebenswillen, läßt den nächtlichen Leser auf eine Stunde oder anderthalbe den Jammer vergessen, der ihn von so vielen Seiten bedrängt.

Die Ausgabe, wie lange besitzt er sie schon, doch jetzt erst bemerkt er es, enthält ein Vorwort, das den Robinson in das Leben seines Autors einordnet; und was für ein Leben hat der gehabt! Bald wird dem Schriftsteller S. H. dies Vorwort wichtiger als Robinsons ganze Insel mit all ihrem Viehzeug und dem guten Mann Freitag; wer weiß denn schon, S. H. jedenfalls wußte es nicht, daß Daniel DeFoe am Pranger stehen mußte in London, an drei aufeinander folgenden Tagen, einmal in Cornhill nahe der Börse, danach in Cheapside, und den dritten Tag in Fleet Street, nahe Temple Bar, wegen einer Schmähschrift, welche er anonym veröffentlicht hat, mit dem Titel, The Shortest Way with the Dissenters, zu Deutsch, Das kürzeste Verfahren mit den Abweichlern, und daß viel Volk kam, ihn am Pranger zu sehen, ihn jedoch nicht verhöhnte oder gar mit faulen Tomaten und mit noch härteren Gegenständen bewarf, sondern ihn hochleben ließ und ihm zutrank und den Pranger mit Blumen bekränzte, während zu dessen Füßen ein neues Gedicht des Autors verkauft wurde, *A Hymn to the Pillory*, frisch von der Presse soeben, in dem dieser die hohen Herrn anprangerte, die es in Wahrheit verdienten, an seiner Statt hier zu stehen.

Welch ein Triumph! Und wie geeignet, jetzt, gerade jetzt, darüber zu schreiben, zur eignen Ermutigung und zur Aufrichtung aller, die gebeugt sind unter der Last dieser Zeit und nicht mehr glauben wollen an den endlichen Sieg der Vernunft.

In der Bibliothek der Universität Halle findet sich ein Exemplar der Originalausgabe des Pamphlets, *London, Printed in the Year MDCCII*, welches den Anstoß gab zu den Ereignissen, und dazu noch DeFoes Hymne an den Pranger, mit dem Vermerk am Ende, in winziger Schrift, *D. Defoe, 29 July 1703*; und er beginnt das Pamphlet zu lesen und erkennt alsbald die glorreiche Idee des Kollegen D. D.: nämlich, die Phrasen der herrschenden Doktrinäre um ein geringes nur zu übersteigern, so daß die Sache zunächst erscheint, als stamme sie ganz aus offizieller Quelle, bis dann der Leser auf einmal stutzt und sich an den Kopf greift und sagt, mein Gott, *das* predigt und gebietet uns, *das* regiert uns gar?

Und noch etwas geschieht: eine Art Osmose setzt ein, DeFoes Diktion, DeFoes Art, sich zugleich als Objekt der Vorgänge und als ihr Beobachter zu sehen, bemächtigt sich S. H.s und durchdringt ihn, bis er, als sei es ihm zweite Natur, in DeFoes Sprache zu schreiben beginnt, mit DeFoes Wortschatz, seinen Satzkonstruktionen, seiner Erzählweise, seinem Blick auf die Welt, und ihm nur noch bleibt, den Raconteur zu erfinden, welcher das Ganze berichtet, einen Kerl, der natürlich ein Insider sein muß, mit intimster Kenntnis der Zusammenhänge: auftritt Josiah Creech, Sekretär des Earl of

Nottingham, die einzige erdichtete Person im Buche; sonst sind alle, sogar ein Typ wie Robin Mastschwein, englisch Robin Hog, historisch.

Er arbeitet wie in einem Fieber. In sechs Wochen, von Mitte August bis Ende September 1968, wird die Story geschrieben. Wie von selber erwächst sie aus dem Material, dem Text von DeFoes Schmähschrift, seinen Briefen und Petitionen, den Gerichtsakten, den Aufzeichnungen der Zeitgenossen; dies ist schon unsere Epoche, die Machtverhältnisse, die Konflikte, die Triebkräfte entsprechen den unseren: und was für ein Mensch, dieser DeFoe: bei aller Angst, die er hat, denn es geht ums Leben, seines, und das von Frau und Kindern, welche Haltung noch in Newgate, dem düstren Gefängnis, welch herrliche Courage den Herren Lords und Herzögen und Ministern gegenüber! Über die Jahrhunderte hinweg, Bruder DeFoe, Kuß und Umarmung.

Als er das letzte Wort niedergeschrieben und das fertige Manuskript Gertrude übergeben und sie es gelesen hat, sagt sie, von ihrem Kissen her: »I think you don't need me anymore.«

Er hat sie immer gebraucht, seit den Tagen von Hostages, ihr Urteil, ihre Kritik, ihre Vorschläge; so mancher Gedanke in seinen Büchern, so manche Wortwendung, und, vor allem, so manche Aussparung unnötiger Füllsel stammen von ihr. Bei diesem Text aber, das weiß er, ist kein Wort zuviel; Dialoge und Handlung stimmen; ein Glücksfall, wie selten einer, frei Haus ihm geliefert von Daniel DeFoe. Oder sollte sie doch ihn abnabeln wollen mit diesem Verzicht auf ihren Anteil an seinem Leben, und will sie ihm bedeuten, daß er von nun an den Weg, den er zu gehen haben wird, allein gehen kann, da er ihn allein gehen muß?

»I shall always need you«, protestiert er. Ich werde dich immer brauchen.

In die gleiche Zeit fällt die Krankheit der Mutter.

S. H.s Verhältnis zu seiner Mutter, wie soll ich es darstellen. Er ist ihr ein guter Sohn gewesen; er hat sie aus Amerika in die DDR gebracht, wo er sich um sie kümmern konnte; erst hat sie zusammen mit ihm und Gertrude in dem Haus in Grünau gewohnt, dann ging das nicht mehr an, unter einem Dach Mutter und Schwiegertochter, beider Gefühle dem gleichen, jüngeren Manne geltend; so verhalf er der Mutter zu einer kleinen Wohnung im Stadtbezirk Lichtenberg, wo sie, sie ist eine gesellige, gefällige Person, sich ihren eigenen kleinen Kreis schuf, ältere Damen zumeist, einige mit ähnlichem Schicksal wie ihres; sie kommt zu Besuch nach Grünau, wenn es sich machen läßt, oder er besucht sie, da ist er gewissenhaft, ein- oder zweimal die Woche, heitert sie auf, erzählt ihr das Neueste, von seinem Leben, seinen Reisen, seiner Arbeit, wobei er dies oder das verschweigt, um sie nicht unnütz zu beunruhigen, aber sie erfährt genug von anderer Seite, um sich zu sorgen, und sie ist eine von jenen, die sich Sorgen machen beim nichtigsten Anlaß, was Wunder auch, nach dem, was sie durchgemacht hat mit ihrem Mann, ihren Söhnen; im Ghetto, im Krieg; verlassen, bestohlen, erniedrigt, und um ein Haar verschickt mit einem jener Transporte, von denen keiner zurückgekehrt. Und fast flehend fragt sie: kannst du dich nicht einigen mit ihnen? Ein bißchen nur einlenken? Was mußt du dich exponieren, immer und immer? Für wen, für was? Haben wir nicht endlich Ruhe verdient, du, und Gertrude, und ich?

Sie fühlt sich krank. Mal schmerzt es hier, mal da, mal rührt es vom Darm her, mal von der Niere, mal vom Herzen, und dann und wann ein Anfall von Schwäche: es ist die schlimmste aller Krankheiten, und unheilbar, das Alter. Wie war sie rüstig gewesen, im Haushalt, beim Einkaufen, war ins Theater gegangen und in Veranstaltungen, und nun, allmählich, und immer mehr spürbar, das Versagen. Er weiß, er müßte sie zurückholen nach Grünau, in das Zimmerchen, das ihres gewesen; man hat nur die eine Mutter, und ist sie's nicht wert, daß er ihr die Hand hält, wann immer sie Zuneigung braucht; aber er kennt die Konflikte, und zwei kranke Frauen im Haus, wer erträgt das. Er bringt sie ins Krankenhaus, in die Charité, wo die Ärzte ihm gewogen sind und wo man sie gründlich untersucht: das Nierenbecken ist wieder in Ordnung, das Herz, nun, sie ist weit über siebzig, der Darm, das Röntgenbild zeigt eine Divertikulose, Dutzende kleiner Wurmfortsätze, Divertikel genannt, er selber hat das auch, ererbt von ihr offenbar, nichts Ernsthaftes, und es stört auch nicht, man muß nur darauf achten, daß keines dieser Divertikel sich entzündet.

Sie zieht um ins Altersheim. Das jüdische Altersheim in der Wilhelm-Wolff-Straße in Niederschönhausen ist, für DDR-Verhältnisse, luxuriös; irgendwo in dem sonst nicht sonderlich sensiblen Busen der Behörden rührt sich noch, was die Juden betrifft, ein Stück schlechtes Gewissen, und man verhält sich bei ihnen etwas großzügiger als sonst alten Leuten gegenüber üblich. Die Mutter hat ein Zimmer für sich, drei- oder viermal so groß wie das im Haus des

Sohnes, mit hohen Fenstern, lichtdurchflutet, und sie wohnt in ihren eignen Möbeln; aber sie ist zuviel allein, die Greise und Greisinnen im Heim, obwohl kaum älter als sie, deprimieren sie, und so oft, wie sie's bräuchte, kann der Sohn gar nicht zu ihr kommen. Und der Arzt, der das Heim versorgt, kümmert sich, sagt sie, zu selten um sie; sie fürchtet sich: wenn ihr nun etwas zustößt? Sie geht wieder in die Charité; dort kennt man sie nun, eine alte hypochondrische Frau, so glaubt man, und behandelt sie nach der Routine, wenn Zuwendung nottäte und ein Trostwort des Arztes; so sieht sie sich um nach einem anderen Institut, in dem man ihr mehr Aufmerksamkeit widmen wird und liebevolle Pflege, und, das ist der Fluch der Prominenz, besonders der im Ruch der Unbotmäßigkeit stehenden: die in Lichtenberg, im Oskar-Ziethen-Krankenhaus, merken auf, ah, die Mutter von S. H., aber selbstverständlich, bitte, und der Herr Chefarzt in Person wird sich Ihrer annehmen.

Sie ist ganz glücklich; nur die Schmerzen im Unterleib häufen sich, und werden mit jedem Mal schlimmer, und in dieser Nacht muß der Rettungswagen kommen. S. H. spricht mit dem Herrn Chefarzt; der ist voller Verständnis und Sympathie für die Besorgnis seines Besuchers, und bereitet diesen vor, schonend, auf schlechte Nachricht: Krebs, und in fortgeschrittenem Stadium. Ihr davon sprechen? Um Gottes willen nicht, einer alten Frau, die schon so viel erlitten, auch fehle noch ein Teil der Testresultate; aber er, S. H., sollte es doch zu wissen bekommen, schließlich ist er der Sohn.

Tags darauf: der Herr Chefarzt bittet, dringend. Der Mann ist wie ausgewechselt, ganz Kommandeur, ein Admiral etwa, der sein Schiff in die Schlacht führt: es habe ihn sehr gestört, gestern schon, die große Schwellung des Unterleibs, die gespannte Bauchdecke, hart wie ein Trommelfell; so zog er heute den Chirurgen hinzu, und der sagte auf der Stelle, Darmdurchbruch, Vereiterung, operieren, am besten gleich; das schließe natürlich ein Risiko ein, in diesem Alter und bei dem Zustand des Herzens, aber es sei die einzige Hoffnung.

Er sitzt am Bett der Mutter; man hat ihr eine Spritze gegeben, den fürchterlichen Schmerz zu betäuben; sie blickt den Sohn an, der ihre Hand nimmt und streichelt, und das blasse Gesicht wirkt auf einmal ganz jung, kindlich beinahe, und ihre Augen füllen sich, und sie sagt, »Ich hab so gehofft, daß du dich aussöhnen wirst mit ihnen. Kannst du nicht hingehen zu dem Ulbricht, du kennst ihn doch. Es wär mir eine solche Erleichterung.«

»Weißt du«, sagt er, »wie der Zufall spielt. Heute früh haben sie angerufen vom Büro Ulbricht, ich soll hinkommen, morgen schon, er will mit mir sprechen.«

»Helmutel«, sagt sie, der Kosename, mit dem sie ihn rief, wenn er von der Schule kam und die Treppe hinauflief im Hause Kaiserplatz 13 in Chemnitz und sie, die Arme gebreitet, in der Wohnungstür stand, »Helmutel, du machst mich so glücklich.«

Das nächste Mal sieht er sie in der Intensivstation; die Operation, heißt es, sei gelungen, der Eiter entfernt, der Darm genäht; sie lebt.

»Mutter«, sagt er, halblaut, ein Versuch, sie noch zu erreichen, über den Abgrund hinweg, der sich schon aufgetan hat, »Mutter!«

Ihre Augen öffnen sich. Erkennt sie ihn? Kann sie ihn hören? Ach, das bleiche geschwollene Gesicht, die armen zerstochenen Hände, die Schläuche, die sie ihr eingeführt haben in Nase und Venen. Er redet zu ihr, es wird alles gut werden, sie hat's überstanden, morgen schon wird sie sich kräftiger fühlen, und dies und jenes; solange er redet, glaubt er, ist nicht alles verloren, kann er sie halten, wird sie kämpfen. Doch die Augen schließen sich. Die Schwester winkt ihm: Gehen Sie lieber.

Der Friedhof in Weissensee, die Tausende und Tausende von Gräbern, die keiner mehr aufsucht, das Loch in der lehmigen Erde am Fuß des Hügels, auf dem die verwitterte Begräbnishalle steht, die Trauergemeinde, zahlreicher als sonst bei einer alten Jüdin, sie hat mehr Freunde gehabt, als der Sohn wußte, mit ihrem warmen Herzen, das jetzt erkaltet ist. Der Kantor aus Westberlin, der mit dem volltönenden Bariton, der zugesagt hatte zu singen und die Totengebete zu sprechen, ist nicht erschienen; man hat gewartet; dann ist der Ostberliner gekommen, der durch Menschlichkeit ersetzt, was ihm an Stimme fehlt.

Gertrude sieht sehr schlecht aus. Sie trägt einen grauen Stoffmantel, der sie nicht wärmt, und die Baskenkappe ihres Mannes, als wollte sie andeuten, wie sehr sie zu ihm gehört in dieser Stunde. Und da ist der jüngere Sohn, Werner, mit seiner Frau Bertha, aus New York eigens herbeigeflogen, zu spät, zu spät; nur noch die Handvoll Erde bleibt, auf den Sarg zu werfen. Danach sitzen die Brüder und ihre Frauen beisammen. Wie lange hat man einander nicht gesehen, ein halbes Leben. Werner ist bedrückt. Wie oft schon hat er kommen wollen, die Mutter zu besuchen, sagt er; immer ist etwas dazwischengetreten; was hat sie ihn auch verlassen und ist nach Berlin übergesiedelt. Nein, es geht ihm nicht gut; seine Fabrik, geschaffen aus eigenem, Werkzeuge hat er hergestellt, Spezialwerkzeuge: Größere als er haben ihn zu verkaufen gezwungen, für einen Pappenstiel; eine Weile behielten sie ihn als Manager, dann war auch das vorbei. Und dann zu dem großen Bruder, und eher in Trauer als neidvoll: »Du hast's ja erreicht.«

Der erschrickt, sucht den Kleinen, der auch schon ergraut ist, aufzurichten: ein Neuanfang, du bist noch jung, gerade fünfzig, und tüchtige, erfahrene Ingenieure brauchen sie immer, in Amerika schon sowieso. Und denkt, wie sie einander doch ähneln, er und sein Bruder, in Gangart und Bewegung, im Schnitt der Augen, im Tonfall; der Kleine ist mehr noch als ein Spiegelbild, ist ein zweites Ich, gebaut aus den gleichen Teilen, die nur anders zusammengewürfelt wurden, und er hat den Daumen der Mutter, mit der breiten Kuppe und dem zu kurzen Nagel; gespenstisch.

Nicht lange darauf erhält S. H. Nachricht aus Amerika, von Bertha: der Bruder hat sich erhängt, in seinem Zimmer oben im Hause; sein Sohn, hat ihn aufgefunden; da war er schon ein paar Stunden tot.

Der Alltag einer Invalidin. Die Nächte, mit plötzlichen Schmerzen, plötzlicher Atemnot; die Tage im Haus, die Versuche, sich irgendwie nützlich zu machen; die Krankenschwester, die bei ihr sein muß, wenn der Mann einmal ausgeht; die Spaziergänge, alle paar Schritte sich hinsetzen müssen auf den Klappschemel, den man mitgeschleppt; die ärztlichen Ratschläge, die zu befolgen sind, die Diät, gegen die Diabetes, die Medikamente, für den Kreislauf, und keine Zigaretten mehr, schon lange, kein Tropfen Alkohol: und trotzdem, keine Besserung. Die Freunde entschwinden, denen ihr Herz geneigt war: Erich Wendt, ein letzter Besuch im Regierungskrankenhaus, in der Suite, in der man ihn einquartiert hat zum Sterben; Erna Stahlmann, nicht ganz so prächtig untergebracht, aber am selben Orte, eine letzte Bosheit über die Genossen, ein letztes Lachen über die Welt, dann der Abschied.

Und sie darf nicht mehr arbeiten. Wenn sie noch eine Weile leben will, haben die Ärzte ihr nach der Rückkunft aus London gesagt, muß sie Seven Seas aufgeben; die ständige Anspannung, die Kämpfe um Titel, Termine, Druck und Vertrieb, die Reibereien mit Mitarbeitern, mit der Bürokratie, der ganze ewige Ärger sind zu belastend; trotzdem sträubt sie sich; die Arbeit, die Aufgabe, was wäre sie ohne das; einmal die Woche fährt sie trotz ärztlichen Verbots ins Büro; dann geht auch das nicht länger, und vom Bett aus läßt ein Verlag sich nicht leiten.

Woran sich klammern? Die Hoffnung, daß nicht ganz umsonst war, was man getan hat, der Glaube, daß siegen wird, trotz aller Niederlagen, aller Enttäuschungen, wofür man sich eingesetzt hat sein Leben lang.

Und was da in Prag geschieht, und durchsickert zu ihr über Briefe, Anrufe, vertrauliche Nachrichten, stärkt Hoffnung und Glaube. In Prag hat der Staatspräsident und Chef der Partei, Novotný abgedankt; der neue Mann heißt Dubček. Der tritt eher bescheiden auf und ein wenig unsicher; lenkt er die Veränderungen, die offenbar in der Partei vorgehen und im Lande, oder wird er getrieben von ihnen; und vielleicht ist es auch gar nicht mehr der Mann an der Spitze, der die Dinge entscheidet, sondern ganz andere Kräfte sind plötzlich am Werk; die Macht und ihr Apparat verlieren an Schrecken, seit Jahren gültige Tabus werden gebrochen; die Presse wird lebendig, Theater, Film; in den Cafés diskutieren sie, in den Versammlungen, auf der Straße, und selbst in den Betrieben rührt es sich, eine Art Demokratie, formlos noch, denn keiner weiß eigentlich, wohin führt der Weg, und wie weit kann man ihn gehen; nur eines ist klar, ein neuer Wind hat begonnen zu wehen, das alte Eis schmilzt, Frühling ist in der Luft, Prager Frühling.

Das strahlt aus über die Grenzen, bis in die sandigen preußischen Niederungen, in denen noch immer der Stock herrscht, mit dem der König die Bürger geprügelt; Gertrude ist voller Zuversicht: immer hat sie in schöner Naivität an den Sozialismus geglaubt, an das Licht am Ende des Tunnels, nur daß dieses Licht sich um so weiter entfernte, je angestrengter sie ihm nachlief; jetzt aber die Helligkeit, es gibt ihn offenbar, einen Sozialismus, in dem es eine Lust sein wird zu leben.

Strahlung bringt Gefahren mit sich, diese besonders. Da muß man die Menschen schützen, seine Menschen; wehe, wenn sie infiziert würden von dem Abweichlertum, das sich jenseits der Grenze breitmacht. Der Schriftsteller S. H., obwohl ganz legitime Geschäfte seine Anwesenheit in Prag erfordern, darf dorthin nicht mehr reisen; seine Beschwerden bei Haid, all sein Reden, all seine Vernunftgründe fruchten nichts: hier ist die Einladung vom Tschechischen Fernsehen, das Treatment der Kreuzfahrer ist fertig, ein Stück Drehbuch sogar, die Kollegen wünschen, das mit ihm zu besprechen, sie brauchen Rat, den Krieg auf die Mattscheibe zu bringen, speziell den Aspekt, über den er geschrieben, Psychological Warfare, das ist so simpel nicht.

Kein gutes Omen. Und die Zeichen mehren sich, daß etwas geplant wird: zwischen den Hauptstädten der Bruderländer reisen hochrangige Parteidelegationen zu Konferenzen, die mit Communiqués enden, in denen nichts steht; im Neuen Deutschland herrscht allzu beredtes Schweigen, hier und da durchbrochen von dumpfen Drohungen, scheinbar an keine Adresse gerichtet. In Prag ist ein außerordentlicher Parteitag angesetzt, auf dem viele fehlen werden, die bisher das große Wort führten; die Genossen an der Basis haben sie nicht wiedergewählt. Der Parteitag wird beschließen, was bisher nur Provisorium war und Experiment: den Sozialismus mit dem menschlichen Gesicht. Aber die Würdenträger der Bruderparteien, können die da zusehen, so ohne weiteres? Das wird doch übergreifen, fürchten sie, und dann möchte der Zunder, der sich gesammelt hat unter ihren Bürosesseln, aufflammen. Nein, sie können es nicht dulden, sie werden intervenieren müssen.

Sie werden es nicht wagen, sagt Gertrude.

Er stimmt ihr bei. 1968 ist nicht 1956, und Prag ist nicht Budapest, in Prag ist es die Partei selber, die sich reformiert und sich dabei eins weiß mit dem Volke, es ist eine Umgestaltung und keine Konterrevolution.

Aber insgeheim glaubt er nicht, was er da sagt. Und wieso dieses Treffen in Moskau: sämtliche Staats- und Parteichefs höchstselbst, mit Ausnahme des einen Dubček.

Trotzdem, sagt Gertrude, sie wagen es nicht. Eine bewaffnete Intervention – gegen die Weltgeschichte?

In dieser Nacht, der Nacht vom 20. zum 21. August des Jahres '68, ruft er in Prag an, bei Burger, dem alten Freund, der beteiligt ist an den Bemühungen um die Erneuerung dort; spricht mit Burgers Frau Annette, erfährt: Hans ist in einer Sitzung, in der Stadt herrscht Ruhe, alles wartet auf den Parteitag, die Vorbereitungen zu den Kreuzfahrern laufen, die Filmleute hoffen, daß er sie doch bald besuchen können wird. Gegen Morgen, kurz nach drei Uhr, erwacht Gertrude, das Herz, eine Arhythmie; sie sucht auf andere Gedanken zu kommen, stellt das Radio an, AFN, American Forces Network, hört, doch nur den halben Schlußsatz einer Meldung, weckt ihren Mann aus dem Schlaf: etwas sei geschehen, genau was, habe sie nicht verstanden, einen anderen Sender, bitte. Doch überall ist nur das Gekrächz, das unter der Bezeichnung Jazz läuft. Endlich dann, einer, der Nachrichten durchgibt, auf italienisch zwar, aber zwei Worte schälen sich heraus: Invasion, Tschechoslowakei.

In den Stunden, die folgen, kommen die Details: der dringende Hilferuf aus Prag der ehrlich um das Wohl ihres Staats und ihrer Partei besorgten Genossen, deren Namen keiner nennt; die sowjetischen Luftlandetruppen urplötzlich auf dem Flugplatz Ruzyně, der sorgfältig koordinierte Überfall von Nord und Ost her über die Grenzen; die Armee gelähmt, wie kann man kämpfen gegen die Bruderarmeen, die sowjetische vor allem, die Befreierin von einst; das stumme Entsetzen der Bevölkerung, zum zweiten Mal in Menschengedenken der Einmarsch; und, welcher Hohn, es marschieren auch wieder die Deutschen ein, aus der brüderlichen Deutschen Demokratischen Republik.

Der psychische Schock dieser Nacht trifft auf eine geschwächte Physis; die Wirkung ist erschreckend. Gertrude selber faßt es zusammen: ihre Gesundheit ist ihr genommen worden und ihre Arbeit, sagt sie, und nun auch der Glaube.

Man sieht den Verfall. Sie verliert an Gewicht, die Haut welkt, binnen Wochen wird sie, die sich stets ein Stück Jugend bewahrte, zur alten Frau. S. H. sucht das Bild zu verdrängen; manchmal gelingt es ihm, auf Stunden, auf Tage auch, besonders da ihre Stimme jung klingt wie immer und ihre Gedanken nichts verloren haben an Brillanz und Schärfe. Doch die Anfälle wiederholen sich in immer kürzeren Abständen: der Kampf im Herzen, das Ringen um Luft, der Aufruhr des Darms, die Todesangst. In der Charité, in der Zweiten Medizinischen Klinik, halten sie ihr ein Bett frei in einem kleinen Einzelzimmer, für den Notfall, der immer öfter eintritt; hat sie sich wieder ein wenig erholt, darf sie nach Hause; im Garten liegt das welke Laub auf dem Rasen, über die Terrasse streicht der Wind, sie friert. Sie spricht von dem Frühling, der sein wird, wie von einer fernen Utopie. In der Charité sagen sie ihm: wenn Sie Ihre Frau im Hause behalten wollen, Herr H., brauchen Sie ein Sauerstoffgerät, zur Stützung von Herz und Lunge, bis der Notarzt eintrifft; es gibt derart Geräte bei uns, tragbare sogar, aber nur selten, man muß Glück haben. Er bemüht sich; die stählernen Flaschen, den Sauerstoff enthaltend, hat er bald beschafft, die Apparatur selber, mit ihren Skalen und Hähnen und der Maske, die über Nase und Mund gestülpt wird, ist ihm fest versprochen, noch vor Heiligabend soll sie angeliefert werden. Doch sie trifft nicht ein: ein trauriges Weihnachten droht. S. H. spricht mit dem Stationsarzt, bittet ihn: das Gerät hier auf der Station, das der Patientin so oft schon geholfen, diese eine Nacht nur. Der Mann hebt die Hände, unmöglich; aber in einer anderen Klinik, der Kollege dort hat ein Reservegerät stehen, vielleicht kann man den überreden. Der Kollege läßt sich überreden, und S. H. darf das Gerät und seine Frau mit nach Hause nehmen, und der Baum wird gerichtet und prangt im Glanz seiner Lichter, und noch einmal feiert Gertrude ein Fest wie es früher stets war, sie, alle beschenkend, den Mann, den Sohn, die Enkelkinder, immer hat sie die andern beschenkt, ihr Leben lang. Und Sylvester. Man ist eingeladen; aber natürlich gehen wir hin; sie kleidet sich an, große Toilette, der goldene Armreif, alte Arbeit, die Stola, und Lidschatten und Lippenstift, wie sehen wir aus, akzeptabel? Akzeptabel, bestätigt er, und küßt sie.

Der lärmende Frohsinn. Braten und Wein, Menschen, Umarmungen, wie geht's dir? Danke, blendend. Die Böller. 1969.

Bring mich nach Haus.

Das Sauerstoffgerät, diesmal das eigene bereits. Er bewegt die Rädchen, die Zeiger an den Skalen geben den Druck an, das Gemisch strömt leise zischend zur Maske hin; der Puls verstärkt sich, die Lunge ist wieder frei; aber die Erschöpfung hinterher, die elende Schwäche; und was wird sein bei der nächsten Attacke. Der Arzt rät, zurück in die Charité, ein paar Tage wenigstens. Das bekannte Zimmer; aber jetzt fürchtet sie die Nächte, die Einsamkeit, und es dauert so lange, bis die alte Nachtschwester kommt auf das Klingelzeichen oder der junge Assistenzarzt; man rückt den Schrank, stellt eine Couch in die Ecke, damit ihr Mann die Nacht über bei ihr bleiben und die Ängste vertreiben kann. An manchen Abenden sagt sie ihm, heute habe ich mich schon besser gefühlt, geh, schlaf zu Haus, im Bett.

In dieser Nacht, sie hat ihm ermutigend zugenickt zum Abschied, schrillt das Telephon. Er stolpert zum Apparat. Die Stimme im Hörer, auf schreckliche Art teilnahmsvoll: es tut mir leid, Herr H., Ihnen das sagen zu müssen. Ihre Frau, ja, leider. Würden Sie jetzt noch kommen wollen, oder nicht lieber morgen früh?

Jetzt.

Dann steht er neben ihr. Der Professor, der auf ihn gewartet hat, um das Nötige mit ihm zu besprechen, hat ihn allein gelassen mit ihr. Jemand hat ihr die Augen geschlossen; sie sieht ruhig aus, blaß, aber nicht eigentlich tot, wie man sich Tote vorstellt und wie er Tote gesehen hat. Wir haben alles versucht, hat der Professor gesagt, anderthalb Stunden lang, Spritzen, Herzmassagen, Beatmung, Mund zu Mund; ohne Erfolg. Nein, sie hat nicht gelitten. Der Tod ist rasch gekommen, Infarkt, das Herz hat aufgehört zu schlagen, ganz einfach.

Sie hat nicht gelitten. Wie will einer das wissen, denkt er. Aber ich weiß, daß sie meine Hand nicht halten, mich nicht sehen konnte in dieser letzten Minute. Kein Mensch, auch der beste Arzt nicht, sagt der Professor, kann voraussagen, welche Stunde es sein wird, an welchem Tag; Sie können sich keine Vorwürfe machen, Herr H. Mag sein. Aber Fakt bleibt, daß sie allein war, als sie starb. Und das hat sie nicht verdient.

Ihm scheint, sie lächelt.

Er läuft zur Tür. »Herr Doktor! Herr Doktor! Kommen Sie! Sofort!«

Der junge Assistenzarzt. »Was ist? Fühlen Sie sich nicht wohl?«

Er zerrt den Arzt hinter sich her, ins Zimmer. »Sie lebt! Sie hat den Mund bewegt, sie atmet! Sehen Sie denn nicht, die Bläschen da, auf der Lippe! Tun Sie doch etwas!«

Der Arzt legt ihm die Hand auf die Schulter. »Das kommt von der Lunge. Die letzte Luft, die entweicht, wenn der Brustkorb sich senkt.«

## 35

In einer der einsamen Nächte, die dann folgen, greift er zur Bibel. Es ist eine billige Ausgabe, das Papier bereits angegilbt, aber sie entspricht, wie auf der Titelseite vermerkt, der *Edition of 1611, commonly known as the Authorized Version*, und über dem Wort *Genesis*, mit dem alles beginnt, ist grün eingestempelt der Name des früheren Eigentümers, der Church of Christ Scientist, 1540 Broadway; und er öffnet den Band, wo der Finger zufällig greift, I. Samuel, Kapitel 16, die Szene, darin der Prophet zu Jesse kommt, dem Bethlehemiter, und den jüngsten unter dessen Söhnen, den man erst von der Schafherde holen muß, salbt, denn dieser ist es, welchen der Herr an Sauls Statt auserwählt hat zum künftigen König von Israel.

Ich habe mich mehr als einmal gefragt, wessen Hand hier im Spiel war; S. H. hätte ja ebensogut das Buch Esther aufschlagen können oder Hiob, und der Rest seines Lebens wäre anders verlaufen; so aber liest er sich fest an der Geschichte des Kleinen, der dann an den Hof des Königs kommt als Sänger, und den Goliath erschlägt, und den Jonathan liebt und gleicherweise die Frauen, und durch allerhand Winkelzüge und Schurkereien König wird in Israel mit Hilfe des Herrn, und denkt, doch das ist schon nicht mehr Schicksal, sondern der Ablauf im Hirn eines Schriftstellers: welch ein Roman! Und dann wieder frage ich mich, wie das Hirn dieses S. H. konstruiert sein muß, daß er, das Herz voll Trauer und Schwermut, gleichzeitig sein literarisches Gewerbe betreiben kann. Und ich gestehe, ich fühlte mich wohler heute, moralisch, hätte S. H. sich müde gelesen in jener Nacht an I. und II. Samuel und wäre eingeschlafen in dem Bewußtsein, daß vielleicht doch ein Gott lebt irgendwo, der die Gerechten in seinen Schoß nimmt; oder war das Nachdenken des S. H. über die Story des König David, und wie man sie erzählen könnte, und was in Wahrheit dahinterstecken möchte, einfach seine Art, sich bei Sinn und Verstand zu halten?

Natürlich existierte eine Unmenge Geschriebenes über seinen Helden; die Goliath-Geschichte allein, archetypisch wie sie ist, hatte zahlreiche Dichter verlockt, namhafte wie namenlose; die Amerikanerin Gladys Schmitt hatte erst 1946 einen David-Roman herausgebracht, mit ziemlichem Erfolg, Richard Beer-Hoffmann ein Stück über ihn verfaßt, in der getragenen Manier Thomas Manns und bar jeder historischen Bezüge, und Hans Henny Jahnns Drama *Dunkle Engel* aus dem Jahr 1952 zeigte David als jedermanns Strichjungen. Doch keinem von diesen, auch den anderen nicht, deren David-Dichtungen er durchblätterte, schien aufgefallen zu sein, was jedem auch nur halbwegs aufmerksamen Bibel-Leser ins Auge springen mußte: die Widersprüche im Text, die doppelten Versionen, notdürftig zusammengepappt, von ein und derselben Geschichte, des Todes des Saul etwa, oder der ersten Begegnung von Saul mit David. Was wiederum nur ein Beweis war für die beinahe hypnotische erzählerische Kraft des einzigen Konkurrenten, den er wirklich zu fürchten hatte, sollte er es unternehmen, das Thema David zu behandeln: des Autors, oder der Autoren, des biblischen Textes. Dafür aber hatte das Projekt einen großen Vorteil: es gab, wie ihm der Dr. Beltz alsbald versicherte, keine wie immer gearteten Sekundärquellen, die sich heranziehen ließen zur Erforschung der Geschichte des Königs David und seiner Herrschaft über den Doppelstamm Juda während sieben und über Juda und die Stämme Israels während dreiunddreißig Jahren, keine Stelen mit irgendwelch eingekeilten Schriften, keine Tontäfelchen, zeitgenössische oder spätere, keine inskribierten Eselshäute, keine griechischen oder römischen Berichte, uns überliefert durch den Fleiß schriftkundiger Sklaven; es gab nichts außer der Bibel, und Recherchen, wie er sie bei den meisten seiner früheren Bücher hatte unternehmen müssen, entfielen.

Aber just die Bibel hatte es in sich. Wie die darin so packend und verführerisch einfach erzählte David-Story neu erzählen, wenn schon nicht besser, was unmöglich, dann doch anders, transparenter vielleicht, und unsere Erkenntnisse über die Macht und ihre Verführungen verwebend mit dem Stoff, aus dem die Schicksale des David und seiner Kampfgenossen, Weiber, Söhne, Heerführer und Propheten geschneidert waren? Da kommt ihm der DeFoe zunutze, mit dem Raconteur, durch den alles gesehen ist, und in dem Englisch, das der Zeit entnommen, in der die Sache spielt. Wie dann hier erst die Wirkung dieser Methode, wo wir die glorreiche Sprache der Authorized Version des King James haben, die heute noch die Herzen der Menschen bewegt in allen englischsprechenden Landen, und ein Erzähler aus der Zeit sollte sich ebenfalls finden, kein mieser kleiner Agent diesmal wie jener Josiah Creech, der den DeFoe zur Strecke brachte; ein Dichter vielmehr, denn wie dichterisch war doch das Stück Bibel zwischen I Samuel, 6 und I Könige, 4 geschrieben; ein Dichter also, und klug und erfahren dazu, weil nur ein sehr Weiser einen vielfachen Mörder und Dieb und Ehebrecher, einen gewissenlosen Gewaltmenschen, als Liebling Gottes und großen König erscheinen lassen konnte, ohne sich dabei in den Geruch eines Kriechers und Heuchlers ohne Beispiel zu bringen.

Natürlich mochte man den Erzähler erfinden. Doch da bietet sich ihm beim Studium der entsprechenden Abschnitte der Bibel ein gewisser Ethan an, aus der Stadt Esrah, von dem es im Ersten Buch der Könige heißt, er sei einer der Weisesten in Israel gewesen, und nur König Salomo habe ihn an Weisheit übertroffen; außerdem ist Ethan auch noch der Dichter des 89. Psalms, eines der wenigen, bei denen ein Autor genannt wird. Demnach mußte Ethan aus Esrah ein bedeutender Mann gewesen sein; fragt sich nur, warum und in wessen Auftrag er den Bericht über König David geschrieben haben sollte. Die Antwort auf diese Frage würde nur an einer Stelle zu finden sein, in der Story selber, wie sie die Bibel erzählte, in deren Inhalt, Tendenz, Anliegen. Die waren klar genug: es ging um die Legitimierung des neuen Mannes, Salomo, der, einer der jüngeren Söhne Davids, den Thron durch einen Staatsstreich usurpiert hatte. Damit aber war die Struktur des Romans gegeben: zwei Fäden, miteinander verknüpft, Ethans Geschichte und die des David, diese jedoch durch Ethans Augen gesehen und wohl auch durch die Augen von Leuten, die da ein Wörtchen mitzureden hatten bei der Abfassung des Berichts; denn schließlich ging es um einen Regierungsauftrag, der unter der Aufsicht einer Art von Kommission gestanden haben dürfte. Wenige Wochen schon nach der Konzeption der Idee notiert S. H. die Zusammensetzung der Kommission: ein Priester, ein höherer Armeeoffizier, ein königlicher Kämmerer; der Prophet Nathan kommt später hinzu. Ebenso sind ihm das Verfahren der Kommission und das ihres Beauftragten, des Ethan, bereits deutlich: die Durchsicht von Archiven, die Anhörung von Zeugen, die Analyse der Texte aller möglichen Volkssänger und Geschichtenerzähler, und derlei mehr, ein buntes Feld, das die bunteste Folge von Formen, Perspektiven, Erzählweisen bieten wird.

Am 1. Mai, nach dem Buchbasar an der ehemaligen Stalinallee, auf dem S. H., der Lassalle ist verboten, nur mit älteren Titeln vertreten ist, begegnet er dem Peter Hacks, der sich in Begleitung eines überaus korrekt gekleideten, lebhaften Herrn befindet, eben jenes Dr. Beltz, von dem schon einmal die Rede war. Hacks, man kennt ihn, ist nach eigenen Auskünften der führende Dramatiker der DDR; dafür weist er S. H. den Part ihres führenden Romanciers zu; so kommt man einander nicht ins Gehege und kann mit neidloser Ungezwungenheit die Werke der anderen Kollegen abwerten oder auch die literaturpolitischen Postulate der großen Vordenker der Republik mit Kommentaren versehen, wobei sich herausstellt, daß, wie etwa Goethe Bonaparte verehrte, der feinsinnige Hacks ein ausgesprochener Ulbricht-Fan ist.

Der Religionshistoriker Dr. Walter Beltz aber, Dozent an der Universität Halle und Sonntagsprediger bei den Reformierten Christen, blickt mit seinen klug beobachtenden Augen von einem zum andern und macht sich seine Gedanken dabei; und da er eine wandelnde Enzyklopädie ist für griechisches und römisches Altertum und für die Götter des Vorderen Orient samt den Menschen, die an sie glaubten, verrät er dem Schriftsteller S. H., daß es tatsächlich eine solche Kommission gegeben hat, die die Bücher Samuel und Könige zusammenstellte und anderes noch; allerdings tagte sie nicht in der Zeit Salomonis, sondern später erst, da man im Volke Israel, nach der Rückkehr aus dem babylonischen Exil, sich auf seine Vergangenheit besann und als ein Gemeinsames kompilierte, was bisher nur so oder so tradiert worden war; die Schwierigkeiten dabei mochten jedoch jenen recht ähnlich gewesen sein, mit denen die Kommission zu ringen hatte, deren Sekretär Ethan aus Esrah gewesen, und aus diesen erklären sich denn auch die merkwürdigen Widersprüche im biblischen Text, die S. H. den Anlaß gaben für die Niederschrift des *Einen und Einzigen Wahren und Autoritativen, Historisch Genauen und Amtlich Anerkannten Berichts über den Erstaunlichen Aufstieg, das Gottesfürchtige Leben, sowie die Heroischen Taten und Wunderbaren Leistungen des David ben Jesse, Königs von Juda während Sieben und beider Juda und Israel während Dreiunddreißig Jahren, des Erwählten Gottes und Vaters von König Salomo*, kurz, des König-David-Berichts. Und Beltz überläßt ihm die überaus nützliche deutsche Bibel-Ausgabe des Professor Kautzsch, in welcher Kautzschens Mitarbeiter sorgfältig vermerkt haben, aus welcher Quelle dieser oder der andere Vers stammen, ob vom Elohisten, der Gott noch pluralistisch Elohim, die Götter, nennt, oder von dem Jahwisten, bei welchem Gott, der Unnennbare, nichts ist als eine Buchstabenfolge, JHWH, welches Luther als *der Herr* übersetzt und die Authorized Version des King James als *the Lord*, oder aus dritten und vierten Quellen, die wieder andere Bezeichnungen haben.

Womit der König-David-Bericht eigentlich fertig dastünde; nur muß er noch geschrieben werden. Auf Englisch zunächst, was S. H. leichter von der Hand geht als später die deutsche Übersetzung, deren Wortschatz und Ton er sich mühsam erst aneignet durch die Lektüre der Lutherschen Bibel und anderer Schriften des Mannes; in beiden Sprachen jedoch ergibt die Verfremdung durch Einsprengsel moderner Vokabeln und Redewendungen einen eigenartigen Reiz, wie auch der rasche Sprung von einer Erzählform zur andern und deren Juxtaposition; nur sollte da nichts durcheinandergeraten; und um dies zu verhüten, entwirft er eine dreispaltige Tabelle, auf der er, wie ein Buchhalter, einträgt: (a) Wer mit wem, und was, (b) Erzählmethode (c) kurze Inhaltsangabe. Die Dichterei erfordert eben viel nüchterne Berechnung: das ja und jenes nein, und wie passe ich dieses zu dem. Und von der ganzen Plackerei darf der Leser nichts merken.

Spaß aber macht es ihm, die Parallelen nachzuzeichnen, die er entdeckt zwischen dem Verhalten der Menschen zu Davids Zeiten und in unseren: wie die Fehden der Mächtigen untereinander vor gut dreitausend Jahren doch denen der Gegenwart gleichen, und die Beziehungen derer, die das Schwert halten, zu jenen, die den Griffel führen, und wie immer noch die Frage steht, auf welche Weise die Wahrheit zu finden und inwieweit es ratsam sei, sie auszusprechen; von der Liebe ganz zu schweigen und dem Haß und dem Leid, das einen wie Ethan aufschreien läßt zu seinem Gotte, damals wie heute.

Einschließlich mehrerer Revisionen der englischen Urfassung wie der deutschen Übersetzung dauert die Arbeit, mehrmals unterbrochen durch Krankheit oder Reisen, bis in den Frühling 1972, drei Jahre insgesamt. Man hat S. H. gefragt, ob er sich selber habe darstellen wollen in dem Ethan aus Esrah. Sicher ist manche Eigenschaft, manche Erfahrung von ihm eingeflossen in die Gestalt des Sekretärs der Königlichen Kommission, aber gleichermaßen in die andern, in Schurken wie Edle; woher, wenn nicht aus der eignen Brust, nimmt denn der Dichter den Hauch, der seine Figuren zum Leben erweckt?

Ich berichte von der Reise des S. H. nach Australien nicht so sehr wegen der Faszination, die ferne Länder für die daheim haben; da zeigt es die Glotze viel farbiger; sondern weil das Drum und Dran seiner Exkursion zu den Gegenfüßlern und das Vor- und das Nachher auf ganz erheiternde Weise ein Stück unserer Wirklichkeit zeigen.

In der Stadt Adelaide veranstalten sie alle zwei Jahre ein Kulturfestival; dazu werden auch Literaten geladen von weither, um Vorträge zu halten und Lesungen aus ihren Werken: einer von ihnen, so schreibt es die Regel vor, soll tunlichst aus dem Bereich des Sozialismus stammen. Beim vorigen Mal hatte man sich den Dichter Jewtuschenko geholt, aus der großen Sowjetunion, doch enttäuschte der seine Gastgeber, erstens, weil er Englisch nur in geringem Maße sprach, und zum zweiten, weil er sich dem vorzüglichen australischen Whisky ergab und auch auf Russisch dann kaum zu verstehen war. Im Vergleich zu dem pflichtvergessenen sowjetischen Lyriker erschien der Romancier S. H. aus der kleinen DDR, von dem keine Eskapaden bekannt, den Organisatoren des Festivals sicherer; zwei davon, Max Harris, Herausgeber des Australian, der einzigen überregionalen Zeitung des Kontinents, und Geoffrey Dutton, Autor mehrerer Romane und Partner im Verlage Sun Books, waren ihm in Berlin schon begegnet und mit seinen Arbeiten, soweit diese in Australiens Buchhandlungen verfügbar, seit langem vertraut.

Später erfuhr er von ihnen, wie hartnäckig man in der DDR sich gegen seine Teilnahme an dem Festival gesträubt hatte; dringend habe der Schriftstellerverband ersucht, statt seiner den vielfach preisgekrönten Hermann Kant kommen zu lassen; das Komitee habe zurückgeschrieben, in Australien sei es üblich, sich seine Gäste selber auszuwählen.

Von diesem Vorgeplänkel weiß er natürlich nichts, als er der Reise nach Adelaide wegen bei dem unvermeidlichen Genossen Haid im Ministerium vorspricht. Haid ist, wie stets, besorgt um S. H.s politisches Wohl: er, S. H., wisse ja um die Internationale Arbeiterkonferenz in Moskau und die Stellung der Kommunisten Australiens, die dort zum Ausdruck gekommen, zu dem leider notwendig gewordenen Einmarsch in die brüderliche Tschechoslowakei; deshalb empfählen die Experten, die sich mit der Frage seiner Einladung zu dem Festival beschäftigt hätten, er, S. H. möge von dieser Reise absehen.

Worauf S. H. freundlich darauf hinweist, daß seine Einladung nicht von der Kommunistischen Partei Australiens komme, sondern von dem Festival-Komitee in Adelaide, einer eher regierungsnahen Organisation, die auf der erwähnten Konferenz in Moskau nicht vertreten gewesen und daher zu dem leider notwendig gewordenen Einmarsch in die brüderliche Tschechoslowakei auch nicht Stellung genommen haben konnte.

Aber Haid beharrt auf seinem Standpunkt: er fürchte, einmal in Australien, werde S. H. sich Fragen zu dem Komplex kaum entziehen können, und man wolle vermeiden, daß er in die Verlegenheit gerate, so allein und gegenüber so perfiden Gegnern die Politik seiner Regierung verteidigen zu müssen, Kulturpolitik inklusive.

Wie denn, Verlegenheit? Ihm, S. H., sei es im Gegenteil stets eine Ehre gewesen, als Sozialist zu sprechen und im Sinne des Sozialismus, wo immer; allerdings könne er weder in Australien noch irgendwo sonst das Verbot seiner Bücher just in dem Land, in dem er lebe, gutheißen.

Haid protestiert: der Lassalle sei nicht verboten; nur habe sich bisher kein DDR-Verlag bereit gefunden, das Buch zu drucken. Und überhaupt sei man erbost über seinen Versuch, die Regierung zu erpressen: wie komme er dazu, die australische Einladung zu akzeptieren, ohne sich vorher der Billigung der zuständigen Stellen zu versichern?

S. H. legt ihm Kopie seines Schreibens an das Komitee in Adelaide vor: darin steht, er werde sich sehr freuen, nach Australien zu kommen, vorausgesetzt, seine Regierung genehmige es ihm.

Haid, bis dahin beherrscht, verliert die Contenance. Das sei ja noch schlimmer! Er stelle es den Australiern ja dar, als ob bei uns alles genehmigt werden müßte! Und jetzt frontal, »Sie wollen also nicht auf Adelaide verzichten?«

»Nein.«

»Aber finden Sie es denn nicht merkwürdig, daß man ausgerechnet Sie eingeladen hat?«

S. H. schluckt: soweit also geht das. Dann, nachdem er sich wieder gefaßt, sagt er, er könne es sich kaum vorstellen, daß das Ministerium, das sich eben erst durch die Verhängung einer Geldstrafe in Höhe von dreihundert Mark wegen der West-Veröffentlichung des Lassalle lächerlich gemacht, den Medien der Bourgeoisie auch noch das Vergnügen bereiten möchte, über das Verbot einer Reise S. H.s nach Australien berichten zu können.

Tatsächlich liegt ihm an dieser Reise. Daß er damit den verschiedenen Ostberliner Stellen die Grenzen ihrer Gewalt weisen kann, ist das geringste; viel mehr interessiert ihn die Gelegenheit, von einem supranationalen Forum aus, und möge es noch so entlegen sein, ein paar Gedanken zu dem Thema zu äußern, das ihn seit der Langeweile von Minsk schon beschäftigt und das, neben anderen, auch dem König-David-Bericht zugrunde liegen wird: die Funktion des Schriftstellers und sein Verhältnis zur Macht. Außerdem könnte das ferne Australien, so hofft er, ihn auf Zeit wenigstens vergessen lassen, was ihn bedrückt.

In Prag, auf der Durchreise, trifft er Feldstein; der hat seine Stellung beim Fernsehen verloren und sieht krank aus; es gebe keine Hoffnung mehr, sagt er, für sein Land wie für den Sozialismus, es werde ja alles erstickt, jede schöpferische Regung. Ein Händedruck, eine Umarmung. In Athen fühlt man die Nähe des Kriegs zwischen Israel und den Arabern, kürzlich erst gab es ein Attentat auf ein Flugzeug der El-Al, nun darf er den Transit-Raum, ein deprimierendes Lokal, nicht verlassen, trotz zehnstündiger Wartezeit auf die Maschine aus Paris, die ihn nach Sydney bringen soll. In Bangkok dann ist es der Krieg in Vietnam dichtbei, der überall spürbar: die US-Army lärmt, bierselig und oversexed; dies ist eins ihrer Recreation Areas, ihrer Erholungsgebiete; dazu die Thai-Polizei, die alles, auch ihn, argwöhnisch überprüft.

In Australien aber nimmt man die Dinge mit Gelassenheit; die Sonne des späten Sommers strahlt über Sydney. »Ihr Flug kam zu spät an für den Anschluß nach Adelaide?« Ein freundlicher Mensch, lässig gekleidet, lächelt ihm zu. »No problem, sir, take it easy bis heute Abend, wir zahlen Ihnen Hotel und Taxi, have a good time.«

Vieles hier gemahnt ihn an Amerika, nur daß die Aristokratie dort ihre Ahnen bei den Pilgervätern sucht, den frommen und tüchtigen Puritanern, während man in Australien seinen Stolz dareinsetzt, von einem deportierten Taschendieb abzustammen oder einer dem Galgen entronnenen Kindesmörderin. Adelaide zeigt noch Viktorianisches, die zierlich geschwungenen Gitter an den Balkonen, die vergiebelten Dächer in stillen Straßen; und bei der Garden Party, die der Lord Mayor für die Prominenz des Festivals gibt und die örtlichen Honoratioren, erscheint ein Teil der Herren im grauen Cutaway, den grauen Zylinder auf dem Haupte, während die Damen Stirnlöckchen und Blick unter dem wippenden Rand ihrer breiten picture hats verbergen; man trägt und bewegt sich sehr britisch, gerade weil man so weit entfernt ist von England und wirtschaftlich eher verknüpft mit Japan und der fernöstlichen Inselwelt; und

S. H., der eine Schwäche hat für Tradition, wandelt, angetan mit seinem besten DDR-Sonntagsausgehanzug, über den makellos grünen englischen Rasen, oder er sitzt vornehm zurückgelehnt, in der Hand den Whisky, unter den gestreiften Markisen und konversiert aufs angenehmste über Literatur oder über das gespaltene Deutschland, wobei ihm bald klar wird, daß seine Gesprächspartner von beidem nur die nebelhaftesten Vorstellungen haben.

Zusammen mit ihm sind zum Festival geladen Anthony Burgess, Autor von Clockwork Orange und The Doctor is Sick, welches S. H. vorsichtshalber während des Flugs nach Australien gelesen, und Edna O'Brian, die The Girl with the Green Eyes schrieb, das Mädchen mit den grünen Augen; Ednas Augen waren eher bräunlich, wenn ich mich recht erinnere, und ihr Ausdruck intensiv sinnend, im Einklang mit der Kostümierung; sie hüllte sich in buntseidene Tücher wie eine Zigeunerin und trug auf der Stirne Zigeunerschmuck, oder war es indischer, so daß man unwillkürlich die Hand zurückzog in Furcht, Edna möchte sie packen und wahrsagen; Burgess wirkt da materialistischer; kaum hat man Bekanntschaft geschlossen, befragt er den Ostberliner Kollegen nach dessen steuerlicher Situation und erklärt ihm, weshalb er es vorziehe, statt in London in Malta zu residieren: im Vergleich zum United Kingdom, wo der Fiskus dem Schriftsteller vier Fünftel seiner Honorare raube, sei die Income Tax auf der schönen Mittelmeerinsel ein Nichts.

Von den drei Gästen aus dem literarischen Ausland erwartet das Festival-Komitee nicht nur, daß sie bei Dinners und Empfängen und ähnlichen Anlässen als Zierde dienen; sie sollen auch jeder einen Vortrag halten, das Thema ist freigestellt. S. H., als dritter an der Reihe, beginnt an seiner Redekunst zu zweifeln, nachdem er Burgess und Edna gehört hat: Burgess hat, ohne den kleinsten Merkzettel, ein veritables Feuerwerk abgebrannt von Frechheiten und Phantasie; was Logik, was Literatur, er ist ein Unterhaltungskünstler, ein begnadeter, und ein Zyniker dazu, was man auch an seinen Büchern erkennt, und das Publikum ist hingerissen von seiner Show; und Edna O'Brian entzückt besonders die Damen durch die verträumt-poetische Manier, mit der sie Gedanken, die jedermann nur bejahen kann, ins nahezu Prophetische erhebt. Da sieht der arme S. H. sein mit deutscher Gründlichkeit ausgebreitetes Referat zunichte werden; ach hätte er doch, denkt er, sich Lustigeres ausgedacht; aber es ist zu spät, und vielleicht auch erwartet man von ihm, dem einzigen, der aus dem verschrieenen Sozialismus angereist, Grundsätzliches.

Etwa dreihundert Leute sind gekommen, ihn zu hören, ungefähr so viele wie zu Burgess und der romantischen Edna; doch sind seine Zuhörer anderer Art in Habitus und Gebaren. Er erzählt die Geschichte von DeFoe am Pranger, und fragt dann, wie es komme, daß der Schriftsteller, der schließlich auch nur ein Handwerker, so häufig in Schwierigkeiten gerate, und meint, es möchte an dem Material liegen, das er gebrauche: nicht Mehl, wie der Bäcker, nicht Wachs wie der Kerzenzieher, sondern Gedanken, welche er nur von einer Quelle beziehen könne, der Wirklichkeit. Der Schriftsteller sei dazu verdammt, irgendwie und in irgendeiner Form die Wirklichkeit zu widerspiegeln, selbst wenn es eine sein sollte, die einflußreichere Leute als er lieber verhüllt sähen. Die Erkenntnis der Wirklichkeit aber reize zu deren Veränderung, zur Veränderung der Machtverhältnisse also, wodurch der Schriftsteller in Konflikt gerate mit der Macht, die nur eine raison d'être kenne, an der Macht zu bleiben, und die daher nichts mehr fürchte als die Möglichkeit, daß das Wort des Schriftstellers zur materiellen Gewalt werde.

So weit so gut. Die Sache kompliziere sich aber noch weiter dadurch, fährt er fort, daß, wie schon John Donne schrieb, kein Mensch ein Eiland sei, »entire of itself«. Auch der Schriftsteller ist Teil der Gesellschaft, in der er lebt: der kapitalistischen, im Westen; der sozialistischen, im Osten; oder der sogenannten Dritten Welt, deren verschiedene Formen sich aus der ehemaligen Kolonialordnung heraus entwickelten. Dies sei, gibt er zu, eine sehr schematische Darstellung, und es gäbe Dutzende von Varianten innerhalb der einzelnen Sparten. Trotzdem möge das Schema seiner These dienen: bei den Literaten im Westen lasse sich eine kritische Grundeinstellung dem Establishment gegenüber erkennen, ebenso wie man in der Dritten Welt, solange der nationale Befreiungskampf dort noch im Gange, die meisten Schriftsteller auf seiten der revolutionären Partei finden werde; sobald dieser Kampf aber gewonnen, sobald die ehemals revolutionäre Partei selber zum Establishment geworden, differenziere sich die Haltung ihrer Intellektuellen. Im Sozialismus jedoch –

Die Spannung ist fühlbar geworden. Er weiß, da sitzen welche, die werden jedes Wort, das er jetzt sagt, nach Berlin melden; er weiß sogar, wer die Melder sind; Kenner der australischen Linken haben es ihm unter der Hand mitgeteilt. Nirgendwo, fährt er fort, sei der Schriftsteller so angesehen, nirgends sonst werde seine Arbeit so gefördert, sein Werk so ernst genommen wie im Sozialismus. Warum dann aber der Selbstmord Majakowskys? Warum verendeten, nicht lange darauf, so viele Schriftsteller in den Straflagern? Wieso wurden die Hoffnungen auf Harmonie zwischen den Dichtern eines Volkes und einem System, das aus dem Volke sei und für das Volk, so bitter enttäuscht?

Es stimme eben nicht, beantwortet er die eigene Frage, das »Auf zum letzten Gefecht!« des alten Kampflieds, der Internationale: das letzte Gefecht war nicht das letzte, neue Widersprüche tauchten auf, die ihrerseits wieder im Werk des Schriftstellers sich widerspiegelten. Mit Folgen oft, die des Schriftstellers Situation noch mehr erschwerten: denn während er, generell gesprochen, im Kapitalismus mit seinem Gewissen im Reinen ist, wenn er das System, in dem er lebt, negiert, gerät sein sozialistischer Kollege, der tagtäglich den abgrundtiefen Unterschied beobachtet zwischen dem real existierenden Sozialismus und der sozialistischen Idee, in übelste ethische Probleme: schadet er der Sache, die auch die seine ist, mehr als er ihr nützt, wenn er diese neuen Widersprüche in ihrer ganzen Stupidität und Brutalität darstellt? Wird man ihn richtig verstehen in seinem Lande, wird man die richtigen Schlüsse ziehen aus seinen Worten, oder wird man sagen, er spiele dem Gegner draußen in die Hände; gar nicht zu reden von den Konsequenzen, die seine offene Sprache haben kann für ihn selber und seine Familie und all seine Freunde und Bekannten.

»Manchmal frage ich mich«, gesteht er da unten in Adelaide, »was wohl geschehen wäre, wenn sich ein Zola erhoben hätte im Sozialismus und sein *J'accuse* geschleudert gegen die Prozesse der Stalinperiode.«

Der Rest ist Kaleidoskop.

Die Weinkeller der Firma Cramp, die langen Tische im Halbdunkel, die Kerzen, die Gespräche, und eine Spätlese, wie er sie selten probiert hat: wenn nur die australischen Weine, ursprünglich dorthin gebracht von badischen Einwanderern, nicht so schlecht reisten!

Und Anlaby, die Station des Geoff Dutton, nicht ganz im Outback, wo die australische Wüste beginnt, aber doch genügend weit entfernt von der Küste, um ihm Stille zu gewähren, wenn er sie will; Geoff führt die Familienfarm weiter, denn weder der Verlag noch die Schriftstellerei bringen genügend ein, und er liebt die Schafherden, die über das karge Gras ziehen, und die sauber voneinander geschiedenen Generationen von Ferkeln und Jungschweinen und

Masttieren, die er nicht allzu fett werden läßt: das Hauptgeschäft ist Bacon, fein geschnittener, magerer Speck, in der Pfanne zu braten mit drei, vier Eiern, und Duttons Bacon und Duttons Schurwolle sind bekannt gleich Duttons Romanen, und des Abends sitzt man in der Bibliothek, die Möbel stammen aus Queen Victorias Zeiten, vom Großvater, und die Bücher auf den Regalen sind zum Teil noch älter, und nicht nur die Nachbarn nehmen ein oder zwei Stunden Autofahrt in Kauf, um im Hause Dutton über Wirtschaft zu reden und Politik; von viel weiter her, aus Adelaide oder aus Melbourne und Sydney sogar, kommt was Rang und Namen hat in Australiens Literatur, trinkt und diskutiert, und übernachtet in dem weitläufigen Gästehaus; am Morgen dann taucht man ein in den Pool unter den Palmen.

Das Luncheon beim Generalgouverneur in Canberra, nur er zu Gast und irgendwelche höheren Offiziere, britisches Hofzeremoniell en miniature, aber Sir Hasluck schreibt, soweit S. H. sie nachempfinden konnte, sehr schöne, formvollendete Verse, und seine Frau, Alexandra, ist bekannt durch ihr Halbdutzend gediegener Bände über australische Geschichte, und sehr bald treten die roten Traditionsuniformen mit den Goldschnüren und Litzen und Biesen in den Hintergrund; die Haslucks sind überraschend gut informiert über das zwiegespaltene Europa und dessen sozialistischen Teil; man hat S. H.s Rede gelesen und will wissen, wie wird es weitergehen dort drüben, wird sich etwas verändern, und in welcher Richtung?

Die Universitäten, Flinders, Melbourne, Sydney und Monash, diese erst nach dem Sputnik gegründet, um gleichzuziehen, technisch, mit den Russen; die Germanisten, mehrere noch Refugees aus der Nazi-Zeit; die Fragen der Studenten, nicht bösartig, neugierig eher: Zensur, Unterdrückung, und wie ist es mit ihm selber? Die Zwickmühle, die er kennt. Er wehrt sich: wie lange, fragt er, ist es her, daß in Deutschland die Nazis noch herrschten; Vorsicht ist angebracht darum, und es gibt schon Momente, da Zwang sich notwendig macht in einem so neuen Staate; nur wer soll entscheiden dürfen, wann ja, wann nein, das ist das Problem. Sehr wohl bedacht das alles; aber wo er auch spricht, von welchem Podium, immer steht einer auf von den Studenten, wache Augen, offenes Gesicht, und lächelt: »Why are you afraid of freedom?« – Weshalb eure Angst vor der Freiheit?

Die australische Linke. Soeben hat der Parteitag der Kommunisten stattgefunden; mit 118 gegen 12 Stimmen haben die Delegierten entschieden, sich von Moskau loszusagen, von dem unsäglichen Breschnew und dessen Politik. Und nun, gewärmt von der Nachmittagssonne, sitzen sie selbdritt auf der Terrasse des Parlamentsgebäudes in Melbourne, der Genosse Bernie Taft vom neuen Zentralkomitee der australischen Partei, und Clyde Holding von der Labour Party, und der Schriftsteller S. H., trinken ihr Bier und bereden die Zukunft Australiens und des ganzen pazifischen Raums, Chinas insbesondere, und die anscheinend unlösbare sowjetische Misere, und das Angenehme ist, so wenigstens empfindet es der Gast aus Berlin, daß keiner von ihnen vorgibt, die endgültigen Antworten zu haben.

Der Strand in Sydney, wo er in den Pazifik steigt zusammen mit Hyman Brezniak, seinem Wirte, und wo hinter der Sperre aus Stahlpfählen und Netzdraht die Haie Ausschau halten nach dem rosa Fleisch der Schwimmer, und die Party des Abends, zu der Brezniak ihn hinführt, und wo er dem schwedischen Schriftsteller Artur Lundkvist vorgestellt wird, ein großer Mann, flüstert man ihm zu, aber S. H. hat Augen zunächst nur für das aufregende Muster der Strumpfhosen auf den etwas zu schlanken Beinen der Gattin des großen Mannes, welches ihn an das Drahtgeflecht mit den Haien dahinter erinnert; Jahre später wird er die Lundkvists wiedersehen, im Regierungsgästehaus in der Johannisstraße in Ostberlin; dort wird Lundkvist ihm anvertrauen, daß er Mitglied sei des Nobelpreiskomitees, und eines der einflußreichsten, und wie Pablo Neruda ihn und seine Frau fast drei Wochen lang zu Gast hatte in seinem prächtigen, mit Objets d'Art aus aller Welt vollgestopften Hause hoch über dem großen Fluß in Chile; und dem armen S. H. wird es siedend heiß werden: da hat der Genosse Neruda das Ehepaar Lundkvist so großzügig aufgenommen, mit dem bekannten Resultat, und er hat das hohe Paar nicht mal zum Kaffee geladen; so wird er die zwei also schleunigst nach Grünau schleppen, und niemand wird daheim sein, der ihm einen hübschen Kaffeetisch deckte, und die Blechdose mit dem Kuchen ist auch nicht zu finden, und um dem Besuch wenigstens etwas zu bieten, wird er Lundkvist und Gattin nach Köpenick fahren, ins Schloß, wo eine Ausstellung skythischen Goldschmucks sein soll, aber das Gold, stellt sich heraus, ist noch nicht ausgepackt, und es bleiben nur die fürstlichen Möbel und die alten Krüge und Teller zu besichtigen, und zu allem Unglück wird der greise, halbtaube Museumswächter einen Streit mit dem Gast aus Schweden beginnen, »Bitte, hier müssen Sie gehen!« – »Ich will aber dorthin!« – »Da ist der Pfeil, dem müssen Sie folgen!« – »Ich bin ein freier Mensch, aus einem freien Lande, und ich wünsche, diesen Weg zu nehmen!« – »Das ist verboten!« – »Ich, hören Sie, vertrete die Menschenrechte hier!« – »Und ich bin der Wachmann!«

Wie auch immer man Nobelpreise gewinnt, *so* nicht.

Und dann der Abschied von Australien. Auf dem Flugplatz, zwanzig Minuten vor Abflug, will der Genosse Milliss von der Parteizeitung Tribune noch ein Interview zum Thema Sozialismus in der DDR. Ihm erklärt S. H., und so steht es dann auch gedruckt, *I feel that socialism is our baby. Now if the poor child is cross-eyed, bow-legged and has scabs on its head, you don't kill it, you try to heal it.* Eine recht anständige Erklärung, wird man mir zustimmen, vielleicht etwas leger, aber durchaus loyal: Der Sozialismus, meine ich, ist unser Baby. Wenn nun das arme Wurm schielt, O-Beine hat und Grind auf dem Kopf, so bringt man es deshalb doch nicht um, sondern man versucht es zu heilen.

Kaum ist er wieder zu Hause, wird er zum Genossen Haid beordert. Der begrüßt ihn: Sie haben in Australien behauptet, der DDR-Sozialismus hätte die Krätze.

S. H.: dessen könne er sich nicht entsinnen.

Stumm deutet Haid auf den Ausschnitt aus der Tribune.

Hier irre, sagt S. H., der Übersetzer. *Scabs* heiße Grind, Krätze sei *scabies;* nur in übertragener Bedeutung, und das sehr selten, verwende man *scabs* im Sinne von Krätze.

Dann eben in übertragener Bedeutung, weist Haid ihn zurecht. Und fragt grämlich, wie er denn, wenn er die DDR so verleumde, erwarten könne, daß man ihn noch einmal ins Ausland fahren lassen werde. Krätze!

In dieser Zeit heiratete er ein zweites Mal, eine reizvolle, kluge und sensible Frau, erheblich jünger als er, mit einem kleinen Sohn, den er adoptierte. Ich habe mir lange überlegt, ob ich die Geschichte auch dieser Ehe des S. H., die ja, mit ihren schmerzlichen wie ihren schönen Momenten, nicht ohne Einfluß auf seine Entwicklung, seine Reaktionen, seine Arbeit blieb, erzählen sollte. Ich habe mich dagegen entschieden, obwohl das sicher ein sehr interessantes und vielleicht auch lehrreiches Kapitel geworden wäre. Ich habe mich dagegen entschieden aus einem Grund vor allem: die Menschen, die darin eine Rolle spielen, sind noch in den Jahren, da sie ihren eigenen

Weg finden müssen und daher Schutz brauchen vor den Augen Fremder. Ich bin sicher, der Leser wird das verstehen.

Dann wird ihm doch wieder gestattet, ins kapitalistische Ausland zu fahren, nach Frankfurt, zur Buchmesse.

Irgendwie, scheint es, gibt es Divergenzen höherenorts; selbst Ulbricht, hört S. H., hat nachfragen lassen, wie es käme, daß trotz aller Förderung die Literatur seiner DDR nicht die gewünschten Früchte bringe. Es dürfte der erste Zweifel nicht sein, der den alten Herrn beschleicht; die rigide Welt, in der er sich stets gesehen und die seine Politik bestimmte, bröckelt; was sein Sieg eigentlich wäre, der Beginn einer zaghaften Annäherung der zwei deutschen Staaten, trägt bei zu seinem Falle; er hat die Wendigkeit nicht mehr, die einer braucht für die raschen Manöver des Kalten Krieges, und eines Tags ist ein anderer an seiner Stelle. Unvergeßlich die Szene, aufgezeichnet von der unbestechlichen Kamera am Flugplatz in Schönefeld, da der große Chef aus Moskau eintrifft, um den Wachwechsel abzusegnen, und der Alte, der noch nicht ganz begriffen, daß seine Zeit vorbei ist, als erster auf den Gast zuschreiten will zum gewohnten Begrüßungskuß auf die Hängebäckchen und zurückgestoßen wird von den grausamen Ellbogen seiner eignen Kreaturen; und kurz darauf die Frontseite des Neuen Deutschland, das er so lange beherrschte, mit dem Großphoto von der Geburtstagscour, es ist sein achtzigster, wie er da placiert ist im Schlafrock, Filzlatschen an den Füßen, und rechts und links von ihm, die Sakkos korrekt geknöpft, das Politbüro: Gruppenbild mit Ehrengreis – welch ein Hohn!

Wir können uns denken, was vorging in ihm, damals. Aber wir wissen es nicht. Der Tod, der um die drei oder vier Tage zu früh kam, in denen er dies und einiges andere hätte erzählen können, hat verhindert, daß S. H. es erfuhr; alles war bereits abgemacht; er ist einverstanden, hatte Frau Lotte gesagt, er will mit Ihnen sprechen, er bittet Sie nur zu warten, bis er sich ein wenig besser fühlt.

In Sachen der Frankfurter Reise taucht in Grünau ein Duo auf wie aus einem Kabarett, ein kleiner Runder, mit Igelkopf, der listige Reden führt, und ein bleicher Langer, sichtlich oftmals Geprügelter, der mit Stichworten aushilft: die Genossen Schuricht und Baldauf von der Kulturabteilung des Zentralkomitees. Diese bewundern die Ikonen an der Wand und die Tassen im Eckschrank, Biedermeier und Empire und zwei oder drei aus der Rokoko-Zeit; wie lange er da gesammelt habe, fragen sie, oder wären es Erbstücke? Nein, Gelegenheitskäufe, sagt S. H., aus früheren Jahren, aber nun steige ihr Wert rapide, der Staatliche Kunsthandel verschöbe ja so viel nach drüben, für harte Währung; jammerschade, man hielte das Zeug besser im Lande, und er persönlich hänge an seinen Dingen. Dennoch sei all dies, und ein paar Sachen im Zimmer nebenan, zur Not verkäuflich: so daß er, mitsamt Familie, eine Weile auch ohne Einnahmen würde existieren können, als freier Schriftsteller im wahrsten Sinne des Wortes. Aber nein, nein, wehren die beiden ab, niemand denke daran, ihn unter finanziellen Druck setzen zu wollen; nicht zu drohen seien sie gekommen, sondern um sich in aller Freundschaft über sein Auftreten in Frankfurt mit ihm zu unterhalten.

Folgt eine Nummer von hinreißender Komik: eine Generalprobe nach den Vorstellungen der Kulturabteilung von der Konfrontation eines harmlosen DDR-Autors mit den aalglatten Vertretern der westlichen Medien; wobei sich aus dem Frage- und Antwortspiel, das S. H. mit Glanz besteht, erschließt, wie gut man im Apparat des Zentralkomitees die Schwächen der eignen Politik kennt.

Seine Situation danach auf der Messe ist, gelinde gesagt, pervers. Tatsächlich ist er, das Visum im Paß sein DDR-amtlicher Segen, gekommen, um für Bücher die Trommel zu rühren, die seine Regierung im eignen Machtbereich verbietet. Doch wie den Widersinn normal denkenden Menschen erklären? Was hat er gezahlt, will man wissen, welche Konzessionen hat er geboten, daß ihm Frankfurt gestattet wurde? Oder funktioniert bei ihm daheim die Koordination schon nicht mehr zwischen rechter und linker Hand, und er, der Schlaukopf, hat es fertiggebracht, sich durchzuschlängeln im Hin und Her der Fraktionen? Oder ist er gar das erste Schwälbchen, das, munter zwitschernd am Main, den Sommer der Geistesfreiheit ankündigt im real existierenden Sozialismus?

Die Wahrheit, deucht ihn, ach, ist viel armseliger: reiner Opportunismus. Festgenagelt in der Mitte Europas und offen den Blicken der ganzen Welt, ist man in Ostberlin, jetzt da das Säuseln lauerer Winde vernehmbar und Handelsgeschäfte locken, bemüht, sich zivilisiert zu zeigen. Peinlich genug, daß man, den Hütern des ideologischen Grals zum Willen, Werke einheimischer Poesie auf den Index setzen muß, welche, trotz Grenzen und Wächter, dann doch ins Land dringen; soll man sich dazu noch nachsagen lassen, man sperre auch deren Autoren hinter der Mauer ein? Laßt doch die Kerle ziehen; vielleicht bleiben sie weg.

Was den Autor S. H. betrifft, so hat er bereits drei solch in der DDR verbotene Titel: Lassalle, verlegt von dem unglücklichen Bechtle, dem die reichen Brüder inzwischen die Subsidien entzogen haben; Königin gegen DeFoe oder Die Schmähschrift, bei Diogenes, die mit dem Buch nichts Rechtes anzufangen wissen; und nun, bei Kindler, den König David Bericht. Der David war gar nicht so leicht unterzubringen gewesen; die Herren Verleger schauen sich, bevor sie ein Buch übernehmen, die letzten Verkaufsziffern ihres Mannes an, und weder Lassalle noch der DeFoe waren spektakuläre Seller gewesen. Aber der Dr. Helmut Kindler ist kein westdeutscher Durchschnittsverleger; einst tätig für die Komintern, stand er als Soldat der Wehrmacht dann mit der Gruppe Havemann in Verbindung, entging der Hinrichtung nur knapp, floh nach Berlin und verbarg sich dort, bis die Russen kamen und der Oberst Kirsanow die journalistischen Talente des Mannes entdeckte. Im Hause Kindler erkannten sie, daß der David mehr war als nur die Neufassung einer alten Bibelgeschichte; demgemäß traf der Verlag seine Vorbereitungen für Frankfurt. S. H. hat einen Termin nach dem anderen, mit Vertretern von Funk und Presse aus vieler Herren Länder und, dies das Wichtigste, beim Fernsehen.

Heute, da ich dies berichte, gilt der Schriftsteller S. H. als eine, wie das auf Newsspeak heißt, Fernsehpersönlichkeit, Spezialist Ost-West-Deutsches, sozialistische Absonderlichkeiten, gelegentlich auch Psychological Warfare, DDR-Literatur und Holocaust. Keine Kneipe im Bereich von ARD oder ZDF, in der er anonym sein Bier trinken könnte, keine noch so ferne griechische Insel, auf der nicht ein berucksackter Mensch auf ihn zukäme, »Sind Sie nicht...!« Aber einen Vorteil hat so etwas: er ist unangreifbar geworden für die Häscher der DDR. Die Öffentlichkeit sein Panzer, kann er, die bekannteste Unperson der Republik, vor Millionen aussprechen, was die meisten seiner Mitbürger nur zu denken wagen, und kann derart ihr Denken hier und da sogar beeinflussen; nach dem Schema *Sagen Sie das mal, Herr H., Sie können sich das leisten* hat sich, ihm gar nicht immer angenehm, ein augenzwinkerndes Verständnis angebahnt zwischen ihm und dem Mann und der Frau auf der Straße, ähnlich dem, das in der Zeit seines Offen gesagt existierte.

Auf dieser Buchmesse nun, da er im Lichtkegel der Scheinwerfer über den David befragt wird und über DeFoe und Lassalle und deren Bedeutung für unsere Zeit, und er sich selber zusieht auf dem

Monitor, wird ihm bewußt, welche Möglichkeiten der mattgetönte Schirm ihm bietet. Die Vorbedingung, will einer die Leute zum Midenken bewegen, ist freilich, daß er dem, zu dem er ungerufen in die Stube tritt, nicht fremd erscheint, nicht steif oder gehemmt, nicht arrogant anmaßend, aber auch nicht eifrig sich anbiedernd oder schulterklopfend vertraulich; der Zuschauer bemerkt jede falsche Note, jeden Versuch des Redners, auszuweichen oder zu vertuschen: die Nähe, in welche die verfluchte Kamera das Gesicht und die Gesten des Kerls auf dem Bildschirm rückt, entlarvt alles. Ein gewöhnlicher Besuch eben, so muß es sich darstellen, man kennt einander, oder könnte einander kennen, man hat seine Standpunkte, und vertritt sie auch, aber das ist etwas Selbstverständliches und wird akzeptiert. Das Problem für den, der da spricht, ist nur, daß der Partner, an den er sich wendet, ihm unsichtbar ist und unhörbar; weder der Interviewer, der irgendwo seitlich sitzt, noch die paar Reihen Publikum, die mitunter im Saale, können diesen Partner ersetzen, sie lenken höchstens ab; dein einziges Gegenüber die Kamera mit ihrem bedrohlichen Auge, und dahinter, wenig mehr als ein Schatten, dem Mann, der das Objektiv auf dich hält, mußt du sagen, was dich bewegt.

Eine Art Trance setzt ein bei dem Schriftsteller S. H.; seine Gedanken, einer folgend dem andern, spinnen sich wie von alleine; dabei, sonderbare Spaltung der Persönlichkeit, lauscht er sich selber, wie er da redet in dem schallgedämpften Studio, und beobachtet sich auf dem Monitor schräg unten vor ihm, obwohl er weiß, daß das genau das Falsche ist, denn der zu Haus vor dem Schirm will, daß du ihm ins Gesicht schaust und nicht irgendwohin zur Seite: so, im Wechselspiel zwischen den mehreren Bewußtseinsschichten, Halb-, Viertel- oder Unter-, entsteht jener seltsame Funke, der über Meilen von Raum hinweg die Verbindung schafft zu Herz und Verstand der Menschen.

Auch, und besonders, der Bürger der DDR, zu denen der direkte Weg ihm versperrt ist. Es ist wie beim Billard: kann ich im geraden Schuß mein Ziel nicht treffen, muß ich über die Bande spielen, über den filzgepolsterten Rahmen des Tisches, von dem mein Ball im selben Winkel zurückrollen wird, in dem er auf ihn geprallt ist.

Schatten des Café Continental in Prag, wo der junge Emigrant, am Billardtisch im Hinterzimmer, die Taktik mit den verschiedensten Leuten vom Fach geübt hat.

Eines Tages kommt Biermann vorbei in Grünau. Man könne doch, sagt er, sich auf die Dauer nicht vorschreiben lassen, mit wem man zu verkehren habe und mit wem nicht. S. H. ist der gleichen Meinung; seither trifft man einander wieder, der Sänger, der Professor, der Romancier, selbst wenn man sich weniger zu sagen hat als früher: das Mäntelchen der Dogmatiker ist so verschlissen, daß auch ohne Havemanns Hinweise die Löcher im Pelz durchscheinen.

Und irgendwo, spürt man, wandelt sich etwas. Ganz oben, wird gemunkelt, wären welche, die schon gern ein paar Dinge ändern würden, aber die Ebene darunter, dort säßen die Bremser. Dennoch soll einer der führenden Genossen verlautbart haben, ein 11. Plenum sei ein zweites Mal unmöglich, und der gepriesene Bitterfelder Weg ein Irrweg. Die Kollegen Schriftsteller, die sich lange fernhielten, melden sich wieder; man begrüßt einander, wo die Gelegenheit sich bietet; in kleinem Kreise, eines Abends im PEN-Club, darf S. H. ein oder zwei Abschnitte aus dem verbotenen *David* vorlesen, die Diskussion wird mit Umsicht geführt, aber man erkennt an: ein ganz interessantes Buch. Eine Lesung auch in Jena, bei den Theologiestudenten; bibel- und trinkfest, erkennen die sofort, wie die Fäden laufen zwischen dem König Salomo und dem Genossen Stalin, welcher gleichfalls *Eine Wahrheit* aufstellen und dadurch *Allem Widerspruch und Streit* ein Ende setzen und *Allen Zweifel* ausmerzen wollte an den *Glorreichen Verheißungen*. Sogar bei der FDJ gibt es Umdenker, die den Boykott durchbrechen möchten; S. H. soll nach Weimar kommen, im Kasseturm lesen, dem dickgemauerten einstigen Schatzhaus der Herzöge, in dem nun ein Jugendklub sich befindet. Erfreuliches Bild, das sich ihm bietet am Abend, Trauben von jungen Menschen vorm Eingang; Herr H., wir bitten Sie, nehmen Sie uns mit hinein, wir stehen gerne auch während der Lesung. Er versucht es; aber irgendeiner mit dem Gehabe der Autorität zeigt stumm auf die Bänke in dem kleinen Rundraum: da sitzen bereits, aufgereiht wie die Hühner, lauter kleine Mädchen; nein, auch Stehplätze gibt es keine, Sie verstehen, Herr H., die Feuerwehr.

Er beginnt mit dem DeFoe, der dürfte am leichtesten verständlich sein, leichter als David oder Lassalle. Aber noch nie hat er ein so totes Publikum gehabt; die jungen Damen blicken gelangweilt, ebensogut könnte er das Telephonverzeichnis vorlesen; er flüstert, donnert, gestikuliert, etwas müßte doch ankommen selbst in diesen Spatzenhirnen, er schwitzt, wird immer heiserer: ein Lacher nur, bitte, ein einziger Lacher, Kinder!... Nichts.

Danach, als die Veranstaltung vorbei, erfährt er beim Wein: die Hosen der Oberen der Stadt hätten jählings geflattert, S. H. in Weimar, und vor jungen Leuten, und uns wird man dafür prügeln; aber die Sache zu verbieten hatten sie auch nicht den Mut, und so ließen sie den Mädchen sagen, die sich an der Kasse im Kasseturm anstellten um Billetts für das Tanzvergnügen am anderen Abend: wer tanzen will morgen, muß heut diese Lesung besuchen, hier ist eure Eintrittskarte, Jugendfreundinnen; denjenigen aber, die gekommen waren, den Schriftsteller S. H. zu hören, wurde der Bescheid, ausverkauft, leider.

Die Behörde, und das ist das Neue, hat begonnen Humor zu entwickeln.

Die Fäden zu allem, was in der DDR das Etikett Kultur trägt, laufen bei einem Manne zusammen: Kurt Hager, Professor Kurt Hager. Manche meinen, er sei die graue Eminenz der DDR; aber ganz so ist das nicht. Einer von etwa einem Dutzend wohlgekleideter älterer Herren, ist er auf jeder Aufnahme des obersten Gremiums der Partei zu sehen, des Politbüros; er tritt in der Öffentlichkeit auf, gibt Erklärungen ab, hält Referate, in denen nie ein Wort enthalten, das ihm bei der nächsten Richtungsänderung peinlich werden könnte; er ist zugänglich, hilfreich in Maßen; und doch wirkt er, selbst in persönlichem Gespräch, merkwürdig anonym: als sei er die fleischgewordene Lehre, für deren Reinheit er der oberste Wächter.

Mit dem Genossen Hager also kommt es, angeregt von diesem, im Gästehaus des Zentralkomitees zu einem solchen persönlichen Gespräch, bei dem, zufällig, wie Hager betont, während er den Weinbrand, ein DDR-Produkt, in die Gläschen gießt, auch der Genosse Gysi anwesend ist in seiner Eigenschaft als Kulturminister. Dann, als Einführung gleichsam zum Thema, spricht er seinem Besucher von den Wandlungen, die der VIII. Parteitag, der erste, wie S. H. weiß, unter Honecker, gebracht: so habe man, sagt Hager, eingesehen, daß Überspitzungen vorgekommen und gewisse Menschen falsch behandelt worden wären, und es sei doch bedauerlich, daß er, S. H., sich in solcher Isolierung fände.

Isolierung von wem? Doch diese Erwiderung, wie treffende Worte so oft, kommt S. H. zu spät erst in den Kopf; immerhin hat er die Geistesgegenwart, höflich zu bemerken, daß auch er die Versuche gewisser Stellen bedaure, ihn totzuschweigen: Versuche, die, wie sich herausstellte, vergeblich blieben. Im übrigen könne ein

Schriftsteller, der das Salz auf seinem Brote wert sei, seine Arbeit nicht den Schwankungen anpassen, welche, je nach den taktischen Erfordernissen, die Maßgaben der Politiker kennzeichneten; vielmehr müsse er so schreiben, daß seine Werke auch in künftigen Jahren noch Gültigkeit hätten.

Schreiben, Hager wird prinzipiell, könne ein Autor ja alles, Diskussion sei erwünscht, aber ungerechtfertigte Kritik an der Partei werde er, Hager, nicht tolerieren; welche Korrekturen man vorzunehmen auch beabsichtige, stets werde man Sozialist bleiben, Marxist-Leninist.

Also doch Zensur, flicht S. H. ein.

Bei uns, konstatiert Hager, gibt es keine Zensur.

S. H. hebt sein Glas gegen das Licht, das die Häupter der Genossen Hager und Gysi milde umstrahlt. Ich, erklärt er, bin ja für Zensur, nur für eine intelligente.

Das, erwähnt Hager, habe Marx schon gefordert.

Marx, lächelt S. H., und diesmal ist ihm das treffende Wort rechtzeitig eingefallen, plagiiere er gern.

Nachdem man sich so einander genähert, wird die Atmosphäre fast intim. Mit dem Lassalle, sagt Hager, habe er sich beschäftigt, sei aber wenig begeistert davon; doch gehe es ihm nicht ums Künstlerische. Entscheidend sei ihm, daß die Person des Lassalle zu sehr im Vordergrund stünde, die Rolle der Arbeiter und ihrer Bewegung dagegen zu kurz käme; auch träten Marx und Engels nicht handelnd auf und seien daher keine Gegenspieler für den schillernden Lassalle; schlimmer noch, was S. H. da geschrieben habe über Marx, wie der von London aus seine endlosen Fäden spinne, Gott und die Welt anpumpe und seine Furunkel am Hintern beklage, und über Engels, den Herrenreiter, der seine Profite mache in Manchester und seine Weiber aushalte wie jeder Bourgeois: derlei führe nur zu Mißverständnissen, und überhaupt könnte der Leser nach der Lektüre des Buchs zu dem Schluß gelangen, die Arbeiterklasse wäre manipulierbar.

Aber sei sie es denn nicht? entgegnet S. H. und gibt zu bedenken, daß einer, nur weil er die Fähigkeit seiner Hände verkaufen müsse, noch nicht gefeit sei gegen die Einflüsterungen falscher Ratgeber oder die Versuchungen, die ausgingen von der Gewalt. Wenn dem aber so sei, dann könnte dieser Roman über Lassalle und die Anfänge ihrer eigenen Bewegung den Arbeitern immerhin als Mahnung dienen, jedes Wort doppelt zu prüfen, das ihnen ins Ohr geblasen werde, und sich nicht betören zu lassen vom Glanz der Macht und der Stimme der Autorität.

Zum DeFoe, sagt Gysi, die Spur wechselnd, die in gefährliches Gelände zu führen droht: er, S. H., müsse doch wissen, daß Bücher, selbst solche zu historischen Ereignissen, immer im Kontext mit der Zeit gelesen werden, in der sie dem Leser in die Hand kommen, und von diesem mit eigenen Erfahrungen assoziiert werden; die Wirkung stelle sich dann auch prompt ein.

Und entspräche der Sicht, ergänzt S. H., die der Leser von dieser seiner Zeit habe und von seiner Position darin. Zum Beispiel er, der Genosse Gysi: wenn er sich in einer Reihe sehe mit dem Earl of Nottingham, dem Regierungschef der Königin Anna und Verfechter der staatlichen und kirchlichen Ordnung, dann verstehe man, wenn er eine Veröffentlichung von S. H.s Schmähschrift zu verhindern suche; wenn er jedoch, wie es einem Kommunisten gezieme, sich mit dem Dichter DeFoe identifiziere, der noch vom Pranger aus die Freiheit besang und die Unterdrücker verhöhnte, dann müsse er nicht nur, als zuständiger Minister, sondern werde auch alles tun, damit dies Buch in der DDR erscheine, in höchstmöglicher Auflage.

Die Könige bleiben, die Bauern werden geopfert.

Genosse Haid, der ewig mißtrauische, verschwindet in irgendeiner Versenkung, an seine Stelle rückt der Kulturredakteur des Neuen Deutschland, der rührige Klaus Höpcke, der dem Schrifsteller S. H. noch kurz vor dem 11. Plenum im Blatte bescheinigte, wie brav er die DDR im Ausland stets verteidigt habe. Und Gysi fällt; berichtet wird, im Ministerium hätten sie ihm, als er kam, seine Siebensachen sich abzuholen, schon nicht mehr die Hand gereicht; doch fällt er, zur Erleichterung seiner Freunde, nur auf das Polster des Botschaftersessels in Rom, wo er sich, im Umgang mit dem Vatikan, für seinen späteren Posten als Staatssekretär für Kirchenfragen qualifizieren kann.

Gysis Stuhl in dem schönen alten Bau am Molkenmarkt, auf dem schon der Dichter Becher gesessen, nimmt nun der Genosse Jochen Hoffmann ein, auch einer der bereits in die Jahre gekommenen FDJ-Funktionäre, aus deren Schar der neue Mann an der Spitze der Partei sich seine Leute holt. Hoffmann, wohlbeleibt, mit dem Kopf eines nach ausgiebiger Mahlzeit schläfrig gewordenen gezähmten Löwen, hat S. H. zu sich gebeten, um ihm auseinanderzusetzen, warum man ihn ersuche, eine Einladung des Hessischen Rundfunks zu einer von dem Herrn Leonhardt von der Hamburger *Zeit* geleiteten Fernsehdiskussion zwischen den Herren und Damen Kant, Wolf und S. H. (für die DDR) einerseits und Lattmann, Wohmann und Lenz (für die Bundesrepublik) andererseits abzulehnen – man wolle, aus guten Gründen, sich Modus und Zeitpunkt gesamtdeutscher Gespräche nicht vom Westen vorschreiben lassen; alle anderen Einladungen, die an ihn ergingen zu Fernsehen und Funk drüben: aber gewiß, gerne, jederzeit; und überhaupt wünsche man, ihn wieder ins Kulturleben der Republik zu integrieren; er, Hoffmann, habe den Lassalle gelesen und könne einfach nicht verstehen, wieso der Roman nicht längst hier gedruckt sei, wo bleibe die Initiative der Verleger; auf dem Gebiet müsse sich manches ändern, und Änderungen würden kommen, nicht dramatisch, nicht auf einen Schlag, sondern allmählich und vorsichtig, denn es gäbe ja Genossen im Lande, denen solche Änderungen nicht ganz geheuer.

Der Kopf des Löwen senkt sich; nur die Augen bleiben einen Schlitzbreit offen. S. H. überlegt: sind das nun die kühnen Kämpfer, die aus dem real existierenden Sozialismus den wirklichen machen werden? Im Verfolg so hehrer Ziele, sagt er dann, müßte der Genosse Minister und die ihm Gleichgesinnten als erstes all die Leute, die jahrzehntelang immer nur pariert und jede eigene Entscheidung von sich gewiesen, und die immer noch die besten Stützen des Staates, durch Menschen mit Rückgrat ersetzen.

Hoffmann erhebt sich, wieder ganz Vertreter dieses Staates. »Da machen Sie sich mal keine Sorge, Herr H. Denen werden wir ein Rückgrat schon einziehen.«

Am Morgen seines Geburtstages, des sechzigsten, läutet es an der Tür. Vor der Tür steht, zum Glückwunsch parat, der Genosse Höpcke, hinter ihm, eine Treppenstufe tiefer, der Fahrer, im Arm einen Riesentopf blauer Hortensien; eingesetzt in den dürftigen Boden des Gärtchens am Hause, kümmert die Pflanze dort heute noch vor sich hin.

Höpcke tritt frohgemut ein, schüttelt dem Jubilar die Hand und erkundigt sich, bevor der ihn noch auffordern kann abzulegen, ob er die heutige Ausgabe des Neuen Deutschland bereits gelesen. S. H., irgendein Schuldgefühl hat man als Bürger des Staates ja immer, schrickt zusammen: hätte er, sollte er, müßte er nicht längst; aber doch nicht beim Geburtstagsfrühstück, wer will einem da die Unterlassung verübeln. Zum Glück aber liegt die Zeitung, wie der

Postbote sie gebracht, auf der Truhe im Vorraum; Höpcke erblickt sie, ergreift sie, hält sie in die Höhe: »Dann lesen Sie mal!«

Und tatsächlich, auf der Kulturseite, untere Hälfte, doch wenigstens zweispaltig: *Chronist und Romancier*; darunter, in kleinerer Schrift, des Chronisten Name und der Grund seiner Würdigung; die Würdigung selber läßt die inneren Hemmungen ihres Verfassers erkennen, dem offenbar, selbst als er das Zeug schrieb, noch unglaublich erschien, daß über einen wie S. H. solch schöne Sprüche auf einmal ins Blatt kommen sollten.

Und dann, als sei der Satz dem Artikel erst beim Umbruch hinzugefügt worden: *S. H.s neuer historischer Roman »Der König David Bericht« wird derzeit zur Herausgabe in der DDR vorbereitet.*

Der Konferenztisch im Büro des Genossen Honecker ist rund, nicht langgestreckt und mit dem Spitzenplatz für den Spitzenmann wie weiland bei Ulbricht, und die Tischplatte ist aus Glas; so wird in einem Gleichberechtigung und Transparenz symbolisiert, und Weltoffenheit durch das Licht, das den Raum durchströmt, den hellen Teppich, die modische Form von Schreibtisch und Sesseln; und der Mann im sandfarbenen Sommeranzug, der auf den Besucher zukommt und ihm mitteilt, wie er sich freue, nach langer Bekanntschaft mit mehreren seiner Bücher nun auch seine persönliche zu machen, gibt sich betont demokratisch.

Nein, mehr noch, brüderlich: er redet S. H. mit dem Du der alten Genossen an, so daß der sich veranlaßt fühlt zu fragen, ob er desgleichen dem Genossen Ersten Sekretär gegenüber tun solle; denn, wie bekannt, gehöre er der Partei nicht an und wäre, hätte er ihr angehört, nach dem Bericht des Politbüros auf jenem 11. Plenum mit Sicherheit aus ihren Reihen ausgestoßen worden.

Honecker, und dies ist ihm zugute zu halten, übergeht die Taktlosigkeit S. H.s, was muß der ausgerechnet den Berichterstatter von damals an dessen schlimme Rede auf jener Veranstaltung erinnern, und sagt lächelnd: »Laß es beim Du.« Aber ein Unbehagen ist ihm wohl geblieben, das er zu überwinden sucht, indem er seinem Ein-Mann-Publikum einen einleitenden Vortrag hält über die politische Lage im allgemeinen und auf dem Gebiet der Kultur im besonderen, und über die Veränderungen, die man vornehmen müsse; so plane man, obwohl man auf längere Zeit noch in einer Welt mit den reaktionärsten westlichen Kräften zu leben haben werde, und ihren Einflüssen ausgesetzt, den Verlegern Selbständigkeit zu geben; ohne

Zensur seitens der Hauptabteilung Verlage sollten sie selber ihre Programme wählen dürfen; wie ein großer Blumenstrauß, bunt und vielfältig, solle das Kulturleben in der DDR werden. Dem Schriftsteller S. H. kommen Mao Tse-tungs tausend Blumen, zertreten sämtlich, in den Sinn; der Genosse Honecker aber, anscheinend zufrieden mit seinen Ausführungen, schließt, indem er erklärt, all dies Neue, und einiges, das er nicht erwähnt habe, müsse man wohlgemerkt durchführen, ohne dabei in die tschechische Situation zu geraten.

S. H. hat alles Mögliche erwartet bei dem Besuch, aber nicht das. Der ihm gegenübersitzt an dem gläsernen Tisch scheint zu wissen, auf welche Gratwanderung er sich zu begeben gedenkt, mit dem Schicksal des Genossen Dubček vor Augen und in einem Stück Land, in welches man gar nicht erst einzumarschieren braucht, und scheint, ob bewußt oder nicht, Beistand zu suchen, sogar bei einem wie ihm. Aber wie schwierig, da Antworten zu finden, die psychologisch wie politisch das Richtige treffen bei diesem seltsamen Rencontre von renitentem Autor und Parteichef. Und was erwartet der Mann? Zuspruch? Man könnte ihm sagen, daß er bei seinem Vorhaben der Unterstützung der Besten unter den Intellektuellen sicher sein kann. Theorie? Man könnte andeuten, jede Öffnung sei offen nach zwei Seiten hin, und daß nicht nur der Westen auf uns, sondern auch wir auf den Westen einzuwirken vermöchten, wenn wir's mit besseren Methoden versuchten als bisher. Oder will er praktischen Rat? Man könnte ein Gespräch vorschlagen zu den Fragen, die ihn beunruhigen, andere Schriftsteller noch dabei, deren Wort in der Welt gilt, Hermlin etwa oder die junge, nachdenkliche Wolf, um dann zu Konkretem zu gelangen.

Honecker durchblättert die Notizen, die er sich gemacht hat. Nach der Sommerpause, nickt er dann, erst müsse das traurige Ereignis hinter uns liegen, dem wir entgegensähen. Und dann, beiläufig: dir ist doch bekannt, daß der Genosse Ulbricht, kurz vor seinem Schlaganfall noch, gesagt hat, wie gern er mit dir reden möchte?

Und nachdenklich, in puncto Literatur: Im Zuchthaus habe er hier und da Bücher zu lesen bekommen, nur Klassiker; da sei ihm klar geworden, wie diese die Menschen berühren über die Zeiten hinweg. Doch was da geschrieben werde für uns heute, im Grunde könne man sich das selber schreiben. Und taucht schon einmal ein Talent auf wie der Plenzdorf, warum muß er den Jungen, seinen Helden, am Ende sich umbringen lassen? Und anklagend: Haben wir dafür gekämpft, im Zuchthaus, und später noch, daß in unserm Sozialismus die Kinder Selbstmord begehen? Oder uns verhöhnen wie dieser Biermann? Seine Frau, Margot, sei befreundet gewesen mit Biermanns Mutter, und über die Mutter sei eine Unterhaltung zustande gekommen zwischen Margot und Biermann, ganz vernünftig zuerst, aber dann habe sich wieder diese Entfremdung gezeigt zwischen Biermann und uns. Wenn der wolle, könne er die Republik ja verlassen; er, Honecker, werde es sofort gestatten. Und mit plötzlicher Wendung zu S. H.: »Deinen David-Bericht habe ich selber genehmigt.«

## 36

Man sagt, die eigentliche Biographie eines Schriftstellers seien seine Werke. Das stimmt insofern, als die Erfahrungen seines Lebens, seine Ängste, seine Freuden in seine Schriften eingehen, und diese wiederum, durch eine Art Rückkopplung, auf dem Umweg über ihre Wirkung auf seine Zeitgenossen die Haltungen und Handlungen des Autors beeinflussen. So betrachtet ist die Geschichte des Romans *5 Tage im Juni* in der Tat ein Stück Biographie des S. H., und ein entscheidendes.

Der König David Bericht war erschienen, zunächst im Westen und schließlich auch in der DDR; aber noch immer liegt im Keller des Grünauer Hauses das schwarz gebundene Manuskript, auf weißem Etikett der Titel, *Der Tag X*: ein Gespenst, das ihm keine Ruhe läßt in seinen Nächten. Auch für die Partei, das weiß er, ein Gespenst, ein unerlöstes. Nie ist man dem Problem dort auf den Grund gegangen, und wenn, was selten genug, die Rede auf die Kalamität des Juni 1953 kam, hieß es stets: ein Putsch, angestiftet vom Westen; gewiß, es gab auch Fehler bei uns, aber die wurden korrigiert, nur keine Fehlerdiskussion.

Nun ist da die Stimme. Er kennt sie, sie kommt aus der eigenen Brust, und die Stimme sagt: Warum läßt du's nicht auf sich beruhen? Sie haben dir, trotz ihrer Bedenken, den David veröffentlicht, und den DeFoe, und den Lassalle; sie haben dir gestattet, die Wahrheit auftreten zu lassen, solange sie nur in historischem Kostüm daherkam; mußt du die Genossen reizen, wo sie am empfindlichsten sind, und fordern, was sie nicht geben können? Aber dann überlegt er, einmal muß doch die Zeit kommen, da auch dieses bedacht und besprochen werden kann, die große Niederlage und die Gründe dafür; wieviel Zeit ist vergangen seither, Distanz schafft Perspektive; es kann doch nicht sein, daß die Menschen, die oben wie die unten, gar nichts hinzugelernt haben sollten unterdessen.

Also nimmt er sich, mal sehen, wie das Ding auf mich wirkt, den Tag X vor, ein gewichtiges Konvolut, und liest, und erschrickt: welche Arbeit lädt er sich da auf. Will er das druckfertig machen, erkennt er, wird es nicht getan sein mit einem Wort hier und einem Wort dort, einer matten Aussage ersetzt durch eine wirkungsvollere, einer ungeschickt gebauten Szene durch eine, die stimmt. Die Konflikte, die er durchlebt hat, seit er Finis schrieb unter das letzte Kapitel seines Manuskripts, haben sein Auge geschult: er sieht, wieviel da schief ist in den Beziehungen seiner Figuren zueinander und im Aufbau seiner Story, wie schwach die Frauengestalten, und wie oft Drama ersetzt ist durch Melodrama. Er hat Unentschuldbares entschuldigt und Unverschuldetes verdammt, und der Zufall, dem Romancier, dem politischen gar, von Rechts wegen verboten, spielt eine viel zu gewichtige Rolle in seiner Fabel. Er hat, kurz gesagt, nicht tief genug geblickt in das Wesen seiner Sache, konnte es wohl auch nicht, da ihm Erfahrungen fehlten und Erkenntnisse, welche ihm nur das Leben beibringen konnte, jahrelanges Leben im real existierenden Sozialismus.

*A heart-breaking job*, das umzuschreiben, notiert er nach der Lektüre; und fügt hinzu: Gott sei Dank, daß das Buch in dieser Form nie erschien.

Vielleicht war diese Kritik zu hart; Bücher erklären sich aus der Zeit, in der sie entstehen. Nur er, S. H., will ja, daß seine die Zeit überdauern; und so steckt er noch einmal drei Jahre in das verdammte Manuskript, mit Unterbrechungen, doch niemals ablassend von seinem Vorsatz. Es bleibt von der ersten Fassung die Grundstruktur, der Handlungsverlauf berichtet nach Stunde und Tag während der fünf Tage der Konfrontation; es bleiben die Hauptfiguren, Witte vor allem, im Widerstreit mit sich selber, Banggartz, der Arbeiter Kallmann, und Gadebusch und das Mädchen Goodie, und Anna und Greta, die beide den Witte auf ihre Art lieben, und die Russen, und von den Parteioberen Dreesen und Pettenkofer; es bleiben Szenen, die noch brauchbar, obwohl auch sie gestrafft und gewandelt werden. Aber so manches wird gestrichen, Nebenstränge, die ins Abseits führen, und alles, was nach Seelenweh riecht; des Autors Gedanken verschwinden aus den Köpfen seiner Gestalten und an ihre Stelle treten diesen Gestalten eigentümliche. Und das Dokumentarische wird eingefügt, Reden, Erklärungen, Aufrufe, Befehle, und zwar im Originaltext, als Beweis, unwiderlegbar, für das Unglaubliche, das an diesem 17. Juni und in den Tagen davor geschah: Schizophrenie als politisches Phänomen; die wirren Aktionen eines Apparats, der sich als die Klasse begreift, die sich längst schon von ihm getrennt hat; der Tumult im Herzen dieser Klasse, die, ihren Instinkten folgend, in die Irre läuft; und all das in einer geteilten Stadt eines geteilten Landes, ein paar kurze Jahre nur nach einer nationalen Katastrophe, deren Ursachen und Konsequenzen die wenigsten ihrer Bewohner begreifen wollen. Und welch Glück bei seinen erneuten Recherchen: da spielt ihm einer den Bericht der Leitung des Senders Rias an ihre amerikanischen Chefs in die Hände, Psychological Warfare pur; und diese Texte, eingefügt in die Romanhandlung, wirken in ihrer Prägnanz erheblich stärker als seine Beschreibung der Aktionen des westlichen Krisenstabs, die er sich ausgedacht für die erste Fassung des Buches.

Und es bleibt, nun aber geschärft und ohne Betracht für die empfindlichen Gemüter der Genossen, des Autors Sicht auf das Ereignis 17. Juni, eine Sicht, die in keiner Weise den Mythen entspricht, welche seit 1953 hüben wie drüben im Schwange: nein, es war kein Putsch, so zeigt sich's in seinem Buche, angezettelt von den kapitalistischen Geheimdiensten, noch war es ein Arbeiteraufstand, blutig niedergeschlagen von den Sowjets; es war von diesem wie von jenem ein Teil, und vieles andere auch noch, dialektisch verknäult und verknotet alles miteinander, und es war höchst blamabel für beide Seiten.

Ein neuer Titel aber. Der Tag X erweist sich nicht als so glücklich, wie er gedacht, ebensowenig wie A Day Marked X; da fehlt der Schmelz, der Rhythmus, und eigentlich gibt's das ja gar nicht im Englischen, dort müßte es D-Day heißen, aber D-Day fand statt in einer ganz anderen Zeit.

Fünf Tage im Juni, denn fünf Tage waren es gewesen, in denen die Sache ablief, bis sie, am 17., so dramatisch endete; er sitzt an den letzten Kapiteln der Neufassung, da fällt ihm das ein, und er spürt, ja, das hat Klang, wie auch das englische Five Days in June; und was das beste ist, der neue Titel kann als Andeutung verstanden werden, daß dies nun nicht mehr das Buch ist, das soviel Mißfallen erregte; ein neues Spiel hebt an, mit neuer Rollenverteilung, und wenn einer, der den Tag X bisher abgelehnt, herabsteigen wollte von seinem Podest, er könnte es nunmehr ohne Gesichtsverlust tun.

Unter den Verlegern der DDR, die er kennt, ist Hans Bentzien, ehemals Kulturminister, einer der wenigen mit Rückgrat, verlor er doch sein hohes Amt, als er sich weigerte, bei dem bekannten 11. Plenum in den Chor der Jäger einzustimmen. Degradiert zum Leiter des Verlags Neues Leben, hat Bentzien, nachdem die drei verbotenen Bücher des S. H. plötzlich erscheinen durften, den Lassalle gedruckt; jetzt, in einem ersten Gespräch zu dem Thema Juni-Roman, bemerkt er, die Zeit möchte reif sein dafür und rechnet sich, da S. H. ihm von der Neufassung spricht, eine Chance aus für deren Veröffentlichung.

Die Worte des Genossen Bentzien, der solide Schultern hat und das Gesicht eines nachdenklichen Bauern, tun S. H. unendlich wohl, und ohne länger zu zögern schiebt er ihm das Manuskript der Fünf Tage, das nun nicht mehr schwarzgebundene, über den Tisch, wobei er, Vertrauen gegen Vertrauen, mitteilt, daß eine zweite Kopie sich bei Kindler in München befinde.

Alsbald läßt Bentzien ihn wissen: ausgezeichnet, interessant, mutig. Und in einer neuerlichen Besprechung umreißt er die Argumente, mit denen er das Buch durchzusetzen gedenkt; und erzählt dann von seinen eigenen Erlebnissen an jenem 17. Juni, als er, Parteisekretär in Gera, die Hochöfen des Stahlwerks Silbitz zu retten unternahm; am 18. war er dann schon Bezirkssekretär in Jena.

Anders die Münchener Meinung zu dem Buch. Nachdem man zuerst sich beifällig geäußert, erfährt S. H. nun von Vorbehalten: die Begebnisse, heißt es, hätten sich doch wohl etwas anders abgespielt, als er sie dargestellt; auch vermisse man in dem Buch die schöne Ironie, die den David so reizvoll gemacht; und überhaupt lasse sich eine Tragödie, wie der 17. Juni es gewesen, mit den Mitteln der Kolportage nicht bewältigen; es werde, so befürchte man, die gesamte Kritikergilde das Werk verreißen, nicht des Inhalts wegen, beileibe nicht, sondern infolge seiner mangelnden literarischen Qualität. Und dann kommt der Absagebrief, von Herrn Kindler persönlich: man habe, so schreibt der, keine politischen Einwände; der Fehler liege in dem Versuch, ein so großes Thema in die Form eines Unterhaltungsromans zu zwängen.

Kolportage, Unterhaltungsliteratur: wie oft schon, und immer dann, wenn nichts Stichhaltigeres sich fand, war ihm das vorgeworfen worden. Diesmal jedoch erweist sich der Einwand sehr rasch als Vorwand. Denn S. H. hatte, parallel zu der Arbeit an der zweiten Fassung des Tages X und gleichfalls für Kindler, eine Anthologie von Erzählungen zeitgenössischer DDR-Autoren zusammengestellt, Auskunft betitelt und versehen mit einem Vorwort aus seiner Feder, worin einiges über die Eigenart dieser Literatur und ihre Probleme gesagt war; er dachte, mit der Herausgabe der Sammlung im

Westen ein paar jüngeren Leuten Bahn zu brechen und ein paar älteren den Rücken zu stärken; alles in allem ein verdienstliches Tun, das von den Offiziellen allerdings mit Mißtrauen betrachtet wurde: man vermutete, er wolle auf diesem Weg daheim Verbotenes nach draußen schmuggeln, wagte aber wiederum nicht, zu fordern, daß er das Manuskript der Behörde vorlege, bevor er's nach München expedierte; endlich auch befürchtete man, ein alter politischer Hase wie S. H. möchte durch ein Prestige-Unternehmen der Art sich eine Gruppe dankbarer Gefolgsleute zu schaffen suchen, Keimzelle einer geheimen literarischen Opposition.

Wie dem auch sei, eines der Stücke, die er für den Band ausgewählt, war Stephan Hermlins Kommandeuse, die Geschichte jener ehemaligen KZ-Aufseherin, die, durch die meuternde Menge am 17. Juni aus dem Gefängnis befreit, nun davon träumt, in alter Macht und Herrlichkeit wieder walten zu dürfen. Dieses, sagt man bei Kindler, müsse heraus aus der Anthologie. Dieses, sagt S. H., dem plötzlich ein Licht aufgegangen über die Zusammenhänge zwischen der Ablehnung der Kommandeuse und der Haltung im Verlag zu seinen Fünf Tagen, bleibt. Nicht, daß er einen Bruch zu provozieren wünschte, mit einem Haus, das so große Verdienste um seinen David hat; aber wenn er sich schon keine Vorschriften machen läßt von den eigenen Leuten, wie dann kann er sie von denen drüben akzeptieren, und im Falle Hermlin gar – Hermlin, der sich mehr als einmal für ihn eingesetzt hat, öffentlich, und tête-à-tête mit einflußreichen Genossen.

So wird die Kommandeuse zum casus belli, und als man von Kindler ihm telegraphiert, *Anthologie mit Hermlin unmöglich*, telegraphiert er zurück, *Dann eben nicht*. Er hat gut telegraphieren: bei Kindler weiß man noch nicht, daß er ein Angebot hat von Bertelsmann; der Dr. Hopf dort, der Cheflektor, will beides herausbringen, die Fünf Tage wie die Anthologie: den Roman ganz groß und so rasch man ihn drucken und ausliefern kann.

Welch Hochgefühl, nach soviel Zögern und Ablehnung und Streit. Mit dem Eintritt von Bertelsmann in das Geschäft ist das aufreibende Hin und Her zu Ende; vor das Fait accompli der Westausgabe der Fünf Tage gestellt, würde man auch im Politbüro sich endlich entschließen müssen; und da S. H. von Natur eher konziliant, wird er ihnen dort den Sprung über ihren Schatten erleichtern, er wird Bentzien anbieten: koordiniertes Erscheinungsdatum Ost wie West und, in Anbetracht des DDR-Devisenmangels, Beteiligung an den Westrechten, und als Bonbon, falls man bei Bertelsmann einverstanden, gemeinsamer Druck beider Ausgaben in der DDR.

Doch Bentzien hegt plötzlich Zweifel. Er befürchte, sagt er, man möchte höherenorts, trotz freundlicher Zutaten, das Ganze als Erpressung werten; um dem entgegenzutreten, müsse er, Bentzien, glaubhaft versichern können, daß der Autor die Absicht habe, diesmal im Einverständnis mit der Behörde zu handeln; und als Beleg dafür brauche er einen Vertrag in der Hand, der ihm die Weltrechte an den Fünf Tagen zusichere. Und zu dem Dr. Hopf gewandt, der an der Besprechung teilnimmt: auf Grund eines solchen Vertrags werde er dann mit Bertelsmann über die Rechte für Westdeutschland abschließen.

S. H., der nichts mehr ersehnt, als gerade dieses Buch endlich an die Leute zu bringen, ist geneigt, Bentziens Vorschlag zu folgen; doch bald kommen ihm Bedenken. Auch der Dr. Hopf, mit dem er nun zu Mittag ißt, Bentzien hat andere Verpflichtungen, sieht Haare in der Suppe; was geschieht, fragt er, falls die Partei, welcher der Genosse Bentzien ja Gehorsam schuldet, trotz alledem die Veröffentlichung des Buchs in der DDR untersagt? Würde sie in dem Fall dem Genossen Bentzien, der ja dann laut Vertrag über sämtliche Rechte an den Fünf Tagen verfügen wird, gestatten, das Buch im Westen erscheinen zu lassen, bei Bertelsmann? Oder würde sie ihm nicht eher Order erteilen, mit Hilfe seines Vertrags jegliche Veröffentlichung, ganz gleich wo, abzublocken? Oder den Autor auf später, der Teufel weiß wann, zu vertrösten? Oder Änderungen zu fordern, die der Autor nicht vornehmen kann, ohne den Sinn seines Buchs zu entstellen? S. H. mag die abwägende Art des Dr. Andreas Hopf, die sanfte, sorgsame Sprache. Aber etwas in ihm sträubt sich zu glauben, daß einer wie Bentzien ihm mit Bedacht eine solche Falle stellen würde; die Probe aufs Exempel wäre zu sehen, was geschieht, wenn man die Kontrolle über die Rechte sich selber vorbehielte, dem Genossen Bentzien aber konzedierte, er könne das Westgeld kassieren, bittesehr.

Gesagt, getan. Und Bentzien reagiert bitter. Und zieht aus der Schublade eine neun Seiten lange Stellungnahme zu den Fünf Tagen, mit Änderungsvorschlägen samt Begründung für diese. Die Vorschläge, die zu befolgen sind, soll das Buch je in der DDR erscheinen, beziehen sich, im Zusammenhang betrachtet, auf das Bild der Partei, das S. H. in seinem Roman gezeichnet; nun wird ihm gesagt, wie das Bild auszusehen hat.

In einer fast ebenso langen Antwort, deren Punkte ebenso wohlbegründet sind wie die des Genossen Bentzien, schreibt S. H.: *Es wäre sicher nützlich, wenn jemand einen Roman über eine Partei schriebe, in der es so zugeht, wie der Verlag schildert. In einer solchen Partei herrschte eine selbstverständliche innere Demokratie. Kritik und Selbstkritik wären in ihr Tagesbrauch, selbständiges Denken und Charakterfestigkeit würden gefördert, Zweifel und Diskussion ermutigt werden, Phrasen würden verpönt sein. In einer solchen Partei würde die Normenfrage wirklich ernst behandelt und nicht durch eine zehnprozentige administrative Erhöhung »gelöst« worden sein; die Bevölkerung stünde in ihrer großen Mehrheit auf der Seite der Partei, und der imperialistische Gegner hätte sich den Schädel eingerannt am 17. Juni, statt große Teile der Arbeiterschaft für sich einspannen zu können. Ich bin überzeugt, daß ein solcher Roman eines Tages geschrieben werden wird, zwar nicht über das Thema 17. Juni, aber vielleicht über einen großen Sieg der Partei und der deutschen Arbeiterklasse. Was unser Thema aber betrifft, vgl. die Ausführungen der Genossen Ulbricht und Grotewohl am 16. Juni 1953 im Friedrichstadtpalast.*

Inzwischen erfährt er von Stephan Hermlin, der bei Honecker gewesen, daß der im Grunde keine Einwände habe gegen die Fünf Tage, jedoch recht ungehalten sei über den Druck, den er, S. H., mit der drohenden Westveröffentlichung auf die zuständigen Stellen ausübe. Und dann kommt Bentzien wieder; er habe, sagt er, seine Meinung geändert; er glaube, man solle das Buch drucken, wie es ist; aber nun liege die Entscheidung bei Hager, der S. H.s in dem Roman vertretene These von der »Revolution auf dem Verwaltungswege« strikt ablehne; Hager halte dafür, daß auf dem Gebiet der DDR sehr wohl eine Revolution stattgefunden habe, wenn auch eine von ganz besonderer Art.

So vergeht der Sommer. S. H. schreibt Erzählungen. Am 2. September 1974 erhält er Nachricht von Bentzien: das Buch Fünf Tage im Juni entspräche den geltenden Anschauungen über die Ereignisse damals in keiner Weise und könne daher in der DDR nicht veröffentlicht werden. Einen Monat später, auf der Messe in Frankfurt, liegt es der Welt vor.

Und wieder, nach dem Schauerstück, das Possenspiel.

Man ist ihm böse. Aber die totale Blockade über ihn zu verhängen, scheut man sich doch, der Skandal ist ohnehin groß genug, und so wird dem Ostberliner Morgen-Verlag gestattet, einen Band seiner Erzählungen, neuer und älterer, herauszubringen, vorausgesetzt, keine von ihnen verstößt gegen die bekannten Tabus. Und da auch er selber nicht immerzu Krieg führen möchte, wählt er Stücke aus, von denen sich annehmen läßt, daß sie die Zensur anstandslos passieren werden, mit dem DeFoe als pièce de résistance und dem Wachsmuth Syndrom als heiterer Einlage in all der Ernsthaftigkeit.

Die Geschichte von dem nach Prof. Dr. Dr. h. c. Anatol Wachsmuth genannten Syndrom handelt von einer Pandemie, die urplötzlich über die Menschheit kommt und in deren Verlauf die Männer sämtlich, Professor Wachsmuth eingeschlossen, auf unerklärliche Weise zu Frauen mutieren, was à la longue zum Aussterben der Gattung Homo sapiens geführt haben würde, wenn nicht zu guter Letzt noch in einer DDR-Kleinstadt ein Baby männlichen Geschlechts geboren worden wäre, das sich als mutations-resistent erweist und so den Fortbestand der Rasse garantiert, zugleich die Devisenkasse der Regierung auffüllend, welche die Naturschätze von Baby Otto, so heißt das Kind, bereits im voraus verhökert.

Den Leser wird diese Story sofort an Aids erinnern; ich versichere aber, daß S. H. sie zu einer Zeit schrieb, als das Aids-Virus gerade zusammengebastelt wurde und noch niemand von grünen Affen oder afrikanischen Dorfkrankheiten redete. Jedenfalls erschien das Wachsmuth Syndrom, bevor der Morgen-Verlag seinen Band ausliefern konnte, in einer von Hand gesetzten und handgedruckten und mit zwölffarbigen Linolschnitten geschmückten Sonderausgabe in der Westberliner Handpresse, die von zwei liebenswerten Narren namens Wolfgang Jörg und Erich Schönig gemacht wird: Gesamtauflage 300 numerierte Stücke, signiert vom Autor und den beiden eben Genannten, die auch die Linolschnitte verfertigten.

Die Sache wäre folgenlos geblieben, hätte der *Spiegel* nicht eine Besprechung gebracht samt Wiedergabe eines der Linolschnitte, der eine Prawda, Frontseite zeigt, reduziert auf Briefmarkengröße etwa, auf welcher sich mit viel Mühe ein Breschnew als Mutante mit schwerem russischem Ammenbusen erkennen läßt. Das war aus der Phantasie des Künstlers entstanden, ich weiß nicht ob Jörgs oder Schönigs, nicht aus der des S. H.; in dessen Geschichte hatte es nur geheißen, das Politbüro der KPdSU habe, nachdem die Mehrheit seiner Mitglieder mutiert, verlautbaren lassen, daß sich an der bewährten Politik von Partei und Regierung wie immer nichts ändern werde.

Bei dem Genossen Abrasimow aber in der Botschaft Unter den Linden nimmt man sehr wohl Notiz von der Majestätsbeleidigung en miniature, und fordert Aufklärung und entsprechende Schritte; und über Nacht ergeht die Anweisung an den Morgen-Verlag und die Druckerei: Auslieferung stoppen! Sogar die Umbruchkopien müssen gezählt und registriert werden; und wenig später wird alles eingestampft; nicht einmal dem Autor gelingt es, ein Exemplar für den eigenen Bücherschrank zu retten.

Nein, nein, der Band erscheint dennoch, samt Lothar Rehers hintersinnigen Schutzumschlag, auf dem der Kopf des S. H. zu sehen ist wie weiland der des DeFoe im Pranger; nur das Wachsmuth Syndrom ist nicht mehr darin enthalten. Die 40000 Mark, die der Spaß den Verlag gekostet, wie auch das Papier, ersetzt der sozialistische Staat.

Das Juni-Buch wirkt. Nicht daß es in den bundesrepublikanischen Medien mit Jubel begrüßt worden wäre; die von S. H. erwarteten Einwände kommen fast wörtlich so, wie er sie vorausgesehen, dazu noch einige von unerwarteter Bosheit: er hat eben doch einen Nerv getroffen, auch bei den Herren im Westen. Dafür erhält er sehr bald schon, untrügliches Zeichen von Erfolg, ein Exemplar eines Raubdrucks, mit einem recht klugen Vorwort darin, das, dem Ton nach, aus der ehemaligen oppositionellen Studentenbewegung zu stammen scheint, und das besonders dem jüngeren Leser wertvolle Hinweise gibt zum Verständnis von Zeit und Umständen, die dieser nie gekannt.

Und in der DDR? Der Westberliner Buchhändler, bei dem die DDR-Dienststellen ihre Sammelbestellungen aufgeben, teilt dem Autor unter der Hand mit, wie hoch die Order für seine Fünf Tage gewesen; beide können sie zufrieden sein, der Buchhändler und der Autor. Und dann ist da die Dunkelziffer, die ständig wachsende, der Exemplare, die in Handtaschen oder sonstwie über die Grenze gehen. Er spürt es an Äußerungen, die ihn, direkt oder indirekt, erreichen; es wird nachgedacht über die Fakten, die er dem Vergessen entriß, die Fragen, die er anschnitt. Und er spürt den Unwillen der Offiziellen: eine Geste des Ärgers, ein Wort der Verweigerung, und bei nächster Gelegenheit die Drehung der Schraube, die den Daumen schmerzt.

Und dann ein bißchen Terror. Da ruft einer an, ein Hauptmann Pachnickel vom Ministerium für Staatssicherheit. Ob er, S. H., sich um sechzehn Uhr einfinden könne im Polizeipräsidium am Alexanderplatz, Zimmer soundso, zwecks Klärung eines Tatbestandes. Das Gefühl in den Knien: ist es also soweit. Aber er hat Geistesgegenwart genug, um des Anrufers Apparatnummer zu verlangen, die der auch bereitwillig wissen läßt; und tatsächlich, beim Rückruf meldet sich das Präsidium. Und doch, bevor er sich auf den Weg macht, es sind nur noch anderthalb Stunden bis zum anberaumten Termin, kommen ihm Zweifel: seit wann nennen die von der Zunft ihren Namen, und am Telephon gar? Und ist es nicht üblich, daß sie ins Haus kommen, schon um sich ein Bild zu machen vom Ambiente ihres Kunden? Und, wenn schon einer von denen ihn zu sich bestellt, weshalb nicht in die Normannenstraße, in das weitläufige, dreifach abgeschirmte Ministerium?

Das hat er gelernt aus dem Schwindel damals mit dem gefälschten Bechtle-Brief: auf einen Schelmen anderthalbe zu setzen. Also nimmt er das Telephonbuch zur Hand. Richtig, da steht's ja: Ministerrat der DDR, Ministerium für Staatssicherheit, mit Adresse und Telephonnummer, eine ganz gewöhnliche Behörde, dem Publikum zu Diensten. Und es meldet sich auch einer, ziemlich mürrisch, und S. H. verlangt den Diensthabenden, und nach einer Weile eine zweite Stimme, er sei der Diensthabende, und was denn sei.

S. H. erklärt, ein Hauptmann Pachnickel, und so fort, und er wüßte doch gern, bevor er sich hinbemühe zum Alexanderplatz, ob es den Hauptmann Pachnickel auch gebe im Ministerium; er, S. H., könne sich vorstellen, daß der Genosse Minister es ungern sähe, wenn irgendwelche Scherzbolde gesetzestreue Bürger beunruhigten, indem sie fälschlich als Mitarbeiter seines Ministeriums aufträten.

Nach zehn Minuten kommt der Bescheid: man kenne keinen Hauptmann Pachnickel; offenbar handle es sich um eine Irreführung; man werde die Angelegenheit verfolgen. Am nächsten Morgen stellt sich in Grünau der Hauptmann Henschke vor, von der Abteilung K., K wie Kriminalpolizei. Hauptmann Henschke, ein hochgewachsener Mann, zum Fleische neigend, doch sichtlich durchtrainiert, ist in Zivil; sein Assistent, der einen Kopf kleiner, hat ein Köfferchen mitgebracht. Henschke, breite Hand auf breitem Knie ruhend, läßt sich den Tatbestand noch einmal schildern; dann will er Einzelheiten wissen, Sprechweise des angeblichen Pachnickel, Ton der Stimme, und fragt S. H., ob er eine Theorie habe bezüglich des Anrufers oder einen Verdacht hege. S. H. nickt: es werde wohl, meint er, einer der Kameraden von der unsichtbaren Front durchgedreht haben; möglich aber auch, daß da jemand im Auftrag handelt, um ihn zu verunsichern. So, sagt Hauptmann Henschke, so so; dann fragt er, ob er, S. H., die Anlage einer Fangschaltung gestatten würde.

Die Fangschaltung aus dem Köfferchen des Assistenten des Hauptmann Henschke ist ein schwarzer Kasten, durch ein Gewirr von Kabeln dem Telephon verbunden; die Apparatur soll den verdächtigen Anruf auf Band aufzeichnen, zwecks Identifizierung des Anrufers, und zugleich, durch Anwahl einer Codenummer, die Spur des Anrufs von einer Schaltzentrale der Post zur anderen bis hin zum Ursprung verfolgen.

Der Sport beginnt mit dem nächsten Anrufer: der nennt sich Igelmann, Mitarbeiter des Staatsrats, und erkundigt sich fürsorglich, was S. H. denn unternommen habe nach dem Anruf des Hauptmann Pachnickel; das Polizeipräsidium habe er doch nicht, wie ihm angeraten, aufgesucht. S. H. drückt auf die verschiedenen Knöpfe, wählt seine Codenummer, die 5, alles genau nach Instruktion; doch Hauptmann Henschke, sofort herbeigeeilt aus der Abteilung K, sagt traurig, es müsse sich etwas gelockert haben in der Kabelverschraubung am Telephon und Igelmann sei entwischt, und S. H. schlägt vor, statt der amtlichen Technik seine private zu benutzen, einen simplen Gummisaugnapf, an die Rückwand des Telephons gepreßt, von dem aus ein dünnes Kabelchen samt Stecker zu seinem kleinen japanischen Kassettenrekorder führt. Henschke blickt himmelwärts: ach ja, der Westen. Nummer 5 gilt jedenfalls weiter.

Der dritte Anrufer nennt sich Reichhardt und wünscht mit Frau H. zu sprechen, was den Hauptmann Henschke mit Besorgnis zu erfüllen scheint. Auf Reichhardt folgt Knörrlein; beim Anruf Knörrlein hätte es beinahe geklappt, Aufnahme, Rückkopplung, alles; aber im Grünauer Postamt, sagt Henschke, ist irgendein Tölpel auf die Drähte getreten: aus. Dann, endlich, Erfolg. Der Anrufer, diesmal vom Sekretariat Honecker, teilt mit, seine Westreise gehe in Ordnung; S. H., der weder bei Honecker noch sonstwo eine Reise beantragt hat, wählt Nummer 5 und hört ein Schnarren und Piepen und wie der Anrufer, erschrocken, ausruft: Was ist denn da los!... Die Falle ist zugeschnappt.

Tags darauf gesteht Hauptmann Henschke, gerade dieser Anruf sei echt gewesen; nur habe der Genosse im Büro Honecker sich verwählt; die freudige Nachricht galt einem ganz anderen Schriftsteller.

Zum Schluß, und so als wollte die Telephonbande ihm noch eine Freude bereiten, meldet sich die Firma Daimler-Benz in Stuttgart: die Regierung der DDR habe sechs Mercedes-Wagen angekauft, um sie verdienten Künstlern der Republik als Ehrengeschenk zu überreichen; er, S. H., solle einer der so Geehrten sein, und welche Farbe er denn vorziehe. S. H. schließt die Augen; er stellt sich vor, wie er den Schlüssel zu der Luxuskarosse feierlich in Empfang nimmt aus der Hand eines freundlich lächelnden führenden Genossen; dann sagt er, »Elfenbeinfarben«, und dreht die Scheibe, die Fingerspitze auf 5.

Hauptmann Henschke strahlt. Man habe den Daimler-Benz-Anruf verfolgen können, bis zur Grenze, kurz vor der Stadt Hof; das Ganze stamme von drüben, definitiv. Im übrigen sei er sicher, es würden keine derartigen Anrufe mehr kommen; man könne die Fangschaltung abbauen.

S. H. strahlt gleichfalls. Ein guter Mann, der Hauptmann Henschke, der mehr weiß, als er sagt.

Große Staaten haben große Krisen, kleine ihre kleinen; in der Proportion gesehen, ist die Erschütterung die gleiche, und dem geschulten Beobachter wird der Sturm im Wasserglas ähnlich viel über Wind und Wellen aussagen wie ein Taifun vor der Küste von China.

Die Anfänge der Affäre Biermann, die im November 1976 ausbrach, gehen um Jahre zurück; wenn man will, in die Kindheit des Mannes, der den Vater im Konzentrationslager verlor und dafür die Partei zum Vater nahm: mit den üblichen Vater-Sohn-Konflikten, denn welcher Vater enttäuscht seine Söhne nicht? Und es wäre auch alles im Sande verlaufen, all der Schaum und die Spritzer, hätte der Bursche nicht eine so große Begabung besessen für Worte, die das Gekröse der Macht bloßlegen, und für Töne, die zum Widerstand reizen, und wäre nicht der zweite Ersatzvater gewesen, eben jener Havemann, der, geächtet und beschränkt auf seine Grünheider Datsche, seinen Einfluß besonders auf junge Menschen auf dem Umweg über die Lieder des Wolf Biermann wiederzugewinnen trachtete.

S. H., der nach der Veröffentlichung des David sich wenigstens soweit wieder im gemeinsamen Stall glaubte, um mit im DDR-Mist scharren zu dürfen, hatte sich für Biermann verwendet; einst, im Gespräch mit Hoffmann, dem Kulturminister, sagte er diesem, die Biermannsche Kritik, so beißend, hätte doch auch ihr Positives, und ob es nicht an der Zeit wäre, den ungebärdigen ewigen Jüngling, nun an die vierzig schon, zu integrieren, und der Minister hatte die schwere Braue gesenkt und gesagt, man werde es versuchen.

Aber nie wurde der Versuch unternommen. Im Gegenteil, die Sammlung Texte zu seinen Liedern, die Biermann vorlegte, wurde mit harten Worten abgelehnt, und sogar das Gedicht vom Kameramann, das er für eine Chile-Anthologie geschrieben, von dem Kameramann, der beim Putsch der Militärs seine TV-Kamera auf den Feind hielt, bis dessen Kugel ihn in die Brust traf, sogar dieses Gedicht wurde zurückgewiesen, worauf Christa Wolf die Jury verließ, die für den Band zuständig war. Beim Jugendfestival sang er auf dem Alexanderplatz drei Lieder, und ohne Gitarre: eine Zufallsbegegnung, man hatte ihn erkannt; sonst sang er nur in seiner Wohnung in der Chausseestraße. Was Wunder, daß er in seine neue Platte den bösen Vers gegen den Bezirkschef von Halle aufnahm, Sindermann, du blinder Mann, und das Spottlied über die Stasi, die sein Eckermann sei, sein getreuer, und und dies und jenes noch, das die Oberen kratzte, und daß er, mit Havemann, dem Hamburger Stern ein Interview gab, eitel und dreist und voller Indiskretionen.

Der Zusammenstoß schien vorgezeichnet zwischen Biermann und der Staatsmacht, die sich sowieso auf dem Rückzug befand hin zum gewohnten Beton, nachdem ihre Funktionäre, mit Widerwillen nur und nur kurz, ausgeschwärmt waren zu den Feldern mit den bunten Blumen, von welchen der Genosse Honecker dem Schriftsteller S. H. gesprochen hatte. Ein deutliches Signal war der Ausschluß des Dichters Reiner Kunze aus dem Schriftstellerverband, eines Zöglings der von Kurella begründeten Leipziger Poetenschule, der bald die Hand biß, die ihn gefüttert und getätschelt hatte. In seinem Bauernhaus in der Eifel, zwischen den Schlachtfeldern, die S. H. vom Krieg her vertraut, prophezeite Böll: »Da kommt etwas auf euch zu;« doch S. H. tröstete ihn und sich selber, einen Größeren zitierend: nein, ein 11. Plenum werde es nicht wieder geben.

Als wollte man diese Hoffnung bestätigen, wurde Biermann ein erster öffentlicher Auftritt gestattet, in einer Kirche in Prenzlau. Biermann, der nie sein Wasser halten konnte, prahlte darüber in einem offenen Brief an seine Mutter Emma, welchen der Spiegel prompt abdruckte; und was ein Spalt hätte werden können zur Öffnung der Tür, wurde zum krachenden Tritt gegen die Füllung. Und nun die Einladung an ihn, mit großem Aplomb verkündet, zu einem Konzert im Westen, in Köln, und der Regierungsbescheid: bitte, Herr Biermann, Sie können reisen.

Der Gedanke liegt nahe, daß da einer Regie führte, Zug um Zug die Reaktion eines jeden Beteiligten vorausberechnend; und wenn man in Betracht zieht, daß der Beschluß zur Ausbürgerung Biermanns doch kaum in der kurzen Frist zwischen dem Ende des Kölner Konzerts und der amtlichen Verlautbarung entstanden sein konnte, verstärkt sich der Verdacht. Tatsächlich, so hört man später, gab es eine Auseinandersetzung auf höchster Ebene; die einen plädierten dafür, den frechen Sänger einzulochen, die andern, ihn abzuschieben; und Biermann spielte ihnen in die Hände, wie sollte er auch anders nach der langen Isolierung, man muß sich in den Mann versetzen, der Riesensaal in Köln, die Scheinwerfer, die Menschen – siebentausend! – und der Applaus, die Zurufe, und im Mittelpunkt er, endlich hervorgetreten aus seinem Zimmer in dem Haus Ecke Hannoversche und Chausseestraße, natürlich gab es da kein Halten, und er schleuderte heraus, was in ihm steckte an Ressentiments.

Dennoch ist es zweifelhaft, daß ein DDR-Machiavelli das Ganze geplant, etwa um die Existenz einer organisierten, von Schriftstellern geführten Opposition nachzuweisen, die man nun schleunigst mit den vom Genossen Stalin erprobten Mitteln ausrotten müsse. Gegen diese Hypothese spricht die Fassungslosigkeit, ja Hysterie der Parteiführung unmittelbar nach der Erklärung des Bäckerdutzends von Schriftstellern, man möge den Beschluß, Biermann auszubürgern, doch noch einmal überdenken. In Wirklichkeit ging es wohl zu, wie es immer in der Geschichte zugeht: alle handeln nach Zwängen, die sich einer aus dem andern ergeben, und die Vernunft zieht den Kürzeren.

S. H. erfährt von dem großen Ereignis durch einen Anruf von Ellen Lentz, der Westberliner Korrespondentin der New York Times. Was er denn davon halte, will sie wissen.

Kein Kommentar.

Dann meldet sich Havemann, in höchster Erregung, und ordnet an, was er, S. H. jetzt zu unternehmen habe, und mit wem; die Situation dränge. Sein Telephon, erwähnt S. H., werde wahrscheinlich abgehört, Havemanns sicher. Um so besser, triumphiert Havemann, auch das Telephon sei eine Öffentlichkeit. Er, sagt S. H., werde tun, was er für richtig erachte, und danke für die Ratschläge. Havemann tut ihm leid, was ist der auf einmal ohne Biermann.

Dann ruft er bei Hermlin an; vielleicht sollten sie beide, meint er, die Lage, die jetzt entstanden, gemeinsam beraten. Hermlin scheint die Lage mit Ruhe zu betrachten; er schlägt den kommenden Sonntag vor, zum Kaffee.

Das wäre, rechnet S. H. aus, in fünf Tagen. Gewiß, Hermlin ist kein Freund von Biermann; er, der Biermanns Talent als erster entdeckte, hat wenig Dank dafür von dem Jungen geerntet und viel Spott. Trotzdem, sollte man bis Sonntag zögern? Und übermorgen muß er selber in Westberlin auftreten, für die Handpresse des Wolfgang Jörg, Märchen lesen. Kann man, soll man das noch?

Er setzt sich hin, entwirft eine Erklärung, eine persönliche, wenige Sätze nur: Ich protestiere.

Ein Anruf, diesmal vom Westdeutschen Rundfunk: ob ihn, S. H., die Maßnahme der Regierung überrascht habe? Ja, er sei davon überrascht worden. Und seine Stellungnahme? Kein Kommentar.

Gleich danach, wieder das Telephon: Hermlin. Sonntag sei doch vielleicht zu spät; ob er morgen zu ihm kommen könne, um 11 Uhr.

Also dann, bis morgen.

Am Fernsehschirm abends: Böll. Böll sieht schlechter aus als vor sechs Wochen in der Eifel, das Gesicht schmaler und blasser, die Augen übergroß. Was denn die Reaktion der DDR-Autoren wohl sein werde, fragt ihn der Interviewer; man habe bei S. H. angerufen und bei Günter Kunert, beide hätten geäußert, sie seien überrascht, sonst kein Kommentar. Er hoffe, sagt Böll, es werde nicht nur bei der Überraschung bleiben. Und erwähnt, beiläufig, die westdeutschen Verlage, die angesichts der Situation sich ihr Verhalten gegenüber den DDR-Schriftstellern sehr überlegen könnten.

S. H. wird unwohl. Der kluge Böll, kann er sich nicht denken, wie das benutzt werden wird, hier im Osten, wenn wirklich ein paar Kollegen ihre Stimme erheben sollten, morgen oder übermorgen? Seht, wird es heißen, wegen ihrer West-Tantiemen krähen sie, die Klassenverräter.

Anderntags, bei Hermlin, in dem Haus mit dem verwilderten Garten. Hermlin selber, das eisengraue Haar korrekt gescheitelt wie stets, doch die Züge ernster noch als sonst und geprägt von Entschlossenheit. Anwesend bereits Kunert und Volker Braun, danach trifft ein die Sarah Kirsch, dann Christa Wolf mit ihrem Manne Gerhard, und Erich Arendt; Heiner Müller wird für später erwartet, und Rolf Schneider kommt, zufällig, sagt er; Jurek Becker, der gleichfalls geladen, ist in Jena bei den Studenten, man solle ihn anrufen, ihm mitteilen, was man beschloß, und Franz Fühmann hat Hermlin ermächtigt, in seinem Namen zu handeln.

Hermlin verliest den Entwurf einer in Form einer Petition gefaßten gemeinsamen Erklärung. Der Wortlaut ist erkennbar Hermlinsch; nur Hermlin würde mit einem Zitat aus dem 18. Brumaire des Karl Marx beginnen und daraufhin feststellen, daß der sozialistische Staat auch die Unbequemlichkeit eines unbequemen Dichters gelassen nachdenkend zu ertragen imstande sein müsse. Und wie elegant er sich und die Unterzeichner des Dokuments distanziert von etwaigen Versuchen, die Vorgänge um Biermann gegen die DDR zu mißbrauchen, und manches von Biermann mißbilligt, um zugleich dessen Verhalten in Köln zu verteidigen und am Ende, sehr beherrscht, gegen die Ausbürgerung zu protestieren und deren Rücknahme zu erbitten.

Der Text wird kaum diskutiert; nur die Art und Weise seiner Verbreitung. Exklusiv für die Medien der DDR? Nie würden die eine solche Entschließung veröffentlichen. Aber man muß ihnen die Chance geben, das jus primae noctis, sozusagen; also entscheidet man, Hermlin, von Rolf Schneider chauffiert, wird ein Exemplar, das auch für ADN bestimmt, dem Neuen Deutschland überreichen, und ein zweites der Agence France Presse, dieses mit der Maßgabe, es nicht vor fünf Uhr nachmittags auszusenden; ein drittes wird S. H. zu Reuters bringen, der englischen Agentur; die Westdeutschen spart man aus. S. H. beteiligt sich kaum an dieser Debatte, die unterschwellig die Ängste der im Raum Versammelten zeigt; ahnen sie doch, oder wissen es vielleicht gar, daß sie drauf und dran sind, die Sünde aller Sünden zu begehen: den Auftritt als Gruppe, als politische, gegen die Herrschaft der Partei – und nur weil sie, wie Hermlin es formulierte, sich des Morgens ins Gesicht sehen möchten im Rasierspiegel.

S. H. jedenfalls weiß um die Größe der Sünde, und er macht sich Sorgen, nicht so sehr um sich selber als um die andern, die Mitglieder sind in der Partei und die man viel härter hernehmen wird als ihn, der nie die Disziplin dieser Partei zu halten geschworen. Die aber fühlen sich gestärkt, nachdem auch Fritz Cremer, der Schöpfer des Buchenwald-Denkmals, der um die Ecke wohnt und zu dem man die Resolution hinübergeschickt, seine Unterschrift hinzugefügt, mit der Maßgabe, man solle die Regierung doch lieber nicht bitten, ihren Entschluß zurückzunehmen, sondern nur, ihn zu überdenken.

Wie es denn auch in der endgültigen Fassung zu lesen steht, die um fünf Uhr nachmittags über die Ticker von Reuters und dem französischen Pressedienst AFP in die Welt hinausgeht; im DDR-Pressedienst ADN wie im Neuen Deutschland, das die Erklärung schon um ein Uhr erhielt, hat, wie es scheint, kein Verantwortlicher Kenntnis davon genommen.

Und nun geht das, wie es so schön heißt, seinen sozialistischen Gang. Die Abendnachrichten im Westen sind voll davon; die Unterzeichner der Petition, die im Grunde nichts wollten als ihr Gesicht zu wahren, werden über Nacht zu Leitfiguren einer sich anbahnenden Bewegung; Leute fragen an, was können wir tun; wildfremde Menschen kommen und wollen mitunterzeichnen und sind konsterniert, wenn man ihnen abrät.

S. H.s mahnendes Bonmot, das Ausbürgern könnte sich einbürgern, macht die Runde. Befragt von beiden westlichen Fernsehanstalten, ARD wie ZDF, warum er seine Lesung in Westberlin abgesagt, erwidert er vor der Kamera, »Solange die Frage nicht geklärt ist, ob die Wiedereinreisevisa der Deutschen Demokratischen Republik auch für Dichter und Schriftsteller Gültigkeit haben, ziehe ich es vor, innerhalb der Grenzen unseres Landes zu bleiben.« Und um abzuwiegeln und denen oben ein goldenes Brückchen zu bauen, setzt er hinzu, »Ich glaube nicht, daß irgendein Mensch in unserer Republik eine Zurücknahme der Ausbürgerung Biermanns als ein Zeichen der Schwäche seitens der Regierung auslegen würde. Im Gegenteil: ich glaube, man würde das verstehen als ein Zeichen einer großen inneren Kraft, und von menschlicher Weisheit, und von Güte, was schließlich alles Dinge sind, die wir in dieser harten Zeit sehr notwendig brauchen.«

Aber die oben halten zur Zeit nichts von Güte; sie wissen plötzlich nicht mehr, auf wen noch Verlaß ist; sie sehen die Anfänge eines Flächenbrands, den es einzudämmen gilt mit allen Mitteln der Überredung, bis hin zur Drohung, und wo das nichts fruchtet, dann eben administrativ. Die zentrale Frage ist schon nicht mehr Biermann; der dient nur noch als Popanz: so einer wie der, der uns vom Westen her verlästert, unsere Mühen, unsere Errungenschaften. Der wirkliche Feind sind die, die sich hier mit ihm solidarisieren.

Der große Fritz Cremer kippt als erster, er, der die Regierung nur bat, zu überdenken; man habe ihn überfahren, gibt er zu Protokoll, und er widerrufe. Volker Braun widerruft, dann widerruft er den Widerruf. Und die Welle rollt. Auf einen Schlag sind Fernsehen, Funk und Presse der DDR voller Erklärungen, Erklärungen gegen eine Erklärung, die nie gedruckt wurde in der Republik oder an einem ihrer Sender verlesen. Da sind die Namhaften, die Seghers, Kant, Otto Gotsche, und die anderen, deren Talent immer im Schatten blieb und die nun hoffen, wohlwollend vermerkt zu werden. Und die Betriebe, das Proletariat, das, wie auf Bestellung, seine Stimme erhebt gegen die Herren und Damen Künstler, die stets nur auf dem Rücken der Arbeiterklasse gelebt. In einem Hotel in Rostock wird ein Regisseur der Filmgesellschaft Defa, ein Mensch ohne jeden Harm, verprügelt; wohl stellt die Polizei den Schläger fest, doch wird dem Opfer dringend geraten, von einer Strafverfolgung abzusehen. Lange, so hört man von mehreren Seiten, werden wir euch nicht mehr schützen können.

Einer, von dem die düstre Warnung kommt, ist der Genosse Werner Lamberz vom Politbüro, ein sonst recht verständiger und umgänglicher, relativ junger Mann, der Kronprinz, so wird gemunkelt; bald wird er über der libyschen Wüste abstürzen in einem Flugzeug, das ihm der Oberst Gaddafi persönlich zur Verfügung gestellt. Man ist zusammengekommen im Hause des Schauspielers Manfred Krug in der Wilhelm-Wolff-Straße in Niederschönhausen, einem breit ausladenden, ockergelben Bau, preußisches Spätbiedermeier, in der Garage dahinter ein Teil der kostbaren Oldtimer-Sammlung Krugs: von Parteiseite, neben Lamberz, die Genossen Adameck, Intendant des Fernsehens der DDR, und Eberhard Heinrich, Sekretär der Agitationskommission beim Zentralkomitee, und von den Unterzeichnern der Biermann-Petition die Schauspieler Hilmar Thate, Angelika Domröse, Jutta Hoffmann, der Filmregisseur Frank Beyer, die Schriftsteller Christa und Gerhard Wolf, Dieter Schubert, Heiner Müller, Jurek Becker, Klaus Schlesinger, und S. H.

Die Debatte geht zunächst um die Frage, war die Ausbürgerung des Wolf Biermann eine plötzliche Entscheidung, gefällt in den Stunden nach seinem Kölner Konzert, oder war sie länger schon vorgesehen. Eine Regierungsentscheidung, betont Lamberz, getroffen erst auf Grund von Biermanns Auftreten. Das glaub ich dir nicht, poltert Krug, du hältst uns wohl für doof. Was Biermann in Köln von sich gegeben, klagt Lamberz, war feindlich und beleidigend. Das Lied über die Stasi, das sind unsere Jungen, Arbeiterjungen, wir haben sie erzogen. Und Wandlitz! Zu behaupten, Wandlitz wäre ein Ghetto! Wandlitz hat praktische Gründe, Sicherheit, jawohl, und weil da ein Swimming-Pool genügt für einundzwanzig Häuser. Und wir sind nicht isoliert, die Partei ist nicht isoliert, das ist pure Verleumdung. Kommen Sie mit mir in irgendeinen Betrieb, da werden Sie hören, wie offen die Arbeiter mit uns sprechen. Aber er sei nicht hergekommen, um sich verhören zu lassen. Er wolle wissen, ein für allemal, wie lange das noch weitergehen solle mit diesen Unterschriften!

Und wie lange das mit den bösartigen Erklärungen im Neuen Deutschland? – die Gegenfrage.

Das, sagt der Genosse Heinrich, sei nun nicht mehr zu stoppen, und er zitiert das hübsche Wort vom »normativen Zwang des Faktischen«, und Lamberz redet von den tausenden bitterer Briefe, die beim Zentralkomitee eingelaufen, und vom Zorn der Werktätigen, und spricht, zu den Anwesenden gewandt, den Satz vom Schutz, den man ihnen nicht lange mehr werde gewährleisten können, und was mußtet ihr euren Spruch an die westlichen Presse-Agenturen geben, wo war euer Vertrauen zur Partei, zu den eigenen Stellen?

Das liege an den Zuständen bei uns, hält Christa Wolf dagegen, gebe es doch keine wirkliche Öffentlichkeit im Lande. Wolle man also Öffentlichkeit, müsse man vorliebnehmen mit der, die sich bietet; wie sonst solle man antworten zum Beispiel auf den empörenden Artikel im Neuen Deutschland. Das Maß sei voll, habe der Leitartikler da geschrieben. Und wer, bitte, bestimme, wann wessen Maß voll ist: ihres, der Genossin Christa Wolf, vielleicht auch bald? Und dann: »Es geht gar nicht mehr um Biermann, es geht um uns.«

In drei Wochen werde der ganze Biermann vergessen sein, höhnt Adameck. Und vergessen sein werde auch Frau Domröse, wenn sie ein Jahr oder zwei keine Rollen mehr gespielt habe.

Also Repressalien, sagt einer.

Nein, keine Represssalien, verspricht Lamberz.

S. H. schlägt vor, gemeinsam zu überlegen, wie der Fehler, der bei der Ausbürgerung Biermanns offensichtlich gemacht wurde, zu korrigieren wäre, ohne bei der Korrektur neue Fehler zu begehen, mit noch böseren Folgen, als der erste gezeitigt.

Die Biermann-Erklärung, fordert Lamberz, müsse zurückgenommen werden von den Unterzeichnern, und wenn das nicht, einen Zusatz erhalten, daß man sich von dem Mißbrauch distanziere, der im Westen damit getrieben wird.

Frank Beyer, Thate, die Domröse, die Hoffmann weigern sich. Auch wir, sagt Christa Wolf, haben ein Gesicht zu verlieren; druckt unsere Erklärung im Neuen Deutschland, sie ist sehr gemäßigt, und sie enthält bereits die Distanzierung vom Westen.

Ottilie Krug, die Hausfrau, bringt Tee und große Teller mit Schmalzstullen. Alle essen, mit Appetit übrigens, soweit zu erkennen. Von den Teilnehmern des Beisammenseins im Hause Krug leben und arbeiten dieser selbst, Thate, die Domröse, die Hoffmann, Jurek Becker und Klaus Schlesinger heute im Westen. Und sie sind nicht die einzigen, die im Gefolge der Affäre Biermann die Republik verließen. Denn nun beginnen die Verfahren zu laufen, die den Schaden begrenzen sollen und nur neuen Schaden schaffen. Sie ähneln nichts so sehr wie den Anstrengungen des Senators McCarthy, Amerika von gefährlichen Gedanken und von den Hirnen, in denen diese Gedanken entstehen könnten, zu säubern: dieselben Verhöre, wenn nicht vor einem Kongreß-Ausschuß, so doch vor versammelter Parteigruppe; dieselben Schuldbekenntnisse; dieselben Urteile, Ausschluß, Verdammung; dieselben schwarzen Listen, dieselben Berufsverbote; und dieselben widerlichen Loyalitätserklärungen. Die Aktfolge Sünde-Reue-Buße wird zur Routine, der selige Pater Tetzel, der den Ablaßhandel betrieb, bis Luther ihm das Handwerk legte, würde seine Freude gehabt haben, der böse Volksmund spricht bereits von den zweierlei Ablaßzetteln, dem kleinen und dem großen, dem kleinen, bei dem die Übergabe der Biermann-Petition an die Westmedien bereut wird, und den großen, bei dem der Sünder total in sich geht, Biermann verflucht, die Maßnahme der zuständigen Behörde begrüßt und jeder Kritik daran abschwört. Angewendet wird das nicht etwa nur gegen die Unterzeichner des Protests, deren Gesamtzahl sich auf kaum mehr als ein paar hundert belaufen dürfte, sondern auch gegen die, die im internen Parteikreis ein Wort riskiert haben, sowie gegen alle, von denen man annimmt, sie könnten sich dem Protest angeschlossen haben, hätten sie nur die Gelegenheit gehabt: je größer das Netz, desto reicher der Seelenfang.

Um Havemann ist Schweigen. Er befindet sich in seiner Datsche in Grünheide, unter Hausarrest.

Daß die Behörde ihn ab und an beobachten läßt und daß Leute um ihn sind, die über ihn berichten, weiß er lange schon; mit der Biermann-Affäre wird die Überwachung permanent.

Nach einer Weile lernt man, mit so etwas zu leben. Was da an Material zusammengetragen wird, ist in jedem Fall unwesentlich: zu einer Anklage, sollten die Genossen irgendwann einem den Prozeß zu machen wünschen, bedarf es keiner Beweise; da reicht das dürftigste

Gespinst aus dem Hirn eines Staatsanwalts. Man mag es vorziehen, aber das liegt im eigenen Ermessen, das Innere seiner Seele vor den Horchern zu kaschieren, oder Vorsicht zu üben im Gespräch mit Dritten, oder seine Freunde zu schützen, indem man sie fallen läßt; entscheidend ist das alles nicht. Entscheidend ist, daß man die Nerven behält, Gleichmut bewahrt, oder zumindest den Gleichmütigen mimt; der einzige Spaß an dem Spiel ist sowieso, die Kerle zu frustrieren.

Das gilt für die sogenannte offene Observation, bei welcher es der Behörde egal ist, ob der Observierte merkt, daß er beobachtet wird. Unter Umständen soll er es sogar merken; da parken die Autos mitsamt Besatzung direkt vor dem Haus oder nur ein paar Schritte entfernt und folgen ihrem Mann, falls der sich irgendwohin begibt, in auffällig kurzer Entfernung: ein psychologischer Kleinkrieg. Der arme Günter Kunert, Poeten sind sensibler als Romanciers, hält das nicht aus und zieht mit Frau und sieben Katzen nach Itzehoe im Bundeslande Schleswig-Holstein; auch Sarah Kirsch fühlt sich verfolgt; bye-bye, Sarah Kirsch. S. H. bringt seinen Observateuren, wenn er Zeit hat, Kaffee zum Wagen.

Und dann ist da die konspirative Überwachung, supergeheim, vor allem für den, der überwacht werden soll. Diese wird gegen S. H. verhängt; der Grund: jenes Manifest einer Oppositionsgruppe in der DDR, das damals der Redaktion des Spiegel in Hamburg zugespielt und in dem Blatt veröffentlicht wurde. Das Ding las sich, wie der kleine Moritz sich den Seelenerguß einer innerparteilichen Fraktion vorstellt, die um Gefolgschaft im Lande wirbt, und kein Mensch in der DDR, der je das Odeur der SED in der Nase gehabt, glaubte daran; es war Spielmaterial, in die Welt gesetzt in der Hoffnung, man könnte, nach der Stümperei im Falle Biermann, doch noch eine organisierte Gruppe von Staatsfeinden aus den Löchern locken.

An einem Januarmorgen, in der Nacht hatte es geschneit, und die Luft war frisch und angenehm, tritt S. H. auf die Straße zu einem Spaziergang und sieht im Schnee neben dem Gartenzaun, halb verdeckt durch das frische Weiß, ein Heftchen liegen, ein ganz gewöhnliches Schulheftchen. Er überlegt sich noch, soll er es liegenlassen, dann hebt er es doch auf, öffnet's, und findet darin drei Paßbilder, eins ihn selber zeigend, eins seine Frau, das dritte seinen Freund, den Schriftsteller Klaus Poche; dazu ein maschinengeschriebener Brief, mit Unterschrift.

Er verzichtet auf seinen Spaziergang, blickt sich um nach allen Seiten, nein, da ist niemand zu sehen; dann eilt er ins Haus mit seinem Fund, setzt sich an seinen Schreibtisch und liest:

– Wichtige Feststellungen u. Aufenthaltsorte am *LOB*

*Aufgabenstellung:*
– lose, konspirative Beobachtung
– nur »Grün« beobachten; andere, auch Verw., sind relativ uninteressant, PS bzw. PKW-Kennzeichen reicht.
– bei Anlaufstellen reicht Straße und Hausnummer
– bekannte Adressen:
– Becherstr. 20, *bs. konspir.* ist wichtige Kontaktperson (? Mann) von Havemann
– Bergmann, Linienstr. 122 (Freundin von Becker)

Codeunterlagen Ex. 2 bis 5 übernommen:

Unterschrift unleserlich

Beobachtungsbeginn den 31. 12. 77, 18.15 Uhr
z. Z. war »Grün« unterwegs, Bln-Köpenick, Rosenstr. 3 (Schwiegereltern des Sohnes)
18.55 Abfahrt mit Frau, Sohn u. Schw.-tochter
19.10 alle ins Wohnhaus, PKW VW in Garage
gegen 1.25 Uhr Licht aus
keine weitere Bewegung
Bei Birke 680 kommt gegen 7.00 bis 7.30 der Hausmeister.
Hat noch keine Ahnung, daß wir im Haus sind.
Absprache führen, auf Gen. Kunath u. Aktion vom März 77 berufen.
Name: Lichtenberg, Fritz
Am Montag wird Einverständnis der verantwortl. Gen.

– Hensel u.
– Beutin

eingeholt.
– Weitere Unterstützung versichern.
– Einverständnis des anderen Hausmeisters lag vor.
– Seine (Lichtenberg) Anschrift war nicht bekannt, sonst hätten wir ihn gestern aufgesucht
Zur Ablösung 14.00 Treff auf gleichem BP
Neue Ablösung für »B« 680 mit an SGP heranführen

Codeunterlagen Ex 2–5 übernommen: Menzel

EG I,
Sonntag, den 01. 01. 78 06.00 übernommen

EG III,
Sonntag, den 1. 1. 78 13.30 übernommen (Code 2–5)

Linhard

1. 1. 78 14.45
mit Trab. 1400–59 weg. Frau gefahren (»Grün« nicht im Auto) Sohn und Schwiegertochter mit ca. 15jähriger m. Person im Auto. Männl. Person in Köpenick Grünstraße ausgestiegen (nicht weiterbeobachtet) Frau mit Sohn und Schwiegertochter weitergefahren Richtung Bahnhof Köpenick und dann weiter Richtung Biesdorf gefahren (dann nicht weiterbeobachtet)
17.20 Trabant wieder am Wohnhaus

1. 1. 78 22.00 Code Ex 2–5 übernommen

Unterschrift unleserlich

2. 1. übernommen

Unterschrift unleserlich

10.15 von »Birke« 680
»Grün« zu Fuß – keine Aufnahme gemacht – Siedlungsgarten-Wassersportallee-Adlergestell
10.40 Meldung von »680« – »Grün« zurück

Code 2–5 übernommen Lin.
2. 1. 78 von 14–22 Uhr EG III
Von »Birke 680« kam Nachr. 19.26 Uhr stand männl. Person in Haustür von »Grün« und unterhielt sich mit einer männl. Person die an der Gartentür von »Grün« stand. Diese männl. Person ging in Richtung Str. 901. Wurde aber nirgend aufgenommen. »Grün« saß bei einer Kontrolle im Arbeitszimmer. Im Erdgeschoß saßen 3 Personen (vermutl. Sohn, Schwiegertochter und Frau)

Code Ex 2–5 übernommen Menzel
02. 01.–03. 01. 1978 22.00 Uhr-06.00 Uhr
23.15 Uhr mit PKW IN 49–00 Grundstück verlassen. »Grün« hat

PKW gefahren. Begleitung, die Frau, eine jüngere männl. Person, Uniform der Seestreitkräfte und eine jüngere w. Person. Alle zum Ostbahnhof. Jüngere m. Person in Zug nach Stralsund
00.45 Uhr »Grün«, die Frau und die jüngere w. Person wieder im Wohngebiet eingetroffen

Code Ex. 2–5 übernommen Unterschrift unleserlich
07.40 mit Frau und Kind (Junge) zum Krankenhaus Pankow. Kind abgegeben. Nur mit Frau zum Klinikum in Buch, von dort zurück bis S-Bhf Pankow-Heinersdorf – »Grün« von S-Bhf – S-Bhf Grünau, m. Straßenbahn Li 86 – Wohnhaus. »Grün« wieder zur Straßenbahnhaltestelle Regattastr. zurück. Mit Li 86 bis Rathaus Köpenick, staatl. Tierarztpraxis Dr. med. Krämer. Zurück, wieder Straßenbahn Li. 86 bis Wohnhaus. *Zurück zum Klinikum in Buch.* »Grün« war Spezialklinik für Herz- und Kreislauf, in Zi. 258 Klinisches Labor, Zi. 144 Poliklinik, Zi. 146 Frau von »Grün« zum Ekg

Code 2–5 übernommen Lin
3. 1. 78 14–22.00
16.40 Frau mit Pkw (vermutlich Trabant) angekommen.
»Grün« wurde bei Kontrolle gesehen im Haus
17.45 »Grün« Haus verlassen für ca. 2 Minuten, danach wieder betreten. Vermutlich Mülleimer weggebracht

22.00 Uhr Code 2–5 übergeben
3. 1. 78/4. 1. 78 22.00 Uhr
»Grün« trat nicht in Erscheinung

Code Ex 2–5 übernommen Menzel
04. 01. 1978
In der Zeit von 06.00 Uhr–14.00 Uhr wurde »Grün« nicht gesehen

Code Ex 2–5 übernommen Lin.
4. 1. 78 14.00–22.00 Uhr
17.55 »Grün« in VW Variant. Am Gesellschaftshaus Fü. aufgenommen. Hält am Postamt in Wassersportallee und warf (Brief?) oder mehrere in Briefkasten im Schalterraum. Danach weiter zur Wassersportallee 48, betreten, mehrere Arztpraxen.
18.05 wieder Richtung Wohngebiet. (Geschäft betreten)
18.15 Wohnhaus betreten

Code Ex 2–5 übernommen Franz
4. 1. 78–5. 1. 78 22.00–06.00 Uhr
»Grün« trat nicht in Erscheinung

Code Ex 2–5
1 Schlüssel und Schreiben von Pumpstation übernommen
Menzel
05. 01. 78/06.00–22.00
– Sparkasse Alt-Köpenick
– Universum-Bücherei
– Foto-Optik
– Schallplattengeschäft
– Fleischerei, Bäcker
im Schalterraum eingeworfen. Am Schalter Briefmarken gekauft, Kaufhalle in Regattastraße. Wohnhaus war während dieser Zeit weiter abgesichert. Vom Posteinwurf LOB verständigt!

Code Ex 2–5, Schreiben und Schlüssel von Pumpe übernommen
Unterschrift unleserlich
5. 1. 78–6. 1. 78 22.00 Uhr
»Grün« trat nicht in Erscheinung
Waschstützpunkt/Tankstelle gleich wieder weg
Postamt 500 M abgeholt, vorletzter Scheck, 1977/1978 verschrieben, letzter Scheck

Code Ex 2–5, 1 Schlüssel und Schreiben von Pumpstation übernommen
Linhard
05. 01. 1978, 14.00–22.00
17.00 Uhr »Gelb« mit Trabant Grundstück verlassen
17.10 zum Postamt Wassersportallee, mehrere Briefe und Karten in Kasten

Code Ex 2–5, 1 Schlüssel u. Schreiben von Pumpstation übernommen
Unterschrift unleserlich
*Hier bricht der Text des Heftes ab.*

Verpflichtungserklärung für die Benutzung von Schlüsseln für abgeschlossene gastechnische Betriebsräume

Ich habe von GN 32 den Schlüssel 1 4 G22 erhalten. Ich bin durch GN 32 über das Aufgabengebiet, meine Befugnisse und über einzuhaltende Vorschriften belehrt worden. Ich verpflichte mich, den/die Schlüssel nur selbst im Rahmen der in der Schlüsselberechtigung genannten Befugnisse zu benutzen. Es ist mir bekannt, daß ich keine unbefugten Personen in die gastechnischen Betriebsräume mitnehmen darf. Jeder Verlust ist sofort dem Bereich GN 32, Tel. 4380282 zu melden.

Ort Berlin Datum 4. 1. 77

Unterschrift
Schlüsselberechtigter

Ich meine doch, es lohnt sich, die Notizen in dem Heft, die teils mit Bleistift, teils mit Kugelschreiber geschrieben, im Wortlaut zu bringen. Sie geben Aufschluß über die Zeit und das Land, und auch über den Mann, dem das Bemühen so vieler Aufpasser galt. »Birke 680« ist die Codebezeichnung für das Klubhaus eines Rudervereins an der Regattastraße in Grünau, von dessen Dachgeschoß aus man im Winter, wenn die Bäume entlaubt sind, Einblick hat in die eine Seite von Haus und Garten des S. H.; die andere Seite ist einsehbar von jener städtischen Gaspumpanlage am Rand des verwilderten Parks an der Tagore-Straße, die man mit der dem Heft beigefügten Genehmigung des Schlüsselberechtigten betreten kann und in der wohl die Richtmikrophone und Kameras der Polizei eingebaut waren.

Trotzdem: eine Geheimpolizei, die Tarnnamen nicht etwa den eigenen Spitzeln gibt, sondern den Leuten, die sie bespitzeln läßt, und die Buch führt über Mülltonnenbesuche und Schreibfehler auf dem Postamt, und die zum Schluß noch die eigene Kladde verliert samt zugehörigen Photos und Dokumenten, eine solche Geheimpolizei wirkt schon fast wieder sympathisch. Nur gehört sie eher ins Kasperletheater als vor das Haus eines Schriftstellers.

# 37

Die Arbeit ist sein Panzer.

Sie schützt ihn, indem sie verhindert, daß seine Gedanken nur um die Widerwärtigkeiten kreisen, denen er ausgesetzt ist. Und er wiederum behütet diese Arbeit wie sein Kostbarstes; sie darf nicht berührt werden von den Lemuren, die ihn umlauern, nicht gestört werden von ihrem Gekreisch und Gekecker.

Und was er sich vorgenommen hat gerade zu der Zeit ist ehrgeizig genug: den großen Gesellschaftsroman jenes Drittels von Deutschland zu schreiben, in dem der real existierende Sozialismus praktiziert wird, Geschichte und Analyse und Darstellung zugleich der Menschen und Konflikte dort, ein Totalgemälde, wie es keiner vor ihm geschaffen hatte. Aber wie das so ist mit der Totalen, oft erdrückt sie mehr als sie aufzeigt, und das Licht, herangeholt, um das Bild zu erhellen, wird diffus und versagt sich dem Wesentlichen.

Also doch wieder begrenzen, im Teil das Ganze erfassen, die Vielfalt der Strahlen bündeln: ein Brennpunkt, durch den Mensch und Landschaft so projiziert werden, daß eben dies Wesentliche hervortritt. Da bietet sich ihm, als Mikro-Welttheater, die Siedlung, in der er so lange bereits wohnt und deren Bewohner er kennt, die einen besser, die anderen weniger gut. Vom Gesellschafts- zum Siedlungsroman, das ist schon Selbstbescheidung; und vielleicht ist auch das noch zu weitgewinkelt für seine Zwecke; was immer die Kulisse, Hauptgegenstand sind die dramatis personae, deren Charakter, Erfahrungen, Gefühle, und was sonst zu berichten wäre über sie: und durch welchen Erzähler und in welcher Form.

In der Form von Memoiren, etwa. In sie ließe sich alles verweben, die große Vergangenheit und die kleine Gegenwart, und wer was warum getan. Die Totale dargestellt durch einen, der sie abrollen sah vor den eigenen Augen und der nun Zeugnis ablegt von ihren Wirren und Widersprüchen, durch einen, der gleichzeitig Beobachter gewesen und Teilnehmer an dem und an jenem, ja, dessen Leben, dies eine besondere Note, sorgsam bewahrt wurde vor dem

Schlimmsten, damit er einst Zeugnis ablegen könne. Es gab solche Leute, er kannte sie, mit dem passenden Lebenslauf und allseits hochgelobt: tadelloser Stammbaum, klassenmäßig gesehen, Arbeiterfamilie, Gefängnis, Spanien, Sowjetunion, dann Heimkehr nach Deutschland und sofort wieder an die vorderste literarische Front; einer von denen, weiß er, hatte sich sogar an Memoiren versucht, war aber nicht fertig geworden damit, warum eigentlich nicht, das wäre zu untersuchen, es geht das Gerücht um, im Krankenhaus noch, in seinem Sterbezimmer, hätte er daran gearbeitet, bis der Stift seiner Hand entfiel.

Das hieße, noch einen Schriftsteller als Helden und Zentralfigur, nach dem Ethan im David-Bericht, nach dem großen Daniel DeFoe, nach dem Lassalle, der ja nicht nur ein Arbeiterführer gewesen, sondern auch Stückeschreiber und Buchautor, nach dem Lenz, um dessen hinterlassene Papiere dieser Roman sich rankte, und dem Thomas Benda in den Augen der Vernunft und dem Sergeanten Bing in den Crusaders: in fast jedem seiner Werke ein Literat, dabei mag er sie gar nicht sonderlich; ihr einziger Vorzug, daß ihr Kopf eine Art Rundglas, in dem die Welt sich fängt, und daß sie von Berufs wegen gezwungen, zu dieser Welt sich zu äußern. Wenn man nun aber, sinniert er, den Schriftsteller einmal nicht zum Helden machte, sondern zum Anti-Helden? Oder ihn spaltete à la Mephisto und Faust in zwei, den einen, dumpfen, schwerfällig vor sich hin ochsenden Schreiber der Memoiren und den anderen, elegant reflektierenden, der den Kollegen zu dem Unternehmen, an dem er zugrunde gehen wird, überhaupt erst angestiftet? Als Musterbeispiel könnten ihm dienen die zwei Nachbarn in der Siedlung, der eine er selber, der andere sein Freund Jan Petersen; und tatsächlich wird der Schriftsteller Collin, S. H.s Romanheld, Petersens Eigenschaft haben, seinen Mitmenschen auf den Arm zu boxen, wenn er eine Pointe zu betonen wünscht; und gleich Petersens proletarischer Mutter wird die Mutter Collins, bevor sie ihre Sterbe- und Begräbnisversicherungspolice unterzeichnet, zuerst einmal ausprobieren, ob der Sarg, den die Arbeiter-Assekuranz ihr zu liefern verspricht, auch wirklich die enge Treppe passieren kann, die von ihrer Dachgeschoßwohnung nach unten führt; und die beschaulichen Unterhaltungen Collins mit seinem Nachbarn, dem Kritiker Theodor Pollock, werden Hundegespräche heißen, weil Pollocks Pudel mit von der Partie ist bei ihren Waldspaziergängen, wie denn auch Petersen seine Gespräche beim Spaziergang mit S. H. und dessen Pudelhündin im Wald von Grünau Hundegespräche nannte. Da allerdings enden die Parallelen von Leben und Literatur; S. H. ist kein Mephisto, und Petersen war kein Faust, nicht einmal ein DDR-Faust.

Oder, auch das wird erwogen bei der Planung des Buches: statt eines Schriftstellers als Hauptgestalt und Fokus des Ganzen ein Arzt – ein Psychiater etwa, der von Berufs wegen Antwort geben könnte auf die Frage, warum einer an seinen Memoiren stirbt. Liegt doch eine dunkle Drohung über aller Häupter in der Zeit, von der S. H. zu berichten gedenkt; die Seelen der Menschen erkranken und siechen dahin; die Zeit selber scheint krank: die kranke Psyche als politischer Faktor, der Infarkt als gesellschaftliches Phänomen; der große Gesellschaftsroman, heute und hier, kann nur der Roman einer Krankheit sein. Was einen anderen Schauplatz bedingen würde als den ursprünglich vorgesehenen, einen zusätzlichen zumindest zu der Siedlung: ein Hospital, eine Klinik; das Regierungskrankenhaus mutmaßlich im Falle eines, der so hoch angesiedelt wie der Schriftsteller Collin; eine fruchtbare Idee das, denn wer könnte da noch alles liegen, der eine Rolle gespielt, als Täter, als Opfer, in dem problematischen Leben unsres Mannes.

Aber um das zu schreiben, muß er, S. H., erheblich mehr wissen: über das Herz im Busen, und über die Zusammenhänge zwischen des Menschen Seele und Leib, und wie eines das andre beeinflußt, der Stress den Kreislauf, und dieser wieder die Psyche, und wie die Rückkopplung funktioniert zwischen beiden, und was denn die Ursache ist des schrecklichen Drucks in der Brust des Menschen und seiner fatalen Unfähigkeit, mit sich selber ins Lot zu kommen. Der Professor Dagobert Müller, Nervenarzt seines Zeichens und erfahren in Krankheitsbildern, wie S. H. sie für seinen Roman braucht, belehrt ihn geduldig, aber was nützt Theorie, was nützen Freud und seinesgleichen: es wird notwendig sein, selber zu sehen, die Kranken, den Ausdruck in ihren Augen, die tödliche Angst; selber zu erleben, Krisen und Exitus.

Und zu erfahren, wo die geheime Schuld liegt, die dem Schriftsteller Collin keine Ruhe läßt, obwohl er sie verdrängt hat, seit Jahren schon, und hundert Gründe zur Hand hat, um zu beweisen, vor allem sich selber: Schuld, nein, Schuld trägt er keine, wem auch gegenüber, dem Havelka etwa, der ihm das Leben schenkte, damit einer da sei, der festhalten könne für alle Zeit, was hier geschah und warum?

Eine Erzählung der Art hat der Schriftsteller S. H. ja auch schon geschrieben, sie heißt »Der Gleichgültige« und handelt von einem, der schwieg, wo er hätte sprechen müssen, in Ungarn damals, bei einem der Prozesse, die nach dem Muster geführt wurden, das Stalin schuf. Und das hat es ja auch in der DDR gegeben, nur wurde da keiner gehenkt; aber die Verfahrensweise war die gleiche, in den Kellern der Geheimpolizei wie vor den Schranken des Gerichts, und die ethischen Fragen waren die gleichen für die, welche hätten aufstehen und bezeugen müssen, den Gewalthabern zum Trotz, daß die Angeklagten schuldlos waren. Jetzt, da er dieses zum Pflock machen wird, den inneren Konflikt des Schriftstellers Collin daran zu verknoten, muß er sich aufmachen und nachforschen, bei Zeugen, die man präpariert hatte, bei Funktionären, die die Interna kannten, die Intentionen, die Intrigen, und bei den Opfern, und je mehr er erfährt, desto fester wird sein Entschluß, in dem Roman, den er schreiben wird, auch von jener Organisation zu handeln, von der kaum ein Dichter im Land zu schreiben gewagt und die dennoch, ohne das Klappern und Plappern der andern, im Zentrum des Ganzen die Hebel bewegt.

Und handeln davon, wie es dem Romancier obliegt, ohne Groll oder Unwille. Sie sind ja nicht Schurken. Sie sind nur überzeugt von sich selber als der einzigen Kraft, die unersetzlich ist. »Nötig sind wir, wir allein«, sagt der Genosse Urack, »Hirn der Klasse, Schild der Klasse, Scharfrichter der Klasse. Alle andern sind auswechselbar, erhalten ihre Rolle zugeteilt.«

Man hat S. H. mehr als einmal gefragt, ob er in dem Genossen Wilhelm Urack ein Konterfei des Genossen Erich Mielke habe geben wollen, des Ministers für Staatssicherheit der Deutschen Demokratischen Republik. Der Schriftsteller S. H. ist dem Minister niemals begegnet, obwohl zu vermuten steht, daß der sich hier und da mit ihm beschäftigt hat. Wenn es einen Funktionär der Staatssicherheit gibt, dem Urack nachgezeichnet wurde, dann ist das, ich sage es zu seinem Ruhme, Richard Stahlmann: der schlief tatsächlich unter dem Taubenschlag und arbeitete illegal mit Dimitroff in Berlin und lag mit Hemingway unter der Brücke in Spanien, und seine Frau, Erna, war erblindet durch die Schläge der Gestapo, genau wie Röschen, die Frau des Urack, und das Strumpfband der Olga aus Shanghai fand sich in der Tasche seines Bademantels so wie in der Tasche des Bademantels des Genossen Urack; aber die Gedanken des Genossen Urack in dem Roman Collin wie seine Handlungen entstammen sämtlich der Phantasie seines Autors, der, als er das

Buch schrieb, bereits Abschied genommen hatte von seinem Freund Richard: in einem Zimmer des Regierungskrankenhauses in der Scharnhorststraße. Er beugte sich, ihm ein letztes Mal die stachligen Wangen zu küssen, über das Bett des alten Mannes; doch der flüsterte ihm zu, geh weg, geh weg, ich hab Angst. Im Sterben noch fürchtete der Genosse Stahlmann den eignen Apparat.

Für die Atmosphäre, empfahl Dagobert Müller, leg dich am besten selber in eine Klinik.

Nicht irgendeine natürlich, eine von der gediegeneren Sorte; das mußte es schon sein für die Erfordernisse des geplanten Romans: eine Art DDR-Zauberberg. In Frage kam da eigentlich nur das Institut für Herz- und Kreislaufkrankheiten des Professor Baumann in Berlin-Buch; dort saß auch, als Psychiater, der Professor Katzenstein, von dem sich möglicherweise etwas erfahren ließ über die psychosomatischen Vorgänge, die von Interesse für die Collin-Story waren; auch Baumann war ein guter Arzt, der sich auf seinem Gebiet auskannte, und nicht nur auf diesem. Wie es das Schicksal wollte, war S. H. zuvor schon bei ihm gewesen, zu einer Beratung: das Herz. Einmal schon, unter dem Schock von Brechts Tod, hatte das Herz ja Unarten entwickelt; später dann setzte es bei Gelegenheit aus, ein, zwei Schläge nur, oder fing an zu rasen; nein, nichts Organisches, hatte Baumann gesagt, aber bleiben wir in Verbindung. Danach waren die Symptome abgeklungen, und nun, da er Unregelmäßigkeiten hätte brauchen können, verhielt sich das Herz, trotz der bekannten Ärgernisse, die es über den feedback vom Hirn her miterlitt, recht ordentlich.

Also mußte man simulieren. S. H. hatte Glück; der Blutdruck war relativ hoch, als er antrat in der Klinik, und Baumann, der häufig als Konsultant selbst bei den Höchsten diente, wußte auch ohne Erläuterungen um S. H.s Situation und um die Wirkung von derartigen Situationen auf die Physis zartbesaiteter Intellektueller. Das Peinliche war nur, daß der Blutdruck nach drei Tagen Bettruhe und Wohlleben auf geradezu ideale Werte sank; aber da war schon alles angelaufen, die Untersuchungen, die Therapie, und die beiläufigen Gespräche mit dem Professor Katzenstein, mit anderen Ärzten, mit Schwestern, Helfern, Patienten, Besuchern: S. H. der verständnisvolle Zuhörer. Unter den Patienten finden sich alte Bekannte: Ernst Busch, in biblischem Alter jetzt und begierig sich zu entbürden; Bruno Apitz, hagerer denn je und mißlauniger und an seiner Schaffenskrise leidend; und Christa Wolf, angeschlagen nach ihrem Konflikt mit der Partei – ihren Mann hatten sie ausgeschlossen und sie streng gerügt, so etwas hat Folgen, auch gesundheitliche.

Und er hört, jawohl, selbst unter den Genossen oben zögen einige es vor, sich zu Baumann zu legen statt in das feudale Regierungskrankenhaus; Grund: das Urteil der Parteiärzte ist zugleich Parteibefehl, und die Genossin Chefarzt, besorgt um deine Innereien, oder um dein Gemüt, kann dich mit einem wohlgemeinten Gutachten und ein paar Röntgenbildern für alle Zeit entmachten; wer will das schon.

Während er folgsam im Bett ruht oder, in den Labors und Behandlungsräumen, die angeordneten Prozeduren über sich ergehen läßt oder auch, ein Herzmeßgerät um die Rippen geschnallt, durch die Gänge streift und den Betrieb beobachtet, den täglichen Rhythmus, die Zelebrierung der Chefvisite, die Bräuche der Ärzte, die Geschäftigkeit des Personals, entstehen, Stück für Stück, Fabel und Fäden und deren Verlauf und Verflechtung. Und die Gestalt des Urack schält sich heraus und warum der Mann, ob er will oder nicht, gezwungen ist, den Genossen Faber zu verfolgen und den Genossen Havelka, deren Schicksal nun wieder zum Schicksal des Schriftstellers Collin wird. Und in einer schlaflosen Stunde, nur das Nachtlicht brennt über der Tür, erkennt S. H., woher des Collin große Angst rührt, die ihm das Denken blockiert und die Hand lähmt und seine Memoiren verurteilt, auf ewig Stückwerk zu bleiben: es ist die Angst vor dem Bannfluch, der ihn ausschließen würde aus der Geborgenheit der Gemeinschaft, so jämmerlich diese auch sei, die Angst vor dem Voodoo-Tod, der denjenigen trifft, der es wagt, sich gegen des Stammes Gesetz zu stellen. Und der Genosse Urack ist der Hüter des Gesetzes.

Und so entsteht, der Morgen graut schon heran, gleich wird die Nachtschwester noch einmal mit dem Thermometer kommen, der Grundeinfall des Buches, die stille Wette zwischen Collin und Urack, wer wem den Tod aufzwingen, wer wen begraben wird. Der Gedanke an sich ist nicht neu, er findet sich schon bei Mark Twain, S. H.s Lehrmeister, und in wer weiß wie vielen alten Überlieferungen: daß nämlich der Mensch fähig ist, sich zu befreien von Krankheit und Fluch, indem er diese weitergibt an einen anderen Menschen; neu ist nur die Anwendung der Idee auf das Verhältnis zweier alter Genossen zueinander, die beide verfolgt werden von den Gespenstern ihrer Vergangenheit.

Zu all dem dann das nötige Beiwerk an Geschöpfen des Autors, die, so oder so, verknüpft sind mit den Hauptgestalten: die Dr. Christine Roth, die wissen möchte, ob das ewig so weitergehen wird, die Fragen von heute, zur Seite geschoben, fortzeugend neue Infarkte gebärend, und die trotz der Ermahnung des Professor Gerlinger, ruhende Hunde ruhen zu lassen, das Innenleben des Schriftstellers Collin aufzudröseln beginnt und damit die Katastrophe auslöst; und der Enkel des Urack, Peter, den die Roth liebt und der über die Mauer geht, worauf Collin dem Urack die vernichtende Frage stellt, was, wenn die Söhne uns den Rücken kehrten, all sein Bemühen denn fruchte; und Collins Ehefrau Nina, die bejubelte Sängerin, die den Arbeitern in Winterthur und Basel die proletarischen Gesänge von einst, modern synkopiert, vortrillert und mit dem Professor Gerlinger schläft, in dessen Obhut ihr Gatte zu liegen gekommen; und der Dr. Roth, geschiedener Mann der Christine, Chirurg in einem Hospital der gewöhnlichen Sorte, der ihre Gefühle versteht, ihr Leben aber mißbilligt; und Wiederöcker und Dr. Lommel und Dr. Kuschke und wie sie alle heißen – eben doch ein Gesellschaftsroman.

Er ist sich im klaren über das Risiko, das er mit diesem Roman eingeht. Je mehr an Fakten seine Recherchen ihm bringen über die Vergangenheit seiner Figuren, je mehr Einblick er erhält in die dunkleren Seiten der Geschichte von Staat und Partei, und je weiter er fortschreitet in der Arbeit an dem Buche und die Richtung sieht, in der es sich entwickelt, desto verwandter fühlt er sich seinem Collin: auch er konfrontiert mit der Frage: wag ich's...? Wag ich was? Was denn sind Sinn und Bedeutung dieses Romans, der da vor ihm entsteht, wovon im Grunde handelt er? Das Grundthema ist die Relativierung des kategorischen Imperativs durch die neue Ethik der neuen Macht oder, wie der Genosse Urack es formuliert, was gut ist für die Revolution, ist gut; wobei es eben Urack und seinesgleichen sind, die bestimmen, was gut ist für die Revolution, und auf die Weise alles rechtfertigen, auch das Böseste und Blutigste, und vielleicht sogar recht haben damit. Und Collin hatte mitgespielt mit ihnen, gegen besseres Wissen und Gewissen, hatte Verrat begangen an seinem Freund Havelka, der ihm das Leben gerettet hatte, auf daß Collin schreiben könnte, was zu schreiben war: und Verrat an sich selber. Aber was war denn ein kleiner Verrat, wer beginge ihn nicht öfters, und befand der Schriftsteller Collin sich dabei nicht in bester

Gesellschaft, von dem Apostel Petrus angefangen, der dennoch Papst wurde, bis hin zu den Heutigen, die jeder kennt. Kam hinzu, daß es deutlich zwei Kategorien von Verrat gibt, den aktiven und den passiven. Collin hatte sich schuldig gemacht nur des simplen passiven, der nicht einmal nachweisbar war. Er hatte geschwiegen, das war alles, und war doch, wenn man sich's überlegte, ungeheuerlich.

Als S. H. die erste Fassung des Romans beendet, es ist die Zeit der Biermann-Affäre und die Genossen demonstrieren, wessen sie fähig, notiert er, »Ich zweifle, ob ich mir leisten kann, das zu meinen Lebzeiten zu veröffentlichen.« Er schiebt das Problem vor sich her, er weiß, wieviel an dem Manuskript noch zu tun ist, die Fabel zeigt Widersprüche, die Rolle des Pollock ist unklar, die Christine zu blaß geraten, die Sex-Szenen grenzen ans Peinliche. Und zunächst muß er, und ist dankbar dafür, die Fünf Tage ins Englische übertragen, wer sonst soll es tun; und die zweite »Auskunft«-Anthologie ist fällig, mit neuen Schwierigkeiten, eine geplante Round Table-Diskussion mit fünf ihrer Autoren im Westfernsehen wird von der mißtrauischen Behörde als erster öffentlicher Auftritt einer Fronde begriffen, was demgemäß polizeiliche Maßnahmen auslöst; und ein paar Monate lassen sich totschlagen mit Vorträgen an amerikanischen Universitäten, Pittsburgh, Tennessee, Chicago, Washington, Ohio, Texas, man bedenke, nach so vielen Jahren zum ersten Mal wieder Amerika, doch der emotionelle Sturm, den er erwartet, bleibt aus, nur die ersten zwei Tage New York erschrecken ihn, da er, ein Fremder, durch die Straßen irrt, danach aber ist ihm, als wäre er kaum fortgewesen; trotz der veränderten Silhouette der Stadt sind die Lichter vertraut, sind die Menschen die gleichen, die Stimmen, das Lachen, *Have a nice day, sir.*

Selten zuvor, auch bei den Crusaders nicht und nicht bei den Fünf Tagen im Juni, hat er so hart an einem Buche gearbeitet wie an dem Collin; immer wieder, selbst wenn er schon glaubte, jetzt ist's gut, greift er es wieder auf und beginnt von neuem; wie oft hat er die paar Anfangszeilen geschrieben, bis er zu dem kurzen *Infarkt, dachte er. Wenn ich jetzt die Besinnung verliere, ist es aus* kam; und wie viele Todesvarianten starb Collin im Lauf wie vieler Revisionen. Die Arbeit an dem Roman und die ständig sich verschärfenden Konflikte des Tages verschmelzen in eines, und wenn er irgendwo spricht, und wenn er handelt, ob öffentlich oder im geschlossenen Kreise, immer auch geht es um seinen Collin, immer hat er im Sinn: wie setze ich dieses Buch durch? Ich sehe ihn, als hätte ich irgendwo im Saale gestanden, im Roten Rathaus zu Berlin, wie er da hinaufschreitet zum Rednerpult, es waren die Tage, da Bilanz gezogen wurde nach dem Streit um Biermann, wer hatte gewonnen und wer verloren und was war zu Bruch gegangen dabei, und wie er ansetzt vor ein paar hundert Schriftstellern zur Antwort an Konrad Naumann, den polternden Bezirkssekretär der Partei. Ich sehe ihn, wie er das winzige Mikrophon zurechtrückt, das er hinter der Krawatte trägt und von dem ein dünnes Kabel sich zieht zu dem Rekorder in der Jackentasche, damit ihm keiner, wie er's erlebt hat im Falle Ulbricht, das Wort verdrehen kann im nachhinein, und spüre, wie ihn eine Bangigkeit überkommt, trotz der Vorsichtsmaßnahme, denn Naumann ist der Hauptbulle der Herde und gefährlich. Dann wendet er sich dem Genossen Naumann zu: jawohl, er, S. H., plädiere für das Recht, anderer Meinung zu sein als der gerade herrschenden, und verlange, seine abweichende Meinung auch äußern zu dürfen, denn die Meinungsverschiedenheiten, um die es hier gehe, seien nicht willkürlich herbeigeholt; sie hätten sich aus dem Leben ergeben und aus der Entwicklung des Sozialismus, und man schaffe sie nicht aus der Welt, indem man irgendwelche Mitglieder aus dem Schriftstellerverband entferne oder sie maßregele und ihnen ihre Veröffentlichungsmöglichkeiten beschneide, und nicht dadurch, daß man sie aus der Partei ausschlösse. Worauf Naumann, hochroten Gesichts, auffährt, »Die Partei befindet über sich selbst!« – und ihm das Recht bestreitet, über die Partei zu sprechen. Und ich höre, wie S. H., seines Collin gedenkend, der ja von dieser Partei handelt und ihren inneren Konflikten, ihm erwidert: »Genosse Naumann, ich sage Ihnen, ich habe wie Sie das Recht, über die Partei zu sprechen, die uns regiert; die Partei gehört zur Deutschen Demokratischen Republik, und ich bin ein Bürger dieser Republik!«

Heute, da ich mir die Gefühle noch einmal vergegenwärtige, die den Schriftsteller S. H. damals bewegten, bin ich sonderbar berührt durch die doppelte Spiegelung des Geschehens, die teuflische Verschachtelung von fiction und fact; und eine Art Gruseln, ich gestehe es, befällt mich. Bin ich nicht selber dabei, Memoiren zu schreiben, wie Collin sie zu schreiben unternahm – und darüber starb? Zu der Zeit, da der Schriftsteller S. H. an seinem Collin saß, glaubte er, mit der Geschichte von den Memoiren des Schriftstellers Collin die seinen abgetan zu haben, und als man ihn, der Roman war bereits im Handel, befragte, ob er nun nicht auch an die eigenen Memoiren zu gehen beabsichtige, antwortete er, er sei, bitte sehr, ein abergläubischer Mensch, und Memoiren, siehe Collin, wären ein gefährliches Unterfangen. Aber dann war es doch die Gestalt des Collin mit ihren unvollendeten Memoiren, die zur Verlockung wurde und zur Herausforderung, trotz mehr als einer Stimme, auch der in der eignen Brust, die ihn warnte, es möchte ihm ergehen wie seiner Romanfigur; und vergleichbar der stillen Wette zwischen dem Schriftsteller Collin und dem Genossen Urack um ihr Leben, habe ich eine zu laufen zwischen mir und mir, um das Leben des S. H.

Die Zeichen mehren sich, daß neues Unheil sich zusammenbraut.

In der Sowjetunion veranstalten sie wieder Prozesse gegen Schriftsteller, und die Urteile sind hart. In der DDR, wo man, zumindest in dieser Beziehung, gern von der Sowjetunion lernt, stellen sie den Rudolf Bahro vor Gericht, einst einer der Linientreusten unter den Jugendgenossen, weil der im Westen ein Buch veröffentlicht hat voll ketzerischer Thesen, und verurteilen ihn dafür zu acht Jahren Gefängnis, wegen nachrichtendienstlicher Tätigkeit, steht im Blatt. Und selbst Hermlin, der Unantastbare, wird wieder zur Jagd freigegeben, nachdem er auf einer Tagung, zu der S. H. schon nicht mehr eingeladen, den Zorn aller Rechtdenkenden im Lande auf sich zog, als er trotzig bekannte, er zähle sich zu den spätbürgerlichen Dichtern.

Was ihn, S. H., betrifft, herrscht Ruhe. Er tappt im dunkeln: wieviel weiß die Behörde vom Inhalt seines Collin und wie weit die Arbeit daran gediehen, und ahnt sie, welche Probleme sich ergeben dürften aus dem Buch für eine auf ihre schneeweiße Unschuld eingeschworene Regierung. Das Schweigen ist erklärlich: geheimpolizeiliche Erkenntnisse haben geheim zu bleiben; jedes Wort von der Sache bedeutet zugleich Preisgabe der Nachrichtenquelle, der Forschungsmethode, des Wissensstandes. So gibt es nur Andeutungen, die vielerlei heißen mögen; worauf etwa spielt Herr Adolph an, der neue Chef des Büros für Urheberrechte, wenn er anfragt, weshalb S. H. seinen Verlagsvertrag für die zweite Auskunft-Anthologie noch nicht vorgelegt habe und, dies mit besondrer Betonung, für etwaige andere Bücher; und was soll der drohende Hinweis, er verletze durch derart Versäumnisse das Devisengesetz der Republik; und wie ist die freundliche Warnung des Genossen Höpcke zu bewerten, es gäbe da Leute, die ernsthaft erwögen, juristisch gegen ihn vorzugehen; und wie Höpckes Ausspruch auf einem Treffen des

Vorstands des Schriftstellerverbandes zum Thema Westveröffentlichungen: laßt den Finanzminister das machen? Und dann die Ankündigung, in einer Leitungssitzung des Fernsehens der DDR: Anfang nächsten Jahres kommt ein neuer Fall Biermann.

Am Anfang des Jahres, von dem da die Rede war, erscheint in München der Collin. Bei Bertelsmann hat man die Sache, im Einvernehmen mit S. H., diskret gespielt: nur wenige Buchhändler, auf deren Schweigsamkeit Verlaß, und ein paar vertrauenswürdige Journalisten, unter diesen Fritz Pleitgen, Leiter des ARD-Studios in Ostberlin, haben Vorausexemplare erhalten. Pleitgen, mit seinen Säbelbeinen und seinem wiegenden Gang einem abgetakelten Kavallerieoffizier ähnelnd, besitzt den Schneid und den Hang zu Husarenstreichen, die zu dem Bild gehören; unvergeßlich, wie er, zu einer der Krisenzeiten, sich zum Besuch bei S. H. ansagte, wohl wissend, daß die Freunde von der geheimen Front darauf das Haus umstellen würden, und dann angebraust kam, doch nicht solo, nein, mit der ganzen Crew und die Flanken des Aufnahmewagens weit geöffnet: welch eine Szene, Wildwest in Grünau, die aufgescheuchten Sheriffs, ja wie denn und was denn und wo zuerst blocken, und die Kameras laufen und zeichnen auf, die fuchtelnden Hände dicht vor den Objektiven, die erregten Rufe, »Verboten! Es ist verboten!«, und erschreckt im Getümmel vor der Haustür, das Ehepaar H.

Pleitgen war aus Moskau nach Berlin gekommen, und er war vertraut mit den russischen Verhältnissen und mochte die Menschen, die sich mühten, aus dem real existierenden einen lebbaren Sozialismus zu machen; Pleitgen sah daher sofort, was in dem Collin steckte, und in seinem Interview mit S. H. kam er, vorsichtig, auch auf die Frage des Risikos zu sprechen, welches das Buch darstellen mußte für seinen Autor, und weshalb der dies Risiko auf sich genommen, und entlockte S. H. die Auskunft, bald ein geflügeltes Wort: »Ich bin des ewigen Rundlaufs um den heißen Brei müde.«

Auf der Frühjahrsmesse in Leipzig deswegen von Journalisten angegangen, erwiderte Höpcke, so heiß sei der Brei denn wohl doch nicht; aber warum verbot er das Buch dann? Höpckes ironisches Apropos war, vorläufig, die einzige offizielle Reaktion auf den Collin; inoffiziell erfährt S. H., im Ministerium des Genossen Urack hätten sie den Roman mit gemischten Gefühlen gelesen: einiges darin sei ihnen schon unter die Haut gegangen.

Dafür ist das Echo im Westen um so lauter, und wie zu erwarten, höchst widersprüchlich. Da sind die üblichen Ästheten, denen das

Buch zu trivial ist; offenbar haben sie nicht einmal verstanden, was darin steht, sie haben Klischeevorstellungen von Menschen und Dingen jenseits der Elbe, und nichts in dem Collin will sich einfügen in ihre Denkmuster. Dann sind da die, die nach Material suchen, das sich verwenden ließe für ihre Ausfälle und Polemiken, und sie finden sich ebenso enttäuscht. Und schließlich die Leute vom Fach, die DDR-Spezialisten, einstige Bürger der Republik zumeist: die sehen zwar, wie sich alles zueinanderfügt in dem Buche, vermissen aber darin die Absage an den Sozialismus und die große Verneinung, die sie und ihresgleichen bestätigte. Der Autor tröstet sich mit denen, die, frei von Vorurteilen, sich tragen lassen vom Fluß der Erzählung und mitgehen mit den dramatis personae und die darum, der eine mehr, der andere weniger, die dem Collin innewohnende Problematik begreifen, das einander ergänzende Ja und Nein; diese behalten das letzte Wort, das Buch setzt sich durch.

Was dann geschieht, hat nichts mehr zu tun mit der Rezeption des Collin; es dient jedoch seiner Propagierung.

In Mainz veranstalten sie eine Ausstellung: Zeugnisse und Belege Psychologischer Kriegführung, mit Flugblättern und Frontzeitungen und was dergleichen mehr; zur Eröffnung wird, der Gedanke liegt nahe, der Ex-Sergeant S. H. eingeladen. Der geht, zwecks Reisegenehmigung, den amtlichen Weg; die zuständige Stelle für ihn ist der Schriftstellerverband, irgendwelche Mädchen dort reichen ihm Formulare über den Tisch, geboren, wohnhaft, Zweck, Dauer, Route der Reise, Devisen ja, nein, Fragen, Fragen, in vierfacher Ausführung, bitte, es haben sich zu dem Antrag zu äußern Kultur-, Innen-, Finanzministerium, vom Geheimdienst nicht zu reden. Dann wartet er, drei Wochen, vier, fünf, nein, noch nichts, leider, Herr H.; aber der Termin, eine Ausstellungseröffnung läßt sich doch nicht verschieben, nur weil hier irgendwelche Ämter; kommen Sie morgen wieder, Herr H. Dann, Stunden nur vor der geplanten Abfahrt: die Reise ist abgelehnt, wir bedauern.

Der Reuters-Korrespondent heißt Mark Wood. Reuters schicken junge, wache Leute nach Ostberlin, die sich rasch einleben und bald ein Gefühl entwickeln für die Eigenheiten des Landes und seiner Bewohner. Wood, der von der Mainzer Einladung an S. H. gehört hat, sieht in der Fahrt des Autors der Crusaders zu einer Stätte der Erinnerung an seine Tätigkeit als amerikanischer Soldat eine Human Interest Story und möchte ein paar Sätze von ihm haben, direktes Zitat, Begegnung mit der Vergangenheit, Gefühle dabei, und die Hoffnungen von damals, haben sie sich erfüllt? So, auf dem Rückweg vom Büro des Verbandes, wo ihm die enttäuschende Nachricht zuteil geworden, begibt sich S. H. zu Reuters in das verkommene Mietshaus in der Schönhauser Allee, um Wood zu sagen, nix Reise, nix Story. Doch der, seinen Tee genüßlich schlürfend, meint, keine Reise sei auch eine Story.

Ein Paradebeispiel von Dialektik. Erheitert durch den Gedanken kehrt S. H. zurück nach Grünau. Doch kaum ist er im Hause, fährt draußen ein Wagen vor. Zwei Herren entsteigen ihm, läuten; sie zeigen Ausweise, die sie sogleich wieder zuklappen, und der mit dem Parteiabzeichen am Rockaufschlag und den Fettpölsterchen im Gesicht und den farblosen Augen fragt, ob sie eintreten dürften.

Dann sitzt man am runden Tisch in der Ecke des Wohnzimmers, S. H. und seine beiden Besucher; der Träger des Abzeichens ist Staatsanwalt, Tenner sein Name, der andere, gutgeformter Kopf, intelligente Züge, stellt sich vor, Zollhauptkommissar Condrats. Herr H. möchte doch, hüstelt der Staatsanwalt, die Freundlichkeit haben, mitzukommen. Wann, jetzt? Ja, jetzt. Und wohin, bitte? Zur Zollhauptverwaltung in der Grellstraße. Und weshalb? Zwecks Klärung eines Tatbestandes.

Das läuft alles sehr höflich ab, sehr zivilisiert, und doch wird es dem Herrn H. kalt ums Herz. Er schluckt. Dann sagt er, aber das inkommodiere ihn höchlichst; sie sähen, sein Mittagessen warte auf ihn; auch habe er heut noch Verabredungen, von denen sich keine ohne Schaden absagen ließe; wie wär es mit morgen?

Er müsse doch auch selber, erwidert Zollhauptkommissar Condrats, an einer schleunigen Klärung des Tatbestands interessiert sein, um den es sich handle.

Und wie lange gedächten sie ihn festzuhalten?

Bis zum Abend, längstens, verspricht Zollhauptkommissar Condrats, eher, wenn alles zur Zufriedenheit verlaufe.

Und was, theoretisch gesprochen, würde geschehen, im Fall er sich weigerte?

Dann müßte man, lächelt Zollhauptkommissar Condrats, ihn leider zuführen, theoretisch gesprochen.

Zuführen heißt das also, denkt S. H., und heißt das nun bei allen so, die sie hoppnehmen, oder benutzen sie nur bei ihm ihr gehobenes DDR-Amtsdeutsch? Und denkt: was einem so durch den Kopf geht in solcher Lage, wahrlich ein sonderbar Ding, das Gehirn, das simultan zu arbeiten imstande auf zwei und mehr Ebenen und die gewundensten Wege findet, die Angst zu umgehen, die es tief innen verspürt.

»Außerdem«, sagt Staatsanwalt Tenner, »habe ich hier einen Haftbefehl«, und nachdem er die Wirkung der Mitteilung gebührend ausgekostet, »nein, nicht für Sie, für Ihr Sparbuch. Sie besitzen doch eines?«

»Darf ich den Haftbefehl sehen?«

»Gerne.«

S. H. hat ein Gefühl, als blickte ihm der Versicherungsangestellte Franz Kafka aus Prag über die Schulter, während er liest:

*Beschluß*

*Im Strafverfahren*
*gegen Heym, Stefan, geb. am 10. 4. 1913*
*wegen Devisenvergehens,*
*wird der vom Staatsanwalt am 19. 4. 1979 über das Konto*
*6752 – 69 – 650268 bei der Sparkasse der Stadt Berlin*
*vollzogene Arrestbefehl zur Sicherung zu erwartender Ansprüche gemäß § 121 StPO richterlich bestätigt.*

*1026 Berlin, dem 20. 4. 1979*
*Stadtbezirksgericht Berlin-Mitte*
*-Dr. Oehmke-*
*Direktor*

Sogar die Nummer des Sparbüchels stimmt, stellt S. H. fest, als er es seinem Schreibtischfach entnimmt, um es dem Staatsanwalt zu übergeben; derart Details bedürfen der Vorsorge, wahrscheinlich hat es darum so lange gedauert, bis die Genossen zuschlugen gegen den Collin; aber das arme Büchel, in Haft genommen an seiner Statt, ein Geiselfall à la DDR: und jedesmal, wenn S. H. zum Verhör muß, wird er sich besorgt nach dem Befinden des einsamen Gefangenen erkundigen.

Vorläufig jedoch sitzt er nach hastigem Abschied, der Staatsanwalt drängte zur Eile, neben Condratsens uniformiertem Fahrer; im Fond hocken die beiden Zuführer, sichtlich erleichtert, den Delinquenten in ihrem Gewahrsam zu haben. Schon ist man in Schöneweide, auf halbem Wege nach Lichtenberg, da hebt S. H. die Hand: Stop!

Der Staatsanwalt ist ungehalten: Was denn nun! Die ganze Sache läuft ihm nicht richtig, zu viele Fragen, zuviel Diskussion; dies ist ein ernstes Geschäft.

Er habe, sagt S. H., seine Brille vergessen.

Und?

Das könne schließlich jedem passieren.

Ja, ja, sicher.

Aber man werde ihn doch wohl, fragt S. H., vernehmen wollen?

Vernehmen, ja, das gehöre dazu.

Und ein Protokoll anfertigen?

Das verstünde sich.

Und er werde besagtes Protokoll zu unterzeichnen haben?

Das sei vorgesehen.

Ungelesen?

Das Protokoll, nein, das müsse er lesen.

Ohne Brille?

Die Pölsterchen im Gesicht des Staatsanwalts zucken. Zollhauptkommissar Condrats ordnet an: Retour!

Der Delinquent wird nicht überwacht bei der Brillensuche; so kann er ein paar Instruktionen hinterlassen: wen zu benachrichtigen, und was zu unternehmen, falls er nicht bis abends zurück ist zu Hause.

Dann erneuter Start. S. H. fühlt sich bereits besser. Und er kennt die Gegend, durch die man fährt, wie oft ist er hier selber gefahren, Wuhlheide, Rummelsburger Landstraße; auch das beruhigt. Und was hat er denn verbrochen, überlegt er, weswegen er sich zu beunruhigen hätte; gewiß, der Collin, aber das ist eine politische Sache, und was will da ein Zollhauptkommissar, und wieso überhaupt wird er zur Zollverwaltung gebracht und nicht zu einem Untersuchungsrichter; einmal hat er mehr Geld in der Tasche gehabt bei der Einreise in die Republik, als er auf dem Zollzettel angegeben; deshalb der Aufstand?

Meine Herren, sagt er, es ist Mittagszeit; Sie haben mich von meinem Essen ferngehalten; ich schlage vor, wir gehen erst mal in ein Restaurant; Sie sind meine Gäste, einschließlich des Genossen Fahrer.

Beratung. Condrats, der Zollmensch, wäre nicht abgeneigt, das läßt sich heraushören aus seinen sotto voce Bemerkungen, aber der Staatsanwalt findet den Vorschlag unpassend, ein gemeinsames Mahl mit einem, dessen Sparbüchel bereits in Haft! Am Ende steht ein Kompromiß: in ihrem Amte, sagt Condrats, hätten sie eine vorzügliche Kantine, und er, S. H. werde dort Gast der Zollhauptverwaltung sein.

Es gibt Hühnerfrikassee.

Aber man speist nicht in der Kantine, wo S. H. einst aus seinen Kreuzfahrern las, als sein Freund Toni Ruh, der Fallschirmspringer des Office of Strategic Services, noch der Oberste beim DDR-Zoll war; nein, ein Uniformierter, weißes Schürzchen vorm Bauch, serviert auf dem Schreibtisch im Dienstraum des Hauptkommissars Schön, des zweiten Mannes, der mit dem Fall des Schriftstellers S. H. befaßt ist; Staatsanwalt Tenner, dem die kulinarische Verbrüderung immer noch widerstrebt, hat sich, deutlich verdrossen, zurückgezogen: die Genossen vom Zoll würden das Nötige schon tun.

Die Genossen vom Zoll vermeiden, solange man ißt, das Dienstliche; doch beim Kaffee geben sie einen ersten Hinweis: der Zoll, hört S. H., sei das Vollzugsorgan des Finanzministeriums, dessen gepanzerte Faust, wenn man so wolle, und eben dies Ministerium sei zuständig in seinem Falle.

S. H. erinnert sich: wie hatte doch Höpcke gesagt? – laßt den Finanzminister das machen. Und schon die Eröffnungsfragen des Hauptkommissars Schön bestätigen: er soll sich, indem er den Collin über das Büro für Urheberrechte hinweg und ohne dessen Genehmigung im Westen veröffentlichen ließ, gegen das Devisengesetz der Republik vergangen haben.

Lächerlich.

Doch die Genossen vom Zoll, hat man den Eindruck, nehmen den Vorwurf ernst. Und plötzlich erkennt S. H., wie gefährlich das werden könnte für ihn: in einem Land, dessen Bürger bei jedem schwarzen Geschäft, und von der Westverwandtschaft, und im Intershop, und überall zu spüren bekommen, wie minderwertig das eigene, schwer verdiente Geld, in einem solchen Land wird jeder, der, widerrechtlich oder nicht, über harte Währung verfügt, Neid erregen, blanken Neid, und kein Mensch wird sich mit dem Devisenhai solidarisieren. So also ist das gedacht: der Schriftsteller S. H., dessen Bücher, eins wie das andere, moralische Entscheidungen verlangen, soll moralisch vernichtet werden.

Sie haben demnach, Herr H., das gestehen Sie, willentlich und wissentlich die Rechte an Ihrem Roman Collin an einen Westverlag vergeben, ohne zuvor die Genehmigung des Büros für Urheberrechte einzuholen?

Das Büro für Urheberrechte, mit dem ich Erfahrungen gesammelt habe, von denen ich Ihnen gerne berichten werde, ist nichts als der verlängerte Arm der Zensur. Ich unterwerfe mich keiner Zensur, schon deshalb nicht, weil es sie laut Verfassung in der DDR gar nicht geben darf.

Es geht uns nicht um Zensur, Herr H., es geht um Devisen. Sie haben, indem Sie, willentlich und wissentlich, versäumten, den Vertrag über die Westrechte an Ihrem Roman Collin von dem Büro genehmigen zu lassen, gegen die Devisenordnung des Ministeriums für Finanzen und damit gegen das Gesetz der Republik verstoßen.

Wenn ich nicht wollte, daß man mir mein Buch verbot, war ich gezwungen, gegen die Devisenordnung zu verstoßen.

Sie geben also zu, Herr H., daß Sie gegen die Devisenordnung verstoßen haben.

Die Devisenordnung ist hier nur Vorwand. Ich habe gegen die Genehmigungspraxis verstoßen, mit deren Hilfe Werke der Literatur unterdrückt werden sollen, und zwar nicht nur innerhalb, sondern auch außerhalb der Grenzen der Republik.

Die Genehmigungspraxis, von der Sie sprechen, ist Teil der Devisenordnung; Sie haben gegen das Devisengesetz verstoßen.

Ich konnte nicht anders.

Und so weiter und so fort, etwa vier Stunden; mit Detailfragen, wie denn die Bestimmungen des Vertrags gelautet, und was der Prozentsatz der Tantième, und welches die Auflage; aber da weiß der Befragte keine Antwort, er hat den Vertrag nie gesehen, der Vertrag liegt im Tresor der literarischen Agentur Mohrbooks in Zürich, die seine Vollmacht hat.

Staatsanwalt Tenner ist zurückgekehrt. Er läßt sich das Protokoll zeigen, und ein Lächeln spielt um sein Mündchen, während er es überfliegt. Das Lächeln verunsichert S. H.; eben noch, als er die Seiten mit seinen Initialen versah, hatte es ihn mit Stolz erfüllt, wie klar und präzise er, selbst unter dem Druck des Verhörs, seinen Standpunkt dargetan; hatte er doch sogar, um ganz sicherzugehen, daß der Zweifingertipper in der Ecke seinen Aussagen korrekt gefolgt, sie ihm selber in die Maschine diktiert.

Damit sei er vielleicht, sagt ihm der Zollhauptkommissar Condrats während der Rückfahrt nach Grünau, ein wenig zu eifrig gewesen; und tags darauf ruft in edler Verzweiflung der Herr Strodt an, sein Anwalt (den verdienstvollen Dr. Kohn deckt schon lange die Erde): Sie haben ein volles Geständnis abgelegt, Mensch, wie soll ich Sie da noch verteidigen? Und Havemann, den sie in der Kreisstadt Fürstenwalde einer ganz ähnlichen Prozedur unterzogen wie den offenherzigen S. H., weigert sich überhaupt, mit seinen Vernehmern zu sprechen; er werde doch nicht, verkündete er, sich zu einem Verfahren hergeben, das nur den Ruf der Republik zu schädigen geeignet sei: die Sottise wird ihn tausend Mark extra kosten.

Dennoch glaube ich, daß S. H. an jenem Nachmittag in der Grellstraße politisch das Richtige tat, als er immer wieder betonte und ein halbdutzendmal protokollieren ließ: es geht nicht um Devisen, es geht um Literatur. Es gab nur diese Verteidigung.

Die Haut ist ein sensibles Organ. Jurek Becker, von einer Parteiversammlung heimgekehrt in den Biermann-Tagen, berichtete, er hätte sich gefühlt, als habe er auf einmal Quaddeln am ganzen Leib. Aber nicht Beckers Haut erkrankte vor Widerwillen, sondern S. H.s: Rötungen, Juckreiz, Ekzeme, Flechten; und bei jedem neuen Stress kehren sie wieder. Die Ärzte kennen den Namen der Krankheit und sagen, sie ist nicht tödlich; doch wie sie zu heilen sei, wissen sie nicht; sie verschreiben Bestrahlungen, Bäder, schmierige Salben, dann verschwinden die Symptome bis zum nächsten Mal.

Am Abend nach dem Besuch in der Grellstraße, prompt, der Aufruhr der Haut. S. H. begibt sich zur Hautklinik der Charité; der Professor dort, wohlvertraut mit der psychosomatischen Seite der Dermatologie, willigt ein: kommen Sie zu uns, wir werden Sie behandeln; nachts allerdings müssen Sie zu Haus schlafen, Personalmangel, wer geht bei uns schon ins Gesundheitswesen, bei der Bezahlung.

Das Arrangement, so locker es scheint, ist genau, was S. H. sich wünscht. Tagsüber, wenn die Verhöre stattfinden sollen, die Condrats ihm angekündigt, wird er unabkömmlich sein: Gesundheit geht vor Devisen. Und wenn auch das Menü der Charité weniger gehaltvoll ist als das beim Zoll, so kann er doch, mit hochgeklappter Rücklehne, in seinem Bette arbeiten: an der englischen Fassung des Collin. Das zieht sich eine Weile hin; dann wird er wirklich krank, die Bestrahlungsdosen sind zu hoch gewesen, die Füße röten sich böse und schwellen an. Der Staatsanwalt wird ungeduldig; Condrats verlangt zu wissen: ist der Patient nun vernehmungsfähig, ja oder nein?

Ja, abends, in Filzpantinen.

Am nächsten Nachmittag schon, zur vierten Stunde, humpelt S. H. die Treppe der Hautklinik der Charité hinab, in die freudig gebreiteten Arme des Hauptkommissars Condrats; der setzt den armen Patienten, behutsam, in seinen Wagen, um ihn zu der entscheidenden Einvernahme in die Zollhauptverwaltung zu fahren. Die Grellstraße, an welcher der Bau gelegen, ist breit für Berliner Verhältnisse und längs der Mitte durch einen Grünstreifen geteilt: und da, hinter ein paar vermurkelten Büschen in Höhe des Haupteingangs des Gebäudes, erglänzt im milden Frühlingslicht der hellblaue Aufnahmewagen der ARD, Pleitgen und seine Kameraleute.

Kein Muskel rührt sich in Condratsens schmalem Gesicht. Nur biegt er, kurz vor dem Ziel, von der Grellstraße ab, rechts um die Ecke, in eine Seitenstraße, und dann links hinein auf den Hof, wo er den Wagen parkt und seinem Fahrgast bedeutet, auszusteigen. Der arme Pleitgen, denkt S. H., jetzt entgeht ihm die große Nummer; denn natürlich wird Condrats seinen Devisenschieber, wenn er ihn schon hier auf dem Hof hat, durch den Hintereingang in das Gebäude schleusen. Der Hauptkommissar jedoch greift S. H. sanft beim Ellbogen, bugsiert ihn quer über den Hof, zur Hofeinfahrt hinaus, bis zur Ecke, dann wieder rechts, und läßt ihn die halbe Grellstraße entlanghinken, bis zum Haupteingang, und dort noch die Stufen hinauf: so als kenne er die primitive Regie der Fernsehleute, die ihre Helden immer ein Stück promenieren lassen, damit der aufmerksame Zuschauer auch kapiert, daß er's nicht mit Wachsfiguren zu tun hat.

Der Clou dieser Vernehmung sind zehn Exemplare Collin, die Staatsanwalt Tenner vorwurfsvollen Blicks auf den Tisch baut. S. H. nimmt eines zur Hand, betastet es ehrfürchtig; sieht er das Buch doch zum ersten Mal in seiner gedruckten Form. Endlich wendet er sich dem Staatsanwalt zu: das seien doch die Belege, nicht, die ihm vom Verlag übersandt; er nähme sie gern mit nach Hause, nach Schluß des Verhörs.

Der Staatsanwalt empört sich: wo er hindächte; diese Bücher, entdeckt in der Post von den wachsamen Genossen, seien Beweisstücke, alle zehn, und jetzt Regierungsbesitz; sie bildeten die Grundlage des Verfahrens.

Und überläßt, nachdem er sich derart des Prinzipiellen entbunden, die Details der Sache wiederum seinen zwei Hauptkommissaren. Die nun, Schön wie Condrats, legen alsbald eine schärfere Gangart ein; keine wortreiche Diskussion wie voriges Mal zu Zensur- und Verfassungsfragen, zu literarischen Problemen und den Unarten des Büros für Urheberrechte; heute will man Konkretes, und ohne Umschweife, bitte: laut Vertrag, wieviel Prozent vom Ladenpreis erhält er; und was sind die Verkaufsziffern; und wieviel geht ab von seinem Honorar an Steuern; und was ist des Agenten Anteil; und warum hat er diese Informationen nicht zur Hand, man hat ihm doch deutlich gesagt, was man zu erfahren wünsche, und hat er nicht Zeit zur Genüge gehabt, mit Zürich zu korrespondieren?

Das Spiel ist durchsichtig: aus den Zahlen, Preis mal Prozentsatz mal Auflage, ergibt sich die Höhe der Einnahme des Autors, just was man ihm wegeskamotieren möchte. Doch diesmal, schwört er sich, wird er sich an den juristischen Rat halten, der ihm zuteil geworden; bei aller Sympathie für Genossen Condrats und Schön, sie sind auf seinen Pelz aus, und er wird nichts zugeben, nichts außer dem Preis des Buches, denn der dürfte ihnen bekannt sein.

Schließlich sind die zwei der Fragerei selber überdrüssig, oder sind klug genug, sich zu sagen, daß wenig Ruhm zu ernten ist dabei. Das Protokoll noch einmal, dann wird die Akte geschlossen; Weiteres vor Gericht. Nur zuletzt noch, mit bedauerndem Lächeln, Condrats: das sei doch nicht ganz fair gewesen, ihnen das Westfernsehen vor die Tür zu stellen.

»Fair...?« S. H. zügelt sich: der Mann ist ja nicht böswillig, er hätte an einen Schlimmeren geraten können. »Wo, Genosse Hauptkommissar, sehen sie Fairness in diesem Verfahren?«

Die Frage scheint Condrats nicht loszulassen, während der ganzen Rückfahrt nach Grünau. Sie sitzen allein im Wagen, der Kommissar und der Schriftsteller, und der Kommissar sagt, ja, er habe dessen Bücher gelesen, auch den Collin, und wo bitte sei das Positive darin, das Positive über unseren Staat, über unsre Arbeiterklasse, aus der er übrigens selber gekommen; was wäre denn, fragt er, aus ihm geworden ohne diesen Staat; der Staat habe es ihm ermöglicht, Bildung zu erwerben und Dienstrang und das Vertrauen seiner Vorgesetzten wie seiner Untergebenen; und all das, all die Errungenschaften, der ganze Sozialismus, würden in Zweifel gestellt in dem Buche.

S. H. überlegt. Zugegeben, sagt er dann; aber wie, wenn der Staat nun weniger getan hätte für den jungen Condrats oder gar nichts, und dieser demzufolge kein Zollhauptkommissar geworden, sondern ein Prolet geblieben wäre, der in irgendeinem Betrieb sich placken muß: wäre er dann ebenso heißen Herzens für diesen Staat und diesen Sozialismus, oder wie?

Sie sind einander nie wieder begegnet, S. H. und der Hauptkommissar Condrats.

Andere, die anonym bleiben, übernehmen die Regie; das Kesseltreiben entwickelt sich und wird für alle Welt sichtbar; der Staatsanwalt selber bläst das Halali, indem er der Presse die Nachricht übergibt von der Strafverfolgung des Schriftstellers S. H. wegen Devisenvergehens, und Pleitgen zeigt dem deutschen Publikum, West und Ost, wie der Autor des Collin die Grellstraße entlang zum Verhör geführt wird. Nur er selber schweigt; er hat, aus alten Zeiten noch, gewisse Vorstellungen von Justiz, und meint, zu einem laufenden Verfahren nicht sprechen zu dürfen; und wo soll er sich auch äußern: die Medien der DDR sind ihm verschlossen, und den Westkorrespondenten wurde bei Strafe der Ausweisung untersagt, mit ihm zu reden.

Aber der neue Mann des Zweiten Deutschen Fernsehens, Van Loyen heißt er, möchte sich seine Sporen verdienen und verlangt dringend ein Interview. S. H. warnt ihn: die Genossen meinen es ernst diesmal. Der junge Hitzkopf läßt sich nicht abweisen: ein persönliches Gespräch nur, sie beide allein, er will den background haben, sonst nichts.

Also, wenn Sie durchaus wollen.

Doch Van Loyen kommt nicht allein; er erscheint, draußen dunkelt es schon, mit Mannschaft und Kameras; Sie müssen verstehen, Herr H., es ist doch wichtig, daß die Öffentlichkeit erfährt; und S. H., der gerade die giftigen Anspielungen auf seine Person und sein Werk in der Zeitschrift Sonntag gelesen, und Fieber hat er und Schmerzen in dem geplagten Kopf und den verstrahlten Füßen, wird plötzlich gepackt von dem Zorn, der sich seit Wochen aufgestaut hat in ihm. Also, sagt er, bauen Sie auf. Und dann sitzt er, geblendet vom grellen Licht der Scheinwerfer, in seinem Wohnzimmer und weiß, wie schlecht er aussieht und wie müde und geschlagen, aber der Moment ist da zu sprechen, und er spricht:

»Ich habe die ganze Zeit geschwiegen.

Ich habe geschwiegen, als die Autos der Sicherheitsbehörde sich hier vor mein Haus gepflanzt haben; ich habe bei anderer Gelegenheit geschwiegen, als sie mir konspirativ, mir und meiner Frau, hinterhergefahren sind, wochenlang. Ich habe sogar noch geschwiegen, als dieses tückische Devisenverfahren gegen mich schon eröffnet war. Aber jetzt hat der Staatsanwalt selber die Nachricht an die Presse gegeben, und so muß ich schon etwas dazu sagen.

Sie reden von Devisen, es geht aber um das Wort. Es geht um die Freiheit der Literatur, auch in diesem Lande, auch im Sozialismus. Man hat eine Verordnung, die eine reine Zensurverordnung ist und verwaltet wird vom Büro für Urheberrechte, mit dem Devisengesetz gekoppelt, und jeder Autor, der ein Buch veröffentlichen will, das hier nicht gebilligt wird, muß automatisch mit dem Devisengesetz in Konflikt kommen und wird dann mit zehntausend Mark Geldstrafe oder gar mit Gefängnis bestraft. So ist die Lage.

Warum man das jetzt gerade macht und mit mir anfängt, das hängt wahrscheinlich mit meinem Roman Collin zusammen. Ich bin sehr traurig, daß das geschieht; so ein Verfahren nützt nichts, nützt der Republik nichts, und mich schreckt es auch nicht.

Nun läuft es allerdings zusammen mit einer Kampagne, die jetzt gestartet hat und mit der man versucht, meine Kollegen und mich zu kriminalisieren. Ich würde auf diese Vorwürfe und auf das ganze Verfahren viel lieber in unserer Presse antworten, aber schon seit Jahren steht mir unsere Presse nicht mehr offen, unser Fernsehen nicht mehr, unser Rundfunk nicht mehr. Und so kann ich, wenn ich die Menschen in der DDR erreichen will, leider nur diesen Weg gehen.

Man wird versuchen, das ist auch der Zweck dieses Verfahrens, mich aus dem Lande zu graulen. Ich möchte sagen, daß ich diese Republik nicht freiwillig verlassen werde.«

Achtundvierzig Stunden später muß der junge Van Loyen seine Koffer packen. Noten wechseln zwischen Bonn und Ostberlin; der Fall S. H. wird zum deutsch-deutschen Skandal.

Der Rest dann ist Antiklimax.

Die Vorladung zum Gericht in Köpenick; der Angeklagte ist zur Stelle. Kurze Verständigung zwischen Anwalt und Richterin, die aussieht wie jedermanns liebes altes Tantchen: kein Aufwand, kein Drama, kein Volk. Die Urteilsverkündung: schuldig. Der Protest des Angeklagten, zum wievielten Male: die Devisen ein Vorwand, Zensur. Die richterliche Frage: wird das Urteil angenommen? Antwort: nein. Wird Berufung eingelegt? Antwort: nein. Der richterliche Spruch: das Urteil ist rechtsgültig; die Strafe wird festgelegt in Höhe von 9000 Mark. Sie liegt damit, berechnet S. H., 1000 Mark unter der nach der Verordnung des Genossen Gysi zulässigen Höchstgrenze. Der Staatsanwalt, das immer noch in Arrest befindliche Sparbuch in der Hand, hebt die 9000 Mark in der Sparkasse Nr. 162 in Berlin-Grünau ab; dreimal wird man ihn anschreiben müssen, bevor er das arme Büchel endlich freigibt.

Trotzdem, stellt S. H. fest, sind die 9000 Mark (Ost) die beste Investition seines Lebens; sie steigern die Auflage (West) des Collin, und indirekt die seiner anderen Titel; auch Partei und Regierung scheinen das so zu sehen, denn binnen kurzem wird ein neues, ein schärferes Gesetz verkündet werden, § 219 Strafgesetzbuch, die sogenannte Lex Heym, welche für dasselbe Vergehen, wegen dessen man ihn so milde abgeurteilt, zwei bis fünf Jahre Zuchthaus vorsieht, und fünf- bis sechsstellige Geldstrafen. Von einem Abgeordneten der Volkskammer, des Parlaments der DDR, welches nach der Verfassung Gesetze der Art zu beschließen hat, hört er, daß der Paragraph 219 in dieser Form dem Hohen Hause nie vorgelegt worden; wozu auch das Ritual; Abdruck im Blatte genügt.

Zur Ehre der literarischen Gilde der Republik sei gesagt, daß ein Halbdutzend Schriftsteller ihre Stimme im Protest gegen das Urteil erhoben: Kurt Bartsch, Adolf Endler, K. H. Jakobs, Klaus Poche, Klaus Schlesinger, Dieter Schubert. Sie wurden dafür, zusammen mit S. H., aus dem Schriftstellerverband ausgeschlossen.

Die Liliputaner beim Autodafé: man muß das erlebt haben, um ermessen zu können, welchen Glauben an die Kraft der Ideen von Heine und Lassalle und Marx und Lenin einer haben muß, wenn er da nicht hohnlachend davonläuft. Zuerst aber noch, am Tag vor dem Scherbengericht, ein letztes Verhör, eine letzte Chance, zu Kreuze zu kriechen; garantiert zuverlässige Genossen des Vorstands des Verbandes, in geheimer Sitzung, die Abtrünnigen befragend: bist du oder bist du nicht bereit, die führende Rolle der Partei der Arbeiterklasse anzuerkennen und den sozialistischen Realismus und dich loszusagen von jeglichem Gedanken an ideologische Koexistenz? Im Falle S. H. kommt verschärfend der Vorwurf hinzu, er hätte verlauten lassen, der Vorstand stecke voll alter Nazis. Er stellt das richtig: er habe, bei Gelegenheit, der Vermutung Ausdruck gegeben, der oder jener in der erhabenen Körperschaft möchte damals, als er, S. H., mit der Waffe in der Hand die Faschisten bekämpfte, sich unter den Hörern seiner Rundfunk- und Lautsprecherappelle befunden haben; was ja an sich nichts Ehrenrühriges.

Dann der Schicksalstag. Wieder der große Sitzungssaal im Roten Rathaus zu Berlin; anwesend die Mitglieder der Berliner Ortsgruppe des Verbandes, dazu, auf breitem Podium sauber aufgereiht, ihr Vorstand, und der Generalvorstand, und Funktionäre der kulturellen Gremien von Partei und Regierung: insgesamt eine hochrangige Besetzung. Die Anklage- und Verdammungsrede hält der Genosse Hermann Kant, der stets hinzugezogen wird, wenn der Dolch im Gewande erforderlich; die Rede stand, eine ganze Seite der Zeitung, schon eine Woche zuvor im Neuen Deutschland. Ihm folgend, erheben sich die alten Kämpen und ein oder zwei hoffnungsvolle Jugendliche: wie könne einer, trauern sie, der ein Buch wie die Kreuzfahrer geschrieben, so tief sinken, die Gesetze des Staates der Arbeiter und Bauern zu mißachten; wer solches tue, sei unwert der Mitgliedschaft im Verbande.

Aber sie haben's nicht ganz im Griff. Klaus Poche, der später das Filmdrehbuch schreiben wird für den Collin, steht auf und enthüllt die Demagogie, mit der hier Dichter und Schriftsteller mißliebig gemacht werden, nur weil sie sich Tabus nicht mehr fügen wollen, die längst auf den Kehrichthaufen der Geschichte gehören. Und Hermlin erklärt kurz, er sei gegen die beantragten Ausschlüsse und bitte, seine Stimme in dem Sinne zu zählen; und jetzt ginge er nach Hause.

S. H., der lange gewartet hat, bevor er ans Rednerpult tritt, bemerkt einiges Grundsätzliches zu seiner Person und seiner Arbeit und endet seine Worte mit einem Schuß Melancholie.

»Die Mitglieder des Berliner Verbandes«, sagt er, »soweit hier anwesend, werden heute abstimmen müssen über den Ausschluß einiger ihrer Kollegen. Wir alle wissen, daß viele von Ihnen vor dieser Versammlung zusammengerufen und unter Disziplin genommen wurden. Wir alle wissen, was für den einzelnen von seinem Votum abhängen mag: Westreisen und Stipendien, Auflagen und Bühnenaufführungen, Verfilmungen und Preise aller Art. Ich werde es keinem übelnehmen, wenn er in Erwägung solcher Vorteile für meinen und der anderen Kollegen Ausschluß stimmt. (Zwischenrufe: Hoho! Unerhört!) Aber ich gebe Ihnen auch zu bedenken: neben denen, die dann das Abzählen besorgen werden, sieht noch einer zu, wie Sie heute abstimmen – die Öffentlichkeit. Man mag fragen, was ist das schon, der Herausschmiß von ein paar Leuten aus einem Verein. Aber es gibt Momente in der Geschichte, wo auch etwas an sich Geringfügiges wichtig sein kann, und es wäre ja möglich, daß eines Tages Ihre Söhne und Töchter sich bei Ihnen erkundigen werden –

und nicht nur Ihre Söhne und Töchter, auch die Bürger der Republik: Wie habt Ihr euch damals verhalten, Meister des Wortes, als es darauf ankam, sich zählen zu lassen?«

Etwa zwanzig Prozent der Anwesenden stimmen gegen die Ausschlüsse; bemerkenswert, unter den obwaltenden Umständen; es hat also doch gelohnt, die Kerle beim Portepée zu fassen. Und manch einer kommt danach zu S. H. geschlichen und zu den andern Ausgeschlossenen: sie möchten doch bitte Verständnis haben, und welche Zeiten, in denen wir leben.

Ja, welche Zeiten. Auf einem diplomatischen Empfang, zu dem er geladen, den Botschaftern gewisser Länder macht es Vergnügen, die Boykottregeln des DDR-Protokolls zu durchbrechen, begegnet er dem Dr. Vogel. Der Rechtsanwalt Dr. Wolfgang Vogel hat seinen Stand auf der Glienicker Brücke, in der Nähe von Potsdam, wo er Ostagenten gegen westliche austauscht und umgekehrt, und besitzt die entsprechenden Verbindungen. Ihn bittet S. H., den gescheiteren unter seinen Leuten mitzuteilen, daß der David-Goliath-Effekt beginne, sich bemerkbar zu machen, und daß die Sympathien der Menge natürlich auf seiten des Kleinen mit der Schleuder seien.

Der Dr. Vogel, der einen vorzüglichen Schneider hat und sich auf dem Parkett zu bewegen weiß, auf dem die leisen Worte zählen, schweigt einen Moment. Dann meint er, es wäre vielleicht gut, wenn man eine Denkpause einlege, auf beiden Seiten.

Die Denkpause dauert noch an. S. H. hat sie benutzt, um weitere Bücher zu veröffentlichen, die Romane *Ahasver* und *Schwarzenberg* und den Essayband *Wege und Umwege.* Er hat die in Frage kommenden Stellen wissen lassen, er stünde zu ihrer Verfügung; aber sie zogen es vor, den § 219 nicht anzuwenden, übrigens auch gegen andere Schriftsteller nicht, die jetzt gleich ihm sich den Teufel um die Zensur der DDR scheren: da hat er der Freiheit ein winziges Gäßchen geschlagen.

Und in diese Denkpause, ihr möglicherweise ein Ende setzend, fällt das Phänomen Gorbatschow. Der Mann ist einen Roman wert, oder zumindest einen von hegelschen Erkenntnissen getragenen Essay: wie konnte es sein, daß aus diesem Apparat ein Mensch kam, der ihn umzustülpen antritt? Und daß der Greisenrat in den staubigen Hallen des Kreml diesen Menschen an die Macht ließ? Dialektik, fleischgeworden? Gibt es ihn doch, den Weltgeist, dessen vertracktes Wirken uns alle unmerklich bewegt?

Ich habe seit langem geglaubt, seit Budapest, und noch mehr seit dem Einmarsch in Prag, daß eine Reform an Haupt und Gliedern in dem Reich, dessen innere Ordnung wir in Ermangelung eines die wahren Umstände besser kennzeichnenden Adjektivs sozialistisch nennen, nur vom Haupte ausgehen kann; der kleine Finger wird dann schon mitzucken. Ob, und wie, und wie bald, die Reform gelingen wird, weiß ich nicht zu sagen; es würde mich jedoch sehr betrüben, wenn das, worum der Mann S. H. und so viele andere sich so hart gemüht, noch einmal Jahrzehnte auf sich warten ließe.

Vorausgesetzt immer, daß durch Bombe, Atommüll, Gen-Manipulation nicht sowieso alles illusorisch gewesen.

P. S. Letzten Nachrichten zufolge sollen der Roman Ahasver und die Fünf Tage im Juni nun auch in der DDR erscheinen.

## 38

Folgendes noch, weil es den Kreis dieses Buches schließen und uns hinausheben mag über den kleinlichen Horizont der Provinz, in welcher die letzten Episoden sich abspielten.

New York, ein Sommertag. In einem Apartment hoch über dem East River, drunten ein Stück des Flusses, Anlagen am Ufer, Gebäude, in der Ferne Brooklyn; das Apartment gehört Professor Ernest Wynder, einst Korporal in dem Psychological Warfare-Trupp, in dem auch S. H. diente. Auf dem Tisch entlang der einen Wand ist ein Buffet angerichtet, Suppe in einer großen Terrine, Häppchen aller Art, appetitlich ausgelegt auf silbernen Platten. An der Bar, neben dem Scotch, der ehemalige Sergeant Peter Weidenreich, jetzt Wyden, Autor mehrerer non-fiction Bestseller, den Tisch mit schlecht verhohlener Unruhe betrachtend.

»Sie werden schon kommen«, sagte er, sich zum Troste.

S. H., vom Fenster her, von wo das Ensemble der United Nations Plaza sichtbar: »Wie viele hast du eingeladen?«

Wyden, zu laut, immer ist er laut, wenn ihm unbehaglich zumute ist: »Den alten Habe-Zirkus, was noch übrig ist davon. Und ein paar, mit denen wir direkt zu tun hatten.«

S. H. macht sich von der Aussicht los, tritt an die Bar. »Ich könnte einen gebrauchen, Peter; on the rocks.«

Wyden greift nach der Zange, läßt Eiswürfel in die Gläser fallen, gießt ein. »Cheers!«

»Cheers!«

Sie trinken. Wyden, achselzuckend: »Es haben nicht alle Verständnis gehabt für dich, als du auf einmal weg warst, und in Ostberlin.«

S. H. kennt das Risiko des Abends, den der Ex-Sergeant Weidenreich aus alter Zuneigung zu ihm organisiert hat, und er teilt Wydens Unruhe; auch hat er seit je seine Vorbehalte gehabt gegen die Veteranentreffen, das gezwungene, lärmende Lachen, die bemoosten Witze, und jeder ein Held, und aufgewärmte Gefühle. Außerdem hatten sie vor ein paar Monaten erst ein großes Wiedersehen gefeiert, im Press Club in Washington, die fünf Kompanien, die teilgenommen am Krieg der Worte, dazu die Leute von SHAEF, die in London saßen, und was sonst noch verwickelt gewesen war in das Geschäft: vereint noch einmal, zum letzten Mal vermutlich, der Tod lichtet die Reihen bereits. Trotz seiner Abkehr von der U.S.Army im Korea-Krieg hatte man ihn, S. H., wie alle anderen zu der Grand Reunion geladen; zwischen den Zeilen des Briefs hallte ein Echo nach des alten GI-Humors; er hatte abgelehnt, ähnliche Töne anschlagend: Sorry, Boys, so gern ich mit euch gewesen wäre, die Erinnerungen aufzufrischen an Camp Ritchie, Camp Sharpe, Colombières, Luxemburg, Bad Nauheim, München.

Und jetzt, dennoch, Kameradschaftsabend. Mußte das sein? Auf den Gesichtern der anderen die eigenen Entstellungen erkennen, die eigene Vergreisung? Die Zeit ist ein grausamer Zeichner.

Wynder trifft ein, der Hausherr; der ist nicht mehr fremd, den hat er aufgesucht in dem bescheidenen Institut, von dem aus der kleine Korporal seine siegreiche Kampagne geführt hat gegen die große Zigarettenindustrie, mit wissenschaftlichem Beweis, unwiderlegbar, euer Teerzeug bringt Krebs in die Lungen; jetzt muß in jeder Anzeige zu lesen sein, wieviel Gift enthalten ist in dem verführerischen Rauch.

Dann, sehr rasch, füllt sich der Raum. Es sind doch fast alle gekommen, manche von weither, an die Peter Wyden geschrieben, ob nun aus Neugier, aus lange verschütteter Freundschaft, aus was auch für Gründen. S. H. gerät in Bedrängnis: oft ist er nicht sicher, wer der wohl sei, wer jener, und wo nur war man zusammen damals, im Camp noch in Maryland, in der Normandie, vor Metz, oder in Deutschland erst, in dem eroberten? Schwer zu ertragen die Kränkung im Blick, das verletzte Staunen: du kennst mich nicht mehr?

»Aber ja doch, du bist...«

Und just im rechten Moment noch, die Rückkopplung der Zellen im Hirn: der vertraute Zug um die Lippen, das Lachen, das im Gedächtnis geblieben.

»...du bist doch...«

Und Schulterschlag und Umarmung: daß wir uns wiedersehen noch einmal, wir beide, isn't that something! Und Fragen, die gleichen immer wieder: wie ist das, hinter der Mauer; wie kannst du da leben, so ohne Freiheit, wir haben gehört, was sie dir antun, es hat in der Times gestanden, eine lange Story. Danach berichten auch sie, die Heimkehr vom Kriege, die Anfänge, leicht war es nicht, und manch einem gelang es nie, der da, du kennst ihn, eine Seele von Mensch, war aber zu weich fürs Leben. Die meisten jedoch schafften's, irgendwie; dort drüben, der an der Bar, der immer losgezogen mit den Lautsprechern, mit dem mußt du reden, der ist jetzt einer der Top Manager der Chase Manhattan Bank, hättest du das je geglaubt, auf mich hat er nie einen besonderen Eindruck gemacht.

Und die Erinnerungen. Weißt du noch... Der Geist des Captain Habe schwebt im Raum. Wie viele Stories gibt es über ihn, amüsante, sentimentale, bösartige, seine Weiber, sein Talent, seine Eitelkeit, seine Hingabe aber auch an die Sache. Und Bloch, Bloch in Colombières, in seinem Schützenloch, bei dem falschen Gasalarm, und er dies eine Mal ohne Gasmaske, sonst trug er sie immer bei sich, aufseufzend, I gambled and I lost, ich spielte und verlor. Und Kellen, mein Gott, Konrad Kellen, der mitten im Dreck, wo war das nur gewesen, aufstand und laut erklärte, jetzt ist es genug, jetzt geh ich nach Hause.

Wollte Kellen nicht auch kommen...? Kellen hat sich nur verspätet, er ist in den Stau geraten zwischen Kennedy Airport und Manhattan. Kellen hat sich am wenigsten verändert von allen, die Stimme wie eh und je, leise, spöttisch, und die Haltung des Kopfes, nachdenklich zur Seite geneigt: er ist extra für diesen Abend angereist aus Pacific Palisades, drüben an der kalifornischen Küste, aus seinem Haus quer über die Straße von dem Feuchtwangerschen; der Ex-Korporal Kellen arbeitet für die Rand Corporation, einen der großen Think Tanks; den Job erhielt er, weil er den Leuten bei Rand auf Grund seiner Erfahrungen mit der Psychological Warfare in Weltkrieg II vorausgesagt, daß die Kampfmoral der Vietnamesen nicht zu brechen sei, nicht auf die Art jedenfalls, wie die Amerikaner es dort versuchten. Kellen wird, nicht lange nach dieser Begegnung über dem East River, in Westberlin sein, und S. H. wird ihn aufsuchen, und sie werden zusammen durch die Straßen laufen in einer glitzernden Winternacht, kein Schritt ist zu hören im blütenweißen Neuschnee, und der Ex-Korporal Kellen wird den Arm um die Schulter des Ex-Sergeanten S. H. legen und ihm sagen: Weißt du, das hat der Hitler nicht gewollt, daß du und ich, wir zwei, heut nacht hier über den Kurfürstendamm promenieren.

Und dann ist da Bond, der als letzter gekommen, Sergeant Jules Bond, mit dem er in Luxemburg gehaust, als die Panzer des Sepp Dietrich durchbrachen, und der einen so herrlichen Porree Vinaigrette machte; Bond ist gebeugt, wirkt gebrechlich; das Gesicht, damals schon von Falten durchzogen, ist ein einziges Netzwerk von Furchen, nur die Augen, dunkel leuchtend, sind die Augen von früher, wie lang ist das her, vierzig Jahre, fast auf den Tag.

Und auf einmal, im Zauber dieser Augen, verjüngt sich das Gesicht vor ihm, und dem Schriftsteller S. H. ist es, als hätte die Zeit sich zurückgespult, und nicht nur dies eine Gesicht, alle Gesichter im Raum sind plötzlich, wie sie einst waren, damals, als die Dinge noch einfach gewesen, Ja und Nein, und man wußte, wo der Feind steht.

»Du siehst aus«, sagt Bond, »als brauchtest du einen Drink.«

S. H. nickt.

Das Bild verblaßt und verschwindet.

# Nachruf

An einem Herbsttag Anfang der siebziger Jahre rief die New York Times an: ob ich bereit wäre, einem ihrer Mitarbeiter, Alden Whitman, ein Interview zu geben.

Mr. Whitman erschien denn auch pünktlich zur vereinbarten Stunde, ein munterer kleiner Herr mit vergnügt zwinkernden Augen und kurzem, in zwei Hälften gespaltenen Kinnbart; wir beide wären, erklärte er, alte Bekannte; als ich noch in New York in der New Union Press arbeitete, habe er dort eine Menge Flugblätter und Broschüren drucken lassen, für das Komitee zum Schutz der im Ausland Geborenen, bei dem er damals angestellt war. Und jetzt sei er bei der Times.

Ich entsann mich dunkel; aber es kamen in jenem Jahr so viele Leute von so vielen Gruppen und Vereinen mit Druckaufträgen, und Whitman hatte wohl auch zumeist mit dem Boß selber verhandelt, dem rothaarigen Mr. Cohn, der, so hörte ich nun, unter großer Anteilnahme des New Yorker Druckgewerbes und der typographischen Gewerkschaften vor einiger Zeit schon zu Grabe gelegt worden war.

Merkwürdig berührte mich nur, daß Whitman sich so ausgiebig mit den Präliminarien beschäftigte, statt zu seinem Interview zu kommen; er verbreitete sich über das ehrwürdige Alter seines Blattes und dessen Ruf, der über den Erdball reiche, und wie die Redaktion auf den sorgfältigsten Recherchen bestehe, so daß der Inhalt der Spalten der New York Times in kommenden Jahrhunderten noch den Historikern als Referenzmaterial dienen werde und daher gewissermaßen von Ewigkeitswert sei.

Da begann mir's zu dämmern. »Ach, *der* Whitman sind Sie«, sagte ich, »und Sie besuchen mich, um mein Obituary zu schreiben, meinen Nachruf!«

That's it, yes, sagte er, offensichtlich erleichtert. Nachdem er seinen Job bei dem Komitee quittiert, habe er als Korrektor für die Times zu arbeiten angefangen, und jedesmal, wenn er einen ihrer faden, langatmigen Nachrufe korrigieren mußte, habe er sich geärgert und gedacht, das könne er doch besser machen, mit Sechel, verstehen Sie, wie man im Jiddischen sagt – auf Deutsch heißt es Pfiff, nicht? Und Art und Stil seiner Versuche gefielen der Chefredaktion, und heute sei er der Star Obituary Writer der New York Times und seine Nachrufe die begehrtesten Amerikas, wenn nicht der Welt; fertig geschrieben stünden sie, ständig up to date gebracht und jederzeit verfügbar, im Satz, bis der Metteur sie am Tage des Ablebens ihres jeweiligen Titelhelden in die dafür bestimmte Seite einfügte; und er kenne Leute, die Erkleckliches zahlen würden, um einen Nachruf aus seiner Feder zur Nutzung parat in der Druckerei der New York Times lagern zu haben. Soeben, als Beispiel nur, sei er aus Vevey am Genfer See gekommen, von Charles Chaplin; doch sei der, und dies mit dankbarem Blick auf mich, schon *so* senil gewesen.

Das Makabre der Situation schwand, bevor Whitman noch im Ernst zu fragen begann; die Stimmung zwischen uns zweien war heiter, ja, fast ausgelassen; im Geplauder mit Whitman verlor die große Stille, die dann sein würde, ihre Schrecken, und außerdem war mir bewußt, daß ein Whitmansches Obituary mich in den Kreis jener Erlauchten erhob, denen Unsterblichkeit gesichert war, solange Papier und Druckerschwärze hielten.

Dann waren wir am Ende; wir tranken einen, und er sagte, dies werde eines der meisterlichsten seiner Meisterstücke werden, und ich fragte, wann ich denn nun einen Bürstenabzug haben könnte; ich wüßte doch gerne, in welcher Form mein Andenken weiterleben würde.

Er wehrte ab. Dies nicht. Nie und nimmer. Wie lieb der eine oder andere ihm, Whitman, auch sei und wie prominent auch: vor seinem Ableben, das sei Grundsatz der New York Times, bekäme keiner der dereinstigen Verstorbenen seinen Nachruf zu lesen.

Alden Whitman ist tot; ich weiß nicht, wer ihm seinen Nachruf verfaßte für die Times, es sei denn, er schrieb ihn noch selber, und längst schon stehen Whitmans Obituaries nicht mehr in bleiernen Zeilen auf dem messingnen Schiff im Regal; sie warten, auf Disketten gespeichert, daß einer sie in den Computer schiebe und abrufe. Ich habe, jedesmal wenn ein Times-Mann vorsprach, mich zu interviewen, diesen gebeten: mein Obituary, veranlassen Sie doch, daß ich es endlich zu sehen kriege; und jedesmal kam nur das Achselzucken: Sie wissen doch, Mr. H. …

So wird man denn warten müssen mit der Lektüre von Alden Whitmans Nachruf auf mich, bis ich das letzte Stück meines Wegs getragen worden bin. Unterdessen mag der geneigte Leser mit diesem Buche vorliebnehmen.

# Werke von Stefan Heym

»Hostages. A Novel«. New York 1942. »Der Fall Glasenapp. Roman«. Leipzig 1958. München 1976.

»Of Smiling Peace«. Roman. Boston 1944.

»The Crusaders. A Novel of Only Yesterday«. Boston 1948. »Kreuzfahrer von heute«. Leipzig 1950. »Der bittere Lorbeer. Roman unserer Zeit«. München 1950.

»The Eyes of Reason«. Roman. Boston 1951. »Die Augen der Vernunft. Roman«. Leipzig 1955. München 1982.

»Goldsborough. A Novel«. Leipzig 1953. New York 1954. »Die Liebe der Miss Kennedy«. Berlin, DDR 1958. »Goldsborough. Roman«. München 1978.

»The Cannibals and Other Stories«. Leipzig 1957. »Die Kannibalen und andere Erzählungen«. Leipzig 1953. Düsseldorf 1957.

»Im Kopf – sauber. Schriften zum Tage«. Leipzig 1954.

»Offen gesagt. Neue Schriften zum Tage«. Berlin, DDR 1957.

»Shadows and Lights«. Erzählungen. London 1963. »Schatten und Licht. Geschichten aus einem geteilten Land«. Leipzig 1960.

»The Lenz Papers«. Roman. London 1964. »Die Papiere des Andreas Lenz. Roman«. 2 Bde. Leipzig 1963. »Lenz oder Die Freiheit. Ein Roman aus Deutschland«. München 1965.

»Casimir und Cymbelinchen. Zwei Märchen«. Berlin, DDR 1966.

»Uncertain Friend«. Roman. London 1969. »Lassalle. Ein biographischer Roman«. München 1969.

»The Queen against Defoe«. Erzählung. In: The Queen against Defoe and Other Stories. New York 1974. »Die Schmähschrift oder

Königin gegen Defoe. Erzählt nach den Aufzeichnungen eines gewissen Josiah Creech«. Zürich 1970. Leipzig 1974.

»The King David Report«. Roman. New York 1973. »Der König-David-Bericht. Roman«. München 1972. Berlin, DDR 1973.

»Auskunft. Neue Prosa aus der DDR«. Hg. von Stefan Heym. München 1974.

»5 Tage im Juni. Roman«. München 1974.

»Cymbelinchen oder der Ernst des Lebens. 4 Märchen für kluge Kinder«. Gütersloh 1975.

»Erzählungen«. Berlin, DDR 1976.

»Die richtige Einstellung und andere Erzählungen«. München 1977.

»Auskunft 2. Neueste Prosa aus der DDR«. Hg. von Stefan Heym. München 1978.

»Collin. Roman«. München 1979.

»Wege und Umwege. Streitbare Schriften aus fünf Jahrzehnten«. Hg. von Peter Mallwitz. München 1980.

»Ahasver. Roman«. München 1981.

»Atta Troll. Versuch einer Analyse«. München 1983.

»Schwarzenberg. Roman«. München 1984.

»Reden an den Feind«. Hg. von Peter Mallwitz. München 1986.

Werkausgabe. 14 Bände in einer Schmuckkassette (5 Tage im Juni. Ahasver. Collin. Der Fall Glasenapp. Der König-David-Bericht. Der bittere Lorbeer. Die Augen der Vernunft. Gesammelte Erzählungen. Goldsborough. Lassalle. Lenz oder die Freiheit. Märchen für kluge Kinder. Schwarzenberg. Wege und Umwege). München 1988.

»Nachruf«. München 1988.

# Stefan Heym bei C. Bertelsmann

**Ahasver**
Roman. 320 Seiten.

**Atta Troll – Versuch einer Analyse**
112 Seiten. Halbleinen.

**Der bittere Lorbeer**
Roman. 1008 Seiten.

**Collin**
Roman. 400 Seiten.

**Der Fall Glasenapp**
Roman. 400 Seiten.

**Meine Cousine, die Hexe und weitere Märchen für kluge Kinder**
24 Seiten mit Illustrationen
von Horst Hussel

**Nachruf**
850 Seiten.

**Reden an den Feind**
Hrsg. Peter Mallwitz
352 Seiten.

**Schwarzenberg**
Roman. 350 Seiten.

**Wege und Umwege**
Streitbare Schriften aus fünf Jahrzehnten
Hrsg. Peter Mallwitz
400 Seiten.